Taioan 族語

中文解說

TJ
台語白話小詞典
Tâi-gí Pe̍h-ōe Sió Sû-tián

張裕宏・編

asian

亞細亞國際傳播社

TJ'S
DICTIONARY
OF
NON-LITERARY
TAIWANESE

by
Tiuⁿ-jūhông

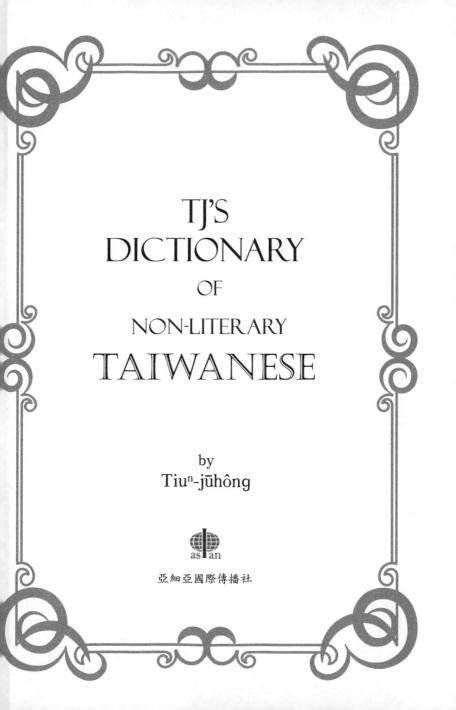

亞細亞國際傳播社

目　次

感謝我 ê 序大父母,
In 用台語教示,
無用 he 日本國語.

感謝我 ê 小學老師,
In 用台語教書,
無用 he 中國國語.

呵咾有良心 ê 中學校長,
In 講 in ê 中國方言, ngih-ngih-ngiuh-ngiuh,
Mā 尊重 goán 講 goán ê 台灣話, chih-chih-
    chiuh-chiuh.

呵咾有志氣 ê 台灣國親,
In 為咱族群 ê 性命根,
疼惜家己族群 ê 父母話, 眞認眞.

感　謝　ê　話

　　咱Taioan話講："眾人合一。" 這本詞典會得完成，就是眾人合一ê結果。

　　我頭先欲感謝大漢技術學院楊允言教授＆劉杰岳先生。允言總理這本詞典所根據ê詞庫ê校對＆修改工作，koh提供編纂這本詞典ê技術上ê幫忙以及真chē建議。杰岳提供電腦服務＆做詞庫ùi頭到尾ê修改工作，非常辛苦。另外mā感謝朝陽大學林修旭老師ùi頭到尾tī電腦ê硬體＆軟體方面不斷teh支援，而且前後提供四台電腦＆bē算得個ê零件；感謝後頭姪仔賴士華、契囝婿黃忠倫＆少年朋友Denny Lee ê電腦援助；感謝新竹教育大學陳淑娟教授提供印表機。

　　參與詞庫ê校對工作ê熱心ê Taioan族親，攏是志願者，有邱富里、高英男、廖麗雪、廖立文、林美雪、林清祥、林俊育、林裕凱、呂子銘、黃文章、黃玲玲、吳玉祥、吳仁瑟、梁淑慧、王秋梅、王淑珍、陳清俊、陳福當、陳錦玉、張學謙、張復聚＆兄哥張光裕諸位。我誠心kā in致意。Ùi詞庫到編纂這本小詞典中間ê選詞工作，愛感謝允言kap我參詳、kā我建議，愛感謝杰岳提供字表，愛感謝吳令宜老師幫助揀選、登錄，愛感謝淑娟以少年一輩ê眼光刪除過時代ê語詞。最後，感謝吳秀麗老師＆東海大學林清祥教授tī小詞典改稿ê過程中，tī無全時期一人校對一擺稿。

　　這本小詞典會tàng出版愛感謝成功大學蔣為文教授ê安排＆連絡。

　　其他夭有真chē人tī各方面kā我支持、指教、贊助、牽成，包括我ê厝內人，尤其是家後。我tī chia做一下kā in說多謝。

TJ　2009

踏 頭 話

　　四百外年前，咱有一部份唐山祖來到 chit-má ê 台南市安平附近。當地 ê 住民 kā in 叫做 *Taioan*（荷蘭人 mā 有寫做 *Taiouan* 等等；漢字寫做「台灣」等等）。Taioan 族 & Taioan 話開始形成，開始釘根。咱 ê 唐山公娶咱 ê 本地媽，生 Taioan 囝，是咱 ê 一部份 ê 祖先。咱 ê Taioan 祖先後來 koh 同化大部份新來 .ê in 唐山祖先 ê 大小同鄉，同化一部份原住民 & 一部份客人，攏變做 Taioan 族 ê 人。四百外年來，唐山祖直直來，直直娶，直直生湠，直直 hông 同化，直直 kâng 同化。Taioan 族變做台灣上大 ê 族群，一直到 taⁿ。

　　咱 Taioan 族 ê 唐山祖先自本就 m̄ 是神話中 ê "純正 ê 中國人"。四千外年來，來到中原 ê 北亞祖先就直直殖民、透濫、同化咱 ê 華北、華中、華南 ê 南亞（Austroasiatic）祖先，一波 koh 一波。所以咱 ê 唐山祖先是濫血 .ê，m̄ 過基本上大部份夭是南亞血統 ê 底，也就是講是被同化者— hō͘ 中原北亞人同化 .ê。咱 ê 濫血 ê 祖先來到台灣，變做 Taioan 人，夭繼續受著台灣海峽對岸 ê 殖民、透濫、同化，mā 受著其他民族 ê 殖民 & 小 khóa ê 透濫、同化。除去殖民 & 被殖民 ê 關係，Taioan 人 tī 台灣這個海洋交通 ê 重要地點，Taioan 人 tī 台灣本土，攏有真 chē 機會 kap 別族接觸。

　　Tī 咱族 án-ne 支配別人 & hō͘ 別人支配 ê 過程中，tī 咱族 kap 別族接觸 ê 過程中，咱 ê 語言一直真劇烈 teh 變化，尤其是語詞。現此時，一方面，咱 Taioan 話 ê 語源變做真複雜。較下層 .ê 有台灣 ê 客語、南島語、南亞語、早期 ê 漢語。較頂層 .ê 有唐山、台灣各時代殖民者 ê 語言，主要包括中後期 ê 漢語、日本話、現代中國話。Koh 一方面，因為 án-ne，無全語源 ê 同意詞真 chē 真 chē，咱 Taioan 話 ê 語彙變做真豐富。三方面，咱 Taioan 話 ê 語詞替換真緊。Ta̍k 擺殖民，攏會消滅一寡舊語詞，添真 chē 新語詞；iah ta̍k 擺新殖民者一下來，舊殖民者留落來 ê 語詞真 chē mā 真緊就無人用。結局是愈下層 ê 語詞愈來愈少，愈頂層 ê 語詞愈來愈 chē。Chit-má ê Taioan 話 ê 用詞內面，chhōe 無幾個南島語詞或是南亞語詞，早期 ê 漢語詞 mā 無 chē。Chit-má ê Taioan 話 ê 用詞，內面有真 chē 是戰

後傳入來或是戰後才普遍化ê中文詞（tī本詞典佔15%以上）& 中語文mā teh使用ê日文詞（tī本詞典佔14%以上）。Taioan話雖然tī語言學上屬tī閩南語ê福建話（Hokkien），m̄過án-ne tī台灣經過四百外年ê獨立發展，尤其最近經過50年ê日本教育 & 60外年ê中國國民黨教育以及語言迫害，Taioan語彙已經kap福建（閩南）語彙差真chē。

咱Taioan話koh有一個真大ê特點，就是腔口真chē。一般人ka分做中國式ê "漳州腔" vs. "泉州腔" 或是台灣式ê "內山腔" vs. "海口腔"。其實無hiah簡單。過去唐山話ê來源不止漳州 & 泉州。除去閩南地區，唐山東南沿海真chē所在mā有人過台灣。其中除去結做伙ê大部份ê客族，其他tī Taioan ê地盤ê唐山客攏融合入來Taioan族，講Taioan話。In tiāⁿ著有帶入來一寡in ê語音ê特點，增加Taioan語音ê多樣性。另外夭有台灣各地各社區家己ê語音變化，真chiāⁿ複雜。M̄過無論腔口有gōa chē，Taioan人開嘴講Taioan話，無一個會hông誤會做閩南人。Che方音複雜ê現象，kap移民ê來源ê複雜性、被同化者ê多樣性攏有關係。Che Taioan語音ê台灣性，mā kap Taioan人ê血統有關係，就是kap閩南人ê血統真無全。

因為方音複雜，Taioan話內底就存在真chē異音詞。M̄過Taioan話ê異音詞，in ê來源m̄-nā是方音。自日本領台了後，Taioan人用母語教冊、讀冊ê機會愈來愈少。Che母語教育ê機會，自戰後中國國民黨來統治了後，完全無去。百外年來，台灣人漸漸失去用家己ê族語讀漢字ê能力。Tú著新bat ê中文詞或是日文詞，m̄管是m̄是已經借入來Taioan話，tiāⁿ-tiāⁿ用台灣人較習慣ê白話音代替讀冊音（當然，有tang時仔舊白話音若已經無普遍，就顛tò用較普遍ê讀冊音代替），tiāⁿ-tiāⁿ烏白讀。所以chit-má咱Taioan話內面豐富ê異音詞，m̄-nā包括方音ê差異，koh包括文白（"白" 就是白話音kap烏白讀）ê差異。

這本詞典所展現.ê就是以上種種ê歷史變遷、語族互動 & 語言變化所造成ê結果。為著這個展現ê目的 & 實用ê目的，這本詞典ê編纂，定位tī 現代、白話、前瞻三點。現代，就是收chit-má chē-chē人夭teh用ê語詞，避免古早話、漸漸較少人用ê話。白

話,就是收口語 & 白話文 teh 用 ê 語詞,避免像現代演講、現代講道、現代報新聞、做論文(像這篇踏頭話)、做布袋戲或是歌仔戲、讀聖經、唱聖詩、唸四句聯或是七字仔才有用著 ê 語詞。前瞻,就是大膽盡量接受用白話音讀 ê 中日文詞,勇敢行入現代,大膽接受新 ê 外來語,勇敢行向世界。

為著踏 ân 以上三點定位,這本小詞典 ê 編寫工作是一個真大 ê 工程。頭先,tī 2006 年請劉杰岳先生 ùi 網路 ê 詞庫照使用頻率摘出 13,000 個語詞。因為詞庫 ê 資料 siuⁿ 舊、siuⁿ 文,所以 sòa 落來是 kā 無 hàh 以上三點定位 .ê 盡量 thâi 掉,根據簡人 ê 語感補充,koh thèh 所有 chhōe 會著 ê 台語 & 福建話小詞典以及台、閩語言冊內底 ê 常用詞表來對照、補充。Koh 因為 chiah-ê 資料真 chē 夭是 siuⁿ 舊、siuⁿ 文,夭著愛 thâi。落尾 thèh 真 hàh 以上三點定位 ê《阿鳳姨 ê 五度 ê 空間》以及夭未出版 ê 續集來對照、補充。因為《阿鳳姨》mā 是韻文,koh 是講 "古," 內面有 ê 語詞不免 mā 無適合收入來這本詞典,mā ka thâi 掉。Án-ne 加加減減,到尾 .a 才完成小詞典初稿所欲根據 ê 詞表。根據這個詞表,ùi 我簡人 ê 大詞典 ê 原稿(2002 年開始建立 .ê)摘出詞條,做做小詞典 ê 原稿。了後 koh 直接 kā 小詞典 ê 原稿 ê 詞條根據簡人 ê 語感加加減減(包括加入 bē 少無文雅 ê 甚至粗嘴野斗 ê 話,目的是欲提醒本詞典 ê 使用者)。Án-ne 加加減減,結局詞條 ê 數量 siuⁿ 大。最後一項 khang-khòe 就是 koh thâi,thâi 到 chit-má 這本 ê 大細(若無算異音詞,有 1 萬 9 千 1 百 thóng 詞項;若包括異音詞,有 22,603 詞條)。

雖然 m̄ 是 tàk 個詞攏 chhōe 會著語源,雖然 m̄ 是 tàk 個詞攏有同意詞,雖然 m̄ 是 tàk 個詞攏有異音詞,但是這本詞典盡量提供現代白話資料。Tī 盡量提供資料 ê 全時 chūn,這本詞典 koh 盡量控制篇面。

語源的問題特別複雜,尤其是漢語中 ê 藏緬語 & 侗台語(南亞語) ê 瓜葛。Tī 古早漢語這方面,我無 tī 這本詞典下工夫。這本詞典注重 .ê 是台語中 ê 中日文借詞。日文詞內面真 chē 是古早借中文 .ê,iah 近代中文詞內面 mā 真 chē 是近代借日文 .ê。Chiah-ê 中日文詞,大部份直接 ùi 中文、日文分別借入來台語。M̄ 過有 ê 日文詞是終戰後經過中文進入台語 .ê。Koh 有一寡戰後 ê 語詞,到

底是先有中文才講做台語,或是先有漢式ê台語才寫做中文,真歹斷定。Che語源ê調查,一手ê文本資料kap田野資料以及二手ê研究資料攏有用,mā是一個大工程,不過夭是盡量做到可靠ê程度。外來語語源主要採用兄哥張光裕ê外來語詞典ê考據。

Tī拼寫方面, chia分兩項說明。第一項,記中語音,這本詞典採用kap世界語文較通用ê『威妥瑪式』(Wade-Giles System),無採用無通用ê漢語拼音或是華語通用拼音, án-ne kap台語音才對會起來。第二項,寫台語詞,本詞典採用傳統 "寫落來" ê台語白話字,無採用教育部 "訂出來" ê台灣閩南語羅馬字拼音方案。理由真簡單。第一個理由,為維持Taioan話ê文字傳統,體現Taioan話長期有文字ê歷史尊嚴&文化驕傲。第二個理由,拼音方案ê設計其實是台灣語文學會ê TLPA ê設計,束縛家己,無前瞻性,歹應付tng-teh灌入來ê外來語。第三個理由,拼音方案主要ê目的是注音&初級語言教學,夭是音標取向(kap英國ê "i.t.a." 初級教學音標相當)。第四個理由,白話字是文字(kap英文相當)。Iah若是文字就著愛盡量符合書面交通ê要求。

英文是世界上交通能力上強ê拼音文字。原因就是拼音多樣化。全一個字母tiāⁿ-tiāⁿ代表無全音,全一個音tiāⁿ-tiāⁿ用無全字母寫。你若bat英文,下面這句保證你眼一下就讀有: *I cdnuolt blveiee taht I cluod aulaclty uesdnatnrd waht I was rdanieg.* (網路流傳ê資料,起頭ùi英國劍橋大學發出來.ê, 2006年收著, m̄知原作者。Che是kui篇 "亂碼" ê第一句。)

這號拼音多樣化ê情形,白話字比拼音方案較chē,所以tī初級教學上,白話字雖然小可較輸拼音方案, m̄過tī文字交通上,白話字絕對較贏拼音方案。第一,若用拼音方案,有三分之一ê台語詞愛用 "T/t" 開始拼寫,也就是講每本詞典有三分之一屬tī "T/t" hit部。Che m̄是台語文字交通ê福氣。第二,拼寫錯誤對拼音方案ê干擾較大,對白話字ê干擾較細。

總講一句,本詞典欲提供使用者上界實用ê現代台語詞,欲展現會tàng表現現代Taioan人ê歷史&特質ê台語— m̄-nā tī語言上án-ne, tī文字上mā án-ne。

編 排 體 例

　　本詞典照詞條第一音節的拉丁字母順序排列(鼻音符號ⁿ與元音附加符號˙除外)。同聲韻的音節依聲調排列。舒聲順序為陰平、陽平、上、陰去、陽去、高升(第九調);入聲順序為陰入、陽入、中平、高降、高升。第二音節以後同樣以音節為單位,依字母順序排列,聲調順序如前述。每條語詞及其解說最多含16種部位,依序敘述如下。各種部位的例子中所牽涉的記號詳見第xxv頁〈記號〉。各例子的全貌見詞典本身。

1.詞條: 凡第一個同音的首音節加框。

　　a-lú-mih
　　ɡа̍k -khì
　　ɡа̍k-phó˙

2.同音詞條編碼:

　　bâ-á¹
　　bâ-á²

3.異音詞: 異音用義大利斜體字表示,以斜線等記號與本條隔開,列於本條之後。

　　ài-jîn/-gîn/-lîn
　　âng-chheⁿ-teng|-chhiⁿ-
　　bé-bē‖bóe-bōe
　　cha-hng/-huiⁿ‖chā-

4a.可靠的語源:

　　a-lú-mih (< Nip *arumi* < ab NLat *aluminum*)
　　ài-chu-pēⁿ/-pī ⁿ (< log Chi < [病] + En *AIDS* < acr *acquired immune deficiency syndrome*)
　　boài ‖*boaih* (< contr *bô-ài*,
　　bān-put-it (v *bān-it*)

4b.與語源有關的資料:

　　chè-hiàn (< log Chi; *cf* Nip [憲法制定])
　　chhin-ài-˙ê (< tr + log Chi < tr; *cf* En *dear*, Fr *cher/chère*)

4c.語詞變化:

　　bô-ài (> *boài/boaih*; > *boǎi*...;
　　cha-hng/-*huiⁿ*‖*chā*- (> *chǎng*)

xiii

4d. 反意詞:

āu-pêng (ant *thâu-chêng*)
cha̍t-pak (ant *khang-khak*)

5. 漢字文或漢羅文:

a-kun (< log Chi) [亞軍]
ak-hō· [ak 雨]

6. 台語詞可靠的字源:

ak-hō· [ak 雨] (< [沃雨])
cha̍t-pak (ant *khang-khak*) [cha̍t 腹] (< [實腹])

7. 特別的語用: 標記於有特別語用的中文釋義之前。

a-se [阿西] 俚
hàu-ko· (v *hàu*[2]) [孝孤] 動 1. ... 2. 粗
ne-ně/-ne [奶奶] 兒

8. 詞類:

a-se [阿西] 俚 名
ài-kok (< log Nip < Sin) [愛國] 動 形

9a. 指示乃須結合他詞的非自由語詞:

báng[2] [魍] 名 B.
chhan (< log Chi) [餐] 名 B.

9b. 指示通常須重疊:

chhiò[1] ... 形 [x]
má-se 形 [x]

9c. 指示加 *á* 而詞義不變:

a-lú-mih (< Nip *arumi* < ab NLat *aluminum*) 名 [á]
ah[1] (*cf* Yao *ap*) [鴨] 名 [á]

10. 與名詞搭配的主要量詞:

a-se [阿西] 俚 名 Ê:
ah[1] (*cf* Yao *ap*) [鴨] 名 [á] CHIAH:
hiuⁿ-liāu [香料] 名 PAU, Ê:

11. 中文釋義:

a-se [阿西] 俚 名 Ê: 傻瓜 形 傻里傻氣
má-se 形 [x] 微醉

12a. 其他説法：

 âng-chhài-thâu [紅菜頭] Ⓐ 1. TIÂU: 胡蘿蔔；≃ lǐn-jín

hiuⁿ-liāu [香料] Ⓐ PAU, ê: 莫儀；≃ hiuⁿ-tiān

12b. 參考比較他詞：

bē-iâⁿ‖*bōe*- [bē 贏] Ⓥ 不能勝任，只當動詞補語；*cf* bē-kiâⁿ

hiuⁿ-liāu [香料] Ⓐ PAU, ê: 莫儀；≃ hiuⁿ-tiān；*cf* phang-liāu

12c. 指示詳細解説的詞條：多為異音詞。

āu-bé/-*bé* ⇒ āu-bóe

bâ-chhiok ⇒ môa-chhiak

hâⁿ² Ⓥ 懸掛；⇒ hân

boeh²‖*beh*‖*beh* [欲] Ⓐ 要；幾乎；≃ giōng-boeh, q.v.

chím-má‖*chim*- (< *chit-má* q.v.)。

14. 詞句舉例：

a-lí-put-tàt [阿里不達] Ⓕ 1. 不中用 ¶~ ê ōe [~ê話] 廢話 2. 沒水準 ¶*kóng-kà* ~ [講到~] 說得亂七八糟 3. 不三不四 ¶~ ê pêng-iú [~ê朋友] 損友。

hàu-ko˙ (v *hàu*⁽²⁾) [孝孤] Ⓥ 1. 祭孤魂野鬼 2. Ⓘ 吃；≃ chiàh ¶*thèh-khì* ~ [thèh去~] 拿去吃 3. 入眼 ¶*Lí chhēng án-ne kám ē-~··tit?* [你chhēng án-ne kám會~得?] 你這個打扮能看嗎？

15. 成語：

ah-á [鴨仔] Ⓐ CHIAH: 鴨子

△ ~ thiaⁿ lûi [~听雷] 聽不懂。

bàk-chiu (< Aa; *cf* Viet *mắt*) [目睭] Ⓐ 眼睛...

△ ~ khan tiān-sòaⁿ [~牽電線] 眉來眼去

16. 衍生的詞條：

a-lú-mih (< Nip *arumi* < ab NLat *aluminum*) Ⓐ [á] 鋁

◇ ~-(á-)*mn̂g* [~(仔)門] 鋁門

◇ ~-(á-)*thang* [~(仔)窗] 鋁窗。

選擇標準詞條的原則

有異音詞時,本詞典選擇其中之一做標準詞條。選擇的原則有四個。先說其中兩個。第一個是 "**聽慣原則**," 也就是所選的標準詞條,其語音必須是一般人所習慣的,不是獨特的。根據這個原則,我們排除了海口腔(濱海方言,即原福建泉州腔)的 *hî* [魚] & *hé* [火] 等等,以內陸方言為準;我們也排除了宜蘭腔(以及桃園腔等)的 *suiⁿ* [酸] 等等,排除了原福建同安腔的 *chhaiⁿ* [千] 等等,以一般的說法為準。第二個是 "**區別原則**," 也就是選有最強區別能力的語音。例如 '嬰兒' 有 *eⁿ-á* 和 *iⁿ-á* 兩個說法,我們選擇前者為主詞條,以別於 *iⁿ-á* '糯子' 等。又如「大將」有 *tāi-chiàng* 和 *tāi-chiòng* 兩個說法,我們選擇前者為主詞條,以別於另一個 *tāi-chiòng* [大眾]。凡收入本詞典的非主詞條,都以指示的方式引導詞典使用者找到主詞條的細節。

第一個原則所排除的其實是區別能力最強的語音,但已經先排除,所以第二個原則對它們沒有作用。以上這兩個原則也適用於外來語。例如日語式外來語 *lo-mán-chík-khuh* '羅曼蒂克' 大家已經聽不習慣,本詞典改採英語式的 *lo-mán-tik*。標準詞條的音列在下表最前面,用粗體字,其他的音用 "/" 隔開。不過南部的 [iɔ̃] (例如「羊」) 屬於音位底下的發音層次,與 [iũ] 無區別意義的作用,所以不列入;而南部的 [ə] (例如「蚵」) 一樣與 [o] 無區別意義的作用,也不列入。當然,這兩個原則都會有例外。

第三個原則是 "**說慣原則**," 也就是選現代人較為習慣的漢字讀音,包括文讀(例如 *tāi-ha̍k* [大學], vs. *tōa-o̍h*)、白讀(例如 *niá-thó*́ [領土], vs. *léng-thó*́)、甚至誤讀(例如 *mô͘-tn̂g* [盲腸], vs. *bông-tn̂g*)。第三個原則這些例子全是個案,所以也不列入下表。

第四個原則是 "**接近原則**," 也就是異音的外來語選其中與語源或字源(包括日語羅馬字)較接近的。例如 '番茄' 有 *tho-má-toh, tho͘-má-to͘h, kha-má-toh* 等等說法,我們選擇前者為主詞條。又如 '光碟片' 有 *sí-di, sí-li, sí-ti* 三種說法,我們也選擇前者為主詞條。

各原則都有灰色地帶，有時也互相矛盾。凡遇到難題，則由編者決定。例如 _hùi-chí_ vs. _hòe-chí_ [廢止]，本詞典選了前者。

無全 ê 音	舉 例
d/l/t	sí-**di** '光碟片'
e/eʳ	pò-**tē** '麻袋'
e/oe	**ke**-á-ah-á '家禽'
eⁿ/iⁿ	**eⁿ**-á '嬰兒'
eng/aiⁿ	phók-phók-**chhéng** '(心)噗噗地跳'
i/u/ṳ	kî-**hî** '旗魚'
iak/iok	**jiák**-tiám '弱點'
iang/iong	tāi-**chiàng** '大將'
ing/in	tàn-**pîng** '蛋餅'
iok/ek	**liók**-tē '陸地'
iong/eng	lō͘-**iōng** '用處'
j/g/l	**jip**-tiûⁿ '入場'
m/b	le-**móng** '檸檬'
ng/uiⁿ	**nng**-thng '蛋(花)湯'
o/o͘	**tho**-má-toh '番茄'
oe/e/eʳ	ke-**hóe** '家產'
oe/ui	**ōe**-tô͘ '畫圖'
u/ṳ	chū-**iû** '自由'
v/b	**ví**-ái-phi '要人；貴賓'

白 話 字 的 傳 統 符 號

本詞典所使用的傳統白話字，其發音方法簡單的說有下列幾個重點：

(1) 母音符號以及大部分的子音符號讀如拉丁文或世界上絕大多數的文字，有異於舉世特異的漢語拼音與通用拼音。

(2) 聲母 *ch-* 讀如北京音的ㄐ或ㄗ，而 *j-* 讀如英語 *jee* 的 *j* 或 *zoo* 的 *z*。

(3) 字母 *p-, t-, k-* 或 *ch-* 後的 *-h-* 表示有一股較強的氣流，例如 *chh-* 讀如北京音的ㄑ或ㄘ。

(4) 母音後有 *-h* 的音節，其發音通常較短。

(5) 母音後或 *-h* 後的升高的小 *n* 表示音節帶鼻音。

(6) 韻母 *ian/-ian* 讀如北京音的ㄧㄢ，或讀如英語的 *yen*，而不讀如 *yarn*；韻母 *iat/-iat* 讀如英語的 *yet*，而不讀如 *yacht*。

(7) 母音後右上角一點表示該母音略有異於沒有一點的母音，即 *o͘* 讀如英語的 *awe*。

詳細的字母與語音對應以及舉例見下表。

文 字	語　　　音	舉　　　　例
A	[a]	kha 腳；chhá 炒
Aⁿ	[ã]	saⁿ 衫；táⁿ 膽
AH	[aʔ]	ah 鴨；bah 肉
AHⁿ	[ãʔ]	hahⁿ[-hóe] '烤火'
AI	[ai]	hái-chhài 海菜
AIⁿ	[ãĩ]	[tiong-]cháiⁿ '中指'；kaiⁿ '哀號'
AIH	[aiʔ]	[é-]taih-taih '很矮'
AIHⁿ	[ãĩʔ]	[ihⁿ-]aihⁿ '哼聲；抗議'
AK	[ak]	la̍k kak 六角
AM	[am]	kam[-á] 柑仔；tâm '濕'
AN	[an]	kán-tan 簡單
ANG	[aŋ]	kang-lâng 工人
AP	[ap]	cha̍p 十；[liân-]ha̍p 聯合
AT	[at]	la̍t 力；[sam-]pat 三八
AU	[au]	cháu-káu 走狗
AUⁿ	[ãũ]	khāuⁿ-khāuⁿ[-kiò] '咀嚼硬物聲'
AUH	[auʔ]	[jūn-piáⁿ-]kauh '潤餅'；[ka-]la̍uh '掉落'
AUHⁿ	[ãũʔ]	[hi-hí-]hauhⁿ-hauhⁿ '不堅實'
B-	[b ～ β]	bé-bah 馬肉
CH-	[tɕ]/__[+hi, −bk] [ts]/其他情形	chiú-cheng 酒精 cha̍p 十；chôa 蛇
CHH-	[tɕʰ]/__[+hi, −bk] [tsʰ]/其他情形	chhit-chheng 七千 chháu-chhù '茅屋'
E	[e]	sé-lé 洗禮
Eⁿ	[ɛ̃]	chhéⁿ 醒；pēⁿ[-īⁿ] 病院
EH	[eʔ]	pe̍h-seh 白雪

文字	語　　音	舉　　例
EHⁿ	[ɛʔ]	hehⁿ '嚇唬'; khehⁿ '咳嗽'
EK	[iek/iək/ɛk]	lėk-tek 綠竹
ENG	[ieng/iəŋ/ɛŋ]	chheng-peng 清冰
G-	[g ～ ɣ]	gí-giân 語言
H-	[h]	hoaⁿ-hí 歡喜
I	[i]	khì-sí 氣死
Iⁿ	[ĩ]	chhíⁿ '藍色'; [pēⁿ-]īⁿ 病院
IA	[ia]	chhia 車; siá 寫
IAⁿ	[ĩã]	kiaⁿ-siâⁿ 京城
IAH	[iaʔ]	chiảh 吃; piah 壁
IAHⁿ	[ĩãʔ]	hiahⁿ [saⁿ] '拿衣服'
IAK	[iak]	piak '迸裂'; siak '摔'
IAM	[iam]	iâm 鹽; kiâm 鹹
IAN	[en/ien/iæn]	chian 煎; lián[-á] '輪子'
IANG	[iaŋ]	hiáng 響; liâng 涼
IAP	[iap]	[hái-]kiap 海峽; siap 澀
IAT	[et/iet/iæt]	jiảt-liảt 熱烈
IAU	[iau]	iau-kiau 妖嬌
IAUⁿ	[ĩãũ]	[phang-]hiâuⁿ-hiâuⁿ '很香'
IAUH	[iauʔ]	[chhēng-]chiauh-chiauh '寂靜'
IAUHⁿ	[ĩãũʔ]	hiảuhⁿ-hiảuhⁿ '心動很想要'
IH	[iʔ]	pih 鱉; thih 鐵
IHⁿ	[ĩʔ]	[tāng-]ihⁿ-ihⁿ '很重'
IM	[im]	lim '飲'; sim 心
IN	[in]	jîn-bîn 人民
IO	[io/iə]	kiô 橋; sio 燒
IOⁿ	[ĩɔ]	iôⁿ 羊; siōⁿ 想
IOH	[ioʔ/iəʔ]	chioh 借; tiỏh '對'
IOK	[iɔk]	[iû-]kiỏk 郵局; siỏk '便宜'
IONG	[iɔŋ]	liông 龍; tiǒng '中央'
IP	[ip]	hip '悶'; kip 急

文 字	語　　　　　　音	舉　　　　　　　　　例
IT	[it]	it-tı̍t 一直
IU	[iu]	Liû-kiû 琉球
IUⁿ	[ĩũ]	iûⁿ 羊；siûⁿ 想
IUH	[iuʔ]	[thiàⁿ-]tiuh-tiuh '很痛'
IUHⁿ	[ĩũʔ]	hiủhⁿ-hiủhⁿ[-kiò]
		'喘哮聲；嗚咽聲'
J-	[dʑ ~ ʑ]/__[+hi, −bk]	jia-jı̍t '遮太陽'
	[dz ~ z]/ 其他情形	joȧh 熱；[hù-]jū 富裕
K-	[k]	ka-kàu 家教
KH-	[kʰ]	khang-khak 空殼
L-	[d̠ ~ l̠ ~ ɾ̠]/[−nas]__V	[kut-]lȧt '勤勞'；
		[kok-]lı̍p 國立；[hā-]liû 下流
	[d̠ ~ l̠]/ 其他情形	lí 你；lâi 來；lō͘ 路；
		loān-lâi 亂來；lêng-lȧk 能力
M-	[m]	ma-mǐ 媽咪
M	[m̩]	[a-]ḿ '伯母'；m̄ '不'
MH	[m̩ʔ]	hmh '槌打'；
		hṁh-hṁh '不作聲'
N-	[n]	niau 貓；nōa 爛
NG-	[ŋ]	[liân-]ngāu 蓮藕；
		ngó͘[-koan] 五官
NG	[ŋ̍]	mn̂g 門；pn̄g 飯
NGH	[ŋ̍ʔ]	phngh-sngh '斥責'；
		[iⁿ-îⁿ-]n̍gh-n̍gh '支吾'
O	[o/ə]	hó 好；ô[-á] 蚵仔
O͘	[ɔ]	hó͘ 虎；ō͘[-á] 芋仔
O͘ⁿ	[ɔ̃]	hò͘ⁿ[-sek] 好色；kō͘ⁿ '打鼾'
OA	[oa]	chôa 蛇；góa 我
OAⁿ	[ɔ̃ã]	óaⁿ-pôaⁿ 碗盤
OAH	[oaʔ]	koah 割；oȧh 活
OAI	[oai]	koai 乖；oai 歪
OAIⁿ	[ɔ̃ãĩ]	hoâiⁿ 橫；soāiⁿ[-á] '芒果'

文　字	語　　　　音	舉　　　　　　　　例
OAIH	[oaiʔ]	boaih '不要'
OAIHⁿ	[õãĩʔ]	[jūn-]koaihⁿ-koaihⁿ '韌而硬'; oaihⁿ[-lâi-]oaihⁿ[-khì] '扭動椅子等'
OAK	[oak]	koȧk-koȧk[-kiò] '大量吞水聲'
OAN	[oan]	oân-choân 完全
OANG	[oaŋ]	oang[-tóng] '結夥'; koāng[-lâng] '化膿'
OAT	[oat]	hoȧt-phoat 活潑
OE	[oe]	hōe-ōe 會話
OEH	[oeʔ]	hoeh 血; [ê-]poȧh 鞋拔
OH	[oʔ/əʔ]	ȯh 學; pȯh 薄
OʻHⁿ	[õʔ]	[sī] hooʰⁿ '是吧'
OK	[ɔk]	ok-tȯk 惡毒
OM	[ɔm]	lóm '軟'; som 蔘
ONG	[ɔŋ]	chóng-thóng 總統
OP	[ɔp]	khóp[-puh] '杯子'; [iû-]lop-lop '很油膩'
P-	[p]	peh-pah 八百
PH-	[pʰ]	phiau-phiat '瀟灑'
S-	[ɕ]/__[+hi, −bk] [s]/ 其他情形	sin[-seⁿ] 先生; sio 燒 [sin-]seⁿ 先生; soaⁿ 山
T-	[t]	Tâi-tiong 台中
TH-	[tʰ]	thih-thûi 鐵槌
U	[u]	ku 龜; gû 牛
UH	[uʔ]	puh[-pho] '冒泡'; suh '吸'
UI	[ui]	pûi-chúi 肥水
UIⁿ	[ũĩ]	chūiⁿ '舔'; hûiⁿ 橫
UIH	[uiʔ]	huih 血; [ôe-]pȯih 鞋拔
UN	[un]	chhun-hun 春分
UT	[ut]	kut 骨; [hoat-]lȯt 法律

文 字	語　　　　音	舉　　　　例
無記號	[32]etc/＿Cᵒ#	[Hoat-]kok 法國； [kok-]hoat 國法
	[54]/＿Cᵒσ	Hoat[-kok] 法國； kok[-hoat] 國法
	[55]/＿#	[koan-]kong 觀光； [kong-]koan 公關
	[33]/＿σ	koan[-kong] 觀光； kong[-koan] 公關
/	[53]/＿#	[bé-]sái 馬屎； [sái-]bé 駛馬
	[55]etc/＿σ	bé[-sái] 馬屎； sái[-bé] 駛馬
\	[21]/＿#	[chèng-]kiàn 政見； [kiàn-]chèng 見證
	[53]/＿σ	chèng[-kiàn] 政見； kiàn[-chèng] 見證
∧	[13]/＿#	[goân-]iû 原油； [iû-]goân 猶原
	[33]etc/＿σ	goân[-iû] 原油； iû[-goân] 猶原
—	[33]/＿#	[tēng-]hō͘ 訂戶； [hō͘-]tēng '門檻'
	[21]/＿σ	tēng[-hō͘] 訂戶； hō͘[-tēng] '門檻'
|	[55]etc/＿Cᵒ#	[ha̍k-]le̍k 學歷； [le̍k-]ha̍k 力學
	[21]/＿Cᵒσ	ha̍k[-le̍k] 學歷； le̍k[-ha̍k] 力學

新 增 加 的 文 字 符 號 *

文　　字	語　　音	舉　　　　　　　例
AR	[ɑɹ]	[Ha-]ār[-pin] '哈爾濱'; [ém-]ar[-ai] '核磁共振'
D	[d]	dé[-thà] '資料'; [sí-]di 'CD'
Ė	[ə/ɤ]	chē 坐 (海口腔); kė-kė '哥哥'
ĖH	[əʔ/ɤʔ]	sėh 雪 (海口腔);
EIK	[ɛk/æk]	théik[-sì] '計程車'
EM	[em]	the̊m[-pú-lah] '甜不辣'; ém[-ar-ai] '核磁共振'
EN	[en]	[a-]men '阿們'
EP	[ep]	Phép[-sì] '百事可樂'
F-	[f]	fák[-si̇h] '傳真' Fo[-mó-sà] '福爾摩莎'
İ	[ɨ/ɯ]	khi̇ 去 (海口腔); chhi̇[-phián] '磁片'
IAAN	[ian]	chiàan [hó] '這麼好'
IAAT	[iat]	iáat[-to h] '遊艇'
İH	[ɨʔ]	[fák-]si̇h '傳真'
IK	[ik]	[O-lím-]pik '奧林匹克'
ING	[iŋ]	li̊ng-li̊ng[-chhi] '箱型公事包'; [bó-]lìng '打保齡球'
IO̊	[iɔ]	hio̊ '是啊'; sio̊[-tò] '秀逗' [bô] lio̊ '沒有呢'
IO̊H	[iɔʔ]	hio h '是的'
IOT	[iɔt]	siót[-to h] '游擊手' [thí-]siot 'T恤'
IUAN	[iyan]	[hóa-]chiuân '花捲'
IUE	[iye]	chhiúe[-iâng] '缺氧'
IUT	[iyt]	siu̇t-siu̇t[-kiò] '工作迅速'
O̊H	[ɔʔ]	[tho-má-]to h '番茄'

文　字	語　　　　音	舉　　　　　　例
ON	[ɔn]	khǒn[-niá-khuh] '蒟蒻'
OT	[ɔt]	[ĭn-]gót[-tọ·h] '鑄錠'
U̇	[y]	[oài-]ú̇ '外遇'
		chú̇[-tán] '巨蛋'
UIT	[uit]	ŭit[-·siò] '用力完成所出聲'
V	[v]	ví[-é-sṙh] '... 對 ... (...vs. ....)'
∨	[45]/__Cᵒ#	**chhiǎk** '心臟突然跳一下';
(第九聲)		**chiǔt** '液體擠出來的聲音'
	[34 ~ 35]/其他情形	[niau-]**mǐ** 貓咪;
		miǎ-ěng '明晚'
∧	[33]/__Cᵒσ	**siôk**[-pháng] '吐司麵包';
		[fá-]**khûh**[-sṙh] '電傳'
/	[54]/__Cᵒ#	**tóp** '滴水聲';
		[khì-]**káh** '很生氣'
	[55]/__Cᵒσ	[la-]**khiát**[-tọ·h] '球拍';
		khóp[-puh] '杯子'
\	[21]/__Cᵒ#	[kọk-kọk-ke,] **kòk, kòk**
		'成熟的雞興奮時叫聲'

*新增加的文字符號不一定是記新的外來語音。有些是早就存在的語音。主要是海口腔 (濱海方言) 的元音 [ɨ/ɯ] 和 [ə/ɤ]。這些語音傳統的文字並不記載,即使 Carstairs Douglas [杜嘉德] (1873, 1899) 的廈英詞典曾經處理過,但未曾當文字使用。又如象聲詞、擬態詞、助詞、歎詞等的特殊語音,也未見經傳。另外是台語以外的福建話有 [d] 音,像 *dìt* '日' (這應是興化話 *tìh* '日' 的語源)、[*lâm-*]*dú* '男女'、*dẹk*[*-sú*] '歷史'。台語的歷史上有這個音,不過老早和 [l] 分不清楚了。1945 年後,中國式的英語教學又使它和 [t] 分不清楚。最近才從外來語中引進正確的發音,已經很多人可以分清楚了。

記　　號

‖ 或音(詞條上居首或整條)
∣ 或音(詞條上居中)
／ 或音(其他任何首尾同位)
＞ 語音、結構變化
＜ 語源(直接或間接)、字源
⌐ 下一行末尾上移寄放處
⌐ 上一行末尾下移寄放處
＋ 聯合的語源
＋ 不變調
・ 輕聲,前音節原調
＊ 擬構或死亡的語詞
□ 本無漢字或無可靠字源
¶ 造句、構詞舉例
△ 舉例為未詞彙化的成語
◇ 拼入的詞條
～ 本條語詞簡寫
≃ 其他(同義或近義)說法
⇒ 詳見所指該條異音詞
[á] 加 á 意義不變
Aa 古南亞語
ab 縮簡
AC 上古漢語
acr 取頭字母
adj 形容詞
adv 副詞
à la 按照
Amoy 廈門話
ana 類化
ant 相反或相對意義
Ar 阿拉伯語
asp 送氣不送氣
aux 助動詞
B. 不獨立的語詞
back 逆向構詞
Bun 布農語
Cant 粵語文
cf 參考比較
Chi 戰後來台或在台中語文
cl 單位詞

col 書面語詞白讀
comm 商品名稱美化
conj 連詞
contr 合音
Cor 朝鮮語
D 方言
dia 借他人方音照著說
do. 中文解釋與前項相同
E 早期語言
En 英語文
Esp 西班牙語文
etc 等等／其他
euph 諱言
Fook 福州語
Form 台灣南島語
Fr 法語文
Ger 德語文
Hak 客語
Heb 希伯來語
Hel 希臘語
Hind 興都語
Hkh 客家人說的台語
Hok 福建語
hom 諧音
hyp 矯枉過正
Indon 印尼(語)
It 義大利語文
Kav 噶瑪蘭語
L 晚期語言
Lat 拉丁文
LC 晚期古代漢語
lit 照漢字字面文讀
log 漢字轉讀
M 中古語
Man 滿洲語
Mand 藍青官話／舊中文
Mao 毛利語
MC 中古漢語
met 前後語音或文字置換
mis 看錯漢字

Mong	蒙古語	Teo	潮汕語
Mul	巫語	tone	聲調
N	現代語	tr	意譯或部分意譯
Nep	尼泊爾語	Tshi	西非Tshi語
Neth	荷蘭語	Turk	突厥語
Nip	日語文或台式日語	Turki	土耳其語
nom	名詞	TW	台語；台灣
Norw	挪威語	v	見該構詞關係語詞
num	數詞	vb	動詞
O	古語	Viet	越南語文
ons	聲母	voc	元音
Pai	排灣語	[x]	一般只用於疊詞
Pal	巴利文	Yao	傜語
part	語助詞	Yut	于闐語
Peruv	祕魯原住民語	全	中文與台語漢字文同
phon	認定的同源語音對應	兒	兒語
Pk	北京土語	俚	俚語
pop	語音語意合理化	反	反語
Port	葡萄牙語	謔	戲謔語
Pou	壯語	粗	不雅或粗鄙的語詞
pref	前綴	諱	諱言
prep	前置詞	首	詞首附加成分
pro	代詞	中	詞中嵌入的成分
Pu	布依語	尾	詞尾附加成分
q.v.	詳見前述該條	名	名詞(性)
SAm	南美洲原住民語	量	量詞/單位詞
Sans	梵文	數	數詞
Sed	賽德克語	代	代詞
sem	語意變化	指	指示詞
SEY	(江浙閩)長江東南古語	象	象聲詞
Shang	上海話	擬	擬態詞
Siam	泰語	動	動詞(性)
Sin	終戰前或不定時代漢語文	輔	助動詞
Sing	星馬	介	介詞/前置詞
Sir	西拉雅語	形	形容詞(性)
suf	後綴	副	副詞(性)
Swed	瑞典語文	連	連接詞
Tag	菲律賓打家鹿語	助	語法助詞
Tam	淡米爾語	氣	語氣助詞
Tauk	道卡斯語	歎	歎詞
Taw	大宛語		

TJ台語白話小詞典

Tâi-gí Pe̍h-ōe Sió Sû-tián

TJ's Dictionary of Non-literary Taiwanese

A

·a¹ (< Sin) 尾 加在稱呼後的詞綴,隨前輕聲變調; cf ·e³ ¶Táu-~ [斗~] 對名叫「斗」的人的稱呼。

·a² (< á²) 尾 加在方位詞、時間詞後的詞綴,隨前輕聲變調¶piⁿ-~ [邊~] 旁邊¶thâu-~ [頭~] a. 前頭 b. 原先¶bóe-/bé-~ [尾~] a. 後頭 b. 後來。

·a³ 尾 加在重疊的形容詞後表示狀態,隨前輕聲變調¶lâng koân-koân-~ [人 koân-koân ~] 個子高高的¶pûi-pûi-~ [肥肥~] 胖胖的。

·a⁴ 連 連接動詞、表示重複或持續,輕聲固定低調;⇒ ā⁶。

·a⁵ 助 用於列舉;⇒ ·la¹。

·a⁶‖ah [矣] 助 表示完成或新事實發生,輕聲隨前變調;≃ ·lo¹;≃ ·lo²;≃ ·liáu ¶sí [死~] 死了。

·a⁷‖ah [矣] 氣 (< SEY) 表示認為即將完成,輕聲隨前變調;≃ ·lo³ ¶Sí ~! [死~!] 糟糕! ¶Lâi ~! Lâi ~! Mài hiah tōa-siaⁿ. [來~!來~!Mài hiah 大聲.] (我)來了!來了!別那麼高聲叫¶Nî boeh/beh kàu ~. [年欲到~.] 年關快到了。

·a⁸‖ah (> ǎ¹) [啊] 氣 表示肯定、辯解、催趕、囑咐、追問等,輕聲隨前變調或固定低調¶He bē-tàng án-ne kóng ~! [He bē-tàng án-ne 講~!] 那不能這麼說的啊! ¶Kín lâi ~! [緊來~!] 快呀! ¶Lí boeh/beh khì àh m̄ khì ~? [你欲去 àh m̄ 去~?] 你(到底)去不去啊?

a¹‖án [阿] 頭 加在稱呼前的詞綴¶~-peh [~伯] 伯伯¶~-táu [~斗] 全。

a² [啊] 象 "啊"聲¶Lâi! Chhùi peh-khui! ~! [來!嘴 peh 開!~!] 來,把嘴張開,(說)「啊」! ¶~-~-kiò [~~叫] 一直發"啊"聲。

a³ [啊] 歎 表示驚奇¶~, lí khòaⁿ. [~,你看.] 全¶~, hāi ·a! [~,害矣!] 糟糕!

a⁴ [啊] 歎 表示頓悟而喜悅或驚訝; cf à⁴ ¶~, góa chai-iáⁿ ·a. [~,我知影矣.] 啊,我知道了。

â (> â-·à) 歎 表示不贊同; cf à² ¶~, mài án-ne ·la! 不要這樣! ¶~, ná chiah kheh-khì!? [~,哪 chiah 客氣!?] 嗐,怎麼這麼客氣!?

á¹ [仔] ⊕ 1. 嵌入並列語中的詞綴¶ang-~-bó· [翁~某] 夫妻¶bó·-~-kiáⁿ [某~kiáⁿ] 妻兒¶thâu-~-bóe/-bé [頭~尾] 首尾;前後 2. 嵌入疊詞以幫助表示其所表現的狀態¶boeh-óa-~-boeh-óa [欲 óa~欲 óa] 臨近;相當接近¶sí-sô-~-sí-sô [死 sô~死 sô] 有氣無力,慢吞吞的 3. 嵌入重疊以表示逐一或數個一組的數量結構,無語意; cf á³⁽²⁾ ¶nn̄g-ê-~-nn̄g-ê sǹg [兩個~兩個算] 兩個兩個數 4. 嵌入(男性)姓與名之間或姓與名字末音節間的詞綴¶Tiuⁿ-~-Jū-hông [張~裕宏] 張裕宏¶Tiuⁿ-~-hông [張~宏] 張X宏。

á² [仔] 尾 1. 表示小或者可愛¶niau-~ [貓~] 貓 2. 表示親暱¶Han-chî-~ [蕃薯~] 台灣人的暱稱 3. 表示輕視¶Chiúⁿ-Kài-sèk-~ [蔣介石~] 蔣介石儿¶siòk-~ [俗~] 便宜貨;賤貨 4. 把地名變成當地人的名稱的詞綴¶Tiong-kok-~ [中國~] 老中;中國人 5. 把其他類語詞或詞組變成名詞的詞綴¶khat-~ 杓子¶chiú-khui-~ [酒開~] 酒瓶開瓶器¶nih-bàk-~ [nih 目~] 老是眨眼的人¶phah-thih-~ [phah 鐵~] 鐵匠¶tōa-phīⁿ-~ [大鼻~] 大鼻子 6. 加在形容詞後表示小小的程度,接單位詞¶bīn tōa-~ ê [面大~個] 臉大大的 7. 加在形容詞或副詞後表示些微,通常承 "khah²," 常接 "·le²," ¶Lí mā khah

chiáp-~ *lâi* ·*le*. [你 mā 較 chiáp ~
仔來 ·le.] 常來 (玩儿) 嘛 ¶*Seng-khu
khah khîn*-~ *sé, khah ōe-seng*. [身
軀較勤～洗,較衛生.] 勤點儿洗澡,衛
生些 ¶*khah khó*-~ *chò/chòe* [較苦
～做] **a.** 克苦耐勞點儿 **b.** 勉強做。

á³ [仔] (尾) **1.** 加在量詞或單位名詞後
表示大約或不定 ¶*thèh nn̄g-ê*-~ *lâi*
[拿兩個～來] 拿兩三個來 ¶*San-sì-*
goèh-~ [三四月～] 三四月間 ¶*téng*
kúi-jit-~ [頂幾日～] 前些日子 **2.** 加
在量詞或單位名詞後表示每次的數
目;*cf* á*¹*⁽³⁾ ¶*nn̄g-ê*-~ *nn̄g-ê*-~ *sǹg*
[兩個～兩個～算] 兩個兩個數。

á⁴ [仔] (尾) 加在疊詞後構成副詞,表
示方式 ¶*gōng-gōng*-~ *tân* [戇戇～
等] 呆呆地等 ¶*chhiò-chhiò*-~ *kóng*
[笑笑～講] 微笑地說 ¶*ûn-ûn*-~ *kiâⁿ*
[匀匀～行] 慢慢儿走。

á⁵ (< *iáu¹*, q.v.) (副) 仍然。

á⁶ (連) 抑或;⇒ *àh³*。

á⁷ (< *iah²*, q.v.) (連) 至於。

á⁸ (助) 以至;⇒ *kà³*。

à¹ (氣) 用於稱謂後以引起其注意的語詞
¶*A-Hoat*-~! [阿發～!] 阿發啊!

à² (助) 以至;⇒ *kà³*。

à³ [啊] (助) 用於停頓,常含有「至於」
的意思 ¶*Góa* ~, *góa boǎi kā lí kóng*.
[我～,我 boǎi kā 你講.] 我哇,我不告
訴你。

à⁴ [啊] (氣) 表示懷疑,要求肯定,常有覺
得意外的意思;*cf* ·hioˈ; *cf* ·ni² ¶*Che*
~? 這個哇? ¶*Sī* ~? *Án-ne* ~. [是
～? Án-ne ～?] 是嗎,是這樣嗎?

à⁵ (歎) 表示想起來或明白過來;*cf*
a⁴ ¶~, *iáu ū chit hāng tāi-chì bē-*
/*bōe-kì*-·*tit kā lí kóng.* [～,夭有一
項代誌 bē 記得 kā 你講.] 啊,還有一
件事忘記了告訴你。

à⁶ (歎) 表示滿足 ¶~, *chin hó-chiàh!*
[～,真好吃!] 仝。

ā¹ (副) 並 / 又 / 根本,即表示否定所說

的前題 ¶*He* ~ *bô sàⁿ*. [He ～無
啥.] 那沒什麼 ¶*Lí kóng i sí*-·*khì* ·*a*,
~ *bô-iáⁿ* ·*a*. [你講伊死去矣,～無
影啦.] 你說他死了,沒有哇 ¶*khang-*
khang, ~ *bô mih-kiâⁿ* [空空～無物
件] 空空的並沒有東西。

ā² (< *àh²*, q.v.) (副) 哪;怎麼;豈。

ā³ [啊] (氣) 表示肯定或否定,針對正反
的議題;*cf* ·a⁸; *cf* ·lo⁴ ¶*Bô* ~, *ná*
ū? [無啊,哪有?] 沒有啊,哪裡有?
¶*Sī* ~, *tiō-sī án-ne* ~. [是～,就是
án-ne ～.] 對啊,就是這樣啊。

ā⁴ (< *àh³*, q.v.) (連) 表示選擇。

ā⁵ (< *iā²*, q.v.) (連) 也;亦。

ā⁶‖·*a* (連) 連接動詞,表示重複或持續
¶*kóng*-~-*kóng, m̄-chai kóng tùi tá*
khì. [講～講, m̄ 知講對 tá 去.] 說著
說著,不知道說說到哪儿去了。

ǎ¹ (< ·*a⁸*, q.v.) (氣) 強力表示肯定、辯
解、催趕、囑咐、追問等。

ǎ² (歎) 料想不到時發出的聲音;⇒ ǎⁿ。

ǎ³ (> ǎ-·à²) (歎) 表示不贊同或不屑;
cf â ¶~, *he siòk-á!* [～, he 俗
仔!] 嘻,那是賤貨 (不值得提起或不
值得買)。

ā...ā...‖[也 ... 也 ...] (連) **1.** 既 ... 又 ...
¶*ā ná ú, ā ná bô* [也 ná 有,也 ná 無]
好像有,又好像沒有 **2.** 既 ... 也 ...;什
麼都 ¶*ā ū chîⁿ, ā ū sè* [也有錢,也
有勢] 有錢有勢。

a-·à‖*á-*‖*ǎ-* 表示驚喜 ¶~, *chin kú*
bô khòaⁿ-·*tiòh* ·*a!* [～,真久無看著
矣!] 哇,好久不見了!

â-·à (< *â*, q.v.)。

á-·à¹ (歎) 表示驚喜;⇒ a-·à。

á-·à² (歎) **1.** 表示恍然大悟或想起 **2.** 表
示很舒適、滿意 ¶~, *khoài-lòk ê*
jîn-seng! [～,快樂 ê 人生!] 啊,快
樂的人生!

ǎ-·à¹ (歎) 表示驚喜;⇒ a-·à。「不屑

ǎ-·à² (< ǎ³, q.v.) (歎) 表示極不贊同或

ǎ-·à³ (歎) 表示意外的不滿意 ¶~, *chin*

A

*phái*ⁿ*-chiàh!* [～, 真歹吃!] 哎呀, 好

á-bē/-*bē* ⇒ iáu-bōe。　 ⌐難吃!

A-bí-chȯk (< log Chi < *Amis*) [阿
美族] 图 CHȮK: 台灣民族名; ≃ A-

á-bô (< *iah-bô*, q.v.)。　 ⌐mi-chȯk。

á-bōe/-*bē*/-*bē* (< *iáu-bōe*, q.v.)。

a-bú (*cf* Sed *bubu*, Mul *ibu*) 图 Ê: 媽
媽; ≃ a-i。

a-cha 圈 骯髒; ≃ lah-sap。　⌐姊。

a-ché/-*chí* (< Sin) [阿姊] 图 Ê: 姊

a-chek (< Sin) [阿叔] 图 Ê: 叔叔。

a-chí ⇒ a-ché。

a-chím [阿嬸] 图 Ê: 嬸娘。

A-chiu (< log < [洲] + ab *Asia*) [亞
洲] 图 全。

a-chó͘ [阿祖] 图 Ê: 曾祖父母。

á-gū ⇒ áng-gī。

a-hiaⁿ (< Sin) [阿兄] 图 Ê: 哥哥。

A-hù-hān [阿富汗] (< log Chi; *cf* En
Afghanistan) 图 全。

a-î/-*ǐ* (< Sin) [阿姨] 图 Ê: 姨媽。

a-ǐ (< *a-î*) 图 Ê: 阿姨的暱稱。　⌐全。

a-jiàt-tài (< log Nip) [亞熱帶]

á-kah ⇒ iah-kah。

á-khiu (< Chi *a¹ k'iu¹*) 图 Ê: 阿 Q, 即
以精神勝利自慰的人 圈 阿 Q, 即好
以精神勝利自慰 ¶*chiah-nī* ～ 這麼
阿 Q。

á-kiáⁿ (< suf + suf) [仔 kiáⁿ] 图 表
示小的詞綴 ¶*chit-tiám-*～ [一點～]
a. 一小點儿 b. 一點點儿 ¶*gín-*～ 小
孩儿 ¶*gû-*～ [牛～] 小牛儿。

a-kīm [阿妗] 图 Ê: 舅媽。

A-kin-têng (< log Chi < *Argentina*)
[阿根廷] 图 全。　⌐今指中國。

A-kiōng-·e [阿共·e] 囲 图 共產黨,

a-ko͘ (< Sin) [阿姑] 图 Ê: 姑母。

á-koh (< *iáu-koh*, q.v.)。

a-kong (< Sin) [阿公] 图 Ê: 祖父
¶*lāu-*～ [老～] 老公公。

a-kū (< Sin) [阿舅] 图 Ê: 舅舅。

a-kun (< log Chi) [亞軍] 图 全。

A-lá-pek/-*làh*- (< log Chi + Chi *A¹-
la¹po²* < *Arab*) 图 阿拉伯
◇ ～-*bûn* [～文] PHIⁿ: 阿拉伯文
◇ ～-*lâng* [～人] Ê: 阿拉伯人
◇ ～ *sò͘-jī* [～數字] JĪ: 阿拉伯數字。

A-làk-á (< [六] < [陸] < *a¹* + ab
Tāi-liȯk-á [大陸仔]) [阿六仔] 图
Ê: 中國人, 尤其指偷渡來台者。

a-lí-put-tȧt [阿里不達] 圈 **1.** 不中
用 ¶～ *ê ōe* [～ê話] 廢話 **2.** 沒水準
¶*kóng kà* ～ [講到～] 說得亂七八糟
3. 不三不四 ¶～ *ê pêng-iú* [～ê朋
友] 損友。　 ⌐图 全。

A-lí-san/-*soa*ⁿ (< lit log) [阿里山]

a-lȯk-á (< *a¹* + *á²* + log [樂] < ab
[大家樂] *etc*) [阿樂仔] 图 大家
樂、刮刮樂、樂透之類賭博。

a-lú-mih (< Nip *arumi* < ab NLat
aluminum) 图 [á] 鋁
◇ ～-(*á*-)*mñg* [～(仔)門] Ê: 鋁門
◇ ～-(*á*-)*thang* [～(仔)窗] Ê: 鋁窗。

a-ḿ [阿姆] 图 Ê: **1.** 伯母 **2.** 對與母
親年紀相當或更大的人的尊稱。

à-·ḿ 象 哈欠聲。

ǎ-·ḿ (< *ǎm*, q.v.)。

a-má [阿媽] 图 Ê: **1.** 祖母　　⌐婆家
△ ～ *tau* [～兜] 祖母住處, 通常指外
2. 對老太太表示親暱的稱呼 ¶*lāu-*～
[老～] 老太太　¶*Toh-*～ [卓～] 卓奶
奶
◇ ～-*bīn* [～面] 面容如老太婆, 皺皺
的或蒼老 ¶*í-keng* ～ *·a* [已經～矣]。

a-mah 图 Ê: 媽媽。　⌐人老珠黃了。

A-mé-nī-à (< *Armenia*) 图 亞美尼亞

a-men (< Heb *āmēn*) 歐 阿們。⌐國。

A-mi ⇒ A-mí-suh。

A-mí-suh/-*sih* (< Nip *Amisu* < A-
mis) 图 **1.** CHȮK: 阿美族; ≃ A-mi(-
chȯk); ≃ A-bí-chȯk **2.** Ê: 阿美族人;
≃ A-mi **3.** KÙ: 阿美語。

A-mí-tô-hȯk/-*tō͘*- ⇒ O-mí-tô-hȯk。

A

a-mó͘-ní-ah/-nih-á (< Nip ammo-
nia < En ammonia) (名) 氨。　「全

a-môa (< log Nip) [亞麻] (名) CHÂNG:
◇ ~-chí [～籽] LIA̍P: 亞麻子。

á-ná (< án-nóa < án-chóaⁿ, q.v.)。

ā ná... ā ná [也 ná... 也 ná...] (連) 又
像... 又像 ... ¶ā ná chin-·ê, ā ná
ké-·ê [也 ná 真·ê, 也 ná 假·ê] 又像真
的, 又像假的。

a-niâ ō-·è [阿 niâ ō-·è] (< [阿娘喂])
(歎) 我的媽呀。　　　　　「爸

a-pa/-pâ/-pà/-pah [阿爸] (名) ê: 爸

à-pà‖ah- [à霸] (形) "鴨霸," 即蠻橫。

a-pah ⇒ a-pa。

a-peh (< SEY) [阿伯] ê: 1. 伯父
2. 對與父親年紀相當或更大的人的
尊稱。

a-phiàn (< log Sin [阿片]; cf En
opium < Hel opion) [亞片] (名) 1. 罌
◇ ~-hoe [～花] 罌粟花　　　 「粟
2. 鴉片煙 ¶chia̍h ~ [吃～] 吸食鴉片
◇ ~-hun [～菸] 鴉片煙。

a-phó͘-īn-mèn (< En apointment)
(名) ê: (事務上的) 約會, 例如約診 、
會商、面試等。

a-pô (< Sin) [阿婆] (名) ê: 老太太。

a-put-tó-á [阿不倒仔] (名) ê: 不倒
　　　　　　　　　　　　　　　「翁

a-sá-lih (< ât-sá-lih, q.v.)。

a-sá-pú-luh‖-put- (形) 差勁; 不入流。

ā-sái¹ (連) 因為... 嘛 ¶~ lâng bē-/bōe-
hiáu! [～人 bē 曉!] 因為我不會嘛!

ā-sái² (< a̍h-sái, q.v.) (副) 何需。

a-se [阿西] (厘) (名) ê: 傻瓜 (形) 傻里傻

á-sī‖ā- ⇒ a̍h-sī¹,²。　　　　　　「氣

a-sià [阿舍] (名) ê: 生活優裕, 不事工
作者
◇ ~-kiaⁿ ê: 公子哥儿; ≃ a-ko-sià。

a-só [阿嫂] (名) ê: 嫂嫂。

a-sú-pí-lín‖-phí- (< Nip asupirin <
En aspirin) (名) LIA̍P: 阿司匹林。「袋

a-tá-mah (< Nip atama) (名) LIA̍P: 腦
△ ~ khōng-ku-lí/khóng-kú-lì-tò/-

tò͘ 不會想; 思想僵化。　「的人。

a-táu (< log Chi) [阿斗] (名) ê: 無能

a-thài [阿太] (名) ê: 高祖父母。

A-thián (< log Chi + Hel Athenai)
(名) 希臘首都雅典。

á-to ⇒ iah-to。　　　　　「西洋人。

a-tok-á [阿啄仔] (名) ê: "大鼻子," 即

âⁿ¹ (動) 1. 勸架 2. 庇護 ¶ke-bó ~ ke-
á-kiáⁿ [雞母～雞仔 kiáⁿ] 母雞掩護
小雞 3. 祖護 ¶~-kui-pêng 偏祖一方
4. 霸佔 5. 阻擋; 反對。

âⁿ² (歎) 表示抗議, 常有撒嬌的味道; ≃
ńg² ¶~, lâng boài ·la! [～, 人 boài
啦!] 我不要 (這麼樣) 啊!

áⁿ (動) 1. 用身體掩護 2. 陪 (孩子) 睡
覺, 使睡著; ⇒ àⁿ²。

àⁿ¹ (< Sin [向]) (動) 1. 彎腰; 俯身 ¶io
thiàⁿ, ~-bē-lo̍h-·khì [腰痛, ～bē 落
去] 腰痛, 彎不下去 2. 向; ≃ ǹg;
hiàng ¶Bīn ~ chit pêng. [面～這
pêng.] 臉朝這邊。

àⁿ²‖áⁿ (動) 陪 (孩子) 睡覺, 使睡著 ¶~
gín-á [～ gín 仔] 陪孩子睡覺, 使睡
著。

àⁿ³‖ǹg (歎) "是的," 即表示同意。

àⁿ⁴‖nà‖nah (歎) 給與時引起受物者注
意所用的語詞; ≃ èⁿ²; ≃ ǹg⁴; ≃ tà⁴
¶~, the̍h-·khì! [～, the̍h 去!] 拿去!

āⁿ¹ (< Sin) [餡] (名) 餡儿。

āⁿ² (動) 遮蔽, 例如大樹遮小樹。

āⁿ³ (介) (歎) 支吾用詞; ≃ ēⁿ。

ăⁿ‖ǎ‖ǎhⁿ‖ǎh (歎) 表示料想不到; ≃
hăⁿ³ ¶~. Sī lí! [～, 是你!] 啊, 原來
是你!

āⁿ-iⁿ (象) 1. 拉絃樂器聲 2. 嗩吶聲 ¶pûn

àⁿ-io [àⁿ腰] (動) 彎腰。　「～ 吹嗩吶。

âⁿ-kui-pêng (動) 偏祖 (一方)。

àⁿ-thâu [àⁿ頭] (動) 低頭 ¶~ kî-tó [～
祈禱] 低頭禱告。

ah¹ (cf Yao ap) [鴨] (名) [á] CHIAH:
鴨子。

ah² (< Sin) [押] (動) 1. 看守運送中的

A

人、貨;逮捕;扣押 **2.** 抵押 **3.** 強迫
¶*~ i chò/chòe* [～伊做]強迫他做。

ah[3] (< Sin) [壓] 働 壓制;≃ *ah-jih*。

ah[4] 連 表示選擇;⇒ *åh*[3]。

ah[5] 連 至於;⇒ *iah*[2]。

ah[6] 連 但是;⇒ *iah*[3]。

ah[7] 働 發語詞;⇒ *iah*[4]。

ah[8] 働 表示完成或新事實發生;⇒ *·a*[6]。

ah[9] 覅 表示肯定即將完成;⇒ *·a*[7]。

ah[10] 覅 表示肯定等;⇒ *·a*[8]。

åh[1] (< Sin) [匣] 量 盒;≃ *åp*[1]。

åh[2] ‖*ā* 働 哪;怎麼;豈¶*~ chai.* [～
知.]誰知道;天曉得¶*~ chai i khì sí!*
[～知伊去死!]囮 (誰)管他! ¶*He ~
thang!* 那怎麼可以!

åh[3] ‖*ah*‖*ā*‖*á* (< Sin) [或] 連 表示
選擇¶*Lí boeh/beh chiàh hî ~ chiàh
bah?* [你欲吃魚～吃肉?]你想吃魚
還是吃肉?

ǎh ⇒ *ǎ*[n]。

ah-·à ‖*åh-* 覅 表示突然想起。

ah-á [鴨仔] 名 CHIAH: 鴨子
△ *~ thia*[n] *lûi* [～听雷]聽不懂。

åh-·à ⇒ *ah-·à*。

åh-á [匣仔] 名 Ê: 盒子;≃ *åp-á*。

ah-á-kiá[n] [鴨仔 kiá*n*] 名 CHIAH: 小
鴨。　　　　　　　　　　　　　「味。

ah-bī [押味] 働 加作料以去食物的腥

ah-bǐ (*cf* Pai *bibiq*, Mul *bebek*) [鴨
bǐ] 名 [*á*] CHIAH: 對鴨子的暱稱,尤
ah-bô ⇒ *iah-bô*。　　　　　「其小鴨。

ah-bó/-bú [鴨母] 名 CHIAH: 母鴨
◇ *~-(kha)tê* [～(腳)蹄] **a.** SIANG,
Ê: 扁平足 **b.** 腳底扁平。

ah-kah ⇒ *iah-kah*。

ah-kang [鴨公] 名 CHIAH: 公鴨。

ah-kim (< log Chi) [押金] 名 PIT:
全。

ah-ku-lu-á [鴨痀 lu仔] 名 CHIAH: 有
生長機能障礙的鴨子;≃ *ah-á-tan*。

ah-liâu ⇒ *ah-tiâu*。

ah-lòh-té/-tóe [押落底] 働 壓服。

ah-nā ⇒ *iah-nā*。

ah-nn̄g/-nūi [鴨卵] 名 LIÀP: **1.** 鴨
子生的蛋;≃ *ah-bó-nn̄g* **2.** 囮 零分。

ah-pà (< *à-pà*, q.v.)。

åh-sái ‖*ā-* [åh 使] 働 何需¶*Siū*[n] *mā
chai; ~ lí kà.* [想mā知,～你教.]想
想就知道了,哪還需要你教。

ah-sī ⇒ *åh-sī*[1,2]。

åh-sī[1] 働 (到底)還是;⇒ *iáu-sī*。

åh-sī[2] ‖*iåh-*‖*iā-*‖*ā-*‖*iah-*‖*ah-*‖*á-*
(< log Sin) [或是] 連 表示選擇
¶*Che ~ he hó?* [Che～he好?]這
個好還是那個好?

åh-soah/-soh (v *åh*[2]) 働 哪;怎麼
¶*~ ē-sái-tit kan-na chiàh, m̄ chò/
chòe?* [～會使得kan-na吃, m̄做?]
怎麼可以光吃不做事?　　　「舍。

ah-tiâu/-liâu [鴨 tiâu] 名 KENG: 鴨

ah-to ⇒ *iah-to*。

ah-ūn (< log Sin) [押韻] 働 全。

ǎh[n] ⇒ *ǎ*[n]。

ai[1] (< Sin) [哀] 働 **1.** (人)哀叫;*cf*
kai[n] **2.** 抱怨;≃ *hai*[n] ¶*~ kan-khó·*
[～艱苦]叫苦。

ai[2] ‖*ǎi* 覅 責備用語¶*~! Lí ná kóng-
bē-thia*[n]*?* [～!你哪講 bē 听?]你怎
麼不聽話! ¶*hn̄g, ~!* q.v.

ài[1] (< Sin) [愛] 働 **1.** 要;想佔有
¶*Che, góa iáu ~.* [Che,我夭～.]這
個我還要 **2.** 喜愛;喜歡(做) ¶*Gín-
á ~ thit-/chhit-thô.* 孩子們愛玩儿
¶*~-chhe*[n] q.v. ¶*~ chiàh* [～吃]愛
吃東西 **3.** 疼惜,即對妻子、弟妹、
子孫或子民的愛;≃ *sioh*;≃ *thià*[n]
¶*Siāng-tè ~ sè-kan-lâng.* [上帝～
世間人]神愛世人 **4.** (< log Chi <
En *love*) 對異性的愛¶*Lí bô ~ ·góa
·a ·ho*[n]*?* [你無愛～我矣·ho[n]?]你
不愛我了吧? ¶*~-·tiòh* [～著]愛上
¶*~-·tiòh påt-lâng* [～著別人]愛上別
人　　　　　　　　　「上了(無可挽回)
△ *(ta*[n]*) ài-·tiòh ·a* [(ta[n])～著矣]愛
△ *~-·tiòh khah chhám sí* [～著較慘

死] **a.** 愛上了之後對自己是很痛苦的 **b.** 愛上了之後,不能自拔,令他人束手無策

5. (< log Chi < En *love*) 對其他的愛,包括對上帝、父母、兄姊及一般他人 圖 傾向於;常常;動不動就; cf tiāⁿ-ài。¶~-khàu q.v. ¶~-khùn q.v. ¶(tiāⁿ) ~ khi-hū-·lâng [(tiāⁿ)～欺負人] 愛欺負人家。

ài² [愛] 動 須用 ¶*Che kám ~ chîⁿ?* [Che kám～錢?] 這個要付錢嗎? ¶~ gōa chē/chōe sî-kan chiah ū-kàu? [～gōa chē 時間才有夠?] 要多少時間才夠? 輔 **1.** 需要 ¶~ lâng pang-bâng [～人幫忙] 需要人幫忙 **2.** 必須 ¶*Lí ~ kā góa kóng.* [你～kā我講.] 你必須告訴我

ài³‖*aih* 動 表示受挫折的歎息聲 ¶~! Góa chin pháiⁿ-ūn. [～!我真歹運.] 唉!我運氣真壞。

ǎi¹ 動 表示感覺奇怪 ¶~! Góa chîⁿ bô-·khì ·a. [～!我錢無去矣.] 咦!我的錢不見了。

ǎi² 動 表示責備; ⇒ ai²。

ai-·a ⇒ ai-·ia。

Ài-ā-lân (< En *Ireland*) 名 愛爾蘭。

ai-·ah ⇒ ai-·ia。

ai-ai-háu [哀哀háu] 動 哀叫;呻吟。

ai-ai-kiò [哀哀叫] 動 **1.** 因痛苦而大叫 **2.** 抱怨;訴苦。

ài-boeh/-*beh*/-*beh* [愛欲] 動 想要; ≃ boeh-ài ¶~ chîⁿ [～錢] 要錢 輔 想要; ≃ boeh-ài ¶~ tòa khah-kú ·le [～tòa較久·le] 想住久一點。

ài-chèⁿ/-*chìⁿ* [愛諍] 形 好辯。

ài-chêng (< log Nip) [愛情] 名 全。

ài-chhiò [愛笑] 動 覺得好笑。

ài-chîⁿ [愛錢] 形 貪財。

ài-chìⁿ ⇒ ài-chèⁿ。

ài-chu-pēⁿ/-*pīⁿ* (< log Chi < [病] + En *AIDS* < acr *acquired immune deficiency syndrome*) [愛滋病] 名

全; ≃ é-ī-jù/-chù。　　　[法;點子。

āi-dì-à‖-*lì-* (< En *idea*) 名 ê:創意;想

ài-giȯk-á [愛玉仔] 名 CHÂNG:薛荔; ≃ ò-giô。

ài-hō͘ (< log Chi) [愛護] 動 全。

ai-·ia/-·*a*/-·*iah*/-·*ah* 動 哎呀,表示發覺事情不好 ¶~, só-sî phàng-kiàn-·khì! [～,鎖匙 phàng 見去!] 哎呀,鑰匙丟了!

ai-·ià‖*āi-* 動 哎呀,表示事後想起不如意的事或悔悟 ¶~, soah bē-kì-·tit. [～,煞 bē 記得.] 哎呀,忘了!

ái-·ià 動 哎呀,表示不耐煩或懊悔 ¶~, bô-tiuⁿ-tî soah kóng-·chhut-·lâi. [～,無張tî煞講出來.] 哎呀,不小心說了出來。

ài-·ià¹ 表示受挫折的歎息聲; ≃ ài² ¶~, seng-lí chin bái. [～,生理真 bái.] 噯,生意真壞。

ài-·ià²‖*āi-* 動 表示不贊同 ¶~, mài koh kóng ·a ·la. [～,mài koh 講矣啦.] 哎呀,別再說了。

āi-·ià¹ 表示想起或悔悟; ⇒ ai-·ià。

āi-·ià² 表示不贊同; ⇒ ài-·ià²。

ai-·iah ⇒ ai-·ia。

ai-·io 動 表示覺得有異 ¶~, chia ná teh thiàⁿ? [～,chia 哪 teh 痛?] 咦,這兒怎麼痛痛的?

ai-·iò/-·*ioh*‖*āi-* 動 哎唷,表示意外、不贊同等 ¶~, án-ne kám hó? [～,án-ne kám 好?] 哎唷,這麼著行嗎?

ài-·iò 動 哎唷,表示意外、失望、不願意、不贊同等 ¶~, mài tȧk pái lóng phài góa khì ·la. [～,mài tȧk 擺攏派我去啦.] 嗐,別每次都派我去嘛。

āi-·iò 動 表示不贊同; ⇒ ai-·iò。

āi-iǒ 動 表示覺得有異 ¶~, m̄-tiȯh ǒ. [～,m̄ 著ǒ.] 咦,好像有錯。

ǎi-·iò 動 哎唷,表示不可思議、意外、驚險等 ¶~, lí án-ne ē ka chhòng-hāi-·khì. [～,你 án-ne 會 ka 創害去.] 嘿,你(這麼一來)會把它弄壞

¶~, *chha chìt-sut-á.* [~,差一sut
仔.] 哇,好險。
āi-iǒ-·ò[1] 歎 **1.** 表示險些遭遇不幸; ≃
ăi-·iò ¶~, *chha chìt-sut-á.* [~,差
一sut仔.] 哇,好險 **2.** 表示警告他人
將遭遇不幸¶~, *lí ē hāi.* [~,你會
害.] 哎呀,你糟糕了。　「哇,真行。
āi-iǒ-·ò[2] 歎 表示激賞¶~, *hiah gâu.*
āi-iǒ-·ò[3]/-*iǒ-·ò* 歎 表示不滿他人的
無理¶~, *kóng ū lâng án-ne ·la.*
[~,講有人án-ne啦.] 哎呀,竟有人
ai-·iò-·òe (< *ai-·iò,* q.v.)。　「這樣
ài-·iò-·òe (< *ài-·iò,* q.v.)。
ăi-·iò-·òe (< *ăi-·iò,* q.v.)。
āi-iǒ-·ò ⇒ āi-iǒ-·ò[3]。
ai-·ioh ⇒ ai-·iò。　「名 [á] ê:情人。
ài-jîn/-*gîn/-lîn* (< log Nip) [愛人]
ài-khàu [愛哭] 形 動不動就哭¶*Chit
ê gín-á chiah ~.* [這個gín仔chiah
~.] 這個孩子(怎麼)這麼愛哭
◇ ~-bīn [~面] **a.** Ê:哭喪著的臉; ≃
khàu-bīn **b.** [x]哭喪著臉的樣子;
≃ khàu-bīn　　　　　　「人。
◇ ~-pau [~包] Ê:動不動就哭的
ái-khiu (< En *I.Q.* < acr *intelligence
quotient*) 名 智商。
ài-khùn [愛睏] 形 睏; (乏了,)想睡
◇ ~-chhiū [~樹] CHÂNG:合歡; ≃
hoan-pô-chhiū
◇ ~-iòh-á [~藥仔] LIȦP:安眠藥
◇ ~-sîn [~神] **a.** 睡意 **b.** 睡意很
濃。　　　　　　　　　「名 全。
Ai-kip (< log Sin < *Egypt*) [埃及]
ai-kiû (< log Sin) [哀求] 動 全。
ài-kok (< log Nip < Sin) [愛國] 動
形 全
◇ ~-chiá (< log Nip) [~者] Ê:全
◇ ~-sim (< log Nip) [~心] Ê:愛國
情操。　　　　　　「招呼 **2.** 問好。
ăi-sá-chuh (< Nip *aisatsu*) 動 **1.**打
ai-siaⁿ [哀聲] 名 SIAⁿ:叫痛的聲音。
ài-sim (< log Chi) [愛心] 名 TIÁM,

Ê: 全; ≃ thiàⁿ-sim。
Ài-sîn (< log Chi < tr; *cf* Lat *Venus*,
Hel *Aphrodite*) [愛神] 名 Ê:全。
ài-sioh (< log Chi < sem Sin) [愛惜]
動 珍惜。　「(加在飲料中的)冰塊。
ài-sù (< Nip *aisu* < En *ice*) 名 LIȦP:
ăi-sú-khu-lì-m̄/-*mù*|-*si-* (< En *ice
cream*) 名 冰淇淋。
ài-súi [愛súi] 形 愛漂亮。
âiⁿ ⇒ êng。
áiⁿ[1]‖*ńg* (> *á*ⁿ-·*i*ⁿ) 囝 動 打 歎 虛
擬打的動作的同時所發的聲音。
áiⁿ[2] 動 夾著或抱著(在脅下)攜帶; ⇒
ńg[5]　　　　　「[~gín仔]背孩子。
āiⁿ/*iāng* 動 背(人在背上)¶~ *gín-á*
aih ⇒ ài[3]。
ak (< Sin [沃]) 動 **1.** 澆(水等於植
物)¶*Chhài bô ~, lian-·khì.* [菜無
~,蔫去.]菜沒澆水,蔫了 **2.** 澆以…
¶~ *chúi* [~水]澆水¶~ *jiō* [~尿]澆
小便施肥 **3.** (雨等)淋¶*hō· hō· ~ kà
tâm-kô-kô.* [hō·雨~到tâm糊糊]被
雨淋得濕漉漉。
ak-chak (< sem Sin [齷齪]) 形 **1.** 因
局促、髒亂、悶熱等而令人煩躁
2. 心煩。　　　　　　　　「全。
ak-chhiú‖*at-* (< log Nip) [握手] 動
ak-hō· [ak雨] (< [沃雨]) 動 淋雨。
ak-pûi [ak肥] (< [沃肥]) 動 澆上肥
am[1] ⇒ om。　　　　　　　　「料。
am[2] (< Sin [掩]) 動 **1.** 掩藏; ≃ am-
chhàng **2.** 私吞。
ám[1] 名 稀飯的湯¶*Môai bô liȧp, chhun
~.* [糜無粒, chhun~.]粥裡沒有
米粒,只剩湯 形 (液體)稀; ≃ kà[4]
¶*Môai siuⁿ ~.* [糜siuⁿ~.]粥太稀。
ám[2] 動 **1.** 壓(扁) **2.** (胸腔)受擠壓
(而內傷)。
àm (< Sin) [暗] 名 夜裡; ≃ mê
¶*chang-~* 昨晚 量 夜; ≃ mê ¶*lán
siúⁿ-goȧh hit ~* [咱賞月hit~]咱們

賞月那晚 ¶*tī hia khùn sa^{n} ~* [tī hia 睏三~] 在那儿睡了三個晚上 [動] 暗(下來) ¶*kng--chi̍t--ē, ~--chi̍t--ē* [光一下,~一下] 一會儿亮起來,一會儿暗下來 [形] **1.** 光線不足 ¶*Chit keng pâng-keng siu^{n} ~.* [這間房間 siu^{n}~.] 這個屋子太暗 **2.** 夜深;晚 [副] 遲;晚; ≃ òa^{n} ¶~ *khùn* [~睏] 晚

ām[1] [兒] [動] 吃,未來式; *cf* ăm。⌊睡。

ām[2] [形] (枝葉)茂盛; ⇒ ōm。

ăm [兒] (> *ă-·m̀*) [動] 吃; *cf* ām[1]。

ām-á-kún [頷仔頸] [名] KI, KHO͘: 脖子; ≃ ām-kún(-á)。 ⌈niá。

ām-á-niá [頷仔領] [名] Ê: 領子; ≃ ām-

àm-àm-á [暗暗仔] [副] 暗中。

àm-an (< log Chi + tr) [暗安] [歎] 晚安; ≃ iā-an; ≃ boán-an。

ám-bê/*-bê͘* ⇒ ám-moâi。 ⌈q.v.)。

àm-bin-bong (< *àm-bong-bong*,

ām-bôe/*-mu̍ih* (< [□蠓]) [名] [*á*] BÓE, CHIAH: 蝌蚪; ≃ ām-koai-á ◇ *~-koai(-á)* [~koai(仔)] (< [□蠓蛙(□)]) do.

àm-bo̍k-bo̍k ⇒ àm-bong-bong。

àm-bong-bong/*-bo̍k-bo̍k*/*-mo͘-mo͘*/*-bin-bong* [暗摸摸] [形] 很暗。

àm-chhia [暗車] [名] CHŌA, TÂI: 夜車; ≃ àm-pang-chhia; ≃ mê-chhia。

àm-chhn̂g [暗chhn̂g] [名] [*á*] BÓE: 鮪魚; ≃ chhn̂g-á ¶*o͘-~* [烏~] 黑鮪魚。

àm-hō (< log Sin) [暗號] [名] Ê: 仝。

àm-hōe (< log Chi + tr) [暗會] [名] Ê, PÁI: 晚會。

àm-hôe-hôe [暗 hôe-hôe] [形] 很暗; ≃ àm-bong-bong。

am-khàm [動] 遮蓋; 隱蔽(事實); 掩

âm-khang [名] Ê: 水涵洞;暗渠。⌊飾。

àm-kì (< log Sin) [暗記] [動] 默記;記在腦子裡。

ām-koai-á|*-koâi-* [ām-koai 仔] (< [□蛙□]) [名] BÓE, CHIAH: 蝌蚪; ≃ām-bôe(-koai)。

am-koe [醃瓜] [名] TIÂU: **1.** 大黃瓜 **2.** 醬瓜; ≃ chiù^{n}-koe(-á)。

am-ko̍k-ke/*-koe* ⇒ ng-ko̍k-ke。

àm-kong-chiáu [暗光鳥] [名] CHIAH: **1.** 貓頭鷹 **2.** 過夜生活的人。

ām-kui [頷 kui] [名] Ê: 脖子前部 ¶*tōa-~* [大~] 甲狀腺腫。⌈≃ ām-á-kún

ām-kún [頷頸] [名] [*á*] KI, KHO͘: 脖子; ◇ *~-(á-) kin*/*...kun* [~(仔)筋] TIÂU: 脖子前面兩側的筋和血管。

àm-liām [暗唸] [動] 默誦。

àm-lō͘ [暗路] [名] TIÂU: **1.** 夜間的路途 **2.** 不正當的秘密行為,例如嫖妓、賄賂。

àm-mê/*-mî* [暗暝] [名] 夜裡;夜晚。

ām-moa [頷 moa] [名] TIÂU: (取暖用的)領巾;圍巾; ≃ ām-kún-moa; ≃ ûi-kin。

ám-moâi/*-môe*/*-bê*/*-bê͘* [ám 糜] [名] [*á*] 多湯的稀飯。 ⌈niá。

ām-niá [頷領] [名] Ê: 衣領; ≃ ām-á-

ám-phoe̍h /*-phe̍h*/*-phe̍͘h*/*-phoe*/*-phôe* [名] 稀飯的湯表面所凝成的膜; ≃ ám-pūi。 ⌈tǹg。

àm-pn̄g [暗飯] [名] TǸG: 晚飯; ≃ àm-

àm-pò (< log Chi + tr) [暗報] [名] HŪN, TIU^{n}: 晚報; ≃ boán-pò。

am-po͘-chê|*-pô͘-* [名] CHIAH: 一種蟬的名稱; ≃ siâm[2]。

àm-sat (< log Sin) [暗殺] [動] 仝。

ām-sê [頷 sê] [名] [*á*] NIÁ: 圍兜。

àm-sek [暗色] [名] 深的顏色; ≃ tìm-sek [形] 顏色深。

àm-sî [暗時] [名] [*á*] 夜間。

àm-sī (< log Sin) [暗示] [名] Ê: 仝; ≃ hìn-tò [動] 仝; ≃ hìn-tò。

àm-siá [暗寫] [動] 默寫。 ⌈算。

àm-sǹg (< log Nip) [暗算] [名] [動] 心

àm-ta (< log Nip) [暗礁] [名] Ê, LIA̍P:

仝。「候。
àm-thâu-á [暗頭仔] [名] 傍晚；初更時
àm-thiòng [暗thiòng] (< [暗暢]) [動] 暗喜。「≃ àm-àm-á。
àm-tiong (< log Chi) [暗中] [副] 仝；
àm-tǹg [暗頓] [名] TǸG: 晚餐。
an[1] (< log Sin) [安] [動] 1. 安放；安置 ¶~ *sîn-bêng* [~神明] 把神祇安放在神位上 2. 安裝 ¶~ *thang-á* [~窗仔] 裝上窗戶 ¶~ *thih-phiáⁿ* [~鐵phiáⁿ] 安上鐵板。
an[2] (< log Sin) [安] [動] 放心
△ ~ *·la!* [~啦!] 請放心
[形] 安心 ¶*sim-koaⁿ bē/bōe* ~ [心肝bē~] 心裡不安。
ân [形] 1. 緊，不鬆 ¶*Ê-tòa pa̍k-bô-~, khui-·khì.* [鞋帶縛無~，開去.] 鞋帶沒繫好，散開了 ¶*In bó· kā i koán chin ~.* [In某kā伊管真~.] 他太太把他管得很嚴 2. (經濟) 不寬裕 ¶*chhiú-thâu chin* ~ [手頭真~] 手頭很緊。
án [首] 加在稱呼前的詞綴；⇒ a[1]。
àn[1] (< log Sin) [案] [名] 案件；方案 ¶*Goán tú teh sím-cha lí ê ~.* [Goán tú teh審查你ê~.] 我們正在審查你的案子。
àn[2] [按] [動] 預計；打算；≃ àn-sǹg ¶*Lí ~ boeh gōa-chē hō· ·góa?* [你~欲gōa-chē hō·我?] 你打算給我多少？
[介] 打從；由；≃ ùi/tùi ¶~ *chia kiâⁿ* [~chia行] 由此行。
ān[1] (< Sin [限]) [動] 定期限 ¶~ *khòaⁿ tang-sî hêng* [~看tang時還] 定個時間看什甚時候還。
ān[2] (< *oān*, q.v.) [動] 將期限延後。
an-bîn-io̍h (< log Chi) [安眠藥] [名] LIA̍P: 仝；≃ ài-khùn-io̍h-á。
an-chhah (< log Sin) [安插] [動] 仝。
an-chhin-pan (< log Chi) [安親班] [名] Ê, KENG: 一種托兒所名。
án-chóaⁿ[1] (> *án-nóa* > *á-ná*; > *án-chòa* > *án-nòa*) [按怎] [代] 如何；怎麼了 ¶*Lí sī ~?* [你是~?] 你怎麼啦？
án-chóaⁿ[2]/*-cháiⁿ*‖*àn-* (> *án-nóa* > *á-ná*) [按怎] [副] 1. 如何 ¶*Chit jī ~ tha̍k?* [這字~讀?] 這個字怎麼讀？ 2. (再) 怎麼 (都) ¶*koh-khah ~ kóng, mā bē-thong* [koh-khah~講，mā bē通] 再怎麼說也說不通 3. 為何；≃ sī-án-chóaⁿ ¶*Lí chăng ~ bô lâi?* [你chăng~無來?] 你昨天為什麼沒來？
án-chòaⁿ (< *án-chóaⁿ*[1], q.v.)。
án-chóaⁿ...mā|*-nóa...* ⇒ khah...mā。
án-chóaⁿ...to|*-nóa...* ⇒ khah...to。
án-chóaⁿ-iūⁿ‖*àn-* [按怎樣] [代] (v *án-chóaⁿ*[1]) 如何 [副] [*á*] (v *án-chóaⁿ*[2]) 如何；為何。「仝
an-choân (< log Sin) [安全] [名] [形]
◇ ~*-bō* (< log Chi < tr En *safety helmet*) [~帽] TÉNG: 仝
◇ ~*-kám* (< log Nip) [~感] Ê: 仝
◇ ~*-tó·/-tó* (< log Nip < tr En *safety island/isle*) [~島] Ê: 仝
◇ ~*-tòa* (< log Chi < tr En *safety belt*) [~帶] TIÂU: 仝。「≃ chng[4]。
an-chong (< log Chi) [安裝] [動] 仝；
ăn-fé-tá-mín (< Nip *anfetamin* + Chi *an[1]fei[1]t'a[1]ming[4]* < En *amphetamine*) [名] 安非他命。
án-gū ⇒ áng-gī。
an-iáng tiong-sim|*-ióng...*|*-iúⁿ...* (< log Chi) [安養中心] [名] KENG: 仝。
án-khò· (< En < Fr *encore*) [動] 1. 終場時要求再多演出 2. 再來一個！
àn-kiāⁿ (< log Sin) [案件] [名] KIĀⁿ, Ê: 仝。
an-kim [安金] [動] 鑲金；貼金。
an-lêng pēⁿ-pâng|*... pīⁿ-* (< log Chi) [安寧病房] [名] KENG: 仝。
an-ló-īⁿ [安老院] [名] KENG: 仝。

A

an-lo̍k-sí (< log Nip < tr En *euthanasia*) [安樂死] [名] [動] 仝。

àn-mô͘ (< log Nip < Sin) [按摩] [動] 仝; ≃ lia̍h-lêng; ≃ ma-sà-jì
◇ ~-*í* [~椅] CHIAH: 仝
◇ ~-*su* [~師] Ê: 仝。

án-ne/-*ni*‖*àn*- (< *àn[2] *che/he*) [代] 如此 ¶*chiàu góa kóng* ~ *ka kóng* [照我講~ka講] 按照我說的告訴他
◇ ~-*se*^{n}(-*á*) [~生(仔)] 如此
[指] 如此 ¶*Lí* ~ *kóng m̄-tio̍h.* [你~講m̄著.] 你這麼說不對 [動] 就這樣結束, 用於對話; *cf* í-siāng ¶*Iah-bô*, ~. [Iah無, ~.] 好吧, 就這樣(談話到此為止)。

án-nóa (< *án-nóa*[1,2], q.v.)。

án-nòa (< *án-nóa*[1], q.v.)。

an-pâi (< log Sin) [安排] [動] 仝。

An-pêng [安平] [名] 台南市地名。

an-sim (< log) [安心] [動] [形] 仝 ¶*Chò/chòe lí*~. [做你~.] **a.** 請放心 **b.** 反別期待壞事臨到我頭上—不會的。

àn-sǹg/-*sùi*^{n} [按算] [動] 預計; 打算 ¶*Lí* ~ *tang-sî lâi?* [你~tang時來?] 你打算什甚時候來? ¶*Tāi-chì lóng bē-/bōe-*~-*tit.* [代誌攏bē~得.] 凡事都無法照預計的結果實現。

àn-té/-*tóe* [案底] [名] Ê: 前科記錄 ¶*ū* ~ [有~] 有前科。

an-tēng (< log Chi) [安定] [形] 沒有波折、騷擾或動蕩。

ǎn-thé-nah (< Nip *antena* < En < Lat *antenna*) [名] KI: 天線。

àn-tóe ⇒ àn-té。

ân-tòng-tòng [形] 很緊, 不鬆。

an-ùi (< log Sin) [安慰] [動] 仝 ¶~ *ka-tī/-kī* [~家己] 自我安慰 [形] 仝。

an-ún (< log Sin) [安穩] [形] 仝。

[ang] (< Sin) [翁] [名] Ê: 丈夫。

âng (< Sin) [紅] [名] 紅色 [形] **1.** 紅色的 **2.** 因成功而受重視。

àng[1] (< Sin) [甕] [名] [*á*] LIA̍P: 仝
△ ~-*lāi lia̍h pih* [~內掠鱉] 甕中捉鱉。

àng[2] (< Sin) [齆] [形] 有齆聲。

ang-á [ang仔] [名] SIAN: 立體或平面的人形, 例如洋娃娃、圖畫中的人物 ¶*khek* ~ [刻~] 雕刻神像 ¶*ōe/ūi* ~ [畫~] **a.** 畫人儿 **b.** (< sem) 畫畫儿 ¶*chhâ-thâu* ~ [柴頭~] 木頭人。

àng-á [甕仔] [名] LIA̍P: 甕; 小甕。

ang-á-bó͘ [翁仔某] [名] 夫妻; ≃ ang-á-chiá。

ang-á-chheh [ang仔冊] [名] PÚN: 漫畫書。

ang-á-jîn/-*gîn*/-*lîn* [ang仔仁] [名] 瞳仁。

âng-ba̍k-kâu [紅目猴] [形] 患角膜炎。

âng-bīn [紅面] [動] 臉紅 [形] 紅臉的。

ang-bó͘ [翁某] [名] 夫妻; ≃ ang-á-bó͘
◇ ~-*tāi* 夫妻間的事, 例如為家事糾紛。

âng-chau (< log Sin) [紅糟] [名] 仝。

âng-chhài-thâu [紅菜頭] [名] **1.** TIÂU: 胡蘿蔔; ≃ lǐn-jín **2.** LIA̍P: 紅皮小圓蘿蔔; ≃ î^n-chhài-thâu。

âng-chhang-thâu [紅蔥頭] [名] LIA̍P: 一種蔥的紅皮球莖。

âng-chhe^n-teng|-*chhi*^{n}- [紅青燈] [名] Ê: 紅綠燈; ≃ chhe^n-âng-teng。

âng-chiú (< log Chi) [紅酒] [名] 紅葡萄酒。

âng-chó (< log Sin) [紅棗] [名] CHÂNG, LIA̍P: 仝。

âng-e^n-á|-*i*^{n}- [紅嬰仔] [名] Ê: 嬰兒。

âng-gê [紅霓] [形] (臉)紅潤。

áng-gī/-*gū*‖*án-*/*á-gū* [歎] 逗嬰兒用語; ≃ gī。

âng-gōa-sòa^n (< log Chi < tr Nip [赤外線] < tr En *infrared ray*) [紅外線] [名] TIÂU: 仝。

áng-gū ⇒ áng-gī。

âng-hoeh-kiû|-*huih*-|-*hiat*- (< col log Chi < tr Nip [赤血球]) [紅血球] [名] LIA̍P: 仝。

âng-hōng-chhài [紅鳳菜] ⓒ CHÂNG:
一種紅葉、紅莖、紅根的草本植物

âng-huih-kiû ⇒ âng-hoeh-kiû。 ⌐名。

ang-î [尪姨] ⓐ ê: 做法術的女性。

âng-iⁿ-á ⇒ âng-eⁿ-á。

âng-jī/-gī/-lī (< log Nip [赤字] +
tr) [紅字] ⓐ 赤字; ≃ chhiah-jī[1]。

ang-kè-toh [尪架桌] ⓐ TÈ, CHIAH:
狹長而高的供桌; ≃ sîn-toh。

âng-khī (< log Sin) [紅柿] ⓒ CHÂNG,
LIÁP: 柿子; ≃ khī-á。

âng-ki-ki/-kì-kì [紅ki-ki] ⓕ 火紅。

âng-ko-chhiah-chhih/-chhih [紅膏
赤chhih] ⓕ (臉)容光煥發。

âng-kòng-kòng [紅kòng-kòng] ⓕ
通紅,通常指臉、紅腫處。

ang-kong-pô [翁公婆] ⓐ [á] 老夫
老妻;老夫婦¶nn̄g ~ [兩~] (年紀
大的)夫婦倆。

âng-ku (< ab âng-ku-kóe/-ké) [紅
龜] ⓐ TÈ: 糯米粉做的紅色小黏糕
◇ ~-kóe/-ké [~粿] do.

âng-lâng (< log Chi + tr) [紅人] ⓐ
ê: 仝; ≃ âng-chéng-lâng。

âng-lèk-teng (< log Chi) [紅綠燈]
ⓐ ê: 仝; ≃ âng-chheⁿ-teng; ≃
chheⁿ-âng-teng。 ⌐bǒ-ná-suh。

âng-lī (< log Chi) [紅利] ⓐ 仝; ≃

âng-liông-kó|-lêng- [紅龍果] ⓐ
CHÂNG, LIÁP: 火龍果; ≃ hóe-liông-
kó。 ⌐水泥

âng-mô͘-thô͘|-mn̂g- [紅毛thô͘] ⓐ
◇ ~-lō͘ [~路] TIÂU: a. 水泥路
b. (< sem) 柏油路; ≃ táⁿ-má-ka-
◇ ~-pang [~枋] TÈ: 水泥板。 ⌐lō͘

Âng-ōe-peng (< log Chi) [紅衛兵]
ⓐ ê: 仝。 ⌐~ 受賄。

âng-pau [紅包] ⓐ ê, PAU: 仝 ¶thèh

âng-phà-phà [紅phà-phà] ⓕ 一片
火紅。

àng-phīⁿ [齆鼻] ⓜ 說話齆聲齆氣 ⓕ

(說話)齆聲齆氣。

âng-phôe-chhài [紅皮菜] ⓒ CHÂNG,
TIÂU: 茄子。 ⌐phōng] ⓕ 一片紅。

âng-phōng-phōng [紅phōng-
âng-pó-chiòh (< log Sin) [紅寶石]
ⓐ LIÁP: 仝。

Âng-saⁿ-kun [紅衫軍] ⓐ ê, TĪN: 支
持借口反貪腐要求總統下台的政治
鬥爭的紅衣群眾 (2006)。

âng-sek (< log Sin) [紅色] ⓐⓕ 仝。

âng-si [紅絲] ⓐ TIÂU: 血絲 ¶bàk-chiu
khan ~ [目睭牽~] 眼睛呈現血絲。

àng-siaⁿ (< Sin) [齆聲] ⓐ 1. 齆鼻的
聲音 2. 帶有回聲的聲音;齆聲齆氣
的聲音 ⓕ 1. 有齆鼻的聲音 2. 帶
有回聲;齆聲齆氣。 ⌐ê: 靶心。

âng-sim (< log Sin) [紅心] ⓐ LIÁP,

Âng-sip-jī-hōe (< log Sin < [會] +
tr; cf En Red Cross, Nip [赤十字
社]) [紅十字會] ⓐ ê: 仝。

âng-tāu [紅豆] ⓐ [á] CHÂNG, LIÁP:
◇ ~-peng [~冰] 仝 ⌐赤小豆
◇ ~-thng [~湯] 仝。

âng-tê (< log Nip) [紅茶] ⓐ 仝。

âng-teng (< log Chi) [紅燈] ⓐ PHA,
LIÁP: 仝。 ⌐仔] ⓐ TIÛⁿ: 喜帖。

âng-thiap-á (< log Sin + á) [紅帖

àng-tō͘ [齆肚] ⓕ 1. 肚量小
◇ ~-á [~仔] ê: 肚量小的人
2. 陰險。

ap[1] (< Sin) [壓] ⓜ 1. 施非物理性
的壓力,例如上司對下屬 2. 管束
△ ~-sí-sí [~死死] 管得死死的。

ap[2] ⓜ 快速地合上嘴; cf gap。

àp[1] (< Sin) [盒] ⓛ 仝; ≃ àh ¶chit
~ piáⁿ [一~餅] 仝。

àp[2] ⓢ ⓜ 青蛙叫; ⇒ òp。

ăp ⇒ ŏp[1,2]。

àp-á [盒仔] ⓐ ê: 盒子; ≃ àh-á。

ap-lèk (< log Nip) [壓力] ⓐ 仝 ¶thè-
hiu liáu-āu, lóng bô ~ [退休了後攏

無～]退休之後一點壓力都沒有了。

ap-pek (< log Nip) [壓迫] (動) 全。

at (動) 1. 壓(一端或兩端,使固定、彎曲或折斷)¶kā tī/tū ~-tⁿg [kā箸～斷]把筷子折斷

△ ~ chéng-thâu-á [～指頭仔]屈指(計算); cf áu chéng-thâu-á

2. (用杓子等)壓住使液體浮現以舀出¶~ ám 用上述方法取稀飯的湯。

at-á [at仔] (名) KI: 固定用的木條,用以壓住尚未粘牢的薄木板等。

at-chhiú (< ak-chhiú, q.v.)。

at chhiú-bóe(-làt) [at手尾(力)] (動)掰腕子; ≃ at-chhiú-pà。

at-chhiú-pà [at手霸] (動)掰腕子; ≃ at chhiú-bóe(-làt)。

ât-sá-lih‖a- (< Nip assari) (形) "阿沙力," 即乾脆俐落。

at-tⁿg [at斷] (動) 折斷,使動; ≃ áu-**át-toh/-tòh‖at-** ⇒ áu-tò。 ⌊tⁿg。

au¹ (< Sin) [甌] (名) B. 杯子¶tê-~ [茶～]全 (量)杯。

au² (< Sin) [漚] (動) 1. 把東西亂堆在一處,不通風 2. 浸¶Saⁿ ~ siuⁿ kú, soah chhiūⁿ o·-tiám. [衫~siuⁿ久,煞chhiūⁿ烏點.]衣服泡太久,長了黑斑點¶~ soat-bûn [～雪文]泡在肥皂水中 3. 積壓(在心裡)。

áu¹‖áuⁿ (象) 狗吠聲。

áu² (< Sin) [拗] (量) 摺¶áu-chò/-chòe nⁿg ~ [拗做兩～]摺成兩摺 (動) 1. 摺¶~-chò/-chòe nⁿg áu [～做兩拗]摺成兩摺¶kā thih-ki-á ~-oan [kā鐵枝仔～彎]把鐵條折彎¶~-chóa [～紙]摺紙 2. 扳;扭轉¶~-bē-tit-kòe [～bē得過]扭轉不過來 3. 折(彎/斷)

△ ~ chéng-/chńg-thâu-á [～指頭仔]折指頭關節,使出聲; ≃ tiak² chéng-thâu-á; cf at chéng-thâu-á

4. (硬)掰,即扭曲事實。

áu³ (< En out) (形) (網球、乒乓球等

打在)界外; ≃ àu-chhù; ≃ àu-sài ¶Ín àh ~? [Ín或~?]界內還是界外?

áu⁴‖áuⁿ (歎) (人)表示疼痛。

àu (動) 腐爛;朽壞 (形) 1. (面)有怒色; ≃ chhàu 2. 品格或性質惡劣¶Chit ê lâng chiok ~ ·ê. [這個人足～·ê.]這個人真是王八蛋 4. 劣等。

āu¹ (< log Chi < tr En < Lat post-) [後] (名) 全¶~-Lí-Teng-hui sî-tāi [～李登輝時代]全。

āu² (< Sin) [後] (名) 全¶kha-chiah-~ 背後¶chàp nî ~ [十年～]全 (指) 下一個¶~ lé-pài [～禮拜]下星期¶~ pái [～擺]下次。

āu³ (< contr ā⁴ ū) (動) 也有¶kui tīn loān-chhau-chhau, ~ cháu-khì hia, ~ cháu-lâi chia [kui陣亂操操,～走去hia,～走來chia]一群(人、獸等)一片混亂,有的跑過來,有的跑過去。

āu⁴ (< contr àh² ū) (動) 豈有¶~ lâng án-ne!? [～人án-ne!?]哪有人這麼

au-á [甌仔] (名) TÈ: 杯子。 ⌊樣的!?

āu-āu [後後] (指) 下一個再下一個¶~-~ kò-goèh/-gèh [～～箇月]下下個月 ¶~-~ lé-pài [～～禮拜]下下星

áu-bân [拗蠻] (形) 蠻橫。 ⌊期。

āu-bé/-bé ⇒ āu-bóe。 ⌊全。

Au-Bí (< log Nip [歐米]) [歐美] (名)

āu-bīn (< log Sin) [後面] (名) 全; ≃ āu-piah。 ⌊晚娘。

āu-bó/-bú (< log Sin) [後母] (名) Ê:

āu-bóe/-bé/-bé [後尾] (名) 1. 後面 ◇ ~-mn̂g (-á) [～門(仔)] Ê: 後門儿 2. 後來; ≃ lòh-bóe (副) 較後;最後; ≃ ah-bóe。

āu-bú ⇒ āu-bó。 ⌊

āu-chàh [後閘] (名) TÈ: (汽車)後面的擋風玻璃; ≃ āu-tòng。

āu-chan [後chan] (名) 臼齒 ◇ ~-khí [～齒] KHÍ: do.

āu-chek [後叔] (名) Ê: 繼父; ≃ āu-pē

āu-chhut-sì [後出世] (名) 來生。

Au-chiu (< log Nip < [洲] + ab *Europa*) [歐洲] 名 全。

àu-chù (< En *out*) 動 **1.** 出局;≃ àu-tò **2.** (球)出界;≃ áu³;≃ àu-sái。

áu-hoâiⁿ/-*hûi*ⁿ [拗横] 形 蠻横。

āu-jit/-*git*/-*lit* (< Sin) [後日] 名 改天;將來。　　　　　　　「後天。

āu--jit/--*git*/--*lit*(< SEY) [後日] 名

āu-kha (< Sin) [後腳] 名 KI: 後腿。

àu-kó [àu古] 形 (品質)不好 ¶*Chit tâi phi-á-noh* ~. [這台 phi-á-noh ~.]這個鋼琴很爛。　　　　「āu。

āu-lâi (< Sin) [後來] 名 將來;≃ í-

āu--lâi [後來] 動 過後;≃ lòh-/lō̍-bóe/-bé。

āu-lián [後lián] 名 LIÁN: 後輪。

àu-liú [後紐] 名 Ê: 樞紐 ¶*mn̂g*-~ [門~]門樞。

àu-lok-lok 形 腐爛得很厲害。

àu-náu (< log Sin) [懊惱] 形 全。

āu-nî [後年] 名 來年;將來。　「年。

āu--nî (< Sin) [後年] 名 明年後的一

áu-oan [拗彎] 動 弄彎。　　　「來。

āu-pái [後擺] 名 **1.** 下次 **2.** 以後;將

āu-pē [後父] 名 Ê: 繼父;≃ āu-chek。

āu-pêng (ant *thâu-chêng*) [後pêng] 名 **1.** 後頭;≃ āu-piah;≃ āu-bīn **2.** 背面;≃ āu-piah(-bīn)。

áu-phut (< En *out-put*; ant *ín-phut*) 名 動 輸出(電、聲音、資料等,例如充電、灌音、載出電腦資料等)。

āu-pī-peng (< log Nip) [後備兵] 名 Ê: 全。　　　　　「TIN, TŪI: 全。

āu-pī pō͘-tūi (< log) [後備部隊] 名

āu-piah [後壁] 名 後面 ¶* Te̍k-bū tòe/ tè tī lí* ~. [特務tòe tī你~.]特務跟在你後頭
◇ ~*-soa*ⁿ [~山] Ê: 靠山;後台老闆;≃ bák-khuh ¶~*-soa*ⁿ *kiā* [~山崎] 有強有力的靠山。

āu-pō͘ (< log Sin) [後步] 名 PŌ͘: 退路

¶*lâu* ~ [留~]留後路;留下台階。

āu-pòe (< log Sin) [後輩] 名 Ê: 幼輩。

áu-sái‖*àu*- (< En *outside*) 名 界外球 動 (球)打出界外 形 (球打)在界外。

àu-sái-sek [àu屎色] 名 晦暗的顏色。

āu-sì-lâng (ant *chêng-sì-lâng*) [後世人] 名 來生;≃ āu-chhut-sì。

āu-siū [後siū] 名 Ê: 繼室。

Āu-soaⁿ [後山] 名 台灣東部。　「全。

āu-tāi/-*tē* (< log Sin) [後代] 名 Ê:

āu-táu [後斗] 名 Ê: 後車箱,包括轎車後的行李箱與卡車後裝貨的部位; ≃ āu-chhia-táu。　　　「腦勺儿。

āu-táu-khok-á [後斗 khok 仔] 名 後

āu-teⁿ/-*ti*ⁿ [後 teⁿ] 名 後跟;≃ kha-āu-teⁿ。　　　　　　「tn̄g。

áu-tn̄g [拗斷] 動 折斷,使動;≃ at-

áu-tò/-*tò*‖*át*-/*at-toh*/-*tòh* (< En < It *alto*) 名 Ê: 女低音;≃ a-lú-toh。

àu-tò/-*tò* (< Nip *auto* < En *out*) 動

áu-tò͘ ⇒ áu-tò。　「出局;≃ àu-chù。

àu-tò͘ ⇒ àu-tò。

āu-tòng (*cf* Chi [擋風玻璃]) [後擋] 名 TÈ: (汽車)後面的擋風玻璃;≃ āu-chhah。　　　　　　「樣子。

àu-tū-tū 形 臉色很不高興或不友善的

âuⁿ 象 [x] 摹擬他人的嘀咕聲(加以

áuⁿ ⇒ áu^{1,4}。　　　　　「嘲笑)。

ăuⁿ 象 **1.** 狗哀號聲 **2.** 小孩哭聲。

B

ba¹ 量 串;⇒ pha¹⁽¹⁾。

ba² 象 摀住嘴巴然後放開的 "ba" 的聲音。　「·*khì* [腳 teh ~去]腿壓麻了。

bâ (< Sin) [麻] 形 麻木 ¶*kha teh* ~-~-

B

bá (< En *bar*) 图 **1.** Ê: 吧台　**2.** Ê, KENG: 酒吧。

bā[1] (< Esp *vara*) 量 碼；三英尺。

bā[2] (< **bȧh* < *bȧt* < Sin [密]) 形 **1.** 密合 ¶*Mn̂g koaiⁿ-bô-~.* [門關無～.] 門沒關好　**2.** 親密。

bǎ (< contr *bâ-á*[1,2], q.v.)。

bâ-á [bâ仔] (< [貓□]) 图 CHIAH: 小野獸，例如狸貓。

bâ-á[2] (< *bâ-á*[1] + En *bar-girl*) [bâ仔] 图 Ê: 吧女。

bǎ--à 象 放聲哭的聲音 ¶*~--chit--ē khàu--chhut--lâi* [～一下哭出來] 「哇」的一聲哭了起來。

bā-bā-sī 形 密密麻麻的，很多。

bá-bí-khiu (< En *barbecue*) 图 動 炭烤；巴比Q。

Bâ-bū-sak (< *Babuza*) [貓霧揀] 图 CHÒK: 台灣西岸舊有的原住民巴布薩族。

bâ-chhiok ⇒ môa-chhiak。

bá-chih (< *mȧt-chih*, q.v.)。

bâ-chùi (< log Nip) [麻醉] 動 使麻醉 形 仝。

bā-hióh 图 CHIAH: 鳶；老鷹；≃ lāi-hióh。　　　　　　　　　「仝；≃ thái-ko

bâ-hong‖*mâ-* (< log Sin) [痲瘋] 图 ◇ *~-pēⁿ* [～病] do.　　　「藥

bâ-ioh (< log Nip) [痲藥] 图 麻醉

bá-kah (< Nip *baka*) 形 (螺紋) 磨損不能固定。　　　　　　　　「衡。

bá-lān-sì (< En *balance*) 图 形 平

ba-lé (< Nip *barē* < En *ballet* < Fr *ballette*) 图 芭蕾舞。

ba-lí-tóng (< Nip *bariton* < En *baritone* < It *baritono*) 图 Ê: 男中音。

bá-luh‖*bah-* (< Nip *bāru* < ab En *crow bar*) 图 [*á*] KI: 撬棍。

bâ-pì (< log Nip) [痲痺] 图 仝 ¶*sió-jî ~* [小兒～] 仝 形 仝。

bá-sih (< En *bus* + *bá-suh*, q.v.)。

bâ-siā [痲射] 图 KI: 麻醉針。

ba-sóng (< Fr *basson*) 图 KI: (樂器) 巴松管。　　「*bus*] 图 TÂI: 巴士。

bá-suh/*-sih*‖*bah-* (< Nip *basu* < En

bá-tah‖*bah-* (< Nip *batā* < En *butter*) 图 奶油。

┌─────────┐
│ **bah** │ [肉] 图 **1.** TÈ: 包在動物骨外、
└─────────┘
皮內的部分　**2.** 果實可吃的部分 **3.** 膚色 ¶*~ o͘-o͘* [～烏烏] 皮膚黑黑的 形 [x] 人不瘦，相當有點肉。

bah-chàng [肉粽] 图 LIȦP, KOAⁿ: 有餡兒的粽子。　　「CHIAH: 食用牛。

bah-gû (< log Nip + tr) [肉牛] 图

bah-hú [肉hú] 图 條狀肉鬆；*cf* bah-so͘。　　　　　　　　　　「仝。

bah-kám (< log Chi + tr) [肉感] 形

bah-ke/*-koe* [肉雞] 图 CHIAH: 養雞場所養的食用雞；≃ chhī-liāu-ke。

bah-keⁿ/*-kiⁿ* [肉羹] 图 勾芡的肉片 ◇ *~-thng* [～湯] do.　　　「濃湯

bah-kha [肉腳] 图 **1.** KI: 多肉的腳 **2.** Ê: 有肉而無力的腳，指訓練不足的

bah-kiⁿ ⇒ bah-keⁿ。　「運動員等。

bah-koaⁿ [肉乾] 图 TÈ: 肉干。

bah-koe ⇒ bah-ke。

bah-kut [肉骨] 图 KI: **1.** 帶肉的骨頭 **2.** 熬湯用的骨頭。

bah-luh ⇒ bá-luh。

bah-oân[1] [肉圓] 图 LIȦP: 包肉等作料的圓餅狀澱粉食品。

bah-oân[2] (< Sin) [肉丸] 图 [*á*] LIȦP: 肉丸子；獅子頭 ¶*tok ~* [剁～] 剁肉以製肉丸子。　　　　　「包子。

bah-pau (< Sin) [肉包] 图 LIȦP: 肉

bah-phìⁿ [肉片] 图 TÈ, PHìⁿ: 肉片儿。

bah-phiò (< log Sin + tr) [肉票] 图 Ê, TIUⁿ: 被綁票的人。

bah-piⁿ-chhài (< Sin) [肉邊菜] 图 (有些吃素的人認為可吃的) 葷食裡的非蔥蒜、非肉類。　　「*cf* bah-sò

bah-sîⁿ [肉sîⁿ] 图 [*á*] 細的碎肉食品；

bah-sò [肉燥] 图 用油蔥酥、醬油等滷成的碎豬肉連汁

◇ ~-*mī* [～麵] 仝
◇ ~-*pn̄g* [～飯] 仝。   「hú。
bah-so͘ [肉酥] (名) 脆肉鬆；*cf* bah-
bah-suh ⇒ bá-suh。
bah-tah ⇒ bá-tah。   「體] (名) 仝。
bah-thé‖*jiók*- (< log Nip + tr) [肉
bah-tiam [肉砧] (名) TÀⁿ:肉攤子。
bah-tō͘ [肉肚] (名) Ê:嗜肉的人 (形) 嗜
     肉。

[bái] (形) 1.醜
     △ ~, *koh chhàu-sái* [～koh 臭屎] 又
     醜又討人嫌
     2. 不具備應有的本質 ¶*I bák-chiu
     chin* ~. [伊目睭真～.] 他眼睛很壞
     3. 令人不滿意;品質低;(情況)不利
     ¶*hók-bū thāi-tō͘ chin* ~ [服務態度
     真～]服務態度很差或很壞 ¶*kang-
     hu chin* ~ [工夫真～]技術很差 ¶*sî-
     ki chin* ~ [時機～]很不景氣 ¶*thiⁿ-
     khì chin* ~ [天氣真～]天氣很壞
     4. 有毛病;不舒暢 ¶*sim-chêng chin*
     ~ [心情真～]心情很壞 ¶*sin-thé ke
     khah* ~ [身體加較～]身體壞得多
     了 **5.** 有害 ¶*bô ūn-tōng tùi sin-thé
     chin* ~. [無運動對身體真～.]不運
     動對身體很不好 **6.** 不體貼;惡劣對
     待 ¶*I tùi in bó͘ chin* ~. [伊對 in 某
     真～.]他對他太太很壞 (副) 難,即不
     好;*cf* pháiⁿ ¶~ *chiáh* [～吃]不好
     吃。
bāi¹‖*māi* (尾) 表示嘗試 ¶*khì ka khòaⁿ-
     ~ ·le* [去 ka 看～·le]去看看(到底怎
     麼一回事) ¶*thák khòaⁿ-~ ·le* [讀看
     ～·le]讀讀看。
bai-bǎi (歎) 再見;⇒ bái-bāi。
bái-bāi (< En *bye-bye*) (動) **1.** 道別
     ¶*khí-suh* ~ 吻別 ¶*kóng* ~ [講～]道
     別 **2.** 失去 ¶*í-keng* ~ ·*a* [已經～
     矣]已經沒有了,例如機會 (歎) 再見;
     ≃ bai-bǎi。   「味道 (形) 味道不好。
bái-bī (ant *hó-bī*) [bái 味] (名) 難聞的
bái-châi (v *bái*) [bái 才] (形) **1.** 醜;難

看 **2.** (實物、品德等)不好 **3.** (情
況)不利。   「複數; *cf* bài-tò。
bài-chù (< En *bytes*) (量) 電腦的位元,
bâi-hók (< log Sin) [埋伏] (名) 仝
     ¶*tiòng-tióh* ~ [中著～]遇到埋伏
     (動) 仝。
bai-ió-lín‖-*ió*- (< Nip *baiorin* < En
     violin < It *violino*) (名) KI:小提琴。
bái-kâu-kâu [bái 猴猴] (形) 很醜。
bǎi-khín (< Nip *baikin*) (名) 細菌。
bái-miâ [bái 名] (名) Ê:惡名。
bǎi-phá-suh (< Nip *baipasu* < En *by-
     pass*) (名) TIÂU: **1.** 旁通管(道) **2.** 心
     導管。   「元,單數; *cf* bài-chù。
bài-tò/-tò͘ (< En *byte*) (量) 電腦的位

[bak] (動) **1.** 沾染 ¶~ *lah-sap* [～垃
     圾]污染 ¶~ *tâm* 弄濕
     △ ~ *chhàu-cho* [～臭臊] **a.** 因接
     觸魚類而沾上腥味 **b.** 拈花惹草
     △ ~ *chit ê miâ* [～一個名] (不做
     事或沒做事卻)具虛名
     2. 碰(事情); ≃ bong² ¶*Chit hāng
     tāi-chì bē-/bōe-~-·tit.* [這項代誌 bē
     ～得.]這件事碰不得 **3.** 不勤奮、不
     持續地工作;*cf* bong² ¶*chò/chòe
     tāi-chì ~-·chit-·ē, ~-·chit-·ē* [做代
     誌～一下,～一下]做(同一件)事偶
     爾碰一下,不一次做完或不全程參
bák¹ (< Sin) [墨] (名) TÈ:仝。   「與。
bák² [目] (名) Ê: **1.** (植物枝幹的)節;
     關節 ¶*chéng-/chńg-thâu-á-*~ [指頭
     仔～]指頭關節 ¶*tek-*~ [竹～]竹節
     2. (編織物的)眼,例如毛線衣、篩子
     的眼 (量) 計算編織物的眼的單位。
bák³ (< Aa; *cf* Viet *mắt*) [目] (量) 計
     算看的次數的單位 ¶*khòaⁿ chit* ~
     tiō boǎi khòaⁿ ·a [看一～就 boǎi 看
     矣]看一眼就不(想)看了。
bák-bâi [目眉] (名) TIÂU:眉;眉毛
     ◇ ~-*bóe/-bé/-bé* [～尾]眉梢
     ◇ ~-*mo͘/-mn̂g* [～毛] KI:眉毛。
bák-bóe/-bé/-bé [目尾] (名) 靠近耳

朵的眼角 ¶*kau-*~ [鉤〜] 送秋波；眉目傳情 ¶*sái-*~ [使〜] 使眼色。

bak-chhiú [bak 手] 働 **1.** 沾到手 **2.** 碰，指涉及不該因此被牽連的事。

ba̍k-chhiūⁿ (< log Sin) [木匠] 图 ê: 仝。

ba̍k-chiam [目針] 图 LIA̍P: 麥粒腫。

ba̍k-chiu (< Aa; *cf* Viet *mắt*) [目睭] 图 眼睛 ¶~ *bū* [〜霧] 視覺模糊 「來眼去
△ ~ *khan tiān-sòaⁿ* [〜牽電線] 眉
△ ~ *pòaⁿ-khui-kheh/-khoeh* [〜半開瞌] 睜一隻眼，閉一隻眼
△ ~ *seⁿ tī thâu-khak-téng* [〜生 tī 頭殼頂] 驕傲；看不起人家
◇ ~*-chêng* [〜前] 眼前；當面
◇ ~*-io̍h-á* ⇒ ba̍k-io̍h
◇ ~*-jîn/-gîn/-lîn* [〜仁] LIA̍P: 眼球
◇ ~*-khut-á* [〜窟仔] ê, KHUT: 眼窩
◇ ~*-mo͘/-mn̂g* [〜毛] KI: 睫毛；≃ ba̍k-chiah-mo͘ ¶~ *tò-chhah* [〜倒插] 倒睫
◇ ~*-phôe/-phê* [〜皮] TÈ: 眼皮。

ba̍k-chúi (< log Sin) [墨水] 图 KOÀN: 仝。

ba̍k-hóe/-hé/-hér [目火] 图 怒氣
△ ~ (*ē*) *to̍h* [〜(會)著] (令人) 發怒 ¶*khòaⁿ-tio̍h* ~ *ē to̍h* [看著〜會著] 看得很生氣，都快發怒了。

ba̍k-io̍h [目藥] TIH: 眼藥 ¶*tiám* ~ [點〜] 滴眼藥水 (進眼裡)。

ba̍k-iû [目油] 图 **1.** 淚腺所分泌以潤滑眼睛的液體 **2.** 因受外物刺激而流的眼淚。

ba̍k-kang (< log Sin) [木工] 图 ê: **1.** 木料的工程 **2.** 木料的工藝。

ba̍k-kho͘ [目箍] 图 ê: 眼眶
△ ~ *âng* [〜紅] 紅 (了) 眼圈。

bâk-khú-mí-lah/-mì-á (< Nip *bakku-mirā* < En *back* + En *mirror*) 图 TÈ: (汽車的) 照後鏡。

ba̍k-khuh¹ (< Nip *bakku* < En *back*)

图 ê: 靠山；≃ āu-piah-soaⁿ。

ba̍k-khuh² (< Nip *bakku...* < En *back*) 働 倒車。

ba̍k-kîⁿ [目墘] 图 眼眶 (的一部分或全部)；*cf* ba̍k-kho͘。

ba̍k-kiàⁿ [目鏡] 图 KI, HÙ: 眼鏡 ¶*kòa* ~ [掛〜] 戴眼鏡 ¶*phòe* ~ [配〜] 配眼鏡 ¶*o͘-*~ [烏〜] 墨鏡；太陽眼鏡
◇ ~*-hīⁿ* [〜耳] KI: 眼鏡鉤住耳朵的桿子
◇ ~*-jîn/-gîn/-lîn* [〜仁] TÈ: 眼鏡的
◇ ~*-kheng* [〜框] ê: 眼鏡框 「鏡片
◇ ~*-sian* [〜仙] ê: 戴眼鏡的人。

ba̍k-kia̍h (< log Sin) [木屐] 图 SIANG, KHA: 仝；≃ chhâ-kia̍h。

ba̍k-nī (< Sin < Sans *mallikā*) [茉莉] 图 CHÂNG, LÚI: 茉莉花。

ba̍k-pôaⁿ [墨盤] 图 ê: 硯台。

ba̍k-sái [目屎] 图 LIA̍P, TIH: 因感情衝動而流的眼淚；*cf* ba̍k-iû ¶~ *tòp-tòp-tih* [〜tòp-tòp 滴] 淚如雨下
◇ ~*-ko* [〜膏] KÔ: 眼屎 「下。
◇ ~*-lâu* ~*-tih* [〜流〜滴] 淚如雨

ba̍k-sak‖ba̍t- [木虱] 图 CHIAH: 臭蟲 「[〜真活] 眼睛很活。

ba̍k-sîn [目神] 图 眼神 ¶~ *chin oa̍h*

ba̍k-tē/-tōe [目地] 图 在眼中的地位 ¶*khòaⁿ lâng bô* ~ [看人無〜] 看不起人。 「[結〜] 皺眉頭

ba̍k-thâu [目頭] 图 ê: 眉頭 ¶*kat* ~
△ ~ *kat-kat* [〜結結] 鎖著雙眉。

ba̍k-tōe ⇒ ba̍k-tē。

bàm -**bà** (< *bàm-pà*, q.v.)。

bám-bām ⇒ mǎm-mām。

bàm-**pà/-bà** (< Nip *bampā* < En *bumper*) 图 KI: (汽車的) 保險槓。

ban [屘] 働 出生順序最後者，即老么 ¶~*-chek* [〜叔] 最小的叔叔。

bân [蠻] 彤 不聽使喚、強制之後也許勉強聽從的性格
△ ~ *gû, kāu sái-jiō* [〜牛厚屎尿] 找

借口拖延;拖拖拉拉。

bán [挽] ⓓ **1.** 摘取 ¶~ *chhài* [～菜] 從菜圃裡摘取菜葉 ¶~ *hoe* [～花] 摘花 ¶~ *kóe-/ké-chí* [～果籽] 摘水果 **2.** 拔; ≃ chhoah¹ ¶~ *chhùi-khí* [～嘴齒] 拔牙 **3.** 扯向某一方向 ¶~*-tò-tńg* [～tò返] 扳回 **4.** 抽筋; ≃ kiù²。

bān¹ (< *pān²* < Sin) [瓣] ⓐ **B.** 大蒜等球根或芸香科果實的瓣; cf liàm¹ ¶*kam-á-~* [柑仔～] 橘子的瓣 ⓔ 瓣儿; cf liàm¹。

bān² (< log Sin) [萬] ⓝ 全 ¶~*-saⁿ* [～三] 一萬三千。

bān³ (< log Sin) [慢] ⓓ 慢了 ¶~ *saⁿ-chàp hun-cheng chiah kàu-ūi* [～30分鐘才到位] 遲了三十分鐘才到 ⓕ **1.** (速度)慢 **2.** 遲 ¶*tán hoat-kiàn, í-keng siuⁿ ~ ·a* [等發見,已經siuⁿ～矣] 等到發現,已經太遲了 ⓐ 遲 ¶~ *kàu* [～到] 晚來 ¶~ *lâi, bô-hūn* [～來無份] 遲來者向隅。

ban-á-kiáⁿ [屘仔kiáⁿ] ⓐ ê: 么兒; ≃ ban-kiáⁿ。

bān-bān-á [慢慢仔] ⓐ 慢慢儿 ¶~ *kiâⁿ* [～行] 慢慢儿走。 「的毛。

bán-bīn [挽面] ⓓ (以紗線)拔臉上

bān-chhia [慢車] ⓐ CHOA, PANG, TÂI: 每站必停的車班或班車; ≃ phó͘-thong-chhia。 「ⓐ TIÂU: 全。

bān-chhia-tō (< log Chi) [慢車道]

bān-chhiáⁿ(-**sī**)|-*chiah…* [慢且(是)] ⓓ 慢著! ⓐ 慢點儿;且慢 ¶~ *khì* [～去] 慢點儿去。

bān-hóe/-hé/-hé [慢火] ⓐ 文火。

bān-hun [慢分] ⓓ (交通工具)誤點。

bān-it (< log Sin) [萬一] ⓐ 全; ≃ bān-put-it。

bān-jī/-gī/-lī [卍字] ⓐ ê, Jī: 「卍」字形記號; ≃ khut-bān-jī。

ban-kiáⁿ [屘kiáⁿ] ⓐ ê: 么兒; ≃ soah-bóe-kiáⁿ; ≃ ban-á-kiáⁿ。

bān-ko (< log Chi < tr En *slow*

cooker) [慢鍋] ⓐ Ê, LIÀP: 全。

Bān-kok Im-phiau (< log Chi) [萬國音標] ⓐ THÒ, Ê: 全; ≃ Kok-chè Im-phiau。 「福建省南部

Bân-lâm (< log Chi) [閩南] ⓐ 中國
◇ ~*-gí/-gú* [～語] 漢語的一支,含漳泉話、潮汕話、海南話諸語言
◇ ~*-ōe* (< log Chi) [～話] do.

bān-lêng phok-sū (< log Chi) [萬能博士] ⓐ Ê: 全; ≃ bān-sū-thong。

bān-lêng-tan (< log Chi) [萬靈丹] ⓐ LIÀP: 全。

Bān-lí Tĥg-siâⁿ (< log Sin) [萬里長城] ⓐ 中國的長城美稱。

bān-liân-chheng|-*nî-* (< log) [萬年青] ⓐ CHÂNG: 全; ≃ chheⁿ-tek。

bān-ōe-ka|-*ūi-* (< log Chi < Nip + [家]) [漫畫家] ⓐ Ê: 全。

bân-phôe/-phê/-phê [蠻皮] ⓕ 糙/頑強,打、罵都無效。

bān-put-hēng (< *bān-it* + *put-hēng*) [萬不幸] ⓓ 萬一(不幸); ≃ bān-put-it; ≃ bān-put-jī。 「萬一。

bān-put-it (v *bān-it*) [萬不一] ⓓ

bān-put-jī/-gī/-lī (< *bān-put-it*) [萬不二] ⓓ 萬一。

bān-sèng (< log Nip) [慢性] ⓕ 全。

Bān-sèng-cheh/-choeh/-chiat (< log Chi < tr En *All Saints' Day*) [萬聖節] ⓐ 全。 「性病] ⓐ 全。

bān-sèng-pēⁿ/-pīⁿ (< log Nip) [慢

bān-tang [慢冬] ⓐ 晚期,指作物; ≃ mńg-tang。

bān-tōng-chok (< log Chi < tr En *slow motion*) [慢動作] ⓐ Ê: 全。

bān-tūn [慢鈍] ⓕ 遲鈍 ¶*kha-chhiú* ~ [腳手～]慢手慢腳。

bān-ūi-ka ⇒ bān-ōe-ka。

bang ¹ (< Sin [網]) ⓓ **1.** 揮動小網

以捕捉; *cf* bāng^{1} ¶~ *ia̍h-á* [~蝶仔]用網捉蝴蝶 **2.** 逮捕 **3.** 順手(牽羊)偷走。

bang^{2} (< contr *m̄-thang*) [輔] 不可。

bâng (< sem Sin) [茫] [動] 頭昏,尤指喝酒後恍惚 [形] **1.** 迷茫 **2.**[x] 惘然。

báng^{1} (<sem Sin [蠓]) [名] [*á*] CHIAH: 蚊子 ¶*lia̍h* ~ [掠~]捉蚊子。

báng^{2} [魍] [名] **B.** 壞事 ¶*pì^{n} sá^{n}/siá^{n}* ~ [變啥~]搞什麼鬼。 「不可。

bàng (< *bang^{2}* + *mài*) [輔] 別;不要;

bāng^{1} (< Sin) [網] [名] [*á*] **B.** 仝 ¶*pó·-phòa* ~ [補破~]仝 ¶*hî*-~ [魚~]仝 ¶*nâ-kiû*-~ [籃球~]仝 [動] **1.** 拉網以捕捉; *cf* bang ¶~ *chiáu-á* [~鳥仔]拉網使鳥誤觸而被捕 **2.** 交織地縫 ¶~ *phòa sa^{n}* [~破衫]縫補衣服的破洞。

bāng^{2} (< Sin) [夢] [名] Ê: 仝 ¶*bāng chi̍t* ~ [夢一~]做一個夢 [動] 夢(見) ¶~ *chi̍t bāng* [~一夢]做一個夢 ¶~ *ok-bāng* [~惡夢]做惡夢。

báng-á [báng仔] [名] CHIAH: 蚊子 ¶*hô·-sîn*-~ [蝴蠅~]蚊蠅
△ ~ *tèng gû-kak* [~叮牛角]不能傷其一根毫毛;毫無作用。

bāng-á [網仔] [名] Ê: 網
◇ ~-*mn̂g* [~門] Ê: 紗門。

báng-á-thâng [báng仔虫] [名] CHIAH: 蚊蠅虱子等小蟲子; ≃ báng-thâng。

bāng-á-thang [網仔窗] [名] Ê: 紗窗。

bâng-bâng (< sem Sin; v *bâng*) [茫茫] [形] **1.** 迷茫 ¶*Sè-kan* ~-·*a.* [世間~·a.]人世迷茫 **2.** 無法集中心智的樣子;惘然 ¶*sim* ~, *ì* ~ [心~意~]茫茫然 **3.** 酒後神智不清。

bāng-chām (< log Chi < tr En *website*) [網站] [名] Ê: 仝。

bāng-chè bāng-lō· (< log Chi < tr En *internet*) [網際網路] [名] 仝。

bāng-chí (< log Chi < tr En *website address*) [網址] [名] Ê: 仝。

bàng-gà (< *màng-gà*, q.v.)。

bāng-hia [網hia] [名] KI: 有柄的小網,接釣起的魚或捕昆蟲用。

báng-hun [báng燻] [名] TIÂU, KHÛN, PHì^{n}: 蚊香; ≃ báng-á-hun。

bāng-ia̍h (< log Chi < tr En *home page*) [網頁] [名] Ê: 仝。

bāng-iú (< log Chi) [網友] [名] Ê: 仝。

bāng-iû-chèng‖*bōng-* (< col log; *cf* Nip [夢遊病]) [夢遊症] [動] 仝。

Báng-kah (< Form *vanka*; *cf* Tag *vanga*) [艋舺] [名] **1.** 台北舊名之一 **2.** 台北市萬華的本土名稱。

bāng-kì^{n} (< log Sin) [夢見] [動] 仝。

bāng-kiû (< log Sin) [網球] [名] LIA̍P: 仝; ≃ the-ní-suh 「≃ kiû-tiâ^{n}。
◇ ~-*tiû^{n}* (< log Chi) [~場] Ê: 仝;

bāng-lō· (< log Chi < tr En *networks*) [網路] [名] 仝。

báng-tà [báng罩] [名] NIÁ: 蚊帳 ¶*hân* ~ 掛蚊帳。

[bat] ^{1}/*pat* (< Aa; *cf* Viet *biết*) [動] 認識 ¶*Chit jī lí kám* ~? [這字你kám~?]這個字你會嗎?
△ ~ *kà ū-chhun-·khì* [~kà有chhun去] (對某人)非常熟稔。

bat^{2}/*pat* [副] 曾經 ¶*Lí* ~ *kóng-·kòe.* [你~講過.]你說過。

ba̍t (< Sin) [密] [形] **1.** 稠密 ¶*chhiū-á hoat chin* ~ [樹仔發真~]樹長得很密 **2.** 緊閉;密合; ⇒ bā^{2} **3.** (靠)攏;使空隙減小 ¶*pâi khah* ~ ·*le* [排較~·le]靠攏一點儿擺 **4.** 空隙減小且消失 ¶*Kú bô kòa hī^{n}-kau, khang* ~-·*khì.* [久無掛耳鉤, khang ~去.]很久沒戴耳環,耳垂上的孔塞住了。

bát-chih (< *mát-chih*, q.v.)。

ba̍t-chiuh-chiuh/-*chiù-chiù* [密chiuh-chiuh] [形] 密密層層。

bat-jī/-*gī*‖*pat-jī*/-*lī* [bat字] [形] 識

bȧt-sat (< *bȧk-sat*, q.v.)。 ⌊字。

bát-tah (< *batter < En *bat* + En *-er*) [名] KI: (棒球、壘球的)棒。

[bau] [動] 把器物開口處的沿儿向內摺(使不傷人),例如籃子、金屬器皿的口 [形] [x] (嘴唇)向內壓縮的樣子。

báu [動] 得到很大的利益 ¶*choân ~ ·ê* [全~·ê] 付出很少代價甚至不需代 ⌊價而獲利。

bāu ⇒ bȧuh。

bāu-iâ^{n} ⇒ bȧuh-iâ^{n}。

[bȧuh] ‖ *bāu* [動] 承包 ¶*Chiah-ê hō· lí chóng ~.* [Chiah-ê hō·你總~.] 這些你全包了,指吃完、拿走等 ¶~ *hòe-té* [~貨底] 把剩貨全部買下 ¶~ *kang-thêng* [~工程] 包工程。

bȧuh-iâ^{n} ‖ *bāu-* [bȧuh 贏] [動] 只做贏的打算,過於天真 ¶*kan-na siū^{n} boeh/beh ~ ·e* [kan-na 想欲~·e] do. △ ~ *bô bȧuh-su* [~無 bȧuh 輸] do.

[·be]^{1} ‖ *bōe* (< *bē*^{1}, q.v.) [氣] 詢問能力或可能性的語詞。

·be^{2} (< *bē*^{3}) [氣] 問是否完成的語詞; ⌊⇒ bōe^{3}。

bê^{1} [名] 粥; ⇒ moâi。

bê^{2} (< log Sin) [迷] [動] **1.** 對某事物狂熱; ≃ hong^{7} **2.** 迷(住) ¶*hō· hit ê cha-bó· gín-á ~-·khì* [hō· hit 個查某 gín仔~去] 被那個妞儿給迷住了。

bé^{1} [尾] ⇒ bóe^{1}。

bé^{2} (< Sin) [馬] [名] **1.** CHIAH: 一種善跑的大型哺乳動物 **2.** LIȦP: 象棋的黑馬; ≃ o·-bé **3.** LIȦP: 象棋的「馬」與「傌」。

bé^{3} ‖ *bóe* (< Sin) [買] [動] 仝。

bē^{1} ‖ *bōe* (ant *ē*^{1}) [中] 表示不能夠 ¶*chiȧh-~-lȯh-·khì* [吃~落去] 吃不下 ¶*piàⁿ i ~-iâ^{n}* [拚伊~贏] 贏不過他 [動] 不會; 不懂; ≃ bē-hiáu ¶*Lí sī ē ȧh ~?* [你是會或~?] 你到底會不 ⌊會? △ ~ *ké ē* [~假會] 不懂裝懂 [輔] **1.** 表示沒有能力 ¶~ *kóng-ōe* [~講話] 不能言語 ¶~ *thȧk-chheh* [~讀書] 不擅於讀書 「行 △ ~ *phok, ké-phok* [~博假博] 充內 **2.** 不足以 「意 △ ~ *o-ló-·tit* [~呵咾得] 令人不滿 **3.** 不至於 ¶*Chiȧh hit sut-á tȯk-iȯh, ~ sí ·la.* [吃 hit sut 仔毒藥, ~死啦.] 吃那一點儿毒藥,死不了的 [副] 不 ¶~ *bái* 不錯; 還好 ¶~ *hȧh* 不適合 [氣] (> ·be^{1}) 問能力、可能性的語詞 ¶*Lí sī ē-hiáu ~/·~?* [你是會曉~?] 你到底會不會?

bē^{2} ‖ *bōe* (< Sin) [賣] [動] 仝。

bē^{3} [未] ⇒ bōe^{3}。

bē ... -tit/*-chit*/*-lih*/*-ih*/*-lì*/*-ì*/*-eh*/*-è* ‖ *bōe-* [bē ... 得] [副] ...不得; 不能... ¶*Chit chiah í-á bē-chē-·tit.* [這隻椅仔 bē 坐得.] 這把椅子坐不得 ¶*bē-hông-kóng-·tit* [bē hông 講得] 被批評不得; 被責備不得; 不聽勸告 ¶*bē-chò-tit tōa tāi-chì* [bē 做得大代誌] 不能做大事 △ (*chin*) *bē/bōe o-ló-·tit* [(真)bē 呵咾得] 無一可稱讚之處; 令人(非常)不敢恭維。

bé-á^{1} [馬仔] [名] CHIAH: **1.** 馬 **2.** 小馬。

bé-á^{2} [名] 尾巴; ⇒ bóe-á。

bé-á^{3} [名] [副] 末尾; ⇒ bóe-·a。「馬。

bé-á-kiá^{n} [馬仔 kiá^{n}] [名] CHIAH: 小 「仝。

bé-āu ⇒ bóe-āu。

bé-āu-phàu (< log Chi) [馬後炮] [名]

bē-bái ‖ *bōe-* [形] 不錯; 不壞。

bé-bē ‖ *bóe-bōe* (< log Sin) [買賣] [名] [動] 仝。

bé-bé-·a ⇒ bóe-bóe-·a。

bè-bè-háu [動] 大聲哭叫; *cf* bè-bè-kiò。

bè-bè-kiò [動] **1.** 大聲哭叫; ≃ bè-bè-háu ¶*khàu kà ~* [哭到~] 號啕大哭 **2.** (抱怨或抗議而)哇哇叫。「e^{n}-á。

bé-bì (< En *baby*) [名] Ê: 娃娃; ≃ âng-

bé-chái^{n} ⇒ bóe-chái^{n}。

bé-chām ⇒ bóe-chām。

bē-chêng/-*chēng* ⇒ bōe-chêng。

bē-chêng-bē ⇒ bōe-chêng-bōe。

bé-chhài‖*bóe-* (< Sin) [買菜] 動 買烹飪用食物。

bé-chhia (< Sin) [馬車] 名 TÂI: 全。

bé-chhiú ⇒ bóe-chhiú。

bé-chî [馬chî] 名 LIÁP: 荸薺。「多。

bē-chió‖*bōe-* [bē 少] 形 不少;相當

bé-chú‖*bóe-* (< log Sin) [買主] 名 Ê: 全;≃ bài-ià。　　　　　[Ê: 全。

bē-chú‖*bōe-* (< log Sin) [賣主] 名

bé-chui ⇒ bóe-chui。

bē-êng... ⇒ bē-iông-tit。

bē-ēng... ⇒ bē-iōng-·tit。

bē-ěng(...) ⇒ bē-iǒng/bē-iông-tit。

Bé-gê ⇒ Bóe-gê。　　　　　「giàn。

bē-giàn‖*bōe-* 動 不幹 輔 不願;≃ bô-

bē-hàu-ko·-·tit/-·*chit*/-·*lih*/-·*ih*/-·*lì*/-·*ì*/-·*eh*/-·*è*‖*bōe-* (v. hàu-ko·) [bē 孝孤得] 形 (壞得或醜得) 不堪入目。

bé-hì (< log Sin) [馬戲] 名 全 [Ê: 全。
◇ ~-thoân (< log) [~團] THOÂN,

bē-hiáu (-*tit*/-*chit*/-*lih*)‖*bōe-* [bē 曉(得)] 動 1. 不懂;不會 ¶*Góa ~ Eng-gí.* [我~英語.] 我不懂英語 ¶*Che góa* ~(-·*tit*). [這我~(得).] 這個我不會 2. 不懂,當補語 ¶*khòaⁿ-* ~ [看~] 看不出所以然 ¶*siūⁿ-* ~ [想~] 想不通 輔 不會(做);不懂得 ¶*Góa* ~(-*tit*) *siu-lí chhia.* [我~(得)修理車.] 我不會修車
△ ~ *sái chûn, hiâm khe/khoe oan* [~駛船嫌溪彎] 找借口掩飾自己的拙劣;≃ to tun, hiâm bah jūn。

bē-hô¹‖*bōe-* [bē 和] 動 不和睦。

bē-hô²‖*bōe-* [bē 和] 形 划不來 ¶*sǹg-* ~ [算~] do.

bē-hù‖*bōe-* [bē 赴] 形 副 來不及。

bê-hûn-ióh (< log Sin) [迷魂藥] 名 1. 蒙汗藥 2. 迷湯。

bé-iaⁿ [馬纓] 名 馬鬃;≃ bé-ám-iaⁿ。

bē-iâⁿ‖*bōe-* [bē 贏] 動 不能勝任,只當動詞補語;cf bē-kiâⁿ ¶*thèh-*~ 拿　　　　　　　　　　　　「不動。

bé-iàh ⇒ bóe-iàh。

bē-iǒng/-*ěng* 輔 不容;不准;≃ bòh-èng ¶*Lí* ~ *kā i phah.* [你~kā伊 phah.] 你不許打他。

bē-iǒng... ⇒ bē-iông-tit。

bē-iông-tit/-*chit*/-*lih*/-*ih*/-*lì*/-*ì*/-*eh*/-*è*|-*iǒng*-|-*êng*-|-*ěng*-‖*bōe-* [bē 容得] 輔 1. 不容許 ¶*Lí* ~ *jip-·lâi.* [你~入來.] 你不可以進來 2. 無法 ¶*Mn̂g só-·tī-·leh,* ~ *chhut-·khì.* [門鎖·tī-·leh,~出去.] 門鎖著,出不去。

bē-iōng-·tit/-·*chit*/-·*lih*/-·*ih*/-·*lì*/-·*ì*/-·*eh*/-·*è*|-*ēng*-‖*bōe-* [bē 用得] 形 1. 不堪用 ¶*Pit* ~ ·*a.* [筆~矣.] 筆壞了 2. 不可以;≃ bē-sái(-·tit) ¶*Lí án-ne chò,* ~. [你án-ne做,~.] a. 你這麼做做不好 b. 你這麼做是不容許的。

bé-jī-cháiⁿ ⇒ bóe-jī-cháiⁿ。

bē-jīn-tit/-*chit*/-*lih*/-*ih*/-*lì*/-*ì*/-*eh*/-*è*|-*gīn*-|-*līn*-‖*bōe-* [bē 認得] 動 形 認不出來;不認得 ¶*í-keng* ~ *in bó* [已經~in某] 已經不認得他太太 ¶*In bó, i í-keng bē-jīn-·tit ·a.* [In某伊已經~矣.] 他太太他已經認不得了。

bē-kâiⁿ‖*bōe-* 動 對...無可奈何 ¶~ ·*i* [~伊] 對他無可奈何 形 1. 無可奈何 2. (因傷病或疲乏而) 動彈不得。

bē-kham...-·tit/-·*chit*/-·*lih*/-·*ì*/-·*eh*/-·*è*‖*bōe-* [bē 堪...得] 劃 不堪...;受不了... ¶*bē-kham hông kóng ·tit* [bē堪hông講得] 被批評不得;被責備不得。

bē-kham-tit/-*chit*/-*lih*/-*ì*/-*eh*/-*è*‖*bōe-* [bē 堪得] 形 1. 受不了 2. 不配 ¶*kám-kak bē-kham-·tit* [感覺~] 覺得不敢當 3. 無法;無力

¶*Hit-chūn chhù-·ni chin sàn, ~ chhī gín-á.* [hit-chūn 厝·ni 真 sàn, ~ 飼 gín 仔.] 當年家裡窮，無力撫養孩子 動 不堪；受不了 ¶*~ hông-kóng* [~ hông 講] 被批評不得；被責備不得。

bé-·khì [買去] 匣 動 弄壞 ¶*khah sè-jī ·le, mài kâ ~* [較細膩·le, mài kâ ~] 小心點儿，別給我弄壞了。

bē-khí ‖ *bōe-* [bē 起] 動 …不起 (…) ¶*chiảh-~* [吃~] 吃不起；≃ chiảh-bē-tó ¶*khòaⁿ-~* [看~] 看不起 ¶*khòaⁿ i ~* [看伊~] 看不起他。

bē-khì ‖ *bōe-* [bē 去] 動 不了／不能勝任，只當動詞補語 ¶*cháu-~* [走~] **a.** 跑不動 **b.** 逃不掉 ¶*chiảh-~* [吃~] 吃不完 ¶*siuⁿ chē, thẻh-~* 太多，帶不走。

bé-kî ⇒ bóe-kî。

bē-kì-tit／*-chit*／*-lih*／*-lì*／*-eh* ‖ *bōe-* [bē 記得] 動 忘記 ¶*í-keng bē-kì-·tit*／*·chit*／*·lih*／*·eh* [已經~] 已經不記得 ¶*~ khì hảk-hāu* [~ 去學校] 忘了到學校去。

bē-kiâⁿ ‖ *bōe-* [bē 行] 動 不動，只當動詞補語；cf bē-iâⁿ；cf bē-khì ¶*kiò-~* [叫~] 叫不動；不聽使喚 ¶*sak-~* 推不動。

bē-kiàn-(bē-)siàu ‖ *bōe-…(bōe)…* [bē 見 (bē) 笑] 形 無恥；不害臊。

bē-kò-·tit／*·chit*／*-lih*／*-·ih*／*-lì*／*-·ì*／*·eh*／*-·è* ‖ *bōe-* [bē 顧得] 形 無法形容；≃ bē-kóng-·tit ¶*hoaⁿ-hí kà ~* [歡喜到~] 高興得不得了。

bē-koài-tit／*-chit*／*-lih*／*-ih*／*-lì*／*-ì*／*eh*／*-è* ‖ *bōe-* [bē 怪得] 動 怪不得 ¶*Che ~ i.* [Che~伊.] 這個怪不得他 形 不能怪罪 副 怪不得；≃ bỏk-koài。

bē-kok ‖ *bōe-* (< log Sin) [賣國] 動 仝 ◇ *~-chhảt* (< log Chi) [~賊] ê:

bē-kóng-tit／*-chit*／*-lih*／*-eh*／*-è* ‖ *bōe-* [bē 講得] 形 無法形容；≃ bē-kò-·tit ¶*hoaⁿ-hí kà bē-kóng-·tit* [歡喜kà~] 高興得不得了 副 非常 ¶*~ hoaⁿ-hí* [~歡喜] 非常高興。

bē-lâi ‖ *bōe-* (< tr Sin [不來]) [bē 來] 動 不能於一定時間內完成 ¶*khang-khòe chò-~* [khang-khòe 做~] 工作做不來。

bê-·lâng (< log Chi < tr) [迷人] 形 仝 ¶*chhiò kà chiah-nī ~* [笑 kà chiah-nī~] 笑得這麼迷人。

bé-lảt (< log Nip < tr En *horse-power*) [馬力] 量 仝。

bé-lêng-chî ‖ *má-lêng-chî*／*-chû* (< log Nip) [馬鈴薯] 名 CHÂNG, LIảP: 仝；≃ iûⁿ-chî。

bē-lī ‖ *bōe-* [bē 離] 動 來不及 (支開或避開) ¶*cháu-~* [走~] 逃避不及 ¶*póe-／pé-~* (太多而) 不及撥開，例如謠言、譭謗。

bé-liu ⇒ bóe-liu。

bé-ló (< log Sin < tr Sans *aśmagarbha*) [瑪瑙] (< [馬腦]) 名 LIảP: 仝。

bé-lō͘ (< log Chi < sem < ab En *macadam road* < *McAdam*) [馬路] 名 TIÂU: 仝；≃ chhia-lō͘。

bē-lỏh ‖ *bōe-* [bē 落] 動 (容) 不下 ¶*án-ne ~* 這麼放，放不進去 ¶*siuⁿ chē lâng, chē-~* [siuⁿ chē 人，坐~] 太多人，坐不下。

bé-miā [bé 命] 歎 (事情嚴重或惡劣) 真要命！

bé-mih ‖ *bóe-mih*／*-mảngh* [買物] 動 購物。

bé-oaⁿ (< log Sin) [馬鞍] 名 Ê: 仝。

bē-oảh [bē 活] 動 活不了 形 (事態) 嚴重。

bé-pān ‖ *bóe-* (< log Sin) [買辦] 名 Ê: 仝。

bé-peng (< Sin) [馬兵] 名 Ê, TŪI: 騎兵。

bé-phiò[1] ‖ *bóe-* (< log Chi) [買票] 動 購買車票、入場券等；≃ thiah-toaⁿ。

bé-phiò²‖*bóe-* (< log Chi) [買票] (動) 賄選。

bē-phiò··ê‖*bōe-* [賣票·ê] (名) ê: 售票員。

bē-sái‖*bōe-* [bē 使] (動) (使)不得;≃ bē-iông-tit ¶*ē-sái kóng, ~ chò* [會使講,～做] 只能說,不能做 (形) 使不得;≃ bē-iōng··tit ¶*I kóng: ~.* [伊講～.]他說不行。

bē-sài¹ [妹婿] ⇒ moāi-sài。

bē-sài² (< *bē-sài··è* < *bē-sài··tit* < *bē-sái-tit*, q.v.) (形) 使不得。

bē-sái-tit/-chit/-lih/-lí/-lì/-ih/-í/-eh/-é/-è‖*bōe-* (v. bē-sái) [bē 使得] (動) (使)不得;⇒ bē-sái (形) 使不得 ¶*Án-ne bē-sái··tit/bē-sài··tit.* 這樣不行。

bē-sài··tit/··chit/··lì/··ì/··è (< *bē-sái-tit*, q.v.)。

bē-sè‖*bōe-sòe* [bē 細] (形) 不小 ¶~ *chiah* [～隻] 一隻不小;相當大一隻。

bê-sìn (< log Nip) [迷信] (名) (動) (形)

bé-siu‖*bóe-* (< log Nip) [買收] (動) 收買 ¶*I khih-hō· lâng ~··khì.* [伊乞 hō·人～去.]他被收買了。

bē-sng-tit/-chit/-lih/-ih/-lì/-ì/-eh/-è‖*bōe-* [bē 算得] (形) 非常多 ¶~ *pái* [～擺] 許多次 (副) 非常(多) ¶~ *chē pái* [～chē擺] 許多次。

bé-soh [馬索] (名) TIÂU: 韁繩;≃ bé-lẻk-soh。

bē-sóng‖*bōe-* [bē 爽] (形) "不爽"。

bè-sù¹ (< Nip *bēsu* < En bass) (名) ê: 男低音 ¶*chhiùⁿ ~* [唱～] 唱男低音。 ê: (棒球、壘球的)壘。

bè-sù² (< Nip *bēsu* < En base) (名)

bē-su‖*bōe-* [bē 輸] (動) 不下於 ¶*Góa ~··lí.* [我～你.]我不輸給你 (副) 1.好像 ¶*Thiⁿ-téng ê hûn ~ teh cháu.* [天頂ê雲～teh走.]天上的雲好像在跑 2.似乎 ¶*I ~ iáu-bōe lâi.* [伊～夭未來.]他好像還沒來

△ ~-ná 好像;似乎;≃ bē-su, q.v.

bé-sut-á [馬 sut 仔] (名) KI: 馬鞭。

bē-tâi chip-thoân‖*bōe-* [賣台集團] (名) ê: 出賣台灣的集團。

bē-tàng‖*bōe-* (動) 1.不行;不容許 ¶*kā i chiàm-iōng chit hun-cheng to ~* [kā伊佔用一分鐘to～] 占用他一分鐘都不行 ¶*Lí ~ koh lâi kā góa chioh chîⁿ.* [你～koh來kā我借錢.]你不可以再來向我借錢 2.沒有能力;無法 ¶*Lỏh-hō·, ~ khì.* [落雨,～去.]因為下雨,不能去。

bé-tê/-tôe (< log Sin) [馬蹄] (名) ê: 全 ¶*thih-~* [鐵～]馬蹄鐵 ◇ ~-thih [～鐵]全。

bé-tháng (< log Sin) [馬桶] (名) KHA: 全 ¶*thiu-chúi ~* [抽水～]全。

bé-thâu (< log Sin) [碼頭] (名) ê: 全。

bé-thong‖*bóe-* (< log Sin) [買通] (動) 全。

bé-tiâu [馬枑] (名) KENG: 馬廄。

bē-tiâu‖*bōe-* (動) 1.會脫落,例如粘不住、掛不住 2.不中,例如考不上、選不上 3.…不住 ¶*chē-~* [坐～]無法安分地坐著 ¶*khùn-~* [睏～](該待在床上的時候)無法一直待在床上。

bē-tín-bē-tāng‖*bōe-...-bōe-* [bē振bē動] (形) 無法動彈。

bē-tiỏh‖*bōe-* [bē 著] (形) 不對;不妥;不上算;不可以;使不得 ¶*Án-ne ~ né!* 這樣不對啊。

bē-tit‖*bōe-* [bē 得] (動) 不能;不可;不得;≃ bē-tàng ¶*boeh/beh sí, ~ sí* [欲死～死]求死不得。

bē-tit‖*bōe-* [bē 直] (形) 1.不得了了 ¶*Chit ê gín-á hông bong chit ē tiỏ ~ ·a.* [這個gín仔hông摸一下就～矣.]這孩子被輕輕接觸了一下就不得了了 2.糟糕。

bē-tit-thang‖*bōe-* (v bē-tit) [bē 得 thang] (動) 不能;無法。

bē-tó‖*bōe-* [bē 倒] (動) 不能勝任；≃ bē-khí ¶*bé-*∼ [買∼] 買不起。

bé-tôe ⇒ bé-tê。

| bê˙ | ⇒ moâi。

bé˙ ⇒ bóe[1]。

bē˙ ⇒ bōe[3]。

| beh | ⇒ boeh[1,2]。

beh...beh... ⇒ boeh... boeh...。

béh-á[1] (名) 襪子；⇒ boèh-á。 「麥子

béh-á[2] [麥仔] (名) CHÂNG, SŪI, LIÀP:
  ◇ ∼-*chiú* [∼酒] 啤酒；≃ bì-lù
  ◇ ∼-*hn̂g* [∼園] KHU: 麥田
  ◇ ∼-*sūi* [∼穗] SŪI: 麥穗
  ◇ ∼-*tê* [∼茶] 麥茶。

beh-ài ⇒ boeh-ài。

beh-àm ⇒ boeh-àm。

beh-án-chóa[n]/-*chòa[n]*/-*nóa*/-*nòa* ⇒ boeh-án-chóa[n] [1,2]。

beh-bô ⇒ boeh-bô。

béh-gê (< ab *béh-gê-ko*) [麥芽] (名)
  ◇ ∼-*ko* [∼膏] do. 「麥芽糖

béh-kak [麥角] (名) LIÀP: 麥片。

beh-khàu-beh-nih ⇒ boeh-khàu-beh-nih。

beh-ná ⇒ boeh-ná。 「boeh-nih。

beh-nî ⇒ boeh-nî。

beh-óa ⇒ boeh-óa。

béh-phì[n] (< log Chi) [麥片] TÈ: 全；

beh-sí ⇒ boeh-sí[1,2]。 「≃ béh-kak。

beh-sī ⇒ boeh-sī。

beh-tàu ⇒ boeh-tàu。

beh-thái/-*thài* ⇒ boeh-thái。

beh-thò·-beh-thò· ⇒ boeh-thò·-boeh-thò·。

beh-tih/-*tih[n]* ⇒ boeh-tih。

beh-tó ⇒ boeh-tá。

| be˙h | ⇒ boeh。

bè˙h-á ⇒ boèh-á。

| Bèk | -se-ko (< log Chi < *Mexico*) [墨西哥] (名) 全；≃ Mé-sī-kò。

| bêng | [1] [明] (形) 清楚。

bêng[2]... (< contr bē-ēng...) (形) 不能；⇒ bē-iōng-·tit。

béng [猛] (形) 充滿活力而能幹。

běng[1] (< contr mê-hng) (名) 晚上；≃ ěng。

běng[2] (< contr bē-ěng) (形) 不能；⇒ bē-iông-tit。

bêng-bêng (< log Sin) [明明] (副)

bêng-che[n+] àm-tàu|-*chi[n]*...|-*cheng*... (< col log Sin) [明爭暗鬥] (動) 全。

bêng-chhe[n]/-*chhi[n]*/-*seng* (< col log Chi < tr En *star*) [明星] (名) Ê: 全 ¶*tiān-iá[n]* ∼ [電影∼] 全。

bêng-chheng ⇒ miâ-chheng。

bêng-chhi[n] ⇒ bêng-chhe[n]。

bêng-gī ⇒ miâ-gī。

bêng-hián (< log Chi) [明顯] (形)

bêng-ī/-*ī[n]*/-*ū* ⇒ miâ-ī。 「全。

bêng-kóng[1] [明kóng] (< [明管]) (名) TIÂU: 不埋進牆裡的水管等管道。

bêng-kun (< log Chi) [盟軍] (名) 全。

bēng-lēng (< log Nip < Sin) [命令] (名) Ê, TIÂU: 全 ¶*hā* ∼ [下∼] 全 (動) 全。 「的數字。

bêng-pâi [明牌] (名) Ê, KI: 可能中獎

bêng-pèk (< log Sin) [明白] (形) 全。

bêng-sán ⇒ miâ-sán。

bêng-seng ⇒ bêng-chhe[n]。

bêng-sìn-phì[n] (< log Chi) [明信片] (名) TIU[n]: 全。 「全。

béng-siù (< log Sin) [猛獸] (名) CHIAH:

bêng-sû ⇒ miâ-sû。

Bêng-tī (< log Nip) [明治] (名) 日皇年號 (1867–1912)。

bêng-ū ⇒ miâ-ī。

| bí | [1] (< Sin) [米] (名) LIÀP: 1. 稻米 2. 顆粒狀果實 ¶*hoan-bèh-*∼ [番麥∼] 玉米的顆粒 ¶*lauh-*∼-*á* [lauh∼仔] 從整串中掉落的果實。

bí[2] (< ab < *bí-tùt* < log Nip [米突] < Fr *mètre*) [米] (量) (一) 公尺。

bī¹ (< log Sin) [謎] ⓐ ê: 謎語 ¶*ioh* ~ [臆~] 猜謎。

bī² (< log Sin) [味] ⓐ ê: **1** 味道 **2** 風味 ¶*Tâi-oân-*~ [台灣~] 台灣風味 ⓠ 計算藥方的單位。

bī³ ⓥ 潛 (水); ≃ chhàng¹⁽²⁾ ¶~*-jip-khì chúi-té* [~入去水底] 潛入水中。

bǐ (cf Pai *bibiq* '鴨') ⓢ 小鴨叫聲 ⓔ 叫鴨子用語。

bî-bî-á [微微仔] ⓕ 微小 ¶~ *hong* [~風] 微風; ≃ hong-si-á ⓐᵈᵛ 微微 ¶~ *chhiò* [~笑] 微笑。

bí-boán ⇒ bí-móa.

Bí-chiu [美洲] (< log Chi < [洲] + ab *America*) ⓐ 全 ¶*La-teng* ~ [拉丁~] 全 ¶*Lâm-*~ [南~] 全 ¶*Pak-*~ [北~] 全 ¶*Tiong-*~ [中~] 全。

bí-chiú [米酒] ⓐ KAN, KOÀN: 全 ◇ ~*-thâu(-á)* [~頭(仔)] 首先蒸餾出來的米酒。 「chúi-bī。

bī-chúi [bī水] ⓥ 潛水; ≃ chhàng-

Bí-é-mûh-da-bú-liu|-*la*- (< BMW) ⓐ TÂI: 必妥達汽車。

bí-hòa (< log Nip < tr En *beautify*) [美化] ⓥ 全。

bî-hoeh-kńg|-*huih*- (< log Chi) [微血管] ⓐ TIÂU: 全。

bí-hún [米粉] ⓐ UT, TIÂU: 米製細條 ◇ ~*-chhá* [~炒] 炒米粉。 「狀食品

bī-hun-chhe (< log Chi) [未婚妻] ⓐ ê: 全。 「ê: 全。

bī-hun-hu (< log Chi) [未婚夫] ⓐ

bí-iông-īⁿ (< log Nip) [美容院] ⓐ KENG: 全; ≃ sa-lóng。

bí-jîn-hî|-*gîn*-||*bí-lîn-hî*/-*hû*/-*hî* (< log Chi < tr; cf En *mermaid*) [美人魚] ⓐ ê, BÓE: 全。

bí-jîn-kè|-*gîn*-|-*lîn*- (< log Sin) [美人計] ⓐ ê: 全。

bí-ká [米絞] ⓐ [*á*] **1.** TÂI: 碾米的機器 **2.** KENG: 碾米工廠。

bí-kám (< log Nip) [美感] ⓐ 全。

bí-kang-to (< log Chi) [美工刀] ⓐ KI: 全。

bí-khng (< Sin) [米糠] ⓐ 全。

Bí-kim (< log Chi) [美金] ⓐ 全。

bí-ko [米糕] ⓐ 糯米飯 ¶*kiâm* ~ [鹹~] 全; ≃ iû-pn̄g ¶*tâng-á* ~ [筒仔~] 置竹筒中蒸出的糯米飯 ¶*ti*ⁿ ~ [甜~] 甜糯米飯 「米粥。 ◇ ~*-moâi*/-*môe*/-*bê* [~糜] (甜) 糯

Bí-kok (< log Nip [米國] < ab tr En *The United States of America*) [美國] ⓐ 全 「間。 ◇ ~ *sî-kan* [~時間] 很充裕的時

bí-ku [米龜] ⓐ CHIAH: 吃米的甲蟲; ≃ chiù-bí-ku。

bī-lâi (< log Sin) [未來] ⓐ 全。

bí-láu [米荖] ⓐ TÈ: 炸粢巴裹麥芽糖再裹米花的食品。

Bí-lē-tó/-*tó* (< log < tr Port *Ilha Formosa*) [美麗島] ⓐ 台灣。

bí-leng/-*lin* [米奶] ⓐ 米漿飲料。

bì-lù (< Nip *bīru* < Neth *bier*) ⓐ 啤酒。 「ⓕ 全。

bí-móa/-*boán* (< col log Sin) [美滿]

bí-phang [米芳] ⓐ TÈ, LIÀP: 米花 ¶*pōng* ~ 爆米花。

bî-pho-lô͘ (< log Chi < tr En *microwave oven*) [微波爐] ⓐ TÂI: 全。

bî-sat||*mî*- (< log Sin < Lat *missa*) [彌撒] ⓐ PÁI: 全。

bí-sek (< log Chi) [米色] ⓐ 乳白色; ≃ khu-lí-mú-sek。 「全。

bî-seng-bu̍t (< log Nip) [微生物] ⓐ

Bí-si (< En *B.C.* < acr *before Christ*) ⓐ 公元前。

bī-sò͘ (< ab log Nip [味の素]) [味素] ◇ ~*-hún* [~粉] do. 「ⓐ 味精

bí-su̍t (< log Nip) [美術] ⓐ 全 ◇ ~*-ka* (< log Nip) [~家] ê: 全 ◇ ~*-koán* (< log Nip) [~館] KENG: 全。 「Germ *Vitamin*) ⓐ 維他命。

bi-tá-bín/-*mín* (< Nip *bitamin* <
bí-thai-ba̍k [米篩目] [名] TIÂU: "米苔目," 即米製粗圓條狀食品。
bí-thâng [米虫] CHIAH: [名] **1.** 米蛀蟲 **2.** (社會或團體的) 寄生蟲 **3.** 從中剝削的米商。 「仝。
bī-ti-sò͘ (< log Nip) [未知數] [名] Ê:
bián (< log Sin) [免] [動] **1.** 豁免 ¶~ *ha̍k-hùi* [~學費] 仝 **2.** 沒有了; 別想再要 ¶*Chhòng-hāi-·khì, tiō lóng ~.* [創害去就攏~.] 弄壞了就沒有了 [輔] **1.** 不需; 不必 ¶*Lí ~ khì.* [你~去.] 你不必去
△ ~ *kheh-khì* [~客氣] **a.** 不用客氣 **b.** 好說; 不客氣
△ ~ *kiaⁿ* [~驚] **a.** (你) 不用怕 (/擔心) **b.** [反] (你) 不必 "唱衰" 我—我才不擔心
2. 得不到; 不能 ¶*M̄ chò/chòe, tiō ~ chia̍h.* [M̄做就~吃.] 不工作就沒得吃 ¶*Ǒa! Lo̍h-hō͘. ~ khì ·a.* [Ǒa! 落雨.~去矣.] 糟糕! 下雨, 去不得了。
biān-chek (< log Nip) [面積] [名] 仝。
biān-chhì (< log Chi) [面試] [名] PÁI: 仝; ≃ kháu-chhì [動] 仝。
bián-chhì seng-ha̍k (< log Chi) [免試升學] [名] [動] 仝。
bián-chîⁿ [免錢] [動] [形] 免費。
bián-chit (< log Nip) [免職] [動] 仝。
bián-e̍k-le̍k (< log Chi) [免疫力] [名] 仝。 「魚。
bián-hî (< Sin) [鮸魚] [名] BÓE: 黃花
biān-hōe (< log Nip) [面會] [動] PÁI: 會面。 「仝。
bián-hùi (< log Chi) [免費] [動] [形]
Biān-jû (< ab *Mercedes-Benz*) [名] 賓士車。
bián-kiáng/-*kióng* (< log Chi < Sin) [勉強] [動] **1.** 勉力為之 ¶*Chia̍h-bē-lo̍h-·khì, m̄-bián ~.* [吃bē落去, m̄免~.] 吃不下去的話, 不必勉強 **2.** 強求 [副] 仝 ¶~ *ka chia̍h-·lo̍h-·khì* [~ka吃落去] 勉強把它吃了下去。
bián-kóng [免講] [動] 免談 ¶*Chit ê tiâu-kiāⁿ nā m̄ chiap-siū, pa̍t-hāng lóng ~.* [這個條件若m̄接受, 別項攏~.] 如果不接受這個條件, 別的免談 [形] 當然
△ ~ *mā* 當然 ¶*I Bí-kok tōa-hàn ·ê, ~ mā bat Eng-gí.* [伊美國大漢·ê, ~mā bat英語.] 他在美國長大, 當然會英文
[連] 別說 ¶~ *sahⁿ, "e, bi, si" to liām-bē-thàu ·a, boeh án-chóaⁿ siá Eng-bûn!* [~啥, ABC都唸bē透矣, 欲按怎寫英文!] 別的不說, 光ABC都唸不完了, 怎麼寫英文!。
bián-lē (< log Sin) [勉勵] [動] 仝。
bián-sòe/-*sè*/-*sè͘* (< log Sin) [免稅] [動] [形] 仝 「[~商店] KENG: 仝。
◇ ~ *siang-/siong-tiàm* (< log Chi)
biān-tâm (< log Sin) [面談] [動] 仝。
bián-tit (< log Sin) [免得] [連] 仝; ≃ chiah/tah/khah bē/bōe。
bia̍t (< log Sin) [滅] [動] 仝 ¶*Tiong-kok kā Se-chōng ~-tiāu.* [中國kā西藏~掉.] 中國滅了西藏。
bia̍t-bông (< log Sin) [滅亡] [動] 仝。
bia̍t-chéng (< log Chi) [滅種] [動] 仝。 「¶*gí-/gú-giân* ~ q.v.
bia̍t-cho̍k (< log Sin) [滅族] [動] 仝
bia̍t-hóe-khì |-*hé*-|-*hé͘*- (< log Chi) [滅火器] [名] 仝。
Biâu-**cho̍k** (< log Nip) [苗族] [名] CHO̍K: 東亞及東南亞民族名。
Biâu-le̍k‖*Miâu*- (< log Sin < Mand [苗栗] < TW *Bâ-lí* [貓里] < Tauk) [苗栗] [名] 縣市名。
biâu-siá ⇒ biô-siá。
bih [動] **1.** 躲(起來) ¶~ *tòa phōe-té* [~tòa被底] 躲在被窩裡 **2.** 避(開風雨等) ¶*hō͘ lâi, bô-tè ~* [雨來無tè

～]下雨的時候無處可遮蔽。

bih-á [篾仔] (名) KI: 竹篾;藤篾。

bih-bih-chhih-chhih (形) 忸怩作態。

bih-chhiȯh (< log Sin) [篾蓆] (名)
NIÁ: 竹篾製的涼蓆。

bih-chhiu (ant *chhàng-chhiu*) [bih
鬚] (動) 不敢張狂。

bih-chhùi [bih 嘴] (動) (哭前或笑前)
嘴角的肌肉繃緊,尤指哭前。

bih-hō· [bih 雨] (動) 避雨; ≃ siám-
bih-hong [bih 風] (動) 避風。　 ⌊hō·。

bih-joȧh/-*loȧh* [bih 熱] (動) 避暑。

bih-kôaⁿ [bih 寒] (動) 避寒。

bih-sio [bih 燒] (動) 窩在溫暖的環境
避寒,例如躲在被窩裡; cf bih-joȧh
¶*kiu tòa phōe-té* ~ [kiu tòa 被底
～]縮在被窩裡取暖。

bih-sio-chhōe/-*chhē* [bih 相 chhōe]
(動) 躲貓;捉迷藏。

bîn¹ (< log Sin) [眠] (名) 睡眠 ¶*bô*
～ [無～]沒睡足。

bîn²‖*bīn* (動) 小睡; cf lìm ¶*lâi-khì* ～-
·*chı̍t*-·*ē* [來去～一下] (我要) 去睡一
睡 ¶*～-·khì* [～去]睡著。

bín (名) B.刷子 ¶*ê-/ôe-*~ [鞋～]鞋刷
¶*khí-*~(-*á*) [齒～(仔)]牙刷 (動) 用
刷子刷 ¶～ *chhùi-khí* [～嘴齒]刷牙
齒 ¶～ *ê(-á)* [～鞋(仔)]擦皮鞋。

bīn¹ (< Sin) [面] (名) **1.** Ê: 臉
△ ～ *chheⁿ-chheⁿ* [～青青]身心極
度疲憊,例如熬夜、長時間密集準
備考試、長時間操作電腦
△ ～-·*ni bô bah, oàn lâng tōa kha-
chhng* [～·ni 無肉,怨人大 kha-
chhng]自己不行,偏偏設法貶低他
人或扯後腿
△ ～ *o· chı̍t pêng* [～烏一 pêng]因意
想不到而傻眼或因而沮喪,例如發
現某人把事情搞砸了,或如發現小
偷入侵,或如發現電腦資料消失
2. (所面對的) 方向 ¶*Má-chó·-keng*

khí-m̄-tiȯh ～ [媽祖間起 m̄ 著～]建
媽祖廟時方向弄錯了 (畫) **1.** (正
反) 面 ¶*Chit khoán chóa chı̍t* ～
khah chho·, chı̍t ～ *khah iu.* [這款
紙一～較粗,一～較優.]這種紙一面
比較粗,一面比較光滑 **2.** 邊;方面;
≃ pêng ¶*chı̍t* ～ *soaⁿ, chı̍t* ～ *chúi*
[一～山,一～水]一邊是山,一邊是
水 **3.** 片 ¶*chı̍t* ～ *kok-kî* [一～國旗]

bîn² (動) 小睡; ⇒ bîn²。　　　⌊仝。

bîn-á (< *bîn-ná*, q.v.)。 「～牙刷。

bín-á [bín 仔] (名) KI: 刷子 ¶*khí-*~ [齒

bīn-á [面仔] (名) Ê: 臉　　　 「臉。
△ ～ *chhàu-chhàu* [～臭臭]繃著

bîn-á-àm (< *bîn-ná-àm*, q.v.)。

bîn-á-chá-khí (< *bîn-ná-chá-khí*,
q.v.)。

bîn-á-chài (< *bîn-ná-chài*, q.v.)。

bîn-á-chái-khí (< *bîn-ná-chái-khí*,
q.v.)。

bīn-bah [面肉] (名) **1.** 臉 ¶*bô-êng-
chit-ē* ～ *lóng siau-·khì* [無閑一下～
攏消去]忙得臉都瘦了 **2.** 臉上皮膚
的質地、色澤。　　　 「夢(見)。

bîn-bāng [眠夢] (名) 夢;夢幻 (動) 做夢;

bîn-bîn [眠眠] (形) 半睡半醒。

bîn-chêng (< log Sin) [民情] (名) 仝。

bīn-chêng (< log Sin) [面前] (名) 仝;
≃ bīn-thâu-chêng。

bîn-chhn̂g‖*bûn-*‖*mn̂g-* [眠床] (名)
TÉNG: 床 ¶*chúi-*~ [水～]水床
◇ ～-*bóe/-bé* [～尾]床尾
◇ ～-*kha* [～腳]床底下
◇ ～-*pò·* [～布] NIÁ: 床單
◇ ～-*té* [～底]床上;床裡
◇ ～-*téng* [～頂] do.
◇ ～-*thâu* [～頭]床頭。

bín-chiȧt (< **bín-chiȧp* < log Sin)
[敏捷] (形) 仝。

Bîn-chìn-tóng [民進黨] (名) 民主進步
黨簡稱。　　　　　　　　 「仝。

bîn-chiòng (< log Nip) [民眾] (名) Ê:

bīn-chóa (< log Chi < tr En *facial tissue*) [面紙] (名) PAU, TIUⁿ: 全。

bîn-chȯk (< log Nip) [民族] (名) Ê: 全
◇ ~ *chú-gī* (< log Nip) [～主義] 全
◇ ~-*sèng* (< log Nip) [～性] 全。

bîn-chú (< log Nip < EChi < tr En *democracy*) [民主] (名) (形) 全。

bīn-chú (< log Sin) [面子] (名) 全 ¶*bô ~* [無～]沒面子 ¶*sit ~* [失～]全。

bîn-êng (< log Nip) [民營] (動) (形) 全。

bîn-hâng kong-si (< log Chi) [民航公司] (名) KENG: 全。

bīn-hêng [面形] (名) [á] Ê: 臉形。

bîn-hoat (< log Nip) [民法] (名) 全。

bîn-ì (< log Nip) [民意] (名) 全
◇ ~ *chhek-giām* (< log Chi) [～測驗] Ê, PÁI: 全
◇ ~ *ki-koan* (< log Chi) [～機關] Ê: 全。   [Ê: 全。
◇ ~ *tāi-piáu* (< log Chi) [～代表]

bîn-iâu (< log Nip < tr; *cf* En *folksong*) [民謠] (名) TIÂU, SIÚ: 全。

bīn-iû [面油] (名) 面霜。

bín-kám (< log Nip) [敏感] (形) 全
◇ ~-*chèng* (< log) [～症] 全。

bîn-kan (< log Nip) [民間] (名) 全
◇ ~ *kò͘-sū* (< log Chi) [～故事] TIÂU: 全。   [(名) 全。

bîn-khoân/-*koân* (< log Nip) [民權]

bīn-kin/-*kun* (< log Sin) [面巾] (名) TIÂU: 擦臉的布;≃ bīn-pò͘; *cf* mô͘-

bīn-koân ⇒ bīn-khoân。   [kin。

Bîn-kok (< log Chi) [民國] (名) 中華民國簡稱
◇ ~ *Sî-tāi* [～時代] **a.** 台灣: 1945- **b.** 中國: 1911-1949。

bîn-kun ⇒ bîn-kin。

bîn-ná/-*á* (< *bîn-nòa* < *bîn-tòaⁿ* < *bêng-tòaⁿ* < Sin [明旦]; > *miǎ*) (名) **B.** 明天

◇ ~-*àm* [～暗]明天晚上
◇ ~-*āu-·jı̍t* [～後日]明後天
◇ ~-*chá-khí* [～早起]明天早上
◇ ~-*chái* [～chái]明天早上
◇ ~-*chài* 明天   [≃ bîn-ná-chái
◇ ~ *chái-khí* [～chái起]明天早上;
◇ ~ *ê-hng/ěng* [～e昏]明晚。

bīn-oàn (< log Chi) [民怨] (名) 全。

bîn-peng (< log Sin) [民兵] (名) TŪI, TīN, Ê: 全。

bīn-phôe/-*phê*/-*phê* (< Sin) [面皮] (名) TÈ, Ê: **1.**臉的皮 ¶~ *jiâu-jiâu* 臉皮皺皺的 ¶*kāu ~* [厚～]臉皮厚;不知恥 **2.**面子 ¶*sioh ~* [惜～]愛面子。

bīn-pò͘ [面布] (名) TIÂU: 面巾。「全。

bīn-se (< log Chi) [面紗] (名) TIÂU:

bīn-sek (< log Sin) [面色] (名) **1.**臉的顏色 ¶*bô ~* [無～]臉上沒有光采 ¶~ *chheⁿ-chheⁿ* [～青青]臉青黃色 **2.**(臉的)表情。

bīn-sek (< log Sin) [面熟] (形) 面善。

bîn-seng būn-tê/-*tôe* (< log Chi) [民生問題] (名) 全。

bîn-sim (< log Sin) [民心] (名) 全。

bîn-siȯk (< log Sin) [民俗] (名) 全
◇ ~-*koán* [～館] KENG: 全。

bîn-soán (< log Nip) [民選] (動) 全 ¶*chóng-thóng ~* [總統～]全 (形) 全 ¶~ *ê chóng-thóng* [～ê總統]民選的總統。

bín-tāu (< En *bean* + TW *tāu*) [bín豆] (名) [á] CHÂNG, TIÂU:四季豆。

bīn-téng (ant *ē-kha*) [面頂] (名) 上頭 (指) 在上頭的 ¶~ *chàn* [～棧]上面那一層 ¶~ *thoah* [～屜]上面那一個抽屜。

bīn-thâng‖*būn-* [蝒虫] (名) BÓE: 蛔

bīn-tháng [面桶] (名) Ê: 臉盆。「蟲。

bīn-thâu-chêng [面頭前] (名) 面前。

bīn-tiàu/-*tiāu*/-*tiau* (< log Chi)

[民調] 名 ê, PÁI: 民意調查。

bīn-tùi (< log Chi) [面對] 動 仝。

[biô] (< Sin) [描] 動 用透明或半透明的紙等放在上面照著原字或原圖的線條描繪。「的)分的六十分之一。

bió (< log Nip) [秒] 量 (時間、角度

biō (< Sin) [廟] 名 [á] KENG: 仝。

biō-á¹ [廟仔] 名 KENG: **1.** 廟;≃ biō **2.** 小廟。

biō-á² (< pop iô-á [窯仔]) [廟仔] 名 ê: 用田土土塊築起的小窯 ¶khòng-~ [焢~] 把甘薯等埋在熱泥或熱石塊中燜熟;≃ khòng thô·-iô。

bió-cheng (< log Chi < cl + nom) [秒鐘] 量 仝。

bió-chiam (< log) [秒針] 名 KI: 仝。

biō-kháu [廟口] 名 廟門口。

biō-kong [廟公] 名 ê: 廟祝 ¶khit-chiàh kóaⁿ ~ q.v.

biō-sī [廟寺] 名 KENG: 寺廟。

biô-siá (< col log Sin) [描寫] 動 **1.** 描摹 **2.** 描述;≃ biâu-siá。

biō-tiâⁿ [廟埕] 名 ê: 廟前廣場。

[bit] (< Sin) [蜜] 名 仝。

bit-bé (< log Sin) [密碼] 名 ê, THÒ: 仝;≃ àm-bé。　　　　　「仝。

bit-chhiat (< log Chi) [密切] 形 副

bit-chián (< log Sin) [蜜餞] 名 仝;≃ kiâm-sng-tiⁿ(-á)。

bit-chip (< log Chi) [密集] 形 仝 ¶lô-kang ~ [勞工~] 勞力密集　　「仝。
◇ ~-pan (< log Chi) [~班] PAN:

bit-goàt (< log Chi < tr En honeymoon) [蜜月] 名 仝;≃ há-ní-mún ¶tō· ~ [渡~] 仝;≃ kòe/kè há-ní-mún。　　　　　「ê, TIÂU: 仝。

bit-iak/-iok (< log Nip) [密約] 名

bit-kò (< log Chi) [密告] 動 告密

bit-phang (< log Sin) [蜜蜂] 名 CHIAH: 仝。

bit-pô [蜜婆] 名 CHIAH: 蝙蝠。

bit-tō· (< log Nip) [密度] 名 仝。

[biú] (< En view) 名 視野;景觀 ¶Chia ~ chiâⁿ hó. [Chia~chiâⁿ好.] 這兒 (眼前的) 景觀很美。

[·bo] (< bô²) ⇒ ·bo·。

bô¹ (< Sin) [無] 迵 表示沒有或無法達到目的 ¶bē-/bōe-~-chîⁿ [賣~錢] 賣不了錢 ¶khòaⁿ-~-tiòh [看~著] 有意願但沒機會看到;看但沒看著 ¶kóng-~-ōe [講~話] (與某人) 無話可談 ¶sí-~-khì q.v. 動 **1.** 沒有 ¶sit-giàp, ~ thâu-lō· [失業~頭路] 失業,沒有工作
△ ~ gû, sái bé [~牛, 駛馬] 沒有更好的人選,將就而求其次等的,反正需要人　　　　「自討苦吃
△ ~ kê, giâ kau-í [~枷, giâ交椅]
△ ~-sáⁿ ē/ōe kôaⁿ [~啥會寒] 圖雙關語: **a.** 不怎麼冷 **b.** 沒穿(夠)衣服,好冷
2. 變沒有 ¶thâu-lō· ~·khì [頭路~去] 丟了工作 ¶~-liâ-liâu [~了了] 喪失殆盡 ¶~-~·khì [~~去] 消失;失去 **3.** 表示否定說法、想法;⇒ bô·a **4.** 表示質問;⇒ bô ·a 偁 **1.** 表示無法達到目的,當補語 ¶chhōe-~ 找不到 ¶khòaⁿ-ū, chiàh-~ q.v.
2. 表示感官無法感覺或理解,當補語 ¶khòaⁿ-~ q.v. ¶phīⁿ-~ [鼻~] 聞不出來 ¶siūⁿ-~ q.v. ¶thiaⁿ-~ q.v. 偁 **1.** 一般否定,表示沒有發生 ¶I ~ lâi. [伊~來.] 他沒來 ¶~ khòaⁿ-~·tiòh [~看著] **a.** 沒看到 **b.** 看不見
△ ~ chhá, ~ ne-á thang chiàh [~吵,~奶仔thang吃] 不爭取就得不到所要的
2. 否定現狀,表示事實不存在 ¶lâng ~ sóng-khoài [人~爽快] 身體不舒服 ¶~ gōa/jōa súi 不怎麼漂亮
△ ~ khah-choàh [~較choàh] 不濟

事;沒有差別 (變更好)

△ ～ leh (kā lí) chí-táu (v chí-táu)
[～leh (kā你) chí-táu]相應不理
3.缺乏某種本質,例如不耐用、容量
小¶～-chhēng q.v. ¶～-té/-tóe [～
貯]容量小,裝得不多¶～-tǒng q.v.
(連) **1.**不然的話,表示可另有選擇;
≃ m̄³ ¶Lí boǎi khì Tiong-kok, ～,
khì Jit-pún, án-chóaⁿ? [你boǎi去
中國,～去日本按怎?]你不想到中國
去,那麼到日本去如何? ¶boeh/beh,
tiō tòa--leh; ～, tiō kín tńg--khì [欲
就tòa--leh,～就緊返去]要嘛就留下
來住,不然就快回去

△ ～⁺ mā [～mā]不然的話,至少應
該; cf boeh/beh bô mā ¶～ mā hō
góa chit-bān kho͘! [～mā hō我一
萬箍!]起碼也得給我一萬塊錢吧!
¶Lí ～ mā khì ka khòaⁿ--chit--ē.
[你～mā去ka看一下.]你至少應該
去看看他¶Lí ～ mā kā góa kóng
--chit--ē. [你～mā kā我講一下.]你
至少應該告訴我,過去式

2.不然的話,表示必有後果¶Kín
cháu, ～ lí ê hông liàh--khì. [緊
走,～你會hông掠去.]快逃,否則你
會被捕 **3.**不然的話,表示責問¶～--a
q.v. ¶～, lí sī boeh/beh án-chóaⁿ?
[～,你是欲怎?]不然你到底怎樣?
(氣)表示肯定; ≃ m̄⁵ ¶To án-ne, ～.
就是這樣啊。

bô²‖·bo [無] (氣) **1.**沒有立場的疑問;
⇒ ·bo͘ **2.**表示詰問¶Án-ne, ū ～?
[Án-ne,有～?]就是這麼樣,不是嗎?

bó/bú [母] (尾)雌性¶gû-～ [牛～]母
牛。

bǒ (< bô¹) [無]) (動)沒有哇,即表示
否定事物的存在¶～, góa bô khì.
[～,我無去.]不,我沒去¶～, m̄-sī
án-ne. 不, (事實)不是這樣。

bô...bô... [無...無...] (形) **1.**既沒有...也
沒有...;既不...也不... ¶bô-hiaⁿ-bô-

tī [無兄無弟]沒有兄弟¶bô-thâu-bô-
bóe [無頭無尾]無始無終

△ bô hoeh/huih, bô bàk-sái [無血
無目屎] "冷血";冷酷無同情心

2.沒有;毫無¶bô-lí-bô-iû [無理無
由]毫無道理¶bô-tāi-bô-chì q.v.

3.不分¶bô-mê-bô-jit [無暝無日]日
夜不分¶bô-tōa-bô-sè/-sòe [無大無
細] "沒大沒小"。

bô... bô iāu [無...無iāu] (形)也沒...
也沒什麼的¶bô chóa bô iāu, boeh/
beh án-chóaⁿ siá? [無紙無iāu,欲
按怎寫?]也沒紙也沒什麼的,怎麼
寫? ¶ā bô kóng, ā bô iāu, góa ná
ē chai? [也無講也無iāu,我哪會
知?]什麼都沒說,我哪裡知道?

bô...hoat [無...法] (動)對...無可奈
何¶Góa bô i hoat (·tit) [我無伊法
(得)]我對他無可奈何。

bô--a [無啊] (動)表示質疑或否定前面
的想法或某人的說法¶Èⁿ, ～. Mài
ka kóng, khah tiòh le. [Èⁿ, ～. Mài
ka講較著le.]欸,不對啊.不告訴他也
許比較好啊. ¶～. Khòaⁿ--khí--lâi
m̄-sī án-ne ǒ. [～.看起來m̄是án-
ne ǒ.]不對啊.看來不是這樣的啊
(連)表示不耐煩地質問更明確的答案
¶～. Lí sī boeh khì ·bo? [～.你是
欲去否?]你到底去不去?

bō-á [帽仔] (名) TÉNG:帽子
◇ ～-tûn [～唇] ê:帽舌; ≃ bō-tûn
◇ ～-kîⁿ [～墘]帽簷儿。 「母女。

bó-á-kiáⁿ‖bú- [母仔kiáⁿ] (名)母子;

bô-ài (> boài/boaih; > boǎi...; ant
ài) [無愛] (動) **1.**不要;不愛¶Che
góa ～ ·a. [Che我～矣.]這個我不
要了¶Lí ～ ·góa ·hoⁿ? [你～我
·hoⁿ?]你不愛我吧? **2.**不喜歡;難
接受¶ū-lâng ～ hit-lō bī [有人～hit-
lō味]有的人不喜歡那種味道 (動)不
要;不想要¶Góa ～ khì. [我～去.]我
不去。

B

bô-bāng (< log Sin) [無望] 形 沒指望儿。

bô-bé-hîm|-bé- ⇒ bô-bóe-hîm。

bô-beh ⇒ bô-boeh。 「趣味；無聊。

bô-bī (< sem log Sin) [無味] 形 沒有

bô-bī-bô-sò˙ [無味無素] 形 淡而無味。

bô-bîn [無眠] 動 失眠 形 睡眠不足。

bô-bóe-hîm|-bé-|-bé- [無尾熊] 名 全；≃ kho-á-lah。

bô-boeh/-beh/-beh (< bô¹ + boeh¹; ant ū-boeh) [無欲] 輔 不打算；不想 ¶~ hiù ·i [~hiù伊] 不甩他。 「感。

bô-chek-jīm [無責任] 形 沒有責任

bô-chêng (< log Sin) [無情] 形 全。

bô-chhái [無彩] 動 浪費 「殄天物 △ ~ lâng ê mih/mngh [~人ê物] 暴 形 可惜 ¶hiat-tiāu, ~ [hiat掉~] 丟了可惜 副 1. 可惜 ¶~ i bē-/bōe-tàng lâi [~伊bē-tàn來] 可惜他不能來 2. 白費了 ¶~ góa teh kā lí kóng [~我teh kā你講] 你讓我白說了。

bô-chhái-kang [無彩工] 動 徒勞；白費工夫。

bô-chhái-siâu (v bô-chhái) [無彩siâu] 粗 動 浪費；白費 形 可惜。

bó-chhēng [無chhēng] 形 不耐穿 ¶Chit niá saⁿ ~. [這領衫~.] 這件衣服不耐穿。

Bó-chhin-chiat/-cheh‖Bú-chhin-chiat/-choeh (< log Chi < tr En Mother's Day) [母親節] 名 全。

bô-chhò (< log Sin [沒錯] + tr) [無錯] 形 沒錯儿。

bó-chîⁿ [無錢] 形 窮。 「本金。

bó-chîⁿ‖bú- (< log Sin) [母錢] 名

bô-chîⁿ-pn̄g [無錢飯] 圍 形 獄中的火食 ¶chiàh ~ [吃~] 入獄。

bô-chîⁿ-kang [無錢工] 沒有報酬的工作 ¶chò/chòe ~ [做~] 只做事，沒有報酬。

bô-chōe (< log Chi) [無罪] 形 全 ¶phòaⁿ ~ [判~] 全。

bô-chúi-chún [無水準] 形 沒水準，即格調或人品低落；≃ nǒ-khu-lá-suh。

bô-·ê [無·ê] 名 不中用的話 ¶kóng he ~ [講he~] 說不合道理的話；cf ū-·ê bô-·ê。

bó-·ê‖bú- [母·ê] 形 1. (動植物)雌性的 2. (器物)凹的，例如螺母、有洞的電腦電纜插頭。

bô-êng/-âiⁿ [無閑] 動 忙 ¶Lí teh ~ sáⁿ-hoàiⁿ? [你teh~啥貨?]你在忙什麼？ ¶Lí ~! [你~!] (禮貌:)你忙你的吧 ¶Lí ~ lí ê. [你~你ê.] do. 形 忙 △ ~ kà ná kan-lòk ·le [~到ná kan-lòk咧] 忙得團團轉。

bô-êng-chhì-chhà [無閑chhì-chhà] 形 很忙；≃ bô-êng-chhih-chhih。

bô-êng-chhih-chhih [無閑chhih-chhih] 形 很忙。

bô-èng-kai [無應該] 形 副 不應該。

bô-gāi-·tiòh [無礙著] 動 沒關係；無傷大雅；不受影響。 「人。

bô-gê-sai [無牙獅] 名 ê: 沒有牙齒的

bó-gí/-gú‖bú-gú/-gí- (< log Chi < tr En mother tongue) [母語] 名 ê: 全；≃ pē-bó-ōe。 「消耗完。

bô-giàh [無額] 形 份量少，一下子就

bô-giàn [無癮] 動 不幹 輔 不願；≃ bē-giàn。

bô-gōa/-jōa/-lōa [無gōa] 副 不怎麼 ¶~ kú [~久] 不久 ¶~ thiàⁿ [~痛]不怎麼痛。 「適。

bô-hàh [無hàh] (< [無合]) 形 不合

bô-hāu (< log Chi) [無效] 形 1. 全 2. (< sem) 不中用。

bó-hāu‖bú- (< log Nip < tr Lat alma mater) [母校] 名 KENG: 全。

bô-hó¹ [無好] 動 不相好。

bô-hó² [無好] 圈 (人、事或物)不
　好,例如人品、資格等。　　[牽掛。
bô-hoân-bô-ló [無煩無惱] 圈 了無
bô-hoat-·tit/-·chit/-·lih/-·lì [無法
　得] 働 沒有能力做 ¶Che lí ~. [Che
　你~.]這個你做不到 ¶Thô͘-tāu, góa
　~. [Thô͘豆我~.]花生米我吃不來
　働 沒能力(做) ¶Che góa chiàh-~.
　[Che我吃~.]這個我吃不來 ¶Che lí
　thèh-~. [Che你thèh~.]這個你拿
　不動。
bô-hoat-tō͘ [無法度] 働 不能勝任
　¶Che lí ~. [Che你~.]這個你沒
　辦法　圈 1.沒辦法;不得已 ¶Góa
　~ chiah pài-thok ·lí. [我~才拜託
　你.]我不得已才來拜託你 2.無可救
　藥,指個性、行為等 ¶Lí chit ê lâng
　chin ~. [你這個人真~.]你這個人
　真是無可救藥 働 沒辦法;不能勝任
　¶Che góa ~ chiàh. [Che我~吃.]這
　個我吃不來。
bō-hoe [帽花] 名 LIÀP:帽徽。
bô-i [無醫] 圈 無可救藥。
bô-ì (<Sin) [無意] [x]意願不高。
bô-ì-(bô-)sù [無意(無)思] 圈 沒意
　思;言行無助於他人甚或損害他人。
bô-ì-tiong (< log Sin) [無意中] 働
　全;≃ bô-tiuⁿ-tî。
bô-iáⁿ [無影] 圈 與事實不合;沒有
　的事 ¶Lí kóng i sí-·khì ·a, ā ~ ·a.
　[你講伊死去矣,也~啊.]你說他死
　了,沒有哇
　◇ ~-bô-chiah [~無隻] (< [無影無
　跡])沒有的事;子虛烏有
　働 與事實不合 ¶I ~ sí-·khì. [伊~
　死去.]不像傳聞所說的,他並沒死。
bô-iàu-bô-kín [無要無緊] 働 不當一
　回事。
bô-iàu-kín (> bŏa-kín) [無要緊] 圈
　不打緊;沒關係。　　　　[全。
bó-im‖bú- (< log Nip) [母音] 名 ê。
bô-in-chêng [無恩情] 圈 忘恩。

bô-it-tēng [無一定] 圈 不一定 働 說
　不定,傾向不可能; cf bô-tiāⁿ。
bô-jōa ⇒ bô-gōa。　　　　　[欠管教。
bô-kà-bô-sī [無教無示] 圈 沒有管教;
bô-kàn-·tit [無kàn得] 粗 働 (我)才
　不願意呢。
bô-kāng/-kâng [無仝] 圈 不同
　△ ~ kok [~國]意識型態、認同、
　目標不同 ¶Nâ-·ê kah lèk-·ê ~ kok.
　[藍·ê kah綠·ê~國.]藍營的人和綠
　營的人意識型態(/認同/目標)不
　△ ~ lō͘ [~路]道不同。　　[一樣
bô-kàu [無夠] 圈 不夠 ¶chîⁿ ~ [錢
　~]錢不夠 ¶ chîⁿ [~錢] do. ¶~-
　keh q.v. 働 不夠 ¶~ hó [~好]不夠
　好 ¶~-tiòh q.v.　　　　　[足。
bô-kàu-giàh [無夠額] 圈 不夠;不
bô-kàu-khòaⁿ [無夠看] 圈 不夠看;
　不夠體面。
bô-kàu-khùi [無夠气] 圈 覺得還不
　夠;不過癮 ¶chiàh hiah chē/chōe ·a,
　iáu ~ [吃hiah chē矣,天~]吃那麼
　多了,還不過癮 ¶phah-liáu ~, koh
　ka koaiⁿ-/kuiⁿ-·khí-·lâi [phah了~,
　koh ka關起來]打完覺得還不夠,又
　把他關起來。
bô-kàu-keh [無夠格] 圈 資格不夠。
bô-kàu-tiòh [無夠著] 圈 1.不妥;不
　對(呀) 2.不划算。
bô-keh [無格] 圈 1.品格低落; ≃ bô-
　phín 2.沒有榮譽感,對自己人格受
　侮辱無所謂。
bô-khang [無khang] (< [無空]) 圈
　沒有好處,反而有害;無謂
　◇ ~-·ê 不中用的話或事 ¶kóng he
　~-·ê [講he~·ê]說那不中用的話。
bô-·khì [無去] 働 消失;失落 ¶Lâng
　~ ·a. [人~矣.]人已經死了 ¶phah
　~ 弄丟。
bô-khó-lêng [無可能] 圈 不可能。
bô-khòaⁿ-kìⁿ/-iⁿ‖bô-khoàiⁿ [無
　看見] 働 看不見。

bô-khoán [無款] [形] 放肆;逾越規矩;(行為)不像話; *cf* hó-khoán。

bô-ki-bu̍t‖*bû-* (< col log Nip) [無機物] [名] 仝。

bô-kì-miâ tâu-phiò (< log Nip < tr En *secret ballot*) [無記名投票] [名] PÁI: 仝 [動] 仝。

bô-khì-tî [無記 tî] [形] 記性不好。

bô-kî tô͘-hêng‖*bû-* (< col log Nip) [無期徒刑] [名] 仝。

bô-kia^{n} [無驚] [動] 不怕;無懼色
△ ~ *pòa^{n} lâng* [~半人] 不怕任何人;放肆。

bó-kiá^{n}‖*bú-* [母 kiá^{n}] [名] 母子;母女; ≃ bó-á-kiá^{n}。

bô-kiâm-bô-siam [無鹹無 siam] [形] 一點儿鹹味都沒有;(加鹽的食物)平淡無味。

bô-ko [無膏] [俚] [形] **1.** (男性)精力不足 **2.** 沒勁儿 **3.** 沒內涵;沒學問。

bô-ko͘‖*bû-* (< col log Sin) [無辜] [形] 仝。

bô-koán [無管] [副] 不管;無論; ≃ m̄-koán; ≃ bô-lūn。

bó-kok‖*bú-* (< log Nip) [母國] [名] Ê, KOK: 祖國;本國。

bô-kóng (< *bo̍h-kóng* [莫講]) [無講] [連] 何況。

bô-kóng-ōe [無講話] [動] 不說話,即感情不好或絕交而拒絕交談 ¶*In nn̄g ang-á-bó͘ ~.* [In 兩翁仔某~.] 他們夫妻倆不說話。

bô-kúi [無幾] [數] 沒多少 ¶*kòe/kè ~ ji̍t* [過~日] 沒過幾天 ¶*~ ji̍t chêng* [~日前] 前幾天。

bô-kut [無骨] [形] 沒骨氣。

bó-lām‖*bú-* (< log Nip) [母艦] [名] TÂI, CHIAH: 仝。

bô-lám-bô-ne/*-le* [無 lám 無 ne] [形] 有氣無力的;沒精打彩;懶散。

bô-lâng [無人] [代] 沒有人 ¶*~ chai* [~知] 沒有人知道。

bô-la̍t (< log Nip) [無力] [形] 仝 ¶*sim-chōng ~* [心臟~] 仝
◇ *~-kám* (< log Chi) [~感] 仝。

bô-lé (< log Sin) [無禮] [形] 仝。

bô-leh (< *bô-teh* q.v.)。

bô-lêng (< log Chi) [無能] [形] 仝 ¶*~ ê chèng-hú* [~ê 政府] 無能的政府 ¶*sèng ~* [性~] 仝。

bó-leng‖*bú-lin/-ni* (< log) [母奶] [名] 仝。

bô-lí (< log Chi) [無理] [形] **1.** 沒有理由;理虧 **2.** 不講理;沒有道理。

bô-lí-bô-iû [無理無由] [形] 毫無道理;不講理 [副] 無故。

bô-liāng/*-liōng* [無量] [形] 心胸狹窄。

bô-liâu‖*bû-* (< col log Sin) [無聊] [形] 仝。

bô-liōng ⇒ bô-liāng。

bô-lō͘ [無路] [副] 無處,當動詞補語 ¶*cháu-~* [走~] 無處可逃 ¶*khǹg-~* 放不下;沒地方放。

bô-lō͘-iōng/*-ēng* [無路用] [形] 沒用;沒用處。

bô-lō͘-lâi [無路來] [副] (做)不出結果 ¶*kóng-lâi-kóng-khì, kóng-~* [講來講去,講~] 說來說去,說不出個所以然。

bo-lú-toh‖*bo͘-lú-to͘h* (< Nip *boruto* < En *volt* < It *Alessandro Volta*) [量] (電壓單位)伏特。

bô-lūn (< log Sin) [無論] [連] 不論 ¶*~ án-chóa^{n}, kin-ná-ji̍t ài kau-·chhut-·lâi.* [~按怎,今旦日愛交出來.] 無論如何,今天必須交出來。

bô-mê-bô-ji̍t/*-gi̍t*‖*bô-mî-bô-ji̍t/-li̍t* [無暝無日] [形] (忙得)日夜不分。

bô-miā [無命] [動] 沒命;死。

bô-miâ-bô-sè^{n}/*-sì^{n}* [無名無姓] [形] 不知姓名;沒交代姓名。

bô-miâ eng-hiông (< log) [無名英雄] [名] Ê: 仝。

bô-miā-lâng [無命人] [名] Ê: 註定要死的人。

bô-miâ sió-chut (< log Sin) [無名小卒] [名] Ê: 仝。

bô-mi̍h/*-mn̍gh* [無物] [形] 無實,例如某些果實可食用的部分極少。

bŏ-ná-suh‖*bŏ́-* (< Nip *bōnasu* < En
　bonus) (名) 紅利;(企業界、教育界
　等的)獎金。

bô-nāi (< log Sin) [無奈] (形) 仝。

bô-ōe-kóng [無話講] (形) 當然。

bô-ōe-seng [無衛生] (形) 不衛生。

bó-phìⁿ‖*bú-* [母片] (名) TÈ:原始的、
　非複製的光碟片。

bô-phōaⁿ [無伴] (形) 孤獨。

bô-piⁿ-bô-kîⁿ [無邊無垠] (形) 無垠。

bô-pòaⁿ [無半] (數) 一...也沒有¶*sí kà*
　~ *(ê) lâng* [死到~(個)人] 死光光
　◇ ~-*phiat* [~撇] 什麼都不會
　◇ ~-*sut* 光光;全無;(用)罄。

bô-sáⁿ/-*sàⁿ* ⇒ bô-siáⁿ[1,2]。

bô-sáⁿ-mì/-*mih* ⇒ bô-siáⁿ-mì。

bô-sahⁿ ⇒ bô-siáⁿ[1]。

bô-sè-jī/-*gī*‖-*sòe-jī/-lī* [無細膩]
　(動) 不客氣¶*Lí kà kóng bô-iàu-kín,*
　góa tiō ~ *lō!* [你 kà 講無要緊,我
　就~lō!] 既然你說不打緊,那我就不
　客氣了 (形) 不小心¶*Lí ná hiah-nī*
　~*?* [你哪 hiah-nī ~?] 你怎麼那麼
　粗心? (副) 不小心¶~, *poàh-chit-tó*
　[~poàh 一倒] 不小心跌了一交。

bô-sêng [無成] (動) (副) 沒成功;未遂
　¶*chò-/chòe-*~ [做~] 沒做成¶*chū-*
　sat ~ [自殺~] 自殺未遂。　　「來。

bô-sî-êng [無時閑] (形) 好動;靜不下

bô-siáⁿ[1]/-*sá*ⁿ/-*siàⁿ*/-*sàⁿ*/-*siahⁿ*
　/-*sahⁿ* [無啥] (形) 沒什麼了不起,
　當謂語¶*He ā*~·*a.* 那並沒什麼嘛。

bô-siáⁿ[2]/-*sá*ⁿ [無啥] (形) 沒多少;當
　定語¶*lāi-bīn* ~ *lâng* [內面~人] 裡
　頭沒多少人 (副) 程度不高¶~ *ē/ōe*
　*kôa*ⁿ [~會寒] 不怎麼冷¶~ *ū lō̄-*
　iōng/-ēng [~有路用] 不太有用。

bô-siàⁿ (< bô-siáⁿ[1], q.v.)。

bô-siáⁿ-mì/-*mih*|-*sá*ⁿ- [無啥 mì]
　(形) (副) 沒什麼;⇒ bô-siáⁿ[1,2]。

bô-siahⁿ ⇒ bô-siáⁿ[1]。

bô-siâng [無 siâng] (形) 不同;≃ bô-

kāng。

bô-siau [無銷] (動) 不喜歡用¶*Gû-bah*
　góa ~. [牛肉我~.] 我不喜歡牛肉
　(形) 銷路不好。

bô-siūⁿ[1] [無想] (動) 不想要,只當謂
　語¶*He góa* ~; *lí mài gō̄-hōe.* [He
　我~;你 mài 誤會.] 我並沒有這個打
　算;你別誤會。

bô-siūⁿ[2] [無想] (動) 想不到;沒想到¶~
　(*kóng*) *i ē lâi* [~(講)伊會來] 想不
　◇ ~-*kàu* [~到] 想不到。└到他來了

bô-sòaⁿ-tiān (< log Nip) [無線電]

bô-sòe-jī/-*lī* ⇒ bô-sè-jī。　└(名) 仝。

bô-su-(bô-)iâⁿ [無輸(無)贏] (形)
　平手儿。

bô-táⁿ [無膽] (形) 膽小。　　　「安全。

bô-tāi [無 tāi] (< [無事]) (形) 沒事儿;

bô-tāi-bô-chì [無代無誌] (形) 沒有
　緊要的事儿¶~, *kín cháu, mài tòa*
　chia tìn-ūi. [~緊走, mài tòa chia
　鎮位.] 沒事儿就走開,別在這儿礙手
　礙腳 (動) 無緣無故¶~ *khàu-·chhut-*
　·*lâi* [~哭出來] 無緣無故哭了起來。

bo-táng/-*tán*‖*bơ-* (< Nip *botan* <
　En *button*) (名) 按鈕。

bô-tàng [無 tàng] (動) 1.不能;≃ bē-
　/bōe-tàng　2.無從;得不到;≃ bô-
　thang¶~ *tòa* 沒地方住;不得居住。

bô-tap-bô-sap [無 tap 無 sap] (形) 份
　量少,不濟事。　　　　　　　「多。

bô-té/-*tóe* [無貯] (形) 容量小,裝得不

bô-tè [無 tè] (< [無地]) (動) 無處(可
　以) ¶~ *khì* [~去] 無處可去;走投
　無路¶~ *khùn* [~睏] 沒地方睡覺
　2.無法¶*chî*ⁿ ~ *thàn* [錢~趁] 賺不
　到錢。

bô-té chhim-kheⁿ‖*bô-tóe chhim-*
　*khi*ⁿ [無底深坑] (名) Ê: 1.無底洞
　2.萬丈深淵。　　　　　　　·

bô-té-tōng (< log Chi) [無底洞] (名)
　Ê: 仝;≃ bô-té chhim-kheⁿ。

bô-teh/-*leh* (< *bô[1]* + *teh[4]*) [無 teh]

⑩ 又不是...; ≃ to bô-teh ¶*Góa (to)* ~ *gông.* [我(都)~戇.]我又不是笨蛋 ¶*Góa (to)* ~ *siáu.* [我(都)~siáu.]我又不是瘋了。

bô-tek-khak [無的確] ⑮ 不一定 ¶*I ē-lâi, bē-lâi, iáu* ~. [伊會來bē來，夭~.]他會不會來還不一定 ⑩ 說不定; ≃ bô-tiān ¶*Thiⁿ hiah o͘, ~ ē/ōe lȯh-hō͘.* [天hiah烏，~會落雨.]天那麼黑，說不定會下雨。

bô-tek-tiāⁿ [無得tiāⁿ] (< [無得定]) ⑮ 不穩重; 好蠢動; 靜不下來。

bô-thang [無thang] ⑩ **1.** 不得准許 ¶*ka chioh khòaⁿ ·chit··ē to* ~ [ka借看一下都~]向他借來看一下都不准 **2.** 不得; 沒得 ¶*Bô thàn, ~ chiȧh.* [無趁，~吃.]不工作(賺錢)就沒得吃 ⑩ 表示否定 ¶~ *hó* [~好]不好。

bô-thâu-bô-bóe/-bé/-bé [無頭無尾] ⑮ 不知來龍去脈，例如言語文字沒有引言，也沒有結尾。

bô-thâu-khak [無頭殼] ⑮ 沒腦袋，即做事不經過大腦。 [業。

bô-thâu-lō͘ [無頭路] ⑮ 沒有職業; 失

bô-thâu-sîn [無頭神] ⑧ ê: 健忘的人 ⑮ 健忘。

bô-thêng [無停] ⑮ 不停; ≃ bē-soah ¶*kóng* ~ [講~]說個不停。

bô-thêng-tō͘ [無程度] ⑮ 不知節制; 過分; ≃ bô-thêng-bô-tō͘。

bô-thiaⁿ-kìⁿ/-îⁿ [無听見] ⑩ 聽不見 ¶*hīⁿ-á bô-thiaⁿ··îⁿ* [耳仔~]耳朵聽不見 ¶~ *lâng teh kiò* [無~人teh叫]沒聽見人家招呼。

bô-thian-liâng/-liông [無天良] ⑮ 沒良心。

bô-thong [無通] ⑮ 非善策。

bô-tiⁿ-bô-chhih [無甜無chhih] ⑮ 一點甜味都沒有。

bô-tiāⁿ [無tiāⁿ] (< [無定]) ⑩ 說不定，傾向可能; ≃ poh-tiāⁿ; ≃ bô-tek-khak; *cf* bô-it-tēng。

bô-tiāⁿ-tiȯh [無tiāⁿ著] (< [無定著]) ⑮ **1.** 不一定 **2.** (小孩)好動 **3.** (心志、行為)沒定性 ⑩ 說不定; ⇒ bô-tiāⁿ。

bô tiō... bô tiō...‖... tō... tō... [無就...無就...] ⑯ 不...就...。

bô-tiōng-iàu [無重要] ⑮ 不重要。

bô-tiuⁿ-bô-tî (v *bô-tiuⁿ-tî*) [無張無tî] ⑩ 突然; 無緣無故 ¶~ *khàu-·chhut-·lâi* [~哭出來]突然哭了起來。

bô-tiuⁿ-tî [無張tî] ⑩ 不小心 ¶~ *poȧh-chit-tó* [~poȧh一倒]不小心跌一交。

bô tō... bô tō... ⇒ bô tiō... bô tiō...。

bó-tòa‖bú- [母帶] ⑧ TIÂU, KHÙN: 原始的、非複製的錄音帶或錄影帶。 「"沒大沒小,"即目無尊長。

bô-tōa-bô-sè/-sòe [無大無細] ⑮

bô-tòng [無擋] ⑮ **1.** 耐力不夠 ¶*Lí ná hiah* ~? [你哪hiah~?]你怎麼那麼沒耐力? **2.** 不禁用 ¶*Chit tâi ke-khì* ~. [這台機器~.]這架機器不耐用。

bô-tú-hó [無tú好] ⑮ (身體)不適; 有病 ¶*chiȧh-liáu* ~ [吃了~]吃壞了肚子 ¶*lâng* ~ [人~]身體不適; 害病 ⑩ 不巧。

·bo͘ (< ·bo < bô[1]) [否] ⑧ 沒有立場的疑問，接在肯定句後，固定輕聲低調; ≃ m̄⁵ ¶*Lí ū chîⁿ* ~? [你有錢~?]你有錢嗎? ¶*Lí ū khì* ~? [你有去~?]你去了沒有? ¶*Che sī* ~? [Che是~?]這個嗎? ¶*Sī che* ~? [是che~?]是這個嗎?

bo͘ ⇒ bong[1,2]。

bô͘[1] (< Sin) [模] ⑧ ê: 模子 ⑪ 計算模子做成的東西的單位，例如豆腐

bô͘[2]‖bo͘ ⑪ 計算叢生的植物的單位;

bó͘[1] [某] ⑧ ê: 妻。 [⇒ bong[1]。

bó͘[2]‖mó͘ (< log Sin) [某] ⑭ 某一 ¶~

nî, ~ *goė̍h/gė̍h,* ~ *jı̍t* [～年～月～日] 全 圈 某某¶*~ chit nî* [～一年]

bō·¹ [墓] ⇒ bōng。　　　　　　⌐全。

bō·² (< log Sin) [戊] 名 十天干第五位 圈 第五¶*thé-keh ~-téng* [體格～等] 全。

bō·³‖*bȯk* (< log Nip) [幕] 量 全¶*Chit ê ōe-kiȯk/-kȯk lóng-chóng ū sì ~.* [這個話劇攏總有四～.] 這話劇一共有四幕。

bô·-á [模仔] 名 Ê: 模子。

bó·-á-kiáⁿ [某仔 kiáⁿ] 名 妻孥; ≃ bó·-kiáⁿ。

bō·-āu (< col log Chi) [幕後] 名 全 △ ~ *ê o·-chhiú* (< log Chi + tr) [～ê 烏手] KI: 幕後的黑手。

bó·-bó·‖*mó·-mó·* (< log Sin; v *bó·²*) [某某] 代 全; ≃ bó·-mih ¶*Tiuⁿ ~* [張～] 全 圈 全¶*~ lâng* [～人] 全 ¶*~ sió-chiá* [～小姐] 全。

bō·-ė̍k (< log Sin) [貿易] 名 全¶*chò/chòe ~* [做～] 從事貿易。

bô·-hêng (< log Nip) [模型] 名 Ê: 全。

bô·-hoān ⇒ mô·-hoān。

bó·-i-khat (< En boycott) 動 杯葛。

bō·-khoán (< log Chi) [募款] 動 全 ◇ ~ *chhan-hōe* [～餐會] Ê, PÁI: 全。　　　　　　⌐kiáⁿ。

bó·-kiáⁿ [某 kiáⁿ] 名 妻兒; ≃ bó·-á-

bō·-liâu (< log Chi) [幕僚] 名 Ê: 全。

bó·-lìng (< En bowling) 名 保齡球遊戲 動 打保齡球。

bo·-lȯk‖*bo·-/bō·-lȯk* 象 容器進水冒

bo·-lú-to·h ⇒ bo-lú-toh。　　⌐泡聲。

bǒ·-ná-suh ⇒ bǒ·-ná-suh。　　⌐全。

bō·-peng-chè (< log) [募兵制] 名

bô·-sat (< log Sin) [謀殺] 動 全。

bô·-sek (< log Nip) [模式] 名 Ê: 全 ¶*su-khó ~* [思考～] 全。　　⌐LÚI: 全。

bó·-tan (< log Sin) [牡丹] CHÂNG,

bo·-táng/-*tán* ⇒ bo-táng。

bó·-tōa-chí [某大姊] 名 Ê: 比丈夫年

長的太太。

boa (< Sin) [磨] 動 **1.** 磨擦(使平、亮、消耗等)¶*~ bák* [～墨] 全¶*~ ka-to* [～鉸刀] 磨剪刀 **2.** 研磨(使成碎屑或粉末),例如磨米; cf géng。

bǒa-kín (< bô-iàu-kín, q.v.)。

bôa-phôe/-*phê*/-*phê* (< log) [磨皮] 動 磨皮膚(美容)¶*lûi-siā ~* [雷射～] 全。

boah (< Sin) [抹] 動 塗;敷¶*~ ian-chi* [～胭脂] 塗口紅¶*~ iȯh-á* [～藥

boah-o· [抹烏] 動 抹黑。　⌐仔] 敷藥。

boah-piah [抹壁] 動 粉刷牆壁。

boài‖*boaih* (< contr bô-ài, q.v.; ant boeh¹) 動 不想要 △ ~, *mài/thài* 不要,拉倒。

boǎi (< contr bô-ài..., q.v.)。

boǎi-ài (< boài + ài¹) 動 不想要了 ¶*Che lí iáu boeh-ài, ~?* [Che 你天欲愛～?] 這個你還要不要?

boaih (< boài < contr bô-ài, q.v.)。

boán ⇒ móa。　　　　　　⌐全。

Boán-chheng (< log Sin) [滿清] 名 ◇ ~ *Sî-tāi* [～時代] **a.** 台灣: 1683–1895 **b.** 中國: 1644–1911。

boán-chiok ⇒ móa-chiok。

boán-hun ⇒ móa-hun。

boán-ì ⇒ móa-ì。

boán-sòaⁿ [滿線] 形 所有(叩應的)電話線全被佔滿。

boát 形 差不多剛剛好,沒有多少多餘的空間或時間¶*sî-kan ~-~-·a* [時間～～·a] 時間幾乎不夠¶*liōng-liáu siuⁿ-kòe ~* [liōng 了 siuⁿ 過～] 預留的時間或空間太短絀。

boát-jit/-*gı̍t*/-*lı̍t* (< log Sin) [末日] 名 全¶*sè-kài ~* [世界～] 全; ≃ thiⁿ-tē-bóe。　　　　　　⌐全。

boát-lō· (< log Sin) [末路] 名 TIÂU:

boát-thàn [末趁] 形 利潤很少。

B

boăt-tō͘ (< contr bô-hoat-tō͘, q.v.).

·boe¹ (< bōe¹) 氣 詢問會不會；⇒ bē¹。 「否完成的語詞。

·boe²‖·be (< bōe³, q.v.) 氣 詢問是

boe 動 1. "摸," 即偷偷地行動，例如 混入敵營 2. 偷竊；竊取 ¶thâu-khak hông ~-·khì [頭殼 hông ~去] 腦袋 被 (潛入的敵人) "摸" 走了。

bôe 名 粥；⇒ moâi。

bóe¹‖bé‖bé (< Sin) [尾] 尾 表示倒著數，接序數 ¶~-tē-jī chôa [~第二 chôa] 倒數第二行 / 排 名 1. KI: 尾巴 2. 末端 ¶chhiū-á-~ [樹仔~] 樹梢 3. TIÂU: 拖地衣裳後面的下襬 ¶sin-niû-~ [新娘~] 新娘禮服的 後襬 4. Ê: 順序之末尾；結尾 ¶chòng ·sàⁿ lóng bô ~ [創啥攏無~] 凡事 不了了之 ¶kàu-~ [到~] 終於；到 最後 ¶tùi/ùi thâu kàu ~ [對頭到 ~] 始終；從頭到尾 量 (< SEY) 計 算魚、蝦、蛇、蟲、流氓等的單位 形 1. 最後；順序之末尾 ¶~ chit hūn [~一份] 最後一份 ¶~-pang chhia [~幫車] 末班車 2. 靠近末尾 ¶pâi tī siāng ~ [排tī上~] 排在最後 ¶(~-)

bóe² [買] ⇒ bé³。 「~-·a, q.v.

bòe (< boeh khì¹) 動 要去；要到...去 ¶~ liû-hàk [~留學] 要留學去 ¶~ Bí-kok liû-hàk [~美國留學] 要到美 國去留學。

bōe¹ 㐅 動 輔 副 助 不能；⇒ bē¹。

bōe² [賣] ⇒ bē²。

bōe³‖bē‖bē (< Sin) [未] 副 還沒；≃ bōe-/bē-chêng；≃ iáu-bōe ¶~ kóng, seng chhiò [~講先笑] 還沒說就先 笑出來了 氣 (> ·boe¹) 問是否完成 的語詞 ¶I lâi ~? [伊來~?] 他來了 沒有？

bōe... tit/-chit/-lih/-ih/-lì/-ì/-eh/-è ⇒ bē... tit。

bôe-á‖môe-‖moâi-‖mûi-‖m̂- [梅仔] 名 CHÂNG, LIÁP: 梅。

bóe-·a‖bé-/bé-á (< bóe-á) [尾·a] 名 1. 末尾 ¶pâi tī ~ [排tī~] 排在 後頭 2. 最後 ¶kàu ~ chiah chai [到 ~才知] 到最後才知道 副 後來 ¶~ chiah chai [~才知] 最後才知道。

bóe-á‖bé-‖bé- [尾仔] 名 1. KI: 尾巴 △ ~ khiàu-khiàu [~翹翹] 翹著尾 巴，驕傲的樣子
2. (> bóe-·a, q.v.) 末尾；最後 形 最 後的 ¶chē tī ~ pâi [坐tī~排] 坐在 最後一排。

bôe-á-châng‖môe-‖moâi-‖mûi-‖m̂- (v bôe-á) [梅仔欉] 名 CHÂNG: 梅樹。

bóe-āu‖bé-‖bé- [尾後] 名 1. 背後 ¶ah ~ [押~] 殿後；≃ ah-āu 2. (順 序上在) 後 ¶pâi tī ~ [排tī~] 排在 後面。

bōe-bái ⇒ bē-bái。

bóe-bōe ⇒ bé-bē。

bóe-bóe-·a‖bé-bé-‖bé-bé- (v bóe-·a) [尾尾·a] 名 非常末尾的地方 ¶chē tī ~ [坐tī~] 坐在差不多最後 面的地方。

bóe-cháiⁿ|bé-|bé- [尾cháiⁿ] (< [尾 指]) 名 [á] KI, CHÁIⁿ: 小指頭；≃ bóe-chéng-cháiⁿ。 「站。

bóe-chām|bé-‖bé- [尾站] 名 終點

bōe-chêng/-chēng‖bē- (< log Sin) [未曾] 副 還沒 ¶~ kóng, seng chhiò [~講先笑] 還沒說就先笑出來了。

bōe-chêng-bōe|-chēng-‖bē-chēng-bē (< dia bōe-chêng-bōe; v bōe-chêng) [未曾未] 形 還沒到時候 ¶~ ·le, ká hiah kín! 還沒呢，哪有 那麼快的!

bóe-chéng-cháiⁿ [尾chéng-cháiⁿ] (< [尾指]) 名 [á] KI, CHÁIⁿ: 小

bóe-chhài ⇒ bé-chhài。 「指頭。

bóe-chhiú‖bé-‖bé- [尾手] 名 後來； ≃ lòh-bóe-chhiú。

bōe-chió ⇒ bē-chió。

bóe-chú ⇒ bé-chú。

bōe-chú ⇒ bē-chú。

bóe-chui‖*bé*-‖*bé*- [尾椎] Ⓐ LIÀP: (鳥類的)"屁股" ¶*ke/koe* ~ [雞 ~] 雞屁股。

bōe-êng-... ⇒ bē-iông-tit。

bōe-ēng-... ⇒ bē-iōng-·tit。

bōe-ěng... ⇒ bē-iông-tit/bē-iǒng。

Bóe-gê‖*Bé*-‖*Bé*- [尾牙] Ⓐ 1. 陰曆 12月16日 2. 於上述日期雇主慰勞員工的年終餐會。

bōe-giàn ⇒ bē-giàn。

bōe-hàu-ko·-... ⇒ bē-hàu-ko·-·tit。

bōe-hiáu ⇒ bē-hiáu。

bōe-hô ⇒ bē-hô[1,2]。

bôe-hoe‖*môe*-‖*moâi*-‖*mûi*- ‖*moâi*- (< log Sin) [梅花] Ⓐ LÚI: ◇ ~-*lòk* [~鹿] CHIAH: 全。 ⌐全

bōe-hù ⇒ bē-hù。

bōe-iân ⇒ bē-iân。

bóe-iàh‖*bé*- [尾蝶] Ⓐ CHIAH: 蝴蝶; ≃ iàh-á   ⌐≃ iàh-á-hoe。 ◇ ~-*hoe* [~花] CHÂNG, LÚI: 野薑花;

bōe-iông-... ⇒ bē-iông-tit。

bōe-iōng-... ⇒ bē-iōng-·tit。

bōe-iǒng... ⇒ bē-iông-tit/bē-iǒng。

bóe-jī-chái[n]‖-*gī*-‖-*lī*-‖*bé*-‖*bé*- [尾二 chái[n]] (< [尾二指]) Ⓐ CHÁI[n], KI: 無名指; ≃ bóe-tē-jī-chái[n]。

bōe-jīn-... ⇒ bē-jīn-tit。

bôe-kài‖*môe*-‖*moâi*-‖*mûi*- (< log Nip) [媒介] Ⓐ Ê: 全。

bōe-kâi[n] ⇒ bē-kâi[n]。

bóe-·khì ⇒ bé-·khì。

bōe-khí ⇒ bē-khí。

bōe-khì ⇒ bē-khì。

bóe-kî‖*bé*-‖*bé*- [尾期] Ⓐ 末期。

bōe-kì-... ⇒ bē-kì-tit。

bōe-kiâ[n] ⇒ bē-kiâ[n]。

bōe-kiàn-(bōe-)siàu ⇒ bē-kiàn-bē-

bōe-kò·-... ⇒ bē-kò·-·tit。   ⌐siàu。

bōe-koài-... ⇒ bē-koài-·tit。

bōe-kok ⇒ bē-kok。

bōe-kóng-... ⇒ bē-kóng-tit。

bôe-kùi‖*môe*-‖*mûi*- (< log Sin) [玫瑰] Ⓐ CHÂNG, LÚI: 全; ≃ bá-lah。

bōe-lâi ⇒ bē-lâi。

bōe-lī ⇒ bē-lī。

bóe-liu‖*bé*-‖*bé*- [尾溜] Ⓐ 1. KI: 尾巴 2. 末端 ¶*chhù-téng*-~ [厝頂 ~] 屋頂 ¶*chhiū-á*-~ [樹仔 ~] 樹梢 ¶*soa[n]-téng*-~ [山頂 ~] 山頂上 ¶*thi[n]-téng*-~ [天頂 ~] 雲霄。

bōe-lòh ⇒ bē-lòh。

bóe-mih/-*mṅgh* ⇒ bé-mih。

bōe-oàh ⇒ bē-oàh。

bóe-pān ⇒ bé-pān。

bóe-phiò ⇒ bé-phiò[1,2]。

bōe-phiò-·ê ⇒ bē-phiò-·ê。

bōe-sái ⇒ bē-sái。

bōe-sài[1] [妹婿] ⇒ moāi-sài。

bōe-sài[2] Ⓕ (使)不得; ⇒ bē-sài[2]。

bōe-sái-... ⇒ bē-sái-tit。

bóe-siu ⇒ bé-siu。

bōe-sṅg-... ⇒ bē-sṅg-tit。

bōe-sòe ⇒ bē-sè。

bōe-sóng ⇒ bē-sóng。

bōe-su ⇒ bē-su。

bōe-tâi chip-thoân ⇒ bē-tâi chip-

bōe-tàng ⇒ bē-tàng。   ⌐thoân。

bôe-thé‖*môe*-‖*moâi*-‖*mûi*- (< log Nip) [媒體] Ⓐ Ê: 全 ◇ ~-*lâng* (< log Chi) [~人] Ê: 全。

bóe-thong ⇒ bé-thong。

bōe-tiâu ⇒ bē-tiâu。

bōe-tín-bōe-tāng ⇒ bē-tín-bē-tāng。

bōe-tiòh ⇒ bē-tiòh。

bōe-tit ⇒ bē-tit。

bōe-tìt ⇒ bē-tìt。

bōe-tit-thang ⇒ bē-tit-thang。

bōe-tó ⇒ bē-tó。

bôe-tòk‖*môe*-‖*moâi*-‖*mûi*- (< log Nip) [梅毒] Ⓐ 全。

boeh [1]‖*beh*‖*beh* [欲] Ⓥ 1. 要

¶*Che lí iáu* ～ *·bơ?* [*Che* 你天～否?]這個你還要嗎? **2.** 願意¶*Kiò lí sí, lí kám* ～*?* [叫你死你kám～?]叫你死你願意嗎?

△ ～, *ná m̄ ·le* [～,哪m̄ .le]不是很情願(做)

(輔)想要;打算¶*Góan bîn-ná-chài* ～ *khì Jit-pún.* [*Góan*明旦再～去日本.]我們明天到日本去

△ ～ *chhòng siá*ⁿ/*sá*ⁿ/*siàⁿ*/*sàⁿ*/*siah*ⁿ/*sah*ⁿ [～創啥]幹嗎;為什麼¶*Bé kó·-phiò* ～ *chhòng siá?* [買股票～創啥?]買股票幹嗎?

△ ～ *chiàh siâu* [～吃siâu] (圍)幹嗎,表示反對;≃ boeh chhòng siá^n ¶*Lí tìn tòa chia* ～ *chiàh siâu!?* [你鎮tòa chia～吃siâu!?] 別在這兒擋著人家

△ ～ *hông kàn* 仝上

△ ～ *hông phih* 仝上

(動) **1.** 即將;≃ teh-boeh ¶～ *kiâ*ⁿ (*ê sî*) *chiah kâ kóng* [欲行(ê時)才kâ講] (你)要走時,告訴我一聲 **2.** 表示對處置方式的質疑¶*Lí kiò góa* ～ *khì chhōe chiâ thó!?* [你叫我～去chhōe chiâ討!?]你叫我去向誰要!?

(連)表示假設;cf boeh-sī ¶～ *góa, tiō bô pàng i soah.* [～我,就無放伊煞.]要是我,就不放過他¶～ *ū, ē/ōe hō· lí* [～有會hō·你]要是有的話,會給你的¶～ *ū, mā boăi hō· lí* [～有mā boăi hō·你]要是有的話,也不給你¶～ *chai, mā boăi kā lí kóng* [～知,mā boăi kā你講]就是知道也不告訴你

△ ～ *bô, mā* [～無,mā]表示至少應該;cf boeh-/beh-bô; cf bô⁺ mā ¶～ *bô, mā kiò i ke tòa ·kúi ·jit··á* [～無,mā叫伊加tòa幾日仔]至少應該叫他多住個幾天

△ ～ *chai* [～知]要是早知道,表示假設;早知道就... ¶～ *chai ē khí-kè,*

---

tiō ke bé ·kóa [～知會起價,就加買寡]要知道會漲價,就多買一點¶～ *chai, mā mài* [～知,mā mài]早知道就不(要/這麼做)。

boeh²‖*beh*‖*beh* [欲] (副)要;幾乎;≃ giōng-boeh, q.v.

boeh...boeh...‖*beh...beh...*‖*beh... beh...* [欲...欲...] (副)即將...的樣子¶*boeh-sí-boeh-sí* [欲死欲死]垂死的樣子;沒精打彩¶*boeh-tó-boeh-tó* [欲倒欲倒]搖搖欲墜。[KHA: 襪子]

boèh-á‖*bèh-*‖*bèh-* [襪仔] (名) SIANG,

boeh-ài‖*beh-*‖*beh-* [欲愛] (動)要佔有¶*He, góa iáu* ～. [He我iáu～.]那個我還要 (輔)想要;≃ài-boeh ¶*Gín-á* ～ *in lāu-bú phō.* [*Gín-á*～in老母抱.]孩子(選擇)要他媽媽抱。

boeh-àm‖*beh-*‖*beh-* [欲暗] (名) [*á*]傍晚;黃昏。

boeh-án-chóaⁿ**1**/-*chòa*ⁿ/-*nóa*/-*nòa*/-*àn-nòa*‖*beh-*‖*beh-* [欲按怎] (代)怎麼辦¶*Ta*ⁿ ～? (現在/這下子)怎麼辦?

boeh-án-chóaⁿ**2**/-*nóa*‖*beh-*‖*beh-* [欲按怎] (指) (將要)如何;如何(...是好) ¶*Góa* ～ *ka kóng?* [我～ka講?]我怎麼跟他說?　　[q.v.)。

boeh-án-chòaⁿ (< *boeh-án-chóa*ⁿ¹, q.v.)。　　　　　　　[q.v.)。

boeh-án-nóaⁿ (< *boeh-án-chóa*ⁿ¹,²,

boeh-án-nòaⁿ (< *boeh-án-chóa*ⁿ¹,

boeh-bô‖*beh-*‖*beh-* (< conj + conj) [欲無] (連)要不然,過去式¶*Ka-chài lí ū kâ kéng-kò, ～ soah khih hō· phiàn··khì.* [Ka-chài你有kâ警告,～煞khih hō·騙去.]幸虧你警告過我,要不然我就被騙了。

boeh-khàu-boeh-nih‖*beh...beh...*‖ *beh... beh...* [欲哭欲nih] (形) **1.** 快要哭出來的樣子 **2.** 哭喪著臉。

boeh-ná‖*bèh-*‖*bèh-* (v *ná*²) [欲哪] (動)詰問如何;≃ boeh-tá ¶*I* ～ *ē-*

hiáu? [伊～會曉?]他哪裡會?

boeh, ná m̄ ·le‖*beh*‖*beʰ* [欲,哪m̄
·le] 働 不是很情願。

boeh-nî‖*beh-*‖*beʰ-* [欲哖] 代 幹嗎
¶*Khì ~?* [去～?]去幹嗎?

boeh-óa‖*beh-*‖*beʰ-* [欲óa] 働 靠
近; ≃ óa-kīn ¶*~ hȧk-hāu ê só·-chāi*
[～學校ê所在]靠近學校(處) 形 將
近¶*~ nn̄g nî* [～兩年]將近兩年。

boeh-sí[1]‖*beh-*‖*beʰ-* [欲死] 働 要
死; ...得很¶*kiaⁿ kà ~* [驚到～]怕
得要死。

boeh-sí[2]‖*beh-*‖*beʰ-* [欲死] 粗 働
(咒罵:)要死了;幹嗎; ≃ boeh
chhòng siáⁿ ¶*Lí kâng thau-chiȧh
~!* [你kâng偷吃～!]你偷吃(我
的)要死了!?

boeh-sī‖*beh-*‖*beʰ-* (< *sī* + *boeh*[1],
q.v.) 連 要是,表示假設。

boeh-tá/-thái‖*beh-/-beʰ-tó/-thái*
[欲tá] 働 詰問如何; ≃ boeh-
thái/-ná ¶*I ~ ē-hiáu?* [伊～會
曉?]他哪裡會。   「近午。

boeh-tàu‖*beh-*‖*beʰ-* [欲晝] 名 [á]

boeh-thái/-thài‖*beh-*‖*beʰ-* [欲
thái] 働 詰問如何; ≃ boeh-tá/-ná
¶*I ~ ē-hiáu?* [伊～會曉?]他哪裡
會?

boeh-thò·-boeh-thò·‖*beh...beh...*‖
beʰ...beʰ... [欲吐欲吐] 形 噁
心。   「働 要;想要。

boeh-tih/-tiʰⁿ‖*beh-*‖*beʰ-* [欲tih]

bok [1] 量 **1.** 叢,即計算叢生的植物的
單位; ≃ bong[1] **2.** 計算花團的單

bok[2] (< ab *bôk-sìng-gù*) 働 揍。「位。

bȯk 象 沒入水中吐出氣泡聲; ≃ bȯk
働 **1.** (從孔中)漬出,有聲音 **2.** 咕
嚕咕嚕地響,例如冒泡出聲 **3.** 大
口喝;大口吞; ≃ kok[3] **4.** 陷(入泥
淖) **5.** 投下(賭注、資本等而有去
無回)。

bȯk 象 吐出氣泡聲,例如將開口的瓶

子放入水中; ≃ bȯk。

bȯk-bȯk-kiò [bȯk-bȯk 叫] 働 **1.** 沒
入水中吐出氣泡出聲 **2.** 咕嚕咕嚕
地響,例如排水管略為堵住時 **3.** 冒
泡,例如開口的瓶子沈入水中。

bȯk-bȯk-siû [bȯk-bȯk 泅] 働 **1.** 不會
游泳,一直痛苦地喝水、吐水 **2.** 在
惡劣環境中無助地掙扎,例如讀書跟
不上。

Bȯk-chheⁿ/-chhiⁿ (< log Sin) [木
星] 名 LIȦP: 全。   「前] 名 全。

bȯk-chiân/-chêng (< log Chi) [目

bȯk-jí/-gí/-ní (< log Sin) [木耳] 名
MÎH, LÚI: 全¶*pȯh-~* [白～]銀耳。

bȯk-koài [莫怪] 働 難怪。

bȯk-koe (< log Sin) [木瓜] 名 CHÂNG,
LIȦP: 全。   「LÚI: 全。

bȯk-lân (< log Sin) [木蘭] 名 CHÂNG,

bȯk-liȯk/-lȩk/-lȯk (< log Nip) [目
錄] 名 Ê: 全。   「全; ≃ pan-chi。

bȯk-mî (< log Sin) [木棉] 名 CHÂNG:

bȯk-ní ⇒ bȯk-jí。   「全。

bȯk-phiau (< log Nip) [目標] 名 Ê:

bôk-sìng-gù/-sìn- (< Nip *bokushingu*
< En *boxing*) 名 西洋拳擊。

bȯk-siu (< *bȯt-siu*, q.v.)。

bȯk-su (< log Sin) [牧師] 名 Ê: 全
◇ *~-niû* [～娘] Ê: 全。   「Ê: 全。

bȯk-tek/-tȩk (< log Nip) [目的] 名

bȯk-tiûⁿ (< log Nip) [牧場] 名 Ê: 全。

bong [1]‖*bo·*‖*bô* 量 叢,即計算叢生
的植物的單位; ≃ bok[1]。

bong[2]‖*bo·* (< Sin) [摸] 働 **1.** 以手
輕輕接觸¶*phīⁿ-á ~··leh* [鼻仔～
·leh]摸摸鼻子(自認倒霉或自認討
了個沒趣) **2.** 摸索¶*~-bô lō·* [～
無路]迷失方向;找不到路 **3.** 接觸
(到) ¶*~-tiȯh tiān-sòaⁿ* [～著電
線]碰到電線 **4.** 理會(事情);管;
cf bak ¶*Chit hāng tāi-chì bē-/bōe-
~··tit.* [這項代誌bē～得.]這件

事碰不得　**5.**即不勤奮地工作；*cf* bak ¶*chò/chòe tāi-chì ~-·chit-·ē, ~-·chit·-ē* [做代誌一下，～一下] 做 (同一件) 事偶爾碰一下，不一次做完　**6.** "磨洋工," 即慢吞吞地做事 ¶*khoaⁿ-khoaⁿ- ~* 慢慢儿「磨"。

bông [濛] ⓝ 霧；≃ bū ⓗ [x]迷茫；朦朧。

bóng [罔] ⓐ 不寄望任何結果地 (做)；姑且；不妨 ¶*I ~ kóng, góa ~ thiaⁿ.* [伊～講，我～听.]他隨便說說，我姑且聽之。

bòng ⓗ 對正經事不在乎 ¶*~-sian* q.v.

bōng‖*bō·* (< Sin) [墓] ⓝ Ê: 全。

bōng-á-po· [墓仔埔] ⓝ Ê: 平地墳場。　「ⓗ 渺茫，例如前途。

bông-bông-biáu-biáu [濛濛渺渺]

bóng-hó [罔好] ⓥ 姑且將就；≃ bóng-khì ¶*thàn ·kóa mā ~* [趁寡 mā～]賺點儿也好。

bóng-khì [罔去] ⓥ 姑且將就；≃ bóng-hó ¶*~ ò!* 雖然差強人意，過得去就好了! (不要奢求了!)。

Bōng-kó·‖*Bông-* (< log Sin < *Mongol*) [蒙古] ⓝ 全。

bōng-oán-kiàn (< log Nip) [望遠鏡] ⓝ KI: 全；≃ tiàu-kiàn。

bōng-pâi‖*bō·-* [墓牌] ⓝ TÈ: 墓碑。

bòng-sian [bòng 仙] ⓝ Ê: 不嚴肅對待人生的人。

bōng-sióng (< log Nip < Sin) [妄想] (< [妄想]) ⓥ 夢想，貶意。

bōng-tē/-tōe‖*bō·-tōe* (< log Sin) [墓地] ⓝ TÈ: 全。

bông-tiám (< log Chi < tr En *blind spot*) [盲點] ⓝ Ê: 全。

bóng-tō· [罔渡] ⓥ (得過)且過 ¶*chit kò-goèh thàn chit-nn̄g bān~* [一箇月趁一兩萬～]一個月掙個一兩萬

bōng-tōe ⇒ bōng-tē。　「塊錢渡日。

bú‖[1] ⓑ 雌性；⇒ bó。

bú[2] ⓝ 媽媽；≃ a-bú；≃ bú-·a ¶*lín ~* 你媽媽。

bú[3] (< log Sin) [舞] ⓝ 舞蹈 ¶*Lín teh thiàu siáⁿ-mih ~?* [Lín teh 跳啥甚～?]你們跳什麼舞? ¶*kau-chè- ~* [交際～]全 ¶*thó·-hong-~* [土風～]全。

bú[4] [舞] ⓥ **1.** 做 ¶*~ bē/bōe hó-sè* [～bē 好勢]弄不好　**2.** (亂) 搞 ¶*Tāi-chì hơ· ~ hāi-·khì.* [代誌 hơ·～害去.]事情被他搞砸了 ¶*o·-pèh ~* [烏白～]胡搞。

bū[1] [霧] ⓝ (< log Sin) 霧氣；≃ bông ⓥ **1.** (液體) 冒 (出)；≃ phū[2] **2.** (從口中) 潰灑；≃ phū[1] **3.** 潰霧；≃ phū[1] ⓗ **1.** 蒙上一層霧 ¶*Èk-keng ê kiàⁿ ~-·khì.* [浴間的鏡～去.]浴室的鏡子模糊了　**2.** 看不清楚 ¶*bàk-chiu ~-~* [目睭～～]視覺模糊。

bū[2] (< *gū*, q.v.) ⓥ 遇 (見)。

bū[3] ⓘ 準備胳肢時以食指放在嘴唇之同時所發的聲音；*cf* bū-ti。

bú-·a (v *bú*[2]) [母·a] ⓝ 母親。

bú-á-kiáⁿ ⇒ bó-á-kiáⁿ。　　「chiat.

Bú-chhin-chiat/-choeh ⇒ Bó-chhin-

bú-chîⁿ ⇒ bó-chîⁿ。

bú-chong (< log Nip) [武裝] ⓝ ⓥ

bú-·ê[1] ⓗ 母的；⇒ bó-·ê。　　「全。

bú-·ê[2] (ant *bûn-·ê*) [武·ê] ⓗ 武藝或軍事方面的 ¶*bûn-·ê ā ē, ~ ā ē* [文·ê 也會,～也會]允文允武。　「全。

bú-gē/-gōe (< log Sin) [武藝] ⓝ

bú-gú ⇒ bó-gí。

bú-hāu ⇒ bó-hāu。

bû-hoa-kó (< log Sin) [無花果] ⓝ CHÂNG, LIÀP: 全。

bú-hōe (< log Chi) [舞會] ⓝ Ê: 全。

bú-im ⇒ bó-im。　「辱] ⓝ ⓥ 全。

bú-jiòk/-giòk/-liòk (< log Sin) [侮

bú-khì (< log Sin) [武器] ⓝ 全。

bû-ki-bút ⇒ bô-ki-bút。

bû-kî tô·-hêng ⇒ bô-kî tô·-hêng。

bú-kiap (< log Chi) [武俠] ⓷ Ê: 全
◇ ~-*phìⁿ* (< log Chi) [～片] PHìⁿ,
  CHHUT: 全
◇ ~ *siáu-/sió-soat* (< log Chi) [～
  小說] PHIⁿ, PÚN: 全。

bû-kò (< log Sin) [誣告] 働 全。

bû-ko· ⇒ bô-ko·。

bú-koaⁿ¹ (< log Sin; ant *bûn-koaⁿ*)
  [武官] ⓷ Ê: 軍官。

bú-koaⁿ² (< log Chi < ab Nip [陸
  軍武官] < tr; cf En *military offi-
  cer/attaché*) [武官] ⓷ Ê: 使館的
  陸軍軍官。　　　　　　　「構。

bú-koán [武館] ⓷ KENG: 練武的機

bú-kok ⇒ bó-kok。

bú-lām ⇒ bó-lām。

bu-lè-khì‖*bu-lé-khih* (< Nip *burēki*
  < En *brake*) ⓷ Ê: 煞車。

bú-lèk (< log Sin) [武力] ⓷ 全 働 用
  武力 ¶~ *kan-siàp* [～干涉] 全。

bú-lí/-lú/-lí (< log Chi) [舞女] ⓷
bû-liâu ⇒ bô-liâu。　　　　　「Ê: 全。

bú-lin ⇒ bó-leng。

bu-lò-chì‖-lò·- (< Nip *burōchi* < En
  brooch) ⓷ KI, TÈ: 胸針。「的聲音。

bu-lū‖*bū-lù* ⓧ [x] 人因寒冷而發出

bú-lú ⇒ bú-lí。

bū-lù ⇒ bu-lū。

bu-lù-sù (< Nip *burūsu* < En *blues*)

bú-ni ⇒ bó-leng。「⓷ 藍調(音樂)。

Bu-nún (< *Bunun*) ⓷ **1.** CHÒK: 布農
  族; ≃ Bú-lūn-chòk **2.** Ê: 布農族人
bú-phìⁿ ⇒ bó-phìⁿ。「**3.** KÙ: 布農語。

bû-pô (< log Chi) [巫婆] ⓷ Ê: 全。

bū-po-lê [霧玻璃] ⓷ TÈ: 毛玻璃。

bū-sà-sà [霧 sà-sà] 働 零亂而煩人
  ¶*khòaⁿ kà* ~ [看到～]看得眼花撩亂
  ¶*tāi-chì* ~ [代誌～]事情很紛亂。

bú-sū (< log Sin) [武士] ⓷ Ê: 全
◇ ~-*to* [～刀] KI: 全
◇ ~-*tō* (< log Nip) [～道] 全
◇ ~-*tō cheng-sîn* (< log Nip) [～

道精神]重樸實、堅忍、廉恥、忠
於職守的精神; ≃ Jìt-pún cheng-
sîn。　　　　　　　「⓷ Ê: 全

bú-tâi (< log Nip < sem Sin) [舞台]
◇ ~-*kiòk/-kèk* (< log Nip) [～劇]
  CHHUT: 全。

bú-thiaⁿ (< log Chi < tr En *dance
  hall*) [舞廳] ⓷ KENG: 全。

bū-ti 兒 働 胳肢,即輕觸使酥癢。

bú-tō-ka (< log Chi) [舞蹈家] ⓷
  Ê: 全。

bú-toàn (< log Chi) [武斷] 働 全。

| **bùh** | 働 計算聚集的物體的單位 ¶*chit
~ hûn* [一～雲]一朵雲。

| **bui** | 働 眯著眼 ¶*bàk-chiu* ~-*-khì* [目
睭～去]張不開眼睛 働 眯著眼的樣
子 ¶*bàk-chiu* ~-~ [目睭～～]眼睛
細小小的。

búi-ái-phi ⇒ ví-ái-phi。

búi-é-suh ⇒ ví-é-sìh。

| **bûn** | (< log Sin) [文] ⓷ **1.** 用文字
寫出的作品 ¶*Tâi-oân-~* [台灣～]全
2. 人文 ¶*thàk* ~ *àh thàk kang* [讀
～或讀工]讀文還是讀工 働 (<
sem)文言性質重;文縐縐 ¶*Chit tiâu
koa siuⁿ* ~. [這條歌siuⁿ～.]這首歌
文縐縐的。「(出);(向上)湧(出)。

bùn 働 **1.** 鑽(出/入) **2.** (從孔中)噴

būn¹ (< log Sin) [燜] 働 密蓋以文火
煮; ≃ hip ¶~ *pn̄g* [～飯]全。

būn² (< log Sin) [悶] 働 **1.** 煩悶; ≃
ut-chut **2.** 鬱悶; (胸口)不舒服; ≃
chàt ¶*sim-koaⁿ-thâu* ~-~ [心肝頭
～～]胸口覺得有點悶 **3.** (胃)不舒
服; ≃ cho。　　　　　　　「全。

bûn-bêng (< log Nip) [文明] ⓷ 働

bûn-bûn-á‖*būn-būn-á***‖***bún-bún-
á* [bûn-bûn 仔] 働 微微地 ¶~
chhiò [～笑](自顧)微笑; cf bî-bî-á
chhiò ¶~ *thiàⁿ* [～痛]微微作痛。

bûn-bùt (< log Nip) [文物] ⓷ 全。

bùn-chhí/*-chhú*/*-chhí* [bùn 鼠] 名
　CHIAH: 鼴鼠; *cf* chîⁿ-chhí。

bûn-chhñg ⇒ bîn-chhñg。

bùn-chhú ⇒ bùn-chhí。

bûn-chín ⇒ mñg-chín。

bûn-chiuⁿ/*-chiong* (< col log Sin)
　[文章] 名 全。

bûn-·ê (ant *bú-·ê*) [文·ê] 形 人文方
　面的或非文藝、非軍事方面的 ¶~ ā
　ē, bú-·ê ā ē [~也會, 武·ê也會] 允文
　允武。

bûn-gē (< log Sin) [文藝] 名 全。

bûn-giân-bûn (< log Chi) [文言文]
　名 PHIⁿ: 全。

bûn-ha̍k (< log Nip < EChi tr; *cf* En
　literature) [文學] 名 全
　◇ ~-īⁿ (< log Chi) [~院] KENG: 全
　◇ ~-ka (< log Chi) [~家] Ê: 全。

bûn-hiàn (< log Chi) [文獻] 名 全。

bûn-hòa (< log Nip < EChi tr; *cf* En
　culture) [文化] 名 全。　　　「法。

bûn-hoat (< log Nip) [文法] 名 語

bûn-jī/*-gī*/*-lī* (< log Sin) [文字] 名
　Ê, KHOÁN, THÒ: 全
　◇ ~-ga̍k (< log Chi) [~獄] Ê: 全
　◇ ~-ha̍k (< log Chi) [~學] 全
　◇ ~ iû-hì (< log Chi < tr En *play
　of words*) [~遊戲] Ê: 全。

bùn-khang (v *bùn*; < [□空]) 動 (動
　物)鑽(地/壁)洞。「[文科] 名 全。

bûn-kho/*-khe*/*-kheʳ* (< log Nip)

bûn-khū ⇒ bûn-kū。　　　　　「全。

bûn-kiāⁿ (< log Chi) [文件] 名 KIāⁿ:

bûn-koaⁿ (< log Sin; ant *bú-koaⁿ* [1])
　[文官] 名 Ê: 全。

būn-koàn ⇒ mñg-koàn。　　　　「全

bûn-kū/*-khū* (< log Sin) [文具] 名
　◇ ~-tiàm (< log Chi) [~店] KENG:
　全。

bûn-ngá (< log Sin) [文雅] 形 全。

bûn-pit (< log Sin) [文筆] 名 全 ¶*I ê
　~ chiok hó ·ê*. [伊ê~足好·ê.] 他的

文筆很好。

bûn-soan (< log Chi) [文宣] 名 HUN:
　全。　　　　　　　　　　　「全。

bûn-soán (< log) [文選] 名 PÚN, PŌ:

bûn-tàn(-iū) [文旦(柚)] 名 LIA̍P: 一
　種長形小柚子名。

būn-tap-tê/*-tôe* (< log Chi) [問答
　題] 名 TIÂU: 全。

būn-tê/*-tôe* (< log Nip) [問題] 名
　Ê: **1.** 疑問; 疑難 ¶*mñg* ~ [問~] 全
　2. 待解決的事 ¶*bîn-seng* ~ [民生
　~] 全 形 **1.** 有問題 ¶*Chit ê kóng-
　hoat chin* ~. [這個講法真~.] 這個
　說法很有問題 **2.** 有問題的; 需要特
　殊處理的
　◇ ~ *ha̍k-seng* [~學生] Ê: 全。

būn-thâng ⇒ bīn-thâng。

bûn-tiah (< log Chi < tr En *digest*)
　[文摘] 名 PHIⁿ: 全。

būn-tôe ⇒ būn-tê。

bu̍t 動 用樹枝或細棍棒抽打; ≃
　siau。　　　　　　　「苗的統稱。

but-á-hî [but仔魚] 名 BÓE: 海魚幼

bu̍t-chit (< log Nip) [物質] 名 全。

bu̍t-chu (< log Nip) [物資] 名 全。

bu̍t-kè (< log Nip) [物價] 名 全。

bu̍t-lí (< log Nip) [物理] 名 全
　◇ ~-ha̍k (< log Nip) [~學] 全。

bu̍t-sán (< log Nip) [物產] 名 全。

bu̍t-siu‖*bo̍k-* (< log Nip) [沒收] 動
　全。

C

cha ‖*chhâ* (< log Sin) [查] 動 **1.** 調
　查 ¶*phài i khì* ~ [派伊去~]派他去
　查 **2.** 查詢 ¶~ *jī-tián* [~字典] 全;
　≃ *péng jī-tián*。

chá (< Sin) [早] 形 不晚; 時間在先

的 ¶*Sî-kan iáu chin* ~. [時間夭真
~.]時間還很早 (副) **1.** 比一定時間
靠前 ¶*Góa pí lí khah* ~ *kàu.* [我比
你較~到.]我比你早到
△ ~-~ *khùn,* ~-~ *khí* [~~睏，~
~起]早睡早起

2. 老早；⇒ chá-chá **3.** ... 得早 ¶~
chiàh [~吃]吃得早 ¶~ *sí* [~死]
全。

chá (< log Sin) [炸] (動) **1.** (炸藥)爆
炸；≃ pȯk；≃ pōng **2.** 轟炸；≃ pȯk-
kek。

cha-àm [昨暗] (名) 昨晚；≃ chang-àm；
≃ cha-mê。   「早；≃ chá-bān。

chá-àm [早暗] (名) **1.** 朝夕；晨昏 **2.** 遲

chá-bān [早慢] (名) 遲早 ¶*M̄-sī bē/bōe
sí;* ~ *niâ.* [M̄是 bē 死；~ niâ.]不是
不會死，遲早而已 (副) 遲早 ¶*Lâng* ~
ē/ōe sí. [人~會死]人遲早會死。

cha-bó͘ [查某] (名) ê: 女性；女人 ¶*cha-
/ta-po͘-*~ [查埔~]男(男女)女 (形)
◇ ~-·ê ê: 女的   「女的
◇ ~ *gín-á* [~gín仔] ê: 女孩 「女孩
◇ ~ *gín-á-kiá^n* [~gín仔kiá^n] ê: 小
◇ ~-*gín-á-lâng* [~gín仔人] ê: 女孩
子家，意味其應守女孩子本份或應
有女孩子本質，例如不像野男孩子
◇ ~-*kán* ê: 婢女
◇ ~-*kiá^n* ê: 女兒
◇ ~-*kiá^n-chhàt* [~kiá^n賊] 女兒出
嫁後常會回娘家取得財物，故云
◇ ~-*lâng* [~人] ê: **a.** 婦女 **b.** 妻
◇ ~-*sé* ⇒ ~-*thé*
◇ ~-*sun* [~孫] ê: **a.** 孫女 **b.** 姪女
◇ ~-*sun-á* [~孫仔] 全上
◇ ~-*thé/-sé* [~體] **a.** 娘娘腔 **b.** (男
性)舉止像女性。

chá-chá (v *chá*) [早早] (副) 老早 ¶*Góa*
~ *tiō lâi ·a.* [我~就來矣.]我老早
就來了。

chá-chai (< log Sin) [早齋] (名) 素食
的早餐 ¶*chiàh* ~ [吃~]早餐吃素。

cha-chèng (< log Nip) [查證] (動) 全。

chá-chêng [早前] (名) 以前；先前。

chà-chhài (< log Chi) [榨菜] (名) LIȦP,
CHÂNG: 全。   「昏] (名) 昨天。

cha-hng/-*hui^n*‖*chā-* (> *chǎng*) [昨

cha-hō-tâi‖*chhâ-* (< log Chi) [查號
台] (名) ê: 全。   「pȯk-iȯh。

chà-iȯh (< log Chi) [炸藥] (名) 全；≃

chá-jit/-*gi̍t/-li̍t* [早日] (< log Chi)
(副) 全 ¶*Chiok lí* ~ *sêng-kong* [祝你
~成功]全。

chá-khí (< SEY) [早起] (名) 早上；≃
chái-khí。   「(名) 全。

chà-khi-chōe (< log Nip) [詐欺罪]

chá-khí-sî (> *chái-sî*, q.v.)。

chá-khí-tǹg (> *chái-tǹg*, q.v.)。

chá-kî (< log Nip) [早期] (名) 全。

cha-mê/-*mî*‖*chā-* [昨暝] (名) 昨晚；
≃ cha-/chang-àm；≃ chang-mê。

chá-pang-chhia [早幫車] (名) PANG:
大清早行駛的公共交通工具。

chà-phiàn chip-thoân (< log Chi)
[詐騙集團] (名) ê: 全。

cha-phiò-oân/-*goân*‖*chhâ-* (< log
Chi) [查票員] (名) ê: 全。

cha-po͘‖*ta-* [查埔] (名) ê: 男性；男人
◇ ~-*cha-bó͘* [~查某] 男(男女)女
◇ ~-·ê ê: 男的
◇ ~ *gín-á* [~gín仔] ê: 男孩 「男孩
◇ ~ *gín-á-kiá^n* [~gín仔kiá^n] ê: 小
◇ ~-*kiá^n* ê: **a.** 男的兒子 **b.** 男子漢
◇ ~-*lâng* [~人] ê: **a.** 男人 **b.** 丈夫。

cha-siàu‖*chhâ-* (< log Sin + tr) [查
賬] (< [查數]) (動) 查帳。

chà-tân/-*tôa^n* (< log Chi) [炸彈]
(名) LIȦP: 全；≃ pȯk-tân。

chá-thè (< log Nip) [早退] (動) 全。

chá-tǹg ⇒ chái-tǹg。

chà-tôa^n ⇒ chà-tân。

châ^n ‖*chā^n* (動) **1.** 橫越 ¶*Kun-tūi*
~-*kòe/-kè chhài-hn̂g.* [軍隊~過菜

園.] 軍隊越過菜園　**2.** 阻隔開¶*Gín-á teh sio-phah, khì ka ~-khui.* [Gín 仔在相 phah, 去 ka～開.] 孩子在打架, 去把他們拉開。

chán (< Sin [斬]) (動) **1.** 齊齊切斷; 截斷¶~*-tng* [～斷] 截斷 △ ~ *lâng ê tiū-á-bóe/-bé* [～人 ê 稻仔尾] 攫取別人的成果 **2.** 使變短¶~ *chhiú-ńg* [～手 ńg] 捲袖子; ≃ *pih chhiú-ńg* ¶~ *khah té* [～較短] 截短。

chàn ⇒ **chòan¹**。

chān¹ (動) 淺淺地舀起或撈起。

chān² (動) 橫越; ⇒ **chân**。

chah ¹ (動) 攜帶¶~ *piān-tong* [～便當] **a.** 帶飯 **b.** (圍) 臉上粘有飯的米粒。

chah² (動) 塞 (衣服、床單等的邊緣進他物); ≃ *seh* ¶*kā san ~-jip-khì khò-·e* [kā 衫～入去褲·e] 把衣服塞進褲腰裡。　「藥仔] 用鍘刀切藥。

chảh¹ (< Sin) [鍘] (動) 全¶~ *ióh-á* [～

chảh² (< sem Sin) [閘] (動) **1.** 遮掩; 擋住視線; ≃ *jia* ¶*Lō·-pâi hō· chhiū-á ~-·leh.* [路牌 hō· 樹仔～·leh.] 路標被樹擋住　**2.** 擋開; ≃ *jia* ¶~ *hō·* [～雨] 擋雨¶~ *hong* [～風] 擋風¶~ *jit-thâu* [～日頭] 擋太陽　**3.** 阻隔¶*In nng ê teh sio-phah, kín ka ~-khui.* [In 兩個 teh 相 phah, 緊 ka～開.] 他們兩個在打架, 趕快把他們隔開　**4.** 截斷¶*kā lō·~-·leh, m̄ hông kòe/kè* [kā 路～·leh, m̄ hông 過] 擋著路不讓人通過　**5.** 攔截¶*kā hit tâi chhia ~-·lòh-·lâi* [kā hit 台車～落來] 把那車子攔下來。　「線; *cf* chảh-kng。

chảh-àm [閘暗] (動) 遮住 (需要的) 光。

chảh-chhia [閘車] (動) 攔截車輛 (以搭便車、搶劫等)。

chảh-chúi [閘水] (動) 截斷水流。

chảh-kng [閘光] (動) **1.** 背光　**2.** 遮住 (不需要的) 光線; *cf* chảh-àm。

chảh-lō· [閘路] (動) 攔住去路。

chảh-ńg [閘 ńg] (動) 被陰影遮住。

chai ¹ [栽] (名) 幼苗¶*sóa-~* [徙～] 移植¶*chhiū-á-~* [樹仔～] 樹苗¶*hî-~* [魚～] 魚苗。

chai² (< Sin) [知] (動) **1.** 知道; ≃ chai-iá^n　**2.** 感覺到藥效¶*chiảh-·lòh-·khì sûi ~* [吃落去隨～] (藥) 吃下去馬上生效。

chai³ (< log Sin) [栽] (動) 頭朝下跌¶*ùi chhù-téng ~-·lòh-·lâi* [ùi 厝頂～落來] 從房頂上栽下來。

châi (< Sin) [臍] (名) **1.** ê: 相當於肚臍的部位, 例如螃蟹的泄殖腔外部　**2.** LIÀP, ê: 像肚臍的東西, 例如柑橘的花柱部位、鑼或古式鍋底中間鼓起的部位。

châi‖*chăi* (< contr *chá-khí* [早起]) (名) [á] **1.** 早晨¶*āu-·jit-~* [後日～] 後天早上¶*bîn-ná-~* [明旦～] 明天早上¶*chang-~* 昨天早上　**2.** 今天早上。

chài (< log Sin) [載] (動) **1.** 承受 (重量) ¶~*-bē-tiâu* 承受不了 (重量) ¶~*-lảt* q.v.　**2.** 運載¶~ *hòe* [～貨] 全¶~ *lâng-kheh* [～人客] 載客。

chāi¹ [在] (動) 任憑; ≃ kì-chāi ¶~ *lí* [～你] 隨你便¶~ *lí khì kóng* [～你去講] 隨便你要怎麼說就怎麼說 (反正...) (連) 無論¶~ *lí án-chóan kóng, i lóng m̄ thian.* [～你按怎講, 伊攏 m̄ 听.] 無論你怎麼說, 他都不聽。

chāi² [在] (介) 據; 就某人的觀點; ≃ chāi-tī ¶~ *góa khòan, m̄-sī án-ne.* [～我看 m̄ 是 án-ne.] 依我看不是這個樣子。

chāi³ (形) 穩固¶*Thiāu-á chhāi-bô-~, khi-·khi.* [柱仔 chhāi 無～, khi 去.] 柱子沒豎穩, 歪了¶*khiā hơ ~* [企 hơ～] 站穩¶*lāu-sîn ~-~* q.v.

chăi ⇒ châi。

chai-bîn (< log Sin) [災民] (名) ê: 全。

châi-bū (< log Nip < tr; *cf* En *fi-*

nance) [財務] (名) **1.** 錢財的管理事務 **2.** ê: 管理財務的人。

chai-chai [知知] (動) 早就知道 ¶*Góa to* ~. [我都~.] 我就知道 ¶~ *·leh.* do.

chāi-châng-âng [在欉紅] (動) (水果) 在樹上直到成熟 (才摘下來)。

chāi-châng-ńg [在欉黃] (動) 仝上。

chai-chêng (< log Chi) [災情] (名) ê: 仝 ¶~ *chin siong-tiōng* [~真siong重] 災情慘重。

châi-chêng (< log Sin) [才情] (名) 才幹; 才華; 天份 (形) 有才幹; 有才華。

châi-chèng (< log Nip < tr; *cf* En *finance*) [財政] (名) 仝 ◇ ~-*pō·* (< log Chi) [~部] 仝。

chài-chiân (< Chi *tsai⁴ chien⁴*) (歎) 再見; ≃ chài-hōe; ≃ chài-kiàn。

chāi-chit chèng-bêng (< log Chi) [在職證明] (名) HŪN, TIUⁿ: 仝。

chāi-chit hùn-liān (< log Chi) [在職訓練] (名) 仝。

chai-chng (< log Sin) [栽臧] (動) 仝。

chāi-chō (< log Sin) [在座] (動) 仝 ¶~ *kok-ūi* [~各位] 仝。

châi-goân (< log Nip) [財源] (名) 仝。

chai-hāi (< log) [災害] (名) 仝。

chāi-hàk chèng-bêng (< log; *cf* Nip [在學證明書]) [在學證明] (名) HŪN, TIUⁿ: 仝。

chài-hōe (< log Sin) [再會] (動) (歎) 仝; ≃ chài-chiân; ≃ chài-kiàn。

chāi-iá (< log Chi) [在野] (動) 仝 ◇ ~-*tóng* (< log Nip) [~黨] TÓNG, ê: 仝。

chai-iáⁿ‖*chai*ⁿ- [知影] (動) 知道。

châi-khí (< contr *chá-khí-khí* [早起起]; > *chái*, q.v.) [chái起] (名) 早上 ◇ ~-*sî* ≃ châi-sî, q.v.

chai-khó· [知苦] (動) 領悟到有苦頭吃 (了); *cf* chai-sí。

chai-khu (< log Chi) [災區] (名) ê: 仝。

chài-kiàn (< log Chi) [再見] (歎) 仝; ≃ chài-hōe; ≃ chài-chiân。

chai-lān (< log Sin) [災難] (名) PÁI: 仝; ≃ chai-ē/-eh。

chai-lâng [知人] (動) 神智清醒 ¶*m̄-*~ 神智不清; 不醒人事。

chāi-lâng [在人] (形) 有所選擇的 ¶*boeh/beh khì, m̄ khì,* ~-·ê [欲去 m̄ 去, ~-·ê] 照個人的意願, 去或不去 (副) 任人 ¶~ *thâi,* ~ *koah* [~thâi, ~割] 任人宰割。

chài-lát [載力] (動) (物體) 承受力量或重量 ¶*bē/bōe* ~ 承受不了力量或重量。 　　　　　　　[≃ châi-tiāu。

châi-lêng (< log Sin) [才能] (名) 仝;

châi-liāu‖*chhâi-* (< log Nip) [材料] (名) 仝。 　　　　　　　　　[仝。

chài-pán (< log Nip) [再版] (名) (動)

chai-pôe (< log Sin) [栽培] (動) 仝。

châi-sán (< log Nip < Sin) [財產] (名) 仝; ≃ ke-hóe/-hé。

chài-sè (< log Sin) [再世] (動) 仝。

chāi-sè (< log Sin) [在世] (動) 仝; ≃ chāi-seⁿ。

chāi-seⁿ/-*si*ⁿ [在生] (動) 在世; ≃ chāi-sè。 　　　　[室男] (名) ê: 處男。

chāi-sek-lâm < *à la chāi-sek-lí*) [在

chāi-sek-lí/-*lú*/-*lí* (< ab log Sin [在室之女]) [在室女] (名) ê: 處女。

chài-seng-chóa (< log Chi) [再生紙] (名) TIUⁿ: 仝。 [生能力] (名) 仝。

chài-seng lêng-lék (< log Nip) [再

chai-sí [知死] (動) 意識到事態對自己很不利; ≃ chai-khó·。

châi-sî (< contr *chá-khí-sî* [早起時]) [chái時] (名) [*á*] 早上。

chāi-siⁿ ⇒ chāi-seⁿ。

châi-siàng/-*siòng*‖*châi*ⁿ- (< log Sin) [宰相] (名) ê: 仝。

chāi-táⁿ [在膽] (形) 不怕。

chai-tāi [知tāi] (< [知事]) (動) 知道

事情嚴重; ≃ chai-khó; ≃ chai-sí。

chāi-tē/-tōe [在地] (名) 本地
◇ ~-lâng [～人] ê: 本地人。

châi-thoân (< log Nip < tr; cf En *financial group*, Lat *consortium*) [財團] (名) ê: 全。　　「≃ chāi²。

chāi-tī (< pp + pp) [在 tī] (介) 根據;

châi-tiāu (< log Sin) [才調] (名) 才能、本領 (形) 有才能 ¶*Góa khòaⁿ lí gōa/jōa* ~! [我看你 gōa～!] 我倒要看看你有多大本事。

chāi-tiûⁿ (< log Chi) [在場] (動) 全。

chái-tǹg (< contr *chá-khí-tǹg* [早起頓]) [chái 頓] (名) 早餐; ≃ chá-tǹg。

chāi-tōe ⇒ chāi-tē。　　　「處。

chai-ūi [知位] (動) 知道某地點在何

cháiⁿ (< Sin [指]) (名) 指頭 ¶*tiong*-~ [中～] 中指 ¶*chit* ~ [這～] 這根指頭 ¶*chit chhiú, gō·* ~ [一手五～] 一隻手有五根指頭 (量) 相當於手指頭的寬度; ≃ pán。

chaiⁿ-iáⁿ (< *chai-iáⁿ*, q.v.)。

cháiⁿ-iūⁿ‖*chái-* ⇒ chóaⁿ-iūⁿ。

cháiⁿ-siàng/-siòng ⇒ chái-siàng。

chak¹ (動) 擾人而令人厭煩 ¶*Cháu! Mài tòa chia* ~*-sí lâng!* [走! Mài tòa chia～死人!] 走開! 別在這兒煩死人! (形) 不舒暢; ≃ ak-chak。

chak²‖*chàk* (動) 嗆 ¶*lim siuⁿ kín, ē* ~*-tiòh* [lim siuⁿ 緊, 會～著] 喝太快小心嗆了。

chak-chō [chak 座] (動) 打擾 (你)。

cham¹ [針] ⇒ chiam¹。

cham² (< [沾]) (動) 蜜蜂、蝴蝶、蒼蠅、螞蟻等的嘴或腳接觸 (食物等)。

chàm (動) 頓足; 踩 ¶~ *ka-choáh* [～虼choáh] 踩蟑螂 (以將之壓死)。

chām¹ (< log Sin < Mong *jam*) [站] (名) 交通工具停留的地方 ¶*Chia bô* ~. [Chia 無～.] 這兒沒有站 (車子不停 ¶*kòe/kè* ~ *bô thêng* [過～無停] 過站不停 ¶*Tâi-pak*-~ [台北～] 全 (量) **1.** 段落 ¶*Góa sàng lí chit* ~. [我送你一一.] 我來送你一程 **2.** 車輛的停靠站 ¶*Koh chit* ~ *lòh-chhia.* [Koh 一～落車.] 再一站下車。

chām² [鏨] (動) **1.** 斬; 砍; cf tok³
△ ~ *ke-/koe-thâu* [～雞頭] 斬斷雞頭 (以發誓、祭神等)
2. 鎚打雕刻刀在金屬或石頭上以雕刻; 鏨 ¶~ *jī* [～字] 用上述方法刻字 **3.** 橫越; ≃ châⁿ ¶~ *tùi chia kòe/kè, khah-kīn.* [～對 chia 過較近.] 打這兒橫過去近一點兒。

chám-bòk (< *chím-bòk* < log [枕木]) [chám 木] (名) [á] KI: 枕木。

chàm chiú-ka [chàm 酒家] (匣) (動) 上酒家。　　　　　　　「kha。

chàm-kha [chàm 腳] (動) 頓足; ≃ tǹg-

chàm-kha-pō· [chàm 腳步] (動) **1.** 踏步 **2.** 踢正步。

chām-thâu [鏨頭] (動) 砍頭。　「全。

chām-tiúⁿ (< log Chi) [站長] (名) ê:

chan (< Sin) (動) 用 "chan-á" (q.v.) 網魚。

chân [層] (量) 計算事情的單位。

chán (形) 棒; 絕妙。　　　　　「位。

chàn¹ [棧] (量) 計算樓層、梯階的單

chàn² (動) (體力) 支撐 ¶~ *bē-tiâu* 身體受不了。

chan-á (v *chan*) [chan 仔] (名) KI: 一種用棍子撐開的小魚網。　「全。

chân-bīn (< log Chi) [層面] (名) ê:

Chan-bûn-khe/-khoe [曾文溪] (名) 台南河川名。　　　　　　「全。

chân-chhù (< log Sin) [層次] (名) ê:

chân-chiàng/-chiòng (< log Chi < tr En *handicap* (*ped*); cf Nip [障害]) [殘障] (形) 全。

chàn-chō· (< log Sin) [贊助] (動) 全

◇ ~-*jîn*/-*gîn*/-*lîn* [~人] Ê: 仝。

chân-hùi/-*hòe* (< log Chi) [殘廢] [形] 仝。

chân-jím (< log Sin) [殘忍] [形] 仝。

chàn-sêng (< log Nip < Sin; ant *hoán-tùi*) [贊成] [動] 仝。

chàn-sia^n ‖ *chān*- [贊聲] [動] 聲援 ¶*sio*-~ [相~] **a.** (互相)聲援 **b.** 唱和。

chàn-tông (< log Nip) [贊同] [動] 仝。

chang[1] (< Sin) [棕] [名] CHÂNG: 仝 ¶~ *chhéng-á* [~chhéng仔] 棕毛刷 ¶~ *sàu-chiú* [~掃帚] 棕毛掃把。

chang[2] [鬃] [量] 計算成束的頭髮等的單位 [動] **1.** 一把抓住; *cf* cháng(1) ¶*hō· kèng-chhat* ~-·*khì* [hō·警察~去] 被警察抓走 **2.** 綁(成束); *cf* cháng(2) ¶~ *tiū-chháu* [~稻草] 把稻草綁成束。

châng[1] [欉] [名] 植物的幹或主體 ¶*Ū-ê chhiū-á* ~ *tn̄g*-·*khì iáu ē/ōe oa̍h.* [有ê樹仔~斷去iáu會活.] 有的樹樹幹斷了還能活 [量] 棵。

châng[2] [動] 沖(水); ≃ chhiâng ¶*Thô·-kha iōng chúi* ~-~-*le.* [Thô·腳用水~~·le.] 用水把地沖一沖。

cháng (< sem Sin [總]) [名] 束, 指質軟的條狀物質其一頭原本固定或綁住使其一頭固定, 例如頭髮、稻草、蘿蔔葉、整棵的酸菜 ¶*chhài-thâu*-~ [菜頭~] 蘿蔔葉 [量] 計算上述物體的單位 [動] **1.** (一把)抓(起); *cf* chang2(1) **2.** 綁成束; *cf* chang2(2) ¶~ *chháu* [~草] 把草或稻草綁成束 **3.** 掌管; *cf* láng(2)。

chàng (< Sin) [粽] [名] LIA̍P, KŌA^n: 粽子 ¶*pa̍k* ~ [縛~] 包粽子。

chăng (< contr *cha-hng*, q.v.)。

chang-àm (< contr **cha-hng-àm*) [chang暗] [名] 昨晚。

chang-chái (< contr *cha-hng chá-khí*) [名] [*á*] 昨天早上。

chang-cho̍h-ji̍t-á|-*gi̍t*-|-*li̍t*- [chang-cho̍h日仔] (< [昨昏昨日□]) [名] 一兩天前。

châng-chúi [châng水] [動] 沖水。

chang-ē-po· (< contr *cha-hng ē-po·*) [chang下晡] [名] 昨天下午。

chang-ê-tàu (< contr *cha-hng ê-tàu*) [chang ê晝] [名] 昨天午間。

châng-e̍k (ant *chìm-e̍k*) [châng浴] [名] [動] 淋浴; ≃ siá-òa。

chàng-ha̍h [粽ha̍h] [名] TÈ, HIO̍H: 包粽子的葉子。

chang-mê/-*mî* (< contr **cha-hng-mê*; v *cha-hng*) [chang暝] [名] 昨晚。

chang-sui [棕蓑] [名] NIÁ: 棕毛做的雨衣。

chap ‖*cha̍p*‖*chop*‖*cho̍p* [動] 咂嘴。

cha̍p[1] (< Sin) [十] [數] 仝; *cf* si̍p
△ ~ *hoan-hù, peh/poeh hoan-hù* [~吩咐八吩咐] 一再叮嚀
¶*káu*-~ [九~] 仝 ¶~-*káu* [~九] 仝 ¶*tē*-~ [第~] 仝 ¶~-*goe̍h Chhe*-~ [~月初~] 十月十號 ¶~ *hō* [~號] 仝。

cha̍p[2] [動] 咂嘴; ⇒ chap。

cha̍p[3] [囃] [動] 發怨言。

cha̍p[4] (< log Sin) [雜] [形] 仝 ¶*Tòa tī hia ê lâng chin* ~. [Tòa tī hia ê人真~.] 住在那儿的人很雜。

chάp‖*chăp*‖*chóp*‖*chŏp* [象] 咂嘴聲。

cha̍p-bū (< log Nip) [雜務] [名] 仝。

cha̍p-chéng (< log Sin) [雜種] [形] 混種的
◇ ~-*á* [~仔] **a.** 混種的產物; ≃ pòa^n-hóng-á **b.** [罵] Ê: 混血兒; ≃ lām-hoeh-·ê; ≃ ăi-nó-khoh。

cha̍p-chhài-mī [雜菜麵] [名] ÓA^n: 什錦麵。

cha̍p-chhap [雜chhap] [動] 管閑事。

cha̍p-chháu (< log Sin) [雜草] [名] CHÂNG: 仝。

cha̍p-chhe-á (< log Sin + *á*) [雜差

仔] ⓐ Ê: 雜役；打雜的人。

chȧp-chì (< log Nip < tr; *cf* En *magazine*) [雜誌] ⓐ Ê, KÎ, HŪN, PÚN: 全。

chȧp-chit (< log Chi) [雜質] ⓐ 全。

Chȧp-gȯeh/-*gėh* ⇒ Chȧp-·goȯeh。

Chȧp-gō͘-mê/-*mî* [十五暝] ⓐ 月十五日晚上。

Chȧp-·goȯeh/-·*gėh*/-*gėh*/-*gėh* (< log Sin) [十月] ⓐ 全。

chȧp-hòe-á/-*hè*-/-*hè*- (< log Sin + *á*) [雜貨仔] ⓐ 雜貨
◇ ~-*tiàm* (< log Sin + *á*) [~店] KENG: 雜貨店。

chȧp-hùi (< log) [雜費] ⓐ 全。

chȧp-im (< log Nip) [雜音] ⓐ Ê: 全。

chȧp-it (< Sin) [十一] ⓝ 全
◇ ~-*goȯeh*/-*gėh*/-*gėh* (< log Sin) [~月] 全。

chȧp-jī/-*gī*/-*lī* (< Sin) [十二] ⓝ 全
△ ~ *tiâu sîn-hûn poe-/pe-liáu-liáu* [~條神魂飛了了] 魂飛魄散
◇ ~-*chí-tńg* (< log Nip) [~指腸] TIÂU: 全   [[~月] 全。
◇ ~-·*goȯeh*/-·*gėh*/-*gėh* (< log Sin)

chȧp-jī-hō͘/-*gī*-/-*lī*- [十字號] ⓐ (天主教:) 象徵十字架的符號 ¶*phah* ~ 劃十字。   [[十二生肖] ⓝ 全。

chȧp-jī seⁿ-siùⁿ ‖ -*gī*-‖-*lī*- (< Sin)

chȧp-liām [囃唸] ⓓ ⓕ 嘮叨。

chȧp-mı̍h/-*mnġh*/-*bu̍t* (< col log Sin) [雜物] ⓐ 什物。   [全。

chȧp-pâi (< log Chi) [雜牌] ⓐ [*á*]

chat (< Sin) [節] ⓜ 1. (植物) 兩個關節之間的段落；≃ ham² ¶*chit* ~ *kam-chià* [一~甘蔗] 全 2. 文章組織的一部分 ¶*tē-saⁿ chiuⁿ, tē-sì* ~ [第三章第四~] 全 ⓓ 1. 撙節 ¶~ *teh iōng* [~teh用] 節省著用 2. 用手衡量 ¶~-*khòaⁿ gōa/jōa tāng* [~看gōa重] (拿手) 約約看多重。

chat (< Sin [實]) ⓓ 堵住 ¶*phīⁿ* ~-·*khì* [鼻~去] 鼻子塞住 ⓕ 1. 密實；擁擠；≃ chat-chiⁿ ¶*chiⁿ kà* ~-~ [chiⁿ到~~] a. (塞東西) 塞得滿滿的 b. (人) 擠得滿滿的 2. 不舒暢 ¶*heng-khám-á* ~-~ [胸坎仔~~] 胸口很緊。

chat-khùi [chat气] (< [實氣]) ⓓ 透不過氣；窒息；*cf* choat-khùi。

chat-la̍t [節力] ⓓ 控制所使出的力量 (使不過猛)；量力。

chat-mėh [節脈] ⓓ 把脈。

chat-pak (ant *khang-khak*) [chat腹] (< [實腹]) ⓕ 實心。

chat-phīⁿ [chat鼻] (< [實鼻]) ⓓ 鼻塞；≃ sat-phīⁿ。

chat-thóng-thóng ⓕ (擠得或塞得) 很密實 ¶*sim-koaⁿ* ~ [心肝~] 心情鬱悶。

chau [糟] ⓓ 變憔悴 ⓕ 1. 髒，指衣

châu ⇒ chiâu。   [服 2. 憔悴。

cháu (< Sin) [走] ⓓ 1. 跑步 ¶*Kō͘ kiâⁿ* ·*ê tiō hó, m̄-hó* ~. [Kō͘行·ê就好, m̄好~.] 走路就好，別跑
△ ~ *kà lı̍h kha-thúi* [~到裂腳腿] 跨大腳步逃 (離)   [do.
△ ~ *kà lı̍h khò͘-kha* [~到裂褲腳] 2. 逃脫 ¶*Hoān-lâng khih-ho͘·* ~-·*khì*. [犯人乞ho͘~去.] 犯人逃掉了 3. 規避；逃 ¶~-*hoán* [~反] 逃 (戰) 亂 ¶~-*khong-sip* [~空襲] 躲警報 ¶~-*sòe/-sè* [~稅] 逃稅 4. 離開 ¶*Lâng-kheh* ~ ·*a*. [人客~矣.] 客人走了 ¶*Che thȧh* ~. 把這個拿走 5. (人、動物) 不固定在一個位置 ¶*I kui jı̍t sì-kè* ~, *lóng chhōe-bô lâng*. [伊kui日四界走, 攏chhōe無人.] 他整天到處跑，一直找不到他 6. (定位的物體) 移位，例如描繪時上面的紙移動以致線條不準確 7. 表示從一處到另一處出現 ¶*Lí* ~-*lâi chia chhòng sàⁿ*? [你~來chia創啥?] 你

來這儿幹嗎？¶*Ná ē/ōe ke* ～ *chit ê lâng ·chhut-·lâi?* [哪會加～一個人出來?]怎麼多出一個人來? **8.** (< tr Chi [跑] < tr En *run*) 跑程式。

chàu¹ (< Sin) [灶] 图 ê: 全。

chàu² (< Sin) [奏] 働 **1.** (向皇帝)報告 **2.** 打小報告¶～ *pháiⁿ-ōe* [～歹話] (向有權者)說(某人的)壞話。

chàu³ (< Sin) [奏] 働 演奏¶～ *hong-khîm* [～風琴] 彈風琴。

chāu (< Sin) [找] 働 找(零錢)¶*siu lí chàp khơ, ～ lí gō khơ* [收你十籛,～你五籛]收你十元,找你五元。

cháu-bé-á [走馬仔] 图 ê: 走之, 即漢字162部首變形。

cháu-bē-khì|-*bōe*- [走bē去] 働 免不了¶*Chit keng chhù, chit-chheng bān ～.* [這間厝一千萬～.]這房子至少一千萬元。

cháu-bī [走味] 働 失去原味。

cháu-bōe-khì/-*khù*/-*khừ* ⇒ cháu

cháu-chè [走債] 働 避債。⌊bē-khì。

cháu-cheng [走精] 働 失真。

cháu-chhē/-*chhē̄* ⇒ cháu-chhōe。

cháu-chhia [走車] 働 **1.** 開車(奔波) **2,** 以開車為業。

cháu-chhiùⁿ/-*chhiàng* [走唱] 働 到 ◇ ～-*-ê* ê: 到處賣唱的人。⌊處賣唱

cháu-chhōe/-*chhē̄/-chhē̄* [走chhōe] 働 **1.** (到處)尋找 **2.** 走訪。

cháu-chông [走chông] 働 奔波。

cháu-chúi [走船] 働 隨船航海為生。

chàu-gàk (< log Sin) [奏樂] 働 全。

cháu-hoán [走反] 働 逃(戰)亂。

Chàu-hun-kong (< pop *Chàu-kun-kong* [灶君公]) [灶燻公] 图 ê: 灶

cháu-im [走音] 働 走調儿。⌊神。

cháu kang-ô͘ (< log Chi + tr) [走江湖] 働 跑江湖。⌊CHIAH: 全。

cháu-káu (< log Sin) [走狗] 图 ê,

chàu-kha (< log Sin [灶下] + tr) [灶

腳] 图 KENG: 廚房。⌊图 ê: 灶孔。

chàu-khang [灶khang] (< [灶空])

cháu-khì¹ [走去] 働 (到...)去¶～ *khùn* [～睏]睡覺去了¶～ *mn̄g i chit ê būn-tê* [～問伊一個問題]去問他一個問題。

cháu-·khì² (< SEY) [走去] 働 **1.** 跑掉¶*Chhàt-á ～ ·a.* [賊仔～矣.]小偷跑掉了 **2.** 消失;(無意中)不見(了)¶*Hûn ～ ·a.* [雲～矣.]雲已經(被風吹)走掉了¶*Iáⁿ ～ ·a.* [影～矣.]影子移走了¶*Jit-thâu ～ ·a.* [日頭～矣.]陽光不見了 **3.** 無法固定;脫落;移動¶*Hở-tái koh ～ ·a.* [Hở-tái koh～矣.]綁帶又脫落了¶*Biô ê sî, chóa m̄-thang khih-ho ～.* [描ê時,紙m̄-thang乞ho～.]描繪的時候,別叫紙動了。

chāu-khui [找開] 働 換成零錢¶*chāu-bē-khui* [找bē開]不夠零錢找。

cháu-lâi [走來] 働 (到...)來¶～ *mn̄g góa chit ê būn-tê* [～問我一個問題]來問我一個問題。

cháu-lī [走離] 働 (成功)逃開¶～ *bô chū-iû ê só͘-chāi* [～無自由ê所在]離開不自由的地方¶*cháu-bô-lī* [走無離]來不及逃開。

cháu-lī-lī [走離離] 働 遠遠逃開(到安全的地方)。

cháu-lō͘ [走路] 働 逃亡¶*khiàm lâng chîⁿ, ài～* [欠人錢,愛～]欠人家錢,必須遠避他處
◇ ～ *chèng-khoân/-koân* [～政權] ê: 流亡他處建立的政權
◇ ～-*-ê* ê: 亡命之徒
◇ ～-*tiong* [～中]在逃。

cháu-lông (< log Chi) [走廊] 图 ê, TIÂU: **1.** 狹長的建築物,當通路用 **2.** (< tr En *corridor*) 狹長的谷地等天然通道¶*Gá-jà ～* 加薩走廊¶*Hô-se ～* [河西～]全。

cháu-o̍h [走學] 働 逃學。

cháu-pha-pha [走 pha-pha] 働 到處
跑;奔波; ≃ pha-pha-cháu。

cháu-phiò [走票] 働 "跑票," 即把選
票改投給非原預定的對象。

cháu-pio [走 pio] 働 (正式) 賽跑; cf
cháu-sio-jiok。

cháu-sè/-sè̍ ⇒ cháu-sòe。

cháu-siám [走閃] 働 逃避, 多指責
任、命運。

cháu-sio-jiok [走相 jiok] 働 1. 互相
追逐; ≃ cháu-sio-liȧh 2. 賽跑。

cháu-sio-liȧh [走相掠] 働 互相追
逐; ≃ cháu-sio-jiok⁽¹⁾。

cháu-soaⁿ [走山] 働 (地殼變動引起)
地面隆起或崩陷。　　　　　[散失。

cháu-sòaⁿ [走散] 働 (群體移動時)

cháu-sòe/-sè̍/-sè [走稅] 働 逃稅。

cháu-su (< log Sin) [走私] 働 全
¶liȧh ~ [掠~] 緝私。

cháu-tâi [走台] 働 (選收音機頻道時
無法精確選對而) 轉到其他電台或
被其他電台干擾; cf khàm-tâi。

chàu-téng [灶頂] 图 灶上平台上。

chau-that‖*chiau-* (< *chau-thap <
log Sin [糟踏]) [糟踏] 働 1. 折磨;
欺負; 侮辱; 蹂躪 2. 強暴(女性)。

cháu-thoaⁿ [走攤] 働 "跑攤," 即趕
場; ≃ cháu-tiûⁿ。

cháu-toh [走桌] 图 Ê: 餐桌服務生;
≃ cháu-toh-·ê 働 服務進餐的客人
◇ ~-·ê Ê: 餐桌服務生; 跑堂。

·che (< contr *·chit-·ē¹*; > *·le²*,
q.v.)。

che¹ (< sem < Sin [災]) 尾 圍 對憎
惡的人的稱呼¶*sí-gín-á-~* [死 gín 仔
~] (這個)死孩子 图 B. 瘟疫¶*tiȯh-
~* [著~] 染上瘟疫¶*ke-/koe-~* [雞
~] 雞瘟¶*ti-~* [豬~] 豬瘟。

che² 代 這個; 這些¶*~ sī sahⁿ?* [~是
啥?]這是什麼?。

chê¹ (< contr *chit ê*) 數 一個; ≃ chē-ê
¶*Àh ~ án-ne!* a. 哪裡是這樣! b. 哪

裡可以這樣! ¶*Āu ~ lâng án-ne!*
[Āu~人 án-ne!]哪有人這樣!

chê² (< contr *chē-ē* < *chit-ē³*, q.v.)
尾 一下 連 一(下)...(就)。

chê³/*chôe* (< Sin) [齊] 彤 齊整¶*pâi
ho· ~* [排 ho~]排整齊。

ché/*chí* (< Sin) [姊] 图 全¶*A-liân-~*
[阿蓮~] 蓮姊。

chè¹ (< log Nip < tr En *inter-* < Lat
inter) [際] 尾 全¶*hāu-~* [校~] 全
¶*kok-~* [國~] 全。

chè² (< Sin) [債] 图 PIT: 全。

chè³ (< log Nip) [制] 图 制度¶*lōe-
koh-~* [內閣~] 全¶*bō-peng-~* [募
兵~] 全¶*teng-peng-~* [徵兵~] 全。

chè⁴‖*chè·* (< Sin) [晬] 图 B. (嬰
兒)一週歲¶*tō·-~* q.v. 數 一週歲
¶*~-it* [~一] (嬰兒)一歲又一個月
¶*~-jī* [~二] (嬰兒)一歲又二個月。

chè⁵ (< log Sin) [祭] 働 全。

chè⁶ (< log Nip) [製] 图 製品¶*Che
tá-/tó-chit kok ~ (·ê)?* [Che tá
一國~(·ê)?]這是哪一國的製品?
¶*Tâi-oân-~* [台灣~] 全; ≃ *Oǎn-sé*
働 全; ≃ *chò(e)* ¶*~-peng* [~冰] 全
¶*~-thng* [~糖] 全。

chē¹‖*chē̄* (< Sin) [坐] 働 1. 把臀
部放在其他物體上, 使支撐身體重
量¶*Ū-êng chiah lâi ~.* [有閑才來
~.]有空來玩　　　　　　　[斃
△ *~-leh tán sí* [~ leh 等死] 坐以待
△ *~ pān-kong-toh-á* [~辦公桌仔]
坐在辦公桌前工作(的職業)

　　2. 坐落¶*~ tang, ǹg sai* [~ 東 ǹg
西] 坐東朝西 3. 搭乘¶*chit lâng ~
chit tâi chhia* [一人~一車] 每人各
搭一輛車子。

chē²‖*chôe* (ant *chió*) 彤 多。

chè-bū (< log Nip) [債務] 图 全。

chè-bûn (< log Sin) [祭文] 图 PHIⁿ,
TIUⁿ: 全。「*chiě³ chiě⁰*] 图 Ê: 姊姊。

che-che/-*chě*‖*ché-cheh* (< Chi

chê-chê‖*chôe-chôe* (< log Chi) [齊齊] 働 全 ¶～ *chhiat-tn̄g* [～切斷] 全。　　　[*lâng* [～人]很多人。

chē-chē‖*chōe-chōe* 彫 (有)很多 ¶～

ché-cheh ⇒ che-che。

chè-chhâi (< log Nip) [制裁] 名 全 ¶*keng-chè* ～ [經濟～]全 ¶*kun-sū* ～ [軍事～]全 働 全。

chē-chhia‖*chē-* [坐車] 働 搭車。

chē-chió‖*chōe-* [chē 少] 名 多或少; 數量 働 多多少少; 或多或少。「全

chè-chō (< log Nip < Sin) [製造] 働 △ ～ *sin-bûn* [～新聞]全　　「造人 ◇ ～*-chiá* (< log Nip) [～者] ê: 製 ◇ ～*-giáp* (< log Nip) [～業] ê: 全 ◇ ～*-siang/-siong* (< log) [～商] ê: 全; ≃ mè-kà。

chè-chok (< log Nip) [製作] 働 全。

chè-chú (< log Sin) [債主] 名 ê: 全。

chē-chûn (< Sin) [坐船] 働 搭船。

chē-ê (< *chit ê*; > *chê*[1], q.v.)。

chē-ē (< *chit-ē*[3], q.v.)。

chè-hiàn (< log Chi; *cf* Nip [憲法制定]) [制憲] 働 制定憲法。

chē-hòe‖*chōe-hè/-hè* [chē 歲] 彫 年紀大;年老。　　　　[SU: 全。

chè-hòk (< log Nip) [制服] 名 NIÁ:

ché-hu‖*chí-* (< Sin) [姊夫] 名 ê: 全。

chè-ióh- chhiáng /- *chhiú*ⁿ (< log Chi) [製藥廠] 名 KENG: 全。

chē-kaⁿ [坐監] 働 坐牢。

chè-khoân/-*koân* (< log Nip < tr; *cf* En *credit*) [債權] 名 全。

chè-kǹg ⇒ chè-koàn。

chè-koân ⇒ chè-khoân。

chè-koàn/-*kǹg* (< log Nip) [債券] 名 TIUⁿ: 全。

chè-phín (< log Nip) [製品] 名 全 ¶*sok-ka* ～ [塑膠～]全。

chē-siâm/-*siân* (< log Sin) [坐禪] 働 全。

chē-té/-*tóe* ⇒ chhėh-té。

chè-tēng (< log Chi) [制定] 働 全。

chè-tô͘ (< log Nip) [製圖] 働 全。

chè-tō͘ (< log Nip < Sin) [制度] 名 ê: 全。　　「¶*kat* ～ [結～]搭設祭壇。

chè-tôaⁿ (< log Sin) [祭壇] 名 ê: 全

chē-tóe ⇒ chhėh-té。

chē-toh [坐桌] 働 宴會入席;坐席。

chē-ūi[1] (< log Sin) [坐位] 名 ê, ŪI: 席位; ≃ í-á-ūi。

chē-ūi[2] [坐位] 働 即位。

chè̍ ⇒ chè[4]。

chē̄ ⇒ chē[1]。

cheⁿ‖*chi*ⁿ (< Sin) [爭] 働 1. 競爭 ¶*Nn̄g ê cha-po͘* ～ *chı̍t ê cha-bó.* [兩個查埔～一個查某.]兩男爭一女 2. 爭執 ¶～*-kóng boeh/beh khòa*ⁿ *tá-chı̍t tâi* [～講欲看tá一台]吵著要看哪一(家電視)台。

chéⁿ‖*chí*ⁿ (< Sin) [井] 名 ê, KHÁU, LIÁP: 水井; ≃ kó͘-chéⁿ。

chèⁿ‖*chì*ⁿ (< Sin) [諍] 働 辯論 ¶*gâu* ～ **a.** 雄辯 **b.** 好辯; ≃ ài chèⁿ。

chéⁿ-chúi‖*chí*ⁿ- (< Sin) [井水] 名 全; ≃ kó͘-chéⁿ-chúi。

cheh ‖*choeh*‖*chiat* (< Sin) [節] 名 1. ê: 民間傳統的節日 ¶*kòe-nî-kòe-*～ [過年過～]全 2. B. 紀念日;節慶; ⇒ chiat[1]。

cheh-jı̍t/-*gı̍t*‖*choeh-jı̍t/-lı̍t*‖*chiat-jı̍t /-gı̍t/-lı̍t* (< col log Sin) [節日] 名 ê: 全。

chek[1]‖*chip* (< Sin) [叔] 名 1. 叔叔 ¶*A-siâng-*～ [阿祥～]名為「祥」的叔叔 2. 丈夫的弟弟。

chek[2] [燭] 量 燭光; ≃ chek-kng。

chek[3]‖*jek* 働 (把流體或軟膏從孔穴)擠(出) ¶～ *khí-ko* [～齒膏]擠牙膏 ¶～ *liáp-á-lâng* [～粒仔膿]把疙瘩的膿包擠破擠出。

chek⁴ 働 **1.**（直而硬的東西）受垂直的擠壓 ¶*chéng-/chńg-thâu-á ~-·tiòh* [指頭仔～著] 手指頭碰傷 **2.** 折（直而硬的東西） ¶*~ kut* 把宰過的禽類的腳折進腹腔、把翅膀折在腋下。　　　「*~-tiâu ·leh.* 積水。

chek⁵ (< log Sin) [積] 働 積聚 ¶*Chúi*

chèk‖*chip* (< log Sin) [籍] 名 **B.** 仝 ¶*Tâi-oân-~* [台灣～] 仝。

chek-chúi (< log Chi) [積水] 働 仝；≃ *tù-chúi* ¶*tē-hā-sit ~* [地下室～] 仝。　　「Nip] [責任] 名 ê: 仝

chek-jīm/-gīm/-līm‖*chit-* (< log ◇ *~-kám* (< log Nip) [～感] ê: 仝。

chek-kėk (< log Nip < tr; *cf* En *positive*) [積極] 形 仝。

chėk-koàn ⇒ *chip-koàn*。

chek-kong [叔公] 名 ê: 叔祖父 ◇ *~-thài* [～太] ê: 叔曾祖父。

chek-peh [叔伯] 形 堂；從 ¶*~ a-hia^n* [～阿兄] ê: 堂兄；從兄 ¶*~ hia^n-tī* [～兄弟] ê: 堂兄弟；從兄弟。

chek-pī (< log Sin) [責備] 働 仝。

cheng¹ (< Sin) [鐘] 名 **1.** ê, LIÀP: 樂器 ¶*khà ~* 敲鐘 ¶*khau ~* do. ¶*kòng ~* [摃～] do. **2. B.** 計時單位 ¶*gō· hun-~* [五分～] 仝。

cheng² (< Sin) [舂] 働 **1.** 搗 ¶*~ bí* [～米] 搗米 **2.** 搥（泥土等）使堅硬；≃ *tûi* **3.** 拳打 **4.** 撞；≃ *chông* ¶*chhia sio-~* [車相～] 汽車對撞 ¶*~-tiòh piah* [～著壁] 撞到牆壁。

cheng³/*chia^n* (< log Sin; *ant gōng*) [精] 形 精明。

cheng¹‖*chiân* [前] 首 (< col log Chi < tr En *pre-* < Lat *prae-*) 仝 ¶*~-Lí-Teng-hui sî-tāi* [～李登輝時代] 仝。

cheng² (< log Sin) [情] 名 ê, TŌA^n: 仝 ¶*~ tn̄g, iân bô tn̄g.* [～斷，緣無斷.] 兩人已經沒有感情，但還無法分離 ¶*hiang-/hiong-thó·-~* [鄉土～] 仝 ¶*Tâi-oân-~* [台灣～] 仝。

chêng³ (< log Sin) [前] 名 **1.** 前頭 ¶*kò· ~, bô kò· āu* [顧～無顧後] 顧前不顧後 ¶*chhù-~* [厝～] 房子前面 **2.** 之前 ¶*bô-kúi jit ~* [無幾日～] 前幾天 ¶*chàp nî ~* [十年～] 仝 **3.** 此前 ¶*~ bô-gōa kú* [～無 gōa 久] 前不久 形 上一（個） ¶*~ (chit) pái* [～（一）擺] 上一次。

chéng¹ (< log Sin) [種] 名 [á] ê: 種籽；遺傳的媒介；≃ *chéng-á* ¶*hoe-~* [花～] 花的種籽、球莖等 ¶*lâu ~* [留～] 留個種 働 (< sem) 受遺傳 ¶*~-tiòh in lāu-pē ê im-gàk thian-châi* [～著 in 老父 ê 音樂天才] 遺傳到他父親的音樂天才。

chéng² [種] 量 種類；⇒ *chióng²*。

chéng³ (< log Sin) [腫] 働 形 腫脹；≃ *hàng*。　　　「*hoe* [～花] 仝

chèng (< log Sin) [種] 名 働 栽種 ¶△ *~ chhùi-khí* (< tr Chi) [～嘴齒] 植牙。

chēng¹ (< log Sin) [靜] 形 仝 ¶*Chia chin ~.* [Chia 真～.] 這儿很安靜。

chēng² (< dia **chêng* < Sin [從]) 介 自從 ¶*~ kó·-chá kàu ta^n* [～古早到今] 從古至今。

chêng-ang [前翁] 名 ê: 前夫。

chêng-āu‖*chiân-* (< col log Sin) [前後] 名 **1.** 某時間點之前與後 ¶*it-kiú-sù-kiú nî ~* [1949 年～] 仝 ¶*~ mâu-tún* [～矛盾] 仝 **2.** 由開始到結束的整段時間；≃ *thâu-bóe* ¶*~ bô kà sa^n hun-cheng* [～無到三分鐘] 前後不到三分鐘 形 在前的與在 ◇ *~-jīm* (< log) [～任] 仝。　「後的

chèng-bêng (< log Nip < Sin) [證明] 名 ê: 仝 働 仝　　　「TIU^n: 仝。 ◇ *~-si/-su* (< log Nip) [～書] HŪN,

cheng-bit (< log Nip < sem Sin) [精密] 形 仝 ¶*~ ê gî-khì* [～ê 儀器] 仝。

chêng-bó· [前某] 名 ê: 前妻。

chèng-bū-koaⁿ (< log Nip) [政務官] ⓖ ê: 全。

chêng-chảh [前閘] ⓖ TÈ: (汽車)前面的擋風玻璃；≃ chêng-tòng。

chêng-chām (< log Chi) [前站] ⓖ 全；≃ chêng-iảh。　　　　「ⓗ 全。

chéng-chê/-chôe (< log Sin) [整齊]

cheng-chha [增差] ⓖ 差別 ¶bô ～ [無～]沒有差別 ⓗ 差 ¶～ bô chē/chôe [～無 chē]相差不多 ⓛ 只是；差只差；唯一不同的地方是 ¶Che hó, sī hó, ～ liòh-á siuⁿ kùi. [Che好是好，～略仔siuⁿ貴.]這東西好是好，只是貴了些。　　　「[精彩]ⓗ 全。

cheng-chhái (< log Nip < sem Sin)

cheng-chhat-ki (< log Nip) [偵察機] ⓖ TÂI: 全。

chèng-chhek (< log Nip < tr; cf En policy) [政策] ⓖ ê: 全。

cheng-chhú/-chhí/-chh́ (< log Sin) [爭取] ⓗ 全。

chéng-chí kàu-su (< log Chi) [種籽教師] ⓖ ê: 種子教師。

cheng-chip (< log Sin) [爭執] ⓖ ⓗ

chēng-chō (< log Chi < tr En sit-in) [靜坐] ⓗ 全 ¶～ khòng-gī [～抗議]全。

chéng-chôe ⇒ chéng-chê。　　　「種。

chèng-choh (< log Sin) [種作] ⓗ 耕

chéng-chòk ⇒ chióng-chòk。　　「全

cheng-chong (< log Chi) [精裝] ⓗ ◇ ～-pún (< log Chi) [～本] PÚN: 全。　　　　　　　　　「BÓE: 全。

cheng-chú (< log Nip) [精子] ⓖ

chèng-chu [種疽] ⓗ 種痘。

cheng-eng (< log Chi < tr Fr élite) [菁英] ⓖ ê: 全。　　　　「全。

chèng-gī (< log Sin) [正義] ⓖ ⓗ ◇ ～-kám (< log Nip) [～感] ê: 全。

cheng-gī-sèng (< log Chi) [爭議性] ⓖ 全 ⓗ 有爭議性的 ¶～ ê jîn-bùt [～ê人物]爭議性人物。

chêng-goān (< log Sin) [情願] ⓗ 全 ¶Kiò i khì, i chin m̄-～ [叫伊去，伊真m̄～]叫他去，他很不甘願 ⓛ 全 ¶m̄-～ khì [m̄～去]不願意去。

chéng-hảp (< log Chi) [整合] ⓗ 全。

chèng-hāu-kûn (< log Nip < tr NLat sydrome) [症候群] ⓖ ê: 全。

chêng-hêng (< log Sin) [情形] ⓖ ê: 全。

cheng-hôa (< log Sin) [精華] ⓖ 全。

cheng-hoat (< log Nip < tr; cf En evaporate) [蒸發] ⓗ 全；≃ hui-hoat。

cheng-hòk (< log Nip) [征服] ⓗ 全。

chèng-hú (< log Nip) [政府] ⓖ ê: 全。

chèng-hun (< log Chi) [證婚] ⓖ 全 ◇ ～-jîn/-gîn/-lîn/-lâng (< log Chi) [～人] ê: 全。

**chēng-í-sòe | -ī- ‖ chēng-ú-sè | -ū- ‖ chēng-í́-sè́ | -ī̄- (< log Nip) [贈與稅] ⓖ 全。　　　「養]ⓗ 全。

chēng-iáng/- ióng (< log Nip) [靜

chéng-iông (< log Chi; cf Nip [美容整形]) [整容] ⓗ 全。

chēng-ióng ⇒ chēng-iáng。

**chêng-jīm /-gīm /-līm ‖ chiân- (< col log Sin) [前任] ⓖ ê: 全 ⓗ 全 ¶～ (ê) chóng-thóng [～ê總統]前任總統。　　　　「人] ⓖ ê: 全。

chèng-jîn/-gîn/-lîn (< log Nip) [證

**Chêng-jîn-cheh /-choeh /-chiat | -gîn- | -lîn- (< log Chi < tr En Valentine's Day) [情人節] ⓖ 全。

**cheng-ka ‖ chēng- (< log Nip) [增加] ⓗ 全。

**chéng-kah ‖ chńg- (< Sin) [指甲] ⓖ KI, TÈ: 全 ¶ka ～ [鉸～]剪指甲 ¶kha-～ [腳～]腳指甲 ◇ ～-iû [～油]蔻丹

◇ ~-*sian* 指甲裡的污垢

◇ ~-*to*(-*á*) [~刀(仔)] KI: 指甲刀。

chêng-kat (< log Chi < tr; *cf* En *complex*) [情結] 图 Ê: 全¶*Tâi-oân* ~ [台灣~] 全。

chēng-kàu-ta^n [chēng 到 ta^n] (< [從□□]) 劂 至今; 從來。

chèng-kėk ⇒ chèng-kiȯk。

chèng-keng (< log Sin) [正經] 围 **1.** 不開玩笑¶*Mài sńg, khah* ~ ·*le.* [Mài sńg, 較~ ·le.] 不要玩(笑), 正經 點儿¶~ *tāi-chì* [~代誌] 正事 **2.** 真 實的¶*kóng* ~-·*ê* [講~·ê] 不瞞你說 劂 **1.** 不開玩笑¶~ *kóng* [~講] 正 經點說; 老實說 **2.** 真正¶~ *kiò i lâi, chiah m̄ lâi.* [~叫伊來才 m̄ 來.] (真 的) 叫他來的時候反而不來了。

chêng-kha (< Sin) [前腳] 图 KI: 前 腿。 「全。

chèng-khak (< log Nip) [正確] 围

chèng-kheh (< log Nip) [政客] 图 Ê: 全。 「牙。

chêng-khí (< Sin) [前齒] 图 KHÍ: 門

chèng-khoân/-*koân* (< log Nip) [政 權] 图 Ê: 全。

cheng-khū (< Sin) [舂臼] 图 [á] Ê, LIȦP: 臼 「chan(-khí)

◇ ~-*khí* [~齒] KHÍ: 臼齒; ≃ āu-

◇ ~-*thûi* [~槌] KI: 舂杵。

chèng-kì/-*kì^n*/-*kù*/-*kì* (< log Sin) [證據] 图 Ê: 全。 「HĀNG: 全。

chèng-kiā^n (< log Sin) [證件] 图 Ê,

chèng-kiàn (< log Nip) [政見] 图 Ê: 全。 「图 全。

chèng-kiȯk/-*kėk* (< log Nip) [政局]

chèng-koân ⇒ chèng-khoân。

chèng-koàn (< log Nip) [證券] 图 TIU^n: 全

◇ ~-*hâng* (< log) [~行] KENG: 全。

chèng-kù ⇒ chèng-kì。

chèng-lâng‖*chiòng*- (< log Sin) [眾 人] 图 全; ≃ tȧk-kē/-ke

△ ~ *chai* [~知] 眾所周知。

cheng-lâu (< log Sin) [鐘樓] 图 Ê, CHŌ: 全。

chéng-leng [腫奶] 劂 **1.** (女性) 乳房 開始發育 **2.** (男性青春期) 乳房腫 痛。

chêng-lí (< log Sin) [情理] 图 道理。

chéng-lí (< log Nip < Sin) [整理] 劂 全。

chêng-lián [前 lián] 图 LIÁN: 前輪。

cheng-liû-chúi (< log Nip) [蒸餾水]

chéng-lūi ⇒ chióng-lūi。 ⌊图 全。

chèng-lūn-ka (< log Nip) [政論家] 图 Ê: 全。

cheng-mėh (< log Nip < tr; *cf* En *vein*) [靜脈] 图 TIÂU: 全; ≃ chhe^n-kin(2)。 「[戰] 图 TIŪ^n: 全。

cheng- pà- chiàn (< log Nip) [爭霸

cheng-pà-pà [精 pà-pà] 围 很精明。

chèng-phài ⇒ chià^n-phài。

chèng-piàn (< log Nip < tr Fr *coup d'État*) [政變] 图 PÁI: 全。

chêng-pò (< log Nip < tr; *cf* En *information*/*intelligence*) [情報] 图 Ê, KIĀ^n: 全。

chêng-sè^1 图 前生; ⇒ chêng-sì。

chêng-sè^2 (< log Chi) [情勢] 图 Ê: 全¶~ *tùi lán iú-lī.* [~對咱有利.] 情 勢對我們有利。

cheng- se^n- á|-*si^n*- [精牲仔] 图 CHIAH: 家畜、家禽。

chèng-sek/-*sit*‖*chià^n*- (< log Nip) [正式] 围 全¶*hui*-~ [非~] 全。

chêng-sì/-*sè* (< log Sin) [前世] 图 前生; ≃ chêng-se^n-sì; ≃ chêng-sì-lâng。 「图 TIŪ^n: 全。

chèng-si/-*su*/-*sì* (< log Nip) [證書]

chêng-sì-lâng (v *chêng-sì*; ant *āu-sì-lâng*) [前世人] 图 前生。

cheng-si^n-á ⇒ cheng-se^n-á。

cheng- sia^n (< log Sin) [鐘聲] 图

SIAⁿ: 全。　　　　　　　[常] 圈 全

chèng-siâng/-*siông* (< log Nip) [正
◇ ~-*hòa* (< log Nip) [～化] 全。

cheng-sîn (< log Nip < Sin) [精神]
图 全
◇ ~ *hun-liàt* (< log Nip < tr NLat
schizophrenia) [～分裂] 全　「全
◇ ~-*pē ⁿ*/-*pī ⁿ* (< log Nip) [～病]
◇ ~-*siāng*/-*siōng* (< log Chi) [～
上] 全
働 (< sem) 醒覺 ¶*phah* ~ 吵醒 圈
(< sem) 清醒。

chèng-siông ⇒ chèng-siâng。

chèng-sit ⇒ chèng-sek。

chèng-sit (< log Chi) [證實] 働 全。

cheng-siu (< log Sin) [征收] (< [徵
收]) 働 全。　　　　　 [图 全。

chêng-sū/-*sī*/-*sṳ* (< log Chi) [情緒]

chèng-su ⇒ chèng-si。

chêng-sū-hòa|-*sī*- (< log Chi) [情緒
化] 働 全。

cheng-tát-sòe/-*sè*/-*sè*|-*tắt*- (< col
log Chi) [增值稅] 働 全。　「全。

chêng-ték (< log Sin) [情敵] 图 Ê:

chèng-ték (< log Nip) [政敵] 图 Ê:
全。

cheng-tèng (< log Sin) [增訂] 働 全
◇ ~-*pún* (< log Sin) [～本] 全。

cheng-thàm (< log Nip) [偵探] 图
Ê: 全。

chèng-thâu [症頭] 图 Ê: 1. 症狀 2. 病
症 ¶*kāng* ~ [全～] 有相同缺點；一丘
之貉。

chéng-thâu-á ‖*chńg*- (< Sin + *á*)
[指頭仔] 图 KI, CHÁIⁿ: 指頭 ¶*kha*-
◇ ~-*bé* ⇒ ~-*bóe* ⌊[腳～] 腳指頭
◇ ~-*bàk* [～目] Ê: 指頭關節
◇ ~-*bóe*/-*bé* [～尾] 指尖
◇ ~-*phāng* [～縫] Ê, PHĀNG: 指頭
間的空隙。

chéng-thâu-bó/-*bú* ‖*chńg-thâu-bú*

[指頭母] 图 KI, CHÁIⁿ: 拇指；≃
tōa-pū-bó/-ong。

cheng-thé‖*chi ⁿ*- (< log Chi < tr En
crystal) [晶體] 图 LIÀP, TÈ: 全。

chèng-thé (< log Nip) [政體] 图 Ê:
全。　　　　　　　　 [性] 图 全。

chéng- thé- sèng (< log Chi) [整體

chèng-thóng ⇒ chiàⁿ-thóng。

chèng-tī (< log Nip) [政治] 图 全
¶*chhap* ~ 問政
◇ ~-*hàk* (< log Nip) [～學] 全
◇ ~ *hiàn-kim* (< log Nip) [～獻金]
PIT: 全
◇ ~-*hòa* (< log Chi) [～化] 全
¶*hoàn*-~-*hòa* [泛～化] 全
◇ ~-*hoān* (< log Nip) [～犯] Ê: 全
◇ ~-*ka* (< log Nip) [～家] Ê: 全
圈 働 (用) 政治手腕的；政治上的
◇ ~ *kái-koat* (< log Chi) [～解決]
全
◇ ~ *pek-hāi* (< log) [～迫害] 全。

chèng-tī pì-hō͘ (< log Chi < tr En
political asylum; *cf* Nip [政治犯庇
護]) [政治庇護] 全

chèng-tī sit-thé (< log Chi) [政治
實體] 图 Ê: 全。　「位] 图 Ê: 全。

chêng-tī tan-ūi (< log Chi) [情治單

chèng-tit (< log Sin) [正直] 圈 全。

cheng - tit - sòe/-*sè*/-*sè* ⇒ cheng-
tát-sòe

chêng-tôaⁿ (< log) [政壇] 图 全。

chêng-tòng (*cf* Chi [擋風玻璃]) [前
擋] 图 (汽車) 前面的擋風玻璃；≃
chêng-chàh。　　　　　　 「全。

chèng-tong (< log Nip) [正當] 圈

chèng-tóng (< log Nip) [政黨] 图
Ê, TÓNG: 全
◇ ~ *chèng-tī* (< log Nip < tr En
party government/politics) [～政
治] 全
◇ ~ *lûn-thè* (< log Chi) [～輪

替]仝。 「[名]仝。

chèng-tong-sèng (< log) [正當性]

chéng-tùn (< log Sin) [整頓] [動] 仝。

chēng-ú-sòe/-*sè*/-*sè̤*|-*ū*- ⇒ chēng-í-sòe。

chha (< log Sin) [差] [名] (< log Chi < sem) (數學上的) 差數 [動] 相差 ¶~ *chē/chōe ·le ò!* 那可差得多了! ¶~ *chi̍t-sut-á poa̍h-tó* [~ 一sut仔poa̍h倒] 差點儿跌倒 [形] 低劣; 差勁。

chhâ¹ (< Sin) [柴] [名] KHO͘, KI, TÈ: **1.** 木頭 **2.** 木料 **3.** 柴薪 ¶*chhò-*~ 砍柴 ¶*hiâⁿ* ~ [燃~] 用木柴當燃料 ¶*khioh-*~ 撿柴薪 ¶*phòa-*~ [破~] 劈柴 [形] **1.** 木製的 ¶~ *siuⁿ-á* [~箱仔] 木箱 **2.** (< sem) (動作) 生硬 **3.** (< sem) 呆滯。

chhâ² [查] ⇒ cha。

chhá¹ (< Sin) [吵] [動] 仝 ¶*Mài kā* ~. 別吵我 [形] 仝 ¶*Chia chin* ~. [Chia 真~.] 這儿很吵。

chhá² (< Sin) [炒] [動] **1.** 在少量熱油中翻動食物使熟 **2.** (< log Chi < sem) 反覆談論同一議題, 貶意 **3.** (< log Chi < sem) 做投機生意 ¶~ *tē-phôe/tōe-phê* (< log Chi < Shang) [~地皮] 仝 [形] 炒的 ¶*bí-hún-*~ [米粉~] 炒的米粉。

chhā [象] 炒菜等時熱油遇水的聲音 ¶~-~-*kiò* [~~叫] (炒菜等) 沙沙響。

chhă (< contr *chhâ-á*, q.v.)。

chhâ-á (> *chhă*) [柴仔] [名] KI: 沒有杈椏的小樹枝。

chhă-·à [象] 放大量東西進熱鍋時頓時發出的聲音。

chhâ-á-ki (> *chhă-ki*) [柴仔枝] [名] KI: 沒有杈的小樹枝; ≃ chhâ-á。

chhâ-bí iû-iâm (< log Sin) [柴米油鹽] [名] 仝。

chhá-chhá-nāu-nāu (< log Sin) [吵吵鬧鬧] [動] 爭吵 [形] 很嘈雜。

chhá-chhéⁿ/-*chhíⁿ* (< Sin) [吵醒] [動] 仝; ≃ chhá-cheng-sîn。

chha-chhò (< log Sin) [差錯] [名] Ê: 意外的錯誤; ≃ tâⁿ ¶*Nā ū sáⁿ-mih* ~, *boeh/beh chhōe chiâ sǹg-siàu?* [若有啥麼~, 欲chhōe chiâ算賬?] 如果有什麼差錯, 要找誰算帳?

chhá-chok (< log Chi) [炒作] [動] 仝 ¶~ *kó͘-phiò* [~股票] 仝。 「仝。

chha-gia̍h (< log Nip) [差額] [名] Ê: 仝。

chhâ-hî [柴魚] [名] BÓE, KHO͘: 鰹魚干; ≃ chhâ-kho͘-hî。

chhâ-hō-tâi ⇒ cha-hō-tâi。

chhâ-iû (< log Chi) [柴油] [名] 仝。

chhâ-kho͘ [柴箍] [名] KHO͘: **1.** 切成小段的樹幹或大樹枝 **2.** 木頭
◇ ~-*hî* [~魚] BÓE, KHO͘: 鰹魚干; ≃ chhâ-hî。

chhă-ki (< contr *chhâ-á-ki*, q.v.)。

chhâ-kia̍h [柴屐] [名] SIANG, KHA: 木屐; ≃ ba̍k-kia̍h
◇ ~-*hīⁿ* [~耳] Ê: 木屐的襻儿。

chhâ-liâu [柴寮] [名] Ê, KENG: 貯藏柴薪的棚子; *cf* chhâ-liâu-á。

chhâ-liāu [柴料] [名] 木料。

chhâ-liâu-á (v *liâu-á*) [柴寮仔] [名] KENG: 木頭搭的棚子; *cf* chhâ-liâu。

chhá-mī (< log Sin) [炒麵] [名] 仝。

chhâ-phiò-oân ⇒ cha-phiò-oân。

chha-pia̍t (< log Nip) [差別] [名] **1.** 不同; ≃ cheng-chha ¶*bô sáⁿ-mí* ~ [無啥麼~] 沒什麼差別 **2.** TŌAⁿ: 差距 ¶*ū chi̍t tōaⁿ chin tōa ê* ~ [有一段真大ê~] 有一段很大的差別
◇ ~ *thāi-gū* (< log Nip) [~待遇] 仝。

chhá-pn̄g (< log Sin) [炒飯] [名] 仝。

chha-put-to (< log Sin) [差不多] [形] [*á*] **1.** 相去不遠 **2.** (< sem) 行為不放肆 ¶*Lí khah* ~(-*á*) *·le ·he!* [你較~(仔) ·le ·he!] 你規矩一點, 好不好!

chhâ-siàng/-*siōng* [柴像] ⓐ SIAN:

chhâ-siàu ⇒ cha-siàu。　└木雕像。

chhá-siâu [吵 siâu] ⓐ ⓓ 打擾；胡
鬧；≃ chhá¹(-lā)。

chhá-sin-niû [吵新娘] ⓓ 鬧洞房。

chhâ-siōng ⇒ chhâ-siàng。

chhâ-thâu [柴頭] ⓐ KHO͘, KHIAN:
1. 木頭 ¶*chit kho͘ ná* ~ ·*le* [一箍 ná
~咧] 像木頭人一般 (不靈活或叫不
動)
◊ ~ *ang-á* [~尫仔] SIAN: **a.** 木偶；
木頭人 **b.** 無表情、無反應的人
2. 反應不良或不會用頭腦的人。

chhâ-tiam [柴砧] ⓐ TÈ: 劈柴時當砧
子用的木頭。　　　　　└子。

chhâ-to [柴刀] ⓐ KI: 砍枝幹用的刀

chháⁿ ⓓ 從腋下抓手臂扶住；≃
chhah²。　　　　　　　└chhāiⁿ。

chhàn‖*chhāⁿ* ⓢ 鐃鈸聲；≃ chhàin/

chhah ¹ (< Sin) [插] ⓓ **1.** 刺入 (並
讓其留住該處)¶*Chit lúi hoe* ~ *tī
gû-sái.* [一蕊花插~tī牛屎.] 一朵花插
在牛糞上 **2.** 埋枝子使生根，例如甘
薯的藤；≃ tiâm² ¶~-*oe* q.v.

chhah² ⓓ 攙；扶；≃ chháⁿ；≃ hû-
chhah。　　　　　　└枝] 打個賭。

chhah³ 俚 ⓓ 打賭 ¶~ ·*chit ·ki* [~一

chhah-chhiú‖*chha-* [插手] ⓓ 抄
手儿，即把手交叉放在胸前。

chhah-chō (< log Chi) [插座] ⓐ
ê: 全。　　　└**2.** 插入無關的事或話。

chhah-hoe-á [插花仔] ⓓ **1.** 插一手

chhah-io (< log Sin) [插腰] ⓓ 全。

chhah-kóng [插 kóng] ⓐ TIÂU: 插入
體內的導管　ⓓ (< log Chi) 插鼻
管、胃管、導尿管等。

chhah-oe [插椏] ⓓ 插枝。

chhah-pan (< log Chi) [插班] ⓓ 全
◊ ~-*seng* (< log Chi) [~生] ê: 全。

chhah-pò/-*pò͘* (< log Chi) [插播]
ⓓ 全。

chhah-thâu (< log Chi) [插頭] ⓐ
LIÁP: 全。　　　　　　└ⓓ 插繪。

chhah-tô͘ (< log) [插圖] ⓐ TIUⁿ: 全

chhah-tūi (< log Chi) [插隊] ⓓ 全。

chhâi (< Sin) [裁] ⓠ 計算切開 (成
疊) 的紙張的單位　ⓓ **1.** 切 ¶~ *chóa*
[~紙] 全 **2.** 裁減 ¶~ *nn̄g bān ê oân-
kang* [~兩萬個員工] 全。

chhài (< Sin) [菜] ⓐ **1.** CHÂNG: 蔬
菜，包括根、莖、葉各類 **2.** 烹飪用
食物，包括肉類 **3.** CHHUT: 下飯的副
食品；≃ mih-/mih-phòe **4.** 素食。

chhāi ⓓ **1.** 豎；樹立 ¶~ *thiāu-á* [~
柱仔] 樹立柱子 **2.** 不動地站著；(獸
類) 不動地坐著；(高的東西) 不動地
放著 ¶~ *nn̄g chiah chiòh-sai* [~兩
隻石獅] 放兩隻石獅 **3.** 放置 (在爐
火上)；≃ tǹg² **4.** 供奉 ¶~ *kong-má*
[~公媽] 安放祖先的神主牌並予祭
拜 ¶~ *sîn-bêng* [~神明] 安置神位
ⓠ 個子 ¶*chit* ~ *chin tōa-*~ [一~
真大~] 高頭大馬。　　　　　└鴨。

chhài-ah [菜鴨] ⓐ [*á*] CHIAH: 食用

chhài-bé/-*bóe* (< log Sin) [採買] ⓐ
ê: 全　ⓓ 全。

chhài-bé/-*bé* ⇒ chhài-bóe。

chhái-bit (< log Sin) [採蜜] ⓓ 全。

chhái-bóe ⇒ chhái-bé。　　　└菜。

chhài-bóe/-*bé*/-*bé* [菜尾] ⓐ [*á*] 剩

chhài-châng [菜欉] ⓐ CHÂNG: 菜的
株。　　　　　　└ⓐ ê: 菜市場

chhài-chhī-á (< Sin + *á*) [菜市仔]
◊ ~-*miâ* [~名] ê: 很普遍的名字。

chhài-chhoah-á [菜 chhoah 仔] (<
[菜礤□]) ⓐ KI: 礤菜儿，即刨果菜
成條狀或絲狀的器具。

chhái-chhú/-*chhí* (< log Sin) [採
取] ⓓ 全 ¶*hông khi-hū-káh, koh iáu
m̄* ~ *hêng-tōng* [hông 欺負 káh, koh
天 m̄~行動] 被人家欺負得很屬
害，卻還不採取行動。

chhài-chí (< Sin) [菜籽] (名) LIÀP: 菜
子。

chhài-chiáu [菜鳥] (名) [á] 1. CHIAH:
無能參與比賽的鴿子; ≃ chhài-kap
2. Ê, CHIAH: 新手。

chhái-chip (< log Sin) [採集] (動) 全。

chhái-ēng ⇒ chhái-iōng。

chhâi-goân ⇒ chhâi-oân。

chhài-hiòh (< Sin) [菜葉] (< [菜箬])
(名) [á] HIÒH: 菜的葉子。

chhài-hn̂g (< Sin) [菜園] (名) [á] Ê,
KHU: 菜園子。

chhài-hoe [菜花] (名) CHÂNG, LIÀP: 花
椰菜; ≃ hoe-chhài。

chhâi-hông (< log Sin) [裁縫] (名)
1. 縫紉工作 ¶chò/chòe ~ [做～] 縫
紉; 當裁縫師 2. ê: 裁縫師傅。「全。

chhái-hóng (< log Sin) [採訪] (動)

chhài-iàn [菜燕] (名) 1. CHÂNG, KI: 石
花菜 2. 果凍。　　　　　「(動) 全。

chhài-iōng/-ēng (< log Nip) [採用]

chhài-ko͘ (ant chhài-kong) [菜姑]
(名) ê: 吃齋修行的女人。

chhài-kó͘ [菜kó͘] (名) KÓ͘: 菜畦。

chhài-koaⁿ [菜乾] (名) 霉乾菜。

chhái-koàn/-kǹg (< log Chi) [彩券]
(名) TIUⁿ: 全; ≃ chhái-phiò。

chhài-koe [菜瓜] (名) TIÂU: 絲瓜
◇ ~-pò͘ [～布] TÈ, TIÂU: 全。

chhài-kong (ant chhài-ko͘) [菜公]
(名) ê: 吃齋修行的男人。

chhâi-kun (< log Chi < tr En disar-
mament) [裁軍] (動) 全。

chhài-kut [菜骨] (名) KI: 菜莖。

chhái-la̍p (< log Chi) [採納] (動) 全。

chhài-nâ (< Sin) [菜籃] (名) [á] KHA:
菜籃子。　　　　　　　　　「(動) 全。

chhâi-oân/-goân (< log Chi) [裁員]

chhài-pau (< log Sin) [菜包] (名) LIÀP:
全。

chhâi-phòaⁿ (< log Nip) [裁判] (名)

ê: 全 (動) 全。

chhài-pó͘ [菜脯] (名) TIÂU: 蘿蔔乾
◇ ~-bí [～米] LIÀP: 細蘿蔔絲乾
◇ ~-n̄g [～卵] TÈ: 蘿蔔乾煎蛋。

chhái-sek (< log) [彩色] (名) 全。

chhài-sek [菜色] (名) 菜肴的種類。

chhài-sim¹ [菜心] (名) KI: 菜薹。

chhài-sim² (< Sin) [菜心] (名) LIÀP:
菜心ㄦ。　　　　　　　　　「子。

chhài-tàⁿ-á [菜擔仔] (名) TÀⁿ: 菜攤

chhài-tāu [菜豆] (名) [á] CHÂNG, TIÂU:
豇豆; ≃ tn̂g-tāu-á。

chhài-té/-tóe [菜底] (名) 炒魚、肉所
用陪襯的蔬菜。

chhài-thâng [菜虫] (名) 1. BÓE: 菜青
蟲 2. ê, BÓE, CHIAH: 剝削菜農與消
費者的中盤商。

chhái-thâu (< sem log Sin) [彩頭]
(名) ê: 兆頭 ¶hó ~ [好～] 吉兆 ¶pháiⁿ
~ [歹～] 凶兆。　　　　　　「蘿蔔

chhài-thâu [菜頭] (名) CHÂNG, TIÂU:
◇ ~-kóe/-ké [～粿] SN̂G, KAK, TÈ:
◇ ~-thng [～湯] 蘿蔔湯。｜蘿蔔糕

chhài-tn̂g [菜堂] (名) KENG: 吃齋的人
供佛的公共場所。

chhài-to (< Sin) [菜刀] (名) KI: 全。

chhài-toaⁿ (< log Sin) [菜單] (名)

chhài-tóe ⇒ chhài-té。　　「TIUⁿ: 全。

chhài-tû [菜櫥] (名) [á] ê: 家裡放剩菜
或餐館放小菜的櫥子。

chhaiⁿ ⇒ chheng¹。

chháiⁿ ⇒ chhéng²。

chhàiⁿ‖chhāiⁿ ⇒ chhàn/chhāⁿ。

chha̍k (< Sin) [鑿] (動) 1. 用鑿子
刻 ¶~ chit khang 鑿個孔 2. 刺 ¶~-
tiòh chhì [～著莿] 扎了個刺 ¶~-tiòh
i ê sim [～著伊ê心] 刺傷了他的心
3. 諷刺; ≃ khau³; ≃ siah² (形) 令人
有針刺的感覺, 例如粗毛衣。

chha̍k-á‖chhat- [chha̍k仔] (名) KN̂G,
PAK: 書畫軸。

chhȧk-á [鑿仔] 働 KI: 鑿子；鏨子。

chhȧk-bȧk [鑿目] 働 耀眼／刺眼,指
光線。   「働 打孔；鑿孔；扎孔。

chhȧk-khang [鑿 khang] (< [鑿空])

chham ¹ (< Sin) [摻] 働 1. 攙 (作
料) ¶Chhài bē-/bōe-kì-tit ~ iâm.
[菜 bē 記得～鹽.] 菜忘了下鹽巴
2. 攙；混雜；≃ lām ¶Bô-kāng sek
ê saⁿ mài ~-chò-hóe sé. [無仝色
ê 衫 mài～做伙洗.] 不同顏色的衣服
別混在一起洗。

chham² 介 連 和；與；⇒ chhām。

chhám (< log Sin) [慘] 働 大事不好
(了)；糟糕 (了)；變不幸；≃ hāi；≃
sí；≃ kâu-kiâⁿ ¶~ ·a! [～矣!] 糟糕!
¶Lí nā m̄ thiaⁿ, pȧt-jı̍t-á lí ē ~.
[你若 m̄ 听,別日仔你會～.] 如果你
不聽,將來會很吃虧 働 仝 ¶Chiàn-
cheng chin ~. [戰爭真～.] 戰爭是
很悽慘的事。

chhām (< chham²) [摻] 介 連同 ¶I
iau kà ~ chhī-liāu mā chiȧh. [伊
iau 到～飼料 mā 吃.] 他餓得連飼料
都吃 連 以及；≃ kah⁵。   「仝

chham-bô· (< log Nip) [參謀] 名 ê:
◇ ~-chóng-tiúⁿ (< log Chi) [～總
長] ê: 仝
◇ ~-tiúⁿ (< log Nip) [～長] ê: 仝。

chham-gī-goân ⇒ chham-gī-oân。

chham-gī-ī ⁿ (< log Nip) [參議院]
名 KENG: 仝。

chham-gī-oân/-goân (< log Chi)
[參議員] 名 ê: 仝。

chham-hiuⁿ [參香] 働 進香。

chhàm-hóe (< log Nip < Sin) [懺悔]
働 仝   「[參與] 働 仝

chham-ī/-í/-ū/-ú/-ī/-í (< log Chi)
◇ ~-kám (< log Chi) [～感] ê: 仝。

chham-ka (< log Nip) [參加] 働 仝。

chham-khó (< log Nip) [參考] 働 仝
◇ ~-chheh (< log Nip + tr) [～冊]

PÚN: 參考書   [do.
◇ ~-si/-su/-chu (< log Nip) [～書]

chham-koan (< log Nip) [參觀] 働
仝。

chham-pài (< log Nip < Sin) [參拜]
働 仝。 ¶khì sîn-siā ~ [去神社～] 到
神社去參拜。   「慘。

chhám-sí (< log) [慘死] 働 死得很

chhám-sí-bô-lâng [慘死無人] 粗
形 很慘；慘兮兮。

chham-siâng/-siông (< log Sin) [參
詳] 働 商量 ¶hó ~ [好～] 好說話
¶pháiⁿ ~ [歹～] 難溝通。

chham-soán (< log Chi) [參選] 働
仝 ¶~ kàu-té [～到底] 仝。

chhâm-tāu (> chhân-tāu, q.v.)。

chham-ú/-ū ⇒ chham-ī。

chhan (< log Chi) [餐] 名 B. 仝
¶Bí-kok ~ [美國～] 美國料理。

chhân¹ (< Sin) [田] 名 KHU: 水田。

chhân² (< Sin [殘]) 形 1. 殘忍；兇暴
2. 果斷 形 [x] 克制著害怕、不忍
的心情 ¶~-~ teh chı̍t-pah-bān lȯh-
·khì [～～ teh 一百萬落去] 狠狠下了
一百萬的賭注。   「的遠處。

chhân-bóe/-bé/-bé [田尾] 名 田地

chhân-chhí/-chhú/-chhí [田鼠] 名
CHIAH: 地鼠。

chhan-chhia (< log Chi < tr En din-
ner car) [餐車] 名 TÂI: 仝。

chhan-chhiūⁿ ⇒ chhin-chhiūⁿ。

chhân-chhú ⇒ chhân-chhí。

chhân-chng [田庄] 名 鄉下；≃
chháu-tē；≃ chng-kha
◇ ~-lâng [～人] ê: 鄉下人
◇ ~ so·-chāi [～所在] ê: (不重要、
不熱鬧、不起眼的) 鄉下地方
◇ ~-sông ê: 土包子。   「蜓。

chhân-eⁿ/-iⁿ [田嬰] 名 CHIAH: 蜻

chhân-hōaⁿ [田岸] 名 TIÂU: 田埂
◇ ~-lō·(-á) [～路 (仔)] do.

chhan-hōe (< log Chi; cf Nip [午餐

會] < tr En *lunchion*) [餐會] 名
ê: 全 ¶*bō͘-khoán* ~ [募款～] 全。

chhân-i^n ⇒ chhân-e^n。

chhân-iá (< log Sin) [田野] 名 大片
的田地; cf tiân-iá。

chhân-kap-á (v *kap-á*) [田蛤仔] 名
CHIAH: (黑色) 小田雞。　　「水溝。

chhân-kau [田溝] 名 [á] TIÂU: 田邊

chhân-kiâu-á (< pop *chhân-kiāu-á*
'土鄉下人') [田僑仔] 名 ê: 因都
市發展而賣田地致富者,貶意。

chhan-kin/-kun (< log Chi < tr En
napkin) [餐巾] 名 TIÂU: 全; ≃ nép-
khin

chhan-koán (< log Chi) [餐館] 名
KENG: 全。　　　　　　　「TIU^n: 全。

chhan-koàn (< log Chi) [餐券] 名

chhan-kun ⇒ chhan-kin。

chhân-lê/-lê [田螺] 名 LIÁP: 1. 一
種生長在爛泥中的螺　2. (ant *pùn-
ki*) (手指頭上的) 斗紋。

chhân-pe/-poe [田 pe] 名 LIÁP: 蚌;
≃ ham-pe。

chhân-tá^n [chhân 膽] (< [殘膽]) 形
1. 膽子大,例如不怕鬼　2. 能克制不
忍的心情,例如處死受傷無救的動物
或戰友等。

chhân-tāu (< *chhâm-tāu* < log Nip)
[蠶豆] 名 CHÂNG, NGEH, LIÁP: 全;
≃ bé-khí-tāu。

chhân-thâu [田頭] 名 田地的近處。

chhan-thia^n (< log Sin) [餐廳] 名
KENG: 全。

chhân-thô͘ [田 thô͘] 名 田土。

chhân-tiān [田佃] 名 ê: 佃農。

chhân-tiǒng (< contr *chhân tiong-
ng*) [田 tiǒng] (< [田中央]) 名
1. 田裡離岸較遠處　2. 四周都是田
的地點。

chhàng ¹ 動 1. 藏 (東西); cf bih
¶~ *bú-khì* [～武器] 私藏武器 ¶*piá^n
thèh-khì* ~, boǎi hō͘ *gín-á chiàh* [餅

thèh 去～, boǎi hō͘ *gín* 仔吃] 把餅藏
起來不讓孩子吃　2. 潛 (水); ≃ bī³。

chhàng ² 動 豎起,例如毛髮。

chhang-á [蔥仔] 名 CHÂNG, KI: 蔥
◇ ~-*chhu* [～珠] LIÁP: 蔥花
◇ ~-*nn̄g* [～卵] TÈ: 蔥花煎蛋
◇ ~-*pèh* [～白] 蔥的白色的部分。

chhang-chhang 形 蒼白色。

chhàng-chhiu [chhàng 鬚] 動 形 囂
張; 逞威風。

chhàng-chúi-bī [chhàng 水 bī] 動 潛
水; ≃ bī-chúi。　　「≃ iú^n-chhang。

chhang-thâu [蔥頭] 名 LIÁP: 洋蔥;

chhap ¹ (< [插]) 動 1. 理睬 ¶*boǎi* ~
·*i!* [boǎi ～伊!] 不理他　2. 管事; 管
閒事 ¶*Pàt-lâng ê tāi-chì* ~-*bē-liáu.*
[別人 ê 代誌～ bē 了.] 別人的事 (太
多,) 管不了那麼多 ¶~ *kà hiah chē/
chōe!* [～到 hiah chē!] 管那麼多 (幹
什麼)!　3. 參與 ¶~ *chèng-tī* [～政
治] 參與政治活動　　「敨]) 湊一腳
△ ~ ·*chit* ·*kha* [～一腳] (< [插□

chhap ² 動 洗 (牌); ⇒ chhòp³。

chhàp ¹ 動 踏; ⇒ chhóp²。

chhàp ² 動 洗 (牌); ⇒ chhòp³。

chhàp ³ 動 眨; ⇒ chhòp⁴。

chhap-chhap (v *chhap* ¹) 動 1. 管; 理
睬; cf chhap-lap
△ ~ ·*i!* [～伊!] 管他的!　「不管他呢!
△ ~⁺ *i khì sí!* [～伊去死!] 圍 才
△ ~ ·*lí!* [～你!] 才不管你呢!
△ ~⁺ *lí khì sí!* [～你去死!] 圍 do.
2. 管閒事; ≃ chhap¹ ¶~⁺ *hiah-
nī chē boeh/beh chhòng sah^n?* [～
hiah-nī chē 欲創啥?] 管那麼多幹嗎?

chhàp-chhàp-nih ⇒ chhòp-chhòp-
nih。

chhap-chhiú [chhap 手] (< [插手])
動 插手; 以行動干預; cf chhah-
chhiú。　　　　　「動 插嘴; 發言干預。

chhap-chhùi [chhap 嘴] (< [插□])

chhap-lap (< *chhap-chhap*) 動 理睬

¶*boăi* ~ ·*i* [boăi～伊] 不理他。

chhat ¹ (< Sin) [漆] 图 全 働 1.上漆 2.塗顏色。

chhat² (< Sin) [擦] 働 1.擦(掉); ≃ chhit 2.擦(亮); ≃ chhit ¶~ *phôe-ê* [～皮鞋] 全。

chhàt (< Sin) [賊] 图 [á] ê: 全
△ ~ *hoah 'liàh* ~' [～喝掠～] 賊喊

chhat-á (< *chhak-á*, q.v.). ⌐捉賊。

chhàt-á [賊仔] 图 ê: 小偷
◇ ~-*bàk* [～目] LÚI: 賊眼, 即目光炯炯卻躲躲閃閃
◇ ~-*chhī* [～市] ê: 臟貨市場
◇ ~-*hòe/-hè* [～貨] 臟貨
◇ ~-*siū* ê: 賊窩。

chhàt-chng (< log Sin) [賊臟] 图 臟物; ≃ chhàt-á-mìh。

chhàt-chûn [賊船] 图 TÂI, CHIAH: 海盜船 ¶*peh-chiūⁿ* ~ q.v.

chhat-sek [漆色] 働 上顏色。

chhat-siau [擦銷] 働 勾銷; 抹煞; ≃ boah-siau。 「首。

chhàt-thâu (< Sin) [賊頭] 图 ê: 匪

chhau ¹ (< Sin) [抄] 働 1.抄寫 2.抄襲; 剽竊。

chhau² (< Sin) [操] 働 操練 ¶*kā peng-á* ~·*sí* [kā 兵仔～死] 把士兵操練得半死。 「KI: 全。

chháu (< Sin) [草] 图 [á] CHÂNG,

chhàu (< Sin) [臭] 圇 有某種臭味 ¶~-*iûⁿ-á-hiàn* [臭羊仔hiàn] 有羊膻味 ¶~-*peng-á-hiàn* [臭兵仔hiàn] 有(軍人)久不洗澡的體臭味 ¶~-*thô·* q.v. 图 1.臭味 ¶*ài phīⁿ* ~ [愛鼻～] 喜歡聞臭味 2.令人厭惡的性格或言行 ¶*m̄-chai* ~ [m̄知～] 令人厭惡而不自知 働 1.變臭 2.腐爛 ¶~-*chhùi-kak* [～嘴角] 嘴邊發炎潰爛 圉 1.有臭味 2.(臉色)不悅 3.令人厭惡 ¶*I ê miâ-siaⁿ chin* ~. [伊ê名聲真～.]他惡名昭彰。

chháu-á [草仔] 图 CHÂNG, KI: 草

◇ ~-*bong* BONG: 草叢
◇ ~-*kóe/-ké* [～粿] TĒ: 攙艾草或鼠麴草的黏糕 「地; ≃ chháu-po·
◇ ~-*po·* [～埔] ê, PHIÀN: 大片的草
◇ ~-*sek* [～色] 草綠色。

chhàu-bī (< Sin) [臭味] 图 ê: 全。

chhàu-bīn [臭面] 图 ê: 繃著的臉 ¶*kek* ~ [激～] 繃著臉 圉 [x] 臉色不高興或不友善。

chháu-bôe ⇒ chháu-m̂。

chhàu-chhèⁿ/-*chhe*ⁿ/-*chhi*ⁿ/-*chhì*ⁿ [臭腥] 圉 有(蟲子或植物的)腥味; cf chhàu-chho; cf chhàu-hiàn。

chhàu-chhèng [臭沖] 圉 神氣, 貶意; ≃ chhèng²; ≃ chhàu-iāng。

chháu-chhióh (< Sin) [草蓆] 图 [á] NIÁ: 全。

chhàu-chho [臭臊] 圉 (水產)腥; cf chhàu-chhèⁿ; cf chhàu-hiàn。 「屋。

chháu-chhù [草厝] 图 [á] KENG: 茅

chhàu-chhùi [臭嘴] 圉 有口臭。

chhàu-chian (v *chian*) [臭賤] 圉 1. 圍 賤 2. 圍 愛亂拿東西把玩 3.(植物)繁殖力或生命力強。

chhàu-chiú-hiàn [臭酒hiàn] 图 喝酒後的臭味 圉 有喝酒後的臭味; ≃ chhàu-chiú-bī。 「[操作] 働 全。

chhau-chok (< log Nip < sem Sin)

chhàu-chòk [臭chòk] 圉 顏色、花樣、或擺設太多而顯得俗氣。

chhàu-chúi-kóng [臭水kóng] 圉 有不通風的陳水味或蔬菜等泡水太久的味道。 「SIANG: 全。

chháu-ê/-ôe (< Sin) [草鞋] 图 KHA,

chháu-hê [草蝦] 图 BÓE, CHIAH: 全。

chhàu-hé-hun ⇒ chhàu-hóe-hun。

chhàu-hé-lo· ⇒ chhàu-hóe-lo·。

chhàu-hé-ta ⇒ chhàu-hóe-ta。 「全。

chháu-hî/-*hû*/-*hî·* [草魚] 图 BÓE:

chhàu-hīⁿ-àng-á [臭耳甕仔] 圉 耳漏。

chhàu-hīⁿ-lâng [臭耳聾] (形) 耳聾。

chhàu-hiam-hiam [臭 hiam-hiam] (形) 臭烘烘, 帶辛辣味。

chhàu-hiàn [臭 hiàn] (形) 有人類的體臭或禽獸及其肉的腥味; cf chhàu-chhèⁿ; cf chhàu-chho ¶Iûⁿ-á-bah ~. [羊仔肉~] 羊肉腥得很。

chhàu-hiuⁿ [臭香] (形) (甘薯) 有腐敗的臭味。

chhàu-hoⁿ-hoⁿ/-moⁿ-moⁿ [臭 hoⁿ-hoⁿ] (形) 臭烘烘, 帶辛辣味; ≃ chhàu-hiam-haim; ≃ chhàu-kāⁿ-kāⁿ。

chhau-hoân [操煩] (動) 操心 ¶I teh ~ thè-hiu í-āu ê seng-oàh [伊 teh ~退休以後 ê 生活] 他正為退休後的生活煩惱 ¶kāu-~ q.v.

chháu-hoe-á-chôa [草花仔蛇] (名) BÓE: 一種無毒的蛇名。

chhàu-hóe-hun|-hé-|-hé- [臭火燻] (形) 有燒焦味。

chhàu-hóe-lo |-hé-|-hé- [臭火 lo] (動) (形) 燒焦; ≃ chhàu-hóe-ta。

chhàu-hóe-ta|-hé-|-hé- [臭火 ta] (< [臭火焦]) (動) (形) 燒焦。

chhàu-ian [臭煙] (名) (車輛等排出的) 有臭味的廢氣。

chháu-in/-iⁿ [草絪] (名) IN: (折草、藤、小枝葉等綑綁而成的升火用) 柴禾 ¶in ~ [絪~] 綁上述柴禾。

chhàu-iû-ai [臭油 ai] (形) 有油餲味。

chhàu-jiō-hiam|-giō- [臭尿 hiam] (形) 有 (尿的) 臊氣; ≃ chhàu-jiō-phòa。

chhàu-jiō-phòa [臭尿破] (形) 有 (尿的) 臊氣; ≃ chhàu-jiō-hiam。

chhàu-kāⁿ-kāⁿ/-kaⁿ-kaⁿ/-kōⁿ-kōⁿ/-koⁿ-koⁿ [臭 kāⁿ-kāⁿ] (形) 臭烘烘, 帶辛辣味; ≃ chhàu-hoⁿ-hoⁿ; ≃ chhàu-hiam-haim。

chháu-kâu [草猴] (名) CHIAH: 螳螂。

chhàu-kau-á [臭溝仔] (名) TIÂU: 陰溝。

chhau-ke biàt-chòk (< ana [抄寫] etc < log Sin) [抄家滅族] (動) 仝。

chháu-keh-á|-koeh- [草鍥仔] (名) KI: 鐮刀。

chhàu-kha-sioh [臭腳 sioh] (形) 有長久沒洗腳的味道。 [khám。

chhàu-khám (動) 湊巧; ≃ chhàu-tú-

chhàu-khang [臭 khang] (< [臭空]) (名) ê, KHANG: 品行上的弱點; 不可告人的壞事; ≃ khang¹ ¶lā ~ 揭瘡疤。 [LIÀP: 番茄; ≃ tho-má-toh。

chhàu-khī-á [臭柿仔] (名) CHÂNG,

chháu-ki [草枝] (名) KI: 草的莖。

chhàu-kiâm-siûⁿ [臭鹹 siûⁿ] (形) 凝重的餿味, 例如許多久不洗腳的人聚集在不通風的室內的味道。

chháu-kin-sèng|-kun-|-kin- (< log Chi < tr En grass-roots + [性]) [草根性] (名) 仝。

chháu-ko [草菇] LIÀP, LÚI: (名) 仝。

chhàu-kōⁿ-kōⁿ/-koⁿ-koⁿ ⇒ chhàu-kāⁿ-kāⁿ。 [味。

chhàu-kōaⁿ-sng [臭汗酸] (形) 有汗臭

chháu-koeh-á ⇒ chháu-keh-á。

chhàu-kòk-kòk [臭 kòk-kòk] (形) 1. (味道) 很臭 2. (臉色) 很不高興或不友善的樣子; ≃ àu-tū-tū。

chháu-kun-sèng ⇒ chháu-kin-sèng。

chháu-lâng [草人] (名) ê, SIAN: 稻草人。

chhàu-lâng [臭人] (名) ê: 王八蛋。

chhàu-lāu [臭老] (形) 外表比實際年齡大; 未老先衰的樣子。

chháu-lèh-á|-loeh- [草笠仔] (名) TÉNG: 草帽。 [hiàn] (形) 有乳臭味。

chhàu-leng-hiàn|-lin-|-ni- [臭奶

chhàu-leng-tai|-lin-|-ni- [臭奶呆] (形) (幼童) 說話發音尚未正確 ¶kóng-ōe iáu ~ [講話 ㄊ~] 乳臭未乾 ◇ ~ Tâi-gí/-gú [~台語] KÙ: 帶外

省腔的台語,酷似幼兒初學台語時有些語音分不清的腔調,最明顯的是發不出 "g" 聲母及把 "eng" 說成 "ing," 甚至把 "im" 和 "in" 也說成 "ing"。

chhau-liān (< log Sin) [操練] 働 仝。

chháu-liâu-á [草寮仔] 名 Ê, KENG: 草棚儿;(停留或貯藏用的)稻草屋或茅屋。

chhàu-lin-hiàn ⇒ chhàu-leng-hiàn。

chhàu-lin-tai ⇒ chhàu-leng-tai。

chhau-lōng (< log Chi) [操弄] 働 仝 ¶~ chŏk-kûn ê lâng kiò lâng mài ~ chŏk-kûn gī-tê. [~族群ê人叫人 mài~族群議題.] 操弄族群的人叫人別操弄族群議題。

chháu-m̂/-*bôe*/-*môe*/-*mûi* (< log Chi < tr En *strawberry*) [草m̂] 名 CHÂNG, LIÀP: 草莓。

chháu-meh/-*nih* (< Aa + [草]; *cf* Siam *malɛɛŋ* > *mɛɛŋ* '昆蟲;' *cf* Pk *ma¹ lang⁰* '蜻蜓') [草蜢] 名 [á] CHIAH: 蚱蜢;蝗蟲
△ ~ *lāng ke-*/-*koe-kang* [~弄雞公] 太歲頭上動土;向危險挑釁。

chháu-mî (< log Chi) [草棉] 名 CHÂNG: 仝。

chhàu-miâ [臭名] 名 Ê: 惡名。

chhàu-mo·-mo· ⇒ chhàu-ho·ⁿ-ho·ⁿ。

chháu-môe/-*mûi* ⇒ chháu-m̂。

chhàu-nâ [草林] 名 Ê, PHIÀN: 草很高的草原,例如長滿茅草的地方。

chhàu-ni-hiàn ⇒ chhàu-leng-hiàn。

chhàu-ni-tai ⇒ chhàu-leng-tai。

chhàu-oân [臭丸] 名 LIÀP: 樟腦丸或

chháu-ôe ⇒ chháu-ê。⌐其仿製品。

chhàu-phang [臭芳] [x] 形 又像臭味又像香味,例如(非初出生)嬰兒 ¶~-á-~ [~仔~] do.

chháu-phiâ (< log Chi < tr En *lawn*) [草坪] 名 TÈ: 庭園的草地。

chháu-phú [臭phú] 働 發霉 形 有霉

◇ ~-*tê* [~茶] 普洱茶。⌐味;發霉的

chhàu-phùi [臭屁] 形 好炫耀知識。

chháu-po· [草埔] 名 [á] Ê, PHIÀN: 大片的草地;草原; ≃ chháu-á-po·。

chhau-pôaⁿ [操盤] 働 操縱;操控。

chháu-pû [草pû] 名 PÛ: 草垛; ≃ chháu-tun。

chhàu-sái [臭屎] 形 討人嫌 ¶hiâm kà ~ [嫌到~] 說得一文不值。⌐魚藻。

chháu-se/-*soe* [草蔬] 名 CHÂNG: 金

chhau-sim‖*chhiau-* (< log Sin) [操心] 働 仝。

chhàu-sim [臭心] 働 中心腐爛,例如果實、枝幹 形 中心爛了。

chhau-sim-peh-pak [操心 peh 腹] 働 形 牽腸掛肚。

chhàu-sioh [臭sioh] 働 形 1.(食物)有開始腐壞的味道 b.(手腳)有汗臭。

chhàu-sng/-*suiⁿ* [臭酸] 働 1.(食物)發酸 2.(話)變陳腐 ¶thiaⁿ kà ~··khì [听到~去] 聽太多了 形 1.(食物發)酸
△ ~-*eh* [~呃] 逆流的胃酸
2.(話)陳腐。⌐的本土名稱。

Chháu-soaⁿ [草山] 名 台北市陽明山

chháu-soe ⇒ chháu-se。⌐繩。

chháu-soh [草索] 名 TIÂU, KHÛN: 草

chhàu-ta [臭ta] (< [臭焦]) 形 (燒)焦; ≃ chhàu-hóe-ta。[名] TÈ: 仝。

chhàu-tāu-hū (< log Chi) [臭豆腐]

chhau-tâi [抄台] 働 (官方)搗毀未取得執照的電台並沒收電台設備。

chháu-tē/-*tōe* [草地] 名 鄉下; ≃ chhân-chng; ≃ chng-kha
◇ ~-*lâng* [~人] ê: 鄉下人。

chháu-thâu [草頭] 名 ê: 漢字第140部首草字頭; ≃ chháu-·jī-thâu。

chhàu-thâu [臭頭] 働 形 1.瘌痢 2.禿
◇ ~-*nōa-hīⁿ* [~爛耳] 焦頭爛額
◇ ~-*phí* TÈ: 頭上疙瘩的疤

◇ ~-soaⁿ [～山] LIÁP: 禿頭山。

chhàu-thô͘ [臭thô͘] 圈 有爛泥味,例如鯉魚、鯽魚類; *cf* chhàu-tō͘。

chhau-tiûⁿ (< log Chi) [操場] 图 Ê:
1. 練兵的場地 **2.** 運動場; ≃ ūn-tōng-tiâⁿ。 「*cf* chhàu-thô͘。

chhàu-tō͘ [臭肚] 圈 魚腹有爛泥味;

chhàu-tōaⁿ [臭彈] 匣 動 亂蓋。

chháu-tōe ⇒ chháu-tē。 「khám。

chhàu-tú-khám 副 湊巧; ≃ chhàu-

chháu-tun [草墩] 图 Ê, TUN: 草堆; ≃ chháu-pû。

chhảuh - chhảuh - liām [chhảuh-chhảuh 唸] 動 嘮叨。

chhe¹‖*chhoe* (< Sin) [初] 图 表示每月一至十日 ¶*Kin-ná-jı̍t* ~-*kúi?* [今旦日～幾?] 今天initial幾? ¶*Sì-goe̍h* ~-*it* [四月～一] 四月一號 图 B. 年、月開始不久 ¶*goe̍h*-~ [月～] 全。

chhe² [叉] 图 B. 末端叉開的東西 ¶*hî-bóe*-~ [魚尾～] 尾鰭 ¶*tek-ko*-~ [竹篙～] 推晾衣服的篙竿的叉子 動 用叉形的東西頂住 ¶*iōng chhiú tùi ām-kún-á ka* ~-*le̍h* [用手對頷頸仔 ka～·le̍h] 掐住他的脖子。

chhe³ [吹] ⇒ chhoe²。

chhe⁴ (< Sin) [差] 動 差遣。

chhe⁵ 動 蒸; ⇒ chhoe³。

chhé¹ [髓] ⇒ chhóe。

chhé² [扯] 動 **1.** 交互地部分重疊,例如屋瓦、魚鱗 **2.** (把繩索)折(一部分使變短) **3.** 鬆鬆地打結。

chhé³ [扯] 動 合在一起算;平均 ¶*chóng* ~ [總～] 總起來算。 「可。

chhé⁴ (> chhé-·è) 嘆 啐,即表示不認

chhè¹‖*chhòe* 图 B. 濾乾的水磨米粉團; ≃ chhè-á ¶*î ⁿ-á*-~ [圓仔～] 做糰子用的米粉。

chhè² 象 "沙沙"聲,低頻。

chhè³‖*chhòe* 動 **1.** 擦(洗);刷; ≃

bín; ≃ lù² **2.** 擦(過/傷); ≃ lù²。

chhè⁴‖*chhè* (< Sin) [脆] 圈 全。

chhē¹ 動 尋找; ⇒ chhōe。

chhē² 動 下沈; ⇒ chhe̍h。

chhě 象 "沙沙"聲,高頻。

chhe-á [叉仔] 图 **1.** Ê: X形的叉叉 ¶*phah*~ 打叉叉 **2.**KI: Y形的叉子。

chhê-á ⇒ chhôe-á。

chhe-chhau ⇒ chheⁿ-chhau。

chhē- chhē- kiò‖*chhī*- [chhē- chhē 叫] 動 沙沙響。 「斷裂掉落。

chhě-·è 象 "刷"(的一聲),例如枝椏

chhe-hong ⇒ chhoe-hong。

chhē-khang-chhē-phang ⇒ chhōe-khang-chhōe-phang。

chhè- khảuhⁿ- khảuhⁿ [脆 khảuhⁿ-khảuhⁿ] 圈 (食物)很脆。 「聲。

chhē- lē- chhè (v *chhè*²) 象 "沙沙"

chhè-miā (ant *jūn-miā*) [脆命] 圈 不容易成活。

chhé-nò͘ (< En *channel*) 图 TIÂU: 頻道; ≃ chhiǎn-né-luh。 「的魚丸

chhè-oân [脆丸] 图 LIÁP: 口感較脆

chhé-pêⁿ/-*pîⁿ* [扯平] 動 使(數目)

chhē-té/-*tóe* ⇒ chhe̍h-té。 └均勻。

chhè- thô͘ (v *chhè*³) 動 拖在地上 ¶*Khò͘-kha siu*ⁿ *tn̂g, teh* ~. [褲腳siuⁿ長, teh～.] 褲腿子太長,拖在地

chhē-tóe ⇒ chhe̍h-té。 └上。

chhe͘ ⇒ chhoe²˒³。

chhé͘ ⇒ chhóe。

chhè͘ ⇒ chhè⁴。

chhē͘ ⇒ chhōe。

chhê͘-á ⇒ chhôe-á。

chheⁿ¹‖*chhiⁿ* (< Sin) [星] 图 **1.** LIÁP: 星星 **2.** LIÁP: 星狀的記號、圖案或物體 ¶*chit ê gō͘-liàp*-~ [一個五粒～] 一個五星上將 **3.** (< log Chi < tr En *star*) B. (演藝界)出色的人 ¶*iáⁿ*-~ [影～] 全 ¶*koa*-~ [歌～] 全。

chhe^{n2}‖*chhi^{n}* (< Sin) [青] (名) 青色 (形) **1.** 青色的 **2.**(水果)未熟。「熟。

chhe^{n3}‖*chhi^{n}* (< Sin) [生] (形) 未煮

chhé^{n}‖*chhí^{n}* (< Sin) [醒] (名) **B.** 睡眠¶*khùn chi̍t kù* ~ [睏一kù~]睡一覺 (量) 計算睡眠的單位¶*khùn chi̍t* ~ q.v. (動) **1.** 醒(來) ¶*chái-sî* ~-·*khí*-·*lâi* [chái時~起來]早上醒來¶*chhá*-~ [吵~]仝 **2.** 清醒;覺醒¶*I kóng chi̍t-ē, góa chiah* ~-·*khí*-·*lâi* [伊講一下我才~起來]他一說,我才清醒過來 (形) 醒(著) ¶*iáu* ~-~ [夭~~]還醒著。

chhe^{n}-á‖*chhi^{n}*-[菁仔] (名) **1.** CHÂNG: 檳榔樹 **2.** LIA̍P, PHA: 檳榔樹的果實; *cf* pin-nn̂g ¶*koah* ~ [割~]採檳榔

◇ ~-*châng* [~欉] **a.** CHÂNG: 檳榔樹 **b.** 呆頭鵝,即無法體會異性好惡的男性。

chhe^{n}-âng-teng‖*chhi^{n}*- [青紅燈] (名) Ê: 紅綠燈; ≃ âng-chhe^{n}-teng。

chhe^{n}-chhài‖*chhi^{n}*- (< Sin) [青菜] (名) CHÂNG, PÉ: 仝。

chhe^{n}-chhám (< hyp *chhi^{n}-chhám* < *chhi-chhám*) [青慘] (形) 悽慘; ⇒ chhi-chhám (副) 拼命,不顧後果地 ¶~ *chia̍h* [~吃]拼命亂吃¶~ *kóng* [~講]拼命亂說。

chhe^{n}-chhau‖*chhe*- (名) TǸG: 豐盛的菜餚 (形) (菜餚)豐盛; ≃ phong-phài。

chhe^{n}-chia̍h‖*chhi^{n}*- [生吃] (< [生食]) (動) 仝。 「座] (名) Ê, CHŌ: 仝。

chhe^{n}-chō‖*chhi^{n}*- (< log Chi) [星

chhe^{n}-chúi‖*chhi^{n}*- (ant *kún-chúi*) [生水] (名) 仝。 「瞪大(眼睛)。

chhe^{n}-gîn-gîn/-*gìn-gìn*‖*chhi^{n}*- (形)

chhe^{n}-hō‖*chhi^{n}*- (< log Chi < tr En *asterisk*) [星號] (名) Ê: 仝。

chhe^{n}-hoe-chhài‖*chhi^{n}*- (< tr En *broccoli*) [青花菜] (名) CHÂNG, LIA̍P, LÚI: "美國花菜,"為一種芥藍花。

chhe^{n}-hūn‖*chhi^{n}*-‖*si^{n}*- (< log Sin) [生份] (形) (對人)陌生¶*kia^{n}* ~ [驚~]怕生

◇ ~-*lâng* [~人] Ê: 陌生人。

chhe^{n}-ioh-á‖*chhi^{n}*- [青ioh仔] (名) CHIAH: 綠蛙。

chhe^{n}-jī/-*gī*‖*chhi^{n}*-*jī*/-*lī* (< log Sin) [生字] (名) JĪ: 仝。

chhe^{n}-kì^{n}-kì^{n}‖*chhi^{n}*- [青kì^{n}kì^{n}] (形) 綠油油。

chhe^{n}-kia^{n}‖*chhi^{n}*- [青驚] (名) (動) 驚慌¶*khí* ~ [起~]驚慌起來¶*phah* ~ 使驚嚇。

chhe^{n}-kin‖*chhi^{n}*-*kun* (< Sin) [青筋] (名) TIÂU: **1.** 皮下看得見的血脈 **2.** 靜脈。

chhe^{n}-kiû‖*chhi^{n}*- (< log Chi) [星球] (名) LIA̍P: 仝。 「慌張

chhe^{n}-kông‖*chhi^{n}*- [青狂] (動) (形)

△ ~-*káu chia̍h-bô sái* (v ~-*káu*) [~狗吃無屎]慌張的人做不了事

◇ ~-*hō·* [~雨] CHŪN: 驟雨

◇ ~-*káu* [~狗] CHIAH: 慌慌張張的人¶~ *chia̍h-bô sái* q.v.

chhe^{n}-leng (< hyp *chhi^{n}-leng*) [生奶] (< [鮮奶]) (名) 鮮奶。

chhe^{n}-léng‖*chhi^{n}*- [青冷] (名) 冷性的食物 (形) **1.** 陰冷 **2.** 陰森森 **3.** 冷性的(食物)。

chhe^{n}-leng-leng/-*lèng-lèng*/-*lin-lin*‖*chhi^{n}*- [青lèng-lèng] (形) 青翠;翠綠。

chhe^{n}-ḿ‖*chhi^{n}*-(< contr **chhin-ke-ḿ* < Sin) [chhe^{n}姆] (名) Ê: 親家母

◇ ~-*pô* [~婆] Ê: 長輩的親家母。

chhe^{n}-mê‖*chhi^{n}*-*mî* (< sem Sin) [青盲] (< [青盲]) (動) (形) 瞎眼

◇ ~-*bong* [~摸] (盲人般的)摸索

◇ ~-·*ê* Ê: 盲人

◇ ~-*gû* [~牛] Ê, CHIAH: 文盲

◇ ~-*lâng* [~人] Ê: 盲人。

C

Chhe^{n}-miâ ‖ *Chhi^{n}*- ⇒ Chheng-bêng。

chhe^{n}-piàng-piàng ‖ *chhi^{n}*- [青piàng-piàng] [形] 水果未熟不能吃的樣子或情況。

chhe^{n}-pōng-pėh-pōng ‖ *chhi^{n}*- [青碰白碰] [動] 瞎撞; (誤打)誤撞 [副] 突然;突如其來。

chhe^{n}-sek ‖ *chhi^{n}*- [青色] [名] 仝。

chhe^{n}-so͘ ‖ *chhi^{n}*- (< log Sin) [生疏] [形] 仝。

chhe^{n}-sún-sún ‖ *chhi^{n}*- [青sún-sún] [形] (驚嚇時臉色)鐵青。

chhe^{n}-tek-si ‖ *chhi^{n}*- [青竹絲] [名] BÓE: 一種綠色毒蛇名。

chhe^{n}-teng ‖ *chhi^{n}*- [青燈] [名] LIȦP, PHA: 綠燈。

chhe^{n}-thî/-*tî* ‖ *chhi^{n}*- (< log Sin) [青苔] [名] 仝。

chhe^{n}-thî-á ‖ *chhi^{n}*- [青啼仔] [名] CHIAH: 綠繡眼。

chhe^{n}-tî ⇒ chhe^{n}-thî。

chhe^{n}-ti^{n} ‖ *chhi^{n}*- [生甜] [形] (味道)鮮美。

chheh^{1} (< sem Sin) [冊] [名] PÚN: 書; ≃ chu/chi [量] 仝 ¶*tē-it* ~ [第一~]仝。

chheh^{2} ‖ *chhoeh* [動] 憎惡;恨。

chheh^{3} [動] 啜飲; ⇒ chhoeh^{2}。

chhėh/-*chhē*/-*chē* [動] **1.** 下沈;下垂 ¶*Seng-lí ~-·lȯh-·khì.* [生理~落去.]生意變壞 **2.** (價錢)下跌 **3.** (健康)衰退 **4.** 減弱,例如風勢、痛苦。

chheh-kè (< log Sin + tr) [冊架] [名] [*á*] Ê: 書架。

chheh-khak [冊殼] [名] Ê: (硬)書套,即保護書本的紙殼子或盒子。

chheh-khò͘ (< log Chi + tr) [冊庫] [名] KENG: 書庫。

chheh-kiȯk/-*kėk* (< log Chi + tr) [冊局] [名] KENG: 書局。

chheh-kūi (< log Chi + tr) [冊櫃] [名] [*á*] Ê: 書櫃; ≃ chheh-tû。

chheh-pâng (< log Chi + tr) [冊房] [名] KENG: 書房; ≃ thȧk-chheh-pâng。

chheh-pau (< log Sin + tr) [冊包] [名] KHA: 書包; ≃ chheh-phāi^{n}-á。

chheh-phāi^{n}-á [冊phāi^{n}仔] [名] KHA: 書包。

chheh-phôe/-*phê*/-*phê͘* (< log Sin + tr) [冊皮] [名] TIU^{n}: 書皮。

chhėh-té/-*tóe* ‖ *chhē*- ‖ *chē*- [chhėh底] [動] 沈澱。

chheh-tiàm [冊店] [名] KENG: 書店。

chheh-toh-á [冊桌仔] [名] CHIAH, TÈ: 書桌。

chhėh-tóe ⇒ chhėh-té。

chheh-tû [冊櫥] [名] [*á*] Ê: 書櫃。

chhe͘h ⇒ chhoeh^{2}。

chhek^{1} (< Sin [粟]) [名] LIȦP: **1.** [*á*] 稻穀 **2.** 未脫殼的米 ¶*Chhò-bí choân-choân ~.* [糙米全全~.]這糙米裡有太多沒脫殼的穀子。

chhek^{2} [動] **1.** 挪動(以靠近或保持距離) ¶~ *khah óa ·le!* [~較óa ·le!]挨近一點儿! **2.** 挪(繩子的長短); *cf.* chhé$^{2(2)}$ ¶*Soh-á ~ khah té ·le.* [索仔~較短 ·le.]把繩子弄短一點儿 **3.** 鬆鬆地打結; ≃ chhé$^{2(3)}$ **4.** 挪(時間) **3.** 調整; "喬," 即(交涉時)互讓一步。

chhek^{3} (< log Chi) [測] [動] 仝。

chhek^{4} (< En *check*) [動] 檢查;核對 ¶*koh ~-khòa^{n} ū m̄-tiȯh ·bo͘* [koh~看有m̄著否]再查一查看有沒有錯。

chhėk [動] **1.** 上下簸動,他動 ¶*Sé kan-á ê sî, jip kóa chúi ~-~ ·le.* [洗矸仔的時,入寡水~~ ·le.]洗瓶子的時候,裝點水上下搖一搖 **2.** (本身)上下振動,例如顛簸的車子; ≃ tiô。

chhek-á (v *chhek*^{1}) [chhek仔] (< [粟□]) [名] 稻穀。

chhėk-á-mī [chhėk仔麵] [名] ÓA^{n}: "切仔麵," 即先煮好等要吃時再燙並加湯的麵條。

chhek-áu/-káu (< En check-out) (動)
(投宿旅館後) 退房。

chhek-chiáu [chhek 鳥] (< [雀鳥])
(名) [á] CHIAH: 麻雀; ≃ chhù-chiáu-
á。

chhek-giām (< log Chi) [測驗] (名)
PÁI: 全 (動) 全　　　　　[TIÂU: 全。
◇ ～-tê/-tôe (< log Chi) [～題]

chhek-ín/-kín (< chhek-ín) (動) (上
飛機前或投宿旅館時) 報到。

chhek-káu ⇒ chhek-áu。

chhek-kín ⇒ chhek-ín。「(名) ê: 全。

chhek-liàk/-liòk (< log Chi) [策略]

chhek-liâng/-liông/-liōng (< log
Nip) [測量] (動) 全。

chhek-liòk ⇒ chhek-liàk。

chhek-liông/-liōng ⇒ chhek-liâng。

chhek-tēng (< log Nip) [測定] (動)
全。

chhheng |1‖chhaiⁿ (< Sin) [千] (數)
全 ¶～-gō· [～五] 一千五百。

chhheng² (< log Sin) [清] (動) 1. 清
掃; 清洗 ¶～ chhàu-kau-á [～臭溝
仔] 淘陰溝 2. 清除 ¶kā chhun-chhài
lóng ～·khì [kā chhun 菜攏～去] 把
剩下的菜全部吃完或拿走 3. 清理
¶Chiah-ê siàu ～-～·le chiah koh
chioh. [Chiah-ê 賬 ～ ～ ·le 才 koh
借.] 這些帳目清算完了再重借 (形)
1. 清澈 ¶Khe-/Khoe-chúi chin ～.
[溪水真～.] 溪水很清澈 2. 清楚; 明
白 ¶thiaⁿ-bē-～, khòaⁿ-bē-bêng [听
bē～, 看 bē 明] 聽也聽不清楚, 看也
看不清楚 3. 清醒 ¶thâu-khak bô ～
[頭殼無～] 頭腦不清楚 4. 沒有糾
葛 ¶Chîⁿ lóng hêng-～ ·a. [錢攏還
～矣.] 錢都還清了 5. 清爽; 不煩躁
¶sim-koaⁿ-thâu chin ～ [心肝頭真
～] 心裡很清淨 6. 清淡 ¶Èng-chhài-
chúi chin ～. [蕹菜水真～.] 空心菜
湯很清淡 7. 晴 ¶Thiⁿ ～ ·a. [天～
矣.] 天晴了。

chhhéng¹ (< Sin [筅]) (動) 撣; 輕輕地
刷。

chhhéng²‖chháiⁿ‖chhái (動) (心快速
地) 跳 ¶sim-koaⁿ phók-phók-～ [心
肝噗噗～] 心悸。

chhhéng³ (< log Sin) [請] (動) 申請
¶～ chiáng-/chióng-hàk-kim [～獎
學金] 申請獎學金。

chhhèng¹ (< Sin) [銃] (名) KI: 槍枝。

chhhèng² (< Sin [沖]) (動) 1. 向上沖
¶Ian tùi ian-tâng ～··chhut-·lâi. [煙
對煙筒～出來.] 煙從煙囪冒出來
2. 蒸, 不用箆子 ¶～ bí-ko [～米糕] 蒸
糯米飯 (形) 神氣　[tiâu] 不可一世。
△ ～ kà liàk-bē-tiâu [～到掠 bē-

chhhèng³‖chhǹg [擤] (動) 擤 (鼻涕)。

chhhēng (名) 衣著 ¶Chiàh khah tiōng-
iàu, àh ～ khah tiōng-iàu? [吃較重
要或～較重要?] 吃比較重要還是穿
比較重要? (動) 穿著 ¶～ saⁿ niá saⁿ
[～三領衫] 穿三件衣服
△ ～ o· saⁿ ·ê [～烏衫·ê] ê: 黑衣
人, 即經常公然以暴力介入群眾政
治紛爭的黑衣黑褲外省族群黑社
會組織成員。

chhhêng-á [刷仔] (< [松□]) (名)
CHÂNG: 榕樹。「刷子 2. KI: 撣子。

chhhéng-á [chhhéng仔] (名) 1. KI, LIÀP:

chhhêng-á-châng [榕仔欉] (名)
CHÂNG: 榕樹; 榕樹的株。

chhhêng-á-chhiu [榕仔鬚] (名) TIÂU:
榕樹的氣根。　　　「樹的葉子。

chhhêng-á-hióh [榕仔葉] (名) HIÓH: 榕

chhhêng-á-kin/-kun [榕仔根] (名)
TIÂU: 榕樹的根。　「樹皮下的汁。

chhhêng-á-leng/-ni [榕仔奶] (名) 榕

chhhéng-an (< log Sin) [請安] (動) 全。

chhheng-bān (< Sin) [千萬] (數) 1. 一
千萬 2. 成千上萬; cf chhian-bān。

chhhèng-bé/-bé ⇒ chhhèng-bóe。

Chhheng-bêng‖Chheⁿ-/Chhiⁿ-
miâ (< lit log Sin) [清明] (名) 全。

chhèng-bóe/-*bé*/-*bé* [銃尾] 名 槍
管的末端；槍尖
◊ ～-*to* [～刀] KI: 刺刀。

chheng-chēng (< log Sin) [清淨] 形
沒有紛擾；沒有煩惱。　　「打扮。

chhēng-chhah [chhēng插] 動 穿著；

chhèng-chhiú[1] (< log Chi [槍手] +
tr) [銃手] 名 Ê: 執行槍擊的人。

chhèng-chhiú[2] (< *à la chhèng-chhiú*[1]
< *chhiu*ⁿ*-chhiú* < log Sin [槍手])
[銃手] Ê: 作弊代人考試的人。

chheng-chhó (< log Sin) [清楚] 形
全。　　　　　　　　　「形 全。

chheng-chhun (< log Sin) [青春] 名

chhèng-chí [銃籽] 名 LIA̍P: 槍彈
◊ ～-*khak-á* [～殼仔] Ê, LIA̍P: 子彈
殼。

chhèng-chiàn (< tr + log Chi <
tr En *gun fight*) [銃戰] 名 PÁI,
TIÛⁿ: 槍戰。　　　　　　　「全。

chheng-chiú (< log Chi) [清酒] 名

chhèng-chúi (< log Sin) [清水] 名
乾淨的水。　　　　　　　　「全。

chheng-êng (< log Sin) [清閑] 形

chhéng-goān (< log Nip) [請願] 動
全。「動 1. 冒煙 2. 水蒸氣上昇。

chhèng-ian [chhèng煙] (< [沖煙])

chheng-it-sek (< log Chi) [清一色]
形 全。　　　　　　　「靜；清靜。

chheng-iu (< log Sin) [清幽] 形 幽

chhéng-ká/-*kà* (< log Sin) [請假]
動 全　　　　　　　　　　「全。
◊ ～-*toa*ⁿ (< log Chi) [～單] TIUⁿ:

chheng-kang-á-chhài [清江仔菜]
名 CHÂNG, PÉ: 青剛菜；≃ thng-sî-á-
chhài。　　　　　　　　　　「全。

chhéng-kàu (< log Sin) [請教] 動

chhèng-khang [銃khang] [銃
空]) 名 1. 槍膛 ¶*that*～ 充砲灰 2. 槍
口；≃ chhèng-kháu, q.v.

chhèng-kháu [銃口] 名 槍管的開口
處；≃ chhèng-chhùi。

chheng-khì [清氣] 形 乾淨；一點也
不遺留 ¶*chiah kà chin* ～ [吃kà真
～]吃得(碗盤)乾乾淨淨的。
◊ ～-*liu-liu* [～溜溜] 非常乾淨
◊ ～-*siù*ⁿ [～相] a. 潔癖 b. 有潔
◊ ～-*tam-tam* 非常乾淨。　「癖。

chheng-kiat-che (< log Chi < tr En
cleanser) [清潔劑] 名 全。

chheng-kiat-tūi (< log Chi) [清潔
隊] 名 TŪI: 全　　　　　　「Ê: 全。
◊ ～-*oân*/-*goân* (< log Chi) [～員]

chhéng-kiû (< log Nip) [請求] 動
全。　「[[沖□□]) 形 氣焰囂張。

chhèng- kōa- kōa‖-*koah*-*koah* (<

chheng-koaⁿ (< log Sin) [清官] 名
Ê: 全。　　　　　　　　「kōa。

chhèng- koah- koah ⇒ chhèng-kōa-

chhèng-koâiⁿ ⇒ chhèng-koân。

chhèng-koáiⁿ (< log Sin) [銃桿] 名
KI: 槍桿子。

chhèng-koân/-*koâi*ⁿ (< [沖懸]) 動
1. 向上沖 2. 上揚，例如物價。

chhéng-kong [請功] 動 邀功；≃ *thó*
kong-lô。　　　　　　「名 KI: 槍管。

chhèng-kóng [銃kóng] (< [銃管])

chheng-kong-gán (< log Chi) [青光
眼] 名 全；≃ lek-lāi-chiàng。「全。

chheng-liâm (< log Sin) [清廉] 形

chheng-liân (< log Nip) [青年] 名
◊ ～-*lâng* [～人] Ê: 全。　「Ê: 全

chheng-liâng (< log Sin) [清涼] 形
全。

chhèng-pé [銃靶] 名 Ê: 槍靶子。

chhèng-pèⁿ/-*pì*ⁿ [銃柄] 名 KI: 槍
把兒。　　　　　「[清白] 形 全。

chheng- peh / -*pe̍k* (< col log Sin)

chhêng-peh-lûi [松柏lûi] 名 LIA̍P:

chheng-pe̍k ⇒ chheng-peh。「松果。

Chheng-peng[1] (< log Chi) [清兵] 名
Ê: 清國兵。

chheng-peng[2] [清冰] 名 只加香料與

糖水的碎冰。　　　　　　「鼻涕

chhèng-phīⁿ‖*chhǹg*- [擤鼻] 働 擤
◇ ～-*chóa* [～紙] **a.** TIUⁿ: 面
紙 **b.**OÂN: 擤過並包有鼻涕的紙；用。
◇ ～-*kô·*-*ê* [～糊·ê] 不堅固；不經

chhèng-pìⁿ ⇒ chhèng-pèⁿ。　　「斃。

chhèng-sat (< log Nip) [銃殺] 働 槍

chhéng-sī (< log Chi) [請示] 働 全。

chhèng-siaⁿ [銃聲] 图 SIAⁿ: 槍聲。

chhèng-siang/-*siong* [銃傷] 图 ŪI:
槍傷。　　　　　　　　「算帳目。

chhheng-siàu [清賬] (< [清數]) 働 清

chhèng-siàu-liân (< log Chi < Nip tr
En *adolescent*) [青少年] 图 Ê: 全。

chhèng-siong ⇒ chhèng-siang。

chhheng-sǹg (< log Nip) [清算] 働
全。　　　　　「沒有世俗事務的牽掛。

chhheng-sóng (< log Sin) [清爽] 彫

chhèng-tauh [銃 tauh] 图 Ê, KI: 槍
機；扳機。　　　　　　　　　「全。

chhèng-thâu [銃頭] 图 槍托。

chhheng-thng (< log Sin) [清湯] 图

chhheng-tiⁿ [清甜] 彫 **1.**(味道)甘甜
(而不膩) **2.**(人)清秀而甜美。

chhheng-tiûⁿ (< log Chi) [清場] 働
全。

chhheng-toaⁿ (< log Sin) [清單] 图
TIUⁿ: 全。　　　　　　　　「全。

chhheng-tóng (< log Chi) [清黨] 働

chhi ¹‖*chhu*‖*chhi*(< sem Sin) [蛆]
图 BÓE: 孑孓。

chhi² (< Sin) [鰓] 图 全。

chhi³ 象 把熱的東西放進冷的液體中
所發出的聲音，例如把火紅的鐵放進
水中 働 發出上述聲音。

chhî 彫 潮。

chhî‖*chhú*‖*chhí* (< Sin) [鼠] 图
1.多種(齧齒)動物的統稱 ¶*chhàu*-
～ [臭～]地鼠 ¶*phòng*-～ [膨～]松
鼠 **2.**十二生肖第一。

chhì¹ (< Sin) [莿] 图 KI: 刺。

chhì² (< Sin) [試] 働 全 ¶～ *khòaⁿ*-*bāi*
·*le* [～看 bāi ·le]試試看 ¶～ *chhēng*
試穿 ¶～ *iōng* [～用] 全。

chhī¹ (< Sin) [市] 图 **1.B.** 市場 ¶*hî*-
～ [魚～]魚類市場 ¶*hoe*-～ [花～]全
2. Ê: 行政單位 ¶*ū nn̄g ê* ～ *sī īⁿ*-*hat*-
～ [有兩個～是院轄～]全。

chhī² (< Sin) [飼] 働 **1.** 奉養 ¶～ *pē*-
bó [～父母]奉養父母 **2.** 養育(子
女) **3.** 養(女人/小白臉) **4.** 豢養
¶～ *cheng-seⁿ* [～精牲]養家禽 **5.** 餵
¶*kā gín-á* ～ *leng* [kā gín仔～奶]給
孩子餵奶。

chhì-á [莿仔] 图 CHÂNG: 有刺的植物

chhī-á [市仔] 图 Ê: 市集。　「泛稱。

chhī-bāng (< log Nip) [莿網] 图 NIÁ:
刺網；*cf* chhiah¹ bāng-á。

chhī-bîn (< log Nip) [市民] 图 Ê: 全。

chhī-bīn (< log Sin) [市面] 图 全。

chhi-bú-chhī-chhū‖*chhī*- 說悄悄
話；≃ chhi-bú-chhī-chhā；≃ chhi-
chhí-chhū-chhū。　　　　「图 Ê: 全。

chhī-chèng-hú (< log Chi) [市政府]

chhì-chhák [莿鑿] 働 惹毛 彫 **1.**(惹)
毛；煩躁 **2.** 騷癢；≃ chhiah-iáh。

chhi-chhám‖*chhiⁿ*-‖*chheⁿ*- (<
log Sin) [淒慘] 彫 全　　　　　「兮。
◇ ～-*lók-phek* [～落魄](境遇)慘兮

chhī-chhě ⇒ chhīh-chhěh。「q.v.）。

chhī- chhē- kiò (< *chhē* - *chhē* - *kiò*,
chhi-chhí-chhā-chhā 炒菜等時油
水遇熱出聲。

chhi-chhí-chhē-chhē 働 沙沙響。

chhi-chhí-chhoah-chhoah 彫 不小
心，動作粗，成果亂七八糟。「斜斜。

chhi-chhí- chhoàh- chhoàh 彫 歪歪

chhi - chhí - chhū - chhū / - *chhù*h -
*chhù*h 象 說悄悄話的聲音 ¶*kan*-
na thiaⁿ-*kìⁿ* ～, *m̄*-*chai in teh kóng*
sahⁿ [kan-na听見～, m̄ 知 in teh 講
啥]只聽見說悄悄話的聲音，不知道
他們在說些什麼 働 說悄悄話；≃

chhī-bú-chhī-chhū。

chhī-gī-hōe (< log Nip) [市議會] 名 KENG: 全。

chhī-gī-oân/-goân (< log) [市議員] 名 Ê: 全。

chhì-giâ-giâ [莿giâ-giâ] 形 好鬥。

chhì-giām (< log Nip) [試驗] 名 動 全。

chhī-gōa (< log Nip) [市外] 名 全。

chhī-gû [飼牛] 動 放牛
◊ ~-gín-á [～gín仔] Ê: 放牛的孩子。

chhǐ-·ì (< chhih) 象 1.高溫的物體突然遇水聲,短暫結束 2.少量油性的物體遇火燃燒聲,例如頭髮觸火 ¶~·chit-·ē [～一下]「嘶」的一聲。

chhî-hun (< log Nip) [持分] 名 額。

chhī-iûⁿ [飼羊] 動 放羊
◊ ~-·ê Ê: 牧羊人。

chhî-jù/-jì/-juh‖chì- (< En cheese) 名 TÈ, KAK: 乾乳酪。

chhī-kau (< log Chi) [市郊] 名 全。

chhī-kè (< log Sin) [市價] 名 全。

chhì-kek/-khek (< log Nip) [刺激] 名 動 形 全
◊ ~-sèng (< log Nip) [～性] 全。

chhí-khak-kóe‖chhú-khak-ké‖chhì-khak-/chhù-kak-kóe [鼠麴粿] 名 TÈ: 攪鼠麴草調味的粘糕。 [客] 名 Ê: 全。

chhì-kheh/-khek (< col log Sin) [刺客] 名 Ê: 全。

chhī-khu (< log Nip) [市區] 名 全。

chhī-kiáⁿ [飼kiáⁿ] 動 養活兒女。

chhì-kiû [莿球] 名 LIÁP: 1.球形有刺的武器 2.乩童用的有刺的球狀物 3.仙人掌; ≃ sian-jîn-chiáng。

chhhi-ko [癡哥] 名 Ê: 好色的男子 形 色迷迷,指男性; ≃ chhio-ko
◊ ~-sîn [～神] a. 色迷迷(的樣子/神情) b. 色迷迷的人。

chhì-koe [莿瓜] 名 [á] TIÂU: 黃瓜。

chhī-lāi (< log Nip) [市內] 名 全
◊ ~ bá-/bah-suh TÂI: 市內公共汽車

◊ ~-chhia [～車] do.

chhī-leng [飼奶] 動 哺乳;餵奶。

chhī-liāu (< log Nip) [飼料] 名 全
◊ ~-ke/-koe [～雞] CHIAH: a. 養雞場養的雞; ≃ bah-ke b. "草莓族," 即經不起磨練的青少年。

chhì-loảh-á-thâng [莿辣仔虫] 名 BÓE: (有毒)毛蟲; cf (chhì-) moʹ-thâng。

chhì-moʹ-thâng|-mn̂g- [莿毛虫] 名 BÓE: 毛蟲; ≃ moʹ-thâng; cf chhì-loảh-á-thâng。

chhì-phè [莿phè] 名 CHÂNG: 荊棘。

chhì-pho [莿pho] 名 CHÂNG, LIÁP: 刺莓。 [TIÂU: 全; ≃ khó-tê。

chhì-tê/-tôe (< log Chi) [試題] 名

chhì-tek [莿竹] 名 CHÂNG, KI: 一種節上長刺的竹。 [全。

chhī-tiong-sim (< log) [市中心] 名

chhī-tiûⁿ (< log Nip) [市場] 名 Ê: 全。 [全。

chhī-tiúⁿ (< log Nip) [市長] 名 Ê:

chhì-to (< log Chi) [刺刀] 名 KI: 全; ≃ chhèng-bóe-to。

chhì-tôe ⇒ chhì-tê。

chhiʹ |¹ 名 子ㄗ; ⇒ chhi¹。

chhiʹ² 動 鋪; ⇒ chhu²。

chhíʹ¹ [鼠] ⇒ chhí。

chhíʹ² [取] ⇒ chhú²。

chhiⁿ |¹ [星] ⇒ chheⁿ¹。

chhiⁿ² [青] ⇒ chheⁿ²。

chhiⁿ³ [生] ⇒ chheⁿ³。

chhiⁿ⁴ (< Sin) [鮮] 形 新鮮。

chhiʰⁿ¹ 名 形 藍色 ¶chúi-~ [水～]淺藍色。 [藍色。

chhiʰⁿ² [醒] ⇒ chhéⁿ。

chhiⁿ-á ⇒ chheⁿ-á。

chhiⁿ-âng-teng ⇒ chheⁿ-âng-teng。

chhiⁿ-chhài ⇒ chheⁿ-chhài。

chhiⁿ-chhám (< chhi-chhám, q.v.)。

chhiⁿ-chhíⁿ-chhn̂gh-chhn̂gh 動 不

停地吸回鼻涕而發出聲音 ¶*khàu kà* ~ [哭kà~]抽抽搭搭地哭。

chhiⁿ-chiảh ⇒ chheⁿ-chiảh。

chhiⁿ-chō ⇒ chheⁿ-chō。

chhiⁿ-chúi ⇒ chheⁿ-chúi。

chhiⁿ-gîn-gîn/-gìn-gìn ⇒ chheⁿ- ⌊gîn-gîn。

chhiⁿ-hō ⇒ chheⁿ-hō。

chhiⁿ-hoe (< log Sin) [鮮花] 图 PÉ, OE, LÚI: 全。

chhiⁿ-hoe-chhài⇒chheⁿ-hoe-chhài。

chhiⁿ-hūn ⇒ chheⁿ-hūn。

chhiⁿ-ioh-á ⇒ chheⁿ-ioh-á。

chhiⁿ-jī/-lī ⇒ chheⁿ-jī。

chhíⁿ-·khì-·lâi ⇒ chhéⁿ-·khì-·lâi。

chhiⁿ-kìⁿ-kìⁿ ⇒ chheⁿ-kìⁿ-kìⁿ。

chhiⁿ-kiaⁿ ⇒ chheⁿ-kiaⁿ。

chhiⁿ-kiû ⇒ chheⁿ-kiû。

chhiⁿ-kông ⇒ chheⁿ-kông。

chhiⁿ-kun ⇒ chheⁿ-kin。

chhiⁿ-leng/-lin [鮮奶] 图 全。

chhiⁿ-léng ⇒ chheⁿ-léng。

chhiⁿ-leng-leng/-lèng-lèng ⇒ chheⁿ-leng-leng。

chhiⁿ-lī ⇒ chheⁿ-jī。

chhiⁿ-ḿ (< hyp *chheⁿ-ḿ*, q.v.)。

chhiⁿ-mî ⇒ chheⁿ-mê。

Chhiⁿ-miâ ⇒ Chheng-bêng。

chhiⁿ-ô [鮮蚵] 图 LIÁP, MÎ: 牡蠣。

chhiⁿ-piàng-piàng ⇒ chheⁿ-piàng-piàng。 ⌊pōng-péh-pōng。

chhiⁿ-pōng-péh-pōng ⇒ chheⁿ-

chhiⁿ-sek ⇒ chheⁿ-sek。

chhiⁿ-sò͘ ⇒ chheⁿ-sò͘。

chhiⁿ-sún-sún ⇒ chheⁿ-sún-sún。

chhiⁿ-tek-si ⇒ chheⁿ-tek-si。

chhiⁿ-teng ⇒ chheⁿ-teng。

chhiⁿ-thî ⇒ chheⁿ-thî。

chhiⁿ-thî-á ⇒ chheⁿ-thî-á。

chhiⁿ-tiⁿ ⇒ chheⁿ-tiⁿ。

chhia¹ (< Sin) [車] 图 1. TÂI: 有輪子或有軌道的交通工具 ¶*chē sì-lō͘ ê* ~ [坐四路ê~]搭四路車 2. 列車車廂順序單位 ¶*chē-ūi sī chảp-jī* ~ *jī hō͘* [坐位是12車2號]全 ⓔ 計算車載的單位 働 1. 以車子載(貨物等) ¶~ *hòe/hè* [~貨] (以車子)運貨 2. (用針車)縫製¶~ *saⁿ* [~衫]用針車縫衣服 3. (用旋轉的工具)絞 ¶~ *chûn-tiàⁿ* [~船碇]起錨 4. (用旋轉的工具)切割、製造等¶~ *lêng-kiāⁿ* [~零件]全 5. (用旋轉的工具)磨¶~ *chhùi-khí* [~嘴齒]鑽或磨牙齒。

chhia² [車] 働 1. 推/撞,使翻覆 2. 因碰撞或顛簸而撒落或灑出¶~ *kà chit thô-kha* [~到一thô腳]撒了一地都是。 ⌊chhu³。

chhiâ/siâ (< Sin) [斜] 働 形 全;≃

chhia-á [車仔] 图 TÂI: 1. 縫紉機 2. 小車子,例如推車。

chhia-āu-táu [車後斗] 图 後車箱。

chhia-bé-hùi (< log Chi) [車馬費] 图 全。

chhia-chām (< log Sin) [車站] 图 Ê, CHĀM: 1. 車子的停靠站 2. 發車站;≃ chhia-thâu。

chhia-chhn̂g [車床] 图 TÂI: 鏇床。

chhia-chhù (< log) [車次] ⓔ 全。

chhia-chîⁿ [車錢] 图 車資。

chhia-chōa [車chōa] 图 1. 車班 2. 車次;車往或返的行程。

chhia-ē ⇒ chhia-hō²。

chhia-hâng [車行] 图 KENG: 全。

chhia-hō¹ [車號] 图 Ê: 車牌號碼。

chhia-hō²/-ē (< log Chi) [車禍] 图 Ê, PÁI: 交通事故。

chhia-hu (< log Sin) [車夫] 图 Ê: 全。

chhia-iāⁿ [奢iāⁿ] 形 (排場)大;鋪張;堂皇;風光¶~ *ê pâi-tiûⁿ* [~ê排場]大排場。 ⌊khì-iû。

chhia-iû [車油] 图 (車輛用)汽油;cf

chhiá-khe-lit (< En *chocolate*) 图 LIÁP: 巧克力;≃ chio-khó-lè-tò。

chhia-khò͘ (< log Nip) [車庫] 图 Ê,

KENG: 全。

chhia-kòa [車蓋] 名 ê: 車頂。　　「輪

chhia-lián [車lián] 名 LIÀP, LIÁN: 車 ◇ ~-kau [~溝] TIÂU, CHŌA: 車轍。

chhia-lō͘ [車路] 名 TIÂU: 1.馬路 2.車道; ≃ chhia-tō。

chhia-mn̂g/-mûi [車門] 名 全。

chhia-pâi [車牌] 名 1. TÈ: 車號牌子 2. Ê, KI: 車子的牌照。　　「站牌。

chhia-pâi-á [車牌仔] 名 KI: 候車牌;

chhia-pan (< log Chi) [車班] 名 全; ≃ chhia-chōa; ≃ chhia-pang。

chhia-pang [車幫] 名 車班; ≃ chhia-chōa; ≃ chhia-pan。

chhia-phiò (< log Sin) [車票] 名 TIÚⁿ: 全; ≃ chhia-toaⁿ。

chhia-piàⁿ [車拚] 動 1.奮鬥;拚 ¶tōa~ [大~] 壯舉 2.拚;決鬥。

chhia-pùn-ki [車畚箕] 動 滾翻,只用於玩樂; cf chhia-pùn-táu。

chhia-pùn-táu [車畚斗] 動 滾翻,用於玩樂、體育、跌交等。

chhia-sim [車心] 名 KI: (機械的)軸,例如輪軸。

chhia-sin [車身] 名 ê: 全。

chhia-siuⁿ (< log Chi) [車廂] 名 ê, CHAT: 全。

chhia-táu [車斗] 名 轎車乘坐的部位或貨車載貨的部位; cf chhia-āu-táu。

chhia-té [車底] 名 車子裡。　　「táu。

chhia-teng [車燈] 名 LIÀP, PHA: 全。

chhia-téng [車頂] 名 車子裡; ≃ chhia-té。　　「ê: 全。

chhia-thang (< log Nip) [車窗] 名

chhia-thâu [車頭] 名 ê: 發車站。

chhiâ-thé-jī/-gī/-lī (< log; cf Nip [斜體活字]) [斜體字] 名 JI: 全; ≃ chhiâ-jī; ≃ chhu-jī。　　「列車長。

chhia-tiúⁿ (< log Nip) [車長] 名 ê:

chhia-tó [車倒] 動 推翻;撞倒。

chhia-tō (< log Chi < tr En lane) [車道] 名 TIÂU: 全。

chhia-toaⁿ [車單] 名 TIUⁿ: 車票; ≃ chhia-phiò ¶thiah~ [拆~] 買車票。

chhia-tòng [車擋] 名 [á] ê: 煞車。

chhia-tūi (< log Chi) [車隊] 名 TŪI: 全。　　「chhia-ūi。

chhia-ūi [車位] 名 ê: 全; ≃ thêng-

chhiaⁿ (< Sin [成]) 動 養育(幼輩); 扶植(幼輩) ¶kā kiáⁿ ~ kà tōa-hàn [kā kiáⁿ~到大漢] 把孩子養育成人。

chhiáⁿ¹ (< Sin) [請] 動 1.邀請 ¶~ lín lâi thit-/chhit-thô [~lín來thit-thô] 請你們來玩儿 2.宴請;招待吃喝玩樂 ¶Chit pái góa ~. [這擺我~.] 這次我請客 3.請人吃、用、行走等用語 ¶~! 請! ¶Lí seng ~! [你先~!] 你先來! 4.拜託 ¶Lí khì ~ i mài koh kóng ·a. [你去~伊mài koh講矣.] 你去拜託他別再說了 ¶~ tòa chia chē ·chit··sî··á [~tòa chia坐一時仔] 請在這儿坐一會儿 5.使移動位置 ¶kā i ~ cháu [kā伊~走] a.叫他走開; b.想辦法把他弄走(迫使他辭職) ¶kā i ~-·lòh-·lâi [kā伊~請落來] 請他下台,例如迫使某上司辭職 6.迎(神); ≃ ngiâ ¶~ Má-chó͘ [~媽祖] 迎媽姐 7.操縱(布偶) ¶~ pò͘-tē-hì ang-á [~布袋戲尪仔] 表演布袋戲。

chhiáⁿ² (< Sin) [且] 動 暫且 ¶Che ~ khǹg tòa chia. 這個暫時放在這儿。

chhiàⁿ (< Sin [倩]) 動 雇用。

chhiáⁿ-bān (< log Sin) [且慢] 動 働 全; ≃ bān-chhiáⁿ。

chhiàⁿ-·ê 名 ê: 佣人。　　「育成人。

chhiâⁿ-kiáⁿ (< [成□]) 動 把子女養

chhiáⁿ-lâng-kheh [請人客] 動 宴客。　　「問] 動 全; ≃ chioh-mn̄g。

chhiáⁿ-mn̄g/-mūi (< log Chi) [請

chhiáⁿ-thiap (< log Sin) [請帖] 名

TIUⁿ: 全。

chhiáⁿ-toh [請桌] 働 擺宴席。

chhiah ¹ (< Sin) (< [刺]) 働 1. 黥
¶seng-/heng-khu ~ liông [身軀～
龍] 身上刺有龍形 2. 刺繡 3. 編製
¶~ bāng-á [～網仔] 編網 ¶~ chháu-
ê [～草鞋] 編草鞋 ¶~ phòng-se [～
膨紗] 打毛線 4. 縫製(鞋) ¶~ phôe-
ê [～皮鞋] a. (手工) 製皮鞋 b. 訂
製皮鞋 5. (用刀、工具等) 刺 ¶kā
thô͘-kha ~ chit khang, chhāi chit ki
thiāu-á [kā thô͘腳～一khang, chhāi
一枝柱仔] 把地鑿一個洞,立一
根柱子 6. 鏟 ¶~ chháu-phiaⁿ [～
草 phiaⁿ] 採草皮 ¶~ thô͘-thòaⁿ [～
thô͘炭] 鏟煤。   [如煎的食物。

chhiah² (< sem Sin) [赤] 形 焦黃,例

chhiah³ 形 (女性) 兇悍。   [牛。

chhiah-gû [赤牛] 名 [á] CHIAH: 黃

chhiah-iāⁿ-iāⁿ [赤iāⁿ-iāⁿ] 形 (太
陽) 毒花花。

chhiah-iảh [刺疫] 働 1. 騷癢 2. (因
別人的言行而心裡) 生氣; ≃ chhì-
chhảk。   [字] 名 全; ≃ âng-jī。

chhiah-jī¹/-gī/-lī (< log Nip) [赤

chhiah-jī²/-gī/-lī (< log Sin) [刺
字] 働 文(身); 黥(面)。

chhiah-kha (< Sin) [赤腳] 働 全
¶thǹg ~ [褪～] 打赤腳 「生; 庸醫。
◇ ~-sian-á [～仙仔] ê: 無牌照的醫

Chhiah-khàm (< Form; cf Neth
Chaccam) [赤崁] 名 今台南市一帶
的古代西拉雅族新港社   [tia)。
◇ ~-lâu [～樓] 全(原名Provin-

chhiah-pê-pê 形 (女性) 兇巴巴。

chhiah-sng [chhiah酸] 名 胃液逆流
侵蝕食道的現象 働 胃液逆流; ≃
ek-sng 形 有胃液逆流侵蝕食道的
感覺。

chhiah-tō‖chhek- (< col log Nip <
LC tr Lat) [赤道] 名 TIÂU: 全。

chhiảk ¹ 象 卡嚓的聲音,例如搖動
筒子裡的籤、拍板互相打擊、照相
機拍照、心裡砰砰跳; ≃ chhiǎk 働
1. 發出上述聲音 2. (心) 突然跳(一
下) ¶sim-lāi ~-chit-tiô [心內～一
tiô] 心裡(突然) "卡擦" 一聲。

chhiảk²‖chhiỏk 形 1. 不懂裝懂,多
管閑事 2. 愛管閑事以出風頭 3. 愛
吹噓以出風頭。

chhiǎk 象 卡擦; ⇒ chhiảk¹ 擬 形容
知道壞消息那一霎心理受打擊的情
形。

chhiảk-chhiảk-kiò   (v chhiảk²)
[chhiảk-chhiảk叫] 働 多管閑事。

chhiảk-chhiảk-tiô 働 1. 蹦蹦跳跳
2. (安定不下來地) 亂動。

chhiảk-kâu‖chhiỏk- (v chhiảk²)
[chhiảk猴] 名 ê: 愛管閑事或愛表
現以出風頭的人 形 1. 輕浮好動
2. 不懂裝懂,多管閑事 3. 愛現。

chhiảk-ku‖chhiỏk- [chhiảk龜] ⇒
chhiảk-kâu。

chhiam ¹ (< log Sin) [籤] 名 KI: 全
¶thiu-~ [抽～] 全。

chhiam² [簽] (< Sin [籤]) 名 用礤
床礤出來的食物,例如薯條、粄條
¶han-chî-~ [蕃薯～] 甘薯條。

chhiam³ (< Sin) [簽] 働 簽署。

chhiám [鐥] 量 串 ¶chit ~ sa-te [一
～sa-te] 一串沙茶 働 1. (用尖刀) 刺
2. (用叉子) 叉 3. 串,例如串烤肉
串。   [片。

chhiam-á [簽仔] 名 TIUⁿ: 細長的紙

chhiám-á [鐥仔] 名 KI: 叉子 ¶to-á-~
[刀仔～] 刀叉。   [名 働 全。

chhiam-chèng (< log Chi) [簽證]

chhiam-î/-ûi (< log Nip) [纖維] 名
TIÂU: 全。   [働 全。

chhiam-iak/-iok (< log Chi) [簽約]

chhiam-jī/-gī/-lī (< log Chi) [簽字]
◇ ~-pit [～筆] KI: 全。   [働 全

chhiam-miâ (< log) [簽名] 動 全
◇ ～-phō· (< log Chi) [～簿] PÚN。

chhiam-si [籤詩] 名 SIÚ: 全。| 全。

chhiam-siu (< log Chi) [簽收] 動
全。　　　　　　　　　 [動 全。

chhiam-sú/-sū (< log Chi) [簽署]

chhiam-tâng (< log Sin) [籤筒] 名
ê: 放籤的筒子。　　　　 [訂] 動 全。

chhiam-tēng/-tèng (< log Chi) [簽

chhiam-tò (< log Chi) [簽到] 動 全。

chhian 形 (瞄得) 準確; ≃ chin³; ≃
chiong²。　　　　　 [時間] 拖延時間。

chhiân 動 拖延 (時間) ¶～ sî-kan [～

chhián (< log Sin) [淺] 形 1. (縱
深) 小 2. 淺近 3. (顏色) 淡。

chhián-bān (< log Sin) [千萬] 副 再
怎麼 (也得...); ≃ sian to; cf chheng-
bān ¶～ m̄-thang thian i ê [～ m̄-
thang 听伊ê] 千萬別聽他的。 [bîn.

chhián-bîn [淺眠] 形 易醒; ≃ khín-

chhian-chhiu (< met log Sin) [韆鞦]
名 ê: 鞦韆; ≃ chhiu-chhian ¶hàin
～ 蕩鞦韆; ≃ hàin kong-chhiu。

chhian-chhut (< log Chi) [遷出] 名
全 ¶pān ～ [辦～] 全 動 全。

chhián-hái (< log Nip; ant chhim-
hái) [淺海] 名 全。

chhian-jip/-gip/-lip (< log Chi) [遷
入] 名 全 ¶pān～ [辦～] 全 動 全。

chhian-kim (< log Sin) [千金] 名 ê:
尊稱別人的女兒　　　　　 [ê: 全。
◇ ～ sió-chiá (< log Sin) [～小姐]

chhián-pih-pih [淺 pih-pih] 形 (縱
深) 很淺。　　　　　　 [顏色淡。

chhián-sek (< Sin) [淺色] 名 全 形

chhián-thoa [淺拖] 名 [á] SIANG,
KHA: 拖鞋; ≃ su-líp-pah。

chhiang ¹ 動 1. 沖 (洗) 2. 沖 (走)
3. (被強風) 吹。

chhiang² [戕] 動 1. (拿銳器用力) 刺;

鑿 (洞) 2. 加以處理 ¶bé kū chhù, ka
～-～-·le, koh bē [買舊厝, ka～～·le,
koh 賣] 買舊房子加以翻修裝潢, 然
後賣出 3. 賣力幹
△ ～-·lòh-·khì! [～落去!] 賣力幹啊!
4. 對抗; 戰鬥; ≃ tùi-chhiâng
△ ～-khí-·lâi [～起來] 起衝突 ¶kah
i ～-·khí-·lâi [kah 伊～起來] 跟他幹
起來。

chhiāng¹‖chhiáng 動 (單腳) 跳; 用
一隻腳走動; ≃ chhiāng-kha-kiân。

chhiāng² 動 不期而遇 ¶～-tiòh hō·
[～著雨] 遇到下雨 ¶～-tiòh phòa-
pēn [～著破病] 剛好生病。

chhiāng-á [戕仔] 名 KI: 在地上鑿洞
的器具。

chhiâng-chāi‖chhêng- (< Mand [常
在]) 副 1. 經常; ≃ tiān-tiān 2. 確
定 ¶Bái, to bái ～ ·a, ōan súi miâ
mā bē/bōe piàn khah súi. [Bái 都
bái～矣, 換 súi 名 mā bē 變較 súi.] 長
得醜, 就是醜, 換個漂亮的名字也不
會變漂亮。

chhiāng-chhiāng-kún‖chhiâng-
chhiâng- [chhiāng-chhiāng 滾]
形 「強強滾,」即熱鬧。

chhiàng-phiò (< log Chi) [chhiàng
票] (< [唱票]) 動 唱票。

chhiǎng-póng (< Nip champon) 動
抵觸; (時程等) 衝撞; (符號、規則
等) 發生衝突。

chhiàng-sian [chhiàng 聲] (< [唱
聲]) 動 1. 揚言 2. (< sem) "嗆聲,"
即抒發己見, 以言語抨擊。

chhiáng-siang‖chhiún-siang/-
siong (< log Chi) [廠商] 名 ê: 全。

chhiàng-soe [chhiàng 衰] (< [唱衰])
動 "唱衰," 即報憂不報喜並散佈即
將有厄運的謠言 ¶Chhin Tiong-kok
ê lâng put-sî ～ Tâi-oân. [親中國 ê
人不時～台灣.] 親中國的人常常唱
衰台灣。

chhiàng-sù (< Nip *chansu* < En *chance*) (名) Ê: 機會
◇ ~-~ 可遇不可求。 「全。

chhiáng-tiúⁿ‖*chhiú*ⁿ- [廠長] (名) Ê:

chhiāng-tú-chhiāng (形) 偶然 (副) 偶然;碰巧。

chhiat (< Sin) [切] (動) 1. 用刀分成若干部分;截(取/斷) ¶~-chò/-chòe saⁿ tè [~做三tè]切成三塊 2. 掛(斷電話);截(斷電路) 3. 利用球拍的切角打球。

chhiat-chiu (v *chiu*⁴) [切chiu] (動) 經過中心點切成大小約相等的扇形,例如圓餅或球狀瓜果。

chhiat-chu (v *chu-á*) [切珠] (動) 切成小顆粒,例如蔥。

chhiat-ji̍p (< log) [切入] (動) 全。

chhiat-kak (v *kak*²) [切角] (動) 切成四方形塊狀,例如肉或方形的餅。

chhiat-kiat-si/-*su* (< log) [切結書] (名) HŪN, TIUⁿ: 全。 「切成段。

chhiat-koe̍h (v *koe̍h*¹) [切koe̍h] (動)

chhiat-pak (< log Nip) [切腹] (動) 全;*cf* phòa-pak。

chhiat-pêng (v *pêng*) [切pêng] (動) 切成大小大約相等的兩片/兩半;*cf* chhiat-koe̍h ¶*han-chî/-chû ~, mài chhiat-koe̍h* [蕃薯~, mài切koe̍h]地瓜剖成兩片,別切成塊。

chhiat-phìⁿ [切片] (名) (< log Nip)切片檢查簡稱
◇ ~ *kiám-cha* (< log < tr En bi-
(動) 切成片狀。 ⌊opsy) [~檢查]全

chhiau¹ (< Sin [抄]) (動) 翻找;搜查 ¶~ *chhù* [~厝]搜房子 ¶~ *seng-khu* [~身軀]搜身。

chhiau² (動) 上下翻以混合,例如攪和混凝土 ¶~ *iâm* [~鹽]加鹽攪拌 ¶~ *mī-hún* [~麵粉]和麵。

chhiau³ [超] (官) (< log Nip < tr En *super/sur-*) 超越 ¶~-*chū-jiân* [~自然]全 ¶~-*im-pho* [~音波]全 (動) 超

上並在超過中; ≃ piàⁿ ¶*ka* ~-·kòe/-·kè* [ka~過]超過它,指行駛中的車輛。

chhiâu (動) 1. 挪動 ¶*Í-á* ~ *khah-khì* ·*le*. [椅仔~較去·le.]把椅子稍微挪到那邊去 2. 調整,例如使脫臼的骨骼恢復正常的位置等 ¶~ *sî-cheng* [~時鐘]校正時鐘 3. "喬,"即協商、調度 ¶~ *kè-siàu* [~價數]經過協商而調整價錢。 「全。

chhiau-chài (< log Chi) [超載] (動)

chhiau-chhia (< log Chi) [超車] (動) 全。 「全。

chhiau-chhut (< log Chi) [超出] (動)

chhiau-gia̍h kēng-soán‖...*kèng*- (< log Chi) [超額競選] (名) (動) 全。

chhiau-im-pho (< log Nip < tr En *ultrasonic wave*) [超音波] (名) 全。

chhiau-im-sok (< log Nip < tr En *supersonic speed*) [超音速] (名) 全。

chhiau-kè/-*kè* ⇒ chhiau-kòe。

chhiau-kip chhī-tiûⁿ (< log Chi < tr En *supermarket*) [超級市場] (名) KENG: 全。

chhiau-kng-sok‖-*kong*- (< col log Chi) [超光速] (名) 全。「過」(動) 全。

chhiau-kòe/-*kè*/-*kè* (< log Chi) [超

chhiau-kong-sok ⇒ chhiau-kng-sok。

chhiau-seng (< log Sin) [超生] (動) 全 ¶*éng-oán bē/bōe* ~ [永遠bē~]萬劫不復。

chhiau-sok (< log Chi) [超速] (動) 全。 「全; ≃ kòe-/kè-tāng。

chhiau-tāng (< log Chi) [超重] (動)

chhiau-té-pho‖-*té*- (< log Nip) [超短波] (名) 全。

chhiau-tō· (< log Sin) [超度] (動) 全。

chhih (動) 1. 低(頭) 2. 俯衝; ≃ chhîⁿ (形) [x]低著頭的樣子 ¶*thâu* ~-~ [頭~~]低著頭。 「前 ¶~-*óa* q.v.

chhih¹ (動) 圍攏並向內移動,例如圍毆

chhih² 働 壓;按;⇒ jih。

chhǐh (> chhǐ-·i q.v.)。

chhih-á [chhih 仔] 名 CHIAH: (有斑點的遠海)梭子蟹。

chhih- chhéh/- chhěh‖chhī- chhě (風吹葉子、金屬片碰撞磨擦、唱片磨損等的)沙沙聲。

chhih-óa 働 (人、獸)圍攏並逼近 ¶kui tīn káu ~-lâi ka kā [kui 陣狗 ~óa 來 ka 咬] 一群狗擁上來咬他。

chhihⁿ - chhňgh - kiò [chhihⁿ - chhňgh 叫] 働 不停地吸回鼻涕而發出聲音;≃ chhiⁿ-chhíⁿ-chhňgh-chhňgh。

chhim (< Sin) [深] 形 1. 縱深大 ¶Kau-chúi chin ~. [溝水真~.] 河水很深 2. 深入 ¶Mê chin ~ ·a. [暝真~矣.] 夜深了 3. 高深 ¶I hàk-būn chin ~. [伊學問真~.] 他學問很高深 4. 難;程度高 ¶Chit khò chin ~. [這課真~.] 這一課很難。

chhím 働 初;剛剛 ¶~ khòaⁿ, khòaⁿ-bô [~看,看無] 初看,看不懂 ¶~ lâi, tàk-hāng to bô-sèk [~來,tàk 項 to 無熟] 因為剛來,樣樣不熟悉。

chhím-á [chhím 仔] 名 TÙI, HÙ: 鏡鈹;≃ chhím-chhēⁿ-á。

chhím-chéⁿ-á/-chíⁿ- [chhím 井仔] 名 Ê: 天井;中庭。

chhím- chhēⁿ- á [chhím - chhēⁿ 仔] 名 TÙI, HÙ: 鏡鈹;≃ chhím-á。

chhim-chhián (< log Sin) [深淺] 名 全。

chhim-chhim (< log Chi) [深深] 働 全 ¶~ kám-siā [~感謝] 全。「聲。

chhím - chhím - chhāⁿ 象 大小鏡鈹

chhím-chíⁿ ⇒ chhím-chéⁿ。 「全。

chhim-chiàm (< log Sin) [侵佔] 働

chhim-hái (< log Nip) [深海] 名 全。

chhim-hoān (< log Nip < Sin) [侵犯] 働 全。

chhim-jip¹/-gìp/-lìp (< log Sin) [侵入] 働 全。 「入] 働 形 全。

chhim-jip²/-gìp/-lìp (< log Chi) [深入] 働 形 全。

chhim-kheⁿ/-khiⁿ [深坑] 名 Ê: 深谷 ¶bô-té/-tóe ~ [無底~] 無底洞。

chhim-khek (< log Chi) [深刻] 形

chhim-khiⁿ ⇒ chhim-kheⁿ。 「全。

chhim-lèk (-sek) (< log Sin) [深綠(色)] 名 全 形 1. 深綠色的 2. (< sem) 堅決主張台灣主體性的。

chhim-liàk/-liòk (< log Nip) [侵略] 働 全
◇ ~-chiá (< log Nip) [~者] Ê: 全
◇ ~-sèng (< log) [~性] 全。

chhim-lòng-khòng/-lòng-lòng [深lòng-khòng] 形 (縱深) 大。

chhim- long- long/- lòng- lòng [深long-long] 形 1. (水) 很深;≃ chhim-oang-oang 2. (房子的縱深)大;(坑、谷等)很深;≃ chhim-lòng-khòng。

chhim-nâ(-sek) (< log Sin) [深藍(色)] 名 全 形 1. 深藍色的;≃ àm-chheⁿ;≃ àm-nâ 2. (< sem) 堅決主張中國主體性、反對台灣主體性的。「形 很深;≃ chhim-long-long。

chhim-oang-oang [深 oang- oang]

chhim-sek [深色] 名 全 形 顏色濃。

chhím-sit/-sek (< log Nip) [寢室] 名 KENG: 全。 「名 全

chhim-soaⁿ (< col log Sin) [深山] △ ~ nâ-(á-)lāi [~林(仔)內] 在山林的深處;深山老林。

chhim-tō· (< log Nip) [深度] 名 全。

chhin (< Sin) [親] 首 1. 親生 ¶~-lāu-bú [~老母] 親娘;生母 2. 同胞 ¶~-hiaⁿ-tī [~兄弟] 同胞兄弟 3. 親身 ¶~-bàk-chiu khòaⁿ--tiòh [~目睭看著] 親眼看到 働 親近 ¶Tâi-oân ū-lâng ~ Bí-kok, ū-lâng ~ Tiong-kok. [台灣有人~美國,有人~中國.] 全

[形] 親密;親近 ¶*In nn̄g ê chin ~.* [In 兩個真~.] 他們兩個很親近。

chhìn[1] (< Sin) [秤] [動] **1.** 量重量 ¶~ *khòa^n gōa/jōa tāng* [~看 gōa 重] 稱稱看有多重 **2.** 論…; 根據(斤兩等)計價 ¶~-*kin/-kun* [~斤] 論斤。

chhìn-á [秤仔] [名] KI: 秤。

chhin-ài-·ê (< tr + log Chi < tr; *cf* En *dear*, Fr *cher/chère*) [親愛·ê] [形] 親愛的。

chhin-ba̍k(-chiu) (< log Sin + tr) [親目(睭)] [副] 親眼 ¶~ *khòa^n-·tio̍h* [~看著] 親眼看到。

chhin-bi̍t (< log Sin) [親密] [形] 仝

△ ~ *ê chiàn-iú* [~ê戰友] 親密的戰友。

chhìn-chhái [秤彩] [動] 隨(你)便 [形] **1.** 隨便; 馬虎 ¶*mài hiah* ~ 別那麼馬馬虎虎的 **2.** 任何

△ ~ *lâng* [~人] 隨便什麼人; 任何人

△ ~ *siá^n/sá^n/siah^n/sah^n* 任何 ¶~ *sá^n tāi-chì lóng ài iōng-sim* [~啥代誌攏愛用心] 做任何事都得用心

[副] 隨便; 隨意 ¶~ *chia̍h* [~吃] 隨便吃吃 ¶~ *kóng* [~講] 隨便(亂)說。

chhin-chhek-á (< log Sin + *á*) [親戚仔] [名] Ê: 親戚; ≃ chhin-chiâ^n。

chhin-chhiat (< log Nip < sem Sin) [親切] [形] 仝。

chhìn-chhìn-chhái-chhái [秤秤彩彩] [形] 馬馬虎虎。 「仝。

chhin-chhiú (< log Sin) [親手] [副]

chhin-chhiūn‖*chhan-* [親像] [動] 像 ¶*Hit kho͘, chi̍t chiah ~ ti.* [Hit 箍一隻~豬.] 那傢伙像頭豬

△ ~*lí!* [~你!] [反] (我)才不跟你一樣差勁呢!

[連] 例如 ¶*Chin chē lâng bô siang-sìn i-seng, ~ (kóng) goán a-kong.* [真 chē 人無相信醫生, ~(講)goán 阿公.] 很多人不相信醫生, 例如我爺爺。

chhin-chhùi (< log Sin + tr) [親嘴] [副] 親口 ¶*I ~ kóng ·ê.* [伊~講·ê.] 他親口說的。

chhin-chiâ^n (< Sin [親情]) [親 chiâ^n] [名] **1.** Ê: 姻親

△ ~^+ *gō͘-cha̍p, pêng-iú^+ chi̍t-pah* (v ~-*gō͘-cha̍p*) [~五十, 朋友一百] [諺] 親朋戚友

◇ ~-*gō͘-cha̍p* (< **chhin-chiâ^n-gō͘-cha̍k* [親情五族]) [~五雜] 親戚

◇ ~-*pêng-iú* [~朋友] 親朋戚友

2. 親事 ¶*chò/chòe* ~ [做~] 牽紅線 ¶*kóng* ~ [講~] 提親。

chhin-cho̍k-á (< log Sin + *á*) [親族仔] [名] Ê: 同宗族內的人; ≃ pâng-thâu-á。

chhin-hīⁿ(-khang)|*-hī...* (< log Sin + tr) [親耳(khang)] (< [親耳]) [副] 仝 ¶~ *thia^n-·tio̍h* [~听著] 親耳聽到。

chhin-hò͘-hò͘/*-hò͘^n-hò͘^n*/*-ho͘h^n-ho͘h^n* [親hò͘-hò͘] [形] 很親熱, 常帶貶意。

chhin-jia̍t/*-gia̍t*/*-lia̍t* (< log Sin) [親熱] [形] 仝; ≃ chhin-hò͘-hò͘。

chhin-ke (< log Sin; ant *chhe^n-m̄*) [親家] [名] Ê: 仝。

chhin-kīn/*-kūn*/*-kīn* (< log Sin) [親近] [動] [形] 仝。

chhìn-kin/*-kun*/*-kin* [秤斤] [動] 以斤為單位計價。

chhìn-koa^n [秤竿] [名] KI: 秤桿。

chhìn-kōa^n [清汗] [名] 冷汗。

chhin-kūn ⇒ chhin-kīn。

chhìn-kun ⇒ chhìn-kin。

chhin-lâng[1] (< log Sin + tr) [親人] [名] Ê: 親近的親屬, 例如直系親屬或配偶。

chhin-lâng[2] [親人] [副] 親自 ¶*kiò i ~ lâi* [叫伊~來] 叫他親自來。

chhìn-moâi/*-môe*/*-bê*/*-bê* [清糜] [名] (前餐吃剩的)冷粥。

C

chhìn-mó͘h(-nah) ⇒ chhìn-nah。

chhìn-nah [清 nah] (名) PHOK, LIÁP:
蕁麻疹；風疹；≃ chhìn-mó͘h(-nah)
¶khí ~ [起～]出上述疹子。「價。

chhìn-niú [秤兩] (動) 以兩為單位計

chhin-ông (< log Sin) [親王] (名) Ê:
全。　　　　　　　　　「(名) 真跡

chhin-pit (< log Sin) [親筆] (副) 全

chhìn-pn̄g/-pūiⁿ [清飯] (名) (前餐
吃剩的) 冷飯。　　　　「皿；秤盤子。

chhìn-pôaⁿ (< Sin) [秤盤] (名) Ê: 秤

chhin-seⁿ/-siⁿ (< log Sin) [親生]
(動) 全 ¶Chit ê sī i ~ ·ê. [這個是伊
～·ê.] 這個是她親生的 (形) 全
◇ ~-kiáⁿ Ê: 親生兒子。「心；絕望。

chhìn-sim [清心] (動) 心裡冷半截；灰

chhin-sin [親身] (< log Sin) (名) 全
¶~ ê keng-giām [～ê經驗] 親身的
經驗 (副) 全 ¶~ lâi-kàu [～來到] 親
臨。

chhin-sìn (< log Chi) [親信] (名) Ê:

chhìn-tāng [秤重] (動) 稱重量。「全。

chhìn-thûi (< Sin) [秤錘] (名) LIÁP: 秤

chhio ¹ (形) (雄性) 性慾亢進。「砣。

chhio² (形) 1. (衣物燙過,) 平直沒有皺
紋；≃ chhun² 2. 衣著平直,令人覺
得很有精神 3. (顏色) 鮮。

chhiò¹ (< Sin) [笑] (動) 1. 發笑 ¶~ kà
pak-tó͘ mo͘h-·leh [～kà腹肚 mo͘h-
·le] 捧腹大笑　　「(皮)] 笑破肚皮
△ ~-phòa pak-tó͘(phôe) [～破腹肚
2. 嘲 笑 ¶M̄-thang ~ lâng chheh
thȧk-bô-koân. [M̄-thang～人冊讀
無koân.] 不要笑人家受的教育不多
△ ~ kà lauh ē-hâi/-hoâi [～到lauh
下頦] 笑掉大牙
△ ~-phòa lâng ê chhùi [～破人ê
嘴] 叫人笑掉大牙
△ ~-sí lâng [～死人] 全
(形) [x] 現出笑容的樣子 ¶bīn-á ~-~,
sim-koaⁿ-lāi chin hoaⁿ-hí [面仔～

~,心肝內真歡喜] 笑在臉上,喜在心
裡。

chhiò² (動) (雙面的東西) 面朝上；(有
口的東西) 口朝上；≃ thán-chhiò (形)
[仰著 ¶chit ê lâng ~-~ tó tī hia [一
個人～～倒tī hia] 一個人仰著躺在
那儿 ¶khùn- [睏～] 仰臥。

chhiò³ (< chhiòⁿ [唱]) ⇒ chhiùⁿ。

chhiō (動) 照明 (以看清楚)。　「眯。

chhiò-bi-bi/-bî-bî [笑 bi-bi] (動) 笑眯

chhiò-bīn (< Sin) [笑面] (名) Ê: 笑容
¶~ bô-·khì·a [～無去矣] 消失笑容
◇ ~-hó͘ (< log Sin) [～虎] Ê: 全
◇ ~ kong-sè (< log Chi + tr) [～
攻勢] Ê: 笑臉攻勢
(形) [x] 露出笑容。　　　　「嘻嘻。

chhiò-bún-bún [笑 bún-bún] (形) 笑

chhiò-gī-gī/-gi-gi [笑誼誼] (動) 笑
嘻嘻；≃ chhiò-bún-bún。

chhiò-ha-ha (< log Sin + Sin; cf Chi
hsiao⁴ ha¹ ha¹) [笑哈哈] (動) 全。

chhiò-hai-hai [笑 hai-hai] (動) 笑嘻
嘻；≃ chhiò-gī-gī。

chhiò-hi-hi (< log Sin + Sin; cf Chi
hsiao⁴ hsi¹ hsi¹) [笑嘻嘻] (動) 全；
≃ chhiò-gī-gī。

chhio-ke/-koe [chhio 雞] (名) CHIAH:
1. 沒閹割的公雞 2. (喻) 好色之徒,著
重生理因素；cf thái-ko-niau。

chhiò-khoe/-khe/-khe͘ [笑詼] (<
[笑科]) (名) 逗人笑的話或事 (形) 1. 滑
稽 2. 荒謬。

chhio-kiȧk-kiȧk (形) 1. 雄性性慾亢奮
的樣子 2. 打扮得很有男性魅力。

chhio-ko [chhio 哥] (名) Ê: 好色之徒；
≃ chhi-ko-sian (形) (男性) 色迷迷；
≃ chhi-ko。

chhiò-koa ⇒ chhiùⁿ-koa。

chhio-koe ⇒ chhio-ke。　　　　「路。

chhiō-lō͘ [chhiō 路] (動) 照明腳前的

chhiò-ōe (< log Sin) [笑話] (名) Ê: 全
¶kóng ~ [講～] 說笑話。

chhiò-poe [chhiò 杯] 图 杯筊全仰。

chhiò-siaⁿ [笑聲] 图 SIAⁿ: 全。

chhioh (< Sin) [尺] 图 KI: 尺子 量
全¶~-*it* [~一] 一尺一寸。

chhiòh-á [蓆仔] 图 NIÁ: 席子。

chhiòk (動 **1.** 踏 (水或爛泥); ⇒
chhòp²⁽¹⁾ **2.** 挼搓; 捏 (田土使爛);
⇒ jiòk (形 泥濘。

chhiòk³ (形 愛現; ⇒ chhiàk²。

chhiòk-kâu ⇒ chhiàk-kâu。

chhiòk-ku ⇒ chhiàk-ku。

chhiong ¹ (< log Sin) [衝] (動 衝撞
¶~-·*tiòh* [~著] 對撞; 相剋。

chhiong² (< log Chi) [衝] (動 **1.** (以
高速) 向前直走 (形 囲 激烈 ¶*bîn-ná-
chài boeh/beh ū khah* ~ *ê hêng-tōng*
[明旦再欲有較~ê行動] 明天將有更
激烈的行動。

chhiong-boán ⇒ chhiong-móa。

chhiong-chiok (< log Sin) [充足] (形
全; ≃ ū-kàu。   「全。

chhiong-hun (< log Nip) [充分] (形

chhiong-kek (< log Nip) [衝擊] 图
Ê: 全 (動 全。

chhiòng-koàn kong-lō͘ (< log Chi)
[縱貫公路] 图 TIÂU: 全。

chhiòng-koàn-sòaⁿ (< log) [縱貫線]
图 TIÂU: 全。

chhiòng-koàn thih-lō͘ (< log Nip [縱
貫鐵道] + tr) [縱貫鐵路] 图 TIÂU:
全。   「全; ≃ phah-lòh-kong。

chhiong-kong (< log Sin) [充公] (動

chhiong-móa/-boán (< col log Sin)
[充滿] (動 全。   「pōng。

chhiong-pōng (形 匆忙; ⇒ chhong-

chhiong-sit (< log Chi) [充實] (動 全
¶~ ka-tī/-kī [~家己] 充實自己 (形
全; ≃ pá-chàt。

chhiong - thùt (< ana Chi asp <
chhiong-tùt < log Nip) [衝突] 图

PÁI: 全 (動 全。

chhiong-tiān (< log Chi < Nip) [充
電] (動 全; ≃ koàn-tiān。 「(形 全。

chhiong-tōng (< log Nip) [衝動] (動

chhip (動 窺探。

chhit ¹ (< Sin) [七] 數 **1.** 基數第七
個 ¶*chàp-*~ [十~] 全 ¶*jī-*~ [二~] 二
十七 ¶~-*bān* [~萬] 全
△ ~ *siàu-liân, peh/poeh siàu-liân*
[七~八~] (還) 年紀輕輕
2. 七 (十、百、千等次級數詞單位)
¶*bān-*~ [萬~] 一萬七千 ¶*chheng-*~
[千~] 一千七百 ¶*pah-*~ [百~] 一百
七十 **3.** 七十簡稱 ¶~-*it* [~一] 七十
一 ¶~-*jī* [~二] 七十二 ¶~-*saⁿ* [~
三] 七十三 **4.** 第七個序數 ¶*Góa tiòh*
~ *miâ.* [我著~名.] 我得第七名 ¶~-
goèh Chhe-~ [~月初~] 十月十號
¶~ *hō͘* [~號] 全。

chhit² (< Sin) [拭] (動 擦拭 ¶*Chhiú
sé-sé-·le, ài* ~ *ho͘ ta.* [手洗洗·le, 愛
~ ho͘ ta.] 洗完手要擦乾 ¶~ *kha-
chhng* q.v.

chhit³ (動 塗抹; 摩擦; ⇒ chhat²

chhit‖*chhít*‖*chhit* 象 樂器拍板打擊
聲 ¶~-~-*kiò* [~~叫] 打拍板出聲
¶~-*tòng* q.v.   「的小丑。

chhit-á¹/-·*a* [七仔] 图 Ê: 舊戲劇裡

chhit-á² [七仔] 囲 图 Ê: 女朋友。

chhit-á³ [拭仔] 图 TÈ: 擦子 ¶*o͘-pang
*~ [烏枋~] 黑板擦。

chhit-chá-peh-chá/-*lá*|-*poeh*- [七
早八早] 图 一大早 (副 還沒到時
間; ≃ bōe-chēng-bōe。

chhit-chhái (< log Chi) [七彩] 图 全
(形 有許多顏色。

Chhit-·goèh/-*gèh*/-*gèh*/-*gèh* (<
Sin) [七月] 图 全
△ ~-*pòaⁿ ah-á* [~半鴨仔] CHIAH:
不知大禍即將臨頭的人 ¶~-*pòaⁿ
ah-á m̄-chai sí* (v *m̄-chai sí*) [~

半鴨仔 m̄ 知死] 不知大禍即將臨頭
◇ ~-*pòaⁿ* (< Sin) [~半] 中元節。

chhit-jī-á [七字仔] [名] SIÚ: 每段四句一韻的七言歌謠; *cf* sì-kù-liân。

chhit kha-chhng [拭kha-chhng] [動] **1.** 揩大便 **2.** [棚] 收拾爛攤子。

chhit-khang (< log Sin + tr) [七khang] (< [七空]) [名] 七竅。

chhit-lù-á [拭lù仔] [名] TÈ: 橡皮擦; ≃ chhit-á³; ≃ lù-á。

Chhit-niû-má-seⁿ/-*siⁿ* [七娘媽生] (< [織娘□生]) [名] 七夕。

chhit-thô ⇒ thit-thô。

chhi̍t-tǒng [象] 演戲的樂器聲, 以拍板聲與小鑼聲為代表 ¶~, ~, *chhàⁿ* 上述樂器聲加上鐃鈸聲。

[chhiu]¹ (< Sin) [鬚] [名] **1.** KI: (人、羊的) 鬍鬚; (動物的) 觸鬚 ¶*lâu-~* [留~] 留鬍子 **2.** TIÂU: (蘿蔔等主根上頭的) 細根; ≃ iù-kin ¶*chhài-thâu-~* [菜頭~] 蘿蔔根上頭的細根 **3.** TIÂU: (植物的) 氣根 ¶*chhêng-á-~* [榕仔~] 榕樹的氣根 **4.** KI: (穀類的) 芒 ¶*be̍h-á-~* [麥仔~] 麥芒 **5.** TIÂU, KI: (玉米棒子上的) 鬚 ¶*hoan-be̍h-~* [番麥~] 棒子上的鬚 **6.** TIÂU: (旗子邊緣、帳幕底下等的) 總 **7.** CHÁNG: (旗竿上等的) 總。

chhiu² (< sem Sin) [羞] [動] 以食指畫臉頰羞人 [歎] 以食指畫臉頰羞人同時所發的語詞 ¶*~! ~! ~! Bē/Bōe kiàn-siàu.* [~!~!~! Bē見笑.] 羞! 還不害臊!

chhiú (< Sin) [手] [名] KI: (人、猿猴「的) 前肢
△ ~ *chhun-tn̂g-tn̂g* [~伸長長] 伸長著手索取或行乞。

chhiū-á [樹仔] [名] CHÂNG: 樹木
◇ ~-*bóe/-bé* [~尾] 樹梢
◇ ~-*châng* [~欉] CHÂNG: (個別的) 樹; 樹身
◇ ~-*á-chháu-á* [~仔草仔] 草木
◇ ~-*á-hoe-chháu* [~仔花草] 花木
◇ ~-*kha* [~腳] 樹下
◇ ~-*kho͘* [~箍] KHO͘: 已砍下的樹幹或大樹杈的一節
◇ ~-*kin/-kun* [~根] TIÂU: 樹根
◇ ~-*ńg* Ê: 樹蔭
◇ ~-*oe/-oāiⁿ* [~椏] OE, KI: 樹杈; 「樹枝子
◇ ~-*téng* [~頂] 樹上
◇ ~-*thâu* [~頭] **a.** LIA̍P: 樹的根部 **b.** 靠近根部的樹幹 **c.** LIA̍P: 樹墩。

chhiú-ām [手頷] [名] 手腕子; ≃ chhiú-ba̍k。

chhiú-āu-khiau (ant *chhiú-oan*) [手後蹺] [名] 手肘關節外部。

chhiú-bé ⇒ chhiú-bóe。

chhiú-bé-chîⁿ ⇒ chhiú-bóe-chîⁿ。

chhiú-bé-la̍t ⇒ chhiú-bóe-la̍t。

chhiú-bóe/-*bé*/-*bé͘* [手尾] [名] 手腕以下 ¶~ *bô la̍t* [~無力] 腕力很弱。

chhiú-bóe-chîⁿ|-*bé*-|-*bé͘*- [手尾錢] [名] 人死時所遺留的現金。

chhiú-bóe-la̍t|-*bé*-|-*bé͘*- [手尾力] [名] 腕力; 手勁儿 ¶*at* ~ 掰腕子 ¶*áu* ~ do.

chhiú-cháiⁿ [手cháiⁿ] (< Sin [手指]) [名] KI, CHÁIⁿ: 手指頭。「PÚN: 仝。

chhiú-chheh (< log Chi) [手冊] [名]

chhiú-chhèng [手銃] [名] KI: 手槍; ≃ té-chhèng [形] (< sem ab *phah-chhiú-chhèng*, q.v.) 調皮
◇ ~ *gín-á* [~gín仔] Ê: 頑童。

chhiú-chhia (< log Nip) [手車] [名] [*á*] TÂI: **1.** 手推車 **2.** (< sem) 購物車。「chhiu。

chhiu-chhian (< log Sin) ⇒ chhian-

chhiu-chhiu [鬚鬚] [形] 有稀疏的鬚的樣子, 例如榕樹及其氣根。

chhiú-chí [手chí] [名] KHA: 戒指。

chhiú-chih-(phō͘-) á|-*chí*- [手摺(簿)仔] [名] PÚN: (記地址、電話、約會等用的) 小本子。

chhiú-ē¹/-*hā* (< col log Chi) [手下] [名] 手中; ≃ chhiú-thâu ¶*pāi tī i ê*

~ [敗 tī 伊 ê ~] 敗在他手下。

chhiú-ē² (< log Chi) [手下] ⊛ 領導之下 ¶tī i ê ~ kang-chok [tī 伊 ê ~ 工作] 在他手下工作。　　　　　「下。

chhiú-ē³ (< log Sin) [手下] ⊛ ê: 部

chhiú-gē (< log Sin) [手藝] ⊛ 全。

chhiú-gí/-gú/-gí (< log Chi < tr En sign language; cf Nip [手話]) [手語] ⊛ 全 ¶phah ~ 以手語交談。

chhiú-hā ⇒ chhiú-ē¹。　　　　「葉。

chhiū-hióh-á [樹葉仔] ⊛ HIÓH: 樹

chhiú-hó͘-kháu [手虎口] ⊛ (的) 虎口; ≃ hó͘-kháu-chhùi。

chhiú-hōaⁿ [手 hōaⁿ] (< [手捍]) ⊛ [á] KI: 扶手。

chhiú-hông [手 hông] ⊛ 手指因勞動而於休息後腫脹的發炎現象。

chhiú-hong-khîm [手風琴] ⊛ ê: 全; ≃ a-khó-lé-óng。「印; cf chhiú-ìn。

chhiú-hûn [手痕] ⊛ ê: 手紋; 指紋; 手

chhiú-ìn (< log Sin) [手印] ⊛ ê: 全; ≃ chhiú-bô; cf chhiú-hûn。

chhiú-iû (< tr En hand lotion) [手油] ⊛ 潤手的乳液。

chhiú-kang (< log Nip) [手工] ⊛ 1.不靠機械的製造操作　2.用手操作的工作 ⑰ 非機械製造的 ¶~ sé/sóe chhia [~洗車] 全。

chhiú-kang-gē-phín (< log Chi; cf Nip [手藝品]) [手工藝品] ⊛ 全。

chhiú-kang-giáp (< log Nip) [手工業] ⊛ 全。

chhiú-khàu (< log Sin [手銬] + Mand voc; cf Chi shou³ k'ao⁴) [手扣] ⊛ ê: 手銬。　　　　　　　「運。

chhiú-khì (< log Chi) [手氣] ⊛ 賭

chhiú-khiau (ant chhiú-oan) [手蹺] ⊛ 手肘關節外部; ≃ chhiú-āu-khiau。

chhiú-khoân [手環] ⊛ KHA: 手鐲。

chhiú-kî (< log Chi) [手旗] ⊛ [á]

KI: 全。

chhiú-ki-á [手機仔] ⊛ KI: 行動電話。　　　　　　　「話。

chhiú-kin-á |-kun-|-kiⁿ- (< log Sin + á) [手巾仔] ⊛ TIÂU: 手絹儿。

chhiú-kó (< log Chi) [手稿] ⊛ 全。

chhiú-kó-thâu [手股頭] ⊛ 臂膀。

chhiú-kōaⁿ-tē-á [手 kōaⁿ 袋仔] ⊛ KHA: 手提包。

chhiú-kun-á ⇒ chhiú-kin-á。

chhiú-kut [手骨] ⊛ KI: 手臂。

chhiú-lāi [手內] (< [手裡]) ⊛ 手上; 手中。　　　　　　　「繭。

chhiú-lan [手 lan] ⊛ LIÁP: 手上的

chhiū-leng /-lin/-ni [樹奶] ⊛ 樹膠; 橡膠; 橡皮
◇ ~ kho͘-á [~箍仔] TIÂU: 橡皮圈
◇ ~-thn̂g (< tr En [chewing] gum; cf ChiD [橡皮糖]) [~糖] TÈ: 口香糖。　　　　「榴彈」LIÁP: 全。

chhiú-liû-tân/-tôaⁿ (< log Nip) [手

chhiú-lok-á [手 lok 仔] ⊛ SIANG, KHA: 手套; ≃ chhiú-lông。

chhiú-lông [手囊] ⊛ SIANG, KHA: 手套; ≃ chhiú-lok-á。「林子; 森林。

chhiū-nâ (< Sin) [樹林] ⊛ [á] ê: 樹

chhiū-nǎ (< contr chhiū-nâ-á, q.v.)。

chhiú-ńg/-úiⁿ [手 ńg] ⊛ 袖子
◇ ~-bóe/-bé [~尾] 袖口。

chhiū-ni ⇒ chhiū-leng。

chhiú-oan (ant chhiú-(āu-)khiau) [手彎] ⊛ 手肘關節內側。

chhiú-oán (< log Nip) [手腕] ⊛ ê: 手法 ¶chèng-tī ~ [政治~] 全。

chhiū-oe/-oāiⁿ [樹椏] ⊛ OE, KI: 樹枝; ≃ chhiū-á-oe。

chhiú-phāng [手縫] ⊛ ê, PHĀNG: 指縫; ≃ chéng-thâu-á-phāng ¶~ lang 守不住錢財。「仔」⊛ LIÁP: 手錶。

chhiú-pió-á (< log Sin + á) [手錶

chhiú-pô͘ [手 pô͘] ⊛ ê: 手掌, 指其大小、形狀; ≃ chhiú-bô; cf kha-pô͘。

chhiú-pôaⁿ [手盤] (名) 手背。

chhiú-sè (< log Chi) [手勢] (名) ê: 示意時手的姿勢 ¶*pí* ~ [比~] 做手勢。

chhiú-sim (< Sin) [手心] (名) 掌心。

chhiū-sin (< log Sin) [樹身] (名) KHO͘, KI: 樹幹,強調其為樹之主要部位。

chhiú-siók (< log Nip) [手續] (名) 全
◇ ~-*hùi* (< log Chi) [~費] 全。

chhiú-sút (< log Nip) [手術] (名) (動)
全 ¶~-*tiāu* [~掉] 切除　　「KENG: 全
◇ ~-*sit* /-*sek* (< log Nip) [~室]
◇ ~-*tâi* (< log Nip) [~台] ê: 全
◇ ~-*to* (< log Nip) [~刀] KI: 全。

chhiú-tê-á|-*tôe*- [手蹄仔] (名) 手掌
¶*phah* ~ 打手心。

chhiú-tē̄-á [手袋仔] (名) SIANG, KHA:
手套; ≃ chhiú-lok-á; ≃ chhiú-lông。

chhiú-thâu (< log Sin) [手頭] (名)
1. 手邊;手上 **2.** 經濟狀況 ¶~ *ân* 手頭緊 ¶~ *lēng* 手頭寬裕 **3.** 用錢的程度 ¶~ *phàn* (用錢)不會算計。

chhiu-thiⁿ (< Sin) [秋天] (名) 全。

chhiú-tiān [手電] (名) [*á*] KI: 手電筒。

chhiú-to [手刀] (名) 小指頭下的手掌邊緣。

chhiú-tó͘ [手肚] (名) 下臂內側多肉的部位　　　　　　　　　　「肉。
◇ ~-*bah* [~肉] OÂN: 上述部位的肌

chhiú-tōaⁿ (< log Nip) [手段] (名) ê:

chhiú-tôe-á ⇒ chhiú-tê-á。　　「全。

chhiú-tòng [手擋] (名) KI: 手剎車。

chhiuⁿ¹ (< Sin) [槍] (名) KI: 矛。

chhiuⁿ² (< Sin) [鯧] (名) BÓE: 鯧魚。

chhiúⁿ (< Sin) [搶] (動) **1.** 搶劫 **2.** 爭奪 ¶~ *hông-tè-ūi* [~皇帝位] 爭天下 **3.** 爭先;搶先 ¶~-*khì thâu-chêng* [~去頭前] 搶先到前面。

chhiùⁿ‖*chhiò* (< Sin) [唱] (動) 全。

chhiūⁿ¹ (< Sin) [象] (名) **1.** CHIAH: 大象 **2.** LIÁP: 黑字象棋棋子之一; ≃ o͘-chhiūⁿ。

chhiūⁿ² (< Sin) [相] (名) LIÁP: 紅字象棋棋子之一; ≃ âng-chhiūⁿ。

chhiūⁿ³ (< Sin [上]) (動) 向上吊,例如汲水。

chhiūⁿ⁴ (動) 長出(青苔、斑點等) ¶~ *chheⁿ-/chhiⁿ-thî* [~青苔] 長青苔 ¶~ *o͘-pan* [~烏斑] 長出黑斑點,例如汗濕的衣服。　　　　　　「例如。

chhiūⁿ⁵ (< Sin) [像] (動) 相像;似 (連)

chhiūⁿ-á [牆仔] (名) ê: 圍牆; ≃ chhiûⁿ-
◇ ~-*thâu* [~頭] 牆頭。　　└thâu-á

chhiūⁿ-bōng/-*bō͘* ⇒ chiūⁿ-bōng。

chhiūⁿ-chúi [chhiūⁿ水] (< [上水])
(動) 從井裡等低下處打水。

chhiūⁿ-gê (< log Sin) [象牙] (名) KI: 全
◇ ~-*sek* (< log Nip < tr En *ivory*)
[~色] 牙色; ≃ gê-sek
◇ ~-*thah* (< log Chi < tr En *ivory tower*; *cf* Nip [象牙の塔]) [~塔]
ê: 全。　　　　　　　　　　「全。

chhiùⁿ-ki (< log Sin) [唱機] (名) TÂI:

chhiūⁿ-kî (< log Sin) [象棋] (名) PÔAⁿ, LIÁP: 全。

chhiūⁿ-kńg [象管] (名) TIÂU: 象鼻。

chhiùⁿ-koa‖*chhiò*- (< Sin) [唱歌]
(動) 全。　　　　　　　　「TÈ: 全。

chhiùⁿ-phìⁿ (< log Chi) [唱片] (名)

chhiùⁿ-si (< log Chi) [唱詩] (動) 全。

chhiúⁿ-siang /-*siong* ⇒ chhiáng-siang。

chhiúⁿ-tāi-seng [搶tāi先] (動) 搶先(排隊、佔有、做、走等)。

chhiūⁿ-thâu-á [牆頭仔] (名) ê: 圍牆。

chhiúⁿ-thâu-hiuⁿ [搶頭香] (動) 搶先(在過年後)到廟宇插上香。

chhiúⁿ-tiúⁿ ⇒ chhiáng-tiúⁿ。

chhiûⁿ-ûi-á [牆圍仔] (名) ê: 圍牆; ≃ chhiûⁿ-thâu-á。

chhiúe -*iâng* (< Chi *chüeh¹ yang³*)
(動) 缺氧; ≃ khoat-iâng。

chhng ¹ (< Sin) [瘡] (名) 膿瘡。

chhng² / *chhuiⁿ* (< Sin [穿]) 　計算小孔的單位 　穿過小孔; *cf* nng ¶*kā sòaⁿ ~-kòe chiam-phīⁿ* [kā 線～過針鼻] 把線穿過針眼。

chhn̂g (< log Chi) [床] 　病房床位單位 ¶*tē-gō ~* [第五～] 仝。

chhńg¹ (< *chhǹg²*) 　嘗試把鼻內的異物擤出來的聲音 　(園) 擤 ¶*Lâi, ~!* [來,～!] 來，擤出來!

chhńg² / *chhúiⁿ* 　 1. 用牙齒或舌頭把肉從骨上或殼裡取下來吃 ¶*~ hî-á-chhì* [～魚仔莿] 吃魚骨頭上的肉 ¶*~ koe-chí* [～瓜子] 叩瓜子 2. 用舌頭把口中食物與雜質分開，例如把不小心吃進口裡的魚骨頭找出來 ¶*kā chhì ~··chhut··lâi* [kā 莿～出來] 把莿吐出來。

chhǹg 　擤 (鼻涕); ⇒ chhèng³。

chhňg ⇒ chhńgh。

chhǹg-á [chhǹg 仔] 　BÓE: 鮪魚; ≃ àm-chhǹg(-á) ¶*o·-~* [烏～] 黑鮪魚。

chhng-khò· (< log Nip < Sin) [倉庫] 　KENG: 仝 ¶*tún ~* 堆積在倉庫裡 (佔空間)。

chhn̂g-kin / *-kun* [床巾] 　TIÂU: 床

chhǹg-phīⁿ ⇒ chhèng-phīⁿ。 　單。

chhn̄gh 　吸入空氣或鼻涕的聲音 　吸入空氣或鼻涕。 　稍長。

chhňgh || *chhňg* 　吸回鼻涕的聲音,

chhńgh 　 1. 吸回鼻涕的聲音, 短 2. 抽噎聲。

chho (< log Sin) [臊] 　葷的食物; ≃ chho-chhài 　 1. 有魚腥味; ≃ chhàu-chho 2. 葷 ¶*Chhang-á sī ~-·ê.* [蔥仔是～·ê.] 蔥是葷的。

chhó (< log Sin) [草] 　潦草。

chhò 　砍伐 ¶*~ chhiū-á* [～樹仔] 伐木。 　仝。

chhò-bí (< log Sin) [糙米] 　LIÀP:

chhò-chhâ-·ê [chhò 柴·ê] 　Ê: 樵

夫。 　仝。

chhò-gō· / *-ngō·* [錯誤] 　Ê: 仝 　

chhò-hêng || *chhó-* (< log Nip) [操行] 　仝。 　 JĪ: 草書。

chhó-jī / *-gī / -lī* (< log Sin) [草字]

chhò-jī / *-gī / -lī* (< log Chi) [錯字] 　JĪ: 仝。 　仝。

chhò-kak (< log Nip) [錯覺] 　Ê:

chhò-kè / *-kè* ⇒ chhò-kòe。

chhó-kó (< log Sin) [草稿] 　Ê, HŪN: 仝。

chhò-kòe / *-kè / -kè* (< log Chi) [錯過] 　仝 ¶*~ ki-hōe* [～機會] 仝。

chhò-loān (< log Chi) [錯亂] 　 　仝 ¶*cheng-sîn ~* [精神～] 仝 ¶*kok-ka jīn-tông ~* [國家認同～] 仝 ¶*sîn-keng ~* [神經～] 仝。

chhó-siá (< log Sin) [草寫] 　仝。

chhó-that-á || *chhò-* [chhó that 仔] (< [草塞□]) 　LIÀP: 軟木塞。

chho· ¹ (< Sin) [粗] 　 1. (ant *iù*) 不細緻 2. (ant *iu*) 不光滑。

chho· ² (< Sin) [初] 　仝; ≃ chho·-chho· ¶*~ kìⁿ-bīn* [～見面] 仝。

chhò· ¹ (< Sin) [醋] 　仝。

chhò· ² 　瀉水聲。

chho·-chhēng [粗 chhēng] 　當做便裝穿 　日常生活穿著的 ¶*~ ê saⁿ* [～ê衫] 休閑服。 　仝 　仝。

chho·-chhì (< log Chi) [初試] 　PÁI:

chho·-chho· (v *chho·²*) [初初] 　初; 剛剛 ¶*~ kìⁿ-bīn* [～見面] 初見面。

chhō·-chhō·-kiò (v *chhò·²*) [chhō·-chhō· 叫] 　大量地流出而出聲, 例如水管出水。

chhō·-chhō·-lāu (v *chhò·²*) [chhō·-chhō· 漏] 　大量地流出、溢出或瀉出，例如水龍頭沒關或如浴缸溢水。

chho͘-chín (< log Nip) [初診] 名 PÁI: 全 動 全。

chhǒ͘--chit--ē (v chhò͘²) [chhǒ͘一下] 擬 一下子瀉出來的樣子, 例如水槽破裂或水管大開。

chho͘-ēng ⇒ chho͘-iōng。

chho͘-ióng [粗勇] 形 1. (人) 粗壯; ≃ chho͘-phoh 2. 不精緻但耐用。

chho͘-iōng/-ēng [粗用] 動 日常使用。 「tāng。

chho͘-kang [粗工] 名 粗活; ≃ chho͘-

chho͘-khng [粗糠] 名 LIÁP: 稻殼。

chho͘-kî (< log Nip) [初期] 名 全。

chho͘-kip (< log Nip) [初級] 形 全 ¶~ Tâi-gí [~台語] 全。 「全。
◇ ~-pan (< log Chi) [~班] PAN:

chho͘-ló͘ (< log Sin) [粗魯] 形 1. 不細心; 粗手粗腳 2. 粗野; 粗鄙 ¶kóng-ōe ~ [講話~] 語言粗野 3. (做事或成品) 粗陋。 「全。

chho͘-loân (< log Nip) [初戀] 名 PÁI:

chhǒ͘--ò͘ 象 液體一下子瀉出的聲音, 例如水缸被打破。

chho͘-pá [粗飽] 形 不精緻但吃到飽 ¶chiàh chit ê ~ [吃一個~] 果腹。

chho͘-pa-lí-niau [粗巴里貓] 形 粗陋。 「PÁN: 全。

chho͘-pán (< log Nip) [初版] 名

chho͘-phoe/-phe/-phe͘ [粗胚] 名 Ê: 1. (形塑物體的) 芻形 2. (分段工作的) 芻形 ¶piah kan-na boah chit ê ~ [壁kan-na抹一個~] 牆壁才抹了第一層而已 3. (抽象的) 芻形; ≃ kheng-khak。

chho͘-phoh [粗朴] 形 粗壯。

chho͘-piàng-piàng [粗piàng-piàng] 形 (東西) 很粗糙。 「全。

chho͘-pō͘ (< log Nip) [初步] 名 PŌ͘:

chho͘-pún [粗本] 名 大資本。

chho͘-sài (< log Chi) [初賽] 名 PÁI, TIÛ͘: 全 動 全。

chho͘-sim (< log Chi) [粗心] 形 全; ≃ chho͘-sim-koaⁿ。 「全 動 全。

chho͘-sím (< log Nip) [初審] 名 PÁI:

chho͘-siók [粗俗] 形 粗陋而不值錢。

chho͘-sòaⁿ-tiâu \(< log Chi; ant iù-siù) [粗線條] 形 豪放; 不細膩。

chho͘-soán (< log Chi) [初選] 名 PÁI: 全。

chho͘-tāng [粗重] 名 重活儿 形 (< log Sin) 全; ≃ chho͘-siap。

chhò͘-tháng [醋桶] 名 醋缸, 即醋意 △ ~ giâ--khí--lâi [~giâ起來] 興起醋意; 醋海興波。

chhò͘ⁿ -àⁿ (< chhòng sàⁿ) 動 幹嗎。

chhōa ¹ 動 1. 帶領 2. 照顧 (小孩)。

chhōa² [娶] 動 全 △ ~ sè-î [~細姨] 娶小老婆 △ ~ sim-pū [~sim婦] 娶媳婦儿 △ ~ sin-niû [~新娘] do.

chhōa³ 動 (在無控制意識下) 小便失禁, 例如尿床; ≃ siàm。

chhōa-bó͘ [娶某] 動 討老婆。

chhōa-gín-á--ê 名 Ê: 保姆。

chhōa-jiō (v chhōa³) [chhōa尿] 動 遺尿 ¶thau ~ [偷~] do. △ ~ ōaⁿ siàm-sái [~換siàm屎] 換新的 (人), 一樣拙劣 / 更拙劣。

chhōa-lō͘ [chhōa路] 動 帶路。

chhōa-thâu [chhōa頭] 動 帶頭 ¶ pháiⁿ ~ [歹~] (做) 壞榜樣。

chhoaⁿ 名 KI: (竹、等裂開的) 刺儿 ¶chhàk-tiòh ~ [鑿著~] 被上述刺儿扎了 ¶liah-~ 裂開成刺儿 ¶lih-~ [裂~] do. 動 (竹、木等裂開的刺儿) 刺入 ¶~--tiòh [~著] 被上述刺儿扎了; ≃ chhàk-tiòh chhoaⁿ 形 [x] 1. (竹、木等) 表面粗糙, 有許多裂開的刺儿, 例如沒刨乾淨、沒上漆的木器 2. (布料) 粗, 令人有刺儿刺激皮膚的感覺, 例如粗羊毛衣服。

chhôaⁿ 動 橫越; ≃ châⁿ⁽¹⁾ ¶~-kòe/-

kè chháu-po· [～過草埔]穿過草原。

chhòaⁿ [閂] 働 全¶*mn̂g bô* ～ [門無～]門沒閂上。

☐**chhoah**¹ (< Sin [掣]) 働 (用力猛地一)拉(使另一頭斷裂或脫離)¶～ *chhùi-chhiu* [～嘴鬚]拔鬍子¶～*-tn̄g tiān-ōe-sòaⁿ* [～斷電話線]扯斷電話線¶*kā chhah-thâu* ～*··khí-··lâi* [kā插頭～起來]把插頭拔下來。

chhoah² 働 1. 戰抖¶*ba̍k-chiu-phôe ē* ～ [目睭皮會～]眼瞼顫動¶*phôe teh* ～ [皮 teh ～]等著挨打¶*phī-phī-*～ q.v. 2. 受驚;突然被嚇¶～*-chit-ē* [～一下]嚇一跳 3. 害怕 △ ～ *leh/lé tán* (< *chhoah*² *teh*¹ *tán*) [～leh 等] "剉著等," 即害怕地等著(壞事發生); ≃ *tán-leh-chhoah*。 4. 囮 (人)死¶～*··khì* [～去]死了。

chhoah³ 働 一陣子從泄殖腔排出,例如魚、蝦、蟲子排卵或人類大小便失禁,尤其受驚嚇時¶*pàng-jiō* ～*··chit-··ē,* ～ *··chit-··ē* [放尿～一下,～一下](小便不順)尿一陣一陣地撒出。

chhoah⁴ (< Sin [礤]) 働 1. (用礤床儿)刨成條狀或絲狀¶～ *han-chî* [～蕃薯]刨地瓜 2. 刨成碎片,例如刨冰。

chhoa̍h 働 (在水平面上)斜著(移動)¶*Toh-á ka* ～*··kòe-··lâi.* [桌仔 ka ～過來.]把桌子斜過來 彤 (在水平面上)斜著,非平行,非垂直; *cf* khi。

chhoah-âi¹ (< contr *chhut-lâi*¹, q.v.) 働 出來。

chhoah-âi² (< contr *chhut-lâi-khì,* q.v.) 働 (咱們/我)出去。

chhoah-·ài¹ (< contr *chhut-··lâi* < *chhut-lâi*¹, q.v.; > *·chhoài/ ·chhoaih*) 働 出來。

chhoah-·ài² (< contr *chhut-··lâi-··khì* < *chhut-lâi-khì,* q.v.; > *·chhoài/ ·chhoaih*) 働 (咱們/我)出去。

chhoah-chhiam (v *chhoah*⁴) [chhoah 簽] (< [礤籤]) 働 (用礤床儿)刨成條狀,例如刨薯條。

chhoah-chit-tiô [chhoah 一 tiô] 働 吃驚;嚇一跳。

chhoa̍h-kak [chhoa̍h 角] 名 1. 斜角; 2. 斜對面。

chhoa̍h-lâu [chhoa̍h 流] 名 KÁNG: 急湍¶*thô·*-～ q.v.

chhoah-peng (v *chhoah*⁴) [chhoah 冰] (< [礤冰]) 名 働 刨冰。

chhoah-sái (v *chhoah*³) [chhoah 屎] 働 (受驚或內急時不小心而)突然大便失禁; *cf* siàm-sái。

chhoa̍h-sòaⁿ [chhoa̍h 線] 名 TIÂU: 斜線。

☐**·chhoài** ⇒ chhoah-·ài¹,²。

☐**·chhoaih** ⇒ chhoah-·ài¹,²。

☐**chhoan** (< Sin) [村] 名 1. B. 村落 ¶*bîn-sio̍k-*～ [民俗～]全¶*tē-kiû-*～ [地球～]全 2. ê: 行政單位名。

chhoân 働 備(齊)¶*ū* ～ *lí ê hūn* [有～你 ê 份]替你準備了一份¶～ *kè-chng* [～嫁粧]準備嫁粧¶～ *pn̄g* [～飯]弄吃的;準備飯菜。

chhoán (< Sin) [喘] 働 全。呼吸。

chhoán-khùi (< sem Sin) [喘气] 働

chhoán-phīⁿ-phēⁿ [喘 phīⁿ-phēⁿ] 働 喘吁吁。

chhoan-tiúⁿ (< log Chi) [村長] 名 全。 Ê:

chhoán-tōa-khùi [喘大气] 働 1. 喘粗氣 2. 歎息; ≃ thó·-tōa-khùi。

☐**chhoe**¹ [初] ⇒ chhe¹。

chhoe² ∥*chhe*∥*chhe·* (< Sin) [吹] 働 (風)吹; *cf* pûn。

chhoe³ ∥*chhe*∥*chhe·* (< Sin) [炊] 働 蒸¶～ *nn̄g* [～卵]蒸蛋。

chhóe ∥*chhé*∥*chhé·* (< Sin) [髓] 名 Ê, HÙ, LIA̍P, OÂN, TIÂU: 全。

chhòe¹ 名 水磨米粉團; ⇒ chhè¹。

chhòe² 名 働 刷 ⇒ chhè³。

chhōe‖*chhē*‖*chhē* ⓿ **1.** 尋找
　△ ～ *sí-lō* [～死路] 尋死；送死；≃
　2. 探訪。　　　　　　[chhōe-sí, q.v.

chhôe-á‖*chhê-* [箠仔] ⓐ KI: 細竿
　子，例如撞球棍或體罰用的竹枝、細
　棍子等。

chhoe-hong‖*chhe-*‖*chhe-* [吹風]
　⓿ **1.** 被風吹 **2.** 用機器送風；*cf* pûn-
　hong　　　　　　　　　　　　[仝。
　◇ ～-*ki* (< log Chi) [～機] TÂI, KI:

chhōe-khang-chhōe-phāng‖*chhē...
chhê-* ⓿ **1.** 不停地找可乘的機
　會，貶意 **2.** 尋隙 (找麻煩)。

chhōe-sí‖*chhē-*‖*chhē-* [chhōe 死]
　⓿ (責罵:)尋死／送死¶*Lí boeh/beh
　khì* ～ *·hio*? [你欲去～·hio*?] 你要
　去送死啊？

chhoeh |[1] ⓿ 憎惡；⇒ chheh[2]。

chhoeh[2]‖*chheh*‖*chheh* (< Sin [歠])
　⓿ 啜飲。

chhoh |(< sem *chhò < Sin [操] <
　euph) [肏] 粗 ⓿ (男人)用粗話咒
　罵；≃ mē/mā
　△ ～ *kà bô lān ·khì* [～kà 無 lān
　去] 用粗話破口大罵。

chhoh-kàn-kiāu (v *kàn-kiāu*) [肏
　kàn-kiāu] 粗 ⓿ (男人)用粗話
　咒罵，不及物。

chhok |[1] ⓐ [á] **1.** 撮；⇒ chhop **2.** 計
　算大拇指與食指所拈的分量的單位
　3. 灘 ¶*thô·-kha chit* ～ *hoeh* [thô 腳
　一～血] 地上一灘血。

chhok[2] ⓿ **1.** 丟擲成團的濕的東西，例
　如濕衣服、濕毛巾 **2.** 踏進水中或泥
　淖中；*cf* chhop[2]。

chhòng |[創] ⓿ **1.** 處理；做；為…做
　¶～ *chhia-lián* [～車 lián] 處理輪胎
　的問題，例如修補、更換、定位等
　¶～-*chhúi-khí* q.v. ¶～-*hāi-·khì* [～
　害去] 弄壞 ¶～ *sà*ⁿ/*sá*ⁿ [～啥] 幹什
　麼 ¶～ *hō· lí chiàh* [～hō·你吃] 為你

準備吃的；提供你吃
　△ ～-*sí lâng* [～死人] 搞死人；給人
　很大的麻煩
　2. ⓘ 性交；*cf* iōng[1]。　　　[形全。

chhong-bêng (< lit log Sin) [聰明]

chhòng-chhùi-khí [創嘴齒] ⓿ 處理
　牙齒問題，例如拔除、修補等，或治
　療相關部位如齒齦¶*khì* ～ [去～]去
　看牙醫。　　　　　　　　　　[仝。

chhòng-chō (< log Sin) [創造] ⓿

chhòng-chok [創作] ⓐ (< log Nip
　< Sin) (非模仿的)作品 ⓿ (< log
　Chi < Sin)仝。　　　　　　　[仝。

chhòng-lip (< log Nip) [創立] ⓿

chhòng-pān (< log Chi) [創辦] ⓿
　仝。

chhong-pōng‖*chhóng-*‖*chhiong-*
　[匆碰] 形 **1.** 衝動；魯莽 **2.** 匆忙。

chhòng-·sàⁿ/-·siàⁿ [創·sàⁿ] ⓿ 凡
　事；做任何事¶～ *lóng ài sè-jī* [～攏
　愛細膩]凡事要小心。

chhòng-·siàⁿ ⇒ chhòng-·sàⁿ。

chhòng-tī [創治] ⓿ 捉弄。

chhop |‖*chhok* ⓘ 撮；即計算叢生的
　小東西的單位，例如毛髮。

chhop[1] ⓿ 蓋章。

chhop[2]‖*chhiòk* ⓿ **1.** (在水中或爛
　泥中)踏¶～ *kà phùn kà kui seng-
/sin-khu* [～到濆到 kui 身軀] (在水
　裡踐踏)濺得渾身是水¶～-*chhân-
thô·*, q.v. **2.** (不小心)踏進水裡或
　泥淖等糊狀物裡¶～-*tiòh chúi* [～
　著水]踏進水裡；踏到水灘¶～-*tiòh
káu-sái* [～狗屎]踏到狗屎。

chhop[3]‖*chhàp*‖*chhap*‖*chhàm* ⓿
　(拿在一隻手中，用另一隻手抽，以)
　洗(牌)¶～ *pâi-á* [～牌仔](用上述
　方法)洗牌。

chhop-chhân-thô· (v *chhop*[2]) [chhop
　田 thô·] ⓿ **1.** 踏田土使爛 **2.** 種田。

chhop[4]‖*chhàp* ⓿ 眨(眼)¶*bàk-chiu*

~··chit··ē, ~··chit··ē [目 睭 ～ 一
下,～一下]眼睛一眨一眨的。

chhȯp - chhȯp - liām 嘮叨; ≃
chhāu-chhāu-liām。

chhȯp- chhȯp- nih ‖ *chhàp- chhàp-*
不停地眨眼。　　　「踏水(玩)。

chhȯp-chúi (v *chhȯp²*) [chhȯp水]

| **chhu** |¹ 子ㄛ; ⇒ chhi¹。

chhu²‖*chhi*‖*chhἰ* 鋪 ¶～ *chháu-
chhiòh khùn, khah-liâng.* [～草蓆
睏較涼.]鋪草席睡涼快些。

chhu³‖*chhừh* 1.順著斜面下滑;
cf chhū³ 2.(在平面上或在立體
中)傾斜; *cf* khi; *cf* chhoàh 斜,例
　　　　　　　　　　「如斜坡。

chhú¹ [鼠] ⇒ chhí。

chhú² (< log Sin) [取] 1.採用
¶*Āu lâng ～ chit pō· ·ê!* [Āu人～這
步·ê!]哪有人來這一招的! 2.選取
¶～ *tek-á* [～竹仔]選取適用的竹子
3.以某特點見長
　△ ～ *chit ki chhùi* [～一枝嘴]只會
　　說; *cf* chhut chit ki chhùi
　△ ～ *siòk* [～俗] (其)好處在於便宜
　　(不在品質)。

chhù¹ [厝] 1. KENG: 房子 2.家。

chhù² (< log Chi) [處] B.機關單
位 ¶*sū-bū-～* [事務～]全。

chhù³ (< log Sin) [次] 計算事情
的發生的單位; ≃ kòe/kè; ≃ pái; ≃
piàn ¶*Tē-jī ～ Sè-kài Tāi-chiàn* [第
二～世界大戰]全。

chhù⁴ 看不清楚; ⇒ chhuh³。

chhū¹ 濺出時的"嘶嘶"聲 1.發
"嘶嘶"聲地濺出液體或氣體,例如
蒸汽冒出壓力鍋或打開剛搖過的汽
水瓶 2.濺灑; ≃ bū¹; ≃ chhōaⁿ; ≃
phū¹ ¶～ *phang-chúi* [～芳水]灑香
水。

chhū²‖*sū* 1.唆使狗攻擊的噓聲; ≃
sút 2.氣體或液體噴出的聲音 發
"呲呲"聲,例如說悄悄話或唆使
狗打架或咬人。

chhū³ 滑行 ¶～*-tó* [～倒]滑倒。

chhu-á [chhu仔] Ê:滑梯; ≃ kút-
liu-á。

chhú-á [厝仔] KENG:小房子。

chhú-āu [厝後] 房子(外面)後頭。

chhù-bī (< log Sin) [趣味] 全
有趣; ≃ sim-sek。

chhu-bīn [chhu面] Ê:斜面。

chhū- chhū- chhōaⁿ [chhū-chhū 濺]
(液體)濺出。

chhù-chiáu-á [厝鳥仔] CHIAH:麻
雀; ≃ chhek-chiáu-á; ≃ chhù-kak-
chiáu-á。　　　　　　「sòe/-sè。

chhù-chhơ [厝租] 房租; ≃ chhù-

chhù-chú [厝主] Ê:房東; ≃ chhù-
thâu-ke。　　　　　「庭外頭。

chhù-gōa [厝外] 1.房子外頭 2.家
庭外頭。

chhu-hiàng/-hiòng (< log Chi <
Nip < sem Sin) [趨向] 全。

chhu - jī [chhu字] JĪ:斜體字; ≃
chhiâ-(thé-)jī。

chhù-keng [厝間] 房子裡的空
間;屋子裡的空間 ¶*khǹg kà kui-～*
堆得滿屋子都是 ¶*khang ～* [空～]空
房子;空屋子。

chhù-kha [厝腳] Ê:房客。 「kóe-

chhú- khak- ké ⇒ chhì-/chhí- khak-

chhu-kin/-kun [chhu巾] TIÂU:
墊在下面的布,例如床單。

chhù-kòa [厝蓋] Ê:房頂; *cf* chhù-
téng ¶*giâ ～* 掀房頂
　△ ～ *giōng-boeh/kiông-beh giâ··khí-
·lì* [～giōng欲giâ起去]太吵。

chhù-kun ⇒ chhu-kin。

chhù-lāi [厝內] 1.房子裡 ¶*piàⁿ
～* [摒～]家中掃除 2.家庭裡
　△ ～ *ê lâng* [～ê人] Ê:家人。

chhú-lí (< log Sin) [處理] 全。

chhú-lí-mơ·h|*-lú-*|*-lí-*‖*chhù-* (< log
Nip) [處女膜] TÈ:全。

chhu-peng [chhu 冰] 働 溜冰。

chhu-phōe/-phē [chhu 被] 图 NIÁ: "墊被," 即當褥子用的被子。

chhù-piⁿ [厝邊] 图 [á] **1.** ê: 鄰居 ¶chò/chòe ~ [做~] 為鄰 ¶pháiⁿ ~ [歹~] 惡鄰居 ◇ ~-thâu-bóe/-bé [~頭尾] 左鄰右舍 **2.** 家附近 ¶tī ~ niâ 就在(家)附近。

chhu-sè (< log Chi < Nip) [趨勢] 图 ê: 全。

chhù-sè/-sè̀ ⇒ chhù-sòe。

chhu-seh [chhu 雪] 働 滑雪。

chhú-siau (< log Nip) [取消] 働 全。

chhù-sòe/-sè̀/-sè [厝稅] 图 房租。

chhú-tāi (< log Chi) [取代] 働 全。

chhù-téng [厝頂] 图 **1.** ê: 房頂 ¶khàm ~ 在房頂覆以瓦、草等 **2.** 房頂上 ¶peh-khí-khì ~ [peh 起去~] 爬上房頂。   [取締] 働 全。

chhú-thè/-thê‖chhí- (< log Nip)

chhù-tiúⁿ¹ (< log Nip) [次長] 图 ê: 全。   [全。

chhù-tiúⁿ² (< log Nip) [處長] 图 ê:

| chhuh |¹ 働 (線香、煙卷、紙煤儿等 燃燒著而無火焰的小東西)觸及或灼 傷 ¶iōng hun ka ~ [用菸 ka~]拿香 煙燒他(皮膚)。   [去]仆倒。

chhuh² 働 仆(倒) ¶~--lòh--khì [~落

chhuh³‖chhù 形 [x] **1.** 視力不好,看 不清楚 **2.** 沒注意看清楚 ¶Mài bàk-chiu ~-~. [Mài 目睭~-~.] (多注 意些,)別人老不把東西看清楚。

chhuh-bàk [chhuh 目] 働 **1.** 眼睛看 不清楚 **2.** 眼睛不看清楚。

| chhui |¹ 働 (拉繩索等以)勒(緊); cf sǹg² ¶tē-á-chhùi ~ hơ ân [袋仔嘴 ~ hơ ân]把(麻袋等)袋子的口儿 (上的繩子盡量拉以)勒緊。

chhui² (< Sin) [催] 働 **1.** 催促;催 (繳/討) **2.** 踩(汽車加速器) ¶Iû mài tit-tit ~. [油 mài 直直~.]別一直踩

油門。

chhùi¹ (< Sin) [嘴] 图 **1.** ê: (五官 之一的)嘴巴 **2.** KI: (說話的)嘴 巴,貶意 ¶kan-na kōaⁿ chit ki ~ [kan-na kōaⁿ 一枝~]只會說,其他 都不行 ¶chit ki ~ kiàp-kiàp-kiò [一 枝~ kiàp-kiàp 叫] 嘴碎 **3.** ê: 開口 處 ¶kan-á-~ [矸仔~]瓶口 量 口 ¶chiàh chit ~ tiō m̄ chiàh ·a [吃 一~就 m̄ 吃矣]吃了一口就不吃了。

chhùi² (< Sin) [碎] 働 全 ¶I ê sim ~--khì. [伊 ê 心~去.]他的心碎了。

chhùi-á [嘴仔] 图 ê: **1.** 嘴 ¶~ khiàu-khiàu [~翹翹] 噘著嘴 **2.** 相當於嘴 的東西 ¶hong-~ [風~] (輪胎等)打 氣的橡皮入口處 ¶leng-/ni-~ [奶 ~]奶嘴 **3.** (樂器的)吹口。

chhùi-am ⇒ chhùi-om。

chhùi-bé/-bé ⇒ chhùi-bóe¹,²。

chhui-bîn (< log Nip) [催眠] 働 全 ◇ ~-sùt (< log Nip) [~術]全。

chhùi-bóe¹/-bé/-bé [嘴尾] 图 [á] (口中)餘韻 ¶~ khó-kam-khó-kam [~苦甘苦甘]餘味苦中帶甘。

chhùi-bóe²/-bé/-bé [嘴尾] 图 他人 說過的話 ¶tòe lâng ê ~ [tòe 人 ê ~]人云亦云。   [kháu-chhàu。

chhùi-chhàu [嘴臭] 图 口臭; ≃

chhùi-chhiò-bàk-chhiò [嘴笑目笑] 働 眉開眼笑;笑嘻嘻。

chhùi-chhiu [嘴鬚] 图 KI: 髯鬚。

chhùi-chiàh-mih-á [嘴吃物仔] (< □食物□]) 图 零嘴。

chhùi-chiam [嘴尖] 图 **1.** KI: 鳥類錐 狀的嘴; cf chhùi-pe **2.** 上述嘴的尖 端。   [唈舌 ¶thó· ~ [吐~]咋舌

chhùi-chìh [嘴舌] 图 ê: 舌頭 ¶tàk ~ ◇ ~-bóe/-bé [~尾]舌葉。

chhui-chhūn [催 chhūn] (< [催陣]) 働 (產前)陣痛。

chhùi-ē-táu [嘴下斗] 图 ê: 下巴。

chhùi-hêng [嘴形] 图 ê: **1.** 嘴的長

相 **2.** 擺出來的嘴的形狀。

chhùi-iâm-iâm [碎鹽鹽] ㊧ 粉碎,負
面價值; cf chhùi-kô͘-kô͘。

chhui-iû [催油] 動 踩油門。

chhùi-kak [嘴角] ㊇ PÊNG: **1.**嘴的
兩邊角落 ¶nōa ~ [爛~]嘴角潰爛
△ ~ choân pho [~全波]形容說
得口沫橫飛的樣子 ¶kóng kà ~
choân pho [講 kà~全波]努力地
說著,貶意
2.嘴邊 ¶~ chit liạp png-liạp-á [~
一粒飯粒仔]嘴邊有一顆飯。

chhùi-khang [嘴 khang] (< [口空])
㊇ Ê: 嘴;口腔 ¶that ~ (賄賂)使不
告訴他人。

chhùi-kháu [嘴口] ㊇ 開口處。

chhùi-khí [嘴齒] ㊇ KHÍ: 牙齒 ¶bán ~
[挽~]拔牙 ¶chhòng ~ q.v. ¶chò-
/chòe ~ q.v. ¶ké-~ [假~]假牙
◇ ~-hōan [~岸]齒齦
◇ ~-hoeh/-huih [~血]齒齦的血
◇ ~-kha [~腳]牙根 ¶~ thiàn [~
痛]齒齦痛
◇ ~-kin/-kun [~根]牙根;牙關 ¶~
kā-·leh [~咬·leh]咬緊牙關;咬牙
◇ ~-phāng [~縫] Ê: 牙縫 ⌊(切齒)
◇ ~-siông 牙垢; ≃ khí-siông。

chhùi-kô͘-kô͘ [碎糊糊] ㊤ 粉碎;(打
得)稀爛; cf chhùi-iâm-iâm。

chhùi-kóng[1] [嘴 kóng] ㊇ KI: **1.**(獸
類的)口鼻 **2.**(蚊子)管狀的嘴。

chhùi-kóng[2] [嘴講] 動 空口說白話。

chhùi-lom/-lam [嘴 lom] ㊇ Ê: (獸
類用的)口罩; cf chhùi-om/-am。

chhui-lūi-tân/-tôan (< log Nip) [催
淚彈] ㊇ LIẠP: 全。

chhùi-nōa [嘴 nōa] ㊇ KÔ͘, TIH: 口水
¶~ tọp-tọp-tih [~ tọp-tọp 滴]垂涎
三尺
◇ ~-chhiu [~鬚] TIH: 橫飛的口水
◇ ~-chúi [~水]口水; ≃ chhùi-nōa
◇ ~-pho [~波] LIẠP: 口角的泡沫。

chhùi-om/-am [嘴 om] ㊇ Ê: (人、
獸類用的)口罩; cf chhùi-lom; cf
chhùi-tà。

chhùi-pe/-poe [嘴 pe] ㊇ KI: **1.**(鴨、
鵝等)扁而突出的嘴; cf chhùi-chiam
¶sí ah-á ngē ~ q.v.

chhùi-phé/-phóe [嘴 phé] ㊇ 臉頰
¶siàn ~ [搧~]打耳光
◇ ~-bah [~肉] **a.**面頰的肉 **b.** Ê:
"嘴邊肉," 即宰過的豬的面頰肉。

chhùi-phìn (< log Chi) [碎片] ㊇ TÈ:
全; cf iù-á。

chhùi-phóe ⇒ chhùi-phé。

chhùi-poe ⇒ chhùi-pe。

chhùi-ta [嘴 ta] (< [口焦]) 動 口渴。

chhùi-tà (< log Chi + tr) [嘴罩] ㊇
Ê: (人類用的)口罩; cf chhùi-om/-
am。   ⌊Ê: 全

chhùi-tûn (< Sin + tr) [嘴唇] ㊇
△ ~-phôe/-phê sio-khoán-thāi (v
~-phôe) [~皮相款待]口頭上交
際而已,沒有誠意也沒有行動
◇ ~-phôe/-phê [~皮] TÈ: 嘴皮子。

chhun[1] (< Sin [伸]) 動 剩餘 ㊤ 剩
下的 ¶~-chhài [~菜]剩菜。

chhun[2] (< Sin) [伸] 動 全 ¶ām-kún-á
~-tng-tng [頷頸仔~長長]伸長脖子
△ ~ chhiú, tú-tiọh piah [~手 tú 著
壁] **a.**家徒四壁 **b.**處處碰壁;處
於窘境
㊤ (衣物)平直沒有皺紋; ≃ chhio[2]
¶chhng-kin tiọh-ho͘-~ [床巾 tiọh
ho͘~]把床單拉平。   ⌊位。

chhùn (< Sin) [寸] ㊤ 尺以下長度單

chhun-chhài [chhun 菜] ㊇ 剩菜。

chhùn-chhioh [寸尺] ㊇ 尺寸。

chhun-·ê ㊇ **1.**剩餘 ¶~ ū gōa/jōa
chē? [~有 gōa chē?]剩多少? **2.**其
他的 ¶Chhēng âng san ·ê khiā chit
pêng, ~ khiā hit pêng. [Chhēng 紅
衫 ·ê 企這 pêng,~企 hit pêng.]穿紅
衣服的站這邊,其餘的站那邊。

chhun-hē-chhiu-tang /-hā...-tong
(< col log Sin) [春夏秋冬] (名) 仝。

chhun-ká/-kà (< log Chi < tr En
spring vacation) [春假] (名) PÁI:
仝。

chhun-kha-chhut-chhiú [伸腳出
手] (動) 1. 伸出手腳; 伸展 2. 行動
(以實現抱負)。

chhun-liân (< log Sin) [春聯] (名) TÙI,
chhun-lûn ⇒ chhun-ûn。　　 ∣HÙ: 仝。

chhūn-pān (< dia *chhûn-pān*)
[chhūn辦] (動) 打算 ¶~ *sí* [～死] 不
顧死活。

chhūn-sí-·e (< dia *chhûn-sí-·e*)
[chhūn死·e] (動) (無意義地冒險)
不知死活。　　　　　　　∣仝。

chhun-thiⁿ (< log Sin) [春天] (名)

chhun-tit (< Sin) [伸直] (動) 仝。

chhun-tñg (< Sin) [伸長] (動) 仝。

chhun-tñg-chhiú [伸長手] (動) 伸長
著手 (要/乞討)。

chhun-ûn/-lûn [伸ûn] (動) 伸懶腰。

|chhut|[1] (< Sin) [齣] (名) B. 演出的
節目 ¶*chhiò-khoe-*~ [笑詼～] 笑劇
(量) 1. 戲目單位 2. 計算把戲的單位
3. 計算惹出的麻煩事的單位 4. 計
算出菜的單位 5. 計算飯局的單位。

chhut[2] [出] (動) 還價 ¶*Lí ná ē bô ka*
~, *tiō ka bé?* [你哪會無ka～就ka
買?] 你怎麼沒還價就買了?

chhut[3] (< Sin) [出] (動) 1. 往外頭移
動 ¶*Lí sī boeh* ~ *àh boeh jıp?* [你
是欲～或欲入?] 你到底是想出去還
是想進來? 2. 拿出(資本等); 獻出
¶*ū chîⁿ* ~ *chîⁿ, ū làt* ~ *làt* [有錢
～錢,有力～力] 仝
　△ (*kan-na*) ~ *chıt ki chhùi* [(kan-
na)～一枝嘴] 光說不練; *cf* chhú
chıt ki chhùi
3. 派遣(軍隊等) ¶*chıt kok* ~ *chıt
bān lâng khì î-chhî hô-pêng* [一國

～一萬人去維持和平] 每一國派一
萬人去維持和平 4. 長出(痘、疹
子) 5. 出現; 產生 ¶*Tâi-oân* ~-*kòe
bē-chió eng-hiông.* [台灣～過bē少
英雄.] 台灣出過不少英雄 6. 出產
¶*Kó͘-chá Tâi-oân* ~ *chiuⁿ-ló.* [古
早台灣～樟腦.] 從前台灣出產樟
腦 7. 發生 ¶~ *chin chē/chōe tāi-
chì* [～真chē代誌] 出了很多事
　△ ~ *tāi-chì* (< tr Chi [出事]) [～
代誌] 出事; 發生意外; ≃ chhut-sū
8. 出版 ¶*chıt nî* ~ *chıt pún chheh*
[一年～一本冊] 一年出一本書 9. 刊
登; 報導 ¶*Chit tiâu sin-bûn, pò-
chóa ū* ~. [這條新聞有～.] 這條
新聞報紙登了 10. 表示向外的動
作 ¶*kiâⁿ-*~ *tōa-thiaⁿ* [行～大廳] 走
出大廳 ¶*thȩ̍h-*~ *chèng-kiāⁿ* [thȩ̍h
～證件] 拿出證件 11. 表示顯露;
cf chhut-chhut ¶*khòaⁿ-*~ *i ê jia̍k-
/jio̍k-tiám* [看～伊ê弱點] 看出他的
弱點。

chhut-bé/-*má* (< col log Chi) [出
馬] (動) 仝¶*chhin-sin* ~ [親身～] 親
自出馬。

chhut-bē/-*bōe* (< log Sin) [出賣]
(動) 仝¶~ *pêng-iú* [～朋友] 仝。

chhut-bīn (< log Chi) [出面] (動) 仝。

chhut-bōe ⇒ chhut-bē。　　 ∣chāi。

chhut-chāi [出在] (動) 任憑; ≃ kì-

chhut-chhai (< log Chi) [出差] (動)
仝。

chhut-chhài [出菜] (動) 上菜; ≃ chiūⁿ-
toh。　　　　　　　　　　∣仝。

chhut-chhau (< log Chi) [出操] (動)

chhut-chheh (< log Chi + tr) [出冊]
(動) 出書。　　　　　　　∣仝。

chhut-chhiáng/-*chhiú*ⁿ [出廠] (動)

chhut-chhiau (< log Nip; ant *jıp-
chhau*) [出超] (動) 仝。　　∣擊)。

chhut-chhiú [出手] (動) 動手(做或攻

chhut-chhiúⁿ ⇒ chhut-chhiáng。

chhut-chhùi [出嘴] 働 動口(不動手
做或不動手打人)。

chhut-chhut (v *chhut*[10]) [出出]
働清楚,當動詞補語 ¶*khòaⁿ*-～ [看
～](看秘密)看得清清楚楚。

chhut-chhut-jip-jip/-*gi̍p-gi̍p/-li̍p-
li̍p* (v *chhut-jip*) [出出入入] 働
進進出出。　　　　「上陣;上戰場。

chhut-chiàn (< log Sin) [出戰] 働

chhut-cho͘ (< log Chi) [出租] 働 全。

chhut-chôaⁿ (< Sin) [出泉] 働 湧出
泉水。　　　　「炭疽之類的瘡疔。

chhut-chu [出疽] 働 長水痘、天花、

chhut-chúi [出水] 働 出氣;遷怒以洩
憤 ¶*liا̍h i* ～ [掠伊～]拿他出氣。

chhut-ge̍h/-*ge̍h* ⇒ chhut-goe̍h。

chhut-gōa (< log Sin) [出外] 働 外出
◇ ～-*lâng* [～人] ê:離鄉背井的人。

chhut-goe̍h/-*ge̍h/-ge̍h* [出月] 働

chhut-hái [出海] 働 全。　└出月亮。

chhut-hé ⇒ chhut-hóe。

chhut-hiān (< log Sin) [出現] 働 全。

chhut-hoat (< log Nip) [出發] 働 全
◇ ～-*tiám* (< log Nip) [～點] ê:全。

chhut-hóe/-*hé/-hé* [出火] 働 冒
(出)火。

chhut-hoeh/-*huih* (< log Nip) [出
血] 働 全。「働 全;≃ thèⁿ-thâu。

chhut-hong-thâu (< log) [出風頭]

chhut-huih ⇒ chhut-hoeh。

chhut-īⁿ [出院] 働 全。

chhut-ian [出煙] 働 冒煙。　　「出。

chhut-ián (< log Nip) [出演] 働 演

chhut-jip/-*gi̍p/-li̍p* (< log Sin) [出
入] 名 働 進出
◇ ～-*kéng* (< log Chi) [～境] 全
◇ ～-*kháu* (< log Chi) [～口] ê:進
出的地方。

chhut-ji̍t/-*gi̍t/-li̍t* [出日] 働 1.出
太陽 2.(早晨)日出。

chhut-kaⁿ [出監] 働 出獄。

chhut-káng [出港] 働 全。

chhut-ke (< log Sin) [出家] 働 全。

chhut-kè (< log Sin) [出價] 働 還價;
≃ chhut[2]。

chhut-ke-lâng (< SEY) [出家人] 名
ê:出家的人。　　　　　　　「全。

chhut-kéng (< log Sin) [出境] 働
◇ ～-*chèng* (< log Chi) [～證] TIUⁿ:
全。

chhut-kháu[1] (< log Nip) [出口] 名
ê:進出的地方。　　「働 輸出貨品

chhut-kháu[2] (< log Sin) [出口] 名
◇ ～-*siang/-siong* [～商] ê:全。

chhut-khēng [出虹] 働 出現彩虹。

chhut-khì/-*lì* (< Sin) [出去] 働
1.從裡面到外面去 ¶*Lí chhut-·khì.*
[你～.]全 ¶*Lí* ～ *gōa-kháu.* [你～
外口.]你到外頭去　2.表示離開
裡面某定點到外面去,當動詞補語
¶*hông kóaⁿ·-·~* [hông 趕～]被趕出
去 ¶*hông kóaⁿ·-~ gōa-kháu* [hông 趕
～外口]被趕到外頭去。

chhut-khùi (< log Sin) [出气] 働 發
洩怒氣; *cf* chhut-chúi。　　「全。

chhut-kōaⁿ (< log Sin) [出汗] 働

chhut-kok (< log Nip) [出國] 働
全。

chhut-lâi[1] (< Sin) [出來] 働 1.從
裡面到外面來 ¶*Lí chhut-·lâi.* [你
～.]全 ¶*Lí* ～ *gōa-kháu.* [你～外
口.]你到外頭來　2.表示從裡面
到外面歸向某定點,當動詞補語
¶*hông kóaⁿ·-·~* [hông 趕～]被趕出
來 ¶*hông kóaⁿ·-~ gōa-kháu* [hông 趕
～外口]被趕到外頭來　3.表示實
現、顯現、現實如此 ¶*Chit tiâu góa
chò-bē-~.* [這條我做bē～.]這一題
我做不出來 ¶*khih hō i khòaⁿ·-·~* [乞
hō伊看]被他看出來 ¶*siá-~ hō i
khòaⁿ* [寫～hō伊看]寫出來給他看
¶*ke gō·-bān kho· chhut-·lâi* [加五萬
箍～]多出五萬塊來。

chhut-lâi² (< contr *chhut-lâi-khì*, q.v.)。　　　　　　　　　［*khì*…, q.v.]

chhut-lǎi/-*lâi* (< contr *chhut-lâi-*

chhut-lâi-khì (> *chhut-lâi/-lǎi*) [出來去] 動 (咱們/我)出去(…去/到…去) ¶*Lán chhut-·lâi-·khì.* [咱～.]咱們出去¶*Lán ~ gōa-kháu.* [咱～外口]咱們到外頭去¶*Lán ~ gōa-kháu sàn-pō͘.* [咱～外口散步.]咱們(出去)散步去。

chhut-la̍p [出納] 名 **1.** 機關團體金錢的收支事務 **2.** ê: 出納員,即管金錢收支的人員 動 全 ◇ ~*-oân/-goân* [～員] ê: 全。

chhut-la̍t (< Sin) [出力] 動 **1.** 使出力量;用力 ¶*pàng-khin-sang, mài* ~ [放輕鬆, mài～]放輕鬆,別用力 **2.** 認真做;賣力 ¶*Lí ê tāi-chì, i chin* ~. [你ê代誌,伊真～.]有關你的事,他很賣力。

chhut-lì (< *chhut-khì*, q.v.)。　「全。

chhut-lō͘ (< log Chi) [出路] 名 TIÂU:

chhut-má ⇒ chhut-bé。　　　　　「全。

chhut-miâ (< log Sin) [出名] 動 形

chhut-mn̂g/-*mûi* (< log Sin) [出門] 動 全。　　　　　　　　「*cf* chhut-phia̍h。

chhut-môa-á [出麻仔] 動 出疹子;

chhut-pán (< log Nip) [出版] 動 全 ◇ ~*-siā* (< log Nip) [～社] KENG: 全 ◇ ~*-siang/-siong* (< log Chi) [～商] ê, KENG: 全。　　　　　　「全。

chhut-peng (< log Sin) [出兵] 動

chhut-phâng (< log Nip) [出帆] (< [出篷]) 動 (船)出航。

chhut-phia̍h [出 phia̍h] 動 出麻疹; *cf* chhut-môa-á。　　　　　　　「全。

chhut-phín (< log Nip) [出品] 名

chhut-phòa [出破] 動 (事跡)敗露。

chhut-sai [出 sai] (< [出師]) 動 藝滿,即學徒學成。

chhut-sán (< log Sin) [出產] 動 全。

chhut-seⁿ-tē/-*siⁿ-tōe*|-*seng-* (<

col log Nip) [出生地] 名 全。

chhut-sek (< log Sin) [出色] 動 全; ≃ chhut-kioh。

chhut-se̍k (< log Nip) [出席] 動 全。

chhut-sì (< log Sin) [出世] 動 出生。

chhut-siⁿ-tōe ⇒ chhut-seⁿ-tē。

chhut-siaⁿ (< log Sin) [出聲] 動 發出聲音。

chhut-sin (< log Sin) [出身] 動 **1.** 全 ¶*In lóng chò-/chòe-thô͘-chúi* ~. [In攏做 thô͘ 水～.]他們都是泥水匠出身 **2.** (< log Nip < sem)特指教育背景 ¶*Góa sī Tang-hái Tāi-ha̍k ~-·ê.* [我是東海大學～·ê.]我是東海大學出身的。　　　「以報導。

chhut-sin-bûn [出新聞] 動 媒體加

chhut-soaⁿ [出山] 動 出殯。

chhut-sûn (< log Sin) [出巡] 動 全。

chhut-têng (< log Nip [出廷]) [出庭] 動 全。

chhut-thâu¹ [齣頭] 名 Ê: **1.** 把戲 **2.** 令他人頭痛的事 **3.** 糗事。

chhut-thâu² (< log Sin) [出頭] 數 餘;超過的零星數目; ≃ thóng¹ ¶*I chiah saⁿ-cha̍p ~.* [伊才三十～.]他才三十歲出頭。

chhut-thâu³ (< log Sin) [出頭] 動 出面 ¶*Ài kau-sia̍p ê sî, bô-lâng káⁿ ~.* [愛交涉 ê 時無人敢～.]該交涉的時候,沒有人敢出面。

chhut-thâu⁴ (< log Sin) [出頭] 動 **1.** 異於他人;出人頭地; ≃ thóng-thâu **2.** (熬)出頭 ◇ ~*-thiⁿ* [～天]熬出頭。

chhut-tiûⁿ (< log Sin) [出場] 動 進場;出台。　　　　　　「動 出大太陽。

chhut-tōa-ji̍t(-thâu) [出大日(頭)]

chhut-tōng (< log) [出動] 動 全。

chi 丨 ¹ 𡳞 名 **1.** 雌性外生殖器; ≃ chi-bai **2.** B. 女孩,咒罵用語 ¶*iáu-siū ~* [夭壽～]天殺的(女孩子) ¶*sam-pat*

~ [三八~] 十三點;三八女孩子。

chi² (< log Sin) [支] ⓛ 計算人群的一部分的單位,例如軍隊。

chi³ (< log Nip) [之] ⓓ 全,表示分數 ¶*sam hun* ~ *it* [三分~一] 全。

chí¹ (< Sin) [籽] ⓐ LIÁP: 種子。

chí² [姊] ⇒ ché。　　「紙類的單位。

chí³ ⓛ 計算疊起的鈔票、冥紙等小疊

chí⁴ (< Sin) [指] ⓓ 指涉; *cf* kí² ¶*Góa m̄-sī* ~ *hit hāng tāi-chì.* [我 m̄ 是~ hit 項代誌.] 我不是指那件事。

chí⁵ (< log Sin) [止] ⓓ 使不再發生 ¶~ *chhùi-ta* [~嘴 ta] 止渴。

chí⁶ ‖ *chú* ‖ *chí*- (< Sin) [煮] ⓓ 全。

chì (< log Sin) [至] ⓘ 全,只用於數詞或數量結構間; ≃ kàu³ ¶*saⁿ hòe* ~ *gō· hòe* [三歲~五歲] 全。

chī ‖ *chīⁿ* ‖ *chíh* (< Sin) [舐] ⓓ 舐; ≃ chñg² /chūiⁿ。

chi-bai 粗 ⓐ [á] Ê: 雌性外生殖器。

chí-bē/-bē̄ ⇒ chí-moāi。

chí-bêng (< log Sin) [指明] ⓓ 全。

chí-chek (< log Chi) [指責] ⓓ 全。

chí-chhài¹ (< log Sin) [紫菜] ⓐ 全。

chí-chhài² ‖ *chú*- ‖ *chí*- [煮菜] ⓓ 做菜。

chi-chhî (< log Sin) [支持] ⓓ **1.** 維持 **2.** (< log Nip < sem) "挺," 即擁戴; ≃ thīn
◇ ~-*chiá* (< log Nip) [~者] Ê: 全。

chi-chhut (< log Nip) [支出] ⓐ ⓓ 全。

chí-chhut (< log Chi) [指出] ⓓ 全。

chi-chí-chiáuh-chiáuh ⓓ **1.** 鳥叫; ≃ chih-chih-chiuh-chiuh **2.** 許多人同時說話,例如集會。

chì-chì-chiúh 象 細碎的鳥叫聲。

chi-chí-chiúh-chiúh ⓓ **1.** 連續騷動黏稠液體或泥漿等而發出咂咂聲 **2.** 鳥叫; ⇒ chih-chih-chiuh-chiuh **3.** 說個不停。

chi-chí-chhóp-chhóp (v *chhóp*) ⓓ (吃

東西時嘴巴) 吧嗒吧嗒地響; ≃ chī-/chhóp-chhóp-kiò。

chí-chiảh ‖ *chú*- ‖ *chí*- (< Sin) [煮吃] (< [煮食]) ⓓ 烹飪
◇ ~-*ê* 廚役;做飯的。

chì-chió (< log Sin) [至少] ⓓ 全; ≃ siāng-bô ¶*Lí* ~ *mā khì ka/kai khòaⁿ--chit--ē.* [你~mā 去 ka 看一下] 你至少也去看一看。

chī-chiúh ⇒ chih-chiúh。

chì-chiù-kiò ‖ *chī*-*chiū*- ⇒ chih-chiuh-kiò。　　　　　　「q.v.)。

chī-chhóp-kiò (< *chhóp*-*chhóp*-*kiò*,

chí-gōa-sòaⁿ (< log Nip) [紫外線] ⓐ TIÂU: 全。

chì-goān (< log Nip) [志願] ⓐ 全 ¶*tē-it* ~ [第一~] 全 ⓓ 全 ¶~ *chò-/chòe-peng* [~做兵] 志願當兵。

chí-hó (< log Chi) [只好] 連 全; ≃ ko·-put-chiang/-chiong。　「ⓓ 全。

chí-hoeh/-*huih* (< log Nip) [止血]

chí-hu ⇒ ché-hu。　　「Ê: 全 ⓓ 全

chí-hui (< log Nip < Sin) [指揮] ⓐ
◇ ~-*koaⁿ* (< log Nip) [~官] Ê: 全。

chí-huih ⇒ chí-hoeh。

chí-iàu (< log Chi) [只要] 連 全 ¶~ *lí kā góa kóng, góa lóng ē chiàu chò.* [~你 kā 我講,我攏會照做.] 只要你告訴我,我都會照著做。　　「全。

chì-kang (< log Chi) [志工] ⓐ Ê:

chí-kàu (< log Sin) [指教] ⓓ 全。

chì-khì (< log Sin) [志氣] ⓐ Ê: 全; ≃ khì-phek。　　　　　　「ⓐ KI: 全。

chí-lâm-chiam (< log Sin) [指南針]

chí-lēng (< log Chi) [指令] ⓐ Ê: 全。

chí-mī ‖ *chú*- ‖ *chí*- [煮麵] ⓐ ÓAⁿ: 湯麵; ≃ tōa-mī-thng。

chí-miâ (< log Sin) [指名] ⓓ 全。

chí-moāi/-*mōe*/-*bē̄*/-*bē* (< log Sin) [姊妹] ⓐ **1.** [á] 姊姊與妹妹 **2.** Ê, ŪI: 對女性的尊稱。

Chi-ná (< log Nip < MC < *China*)

[支那] 图 全 ¶ *Ìn-tō·* ~ [印度～] 全。

chi-óa-oah (< Nip *chiwawa* < Esp *Chihuahua*) 图 CHIAH: 吉娃娃狗。

chi-oān (< log Nip) [支援] 動 全。

chi-phiò (< log Chi) [支票] 图 TIUⁿ: 全；≃ chhiú-hêng ¶*khang-khak* ~ q.v. ¶*khang-thâu* ~ q.v.

chi-phòe (< log Nip) [支配] 動 全
◇ ~*-chiá* [～者] Ê: 全
◇ ~ *chòk-kûn* [～族群] Ê: 全
◇ ~*-khoân/-koân* [～權] 全。

chí-pn̄g/-pūiⁿ‖chú-‖chí- [煮飯] 動 做飯 「黃臉婆 b. 囲 家庭主婦。
◇ ~*-pô-á* [～婆仔] Ê: **a.** 囲 家中的

chí-put-kò (< log Chi) [只不過] 劓 只是；不超過；≃ kan-na/-taⁿ 連 但 是；≃ m̄-kò/-kú。　　　　「全

chí-sī (< log Sin) [指示] 图 Ê: 全 動
◇ ~*-teng* (< log Chi) [～燈] Ê, LIĀP, PHA: 全。

chí-so· (< log Sin) [紫蘇] 图 CHÂNG, HIŌH: 全。　　　　　　　「全。

chi-sòaⁿ (< log Nip) [支線] 图 TIHÂU:

chí-tēng (< log Nip) [指定] 動 全。

chí-thiàⁿ (< log Nip) [止痛] 動 全
◇ ~*-ioh-á* (< log Nip + *á*) [～藥 仔] LIĀP, THIAP: 止痛藥。

chí-thò· [止吐] 動 全。

chí-tō (< log Nip) [指導] 動 全。

chi· ¹ [書] ⇒ chu。

chí ² [煮] ⇒ chí⁶/chú³。

chī-si ⇒ chū-su。

chí-táu (< Chi *chih¹ tao⁴*) 囲 動 理 會 (要求或命令) ¶*bô leh kā lí* ~ [無 leh kā 你～] 相應不理。

chiⁿ ¹ (< Sin) [氈] 图 [毛氈 ¶~ *bô-á* [～帽仔] 氈帽。

chiⁿ² 图 妖精；⇒ chiaⁿ¹。

chiⁿ³ 動 **1.** 硬塞 ¶*hīⁿ-khang* ~ *chóa* [耳 khang ～紙] 耳朵塞紙 **2.** 硬吃下

去,自動；cf chìⁿ²⁽³⁾ ¶*chiah-bē-loh-khì, kiâng/kiông* ~*-loh-·khì* [吃 bē 落去,強～落去] 吃不下去,硬塞下去 **3.** 擠 (進/出/向前); cf chìⁿ²⁽²⁾ ¶~ *chò/chòe thâu-chêng* [～做頭前] 擠 向前；≃ chìⁿ-thâu-chêng **4.** 擠在一 起；≃ kheh³ ¶*chit chiah í-á* ~ *saⁿ ê lâng* [一隻椅仔～三個人] 一把椅 子擠三個人 **5.** 擠壓；搾 (油) ¶~ *iû* [～油] 搾油 **6.** 撞；≃ cheng ¶~*-tioh* [～著] 挫傷 **7.** 揍；≃ cheng。

chìⁿ⁴ [爭] ⇒ cheⁿ。

chìⁿ¹ (< Sin) [錢] 图 **1.** 貨幣
△ ~ *liâu, lâng bô-tāi* [～了人無 tāi] 了錢消災
　2. 費用 ¶*lí-/lú-koán-*~ [旅館～] 旅 館費 ¶*pò-chóa-*~ [報紙～] 報費。

chìⁿ² (< Sin) [錢] 量 (重量) 十分之一兩。

chíⁿ¹ 图 水井；⇒ chéⁿ。

chíⁿ² 形 **1.** (人) 幼嫩 **2.** (菜) 嫩。

chìⁿ¹ (< Sin) [箭] 图 KI: 全。

chìⁿ² 動 **1.** 逆風或逆水前進 **2.** 擠 (向前/進/出); cf chìⁿ³⁽³⁾ ¶~*-khì thâu-chêng* [～去頭前] 擠到前面 **3.** 硬塞食物進嘴裡或使下肚,他動; cf chìⁿ³⁽²⁾ ¶~ *ah-á* [～鴨] 填鴨子。

chìⁿ³ 動 油炸；≃ phú³ ¶~ *iû-chiah-kóe/-ké* [～油 chiah 粿] 炸油條 形 油炸的 ¶*chhài-*~ [菜～] 蔬菜天麩羅 ¶*tāu-koaⁿ-*~ [豆干～] 油豆腐。

chìⁿ⁴ 動 爭辯；⇒ chèⁿ。

chìⁿ (< *chī*, q.v.)。　　　　「楔子

chiⁿ-á (v *chiⁿ³⁽¹⁾*) [chiⁿ仔] 图 TÈ:

chìⁿ-bah [箭肉] 图 TÈ: 箭鏃。

chíⁿ-chhí/-chhú/-chhí [錢鼠] 图 CHIAH: 地鼠；cf bùn-chhí。

chíⁿ-chng/-chong (< col log Sin) [錢莊] 图 Ê: 全。

chíⁿ-chúi ⇒ chéⁿ-chúi。

chìⁿ-chúi [chìⁿ水] 動 溯水。

chìⁿ-hong [chìⁿ風] 動 逆風。

chíⁿ-kiuⁿ [chíⁿ薑] 图 TÈ, CHAT, PHÌⁿ:

嫩薑。

chîⁿ-kóng [錢kóng] 图 [á] ê: 撲滿。

chìⁿ-kut [箭骨] 图 KI: 箭桿。

chîⁿ-pau-á (< log Chi + á) [錢包仔] 图 ê: 錢包。

chìⁿ-pé (< log Sin) [箭靶] 图 ê: 仝。

Chîⁿ-peh--a [錢伯·a] 囲 图 ê: 財神。

chiⁿ-phìⁿ‖cheng- (< col log Chi < tr En chip) [晶片] 图 TÈ: 仝。

chìⁿ-tē [箭袋] 图 ê: 箭筒。

chìⁿ-thâu (< log Sin) [箭頭] 图 1.TÈ: 箭鏃 2.(< log Chi < sem) ê: 指示的記號。

chìⁿ-thâu-chêng [chìⁿ頭前] 働 擠到前面;搶先。

·chia (< chiá [者]) 働 表示假設,承假設語氣,固定輕聲低調¶nā bô ~ [若無~]如果沒有的話。

chia¹‖chiă 代 1.這儿。

chia² [遮] ⇒ jia。

chiâ¹ (< Chi chia³ < NLat kalium)图 鉀。

chiâ² [誰]代 仝;≃ siáng。

chiǎ¹ 代 這儿;⇒ chia¹。

chiǎ² 囝 働 與幼兒玩躲貓貓故意露臉時用語;cf iāuⁿ-chiǎ。

chia-·ê (> chiai) 代 (這儿)這些;cf chiah-ê。

chiaⁿ¹‖chiⁿ (< Sin) [精] 图 妖精¶Ti-ko-~ [豬哥~]豬八戒¶pìⁿ-~ [變~]成精。

chiaⁿ² [精] 彫 瘦(肉)。

chiâⁿ¹ (< Sin) [成] 圄 將近(某數目)¶~-chàp hòe/hè [~十歲]將近十歲¶~-pah lâng [~百人]上百人。

chiâⁿ² 働 1.非常;≃ chin⁴, q.v. ¶~ pìⁿ [~拚]拼得很 2.大為¶~ soān (用粗話)大罵(以吐怨氣)¶~ tán [~等]等很久「足而覺得」很高興了
△ ~ chhiò ·le [chiâⁿ笑咧] 應該(滿
△ ~ pìⁿ ·le [~拚咧]很困難);沒那麼容易¶He ~ pìⁿ ·le. [He~拚

咧.]那可有得拼了;那可難了
△ ~ ū-thang... ·le [~有thang...咧] 沒那麼容易¶He ~ ū-thang piàⁿ ·le. [He~有thang拚咧.]那可有得拼了;那可難了¶~ ū-thang tán ·le [~有thang等咧]可要等很久呢。

chiáⁿ (< Sin) 彫 1.(味道)淡 2.(顏色)薄。

chiàⁿ (< Sin) [正] 圄 1.非副的;正式的¶~-pan-tiúⁿ [~班長]仝 2.非負的;零以上¶~-sò· [~數]仝 3.非反面的¶~-pí-lē [~比例]仝 彫 1.端正¶khiā hơ ~ [企hơ~]站好¶pâi hơ ~ [排hơ~]排整齊 2.不偏不倚¶chàp-jī-tiám-~ [十二點~]仝¶~-tiong-ng [~中央]正中 3.純正¶bī ū ~ [味有~]味道純正 4.右¶~-chhiú [~手]右手 働 就順的或符合標準的方向¶~ khòaⁿ [~看]從正面或標準的方向看。

chiaⁿ-bah (< sem Sin) [精肉] 图 TÈ: 瘦肉;≃ sán-bah;≃ chhiah-bah;≃ chiaⁿ-·ê。

chiàⁿ-bīn (< log Nip < Sin) [正面]
△ ~ ê chhiong-tùt (< log Nip + tr) [~ê衝突]正面衝突。

chiàⁿ-chhí/-chhú/-chhí (< log Chi) [正取] 图 仝。

chiâⁿ chhiò ·le ⇒ chiâⁿ... ·le。

chiàⁿ-chhiú [正手] 图 右手
◇ ~-pêng 右邊。

chiàⁿ-chhú ⇒ chiàⁿ-chhí。

chiàⁿ-chiàⁿ [正正] 彫 確實¶pâi káu-chàp tō ~ [排九十度~]擺成直角。

chiàⁿ-chong‖chèng- (< col log Chi) [正宗] 彫 仝。

chiáⁿ-chúi [chiáⁿ水] 图 淡水
◇ ~-hî [~魚] BÓE: 淡水魚。

chiaⁿ-·ê [精·ê] 图 TÈ: 瘦肉;≃ chiaⁿ-bah;≃ chhiah-bah;≃ sán-bah

Chiaⁿ--goeh/-geh/-geeh/-geeh (< log Sin) [正月] 图 仝

◇ ~-pòa^n [～半] 元宵。

chiàⁿ-hong-hêng‖*chèng-* (< col log Nip) [正方形] ⓐ Ê: 全。

chiàⁿ-iūⁿ [成樣] ⓕ 像樣¶*ōa^n chit ê khah* ~-*ê* [換一個較～·ê] 換一個比較像樣的。

chiàⁿ-káng [正港] ⓕ 純正；道地。

chiàⁿ-kha [正腳] ⓐ 右腳。

chiàⁿ-khái (< log Chi) [正楷] ⓐ 全。

chiàⁿ-miâ [正名] ⓐ 本名 ⓥ (< log Chi) 使用或恢復本名或正當的名稱¶*Tâi-oân* ~ *ūn-tōng* [台灣～運動] 全。　　　　　　[ⓐ 全。

chiàⁿ-mn̂g/-*mûi* (< log Sin) [正門]

chiàⁿ-nī (< *chiah-nī*, q.v.)。

chiàⁿ-oat [正oat] ⓥ 右轉。

chiàⁿ-pâi [正牌] ⓕ 真正的 △ ~ *kàu-siū* [～教授] 全。

chiàⁿ-pêng [正pêng] ⓐ 右邊；≃ chiàⁿ-chhiú-pêng。

chiàⁿ-phài‖*chèng-* (< col log Sin) [正派] ⓕ 規矩；不邪惡。「而無味。

chiáⁿ-phih-phih/-*phủh-phủh* ⓕ 淡

chiâⁿ piàⁿ ·le ⇒ chiâⁿ... ·le

chiàⁿ-pún (< log Nip; ant *hù-pún*) [正本] ⓐ HŪN: 全。

chiàⁿ-sèh [正sèh] ⓥ 順時針方向轉動；≃ chiàⁿ-tńg。

chiàⁿ-siá [正寫] ⓐ 正體字；≃ chiàⁿ-thé-jī。

chiàⁿ-sin¹ (< sem Sin; ant *hun-sin*) [正身] ⓐ 本尊，即「分身」之對。

chiàⁿ-sin² [正身] ⓐ (建築物的) 正房；≃ chiàⁿ chhù-sin。

chiâⁿ-sit‖*chia^n-* (< *chiàⁿ-sit* [正實]) [chiâⁿ實] ⓕ ⓐ 真的。

chiàⁿ-thé-jī/-*gī*/-*lī* (< log Chi) [正體字] ⓐ JĪ: 全。

chiàⁿ-thóng‖*chèng-* (< col log Sin) [正統] ⓐ ⓕ 全。

chiàⁿ-tiám [正點] ⓐ 整點¶~ *ê*

chhia thêng khah chió chām. [～ê車停較少站.] 整點出發的車停的站比較少¶~ *pò chit piàn, pòa^n-tiám pò chit piàn* [～播一遍, 半點播一遍] 整點播一次, 過半小時播一次。

chiàⁿ-tiong-ng [正中央] ⓐ 全。

chiàⁿ-tiong-tàu [正中晝] ⓐ 正午。

chiàⁿ-tńg [正轉] ⓥ 順時針方向轉動；≃ chiàⁿ-sèh。

chiàⁿ-tǹg [正頓] ⓐ TǸG: 正餐。

chiàⁿ-tùi-bīn [正對面] ⓐ 全。

chiàan ‖*chiàn* (< contr *chiah-nī/-nih*, q.v.)。

chiah¹ (< Sin) [隻] ⓜ 1. 計算有腳的動物的語詞　2. 計算有腳的家具的語詞　3. 計算令人不滿的人的語詞, 不承數詞, 不接名詞；≃ kâiⁿ ¶*Lí chit* ~! [你這～!] 你這傢伙!　4. 計算交通工具的語詞；≃ tâi。

chiah² ⓟ 這麼；≃ chiah-nī ¶*Chhiū^n góa* ~ *gōng ê lâng bô chē/chōe.* [像我～戇ê人無chē.] 像我這麼蠢的人不多。

chiah³ ⓐ 1. 才；剛剛¶~ *lâi niâ, tiō boeh/beh cháu!* [～來niâ, 就欲走!] (你) 剛到, 怎麼要走了?　2. 才；僅僅¶*I* ~ *sì hòe/hè niâ.* [伊～四歲niâ.] 他才四歲而已　3. 才, 表示加強否定語氣¶~ *m̄-sī án-ne ·le!* [～m̄是án-ne咧!] 才不是 (這樣) 呢¶*Góa* ~ *m̄ kiò i "a-peh".* [我～m̄叫伊"阿伯".] 我才不叫他「伯伯」呢。

chiah⁴‖*tah*‖*khah* [才] ⓛ 1. 才, 表示在某條件下¶*Án-ne* ~ *hó.* [Án-ne～好.] 這樣才好　2. 再, 即表示排除其他條件¶*seng chiàh* ~ *kóng* [先吃～講] 吃了再說　3. 那麼, 即表示叮嚀或要求¶~ *koh lâi thit-thô!* [～koh來thit-thô!] (歡迎) 再來玩¶*Góa óa^n iáu-bōe sé,* ~ *hō͘ lí sé.* [我碗天未洗, ～hō͘你洗.] 我碗還沒

洗,讓你洗了。

chia̍h (< Sin [食]) [吃] ⓐ **1.** 飲食 ¶~ *khah tiōng-iàu, à̤h chhēng khah tiōng-iàu.* [~較重要或 chhēng 較重要?] 吃比較重要還是穿比較重要? **2.** 食物 ¶*bé/bóe* ~ [買~] 買東西吃 ¶*bē/bōe* ~ [賣~] 販賣食品 **3.** 吃法; 料理 ¶*Tâi-oân* ~ [台灣~] 台灣式的吃法 ⓥ **1.** 當做食物吞下 ¶*I chi̍t tǹg ~ saⁿ óaⁿ pn̄g.* [伊一頓~碗飯] 他一餐吃三碗飯

△ (*lâng*) ~ *bín-hún*, (*teh*) *hoah 'sio!'* [(人)~米粉 (teh) 喝燒] 多管閑事

△ ~-*hó tàu-sio-pò* [~好湊相報] 認為好就 (請) 告知他人 　　[囲 失戀

△ ~ *kin-chio-phôe/-phê* [~芎蕉皮]

△ ~ *kín, kòng-/lòng-phòa óaⁿ* [~緊摃破碗] 欲速則壞事

△ ~ *óaⁿ-lāi, sé/sóe óaⁿ-gōa* [~碗內, 洗碗外] 吃裡扒外

△ ~ *si-koe, óa tōa-pêng* [~西瓜 óa 大 pêng] 偏倚有利或有力的一方

△ ~ *tiⁿ, phòe kiâm* [~甜配鹹] 鹹的和甜的一起吃,貶意

△ ~-*tiȯh tiⁿ* [~著甜] 嘗到甜頭; ≃ tam-tiȯh tiⁿ

2. 進餐 ¶*It-poaⁿ-lâng chi̍t-ji̍t ~ saⁿ tǹg.* [一般人一日~三頓.] 一般人一天吃三餐 ¶~-*àm* [~暗] 吃晚飯 **3.** 活 (了) ¶~ *pah-jī* [~百二] 享年一百二十歲 **4.** 靠某事物生活 ¶*óa soaⁿ, ~ soaⁿ; óa hái ~ hái* [óa 山 ~ 山, óa 海 ~ 海] 靠山吃山, 靠海吃海 　　　　　　　[公職

△ ~ *kong-ka-pn̄g* [~公家飯] 從事

5. 靠; 憑 ¶~ *miâ-siaⁿ* [~名聲] 靠名聲 (不一定名符其實)

△ ~ *chi̍t tiám khùi* [~一點气] 憑著尊嚴 (而活) ¶*Lâng ~ chi̍t tiám khùi.* [人~一點气.] 人總要有尊嚴不受損的志氣

6. 喝; 飲 ¶~ *chúi to bô* [~水都無] 連喝水都沒得 **7.** 服 (藥) ¶*lú lāu, io̍h-á ~ lú chē/chōe* [愈老藥仔~愈 chē] 年紀越大, 吃的藥越多 **8.** (吃喝藥物以) 治療 ¶*Chit chióng io̍h-á ~ sàu.* [這種藥仔~嗽.] 這種藥治咳嗽 **9.** 吸入 (體內) ¶*chit ji̍t ~ chi̍t pau hun* [一日~一包菸] 一天抽一包煙 ¶~ *a-phiàn* [~鴉片] 全 **10.** 吸收 (液體) ¶*Chit khu chhân gâu ~ chúi.* [這坵田 gâu ~ 水.] 這地吸很多水 **11.** 使附著; 吸住 ¶*Po-lê pháiⁿ ~-chhat.* [玻璃歹~漆.] 玻璃容易掉漆 ¶~ *sek* [~色] **a.** 上顏色 **b.** 吸住顏色 **12.** 承購 ¶*In a-kong lâu--lȯh--lâi ê tē hō͘ i chóng ~--khí--lâi.* [In 阿公留落來 ê 地 hō͘ 伊總~起來.] 他們祖父留下的地產由他全部 (向族人) 買下 **13.** 消滅 ¶*Sū-á lóng hông ~-tiāu--khì.* [士仔攏 hông ~ 掉去.] (象棋:) 士 / 仕全被吃掉了 ¶*Tiong-kok kā Se-chōng ~-tiāu.* [中國 kā 西藏~掉.] 中國把西藏併吞了 **14.** 佔 (他人) 便宜 ¶~ *chhìn-thâu* [~秤頭] 稱重量時, 買入以多報少, 賣出以少報多; ≃ hó chhìn-thâu **15.** 欺壓 ¶*lâng ~ lâng ê siā-hōe* [人~人 ê 社會] 人吃人的社會 ¶~-*sí-sí* [~死死] 吃定 　　　　　[負 (人家) 太甚

△ ~ (*lâng*) *kòe-kòe* [~(人)過過] 欺

△ ~ *lâng kàu-kàu* [~人夠夠] 欺人太甚 　　　　　　　　[善怕惡

△ ~ *nńg, bô ~ ngē* [~軟無~硬] 欺

△ ~ *nńg, kiaⁿ ngē* [~軟驚硬] do.

chia̍h-àm [吃暗] (< [食暗]) ⓥ 吃晚飯 　　　　　　　　[chia̍h-pá-àm。

◇ ~-*pá* [~飽] 吃過晚飯 (之後); ≃

chia̍h-àn [吃案] (< [食案]) ⓥ (警察) 故意使無功或沒把握偵破的案件不成立。

chia̍h-bē-siau|-*bōe*- (< log Chi + tr) [吃 bē 消] (< [食□消]) ⓥ 吃不消;

≃ chiàh-bē-ta。

chiàh-bē-ta|-*bōe*- [吃 bē-ta] (< [食 □焦]) 働 吃不消。

chiàh-bô-sái [吃無屎] 粗 働 得不到 任何東西或好處;一無所得。 「上。

chiàh-bô-siâu [吃無 siâu] 粗 働 仝

chiàh-bōe-siau ⇒ chiàh-bē-siau。

chiàh-bōe-ta ⇒ chiàh-bē-ta。

chiàh-chá-khí|-*chái*- 吃早起] (< [食早起]) 働 吃早餐。

chiàh-chhài (ant *chiàh-chho*) [吃菜] (< [食菜]) 働 1.吃素 2.吃齋 ◇ ~-*lâng* [~人] ê: (宗教上的)素 食者;吃齋修行者。

chiàh - chhēng [吃 chhēng] (< [食 □]) 名 吃與穿;衣食。

chiàh-chhī [吃市] (< [食市]) 形 (地 點)容易招徠生意 ¶*San-kak-thang khah* ~. [三角 thang 較~.]三間兩 面顧客比較多。

chiàh-chho (ant *chiàh-chhài*) [吃臊] (< [食臊]) 働 吃葷。

chiàh-chhò͘ (< log Sin + tr) [吃醋] (< [食醋]) 働 仝。　　「佔金錢;貪污

chiàh-chîn [吃錢] (< [食錢]) 働 侵 ◇ ~-*koan* [~官] ê:貪官。

chiàh-chiú (< log Sin [吃酒] + tr) [吃酒] (< [食酒]) 働 喝酒。

chiàh-chiú-chùi [吃酒醉] (< [食酒 醉]) 働 醉酒。　　　　　「·ê。

chiah-ê (> *choai*) 指 這些; cf chia-

chiàh-ê-tàu [吃 ê 晝] (< [食 □晝]) 働 吃午飯; ≃ chiàh-(tiong-)tàu。

chiàh gōa-kháu [吃外口] (< [食外 口]) 働 到餐館進餐。

chiàh-hōe [吃會] (< [食會]) 名 ê, PÁI, CHHUT: 飯局。

chiàh-hóe-khau [吃火𠕇] (< [食火 𠕇]) 働 巡迴到不同的子女處進餐。

chiàh-hok [吃福] (< [食福]) 名 口 福。

chiàh-hong [吃風] (< [食風]) 働 招

風; ≃ siū-hong ¶*Koân-/koâin-lâu khah* ~. [Koân 樓較~.]高樓上風 大。　　　　　　　　　　　「煙。

chiàh-hun [吃菸] (< [食熏]) 働 抽

chiàh-jī/-*gī*/-*lī* [吃餌] (< [食餌]) 働 (魚)上鉤; ≃ chiàh-tiò。

chiàh-jit/-*git*/-*lit* [吃日] (< [食日]) 働 受到陽光照射 ¶*Chit pêng khah* ~-*jit*. [這 pêng 較~日.]這邊比較有 太陽。

chiàh-khó͘ (< log Chi + tr) [吃苦] (< [食苦]) 働 仝; ≃ khat-khó͘。

chiàh-khui (< log Sin + tr) [吃虧] (< [食虧]) 働 仝; ≃ khek-khui。

chiàh-lat (< Sin) [吃力] (< [食力]) 形 1.費力;吃勁; ≃ ngē-táu 2.(< sem) 嚴重; ≃ siong-tiōng ¶*poàh chit ē chin* ~ [poàh 一下真~]摔 一交摔得很厲害。

chiàh-lāu [吃老] (< [食老]) 働 到 年老(的時候) ¶~ *lí tiō chai* [~老 你就知] (現在你不聽勸告或不自 覺)等你老了你就知道(而後悔)。

chiàh-leng/-*lin*/-*ne*/-*ni* [吃奶] (< [食奶]) 働 吸奶。

chiah-līn ⇒ chiah-nī。

chiàh-lin ⇒ chiàh-leng。

chiàh-miâ [吃名] (< [食名]) 働 形 靠名聲(不一定名符其實)。

chiàh-mih/-*mngh* (< Sin) [吃物] (< [食物]) 名 食物。

chiàh-ne ⇒ chiàh-leng。

chiah-nī/-*nih*/-*līn*∥*chiàn*- (<SEY) 指 [*á*]這麼。

chiàh-ni ⇒ chiàh-leng。

chiah-nih ⇒ chiah-nī。

chiàh-nng-png [吃軟飯] (< [食軟 飯]) 働 靠妻子供養。

chiàh-pá (< Sin) [吃飽] (< [食飽]) 働 仝 ¶~ ·*bōe*/·*bē* [~未?]吃了沒? △ ~ *khùn, khùn-pá chiàh* [~眠,眠 飽吃]飽食終日,無所用心

△ ～ siuⁿ êng [～siuⁿ閑] 吃飽沒事做；"閑"極無聊　　[àm-pá

◇ ~-àm [～暗] 吃過晚飯；≃ chiàh-

◇ ~-pn̄g [～飯] 仝；≃ chiàh-pn̄g-pá

◇ ~-tàu [～晝] 吃過午飯；≃ chiàh-tàu-pá。　　「挨打。

chiàh-phah [吃phah] (< [食拍]) 動

chiàh-phiò [吃票] (< [食票]) 動 (收票人員) 侵吞。　「[食飯]) 動 仝

chiàh-pn̄g/-pūiⁿ (< Sin) [吃飯] (<

△ ～, hông-tè tòa [～皇帝大] 吃比什麼都重要 (不能干擾)

△ ～ kiáu iâm [～攪鹽] 非常貧困

△ ～ phòe ōe [～配話] 吃飯時只顧說話

◇ ~-chîⁿ [～錢] 伙食費

◇ ~-keng [～間] KENG: 家中的飯廳

◇ ~-kin/-kun [～巾] TIÂU: 餐巾

◇ ~-óaⁿ [～碗] TÈ, Ê: 飯碗，即盛飯吃的碗；cf pn̄g-óaⁿ　　「廳

◇ ~-thiaⁿ [～廳] KENG: 家中的飯

◇ ~-pá [～飽] 吃過飯　　「餐桌。

◇ ~-toh(-á) [～桌(仔)] CHIAH, TÈ:

chiàh-pó͘ [吃補] (< [食補]) 動 進補。

chiah-sī (v chiah⁴) [才是] 動 才真是...呢¶Káu ná ū chhong-bêng? Ti ～ chhong-bêng. [狗哪有聰明？豬～聰明.] 狗哪裡聰明，豬才聰明呢。

chiàh-sí(-sí) [吃死(死)] (< [食死(死)]) 動 吃定。「像」) 形 上鏡頭。

chiàh-siàng/-siòng [吃相] (< [食

chiàh-tàu [吃晝] (< [食晝]) 動 吃午飯；≃ chiàh-tiong-tàu

◇ ~-pá [～飽] 吃過午飯(之後)；≃ chiàh-pá-tàu

chiàh-tê [吃茶] (< [食茶]) 動 1.喝茶 2.喝訂婚時或結婚後新娘所招待的甜茶；≃ chiàh tiⁿ-tê。

chiàh-thâu-lō͘ [吃頭路] (< [食頭路]) 動 就業。

chiàh-tiong-tàu [吃中晝] (< [食中晝]) 動 吃午飯；≃ chiàh-(ê-)tàu。

chiàh-toh [吃桌] (< [食桌]) 動 享受宴席；吃(正式)宴席的餐飲。

chiàh-to̍k [吃毒] (< [食毒]) 動 吸毒

◇ ~-ê 吸毒者。　　「藥]) 動 服毒。

chiàh-to̍k-io̍h [吃毒藥] (< [食毒

chiai (< contr chia--ê, q.v.)。

chiák 象 嘖嘖聲，表示不滿。

chiam¹‖cham (< Sin) [針] 名 KI: 1.縫紉時拉線的器具 2.戳入的器具，例如針筒的針 3.細長的指示器，例如鐘錶的針 4.B.量度數的儀器¶hong-～ [風～] 晴雨表¶tō͘-～ [度～]溫度計，尤指量體溫用的 量 計算手術後縫合時扎針的次數單位 動用針扎，例如打針、扎耳朵取血¶～ to̍k-io̍h [～毒藥] 注射毒品。

chiam² (< Sin) [尖] 動 高出平面呈小丘形，例如舀起的奶粉¶hơ ～-khí--lâi [hơ～起來]讓它高出來 形 1.(ant hûi²) 末端細小；尖銳 2.(ant pêⁿ³) 高出平面呈小丘形¶khat chi̍t thng-sî-á ～-～ [khat一湯匙仔～～]舀一湯匙高高的 3.(聲音)頻率極高。

chiàm (< Sin) [佔] 動 1.侵佔 2.據為己有，例如佔位子；≃ hō͘¹ 3.爭取¶～ tāi-seng [～tāi先] 爭取最優先的 4.佔(比例/範圍)¶chàn-sêng--ê ～ tōa-pō͘-hūn [贊成·ê～大部份]贊成的佔大部分。

chiam-bóe/-bé [針尾] 名 針尖。

chiam-cháiⁿ [針cháiⁿ] (< [針指]) 名 Ê:頂針。　　　 ⌊[á] 仝。

chiām-chiām (< log Sin) [漸漸] 副

chiâm-chúi-théng (< log Nip) [潛水艇] 名 TÂI: 仝；≃ chúi-té-chûn; ≃ chǹg-chúi-lâm; ≃ chiàn-chúi-kàm。

chiâm-ho̍k-kî‖chhiâm- (< log Nip) [潛伏期] 名 仝。

chiàm-iōng (< log Chi) [佔用] 動 仝¶～ kong-tē [～公地]仝。

chiàm-iú-khoân/-*koân* (< log Nip) [佔有權] ⓐ 全。

chiam-khang hip-siàng-ki|...*hìm-*|-*siòng-* (< tr + log Chi < tr En *pinhole camera*) [針 khang hip 相機] (< [針空□像機]) ⓐ TÂI: 針孔照相機。

chiàm-khoân/-*koân*‖*chhiàm-* (< pop *chhiàm-khoân* [僭權]) [佔權] ⓥ 越權。

chiam-kù/-*kiù* (< log Chi) [針灸] ⓐ 全; ≃ chiam-chhì-hoat。

chiàm-léng ⇒ chiàm-niá。

chiam-lu-lu/-*lui-lui* [尖 lu-lu] ⓕ (物體) 很尖; ≃ chiam-tuh-tuh。

chiàm-niá/-*léng* (< col log Nip) [佔領] ⓐ 全¶*kun-sū* ~ [軍事～] 全 ⓥ 全。 「ⓥ 全。

chiàm-pân-gî (< log Sin) [佔便宜]

chiam-phīⁿ¹ [針鼻] ⓐ Ê: 針眼。

chiam-phīⁿ² [尖鼻] ⓕ 鼻子尖尖的。

chiām-sî (< log Sin) [暫時] ⓕ ⓐ 全。

chiam-sòaⁿ (< log Sin) [針線] ⓐ 針與線。 「全。

chiām-thêng (< log Sin) [暫停] ⓥ

chiam-tuh-tuh [尖 tuh-tuh] ⓕ (物體) 很尖; ≃ chiam-lui-lui。

chiam-tùi (< log Chi) [針對] ⓟ 全。

chiàm-ūi [佔位] ⓥ 佔位子。

chian (< Sin) [煎] ⓥ 全。

chiân ⇒ chêng¹。

chián (< Sin) [剪] ⓥ 1. (用非縫紉、非美工用的剪刀) 剪¶~ *thâu-chang* [～頭鬃] 剪頭髮 2. (紙魚、蟑螂等蟲子) 咬 3. 扒竊。

chiàn¹ (< *chiaàn* < contr *chiah-nī/-nih*, q.v.) ⓘ 這麼。

chiàn² (< log Sin) [戰] ⓥ 打仗; *cf* phah; *cf* thâi ¶*nn̄g kok ~--khí--lâi* [兩國～起來] 兩國打了起來。

chian [賤] ⓥ 東西拿著胡亂玩弄 ⓕ 愛亂拿東西玩弄，尤指小孩; ≃ chiān-chhiú; ≃ chhiú-chiān。

chián-á [剪仔] ⓐ 1. KI: 非縫紉、非美工用的剪刀，包括剪頭髮的器具¶*tiān-*~ [電～] 電剃刀 2. CHIAH: 紙魚; ≃ chián-choàh; ≃ chián-thâng。

chiàn-āu (< log Nip) [戰後] ⓐ 全。

chiàn-cheng (< log Nip) [戰爭] ⓐ TIÛⁿ, PÁI: 全。 「全。

chiàn-chêng (< log Nip) [戰前] ⓐ

chiàn-cheng-phìⁿ (< log Chi) [戰爭片] ⓐ CHHUT, TÈ, KI: 全。

chián-chhái (< log) [剪綵] ⓥ 全。

chiàn-chhia (< log Chi) [戰車] ⓐ TÂI: 1. 坦克車 2. (< sem) ⓜ 政治宣傳車。

chiàn-chúi-kàm (< tone *chǹg-chúi-lām*, q.v. + ana [監, 鑑] *etc* < log Nip [潛水艦] + Nip *sensuikan*) [chiàn 水 kàm] ⓐ TÂI, CHIAH: 潛水艇。 「CHIAH: 戰艦。

chiàn-chûn (< log Sin) [戰船] ⓐ TÂI,

chiàn-hoān (< log Nip < tr; *cf* En *war criminal*) [戰犯] ⓐ Ê: 全。

chiân-hong (< log Nip < Sin) [前鋒] ⓐ Ê: 先鋒; ≃ thâu-tīn。

chiàn-hû (< log Chi < tr; *cf* En *prisoner of war*) [戰俘] ⓐ Ê: 全。

chiàn-iâⁿ [戰贏] ⓥ 戰勝; ≃ thâi-iâⁿ。

chiàn-jīm ⇒ chêng-jīm。

chiàn-kah [戰甲] ⓐ NIÁ: 甲胄。

chiàn-kau [戰溝] ⓐ TIÂU: 戰壕; ≃ chiàn-kheⁿ。

chiân-kho/-*khe* (< log Nip) [前科] ⓐ 全; ≃ àn-té。 「全。

chiàn-kó͘ (< log Sin) [戰鼓] ⓐ LIÁP:

chiàn-lī-phín (< log Nip) [戰利品] ⓐ 全。

chiàn-liák/-*liòk* (< log Chi) [戰略] ⓐ 全¶*Tâi-oân tī Thài-pêng-iûⁿ ê*

~ *tē-ūi* [台灣tī太平洋ê～地位]台灣在太平洋的戰略地位。
chián-liú-á (< log Sin + *á*) [剪綹仔] (名) Ê: 扒手。 「PÁI: 仝。
chiàn-loān (< log Nip) [戰亂] (名)
chian-nn̄g [煎卵] (名) LIȦP: 煎蛋。
chiân-pòe (< log Sin) [前輩] (名) Ê: 仝; ≃ siăn-pái。
chian-sî [煎匙] (名) KI: 鍋鏟。
chiàn-sî (< log Nip) [戰時] (名) 仝。
chiàn-sí (< log Sin) [戰死] (動) 仝。
chiân-sin (< log Sin) [前身] (名) 仝 ¶*Tiong-hin/-heng Tāi-hȧk ê ~ sī Tâi-tiong Lông-hȧk-ī^{n}.* [中興大學ê～是台中農學院.]中興大學的前身是台中農學院。「[戰神] (名) Ê: 仝。
Chiàn-sîn (< log Chi < tr Lat *Mars*)
chiân-sòa^{n} (< log Nip < tr; *cf* En *front line*) [前線] (名) 仝。
chiàn-sòa^{n} (< log Nip) [戰線] (名) TIÂU: 仝。 「≃ chiàn-pāi。
chiàn-su [戰輸] (動) 戰敗; ≃ thâi-su;
chiàn-su̍t (< log Sin) [戰術] (名) Ê: 仝。
chiàn-tàu/*-tò͘* (< col log Sin) [戰鬥] (名) TIÛ^{n}, PÁI: 仝 (動) 仝 「擊機。
◇ ~*-ki* (< log Nip) [～機] TÂI: 殲
chián-thâng [剪虫] (名) CHIAH: 紙魚; ≃ chián-á$^{(2)}$; ≃ chián-choȧh。
chiān-thâng [chiān蟲] (名) Ê, CHIAH: 愛拿東西亂摸亂玩的人,尤其指小孩。 「仝。
chiàn-tiû^{n} (< log Sin) [戰場] (名) Ê:
chiân-tô͘ (< log Sin) [前途] (名) Ê: 仝。
chiáng ‖*chióng*‖*chiú^{n}* (< log Sin) [獎] (名) 仝 ¶*tio̍h-~* [著～]中獎。
chiáng-ak (< log Chi) [掌握] (動) 仝。
Chiang-chiu (< log Sin) [漳州] (名) 中國地名。 「[獎狀] (名) TIU^{n}: 仝。
chiáng-chn̄g ‖*chióng-* (< log Chi)
chiáng-chō͘ ‖*chióng-* (< log Chi) [獎助] (動) 仝。 「礙] (名) Ê: 仝。
chiàng-gāi ‖*chiòng-* (< log Nip) [障
chiáng-hȧk-kim ‖ *chióng-* (< log Nip) [獎學金] (名) HŪN, PIT: 仝。
Chiang-hòa ‖*Chiong-* (< log Sin) [彰化] (名) 縣市名。
chiáng-kim‖*chióng-* (< log Nip) [獎金] (名) PIT: 仝。
chiáng-kǹg/*-koàn*‖*chióng-* (< col log Chi) [獎券] (名) TIU^{n}: 仝。
chiàng-koa^{n} ‖ *chiòng-* (< log Chi) [將官] (名) Ê: 仝。
chiáng-koàn ⇒ chiáng-kǹg。
chiang-kun‖*chiong-* (< log Sin) [將軍] (名) Ê: 仝。 「來] (名) 仝。
chiang-lâi‖*chiong-* (< log Sin) [將
chiáng-lē‖*chióng-* (< log Nip) [獎勵] (動) 仝。 「牌] (名) TÈ: 仝。
chiáng-pâi‖*chióng-* (< log Chi) [獎
chiáng-phín ‖*chióng-* (< log Chi) [獎品] (名) Ê: 仝。
chiàng-sî (< contr **chit tang-sî*) [chiàng時] (名) 此時。
chiap ^{1} (< log Sin) [汁] (名) 仝; *cf* thng ¶*ká-chò/-chòe ~* [絞做～]打成汁。
chiap^{2} (< log Sin) [接] (動) **1.** 承接; ≃ sîn^{2}; ≃ chih^{1} ¶~ *kiû* [～球]仝 **2.** 銜接 **3.** 迎接;接待。
chia̍p (< Sin [捷]) (形) 頻繁 ¶*chhia-chōa chin ~* [車chōa真～]車班很多 (副) 頻繁 ¶*chin ~ lâi* [真～來]很常來。 「仝。
chiap-chhiok (< log Nip) [接觸] (動)
chiap-chhiú (< log Sin) [接手] (動) **1.** 經手 **2.** 接管。
chiap-chhùi [接嘴] (名) Ê: 接口。
chia̍p-chia̍p (v *chia̍p*) (副) 時常;頻繁 ¶~ *lâi* [～來]常來。

chiap-ki (< log Chi) [接機] 動 到飛機場接抵達的人。 「全。

chiap-kiàn (< log Chi) [接見] 動

chiap-kīn /-kūn /-kīn (< log Nip) [接近] 動 形 全。 「全。

chiap-koán (< log Chi) [接管] 動

chiap-kūn ⇒ chiap-kīn。

chiap-kut (< log Sin) [接骨] 動 全
◇ ~-sai (< [接骨師]) ê: 接骨的師父。

chiap-lap (< log Sin) [接納] 動 全
¶Lâng bô-hoat-tō ~ ·i. [人無法度~伊.] 人家無法容他。

chiap-lek (< log Chi) [接力] 動 接力賽跑; ≃ cháu-li-lé。

chiap-oe [接椏] 動 接枝; ≃ kòe-/kè-ki; ≃ kòe-oe。

chiap-pan (< log Chi) [接班] 動 全
◇ ~-lâng (< log Chi) [~人] ê: 全。

chiap-phang [接縫] 名 ê, CHOA: 長條狀的接合處; ≃ kap-chōa。 「全。

chiap-sàng (< log Chi) [接送] 動

chiap-siu (< log Chi < sem Nip < Sin) [接收] 動 全。

chiap-siū (< log Nip) [接受] 動 全。

chiap-thāi (< log Nip < Sin) [接待] 動 全。

chiap-thâu[1] [接頭] 名 ê, LIAP: 接頭儿, 即條狀物的連接處或裝置 ¶tiān-ōe-sòaⁿ ê ~ [電話線ê~] 電話線的接頭。 「接洽。

chiap-thâu[2] (< log Chi) [接頭] 動

chiat [1] ‖cheh‖choeh (< lit log Chi) [節] 名 B. 節日; ⇒ cheh ¶Bó-chhin-~ [母親~] 全 ¶Jî-/Gî-/Lî-tông-~ [兒童~] 全。「時數的單位。

chiat[2] (< log Chi) [節] 量 計算上課

chiat[3] (< log Sin) [折] 量 折扣¶phah káu ~ [phah九~] 打九折。

chiat-bok /-bak (< log Chi) [節目] 名 ê: 1. 演出或播送的項目

◇ ~-pió (< log Chi) [~表] ê, TIUⁿ: 全

2. 日常生活以外的活動, 例如招待訪客、出外交際或旅遊¶Kin-ná-jit nā bô ~, góa tiō chhēng chit niá phòa-saⁿ. [今旦日若無~, 我就chhēng這領破衫.] 今天如果沒有特別的事, 我就穿這件破舊的衣服。 「全。

chiat-chàu (< log Chi) [節奏] 名 ê:

chiat-chí (< log Chi) [截止] 動 全。

chiat-jit /-git /-lit ⇒ cheh-jit。

Chiat-kang (< log Sin) [浙江] 名 中國省名。

chiat-ūn (< log Chi) [捷運] 名 全。

chiau [1] (< log Chi) [招] 名 方法; ≃ pō ¶Chit ~ chin lī-hāi. [這~真害.] 這招真屬害。 「供; ≃ keng。

chiau[2] (< log Sin) [招] 動 招認; 招

chiâu‖châu (形) 1. 均勻¶lā ho· ~ 把它攪勻 2. 齊¶Lâng lâi bô ~. [人來無~.] 人沒到齊 動 1. 齊全; 全部¶Lâng ~ kàu ·a. [人~到矣.] 人到齊了¶khòaⁿ bô ~-liâu [看無~了] 沒完全看完¶khòaⁿ bô ~-tioh [看無~著] 沒全看到, 有遺漏 2. 相當¶Chit tâi chhia ~ kū ·a. [這台車~舊矣.] 這輛車相當舊了¶~ hó [~好] 相當好。

chiáu (< Sin) [鳥] 名 [á] CHIAH: 全 ¶niau-thâu-~ [貓頭~] 貓頭鷹 ¶phah ~ (用槍) 獵鳥。

chiàu (< log Sin) [照] 動 1. 遵照著
△ ~ chò/chòe [~做] 照著做¶Chí-iàu lí kā góa kóng, góa lóng ē ~ chò/chòe. [只要你kā我講, 我攏會~做.] 只要你告訴我, 我都會照著做

2. 照常, 不因任何因素而有所改變
¶hun ~ chiah, chiú ~ lim [菸~吃, 酒~lim] 煙酒照常, 不肯戒掉 介 按照¶~ góa kóng ·ê chò/chòe tiō sī. [~我講·ê做就是.] 照我說的做

就是了

△ ~ *lí kóng* [～理講] 照理說；≃ chiàu-kóng ［照表計價。

△ ~ *pió thiàu* [～錶跳] (計程車等)

chiáu-á [鳥仔] (名) CHIAH: 鳥兒

◇ ~-*bó/-bú* [～母] CHIAH: 母鳥

◇ ~-*hōe* [～會] Ê: 賞鳥學會

◇ ~-*kang* [～公] CHIAH: 公鳥

◇ ~-*kiáⁿ* CHIAH: 小鳥

◇ ~ *liû-kám* [～流感] 禽流感

◇ ~-*nn̄g* [～卵] LIA̍P: 鳥蛋

◇ ~-*sái* [～屎] PHÛ: 鳥屎

◇ ~-*siaⁿ* [～聲] SIAⁿ: 鳥鳴聲

◇ ~-*siū* Ê: 鳥巢。

chiàu-bêng-tân (< log Nip) [照明彈] (名) LIA̍P: 全。 ［CHÂNG: 雀榕。

chiáu-chhêng [鳥榕] (< [鳥松]) (名)

chiáu-chhèng [鳥銃] (名) KI: 獵鳥的槍；≃ chiáu-á-chhèng。

Chiau-hô (< log Nip) [昭和] (名) 日皇年號 (1926–1989)。

chiâu-kàu (< [齊□]) (動) 全部到齊 (形) 不遺漏；⇒ chiâu-tio̍h。

chiàu-khí-kang [照起工] (動) 按部就班；≃ chiàu-pō·-lâi。

chiàu-khòaⁿ [照看] (副) 看樣子；看情形 ¶~ *kó·-phiò ē/ōe lo̍h.* [～股票會落] 看樣子股票要跌了。

chiàu-kò· (< log Sin) [照顧] (動) 全。

chiàu-kóng [照講] (副) 照理說；≃ chiàu-lí⁺ kóng。

chiáu-lam/-*lang*/-*láng* (< Sin) [鳥lam] (< [鳥籠]) (名) [á] KHA: 鳥籠。

chiàu-leh/-*lé* (< *chiàu-teh*, q.v.)。

chiàu-lûn [照輪] (動) 輪流。

chiau-pâi-pn̄g/-*pūiⁿ* (< log Chi) [招牌飯] (名) 全。

chiàu-pō·-lâi [照步來] (動) 按部就班；≃ chiàu-khí-kang。

chiàu-saⁿ-tǹg [照三頓] (動) 按照三餐的時間做 ¶*Chia̍h-pn̄g ài ~.* [吃飯愛～.] 三餐要定時 (副) 1. 按照三餐的時間 ¶*Io̍h-á ài ~ chia̍h.* [藥仔愛～吃.] 要照三餐的時間定時服藥 2. 無時不刻

△ ~ *mē/mā* [～罵] 無時不罵。

chiàu-sî [照時] (動) 按時。

chiàu-siâng/-*siông* (< log Sin) [照常] (動) (副) 全。

chiàu-si̍t (< log Sin) [照實] (副) 據實 ¶~ *kóng* [～講] 老實說；說實話。

chiáu-siù (< log Chi) [鳥獸] (名) CHIAH: 全。

chiàu-teh/-*leh*/-*lé* [照 teh] (副) 照著；照常 ¶*io̍h-á ~ chia̍h* [藥仔～吃] 藥 (還是) 照著吃 ¶*saⁿ tǹg ~ chia̍h* [三頓～吃] 三餐照常吃。

chiau-thāi (< log Nip) [招待] (名) Ê: (在正式場合負責) 招待的人 ¶*chóng-~* [總～] 全 (動) 全

◇ ~-*hōe* (< log Nip) [～會] Ê: 全

◇ ~-*koàn* (< log Nip) [～券] TIUⁿ: 全

◇ ~-*só·* (< log) [～所] KENG: 全。

chiau-that ⇒ chau-that。

chiau-tiám (< log Nip) [焦點] (名) Ê, TIÁM: 全。

chiâu-tio̍h [chiâu 著] (< [齊著]) (動) (形) 不遺漏；≃ chiâu-kàu ¶*khòaⁿ-bô-~* [看無～] **a.** (閱讀、檢查等) 有遺漏 **b.** 因間斷等而沒全看到，例如事情發生的實況 ¶*sûn bô-~* [sûn 無～] 沒檢查到；檢查得不夠透徹。

chiàu-ûn [照勻] (動) 1. 照順序 2. 輪流；⇒ chiàu-lûn。

chiàuh-**chiàuh-kiò** [chiàuh-chiàuh叫] (動) 說個不停 ¶*chi̍t ki chhùi ~* [一枝嘴～] do.

chih[1] (< Sin [接]) (動) 1. 接 (住/受) ¶*iōng siang-chhiú khì ~* [用雙手去～] 拿雙手接 (別人給與的東西) 2. 承受 (重力)；≃ chih-chhài, q.v.

chih[2] (< Sin) [摺] (動) 褶；折疊 ¶*kā*

thán-á ~-~-~·le [kā 毯仔~~·le] 把毯子摺好。

chih¹ (< Sin) [舌] (名) 1. 舌頭;⇒ chhùi-chih 2. (< sem) TÈ: (樂器的)簧 3. (< sem) TÈ: 其他舌狀物,例如鞋舌。

chih² (< Sin) [折] (動) (硬物)斷;cf

chih³ (< chī, q.v.) (動) 舐。 ⌊tīng²。

chǐh (象) 突然折斷聲。

chih-bóe/-bé/-bé [舌尾] (名) 舌葉; ≃ chhùi-chih-bóe。

chih-chài [chih 載] (< [接載]) (動) 負荷 ¶pang-á siuⁿ pòh, ~-bē-tiâu [枋仔siuⁿ薄,~bē-tiâu] 木板太薄,承受不了(重量)。

chih-chiap [chih 接] (< [接接]) (動) 1. 迎迓;接待 2. 接洽;周旋。

chih-chih-chiuh-chiuh‖chì-chì-‖chí-chí-chiùh-chiùh (象) 鳥叫; ≃ chi-chí-chiùh-chiùh。

chih-chiùh‖chī- (象) 1. 騷動黏稠液體或泥漿等所發出哂哂的聲音 2. 細碎的鳥叫聲。

chih-chiùh-kiò‖chī-chiùh-‖chì-chiù-‖chī-chiū- [chih-chiuh 叫] (動) 鳥叫。

chih-chiùh-kiò‖chī-chiū- [chih-chiùh 叫] (動) 1. 連續騷動黏稠液體或泥漿等而發出哂哂聲 2. 鳥叫;⇒ chih-chiuh-kiò。

chih-chóa [摺紙] (名) 仝; ≃ o-lí-gá-mih (動) 仝; ≃ áu-/ut-chóa。

chih-kin/-kun/-kin [舌筋] (名) TIÂU:

chih-ko· [舌菰] (名) 舌苔。⌊舌繫帶。

chih-kun ⇒ chih-kin。

chih-phōe/-phē/-phē [摺被] (動) 摺棉被(整理床鋪)。

chih-saⁿ [摺衫] (動) 摺(晾乾的)衣服。

chim¹ [唚] (動) 親(嘴等)。

chim² (動) 撞擊;搥打; ≃ cheng² ¶Hó-sim, hō· lûi ~. q.v.

chîm [蟳] (名) [á] CHIAH: 螃蟹 ¶Chhih-á kah ~ bô-kāng. [Chhih仔kah~無仝.] 梭仔和螃蟹不同。

chím (< Sin) [嬸] (名) 嬸子 ¶A-siâng-~ [阿祥~] 名為「祥」的叔父的妻子。

chìm (< Sin) [浸] (動) 泡 ¶Saⁿ ~ siuⁿ kú, chhiūⁿ o·-pan. [衫~siuⁿ久,chhiūⁿ烏斑.] 衣服泡太久,長了黑斑點 ¶~ kha [~腳] 把腳泡在水裡 ¶~ tāu-iû [~豆油] 泡在醬油裡(調味)。 ⌊chhih-á。

chîm-á [蟳仔] (名) CHIAH: 螃蟹;cf

chim-chiok (< sem Sin) [斟酌] (動) 留意 ¶kò· khòaⁿ thâu-chêng, bô ~ piⁿ·a ū lâng [顧看頭前,無~邊·a有人] 只顧看前面,沒注意旁邊有人 ¶mâ-hoân thè góa ~ ·chit-·ē [麻煩替我~一下] 麻煩你幫我留意一下 (副) 仔細;清楚 ¶~ khòaⁿ [~看] 仔細看 ¶khòaⁿ-bô-~ [看無~] 沒看清楚。

chîm-kóng [蟳kóng] (名) KI: 蟹的螯。

chím-má‖chim- (< chit-má q.v.)。

chím-pô [嬸婆] (名) ê: 叔祖母。

chím-thâu (< log Sin) [枕頭] (名) LIÀP: ◇ ~-lông [~囊] ê: 枕套 ⌊全 ◇ ~-pò· [~布] a. TIÂU: 枕巾 b. TÈ: 枕套。

chin¹ (< Sin) [升] (量) 體積單位。

chin² (代) 這儿;這裡頭。

chin³ [真] (形) 1. (瞄得)準確;⇒ chiong² 2. (看)真切;(聽)清楚 ¶khòaⁿ hơ ~ [看hơ~]仔細看,看清楚 ¶thiaⁿ bô ~ [听無~]沒聽清楚。

chin⁴ (< log Sin) [真] (形) 不是假的 ¶Che ngāu-hún ū ~. [Che藕粉有~.] 這藕粉確實純正 (副) 很;非常; ≃ (chin-)chiâⁿ ¶Phòa-pēⁿ ~ kan-khó·. [破病~艱苦] 生病很痛苦 △ (ū-iáⁿ) ~ ū-iáⁿ! [(有影)~有影!]真是太過分了!

chîn ⓿ (在不利的視覺環境下)仔細
看,例如在光線不足、視力差、字太
小等情形下。　　　　　　「現在。

chín¹∥chĭn (< contr chit-chūn) ⓷

chín² (< log Chi) [診] ⓲ 醫院同科各
別醫師看病的單位¶lāi-kho chảp-gō·
~ [內科十五~] 仝。

chìn (< log Sin) [進] ⓿ 1.(人、車、
工作)向前進¶tit-tit ~··khì [直直~
去] 一直向前進 2.進貨¶~ gō·-pah
pún chheh [~500本冊] 進五百本

chīn (< log Sin) [盡] ⓿ 全　　　「書。
△ ~ chek-jīm [~責任] 全
△ ~ gī-bū [~義務] 全
△ ~ só·-ū ê lėk-liāng [~所有ê力量]
⓲ 1.盡量;儘¶~-chá q.v. 2.全
數;盡全力¶ū lảt, ~ piàⁿ; kàu sí,
chiah soah [有力~拼,到死才煞] 鞠
躬盡瘁,死而後已。

chin...hiah... (ê...) [真... hiah... (ê...)]
⓲ 很...很...;非常非常... ¶chin chē,
hiah chē (ê chē) [真chē, hiah chē (ê
chē)] 很多很多;非常非常多。

chin-bīn-bỏk∥-biān- (< log Chi) [真
面目] ⓷ 仝。　　　　「來] 盡量早來。

chīn-chá [盡早] ⓲ 儘早¶~ lâi [~

chìn-chêng¹ [進前] ⓷ "之前," 即在
前的時間¶saⁿ jit ~ thong-ti [三日
~通知] 三天前通知 ⓿ 提前¶~ saⁿ
jit thong-ti [~三日通知] 三天前通
知 ⓲ 1.早先;在此之前¶Góa ~ tī
Sin-ka-pho kà-chheh. [我~tī新加
坡教冊.] 早先我在新加坡教書 2.預
先¶Khui-hōe ài ~ thong-ti. [開會
愛~通知.] 開會必須預先通知。

chìn-chêng² [進前] ⓿ 向前移動
¶kiàⁿ-~ [行~] 向前走。

chin-chhì (< log Chi) [甄試] ⓷ PÁI:
仝 ⓿ 仝。

chìn-chhut-kháu¹ (< log Chi) [進出
口] ⓷ Ê:出入的地方¶kau-liû-tō ~
[交流道~] 匝道。

chìn-chhut-kháu² (< log Chi) [進出
口] ⓷ 國際貿易 ⓿ 輸出輸入(貨
物)
◇ ~-siang/-siong (< log Chi) [~

chin-chiân ⇒ chin⁴。　　　　「商] Ê:仝。

chìn-chiàⁿ (< log Sin) [真正] ⓯ 真
的¶~ ê tāi-chì [~ê代誌] 真正發生
的事¶~ lâng [~人] 真的人 ⓲ 非
常;很; ≃ chin-chiâⁿ。

chìn-chit-pō· (< log; cf En further)
[進一步] ⓯ 仝¶~ ê hoat-tián [~
ê發展] 進一步的發展 ⓲ 仝¶~ thó-
lūn [~討論] 仝。　　　[⓷ LIÁP:仝。

chin-chu (< Sin) [珍珠] (< [真珠])

chin-·ê [真·ê] ⓯ 真正的;不是假的。

chìn-hêng (< log Nip) [進行] ⓿ 1.行
事¶Tāi-chì ~ kàu tah-/toh-ūi ·a?
[代誌~到tah位矣?] 事情進行到
哪儿了? 2.播出;演出¶goán só· ūi
lín ~ ê chiat-bỏk [goán所為lín~ê
節目] 我們所為你們進行的節目。

chìn-hêng-khek (< log Nip) [進行
曲] ⓷ TIÂU, TÈ:仝。

chìn-hòa (< log Nip) [進化] ⓿ 仝。

chìn-jip/-gip/-lip (< log Nip) [進
入] ⓿ 仝¶~ Jī-it Sè-kí [~二一世
紀] 進入二十一世紀。

chìn-kháu (< log Chi) [進口] ⓷ ⓿
◇ ~-sè ⇒ ~-sòe　　　　「輸入貨品
◇ ~-siang/-siong (< log Chi) [~
商] Ê:仝
◇ ~-sòe/-sè (< log Chi) [~稅] 仝。

chin-khong (< log Nip) [真空] ⓯
仝。

chìn-kong (< log Nip) [進攻] ⓿ 仝。

chìn-kòng (< log Sin) [進貢] ⓿ 仝。

chīn-lėk /-lảt (< log Nip < Sin) [盡
力] ⓿ ⓲ 仝。

chin-lí (< log Nip) [真理] ⓷ 仝。

chīn-liāng/-liōng (< log Sin) [盡量]
⓿ ⓲ 儘量。

chin-liāu [真料] ⓐ 真實的材料 ⓕ 真材實料的。

chīn-liōng ⇒ chīn-liāng。　　「全。

chìn-pō͘ (< log Nip < Sin) [進步] ⓥ

chīn-pōng [盡碰] ⓐ 盡頭;極限;極點 ¶pàng ~ [放~] a. 竭盡(全力) b. 以最快的速度進行 ⓥ 到盡頭。

chin-siàng/-siòng (< log Sin) [真相] ⓐ 全。

chin-sim (< log Sin) [真心] ⓕ 全 ◇ ~-ōe (< log Chi) [~話] KÙ: 全 ⓥ 全 ¶~ ka ài [~ka愛]真心愛他。

chīn-sim (< log Sin) [盡心] ⓥ 全。

chin-siòng ⇒ chin-siàng。

chìn-siu (< log Chi) [進修] ⓥ 全。

chín-só͘ (< log Chi < ab Nip [診療所]) [診所] ⓐ KENG: 全。　「全。

chìn-tián (< log Nip) [進展] ⓐ ⓥ

chīn-tiong (< log Sin) [盡忠] ⓥ 全。

chìn-tō͘ (< log Nip) [進度] ⓐ Ê: 全。

chín-toàn-si/-su (< log Nip) [診斷書] ⓐ HŪN, TIUⁿ: 全。

| chio | (< Sin) [招] ⓥ 1. 邀(人參與) ¶~ pêng-iú [~朋友]邀朋友(一道做某事) ¶~ pó-hiám [~保險]邀人投保 2. 招贅 ¶hông ~ 被招為女婿 △ ~ kiáⁿ-sài [~kiáⁿ婿]招贅。

chió (< Sin) [少] ⓕ 全。

chiò (< Sin) [照] ⓥ 全 ¶kng ~-bē-tiòh ê só͘-chāi [光~bē著ê所在]光線照不到的地方。

chiǒ- chió ‖ chiǒ- chió ‖ chiǔ- chiú (< Nip chōchō) ⓐ Ê, LÚI: 1. 蝴蝶結 2. 領花。

chio- chip ‖ chiau- (< col log Sin) [招集] ⓥ 召集; ≃ kho͘² ⁽²⁾; cf tiàu-chíp。

chió-hè/-hè ⇒ chió-hòe。　　「chip。

chio-ho͘ (< log Sin) [招呼] ⓥ 1. 照顧;招待 ¶~ lâng-kheh [~人客]招待客人;招徠顧客 ¶~ lāu-lâng [~老人]照顧老人 2. 問候;打招呼;

≃ phah-chio-ho͘ ¶boǎi kah lâng ~ [boǎi kah人~]不(喜歡)跟人打招呼。

chió-hòe/-hè/-hè [少歲] ⓕ 年少。

chio-khó (< log Chi) [招考] ⓥ 全。

chió- khoeh/-kheh/-khe'h [少缺] ⓡ ⓕ 才不少呢。

chiò-kiàⁿ (< Sin) [照鏡] ⓥ 照鏡子。

chiò-kng [照光] ⓥ 照明;照亮。

chio-kun bé-bé|...bóe- (< Sin) [招軍買馬] ⓥ 招兵買馬; ≃ chio-peng bé-bé。　　「照明腳前的路。

chiò-lō͘ (< pop chhiō-lō͘) [照路] ⓥ

chio-phōaⁿ [招伴] ⓥ 找個伴儿(一道做某事);呼朋引伴。

chio-pio (< log Chi) [招標] ⓥ 全。

chio-seng (< log Chi) [招生] ⓥ 全。

chió-sò͘ (< log Nip; ant to-sò͘) [少數] ⓐ 全
△ ~ hòk-chiông to-sò͘ (< log Chi) [~服從多數]全 ⓕ 全　「Ê: 全
◇ ~ bîn-chòk (< log Nip) [~民族]
◇ ~-tóng (< log Nip) [~黨] Ê, TÓNG: 全。　　「某事)。

chio-tīn [招陣] ⓥ 邀一群人(一道做

| chiǒ͘ | -chió ⇒ chiǒ-chió。

| chioh | (< Sin) [借] ⓥ 全。

chiòh (< Sin) [石] ⓐ 1. 礦物集合而成的堅硬物質 ¶kim-kong-~ [金剛~]鑽石 ¶tāi-lí-~ [大理~]全 2. LIÁP: 岩石 ⓕ 石材料的;石製的 ¶~-koaⁿ-chhâ [~棺柴]石棺。

chiòh-á [石仔] ⓐ LIÁP: 小石子。

chiòh-bō-á (< Sin + á) [石磨] ⓐ LIÁP: 全 ¶e/oe ~ 推磨　「討好的人。
◇ ~-sim [~心] KI: 夾在中間兩面不

chioh-chheh-chèng (< log Chi + tr) [借冊證] ⓐ TIUⁿ: 借書證。

chiòh-hoe/-he/-he' (< log Sin) [石灰] ⓐ 全。

chiȯh-iû (< log Nip < MC) [石油]
　(名) 全。「暖」¶sai-~ [西～]西曬。
chiȯh-jı̍t‖chiò- [熁日] (動) 曬太陽 (取
chiȯh-kè/-kè ⇒ chiȯh-kòe。
chiȯh-kháu‖chià- (< col log Sin)
　[借口] (名) ê: 全。　　「代] (名) 全。
chiȯh-khì sî-tāi (< log Nip) [石器時
chiȯh-ko (< log Sin) [石膏] (名) 全
　¶khōng ~ (腿等骨折處)打上石膏
　¶tiàu ~ [吊～]打上石膏並吊起 (在
　病床上或脖子上)
　◇ ~-chhn̂g (< log Chi < tr En plas-
　　ter bed) [～床] 全
　◇ ~-siāng/-siōng (< log Nip) [～
　　像] ê, SIAN: 全。
chiȯh-kòe/-kè/-kè [借過] (動) 1. (請
　人讓開以)通過 ¶Siám khah-khui
　·le, lâng boeh ~. [閃較開·le, 人欲
　～.]讓開一點, 有人要通過 2. 借
　光; 讓一讓 ¶~ ·chit·-ē [～一下] do.
chiȯh-leng/-lin/-ni [石奶] (名) LIȦP:
　鐘乳石。
chiȯh-lún [石碖] (名) LIȦP: 石碾子。
chiȯh-mî (< log Nip) [石棉] (名) 全。
chiȯh-mn̄g/-mūi [借問] (動) 請問¶~
　·le, chhia-thâu án-chóaⁿ kiâⁿ? [～
　·le, 車頭按怎行?]請問車站怎麼去?
chiȯh-ni ⇒ chiȯh-leng。
chiȯh-pâi [石牌] (名) [á] TÈ: 石碑。
chiȯh-pan (< log Sin) [石斑] (名) BÓE:
　石斑魚。
chiȯh-pang [石枋] (名) TÈ: 石板。
chiȯh-phoh ⇒ chiȯh-poh。
chiȯh-piah [石壁] (名) PHÌⁿ: 1. 石牆
　2. 岩石的山崖。　　　　「石。
chiȯh-pôaⁿ [石磐] (名) TÈ: 平頂的磐
chiȯh-poh/-phoh [石poh] (名) TIÂU:
　石堤; cf poh-hōaⁿ。¶~ 雕刻石獅。
chiȯh-sai [石獅] (名) CHIAH: 全 ¶phah
chiȯh-siāng/-siōng (< log Sin) [石
　像] (名) ê, SIAN: 全。

chioh-sio [熁燒] (動) (在太陽下或爐
　灶邊)烤熱取暖。
chiȯh-siōng ⇒ chiȯh-siāng。
chiȯh-thâu (< Sin) [石頭] (名) [á]
　LIȦP: 全
　◇ ~-á-lō· [～仔路] TIÂU: 石子路
　◇ ~-á-soaⁿ [～仔山] LIȦP: 上頭全
　　是石子的山丘; cf chiȯh-thâu-soaⁿ
　◇ ~-khe/-khoe [～溪] TIÂU: 河床為
　◇ ~-ko [～膏]岩漿　　「石子的河川
　◇ ~-phāng [～縫] ê, PHĀNG: 石頭
　　間的縫隙「cf chiȯh-thâu-á-soaⁿ
　◇ ~-soaⁿ [～山] LIȦP: 岩石的山丘;
chiȯh-tiâu (< log Chi) [借條] (名)
　TIÛⁿ: 全。　　　　　　　「全。
chiȯh-tiàu (< log Chi) [借調] (動)
chiok ¹‖chek (< log Sin) [祝] (動) 全
　¶~ lí sêng-kong. [～你成功.]全。
chiok²‖chek [足] (副) 很; 非常; ≃
　chiok-nī-á
　◇ ~…·e [足 …·e] do. ¶seⁿ-chò (e)
　　~ súi ·e [生做~ súi ·e]長得很漂
　　亮。
chiok-chiok (< log Sin) [足足] (形) 整
　整 ¶~ nn̄g nî [～兩年]整整兩年。
chiok-hō (< log Nip) [祝賀] (動) 全。
chiok-hok (< log Sin) [祝福] (動) 全。
chiok-nī-á (….·e) [足nī仔(….·e)] (副)
　很; 非常; ≃ chiok² (….·e), q.v.
chiok-siū (< log Sin) [祝壽] (動) 全。
chiong ¹ (量) 篇章; ⇒ chiuⁿ¹。
chiong²‖cheng (形) (瞄得)準; ≃
　chhian; ≃ chin³ ¶siòng-~-~ phah
　chı̍t chhèng [siòng～～ phah 一銃]
　瞄準開了一槍。　　　　「kā²(3)。
chiong³ (< log Sin) [將] (介) 全; ≃
chióng¹ [獎] ⇒ chiáng。　　「種類。
chióng²‖chéng (< log Sin) [種] (量)
chiong-án-ne/-ni‖chiōng- (連) 就此;
　⇒ chū-án-ne。
chióng-chn̄g ⇒ chiáng-chn̄g。

chióng-chō͘ ⇒ chiáng-chō͘。

chióng-chȯk‖*chéng-* (< log Nip < tr; *cf* En *race*) [種族] 名 Ê: 全
◊ ~-*chú-gī* (< log Chi < tr En *racism*) [～主義] 全
◊ ~ *kî-/khî-sī* (< log Chi < tr En *racial discrimination*) [～歧視]
chiòng-gāi ⇒ chiàng-gāi。 ⌊全。
chiòng-gī-goân ⇒ chiòng-gī-oân。
chiòng-gī-īⁿ‖*chèng-* (< log Nip) [眾議院] 名 KENG: 全。
chiòng-gī-oân/-*goân*‖*chèng-* (< log Chi < ab Nip [眾議院議員]) [眾議員] 名 Ê: 全。
chiōng-goân (< Chi sem < *chōng-goân* < log Sin) [狀元] 名 Ê: 榜首。
chióng-hȧk-kim ⇒ chiáng-hȧk-kim。
Chiong-hòa ⇒ Chiang-hòa。
chióng-kim ⇒ chiáng-kim。
chióng-kǹg ⇒ chiàng-kǹg。
chiòng-koaⁿ ⇒ chiàng-koaⁿ。
chióng-koàn ⇒ chiáng-kǹg。
chiong-kun ⇒ chiang-kun。
chiong-lâi ⇒ chiang-lâi。
chióng-lē ⇒ chiáng-lē。「類」名 全。
chióng-lūi‖*chéng-* (< log Nip) [種
chióng-pâi ⇒ chiáng-pâi。
chióng-phín ⇒ chiáng-phín。

chip 動 啜飲; ≃ sip¹。

chip¹ (< log Sin) [集] 量 計算集子的單位 動 全 ¶~ *iû-phiò* [～郵票] 集郵。
chip² 象 啜飲聲; 親嘴聲 ¶*chim kà* ~-~-*kiò* [唚到～～叫] 大聲地親嘴親了好幾次。
chíp‖*chȧp* 象 啜飲聲或親嘴聲 ¶*ka chim-chhit-ē* ~-·*chhit*-·*ē* [ka 唚一下～一下] 哂的一聲吻了他一下。
chip-chèng (< log Sin) [執政] 動 全
◊ ~-*tóng* (< log Chi) [～黨] Ê, TÓNG: 全。

chip-chiàu/-*chiò* (< log Sin) [執照] 名 KI, Ê, HŪN, TIUⁿ: 全。
chip-hȧp (< log Nip) [集合] 動 全。
chip-hêng (< log Nip) [執行] 動 全
◊ ~-*tiúⁿ* (< log) [～長] Ê: 全。
chip-hōe (< log Nip) [集會] 名 PÁI, Ê: 全。「全 動 全。
chip-hùn (< log Chi) [集訓] 名 PÁI:
chip-iû (< log Chi) [集郵] 動 全; ≃ chip iû-phiò。「名 集會遊行法。
chip-iû-hoat (< log Chi) [集遊法]
chip-khoân/-*koân* (< log Nip) [集權] 動 全 ¶*tiong-iang* ~ [中央～] 全。
chip-koàn‖*chȧk-* (< log Sin) [籍貫] 名 全。「聚攏。
chip-óa [集óa] (< [集倚]) 動 集結;
chip-thé (< log Chi) [集體] 形 (很多人) 一齊的 「全
△ ~-*chū-sat* (< log Chi) [～自殺]
△ ~-*kiat-hun* (< log Chi) [～結婚]
2. 合在一起的 ⌊全
◊ ~-*lông-tiûⁿ* (< log Chi) [～農場] Ê: 全
副 (很多人) 一齊 ¶~ *chū-sat* [～自殺] 全 ¶~ *hêng-tōng* [～行動] 全 ¶~ *kiat-hun* [～結婚] 全。
chip-thoân (< log Nip) [集團] 名 Ê: 全 ¶*bē-/bōe-Tâi* ~ [賣台～] 全。
chip-tiong (< log Nip) [集中] 動 全
◊ ~-*iâⁿ* (< log Chi) [～營] Ê: 全。

chit¹ (< *tit¹*, q.v.) 鼻 表示可能性。
chit² (< log Sin) [質] 名 **1. B.** 物質 ¶*khòng-bùt-*~ [礦物～] 全 ¶*liû-*~ [流～] 全 ¶*thih-*~ [鐵～] 全 **2. B.** 本質 ¶*chúi-*~ [水～] 全 ¶*thô͘-*~ 土質 **3.** 質地 ¶*Chit tè pò͘,* ~ *chin hó.* [這 tè 布～真好.] 這料子質地很好。
chit³‖*chí* 鼻 這 ¶~ *ê lâng* [～個人] 這個人 ¶~ *pêng* 這邊。
chit⁴ (< Sin) [織] 動 全; *cf* chhiah¹

¶*ka-tī/-kī* ~ *chit niá thán-á* [家己~一領毯仔]自己織一條毯子。

chit‖*chek* [一] [數] 基數第一個; *cf* it²
△ ~ *kiap kòe/kè* ~ *kiap* [~劫過~劫]一再遇到災難
△ ~ *lâng kiâⁿ chit* ~ *lō·* [~人行~路] **a.** 離異;拆伙 **b.** 各奔前程
[形] 整(個) ¶~ *seng-khu choân-choân thô·* [~身軀全全thô·]滿身是土 ¶*chhia kà* ~ *thô·-kha* [車到~thô·腳]撒了一地都是。

chit…á [一…仔] [形] (小小/少少/短短等)一點點儿,嵌單位詞 ¶*bīn kiu kà chhun chit-ê-á(-kiáⁿ)* [面kiu kà chhun一個仔(kiáⁿ)] (嚇得)臉縮得小小的。

chit…á, chit…á ⇒ chit… chit⁽¹⁾。

chit…á-kiáⁿ (< *chit…á*, q.v.)。

chit…chit… [一…一…] [形] **1.** 逐一; ≃ chit…á, chit…á ¶*chit-jī-chit-jī thák-chhut-siaⁿ* [一字一字讀出聲]逐字朗讀 **2.** 每一 ¶*chit-pái-chit-pái bô kāng-khoán* [一擺一擺無仝款]每次都不一樣 **3.** 間歇 ¶*hong chit-chūn-chit-chūn* [風一chūn一chūn]風一陣陣(吹) **4.** 有些;許多 ¶*thô·-kha chit-khang-chit-khang* [thô·-kha一khang一khang]地面坑坑洞洞。

chit-á [鯽仔] [名] BÓE: 鯽魚。

chit-bák-nih-á [一目nih仔] [名] 瞬間。

chit-bák-nih-(á-)kú [一目nih(仔)久] [名] 仝上。

chit-bū (< log Nip) [職務] [名] 仝。

chit-būn ⇒ chit-mn̄g。

chit-chām-á [這chām仔] [名] 這陣子。

chit-chām-á [一chhām仔] [名] 一陣子 ¶*kòe/kè* ~ [過~]過了一陣子。

chit-chūn (< [□陣]) [名] [*á*] 現在;此刻。

chit-e (< *chit³ ê³*; > *chít-e* > *chít-le* > *ché-le*) [代] 這個。

chit-ê (< *chit-ē¹*) [一個] [助] [*á*] 個;一下 ¶*chiáh* ~ *pá* [吃~飽]吃個飽 ¶*pàng* ~ *jiō* [放~尿]撒個尿;小便一下 ¶*thit-/chhit-thô* ~ *hoaⁿ-hí* [thit-thô~歡喜]玩個高興。

chit-ē¹ (< SEY; > ·*che* > ·*le*², q.v.) [一下] [尾] 表示略為處理或嘗試,輕聲固定變調 ¶*Lí khì ka khòaⁿ-·~.* [你去ka看~.]你去看一看 ¶*khòaⁿ-·~ tiō cháu* [看~就走]略為看了一下就走了 ¶*chioh-mn̄g-·~* [借問~]請問一下 ¶*khui-mn̂g-·~* [開門~]開開門。

chit-ē² [一下] [尾] **1.** …的一聲,固定輕聲變調 ¶*chhia-lián piáng-·~, phòa-·khì* [車lián piáng~破去]車輪轟然一聲爆了 ¶…·~ *chit siaⁿ* q.v. **2.** …的一下,固定輕聲變調 ¶*sim-koaⁿ chhiăk-·~* [心肝chhiăk~]心悸了一下。

chit-ē³ (< log Sin + tr; > *chē-ē*) [一下] [尾] (…了)一下,表示發生,程度相當大 ¶*chhoah-~* 嚇了一跳 ¶*khì-~* [氣~]生氣 ¶*thiaⁿ-chit-ē, chhiò-~* [听一下笑~]聽了發笑 ¶*thiaⁿ-·tiòh, khì-~* [听著,氣~]聽到了,很生氣 [連] **1.** …得/一…之下,即表示事情發生的因果,承動詞 ¶*hō· lí chhá-~ soah siá-m̄-tiòh-·khì* [hō·你吵~煞寫m̄著去]被你吵得寫錯了 ¶*kiaⁿ-~, ki-ki-kiò* [驚~吱吱叫]嚇得吱吱叫 ¶*thiàⁿ-~, khì-chit-ē* [听~氣一下]聽了很生氣 ¶*khì-~ cháu-·khì* [氣~走去]一氣之下走了 ¶*phòa-pēⁿ-~ hiám sí* [破病~險死]差點病死 **2.** 一…(就),接動詞或形容詞 ¶*khui-mn̂g ~ ka khòaⁿ, kóng sī i* [開門~ka看,講是伊]開門一看,居然是他 ¶~ *khui-mn̂g ka khòaⁿ, kóng sī i* [~開門ka看,講是伊] do. ¶*sî-kan ~ kú, lóng bē-/bōe-kì-tit ·a* [時間~久,攏bē記得矣]時間一久,都忘了 ¶*thiⁿ ~ kng, tiō chhut-·khì ·a* [天

～光就出去矣]天一亮就出去了。

·chit-·ē...·chit-·ē [...一下...一下]
⑰ 一...一...的 ¶*chhia tiô-·chit-·ē,
tiô-·chit-·ē* [車 tiô一下, tiô一下] 車
子一顛一顛的(走) ¶*chhiò-·chit-·ē,
chhiò-·chit-·ē* [笑一下, 笑一下] (不
停地)微笑著 ¶*oaih^n-·chit-·ē, oaih^n-
·chit-·ē* [oaih^n一下, oaih^n一下]一拐
一拐地(走)。

chit-ē-á [一下仔] ⑧ 片刻;一下子;一
陣子;一會儿; ≃ chit-sî-á; cf. chit-
ē-chhiú ¶*koh ～ chiah khì* [koh～才
去]待會儿再去 ⑩ 表示短暫; ≃
chit-sî-á ¶～ *kú* [～久]一下子。

chit-ē-chhiú [一下手] ⑧ 一下子;
(只花)很短的時間內; cf chit-ē-á
¶～ *tiō chò-/chòe hó ·a* [～就做好
矣]一下子就做好了。

·chit-·ē chit sia^n (v ·*chit-·ē²*) [一下
一聲] ⑩ 發出...的一聲 ¶*chhia-liân
piáng-～, phòa-·khì* [車連 piáng～
破去]車輪子轟然一聲爆了。

chit-gî (< log Chi) [質疑] ⑩ 全。

chit-giáp (< log Nip) [職業] ⑧ ê:全;
≃ thâu-lō͘
◇ ～ *hák-seng* [～學生] ê:全。

chit-goân ⇒ chit-oân。 「地方。

chit-jiah/-giah/-liah [這跡] ⑧ 這

chit-jit⁺ kàu-àm [一日到暗] ⑩ 一
天到晚。

chit-kak-á [這角仔] ⑧ 這一帶。

chit-khang-chit-khiah [一khang一
隙] (< [□空□隙]) ⑰ (硬物)有許
多破損的地方。

chit-khang-chit-khut [一khang一
堀] (< [□空□窟]) ⑰ 坑坑洞洞。

chit-kho͘-lê-á [這箍螺仔] ⑧ 這一
帶; ≃ chit-kho͘-ûi-á。 「權」⑧ 全。

chit-khoân/-koân (< log Nip) [職

chit-khùi [一气] ⑩ 一口氣 ¶*chò/
chòe ～* [做～] do. ¶～ *chò-/chòe-*

oân [～做完]一氣呵成
◇ ～-*á* [～仔] (曾經)一度。

chit-khùn [一睏] ⑪ 一陣子 ¶*khàu ～*
[哭～]哭了一陣子。

chit-khùn-á [一睏仔] ⑧ 一陣子; ≃
chit-sî-á ¶*kòe/kè ～* [過～]過了一
陣子。

chit-kiuh-á(-kiá^n) (v *chit...á; kiuh²*)
[一kiuh仔(kiá^n)] ⑪ (剩)小小一
點點儿。

chit-kóa [一寡] ⑪ [á]一些。

chit-koân ⇒ chit-khoân。

chit-kú [這久] ⑧ 近來。

chít-le (< *chit-e*, q.v.)。

Chit-lí-chhe^n|-*lú*-‖*Chit-lú-chhi^n*|-
lú- (< log Sin) [織女星] ⑧ 全。

chit-liāu (< log Nip) [質料] ⑧ 全。

chit-lō (< *chit³ hō¹*) [這lō] (< [□
號]) ⑭ 這種。

chit-lō͘ (< log Sin + tr) [一路]
⑧ 一路上 ¶～ *ài sè-/sòe-jī* [～愛細
膩]一路上要小心 「安」全。
△ ～ *pêng-an* (< log + tr) [～平

Chit-lú-chhe^n/-*chhi^n* ⇒ Chit-lí-
chhe^n。 「在。

chit-má (< *chit-móa*) [這má] ⑧ 現

chit-mn̄g/-*būn* (< col log Nip < Sin)
[質問] ⑩ 全。

chit-oân/-*goân* (< log Nip) [職員]
⑧ ê:全。 「十倍

chit-pah (< Sin) [一百] ⑩ 1.十的
△ ～ *khòng it* [～○一] ⑯ a.一百
零一 b.唯一 ¶～ *khòng it niá sa^n*
[～領衫] (唯一的)一件衣服。
2.多 ¶*kóng ～ piàn, iáu m̄ thia^n* [講
～遍夭m̄听]說了好幾次都不聽。

chit-phí-(phí-)á ⑰ (小孩或片狀物)
很小
◇ ～-*kiá^n* 極少或極小一點點。

chit-phiàn [一phiàn] (< [□片]) ⑧
一片;遍地。

chit-phùi-á [一屁仔] ⑧ 一丁點儿。

chit-pò͘ (< log Sin) [織布] ⓤ 全。

chit-pō͘-hūn (< log Nip) [一部份] ⓝ 其中一部分 ¶~ bô kià kàu-ūi [~無寄到位]有一部分沒寄到 ⓕ (有)一部分 ¶~ lâng bô khì [~人無去]一些人沒去。

chit-pòaⁿ (< Sin) [一半] ⓝ 全 ¶hō͘ i ~ [hō͘伊~]給他一半 ⓢ 一些,通常與 á 連用 ¶~ ê-á [~個仔]一些 ¶~ jit-á [~日仔]一些日子 △ ~ pái(-á) [~擺(仔)]偶爾 ⓐ 全 ¶I sêng kong, ~ in-ūi i khéng phah-piàⁿ, ~ in-ūi i hó-ūn. [伊成功,~因為伊肯phah拚,~因為伊好運.]他的成功一半是因為他肯努力,一半是因為他運氣好。

chit-sî (< log Sin) [一時] ⓐ 短時間內;臨時 ¶Che góa ~ chò-bē-lâi. [Che我~做bē來.]這個我一時做不來 ¶~ gāng-·khì [~gāng去]一時不知所措。 「chit-sut-á, q.v.

chit-si-á [一絲仔] ⓠ ⓕ 一點儿; ≃

chit-sî-á [一時仔] ⓝ 片刻 ¶~ tiō hó [~就好]馬上好 ¶koh ~ chiah khì [koh~才去]待會儿再去 ⓐ 表示短暫 ¶~ kú [~久]一下子。

chit-sì-kè/-kòe [一四界] ⓝ 到處; ≃ móa-sì-kè。

chit-sì-lâng [這世人] ⓝ 此生。

chit-sì-lâng (< Sin + tr) [一世人] ⓝ 一輩子。

chit-si-si-á (v chit-si-á) [一絲絲仔] ⓠ 一點點儿 ¶chha ~ [差~]相差一點點儿;險些,¶chhun ~ 剩下一點 ◇ ~-kiáⁿ 一點點儿 「點儿 ⓕ 極少,特指氣流; ≃ chit-tiám-(tiám-)á ¶~ hong [~風]微微一點儿風。

chit-siaⁿ [這聲] ⓓ 這下子 ¶~ hāi ·a! [~害矣!](這下子)糟糕了! ⓘ 糟糕 ¶(Taⁿ,) ~! (這下子)糟糕了!

chit-siaⁿ [一聲] ⓝ 很快一下子 ¶~

tiō hó [~就好]一下子就好了。

chit-sim [一心] ⓐ 一心一意。

chit-sin tāng-kōaⁿ [一身重汗] ⓕ 滿身是汗。 「全 ⓓ 全。

chit-sûn (< log Chi) [質詢] ⓝ PÁI:

chit-sut-(sut-)á [一sut(-sut)仔] ⓠ 一點儿; ≃ chit-si-á ¶I ū khah pûi ·~. [伊有較肥·~.]他稍微胖了一點儿 ¶chha ~ tiō bô-miā [差~就無命]差點儿就沒命 ⓕ 一點儿;少; ≃ chit-tiám-(tiám-)á ¶~ sî-kan to bô [~時間都無]一點儿時間都沒有 ¶chhun ~ niâ 剩下一點點 ◇ ~-kiáⁿ 一點儿;少。

chit-tah [這搭] ⓓ 這儿; ≃ chia¹。

chit-táiⁿ-(táiⁿ-)á [一táiⁿ(-táiⁿ)仔] (v chit...á) ⓠ (小小/少少)一點點儿; ≃ chit-kiuh-á ⓕ 小小一個 ◇ ~-kiáⁿ do.

chit-tak-kú-á [一tak久仔] ⓝ 瞬間; ≃ chit-bảk-nih-á; ≃ chit-tiap-á-kú。

chit-táu [這táu] ⓓ 這下子 ⓘ 糟糕; ≃ chit-siaⁿ, q.v.。 「á。

chit-táu-kú-á |-tàu- ⇒ chit-tak-kú-

chit-tiám (< log Sin) [一點] ⓐ [á] 一點儿(也) ¶Góa ~ to m̄-kiaⁿ ·i. [我~都m̄驚伊.]我一點儿也不怕他。

chit-tiám-á¹ (v chit...á) [一點仔] ⓠ ⓕ 一點儿; ⇒ chit-sut-á。

chit-tiám-á² (< chit-tiám, q.v.) ⓐ 一點儿(也)。 「q.v.)。

chit-tiám-á-kiáⁿ (< chit-tiám-á¹,

chit tiám-tiám-á (< chit-tiám-á¹, ◇ ~-kiáⁿ do. 「q.v.)

chit-tiap-á-kú (v chit...á) [一霎仔久] ⓝ 瞬間; ≃ chit-tiap-kú-á。

chit-tiap-kú-á [一霎久仔] ⓝ 瞬間; ≃ chit-tak-kú-á。 「tiap-á-kú。

chit-tiap-tiap-á-kú ⓝ 瞬間; ⇒ chit-

chit-tōa (< log Sin) [一大] ⓕ 表示

多,接單位¶~ *pôa^n* [~盤]全¶~ *tīn*
[~陣]一大群。

chit-tōa-pòa^n [一大半]⑬全¶*seng-
lí khì* ~ [生lí去~]生意虧了一大
半。

chit-tōa-thoa [一大拖]⑮多得很,
指其接著來株連不斷的樣子;*cf*
chit-tōa-tui ¶*khang-khòe/-khè* ~ 事
情一大堆¶*kóng-kóng* ~ [講講~]說
了一大堆。

chit-tōa-tui (< log Sin) [一大堆]⑮
多得很,指現有的事物;*cf* chit-tōa-
thoa ¶*khang-khòe* ~ 事情一大堆。

chit-ūi (< log Sin) [職位]⑧ ê:全。

chiu¹ (< log Sin) [州]⑧行政
單位¶*Chiong-chiàn-chêng Tâi-oân
hun-chò peh (ê)* ~. [終戰前台灣分
做八(個)~.]二戰終戰前台灣分成
八個州。

chiu² (< log Sin) [洲]⑧全¶*Sè-kài
ū gō· tōa* ~. [世界有五大~.]全。

chiu³ (< log) [週]⑧ B.全¶*kì-liām-
~* [記念~]紀念週 ⑪星期。

chiu⁴ ⑪通過圓心切割成的扇形
¶*Piá^n chhiat-chò peh* ~. [餅切做
八~.]餅(通過圓心)切成八塊。

chiú (< Sin) [酒]⑧ 1. KAN, KOÀN,
AU, POE:澱粉發酵製成的含酒精液
體 2. TOH:酒席。

chiù¹ (< Sin) [咒]⑩ 1. 詛咒¶~ *hō
lâng sí* [咒hō人死]咒人死 2. 抱
怨;咒罵 ¶~ *mā bô lō·-iōng* [咒mā
無路用]罵也沒有用。

chiù (< Sin) [蛀]⑩全。

chiū¹ (< log Sin) [就]⑩將就;遷
就¶*I chò chhī-tiú^n ê sî, chhòng-
·sà^n tiā^n khì* ~ *kah i chò tùi-thâu
ê lâng.* [伊做市長ê時,創啥tiā^n去
~kah伊做對頭ê人.]他當市長時,凡
事常常將就與他作對的人。

chiū² (> *tiō*, q.v.) ⑩於是。

chiú-àng [酒甕]⑧ LIÁP:全。

chiú-au (< Sin) [酒甌]⑧ [*á*] TÈ:酒
杯。   「蟲。

chiù-bí-ku [蛀米龜]⑧ CHIAH:米蛀

chiu-boàt (< log Chi < Nip < tr En
weekend) [週末]⑧ ê:全; ≃ úi-
kiàn。

chiú-cheng (< log Nip) [酒精]⑧全。

chiú-chhiáng/-chhiú^n (< log Chi)
[酒廠]⑧ KENG:全。

chiu-chì (< log Sin) [周至]⑮周到。

chiū-chit (< log Nip) [就職]⑩全。

chiù-chōa (< sem Sin [咒詛]) [咒誓]
⑩發誓。

chiu-choân (< log Sin) [周全]⑮全;
≃ chiu-chì。 「≃ chiàh-chiú-chùi。

chiú-chùi (< log Sin) [酒醉]⑧全;

chiù-gí/-gú/-gí· (< log Sin) [咒語]
⑧ KÙ:全¶*liām* ~ [念~]念咒。

chiu-hiàn [酒hiàn]⑧ (人)喝酒後
的臭味。   「全。

chiu-hōe (< log Chi) [週會]⑧ PÁI:

chiú-hōe (< log Chi < ab < tr En
cocktail party) [酒會]⑧ ê:全。

chiù-hút(-á) [蛀核(仔)]⑧ LIÁP:核
萎縮而肉特別多的荔枝 ⑮ (荔枝
的)核萎縮(而肉特別多)。

chiū-jīm/-gīm/-līm (< log Sin) [就
任]⑩全。 「全¶*chàm* ~上酒家。

chiú-ka (< log Chi) [酒家]⑧ KENG:

chiú-kan [酒矸]⑧ [*á*] KI:酒瓶。

chiu-khan (< log Nip) [週刊]⑧ ê,
HÛN, KÎ, PÚN:全。

chiù-khí [蛀齒]⑧ KHÍ:蛀牙 ⑩牙
齒蛀。   「全。

chiu-khó (< log Chi) [週考]⑧ PÁI:

chiú-khui-á [酒開仔]⑧ KI:開瓶
器,不限酒瓶。   「甌。

chiú-khut [酒窟]⑧ [*á*] ê, KHUT:酒

chiu-kî (< log Nip) [周期]⑧ ê:全。

chiú-kóa^n (< log Sin) [守寡]⑩全。

chiù-ku [蛀龜]⑧ [*á*] CHIAH:蛀木頭

等的甲蟲。

chiú-kúi (< log Sin) [酒鬼] 图 Ê: 仝。

chiú-kūi (< log Chi) [酒櫃] 图 Ê: 仝。

chiú-lāu [酒漏] 图 [á] CHIAH: 漏斗。

chiú-liāng/-liōng (< log Sin) [酒量] 图 仝。 「tāi-hàk [~大學] 仝。

chiu-li̍p (< log Chi) [州立] 彫 仝 ¶~

chiu-nî (< log Chi) [周年] 图 仝。

chiú-pa (< log Chi < [酒] + tr En bar) [酒吧] 图 KENG, Ê: 仝。

chiu-pò (< log Nip) [週報] 图 Ê, HŪN, KÎ: 仝。 「Ê: 仝; ≃ chiú-au。

chiú-poe (< log Sin) [酒杯] 图 TÈ,

chiū-sī (< log Sin; > tiō-sī, q.v.)。

chiú-sian [酒仙] 图 ê: 酒徒。

chiú-siáu [酒 siáu] 图 酒瘋 ¶khí ~ [起~] 發酒瘋 働 發酒瘋。

chiú-tháng [酒桶] 图 LIA̍P: 仝。

chiù-thâng (< Sin) [蛀虫] 图 BÓE, CHIAH: 仝。

chiū-tiō (< adv + adv) [就 tiō] (< [就就]) 働 就,表示滿足條件 ¶Lán nā ài Tâi-oân, ~ m̄-thang hiâm Tâi-oân. [咱若愛台灣,~ m̄-thang 嫌台灣.] 如果我們愛台灣,就不應該 嫌台灣不好。 「仝。

chiu-tiúⁿ (< log Chi) [州長] 图 Ê:

chiu-tò (< log Chi) [周到] 彫 仝; ≃ chiu-chì。 「sì-piⁿ。

chiu-ûi (< log Sin) [周圍] 图 仝; ≃

chiuⁿ [1] ‖ chiong (< col log Sin) [章] 量 篇章。

chiuⁿ [2] (< Sin) [漿] 图 仝 ¶ká-chò ~, koh lī-lī-·le [絞做~, koh 濾濾·le] 打 成漿,再過濾 働 (給衣服) 上漿。

chiúⁿ (< Sin) [槳] 图 仝; ≃ chûn-chiúⁿ。

chiùⁿ (< Sin) [醬] 图 仝 ¶kóe-/ké-chí-~ [果子~] 果醬 彫 糜爛 ¶lō· ~-~-~ [路~~~] 路泥濘得很。

chiū [1] (< Sin) [上] 働 1. 登上 ¶~

hui-hêng-ki [~飛行機] 上飛機 2. 接 近 (某數位) ¶~ chheng [~千] 仝。

chiūⁿ [2] (< Sin) [癢] 彫 仝。

chiuⁿ-á [樟仔] 图 1. CHÂNG: 樟樹 2. TÈ, KI: 樟木。 「働 仝。

chiūⁿ-bāng (< col log Chi) [上網]

chiūⁿ-bōng/-bō̄ ‖ chhiūⁿ- [上墓] 働 上墳;掃墓; ≃ pōe-bōng。

chiùⁿ-chhài [醬菜] 图 仝。

chiūⁿ-chhī (< log Sin) [上市] 働 仝。

chiūⁿ-chhia (< log Sin) [上車] 働 仝; ≃ khit-lì chhia-téng。

chiuⁿ-chî/-chû/-chî̂ [蟑蜍] 图 CHIAH: 蟾蜍。 「[任] 働 仝。

chiūⁿ-jīm/-gīm/-līm (< log Sin) [上

Chiú-Kài-chio̍h/-se̍k (< col log Chi) [蔣介石] 图 [á] 從中國敗退 到台灣建立中華民國流亡政權的中 國國民黨領袖 (1887–1975)。

Chiú-Keng-kok (< log Chi) [蔣 經國] 图 上列蔣介石之子 (1910– 1988)。

chiùⁿ-kô·-kô· [醬糊糊] 彫 1. 泥濘 2. 又濕又黏又糊。 「TÈ: 仝。

chiùⁿ-koe (< Sin) [醬瓜] 图 [á] TIÂU,

chiūⁿ-kūi (< log Chi) [上櫃] 働 (股 票) 列出待交易。

chiūⁿ-lio̍k/-le̍k ‖ siāng-‖ siōng- (< col log Nip) [上陸] 働 上岸;登陸。

chiuⁿ-ló·/-ló [樟腦] 图 仝。

chiūⁿ-pak [上北] 働 北上。

Chiú-pē-kiáⁿ [蔣父 kiáⁿ] 图 蔣介 石、蔣經國父子; cf Chiú-Kài-se̍k, Chiú-Keng-kok。

chiūⁿ-sòaⁿ (< log Chi < tr En go on-line) [上線] 働 仝。

chiūⁿ-tâi (< log Sin) [上台] 働 仝。

chiūⁿ-tâng [上僮] (< [上童]) 働 (乩 童) 開始有鬼神附身; cf khí-tâng。

chiūⁿ-thiⁿ [上天] 働 登天 ¶peh-~ 登 上天 ¶phô·-~ 捧上天。

chiuh 働 1.(小鳥、老鼠)叫 2.(壓入黏稠的液體中而)擠出空氣出聲 3.(灌滿氣的袋子等受擠壓而)排氣出聲。

chiúh‖*chiǔh* 象 1.小鳥、老鼠叫聲 2.壓入黏稠的液體中而有空氣擠出的聲音 3.灌滿氣的袋子等受擠壓而排氣聲,例如氣球、椅墊等。

chiuh- chiuh- kiò [chiuh-chiuh 叫] 働 1.(小鳥、老鼠)吱吱叫 2.灌滿氣的袋子等受擠壓而排氣發出聲音,例如氣球、椅墊等。

chiùh- chiùh- kiò [chiùh-chiùh 叫] 働 壓入黏稠的液體中而有空氣擠出發出哂哂聲。

chiut 働 (從小孔)漬(出); *cf* chut。

chiút‖*chiǔt* 象 從小孔噴出聲 擬 從小孔噴出的樣子 ¶~ *·chit··ē, chōa kà kui-bīn* [~一下濺到 kui 面] 一下子噴出來,噴得滿臉都是。

chng 1 (< Sin) [庄] 名 村庄。

chng[2] (< Sin) [妝] 働 打扮;裝束 ¶~ *sin-niû* [~新娘] 給新娘打扮。

chng[3] (< Sin) [裝] 働 扮演; ≃ ián[2]; ≃ poa[n2]。

chng[4] (< Sin) [裝] 働 裝配;安裝 ¶*kā mn̂g ~ chit ê só* [kā 門~一個鎖] 給門裝個鎖 ¶~ *tiān-náu ê nńg-thé* [~電腦 ê 軟體] 安裝電腦軟體。

chng[5] (< Sin) [裝] 働 1.放入槽中,例如裝子彈、菸絲、鴉片 2.打包,放入箱子、盒子;裝(貨)。

chng[6] 働 (蒼蠅等)吸食; ⇒ chn̄g[1]。

chn̄g[1]‖chng‖*chn̄g* 働 (蒼蠅等靠攏以)吸食。　　　　　　　　「纏。

chn̄g[2] (< sem *chn̄g*[1]) 働 (小孩)糾

chng̀/*chùi*[n] (< Sin [鑽]) [鑽] 働 1.用銳器鑽,例如鑽孔; ≃ lak[1]; ≃ ui[2] 2.穿(縫隙、孔穴、水中); ≃ nn̄g 3.鑽營; ≃ nn̄g(-chng̀)。

chn̄g[1]/*chūi*[n] (< Sin [旋]) 名 ê:(毛髮的)旋儿。

chn̄g[2]/*chūi*[n] 働 舐; ≃ chī。

chn̄g[3] (< sem *chn̄g*[2]) 働 (蒼蠅等)吸食; ≃ chn̄g[1]。

chng-á [磚仔] 名 TÈ:磚。

chng̀-á [鑽仔] 名 KI:錐子。

chng-á-kak [磚仔角] 名 TÈ:磚頭。

chng-á-thâu [庄仔頭] 名 Ê:村落。

chng̀-chùi [鑽水] 働 (人、鳥獸、船艦)潛水　　　　　　　[TÂI:潛艦
◇ ~-*lām* (< log Nip + tr) [~艦]
◇ ~-*théng* (< log Sin + tr) [~艇] TÂI:潛水艇。

chng-kah ⇒ chéng-kah。

chng-kha [庄腳] 名 鄉下; ≃ chhân-chng; ≃ chháu-tē
◇ ~-*lâng* [~人] ê:鄉下人。

chng̀-khang [鑽 khang] (< [鑽空]) 働 1.鑽孔 2.鑽進洞裡/鑽出洞外; ≃ nn̄g-khang。

chng-siang/-*siong* [裝傷] 働 假裝受傷 ¶*gâu* ~ 愛以受傷為理由,小題大作,逃避工作。

chng-siáu-·ê [v *siáu-·ê*) [妝 siáu-·ê] 働 "莊孝維",即愚弄。

chng-siong ⇒ chng-siang。

chng-siu[n] [裝箱] 働 仝。

chnḡ-thâu-á ⇒ chéng-thâu-á。

chnḡ-thâu-bú ⇒ chéng-thâu-bó。

cho [慒] 形 1.(胃或胸部)不舒服 2.煩悶。

chô[1] [槽] 名 ê:溝紋或長條形的容器 ¶*chhảk chit ê* ~ [鑿一個~] 鑿個溝紋 ¶*bé-*~ [馬~] 仝 ¶*chúi-*~ [水~] 仝 ¶*ti-*~ [豬~] 餵豬的槽 働 計算豬圈內全部的豬的單位 ¶*chit* ~ *ti* [一~豬] 一豬圈的豬。

chô[2] 働 吵 ¶*bē kā lí* ~ [bē kā 你~]不會吵到你 形 (覺得)吵 ¶*hī*[n]*-khang* ~ [耳 khang~]耳根不清淨。

chò[1]‖*chòe* (< Sin) [做] 働 1.工作 ¶*boeh/beh chiảh, m̄* ~ [欲吃 m̄

~]好吃懶做

△ ~ *kà (boeh/beh) oai-io-·khì* [~到(欲)歪腰~去]辛苦工作

2. 從事…事業/工作 ¶~-*ba̍k* [~木]從事木工行業 ¶~-*gián-kiù* q.v. ¶~ *bō͘-e̍k* [~貿易]從事貿易 ¶~ *sū-gia̍p* [~事業]從事(某)事業 **3.** 當;從事…職務 ¶~ *chú-se̍k* [~主席]當主席 ¶~ *lāu-su* [~老師]當老師 「作或服伺

△ ~ *gû,* ~ *bé* [~牛~馬]勞苦地工

4. 成為 ¶~ *a-kong ·a* [~阿公矣]當了祖父了 **5.** 製作 ¶~-*pió* [~表]製表 **6.** 捏造 ¶~ *ké-siàu* [~假賬]偽造假帳目 **7.** 演出;放映 ¶~-*hì* q.v. ¶~ *tiān-iá^n* [~電影]演電影 **8.** 鬧(水災/旱災) ¶*Tōa-chúi ~ tī tah?* [大水~tī tah?]在哪儿鬧水災? **9.** 舉行慶典或紀念儀式 ¶*Kin-nî ê se^n-ji̍t boeh/beh ka ~ ·bo͘?* [今年ê生日欲ka~·bo͘?]今年給不給他做生日? ¶~-*kī* q.v. ¶~-*móa-goe̍h/-ge̍h* q.v. (介)以…的方式,接數量結構 ¶~ *chit pái chia̍h-liáu* [~一擺吃了]一次吃完 ¶~ *nn̄g chhia chài-·khì* [~兩車載去]分兩輛車載走。

chò^{2}‖*chòe* [做] (介)自顧;隨…自己的意思 ¶*kóng-liáu, ~ i cháu* [講了~伊走](他/她)說完就走了 ¶~ *lí khì kò, góa m̄ kia^n* [~你去告,我m̄驚]你去告好了,我才不怕呢

△ ~ *lí bián an-sim* [~你免安心] 図 請你別放心—別期待壞事臨到我頭上,你去煩惱你自己的不如意的事好了 「do.

△ ~ *lí bián hoân-ló* [~你免煩惱]

chò^{3}‖*chòe* (< Sin) [做] (助)成;為 ¶*Che kiò-~ sà^n?* [Che叫~啥?]這個叫什麼? ¶*lo̍k-á kóng-~ bé* [鹿仔講~做馬]指鹿為馬。 「單位。

chō^{1} (< Sin) [座] (量)計算大建築物的

chō^{2} (< Sin) [造] (動) **1.** 創造 ¶*It-chhè lóng-sī Siāng-tè ê chhiú só͘ ~ ·ê.* [一切攏是上帝ê手所~·ê.]一切都是上帝的手所造的 ¶~ *le̍k-sú* [~歷史]創造歷史 **2. B.** 施工建造 ¶~-*kiô* [~橋]仝 ¶~-*lō͘* [~路]築路。

chō^{3} (動)(亂)塗; *cf* chu̍t^{2}。

chó-á [棗仔] (名) CHÂNG, LIA̍P: 一種植物名,果實皮淡綠色、肉白色、約有雞蛋或鴨蛋大小。 「當木匠。

chò-ba̍k‖*chòe-* [做木] (動)從事木工;

chò-bāng‖*chòe-* (< log Sin) [做夢] (動) **1.** (睡眠中)夢見; ≃ bîn-bāng **2.** 做白日夢;妄想。

chò-bī‖*chòe-* [做謎] (動)出謎題。

chò-bīn‖*chòe-* [做面] (動)"做臉,"即給臉美容、保養。

chò-bûn‖*chòe-* (< log Chi + tr) [做文] (名) (動)作文; ≃ choh-bûn。

chō-bu̍t-chiá (< log Chi) [造物者] (名) Ê: 仝。

chò-chéng‖*chòe-* [做種] (動)當做繁殖的根本,包括動物體、種子、球莖、能生根的葉子等等。

chò-chèng-keng‖*chòe-* [做正經] (動) (言行)正經 ¶~, *mài sńg* 正經點儿,別玩儿。

chò-chhin-chiâ^n‖*chòe-* (v *chhin-chiâ^n*) [做親chiâ^n] (動)穿紅線;做親事。

chò-chhit‖*chòe-* [做七] (動)人死後四十九天內每七天一次舉行儀式祭拜; ≃ chò-sûn。 「做假牙。

chò-chhùi-khí‖*chòe-* [做嘴齒] (動)

chò-chiò‖*chòe-* [做醮] (動)打醮。

chò-chi̍t-ê‖*chòe-* [做一個] (動)為一;成為一體。

chò-chi̍t-ē^{1}‖*chòe-* (< *chò-chi̍t-ê*) [做一下] (動)在一道; ≃ chò-hóe ¶*kap-~* **a.** 合在一塊 **b.** 釘在一起。

chò-chi̍t-ē^{2}‖*chòe-* [做一下] (副)全部一齊;一口氣 ¶*Lâi, ~ chia̍h-chia̍h tiāu.* [來,～吃吃掉.]來,全部吃光 ¶～ *chiàh-liáu-liáu* [～吃了了]全部 (一口氣)吃光了。

chò-chit-hóe‖*chòe-chìt-hé* [做一 伙] 働 在一道;≃ chò-hóe ¶*khǹg-khǹg* ～ 放在一起。

chò-chit-khùn‖*chòe-* [做一睏] 働 全部一齊;一口氣;⇒ chò-chit-ē² 。

chò-chò‖*chòe-chòe* (< vb + part; v *chò*³) [做做] 働 當做。

Chô-chȯk (< *Tsou* + TW *chȯk*) [曹 族] 图 CHȮK, ê: 鄒族 ◇ ～*-gí/-gú* [～語] KÙ 鄒語。

chò-chú‖*chòe-* (< log Sin) [做主] 働 做主張。

chò-gê‖*chòe-* [做牙] 働 於陰曆每月 初二、十六拜"地基主"。

chò-gī-niū‖*chòe-* [做議讓] 働 消遣; 打發時間。

chò-gián-kiù‖*chòe-* (< log Chi < tr En *do research*) [做研究] 働 仝。

chò-gín-á‖*chòe-* [做 gín 仔] 働 孩提 ¶～ *ê sî* [～ê 時] 幼時。

chò-goȧh-á‖*chòe-gèh-á*|*-gȧh-* [做 月仔] 働 坐月子。

chò-hì‖*chòe-* [做戲] 働 演戲 ◇ ～*-ê* ê: 演員。

chò-hó‖*chòe-* [做好] 働 1. 為善 2. 不 做壞事。　　　　　　　「事辦酒席。

chò-hó-sū‖*chòe-* [做好事] 働 為喜

chō-hoán (< log Sin) [造反] 働 仝; ≃ hoán。　　　　　　　「图 ê: 仝。

chò-hoat‖*chòe-* (< log Sin) [做法]

chò-hóe‖*chòe-hé* [做伙] 働 在一道 ¶*tòa* ～ 住在一道 働 一道 ¶～ *phah-piàⁿ* [～phah 拚] 共同努力。

chō-hok (< log Sin) [造福] 働 仝。

chò-hong-thai‖*chòe-* [做風颱] 働 颱颱風。

chó-iū (< log Sin) [左右] 图 表示差 不多的數目;≃ hit-kak-á ¶*chȧp-bān*

lâng ～ [十萬人～]仝。

chō-jī (< log Chi) [造字] 働 仝。

chò-kang‖*chòe-* [做工] 働 作工 ◇ ～*-á-lâng* [～仔人] ê: 工人。

chò-ké‖*chòe-* (< log Chi) [做假] 働 造假;≃ chò-chhiú。

chò-kha-chhiú‖*chòe-* [做腳手] (< [做骹手]) 働 做手腳;働 (了)手腳; ≃ chò-/chòe-chhiú。　　「日祭拜之。

chò-kī‖*chòe-* [做忌] 働 於死者的忌

chò-kiáⁿ‖*chòe-* [做 kiáⁿ] 働 當螟蛉 子或義子。　　　　　「働 鋪設橋樑。

chō-kiô (*cf* Nip [橋を建造]) [造橋]

chò-koaⁿ‖*chòe-* (< log Sin) [做官] 働 當官。　　　　　　　　　「黏糕

chò-kóe‖*chòe-ké/-ké* [做粿] 働 做

chò-kong-chhin‖*chòe-* [做公親] 働 仲裁;調停。　　「功德] 働 做法事。

chò-kong-tek‖*chòe-* (< log Sin) [做

chō-kù (< log Chi) [造句] 働 仝。

chò-lâng‖*chòe-* (< log Sin) [做人] 働 為人 ¶*gâu* ～ 善於處事待人,不傷 感情。　　　　　　　　　「働 仝。

chò-lé-pài‖*chòe-* (< log) [做禮拜]

chô-liāu‖*cho-* (< Sin) [chô 料] 图 作料;≃ liāu¹ 。

chō-lîm (< log Nip) [造林] 働 仝。

chō-lō͘ [造路] 働 築路。

chò-móaⁿ-goȧh‖*chòe-...-gèh/-gȧh* [做滿月] 働 慶祝(嬰兒)彌 月。

chò-moâi-lâng|*-môe-*|*-bôe-*‖*chòe-*|*-hm̂-* [做媒人] 働 做媒。

chò-o͘-chhiú‖*chòe-* [做烏手] 働 從 事用雙手勞動的機械工程,例如修理 機車。

chò-ông‖*chòe-* [做王] 働 為王。

chò-peng‖*chòe-* [做兵] 働 當兵 ◇ ～*-á-lâng* [～仔人] ê: 1. 軍人;武 人 2. (身為)軍人,意味其有或應 有軍人的好壞本色。

chó-phài [左派] 名 (< log Nip < tr; *cf* En *leftist*) 全 形 (< sem) 左傾。

chò-pháiⁿ‖*chòe-* [做歹] 動 做惡。

chò-phiò‖*chòe-* [做票] 動 作票。

chò-phōaⁿ‖*chòe-* [做伴] 動 全。

chò-pió‖*chòe-* [做表] 動 製表。

chò-saⁿ‖*chòe-* [做衫] 動 裁縫。

chō-sè [造勢] 動 全。

chò-seⁿ-jit/-gìt‖*chòe-siⁿ-jìt/-lìt* (< log Sin) [做生日] 動 全。

chò-sêng‖*chòe-* [做成] 動 完成。

chō-sêng (< log Chi) [造成] 動 全。

chò-seng-lí‖*chòe-* (< SEY) [做生lí] (< [做生理]) 動 做生意。

chò-si‖*chòe-* (< log Sin + tr) [做詩] 動 作詩;≃ chok-si。

chò-sian‖*chòe-* [做仙] 動 成仙。

chō-sîn ūn-tōng (< log Chi) [造神運動] 名 全。

chò-sió/-sió͘ (< Chi *tso⁴ hsiu⁴* < tr En *to do a show*) 動 作秀。

chò-sit‖*chòe-* (< *choh-sit*, q.v.)。

chò-siū‖*chòe-* (< *choh-siū*) [做siū] 動 築巢。 「名 Ê, PÁI: 全。

chō-tâm-hōe (< log Nip) [座談會]

chò-thâu‖*chòe-* [做頭] 動 為首。

chò-thô͘-chúi‖*chòe-* [做thô͘水] 動 從事泥水工作;當泥水工
◇ ~-·ê Ê: 泥水匠。

chò-tīn‖*chòe-* [做陣] 動 在一道 副 一道;≃ chò-hóe, q.v.;≃ tàu-tīn。

chò-tōa‖*chòe-* [做大] 動 為大 ¶*ài* ~ [愛~]喜愛做領導人或重要人物。

chò-tōa-chúi‖*chòe-* [做大水] 動 鬧水災。 「旱災。

chò-tōa-ōaⁿ‖*chòe-* [做大旱] 動 鬧

chò-tong‖*chòe-* (< log Sin) [做東] 動 做東道主 ¶*Eng-àm chiàh-pñg, i* ~. [Eng暗吃飯,伊~.]今晚吃飯,他請客。

chò-tui‖*chòe-* [做堆] 動 1. 聚在一起 ¶*sak-*~ q.v. 2. 團結 ¶*Tâi-oân-lâng bē/bōe* ~. [台灣人bē~.]台灣人一盤散沙。

chò-tùi (-thâu)‖*chòe-* (< log Sin) [做對(頭)] 動 做對。

| cho͘ |[1] (< Sin) [租] 名 租稅 動 租賃;租用;≃ sòe/sè ¶~ *chit tâi chhia* [~一台車]租一輛車子。

cho͘[2] (< ana tone [租] < log) [組] 名 全 ¶*bûn-hoat-*~ [文法~]全 ¶*siau-hông-*~ [消防~]消防隊 量 1. 分組的單位 2. 成套物品的單位 動 1. 組合;拼裝 ¶~ *chit tâi chhia* [~一台車]拼裝一輛車子 2. 組織 ¶~-*thoân* [~團]全 ¶~-*tóng* [~黨]全。

chó͘ (< Sin) [祖] 名 祖先 ¶*lín* ~ 你祖先 ¶*Tñg-soaⁿ-*~ [唐山~]從中國移民來台灣的祖先。

cho͘-á-thâu (< *cho͘-thâu*, q.v.)。

chó͘-biō (< log Sin) [祖廟] 名 KENG: 家廟。

cho͘-chhia-hâng [租車行] 名 KENG: 全。 「全。

chō͘-chhiú (< log Nip) [助手] 名 Ê:

chó͘-chhù [祖厝] 名 KENG: 老家。

cho͘-chit (< ana tone [租] < log Nip) [組織] 名 Ê: 全 動 全。 「全。

chó͘-gāi (< log Sin) [阻礙] 名 動

cho͘-hàp‖*cho͘-* (< log Nip) [組合] 名 Ê: 組合體 動 全;≃ cho͘[2]。

chō͘-kàu (< log Nip) [助教] 名 Ê: 全。

cho͘-kim (< log Chi) [租金] 名 全。

cho͘-koh (< log Nip) [組閣] 動 全。

chó͘-kok (< log Nip) [祖國] 名 全。

chó͘-kong [祖公] 名 Ê: 男祖先。

chō͘-lí (< log Chi) [助理] 名 Ê: 全 形 全
◇ ~ *kàu-siū* (< log Chi < tr En *assistant professor*) [~教授]全。

chó͘-má [祖媽] (名) Ê: **1.** 曾祖母 **2.** 女祖先。

chó͘-sán (< log Chi) [祖產] (名) 全。

chó͘-sêng (< log Nip) [組成] (動) 全。

chó͘-sian (< log Sin) [祖先] (名) Ê:

chō͘-soán [助選] (動) 全。　　｜全。

chō͘-sû (< log Nip) [助詞] (名) Ê: 全。

chó͘-thâu [組頭] (名) Ê: (簽賭的) 莊家; ≃ chó͘-á-thâu。

chō͘-thiaⁿ-khì (< log Chi < tr En *hearing aid*) [助听器] (名) Ê: 全。

chó͘-thoân (< log Sin) [祖傳] (形) 全 ¶~ ê pì-hng [~ê祕方] 祖傳祕方。

chó͘-tiúⁿ (< log Nip) [組長] (名) Ê: 全。　　　　　　　　　[≃ tòng。

chó͘-tòng (< log Sin) [阻擋] (動) 全;

| chôa | (< Sin) [蛇] (名) **1.** BÓE: 一種爬蟲名 ¶tȯk-~ [毒～] 全 **2.** 十二生肖第六 **3.** 一種蔓延性的泡疹 ¶seⁿ-/siⁿ-~ [生～] 長上述泡疹 **4.** 條狀的體垢, 例如填滿脖子前面橫紋的泥垢 ¶ām-kún-á seⁿ/siⁿ ~ [頷頸仔生～] 脖子上有一條條的污垢。

chóa (< Sin) [紙] (名) TIÚⁿ: 全。

chōa (量) **1.** 行 ¶ làng chit-~-chit-~ [làng 一～一～] 一行一行隔開 **2.** 趟 ¶Khì Ko-hiông, chit ~ bián nn̄g tiám-cheng. [去高雄一～免兩點鐘.] 到高雄一趟不需兩個小時。

chóa-au-á [紙甌仔] (名) Ê: 紙杯。

chóa-hui-ki (< log Chi) [紙飛機] (名) TÂI: 全。　　　　　　　[TIÚⁿ: 紙條。

chóa-iù-á [紙幼仔] (名) TÈ: 碎紙。

chôa-khak [蛇殼] (名) Ê: 蛇蛻。

chóa-kin-á |-kun-|-kiⁿ- (< á + log Chi < tr En *paper towel*) [紙巾仔] (名) TIÂU: 紙巾。

chóa-liau-á |-liâu- [紙liau] (名) LIAU,

chóa-lok-á [紙lok仔] (名) Ê: 紙袋子。

chóa-mn̂g/-mûi [紙門] (名) 全。

chóa-óaⁿ [紙碗] (名) Ê: 全。

chóa-pang [紙枋] (名) TÈ: 紙板。

chóa-phiò [紙票] (名) TIUⁿ: 紙幣; ≃ gîn-phiò。

chóa-pôaⁿ [紙盤] (名) [á] TÈ: 紙盤。

chóa-pún (< log Chi) [紙本] (名) 印在紙上的電腦檔案。

chóa-tē-á [紙袋仔] (名) Ê, KHA: 紙袋; ≃ chóa-lok-á。

chôa-thâu¹ (*cf* En *snake head*) [蛇頭] (名) Ê: 走私人口的主事者。

chôa-thâu² (< ab *chôa-thâu-teng*) [蛇頭] (名) 手指頭末端膿腫的病 ¶seⁿ/siⁿ ~ [生～] 患上述疾病。

| choaⁿ | (< Sin [煎]) (動) **1.** 燒 (茶水) **2.** 煎 (藥)。

chôaⁿ (< Sin) [泉] (名) Ê, KÁNG: 全。

chòaⁿ¹ (動) 將動物脂肪加熱使出油 ¶~ ti-iû [~豬油] 炸豬油。

chòaⁿ² (動) 吹噓; ≃ tōaⁿ² ¶~ kà chhùi-kak choân pho [~到嘴角全波] 大吹大擂, 口沫橫飛。

chōaⁿ (< Sin) [濺] (動) **1.** 噴射 (水、血、精液) **2.** 噴灑 ¶~ báng-á(-chúi) [~蚊仔(水)] (用汲筒) 噴藥水驅蚊子 ¶~ lông-iȯh [~農藥] 噴灑農藥。

chǒaⁿ (< contr chū-án-ne, q.v.)。

chôaⁿ-chúi (< log Sin) [泉水] (名) KÁNG: 全。

chóaⁿ-iūⁿ ‖cháiⁿ-‖chái- (< Sin) [怎樣] (代) 如何; ⇒ án-chóaⁿ1 (副) [á] 如何; 為何; ⇒ án-chóaⁿ2。

| choah | ⇒ choat。

cho̍ah (動) **1.** 偏離; ≃ chha **2.** 有所不同, 通常指變更好 ¶Iȯh-á chiȧh-liáu ū khah-~. [藥仔吃了有較～.] 吃了藥之後好了一些。

| choai | (< contr chiah-ê, q.v.)。

chōai ⇒ choāiⁿ。

| choāiⁿ | ‖ choāi (動) **1.** 扭轉; 扭曲 ¶kā i ê ām-kún-á ~-·khòe [kā 伊ê頷頸仔 ～·khòe] 把他的脖子給扭過去 **2.** 扭

（傷）；cf náu-·tiòh ¶ām-kún-á ~-·tiòh [頷頸仔~著] 扭傷脖子 圏 [x] （物體）扭曲，不直。

choan （< log Sin）[專] 働 專門從事 ¶Lí ~ tá-chit hâng? [你~tá一行?] 你專門從事哪一行？ 圏 1.專業性的 ¶chin ~ ê hâng-giáp [真~ê行業] 很專的行業 2.專精。「簡稱。

Choân¹ （< log Sin）[泉] 图 中國泉州

choân² （< log Sin）[全] 圏 1.齊全 2.整個 ¶~ sè-kài [~世界] 全 ¶~ Tâi-oân [~台灣] 全 ¶~ Tâi-tiong-chhī [~台中市] 全 3.很多；盡是 ¶thô-kha hoat kà ~ chháu [thô腳發到~草] 地上長滿了草 働 完全；≃ choân-jiân。

choán¹ [賺] 働 （不正當的或意外的）賺取；cf báu。

choán² （< log Sin）[轉] 働 1.轉到別處 ¶kā tiān-ōe ~-khì lēng-gōa chit sòan [kā電話~去另外一線] 把電話轉到另一線 ¶~-khì kong-lip ha̍k-hāu [~去公立學校] 轉到公立學校去 2.轉（手）¶~ chit chhiú [~一手] 仝 3.轉（乘交通工具）；≃ pôaⁿ³。

choān 働 扭轉；⇒ chūn²。

choǎn （< contr chū-án-ne, q.v.）。

choân...liáu-liáu （< choân²⁽³⁾, q.v.; v liáu-liáu）[全...了了] 圏 盡是，表示多 ¶choân chhì liáu-liáu [全莿了了] 盡是莿。

choân-be̍h （< log Chi < tr En whole wheat）[全麥] 圏 全 ¶~ ê pháng 全麥麵包。　　「面改選] 働 仝。

choân-bīn kái-soán （< log Chi）[全

choân-bîn pó-hiám （< log Chi）[全民保險] 图 仝。

choan-bûn （< log Nip < Sin）[專門] 圏 專 ¶Choan-ka lóng chin ~. [專家攏真~.] 專家都很專門 働 全 ¶Le̍k-tó í-chêng ~ teh koaiⁿ hoān-lâng. [綠島以前~teh關犯人.] 從前綠島專用於關犯人。　　「ê: 全。

choân-châi （< log Chi）[全才] 图

choán-chài （< log Nip）[轉載] 働 仝。　　　　　　　　「圏 全。

choan-chè （< log Nip < Sin）[專制]

choân-chêng [專情] 圏 感情專一。

choân-chhan （< log Chi）[全餐] 图 THÒ: 全 ¶gû-pâi ~ [牛排~] 全。

choan-chhia （< log Chi）[專車] 图 TÂI: 全。　　「全；≃ pôaⁿ-chhia。

choán-chhia （< log Chi）[轉車] 働

choân-chí （< log Chi < tr En full-cream）[全脂] 圏 全 ¶~ ê gû-leng-hún [~ê牛奶粉] 全脂奶粉。

choán-chia̍h [choán吃] 働 1.討生活，通常指不正當的賺取　「的依據 ◇ ~-óaⁿ [~碗] TÈ: "飯碗," 即生活 2.詐騙。　　　「PÚN, CHI̍P: 全。

choan-chi̍p （< log Chi）[專集] 图

choân-chi̍p （< log Sin）[全集] 图 PÚN, CHI̍P, PŌ: 全。　　「國地名。

Choân-chiu （< log Sin）[泉州] 图 中

choân-choân （...liáu-liáu）（v choân...liáu-liáu, q.v.）[全全（...了了）] 圏 盡是。

choan-ēng ⇒ choan-iōng。

choân-gia̍h （< log Chi）[全額] 图 圏 全 ¶~ ê chiáng-/chióng-ha̍k-kim [~ê獎學金] 全額獎學金。　　「全。

choan-gia̍p （< log Sin）[專業] 图 圏 ◇ ~-hòa （< log Chi）[~化] 全。

choan-goân ⇒ choan-oân。　　「働 全

choán-ha̍k/-o̍h （< log Nip）[轉學] ◇ ~-seng（< log Chi）[~生] ê: 全。

choân-hàn （ant choân-lô）[全漢] 图 完全用漢字寫的（台文）書寫法 圏 （台文:）完全用漢字寫的。

choân-hàn-jī-phài （ant choân-lô-má-jī-phài）[全漢字派] 图 ê: 主張或習慣於完全用漢字書寫（台文）的人或派別。

choán-hâng (< log Chi) [轉行] 働
全; ≃ choân-giáp。

choán-hêng (< log Chi; cf Nip [形質
轉換]) [轉型/形] 働 全 ¶*Sán-giàp
í-keng ~ ·a.* [產業已經～矣.] 產業
已經轉型了。「全 ¶*pó~* [保～] 全。

choân-hiám (< log Chi) [全險] 名

choán-î (< log Sin) [轉移] 名 全 ¶*ki-
sùt ê ~* [技術ê～] 技術的轉移 働
全; ≃ sóa
△ ~ *bȯk-phiau* [～目標] 全。

choan-iōng/-ēng (< log Nip < Sin)
[專用] 働 全
◇ ~*-tō* (< log Chi; cf Nip [專用道
路]) [～道] TIÂU: 全 ¶*kong-chhia
~-tō* [公車～道] 全。

choan-jīm/-gīm/-līm (< log Nip; cf
En *full-time*) [專任] 働 働 全。

choán-jīm/-gīm/-līm (< log Sin)
[轉任] 働 全。

choan-ka (< log Chi; cf Nip [專門
家]) [專家] 名 Ê: 全。　　　「地。

choan-kang (< log Sin) [專工] 働 特

choán-kau (< log Sin) [轉交] 働 全。

choân-ke (< log Sin) [全家] 名 全;
≃ kui ke-hóe/-hé。　　　[KHO: 全。

choan‑kho (< log Nip) [專科] 名

choan-khoân/-koân (< log Sin) [專
權] 形 全。　　　「權] 名 全 形 全

choân-khoân/-koân (< log Nip) [全
◇ ~ *tāi-piáu* (< log) [～代表] Ê: 全
働 全 ¶~ *chhú-lí* [～處理] 全。

choan-ki (< log Chi) [專機] 名 TÂI,
CHIAH: 全。　　　「好的情勢。

choán-ki¹ (< log Nip) [轉機] 名 Ê: 轉

choán-ki² (< log Chi) [轉機] 働 換飛
機; ≃ ōaⁿ hui-hêng-ki; ≃ pôaⁿ hui-
hêng-ki。

choan-koân ⇒ choan-khoân。

choân-koân ⇒ choân-khoân。

choan-kok (< log Nip) [全國] 名 全

◇ ~*-sèng* (< log) [～性] 全。

choan-lân/-nôa (< log Chi < tr En
column/columnistic) [專欄] 名 Ê:
全 形 全
◇ ~ *chok-ka* (< log Chi < tr En
columnist) [～作家] Ê: 全。

choân-lȧk (< log Chi) [全力] 働 全
¶~ *chi-chhî* [～支持] 全。

choân-lêng (< log) [全能] 形 全。

choan-lī (< log Chi) [專利] 名 全。

choân-lô (ant *choân-hàn*) [全羅] 名
完全用羅馬字寫的(台文)書寫法
形 (台文:) 完全用羅馬字寫的。

choân-lô-má-jī-phài (ant *choân-hàn-
jī-phài*) [全羅馬字派] 名 Ê: 主
張或習慣於完全用羅馬字書寫(台
文)的人或派別。

choan-nôa ⇒ choan-lân。

choán-ōaⁿ (< log) [轉換] 働 全。

choan-oân/-goân (< log Chi) [專
員] 名 Ê: 全。

choán-ȯh ⇒ choán-hȧk。

choân-phiò (< log Chi; ant *pòaⁿ-
phiò*) [全票] 名 TIUⁿ: 全。　「全。

choán-piàn (< log Sin) [轉變] 働

choán-pò/-pò͘ (< log Chi) [轉播]
働 全。

choân-pō͘ (< log Nip) [全部] 名 全。

choán-pò͘ ⇒ choán-pò。

choân-pôaⁿ (< log Sin) [全盤] 形 全
△ ~ *ê kè-oȧh* [～ê計劃] 全盤計劃。

choan-sim (< log Sin) [專心] 働 形
全; ≃ kui-sim。

choân-sin¹ (< log Chi) [全薪] 名 全。

choân-sin² (< log Chi) [全新] 形 全。

choân-sìn (< log Sin) [全信] 働 全
¶*I ê ōe bē-/bōe-tàng ~.* [伊ê話bē-
tàng～.] 他的話不能全信。

choân-sin bâ-chùi (< log Nip) [全
身麻醉] 名 働 全。

choân-sin kiám-cha (< log) [全身

檢查] 图 働 全。

choan-sòaⁿ (< log Chi) [專線] 图
TIÂU: 全 ¶hók-bū ~ [服務～] 全。

choán-tâi [轉台] 働 改聽另一電台或
改看另一電視台。

choán-ta̍t (< log Sin) [轉達] 働 全。

choân-thé (< log Nip) [全體] 图 全
部人員。

| choat | ‖choah 働 (因搖盪而) 濺
(出)。   「[絕望] 働 全。

choa̍t-bāng /-bōng (< col log Sin)

choa̍t-chêng [絕情] 働 (情人) 斷絕
往來 厢 無情; 不念舊情。

choa̍t-chéng (< log Chi) [絕種] 働
全; ≃ tīng-chéng。   「≃ tīng-lō。

choa̍t-kau (< log Sin) [絕交] 働 全;

choa̍t-khùi [絕氣] 働 1. 窒息; ≃
cha̍t-khùi 2. 斷氣; ≃ kòe-/kè-khùi;
≃ tīng-khùi。

choa̍t-pán (< log Nip) [絕版] 働 全。

choa̍t-si̍t (< log Chi) [絕食] 働 全。

choa̍t-tōa-to-sò͘ |-tāi- (< col log
Nip) [絕大多數] 图 厢 全。

choa̍t-tùi (< log Nip) [絕對] 厢 (ant
siang-/siong-tùi) 全
◇ ~ to-sò͘ (< log Nip) [～多數] 全
働 全。

| chôe | ⇒ chê³。

chòe¹ [做] ⇒ chò¹,²,³。

chòe² (< log Sin) [最] 働 全; ≃
siang⁶(-kài)。

chōe¹ (< log Sin) [罪] 图 TIÂU: 犯法

chōe² 厢 多 ⇒ chē²。   「的行為。

chòe-āu (< log Nip) [最後] 厢 全; ≃
siang (lòh-)bóe ¶~ chit pái [～一
擺] 最後一次 働 全; ≃ bóe-/bé-·a;
≃ lòh-bóe/lō-bé。

chòe-ba̍k ⇒ chò-ba̍k。

chòe-bāng ⇒ chò-bāng。

chòe-bī ⇒ chò-bī。

chòe-bīn ⇒ chò-bīn。

chòe-bûn ⇒ chò-bûn。

chòe-chéng ⇒ chò-chéng。

chòe-chèng-keng ⇒ chò-chèng-
keng。

chòe-chha̍t ⇒ chò-chha̍t。 「keng。

chòe-chhin-chiâⁿ ⇒ chò-chhin-
chiâⁿ。

chòe-chhit ⇒ chò-chhit。 「chiâⁿ。

chòe-chiò ⇒ chò-chiò。

chōe-chió ⇒ chē-chió。

chòe-chit-ê ⇒ chò-chit-ê。

chòe-chit-ē ⇒ chò-chit-ē¹,²。

chòe-chit-hé ⇒ chò-chit-hóe。

chòe-chit-khùn ⇒ chò-chit-khùn。

chôe-chôe ⇒ chê-chê。

chòe-chòe ⇒ chò-chò。

chōe-chōe ⇒ chē-chē。

chòe-chú ⇒ chò-chú。

chòe-gê ⇒ chò-gê。

chòe-ge̍h-á ⇒ chò-goe̍h-á。

chòe-gī-niû ⇒ chò-gī-niû。

chòe-gián-kiù ⇒ chò-gián-kiù。

chòe-gín-á ⇒ chò-gín-á。

chòe-gû chòe-bé ⇒ chò-gû chò-bé。

chòe-hé ⇒ chò-hóe。

chōe-hè/-hè ⇒ chē-hòe。

chòe-hì ⇒ chò-hì。

chòe-hm̂-lâng ⇒ chò-môai-lâng。

chòe-hó ⇒ chò-hó。

chòe-hó-sū ⇒ chò-hó-sū。

chòe-hoat ⇒ chò-hoat。

chòe-hong-thai ⇒ chò-hong-thai。

chōe-jîn/-lâng (< log Chi < sem
Sin) [罪人] 图 Ê: 禍國或禍及他
人的人; cf chōe-lâng² ¶kok-ka ê ~
[國家ê～] 國家的罪人。

chòe-kang ⇒ chò-kang。

chòe-ké¹ 働 造假; ⇒ chò-ké。「kóe。

chòe-ké²/-ké 働 做黏糕; ⇒ chò-

chòe-kha-chhiú ⇒ chò-kha-chhiú。

chòe-kī ⇒ chò-kī。

chòe-kiáⁿ ⇒ chò-kiáⁿ。 「图 近來。

chòe-kīn/-kūn (< log Nip) [最近]

chòe-ko hoat-īⁿ (< log Nip) [最高

法院] 图 KENG: 全。

chòe-koaⁿ ⇒ chò-koaⁿ。　　　［chhin。

chòe-kong-chhin ⇒ chò-kong-

chòe-kong-tek ⇒ chò-kong-tek。

chòe-kūn ⇒ chò-kīn。

chòe-lâng ⇒ chò-lâng。

chōe-lâng¹ 图 ê: 禍國或禍及他人的人；≃ chōe-jîn。

chōe-lâng² (< sem log Sin + tr) [罪人] 图 ê: (基督教) 帶有原罪的人。

chòe-lé-pài ⇒ chò-lé-pài。

chòe lí bián... ⇒ chò lí bián...。

chōe-miâ (< log Sin) [罪名] 图 ê: 全。　　　　　　　　　　　［goéh。

chòe-móaⁿ-gėh/-gȯh ⇒ chò-móaⁿ-

chòe-mûi-lâng ⇒ chò-moâi-lâng。

chòe-o͘-chhiú ⇒ chò-o͘-chhiú。

chōe-ok (< log Sin) [罪惡] 图 圈 全
◇ ~-kám (< log Nip) [~感] ê: 全。

chòe-ông ⇒ chò-ông。

chòe-peng ⇒ chò-peng。

chòe-pháiⁿ/-phái ⇒ chò-pháiⁿ。

chòe-phiò ⇒ chò-phiò。

chòe-phōaⁿ ⇒ chò-phōaⁿ。

chòe-pió ⇒ chò-pió。

chòe-saⁿ ⇒ chò-saⁿ。

chòe-sêng ⇒ chò-sêng。

chòe-seng-lí ⇒ chò-seng-lí。

chòe-si ⇒ chò-si。

chòe-siⁿ-jı̍t/-lı̍t ⇒ chò-seⁿ-jı̍t。

chòe-sian ⇒ chò-sian。　　　　［q.v.）。

chòe-sit (< hyp chò-sit < choh-sit,

chòe-siū (< hyp chò-siū < choh-siū,

chòe-thâu ⇒ chò-thâu。　　　　⌊q.v.）。

chòe-thô͘-chúi ⇒ chò-thô͘-chúi。

chòe-tīn ⇒ chò-tīn。

chòe-tōa ⇒ chò-tōa。

chòe-tōa-chúi ⇒ chò-tōa-chúi。

chòe-tōa-ōaⁿ ⇒ chò-tōa-ōaⁿ。

chòe-tui ⇒ chò-tui。

chòe-tùi(-thâu) ⇒ chò-tùi(-thâu)。

choeh ⇒ cheh/chiat¹。

choeh-jı̍t ⇒ cheh-jı̍t。

choh ¹ (< Sin) [作] 動 耕種。

choh² 動 1. 築高 (以阻隔) ¶kā thô͘
~ khah koân ·le, ~ chit ê pi [kā
thô͘~較 koân ·le, ~一個坽] 把土築
高些, 築個小水壩 ¶~ chhiûⁿ-á [~
牆仔] 築牆, 著重其圍堵的目的, cf
khih chhiûⁿ-á 2. 截斷 (水流, 尤其
指灌溉渠) ¶kā chúi ~-kòe/-kè chit
khu [kā 水~過這坵] 把 (原來的) 水
流 (截斷) 引過這塊地。

chȯh 動 1. (向前) 投擲; ⇒ chȯk²
2. 丟棄; ≃ piaⁿ。

choh-bûn‖chok-‖chò-‖chòe- (<
col log Nip < Sin) [作文] 图 PHIⁿ:
全 動 全。

choh-chhân [作田] 動 耕種水田
◇ ~-lâng [~人] ê: 農人。

chȯh-·jı̍t 图 前天 ¶loh-/lò-~ 大前天
¶tōa-~ [大~] do.

choh-sit‖chò-‖chòe- [作穡] 動
1. 種田
◇ ~-lâng [~人] ê: 農人
2. 勞動; 工作。

choh-siū‖chò-‖chòe- 動 築巢。

chȯk ¹ (< log Nip < sem Sin) [族]
图 B. 1. 種族; 民族 ¶A-bí-~ [阿
美~] 全 ¶~-gí/-gú [~語] 全 2. 族
群 ¶chhài-nâ-á-~ [菜籃仔~] 菜籃
族, 即家庭主婦 ¶siāng-/siōng-pan-
~ [上班~] 全。

chȯk²‖chȯh 動 1. 擲標槍等有柄的器
物 ¶~ hui-hêng-ki [~飛行機] 丟紙
飛機 ¶~-pio [~鏢] 擲鏢或矛 2. 似
擲標槍等擲出的動作, 例如有些樹上
的蛇向樹下的人或獸攻擊 3. 丟棄。

chok-bûn ⇒ choh-bûn。　［图 ê: 全。

chok-chiá (< log Nip < Sin) [作者]

chok-ēng ⇒ chok-iōng。　　　　［全。

chȯk-gí/-gú/-gÍ [族語] 图 ê, KÙ:

chok-giȧp (< log Nip) [作業] 图 HÛN,

HĀNG: 仝 [動] 仝。

chok-giȧt (< log Sin) [作孽] [動] **1.** 造孽 **2.** 搗蛋；惡作劇； *cf* chok-koài **3.** 調皮； ⇒ chok-koài [形] ⇒ chok-koài。

chȯk-gú ⇒ chȯk-gí。

chok-hong (< log Nip) [作風] [名] Ê: 仝。 [動] 仝。

chok-hùi/-hòe (< log Chi) [作廢]

chok-iōng/-ēng (< log Nip < tr En *function, effect, etc*) [作用] [名] 仝 ¶*lóng bô* ~ [攏無~] 毫無作用； ≃ lóng bô chùn-būn-·tiȯh ¶*hù-*~ [副~] 仝 ¶*sim-lí* ~ [心理~] 仝。

chok-ka (< log Nip) [作家] [名] Ê: 仝。

chok-khek||*choh-* (< log Nip) [作曲] [動] 仝

◇ ~*-ka* (< log Nip) [~家] Ê: 仝。

chok-koài (< log Sin) [作怪] [動] **1.** 作祟 **2.** 搞鬼 ¶*He m̄-chai sá^n-lâng teh* ~. [He m̄知啥人teh~.] 不知道是誰在搞鬼 **3.** (小孩) 調皮 ¶*Chē-hơ-hó, mài* ~! [坐hơ好, mài~!] 坐好, 別搗蛋 [形] **1.** 好搞鬼 **2.** (小孩) 調皮。

chȯk-kûn (< log Chi < tr En *ethnic group*) [族群] [名] Ê: 仝

△ ~ *iông-hȧp* (< log Chi) [~融合] 強勢族群把弱勢族群同化掉

◇ ~ *gí-/gú-/gí·-giân* [~語言] Ê: 仝

◇ ~ *ì-sek* (< log Chi) [~意識] 仝。

chok-loān (< log Chi) [作亂] [動] 仝 ¶*Âng-sa^n-kun* ~ *ê sî* [紅衫軍~ê時] 紅衫軍作亂的時候。

chok-phín (< log Nip) [作品] [名] Ê, PHI^n, KHOÁN, HĀNG: 仝。

chok-phín (< log Nip) [作品] [名] 仝。

chȯk-phó͘ (< log Sin) [族譜] [名] PÚN: 仝。

chok-siù (< log Chi < tr En *to do a show*) [作秀] [動] 仝； ≃ chò-sió。

chȯk-tiú^n (< log Sin) [族長] [名] Ê: **1.** 宗族的長老 **2.** 酋長。

chông [動] **1.** 撞 ¶*Chhia* ~ *chhiū-á.* [車~樹仔.] 車子撞到樹 **2.** 衝；闖；(無暇他顧地) 奔跑 ¶*thia^n-tiȯh phái^n siau-sit, kóa^n-kín* ~*-·tńg-·lâi* [听著歹消息, 趕緊~返來] 聽到壞消息, 趕緊趕回來 **3.** 奔波 ¶*Góa tȧk jit tī gōa-kháu* ~, *lí tòa chhù-·ni liâng.* [我tȧk日tī外口~, 你tòa厝裡涼.] 我每天在外頭奔波, 你卻在家裡過悠閑的日子 **4.** (奔波以) 張羅 ¶~*-bô chî^n* [~無錢] 籌不到錢。

chóng (< log) [總] [首] 仝 ¶~*-hâng* [~行] 仝 ¶~*-keng-lí* [~經理] 仝 [形] 全部的 ¶~ *iȧh-sò͘* [~頁數] 仝 [副] **1.** 全部 ¶~ *thėh-·khì* [~thėh去] 全部拿去

△ ~ *kóng ·chi̍t ·kù* [~講一句] 總而言之。

2. 究竟；到頭來

△ ~ *ū chi̍t ji̍t* [~有一日] 總有一天

3. 應該是；不可避免 ¶*Góa kā lí thėh chi̍t-chheng khơ,* ~ *bô ke kā lí thėh ·la ·ho^n.* [我kā你thėh一千箍, ~無加kā你thėh啦·ho^n.] 我拿你一千元, 總沒多拿吧 ¶*Lí* ~ *tiȯh khì ·chi̍t ·chōa.* [你~著去一chōa.] 你總該去一趟。

chóng-bū (< log Chi) [總務] [名] **1.** 機關學校的行政雜務 **2.** Ê: 負責上述雜務的人。

chóng-chhâi (< log Nip) [總裁] [名] Ê: 仝。

chóng-chheng[1] (< log Nip) [總稱] [名] Ê: 仝。

chóng-chheng[2] [總清] [動] **1.** 徹底清理 (帳目等) **2.** 把剩餘的全部清除, 例如把剩菜吃掉。

chông-chhia [chông車] [動] 撞車。

chong-chhin-hōe (< log Sin) [宗親會] [名] Ê: 仝。

chong-chí (< log Nip) [宗旨] [名] Ê: 仝。

chông-chî^n [chông錢] [動] **1.** 忙著籌款 ¶~, *chông chi̍t kò-goėh/-gėh, chiah chông chi̍t bān khơ* [~chông一箇月才chông一萬箍] 籌款籌了一

個月才籌一萬元 **2.** 調頭寸。

chóng-·ê [總·ê] [俚] [名] Ê: “老總,” 即總經理等帶「總」字頭銜的人。

chóng-hâng [總行] [名] KENG: 仝。

chong-ha̍p (< log Nip) [綜合] [動] 仝。

chóng-hōe (< log Nip) [總會] [名] 仝。

chong-hông (< log Chi) [裝潢] [名] [動] 仝; ≃ kek^{1}。

chōng-hóng (< log Nip) [狀況] [名] 仝。

chóng-hun (< log Chi) [總分] [名] 仝。

chong-kah-chhia‖*chng-* (< log Nip) [裝甲車] [名] TÂI: 裝甲汽車。

chong-kah-peng‖*chng-* (< log) [裝甲兵] [名] Ê: 仝。

chong-kàu (< log Nip) [宗教] [名] Ê, PHÀI, KHOÁN, CHIÓNG: 仝。

chóng-keng-lí (< log Chi) [總經理] [名] Ê: 仝。

chóng-ki (< log Chi) [總機] [名] 仝。

chông-kià^{n}-jîn/*-gîn*/*-lîn* [藏鏡人] [名] Ê: 在幕後操控的人。

chóng-kiat (< log Sin) [總結] [名] Ê: 仝 [動] 仝。

chóng-kiōng (< log Sin) [總共] [副] 仝; ≃ lóng-chóng; ≃ chóng-ha̍p-kiōng; ≃ chóng-·a-kiōng。

chòng-lé (< log Chi) [葬禮] [名] 仝。

chóng-lí (< log Nip) [總理] [名] Ê: 仝。

chóng-phơ [總鋪] [名] TÉNG: 通鋪。

chóng-phian-chhip/*-chip*/*-chi̍p* (< log Chi) [總編輯] [名] Ê: 仝。

chóng-phò͘ [總phò͘] [名] Ê: (大) 廚師 ◇ ~*-sai* (< [總□師]) do.

chong-pī (< log Nip) [裝備] [名] 仝。

chong-sek-phín (< log Nip) [裝飾品] [名] Ê: 仝。

chóng-sī (< sem log Sin) [總是] [副] 終究 [連] 但是。

chóng-·sī-·a [總是·a] [形] 馬馬虎虎過得去,不怎麼好。

chóng-sî-chit [總辭職] [動] 總辭 ¶*lōe-koh* ~ [內閣~] 內閣總辭。

chóng-sǹg (< log Chi) [總算] [副] 仝 ¶~ *chò-/chòe-liáu ·a.* [~做了矣.] 總算做完了 ¶*bóe-/bé-·a* ~ *hō͘ góa o̍h-·khí-·lâi* [尾·a~hō͘我學起來] 後來我終於學會了。

chóng-sò͘ (< log Nip) [總數] [名] 仝。

chóng-su-lēng (< log Chi < ab Nip [總司令官]) [總司令] [名] Ê: 仝。

chóng-su-lēng-pō͘ (< log) [總司令部] [名] 仝。

chong-tēng/*-tèng* (< log Chi < Nip [裝釘]) [裝訂] [動] 仝。

chòng-teng (< log Sin) [壯丁] [名] Ê: 青壯年男子。

chong-tèng-ki (< log Chi) [裝訂機] [名] Ê, TÂI: 仝。

chōng-thāi/*-thài* (< log Nip) [狀態] [名] Ê: 仝。

chóng-thóng (< log Chi) [總統] [名] Ê: 仝
◇ ~*-chè* (< log Chi) [~制] 仝
◇ ~*-hú* (< log Chi) [~府] 仝。

chóng-tiú^{n} (< log Nip) [總長] [名] Ê: 仝 ¶*chham-bô͘* ~ [參謀~] 仝。

chóng-tok (< log Sin) [總督] [名] Ê: 仝
◇ ~*-hú* (< log Nip) [~府] 仝。

chóng-tōng-oân/*-goân* (< log Nip) [總動員] [動] 仝。

[cho̍p]‖*cha̍p* [象] 吃東西時的咂嘴聲 [動] **1.** 咂嘴 **2.** 發咂嘴聲。

chóp‖*chŏp* [象] 突然發出的咂嘴聲。

cho̍p-chó̍p-kiò‖*chī-* [cho̍p-chó̍p叫] [動] (吃東西時嘴巴) 吧嗒吧嗒地響 ¶*chia̍h-pn̄g* ~ [吃飯~] 吃飯時嘴巴吧嗒吧嗒地響。

[chu]‖*chi̍* (< Sin) [書] [名] PÚN: 仝; ≃ chheh^{1}。

Chú^{1} (< Sin) [主] [名] Ê: 三位一體的上帝。

chú^{2} [量] 計算進出的貨物的單位。

chú^{3} [煮] ⇒ chí^{6}。

chù^{1} (< log Sin) [註] [名] Ê: 註解 [動] 註解。

chù² (< log Sin) [註] 働 註(定)
△ ~-hó-hó [～好好] 已經註定好
了。

chù³ (< ab chù-siā, q.v.) [注] 働 注
射¶~ hoeh-kin [～血筋]靜脈注射
¶~ phôe-hu [～皮膚] 皮下注射¶~
pô·-tô-thn̂g [～葡萄糖]注射葡萄糖
¶~ tōa-kóng-siā [～大kóng射]打點
滴。 [[～鐘]仝。

chù⁴ (< log Sin) [鑄] 働 仝¶~ cheng

chū¹ 图 B. 墊子¶ê-/ôe-~ [鞋～] 鞋
襪¶í-~ [椅～] 椅墊 働 鋪在下面
墊著,以隔熱、吸水、防震等; cf
chhu²。

chū² (< log Chi) [駐] 働 仝¶~ Bí-
kok tāi-sài [～美國大使]駐美大使。

chū³‖chī (< log Sin) [自] 介 自從
¶~ thâu--a [～頭·a]從一開始。

chǔ (< SEY) 働 叫雞用語。

chu-á [珠仔] 图 LIÁP: 1. 珠子¶~
phoàh-liān [～phoàh鍊] 珍珠項鍊
2. 彈珠¶í~ 玩彈珠遊戲。

chū-án-ne/-ni‖chiong-‖chiōng-
(< chiū án-ne) 副 就照這樣¶~
hó, bián kái. [～好,免改.]這樣
就可以了,不必改 連 (> choán
> chǒaⁿ) 從此;就此¶~ bô koh
tò-tńg--lâi [～無koh tò返來]從此
沒再回來。

chù-bák-lé (< log Chi < Nip [注目]
+ [禮]) [注目禮] 图 Ê: 仝。

chù-bêng (< log Sin) [註明] 働 仝。

chu-bī (< log Sin) [滋味] 图 Ê: 仝
¶chū-iû ê ~ [自由ê～]仝。

chū-bîn (< log Nip) [住民] 图 Ê: 仝
△ ~ chū-koat (< log Chi) [～自
決]仝。 [訂做。

chù-bûn (< log Nip) [注文] 働 訂購;

chū-chá [自早] 副 早就;老早。

chū-chāi (< log Sin) [自在] 形 仝。

chú-cháiⁿ (< log Sin) [主宰] 图 働
仝。

Chû-chè [慈濟] 图 1. (< ab Chû-chè
Kong-tek-hōe) 慈濟功德會 2. 證嚴
法師 (1937–)。 [仝。

chu-chèng (< log Chi) [資政] 图 Ê:

chú-chèng [主政] 働 執政¶chāi-iá-
tóng ~ ê koān-chhī [在野黨～ê縣
市] 在野黨主政的縣市。

chú-chhài¹ (< log Chi < tr En main
course; cf Fr entrée) [主菜] 图 Ê,
CHHUT: 仝。

chú-chhài² 働 做菜; ⇒ chí-chhài²。

chù-chheh (< log Chi) [註冊] 働
仝。

chú-chhî (< log Sin) [主持] 働 仝
◇ ~-jîn/-gîn/-lîn (< log Chi) [～
人] Ê: 仝。 [Ê: 仝 働 仝。

chú-chhiùⁿ (< log Nip) [主唱] 图

chū-chí (< log Sin) [住址] 图 Ê: 仝;

chú-chiah ⇒ chí-chiah。 [≃ chū-só·。

chú-chiàn-phài (< log Chi; ant chú-
hô-phài) [主戰派] 图 PHÀI: 仝。

chú-chiàng/-chiòng (< log Nip) [主
將] 图 Ê: 仝; ≃ chú-sòe。

chū-chō·-chhan (< log Chi < tr En
buffet < Fr) [自助餐] 图 仝。

chū-chō· lí-hêng|...lú-|...lí- (< log
Chi < sem tr En backpacking) [自
助旅行] 图 働 仝。

chū-choán-chhia (< log Nip) [自轉
車] 图 TÂI: 腳踏車; ≃ thih-bé。

chu-chú (v chǔ) 图 囝 小雞 働 呼小
雞用語。

chū-chú (< log) [自主] 働 仝
◇ ~-khoân/-koân (< log Sin <
Nip) [～權]仝。 [仝。
◇ ~-sèng (< log Chi < Nip) [～性]
仝。

chū-chun-sim (< log Chi) [自尊心]
图 仝。 [pún ~ [資本～]仝。

chú-gī (< log Nip) [主義] 图 仝¶chu-

chu-goân (< log Nip) [資源] 图 仝

¶*chúi*-~ [水~] 全　　　　　「全。
△ ~ *hôe-siu* (< log Chi) [~回收]

chū-goān (< log Chi) [自願] 働 全。

chú-hô-phài (< log Chi; ant *chú-hô-phài*) [主和派] 名 PHÀI: 全。

chū-hō͘ (< log Chi) [住戶] 名 Ê, HŌ͘:
全。　　　　　　　　　　「Ê: 全。

chū-hōe (< log Sin) [聚會] 名 PÁI,

chù-hoeh/-*huih* [注血] 働 輸血。

chú-hū (< log Nip) [主婦] 名 Ê: 全
¶*ka-têng* ~ [家庭~] 全。

chū-hùi (< log Sin) [自費] 形 働 全。

chù-huih ⇒ chù-hoeh。

chū-hûn (< log Chi) [自焚] 働 全。

chú-hun-jîn/-*gîn*/-*lîn*/-*lâng* (< log Chi) [主婚人] 名 Ê: 全。

chù-ì ‖ *chú-* (< log Sin) [注意] 働
1. 灌注精神 ¶*Góa khiā tī piⁿ-·a, lí lóng bô* ~. [我企tī邊·a, 你攏無~.] 我站在旁邊, 你一點儿也沒注意到 ¶~ *m̄-hó poàh-tó.* [~ m̄ 好 poàh 倒.] 小心跌交
◇ ~-*lėk* (< log Nip) [~力] 全
2. (< log Nip < sem) 留意; 注目 ¶*ín-khí lâng* ~ [引起人~] 引起人家注意
3. (< sem) 謹言慎行; 小心 ¶*Lí khah* ~ *·le!* [你較~!] (恐嚇:) 你小心點儿 働 (< sem) 用心; 不疏忽 ¶~ *thiaⁿ* [~听] 全。

chú-ián (< log Nip) [主演] 働 全。

chu-iáng/-*ióng* (< log Nip) [滋養]
名 營養; 養分
◇ ~-*hun* (< log Nip) [~分] 養分
形 營養。

chú-iàu (< log Nip) [主要] 形 全。

chú-im (< log Nip) [子音] 名 Ê: 全。

chù-im (< log Chi) [注音] 働 全。

chu-ióng ⇒ chu-iáng。

Chu-It-kùi [朱一貴] 名 台灣一抗清領袖名 (1690–1721)。

chū-iû (< log Nip < EChi tr) [自由] 名 形 全。　　　　　　　　「全。
◇ ~-*chū-chāi* (< log Sin) [~自在]

chu-iu-seng (< log Chi) [資優生]
名 Ê: 全。

chū-jiân/-*giân*/-*liân* (< log Sin) [自然] 名 (< log Nip < sem) 全 ¶*tāi*-~ [大~] 全　　　　　　　　　　「全
◇ ~ *kho-hàk* (< log Nip) [~科學]
働 自自然然 ¶~ *hoat-seng ·ê* [~發生·ê] 自然發生的。　　「任] 名 Ê: 全

chú-jīm/-*gīm*/-*līm* (< log Nip) [主
◇ ~ *pì-si/-su* [~秘書] 名 Ê: 全。

chū-ka-iōng (< log Nip) [自家用]
名 TÂI: 自用而非公司用或公用的小汽車 働 自用 形 自用的。「働 全。

chù-kái (< log Sin) [註解] 名 Ê: 全

chú-kak (< log Chi [主角] < Sin [主腳]) [主角] 名 Ê: 全。

chū-kak (< log Nip) [自覺] 働 全。

chú-káng (< log Chi) [主講] 働 全。

chú-kàu (< log Chi) [主教] 名 Ê:
全。　　　　　　　　　　　「Ê: 全。

chu-keh (< log Nip < Sin) [資格] 名

chū-keng-lông (< log Chi) [自耕農]
名 Ê: 全。

chu-khián (< log Chi) [資遣] 働 全
◇ ~-*hùi* (< log Chi) [~費] 全。

chú-khoân/-*koân* (< log Nip) [主權] 名 全。

chú-ki (< log Chi) [主機] 名 全
◇ ~-*pang* (< tr + log Chi < tr En *mother board*) [~枋] TÈ: 主機板。

chú-kiàn (< log Chi) [主見] 名 全。

chu-kim (< log Nip) [資金] 名 PIT:
全 ¶*tòng-kiat* ~ [凍結~] 全。

chu-kiòk (< log Sin) [書局] 名 KENG:
全; ≃ chheh-kiòk。　　　　「全。

chú-kiong (< log Nip) [子宮] 名 Ê:

chú-kò͘ (< log Sin) [主顧] 名 Ê: 全。

chú-koan (< log Nip) [主觀] 形 全。

chú-koân ⇒ chú-khoân。

chú-koán (< log Chi) [主管] ⓢ ê:全
⓿ 全; ≃ hōaⁿ-thâu。

chū-koat (< log Nip) [自決] ⓢ 全
¶chū-bîn ~ q.v. ⓿ 全¶hō͘ chū-bîn
~ [hō͘住民~]讓住民自決。

chú-lâng (< log Sin) [主人] ⓢ ê:
1. 招待客人的人 2. 對雇用、產業
等有權的人; ≃ thâu-ke 「全。
◇ ~-pâng (< log Chi) [~房] KENG:

chu-lėk (< log Chi) [資歷] ⓢ 全。

chū-lėk kiù-chè (< log Chi) [自力
救濟] ⓿ 全。

chu-liāu (< log Nip) [資料] ⓢ 全
◇ ~-khò͘ [~庫] ê:全。

chú-liû (< log Nip < tr; cf En main
stream) [主流] ⓢ ⓕ 全。

chú-mī ⇒ chí-mī。

chu-ná-mih (< Nip tsunami) ⓢ PÁI:
海嘯; ≃ hái-tiàng。

chū-ngó͘ kài-siau (< log Chi) [自我
介紹] ⓢ ⓿ 全。

chū-nî ⇒ chûn-·nî。 「TŪI:全。

chū-ōe-tūi (< log Nip) [自衛隊] ⓢ

chú-pān (< log Chi) [主辦] ⓿ 全。

chu - pâng (< log Sin) [書房] ⓢ
KENG:全; ≃ chheh-pâng。

chú-phian [主編] ⓢ ê:全 ⓿ 全。

chû-pi (< log Sin) [慈悲] ⓢ ⓕ 全。

chū-pi (< log Chi) [自卑] ⓕ 全。

chū-pì-chèng (< log Nip < tr; cf En
autism) [自閉症] ⓢ 全。「ê:全。

chū-pi-kám (< log Chi) [自卑感] ⓢ

chú-pit (< log Nip) [主筆] ⓢ ê:全

chú-pn̄g ⇒ chí-pn̄g。 「⓿ 全。

chu-pó (< log Sin) [珠寶] ⓢ 全
◇ ~-siuⁿ-á (< log Chi + á) [~箱
仔] KHA:珠寶箱。「ê:全 ⓿ 全。

chú-pò/-pò͘ (< log Chi) [主播] ⓢ

chu-pún (< log Nip) [資本] ⓢ 全
◇ ~-chú-gī (< log Nip) [~主義]全

◇ ~-ka (< log Nip) [~家] ê:全。

chu-sán (< log Nip) [資產] ⓢ 全
◇ ~ kai-kip (< log Nip) [~階級]
ê:全。

chū-sat (< log Nip) [自殺] ⓿ 全。

chu-sè (< log Nip) [姿勢] ⓢ ê:全。

chú-sėk (< log Nip) [主席] ⓢ ê:全。

chù-sí [註死] ⓐ 不巧¶~ khih-ho͘
khòaⁿ-·tiȯh [~乞 ho͘看著]不巧被
他看見。

chù-siā (< log Nip) [注射] ⓿ 打針
◇ ~-chiam [~針] KI:注射用的針
◇ ~-tâng [~筒] KI:針筒。

chù-siau (< log Sin) [註銷] ⓿ 全。

chu-sìn (< log Chi) [資訊] ⓢ 全。

chū-sìn (< log Sin) [自信] ⓢ 全
¶chiok ū ~ [足有~]很有自信 ⓿ 全
¶~ ē iâⁿ [~會贏]全 ⓕ 全¶chiok
~ [足~]非常自信。

chu-sìn-chiàn (< log Chi) [資訊戰]
ⓢ TIÛⁿ:全。 「⓿ 全。

chu-sìn-hòa (< log Chi) [資訊化]

chu-sìn kang-têng/-thêng (< log
Chi) [資訊工程] ⓢ 全。 「全。

chū-sìn-sim (< log Chi) [自信心] ⓢ

chū-sip (< log Nip) [自習] ⓿ 全。

chú-sit (< log Nip) [主食] ⓢ 全。

chū-siú (< log Sin) [自首] ⓿ 全。

chū-só͘ (< log Nip < Sin) [住所] ⓢ
住址。

chú-sòe (< log Chi) [主帥] ⓢ ê:主
將; ≃ chú-chiàng。 「全。

chū-su‖chṳ-sṳ (< log Chi) [自私] ⓕ

chú-tê/-tôe (< log Nip) [主題] ⓢ
ê:全。

chú-tē (< log Sin) [子弟] ⓢ ê:全。

chú-tê-khek/-khiok|-tôe- (< log)
[主題曲] ⓢ TIÂU, TÈ:全。

chú-tê-koa|-tôe- (< log Nip) [主題
歌] ⓢ TIÂU:全。

chú-tē-peng (< log Chi) [子弟兵] ê, TĪN: **1.** 家族或同鄉幼輩組成的軍隊或其成員 **2.** 受過本人教導、訓練、提拔的擁戴者。

chù-tēng/-*tiā*^{n} (< lit log Sin) [註定] 動 全 ¶~-*hó-sè* [～好勢] 註定好了 圓 全 ¶~ *sit-pāi* [～失敗] 全。

chu-thài (< log) [姿態] 名 ê: 全。

chū-thâu(-·a) [自頭(·a)] 圓 從一開始(就)。

chú-thé (< log Nip) [主體] 名 ê: 全。

chū-the̍h-khu (< log Chi; cf Nip [住宅區域]) [住宅區] 名 ê, KHU: 全。

chú-thé-sèng (< log Nip) [主體性] 名 全。

chū-tī (< log Chi < EChi tr) [自治] 名 動 全 ¶*tē-hng* ~ [地方～] 全。

chú-tī i-su (< log Chi < Nip [主治醫]) [主治醫師] 名 ê: 全。

chū-tī-khu (< log Chi) [自治區] 名

chù-tiā^n ⇒ chù-tēng。⌐ ê, KHU: 全。

chù-tiōng (< log Chi) [注重] 動 全。

chú-tiu^n (< log Nip < sem Sin) [主張] 名 ê: 全 動 全。

chú-tō (< log Nip) [主導] 動 全
◇ ~-*khoân/-koân* (< log Nip) [～

chú-tôe(...) ⇒ chú-tê(...)。⌐權] 全。

chú-tōng (< log Nip; ant *pī-tōng*; ant *tha^n-tōng*) [主動] 動 圓 全。

chū-tōng (< log Nip; ant *pī-tōng*) [自動] 圓 圓 全。 ⌐委員簡稱。

chú-úi (< log Chi) [主委] 名 ê: 主任

chù -tán (< Chi *chü*^{4} *tan*^{4}) KENG: 巨蛋,即大型體育館。

chuh 動 **1.** 從小孔擠出,自動 **2.** (如液體般地)溢(出); cf chut ¶*pûi kà bah* ~-~-·*chhut*-·*lâi* [肥kà肉～～出來] 胖得衣服都快包不住了 **3.** 一次釋出一點點,例如給錢給不出來或捨不得給。

chui [錐] 量 計算圓錐體等錐形物的單位 ¶*iâm tui kà chi̍t-*~*-chi̍t-*~ [鹽堆kà一～一～] (鹽田裡) 鹽堆得一堆堆尖尖的。

chûi 動 **1.** 循環地加壓力以切(斷) ¶*kā tī* ~-*tn̄g* [kā箸～斷] 把筷子切斷 **2.** 割(斷) ¶*kā thâu* ~-·*khí*-·*lâi* [kā頭～起來] 把頭割下來 **3.** 圓 殺價; ≃ thâi。

chúi^1 (< Sin) [水] 名 **1.** 氫氧化合物 ¶*lim* ~ 喝水 **2.** 潮水 圓 (< ant *khó*^{1}, kit) **1.** 稀;水多; ≃ ám; ≃ kà^4 **2.** 淡(色) ¶~-*âng-sek* [～紅色] 全。

chúi^2 [水] 量 (農產、畜產的) 批次 ¶*chi̍t* ~ *ke/koe-á-kiá^n* [一～雞仔kiá^n] 一窩(同期孵出的)小雞。

chùi (< log Sin) [醉] 圓 全。

chúi-ah [水鴨] 名 CHIAH: 鴨子。

chúi-ah-á (< Sin + á) [水鴨仔] CHIAH: 雁;鳧。

chúi-âm [水涵] 名 [á] ê, TIÂU: 水涵洞;下水道; ≃ âm-khang
◇ ~-*khang* do.
◇ ~-*kòa* [～蓋] ê: 下水道等的大小蓋子;人孔蓋。

chúi-âng [水紅] 名 淡紅 圓 淡紅色
◇ ~-*sek* [～色] 淡紅色。 ⌐的

chùi-bâng-bâng /-*bông-bông* [醉茫茫] 圓 大醉而神智不清。

chúi-bé/-*bé* ⇒ chúi-bóe。

chúi-bīn (< log Sin) [水面] 名 全。

chúi-bîn-chhn̂g (< tr En *water bed*) [水眠床] 名 TÉNG: 水床。

chúi-bit-thô (< log Sin) [水蜜桃] 名 CHÂNG, LIA̍P: 全。

chúi-bóe/-*bé*/-*bé* (ant *chúi-thâu*) [水尾] 名 河川下游 ¶*lòh* ~ [落～] 往下游走。 ⌐全。

chúi-cha̍h (< log Sin) [水閘] 名 ê:

chúi-chai (< log Sin) [水災] 名 PÁI: 全 ¶*chò/chòe* ~ [做～] 鬧水災; ≃

chò(e)-tōa-chúi。
chúi-ché^{n}/-*chí^{n}* (< log Sin) [水井] [名] Ê, KHÁU: 仝。 「[名] 仝。
chúi-cheng-khì (< log Nip) [水蒸氣]
chúi-chhái (< log Nip) [水彩] [名] 仝
◇ ~-*ōe*/-*ūi* (< log Nip) [~畫] TIU^{n}: 仝。 「CHÂNG: 仝。
chúi-chháu (< log Sin) [水草] [名]
Chúi-chhe^{n}/-*chhi^{n}* (< log Sin) [水星] [名] LIA̍P: 行星第一。
chúi-chhèng [水銃] [名] KI: 水槍。
chúi-chhi/-*chhu*/-*chhi* [水蛆] [名] BÓE: 孑孓。
Chúi-chhi^{n} ⇒ Chúi-chhe^{n}。
chúi-chhí^{n}/-*chhián* [水chhí^{n}] (< [水淺]) [名] [形] 淡藍色。 「仝。
chúi-chhia (< log Sin) [水車] [名] TÂI:
chúi-chhián ⇒ chúi-chhí^{n}。
chúi-chhiâng [水chhiâng] [名] KÁNG, Ê: 瀑布。 「[水廠] [名] KENG: 仝。
chúi-chhiáng/-*chhiú^{n}* (< log Chi)
chúi-chhiu [水鬚] [名] 水花。
chúi-chhiú/-*siú* (< col log Sin) [水手] [名] Ê: 仝。
chúi-chhiú^{n} ⇒ chúi-chhiáng。
chúi-chhu ⇒ chúi-chhi。 「TÈ: 仝。
chúi-chi^{n} (< log Sin) [水晶] [名] LIA̍P,
chúi-chí^{n} ⇒ chúi-ché^{n}。 「仝。
chúi-chi^{n}-teng [水晶燈] [名] PHA:
chúi-chiáu (< log Sin) [水鳥] [名] [*á*] CHIAH: 仝。
chúi-chit (< log Nip) [水質] [名] 仝。
chúi-chô (< log Nip) [水槽] [名] Ê: 貯水用槽。 「仝。
chúi-chôa (< Sin) [水蛇] [名] BÓE:
chúi-chôa^{n} (< log Sin) [水泉] [名] Ê, KÁNG: 湧泉。
chúi-chōa^{n} [水濺] [名] [*á*] KI: (澆灌用) 濆水器; *cf* soān-chúi-kóng。
chúi-choān [水 choān] (< [水旋]) [名] Ê: [*á*] 水龍頭的開關; ≃ chúi-tō-thâu。 「館] [名] KENG: 仝。
chúi-cho̍k-koán (< log Nip) [水族
chúi-chu[1] (< Sin) [水珠] [名] LIA̍P: 水點; ≃ chúi-tiám。
chúi-chu[2] [水疽] [名] LIA̍P: 水疸。
chúi-chu-goân (< log Chi) [水資源] [名] 仝。 「仝。
chúi-chún (< log Nip) [水準] [名] Ê:
chúi-gîn/-*gûn* (< log Sin) [水銀] [名] 仝 「仝。
◇ ~-*teng* (< log Chi) [~燈] PHA:
chúi-goân-tē/-*tōe* (< log Nip) [水源地] [名] 仝。
chúi-gû (< Sin) [水牛] [名] CHIAH: 仝
◇ ~-*káng* CHIAH: 雄水牛。
chúi-gûn ⇒ chúi-gîn。 「抽水機。
chúi-hia̍p-á [水hia̍p仔] [名] KI: 手搖
chúi-hùi (< log Chi) [水費] [名] 仝。
chúi-hun (< log Nip) [水分] [名] 仝。
chúi-ia^{n} [水ia^{n}] [名] CHŪN: 漣漪。
chúi-iá^{n} [水影] [名] Ê: 水中倒影。
chúi-ian [水煙] [名] **1.** (看得見的) 水氣 **2.** 空氣中的水分; *cf* chúi-khì。
chúi-kau (< Sin) [水溝] [名] [*á*] TIÂU: 仝。 「仝; ≃ chúi-sian。
chúi-káu (< log Sin) [水垢] [名] JIAH:
chúi-ke/-*koe* (< Aa + [水]; *cf* Pou *kve*^{3}; *cf* Pu [*tu*^{2}]*kwe*^{3}; *cf* TW *ām-koâi-á*/*kap-koai*) [水雞] (< [水蛙]) [名] [*á*] CHIAH: 田雞。
chùi-ke/-*koe* (< log Chi) [醉雞] [名] CHIAH, TÈ: 仝。 「蛙。
chúi-ke-kó͘ [水雞kó͘] [名] CHIAH: 大
chúi-kéng [水筧] [名] [*á*] TIÂU, KI: 引水用的水槽。
chúi-khì (< log Sin) [水氣] [名] (看不見的) 水氣; *cf* chúi-ian。
chúi-khī [水柿] [名] LIA̍P: 用鹼水處理過的柿子; ≃ chhè-khī。
chúi-khò͘ (< log) [水庫] [名] Ê: 仝。
chúi-khok-á [水khok仔] [名] KI: 圓柱

C

形的水瓢。　　　　　「潭 **2.** 水坑。

chúi-khut [水堀] 图 [*á*] ê, KHUT:**1.** 水

chúi-kiáu (< Sin) [水餃] 图 LIÀP: 全。　　　　　　　　　　　「全。

chúi-kiû (< log Nip) [水球] 图 LIÀP:

chúi-kng (< Sin) [水缸] 图 LIÀP: 全。　　「全; ≃ kóe-/ké-chí。

chúi-kó (< log Sin) [水果] 图 LIÀP: 全; ≃ kóe-/ké-chí。

chúi-koàn [水罐] 图 KI: 裝水的瓶子。

chúi-koe ⇒ chúi-ke。

chùi-koe ⇒ chùi-ke。

chúi-kóng [水 kóng] 图 TIÂU, KI: 水管; cf hò-sù; cf phài-phù。

chúi-kúi (< Sin) [水鬼] 图 [*á*] **1.** CHAIH: 溺死者的鬼魂 **2.** (< sem) 匣 ê: (從事破壞或偷襲的) 蛙人。

chúi-làm [水湳] 图 ê, KHUT: 沼澤。

chúi-lê [水螺] 图 汽笛 ¶*hoⁿ* ~ **a.** 鳴汽笛 **b.** 哇哇地哭 ¶*tân* ~ do.

chúi-lėk (< log Nip) [水力] 图 全 ¶~ *hoat-tiān* [~發電] 全
◇ ~ *hoat-tiān-chhiáng/-chhiúⁿ* (< log Chi) [~發電廠] ê: 全。

chúi-lêng-chhia [水龍車] 图 TÂI: 消防車; ≃ phah-hóe-chhia。

chúi-lêng-thâu [水龍頭] 图 LIÀP, KI: 消防栓; cf chúi-tō-thâu。

chúi-liú-á [水柳仔] 图 CHÂNG: 柳樹
◇ ~-*ki* [~枝] KI: 柳條。

chúi-lō͘¹ [水路] 图 TIÂU: 水流的路線
¶*sûn* ~ [巡~] 查看灌溉渠。

chúi-lō͘² (< log Sin) [水路] 图 TIÂU: 水面或水中航行的路線。　「全。

chúi-lûi (< log Nip) [水雷] 图 LIÀP:

chúi-mn̂g/-mûi (< log Sin) [水門] 图 ê: 水閘。

chúi-pà (< log Chi) [水壩] 图 ê: 全。

chúi-pân [水瓶] 图 [*á*] KI: 水罐。

chúi-peng-á [水兵仔] 图 ê: 海軍
◇ ~-*thâu* (cf En *crew cut*) [~頭] LIÀP: 平頭 (髮型)。

chúi-pêng-bīn (< log Nip) [水平面] 图 全。　　　　　「图 TIÂU: 全。

chúi-pêng-sòaⁿ (< log Nip) [水平線]

chúi-phā [水皰] 图 LIÀP: 全。

chúi-pho [水波] 图 LIÀP: 水泡。

chúi-pi [水埤] 图 ê, KHUT: 小水壩。

chúi-piⁿ (< Sin) [水邊] 图 全。「全。

chúi-pió (< log Chi) [水錶] 图 LIÀP:

chúi-sán (< log Nip) [水產] 图 全。

chùi-sian [醉仙] 图 ê: 經常醉酒的酒徒。　　　　「图 CHÂNG, LÚI: 全。

chúi-sian-hoe (< log Sin) [水仙花]

chúi-siāng hui-ki|-*siōng*- (< log Chi < Nip [水上飛行機]) [水上飛機] 图 TÂI: 全。　　　　「ê: 全。

chúi-siuⁿ (< log Chi) [水箱] 图 KHA,

chúi-té/-*tóe* [水底] 图 水裡頭。

chúi-teng (< Sin) [水燈] 图 PHA: 儀式上置水中任其流去的燈 ¶*pàng* ~ [放~] 將上述提燈放在水上使流走。

chúi-thah (cf Nip [貯水塔], En *water tower*) [水塔] 图 ê: 全。

chúi-tháng (< log Sin) [水桶] 图 ê, KHA: 全。

chúi-thâu (ant *chúi-bóe*) [水頭] 图 河川上游 ¶*chiūⁿ* ~ [上~] 溯水。

chúi-thó͘¹ (< log Sin) [水土] 图 自然環境和氣候 ¶*chiàh-m̄-tiòh* ~ [吃 m̄ 著~] 水土不服。

chúi-thó͘² (< log) [水土] 图 地面的水與土 ¶*phò-hoāi* ~ [破壞~] 全。

chúi-thoah (< Sin) [水獺] 图 CHIAH: 全。

chúi-tî-á (< Sin + *á*) [水池仔] 图 ê: 水池子。　　　　　　「水珠。

chúi-tiám [水點] 图 TIÁM: 水滴; 小

chúi-tiān (< log Chi) [水電] 图 全
◇ ~-*hâng* [~行] KENG: 全。

chúi-tō (< log Nip) [水道] 图 自來
◇ ~-*chúi* [~水] 自來水　「水裝置

◇ ∼-kóng TIÂU: 自來水管

◇ ∼-thâu [∼頭] LIÀP, ê: 水龍頭。

chúi-tóe ⇒ chúi-té。

chúi-ūi (< log Nip) [水位] 名 全。

chùiⁿ ⇒ chng。

chūiⁿ ⇒ chng[1,2]。

chuiⁿ-á ⇒ chng-á。

chùiⁿ-á ⇒ chng-á。

chun 動 (因冷或害怕而)哆嗦；cf chùn[2]。 「全。

chûn[1] (< Sin) [船] 名 TÂI, CHIAH:

chûn[2] (< log Chi) [存] 動 存(款)；≃ kià ¶kā e-·lâi ê chîⁿ ∼-jíp-khì in kiáⁿ ê kháu-chō [kā e來ê錢∼入去 in kiáⁿ ê口座]把A來的錢存入他兒子的戶頭。

chún[1] (< log) [准] 覺 即將成為正式的 ¶∼-chiàng/-chiòng [∼將]全¶∼-hu-jîn [∼夫人]全¶∼-ùi [∼尉]全。

chún[2] (< log Sin) [准] 動 准許。

chún[3] [準] 動 1.當(做) ¶bák-sái ∼ pn̄g thun [目屎∼飯吞]忍住眼淚 2.敷衍；(濫竽)充數；以不足的當做充足的數目、以不合格的當做合格的等等 ¶chhìn-chhìn-chhái-chhái ∼-·kòe/-·kè [秤秤彩彩∼過]草草了事；隨便算數。

chún[4] (< log Sin) [準] 形 準確 ¶Góa ê sî-pió-á chin ∼. [我ê時錶仔真∼.]我的錶很準¶I ioh-tiòh chin ∼. [伊ioh著真∼.]他猜得很準。

chún[5] [準] 連 即使；≃ chún-kóng；≃ tiō-chún(-kóng) ¶I ∼ bē-hiáu, mā bē mn̄g ·góa. [伊∼bē曉, mā bē問我.]即使他不懂,也不會問我。

chùn [顫] 動 顫動；震 ¶A-má chhiú ē ∼, siá-jī siá-bē-hó-sè. [阿媽手會∼, 寫字寫bē好勢.]奶奶手會戰抖,寫字寫不好。

chūn[1] (< Sin [陣]) 量 陣, 例如風、雨、陣痛；cf tīn。

chūn[2]‖choān (< Sin [旋]) 動 扭

轉, 例如開關水龍頭、上發條、擰濕布。

chûn-á [船仔] 名 TÂI, CHIAH: 船。

chûn-bóe/-bé/-bé (< Sin) [船尾] 名 全。

chùn-būn [顫悶] 動 受影響 ¶lóng bô-∼-·tiòh [攏無∼著]無動於衷；不傷毫毛；不起作用。 「≃ tī-·teh。

chun-chāi (< log Nip) [存在] 動 全；

chun-chheng (< log Sin) [尊稱] 名 ê: 全 動 全。

chûn-chhng (< log Sin) [船艙] 名

chûn-chîⁿ [船錢] 名 船費。 「ê: 全。

chún-chiàng/-chiòng (< log Nip) [准將] 名 ê: 全。

chûn-chiúⁿ [船槳] 名 KI: 槳。

chún-chò/-chòe [準做] 動 1.當做 △ ∼ káu pūi [∼狗吠]充耳不聞 2.以為；≃ liàh-chún；≃ kioh-sī 連 如果,虛設語氣；≃ nā-chún。

chun-giâm (< log Nip < Sin) [尊嚴] 名 ê: 全。

chûn-goân ⇒ chûn-oân。 「HŌ: 全。

chûn-hō· (< log Chi) [存戶] 名 ê,

chūn-hō· (< log Chi + tr) [chūn雨] (< [陣雨]) 名 陣雨 ¶lûi-∼ [雷∼]

chùn-kau [圳溝] 名 TIÂU: 灌溉渠。

chun-kèng (< log Sin) [尊敬] 動 全。

chûn-kheh [船客] 名 ê: 全。

chún-khó-chèng (< log Chi) [准考證] 名 TIUⁿ: 全。

chûn-khoán chèng-bêng‖-khóaⁿ... (< log Chi) [存款證明] 名 HŪN, TIUⁿ: 全。

chûn-kin/-kun (< log Sin) [存根]

chûn-ko [船篙] 名 KI: 篙。 ⌊名 全。

chún-kóng [準講] 連 假設；如果。

chûn-kun ⇒ chûn-kin。

chūn-lê [chūn螺] (< [旋螺]) 名 KI, LIÀP: 螺絲釘；≃ lô-/lô·-si。

chún-nā (< conj + conj) [準若] 連

1. 如果; ≃ nā-chún, q.v. **2.** 即使; ≃ chún⁵, q.v. 「年。

chûn- ·nî‖*chû- nî* [chûn 年] 图 前

chûn-oân/-*goân* (< log Nip) [船員] 图 ê: 全。 「≃ lo-lài-bà。

chūn-pe (< [旋□]) 图 KI: 螺絲起子;

chûn - phâng [船帆] (< [船篷]) 图 PHÌⁿ, NIÁ: 帆; *cf* pò-phâng。

chûn- phiò (< log Sin) [船票] 图 TIUⁿ: 全。 「全。

chún-pī (< log Nip < Sin) [準備] 動

chún-sî (< log Chi) [準時] 形 副 全。

chun-siú (< log Sin) [遵守] 動 全。

chún-sǹg [準算] 動 算數 ¶*bô* ~ [無 ~] 不算數。

chún- soah [準煞] 動 **1.** 算了;拉倒; ≃ ·soah **2.** 當做已經沒事了; ≃ chún-tú-hó ¶*M̄-hó án-ne tiō siūⁿ- boeh/-beh* ~. [M̄ 好 án-ne 就想欲 ~.] 別這樣就當沒事了。

chûn-soh [船索] 图 TIÂU: 船纜。

chûn-té¹/-*tóe* (< log Sin) [存底] 图 全 ¶*gōa-hōe* ~ [外匯~] 全。 「上。

chûn-té²/-*tóe* [船底] 图 船裡頭;船

chûn-té³/-*tóe* [船底] 图 船底外部。

chûn-téng [船頂] 图 **1.** 船上;船裡 **2.** 甲板;甲板上。

chûn-thâu (< Sin) [船頭] 图 全。

chūn - thiàⁿ (< log Chi + tr Chi *chen⁴ t'ung⁴*) [chūn 痛] (< [陣痛]) 图 動 陣痛; ≃ chhui-chūn。

chûn-tiàⁿ [船碇] 图 KI: 錨。

chun-tiōng (< log Sin) [尊重] 動 全。

chûn-tiúⁿ (< log Nip) [船長] 图 ê: 全。

chûn-tó͘ [船肚] 图 船內底部;船艙。

chûn-tóe ⇒ chûn-té¹,²,³。

chún-tú-hó [準tú好] 動 當做事情解 △ ~-·khì [~去] 不了了之。 「決了

chûn-ûi (< log Sin) [船桅] 图 KI: 桅

桿。

chún-ùi (< log Nip) [准尉] 图 ê: 全。

| chut | 動 **1.** 液體從小洞漬出;使液體 從小洞漬出; ⇒ chút¹ **2.** (肥胖的皮 肉如液體般地)溢出; *cf* chuh。

chút¹‖*chut* 動 液體從小洞漬出;使 液體從小洞漬出; ≃ chōaⁿ ¶*hō͘ chúi-kóng* ~ *kà kui-seng-khu* [hō͘水 kóng ~到 kui 身軀] 被水管漬得全身是 水。

chút² 動 (隨便)塗一塗; *cf* chō͘³ ¶*Sé-bīn m̄-hó chhìn-chhái* ~-·*chit*-·*ē tiō hó*. [洗面 m̄ 好秤彩~一下就好.] 洗 臉的時候不要隨便那麼一抹了事。

chut-á [卒仔] 图 LIÀP: 象棋的「卒」 或「兵」 ¶*âng* ~ [紅~] 象棋的 「兵」 ¶*o͘* ~ [烏~] 象棋的「卒」。

chút-bí (< Sin) [秫米] 图 CHÂNG, LIÀP: 糯米 「薄片,包糖果等用的。 ◇ ~-*chóa* [~紙] TIUⁿ: 糯米漿做的

D

| da |-lí-ah‖*la*- (< Nip *daria*; *cf* En *dahlia*) 图 CHÂNG, LÚI: 大理花。

| dàt | (< En *dot*) 图 (網址上的)點 △ ~ *khám* (< En *.com*) "達康"。

| dé- |thà‖*lé*-‖*té*- (< En *data*) 图 ê: 資料;數據。

| dí |-búi-di ⇒ dí-ví-di。

dí-ián-e‖*lí*-‖*tí*- (< En *DNA* < acr *deoxyribonucleic acid*) 图 去氧核糖 核酸,即包含各種遺傳基因的一種 酸。

dí-je‖*lí*-‖*tí-che* (< Nip *dī-zē* < En *D.J.* < acr *disc jockey*) 图 ê: 播放 音樂的主持人。

dí -ví-di‖-*vúi*-|-*búi*-‖*lí-búi-li*‖*tí-búi-ti* (< En *DVD* < acr En *digital video disk*) [名] TÈ: 錄影光碟。

[dó]-nat‖*dó·-* (< En *doughnut/donut*) [名] TÈ: **1.** 洞洞圈;甜甜圈 **2.** 西式甜餡餅 **3.** "餡儿" 塗在上面的甜餅。

E

[·e]^1 (< ·*ni*^{1}, q.v.) [尾] 表示處所。

·e^2 (< ·*le*^{2}, q.v.) [尾] 表示略為處理。

·e^3 (< *ê*^{4}) [尾] **1.** 加在稱呼後的詞綴,隨前輕聲變調; ≃ ·a ¶*Táu-*~ [斗~] 對名叫「斗」的人的稱呼 **2.** 加在姓氏後的詞綴,隨前輕聲變調 ¶*Tiu*^{n}*-*~ [張~] 老張 **3.** 變動詞、形容詞為名詞的詞綴,隨前輕聲變調 ¶*thâi-ti-*~ [thâi 豬~] 殺豬的 ¶*tông-*~ [同~] 同姓的人。

·e^4 [助] **1.** 表示方式,輕聲隨前變調 ¶*chhûn/chhūn sí* ~ [chhûn 死~] 冒死,通常為貶意 ¶*kō· kiâ*^{n} ~ [kō·行~] "用走的," 即步輦儿 **2.** 表示結果,輕聲隨前變調 ¶*Lí nā khì, it-tēng ē hông liàh-·khì* ~. [你若去,一定會掠去~.] 如果你去,一定被捕 ¶*pau-sí-*~ q.v.

e^1‖*oe* (< SEY [挨]) [動] **1.** 推(倒/擠);搡 ¶*kā lâng* ~-~-·*tó* [kā 人~~倒] 把人推倒 **2.** 來回地推拉 ¶~ *chiòh-bō-á* [~石磨仔] 推磨 **3.** 拉(絃樂器); ≃ oai^n ¶~ *hiân-á* [~絃仔] 拉胡琴。

e^2 [俚] [動] 侵吞 ¶~ *chî*^{n} [~錢] "A錢"。

ê^1 [首] 表示一日中的時間 ¶~-*àm* [~暗] 晚上 ¶~-*chái-khí* [~chái 起] 早上 ¶~-*hng* [~昏] 傍晚 ¶~-*tàu* [~晝] 中午。

ê^2‖*ôe* (< Sin) [鞋] [名] SIANG, KHA: 仝。

ê^3‖*gê* [個] [量] 仝。

ê^4‖*hê*‖*gê* [助] 的 ¶*góa* ~ *pêng-iú* [我~朋友] 我的朋友 ¶*bô chî*^{n} ~ *lâng* [無錢~人] 沒錢的人。

é^1‖*óe* (< Sin) [矮] [形] 仝。

é^2 [歎] **1.** 阻止用語,親暱; *cf* hóe^2 **2.** 引起注意用語,親暱; ⇒ è^2。

è^1 [動] 弄髒亂;傳染; ⇒ òe^1。

è^2‖*é*‖*eh* [歎] 引起注意用語,親暱; *cf* òe^2 ¶~, *lán chhut-lâi-khì sàn-pō·, hó ·bo·?* [~,咱出來去散步好否?] 欸,咱們出去散散步好嗎?

ē^1‖*ōe* (< Sin; ant *bē*^{1}) [會] [中] 表示能夠 ¶*thun-*~-*lòh-·khì* [吞~落去] 吞得下 [動] 曉得;懂得; ≃ ē-hiáu ¶*Lí sī* ~ *àh bē?* [你是~或 bē?] 你到底會不會? ¶*Che góa* ~. [Che 我~.] 這個我會 [輔] **1.** 表示有能力 ¶*í-keng* ~ *kiâ*^{n} ·*a* [已經~行矣] 已經能走路了 **2.** 表示擅長; ≃ gâu ¶~ *thàk-chheh* [~讀書] 擅於讀書 **3.** 表示可能;將會 ¶*Lán ê bāng it-tēng* ~ *sit-hiān.* [咱 ê 夢一定~實現.] 咱們的夢一定會實現。

ē^2 (< Sin) [下] [名] **B.** 底下; ≃ ē-kha ¶*Sai-gû, kak se*^{n} *tī bàk-chiu-*~. [犀牛角生 tī 目睭~.] 犀牛角長在眼睛的下方 [指] 下一(個); ≃ āu ¶~ *lé-pài* [~禮拜] 下星期。

ē^3 (< Sin) [下] [量] [*á*] 計算動作次數的單位 ¶*bàk-chiu nih nn̄g* ~ [目睭 nih 兩下] 眼睛眨了兩下。

ĕ ⇒ ĕ^{n2}。

ē...-tit/*-chit/-lih/-ih/-i̍/-eh/-è*‖*ōe-* [會...得] [輔] ...得;可以...; ≃ ē-tàng... ¶*Chit chiah í-á ē-chē-·tit.* [這隻椅仔會坐得.] 這把椅子可以坐 ¶*ē-hông-kóng-·tit* [會 hông 講得] 容許被批評;肯聽勸告 ¶*ē-chò-tit tōa tāi-chì* [會做得大代誌] 能做大事。

e-á ⇒ oe-á。

ê-á‖*ôe-* [鞋仔] [名] SIANG, KHA: 鞋。

e-á-chhài ⇒ oe-á-chhài。

ê-á-chhiáng/*-chhiú*^{n}‖*ôe...chhiú*^{n}

[鞋仔廠] ⓐ KENG: 鞋工廠。

é-á-lâng‖*óe-* [矮仔人] ⓐ Ê: 個子矮的人; *cf* é-lâng。　　　　[矮冬瓜。

é-á tang-koe‖*óe-* [矮仔冬瓜] ⓐ Ê:

ê-àm (v ê[1]) [ê暗] ⓐ 晚上; ≃ eng-

é-bih-bih ⇒ é-pih-pih。　　　　[àm。

ê-bīn‖*ôe-* (< Sin) [鞋面] ⓐ Ê: 仝。

ē-bīn (< log Sin) [下面] ⓐ 仝; *cf* ē-kha; *cf* ē-té ¶~ *só boeh/beh kóng ·ê sī góa ka-tī/-kī siū[n] ·ê.* [~所欲講·ê是我家己想·ê.] 下面所要說的是我自己想的 ¶*Góa ê ì-kiàn siá tī ~.* [我ê意寫tī~.] 我的意見寫在下面。

ê-chái (< ê-chá-khí; v ê[1], *chái*) ⓐ [á] 早上。

ē-chan (ant *téng-chan*) [下chan] ⓐ ◇ *~-khí* [~齒] 下齒。　　　[下排牙齒

ē-chhiú[1] (< Sin) [下手] ⓐ Ê: 手下(的人); 助手; ≃ ē-kha-chhiú。

ē-chhiú[2] [下手] ⓐ Ê: **1.** (承傳的)下游, 例如事業上的後輩、職位上的後任、商業上的下游、承包的下包 **2.** 買主; ≃ bé-chhiú。　[的部分。

ê-chhiûⁿ‖*ôe-* [鞋牆] ⓐ Ê: 鞋幫豎起

e-chhī[n] (v e[2]) [A錢] [囲] ⓓ "A錢," 即侵吞公款。

ê-chih‖*ôe-* [鞋舌] ⓐ TÈ: 仝。

ê-chū‖*ôe-* [鞋chū] ⓐ [á] TÈ: 鞋墊。

ê-ě [鞋鞋] [囝] ⓐ SIANG, KHA: 仝。

ě-·è[1] ⓓ 表示發現不對勁, 例如台燈差點儿被推倒, 或如受到侵犯。

ě-·è[2] ⓓ 受到威脅或受到侵犯時表示抗議的語詞; ⇒ ě[n]-·è[n]。

é-é-mh ⇒ é-é-muh[1,2]。

é-é-muh[1]/*-mh* (< En < *a.m.* < acr Lat *ante meridiem*) ⓐ 上午。

é-é-muh[2]/*-mh* (< En AM < acr En *amplitude modulation*) ⓐ 調幅。

ē-ē-thò͘ [ē-ē吐] ⓓ 呃呃叫地嘔吐。

ē-ěng ⇒ ē-ióng。　　　　[iông-tit。

ē-ēng-tit /*-lih*/*-eh*/*-é*‖*ōe-* ⇒ ē-

ē-ēng-·tit/*··chit*/*··lih*/*··ì*/*-eh*/*··è*

‖*ōe-* ⇒ ē-iōng-··tit。

é-fûh-é-muh (< En FM < acr En *frequency modulation*) ⓐ 調頻。

ē-hâi/*-hôai* [下頦] ⓐ Ê: 下巴 ¶*lauh/làu ~* 下巴脫臼。

ē-ham [下ham] ⓐ Ê: 下巴; ≃ ē-hâi。

ê-hī[n]‖*ôe-* [鞋耳] ⓐ TÈ: 鞋襻。

ē-hiáng ⇒ ē-hiáu。

ē-hiáu/*-hiâng*‖*ōe-* [會曉] ⓓ 懂 ¶*Góa ~ Eng-gí.* [我~英語.] 我懂英語 ¶*Che góa ~.* [Che我~.] 這個我會 ¶*siū[n]-~* [想~] 理解 ◇ *~-tit*/*-chit*/*-lih*/*-eh* [~得] do. ⓕ 會; 懂得 ¶*Góa ~ siu-lí chhia.* [我~修理車.] 我會修車 ¶*kan-na ~ khàu* [kan-na~哭] 只會哭(別無他法或不採取行動) △ *~ thau chiàh, bē-hiáu chhit chhùi* [~偷吃, bē曉拭嘴] 做壞事留下痕跡。

ê-hng‖*ē-* (v ê[1]; > *ěng*) (< [口昏]) ⓐ **1.** 晚上 ¶*bîn-ná ~* [明旦~] 明天晚上 **2.** 今晚 ¶*Góa ~ bô tī chhù.* [我~無tī厝.] 我今天晚上不在家。

ē-hô‖*ōe-* [會和] 彤 划算 ¶*sǹg-~* [算~] do.

é-hòa‖*óe-* (< log Chi) [矮化] ⓓ 仝。

ē-hoâi ⇒ ē-hâi。

ē-hù‖*ōe-* [會赴] ⓓ 來得及。

è-ī-jù/*-jì·* (< En AIDS < acr *acquired immune deficiency syndrome*) ⓐ 愛滋病。

ē-iâⁿ[2] [會贏] ⓓ (體力) 能勝任, 只當動詞補語; *cf* ē-khì; *cf* ē-kiâⁿ ¶*thẹh-~* 拿得動。

ē-ióng/*-ěng* (< ē-iông-tit) [會ióng] ⓕ **1.** 容許 **2.** 大可以。

ē-iông-tit/*-lih*/*-eh*/*-è*|*-êng-*‖*ōe-* [會容得] ⓕ **1.** 容許 ¶*Góa~ jìp-·lâi ·bò?* [我~入來否?] 我可以進來嗎? **2.** 大可以 ¶*Lán ~ mài khì.* [咱~mài去.] 我們可以不去 **3.** 有

能力¶*Mn̂g khui-·a, ～ chhut-·khì ·a.* [門開矣,～出去矣.]門開了,可以出去了。

ē-iōng-·tit/*-·chit*/*-·lih*/*-·ih*/*-·ì*/*-·eh*/*-·è*|*-ēng-*‖*ōe-* [會用得] [形] **1.** 堪用¶*Chit ki pit iáu ～.* [這枝筆夭～.]這枝筆還可以用 **2.** 可以;被容許; ≃ ē-sái-·tit ¶*Lí án-ne chò, ～.* [你án-ne做,～.]你這麼做,行。

ê-iû‖*ôe-* (< Sin) [鞋油] [名] ȦP: 仝。

ē-jīn-tit /*-chit*/*-lih*/*-ì*/*-eh*/*-è*|*-gīn-*|*-līn-*‖*ōe-* [會認得] [動] [形] 認得¶*iáu ～ in bó͘* [夭～in某]還認得(出是)他太太¶*in bó͘, i iáu ē-jīn-·tit* [in某伊夭～]他太太他還認得出來。

ē-kai-chân [下階層] [名] 下層階級。

ē-kâi^{n} (ant *bē-kâi^{n}*) [會kâi^{n}] [動] 有能力處置;有辦法¶*khòa^{n} lí kám iáu ～* [看你kám夭～]看你還有沒有辦法(對付) ¶*tùi i kám iáu ～?* [對伊kám夭～?]還能再對他如何呢?

Ē-káng [下港] [名] 台灣中南部。

é-káu (< **é-kháu* < sem Sin [啞口]) [啞káu] [名] Ê: 不能說話的人; ≃ é-káu-·ê [動] **1.** 啞巴

◇ ～-·*ê* Ê: 不能說話的人

2. (< sem) (因吃了未成熟的水果或其他東西以致)口舌麻木,不能言語; *cf* kā-chhùi **3.** (< sem) (水果)中止成熟; (種子)不發芽

◇ ～-*hì* [～戲] CHHUT: 啞劇。

ē-kha [下腳] [名] 下頭¶*hō͘ chhiū-á teh tī ～* [hō͘樹仔teh tī～]被樹壓在下面¶*poȧh-lȯh-khì ～* [poȧh落去～]跌到下面去¶*chhiū-á ～* [樹仔～]樹下 [指] 下頭的; ≃ ē-té ¶*～ chàn* [～棧]下面那層¶*～ thoah* [～屜]下面那個抽屜

◇ ～-*chhiú* [～手] Ê: 下屬。

ē-kham...·tit/*-·chit*/*-·lih*/*-·ì*/*-·eh*/*-è*‖*bōe-* [會堪...得] [副] 堪;受得了¶*ē-kham hông kóng ·tit* [會堪hông講得]經得起批評。

ē-kham-tit/*-chit*/*-lih*/*-ih*/*-ì*/*-eh*/*-è*‖*ōe-* [會堪得] [動] 吃得消¶*Chi̇t ji̇t khùn sa^{n} tiám-cheng, kám ē-kham-·tit?* [一日睏三點鐘kám～?]一天睡三個鐘頭,吃得消嗎? [副] 經得起¶*Siàu-liân, ～ bôa.* [少年～磨.]年紀輕,經得起吃苦。

ē-khí‖*ōe-* (< log Sin [得起] + tr) [會起] [動] ...得起(...) ¶*chiȧh-～* [吃～]吃得起; ≃ chiȧh-ē-tó ¶*khòa^{n}-～* [看～]看得起¶*khòa^{n} i ～* [看伊～]看得起他。

ē-khì‖*ōe-* [會去] [動] 表示能勝任,只當動詞補語; *cf* ē-iâ^{n}; *cf* ē-kiâ^{n} ¶*cháu-～* [走～] **a.** 跑得動 **b.** 逃得開¶*chiȧh-～* [吃～]吃得完¶*thėh-～* 帶得走。

é-khîh-sîh-kong‖*e-khú-sûh-kong*/*-kng* (< En *X* + log Chi < tr En *X ray*) [X光] [名] 仝; ≃ tiān-kong ¶*chiò ～* [照～]仝。

ê-khoán [ê款] [副] 似乎...; ...的樣子。

e-khú-sûh-kong/*-kng* ⇒ é-khîh-sîh-kong。

ē-kì-tit/*-chit*/*-lih*/*-eh*/*-è*‖*ōe-* [會記得] [動] 記得¶*Thài-thài ê se^{n}-ji̇t ài ～.* [太太ê生日愛～.]太太的生日要記住¶*ài ～ chiȧh iȯh-á* [愛～吃藥仔]要記得吃藥。

ē-kiâ^{n}‖*ōe-* [會行] [動] ...得動,只當動詞補語; *cf* ē-iâ^{n}; *cf* ē-khì ¶*kiò-～* [叫～]叫得動;聽使喚¶*sak-～* 推得動¶*thėh-～* 拿得動;帶得走。

é-kó͘‖*óe-* [矮鼓] [形] **1.** 矮 **2.** (物體)低,例如凳子。

ē-lâi‖*ōe-* [會來] [動] 於一定時間內完成;趕得上¶*khang-khòe iáu chò-～* [khang-khòe夭做～]工作還做得來。

é-lâng‖*óe-* (< Sin) [矮人] [名] Ê: **1.** 矮

E

子　**2.**矮小的人種。

ē-lī‖*ōe-* [會離] 働 來得及（支開或避開）¶*chit-má cháu, iáu cháu-*~ [chit-má 走，天走～] 現在逃還來得及。

ē-lòh‖*ōe-* [會落] 働（容）得下¶*Chit tâi chhia, làk ê lâng chē-*~. [這台車六個人坐～.] 這輛車子可以坐六個人。

Ē-mn̂g/-mûi [廈門] 图 中國地名。

ê ōe（< tr Chi）[ê話] 連 "的話," 表示假設，承假設語句；≃ ·*chiá* ¶*nā bô* ~ [若無～] 如果沒有的話。

ê-phīⁿ‖*ôe-* [鞋鼻] 图 Ê: 鞋尖儿。

é-pih-pih/-bih-bih‖*óe-* [矮鱉鱉] 形 矮墩墩；≃ é-/óe-tuh-tuh。

ê-po͘（< hyp *ē-po͘*, q.v.; cf ê-tàu）。

ē-po͘（< Sin）[下晡] 图 下午。

ē-pòaⁿ [下半] 形 全¶~ *koèh* 下半截 ¶~ *nî* [～年] 全 ◇ ~-*sin* [～身] 下體。

ē-pòe [下輩]（< Sin）图 Ê: 晚輩。

ē-poèh‖*ôe-puih*（< Sin）[鞋拔] 图 [á] KI: 鞋拔子。

é-pû‖*óe-* [矮 pû] 形 [x] 矮墩墩。

e-pú-lóng（< Nip *epuron* < En *apron*）图 TIÂU: 圍裙；≃ ûi-/û-su-kûn; ≃ ûi-kûn; ≃ ûi-sin-kûn。

é-pûi‖*óe-* [矮肥] 形 矮胖。

ē-sái‖*ōe-* [會使] 働 使得；≃ ē-iòng ¶*Lí* ~ *mài cháu.* [你～mài 走.] 你可以不走的　¶~ *chhì-khòaⁿ-bāi/-māi ·le.* [～試看 bāi ·le.] 可以試試看¶~ *kóng bô-lâng pí i khah gâu* [～講無人比伊較 gâu] 可以說沒有人比他行 形 行；可以；≃ ē-iōng-·tit ¶*I kóng: ē-··sái.* [伊講～] 他說可以。

ē-sái-tit /-*chit*/-*lih*/-*lí* /-·*lì* /-*ih*/-*í* /-*eh*/-*é*/-·*è*‖*ōe-*（v ē-sái）[會使得] 働 使得；可以；⇒ ē-sái 形 ¶*Á-ne ē-sái-··tit ·a.* [Á-ne～矣.] 這

ē-sài-··tit/-·*chit*/-·*lì*/-·*ì*/-·*è*‖*ōe-*（< ê sî [ê時] 連 ...的時候¶*siāng-khò* ~ [上課～] 上課的時候。

ē-si [下司] 图 Ê: 下級；下屬。

ē-sin（< log Sin）[下身] 图 下體；≃ ē-pòaⁿ-sin。

e-sú-khá-lè-tà（< Nip *esukarētā* < En *escalator*）图 Ê: 電扶梯。

ē-tàng‖*ōe-* [會 tàng] 働 被容許 ¶*Góa nā mài, kám* ~? [我若mài, kám～?] 如果我不那麼做，可以嗎？ 働 **1.** 容許¶*Góa saⁿ chhēng-hó ·a, lí* ~ *jip-·lâi ·a.* [我衫 chhēng 好矣，你～入來矣.] 我衣服穿好了，你可以進來了　**2.** 有能力¶*Hō͘ soah ·a,* ~ *khì ·a.* [雨煞矣，～去矣.] 雨停了，可以成行了　**3.** 大可以¶*Chit ê būn-tê* ~ *án-ne kái-koat.* [這個問題～án-ne 解決.] 這個問題可以這麼解決。　「**1.** 中午　**2.**（< sem）下午。

ê-tàu‖*ē-*（v ê¹）[ê晝]（< [□晝]）图

ē-táu [下斗] 图 Ê: 下巴；≃ chhùi-ē-táu; ≃ ē-hâi。

ē-tàu（< dia *ê-tàu*⁽²⁾）图 下午。

ê-tàu-sî‖*ē-* [ê晝時] 图 下午。

ê-tàu-tǹg [ê晝頓] 图 TǸG: 午飯。

ê-té‖*ôe-tóe* [鞋底]（< Sin）图 TÈ: 全。

ē-té/-tóe [下底] 图（堆積或重疊的）下頭；cf ē-kha; cf ē-bīn ¶*teh tī* ~ 壓在底下 鍎 ⇒ ē-kha。　「跟。

ê-teⁿ‖*ôe-ti*ⁿ [鞋teⁿ] 图 TÈ, KI: 鞋

ê-thoa‖*ôe-* [鞋拖] 图 [á] SIANG, KHA: 拖鞋；≃ thoa-á-ê; ≃ su-líp-pah。

ê-tiàm‖*ôe-* [鞋店] 图 KENG: 全。

ē-tiòh‖*ōe-* [會著] 働 達成某些種目的，例如考取、當選 形 行；可以；使得¶*Án-ne kám* ~? 這樣行嗎？

ē-tit‖*ōe-* [會得] 働 能；可以；得以；≃ ē-tàng ¶*Lí* ~ *mài khì.* [你～mài 去.] 你可以不去。「~*!?* 這還得了*!?*

ē-tit‖ōe- [會直] 彤 得了 ¶*Án-ne ah*

ē-tit-thang‖ōe- (< aux + aux; v ē-*tit*) [會得 thang] 輔 能；可以；得以。

ē-tó‖ōe- [會倒] 副 ...得起；≃ ē-khí ¶*Che góa chiah-~.* [Che我吃~.]這個我吃得起。

ê-tòa‖ôe- (< Sin) [鞋帶] 名 TIÂU: 仝 ¶*kat ~* [結~]繫鞋帶 ¶*pak ~* [縛~]

ē-tóe ⇒ ē-té。 ⌊do.

ê-tû‖ôe- [鞋櫥] 名 [á] Ê: 鞋櫃。

è· ⇒ òe[1]。

e·-á ⇒ oe-á。

e·-á-chhài ⇒ oe-á-chhài。

e[n] 歎 [x]表示急於阻止；cf è[n1] ¶*~, ~, ~, mài bong!* [~，~，~，mài 摸!]欸，欸，欸，別摸(它)!

è[n1] 歎 1.表示要求不做說話人不認可的事 ¶*~, mài bong!* [~，mài 摸!]欸，別摸(它)! ¶*~, khiā khah cháu ·le!* [~，企較走·le!]欸，站開點兒! 2.表示突然發現不認可的事 ¶*~, lí ná iáu-bōe/-bē khì?* [~，你哪夭未去?]咦，你怎麼還沒走?

è[n2] 歎 給與示引起受物者注意所發的語詞；≃ à[n4], q.v.

ē[n] 歎 猶豫、思索時支吾的語詞。

ě[n1] 象 [x]不激烈的哭聲。

ě[n2]‖ě‖hě[n]‖hě 歎 "咦," 即表示驚異；≃ ňg ¶*~, ná ē án-ne?* [~，哪會án-ne?]咦，怎麼會這樣子?。 ⌊e[n]-á。

e[n]-á‖i[n]- [嬰仔] 名 Ê: 嬰兒；≃ âng-

ě[n]-·è[n]‖ě-·è 歎 受侵犯時表示抗議的語詞，用於抗拒或閃避的同時 ¶*~, mài chiah óa-·lâi!* [~，mài chiah óa來!]欸，別靠這麼近!

è[n]-hé[n]-·è[n] 象 咳嗽聲；清喉嚨聲。

ē[n]-·tò/-·tò 歎 表示猶豫、思索。

eh[1] (< tit[1], q.v.) 尾 表示可能性。

eh[2]‖ih 介 在於，承動詞；⇒ leh[3]。

eh[3] 歎 引起注意用語；⇒ è[2]。

ėh‖oėh (< Sin [狹]) 彤 窄。

ėh-chin-chin‖oėh- (< [狹□□]) 彤 窄鷩鷩。

eh[n] 動 支吾 ¶*~ kui-po·* [~kui晡]支吾了老半天。

ěh[n]‖hěh[n] 歎 表示突然有發現；cf ě[2] ¶*~, chia chit jī m̄-tiȯh.* [~，chia一字m̄著.]欸，這儿有個錯字。

ek[1] (< Sin) [億] 數 仝。

ek[2] (< Sin) [溢] 動 1.溢出 ¶*leng ~-~-·chhut-·lâi* [奶~~出來]奶吐了出來 2.(< sem) (波浪)動盪 ¶*Éng ~-lâi-~-khì.* [湧~來~去.] 波浪動蕩

ėk (< log Sin) [譯] 動 仝。

ėk-keng [浴間] 名 [á] KENG: 浴室。

ėk-kin/-kun (< log Nip) [浴巾] 名 TIÂU: 仝。 ⌊兒)漾奶。

ek-leng/-lin/-ne/-ni [溢奶] 動 (嬰

ėk-pún (< log) [譯本] 名 PÚN: 仝。

ėk-sit/-sek (< log Nip) [浴室] 名 KENG: 1.(家中)浴室；≃ ėk-keng-á；≃ sé-/sóe-seng-khu-keng 2.(公共)澡堂。 ⌊口腔)；≃ chhiah-sng。

ek-sng [溢酸] 動 胃液上湧(進食道或

ėk-tháng [浴桶] 名 1.KHA: 洗澡後泡身體的大木桶或大缸 2.KHA: 圓形浴盆 3.Ê: 方形或長方形浴盆。

ėk-thé (< log Nip) [液體] 名 仝。

ėk-tî (< log Nip) [浴池] 名 KHUT: 仝。

ém -ar-ai (< En *MRI* < acr *magnetic resonance imaging*) 名 核磁共振。

eng 動 1.灰塵彌漫 2.灰塵覆蓋 3.撒(粉末) 4.被灰塵、粉末等侵犯 ¶*bȧk-chiu ~-tiȯh hong-poe-soa* [目睭~著風飛沙]飛沙吹進眼睛 彤 多灰塵 ¶*Chiȯh-thâu-á-lō·, chhia kòe/kè, chin ~.* [石頭仔路車過真~.]石子路車子經過的時候灰塵很多。

êng‖âi[n] (< Sin) [閑] 動 閑置 ¶*~-·tī-*

·leh ê ke-khì [～·tī-·leh ê機器]閑置
的機器 ㊌ 有空¶khǹg-leh ～ 閑置
△ ～-～ bô tāi-chì [～～無代誌]閑
著沒事。

éng[1] [湧] ㊂ LIÁP, ÉNG: 波浪 ㊛ 波浪
動蕩¶Hái-chúi ～-·kòe-·lâi ·a. [海
水～過來矣.]海水打過來了。

éng[2] [永] ㊌ 終究;必竟¶Lâng ～ ē sí.
[人～會死.]人終究要死。

èng (< log Sin) [壅] ㊛ 培覆¶kā chhài
～ kóa pûi [kā菜～寡肥]給菜培覆一
些肥料。

ēng ⇒ iōng[1,2]。

ěng (< contr ê-hng, q.v.)。

eng-á [鷹仔] ㊂ CHIAH: 鷹隼之類。

eng-àm (< contr *ê-hng-àm) [eng
暗] ㊂ **1.** 今晚 **2.** 晚間
◇ ～-sî(-á) [～時(仔)]夜裡; ≃ àm-
sî; ≃ mê-·sî。

Eng-bûn (< log Chi < ab En English
+ [文]) [英文] ㊂ 全。

èng-chhài (< log Sin) [蕹菜] ㊂
CHÂNG, PÉ, KI: 空心菜
◇ ～-chúi [～水]空心菜湯。

eng-chhioh (< log) [英尺] ㊒ 全。

eng-chhùn (< log) [英寸] ㊒ 全; ≃
in-chhì。　　　　　　　[≃ chiap-tīn。

èng-chiàn (< log Chi) [應戰] ㊛ 全;

èng-chiau lí-lông |...lú-| ...lí- (<
ana [昭, 招] etc < log Chi) [應
chiau女郎] ㊂ Ê: 應召女郎。

êng-chhō-siang /-siong (< log Chi)
[營造商] ㊂ Ê, KENG: 全。

Eng-gí /-gú/-gǐ (< log < ab En
English + [語]) [英語] ㊂ 全。

êng-giàp (< log Nip) [營業] ㊛ 全
◇ ～-sòe /-sè (< log Nip) [～稅]

Eng-gú ⇒ Eng-gí。　　　　　　　[全。

éng-hiáng /-hióng (< log Nip < Sin)
[影響] ㊂ Ê: 全 ㊛ 全　　　　　[全。
◇ ～-lèk /-làt (< log Nip) [～力] Ê:

eng-hiông (< log Sin) [英雄] ㊂ Ê:
全¶bîn-chòk ～ [民族～]全。

éng-hióng ⇒ éng-hiáng。

êng-hôa hù-kùi (< log Sin) [榮華富
貴] ㊂ 全。　　　　　　　　[CHÂNG: 全。

eng-hoe (< log Nip) [櫻花] ㊂ LÚI,

èng-hù (< log Chi) [應付] ㊛ 全。

êng-ī /-ī[n] /-ū (< log Chi) [榮譽] ㊎
全
◇ ～-kám (< log Chi) [～感] Ê: 全。

eng-ia ㊂ 灰塵; ≃ thô-soa-hún-á ㊛
1. 灰塵飛揚 **2.** 灰塵覆蓋。

êng-iáng /-ióng (< log Nip) [榮養 /
營養] ㊂ 營養
△ ～ put-liâng (< log Nip; cf En
malnutrition) [～不良]全
◇ ～-hun (< log Nip) [～分]養分
◇ ～-phín (< log Chi) [～品]全
◇ ～-siā [～射] KI: 營養針,即營養
注射
◇ ～-su (< log Chi) [～師] Ê: 全
㊎ 全; ≃ chu-iáng。

êng-ióng ⇒ êng-iáng。

èng-iōng (< log Nip) [應用] ㊛ 全。

eng-kai[1] ‖ èng- (< log Sin) [應該] ㊣
應當。　　　　　　[活該; ≃ kham-kai。

eng-kai[2] (< sem eng-kai[1]) [應該] ㊚

èng-kai ⇒ eng-kai[1]。

èng-kài pit-giàp-seng (< log Chi)
[應屆畢業生] ㊂ Ê: 全。

êng-kang [閑工] ㊂ 閑工夫;餘暇。

éng-kiú (< log Nip) [永久] ㊎ 全
◇ ～ ki-/ku-liû-khoân/-koân (< log
Chi) [～居留權]全
◇ ～-sèng (< log) [～性]全。

eng-ko (< log Sin) [鸚哥] ㊂ CHIAH:
鸚鵡。　　　　　　　　　　　[㊂ 從前。

éng-kòe /-kè /-kè [永過] (< [往過])

Eng-kok (< log Chi < ab En England
+ [國]) [英國] ㊂ 全。

êng-lâng (< log Sin + tr) [閑人] ㊂ Ê:
1. 無事的人; ≃ êng-sin-lâng **2.** 無關

的人 ¶~ *mài jıp‥lâi* [~mài 入來]閑
人免進。   「mai。
eng-lí (< log Nip) [英里] 量 仝; ≃
êng-lī sū-giȧp (< log Chi) [營利事
業] 名 Ê: 仝。
êng-lo-lo [閑 lo-lo] 形 很悠閑。
éng-oán (< log Sin) [永遠] 名 形 仝
△ ~ *ê oȧh-miā* [~ê 活命]永生
劚 仝。
êng-ōe (< log Sin) [閑話] 名 KÙ: 仝;
≃ êng-á-ōe。   「前; ≃ éng-kòe。
éng-pái [永擺] (< [往□]) 名 [á]從
eng-phōng-phōng/-*phong-phong*/-
phông-phông 形 煙塵飛揚的樣子;
≃ phōng-phōng-eng。
èng-piàn lêng-lȧk (< log) [應變能
力] 名 仝。   「幣單位; ≃ pōng¹。
eng-pōng¹ (< log Chi) [英鎊] 名 貨
eng-pōng² (< log Chi) [英磅] 名 重
量單位; ≃ pōng²。
eng-sî (< contr ê-hng-sî) [eng時] 名
夜間; ≃ eng-àm-sî。
êng-sian-sian [閑仙仙] 形 閑散得
ēng-sim ⇒ iōng-sim。   「很。
èng-siû (< log Sin) [應酬] 名 動 仝。
êng-tē/-*tōe* (< log Sin) [閑地] 名
TÈ: 休耕地。   「仝。
èng-teng/-*tin* (< log Chi) [應徵] 動
eng-thô (< log Sin) [櫻桃] 名 LIȦP,
èng-tin ⇒ èng-teng。   「CHÂNG: 仝。
êng-tōe ⇒ êng-tē。   「仝。
èng-tong (< log Sin) [應當] 輔 形
ȧp 象 青蛙叫聲; ≃ ȧp。
ǎp‖*ȧp* 象 青蛙叫聲; ≃ ǎp/áp。

F

fá -khûh-sıˋh/-*suh* ⇒ fák-sıˋh。

fák -sıˋh/-*suh* (< En *FAX* < ab En
facsimile telegraph) 名 1. 傳真作業
¶*iōng* ~ *kià hō‥li* [用~寄 hō你]傳
真給你 2. TÀI: 傳真機 動 傳真; ≃
fá-khûh-suh ¶~ *hō‥li* [~hō你]傳
真給你。
Fo -mó-sà‖*Fo-* (< Port *Formo-
sa*) 名 福爾摩莎。
fu -lȧp-pì/-*lóp-*/-*ló-* (< En *floppy*)
名 TÈ: 軟磁碟片。

G

gâ (ant *gám*) 名 Ê: 機械、螺絲的陽
紋。   「名 紗布。
gà-jè/-*jeh* (< Nip *gāze* < Fr *gaze*)
gá-suh (< Nip *gasu* < *gas*) 名 瓦斯
◇ ~-*kóng* TIÂU: 瓦斯管
◇ ~-*lô·* [~爐] Ê: 瓦斯爐。
gāi (< Sin) [礙] 動 不良影響 ¶*ūn-
tōng-tiân cháu chȧp liàn, lóng bô
~‥tiȯh* [運動埕走十 liàn 攏無~
著]運動場跑了十圈都不累。
gāi-bȧk [礙目] 動 不順眼。
gāi-giȯh‖*ngāi-* [礙 giȯh] 形 1. 不舒
暢,例如身體狀況、視覺、語言文字
2. 不自在;彆扭。   「名 Ê: 導遊。
gài-lò/-*lò* (< Nip *gaido* < En *guide*)
gȧk -khì (< log Sin) [樂器] 名 HĀNG:
仝。   「TIUⁿ: 仝。
gȧk-phó· (< log Sin) [樂譜] 名 PÚN,
gȧk-thoân (< log Nip) [樂團] 名 Ê:
仝。   「TŪI: 仝。
gȧk-tūi (< log Nip) [樂隊] 名 TĪN,
gâm (< log Nip) [癌] 名 癌症。
gám‖*khám* 名 Ê: 1. 台階 2. 凹下的
刻紋 3. (ant *gâ*) 機械、螺絲的陰紋

¶*lo̍h-*~ [落~]陰陽紋契合 [量] **1.** 計算台階的單位 **2.** 計算刻紋的單位。

gām [形] 不能深思熟慮而缺乏安危或利害的判斷能力,當定語或謂語。

gám-á‖*khám-* (v *gám*) [gám仔] [名] Ê, GÁM: 台階。

gām-bīn (v *gām*) [gām面] [形] 不能深思熟慮而缺乏安危或利害的判斷能力,不當定語。

gām-táⁿ [gām膽] [形] 不知厲害或危險而能不畏懼,不當定語。

gán (< log Sin) [眼] [名] (圍棋的)目 [量] 計算圍棋的目的單位 [動] **1.** 無意中瞥見 ¶*khih hôa* ~-*·tio̍h* [乞hôa~著]被我瞥見 **2.** (< sem) 瞄一眼(以估計、理解等)。

gàn [動] **1.** 使急速冷卻 ¶~-*kǹg* [~鋼]淬鋼 **2.** 冷敷 ¶~ *thâu-khak* [~頭殼]放冰袋於頭上以降溫 [形] **1.** 冰冷甚至發痛的感覺,例如手指頭泡冰水 **2.** 使人有冰冷的感覺,例如冬天的水。

gān-chiáu (*cf* Siam *gaan* '鵝') [雁鳥] [名] CHIAH: 仝; ≃ chúi-ah-á。

gān-gí/*-gú/-gí* (< log Sin) [諺語] [名] KÙ: 仝。

gán-kho/*-khe/-khe·* (< log Nip < Sin) [眼科] [名] KHO: 仝。

gán-kong (< log Sin) [眼光] [名] 仝。

gán-lāi (< log Chi [眼裡] + tr) [眼內] [名] 眼裡; ≃ gán-té ¶*bô khòaⁿ tī* ~ [無看tī~]不看在眼裡。

gán-tiong-teng (< log Sin) [眼中釘] [名] Ê: 仝。

gāng [動] 睖睜;傻眼 ¶~-*·khì* [~去] do. [形] [x] 愣住的樣子 ¶~-~ 發呆,不知所措。

gap‖*gop* [動] **1.** 嘴一開一合 ¶*Hî-á, chhùi* ~-*·chi̍t-·ē,* ~-*·chi̍t-·ē.* [魚仔嘴~一下,~一下]魚嘴一開一合的 **2.** 快速地合上嘴等,例如鱷魚捕食; *cf* ap² ¶*chéng-thâu-á hō· mn̂g* ~-*·tio̍h* [指頭仔hō·門~著]手指頭被門夾了。

gap-chhùi [gap嘴] [動] (魚)開合嘴巴。

gap-chúi [gap水] [動] 魚呼吸的同時開合嘴巴。

gâu [形] **1.** 賢明;能幹 ¶*ké-*~ [假~]不懂裝懂 **2.** [反] 笨,做錯了事 ¶*Góa ná hiah* ~, *kā thn̂g tòng-chò/-chòe iâm!?* [我哪hiah~, kā糖當做鹽!?]我怎麼這麼笨,把糖當成鹽!? [副] **1.** 擅於 ¶~ *chia̍h* [~吃]食量大 ¶~ *kóng-ōe* [~講話]善於辭令
△ ~ *chò-/chòe-lâng* [~做人]善於處事待人,不傷感情
2. 易於; *cf* tiaⁿ-tiaⁿ² ¶~ *chia̍h-chhò·* [~吃醋]容易嫉妒 ¶~ *lo̍h-hō·* [~落雨]容易下雨;常常下雨 ¶~ *tōa-hàn* [~大漢](小孩或青少年)長得快。

gâu-chá [gâu早] [形] 早起;早出門 ¶*Lí ná chiah* ~*!* [你哪chiah~!]你(起得)好早哇! [歎] 早安。

gâu-lâng [gâu人] [名] Ê: 偉人。

ge [動] 揶揄。

gê¹ (< Sin) [牙] [名] KI: **1.** 獸類的犬齒 ¶*ti-kong-*~ [豬公~] **a.** 野豬的長牙 **b.** (人)齙出嘴唇外的犬齒 **2.** 象牙 ¶~ *chò/chòe ê phoa̍h-liān* [~做ê phoa̍h鍊]象牙做的項鍊。

gê² (< Sin) [芽] [名] 仝; *cf* íⁿ。

gê³ [量] 個; ⇒ ê³。

gê⁴‖*gê·* [動] 憎惡。

gê⁵ [助] 的; ⇒ ê⁴。

gè‖*khè*‖*khòe* (< *khè¹* < Sin) [齧] [動] 啃。

gê-chô (< log Sin) [牙槽] [名] **1.** Ê: 牙床; ≃ khí-chô **2.** 顎骨,指下顎骨。

gē-jîn (< log Nip) [藝人] [名] Ê: 仝。

gē-miâ (< log) [藝名] [名] Ê: 仝。

gê-mn̂g (< log Sin) [衙門] [名] KENG: 仝。

G

gè-mù‖*gé-muh* 🄰 (< Nip *gēmu* < En *game*) ê: 遊戲；≃ gè-m̀ ¶*tiān-tōng* ~ [電動~] 電玩；≃ tiān-tōng-á 🄳 **1.** (< En *game* < ab En *game and set*) (一局) 比賽完了；≃ ge-mú-siát-toh **2.** (< sem) 㽞死。

gê-siâu (v *gê*⁴) 🄲 🄳 憎惡 🄵 討厭。

gē-su̍t (< log Nip) [藝術] 🄰 全
◇ ~-ka (< log Nip) [~家] ê: 全
◇ ~-koán (< log) [~館] KENG: 全
◇ ~-phín (< log Nip) [~品] ê: 全
🄵 全。

|gê̂| ⇒ gê⁴。

|ge̍h| ⇒ goe̍h¹。

ge̍h-bé ⇒ goe̍h-bóe。

|ge̍h| ⇒ goe̍h¹。

ge̍h-bé ⇒ goe̍h-bóe。

|ge̍k|-á‖*gio̍k-* [玉仔] 🄰 TÈ: 玉 ¶~ *chhiú-khoân* [~手環] 玉鐲；≃ ge̍k-chhiú-khoân。

ge̍k-lân ⇒ gio̍k-lân。

Ge̍k-san ⇒ Gio̍k-san。

Ge̍k-tè ⇒ Gio̍k-tè。

|gêng|¹ (< log Sin) [凝] 🄳 凝結。

gêng² 🄵 (因玩輸、損失、失敗等引起憎恨而) 不樂 ¶*Su--khì, sim-koaⁿ chin* ~. [輸去，心肝真~.] 輸了，心裡非常不快樂。

géng‖*ngái*‖*ngúi* (< Sin) [研] 🄳 **1.** 碾 (過) ¶*chhiú khih-hō͘ lián-á* ~*-tio̍h* [手乞hō͘ lián仔~著] 手被輪子碾了 **2.** (以碾過的方式) 研磨；cf bôa ¶~ *thô͘-tāu-hu* [~thô豆hu] 把花生米碾成粉 **3.** 趕 (麵) ¶~ *chúi-kiáu-phôe/-phê* [~水餃皮] 趕皮兒 ¶~ *mī-hún* [~麵粉] 趕麵 **4.** 揉搓；≃ loán。

gêng-chiap‖*ngiâ-chih* (< lit log Sin) [迎接] 🄳 全。

gêng-géng (< *lêng-géng*, q.v.)。

gêng-hoeh/-huih [凝血] 🄳 淤血。

gêng-sim (v *gêng*²) [gêng 心] 🄳 **1.** 心頭鬱結 **2.** 不甘心。

gêng-sin-hōe (< log Chi) [迎新會] 🄰 ê, PÁI: 全。

géng-thûi [研槌] 🄰 KI: **1.** 研杵 **2.** 趕麵杖。

|gî| (< *î* < sem Sin) [飴] 🄰 軟糖。

gí (< log Sin) [擬] 🄳 全 ¶*Boeh/Beh* ~ *sím-mih chōe?* [欲~甚麼罪?] 該擬什麼罪？ ¶~ *chı̍t tiuⁿ kó* [~一張稿] 擬一個稿子。

gí-á (< Nip *gia/giya* < En *gear*) [gí 仔] 🄰 ê: 齒輪。

gī-àn (< log Nip) [議案] 🄰 ê: 全。

gī-bē/-bōe (< log Chi) [義賣] 🄰 PÁI: 全 🄳 全。

gī-bū (< log Nip) [義務] 🄰 HĀNG: 全
◇ ~ *kàu-io̍k* (< log Nip) [~教育] 全。

gî-būn (< log Nip) [疑問] 🄰 ê: 全。

gí-bûn‖*gú-*‖*gí-* (< log) [語文] 🄰 全。 ê: 全。

gî-būn-hō (< log Chi) [疑問號] 🄰 全。

gî-būn-kù (< log Chi) [疑問句] 🄰 KÙ: 全。 全。

gī-chín (< log) [義診] 🄰 PÁI: 全 🄳

gí-cho̍k‖*gú-*‖*gí-* (< log Nip) [語族] 🄰 ê: 全。

gí-gah/-gà (< ab *gí-gá bài-tò/-tò͘* < En *giga bytes* < Hel *gigas* + En *bytes*) 🄰 十億位元組。

gī-gī-á-chhiò [gī-gī仔笑] 🄳 笑嘻嘻；cf gi̍h-gi̍h-chhiò。

gī-gī-chhiò ⇒ gi̍h-gi̍h-chhiò。

gī-gī-chhoah ⇒ gi̍h-gi̍h-chhoah。

gī-gī-chun/-chùn ⇒ gi̍h-gi̍h-chun。

gi-gí-gu̍h-gu̍h (v *gi̍h*, *gu̍h*) 🄳 忍不住而嗤嗤地偷笑著；≃ gi̍h-gu̍h-kiò。

Gī-gī-pat ⇒ Jī-jī-pat。

gí-giân/-gân‖*gú-/gí-giân* (< log Chi) [語言] 🄰 ê: 全
△ ~ *bia̍t-cho̍k* (< tr En *linguistic*

genocide) [～滅族] 以消滅某語言的方式使該語言族群的後代失去本族群認同感，反而認同並融入加害者的族群。

◇ ～-*hȧk* (< log Chi) [～學] 全。

gí-goân‖*gú-*‖*gî-* (< log Nip) [語源]

gī-goân ⇒ gī-oân。　　　[含 ê: 全。

gī-gū-kiò ⇒ gīh-gúh-kiò。

gí-hoat‖*gú-*‖*gî-* (< log Nip) [語法] 含 THÒ: 全。

gī-hōe (< log Nip) [議會] 含 KENG:

gī-ián (< log Chi) [義演] 含 PÁI: 全 動 全。　　　　　　　　[ê: 全。

gí-im‖*gú-*‖*gî-* (< log Chi) [語音] 含

gí-kám‖*gú-*‖*gî-* (< log Chi < tr En *language intuition*) [語感] 含 ê: 全。

gī-kang (< log Chi) [義工] 含 ê: 全。

gî-khì (< log Chi) [儀器] 含 CHO, ê: 全。　　　　　　　　[含 ê: 全。

gî-khì‖*gú-*‖*gî-* (< log Nip) [語氣]

gī-khì (< log Sin) [義氣] 含 全。

gí-kó (< log Chi) [擬稿] 動 全。

Gî-lân (< log Sin < [噶瑪蘭] < Kap-má-lân < [蛤仔難] < Kav *Kava-lan*) [宜蘭] 含 縣市名。

gí-liāu-khò‖*gú-*‖*gî-* (< log Chi) [語料庫] 含 ê: 全。

gí-lūi‖*gú-*‖*gî-* (< log Chi) [語彙] 全。　　　　　　　　[ê: 全。

gī-oân/-*goân* (< log Nip) [議員] 含

gî-pê (< *pî-pê²*, q.v.)。

gî-sek (< log Nip) [儀式] 含 ê: 全。

gí-sû‖*gú-*‖*gî-* (< log Chi < tr; *cf* En *word*, Fr *mot*) [語詞] 含 ê: 全。

gi-tá‖*gì-tà* (< En *guitar* < Fr *gui-tare*) 含 KI: 吉他。　　　[全。

gī-tê/-*tôe* (< log Nip) [議題] 含 ê:

gī-têng/-*thêng* (< log Chi < ab Nip [議事日程]) [議程] 含 ê: 全。

gí-thé-bûn‖*gú-*‖*gî-* (< log Chi) [語

體文] 含 PHIⁿ: 全。

gī-thêng ⇒ gī-têng。

gî-tiám (< log Nip) [疑點] 含 ê: 全。

gī-tiúⁿ (< log Nip) [議長] 含 ê: 全。

gī-tôe ⇒ gī-tê。

gî-tūi (< log Chi < ab Nip [儀仗隊] < [隊] + Sin [儀仗]) [儀隊] 含 TIN, TÚI: 儀仗隊。

gī ¹ 象 嬰兒笑聲 歎 逗嬰兒用語；～ áng-gī。

gī² [遇] ⇒ gū。

giâ ¹ [鵝] ⇒ gô¹。

giâ² 動 1. 扛；舉起重物；抬高 ¶～ *chiȯh-lún* [～石碖] 舉重 ¶～ *koân-kè* [～koân價] 把價錢提得很高 2. (< hyp < **giȧ... < giȧh²...*, q.v.) 一般舉起 3. 升高，例如雲、浪、價錢 4. (病) 發作，例如氣喘、咳嗽、心悸。　　　[動 (抬神輿) 迎 (神)。

giâ³ (< ana *giâ²* < *ngiâ*, q.v.) [迎]

giâ-chhiú (< *giȧh-chhiú*, q.v.)。

giâ-éng [giâ湧] 動 起浪。　　　[全。

giâ-kang (< Sin) [蜈蚣] 含 CHIAH:

giâ-kê [giâ枷] 動 1. 被套上枷 2. 背負原可不必背負的責任。

giâ-koân (< *giȧh-koân*, q.v.)。

giâ-thâu (< *giȧh-thâu*, q.v.)。

giâ-tōng-khēng (*cf* Mul *tongkeng*) 動 讓他人夾著頭跨坐在肩上。

giah‖*kiah* 動 挑 (刺等)；≃ giáu。

giȧh¹ [額] 含 1. 份儿 ¶*Che lí ê ～.* [Che 你 ê～.] 這是你的份儿 2. 分量 ¶～ *bô-kàu* [～無夠] 量不夠。

giȧh² (< *kiȧh* < Sin [揭]; > *giâ*) 動 1. 拿 (高) ¶～ *pit* [～筆] 提筆 ¶～ *tī/tū* [～箸] 舉筷 2. 抬

△ ¶～ *pėh-kî* [～白旗] 投降

2. 抬/舉 (眼睛、頭、手等) ¶*chhiú ～ khah koân/kôiⁿ ·le* [手～較 koân·le] 手舉高一點 形 豎著；翹 (起) ¶*hīⁿ-á ～-～* [耳仔～～] 招風

耳。

giȧh-bȧk‖*giâ-* [giȧh 目] (動) 舉目。

giȧh-chhiú‖*giâ-* [giȧh 手] (動) 舉手
◇ ~-lé ⇒ kí-chhiú-lé。 「舉。

giȧh-koân/-koâiⁿ‖*giâ-* (動) 抬高；高

giȧh-thâu‖*giâ-* [giȧh 頭] (動) 舉頭。

giak -siak‖*giȧk-* (動) 帶諷刺地斥責。

giâm (< log Sin) [嚴] (形) 嚴格 ¶*sêng-chek phah chin* ~ [成績 phah 真 ~] 成績打得很嚴。

giám¹ (量) 簇；⇒ gím。 「人)討厭。

giám² (動) 覺得(某人)討厭 (形) (對某

giām (< log Sin) [驗] (動) **1.** 檢驗 ¶~ *bȧk-chiu* [~目睭] 檢驗眼睛 ¶~ *tāi-piān* [~大便] 仝 **2.** 檢查 ¶~ *hêng-lí* [~行李] 檢查行李。 「仝。

giām - chhia (< log Chi) [驗車] (動)

giām-hoeh/-huih (< log Chi < Nip [檢血]) [驗血] (動) 仝。

giām-jiō/-giō/-liō (< log Chi < Nip [檢尿]) [驗尿] (動) 仝。

giâm-keh (< log Nip) [嚴格] (形) 仝；
≃ giâm (副) 仝 ¶~ *chip-hêng* [~執行] 仝。

giâm-kìm (< log Sin) [嚴禁] (動) 仝。

giām-kng (< log Chi < back Nip [驗光器]) [驗光] (動) 仝。

Giâm-lô-ông (< *Iâm-lô-ông < log Sin < Sans *Yama-raya* + [王]) [閻羅王] (名) 仝。

giâm-pān (< log Sin) [嚴辦] (動) 仝。

giām-phiò (< log Chi) [驗票] (動) 仝。

giām-si (< log; *cf* Nip *kenshi* [檢屍]) [驗屍] (動) 仝。 「傷] (動) 仝。

giām-siang/-siong (< log Sin) [驗

giám-siâu (v *giám*²) (粗) (動) 覺得(某人)討厭 (形) (對某人)討厭。 「仝。

giâm-siok (< log Sin) [嚴肅] (形) (副)

giām-siong ⇒ giām-siang。

giām-siu (< log Chi) [驗收] (動) 仝。

giâm-tiōng (< log Sin) [嚴重] (形) 仝。

giàn (動) 亟於滿足上癮的慾望，尤指
菸、酒、麻醉品 ¶~ *chiú* [~酒] 酒
癮發作 ¶~ *hun* [~菸] 煙癮發作 ¶~
phah-kiû [~phah 球] 亟欲打球。

giǎn-káng/-khǎng (< Nip *genkan*) (名) 玄關。

gián-kiù (< log Nip) [研究] (名) Ê,
HĀNG: 仝 ¶*chò/chòe* ~ [做~] 仝 (動)
1. 做研究
◇ ~-*goân* ⇒ ~-oân
◇ ~-*hùi* (< log Nip) [~費] PIT: 仝
◇ ~-*oân/-goân* (< log Nip) [~員]
◇ ~-*sek* ⇒ ~-sit 「Ê: 仝
◇ ~-*seng* (< log Chi < sem Nip) [~
生] Ê: 仝 「KENG: 仝
◇ ~ - *sit* / - *sek* (< log Nip) [~室]
◇ ~-*só*ʾ (< log Nip) [~所] KENG:
仝 **a.** 研究機構 **b.** (< log Chi <
sem) 訓練碩士與博士的機構
2. 深入瞭解 ¶*Góa tùi chit hāng tāi-chì bô* ~. [我對這項代誌無~.] 我
對這件事不怎麼瞭解。

giân-lūn chū-iû (< log Nip) [言論自
由] (名) 仝。

giàn-sian [giàn 仙] (名) Ê: 癮君子。

giàn-thâu [giàn 頭] (名) Ê: 傻瓜 (形)
傻；不識時務；不實際 ¶*Lí mài* ~.
[你 mài ~.] 你可別傻了。

gián-thó-hōe (< log Chi) [研討會]
(名) PÁI: 仝。

giang ¹ (象) 鈴鐺聲；≃ liang (動)
1. (鈴)響；≃ liang **2.** 搖鈴 ¶*chhiáⁿ
sai-kong lâi* ~-~-·le [請 sai 公來~
~-·le] 請道士來做個法會。

giang² (匣) (形) 爽 ¶*khí-/khì-mơ* ~ [起
毛~] 很爽 ¶*bē/bōe* ~ 不爽。

giàng (動) **1.** (毛髮、肩膀等) 聳起
2. 齙(牙)。

giāng (< hyp *jiāng*) (動) 猜拳。

giang-á [giang 仔] (名) Ê, KI: 鈴鐺；≃

liang-á。

giàng-gê [giàng 牙] ⓷ 長出嘴外的牙齒 ⓘ 齛牙(威脅)。

giap /*giàp* ⓘ (用夾子等)夾(緊或夾傷) ¶*hō·mô·-hē ~-tiòh* [hō 毛蟹 ~著] 被毛蟹夾了。

giàp (< [夾]) ⓘ **1.**(用夾子等)夾(緊); ⇒ giap **2.** 一般夾住而固定,例如用胳臂、書頁、卷宗 **3.** 夾到,例如被門夾傷。

giap-á‖*giàp-* [giap 仔] ⓷ KI: **1.** 夾子 ¶*sin-bûn ~* [新聞~] 報夾 ¶*thâu-mo͘ ~* [頭毛~] 髮夾 **2.** 鑷子; ≃ phín-siat-toh。

giàp-bū (< log Nip) [業務] ⓷ 全
◇ *~-oân/-goân* (< log) [~員] Ê: 全。

giàp-chek (< log Nip) [業績] ⓷ 全。

giàp-miā [業命] ⓕ 勞碌命。

giat (< ab giat-láu) 俚 ⓘ 剔除。

giat[1] (< sem log Sin) [孽] ⓕ 調皮;

giat[2] [熱] ⇒ jiàt。 ⌊≃ chok-giàt。

giat-á [giat 仔] ⓷ CHIAH: 蠍子
◇ *~-thâng* [~虫] do.

giat-láu (< En get out) ⓘ **1.** 滾蛋;走開 **2.** 逐出(建築物或團體) ¶*hông ~* 被驅逐(出建築物或團體)。

giàt-siâu [孽 siâu] 粗 ⓕ 調皮; ≃ giàt[1]; ≃ chok-giàt。

giáu ‖*ngiáu*‖*giauh*‖*giah* ⓘ **1.** 挑(刺儿等) ¶*~ chhoaⁿ* (從皮膚上)挑出竹、木等裂開的刺儿 **2.** 挖;摳 ¶*~ hīⁿ-sái* [~耳屎] 挖耳垢。

giauh[1] ⓷ (書法上的)挑 ⓘ (書法:) 挑; ⇒ ngiauh[1]。

giauh[2] ⓘ 挑(刺等);摳; ⇒ giáu。

gih ⇒ kih。

gíh ⓧ 嘻的一聲忍不住的笑聲。

gih-gih-chhiò‖*gī-gī-* [gih-gih 笑] ⓘ 笑得全身震顫; cf gī-gī-á-chhiò。

gih-gih-chhoah‖*gī-gī-* ⓘ 戰抖; ≃ gih-gih-chun, q.v.

gih-gih-chun /*-chùn*‖*gī-gī-* ⓘ 戰抖; ≃ khū-khū-chun; ≃ gih-gih-/phī-phī-chhoah。

gih-gùh-kiò‖*gī-gū-* (v *gìh, gùh*) [gih-gùh 叫] ⓘ 忍不住而嗤嗤地偷笑著; ≃ gi-gí-gùh-gùh。

gîm[1] (< log Sin) [吟] ⓘ 全 ¶*~ chit siú si* [~一首詩] 全。

gîm[2] ⓘ 摸(出);掏; ⇒ jîm。

gím‖*giám* 量 (一枝上的一)簇(花)。

gīm ⓘ **1.** 握(拳); ≃ gīm-chhiú; ≃ tēⁿ **2.** 握(在手中); ≃ tēⁿ。 ⌊台階。

gîm-á [gîm 仔] ⓷ Ê, CHÀN: (門口的)

gîm-chîⁿ (< [□簷]) ⓷ Ê: 房簷; ≃
◇ *~-kha* [~腳] 房簷下。 ⌊nî-chîⁿ

gîm-kîⁿ [gîm 墘] ⓷ **1.** 房簷; ≃ gîm-chîⁿ, q.v. **2.** [á] Ê: (門口的)台階; ≃ gîm-á。

gîm-si (< log Sin) [吟詩] ⓘ 全。

gîn[1] ‖*gûn*‖*gîn* (< Sin) [銀] ⓷ 白銀 ⓕ **1.** 銀製的 **2.** 銀色的。

gîn[2] ‖*gûn* ⓘ 瞪;怒視。

gín-á [gín 仔] ⓷ Ê: 小孩
△ *~-lâng kha-chhng saⁿ táu hóe/hé* (v *~-lâng*) [~人 kha-chhng 三斗火] 孩子比較不怕冷
△ *~-lâng ū hīⁿ, bô chhùi* (v *~-lâng*) [~人有耳無嘴] 孩子家只准聽,不准發言
△ *~ teh/leh khùn* [~ teh 睏] 小聲點儿! ¶*Òe, ~ teh khùn!* [喂,~ teh 睏] 嘿,小聲點儿!
◇ *~-hiaⁿ* [~兄] Ê: (男)小朋友
◇ *~-kang* [~工] Ê: 童工
◇ *~-kiáⁿ* Ê: 幼童
◇ *~-lâng* [~人] Ê: 小孩子家,意味其應有某特質或應守兒童本份,例如聽話

◇ ～-*phí* Ê: 小不點儿；小鬼頭

◇ ～-*phōa*ⁿ [～伴] Ê: (兒童)玩伴

◇ ～-*sèng* [～性] 孩子氣

◇ ～-*thâu-ông* [～頭王] Ê: 孩子王

◇ ～-*the* [～胎] Ê: 胎兒

◇ ～-*tōa-sè/-sòe* [gín仔大細] 大大小小眾兒童。「幕」② TÈ, Ê: 全。

gîn-bō͘ ‖ *gûn-* ‖ *gîn-* (< log Nip) [銀]

gîn-chóa ‖ *gûn-* ‖ *gîn-* [銀紙] ② CHÍ, TIUⁿ: 貼銀箔的冥紙。

gîn-hâng ‖ *gûn-* ‖ *gîn-* (< log Nip) [銀行] ② KENG: 全。

gîn-hēng ‖ *gûn-* ‖ *gîn-* (< log Sin) [銀杏] ② CHÂNG: 全。

gîn-hô ‖ *gûn-* ‖ *gîn-* (< log Sin) [銀河] ② TIÂU: 全；≃ thian-hô。

gîn-hun ‖ *gûn-* ‖ *gîn-* (< log Nip < tr; *cf* En *silver wedding*) [銀婚] ② 結婚二十五週年。

gîn-hún ‖ *gûn-* ‖ *gîn-* (< log Nip) [銀粉] ② (美術、印刷等用的)銀色的金屬粉。

gîn-kak-á ‖ *gûn-* ‖ *gîn-* (< sem log Sin + *á*) [銀角仔] ② LIÀP: 硬幣。

gîn-khì ‖ *gûn-* ‖ *gîn-* (< log Sin) [銀器] ② 全。

gîn-lâu ‖ *gûn-* ‖ *gîn-* (< log Sin) [銀樓] ② KENG: 全；≃ kim-á-tiàm。

gîn-pâi ‖ *gûn-* ‖ *gîn-* (< log Chi < tr En *silver medal*) [銀牌] ② TÈ: 全。   「幣] ② TÈ, LIÀP: 全。

gîn-pè ‖ *gûn-* ‖ *gîn-* (< log Chi) [銀

gîn-phiò ‖ *gûn-* ‖ *gîn-* (< log Sin) [銀票] ② TIUⁿ: 鈔票 ¶*ké* ～ [假～]偽鈔。   「杯] ② Ê: 全。

gîn-poe ‖ *gûn-* ‖ *gîn-* (< log Sin) [銀

gîn-sek (< log Sin) [銀色] ② 全。

gîn ⇒ gîn¹。

gió ¹ ⑩ **1.** 瞥(一眼) **2.** 送秋波。

gió² ⑩ 扭動身體；⇒ ngiú。

gió³ (< sem < ab *gió-toh* < *jió-toh*, q.v.) 囮 好；棒；有好處。

giô-á [giô仔] ② LIÀP: 蛤蜊 ¶*hún-*～ [粉～]大的品種的文蛤。

giô-·ê ② Ê: 同名的人 ¶*in* ～ 跟他同名的那個人 ¶*In nn̄g ê* ～. [In兩個～.]他們兩人同名。

gió-toh (< phon *jió-toh*, q.v.)。

giok -á ⇒ gėk-á。

giok-kùi ⇒ jiok-kùi。   「LÚI: 全。

giok-lân ‖ *gėk-* [玉蘭] ② CHÂNG,

Giok-san ‖ *Gėk-* (< log Sin) [玉山] ② 嘉義、高雄山岳。

Giok-tè ‖ *Gėk-* (< ab *Giok-hông Tāitè* < log Sin [玉皇大帝]) [玉帝] ② Ê: 玉皇大帝。

giōng -(giōng-)boeh/*-beh* ‖ *kiông-(kiông-)/kiōng-(kiōng-)beh* ⑩ 幾乎 ¶*khiā-bē-tiâu*, ～ *tó-·khì* [企 bē-tiâu, ～倒去] 站不穩，幾乎要倒地。

giú ‖ *khiú* ⑩ 拉；揪 ¶*ka* ～-·*leh, m̄ hơ cháu* [ka～-·leh, m̄ hơ 走] 拉住他，不讓他離去 ¶*kâng* ～-*jip-khì chē* [kâng～入去坐] 拉人家進去坐 ¶*soh-á* ～-*tn̄g-·khì* [～斷去] 繩子拉斷了。

giú-āu-kha ‖ *khiú-* [giú後腳] ⑩ 扯後腿。

giú-koan-hē ‖ *khiú-* [giú關係] ⑩ 拉關係；≃ khan koan-hē。   「拉客。

giú-lâng-kheh ‖ *khiú-* [giú人客] ⑩

giú-piò [giú票] ⑩ 拉票，即勸人投票支持某個人、團體或議案。

giú-(tōa-)soh [giú(大)索] ⑩ 拔河。

gô ¹ ‖ *giâ* (< Sin) [鵝] ② CHIAH: 全

△ (～,) ～ *khah tōa-chiah ah.* [(～,)～較大隻鴨.] 你別否認了（按："鵝"諧"無"）。

gô² ⑩ 以本身的中心為軸旋轉；≃ tńg¹。   「餓 **2.** 不給東西吃，使挨餓。

gō (< log Sin) [餓] 働 1. 沒有進食；挨

gô-á [鵝仔] 名 CHIAH: 鵝
◇ ~-chhài (< pop o-/e·-á-chhài) [～菜] CHÂNG, PÉ: "A 菜"；≃ oe-á-chhài。

go-bó ⇒ go͘-bó。

gô-bó‖giâ-bú [鵝母] 名 CHIAH: 母鵝。 「全。

Gô-bûn‖Ngô͘- (< log Chi) [俄文] 名

Gô-gí/-gú/-gí‖Ngô͘- (< log Chi) [俄語] 名 全。

gô-kang‖giâ- [鵝公] 名 CHIAH: 大公鵝。 「全；≃ Gô-lô-su。

Gô-kok‖Ngô͘- (< log Chi) [俄國] 名

gō-kúi [餓鬼] 名 Ê, CHIAH: 餓死鬼；cf iau-kúi。

Gô-lô-su‖Ngô͘- (< log Sin < Eluosi) [俄羅斯] 名 全。 「地名。

Gô-loân-pī/-phīⁿ [鵝鑾鼻] 名 屏東

go-lú-huh‖go͘- (< Nip gorufu < En golf) 名 LIÁP, TIÛⁿ: 高爾夫球。

gô-mo͘-phōe/-phē‖giâ-mn̂g-phē [鵝毛被] 名 NIÁ: 以鵝毛為胎的被子。

gō͘¹ (< Sin) [五] 數 1. 第五個基數；cf ngó͘ ¶cháp-~ [十～] 全 ¶jī-~ [二～] 二十五 ¶~-bān [～萬] 全 2. 五 (十、百、千等次級數詞單位) ¶bān-~ [萬～] 一萬五千 ¶chheng-~ [千～] 一千五百 ¶pah-~ [百～] 一百五十 3. 五十簡稱 ¶~-it [～一] 五十一 ¶~-jī [～二] 五十二 ¶~-saⁿ [～三] 五十三 4. 第五個序數 ¶Góa tióh ~ miâ. [我著～名.] 我得第五名 ¶~-goéh Chhe-~ [～月初～] 五月五號 ¶~ hō [～號] 全。

gō͘² (< log Sin) [誤] 働 全 ¶Tāi-chì hō͘ i ~-khì. [代誌 hō͘ 伊～去.] 事情被他誤了 ¶~ lâng chit-sì-lâng [～人一世人] 誤人一生。

go͘-bó͘‖gǒ͘-‖go-bó (< Nip gobō) 名 CHÂNG, TIÂU: 牛蒡。

gō͘-chheⁿ siāng-chiàng / ... siōng-chiòng‖-chhiⁿ- (< log Chi) [五星上將] 名 Ê: 全；≃ gō͘-liáp-chheⁿ。 「[Sin] [五月] 名 全

Gō͘- -·goéh/--·géh/-géh/-géh (< ◇ ~-cheh (< Sin) [～節] 端午節；≃ Gō͘-jit-cheh。 「Ê: 全 働 全。

gō͘-hōe (< log Sin) [誤會] 名 PÁI,

gō͘-hoe-cháp-sek [五花十色] 名 1. 五彩繽紛 2. 五花八門。

Gō͘-jit-cheh|-git-‖Gō͘-jit-choeh|-lit- [五日節] 名 端午節；≃ Gō͘-goéh-cheh。 「子。
◇ ~-chàng [～粽] LIÁP: 端午節的粽

gō͘-kái (< log Nip) [誤解] 名 Ê: 全 働 全。 「名 Ê: 全。

gō͘-kak-hêng (< log Nip) [五角形]

gô͘-keh-hî ⇒ gô͘-koeh-hî。

gô͘-khî‖ngô͘- [蜈蜞] 名 BÓE: 螞蟥。

gô͘-koeh-hî|-keh- [吳郭魚] 名 BÓE: 全。

gô͘-lók (< ana [吳] + Nip goraku < log Sin) [娛樂] 名 全；≃ gû-lók。

go-lú-huh ⇒ go-lú-huh。

gō͘-sì-saⁿ [五四三] 名 無稽之談；廢話；沒水準的話。 「名 全。

gō͘-sòaⁿ-phó͘ (< log Nip) [五線譜]

gō͘-tō (< log Chi < Nip [誤り導く]) [誤導] 働 全。 「CHÂNG: 全。

gô͘-tông‖ngô͘- (< log Sin) [梧桐] 名

góa (< Sin) [我] 代 全
△ ~ khah sit-lé, lí khah m̄-tióh. [～較失禮，你較 m̄ 著.] 抱歉，錯在你，不在我
△ ~ khòaⁿ lí phú-phú; lí khòaⁿ ~ bū-bū [～看你 phú-phú，你看～霧霧] 互相不把對方看在眼裡。

gōa¹ (< Sin; ant lāi¹) [外] 名 (< log Nip < sem) 1. 非本地或本團體的 ¶~-hāu [～校] 全 ¶~-kok [～國] 全 2. 較遠處的 ¶~-hái [～海] 全 ¶~-

thài-khong [～太空] 全 ⓐ **B.** 外頭
¶*chhiûⁿ-á-～* [牆仔～] 牆外。

gōa² (< SEY) [外] ⓦ 未言明的餘數
¶*nn̄g-chheng-～ ê* [兩千～個] 兩千
多個¶*tán kàu Jī-chàp-～* [等到二十
～] 等到月二十日以後。

gōa³ ⓟ 表示程度；⇒ jōa。

gǒa ⇒ jǒa。

gōa-bīn (< log Sin) [外面] ⓐ 全；≃
gōa-kháu。

gōa-bū-oân/*-goân* [外務員] ⓐ Ê:

gōa-chē/*-chōe* ⇒ jōa-chē。「全。

gōa-chèk lô-kang (< log Chi) [外籍
勞工] ⓐ Ê: 全。「新娘] ⓐ Ê: 全。

gōa-chèk sin-niû (< log Chi) [外籍

gōa-chheⁿ-lâng|*-chhiⁿ-* (< log Chi
< tr En *extra-terrestrial*) [外星人]
ⓐ Ê: 全。

gōa-chiâⁿ‖*gǒa-* ⇒ jōa-chiâⁿ。

gōa-chōe ⇒ jōa-chē。

gōa-gōa [外外] ⓕ **1.** 事不關己的樣
子¶*kek～* [激～] 漠不關心¶*pàng～*
[放～] do. **2.** 不親。

gǒa-gōa (< *gōa²* + *gōa²*) [gǒa 外]
ⓦ 很高的餘數¶*sì-chàp～* [四十
～] 四十多,不只四十一二。

gōa-hái (< log Sin) [外海] ⓐ 全。

gōa-hâng (< log Sin) [外行] ⓐ 外
行人¶*～ léng-tō lāi-hâng* [～領導內
行] 全 ⓕ 全
◇ *～-lâng* [～人] Ê: 全。

gōa-hêng (< log Nip) [外形] ⓐ 全。

gōa-hōe chûn-khoán (< log Chi)
[外匯存款] ⓐ 全。

gōa-káng (< log Nip) [外港] ⓐ 全。

gōa-kau (< log Nip) [外交] ⓐ 全
◇ *～-koaⁿ* (< log Nip) [～官] Ê: 全
◇ *～-pō·* (< log Chi) [～部] Ê: 全
◇ *～-pō·-tiúⁿ* (< log Chi) [～部長]
Ê: 全。

gōa-ke (< SEY) [外家] ⓐ 娘家。

gōa-kháu [外口] ⓐ 外頭¶*cha-po·
pêng-iú tī ～ teh tán* [查埔朋友tī
～teh 等] 男朋友在外頭等著¶*chiàh
～* q.v. ⓕ [x] 靠外頭¶*khiā tī ～-～*
[企tī～～] 站在外頭很遠的地方
◇ *～-saⁿ* [～衫] NIÁ: 外衣。

gōa-kho/*-khe*/*-khe·* (< log Nip) [外
科] ⓐ KHO: 全。   「全。

gōa-kiâu (< log Chi) [外僑] ⓐ Ê:

gōa-ko (< log Chi) [外鍋] ⓐ Ê: 全。

gōa-koān-chhī (< log Chi) [外縣市]
ⓐ 全。

gōa-kok (< log Sin) [外國] ⓐ 全
◇ *～-lâng* (< log Sin) [～人] Ê: 全
◇ *～-ōe* (< log Sin) [～話] 全。

gōa-kong (< log Sin) [外公] ⓐ Ê:
全。「Chi) [外來政權] ⓐ 全。

gōa-lâi chèng-khoân/*-koân* (< log

gōa-lâi-gí/*-gú*/*-gí* (< log Nip) [外
來語] ⓐ Ê: 全。

gōa-lâng (< log Sin + tr) [外人] ⓐ
Ê: **1.** 本團體以外的人 **2.** 無關的
人 **3.** 外國人 **4.** 不親密的人；≃
pàt-lâng(2)。

gōa-leng /*-ni* [外奶] ⓐ **1.** LIÁN,
LIÁP: (汽車輪子的) 外胎 **2.** TIÂU,
LIÁN: (腳踏車輪子的) 外胎

gōa-lô (< log Chi) [外勞] ⓐ [*á*] Ê: 外
籍勞工簡稱。   「收入

gōa-lō· [外路] ⓐ [*á*] 外快或不正當的
◇ *～-(á-)chîⁿ* [～(仔)錢] do.

gōa-má [外媽] ⓐ Ê: 外婆。

gōa-ni ⇒ gōa-leng。

gǒa-nī (*-chiâⁿ*) ⇒ jǒa-nī。

gōa-phôe/*-phê*/*-phê·* (< log) [外
皮] ⓐ TÊNG: 表皮。

gōa-piáu (< log Chi) [外表] ⓐ 全。

Gōa-séng (< log Chi) [外省] ⓐ 台
灣民族名,以中國語為族語
◇ *～-lâng* (< log Chi) [～人] Ê: 全。

gōa-siang/*-siong* (< log Nip) [外

傷] ⓐ ŪI: 全。

gōa-siàng/-*siòng*‖*gōe*- (< log Nip) [外相] ⓐ Ê: 日本外交部長的頭銜。

gōa-siau [外銷] ⓥ 全。

gōa-siàu [外賬] (< [外數]) ⓐ Ê, PÚN: 對外公開的 (假) 帳目。

gōa-siong ⇒ gōa-siang。

gōa-siòng ⇒ gōa-siàng。

gōa-sòa^n (< log Nip) [外線] ⓐ TIÂU: 接往總機所轄各分機之外的電話。

gōa-sun (< log Sin) [外孫] ⓐ Ê: 全。

gōa-tē/-*tōe* (< log Sin) [外地] ⓐ 外鄉;他鄉 「ūi-á-lâng。◇ ~-*lâng* [~人] Ê: 外鄉人; ≃ gōa-

gōa-thài-khong (< log Chi < tr En *outer space*) [外太空] ⓐ 全。

gōa-thò (< log Nip < sem Sin) [外套] ⓐ NIÁ: 全。 「LIÀP: 全。

gōa-tó/-*tó·* (< log Chi) [外島] ⓐ

gōa-tōe ⇒ gōa-tē。

gōa-ûi (< log Sin) [外圍] ⓐ 全; ≃ gōa-kháu-liàn。

gōa-ūi-á [外位仔] ⓐ 他鄉;非本地 ◇ ~-*lâng* [~人] Ê: 外鄉人。

goân ⇒ oân¹。

goán‖*gún* ⓒ **1.** 我們,不包括對話人; *cf* lán¹ **2.** 我,多為女性所用 ¶*Lâng* ~ *bô!* [人~無!] "我們"沒有 (做這事) 或不是 (這樣)! ⓓ 我(們)的,不包括對話人; *cf* lán¹ ¶~ *tau* [~兜] 我家 ¶~ *thài-thài* [~太太] 我太太。 「¶*î-chhî* ~ [維持~] 全。

goân-àn (< log Nip) [原案] ⓐ 全

goān-bāng/-*bōng* (< col log Nip) [願望] ⓐ Ê: 全。

goân-bī [原味] ⓐ 全。

goān-bōng ⇒ goān-bāng。

goân-bûn (< log Nip) [原文] ⓐ 全。

goân-chāi [原在] ⓥ 依然存在。

goân-chek (< log Nip) [原則] ⓐ Ê: 全。

goân-chiap (< log Chi) [原汁] ⓐ

goân-chng ⇒ goân-chong。 「全。

goân-choân [原全] ⓥ 恢復;痊癒。

goân-chōe (< log) [原罪] ⓐ 全。

goân-chok (< log Nip) [原作] ⓐ 原著。 「者] ⓐ Ê: 全。

goân-chok-chiá (< log Nip) [原作

goân-chong/-*chng* (< lit log) [原裝] ⓐ 全 ¶~ *chìn-kháu* [~進口] 全。 「全。

goân-chú (< log Nip) [原子] ⓐ LIÀP:

goân-chū-bîn (< log Nip) [原住民] ⓐ Ê: 全。 「ⓐ 全。

goân-chú-lêng (< log Chi) [原子能]

goân-chú-pit (< log Chi < comm TWChi *ian² tsu¹ pi³* < Chi [圓珠筆] < tr En *ball pen*) [原子筆] ⓐ KI: 全。 「子彈] ⓐ LIÀP: 全。

goân-chú-tân/-*tôa^n* (< log Chi) [原

goân-hêng (< log Chi) [原形] ⓐ 全。

goān-ì (< log Sin) [願意] ⓐ 全。

goân-in (< log Nip) [原因] ⓐ Ê: 全。

goân-iû (< log Nip) [原油] ⓐ 全。

goân-kè (< log Sin) [原價] ⓐ 全。

goân-khì (< log Sin) [元氣] ⓐ 精力;精神 ¶*bô* ~ [無~] 精神不振 ⓕ (< log Nip < sem) 有精神。

goân-kó (< log Nip) [原稿] ⓐ HŪN, TIUⁿ: 全。

goân-kò (< log Nip < Sin) [原告] ⓐ Ê: 全。 「言] 我國; *cf* lán-kok。

goán-kok [goán 國] ⓐ (對外國人而

goân-lâi (< log Sin) [原來] ⓕ 本來; ≃ pún-lâi ¶~ *ê chú-lâng* [~ê主人] 原來的主人] ⓘ **1.** 原本; ≃ pún-lâi; ≃ goân-pún ¶~ *chia bô chhù.* [~chia無厝] 這儿本來沒有房子 **2.** 表示發現真實情況 ¶*Góa kioh-sī chiâ; ~ sī lí!* [我 kioh 是 chiâ; ~是你!] 我當是誰,原來是你!

goân-lí (< log Nip) [原理] ⓐ Ê: 全。

goân-liāng/-liōng (< log Sin) [原諒] 動全。

goân-liāu (< log Nip) [原料] 名全。

goân-liōng ⇒ goân-liāng。

goân-ló/-nó͘ (< log Nip) [元老] 名全¶khai-kok ~ q.v.

goân-lō͘ (< log Sin) [原路] 名 TIÂU: 全¶koh tùi ~ tńg-·khì [koh 對~返去] 又走原路回去。

goân-nó͘ ⇒ goân-ló。

goân-pán (< log Nip) [原版] 名全。

goân-pún (< log Sin) [原本] 副本來;≃ pún-lâi;≃ goân-lâi ¶~ chia bô chhù. [~ chia 無厝]這几本來沒有房子。 「[原始時代] 名全。

goân-sí sî-tāi|-sú-|-sú- (< log Nip)

Goân-siau (< log Sin) [元宵] 名全。

goân-siú (< log Sin) [元首] 名 ê: 全¶kok-ka ~ [國家~]全。

goân-sò͘ (< log Nip) [元素] 名 ê: 全¶hòa-ha̍k ~ [化學~]全。

goân-sòe (< log Sin) [元帥] 名 ê:

goân-sú ⇒ goân-sí。 「全。

goân-tàn (< log Sin) [元旦] 名全。

goân-thâu (< log Sin) [源頭] 名 ê: 發源處。

goân-tiāu (< log Chi; ant piàn-tiāu) [原調] 名 ê: 未變調的聲調。

goân-tōng-le̍k (< log Nip) [原動力] 名 ê: 全。

goân-ūi (< log Sin) [原位] 名全。

goa̍t -tâi ⇒ goe̍h-tâi。

gōe -seng (< log Sin) [外甥] 名 [á] ê: 全。 「甥女] 名 ê: 全。

gōe-seng-lí/-lú/-lí (< log Sin) [外

goeh ⇒ ngeh1,2。

goe̍h1‖ge̍h‖ge̍h (< Sin) [月] 名 1. LIА̍P: 月亮;月球 2. 月份¶Jī-~ Chh(o)e-it [二~初一]二月一號。

goe̍h2‖goeh 動 夾;⇒ ngeh。

goe̍h-bâi‖ge̍h-‖ge̍h- [月眉] 名 ê: 月芽儿。 「[月尾] 名月底。

goe̍h-bóe‖ge̍h-bé‖ge̍h-bé (< Sin)

goe̍h-chhe‖ge̍h-/ge̍h-chhoe (< log Sin) [月初] 名全。

goe̍h-hūn‖ge̍h-‖ge̍h- (< log Chi) [月份] 名月分。 「動滿月。

goe̍h-în‖ge̍h-‖ge̍h- (< Sin) [月圓]

goe̍h-ji̍t/-gi̍t/-li̍t‖ge̍h-/ge̍h-ji̍t/-li̍t (< cl + nom) [月日] 量個月;≃ kò-goe̍h ¶chi̍t ~ [一~]一個月。

goe̍h-keng‖ge̍h-‖ge̍h- (< log Sin) [月經] 名全。

goe̍h-khan‖ge̍h-‖ge̍h- (< log Nip) [月刊] 名 ê, HŪN, KÎ, PÚN: 全。

goe̍h-khó‖ge̍h-‖ge̍h- (< log Chi) [月考] 名 PÁI: 全。

goe̍h-kiû‖ge̍h-‖ge̍h- (< log Nip) [月球] 名 LIА̍P: 全。

goe̍h-kng‖ge̍h-‖ge̍h- (< log Sin) ◇ ~-ē [~下]月下 L[月光] 名全 ◇ ~-mê [~暝] ê: 月夜。

goe̍h-lāi‖ge̍h-‖ge̍h- [月內] 名月子 ¶chò/-chòe ~ [做~]座月子。

goe̍h-niû‖ge̍h-‖ge̍h- [月娘] 名 LIА̍P: 月亮。 「TIŪn: 全。

goe̍h- phiò‖ge̍h-‖ge̍h- [月票] 名

goe̍h-piáⁿ‖ge̍h-‖ge̍h- (< log Sin) [月餅] 名 TÈ: 全;≃ tiong-chhiu-piáⁿ。

goe̍h-tâi‖ge̍h-‖ge̍h-‖goa̍t- (< col log) [月台] 名 ê: 全 「全。 ◇ ~-phiò (< log Chi) [~票] TIŪn:

goe̍h-té‖ge̍h-/ge̍h-tóe (< log Chi) [月底] 名全。

goe̍h-thâu (< Sin) [月頭] 名月初。

goe̍h-tiong‖ge̍h-‖ge̍h- (< Sin) [月中] 名全。

go̍k -bé‖ko̍k- [鱷馬] 名 CHIAH: 河馬。

G

 go̍k-hî‖*kho̍k-* (< log Sin) [鱷魚] 名
CHIAH: 全。

gông 動 一時失去思考能力¶～-·*khì*
[～去] do. 形 (頭) 暈。

gōng [戇] 形 愚笨　「癀] 愚不可及。
△ ～ *kà bē/bōe pê-chiūⁿ* [～到bē爬

gông-chhia-chhia [gông 車車] 形 暈
得很；≃ gông-lin-lin。

gōng-chîⁿ [戇錢] 名 花得冤枉的錢
¶*liáu* ～ [了～] 花冤枉錢。

gōng-giàn-thâu (v *giàn-thâu*) [戇
giàn 頭] 名 ê: 傻瓜。

gōng-gōng-á [戇戇仔] 副 呆呆地；
傻傻地¶～ *chē* [～坐] 呆坐¶～ *chò/
chòe* [～做] 傻幹¶～ *khùn* [～眠] 昏
睡¶～ *siūⁿ* [～想] 退想。

gōng-lâng [戇人] 名 ê: 傻瓜。

gōng-la̍t [戇力] 名 傻勁兒，即不找竅
門而使出的力氣¶*liáu* ～ [了～] 白
費傻勁兒。

gông-lin-lin ⇒ gông-chhia-chhia。

gōng-ōe [戇話] 名 KÙ: 傻話¶*kóng* ～
[講～] 說無稽的話；放狗屁。

gōng-sîn¹ [戇神] 名 傻氣 形 [x] 傻
勁兒，不精明的樣子。

gōng-sîn² [戇神] 形 [x] 精神恍惚。

gōng-siūⁿ [戇想] 動 空想；妄想¶*Lí
bián* ～*!* [你免～!] 你別想! ¶*Lí mài
* ～ *·a ·la.* [你 mài ～矣 la.] 你別傻
了。　　　　　[乎; ≃ gōng-tuh-tuh。

gōng-soa-soa [戇 soa-soa] 形 傻乎

gōng-táⁿ [戇膽] 名 ê: 有勇無謀的膽
量 形 光有膽量，不能判斷情勢。

gōng-tai [戇呆] 名 ê: 傻瓜 形 傻。

gōng-thâu [戇頭] 名 ê: 傻瓜 形 傻。

gōng-thûi [戇槌] 名 ê: 傻瓜 形 傻。

gōng-tit [戇直] 形 愚直。

gōng-tōa-tai [戇大呆] 名 ê: 大傻瓜。

gōng-tuh-tuh/-*thu̍h-thu̍h* [戇 tuh-
tuh] 形 傻乎乎；≃ gōng-soa-soa。

gop ⇒ gap。

gû (< Sin) [牛] 名 CHIAH: **1.** 一種
反芻動物名
△ ～ *khan kàu Pak-kiaⁿ iáu-sī* ～.
[～牽到北京夭是～.] 本性難改
△ *tiō-sī* ～ [～就是～] do.
2. 十二生肖第二。

gù 象 貓覺得舒服時所發出的聲音。

gū‖*gǐ*‖*bū* (< log Sin) [遇] 動 碰見；遇
到；≃ tú²; ≃ tn̄g⁴。

gû-á¹ [牛仔] 名 CHIAH: 小牛。

gû-á² (< tr + log Chi < tr En *cow-
boy*) [牛仔] 名 ê: 牛郎，即養牛牧
場的戶外工作人員。
◇ ～-*khò·* (< tr + log Chi < tr En
jeans) [～褲] NIÁ: 全; ≃ phah-
thih-á-khò·。　　　　　[牛。

gû-á-kiáⁿ [牛仔 kiáⁿ] 名 CHIAH: 小

gû-ām-sê [牛頷 sê] 名 NIÁ, ê: 黃牛
脖子前面下垂的肉。

gû-bah (< Sin) [牛肉] 名 TÈ: 全
◇ ～-*koaⁿ* (< log Chi) [～干] TÈ: 全
◇ ～-*mī*(< log Chi) [～麵] ÓAⁿ: 全。

gû-bó/-*bú* [牛母] 名 CHIAH: 母牛。

gú-bûn ⇒ gí-bûn。

gû-chhia [牛車] 名 TÂI: 全。

gú-giân ⇒ gí-giân。

gū-giân (< log Sin) [寓言] 名 ê: 全。

gú-goân ⇒ gí-goân。

gú-hoat ⇒ gí-hoat。

gú-im ⇒ gí-im。

gû-kak [牛角] 名 KI: 全¶*báng-á tèng*
～ [蚊仔叮～] 毫無作用。

gú-kám ⇒ gí-kám。　　　[牛; *cf* gû-káng。

gû-kang [牛公] 名 CHIAH: 去勢的公

gû-káng [牛 káng] 名 [*á*] CHIAH: 公
牛; *cf* gû-kang。

gû-káng-oaihⁿ 名 CHIAH: 天牛。

gú-khì ⇒ gí-khì。

gu-lám (< En *gram* < Fr *gramme*)
量 公克，即千分之一公斤。

gû-leng/-*lin*/-*ne*/-*ni* [牛奶] 名 全
◇ ～-*cheng* (< tr Chi [奶精] < tr

En *cream*)［～精］奶精；≃ khu-lì-
◇ ～-*hún*［～粉］奶粉   ⌊mù
◇ ～-*thâg*［～糖］LIA̍P: 全。

gú-liāu-khò͘ ⇒ gí-liāu-khò͘。

gû-lin ⇒ gû-leng。

gú-lūi ⇒ gí-lūi。

gû-ne/-*ni* ⇒ gû-leng。

Gû-nn̂g (< log Sin; ant *Chit-lí/-lú*)
［牛郎］⑧ 星座名。

gû-pâi (< log Chi < tr En *beefsteak*)
［牛排］⑧ TÈ: 全。

gû-po͘［牛埔］⑧ ê: 放牛的草地。

gú-sû ⇒ gí-sû。

gû-thâu-bé-bīn (< sem log Sin)［牛
頭馬面］⑧ ê: 難看的人 ⑯ (人) 很

gú-thé-bûn ⇒ gí-thé-bûn。 ⌊難看。

gû-tiâu［牛欄］⑧ ê, KENG: 牛舍
△ ～-*lāi tak gû-bó*［～內 tak 牛母］內
⌊鬥。

gu̍h ⑧ 嗤嗤的偷笑聲 ⑩ (忍不住
而) 嗤的一聲笑出來。

gǔh ⑧ 忍不住而笑出來的聲音。

gu̍h-gu̍h-kiò ‖*ku̍h-ku̍h-*［gu̍h-gu̍h
叫］⑩ 忍不住而嗤嗤地偷笑著；≃
gi-gí-gu̍h-gu̍h。

gūi-chō bûn-su (< log Chi; *cf* Nip
［文書偽造］)［偽造文書］⑩ 全。

gûi-ki (< log Sin)［危機］⑧ ê, PÁI: 全
¶～ *chhú-lí*［～處理］全
◇ ～ *i-sek* (< log Chi)［～意識］全
◇ ～-*kám* (< log Chi)［～感］ê: 全。

gûi-kip (< log Sin)［危急］⑯ 全。

gûn ⇒ gîn¹。

gún ⇒ goán。

H

ha ¹‖*hah* ⑧ 張大嘴巴吹氣聲 ⑩

1. 張大嘴巴吹氣 ¶*Kià^n ～-～-·le
khah hó chhit.* ［鏡～～·le較好拭.]
鏡子先吹氣比較容易擦 **2.** (吹氣) 喝
熱飲料 ¶～ *sio-thng*［～燒湯］喝熱
湯。   ⌊「～伊.]你別惹他。

ha² ⑩ 惹 ¶*Lí mài khì* ～ ·*i.* [你mài去

ha³［哈］⑯ 表示嘲笑。

ha⁴［哈］⑯ 表示高興；⇒ háh/hǎh。

hâ ⑩ 束 (腰帶、圍裙等) ¶～ *an-
choân-tòa*［～安全帶］繫安全帶 ¶～
kûn［～裙］穿上裙子。

há (> *há-·à²*) ⑯ 趕牛前進用語。

hā (< log Chi)［下］⑩ 下 (令) ¶～ *chit
tiâu bēng-lēng*［～一條命令］全。

hǎ (< contr *hà̍h-á*, q.v.)。

há-·à¹ ⑯ 表示極不認可的用語 ¶～,
chhòng-chhòng hāi-·khì! [～,創創
害去!]真的的,都搞壞了!   ⌊拉長。

há-·à² (< *há*) ⑯ 趕牛前進用語,聲音

Há-ār-pin (< Chi *Ha¹ erh³ pin¹* <
Man *Harbin*) ⑧ 中國哈爾濱市。

hā bēng-lēng (< log Chi)［下命令］
⑩ 全。

hā-chiān (< log Sin)［下賤］⑯ 全。

hā-há-·à ⑯ 哈哈,表示因勝利、發現
秘密等而得意。

hà-hà-chhiò‖*hah-hah-*‖*ha-ha-* [hà-
hà笑] ⑩ 哈哈笑；≃ chhiò kà hā-
hà-hì ⇒ hah-hì。   ⌊hā-kiò。

hā-ì-sek (< log Nip)［下意識］⑧ 全。

hā-iá (< log Nip)［下野］⑩ 全。

hā-khò (< log Chi)［下課］⑩ 全。

hà-khùi ⇒ hah-khùi。

hā-kip (< log Nip)［下級］⑧ 全；≃
ē-si ⑯ 位階低的
◇ ～ *kun-koa^n*［～軍官］全。

hā-lēng-iâ^n (< log Chi)［夏令營］⑧
ê: 全。   ⌊「間］⑧ 全。

hā-lēng sî-kan (< log Chi)［夏令時

há-lih (< Nip *hari*) ⑧ KI: 樑。

hā-liû (< log Sin)［下流］⑯ **1.** 下
等；卑劣 **2.** (< log Nip < sem) (社

會) 下層。

há-lō/-lŏ (< En *hello*) (感) 哈囉。

há-mì-koa (< Chi *ha¹ mi⁴ kua¹*) (名)
CHÂNG, LIÀP: 哈蜜瓜。

há-muh (< Nip *hamu* < En *ham*) (名)
KI, TÈ: 西洋火腿；≃ hém。

Ha-óa-ī-ì‖*Ha-óa-ì/-ih* (< *Hawai'i*)
(名) 美國夏威夷。

hā-pan (< log Chi) [下班] (動) 全
△ ~ *sî-kan* (< log Chi) [~時間]
全。　　　　　　　　　　[KI: 豎琴。

hà-pù (< Nip *hāpu* < En *harp*) (名)

hà-saⁿ [孝衫] (名) SU, NIÁ: 孝服。

hā-sū (< log Chi < sem Nip) [下士]
(名) [á] ê: 全。

hā-sûn (< log Nip) [下旬] (名) 全。

hā-tâi (< log Chi) [下台] (動) 全；≃
lòh-tâi。

hā-téng (< log Sin) [下等] (名)(形) 全。

·**haⁿ**‖*hàⁿ*‖*hahⁿ* (氣) 表示告知、叮
嚀或警告，輕聲中調或低調 ¶*Lí ê
hūn tī toh-téng* ~. [你ê份tī桌頂
~.] (記得,)你的份儿在桌子上 ¶*Lí
ū-êng, khì ·chi̍t ·chōa* ~. [你有閑
去一~.]你有空的話,去一趟啊。

hâⁿ¹‖*hôaⁿ*‖*hêⁿ* (< Sin [懸]) (動) 懸
而未決 ¶*Tāi-chì* ~·*leh*, *m̄ kái-koat.*
[代誌~·leh, m̄ 解決.] 事情放著不
解決。

hâⁿ² (動) 懸掛；⇒ hân。

háⁿ¹ (動) 嚇唬。

háⁿ² (感) 表示想不到居然有這樣的事。

hàⁿ¹ (氣) 表示鄭重告知、叮嚀或警告；
⇒ ·haⁿ。　　　　　[要求對話人重述。

hàⁿ² (< *sàⁿ*; > *hǎ*ⁿ², q.v.) (感) 表示

hāⁿ¹‖*hàhⁿ* (< *hōa*ⁿ³ < *hoàh*) (動) 舉
足 (前進 / 跨過);≃ hoàh ¶~ *chi̍t
pō·* [~一步] 跨一步 ¶~-*kòe mn̂g-
tēng* [~過門定] 跨過門檻。

hāⁿ² (感) 回答表示同意；⇒ hēⁿ。

hǎⁿ¹ (< ·*ha*ⁿ, q.v.) (氣) 表示加重叮嚀
或警告。

hǎⁿ² (< En *huh*) (氣) 表示要求認同

前述評語，常帶諷刺意味或常為自
我解嘲 ¶*"Ku chhiò pih bô bóe/bé"*
~!? ["龜笑鱉無尾" ~ !?] 五十步笑
百步, 沒錯吧?

hǎⁿ³ (< *hà*ⁿ²) (感) 表示要求對話人重
述; ≃ hm̌ ≃ hň g⁴ ¶~, *lí kóng sah*ⁿ ?
[~,你講啥?]什麼?你說什麼?

hǎⁿ⁴ (感) 表示料想不到或驚駭; *cf ǎ*¹
¶~, *ná ē án-ne?* [~,哪會 án-n?]什
麼?怎麼會這樣?

háⁿ--àⁿ (< *háh*ⁿ) (感) **1.** 表示不可思
議, 想不通; ≃ hn̂g--ǹg² ¶~, *āu chit-
lō tāi-chì!* [~, āu這lō代誌!]哼, 居
然有這種事! **2.** 表示恍然大悟。

hǎⁿ--àⁿ¹ (< *hǎ*ⁿ²) (感) 表示極不同
意, 帶有質疑或威脅口氣 ¶~, *lí koh
kóng chi̍t piàn.* [~, 你 koh 講一
遍.]什麼?你再說一次。

hǎⁿ--àⁿ² (< *hǎ*ⁿ³) (感) 表示驚異 ¶~,
āu chit-lō tāi-chì! [~, āu這lō代
誌!]什麼,哪有這回事!

| **hah** |¹ (動) **1.** 渴望 **2.** 崇尚 ¶~ *Ji̍t* [~
日] "哈日"。

hah² (動)(形) **1.** 熱氣沖人; ⇒ hah*ⁿ*¹。
2. (吹氣)喝熱飲料; ≃ ha¹

hàh¹ (名) **1.** 葉鞘; ≃ hàh-á ¶*chhe*ⁿ*-á-*
~ [青仔~] 檳榔葉 (包括葉鞘) ¶*iâ
ê* ~ [椰ê~] 椰子的葉子 (包括葉鞘)
¶*kam-chià-*~ [甘蔗~] 甘蔗的葉子
(包括葉鞘) **2.** 包粽子的竹葉或月桃
葉子 ¶*chàng-*~ [粽~] do. (量) 計算
葉鞘的單位。

hàh² (< Sin [合]) (動) **1.** 合適 ¶~ *góa ê
i-sù* [~我ê意思] 合我的意思 **2.** 配
¶*Chit nn̄g sek chin* ~. [這兩色
真~.]這兩個顏色很配 **3.** 合(得
來) ¶*In nn̄g ê bē-/bōe-*~. [In 兩
個 bē~.]他們兩個人合不來 (副)
適應 ¶*chiàh-bē-*~ [吃 bē~]吃不來
¶*chúi-thó· bē/bōe* ~ [水土 bē~]水
土不服。

háh‖*hǎh* (感) 解決了問題或自認為猜

中答案或抓到毛病時表示高興的語詞; ≃ ha[4] ¶~, *hŏa liȧh-·tiȯh ·a!* [~, hŏa掠著矣!]哈,被我逮著了。

hȧh-á (v *hȧh*[1]) [hȧh仔] [名] TÈ, HȦH: 葉鞘。

hah-hah-chhiò ⇒ hà-hà-chhiò。

hah-hì/-*hī*‖*hà-* [動] 哈欠; ≃ peh-ha。

hah-khùi‖*hà-* (v *ha*[1]) [hah 气] [動] (用口)吐氣。

hȧh-su (< [合軀]) [形] 合身。

hah^{n}[1]‖*hah*‖*hâ^{n}* [動] (熱氣)沖(人) ¶*hō͘ sio-ian ~-·tiȯh* [hō͘ 燒煙~著] 被熱蒸氣燙痛或燙傷 ¶~ *sio-khì* [~燒氣]吸取熱氣 [形] 熱。

hah^{n}[2] [氣] 表示叮嚀或警告; ⇒ ·ha^{n}。

hah^{n}[3] [歎] 回答表示同意; ⇒ hē^{n}。

hȧh^{n} ⇒ hā^{n}[1]。

háh^{n} (> *há^{n}-·à^{n}*) [歎] 表示不可思議。

hăh^{n} [歎] 表示突然的驚異; *cf* hă^{n}[3]。

hah^{n}-jit [hah^{n}日] [動] 受太陽的熱氣。「爐灶邊等)接受熱氣。

hah^{n}-sio [hah^{n}燒] [動] (在陽光旁或

hái[1] (< Sin) [海] [名] 海洋。

hái[2] (< En *high*) [形] 興奮。「意用語。

hái[3] [歎] "嘿," 即說話前先引起對方注

hái[4] (< En *hi*) [歎] "嗨," 即打招呼用

hài [歎] "嗨," 即表示歎息。 ⌊語。

hāi[1] (< Sin) [害] [動] **1.** 陷害 ¶~ *·lâng* [~人]陷害人家; *cf* hāi-lâng **2.** 致使人受損害 ¶~*-sí lâng* [~死人]仝 [介] 使遭受;害得 ¶~ *lâng bô chhù thang tòa* [~人無厝thang tòa] 害人無家可歸。

hāi[2] [害] (< [壞]) [動] **1.** (東西)變不能用; ≃ phái^{n} ¶*chhia ~-·khì* [車~去]車子壞了 ¶*gû-leng ~-·khì* [牛奶~去]牛奶壞了 **2.** (事情)搞砸 ¶*tāi-chì ~-liáu-liáu* [代誌~了了]事情全部泡湯 **3.** 大事不好; ≃ sí; ≃ chhám ¶*Lí ē ~!* [你會~!]你糟糕了! ¶*Ta^{n} ~ ·a!* [今~矣!] (這下子)糟糕了! [形] **1.** 壞的;不能用的 ¶*Chit tâi chhia ~-~ ·a.* [這台車~~.a.]這輛車不怎麼好 ¶*Mi̍h-/mn̍gh-kiā^{n} mài chhòng-chhòng ~.* [物件mài創創~.]別把東西弄壞了 **2.** (事情)砸了 ¶*Tāi-chì mài chhòng-chhòng ~.* [代誌mài創創~.]別把事情搞砸了 **3.** (人)無可救藥 ¶*Chit ê gín-á chiâ^{n} ~.* [這個gín仔chiâ^{n}~.]這個孩子真糟糕。

hāi-á [害仔] [名] Ê: 壞東西,指人。

hái-ang [海翁] [名] BÓE: 鯨魚。「仝。

hái-bé (< log Sin) [海馬] [名] CHIAH:

hái-bīn (< log Sin) [海面] [名] 仝。

hái-chhài (< Sin) [海菜] [名] CHÂNG, TIÂU, TÈ: 可食用海藻。

hái-chhȧt (< Sin) [海賊] [名] Ê: 海盜

◇ ~*-chûn* [~船] TÂI, CHIAH: 海盜

◇ ~*-kî* [~旗] KI: 海盜旗 ⌊船

◇ ~*-pán* [~版] (海)盜版

◇ ~*-thâu* [~頭] Ê: 海盜首領。

hái-chháu (< log Nip) [海草] [名] 海藻。 「星] [名] CHIAH: 仝。

hái-chhe^{n}/-*chhi^{n}* (< log Nip) [海

hái-chhiū^{n} (< log Nip) [海象] [名] CHIAH: 仝。 「PÁI: 仝。

hái-chiàn (< log Nip) [海戰] [名] TIÛ^{n},

hái-chiáu [海鳥] [名] CHIAH: 仝。

hái-chôa [海蛇] [名] BÓE: 仝。

hái-chòng (< log Chi < tr En *sea burial*) [海葬] [名] [動] 仝。

hái-chúi (< log Sin) [海水] [名] 仝

◇ ~*-ė̍k* (< log Nip) [~浴] 仝

◇ ~*-ė̍k-tiû^{n}* (< log Nip) [~浴場] Ê: 仝。

hái-éng [海湧] [名] LIȦP, ÉNG: 海浪。

hái-fi̍n (< En *hyphen*) [名] Ê: 連號。

hái-gān-sòa^{n} (< log Nip) [海岸線] [名] TIÂU: 仝。

hái-gōa (< log Sin) [海外] [名] 仝。

hái-hái [海海] [形] (性格:)不斤斤計較。

H

hái-hî (< Sin) [海魚] 名 BÓE:鹹水魚。

hái-hōaⁿ (< log Sin) [海岸] 名 仝。

hái-hong (< Sin) [海風] 名 CHŪN:

hái-hông (< log) [海防] 名 仝。⌊仝。

hái-hông (< log) [海防] 名 仝。

hái-·ì 歎 表示對所做的不贊同 ¶~, lí chit ê gín-á chin hāi! [～,你這個 gín仔真害!]嘿,你這個孩子真糟糕。

hái-·ià‖hài- 歎 表示非常不如意; cf hāi-iǎ-·à。

hāi-iǎ-·à‖āi- 歎 表示非常厭煩、失望等; cf hái-·ià。 ⌊·iòⁿ。

hài-·iò‖ài- 歎 表示不贊成; cf hàiⁿ-

hái-iûⁿ kok-ka [海洋國家] 名 Ê: 仝。

hái-káng (< log Chi) [海港] 名 Ê: 仝。 ⌊仝。

hái-káu (< log Sin) [海狗] 名 CHIAH:

hái-ke-bó/-koe-bú [海雞母] 名 CHIAH:海鷗。

hái-kháu (< log Sin) [海口] 名 1. Ê: 河口;港 2.濱海地區
◇ ~-khiuⁿ [～腔] 濱海方言。

hāi-·khì (< hāi² , q.v. + khì²) [害去] (< [壞去]) 動 1. (東西) 變不能用; ≃ pháiⁿ-·khì, q.v. 2. (事情) 搞砸。

hái-kîⁿ/-kiⁿ [海墘] 名 [á] 海濱。

hái-kiap (< log Nip) [海峽] 名 Ê: 仝。

hái-koan (< log Sin) [海關] 名 仝。

hái-koe-bú ⇒ hái-ke-bó。

hái-ku [海龜] 名 CHIAH 仝。⌊仝。

hái-kun (< log Nip < Sin) [海軍] 名

Hái-lâm-tó/-tó (< log Chi) [海南島] 名 中國島嶼名。

hāi-lâng [害人] (< [壞□]) 名 Ê: 壞東西,指人; ≃ hāi-á; cf hāi¹ ·lâng。

hái-lâu/-liû (< col log Nip) [海流] 名 KÁNG, TIÂU:海潮。

hái-lê (< log Chi) [海螺] 名 LIÀP:仝。

hái-lê-á [海lê仔] 名 CHÂNG, LIÀP:一種柑橘名。 ⌊名 Ê:仝。

Hái-lêng-ông (< log Sin) [海龍王]

hái-lí (< log Nip) [海里] 名 仝。

hāi-liú-liú [害liú-liú] 形 (事、物變得) 很糟糕。 ⌊TÈ:仝。

hái-mî (< log Nip [海綿]) [海棉] 名

hái-môa (< Sin) [海鰻] 名 BÓE:仝。

hái-ō· (< log) [海芋] 名 CHÂNG:一種植物名
◇ ~-hoe [～花] LÚI:上述植物的花。

hái-oan/-oân (< log Sin) [海灣] 名 Ê:仝。

Hái-ông-chheⁿ/-chhiⁿ (< log Nip < tr < sem Lat Neptunus) [海王星] 名 LIÀP:太陽系行星第八。

hái-pà (< log Sin) [海豹] 名 CHIAH:仝。

hái-phiâⁿ [海坪] 名 Ê, PHIÀN:海灘。

hái-piⁿ (< Sin) [海邊] 名 仝; ≃ hái-kiⁿ。 ⌊仝。

hái-pò (< log Chi) [海報] 名 TIUⁿ:

hái-po· [海埔] 名 Ê, PHIÀN:海灘; ≃ hái-phiâⁿ; cf hái-soa-po·。

hái-poàt (< log Nip) [海拔] 名 仝。

hái-sai (< log Chi) [海獅] 名 CHIAH:

hái-sam ⇒ hái-som。 ⌊仝。

hái-sán (< log Sin) [海產] 名 仝。

hái-sian (< log Chi) [海鮮] 名 仝。

hái-sim ⇒ hái-som。

hái-soa [海沙] 名 仝
◇ ~-po· [～埔] Ê, PHIÀN:海邊沙灘。

hái-sòaⁿ (< log; cf Nip [海岸線]) [海線] 名 TIÂU:沿海的路線。

hái-som/-sam/-sim (< Sin) [海蔘] 名 BÓE:仝。

hái-táⁿ (< log Nip) [海膽] 名 CHIAH:

hái-té/-tóe [海底] 名 海裡 ⌊仝。
◇ ~-chiam [～針] 搜尋不到的東西
△ ~ bong chiam [～摸針] 海底撈針
◇ ~-chûn [～船] 潛水艇。

hāi-thâng [害虫] 名 1. BÓE, CHIAH:

有害的蟲子；≃ pháiⁿ-thâng **2.** Ê, CHIAH: 壞傢伙；≃ hāi-á。

hái-thoaⁿ (< log Sin) [海灘] ⓐ Ê: 全；≃ hái-phiâⁿ；≃ hái-po͘。

hái-tiàng/-*tiòng*/-*tiùⁿ* [海漲] ⓐ PÁI: 海嘯；≃ chu-ná-mih。

hái-tiò [海釣] ⓐ PÁI: 全 ⓥ 全。

hái-tiòng/-*tiùⁿ* ⇒ hái-tiàng。

hái-tó/-*tó͘* (< log Sin) [海島] ⓐ

hái-tóe ⇒ hái-té。 ⌐LIÁP: 全。

hái-ūn (< log Nip < Sin) [海運] ⓐ 全。

⌐**haiⁿ** ⓥ **1.** 呻吟 **2.** 抱怨；訴苦。

hâiⁿ ⇒ hêng⁵。

hàiⁿ‖*hìⁿ* ⓥ **1.** 懸垂著搖蕩 ¶*tiàu tī chhiū-á-téng* ~ [吊tī樹仔頂~] 吊在樹上晃來晃去 **2.** 甩 ¶*kā tē-á* ~-*khit-lì chhiū-á-téng* [kā 袋仔~起去樹仔頂] 把袋子甩到樹上去 **3.** 搖 (頭)。

haiⁿ-haiⁿ-kiò [haiⁿ-haiⁿ叫] ⓥ 呻吟。

hàiⁿ-·iòⁿ ⓔ 表示抗議，不願照辦。

hàiⁿ-kong-chhiu ⓥ 蕩鞦韆；全；≃ hàiⁿ chhiu-chhian。

hàiⁿ-thâu [hàiⁿ頭] ⓥ 搖頭。

⌐**hak** ⓥ 購買嫁粧、不動產。

hak (< log Nip) [學] 尾 全 ¶*gí-giân-*~ [語言~] 全 ¶*keng-chè-*~ [經濟~] 全 ¶*tōng-bu̍t-*~ [動物~] 全。

ha̍k-būn (< log Sin) [學問] ⓐ 全。

ha̍k-cha̍p-hùi (< log Chi) [學雜費] ⓐ 全。

ha̍k-che̍k (< log Nip) [學籍] ⓐ 全。

ha̍k-chiá (< log Nip < Sin) [學者] ⓐ Ê: 全。 ⌐ⓐ 全。

ha̍k-gia̍p (< log Nip < Sin) [學業]

ha̍k-goân ⇒ ha̍k-oân。 ⌐ⓐ KENG: 全

ha̍k-hāu (< log Nip < Sin) [學校] ◇ ~-*mn̂g* [~門] Ê: 校門。

ha̍k-hō (< log Chi) [學號] ⓐ Ê: 全。

ha̍k-hōe (< log Nip) [學會] ⓐ Ê:

全。

ha̍k-hùi (< log Nip) [學費] ⓐ 全。

ha̍k-hun (< log Chi < tr En *credit*) [學分] ⓐ Ê: 全。

ha̍k-īⁿ (< log Chi) [學院] ⓐ KENG: **1.** 高等專業教育單位；相當於大學 ¶*lí-kang* ~ [理工~] 全 ¶*sîn-*~ [神~] 全 **2.** 大學下的分屬單位 ¶*bûn* ~ [文~] 全 ¶*lí* ~ [理~] 全。

ha̍k-kho¹/-*khe*/-*khe̍* (< log Nip) [學科] ⓐ Ê: 學習的科目。

ha̍k-kho²/-*khe*/-*khe̍*(< log Chi; ant *su̍t-kho*) [學科] ⓐ KHO: 知識而非技術的科目。

ha̍k-khu (< log Nip) [學區] ⓐ Ê: 全。

ha̍k-kî (< log Nip) [學期] ⓐ Ê: 全 ◇ ~-*bóe*/-*bé*/-*bé* [~尾] 學期末 ◇ ~-*thâu* [~頭] 一學期開始的時候。

ha̍k-le̍k (< log Nip) [學歷] ⓐ 全。

ha̍k-nî (< log Nip) [學年] ⓐ Ê: 全。

ha̍k-oân/-*goân* (< log Chi) [學員] ⓐ Ê: 全。

ha̍k-seng (< log Sin) [學生] ⓐ [*á*] Ê: 全 ⌐全 ◇ ~-*chèng* (< log Chi) [~證] TIUⁿ: ◇ ~ *gín-á* [~gín仔] Ê: 學童。

ha̍k-si̍p (< log Sin) [學習] ⓥ 全。

ha̍k-soat (< log Nip) [學說] ⓐ Ê: 全。 ⌐[*lor*] [學士] ⓐ Ê: 全。

ha̍k-su (< log Nip < tr; *cf* En *bache-***ha̍k-su̍t** (< log Nip) [學術] ⓐ 全。

ha̍k-tiàm (< log Chi) [學店] ⓐ KENG: 全。

ha̍k-ūi (< log Nip) [學位] ⓐ Ê: 全。

⌐**ham**¹ (< Sin) [蚶] ⓐ [*á*] LIÁP: 全。

ham² ⓐ 竹、甘蔗等植物節與節間的段落 ¶*kam-chià-*~ [甘蔗~] 甘蔗節與節間的部位 ¶*tek-*~ [竹~] 竹節間的部位 ⓠ 計算上述段落的單位。

ham³ ⓐ (眼) 瞼 ¶*ba̍k-chiu-*~ [目睭

~]眼瞼 [形] (眼瞼等)微腫 ¶*bak-chiu* ~-~ [目睭~~]眼瞼微腫。

ham⁴ (< phon *hâm*², q.v.)。

hâm¹ [動] 放入溝槽,中使不走動,但暫時不使固定,例如把螺絲釘旋入螺母或螺絲孔中但不鎖緊 ¶~-*leh* 做上述動作。

hâm²‖*ham*‖*hām* (< sem log Sin) [含] [介] 連; ≃ chham [連] 與; ≃ kah⁵。

hám [動] (用棍棒、槌子等)重擊。

hàm [動] 腫; ≃ hàng [形] **1.** 虛浮;荒唐 ¶*Chit hō ōe siuⁿ* ~. [這號話siuⁿ~.]這話太不實際了 **2.** 做事不切實際或不認真 ¶*I lâng* ~-~-*a.* [伊人~~·a.]他凡事不苛求 **3.** 還過得去 ¶*Seng-lí* ~-~-*a.* [生lí~~·a.]生意還過得去。

hām¹ [動] 培覆; ≃ èng ¶~ *kóa pûi* [~寡肥](先翻開土或直接)蓋上一點肥料。

hām² (< phon *hâm*², q.v.) [介] [連] 與。

ham-á (v *ham*¹) [蚶仔] [名] LIAP: 蚶。

ham-bān‖*hâm-* ⇒ han-bān。

hām-bîn‖*hâm-* [hām眠] [動] **1.** 夢中言語 **2.** 做夢,尤指噩夢 **3.** 做不實際的想法。

hâm-chhiàu/-*siàu* (< log Sin) [含笑] [名] CHÂNG, LÚI: 含笑花。

ham-khak [蚶殼] [名] TÈ: 貝殼; ≃ ham-á-khak; *cf* lê-á-khak。

hàm-kiàⁿ [hàm鏡] [名] KI: 放大鏡。

hàm-kó͘ [hàm古] [名] 荒唐的話或事 [形] 荒唐;荒謬。

hàm-kōa-kōa [形] 荒唐之至。

hàm-puh/-*pū*/-*phùh* [形] **1.** 浮腫 **2.** 虛胖。

hâm-siàu ⇒ hâm-chhiàu。

[hân] (< Sin [懸]) [動] **1.** 懸掛,例如蚊帳; ≃ hâⁿ **2.** 鬆鬆地綁 **3.** 虛掩(門)。

hán [動] 謠傳;造謠。

hàn (< sem log Sin) [漢] [量] 指人的大小 ¶*tōa* ~ *gín-á* [大~gín仔]大孩子。

hān (< log Sin) [限] [動] 仝 ¶*chit ê lâng* ~ (*thėh*) *chit liap* [一個人~(thėh)一粒]每人限拿一顆。

han-bān‖*ham-*‖*hâm-* [han慢] [形] 能力差 [副] 不擅於 ¶~ *siá* [~寫]寫得不好 ¶~ *thak-chheh* [~讀冊]學業成績不好。

Hân-bûn (< log Chi) [韓文] [名] 仝。

Hàn-bûn (< log Nip) [漢文] [名] 中國文言文。

Hàn-bûn-hòa (< log) [漢文化] [名] 仝。

hàn-chai (< log Chi + Chi *han*⁴-*tsai*¹) [名] PÁI: 旱災; ≃ khó-ōaⁿ。

hān-chè (< log Sin) [限制] [動] 仝。

han-chî/-*chû*/-*chî* [蕃薯] [名] TIÂU, KHO͘, CHÂNG: 甘薯

△ ~ *m̄-kiaⁿ lȯh-thô͘ nōa.* (v ~-*á*) [~m̄驚落thô͘爛.]甘薯不怕入土腐爛(因為會扎根、發芽)—台灣人不屈服於迫害

◇ ~-*á*(-*kiáⁿ*) [~仔(kiáⁿ)] Ê: 台灣人對自身及自己國人的暱稱

◇ ~-*chhiam* [~簽] KI: 甘薯條

◇ ~-*hiȯh* [~葉] HIȮH, PÉ: 甘薯葉

◇ ~-*kho͘* [~箍] KHO͘: 截成大塊的甘薯

◇ ~-*moâi*/-*môe* [~糜]攙甘薯的稀飯

◇ ~-*pn̄g* [~飯]攙甘薯的米飯

◇ ~-*thng* [~湯]甘薯湯

◇ ~-*tîn* [~藤] TIÂU: 甘薯的蔓。

Hân-chiàn (< log Chi) [韓戰] [名] 仝 (1950–1953)。

Hàn-chȯk (< log Chi) [漢族] [名] 仝。

han-chû ⇒ han-chî。

hăn-dó-luh|-*dó͘*-|-*ló*-|-*ló͘*-|-*tó*-|-*tó͘*- (< Nip *handoru* < En *handle*) [名] KI: 方向盤。

Hân-gí/-*gú*/-*gí* (< log Chi) [韓語] [名] 仝。

Hàn-gí/-*gú*/-*gí* (< log Chi) [漢語] [名] 仝。

Hân-gú ⇒ Hân-gí。

Hàn-gú ⇒ Hàn-gí。

hán-hán-á/--a [罕罕仔] 形 不頻繁；偶爾 ¶*Chiú, góa ná ū tiā*ⁿ *leh chiàh? hán-hán-⋅a niâ.* [酒我哪有 tiāⁿ leh 吃？~ niâ.] 我哪裡常喝酒？偶爾而已 副 偶爾 ¶~ *khì ka khòa*ⁿ *⋅chit ⋅pái* [~去 ka 看一擺] 偶爾去看一看他。

hàn-hòa (< log) [漢化] 動 全。

hàn-i (< log) [漢醫] 名 Ê: 以漢方治療的醫師。

hàn-io̍h (< log Nip) [漢藥] 名 [á] THIAP: 漢方。 [JĪ: 全。

hàn-jī/-gī/-lī (< log Sin) [漢字] 名

Hàn-jîn/-gîn/-lîn ⇒ Hàn-lâng。

hân-ká (< log Chi) [寒假] 名 Ê, PÁI: 全。

hán-kiâⁿ [罕行] 形 難得來一次。

Hân-kok (< log Chi) [韓國] 名 全。

Hàn-lâng/-jîn/-gîn/-lîn (< col log Sin) [漢人] 名 Ê: 全。

hán-leh (< hán-teh, q.v.)。

hān-liāng/-liōng (< log Sin) [限量] 名 動 全。

hán-lih (< hán-tit, q.v.)。 [Ê: 全。

hān-liû (< log Nip) [寒流] 名 KÁNG,

Hàn-lô [漢羅] 名 漢字與羅馬字合用的 (台文) 書寫法 形 (台文:) 用漢字與羅馬字混合書寫的。

hǎn-ló-luh|-ló- ⇒ hǎn-dó-luh。

hàn-pâu (< Chi han⁴ pau³ < En hamburger) 名 Ê, TÈ: 漢堡三明治。

hān-sî (< log Sin) [限時] 動 全
◇ ~ choan-sàng (< log Chi) [~專送] 全
◇ ~-phe /-phoe (< log Chi + tr) [~批] TIUⁿ: 限時信。 [全。

hân-sú-ká (< log Chi) [寒暑假] 名

hân-tài (< log Nip) [寒帶] 名 Ê: 全。

hán-teh/-leh (< contr hán-tit teh < hán-tit + teh⁴; ant tiāⁿ teh...) [罕teh] 副 不時常 ¶~ lim chiú [~lim

酒] 不常喝酒。

hān-tiaⁿ/-tēng (< col log Sin) [限定] 動 全 ¶m̄-~ q.v. 「得」動 難得

hán-tit/-chit/-lih/-nih/-neh [罕
△ ~ kúi-sî(-á) [~幾時 (仔)] 偶爾；難得有幾次機會 ¶~ kúi-sî!? [~幾時!?] (別客氣/別介意,) 難得偶爾幾次而已
形 不常發生 ¶*Chit khoán tāi-chì chin hán-⋅tit.* [這款代誌真~.] 這種事很稀有 副 不時常 ¶~ lâi [~來] 不常來。

hǎn-tó-luh ⇒ hǎn-dó-luh。

hān-tō· (< log Nip) [限度] 名 Ê: 全。

hǎn-tó-luh ⇒ hǎn-dó-luh。

hang¹ [魟] 名 BÓE: 海鱝魚。

hang² (< Sin) [烘] 動 烤 ¶~ pháng 烤麵包 ¶~ saⁿ [~衫] 烘 (乾) 衣服。

hâng¹ (< log Sin) [行] 名 營業機關 ¶*khui tiàm, tó tiàm; khui ~, tó ~* [開店倒店,開~倒~] 無論做什麼生意都倒閉 ¶*chóng-~* [總~] 全 ¶*gîn-/gûn-~* [銀~] 全 ¶*hun-~* [分~] 全 ¶*kè-thêng-chhia-~* [計程車~] 全 量 計算行業的單位。

hâng² (< log Sin) [降] 動 認輸不抵抗 ¶*Góa ~ ⋅lí!* [我~你!] 敗給你!

háng [哄] 動 嚇唬；恐嚇；≃ háⁿ。

hàng 動 1. 腫 2. 變豐滿 形 1. 腫 2. 豐滿。

hāng¹ (< log Sin) [巷] 名 道路單位 ¶*Bûn-hòa-lō· la̍k-cha̍p-sì ~* [文化路64~] 全。

hāng² (< log Sin) [項] 量 全。

hāng-á [巷仔] 名 TIÂU: 巷子。

hang-ah [烘鴨] 名 CHIAH: 烤鴨。

hang-bah [烘肉] 名 TÈ: 烤肉。 「全。

hāng-bo̍k (< log Nip) [項目] 名 Ê:

hâng-chêng (< log Sin) [行情] 名 Ê: 全 ¶*Chit ji̍t chi̍t ê ~.* [一日一個~.] 每天價錢不一樣。

hâng-chām (< log Chi) [航站] 名
Ê: 全。   「全。

hâng-giȧp (< log Chi) [行業] 名 Ê。

hăng-gó/-gó͘ (< sem Nip *hangō*) 名
"鍋子"，即裝飯等食物用以攜帶的容
器，通常為圓桶狀，分格，有把手。

hâng-hái (< log Nip < Sin) [航海]
動 全。   「(取暖或使乾)。

hang-hóe/-hé/-hé [烘火] 動 烤火

hang-ke/-koe [烘雞] 名 CHIAH: 烤
雞。   「空] 名 1. 飛航

hâng-khong‖**phâng-** (< log Nip) [航
◇ ~ **bó-/bú-lām** (< log Nip) [~母
艦] TÂI, CHIAH: 全   「KENG: 全
◇ ~ **kong-si** (< log Chi) [~公司]
2. 航空公司 ¶*Jit-pún* ~ [日本
~] 全 形 空運的；飛航的
◇ ~**-phe/-phoe** (< log Chi + tr)
[~批] TIUⁿ: 航空信。

hang-koe ⇒ hang-ke。

hàng-leng/-lin/-ni [hàng奶] 動 形
(嬰兒)胖而健壯；cf chéng-leng。

hang-lô͘ (< sem Sin) [烘爐] 名 [á]
LIȦP, Ê: 開口的爐子。   「全

hâng-lō͘ (< log Nip) [航路] 名 TIÂU:

hāng-lō͘ [巷路] 名 [á] TIÂU: (室內)
通道。

hang-lô͘-hóe/-hé/-hé [烘爐火] 名

hàng-ni ⇒ hàng-leng。   「爐火。

hang-óaⁿ-ki [烘碗機] 名 TÂI: 全。

hang-pháng [烘pháng] 名 TÈ: 烤吐
司。   「機。

hang-saⁿ-ki [烘衫機] 名 TÂI: 烘衣

hâng-sòaⁿ (< log Chi) [航線] 名
TIÂU: 全 ¶*kok-chè* ~ [國際~] 全。

boxed: **hap** ⇒ hop。

hȧp (< log Sin) [合] 動 **1.** 閉 ¶*chhiò
kà chhùi* ~**-bē-mi** [笑到嘴 ~ bē-
mi] 笑得嘴巴合不攏 **2.** 合併 ¶*Lán
boăi kah in kong-si* ~. [咱boăi kah
in公司~.]咱們不跟他們公司合併

hȧp-chàu (< log Nip < Sin) [合奏]
動 全。

hȧp-chhiùⁿ/-chhiò (< log Nip) [合
唱] 動 全   「THOÂN: 全。
◇ ~**-thoân** (< log Nip) [~團] Ê,

hȧp-chok (< log Chi) [合作] 名 全
◇ ~**-siā** (< log Chi) [~社] KENG,
Ê: 全。

hȧp-hoan (< log Sin) [合歡] 名
CHÂNG: 一種荳科落葉喬木名；≃
hoan-pô-chhiū。   「岳名。

Hȧp-hoan-soaⁿ [合歡山] 名 南投山

hȧp-hoat (< log Nip) [合法] 形 全。

hȧp-keh (< log Nip < Sin) [合格]
動 形 全。

hȧp-kim (< log Nip) [合金] 名 全。

hȧp-kó͘ (< log Sin) [合股] 動 合夥。

hȧp-kûn (< log Chi) [合群] 形 全。

hȧp-lí‖**hȧh-** (< log Sin) [合理] 形
全。

hȧp-óa [合óa] (< [合倚]) 動 合攏。

hȧp-pèng (< log Nip) [合併] 動 全；
≃ hȧp; ≃ kap-chò-hóe ¶*Lán boăi
kah in kong-si* ~. [咱boăi kah in公
司~.]咱們不跟他們公司合併。

hȧp-tèng-pùn (< log Chi) [合訂本]
名 PÚN: 全。

boxed: **hat** (< Sin [喝]) 動 喝斥 ¶*tiāⁿ khih-
hō͘ in bó͘* ~**-sńg--e** [tiāⁿ乞 hō͘ in某
~sńg-·e] 常被他太太隨便斥責。

hȧt (< Sin [乏]) 動 欠缺 ¶~ *chúi* [~
水] 缺水；乾旱。

hăt 象 噴嚏打不出來的聲音。

hȧt-á [hȧt仔] 名 LIȦP: 淋巴結 ¶*khan*
~ [牽~] 淋巴結腫，尤指鼠蹊部。

hat-chhiúⁿ/-chhiùⁿ 象 噴嚏聲；cf
hât-chhiúⁿ。

hât-chhiúⁿ 象 噴嚏聲；≃ hat-chhiúⁿ/-
chhiùⁿ 動 園 打噴嚏。

hat-sí-sí‖**hȧt-** [轄死死] 動 **1.** 管得
很嚴 **2.** 限制得死死的。

háu (< Sin [吼]) (動) **1.** 鳥獸叫 **2.** 哭；≃ khàu¹。

hàu (< sem Sin) [孝] (動) **1.** 供祭品 ¶~ kong-má [~公媽] 向祖先供祭品 **2.** (粗) 吃；≃ hàu-ko ¶~-pá ·a, bē/bōe chhá ·a [~飽矣, bē吵矣] 吃飽了, 不吵了。

hāu¹ (< log Nip) [校] (名) **B.** 學校 ¶kun-~ [軍~] 全 ¶~-sià [~舍] 全。

hāu² (< Sin) [鱟] (名) CHIAH: 全。

hāu³ (< log Sin) [效] (名) 效能 ¶Án-ne ū sáⁿ-mí ~? [Án-ne有啥麼~?] 這樣有什麼好處？ 　　　　[全。

hāu-chhia (< log Chi) [校車] (名) TÂI:

hāu-chhia-sit /-*sek* (< log Chi) [候車室] (名) KENG: 全。

hāu-chín-sit/-*sek* (< log Chi) [候診室] (名) KENG: 全。

hàu-chú (< log Sin) [孝子] (名) Ê: 全。

hāu-èng (< log Chi) [效應] (名) Ê: 全 ¶un-sek ~ [溫室~] 全。

hāu-gōa (< log Nip) [校外] (名) 全。

hau-hau-siâu-siâu (v hau-siâu) (粗) (動) 說不實的話。

hāu-hn̂g (< log Nip) [校園] (名) 全。

hāu-hoe (< log Chi) [校花] (名) Ê, LÚI: 全。

hāu-hùn (< log Nip) [校訓] (名) 全。

hāu-i (< log Nip) [校醫] (名) Ê: 全。

hāu-iú (< log Nip) [校友] (名) Ê: 全 ◇ ~-*hōe* (< log Nip) [~會] Ê: 全。

hāu-kang (< log Chi) [校工] (名) Ê: 全。

hāu-khan (< log Chi) [校刊] (名) Ê, HŪN, KÎ, PÚN: 全。　　[全。

hāu-khèng (< log Chi) [校慶] (名)

hāu-ki-sit/-*sek* (< og Chi) [候機室] (名) KENG: 全。

hāu-kó (< log Nip) [效果] (名) Ê: 全。

hàu-ko (v hàu⁽²⁾) [孝孤] (動) **1.** 祭孤魂野鬼 **2.** (粗) 吃；≃ chiah ¶thèh-khì

~ [thèh去~] 拿去吃 **3.** 入眼 ¶Lí chhēng án-ne kám ē-~-·tit? [你chhēng án-ne kám會~-得?] 你這個打扮能看嗎？ 　　　　　[全。

hāu-koa (< log Nip) [校歌] (名) TIÂU:

hāu-lāi (< log Nip) [校內] (名) 全。

hàu-lâm (< log Sin) [孝男] (名) Ê: **1.** 居父母喪的男性 **2.** (< sem) (粗) 愛哭的小孩 ◇ ~-*sîn* [~神] (粗) **a.** 動不動就哭 **b.** 動不動就哭的人, 常用於指小孩 **3.** (< sem) (粗) Ê: 蠢才；笨蛋 ◇ ~-*tai* [~呆] **a.** Ê: do. **b.** 蠢；笨 (形) (< sem) (粗) 蠢；笨。

háu-leh-leh/-*lè-lè* (動) (蟬) 叫著。

hāu-le̍k (< log Nip) [效力] (名) 全 ¶io̍h-á ê ~ bô-kàu [藥仔ê~無夠] 藥效不夠。

hāu-lu̍t (< log Nip) [效率] (名) 全。

hāu-mn̂g/-*mûi* (< log Nip) [校門] (名) Ê: 全；≃ ha̍k-hāu-mn̂g。

hāu-pó͘ (< log Sin) [候補] (動) 全。

hāu-seⁿ/-*siⁿ* (< sem log Sin) [後生] (名) Ê: 兒子；≃ kiáⁿ。　　[KENG: 全。

hāu-sià (< log Nip) [校舍] (名) TÒNG,

hau-siâu (粗) (動) 撒謊；≃ pe̍h-chha̍t。

hàu-sim (< log Sin) [孝心] (名) 孝順的愛心。　　[[候選人] (名) Ê: 全。

hāu-soán-jîn/-*gîn*/-*lîn* (< log Chi)

hàu-tai [孝呆] (粗) (形) 蠢；傻；笨。

hāu-tiâⁿ [校埕] (名) **1.** Ê: 學校的操場 **2.** 校園。　　　　　[全。

hāu-tiúⁿ (< log Nip) [校長] (名) Ê:

hāu-tūi (< log Chi) [校隊] (名) Ê, TŪI: 全。

hâuⁿ ⇒ ha̍uhⁿ。

hauh ⇒ hiauh。

hauhⁿ (動) 用嘴攫取；≃ ngauh。

ha̍uhⁿ ‖ *hâuⁿ* (形) [x] (蘿蔔等煮不夠爛, 吃起來有點) 硬硬的 (感覺)。

·he 氣 表示要求他人接受限制、警告、命令,輕聲中調或低調 ¶Lí mài ~. [你 mài ~.] 你少來; 你可不能那麼來。

he¹ [灰] ⇒ hoe¹。

he² 代 那個; 那些 ¶~ góa m̄-chai. [~ 我 m̄ 知.] 那我可不知道。

hê¹ (< Sin) [蝦] 名 BÓE: 全; ≃ hê-á ¶Hî kah ~ lóng sī chúi-sán. [魚 kah~攏是水產.] 魚跟蝦都是水產。

hê² 動 回覆; ⇒ hôe²。

hê³ 動 磨擦; ⇒ hôe³。

hê⁴ 助 "的," 即表示所屬關係; ⇒ ê⁴。

hé ⇒ hóe¹,²。

hè¹ [歲] ⇒ hòe¹。

hè² [貨] ⇒ hòe²。

hè³ (< ·he, q.v.) 氣 表示鄭重要求他人接受限制、命令。

hē¹ (< log Nip) [系] 名 1. 派系 ¶Bí-lē-tó-~ [美麗島~] 全 2. 支派 ¶Lâm-tó-gí-~ [南島語~] 全。

hē² (< log Chi) [系] 名 ê: 科系; 學系 ¶Gōa-bûn-~ [外文~] 全。

hē³ (< Sin [下]) 動 1. 放; 擱; 置; ≃ khǹg² 2. 下 (鹽、糖等調味料) ¶Thng bē-/bōe-kì-tit ~ iâm. [湯 bē 記得~鹽.] 湯忘了下鹽 3. 投入 ¶~ kám-chêng [~感情] 投入感情 ¶~ kang-hu [~工夫] 全。

hē⁴ 動 求 (神)。

hě¹ (< ·he, q.v.) 氣 表示要求他人接受限制、命令,有警告的意味。

hě² 歎 咦; ⇒ ěⁿ²。

hê-á [蝦仔] 名 BÓE: 蝦。

hē-á ⇒ hōe-á。 [蝦干; cf hê-jîn。

hê-bí (< Sin) [蝦米] 名 LIA̍P: 去殼的

hé-chai ⇒ hóe-chai。

hé-chéng ⇒ hóe-chéng。

hé-chhiⁿ ⇒ Hóe-/hóe-chheⁿ。

hé-chhia ⇒ hóe-chhia。

hè-chhia ⇒ hòe-chhia。

hé-chhia-bú ⇒ hóe-chhia-bó。

hé-chhia-châm ⇒ hóe-chhia-châm。

hé-chhia-lō· ⇒ hóe-chhia-lō·。

hé-chhia-phiò ⇒ hóe-chhia-phiò。

hé-chhia-thâu ⇒ hóe-chhia-thâu。

hē-chhiú (< Sin) [下手] 動 下手 (做、施暴等); cf lo̍h-chhiú。

hé-chìⁿ ⇒ hóe-chìⁿ。

hé-chih ⇒ hóe-chih。

hé-chió̤h ⇒ hóe-chió̤h。

hé-chòng ⇒ hóe-chòng。

hè-chûn ⇒ hòe-chûn。

hé-·è 歎 表示極不認可 ¶~, mi̍h-kiāⁿ chhòng-chhòng ·hāi. [~,物件創創害.] 嗐,把東西都給弄壞了。

hē-·è (< hè³) 氣 表示鄭重要求他人接受限制、命令,有叮嚀的意味。

hě-·è¹ (< hě¹) 氣 表示要求他人接受限制、警告、命令,加強語氣。

hě-·è² 歎 1. 表示發現有什麼不對 ¶~, chia phòa chi̍t khang. [~, chia 破一 khang.] 嘿,這儿破個洞 2. 表示有疑問 ¶~, góa khòaⁿ m̄-sī án-ne. [~,我看 m̄ 是 án-ne.] 嘿,照我看不是這樣的 3. 表示解決了問題的喜樂,常有逗弄對話人的涵意 ¶~, góa chai-iáⁿ! [~,我知影!] 嘿,我知道(了)!

hē-goān [下願] 動 許願。

hē-hē-kiò‖ hè-hè-‖ hī-hē-‖ hì-hè-[hē-hē 叫] 動 (許多人)發出噪雜的聲音 形 人多且音雜。

hê-hok ⇒ hôe-hok。

hé-hu ⇒ hóe-hu。

hé-hun ⇒ hóe-hun。

hě-·ì 歎 表示很高興 ¶~, góa iâⁿ! [~,我贏!] 我贏了,我贏了!

hé-iáⁿ ⇒ hóe-iáⁿ。

hé-ian ⇒ hóe-ian。

hé-io̍h ⇒ hóe-io̍h。

hê-jîn/-gîn/-lîn [蝦仁] 名 LIA̍P: 去殼的鮮蝦; cf hê-bí。

hê-kang [蝦公] 名 CHIAH: 大蝦。

hè-kè ⇒ hòe-kè。

hé-khì ⇒ hóe-khì。

hé-kho· ⇒ hóe-kho· 。

hé-kim-chhiⁿ ⇒ hóe-kim-chheⁿ 。

hé-kim-ko· ⇒ hóe-kim-ko· 。

hé-ko/-ko· ⇒ hóe-ko 。

hé-koe ⇒ hóe-ke 。

he-ku (名) 喘哮 (動) 患喘哮 ¶khí ~ [起
   ~]喘哮起來 ¶su, tiō khí ~ q.v.

hè-kūi ⇒ hòe-kūi 。   「捕蝦的籠子。

hê-lang [蝦 lang] (< [蝦籠]) (名) KHA:

hé-le (< hit-e, q.v.) 。

hé-lėk ⇒ hóe-lėk^{1,2} 。

hé-lêng-kó ⇒ hóe-liông-kó 。

hé-lô· ⇒ hóe-lô· 。

hē-m̄-tiȯh ⇒ hōe-m̄-tiȯh 。

hé-pé ⇒ hóe-pé 。

hê-phoe ⇒ hôe-phe 。

hê-pi [蝦螕] (名) BÓE: "蝦皮," 即有殼

hé-pû ⇒ hóe-pû 。   「無實的小蝦干。

hē-pûi [下肥] (動) 施肥 。

hé-sái ⇒ hóe-sái 。

hé-sè ⇒ hóe-sè 。

hē-sè-miāⁿ |-sèⁿ-|-sìⁿ- [下性命]
   (副) 拚命；死命地；≃ hē-sí-miāⁿ 。

hé-sio... ⇒ hóe-sio... 。

hè-siò/-siò· ||heh-||hiat- (< Nip hei-
   shō) (感) 用力時用語 。

hé-sit... ⇒ hóe-sit... 。

hē sit-lé ⇒ hōe-sit-lé 。

hè-siū ⇒ hòe-siū 。

hê-siūⁿ ⇒ hôe-siūⁿ 。

hé-soaⁿ ⇒ hóe-soaⁿ 。

hê-tap ⇒ hôe-tap 。

hé-thòaⁿ ⇒ hóe-thòaⁿ 。

hē-thóng (< log Nip) [系統] (名) Ê:

hé-thúi ⇒ hóe-thúi 。   「全 。

hé-thûn-lo· ⇒ hóe-thûn-lo· 。

hè-toaⁿ ⇒ hòe-toaⁿ 。

hè-tóe ⇒ hóe-té 。

hè-ūn ⇒ hòe-ūn 。

he· ⇒ hoe¹/he 。

hê· ⇒ hôe^{2,3}/hê 。

hé· ⇒ hóe¹/hé 。

hè· ⇒ hòe^{1,2}/hè 。

hē-á ⇒ hōe-/hē-á 。

heⁿ ⇒ hâⁿ¹ 。

hèⁿ¹ (助) 連續引述時的頓詞 ¶I kóng:
   ~, chok-giȧp phàng-kiàn--khì ·lo·;
   ~, bô sî-kan koh siá ·lo·.... [伊
   講：~, 作業 phàng 見去 ·lo·; ~, 無時
   間 koh 寫 ·lo·....]他說什麼作業丟了
   啦, 什麼沒時間重寫啦... 。 「h̀ng¹ 。

hèⁿ² (感) 表示不同意對方所說的話 ⇒

hèⁿ³ (感) 回答表示同意；⇒ hēⁿ 。

hèⁿ⁴ (感) 對話時表示聽到了或聽進去的
   語詞, 鼓勵對話人繼續說；cf h̀ng² 。

hēⁿ||hèⁿ||hehⁿ||hāⁿ||hahⁿ|| hn̄g ||
   hm̄ (感) 回答表示同意 ¶~, sī ·la.
   [~,是啦.]是的 ¶~, tiȯh. [~,著.]

hěⁿ ⇒ ěⁿ² 。   「對；是的 。

héⁿ--èⁿ (< héhⁿ) (感) 表示驚覺不可思
   議且不同意；cf háⁿ--àⁿ ¶~, lí ná-ē
   kâ thėh-cháu!? [~,你哪會 kâ thėh
   走!?]嘿,你怎麼給我拿它走!?

heh ⇒ hehⁿ^{1,2} 。   「驚喜 。

hěh (感) 表示有所發現而頓悟、驚訝或

hėh⁺ heh--è (感) 嘿嘿,表示得意 。

hehⁿ ¹||heh (< Sin) [嚇] (動) 使驚嚇
   ¶~-liáu, kiaⁿ--khì [~了驚去]驚嚇
   之後怕了 。

hehⁿ²||heh (動) 歇息；棲息；⇒ hioh 。

hehⁿ³ (感) 回答表示同意；⇒ hēⁿ 。

héhⁿ (感) (> héⁿ--èⁿ) 表示認為不可能
   或不可思議的語詞；≃ hńgh⁴ 。

hěhⁿ ⇒ ěhⁿ 。

hehⁿ-àm ⇒ hioh-àm 。

hehⁿ-chhoán ⇒ hioh-chhoán 。

hehⁿ-joȧh ⇒ hioh-joȧh 。

hehⁿ-khùn ⇒ hioh-khùn 。

hehⁿ-kiaⁿ||heh- [嚇驚] (動) 使驚嚇 。

hehⁿ-kôaⁿ ⇒ hioh-kôaⁿ 。

hehⁿ-tàu ⇒ hioh-tàu 。

hėk -chai (< log Chi < tr En nu-

clear disaster) [核災] 名 ê, PÁI：
全。

he̍k-·chiá/-*chiá* (< log Sin) [或者]
連 全；≃ åh(-sī)。　　　　[LIÁP：全

he̍k-chú‖*hu̍t*- (< log Chi) [核子] 名
◇ ～-*tân*/-*tôa*ⁿ (< log Chi) [～彈]
LIÁP：核子炸彈, 核子彈頭。

he̍k-chún (< log Chi) [核准] 動 全。

he̍k-hùi-liāu (< log Chi < tr En *nu-
clear waste*) [核廢料] 名 全；≃
goân-chú-sái。

he̍k-lêng (< log Chi < tr En *nu-
clear energy*; *cf* Nip [核エネルギー])
[核能] 名 全 ¶～ *hoat-tiān* [～發
電] 全。

he̍k-saⁿ-chhiáng/-*chhiú*ⁿ (< log
Chi) [核三廠] 名 KENG：全。

he̍k-sì-chhiáng/-*chhiú*ⁿ (< log Chi)
[核四廠] 名 KENG：全。

he̍k-tiān-chhiáng/-*chhiú*ⁿ (< log
Chi < tr En *nuclear power plant*)
[核電廠] 名 KENG：全。

hém (< En *ham*) 名 TÈ, KI：西洋火
腿；≃ há-muh。

heng‖*hin* (< log Sin) [興] 動 興
(起); 盛行 形 1. 興盛 ¶*Sńg kó͘-
phiò tī Tâi-oân chin ～.* [Sńg 股票
tī 台灣真～.] 玩股票在台灣很盛行
2. (廟、神祇) 香火很盛。

hêng¹ (< log Nip) [型] 首 型式 ¶*kū-
～* [舊～] 全 ¶*liû-sòa*ⁿ*-～* [流線～] 全
¶*tōa-～* [大～] 全。

hêng² (< log Sin) [形] 名 樣子；形狀
¶*Chit chiah toh-á ～ chin súi.* [這
隻桌仔～真 súi.] 這張桌子樣子很好
看。

hêng³ (< Sin [雄]) 名 卵初受精的胚
胎 ¶*Chit liàp nn̄g bô ～.* [這粒卵無
～.] 這個蛋沒受精。

hêng⁴ (< log Sin) [刑] 動 刑求。

hêng⁵‖*hâi*ⁿ‖*hân* [還] 動 歸還。

hèng (< sem log Sin) [興] 動 1. 喜
好 ¶～ *chiú* [～酒] 嗜酒 ¶～ *kóng-ōe*
[～講話] 愛講話 2. 躍躍欲試；≃
hèng-chhih-chhih。　　　　[LIÁP：全。

hēng¹ (< log Sin) [杏] 名 CHÂNG,

hēng² [幸] 動 1. 贈送 2. 給；≃ hō͘³。

hêng-chèng (< log Nip) [行政] 名 全
◇ ～-*ī*ⁿ (< log Chi) [～院] 全 [Ê：全
◇ ～-*ī*ⁿ-*tiú*ⁿ (< log Chi) [～院長]
◇ ～ *tōa-lâu* (< log Chi) [～大樓]
TÒNG：全。

hēng-chhài (< log Sin) [莧菜] 名
CHÂNG：全 ¶*âng-～* [紅～] 帶紅色的
莧菜。

hèng-chhih-chhih / -*chhuh-chhuh*
[興 chhih-chhih] 形 躍躍欲試。

hèng-chhù (< log Chi) [興趣] 名
全。　　　　　　　　　　[chhih。

hèng-chhuh-chhuh ⇒ hèng-chhih-

hêng-hoat (< log Nip) [刑法] 名 全。

hēng-hok (< log Sin) [幸福] 名 形
全。　　　　　　　　　　[名 全。

heng-hùn-che (< log Nip) [興奮劑]

hêng-iông (< log Nip < Sin) [形容]
動 全
◇ ～-*sû* (< log Nip) [～詞] ê：全。

hēng-jîn (< log Sin) [杏仁] 名 LIÁP：
全　　　　　　　　　　[KAK, TÈ：全
◇ ～ *tāu-hū* (< log Sin) [～豆腐]
◇ ～-*tê* (< log Sin) [～茶] 全。

hêng-kèng/-*kéng* (< log Chi < ab
Nip [刑事警察]) [刑警] 名 ê：全；
≃ hêng-su⁽²⁾。

heng-khám (< sem log Sin) [胸坎]
名 [*á*] Ê：胸部；胸膛；胸前。

heng-khu (< *seng-khu*, q.v.)。

hêng-khū ⇒ hêng-kū。

heng-khu-sin (v *heng-khu*) [heng 軀
身] (< [身軀身]) 名 Ê：軀體。

hêng-kū/-*khū* (< log Sin) [刑具] 名
全。

hêng-kun (< log Sin) [行軍] 動 全。

hêng-lí (< log Sin) [行李] 名 KIĀⁿ, KHA, PAU: 全。

hêng-sè (< log Sin) [形勢] 名 Ê: 全。

hêng-sek (< log Nip) [形式] 名 Ê:
◇ ~-hòa [~化] 全   ⌐全。

hêng-siāng/-siōng (< log Sin) [形象] 名 Ê: 全 ¶sok-chō ~ [塑造~] 全。   ⌐及刑法的事

hêng-sū (< log Nip) [刑事] 名 1. 涉
◇ ~ sò·-siōng (< log Nip) [~訴訟]
2. Ê: 刑事警察; 警探。   ⌐全

hêng-têng/-thêng (< log Chi) [行程] 名 全; ≃ khò-/khò·-sù。   ⌐致。

hèng-thâu (< log Sin) [興頭] 名 興

hêng-thé (< log Nip) [形體] 名 Ê:

hêng-thêng ⇒ hêng-têng。   ⌐全。

hêng-tiûⁿ (< log) [刑場] 名 Ê: 全。

hêng-tōng (< log Sin) [行動] 名
1. 舉動; 動作 ¶~ bô hong-piān [~無方便] 行動不便 2. (< log Nip < sem) 為實現某目的的活動 ¶chhái-chhú ~ [採取~] 全
◇ ~-kèk/-kiòk (< log Chi) [~劇]
◇ ~-phài [~派] Ê: 全   ⌐CHHUT: 全
動 全。

hêng-ûi (< log Nip) [行為] 名 Ê: 全。

hi¹ (< log Sin) [稀] 形 (紡織物的眼變大因而整體) 稀鬆。

hi²‖hu‖hi· (< log Sin) [虛] 形 1. (身體) 虛弱 ¶sin-thé ~-·khì [身體~去] 身體變虛弱 2. (心) 虛。

hî‖hû‖hî· (< Sin) [魚] 名 BÓE: 全; ≃ hî-á ¶~ kah hê lóng sī chúi-sán. [~ kah 蝦攏是水產.] 魚跟蝦都是水產。   ⌐失。

hì¹ (< khì², q.v.) 尾 表示離開、消

hì² (< Sin) [戲] 名 CHHUT, PÊⁿ: 全 ¶~ chò-/chòe-liáu ·a. [~做了矣.] 戲演完了。

hì³/hùi (< Sin) [肺] 名 全

△ ~ chek-chúi (< log) [~積水] 全。

hì⁴ (< khì²,⁴, q.v.) [去] 尾 動 去。

hî-á [魚仔] 名 BÓE: 魚
◇ ~-bóe/-bé [~尾] 魚尾
◇ ~-chai [~栽] BÓE: 魚苗
◇ ~-chhi [~鰓] 魚鰓
◇ ~-chhì [~刺] KI: 魚刺; 魚骨頭
◇ ~-iû [~油] 魚的油; cf hî-iû
◇ ~-lan/-lân [~鱗] TÈ: 魚鱗
◇ ~-lūi [~類] 魚類
◇ ~-nn̄g [~卵] HÙ, LIȦP: 魚卵
◇ ~-thâu [~頭] LIȦP: 魚頭
◇ ~-tiáⁿ [~鼎] 煎過魚的鍋子及鍋內的殘餘
◇ ~-tō· [~肚] 魚的內臟。

hi-bāng/-bōng (< col log Nip) [希望] 名 Ê: 全 動 全; ≃ ǹg-bāng。

hî-bāng-á (< Sin + á) [魚網仔] 名   ⌐NIÁ: 魚網。

hì-bé ⇒ hì-bóe。

hî-bé-chhe ⇒ hî-bóe-chhe。

hi-bî [稀微] 形 1. 景況淒涼; 冷清 2. 惆悵 3. 寂寞。

hî-bîn (< log Nip) [漁民] 名 Ê: 全。

hì-bóe/-bé/-bé [戲尾] 名 [á] 戲劇將結束的末段部分。

hî-bóe-chhe|-bé-|-bé- [魚尾叉] 名 (魚的) 尾鰭。

hi-bōng ⇒ hi-bāng。   ⌐hî-á-chhì。

hî-chhì (< log Sin) [魚翅] 名 全; cf

hî-chhī-tiûⁿ (< log Nip) [魚市場] 名 Ê: 全。   ⌐全。

hî-chhoan (< log Sin) [漁村] 名 Ê:

hî-chí (< log Sin) [魚子] 名 PÎ: 全。

hî-chiú (< log Sin) [喜酒] 名 CHHUT, TOH: 全; ≃ sin-niû-chiú。

hî-chiuⁿ [魚漿] 名 打成糊狀的魚肉。

hî-chûn (< log Sin) [魚船] 名 [á] TÂI, CHIAH: 漁船。

hi-·ê‖hu-‖hî- (ant. sit-·ê) [虛·ê] 形 虛的, 例如包括容器重量的毛重。

hi-êng-sim‖hu-‖hî- (< log) [虛榮

心] [名] 仝。

hì-gâm (< log Nip) [肺癌] [名] 仝。

hî-gia̍p (< log Nip) [漁業] [名] 仝。

hi-hán (< log Sin) [稀罕] [形] 仝。

hī-hē-kiò‖*hì-hè-* (< *hē-hē-kiò*, q.v.)。

hî-hî-bah-bah [魚魚肉肉] [形] 大魚大肉。 「不做,)聚在一起說笑。

hi-hí-ha-ha [嘻嘻哈哈] [動] (正經事

hi-hí-hē-hē [動] (人群)喧囂。

hi-hí-hōa-hōa [嘻嘻嘩嘩] [動] 喧囂。

hi-hí-hū-hū [動] **1.** 陣陣大風吹動出聲 **2.** 連續吹氣出聲 **3.** 連續發出沈重的摩擦聲,例如磨子轉動。

hi-hoa‖*hu-*‖*hi-* (< log Sin) [虛華] [形] **1.** 浮華 **2.** (< sem) 愛虛榮。

hî-hōe (< log Chi) [漁會] [名] Ê: 仝。

hî-hú [魚 hú] [名] 魚鬆。

hī-hǔ [象] 推磨的嗖嗖聲。

hī-hū-kiò (< *hū-hū-kiò*^{1}, q.v.)。

hì-ī^n (< log Chi) [戲院] [名] KENG: 仝。

hì-iām‖*hùi-* (< log Nip) [肺炎] [名] 仝。 「iû; *cf* hî-á-iû。

hî-iû [魚油] [名] 魚肝油; ≃ hî-koa^n-

hî-jī/*-gī*/*-lī* (< log Sin) [魚餌] [名] 仝; ≃ jī^2。

hî-káng (< log Nip) [漁港] [名] Ê: 仝。

hî-ke^n/*-ki^n* [魚羹] [名] 勾芡的魚片濃 ⌊湯。

hí-ke̍k ⇒ hí-kio̍k。

hì-ke̍k ⇒ hì-kio̍k。

hì-khek (< log Nip < Sin) [戲曲] [名] TÈ, TIÂU: 仝。 「[許可] [動] 仝。

hí-khó‖*hú-*‖*hí-* (< log Nip < Sin)

hi-kî (< log Sin) [稀奇] [形] 仝。

hî-ki^n ⇒ hî-ke^n。

hì-khiat-hu̍t (< log Nip; *cf* En *pulmonary tuberculosis*) [肺結核] [名] 仝; ≃ thí-bi。

hí-kio̍k/*-ke̍k* (< log Nip; ant *pi-kio̍k*) [喜劇] [名] CHHUT: 仝。

hì-kio̍k/*-ke̍k* (< log Chi) [戲劇] [名] CHHUT: 仝

◇ ~-*hòa* (< log Chi < tr En *dramatization*) [~化] 仝

◇ ~-*ī^n* [~院] KENG: 劇院

◇ ~-*ka* (< log Chi) [~家] Ê: 仝

◇ ~-*sèng* (< log Chi) [~性] 仝。

hì-kńg [肺管] [名] KI, TIÂU: 氣管。

hî-koa^n-iû (*cf* Nip [肝油]) [魚肝油] [名] 仝。 「[名] 仝。

hì-kong-lêng (< log Chi) [肺功能]

Hi-la̍h/*-lia̍p* (< col log Sin + ana Chi *hsi^1 la^4* < *Hellas*) [希臘] [名] 仝

◇ ~-*bûn* (< log Chi) [~文] 仝。

hî-lân-chòe/*-sòe*/*-chhè*/*-cheh*|*-lan-* [魚鱗贅] [名] [*á*] LIA̍P: 贅疣。

hì-láng [戲 láng] (< [戲籠]) [名] KHA: 存放舞台裝的箱子。 「hí-lāng。

hì-lāng (< log Sin) [戲弄] [動] 仝; ≃

hî-liu [魚鰡] [名] BÓE: 泥鰍; ≃ hô͘-liu。 「≃ chúi-lûi。

hî-lûi (< log Nip) [魚雷] [名] LIA̍P: 仝;

Hi-ma-lá-ià (< *Himalaya*) [名] 喜馬拉

hî-niā [魚 niā] [名] TÈ: 背鰭。 ⌊雅山。

hi-nó͘-khih (< Nip *hinoki*) [名] CHÂNG, KI, TÈ: 檜木。

hî-oân [魚丸] [名] [*á*] LIA̍P: 仝。

hî-pâi (< log Chi) [魚排] [名] TÈ: 仝。

hì-pê^n/*-pî^n* [戲棚] [名] Ê: 戲台。

hì-pē^n/*-pī^n*‖*hùi-* (< log Nip) [肺病] [名] 仝。

Hi-pek-lâi-bûn (< log Chi < [文] + Lat *Hebraeus* < Heb *'ibhri*) [希伯來文] [名] PHI^n, KÙ: 仝。

hì-pî^n ⇒ hì-pê^n。

hì-pī^n ⇒ hì-pē^n。 「bó-khoh。

hî-piá^n [魚餅] [名] TÈ: 仝; *cf* kha-má-

hì-pō͘ (< log Chi) [肺部] [名] 仝。

hî-pó͘-á [魚脯仔] [名] BÓE: 小魚干。

hi-sá-sih (< Nip *hisashi*) [名] Ê: **1.** 雨棚 **2.** (< sem) 陽台; ≃ be-làn-là。

hi-seng (< log Nip) [犧牲] [動] 仝

◇ ~-*chiá* (< log Nip) [~者] Ê: 仝

◇ ~-*phín* (< log Chi) [～品] do.

◇ ~-*táⁿ* (< log Nip < tr En *sacrifice bunt*) [～打] 仝。

hî-sit (< Sin) [魚翼] 图 KI: 腹鰭。

hi-sòaⁿ (< log Chi) [虛線] 图 TIÂU: 仝。

hí-sū (< log Sin) [喜事] 图 仝。

hi-sú-té-lí-ah/-*á*|-*thé*- (< NLat *hysteria*) 图 歇斯底里症。

hí-suh (< Nip *hisu* < ab Nip *hisuterī* < NLat *hysteria*) 图 歇斯底里症; ≃ hi-sú-té-lí-ah 形 情緒無法克制。

hì-tâi (< log Sin) [戲台] 图 Ê: 舞台。

hî-tî (< log Sin) [魚池] 图 [*á*] Ê: 養魚池。   [NIÁ: 仝。

hí-tiùⁿ/-*tiàng* (< log Chi) [喜帳] 图

Hi-tó-lá (< Nip *Hitorā* < Ger *Hitler*) 图 希特勒 (1889–1945)。   「池。

hî-ùn [魚塭] 图 [*á*] Ê: (企業用) 養魚

hi ⇒ hi²/hu。

hî ⇒ hî/hû。

hiⁿ 象 哼聲 動 哼,例如蚊子、吵著的小孩、水壺。

hìⁿ 動 **1.** 晃; ≃ hàiⁿ **2.** 甩 (出); ≃ hàiⁿ **3.** 拋棄 ¶～-*hiat-kàk* do. ¶～-*tiāu* [～掉] do.

hīⁿ¹ ‖*hī*- (< Sin) [耳] 图 Ê, TÙI: **1.** [*á*] 耳朵 ¶*chit* ~ *bô-thiaⁿ*-·*tióh* [這～無听著] 這個耳朵聽不見 ¶*chiàⁿ*-~ [正～] 右耳 **2.** 物體的環形把手 ¶*Chit kha pùn-ki chhun chit* ~. [這kha 畚箕chhun 一～] 這只畚箕剩下一個把手 ¶*chhâ-kiáh*-~ [柴屐～] 木屐的襻。   「朵。

hīⁿ-á‖*hī*- [耳仔] 图 MÍH, Ê, TÙI: 耳

hīⁿ-àng-á‖*hī*- [耳甕仔] 图 聽道 ¶~ *éh*-·*khì* [～éh 去] 聽道變窄 ¶*chhàu*-~ [臭～] 耳漏。

hīⁿ-chu‖*hī*- [耳珠] 图 LIÁP: 耳垂。

hiⁿ-hím-hàⁿ-hàⁿ‖*hìⁿ*-*hìⁿ*- 動 哼儿

hiⁿ-hiⁿ-kiò 動 發哼聲。   「哈儿。

hīⁿ-kau‖*hī*- [耳鈎] 图 Ê, TÙI: 耳環。

hīⁿ-khang‖*hī*- [耳khang] (< [耳空]) 图 **1.** 耳朵 △ ~⁺ *tāng* [～重] 耳背;重聽 ◇ ~-*khin* [～輕] 耳朵軟 **2.** 耳孔;聽道 ¶~ *that*-·*khì*. [～that 去] 耳朵塞住了。

hīⁿ-ki‖*hī*- (< log Chi < tr En *ear phone*) [耳機] 图 Ê: 仝。

hīⁿ-kiàⁿ‖*hī*- [耳鏡] 图 TÈ: 鼓膜。

hīⁿ-phīⁿ-âu-kho‖*hī*- (< ab log Nip [耳鼻咽喉科]; *cf* En *ear, nose, and throat*) [耳鼻喉科] 图 KHO: 仝。

hīⁿ-sái‖*hī*- [耳屎] 图 TÈ: 耳垢。

hìⁿ-sak 動 丟棄; ≃ hìⁿ-tàn-sak ¶*tàn*-~ do. ¶*thó*-~ [討～] do.; ≃ thó-

hia ¹‖*hiǎ* 代 那儿。   [*kàk*。

hia² 動 (用杓子) 撈。

hiā (< Sin) [瓦] 图 TÈ: 仝。

hiǎ¹ (< contr *hia-á*, q.v.) 图 杓子。

hiǎ²‖*hia* 代 那儿。

hia-á [hia仔] 图 KI: 杓子; ≃ siáh-á。

hiā-chhù [瓦厝] 图 KENG: 覆瓦的房子。

hia-·ê 代 那些; *cf* hiah-ê ¶~ *lóng hō· lí*. [～攏 hō·你.] 那些全部給你。

hia-pai 匣 形 喜歡賣弄姿色、衣飾、財富等;神氣;趾高氣昂 ◇ ~-*oe-oe* 不可一世的樣子。

hiaⁿ (< Sin) [兄] 图 B. 仝 ¶*Teng-hui*-~ [燈輝～] 仝。

hiâⁿ (< Sin [燃]) 動 **1.** 焚燒,指燃料 ¶~ *gá-suh* 以煤炭為燃料 ¶~ *hóe-/hé-thòaⁿ*, *chū-sat* [～火炭自殺] 燒炭自殺 **2.** 煮 (水) △ ~ *kún-chúi* [～滾水] 燒開水 △ ~ *sio-chúi* [～燒水] 燒水。

hiáⁿ 動 **1.** 閃耀 **2.** 晃動 **3.** 晃 (一下以騙人) 形 **1.** 亮 ¶*thiⁿ* ~-~ [天～～] 天朦朦亮 **2.** 耀眼。

hiàⁿ 動 **1.** 傾 ¶~ *tùi thâu-chêng* [～對

頭前]向前傾 **2.** 向後傾;仰 ¶*Thâu-khak khah ~ ·le.* [頭殼較~·le.]腦袋再向後仰一點 [形] [x]向後傾的樣子 ¶*bīn ~-~* [面~~]仰著臉。

hiāⁿ (< Sin) [艾] [名] CHÂNG, PÉ, KI: 艾草。

hiàⁿ-āu [hiàⁿ後] [動] 向後傾。

hiáⁿ-ba̍k [hiáⁿ目] [動] [形] 顯眼;醒目。

hiaⁿ-bē/*-bē*/*-bōe* ⇒ hiaⁿ-moāi。

hiàⁿ-chêng [hiàⁿ前] [動] 向前傾。

hiâⁿ-chúi [hiâⁿ水] (< [燃水]) [動] 燒水; ≃ hiâⁿ sio-chúi。

hiâⁿ-hóe/*-hé*/*-hé* [hiâⁿ火] (< [燃火]) [動] 當燃料燒。

hiāⁿ-ké/*-ké* ⇒ hiāⁿ-kóe。

hiaⁿ-ko [兄哥] [名] Ê: 哥哥; ≃ a-hiaⁿ。

hiāⁿ-kóe/*-ké*/*-ké* [艾粿] [名] TÈ: 用艾草調味的黏糕。

hiaⁿ-moāi/*-mōe* / *-bōe*/*-bē* / *-bē* (< log Sin) [兄妹] [名] [*á*]仝。

hiaⁿ-só [兄嫂] [名] Ê: 嫂嫂。

hiâⁿ-tê [hiâⁿ茶] (<[燃茶]) [動] 燒(飲用)開水。

hiaⁿ-tī (< log Sin) [兄弟] [名] Ê: **1.**[*á*] 昆仲 **2.** 道上朋友 **3.** 流氓。

[hiaàn] /*hiàn* (< contr *hiah-nī/-ni̍h*) [指] 那麼;如此 ¶~ *tōa-ê* [~大個]那麼大(一個)。

hiaàn-nī (< *hiah-nī/-ni̍h*) [指] 那麼;如此。

[hiah] [指] 那麼個;如此 ¶*Hoân-ló ~ chē boeh/beh chhòng sàⁿ?* [煩惱~chē欲創啥?]煩惱那麼多幹嗎? ¶*ū nn̄g chhioh ~ tn̂g* [有兩尺~長]有兩尺那麼長。

hiah-ê [指] 那些; *cf* hia-·ê ¶~ *piáⁿ lóng hō· ·lí.* [~餅攏hō·你.] 那些餅全部給你。

hiah-nī/*-ni̍h*/*-līn* [指] [*á*] 那麼; ≃ hiah。

◇ ~*-chiâⁿ* do.

¶~(*-chiâⁿ*) *kùi ê mi̍h-kiāⁿ, kóng ka hiat-tiāu.* [~(chiâⁿ)貴ê物件,講ka hiat掉.]那麼貴的東西,竟然把它丟棄了。

hia̍h-thâu (< Sin) [額頭] [名] 仝; ≃ thâu-hia̍h。

[hiahⁿ]¹ [動] 拿(衣著、鋪蓋、柴薪)。

hiahⁿ² [動] **1.** 嚇;吃驚 ¶~ *chi̍t ē* [~一下]嚇一跳 **2.** (睡眠中)震驚。

hiahⁿ-si̍t [hiahⁿ翼] [動] (鳥受驚或失去平衡時)展翅。

[hiai] (< contr *hia-·ê*, q.v.)。

[hiam] (< Sin [薟]) [名] 辛味 ¶*kiaⁿ chia̍h ~* [驚吃~]怕吃辣的東西 [形] 仝;辛辣。

hiâm (< log Sin) [嫌] [動] 仝。

△ ~ *kà chhàu-sái* [~到臭屎]說得一文不值。

hiám (< sem log Sin) [險] [副] [*á*]差點;險些 ¶*siak chi̍t-ē ~(-á) sí* [摔一下~(仔)死]差點儿摔死。

hiàm [動] **1.** 呼喚 ¶*Lāu-su teh ~ ·lí.* [老師teh~你.] 老師叫你 **2.** 叫喊; ≃ hoah。

hiám-á (< *hiám*, q.v.)。

hiam-chio [hiam椒] [名] [*á*] CHÂNG, TIÂU, LIA̍P: 辣椒

◇ ~*-á-chiùⁿ* [~仔醬]辣椒醬。

hiâm-gî (< log Nip < Sin) [嫌疑] [名] [動] 仝

◇ ~*-hoān* (< log Chi) [~犯] Ê: 仝。

hiám-hiám(-á) (< *hiám*, q.v.)。

[hian] (< log Sin) [掀] [動] **1.** 揭(開) ¶~ *sin-niû ê bīn-se* [~新娘ê面紗]揭開新娘的面紗 **2.** 翻(閱/找); *cf* péng ¶~ *chheh* [~冊]翻書。

hián [動] 搖晃 ¶*Chit khí ē ~.* [這齒會~.]這顆牙齒鬆動了 ¶*Chûn ~-lâi-~-khì.* [船~來~去.]船搖動著。

hiàn¹ [名] **1.** 體臭 ¶*peng-á-~* [兵仔~]軍人(久沒洗澡)的體臭 **2.** 羶味 ¶*iûⁿ-á-~* [羊仔~]羊羶 ¶*ka-choa̍h-~* [蚻choa̍h~]蟑螂的腥味。

hiàn² (< *hiaàn*, q.v.) [指] 那麼。

hiàn³ (< log Sin) [獻] [動] 獻(出/上)。

hiàn⁴ [動] **1.** 敞開,例如胸部、衣領 **2.** 露出 ¶*pak-tó· ~-~* [腹肚~~]露

出肚皮 **3.** 翻開；亮出 ¶*ka soán-phiò ~ hông khòa^n* [ka 選票～hông 看] 把（己圈選的）選票亮出來讓別人看。

hiān (< sem log Sin) [現] 働 **1.** 當時 ¶*~ chhá ê chhài* [～炒ê菜] 現炒的菜 **2.** 立刻 ¶*Lí chit-má ~ ka khà.* 你現在就打（電話）給他吧 ¶*phah chit-ē ~ sí* [phah一下～死] 一打就死了。

hiān… hiān… [現…現…] 連 隨…隨… ¶*hiān chò/chòe, hiān hó* [現做現好] 隨做隨好。

hiân-á [絃仔] 名 KI: 胡琴。

hián-bî-kiàn (< log Nip) [顯微鏡] 名 TÂI, KI: 全。

hiān-chāi (< log Sin) [現在] 名 全；◇ *~-sek* [～式] 全。 ⌐ ≃ chit-má

hiàn-chèng (< log Nip) [憲政] 名 全。

hiān-chēng (< *hiān-chêng* < log Sin [現前]) [現 chēng] 働 就此時此刻的情況而言 ¶*~ to bô chîⁿ, boeh/ beh án-chóaⁿ hō͘ lí thàk tāi-hàk?* [～to 無錢，欲按怎 hō͘ 你讀大學?] 目前可沒有錢，怎麼能讓你讀大學？

hiān-chhú-sî|*-chú-* [現此時] 名 現在。

hiàn-chhut (< log) [獻出] 働 全。

hiān-chîⁿ (< log Sin) [現錢] 名 現款；≃ hiān-kim。

hiān-chú-sî (< *hiān-chhú-sî*, q.v.)。

hiān-hiān [現現] 働 **1.** 清楚 ¶*khòaⁿ- ~* [看～] 看得一清二楚 **2.** 明明 ¶*Góa ~ khòaⁿ lí kā i phah.* [我～看你 kā 伊 phah.] 我明明看見你打他。 ⌐ 全。

hiàn-hoat (< log Nip) [憲法] 名 Pō͘:

hiàn-hoe (< log Chi) [獻花] 働 全。

hiān-jīm (< log Sin) [現任] 形 全 ¶*~ ê chóng-thóng* [～ê 總統] 全。⌐ 全。

hiān-kai-tōaⁿ (< log) [現階段] 名

hian-khui (< log Sin) [掀開] 働 全。

hiàn-kim (< log Nip) [獻金] 名 PIT: 全 ¶*chèng-tī ~* [政治～] 全。

hiān-kim (< log Nip) [現金] 名 現款；≃ hiān-chîⁿ。

hian-ku-kòa [掀龜蓋] 働 揭穿。

hiān-lau [現 lau] 形 剛捕獲，未經冷凍的 ⌐鮮魚。◇ *~-á* [～仔] 剛捕獲（未經冷凍）的

hiàn-pâi-á [hiàn 牌仔] 働 (打牌:) 攤牌。⌐全。

hiàn-peng (< log Nip) [憲兵] 名 Ê:

hiàn-phiò [hiàn 票] 働 (投票時) 亮票。⌐働全。

hián-sèng[1]/*-sià^n* (< log Sin) [顯聖]

hián-sèng[2] (< log Nip) [顯性] 形 全 △ *~ ê ûi-thoân* [～ê 遺傳] 顯性遺傳。

hián-sī (< log Chi) [顯示] 働 全。

hiān-sî (< log Sin) [現時] 名 當前。

hián-siàⁿ ⇒ hián-sèng[1]。

hiān-siōng/*-siōng* (< log Nip) [現象] 名 Ê: 全。

hiān-sit (< log Nip) [現實] 名形 全。

hiān-tāi (< log Nip) [現代] 名 全 ◇ *~-hòa* (< log Nip) [～化] 全 ◇ *~-lâng* (< log Nip) [～人] Ê: 全 ◇ *~-sú* (< log Nip) [～史] 全。

hian-té-pâi (< log Chi) [掀底牌] 働 全。⌐Ê: 全。

hiān-tiûⁿ (< log Nip) [現場] 名 ŪI,

hiang[1]‖*hiong* (< log Chi) [鄉] 名 Ê: 行政單位。

hiang[2] (< log Sin) [香] 形 帶辛味的清涼口感，例如薄荷；*cf* phang[2]。

hiáng (< log Sin) [響] 働 響起；≃ tân ¶*Nāu-cheng hāi-·khì, bē/bōe ~.* [鬧鐘害去, bē～.] 鬧鐘壞了，不叫了 形 響亮；≃ tōa-siaⁿ。

hiàng‖*hiòng* (< log Sin) [向] 働 朝向；≃ ǹg ¶*Bīn ~ chit pêng.* [面～這 pêng.] 臉朝這邊 ¶*~ bin-téng* [～

面頂] 向上 ¶~ ē-kha [～下腳] 向下。

hiàng-chêng/-chiân‖hiòng- (< col log Sin) [向前] (動) (副) 全
◊ ~ kiâⁿ [～行] 向前走; 前進; ≃ kiâⁿ-chìn-chêng。

hiang-chhin‖hiong- (< log Sin) [鄉親] (名) Ê: 同胞
◊ ~ sī-tōa [～序大] ÛI: 父老兄弟。

hiáng-èng‖hióng- (< log Sin) [響應] (動) 全。

hiang-hm̂/-m̂ ⇒ hiuⁿ-hm̂。

hiàng-jit-kûi|-git-‖hiòng-jit-|-lit- (< log Sin) [向日葵] (名) CHÂNG, LÚI: 全; ≃ jit-thâu-hoe。

Hiang-káng‖Hiong- (< log Sin) [香港] (名) 中國特別行政區名
◊ ~-kha (< log Chi) [～腳] 全。

hiang-kong-só‖hiong- (< log Chi) [鄉公所] (名) KENG: 全。

hiang-m̂ ⇒ hiuⁿ-hm̂。　　　[sî, q.v.)。

hiàng-sî‖hiòng- (< contr hit-tang-

hiàng-sim-le̍k‖hiòng- (< log Nip < tr En centripetal force) [向心力] (名) Ê: 全。　　　　[(動) 全。

hiáng-siū‖hióng- (< log Sin) [享受]

hiang-thó‖hiong- (< log Chi) [鄉土] (名) 全。　　　　[(名) Ê: 全。

hiang-tìn‖hiong- (< log Chi) [鄉鎮]

hiang-tiúⁿ‖hiong- (< log Chi) [鄉長] (名) Ê: 全。

hia̍p (動) 1. (前後左右) 晃動 (一頭, 以使另一頭鬆懈、脫落等, 例如拔樁時) ¶~ thih-teng-á [～鐵釘仔] 搖動鐵釘以拔除 2. (上下) 扳動 (手搖抽水機) ¶khì iâⁿ-tē ~ chi̍t tháng chúi [去營地～一桶水] 到營地去搖一桶水。

hia̍p-chō͘ (< log Chi) [協助] (動) 全。

hia̍p-gī (< log Nip) [協議] (名) Ê: 全 ¶tát-sêng ~ [達成～] 全 (動) 全。

hia̍p-hōe (< log Nip) [協會] (名) Ê: 全。

hia̍p-lí (< log Chi) [協理] (名) Ê: 全。

hia̍p-pān (< log Chi) [協辦] (動) 全。

hia̍p-tēng (< log Nip) [協定] (名) Ê: 全 (動) 全。

hia̍p-tiau (< log Nip) [協調] (動) 全。

hiat ‖kiat (動) 1. 投擲 2. 丟棄 ¶~-tiāu [～掉] do.

hiat-ap ⇒ hoeh-ap。

hiat-chheng ⇒ hoeh-chheng。

hiat-ka̍k (動) 丟棄; ≃ hìⁿ-sak; ≃ hiat-tiāu; ≃ thó-ka̍k。

hiat-siò/-siò̀ (< hè-siò̀, q.v.)。

hiat-thóng ⇒ hoeh-thóng。

hiat-tiāu ‖kiat- (動) 丟棄; ≃ hìⁿ-sak。

hiau (動) 1. (平板的東西) 變彎; ≃ hiau-than 2. 翻起一端 ¶kā siuⁿ-á-té ê chóa ~-~-·le, chhìn-chhái chhōe-chhōe-·le [kā箱仔底ê紙～～·le, 秤彩 chhōe-chhōe ·le] 把箱子裡的紙翻一翻, 隨便找一找 3. 翻找 ¶kūi-thoah ~ kà loān-chhau-chhau [櫃屜～到亂操操] 把抽屜翻得亂七八糟 (形) (平板的東西變) 彎彎的。

hiâu (粗) (動) (女性對男性) 做出可以引起性慾亢進的言行 (形) (雌性) 性慾亢進。

hiâu-kih-kih (粗) (形) 淫蕩; 騷包; ≃ hiâu-nì-nè。　　　[v hiâu)。

hiâu-pai‖hiau- (< pop hia-pai, q.v.;

hiâu-teh-teh/-theh-theh (粗) (形) (女性) 矯柔造作而誘人的樣子。

hiau-than (動) (平板的東西) 變彎或翻起一端 ¶Pang-á ~-·khì. [枋仔～去.] 木板彎了, 翹起來。

hiauh ‖hauh (動) 1. (貼平的東西一端或一面) 翹起, 例如書皮、書頁、油漆、地氈、鞋底 2. 剝落, 例如油漆 (形) [x] 翹起快要剝落的樣子。

híh (擬) 痴笑聲 ¶~, ~, híh-·ì 嘻嘻

嘻。 「地痴笑;格格地笑。

hih-hih-chhiò [hih-hih 笑] 働 嘻嘻

híh-·ì (< híh, q.v.) 働 痴笑聲。

hih^n 働 發 "哼" 聲啜泣。

híh^n 象 哭泣聲。

hîm (< Sin) [熊] 名 CHIAH: 仝。

hìm ⇒ hip^3。 「CHIAH: 仝。

hîm - niau (< log Chi) [熊貓] 名

him-siān (< log Sin + ana Chi hsien^4 [羨]; cf Amoy him-soān) [欣羨] 働 羨慕。 「[賞] 働 仝。

him-siáng /-sióng (< log Chi) [欣

hìm-siàng ⇒ hip-siàng。

him-sióng ⇒ him-siáng。

hin ^{1} 代 那裡頭。

hin^2 [興] ⇒ heng。

hîn (< Sin) [眩] 形 暈眩。

hín (< contr hit-chūn, q.v.)。

hīn‖hūn‖hī^n (< log Sin) [恨] 働 仝; ≃ chheh^2

△ ~ kà jip-sim [~到入心] 恨之入

hîn-chhia [眩車] 働 暈車。 「骨。

hîn-chûn [眩船] 働 暈船。

hîn-soa^n [眩山] 働 暈高儿。

hìn-tò/-tò (< Nip hinto < En hint) 名 ê: 暗示 働 暗示。

hī^n ⇒ hīn。

hiò ^{1}‖hiò 働 是的,即肯定回答對話人的問題; cf hiò-·a ¶~, i bô lâi. [~,伊無來.] 對,他沒來。

hiò^2‖hiò 働 表示否定別人的做法、說法、想法¶~, chhiū^n lí hiah bān, boeh chò kà tang-sî? [~,像你hiah 慢,欲做到tang 時?]像你那麼慢,要做到什麼時候? ¶~, kan-na kia^n, m̄-tiòh tàk-hāng lóng bián chò! [~, kan-na 驚, m̄ 著 tàk 項攏免做!]豈有此理,如果這樣也怕,那樣也怕,豈不變成什麼都不必做了!

hiō-·a‖hiō- (< tiòh^1 ·a^4) [hiō 啊]

働 (想一想之後)表示覺得對。

hiō-hóe‖hō̄- (< log Nip < Sin) [後悔] 働 仝; ≃ hoán-hóe。

hió-jīm ⇒ hó^n-jīm。

hiō-kó (< log Chi) [後果] 名 仝。

hiō-·lè (< tiòh^1 lè^2) 働 (被啟發之後)表示覺得對; cf hiō-·a ¶Ò̄, ~ hò^n. 哦,對啊。

hiō-·ò‖hiō-·ò (< hiò^2, q.v.) 働 表示否定別人的做法、說法、想法。

hiŏ-·ò‖hiŏ-·ò (< hiò^2, q.v.) 働 表示極度否定別人的做法、說法、想法。

·hio· (< sī^1 ·bò) 氣 是嗎,無固定聲調; ≃ ·ni^2 ¶I bô lâi ~? [伊無來~?]他沒來嗎?

hiò·^{1} 働 是的; ⇒ hiò^1。

hiò·^{2} 働 表示否定別人的做法、說法、

hiō-·a ⇒ hiō-·a。 「想法; ⇒ hiò^2。

hiō-·ò (< hiò·^{2}) ⇒ hiō-·ò。

hiŏ-·ò (< hiò·^{2}) ⇒ hiŏ-·ò。

hioh ‖heh^n‖heh (< Sin) [歇] 働 1. 歇息 2. 棲息。

hiòh [葉] (< Sin [箬]) 名 葉子 ¶~ boài, lâu kut tiō hó [~boài,留骨就好]葉子不要,留莖就好 量 計算葉子的單位。

hiòh-á [葉仔] 名 ê, HIÒH: 葉子。

hioh-àm‖heh^n-‖heh- [歇暗] 働 投宿過夜。 「働 歇息,喘一口氣。

hioh-chhoán ‖heh^n-‖heh- [歇喘]

hioh-joàh/-loàh‖heh^n-‖heh- [歇熱] 働 放暑假。 「歇息

hioh-khùn‖heh^n-‖heh- [歇睏] 働 ◇ ~-jit/-git/-lit [~日]假日。

hioh-kôa^n‖heh^n-‖heh- [歇寒] 働 放寒假。 「[歇晝]) 働 午休。

hioh-tàu ‖heh^n-‖heh- [歇 tàu] (<

hiong ^{1} [鄉] ⇒ hiang^1。

hiong^2 量 種類;樣子; cf hióng ¶Áh-chê lâng hit ~ ·ê! 哪有人這樣!

hiong³ (< log Sin) [凶] 圈 全。

hiông [雄] 圈 **1.**(人獸等動物)兇猛 **2.**具侵略性 ¶*Sim-koaⁿ khah ~, jiok cha-bó· pêng-iú jiok-khah-ē-tiȯh.* [心肝較～, jiok 查某朋友 jiok 較會著.]攻勢較強的人比較容易追上女朋友 **3.**殘忍;狠 **4.**急劇 ¶*chúi chin ~* [水真～]水流很急 圈 **1.**急劇 ¶*kè-siàu khí chin ~* [價數起真～]價錢飆得很快 **2.**快而不小心 ¶*cháu siuⁿ ~, chhū chit tó* [走 siuⁿ～, chhū 一倒]跑得太快,滑了一跤 ¶*chiȧh siuⁿ ~, kéⁿ·-tiȯh* [吃 siuⁿ～,哽著]吃得太快,嗆了。

hióng (< contr *hit chióng*) 圈 那種。

hiòng ⇒ hiàng。

hiòng-chêng ⇒ hiàng-chêng。

hiong-chhin ⇒ hiang-chhin。

hiong-chhiú (< log Sin) [兇手] 囵

hióng-èng ⇒ hiáng-èng。　　[ê: 全。

Hiong-gâ-lī (< log Chi < *Hungary*) [匈牙利] 囵 東歐國名。

hiông-hiông [雄雄] 圇 突然
◇ ~-*hù-hù* [～赴赴]倉促
◇ ~-*kông-kông* [～狂狂] **a.** do. **b.** 慌慌張張

hiòng-jit-kûi ⇒ hiàng-jit-kûi。

Hiong-káng ⇒ Hiang-káng。

hiông-kông [雄狂] 圈 倉促。

hiong-kong-só· ⇒ hiang-kong-só·。

hiòng-sî ‖ *hiàng-* (< contr *hit-tong-sî*, q.v.)。

hiòng-sim-lȧk ⇒ hiàng-sim-lȧk。

hióng-siū ⇒ hiáng-siū。

hiong-thó· ⇒ hiang-thó·。

hiong-tìn ⇒ hiang-tìn。

hiong-tiúⁿ ⇒ hiang-tiúⁿ。

hip¹ (< Sin) 圇 燜 ¶~ *pn̄g* [～飯]燜飯 ¶~-*sí* [～死]窒息而死 圈 悶 ¶*Chia khong-khì chin ~.* [Chia 空氣真～.]這兒空氣很悶 ¶*heng-khám-á ~-~* [胸坎仔～～]胸口悶

悶的。

hip² 圇 吸附; ≃ khip ¶*hip-chiȯh* [hip

hip³ ‖ *hìm* 圇 照(相)。　　[石]磁石。

hip-chiȯh [hip 石] 囵 LIȦP: 磁石; ≃ khip-chiȯh。

hip-joȧh/-*loȧh* [hip 熱] 圈 悶熱。

hip-lȧt [hip 力] 囵 磁吸的力量。

híp-pì (< En *hippie*) 囵 Ê: 嬉皮士。

hip-siàng/-*siòng/-siōng* ‖ *hìm-siàng* [hip 相] 圇 照相　　[mé-lah
◇ ~-*ki* [～機] TÂI: 照相機; ≃ kha-
◇ ~-*koán* [～館] KENG: 照相館
◇ ~-*su* [～師] Ê: 照相師。　　[thih。

hip-thih [hip 鐵] 囵 TÈ: 磁鐵; ≃ khip-

hit¹ 圈 那 ¶~ *ê lâng* [～個人]那個

hit² 圇 擺動。　　[人 ¶~ *pêng* 那邊。

hit-á [hit 仔] 囵 KI: 鐘擺。

hit-chām-á 囵 那陣子。

hit-chūn (> *hín*) (< [□陣]) 囵 [*á*]那時。　　[*hé-le*) 囮 那個。

hit-e (< *hit¹ ê³*; > *hít-e* > *hít-le* >

hit-jiah/-*giah/- liah* [hit 跡] 囵 那地方。

hit-kak-á [hit 角仔] 囵 **1.**那一帶 **2.**表示差不多的數量; ≃ chó-iū ¶*chȧp-bān kho ~* [十萬箍～]十萬元左右。　　[≃ hit-kho·-ûi-á。

hit-kho·-lê-á [hit 箍螺仔] 囵 那一帶;

hít-le (< *hit-e*, q.v.)。

hit-lō· (< *hit¹ hō²*) 圈 那種 圇 "那個",即讓話說得緩慢以使思路順暢的用語。

hit-tah [hit 搭] 囵 那一帶。

hit-tang-chūn (< [□當陣]) 囵 [*á*]那時候; ≃ hit-tang-sî。

hit-tang-sî/-*tong-* (> *hiàng-sî*) [hit tang 時] (< [□當時]) 囵 [*á*]那時候; ≃ hit-(tang-)chūn。

hít-toh¹/-*toh* ‖ *hit-* (< Nip *hitto* < En *hit*) 囵 KI, PÁI: (棒球)安打。

hít-toh²/-*toh* ‖ *hit-* (< Nip *hitto* < En *hit*) 圈 熱門。

hit-tong-sî ⇒ hit-tang-sî。

hiu｜ [咻] 働 呼喚；吶喊。

hiù¹ 働 **1.** 甩(手等以使流體下降或脫落)，例如甩水銀體溫計 ¶*Chhiú ~ hơ ta.* [手～hơ ta.]把手甩乾 **2.** 灑 ¶*~ phang-chúi* [～芳水] 灑香水。

hiù² 厘 働 甩；理睬 ¶*boái ~ ·i* [boái～伊]不甩他。

hiǔ (> *hiǔ-·ù*, q.v.)。 ⌐～伊]不甩他。

hiû-á [裘仔] 名 NIÁ: 夾衣。

hiu-ha̍k (< log Nip) [休學] 働 全。

hiu - hiu - kiò [咻咻叫] 働 **1.** 叫囂 **2.** (權益有損時)抗議或抱怨。

hiu-hōe (< log Nip) [休會] 働 全。

hiu-iáng/-ióng (< log Chi) [休養] 働 全；≃ liâu-iáng/-ióng。⌐働 全。

hiu-ká (< log Nip < [休暇]) [休假]

hiù-lān (v *hiù²*, *lān*) 粗 働 甩；理睬。

hiu-sek-sit/-*sek* (< log Chi; cf Nip [休息所]) [休息室] 名 KENG: 全。

hiǔ-·ù (< *hiǔ*) 象 物體在空中急速移動引起的嗖嗖聲；≃ siǔ-·ù 擬 物體在空中急速移動的樣子，例如鞭輘。

hiuⁿ｜¹ (< Sin) [香] 名 **1.** 焚燒用香料 **2.** KI, PÉ: 棒儿香 ¶*sio-~* [燒～]。

hiuⁿ² 形 [x]瘦弱。 ⌐全。

hiǔ 象 **1.** 氣管有異物時的呼吸聲；cf hiúhⁿ **2.** 低聲哭泣聲；cf hiúhⁿ。

hiuⁿ-hé/-*hé* (< log Sin) ⇒ hiuⁿ-hóe。

hiūⁿ-hiūⁿ-kiò ⇒ hiúhⁿ-hiúhⁿ-kiò。

hiuⁿ-hm̂/-*m̂*/-*mâu*‖*hiang*- (< col log Sin) [香茅] 名 CHÂNG, KI: 全。

hiuⁿ-hóe/-*hé*/-*hé* (< log Sin) [香火] 名 對祖先的祭祀；≃ hiuⁿ-ian。

hiuⁿ-îⁿ (< log Sin) [香櫞] 名 [á] CHÂNG, LIА̍P: 佛手柑

◇ ~-*koe* [～瓜] CHÂNG, LIА̍P: 一種狀似佛手柑的果實，做菜用。

hiuⁿ-kha [香腳] 名 KI: 香燒完所剩的棒子。

hiuⁿ-kơ (< log Sin) [香菇] 名 MÍH, LIА̍P, LÚI: 全。

hiuⁿ-liāu [香料] 名 PAU, ê: 奠儀；≃ hiuⁿ-tiān; cf phang-liāu。

hiuⁿ-lô͘ (< log Sin) [香爐] 名 LIА̍P,

hiuⁿ-m̂ (< *hiuⁿ-hm̂*, q.v.)。⌐ê: 全。

hiuⁿ-phang [香芳] 名 LIА̍P: 香袋，尤指端午節所用的。

hiuⁿ-tiān‖*hiong*- (< col log Nip) [香奠] 名 PAU: 奠儀。

hiúhⁿ｜‖*hiuhⁿ* 象 **1.** 短暫的哮喘聲；cf hiǔ **2.** 短暫的抽噎聲；cf hiǔ 働 **1.** 氣管有異物時呼吸發聲 **2.** 低聲抽噎。 ⌐**2.** 短暫一聲抽噎聲。

hiúhⁿ‖*hiúhⁿ* 象 **1.** 短暫一聲哮喘聲

hiúhⁿ-hiúhⁿ-kiò‖*hiūⁿ-hiūⁿ*- 働 連續發出"hiúhⁿ"聲。

hm｜¹ 象 働 哼；⇒ hng。

hm² 働 表示阻止、要求等；⇒ ng²。

hḿ¹ 働 表示覺得很好。

hḿ² 働 表示感到意外；⇒ hńg¹。

hḿ³ 働 表示不認可；⇒ hńg²。

hm̀¹ 象 (人、狗)示威恐嚇的聲音。

hm̀² 働 表示不同意、制止；⇒ hǹg¹。

hm̀³ 働 表示認知；⇒ hǹg²。

hm̄¹ 働 (人、狗)發出恐嚇的聲音。

hm̄² 働 是的；⇒ hn̄g²。

hm̌ ⇒ hňg³,⁴。

hḿ-á [茅仔] 名 CHÂNG, KI: 茅草。

hm̄-hm̄-kiò [hm̄-hm̄ 叫] 働 **1.** 連續發出 "hm̀" 的聲音 **2.** (v *hm̀¹*) (人、狗)連續發出示威恐嚇的聲音。

hm̂-lâng ⇒ moâi-lâng。

hḿ-·m̀ ⇒ hńg-·ǹg¹,²,³。

hmh｜働 (以粗重器物全力)重擊。

hḿh¹ 象 以粗重器物用力重擊同時發出的聲音。 ⌐hńgh¹。

hḿh² 象 啜泣聲 働 摹仿啜泣聲；⇒

hḿh³ 働 表示略不同意；⇒ hńgh³。

hḿh⁴ 働 表示想不通或不可思議；⇒

hm̌h ⇒ hňgh¹,²。 ⌐hńgh⁴。

hmh-mh ⇒ hng-ńgh¹,²。

hng｜象 **1.** 蚊子的哼聲；≃ hiⁿ **2.** 機

械等的哼聲；≃ *ho^n* 3.呻吟聲 (動)
1.一般發 "哼哼" 的聲音，例如蜂、蒼蠅 2.發 "哼哼" 的聲音，例如蚊子；≃ *hi^n* 3.發 "嗡嗡" 的聲音，例如機械；≃ *ho^n* 4.呻吟；≃ *hai^n*。

hn̂g/hûi^n (< Sin) [園] (名) [*á*] ê, KHU: 旱地 ¶*kóe-/ké-chí*~[果子～]果園。

h^{n}g¹‖*hm̂* (歎) 表示感到意外。

h^{n}g²‖*hm̂* (歎) 表示不認可 ¶*~, án-ne ná ē-sái-·tit?* [～, *án-ne* 哪會使得?]嘿,這怎麼可以?

hⁿg¹‖*hm̄*‖*hè^n* (歎) 1.表示不同意,準備反駁 ¶*~, àh ū chit hō tāi-chì?* [～, *àh* 有這號代誌?]哪有這種事? 2.表示恐嚇,意在制止 ¶*~, khì, ko.* [～, 去, ko.]有種就去吧! ¶*~, lí mài.* [～, 你 *mài*.] (你)別來。

hⁿg²‖*hm̄* (歎) 1.對自己表示認知 2.不熱心地回應,表示認知; *cf* hè^{n}⁴。

h^{n}g¹‖*hûi^n* (< Sin) [遠] (形) 全。

h^{n}g²‖*hm̄*‖*hngh* (歎) 是的; ⇒ hē^n。

h^{n}g¹ (> *hⁿg-·ng*) (象) 引擎加速的聲音;

h^{n}g² (象) 哭聲; ≃ *hiú^n*。　　[≃ *khⁿg*。

h^{n}g³‖*hm̂*‖*m̂* (歎) 表示覺得奇怪或想不通。

h^{n}g⁴‖*hm̂*‖*m̂* (歎) 沒聽清楚或非百分之百確定時的應聲; ≃ *hǎ^{n}²*。

hⁿg⁺ ai (< *hⁿg¹* + *ai²*) (歎) 表示不認可或認為豈有此理 ¶*Ná hiah kheh-khì? ~!* [哪 *hiah* 客氣?～!]嗨,怎麼那麼客氣呀? ¶*~, góa to m̄-sī lí ê lô-châi, kong!* [～,我都 *m̄* 是你 *ê* 奴才, kong!]豈有此理!我又不是你的奴才。

h^{n}g-hⁿg‖*hûi^n-hûi^n* (< Sin) [遠遠] (名) 遠處 (副) 在遠處;從遠處。

h^{n}g-khu‖*oân-* (< col log Chi) [園區] (名) ê: 全 ¶*kho-hàk ~* [科學～]全。

hng-koa [hng 歌] (動) 哼著歌曲。

h^{n}g-lō͘‖*hûi^n-* (< log Sin) [遠路] (名) 遠道。

h^{n}g-·ng¹‖*hm̂-·m̄* (歎) 表示不認可。

h^{n}g-·ng²‖*hm̂-·m̄* (歎) 表示想不通或不可思議; ≃ *hán-·àn*。

h^{n}g-·ng³‖*hm̂-·m̄* (歎) 表示有所領悟。

h^{n}g-·ng (< *hⁿg¹*, q.v.)。

hng-ńgh¹‖*hngh-ngh*‖*hm-m̂h*‖*hmh-mh* (象) 身體受到撞擊而震撼時所發出的聲音。　　[的聲音。

hng-ńgh²/hm-m̂h (象) 用力時所發出

h^{n}g-sī‖*hûi^n-*‖*oán-* (< col log Nip) [遠視] (形) 全。

h^{n}g-tē/-tōe‖*oân-*‖*hûi^n-tē* (< col log Sin) [園地] (名) ê: 1.旱田;園子 2.(< log Chi < sem)活動的範圍。

h^{n}g-teng‖*oân-* (< col log Nip < Sin) [園丁] (名) ê: 全。　　[LIÀP: 全。

hng-teng‖*hûi^n-* [遠燈] (名) PHA,

h^{n}g-tiú^n‖*hûi^n-* (< log Nip) [園長] (名) ê: 單位為「園」的主管,例如幼

h^{n}g-tōe ⇒ hⁿg-tē。　　[稚園、動物園。

hngh¹ (動) 發啜泣聲。

hngh² (< *hⁿg²*) (歎) 表示肯定、同意; ⇒ hē^n。　　[仿啜泣聲的語詞。

h^{n}gh¹‖*hm̂h* (象) 啜泣聲 (歎) 撒嬌時摩

h^{n}gh²‖ (歎) 表示鄙視、不屑、憤恨 ¶*~, chhap-chhap · lí!* [～, *chhap-chhap* 你!]哼,才不理你呢。

h^{n}gh³‖*hm̂h* (歎) 表示略不同意。

h^{n}gh⁴‖*hm̂h* (歎) 表示想不通或不可思議; ≃ *hⁿg-·ng²*。　　[一次。

h^{n}gh¹‖*hm̌h* (歎) 表示要求對話人再說

h^{n}gh²‖*hm̌h*‖*hⁿgh*‖*ⁿgh*‖*m̌h* (歎) 表

hngh-ngh ⇒ hng-ńgh¹,²。　　[示錯愕。

ho (動) 受熱 ¶*~-tiòh jit* [～著日]曬到太陽 (形) 1.熱 ¶*Kin-ná-jit khah ~.* [今旦日較～.]今天熱一點儿 ¶*seng-khu bong-tiòh ~-~* [身軀摸著～～]身子摸起來有點儿熱 2.溫; ≃ *sio-ho*。

hô (< Sin) [和] (動) 1.使適合
△ ~ *só-sî* [～鎖匙]配鑰匙

2. 看是否適合 ¶~-khòaⁿ chit ê kòa tióh ·bơ [~看這個蓋著否]試試看這個蓋子對不對 (形) **1.** 和睦 ¶In nn̄g ê bē/bōe ~. [In 兩個 bē~.]他們兩個無法和平相處 **2.** (比賽)沒有勝負;(打成)平手 **3.** 划算 ¶bē/bōe ~ 不划算。

hó (< Sin) [好] (動) **1.** 痊癒 ¶phòa-pēⁿ/-pīⁿ ~ ·a [破病~矣.]病好了 **2.** 完畢 ¶Pn̄g ~ ·a. [飯~矣.]飯熟了 **3.** 和好 ¶boăi kah lí ~ [boăi kah 你~]不跟你好 (輔) **1.** 可以 ¶Lí nā boeh/beh chiáh, ~ chiáh ·a. [你若欲吃,~吃矣.]你想吃的話,可以吃了 [好了]

△ ~ sí ·a [~死矣] (咒罵:)去死 **2.** 應該 ¶Lí ~ khì ·a. [你~去矣.]你該去了 [巧]

△ ~ sí, m̄ sí [~死 m̄ 死] 不巧;碰 (形) **1.** 具備應有的本質 ¶I bȧk-chiu chin ~. [伊目睭真~.]他眼睛很好 **2.** 符合道德標準 ¶~-lâng [~人]全 **3.** 令人滿意;品質高;(情況)有利 ¶hȯk-bū thāi-tơ chin ~ [服務態度真~]服務態度很好 ¶kang-hu chin ~ [工夫真~]技術很好 ¶sî-ki chin ~ [時機~]很景氣 ¶thiⁿ-khì chin ~ [天氣真~]天氣很好 **4.** 沒有毛病;舒暢 ¶Sin-thé ū khah ~ ·bơ? [身體有較~否?]身體好些了嗎? ¶sim-chêng chin ~ [心情真~]心情很好 **5.** 吉祥 ¶~ jit-chí [~日子]吉日 **6.** 要好;和睦 ¶In nn̄g ê chin ~. [In 兩個真~.]他們倆很要好 **7.** 有用;有益;妥當 ¶Mài khì khah ~. [Mài 去較~.]不去的好 ¶Ūn-tōng tùi sin-thé chin ~. [運動對身體真~.]運動對身體好 **8.** 表示完成,當補語 ¶chhùi sé-/sóe-~, khì khùn ·a [嘴洗~,去睏矣]刷過牙,睡覺去了 **9.** 表示滿足或達到目的 ¶~ ·a, án-ne ē-sái-·tit ·a. [~矣, án-ne 會使得矣.]好了,這樣可以了 **10.** 表示應有的狀態,當補語 ¶Chē hơ ~, mài kóng-ōe. [坐 hơ~, mài 講話.]坐好,別說話 **11.** 表示同意或贊許 ¶~, chiàu án-ne chò. [~,照 án-ne 做]好,就這麼辦 ¶~, góa mài khì. [~,我 mài 去.]好,我不去 **12.** 體貼;善待 ¶I tùi in bó͘ chin ~. [伊對 in 某真~.]他對他太太很好 (副) **1.** 容易 ¶Chit tiâu chin ~ chò/chòe. [這條真~做.]這一題很容易答

△ ~ chham-siâng/-siông [~參詳] **1.** (事情)容易交涉解決 **2.** (人)容易求得通融; ≃ hó kóng-ōe, q.v.

△ ~ kóng-ōe [~講話] 容易求得通融; ≃ hó chham-siâng ¶Chit ê lâng ~ kóng-ōe. [這個人~講話.]這個人易於接受要求

2. 令人快活 ¶Jit-pún ~ thit-/chhit-thô ·bơ? [日本~thit-thô否?]日本(這個地方)好玩嗎 ¶~ ēng/iōng [~用]好使 (連) 俾便; ≃ thang-/thèng-hó, q.v.

hō͘[1] (< log Sin) [號] (名) **1.** ê: 記號 ¶chò/chòe ~ [做~]做記號 **2.** 名稱單位 ¶chhòng-khan-~ [創刊~]全 ¶Hȯk-hin-~ ê hóe-chhia [復興~ê火車]復興號火車 **3.** 號數 ¶Lín chhù mn̂g-pâi kúi ~? [Lín 厝門牌幾~?]你家門牌幾號? (量) **1.** 代表行車路線的號碼; ≃ lō͘ **2.** 種類,只與 "chit"/"hit" 連用, ⇒ chit-/hit-lō͘

hō͘[2] (< log Chi) [號] (量) 計算日子的單位; ≃ chhe¹/chhoe¹; ≃ jit ¶Jī-goȧh Jī-~ [二月二~]全; ≃ Jī-goȧh Chhe-jī; ≃ Jī-goȧh Jī-jit。

hō͘[3] [號] (動) 取(名字) ¶kā eⁿ-á ~ chit ê miâ [kā 嬰仔~一個名]給嬰兒取個名字 ¶~-chò/-chòe q.v.

hō͘[4] [號] (動) (對未有主人的東西)取得佔有權 ¶Kín khì ~ ūi. [緊去~

位.]快去佔位子。

hô-á [hô仔] [俚] [名] Ê:凱子。「或壞。

hó-bái [好bái] [名] (品質)好與壞/好

hó-bāng [好夢] (< log Sin) [名] Ê:吉祥的夢。　「仝; ≃ go̍k-bé。

hô-bé (< log Nip) [河馬] [名] CHIAH:

hó-bé ⇒ hó-bóe。　「[名] Ê:仝。

hō-bé/*-má* (< col log Chi) [號碼]

hó-bī (ant *bái-bī*) [好味] [形] 味道好。

hó-bóe/*-bé*/*-bé͘* [好尾] [名] 好結局。

hō-chê (< dia *hô-chê* [和齊]) [號齊] [形] 團結合作 [副] 合力。

hó-chhái-thâu [好彩頭] [名] Ê:吉兆 [形] 吉(兆)。　「不挑食、乖巧。

hó-chhī [好飼] [形] 容易養,例如健康、

hó-chhin-chhiū^n [好親像] [動] 像; ≃ (chhin-)chhiū^n [副] 似乎。

hó-chhiò (< log Sin) [好笑] [形] 有趣;好玩儿。

hó-chhiò-sîn [好笑神] [形] **1.** 笑容可掬 **2.** 經常面帶笑容。「[名] Ê:仝。

hó-·chhù/*-chhù* (< log Sin) [好處]

hó-chhùi (ant *hó-chhùi*) [好嘴] [形] 說話有禮貌,不粗野 [副] 用好話說 ¶~ *kā lí kóng, lóng m̄ thia^n!* [~kā你講,攏m̄听!]好話跟你說,你都不聽!

hó-chhùi-táu [好嘴斗] [形] 不挑食。

hó-chia̍h [好吃] (<[好食]) [形] 可口。

hó-chia̍h-khùn (ant *phái^n-chia̍h-khùn*) [好吃睏] [形] 高枕無憂。

hó-chia̍h-mi̍h-á [好吃物仔] (<[好食物□]) [名] HĀNG, Ê:好吃的東西。

hō-chò/*-chòe* [號做] [動] 稱為 ¶*Che ~ sà^n?* [Che~啥?]這是什麼;這個叫做什麼? ¶*Lí ~ sá^n miâ?* [你~啥名?]你叫什麼名字? ¶*chhìn-chhái chu̍t ·nn̄g ·ē, ~ hiān-tāi-ōe* [秤彩chu̍t兩下,~現代畫]隨便塗兩下,稱為現代畫。

hó-ē [好下] [名] 好下場 ¶*Lí nā kâ phah, tiō bô ~.* [你若kâ phah,就無~.]你打我的話,等著瞧吧 [形] 有好處;幸運; ≃ hó-khang ¶*Ká hiah ~!* 哪有

hó-gia̍h [好額] [形] 富有「那麼好的事!

◇ *~-lâng* [~人] Ê:富人

◇ *~-té/-tóe* [~底] 富家出身。

hó-hàn (< log Sin) [好漢] [名] Ê:仝。

hó-hia^n-tī [好兄弟] [名] Ê: **1.** 好兄弟 **2.** [*á*] (中元節所祭的)孤魂野鬼。

hó-hó [好好] [形] 好端端 ¶~ *chi̍t ê lâng* [~一個人]好端端的一個人。

hó-hó-á [好好仔] [副] 好好儿的 ¶~ *siū^n-khòa^n-·le* [~想看·le]好好儿想一想。　「[名] CHÂNG, KI, LÚI:仝。

hô-hoe‖*o-*‖*o͘-* (< lit log Sin) [荷花]

hô-hóng/*-hòng* (< log Sin) [何況] [連] 仝; ≃ bô-/bo̍h-kóng; ≃ koh kóng kà。

hó-ì (< log Sin) [好意] [名] 仝 ¶*bô ~* [無~]不存好心 [形] 一片好心 ¶*Lâng to ~, m̄-thang kâng kī-/kū-choa̍t.* [人to~, m̄-thang kâng拒絕.]人家好意嘛,可別拒絕 [副] 存好心。

hô-iak/*-iok* (< log Sin) [和約] [名] Ê:仝 ¶*Kū-kim-soa^n ~* q.v.

hó-iū^n [好樣] [名] Ê:好榜樣。

hó-jit/*-gi̍t*/*-li̍t* (< Sin) [好日] [名] JI̍T: 吉日。　「齣; ≃ (hó-lí-)ka-chài。

hó-ka-chài|*-kai-* [好佳哉] [形] [副] 幸

hô-kái (< log Nip) [和解] [動] 仝。

hó-kai-chài ⇒ hó-ka-chài。

hó-kám (< log Nip) [好感] [名] Ê:仝。

hó-kàn (adv + vb) [好kàn] [粗] [連] (威脅:你認為你)有種的話; ≃ hó-tá^n ¶~ *the̍h-·khì, kong!* [~the̍h去, kong!]有種就拿走吧。

hó-káu-miā [好狗命] [形] 幸運,貶意。

hó-kè [好價] [名] (對賣方而言)好的價錢 [形] 價錢高,對賣方有利。

hó-kha-hó-chhiú [好腳好手] [形] 四肢健全。

hō-khá/*-khah* (< log Chi) [賀卡] [名]

TIUⁿ: 全。

hó-khang [好 khang] (< [好空]) (名)
"好康," 即好處或有好處的事¶*Ū ~-
·ê tiòh-ài tàu-sio-pò.* [有～·ê著愛
湊相報.]有好處的可要相告 (形) 有
好處(的事); ≃ hó-ē, q.v.

hó-khòaⁿ (< log Sin) [好看] (形) 1. 漂
亮; 雅觀 2. (戲等)精采 3. ⬚ 難堪
¶*hō· i ~* [hō伊～]叫他難看。

hó-khòaⁿ-thâu [好看頭] (形) 1. (外
表)好看 2. (給的禮物)不菲薄。

hó-khoán [好款] (形) 1. (舉止)合規
矩,例如吃有吃相、坐有坐相、不佔
用公共的東西等¶*Khah ~ ·le!* [較～
·le!]規矩一點! 2. ⬚ 逾越規矩¶*siuⁿ
~··khì* [siuⁿ～去]太沒規矩了。

hó-khùn [好睏] (形) 1. 安眠¶*chang-
mê chin ~* [chang暝真～]昨晚睡得
很好 2. 熟睡¶*I ná chiah ~?* [伊哪
chiah～?]他怎麼睡得這麼熟?

hó-kì-tî [好記 tî] (形) 記性好。

hó-kiáⁿ [好 kiáⁿ] (名) ê: 好男兒。

Ho-lan‖*O·*-‖*O·*-‖*Hô-lân* (< *Holland*)
(名) 歐洲荷蘭國
◇ ~ *Sî-tāi* [～時代] 全 (1624–1662)
◇ ~-*tāu* ⇒ ho-lian-tāu。

hó-lâng (< log Sin + tr) [好人] (名)
ê: 善人。

hó-lé [好禮] (形) 1. 有禮貌¶*bô ~* [無
～]態度不好 2. 熱情 (招待客人)。

hō-lé (< log Sin) [賀禮] (名) ê: 全。

hó-lé-á [好禮仔] (副) 小心翼翼地¶~-
phâng··khí··lâi [～捧起來]小心端起
來。

hō-lēng (< log Sin) [號令] (名) ê: 全
¶*hoah ~* [喝～] a. 叫口令 b. 役使他
人。

hó-lí [好哩] (副) 幸虧; ≃ ka-chài ¶~
*i bô khòaⁿ-tiòh lí thau chhiò, iah-
bô m̄-chai boeh/beh khì kà pìⁿ sáⁿ
khoán.* [～伊無看著你偷笑, iah無
m̄知欲氣到變啥款.]幸虧他沒看見

你偷偷地笑,不然的話不知道要氣成
什麼樣子。

hó-lí-ka-chài (< *hó-ka-chài*, q.v.)。

hó-lī-lī [好離離] (形) 痊癒。

ho-lian-tāu |-*lin*-‖*ho*-‖*hô*-/*hô*-
liân- (< *ho-lan-tāu* [荷蘭豆]; v
Ho-lan) [ho-lian 豆] (名) CHÂNG,
NGEH, LIÀP: 豌豆。   「大。

hó-liāng/-*liōng* [好量] (形) (為人)寬

ho-lin-tāu (< *ho-lian-tāu*, q.v.)。

hó-liōng ⇒ hó-liāng。

hó-liu-liu [好溜溜] (形) 1. 完好; 好端
端的 2. 復原變好 3. 痊癒; ≃ hó-
lī-lī。

Hō-ló (< *Hòh-ló*, q.v.)。

ho-lú-bóng/-*móng* (< Nip *horumon*
< En *hormon*) (名) 荷爾蒙。

hō-má ⇒ hō-bé。   「苦。

hô-mí-khó· |-*mih*- [何 mí 苦] (副) 何

hó-miâ (ant *bái-miâ*) [好名] (名) ê: 好
的名聲。   「好。

hó-miā (ant *pháiⁿ-miā*) [好命] (形) 命

hō-miâ [號名] (動) 取名字。   「好。

hó-miâ-hó-siaⁿ [好名好聲] (形) 名聲

hó-miā-kiáⁿ [好命 kiáⁿ] (名) ê: 命好
有長輩好好照護的人。   「人。

hó-miā-lâng [好命人] (名) ê: 命好的

hô-mih-khó· (> *hô-mí-khó·*, q.v.)。

ho-mú-láng‖*ho*- (< Nip *hōmu-ran*
< En *home run*) (名) PÁI: "紅不讓,"
即全壘打。   「TIUⁿ: 全。

hō-nî-phìⁿ (< log Chi) [賀年片] (名)

hó-nî-tang [好年冬] (名) PÁI: 豐年。

hó-ōe (< log Sin) [好話] (名) KÙ: 1. 褒
獎的話 2. 吉利話。   「全。

hô-pêng (< log Sin) [和平] (名) (形)

hó-pêng-iú (< log Sin) [好朋友] (名)
ê: 全。   「指品行 (形) 好的或壞的

hó-pháiⁿ/-*phái* [好歹] (名) 好與壞,尤
◇ ~-*ūn* [～運]憑運氣。

hó-sè [好勢] (形) 1. 妥當¶*Tàk-hāng
lóng ~ ·a.* [Tàk項攏～矣.]凡事
都(辦)停妥了¶*kā pâng-keng khêng*

hơ ~. [kā 房間 khêng hơ~.] 把屋子收拾好　**2.** 舒適,不覺得不安穩、痛苦等¶*Góa tòa chia chin* ~. [我 tòa chia 真~.] 我在這兒很舒適¶*Hit keng pâng-keng chin* ~. [Hit 間房間真~.] 那個屋子很舒適¶*khùn-bē-*~ [睏 bē~] 睡不好

◇ ~*-liu-liu* [～溜溜] 很順當¶*ka-tī chiàh kà* ~*-liu-liu, lóng bián lâng chhī* [家己吃到～溜溜,攏免人飼] 自家吃得很順當,不必人家餵

3. 好用¶*Hit ê chheh-tû chò-liáu chin* ~. [Hit 個冊櫥做了真~.] 那個書櫃做得很好用　**4.** (ant *phái(ⁿ)-sè*) 好意思¶*Bô chhiáⁿ ·i, kám* ~? [無請伊 kám ~?] 沒請他不會不好意思吧？　**(動) 1.** (ant *phái(ⁿ)-sè*) 妥當;不覺得不妥¶*Chit hō ōe kám* ~ *kóng?* [這號話 kám ～講?] 這話說了不會不妥當吧？　**2.** 舒適¶*Chúi-bîn-chhn̂g* ~ *khùn ·bơ?* [水眠床～睏否?] 水床睡起舒服不舒服？　**3.** (ant *phái(ⁿ)-sè*) 好意思¶*Kám* ~ *bô chhiáⁿ ·i?* [Kám ～無請伊?] 沒請他不會不好意思吧？

hó-sí (< Sin; ant *pháiⁿ-sí*) [好死] **(動)** 壽終正寢;*cf* hó sí ·a。

hó-sim (< Sin) [好心] **(形)** 心腸好¶*ké* ~ [假～] 假慈悲　「好心不得好報
△ ~, *hō kúi chim.* [～, hō 鬼 chim.]
△ ~, *hō lûi chim.* [～, hō 雷 chim.]

hó-sńg [好 sńg] **(形)** 好玩;有趣。　｜do.

hó-sū (< log Sin) [好事] **(名)** Ê: **1.** 喜事　**2.** 善行; ≃ hó-tāi。

hò-sù‖*hò-* (< Nip *hōsu* < En *hose*) **(名)** TIÂU: 軟水管;*cf* phài-phù。

hó-táⁿ [好膽] **(形)** 膽子大　**(連)** 有種的話¶~, *khì, kong.* [～去 kong.] (阻止:) 有種的話就去吧¶~, *mài cháu.* [～mài 走] 有種的別逃。

hó-tāi [好 tāi] (< Sin [好事]) **(名)** Ê: 善事; ≃ hó-sū。

hŏ-tái‖*hŏ-* (< Nip *hōtai*) **(名)** TIÂU, KHÙN: 繃帶。

hó-thang [好 thang] (< [好通]) **(輔)** 應該; ≃ hó; ≃ thang-hó ¶*Lán* ~ *cháu ·a.* [咱～走矣.] 咱們該走了。

hó-thiⁿ [好天] **(名)** 晴天　**(動)** 放晴¶~ *·a.* [～矣.] 天晴了　**(形)** 晴朗¶*Kin-ná-jit* ~. [今旦日～.] 今天晴天。

hó-thiaⁿ (< log Sin) [好听] **(形)** 仝
◇ ~*-ōe* [～話] KÙ: 甜言蜜語。

hó-ūn [好運] **(形)** 幸運。

hơ ¹‖*hoai*‖*hoâi* (< contr *hơ·³ i²*) **(代) 1.** 使之;將之¶*khǹg-*~*-hó* [khǹg ～好] 把它放好¶*phah-*~*-sí* [phah ～死] 打死他　**2.** 使自己¶*chē-*~*-hó* [坐～好] 坐好¶*hôa khùn* ~ *pá* [hôa 睏～飽] 讓我睡飽　**(動)** 給他(們) ¶~ *chiàh,* ~ *chhēng, lóng bô kam-kek.* [～吃～ chhēng, 攏無感激.] 給他(們)吃,給他(們)穿,卻一點也不感激　**(介) 1.** 讓他¶*Che ài* ~ *seng khòaⁿ ·chit ·piàn.* [Che 愛～先看一遍.] 這個得讓他先看一遍　**2.** 被他¶*Che m̄-hó* ~ *khòaⁿ ·tiòh.* [Che m̄ 好～看著.] 這個不可以被他看到　**3.** 使他¶*hehⁿ* ~ *āu-pái m̄-káⁿ koh lâi* [嚇～後擺 m̄ 敢 koh 來] 嚇他,使他以後不敢再來。

hơ·²‖*hô·* **(動)** (用杓子) 撈;*cf* ko·³ ¶~ *kim-hî* [～金魚] 撈金魚 (的遊戲)。

hô·¹ **(動)** (用杓子) 撈; ⇒ hơ·²。

hô·² (< sem Sin) [鬍] **(形) 1.** 多 (鬍鬚) ¶*I chhùi-chhiu* ~*-*~*-*~. [伊嘴鬚～～～.] 他滿臉鬍鬚　**2.** [x] (吃時) 掉落的食物、吐出的骨頭等弄得桌上亂七八糟或 (吃得) 很多食物沾在嘴邊、臉上。

hó·¹ (< Sin) [虎] **(名)** CHIAH: **1.** 老虎
△ ~ *thâu, niáu-chhí-bóe* [～頭老鼠
2. 十二生肖第三。　　｜尾] 虎頭蛇尾

hó·² (< Sin) [唬] **(動)** 詐騙以佔便直,例如賣方以少報多¶*hông* ~*-·khì* [hông

唬去] (買東西) 被騙 (買貴) 了。
hó·³ (> *hó-·ò*, q,v,) [歎] 感歎可憎、可怕、可畏。
hò·¹ (< Sin) [戽] [動] **1.** (向上把水等) 揚 (起), 例如潑水或舀水使容器、池子等乾涸 ¶~ *chúi* [~水] **a.** 舀水潑出 **b.** (以手掌) 潑水 **2.** 潑水或舀水使容器、池子等乾涸以捕魚蝦 ¶~ *hî-á* [~魚仔] 把池子等的水舀去大部分以捕魚 **3.** (向上) 翹起, 通常指下巴 **4.** (向上) 揍 **5.** [俚] 趕 (人走) **6.** [俚] 丟 (出/棄) **7.** (拿著工具馬馬虎虎地) 做 ¶*sàu-chiú giàh-·leh, chhìn-chhái ~-~-·le* [掃帚 giàh-·leh, 秤彩~~·le] 拿著掃把馬馬虎虎地掃一下 **8.** (使勁) 扒 (飯進嘴裡) ¶*tī/tū giàh-·leh, chhìn-chhái ~-~-·le, tiō chhut-mn̂g ·a* [箸 giàh-·leh, 秤彩~~·le 就出門矣] 拿了筷子隨便吃幾口就出門去了 **9.** (把東西) 搬 (到別處), 貶意 ¶*lâng-kheh boeh/beh lâi chiah kóaⁿ-kín chheng, chi̍t niá saⁿ m̄-chai ~-khì tah* [人客欲來才趕緊清, 一領衫 m̄ 知~去 tah] 客人要來了才趕緊整理屋子, 有一件衣服不知道給弄哪儿去了 [形] 向上翹起, 通常指下巴。
hò·²‖*hoh* [歎] 表示領悟; ⇒ hò·ⁿ。
hò·³‖*hoh* (< *hó*) [歎] 應聲表示願意遵行的語詞 ¶~, *góa liam-ni lâi.* [~, 我 liam-ni 來.] 好, 我馬上來。
hò·⁴‖*hoh* [歎] 表示預言正確 ¶~, *kā lí kóng ·le.* [~, kā 你講咧.] 你看, 你看! 不告訴你了嗎? (你卻不聽.) ¶~, *lí ka khòaⁿ.* [~, 你 ka 看.] 你看. (我說的沒錯吧?)
hō·¹ (< Sin) [雨] [名] CHŪN, TIH: 仝。
hō·² (< log Sin) [戶] [量] 仝。
hō·³ (< Sin [與]) [動] 給 ¶*Góa ~ i chîⁿ.* [我~伊錢.] 我給他錢 [介] **1.** 讓 ¶*Góa ~ i khì ·ê.* [我~伊去·ê.] 是我讓他去的 **2.** 使 ¶*chhit ~ i ta.* [拭~伊 ta] 把他擦乾。**3.** 被 ¶*I ~ lâng phah.* [伊~人 phah.] 他被打
△ ~ *lí siū-·tio̍h!* [~你想著!] 虧你想到了/記起來了, 略帶諷刺意味。
hŏ·‖*ŏ·*‖*hŏ·ⁿ* [歎] 表示不完全置信 ¶~, *kám án-ne?* 哦, 是這樣嗎?
hŏ·-chài [hŏ·哉] [歎] 表示幸災樂禍。
hō·-che̍k/*-chi̍p* (< log Nip) [戶籍] [名] 仝 ¶*siat ~* [設~] 設立戶籍
◇ ~ *thêng-pún* (< log Nip) [~謄本] HŪN: 仝; *cf* hō·-kháu-phō·-á。
hô·-chhiu [鬍鬚] [形] 多鬍鬚 ¶*I ~.* [伊~.] 他滿臉鬍鬚。
hō·-chhiu [雨鬚] [名] **1.** 毛毛雨 ¶*phùn ~* [濆~] 下毛毛雨 **2.** TIH, TIÁM: 毛毛雨的雨點。 ⌈PÚN: 仝。
hō·-chiàu/*-chiò* (< log) [護照] [名]
hô·-chio (< log Sin) [胡椒] [名] CHÂNG, LIA̍P: 仝 ¶*soah ~* 撒胡椒粉。
hō·-chiò ⇒ hō·-chiàu。
hô·-chio-iâm [胡椒鹽] [名] 椒鹽。
hō·-chi̍p ⇒ hō·-che̍k。
hō·-chúi (< log Sin) [雨水] [名] **1.** 下雨的水 **2.** 雨量。 ⌈SIANG: 仝。
hō·-ê/*-ôe* (< log Chi) [雨鞋] [名] KHA,
hō·-i (< log Sin) [雨衣] [名] NIÁ: 仝; ≃ hō·-saⁿ; ≃ hō·-moa。
ho·-io̍k (< log Chi) [呼籲] [動] 仝。
hō·-jia/*-gia*/*-lia* [雨遮] [名] Ê: 雨棚。
hó·-jīm ⇒ hóⁿ-jīm。
hō·-kháu (< log Nip < Sin) [戶口] [名] 仝 ¶*ji̍p ~* [入~] 加入戶籍 ¶*pò ~* [報~] 仝 ¶*sóa ~* [徙~] 遷戶口
◇ ~ *chhau-pún* (< log Nip) [~抄本] HŪN: 戶口謄本
◇ ~*-phō·-á* [~簿仔] PÚN: 戶口名簿
◇ ~ *thêng-pún* (< log) [~謄本] HŪN: 仝; ≃ hō·-kháu chhau-pún。
ho·-khip khì-koan (< log Chi; *cf* Nip [呼吸器]) [呼吸器官] [名] 仝。
hó·-ko·-pô [虎姑婆] [名] Ê, CHIAH: 兇

H

悍的女人。

hō-koâi/*-koâi*/*-kê* (< Sin [雨蛙])
[雨 koâi] 图 CHIAH: 樹蛙。

hớ-koat ⇒ hớⁿ-koat。   「hō-chúi-kî。

hō-kùi (< log Nip) [雨季] 图 全; ≃

hô-là-sà (< *hô·-sà-sà*; v *hô·²*) [鬍
là-sà] 形 **1.** (鬍鬚) 多而亂 ¶*chhùi-
chhiu* ~ [嘴鬚~] 鬍鬚多而亂 **2.** (吃
時) 掉落的食物、吐出的骨頭等弄得
桌上亂七八糟或 (吃得) 很多食物沾
在嘴邊、臉上 ¶*chiáh kà* ~ [吃到
~] 吃得飯菜等掉得滿桌都是或沾得
滿臉都是。

hớ-lān-chhùi [虎 lān 嘴] 粗 图 KI:
愛吹牛的嘴巴 形 愛吹牛。   「皮匠。

hớ-lān-sian [虎 lān 仙] 粗 图 Ê: 牛

hō-lêng [護龍] (< [護廊]) 图 CHŌA,
PÊNG: 廂房。   「全。

hô-lî (< log Sin) [狐狸] 图 CHIAH:
◊ ~-*bóe*/*-bé*/*-bé* [~尾] KI: 狐狸尾
巴 ¶~-*bóe cháu·chhut·lâi* [~尾
走出來] 露出狐狸尾巴。   「ê: 全。

hō-lî-chām (< log Chi) [護理站] 图

hô-lî-chiaⁿ/*-chiⁿ* (< log Sin) [狐狸
精] 图 CHIAH: 全。

hô-lî-hô·-tô· ‖*ô·-…ô·-…* (< log Sin)
[糊里糊塗] 图 全。   「lian-tāu。

ho·-lian-tāu|*-lin-*‖*hô·-liân-* ⇒ ho-

hō-liāng/*-liōng* (< log Nip) [雨量]
图 全; ≃ hō-chúi⁽²⁾。

ho·-lin-tāu‖*hô·-lîn-* ⇒ ho-lian-tāu。

hō-liōng ⇒ hō-liāng。

hô-liu [鰗鰡] 图 BÓE: 泥鰍。

hô-lô· (< log Sin) [葫蘆] 图 CHÂNG,
LIÁP: 全。

ho·-lú-bóng/*-móng* ⇒ ho-lú-bóng。

hō-miâ (< log Chi) [戶名] 图 Ê: 全。

hō-mng-á [雨 mng 仔] 图 CHŪN: 毛
毛雨; ≃ hō-sap-á。

hō-moa [雨 moa] 图 NIÁ: 雨衣。

ho·-mú-láng ⇒ ho-mú-láng。

hó·-ò·‖*hó·ⁿ-·ò·ⁿ*‖*ó·-·ò·* (< *hó·³*) 感
表示可憎、可怕、可畏 ¶~, *he lâng
m̄-chai gōa/jōa chē ·le!* [~, he 人
m̄ 知 gōa chē 咧!] 嗯, 人多得數不完!
¶~, *lí ū-kàu pháiⁿ-sim.* [~, 你有
夠歹心.] 嗯, 你真夠壞。

hǒ·-·ò· 感 表示幸災樂禍或預告對對
話人不利的事將發生的語詞 ¶~, *lí
ē hông liáh·khì.* [~, 你會 hông 掠
去.] 你糟糕了, 你會被抓去。

hō-ôe ⇒ hō-ê。

hō-saⁿ [雨衫] 图 NIÁ: 雨衣。

hō-sap-á [雨 sap 仔] 图 CHŪN, TIH:
毛毛雨。

hō-siang/*-siong* (< log Sin) [互相]
動 (< sem) 互相體諒 副 全; ≃ sio/
saⁿ ¶~ *pang-bâng* [~幫忙] 全; ≃
tàu-saⁿ-kāng。

hô-sîn (< Sin) [蝴蠅] 图 CHIAH: 家
蠅 ¶*hop* ~ 拱起手掌撲蒼蠅
◊ ~-*báng-á* [~蚊仔] CHIAH: 蚊蠅
◊ ~-*chóa* [~紙] TIUⁿ: 捕蠅紙
◊ ~-*hó·* [~虎] CHIAH: 蠅虎
◊ ~-*hop-á* [~hop 仔] KI: 蒼蠅拍子
◊ ~-*sái* [~屎] TIÁM: 雀斑
◊ ~-*sái-kì* [~屎痣] TIÁM: **a.** (單點
的) 雀斑 **b.** 微小的痣。

hō-siong ⇒ hō-siang。

hō-sòaⁿ (< log Sin) [雨傘] 图 KI: 全
◊ ~-*chat* [~節] BÓE: 一種顏色節節
相間的毒蛇
◊ ~-*hoe* [~花] (被風吹而) 往外翻
的雨傘 ¶*péng* ~-*hoe* [péng~花] 雨
傘 (被風吹而) 往外翻
◊ ~-*kut* [~骨] KI: 雨傘的骨架
◊ ~-*pèⁿ*/*-pìⁿ* [~柄] KI: 雨傘的軸
與把手
◊ ~-*pò·* [~布] TÈ: 雨傘上的遮蔽部

hò·-sù ⇒ hò-sù。   「分。

hō·-sū (< log Chi) [護士] 图 Ê: 全
◊ ~-*tiúⁿ* (< log Chi) [~長] Ê: 全。

hǒ·-tái ⇒ hǒ-tái。

hò͘-táu [戽斗] (形) 下巴向前突出。

hó-tēng ⇒ hóⁿ-tēng。

hō-tēng [hō定] (名) ê: 門檻。

hō-thâu (< log Chi) [戶頭] (名) ê: 仝;
　≃ kháu-chō。　　　　　　[仝。

hó-thâu-phang [虎頭蜂] (名) CHIAH:

hō-tiám (< log Sin) [雨點] (名) [á]
　TIH, TIÁM: 仝; ≃ hō-tih。

hô͘-tô͘‖ô͘- (< log Sin) [糊塗] (形) 仝。

hō-tōng (< log Chi < tr En interact)
　[互動] (動) 仝。

·hoⁿ |¹‖·hoʰⁿ (> hòⁿ¹; > hǒⁿ¹)
　(氣) 1. 表示想當然爾,輕聲中調或低
　調 ¶Lí iau-·a ·la ~? [Lí iau 矣啦
　~?]你餓了吧? 2. 徵求同意的疑問
　詞,輕聲中調或低調 ¶Án-ne hó ~?
　這樣可以吧?。

·hoⁿ² ‖·hoʰⁿ (氣) 徵求同意的祈使用
　語,輕聲低調; cf ·he ¶Chài kàu
　chhia-thâu ~! [載到車頭~!]請把
　我載到車站 ¶Lán lâi-khì ~. [咱來
　去~.]我們可以走了(吧)。

hoⁿ (象) 1. 頻率不高的哼聲,例如警報
　汽笛聲; ≃ oⁿ 2. 鼾聲; ≃ kòⁿ (動)
　發出頻率不高的哼聲,例如空襲警報
　器或高壓電線 ¶Chúi-lê teh ~. [水
　螺 teh ~.]拉著警報。

hô͘ⁿ ⇒ kōⁿ¹。

hòⁿ¹‖hoʰⁿ (< ·hoⁿ¹) (氣) 表示實
　際肯定但徵求意見 ¶~, tiòh ·bơ?
　[~,著否?]是吧,沒錯吧?

hòⁿ²‖hoʰⁿ‖hò‖hoʰ (歎) 哦,即表示
　原來沒想到或禮貌上表示認知自
　己不同意的意見 ¶~, án-ne ·hio?
　哦,是這樣啊? 　　　　　[cf hò³。

hòⁿ³‖hoʰⁿ (歎) 表示不很熱心的應允。

hǒⁿ¹ (< ·hoⁿ¹) (氣) 1. 表示徵求認定
　¶Che lí ê ~? [Che你ê~?]這個是
　你的吧? 2. 表示要求聆聽 ¶Che ~,
　m̄ sī lí ê. [Che~, m̄是你ê.]這個
　啊,這個不是你的。

hǒⁿ² (歎) 表示不完全置信; ⇒ hǒ。

hòⁿ-hiân [好hiân] (形) 好奇。

hoⁿ-hoⁿ-kiò [hoⁿ-hoⁿ叫] (動) 發出
　頻率不高的哼聲,例如空襲警報器、
　救護車、高壓電線或耳鳴 ¶Hīⁿ-á
　~. [耳仔~.]耳鳴 ¶Chúi-lê ~. [水
　螺~.]拉著警報。　　[認] (動) 仝。

hóⁿ-jīm‖hó͘-‖hió- (< log Nip) [否
hòⁿ-kî (< log Sin) [好奇] (形) 仝; ≃
　hòⁿ-hiân

　◇ ~-sim (< log Nip) [~心] ê: 仝。

hóⁿ-koat‖hó͘- (< log Nip) [否決]
　(動) 仝　　　　　　　　　[權]仝。

　◇ ~-khoân/-koân (< log Chi) [~

hô͘ⁿ o͘ⁿ— (象) 開始拉警報聲。

hóⁿ-·ò͘ⁿ ⇒ hó͘-·ò͘。

hǒⁿ-·ò͘ⁿ¹ (象) 警車、救護車的警笛

hǒⁿ-·ò͘ⁿ² (歎) 哦!(原來如此!) ⌐聲。

hòⁿ-sek (< log Sin) [好色] (形) 仝。

hóⁿ-tēng‖hó͘- (< log Nip) [否定]
　(名) (動) (形) 仝。

hoa |(動) 熄滅 ¶hóe/hé ~-·khì [火~
　去]火熄了 ¶kā hóe/hé tiak-~ [kā火
　tiak~] (撥開關)熄燈。

hôa (< hǒa, q.v.)。

hóa¹ (歎) 表示發現不可思議的事 ¶~,
　chúi im kà lō͘ lóng bô-khòaⁿ-kìⁿ ·a!
　[~,水淹到路攏無看見矣!]哇,水把
　路都淹得看不見了! 　　　　[感覺。

hóa² (歎) 表示事情做完後如釋重負的

hòa (< log Nip < tr En -ize/-ization)
　[化] (尾) 仝 ¶Hàn-~ [漢~]仝 ¶hiān-
　tāi-~ [現代~]仝 ¶kok-chè-~ [國際
　~]仝 ¶Tiong-goân-~ [中原~]被中
　國中原語言、文化所取代而同化。

hōa¹ [譁] (動) 喧譁;起鬨 ¶~-·khí-·lâi
　[~起來]譁然;起鬨。

hōa² (< contr hō·³ ·góa) (動) 給我
　¶Hit ki to-á thèh ~. [Hit 枝刀仔
　thèh~.]那把刀子拿給我。

hǒa (< contr hō·³ góa...; > hôa) (動)

給我¶*I* ～ *chi̍t pún chheh.* [伊～一本冊.]他給我一本書 [介] **1.** 讓我¶*m̄* ～ *kóng-ōe* [m̄～講話]不讓我說話 **2.** 被我¶～ *khòa*^{n}*-·tio̍h* [～看著]被我看到 **3.** 使我¶*I* ～ *chin bô hoa*^{n}*-hí.* [伊～真無歡喜.]他使我很不高

hóa-·à‖*hŏa-* (< *hóa*^{1}, q.v.)。 ⌊興。

hŏa-·à^{1} [象] 突然下雨的聲音 [擬] 突然下大雨的樣子。

hŏa-·à^{2} [歎] 表示不可思議; ⇒ hóa-·à。

Hôa-bûn (< log SingChi) [華文] [名] 中文。

hòa-chio̍h (< log Nip < tr; *cf* En *fossil* < Fr *fossile*) [化石] [名] TÈ: 仝。

hóa-chiûan (< Chi *hua*^{1} *chüan*^{3}) [名] LIA̍P: 花捲。

hòa-chong^{1} (< log Nip) [化妝] [動] 用脂粉等美容; ≃ chng; ≃ ōe-chong。

hòa-chong^{2}/-*chng* (< log Chi) [化裝] [動] **1.** 修飾容貌,例如演員; ≃ chng **2.** 假扮,即改變容貌衣著等個人外觀,例如偵探; ≃ ké^{5}。 「Ê: 仝。

◇ ～ *bú-hōe* (< log Chi) [～舞會]

hòa-chong-phín (< log Nip) [化粧品] [名] 仝。 「語] [名] KÙ: 中國語。

Hôa-gí/-*gú*/-*gí* (< log SingChi) [華

hòa-giām (< log < ab < tr En *chemical examination* / *laboratory test*)

Hôa-gú ⇒ Hôa-gí。⌊[化驗] [動] 仝。

hòa-ha̍k (< log Nip) [化學] [名] 仝。

hōa-hōa-kiò [譁譁叫] [動] 喧嘩。

hoa-hoa-sè-kài (< log Chi) [花花世界] [名] Ê: 仝。

hòa-iân (< log Sin) [化緣] [動] 仝。

Hôa-jîn/-*gîn*/-*lîn* (< log SingChi) [華人] [名] Ê: 有中國文化的人。

hòa-kái (< log Chi) [化解] [動] 仝。

hòa-kang (< log Chi < ab [化學工程]) [化工] [名] 化學工程。

Hôa-kiâu (< log Sin) [華僑] [名] Ê: 中國僑民。

Hoa-liân/-*lian*‖*Hoe-* [花蓮] [名] 花

◇ ～-*khe*/-*khoe* [～溪] 仝。 ⌊蓮市

hòa-liâu (< log < ab tr En *chemotherapy*; *cf* Nip [化學療法]) [化療] [名] TŌA^{n}, PÁI: 化學治療(法) [動] 施以或接受化學治療。

hòa-miâ (< log Chi) [化名] [動] 仝。

hŏa-·ǹg (< *hoàng*) [象] 突然著火的聲音 [擬] 突然著火的樣子。

Hôa-sēng-tùn (< log Sin < Cant < En *Washington*) [華盛頓] [名] 美國首都名、州名; ≃ Óa-sīng-tì^{n}。

Hôa-sī/-·*sī* (< log Sin < *Fahrenheit*) [華氏] [名] 仝 ¶～ *sa*^{n}*-cha̍p-jī tō͘ téng-i lêng tō͘.* [～32度等於零度.] 仝。

hòa-sin (< log Sin) [化身] [名] 仝。

hôa^{n} ^{1} [動] 懸而未決; ⇒ hâ^{n1}。

hôa^{n2} (< Sin) [鼾] [動] 打鼾; ≃ kō͘^{n1}。

hóa^{n1} [動] 晃,指時間¶*Jîn-seng* ～-·*le tiō kòe/kè.* [人生～·le就過.]人生一晃就過去了。

hóa^{n2} [形] [x] 微明;朦朧。

hōa^{n1} (< Sin) [岸] [名] PÊNG: 仝。

hōa^{n2} (< Sin [捍]) [名] **B.** 扶手 ¶*chhiú-*～ [手～] do. ¶*í-á-*～ [椅仔～]椅子的扶手¶*lâu-thui-*～ [樓梯～]樓梯的扶手 [動] **1.** 扶(住以使自己不致跌倒或使他人或物體不致倒下) **2.** 掌管¶*kong-si góa teh* ～, *chî*^{n} *thâu-ke teh thàn* [公司我teh～,錢頭家teh趁]公司由我負責經營,賺錢是老闆的¶～ *ka-sū* [～家事]理家務 ¶～-*siàu* [～賬]管帳。

hōa^{n3} (< *hoa̍h*; > *hā*^{n1}, q.v.) [動] 舉足(前進/跨過)。 「上;岸邊。

hōa^{n}-·e/-·*ni* [岸·e] (< [岸裡]) [名] 岸

hoa^{n}-hí (< Sin) [歡喜] [動] 仝¶*khang* ～ *chi̍t-khùn* [空～一睏]空歡喜一場 [形] 高興;歡樂

◇ ～-*kam-goān* [～甘願]心甘情願

◇ ～-*phut-phut* 很高興;很歡樂。

hoa^{n}-hoa^{n}-hí-hí [歡歡喜喜] [形] 高高興興。

hōa^{n}-pi^{n} [岸邊] [名] 仝。

hōa^{n}-téng [岸頂] [名] 岸上。

hoah^{1} (< Sin) [喝] [動] 吆喝
- △ ~ *chhȧt-á* [~賊仔] (不敢面對小偷而) 高聲喊叫以嚇走小偷
- △ ~ *chúi ē kian-tàng* [~水會堅凍] 權勢很大,極具影響力
- △ ~ *gín-á* [~gín仔] 高聲喊叫以制止小孩的某行為。

hoah^{2} [動] (略) 磨(一下刀); ≃ koeh ¶*To tòa óa^{n}-kî^{n} ~-~ ·le.* [刀tòa碗墘~~·le.] 把刀在碗邊儿刮一刮。

hoȧh [量] 腳步 ¶*tōa-tōa ~ kiâ^{n}* [大大~行] 大踏步走 ¶*kiâ^{n} tōa-tōa ~* [行大大~] do. [動] (> *hōa^{n3}* > *hā^{n1}*; > *hȧh^{n}*) 舉足(前進/跨過); ⇒ hā^{n1}。

hoah-hiu [喝咻] [動] 高聲叫;吆喝。

hoah-kè [喝價] [動] **1.** 高聲唱出價目(以招徠顧客) **2.** (拍賣時)喊價。

hoah-kiù-lâng [喝救人] [動] 呼救。

hoah-kûn (< Sin) [喝拳] [動] (喝酒)猜拳。

hoah-lin-long [喝 lin-long] [動] (叫價)拍賣。

hoah-pha-lá-khián (< sem < TW *hoah* + Nip *paraken*) [喝 pha-lá-khián] [動] 討價還價。

hoah-thêng [喝停] [動] 叫停。

hoai^{1} (< contr *hiah-ê*, q.v.) [代] [指] 那些。

hoai^{2} (< contr *hō·^{3} ·i^{2}*) [動] 給他。

hoai^{3}‖*hoâi* [介] 讓他;被他;使他; ⇒ ho·^{1}。

hoâi-gî (< log Sin) [懷疑] [動] 仝。

hoâi-liām (< log Sin) [懷念] [動] 仝; ≃ siū^{n}; ≃ siàu-liām。

hoâi^{n}‖*hûi^{n}* (< Sin) [橫] [名] 水平的筆畫 [量] 計算水平的筆畫的單位 [動] **1.** 打橫 ¶*kā bîn-chhn̂g ~-·kòe-·lâi* [kā眠床~過來] 把床橫過來放 **2.** 橫越; ≃ châ^{n} ¶*~-kòe/-kè ūn-tōng-tiâ^{n}* [~過運動埕] 橫切過操場走 [形] **1.** 橫的
- △ ~ *chhâ giâ-jip chàu* [~柴giâ入灶] 蠻幹

2. 蠻橫。

hoâi^{n}-chōa‖*hûi^{n}*- [橫 chōa] [名] CHŌA: 橫線條、紋路或行列; *cf* hoâi^{n}-sòa^{n}。

hoâi^{n}-hoâi^{n}‖*hûi^{n}-hûi^{n}* (v *hoâi^{n}*) [橫橫] [副] 悍然 ¶~ *kâng chhiú^{n}-·khì* [~kâng搶去] 悍然搶走。

hoâi^{n}-ke-á |*-koe-*‖*hûi^{n}-koe-* [橫街仔] [名] TIÂU: 與大街交叉的小街。

hoâi^{n}-keh-mȯ·h‖*hûi^{n}*- (< log Nip) [橫膈膜] [名] TÈ: 仝。

hoâi^{n}-koai^{n}‖*hûi^{n}-kui^{n}* [橫杆] [名] KI: (桌椅等的)橫木條。

hoâi^{n}-koàn kong-lō·‖*hûi^{n}*- (< log Chi) [橫貫公路] [名] TIÂU: 仝。

hoâi^{n}-koe-á ⇒ hoâi^{n}-ke-á。

hoâi^{n}-pà-pà‖*hûi^{n}*- [橫霸霸] [形] 很蠻橫。

hoâi^{n}-siá‖*hûi^{n}*- (< log Chi) [橫寫] [動] 仝。

hoâi^{n}-sòa^{n}‖*hûi^{n}*- (< log Nip; ant *khiā-sòa^{n}*) [橫線] [名] TIÂU, CHŌA: 仝; *cf* hoâi^{n}-chōa。

hoâi^{n}-tit‖*hûi^{n}*- [橫直] [副] 反正。

hoâi^{n}-toān-bīn|*-tn̄g-*‖*hûi^{n}*- (< log Nip) [橫斷面] [名] Ê: 橫切面。

hoan^{1} (< log Nip) [番] [量] 號 ¶*Lí, tiān-ōe kúi ~?* [你電話幾~?] 你的電話幾號?

hoan^{2} [翻] [動] **1.** 鬆動(耕地、菜地) ¶~ *chhân-thô·* [~田thô·] 犁地 **2.** 翻修 ¶*Chit keng chhù bat ~-·kòe.* [這間厝bat~過.] 這房子曾經翻修過。

hoan^{3} (< log Chi) [翻] [動] 翻譯。

hoan^{4} [翻] (< [番]) [動] 無理取鬧 ¶*Lí ná chiah gâu ~?* [你哪chiah gâu ~?] 你怎麼這麼(會)無理取鬧? ¶*hoân-·khí-·lâi, tiō ~-·khí-·lâi* [煩

起來就～起來]一覺得煩躁就開始無理取鬧 [形] 不可理喻; ≃ hoan-thái。

hoân[1] (< log Sin) [礬] [名] TÈ, LIȮP: 明礬。

hoân[2] (< log Sin) [煩] [動] **1.** 覺得煩躁 ¶*～-·khí-·lâi, tiō hoan-·khí-·lâi* [～起來就翻起來]一覺得煩躁就開始無理取鬧 **2.** 令人煩躁; ≃ chak ¶*oȧh-boeh/-beh ～-·sí* [活欲～死]煩死人了 [形] 仝; ≃ chak ¶*kám-kak chiok ～ ·e* [感覺足～·e]覺得很煩。

hoân[3] (< *hoǎn*, q.v.) [介] **1.** 讓我們 **2.** 被我們 **3.** 使我們。

hoán[1] (< log Nip) [反] [首] **1.** (< tr En *contra-/counter-* < Lat *contra*) 相反的 ¶*～-hāu-kó* [～效果]仝 ¶*～-kong* [～攻]仝 **2.** (< tr En *anti-* < Hel *anti*) 反對;對抗 ¶*～-hui-tân/-tôaⁿ* [～飛彈]仝 ¶*～-kiōng* [～共]仝 ¶*～-Tâi* q.v.

hoán[2] (< log Sin) [反] [動] 反叛。

hoàn (< log Chi < Nip [汎] < tr En *pan-*) [泛] [首] 仝 ¶*～-chèng-tī-hòa* [～政治化]仝 ¶*～-Thài-pêng-iûⁿ* [～太平洋]仝。

hoān[1] (< log Sin) [犯] [動] **1.** 觸犯 ¶*～-tiȯh tá-/tó-chi̍t tiâu chōe?* [～著tá一條罪?]犯了那條罪 **2.** 冒犯;衝犯 ¶*～-tiȯh in téng-si* [～著in頂司]犯了他上司。

hoān[2] [範] [動] 分開歸屬 ¶*Che ～ che, he ～ he.* 這個是這個,那個是那個,不能混。

hoān[3] (< contr *hō·*[3] *·goán*) [動] 給我們 ¶*Hiah-nī chē, mā chi̍t-kóa ～.* [Hiah-nī chē, mā一寡～.]那麼多,給我們一些吧。

hoǎn (< contr *hō·*[3] *goán...*; > *hoân*[3]) [動] 給我們 ¶*I ～ chîⁿ.* [伊～錢.]他給我們錢 [介] **1.** 讓我們 **2.** 被我們 **3.** 使我們。 「商。

hoàn-á [販仔] [名] Ê: 行商;小販;零售

hoan-á-hóe/-hé/-hé [番仔火] [名] KI, LOK: 火柴。「鼻間有彩色的瘤。

hoan-ah [番鴨] [名] CHIAH: 一種鴨,眼

hoan-àn (< log Sin) [翻案] [動] 仝。

hoàn-bē-ki|*-bōe-* (< log Chi < tr En *vending machine*; *cf* Nip [自動販賣機]) [販賣機] [名] TÂI: 仝 ¶*chū-tōng ～* [自動～]仝。

hoan-be̍h [番麥] [名] CHÂNG, SŪI, LIȮP: 玉米 ¶*pōng-～* 爆玉米花 「穗。

◇ *～-sūi* [～穗] SŪI: 棒子,即玉米的

hoán-bīn (< log Nip; ant *chiàⁿ-bīn*) [反面] [名] 仝; ≃ tò-bīn。

hoàn-bōe-ki ⇒ hoàn-bē-ki。

hoán-chè (< log Chi) [反制] [動] 仝。

hoán-chéng [反種] [動] 變種。「Ê: 仝。

hoán-chèng[1] (< log Nip) [反證] [名]

hoán-chèng[2] (< log Chi) [反正] [副] 橫豎; ≃ hoâiⁿ-ti̍t。

hoán-chéng-á [反種仔] [名] Ê, CHIAH: 變種的,尤指動物。

hoàn-chèng-tī-hòa (< log Chi) [泛政治化] [動] 仝。

hoán-chha̍t [反賊] [名] Ê: 叛徒,貶意。

hoan-chháu [翻草] [動] 反芻。

hoān-chiá (< log Nip) [患者] [名] Ê: 病人。 「仝。

hoán-chiàn (< log Nip) [反戰] [動]

hoān-chōe (< log Sin) [犯罪] [動] 仝。

hoán-chok-iōng/*-ēng* (< log Nip) [反作用] [名] 仝。

hoan-e̍k (< log Nip) [翻譯] [動] 仝。

hoân-êng (< log Chi) [繁榮] [形] 仝。

hoán-èng (< log Nip) [反應] [動] 仝。

hoan-gêng (< log Nip) [歡迎] [動] 仝。

hoán-he̍k (< log Nip) [反核] [動] 仝。

hoân-hôa (< log Sin) [繁華] [形] 仝。

hoán-Hôa (< log Chi) [反華] [動] [形] 仝。

hoān-hoat (< log Sin) [犯法] [動] 仝。

hoán-hóe (< log Sin) [反悔] 動 後悔。

hoan-hù (< log Sin) [吩咐] 動 仝。

hoan-ìn (< log Chi) [翻印] 動 仝。

hoán-kám (< log Nip) [反感] 名 ê: 仝 形 (< sem) 有反感。 「仝。

hoán-khòng (< log Nip) [反抗] 動

hoán-kiōng (< log Nip) [反共] 動 仝。

hoán-kng (< log Chi) [反光] 動 仝。

hoán-kong (< log Chi) [反攻] 動 仝。

hoān-kui (< log Sin) [犯規] 動 仝。

hoán-kut [反骨] 名 叛逆的性格 形 有叛逆性格。 「仝。

hoān-lâng (< log Sin) [犯人] 名 ê:

hoàn-lèk (ant *hoàn-nâ*) (< log Chi) [泛綠] 形 主張台灣本土主義的 ◇ ~-*kun* (< log Chi) [~軍] 重台灣 輕中國的政治團體群。

hoân-ló/-*hó* (< log Sin) [煩惱] 動 仝 ¶*Chò/chòe lí bián* ~. q.v.

hoán-loān (< sem Sin) [反亂] 名 變 亂 動 變亂。

hoàn-nâ (ant *hoàn-lèk*) (< log Chi) [泛藍] 形 反對台灣本土主義的 ◇ ~-*kun* (< log Chi) [~軍] 重中國 輕台灣的政治團體群。 「仝。

hoan-pán (< log Sin) [翻版] 名 動

hoán-pí-lē (< log Nip) [反比例] 名 仝。 「叛。

hoán-pōe (< log Sin) [反背] 動 背

hoán-pok (< log Nip) [反駁] 動 仝。

hoan-sàng (< log Nip) [歡送] 動 仝 ◇ ~-*hōe* (< log Nip) [~會] ê: 仝。

hoān-sè [hoān 勢] 形 [x] 很有可能 副 [á] 很可能; ≃ bô-/poh-tiāⁿ。

hoán-séng/-*séⁿ* (< log Nip) [反省] 動 仝。

hoán-siā (< log Nip) [反射] 動 仝。

hoán-siâng/-*siông* (< log Sin) [反 常] 動 仝。

hoan-sin (< log Sin) [翻身] 動 仝。 ¶*hoan chit ê sin koh khùn* [翻一個 身 koh 睏] 翻過身繼續睡。

hoán-siông ⇒ hoán-siâng。

hoan-soa [翻砂] 動 (馬等獸類) 在地 上打滾。

hoán-Tâi(-oân) [反台(灣)] 動 形 逢對台灣有利益的必反對或反抗。

hoan-thâu [翻頭] 動 折回 副 從頭。

hoân-thé-jī (< log Chi) [繁體字] 名 Jī: 仝; ≃ chiàⁿ-thé-jī。 「點。

hoan-tiám [翻點] 動 (時間) 過十二

hoán-tò-tńg [反 tò 轉] 動 反過來 ◇ ~-*kóng* [~講] 反之; 反過來說 副 反而 ¶*I bô kā góa mē, ~ kā góa kó͘-lē.* [伊無 kā 我罵, ~ kā 我鼓 勵.] 他沒罵我, 反而鼓勵我。

hoán-tôaⁿ (< log Chi) [反彈] 名 動 仝; ≃ tò-tōaⁿ。

hoán-tōng (< log Nip) [反動] 形

hoān-tōng 動 發炎而蓄膿。 「仝。

hoán-tōng hūn-chú (< log Nip [反 動分子]) [反動份子] 名 ê: 反動分 子。

hoán-tùi (< log Nip) [反對] 名 仝 ¶*ūi ~ lâi hoán-tùi* [為~來反對] 為 反對而反對 動 仝 「仝 ◇ ~-*phiò* (< log Chi) [~票] TIUⁿ: ◇ ~-*tóng* (< log Nip) [~黨] ê, TÓNG: 仝 「ê: 仝 ◇ ~ *tīn-iâⁿ* (< log Chi) [~陣營] ◇ ~ *ūn-tōng* (< log Nip) [~運 動] 仝。

hoān-ûi (< log Nip) [範圍] 名 ê: 仝。

hoàng (> *hŏa-·ng*, q.v.) 象 一下子 著火的聲音。

hoăng-·chit-·ē (v *hoàng*) [hoăng 一 下] 副 突然著火的樣子 ¶~ *tòh-·khí-·lâi* [~ tòh 起來] 一下子燃燒起來。

hoāng-hoāng-kiò (v *hoàng*) [hoāng-hoāng 叫] 動 (火) 熊熊燃燒著 形

1. (火)熊熊燃燒而且發出聲音的樣子 **2.** (氣溫)火爐般的炎熱。

$\boxed{\text{hoat}}^1$ (< log Sin) [法] ② **B.** 方式;方法 ¶kóng-~ [講~]說法 ¶siū^n-~ [想~]全 ¶su-jip-~ [輸入~]全。

hoat² (< log Nip < tr; cf En law) [法] ② **B.** 法律;規定 ¶chhut-pán-~ [出版~]全 ¶kok-chè-~ [國際~]全 ¶tāi-hảk-~ [大學~]全 ¶tē-hng-chū-tī-~ [地方自治~]全。

hoat³ (< log Sin) [發] ⑩ **1.** 長出 ¶~ chhùi-khí [~嘴齒]長牙齒 **2.** 使發酵而膨脹;因發酵而膨脹 ¶Ke-/Koe-nn̄g-ko bô ~. [雞卵糕無~.]蛋糕沒發成 **3.** 送出 ¶~ kong-bûn [~公文]全 **4.** 頒發 ¶~ chèng-si/-su [~證書]全 **5.** 發財 ¶tōa-~ [大~]發大財 **6.** 發作 ¶sèng-tē ~--khí--lâi [性地~起來]發起脾氣。

hoảt (< log Sin) [罰] ⑩ 全。「Ê: 全。

hoat-àn (< log Nip) [法案] ② TIÂU,

hoat-bêng (< log Nip) [發明] ② 全 ¶sin ~ [新~]全 ⑩ 全
◇ ~-ka (< log Nip) [~家] ê: 全。

hoat-bū-pō͘ (< log Chi) [法務部] ② 全。

Hoat-bûn (< log Chi) [法文] ② 全。

hoat-châi (< log Sin) [發財] ⑩ 全
◇ ~-á(-chhia) [~仔(車)] TÂI: 小貨車。「⑩ 全。

hoat-chok/-choh (< log Sin) [發作]

hoat-gê (< Sin) [發芽] ⑩ (從種籽中)長出嫩葉; ≃ puh-gê; cf hoat-í^n。

Hoat-gí/-gú/-gí́ (< log Chi) [法語] ② 全。

hoat-giân (< log Nip < sem Sin) [發言] ⑩ 全 「人] ê: 全。
◇ ~-jîn/-gîn/-lîn (< log Chi) [~

hoat-goān (< log Sin) [發願] ⑩ 全。

hoat-goân-tē/-tōe (< log Sin) [發源地] ② ê: 全。

Hoat-gú ⇒ Hoat-gí。「KENG: 全。

hoat-hảk-ī^n (< log Chi) [法學院] ②

hoat-hiān (< log Sin) [發現] ② 全 ¶sin ~ [新~]全 ⑩ 全; cf hoat-kiàn。「⑩ 全。

hoat-hui (< log Nip < Sin) [發揮]

hoat-hún (< log Chi) [發粉] ② 全。

hoat-i (< log Nip) [法醫] ② Ê: 全。

hoat-í^n [發í^n] (< [發穎]) ⑩ 長新葉子; ≃ puh-í^n; cf hoat-gê。「全。

hoat-ī^n (< log Nip) [法院] ② KENG:

hoat-iām (< log Sin) [發炎] ⑩ 全。

hoat-im (< log Nip < sem Sin) [發音] ⑩ 全。「全。

hoat-iỏk (< log Nip) [發育] ② ⑩

hoat-jiảt /-giảt /-liảt (< log Sin) [發熱] ⑩ **1.** 發出熱能 **2.** (因病而)體溫升高; ≃ hoat-sio。

hoat-jîn/-gîn/-lîn (< log Nip) [法人] ② ê: 全 ¶châi-thoân ~ [財團~]全。「母;酵素。

hoat-kà^n (< sem Sin) [發酵] ② 酵

hoat-kak (< log Sin) [發覺] ⑩ 全。

hoat-ké/-ké́ ⇒ hoat-kóe。

hoat-khí (< log Nip < sem Sin) [發起] ⑩ 全 「人] ê: 全。
◇ ~-jîn/-gîn/-lîn (< log Nip) [~

hoat-kiàn (< log Nip < sem Sin) [發見] ⑩ **1.** 發現; ≃ hoat-hiān ¶~ sin ê p$ē^n$-/p$ī^n$-tỏk [~新ê病毒]發現新病毒 **2.** 發覺 ¶~ m̄-tiỏh [~m̄著]發覺不對。

hoat-kng (< log) [發光] ⑩ 全。

hoat-koa^n (< log Nip) [法官] ② ê: 全。「TÈ: 發糕。

hoat-kóe/-ké/-ké́ [發粿] ② SN̄G,

Hoat-kok (< log Chi < ab France + [國]) [法國] ② 全。

hoat-lảk (< log Sin) [法力] ② 全。

hoat-lēng (< log Chi) [法令] ② TIÂU:

全。　　　　　　　　　　「落。

hoa̍t-lo̍h (< log Sin) [hoa̍t 落] 動 發

hoat-lông-chit (< log Nip) [琺瑯質] 名 全。

hoat-lu̍t (< log Nip) [法律] 名 全
◊ ~-phāng [~縫] PHĀNG: 法律的漏洞。

hoat-mo͘/-mn̂g [發毛] 動 長毛。

hoat-pau [發包] 動 全。　　「動 全。]

hoat-phî-khì (< log Chi) [發脾氣]

hoat-phiò (< log Chi) [發票] 名 TIUⁿ: 全。　　　　　　　　　「全。

hoa̍t-phoat (< log Sin) [活潑] 形

hoat-piáu/-pió (< lit log Nip) [發表] 動 1. 宣布 2. 宣讀或刊登 (著作等) 3. 說出 ¶~ ì-kiàn [~意見] 全
◊ ~-hōe (< log Chi) [~會] Ê: 全 ¶chèng-kiàn ~-hōe [政見~會] 全。

hoat-pò͘ (< log Nip < Sin) [發布] 動 全 ¶~ siau-sit [~消息] 全。

hoat-seng (< log Nip < Sin) [發生] △ ~ koan-hē [~關係] 全。　「動 全

hoat-siā (< log Nip < sem Sin) [發射] 動 全
◊ ~-tâi (< log Nip) [~台] Ê: 全 ¶hóe-/hé-chìⁿ ~-tâi [火箭~台] 全。

hoat-siaⁿ [發聲] 動 全 ¶Pún tiān-tâi tī Tâi-pak ~. [本電台 tī 台北~.] 本電台在台北發聲。

hoat-siang/-siong (< log) [法商] 名 法科與商科。

hoat-sim (< log Sin) [發心] 動 發奮；立志 ¶~ phah-piàⁿ [~phah 拚] 發奮

hoat-sio [發燒] 動 全。　　「圖強。

hoat-siong ⇒ hoat-siang。

hoat-su (< log Sin) [法師] 名 Ê: 全。

hoat-su̍t (< log Sin) [法術] 名 Ê: 全 ¶chò/chòe ~ [做~] 施法術。

hoat-ta̍t (< log Nip < sem Sin) [發

達] 形 全。　「Sin] [法庭] 名 全。

hoat-têng (< log Nip [法廷] < sem

hoat-tī (< log Nip) [法治] 名 形 全。

hoat-tián (< log Nip) [發展] 動 全。

hoat-tiān (< log Nip) [發電] 動 全
◊ ~-chhiáng/-chhiúⁿ (< log Chi) [~廠] KENG: 全
◊ ~-ki (< log Nip) [~機] TÂI: 全
◊ ~-só͘ (< log Nip) [~所] KENG: 全。「錶等的) 彈簧；cf keng-á²。

hoat-tiâu (< log) [發條] 名 TIÂU: (鐘

hoat-tō͘ (< log Sin) [法度] 名 Ê: 法子 ¶Lí kám ū ~? [你 kám 有~?] 你有辦法嗎？　　　　　「全。

hoa̍t-toaⁿ (< log Chi) [罰單] 名 TIUⁿ:

hoat-tōng (< log Nip < sem Sin) [發動] 動 1. 動起來 ¶Chhia-tūi bîn-ná-chài ~. [車隊明日再~.] 車隊明天出發 2. 使動起來 ¶~ kûn-chiòng [~群眾] 全 3. 使開始 ¶~ chiàn-cheng [~戰爭] 全。

hoe¹ ‖he‖he͘ (< log Sin) [灰] 名 石灰或類似的粉末。

hoe² (< Sin) [花] 名 1. CHÂNG, LÚI: 花朵 2. 花色；花紋 動 1. 因撩亂而看不清或看不懂 2. 搞不懂 ¶Lí kóng‧‧chi̍t‧‧ē, góa soah ~‧‧khì. [你講一下我煞~去.] 你一說，我倒迷糊了 ¶Lí kóng‧‧chi̍t‧‧ē, góa koh-khah ~. [你講一下我 koh 較~.] 你說得我更迷糊了 3. 對事討價還價；(無理地) 爭辯 ¶Góa lâi-khì kah i ~. [我來去 kah 伊~.] 我去跟他理論 ¶bô seng kóng hó-sè, chiah/tah lâi ~ [無先講好勢，chiah 來~] 沒先談好，結果發生爭執 形 1. 不清楚；不清醒 ¶ba̍k-chiu ~-~ [目睭~~] 眼花 ¶thâu-khak ~-~ [頭殼~~] 頭昏昏的，例如聽不懂或剛睡醒 2. 多而亂 ¶Kóng kà hiah ~! [講到 hiah ~!] 說得那麼多又沒條理 3. 喜歡無理地爭辯，卻不可理喻 ¶Chit ê lâng chin

~. [這個人真~.] 這個人真拗。

hôe¹ (< log Sin) [回] ⓠ **1.** 舊中國小說篇章單位 **2.** 計算事情的單位, 一般; ≃ chân **3.** (< log Chi < Sin) 計算事情的單位, 用於否定其相同 ¶*He nn̄g ~ tāi-chì.* [He 兩~代誌.] 那是兩回事。

hôe²‖*hê*‖*hê* (< log Sin) [回] ⓥ 回覆 ¶*Góa ê phe, i lóng bô ~.* [我ê批伊攏無~.] 我的信他都沒回。

hôe³‖*hê* ⓥ **1.** (移動著手) 摸或摸索 ¶*àm-àm, ~-bô lō·* [暗暗~無路] 黑漆漆的摸不著路 ¶*~ phīⁿ* [~鼻] 搓鼻子 **2.** 接觸並拖過 ¶*saⁿ ~-tiòh iû-chhat* [衫~著油漆] 衣服碰到油漆 **3.** 擦撞 ¶*chhia ~-tiòh chhiū-á* [車~著樹仔] 車子擦(撞)到樹 **4.** 踏在腳下磨 ¶*tàh-tiòh káu-sái, ê tòa chháu-á ~-~-·le* [踏著狗屎, 鞋 tòa 草仔~-~-·le] 踩到狗屎, 鞋子在草上蹭一蹭 ¶*~-sí káu-hiā* [~死狗蟻] 用手或腳磨, 以弄死螞蟻 **5.** (略略地) 磨, 例如把菜刀在碗口上磨一兩下; ≃ hoah²; ≃ koeh。

hóe¹‖*hé*‖*hé* (< Sin) [火] ⓝ **1.** PHA: 物質燃燒時發出的光與熱 **2.** 怒火 ¶*chit pak-tó ~* [一腹肚~] 一肚子火。

hóe²‖*hé* ⓘ **1.** 想引起注意時用語, 親暱或不禮貌 **2.** 阻止用語, 親暱或不禮貌。　[*Lí kúi ~?* [你幾~?] 仝。

hòe¹‖*hè*‖*hè* (< Sin) [歲] ⓝ 歲數 ¶

hòe²‖*hè*‖*hè* (< Sin) [貨] ⓝ CHÚ: 貨品 ¶*í-keng bô ~ ·a.* [已經無~矣.] 已經沒貨了 ¶*gōa-kok ~* [外國~] 仝。

hòe³ [廢] ⇒ hùi³。

hōe¹ (< log Sin) [會] ⓝ **1.** Ê, PÁI: 會議 ¶*kin-ná-jit ū chit ê ~* [今旦日有一個~] 今天有個會 ¶*~ khui-bô-sêng* [~開無成] 會沒開成 ¶*thó-lūn-~* [討論~] 仝 **2.** B. 集會; 結社 ¶*hāu-iú-~* [校友~] 仝 ¶*niáu-chhí-*

~ [老鼠~] 仝 ¶*ūn-tōng-~* [運動~] 仝 **3.** B. 委員會 ¶*Kok-gí-~* [國語~] 國家語言推行委員會 ⓥ **1.** 集合 ¶*chhit tiám ài ~-chê/-chôe* [七點愛~齊] 七點必須會齊 **2.** 議論。

hōe² (< log Sin) [匯] ⓥ 匯款 ¶*~ chàp-gōa ek khì Bí-kok* [~十外億去美國] 匯十幾億到美國去。

hoe-á [花仔] ⓝ KHOÁN: 花紋。

hōe-á‖*hē-* [會仔] ⓝ Ê: 合會, 即民間借貸互惠的組織 ¶*chio ~* [招~] 招募上述組織的會友 ¶*hūn-~* [份~] 搭會, 即加入上述組織 ¶*pio-~* [標~] 標會 ¶*tòe-/tè-~* 搭會, 即加入上述組織
◊ *~-chîⁿ* [~錢] PÁI, PIT: 會錢, 即上述組織的會友每月應繳交的錢。　　　　　　[仝。

hoe-bit (< log Chi < Nip) [花蜜] ⓝ

hôe-bûn-chiam (< log Chi < tr En *paper clip*) [迴紋針] ⓝ KI: 仝。

hòe-bút [廢物] ⇒ hùi-bút。

hóe-chai‖*hé-*‖*hé-* (< log Sin) [火災] ⓝ PÁI: 仝。

hoe-châng [花欉] ⓝ CHÂNG: 開花植物的主體; 花的株。　　　[集合。

hōe-chê/-chôe (< log Sin) [會齊] ⓥ

hóe-chéng‖*hé-*‖*hé-* [火種] ⓝ Ê: 仝。　　　　　　[LÚI: 花椰菜。

hoe-chhài [花菜] ⓝ CHÂNG, LIÀP:

hoe-chháu (< log Sin) [花草] ⓝ CHÂNG: 花卉 ¶*chhiū-á ~* [樹仔~] 花木。

hóe-chheⁿ¹‖*hé-/hé-chhiⁿ* (< log Sin) [火星] ⓝ LIÀP, TIÁM: 火花; ≃ hóe-sái ¶*chhut ~* [出~] 冒出火花。

Hóe-chheⁿ²‖*Hé-/Hé-chhiⁿ* (< log Chi) [火星] ⓝ LIÀP: 太陽系行星第二
◊ *~-lâng* (< log Nip) [~人] Ê: 仝。

hoe-chhia (< log Chi < tr En (*pa-*

rade) float) [花車] ⓐ TÂI: 經過裝飾的遊行的車。　　[名] TÂI: 全。

hóe-chhia‖*hé-*‖*hé-* (< Sin) [火車]

hòe-chhia‖*hè-*‖*hè-* (< log Nip) [貨車] ⓐ TÂI: 載貨列車；*cf* tho-lák-khuh。

hóe-chhia-bó‖*hé-/hé-chhia-bú* [火車母] ⓐ TÂI: 機關車；火車頭。

hóe-chhia-chām‖*hé-*‖*hé-* (< log Chi) [火車站] ⓐ Ê: 全；≃ hóe-chhia-thâu。　　[TIÂU: 鐵路。

hóe-chhia-lō‖*hé-*‖*hé-* [火車路] ⓐ

hóe-chhia-phiò‖*hé-*‖*hé-* (< log Chi) [火車票] ⓐ TIÚⁿ: 全。

hóe-chhia-thâu‖*hé-*‖*hé-* [火車頭] ⓐ Ê: 火車站。

hoe-chí [花籽] ⓐ LIÁP: 花的種子。

hòe-chí ⇒ hùi-chí。[箭] KI: 全。

hóe-chìⁿ‖*hé-*‖*hé-* (< log Chi) [火

hóe-chih‖*hé-*‖*hé-* [火舌] ⓐ 火苗。

hóe-chiòh‖*hé-*‖*hé-* (< Sin) [火石] ⓐ [*á*] TÈ, LIÁP: 燧石。

hōe-chiòng (< log Chi) [會眾] ⓐ Ê:

hōe-chôe ⇒ hōe-chê。　　[全。

hóe-chòng‖*hé-*‖*hé-* (< log Nip < Sin) [火葬] ⓜ 全

◇ ~-*tiûⁿ* (< log Nip) [~場] Ê: 全。

hòe-chûn‖*hè-*‖*hè-* (< log Sin) [貨船] ⓐ Ê, CHIAH: 貨輪。

hôe-ek-liòk/-*lèk*/-*lòk* (< log Chi) [回憶錄] ⓐ PÚN: 全。　　[全。

hôe-èng (< log Ch) [回應] ⓐ ⓜ

hōe-gī (< log Nip) [會議] ⓐ TIÚⁿ, PÁI: 全 ⓜ 全　　[KENG: 全

◇ ~-*sit*/-*sek* (< log Nip) [~室]

◇ ~-*thiaⁿ* (< log Chi) [~廳] KENG:

hōe-goân ⇒ hōe-oân。　　[全。

hoe-hn̂g (< log Sin) [花園] ⓐ Ê: 全。

hoe-hòk (< ana *hoe* [灰] + Chi ons < log Chi < Nip < sem Sin) [恢

復] ⓜ 全。　　　　[全；≃ hôe²。

hôe-hok‖*hê-* (< log Sin) [回覆] ⓜ

hóe-hu‖*hé-*‖*hé-* [火灰] ⓐ 燒柴薪所剩的灰

◇ ~-*sek* [~色] 灰色；≃ phú-sek/-

hoe-hui ⓐ BÓE: 青花魚。　　[·ê。

hōe-hùi[1] (< log Chi) [匯費] ⓐ 匯款的手續費。　　　　　　[費。

hōe-hùi[2] (< log Nip) [會費] ⓐ 會員

hoe-hún (< log Nip) [花粉] ⓐ 全。

hóe-hun‖*hé-*‖*hé-* [火燻] ⓐ (物體燃燒的)煙。

hoe-hún-jiàt/-*giàt*/-*liàt* (< log Chi < tr NLat *pollinosis*; *cf* En *hay fever*) [花粉熱] ⓐ 全。

hóe-iáⁿ‖*hé-*‖*hé-* [火影] ⓐ Ê: 火光。

hóe-ian‖*hé-*‖*hé-* (< log Sin) [火煙] ⓐ (冒出的)煙。　　　　　　[花瓣。

hoe-iàp [花iàp] (< [花葉]) ⓐ IÀP:

hôe-im [回音] ⓐ 1. (< log Chi) 回覆的消息 2. 回聲；≃ īn-siaⁿ。[PAU: 全

hóe-iòh‖*hé-*‖*hé-* (< log) [火藥] ⓐ

◇ ~-*bī* (< log Chi) [~味] Ê: 起衝突的氣氛

◇ ~-*khò͘* (< log Nip) [~庫] KENG:

hóe-kái (< log) [悔改] ⓜ 全。[全。

hoe-kan [花矸] KI: 花瓶。

hoe-kap-á [花蛤仔] ⓐ LIÁP: 小文蛤；*cf* hún-giô。

Hôe-kàu (< log Chi < ab Sin [回回教] < [教] + [回回] < Turk *Uighur*; *cf* Sin [回紇]) [回教] ⓐ 全

◇ ~-*tô͘* (< log Chi) [~徒] Ê: 全。

hóe-ke‖*hé-/hé-koe* (< Sin) [火雞] ⓐ CHIAH: 全。

hòe-kè‖*hè-*‖*hè-* [貨架] ⓐ Ê: 1. 腳踏車、機車後載貨或載人的架子 2. 商店的貨品架 3. 客車的行李架。

hōe-kè‖*kòe-* (< ana [會議,會員] *etc* < log Nip) [會計] ⓐ 1. 監督管理財務的學問或工作 2. Ê: 做上述工

作的人

◇ ~-su (< log Chi) [~師] ê: 全。

hoe-khaⁿ [花khaⁿ]⟨名⟩ LIÁP, ê: 花盆。

hôe-khàu (< log Chi) [回扣]⟨名⟩全;
≃ khong-mí-sióng。

hōe-kheh-sit/-sek (< log Chi) [會
客室]⟨名⟩ KENG: 全。

hóe-khì‖hé-‖hé- (< log Sin) [火氣]
⟨名⟩引起發炎、煩燥等的病因
△ ~ tōa [~大]容易發炎、煩燥、
發怒等。　　　　　[cf hoe-khoân。

hoe-khơ [花箍]⟨名⟩ ê: (儀式用) 花圈。

hóe-khơ‖hé-‖hé- [火箍]⟨名⟩ ê: (馬
戲團表演的) 火圈。

hoe-khoân (< log Nip) [花環]⟨名⟩ ê:
1. (佩帶用) 花環; cf hoe-khơ 2. (儀
式用) 花圈; ≃ hoe-khơ。

hoe-ki [花枝]⟨名⟩ BÓE, CHIAH: 墨魚
◇ ~-keⁿ/-kiⁿ [~羹] 一種以墨魚
(裹麵團) 為主的濃湯「主的魚丸。
◇ ~-oân [~丸]⟨名⟩ LIÁP: 一種以墨魚為

hóe-kim-chheⁿ‖hé-/hé-kim-chhiⁿ
[火金星]⟨名⟩ CHIAH: 螢火蟲; ≃ hóe-
kim-kơ。

hóe-kim-kơ‖hé-‖hé- [火金姑]⟨名⟩
CHIAH: 螢火蟲; ≃ hóe-kim-chheⁿ。

hóe-ko‖hé-ko/-kơ‖hé- (< log Sin)
[火鍋]⟨名⟩全。

hoe-kô-kô [花kô-kô]⟨形⟩ (話或事情
令人) 撩亂或頭昏腦脹。

hóe-kò-si/-su/-sṳ (< log Chi) [悔過
書]⟨名⟩ TIUⁿ: 全。　　　　　「全。

hōe-koán (< log Sin) [會館]⟨名⟩ KENG:

hôe-kok (< log Nip) [回國]⟨動⟩全。

hòe-kūi‖hè-‖hè- (< tr En contain-
er) [貨櫃]⟨名⟩ ê: 全
◇ ~-chhia [~車] TÂI: 全。

hôe-lé (< log Sin) [回禮]⟨動⟩還禮。

hóe-lék¹‖hé-‖hé- (< log Nip) [火力]
⟨名⟩槍砲的威力。

hóe-lék²‖hé-‖hé- (< log Nip) [火力]

⟨名⟩火的熱力
◇ ~ hoat-tiān (< log Nip) [~發
電]全。　　　　　　　　　[市名。

Hoe-lian/-liân‖Hoa- [花蓮]⟨名⟩ 縣

hóe-liông-kó‖hé-lêng- [火龍果]⟨名⟩
CHÂNG, LIÁP: 全; ≃ âng-liông-kó。

hóe-lô͘‖hé-‖hé- (< log Sin) [火爐]
⟨名⟩ ê: 全。

hoe-lók [花鹿]⟨名⟩ CHIAH: 梅花鹿。

hoe-lok-lok [花 lok-lok]⟨形⟩ 1. (顏色
或花樣) 很雜亂 2. (話或事情) 令人
撩亂或頭昏腦脹; ≃ hoe-kô-kô。

hōe-lút (< log Chi) [匯率]⟨名⟩全。

hoe-m̂ [花m̂]⟨名⟩ LIÁP: 花苞。

hōe m̂-tióh‖hē- [hōe m̂ 著]⟨動⟩道歉;
hōe-sit-lé。　　　　　[⟨名⟩ ê: 全。

hōe-oân/-goân (< log Nip) [會員]

hóe-pé‖hé-‖hé- (< log Sin) [火把]
⟨名⟩ KI: 火炬。

hôe-phe‖hê-phoe [回批]⟨動⟩回信。

hōe-phiò (< log Sin) [匯票]⟨名⟩ TIUⁿ:
全。

hóe-pû‖hé- [火pû]⟨名⟩ [á] PÛ: 火堆。

hóe-sái‖hé-‖hé- [火屎]⟨名⟩ LIÁP: 火
花。　　　　　[⟨名⟩火災焚燒的情況。

hóe-sè‖hé-‖hé- (< log Sin) [火勢]

hôe-siaⁿ (< log Chi) [回聲]⟨名⟩ ê,
SIAⁿ: 全; ≃ īn-siaⁿ。

hoe-sian (v hoe²⁽²⁾) [花仙]⟨名⟩ ê: 愛
對事討價還價、無理爭執的人。

hóe-sio-chhù‖hé-‖hé- [火燒厝]⟨動⟩
房子失火。　　　　　[原失火。

hóe-sio-po͘‖hé- [火燒埔]⟨動⟩草

hóe-sio-soaⁿ‖hé-‖hé- [火燒山]⟨動⟩
山林失火。

hóe-sit-hùi‖hé-‖hé- (< log Chi) [伙
食費]⟨名⟩全; ≃ chiáh-pn̄g-chîⁿ。

hōe sit-lé‖hē- [hōe 失禮]⟨動⟩道歉;
hōe m̂-tióh。

hôe-siu (< log Nip) [回收]⟨動⟩全
¶chu-goân ~ [資源~]全。

hòe-siū‖*hè-*‖*hè͘-* [歲壽] [名] 年歲；(人的)壽命；*cf* siū-miā ¶*chhek* ~ 折壽 ¶*pêng-kin* ~ [平均~] (人的)平均壽命 ¶*tn̂g* ~ [長~] 長壽。

hôe-siu-siu^{n} (< log Chi) [回收箱] [名] KHA, Ê: 仝。

hôe-siū^{n}‖*hê-*‖*hê͘-* (< log Sin < Yut *khosha*) [和尚] [名] Ê: 仝

◇ ~*-sa^{n}* [~衫] NIÁ: 僧尼所穿的長袍

◇ ~*-thâu* [~頭] LIA̍P: 光頭。

hóe-soa^{n}‖*hé-*‖*hé͘-* (< log Sin) [火山] [名] LIA̍P: 仝。

hôe-tap‖*hê-*‖*hê͘-* (< log Nip < Sin) [回答] [動] **1.** 應聲；≃ ìn **2.** 回覆；≃ hôe^{2}。

hoe-tê^{1} [花茶] [名] 香片。

hoe-tê^{2} [花茶] [名] 花沖泡出的飲料。

hòe-té‖*hè-/hè͘-tóe* [貨底] [名] 殘貨；≃ kū-hòe-té ¶*pià^{n}* ~ [摒~] 出清存貨。

hóe-thòa^{n}‖*hé-*‖*hé͘-* [火炭] [名] LIA̍P: 木炭。

hóe-thúi‖*hé-*‖*hé͘-* (< log Sin) [火腿] [名] KI, TÈ: 仝；*cf* há-muh。

hóe-thûn-lo͘/o‖*hé-*‖*hé͘-* [火 thûn-lo͘] [名] 煤煙。

hôe-tiâu (< log Chi) [回條] [名] TIU^{n}: 仝。

hōe-tiû^{n} (< log Nip) [會場] [名] Ê: 仝。

hōe-tiú^{n} (< log Nip) [會長] [名] Ê: 仝。

hòe-toa^{n}‖*hè-*‖*hè͘-* (< log Sin) [貨單] [名] TIU^{n}: 仝。

hòe-ūn‖*hè-*‖*hè͘-* (< log Chi; *cf* Nip [貨物運送]) [貨運] [名] 仝。

hoeh ‖*huih* (< Sin) [血] [名] 仝。

hoeh-ap ‖ *huih-* ‖ *hiat-* (< col log Nip) [血壓] [名] 仝。

hoeh-chheng‖*huih-*‖*hiat-* (< col log Nip) [血清] [名] 仝。

hoeh-chúi‖*huih-* (< sem Sin) [血水] [名] 血液；≃ hoeh/huih。

hoeh-hêng‖*huih-* (< log Chi; *cf* Nip [血液型]) [血型] [名] 仝。

hoeh-kin‖*huih-kun* [血筋] [名] TIÂU: (強調其為脈絡的)血管；≃ hoeh-kńg。

hoeh-kiû‖*huih-* (< log Nip) [血球] [名] LIA̍P: 仝 ¶*âng-*~ [紅~] 仝 ¶*pe̍h-*~ [白~] 仝。

hoeh-kńg‖*huih-* (< log Nip) [血管] [名] TIÂU: (強調其為導管的)血管；≃ hoeh-kin。

hoeh-kōa^{n}-chî^{n}‖*huih-* [血汗錢] [名] 辛苦賺來的錢。

hoeh-sek ‖*huih-* (< log Sin) [血色] [名] (臉上)紅潤的色澤。

hoeh-thn̂g‖*huih-* (< log Nip) [血糖] [名] 仝。

hoeh-thóng ‖*huih-*‖*hiat-* (< col log Nip) [血統] [名] 仝。

hoh [動] 不加油、不加水在鍋中以慢火燜熟 [形] (悶)熱；*cf* ho。

ho̍h [鶴] [名] CHIAH: 仝。

Ho̍h-ló (< phon Hak *Hok^{8}-lo^{3}* < Hok *hok* [福(建)] + Hak *lo^{3}* [佬]; > *Hō-ló*) [名] **1.** CHO̍K: Taioan族 **2.** Ê: Taioan族人,以台語為族語 **3.** KÙ: 台語 ¶*kóng* ~ [講~] 說台語

◇ ~*-kheh* [~客] Ê: 客家人之被同化為Taioan族人者

◇ ~*-lâng* [~人] Ê: Taioan族人

◇ ~*-ōe* [~話] KÙ: 台語。

ho͘h ⇒ hò͘^{2,3}。

·ho͘h^{n} ⇒ ·ho͘^{n}; ⇒ hò͘$^{n\,1,2,3}$。

hok (< log Sin) [福] [名] 仝 ¶~*-lo̍k-siū* [~祿壽] 仝。

ho̍k (< log Chi) [服] [動] 對...服氣；順服；*cf* hû^{2} ¶*m̄-sī ta̍k ê lâng lóng* ~ *·i* [m̄是ta̍k個人攏~伊] 不是每個人都服他。

ho̍k-bū (< log Nip) [服務] [名] [動] 仝

◇ ~*-chhù* (< log Chi) [~處] Ê: 仝

◇ ~*-·ê* Ê: 服務員

◇ ~*-oân/-goân* (< log Chi) [~員] Ê: 仝

◇ ~*-tâi* (< log Chi) [~台] Ê: 仝。

hok-chȧp‖*hȯk-* (< log Nip) [複雜] 形 全。　　　　　　　　　　「全

hok-chè‖*hȯk-* (< log Nip) [複製] 動 ◇ ~-*phín* (< log Nip) [~品] 全。

hok-chhì‖*hȯk-* (< log Chi) [複試] 名 PÁI: 全 動 全。

hok-chín‖*hȯk-* (< log Chi) [複診] 名 PÁI: 全 動 全。　　　　　　　「全。

hȯk-chiông (< log Nip) [服從] 動

hȯk-chit (< log Sin) [復職] 動 全。

Hok-chiu (< log Sin) [福州] 名 中國 地名。

hȯk-chong (< log Nip) [服裝] 名 SU: 全。　　　　　　　「[復興] 動 全。

hȯk-hin/-*heng* (< log Nip < Sin)

hok-im (< log < tr Hel *eu-angélion*) [福音] 名 ê: 全。　　　「形 有福份。

hok-khì (< log Sin) [福氣] 名 福份

Hok-kiàn (< log Sin) [福建] 名 1. 中 國省名 2. (< SingHok < ab *Hok-kiàn-ōe*) 漳泉系閩南語；≃ Hok-kiàn-ōe ¶*kóng* ~ [講~] 說上述語 言。

hȯk-kiàn (< log Chi) [復健] 動 全。

Hok-kiàn-ōe (< log SingChi < Sing-Hok) [福建話] 名 漳泉系閩南語； ≃ Hok-kiàn(2)。

hok-koat‖*hȯk-* (< log Chi < tr En *referendum*) [複決] 動 全「權」全。 ◇ ~-*khoân/-koân* (< log Chi) [~

hȯk-lêng-ko (< log Sin) [茯苓糕] 名 TÈ: 全。

hok-lī (< log Chi) [福利] 名 全。 ◇ ~-*kim* (< log Chi) [~金] PIT: 全 ◇ ~-*siā* (< log Chi) [~社] KENG: 全。　　　　　　「PÁI: 全 動 全。

hok-sài‖*hȯk-* (< log Chi) [複賽] 名

hȯk-sāi (< log Sin) [服侍] 動 1. 伺 候 2. 照料(長輩) 3. 供奉。

hok-siá-chóa‖*hȯk-* (< log Nip) [複 寫紙] 名 TIUⁿ: 全；≃ o·-chóa；≃

tò-chóa。　　　　　　「名 TIÂU: 全。

hok-sià-sòaⁿ (< log Nip) [輻射線]

hȯk-sıp (< log Nip) [復習] 動 全。

hok-sò·‖*hȯk-* (< log Nip < tr; *cf* En *plural*; ant *tan-sò·*[2]) [複數] 名 ê: 全。　「*soán*) [複選] 動 再次篩選。

hok-soán‖*hȯk-* (< log Chi; ant *chho·-*

hóm 象 狗吠聲。

hong [1] [瘋] 名 B. 某些病的通稱 ¶*chhiú-*~ [手~] a. 手風濕痛 b. 手 神經痛 ¶*goȧh-lāi-*~ [月內~] 產褥熱 ¶*thiàⁿ-*~ [痛~] 全。

hong[2] (< log Sin) [風] 名 SI-Á, CHŪN, KÁNG: 氣流 ¶*thàu-*~ [透~] 颱風。

hong[3] (< log Nip) [風] 名 風味；風格； ≃ bī ¶*Tang-iûⁿ-*~ [東洋~] 全。

hong[4] (< log Sin) [封] 動 1. 封閉 2. 查封。

hong[5] (< log Sin) [封] 動 冊封。

hong[6] (<ab *hong-so*) [風] 動 (外出) 過分玩樂。

hong[7] 動 沈迷於 ¶~ *cha-bó· pêng-iú* [~查某朋友] 迷於追女朋友 ¶~ *tiān-iáⁿ* [~電影] 迷電影 形 沈迷； 狂熱。

hông[1] 名 (舊認為引起發炎或腫脹 的)毒 ¶*chéng-thâu-á ū* ~ [指頭仔有 ~] 手指頭(因勞動而於休息後)脹 大 ¶*hoat-*~ [發~] 發炎。

hông[2] (< Sin) [防] 動 提防。

hông[3] (< contr *hō· lâng*) 動 給人家 ¶*m̄* ~ *chîⁿ* [m̄~錢] 不給錢 介 1. 讓人家 ¶*Mn̂g pé-·leh, m̄* ~ *kòe/ kè* [門把·leh, m̄~過] 把著門不讓人 通過 2. 被人家 ¶*I* ~ *phah.* [伊~ phah] 他被打 3. 使人家 ¶~ *poȧh-tó* [~poȧh倒] 使人跌倒。

hóng (< log Sin) [仿] 動 模仿；仿造 ¶*Che* ~ *pȧt keng kong-si chò/chòe ·ê.* [Che~別間公司做·ê.] 這個是 模仿別家公司製造的 ¶~-*Bí-kok-sek*

[～美國式]仝。

hòng [形] 心不在焉；漠不關心 ¶*I lâng ～-～, chò-/chòe-bô tāi-chì.* [伊人～～,做無代誌.]他凡事心不在焉,做不了事。

hōng[1] (< log Sin) [鳳] [名] CHIAH: 一種想象的鳥名。

hōng[2] (< log Sin) [奉] [動] **1.** 遵行(命令) ¶～ *bēng-lēng* [～命令]仝 **2.** 憑；靠 ¶～ *Chú Iâ-so· Ki-tok ê miâ* [～主耶穌基督ê名]奉主耶穌基督的名。

hóng-á [仿仔] [名] CHIAH: 配種的生物,尤指動物。

hong-àn (< log Nip) [方案] [名] Ê: 仝。

hong-bé/*-bé·* ⇒ hong-bóe。

hong-biān ⇒ hong-bīn[2]。

hong-bīn[1] (< log Chi) [封面] [名] TIU^{n}, TÈ: 仝。

hong-bīn[2]/*-biān* (< col log Nip) [方面] [名] 仝。

hong-bóe/*-bé*/*-bé·* [風尾] [名] 下風處。

hóng-būn ⇒ hóng-mn̄g。

hong-chà-ki (< log Chi) [轟炸機] [名] TÂI: 仝。

hong-chhe/*-chhe·* ⇒ hong-chhoe。

hong-chhì (< log Chi < Nip < Sin) [諷刺] [名] Ê: 仝 ¶*chin tōa ê* ～ [真大ê～]很大的諷刺。

hong-chhia (< log Nip) [風車] [名] TÂI: 仝; ≃ lâ-giâ-chhia。

hong-chhoe/*-chhe*/*-chhe·* [風吹] [名] Ê: 風箏 ¶*pàng* ～ [放～]放風箏。

hong-chhoe-lián-á [風吹lián仔] [名] Ê: 玩具或庭園裝飾用風車。

hong-chhoe-sòa^{n}|*-chhe-*|*-chhe·-* [風吹線] [名] 拉放風箏的線 ¶*liû* ～ [liû～]放長拉風箏的線。

hong-chhùi-á[1] [風嘴仔] [名] Ê: 內胎上用以打氣的簧。

hong-chhùi-á[2] [風嘴仔] [名] Ê: 風口,即風可以吹入的山間罅隙、河口、街道等; ≃ hong-chhùi-kháu。

hông-chí (< log Chi) [防止] [動] 仝; ≃ tòng。

hong-chu̍t-á|*-chū-* [風chu̍t仔] [名] KI: 打氣筒。

hong-éng [風湧] [名] 風浪。

hông-gāi||*hóng-* (< log Nip < Sin) [妨礙] [動] 仝。

hong-giân/*-gân* (< log Nip < Sin) [方言] [名] Ê: 仝。

Hong-goân (< log Nip) [豐原] [名] 台中縣轄市名; ≃ Hô·-lô·-tun。

hông-hāi||*hóng-* (< log Nip) [妨害] [動] 仝 △ ～ *ka-têng* [～家庭]仝。

hông-hé-hāng ⇒ hông-hóe-hāng。

hong-hiám (< log Chi) [風險] [名] Ê: 仝。

hōng-hiàn (< log Nip < Sin) [奉獻] [名] [動] 仝。

hong-hiàng/*-hiòng* (< log Sin) [方向] [名] Ê: 仝

◇ ～*-teng* (< log Chi; *cf* Nip [方向指示燈]) [～燈] LIA̍P, Ê, PHA: 仝。

hong-hoat (< log Nip < Sin) [方法] [名] Ê: 仝。

hông-hóe-hāng||*-hé-*||*-hé·-* (< log Chi) [防火巷] [名] TIÂU: 仝。

hōng-hông-bo̍k (< log) [鳳凰木] [名] CHÂNG: 仝。

hông-hú-che (< log Nip) [防腐劑] [名] 仝。

hông-hun (< log Sin) [黃昏] [名] 黃昏; ≃ boeh-/beh-àm-á。

hong-i (< log Chi) [風衣] [名] NIÁ: 仝; *cf* hong-moa。

hòng-iá^{n} [放影] [動] 放映

◇ ～*-ki* [～機] TÂI: 放映機。

hòng-ká/*-kà*||*pàng-kè* (< lit log Sin) [放假] [動] 仝。

hong-keh (< log Nip < sem Sin) [風格] [名] Ê: 仝。

hong-kéng (< log Chi) [風景] [名] Ê: 仝。

hông-keng ⇒ hông-kiong。

hong-kéng-khu (< log Chi) [風景區] [名] Ê: 仝。

hong-khì (< log Sin) [風氣] [名] Ê: 仝。

hòng-khì (< log Nip) [放棄] [動] 仝。

hong-khîm (< log Nip) [風琴] [名]

TÂI: 仝 ¶*chàu*~ [奏~] 彈風琴 ¶*jih/
chhih* ~ do.　　　[名] Ê: 防空洞。

hông-khong-hô(< log Nip) [防空壕]

hong-kiàⁿ [風鏡] (名) **1.** TÈ: (機汽車
的) 擋風玻璃 **2.** KI, HÙ: (飛行員等
的) 擋風眼鏡。　　　[建] (形) 仝。

hong-kiàn [< log Nip < sem Sin) [封

hông-kiong/-*keng* (< log Sin) [皇
宮] (名) Ê: 仝; ≃ hông-tè-tiān。

hong-koan (< log Chi < tr En *crown*;
cf Nip [王冠]) [皇冠] (名) TÉNG: 仝。

hong-kūi [風櫃] (名) Ê: 風箱。

hong-liû (< log Sin) [風流] (形) 仝。

hóng-mn̄g/-*būn* (< col log Nip <
Sin) [訪問] (名) PÁI: 仝 (動) 仝。

hong-moa [風 moa] (名) NIÁ: 斗篷。

hông-ōe-su-lēng (< log Chi) [防衛
司令] (名) Ê: 仝
◇ ~-*pō·* (< log Chi) [~部] 仝。

hong-pe-soa|-*pe-*⇒ hong-poe-soa。

hong-phêng (< log Nip) [風評] (名)
仝。　　　　　　　　　　[仝。

hong-pho (< log Sin) [風波] (名) Ê:

hông-pī (< log Sin) [防備] (動) 仝。

hong-piān (< log Sin) [方便] (動) 小
便 (形) 便利; ≃ lī-piān (副) 仝 ¶*bô* ~
kóng [無~講] 不方便說。

hòng-pńg (< log Chi) [放榜] (動) 仝。

hong-poe-soa|-*pe-*|-*pe-* [風飛沙]
(名) **1.** CHŪN: 沙塵暴 **2.** 飛沙。

hong-pú-láng (< *ho-mú-láng*, q.v.)。

hōng-sāi (< log Chi) [奉侍] (動) 侍奉;
≃ ho̍k-sāi。

hòng-sàng (< log Nip) [放送] (動)
1. 廣播 **2.** ▣ 傳播 (小道消息)。

hong-sat (< log Nip < tr En *force
out*) [封殺] (動) 仝。

hong-sè [風勢] (名) 風向。　　[Ê: 仝。

hông-sek/-*sit*(< log Nip) [方式] (名)

hông-sek/-*sit* (< log Sin) [皇室] (名)

仝。

hong-si [風絲] (名) [*á*] SI: 微風。

hòng-siā-sòaⁿ (< log Nip) [放射線]
(名) TIÂU: 仝。

hong-siaⁿ (< log Sin) [風聲] (名) **1.**Ê:
消息 ¶*pàng*-~ [放~] 釋出消息
¶*siàp-lāu* ~ [siàp 漏~] 走漏風聲
2. 風評 ¶~ *chin hó* [~真好] 聲譽很
好 (動) 傳聞。

hòng-sim (< log Sin) [放心] (動) 仝;
≃ bián hoân-ló ¶*bē/bōe* ~ 放心不
下。

hong-sîn [風神] (形) **1.** 風光; 神氣
¶*tián*-~ [展~] 炫耀 **2.** 喜愛炫耀
3. 自傲。　　　　　　　　　[仝。

hong-sio̍k (< log Sin) [風俗] (名) Ê:

hong-sip (< log Sin) [風濕] (名) 仝
◇ ~-*pēⁿ*/-*pīⁿ* (< log Chi) [~病]

hong-sit ⇒ hong-sek。　　　　[do.

hông-sit ⇒ hông-sek。

hong-so (< sem log Sin) [風騷] (動)
(外出) 過分玩樂 (形) 愛到處玩樂。

hong-só (< log Nip) [封鎖] (動) 仝
◇ ~-*sòaⁿ* (< log Nip) [~線] TIÂU:
仝。

hong-soa (< log Sin) [風沙] (名) 仝。

hông-sòaⁿ (< log Chi; *cf* Nip [防禦
線]) [防線] (名) TIÂU: 仝。

hong-sok (< log Nip) [風速] (名) 仝。

hong-súi (< log Sin) [風水] (名) **1.** 墳
墓的地理; *cf* tē-lí² **2.** MN̂G: 墳墓。

hông-tè (< log Sin) [皇帝] (名) Ê: 仝
◇ ~-*niû* [~娘] Ê: 皇后
◇ ~-*tiān* [~殿] KENG: 皇宮。
◇ ~-*ūi* [~位] Ê: **a.** 帝位 **b.** 皇帝的
坐椅; 寶座。

hong-teng [封釘] (動) 封棺材。

hong-thai [風颱] (名) Ê, PÁI, Hō: 颱風
¶*chò/chòe* ~ [做~] 颳颱風。

hōng-thāi (< mis log Chi [奉侍]) [奉
待] (動) **1.** 奉養 **2.** 服侍。

hong-thai-bóe/-*bé*/-*bé* [風颱尾]

[名] 颱風離去時的餘威,風小,雨小。
hông-thài-chú (< log Sin) [皇太子] [名] Ê: 仝。
hông-thài-hiō ⇒ hông-thài-hō͘。
hong-thai-hō͘ [風颱雨] [名] CHŪN: (颱風期間的)暴風雨。
hông-thài-hō͘/-hiō (< log Sin) [皇太后] [名] Ê: 仝。
hong-thâu [風頭] [名] 上風處 「壁。
◇ ~-*piah* [~壁] 迎風雨方向的牆
hong-tō͘ (< log Sin) [風度] [名] Ê: 仝。
hòng-tōa (< log Chi) [放大] [動] 仝。
◇ ~-*kiàⁿ* (< log Chi) [~鏡] KI: 仝; ≃ hàm-kiàⁿ。 「仝。
hong-tōng (< log Chi) [轟動] [動] [形]
hòng-tōng (< log Sin) [放蕩] [形] 仝。
[hop] ‖*hap* [動] 快速合口、夾或關閉 ¶*Chhiú hō͘ mn̂g ~-tio̍h.* [手hō͘門~著.] 手被門夾(傷/痛)了 ¶*Siuⁿ-á-kòa ~-·lo̍h-·lâi.* [箱仔蓋~落來.] 箱子的蓋子砰然蓋起來 ¶*~ hô͘-sîn* [~蝴蠅] 拱起手心捕蒼蠅使覆蓋在桌子等平面上。
ho̍p [動] 兩腳平行,同時向前跳躍。
hóp¹ [擬] 兩腳平行,同時向前跳躍的樣子。
hóp²‖*hŏp* [象] 快速合口、夾或關閉的聲音 [擬] **1.** 用手掌或凹狀物覆蓋以捕捉的樣子 **2.** 快速合上的樣子。
[hu]¹ [名] 粉狀碎屑 ¶*sio kà piⁿ ~* [燒到變~] 燒成灰 ¶*hóe-/hé-~* [火~] 炭灰 ¶*thô͘-tāu-~* [thô͘豆~] 花生粉 [動] **1.** 腐朽成粉末狀 ¶*Sok-ka ~-·khì.* [塑膠~去.] 塑膠腐朽成粉末 **2.** (肉類久煮)變爛但失去彈性 [形] [x] 呈粉末狀。
hu² [動] 來回地撫摸(痛處)。
hu³ [虛] ⇒ hi²。
hû¹ (< log Sin) [扶] [動] **1.** 扶持; 攙; 扶助 ¶*kā pēⁿ-lâng ~-khí-lì bîn-chhn̂g-téng* [kā病人~起lì眠床頂] 把病人扶上床 **2.** 推舉 ¶*~ i chò/chòe tūi-tiúⁿ* [~伊做隊長] 推他當隊長。
hû² (< Chi *fu*²) [動] **1.** 佩服 **2.** 服氣。
hú¹ [象] 貓頭鷹叫聲。
hú² [名] 揉成碎屑的食物 ¶*bah-~* [肉~] 肉鬆 ¶*hî-~* [魚~] 魚鬆 ¶*nn̄g-~* [卵~] 一面煎一面揉碎的蛋 [動] **1.** 抹; 擦; 擦去 ¶*iân-pit-ōe, ū-ê só͘-chāi ka ~-~-·le* [鉛筆畫有ê所在ka ~~·le] 鉛筆畫有的地方把它抹一抹 ¶*m̄-tio̍h-·khì ·ê iōng hú-á ~-tiāu* [m̄著去·ê用hú仔~掉] 錯的用擦子擦掉 **2.** 揉成碎屑,例如製肉鬆。
hù¹ (< log Sin; ant *chiàⁿ*) [副] [首] 輔佐的 ¶*~-pan-tiúⁿ* [~班長] 仝。
hù² (< Sin) [副] [量] **1.** 某些成雙的東西,例如對聯、眼鏡、手套、豬腰 **2.** 多個而成套的東西,例如碗盤 **3.** 整個(某些)器官,例如豬肝。
hù³ [象] 呼呼聲,例如颳風、行車、推磨等。
hù⁴ (< log Chi) [付] [動] 繳費 ¶*ài ~ i gōa-/jōa-chē* [愛~伊gōa-chē] 該付他多少。
hù⁵ (< log Sin) [附] [動] 仝 ¶*Phe-lāi ū ~ chi̍t tiuⁿ siu-kì.* [批內有~一張收據.] 信內附有一張收據。
hù⁶ (< log Sin) [赴] [動] 前往; 赴(宴) ¶*khì ~ chi̍t ê iàn-hōe* [去~一個宴會] 去參加一個宴會。
hù⁷ [赴] [動] 趕上 ¶*bē-/bōe-~* 趕不上; 來不及 ¶*~-bô-tio̍h chhia* [~無著車] 沒趕上車 ¶*~ hō͘* [~雨] 出門碰到下雨 ¶*~ sí* q.v. ¶*~ sî-kan* [~時間] 趕時間 [形] [x] (時間)充裕 ¶*Sî-kan iáu ~-~.* [時間夭~~.] 時間還很充裕,來得及。
hū (< log Chi) [負] [動] 承擔 ¶*~ chin tāng ê chek-jīm* [~真重ê責任] 負很重的責任。
hû-á [符仔] [名] TIUⁿ: 符籙。「≃ lù-á。

H

hú-á [hú仔] (名) TÈ: 擦子; ≃ chhit-á^3;
hū-bīn ‖*hù-* (< log Chi) [負面] (名) (形) 仝 ¶~ *ê éng-hiáng* [~ê影響]負面的影響。 「仝。
hū-chè (< log Nip < Sin) [負債] (動)
hū-chek (< log Chi) [負責] (動) 仝
◇ ~*-jîn/-gîn/-lîn* (< log Chi) [~人] Ê: 仝。 「仝。
hù-chheng (< log Chi) [付清] (動)
Hū-chhin-chiat (< log Chi < tr En *Father's Day*) [父親節] (名) 仝。
hù-chhiú (< log Nip) [副手] (名) Ê: 仝; ≃ hù-·ê。
hù-chhut (< log Chi) [付出] (名) (動) 仝 ¶~ *tāi-kè* [~代價]仝。
hù-chok-iōng (< log Nip < tr; *cf* En *secondary effect*) [副作用] (名) Ê: 仝。 「統] (名) Ê: 仝。
hù-chóng-thóng (< log Chi) [副總
hù-·ê [副·ê] (名) Ê: 副手。
hu-êng-sim ⇒ hi-êng-sim。
hù-gī (< log Chi) [附議] (動) 仝。
hù-gia̍p (< log Nip) [副業] (名) Ê: 仝。
hû-ha̍p‖*hù-* (< log Sin) [符合] (動) 仝。 「Ê: 仝。
hû-hō‖*hù-* (< log Nip) [符號] (名)
hū-hō (< log Nip) [負號] (名) Ê: 仝; ≃ mǎi-ná-suh。
hù-hō͘-lâng [富戶人] (名) Ê: 有錢人。
hu-hoa ⇒ hi-hoa。
hú-hòa (< log Chi) [腐化] (動) 仝。
hù-hù-kiò ⇒ hū-hū-kiò^2。
hū-hū-kiò^1‖*hī-* (v *hù*^{3}) [hū-hū 叫] (動) **1.** 呼呼作聲, 例如颱大風或汽車來往 **2.** 連續吹氣出聲 **3.** 連續發出沈重的摩擦聲, 例如磨子轉動。
hū-hū-kiò^2‖*hù-hù-* [hū-hū 叫] (動) 隆隆作聲, 例如雷響。 「訃聞。
hù-im (< log Sin) [訃音] (名) Ê, TIU^n:
hū-iông-kok (< log Chi) [附庸國] (名) Ê, KOK: 仝。

hu-jîn (< log Sin) [夫人] (名) Ê: 仝 ¶*tē-it* ~ [第一~]仝。
hū-jîn-lâng [婦人 lâng] (名) Ê: **1.** 婦女 **2.** 婦道人家, 意味其應秉有婦人本質或應守婦道。
hù-jū/*-lū* (< log) [富裕] (形) 仝。
hù-ka (< log Nip) [附加] (動) 仝; ≃ kah^4 ¶~ *chi̍t ê tiâu-kiā*^{n} [~一個條件]仝。 「仝。
hù-kà-sú (< log Chi) [副駕駛] (名) Ê:
hù-kàu-siū (< log Chi) [副教授] (名) Ê: 仝。
hù-khan (< log Chi) [副刊] (名) PÁN,
hú-khó ⇒ hí-khó。 ⌊Ê: 仝。
hù-kiā^n (< log Chi) [附件] (名) KIĀ^n, Ê: 仝。 「近] (名) 仝。
hū-kīn/*-kūn*‖*hù-* (< log Sin) [附
hù-kùi (< log Sin) [富貴] (名) (形) 仝。
hù-kūn ⇒ hū-kīn。
hù-le̍k ⇒ hù-lio̍k。
hù-lí [副理] (名) Ê: 仝。
hū-lí/*-lú* (< log Sin) [婦女] (名) Ê: 仝
◇ ~*-cheh/-chiat* (< log Chi) [~節]仝
◇ ~*-hōe* (< log Chi) [~會] Ê: 仝
◇ ~*-phiò* (< log Chi) [~票] TIU^n: 仝。 「錄] (名) Ê: 仝。
hù-lio̍k/*-le̍k*/*-lo̍k* (< log Nip) [附
hū-ló (< log Sin) [父老] (名) 仝。
hû-ló͘ (< log Sin) [俘虜] (名) Ê: 仝 ¶*ōa*^{n} ~ [換~]換俘
◇ ~*-iâ*^{n} (< log Chi) [~營] Ê: 仝。
hù-lo̍k ⇒ hù-lio̍k。
hū-lú ⇒ hū-lí。
Hû-lûn-siā (< log Chi < tr En *Rotary Club*) [扶輪社] (名) 仝。「(動) (形) 仝。
hú-pāi (< log Nip < sem Sin) [腐敗]
hù-pió (< log Nip) [附表] (名) TIU^n: 仝。 「仝。
hù-pún (< log Nip) [副本] (名) HŪN:
hū-sán-kho/*-khe*/*-khe͘* (< log Nip)

[婦產科] 名 KHO: 婦科與產科。

hù-sán-phín (< log; cf Nip [副產物])
[副產品] 名 全。

hù-sí [赴死] 動 1. 碰巧遇難 2. 送命。

hú-siâⁿ [府城] 名 指台南 ¶Tâi-oân ~
[台灣～] do.

hù-siók (< log Sin) [附屬] 動 全
◇ ~-phín (< log Nip) [～品] 全。

hù-sit-phín (< log; cf Nip [副食物])
[副食品] 名 全。

hú-soán (< log Chi) [輔選] 動 全。

hù-sû (< log Nip) [副詞] 名 ê: 全。

hù-tài (< log Nip) [附帶] 動 全; ≃
kah⁴。　　　　　　　　　 「動 全。

hū-tam (< log Nip) [負擔] 名 ê: 全

hú-tō (< log Chi) [輔導] 動 全
◇ ~-oân/-goân (< log Chi) [～員]
ê: 全。　　　　　　　　　　 「全。

hù-tô͘ (< log Nip) [附圖] 名 TIUⁿ:

hŭ-·ù 象 1. 急速移動的聲音，例如飆
車、引擎、疾風 2. 某些汽笛聲，例
如救護車、警車 動 疾風似地移
動，指會發呼呼聲的東西 ¶Hui-hêng-
ki teh sio-chiàn, ~, ~, ~, cháu-
sio-jiok. [飛行機 teh 相戰，～，～，
～，走相 jiok.] 飛機在打鬥，一下子飛
到這邊，一下子飛到那邊，互相追逐
著。

hui¹ (< log Nip; cf En non-) [非]
首 表示否定 ¶~-êng-lī su-giảp q.v.
¶~-jîn-lūi [～人類] 全。

hui² (< log Sin) [揮] 動 1. 揮動 ¶to-
á giảh-leh ~ [刀仔 giảh-leh ～] 揮
舞著刀子 2. (< sem) (拿在空中) 旋
轉; ≃ sėh ¶khih-hō͘ i thoa-leh ~ [乞
hō͘ 伊拖 leh～] 被他拖著團團轉。

hûi¹ 名 陶瓷器; ≃ hûi-á ¶sio-~ [燒
～] 窯燒陶瓷器。

hûi² 動 (磨損而) 變不尖 形 1. (磨損
而變) 不尖 ¶Iân-pit ~-~, siá-jī kô͘-
kô͘. [鉛筆～～，寫字糊糊的.] 鉛筆鈍

了，寫字不清楚 2. (臉等) 圓圓的。

hùi¹ [肺] ⇒ hì³。

hùi² (< log Sin) [費] 名 B. 費用 ¶hòk-
bū-~ [服務～] 全 動 花費 ¶~ chin
chē/chōe sî-kan [～真 chē 時間] 花
很多時間。

hùi³ ‖hòe (< log Sin) [廢] 動 廢除。

hûi-á [hûi 仔] 名 陶瓷器。

hùi-bút‖hòe- (< log Nip) [廢物] 名
全 ¶~ lī-iōng/-ēng [～利用] 全。

hùi-chí‖hòe- (< log Nip) [廢止] 動
全。　　　　　「Africa] [非洲] 名 全。

Hui-chiu (< log Chi < [洲] + ab <

hùi-ēng ⇒ hùi-iōng。

hui-êng-lī su-giảp (< log < tr En
nonprofit business; cf Nip [非營利
的...]) [非營利事業] 名 ê: 全。

hui-hêng-chûn (< log Nip) [飛行船]
名 TÂI: 飛船。

hui-hêng-goân ⇒ hui-hêng-oân。

hui-hêng-ki (< log Nip) [飛行機] 名
TÂI, CHIAH: 飛機 ¶ōaⁿ ~ [換～] 轉
機 ¶pôaⁿ ~ [盤～] do.
◇ ~-bóe/-bé [～尾] 機尾
◇ ~-phiò [～票] TIUⁿ: 機票
◇ ~-sit [～翼] KI: 機翼　　「滑行處
◇ ~-tiâⁿ [～埕] ê: 機場，尤指起落
◇ ~-tiûⁿ (cf Nip [飛行場]) [～
場] ê: 機場，尤指其為航站; ≃ ki-
tiûⁿ。

hui-hêng-oân/-goân (< log Chi) [飛
行員] 名 ê: 全; ≃ hui-hêng-ki-su。

hûi-hiám (< gûi-hiám < log Sin) [危
險] 名 形 全
◇ ~-sèng (< log Nip) [～性] 全。

hûi-hiang (< hôe-hiang < log Sin)
[茴香] 名 [á] CHÂNG: 小茴香。

hui-hoat¹ (< log Nip) [揮發] 動 昇
華。　　　　「≃ bô hảp-hoat 副 全。

hui-hoat² (< log Chi) [非法] 形 全;

hùi-iām ⇒ hì-iām。

hùi-iōng/-ēng (< log Sin) [費用] 名 全。

hùi-khì [費氣] 動 花費精神 形 費事儿;麻煩。 「車」 名 TÂI: 全。

hui-khoài-chhia (< log Chi) [飛快]

hui-ki (< log Chi; cf Nip [飛行機]) [飛機] 名 TÂI, CHIAH: 全; ≃ hui- ◇ ~-su [~師] Ê: 飛行員 「hêng-ki ◇ ~-tiûⁿ (< log Chi) [~場] Ê: 機場; ≃ (hui-hêng-)ki-tiûⁿ。

hui-lêng-ki (< hui-hêng-ki, q.v.)。

hùi-liāu‖hòe- (< log Chi) [廢料] 名 全¶hėk-~ [核~] 全。

Hui-lit-pin (< Philippine; cf En Philippine Islands) [菲律賓] 名 台灣南方國名。

húi-lūi (< log Sin) [匪類] 名 Ê: 1.匪徒 2.壞蛋 形 壞,像土匪一般。

hùi-phiò‖hòe- (< log Chi) [廢票]

hùi-pīⁿ ⇒ hì-pēⁿ。 「名 TIUⁿ: 全。

húi-pòng (< log Sin) [誹謗] 動 全。

hui-siâng/-siông (< log Sin) [非常] 副 很; ≃ chin⁴(-chiâⁿ)。

hùi-sîn (< log Sin) [費神] 動 勞駕。

hui-siông ⇒ hui-siâng。

hūi-sòaⁿ‖úi- (< col log Chi) [緯線] 名 TIÂU: 全。

hui-tân/-tôaⁿ (< log Chi) [飛彈] 名 LIȦP: 全。 「動 全。

hùi-tî/-tû‖hòe- (< log Nip) [廢除]

hūi-tō‖úi- (< log Nip) [緯度] 名

hui-tôaⁿ ⇒ hui-tân。 「全。

hùi-tû ⇒ hùi-tî。

hûiⁿ ¹ [園] ⇒ hng。

hûiⁿ ² [橫] ⇒ hoâiⁿ。

hūiⁿ... ⇒ hng¹...。

hûiⁿ-kuiⁿ ⇒ hoâiⁿ-koaiⁿ。

huih ⇒ hoeh。

hun ¹ (< log Sin) [分] 箇 從主體分出的¶~-hâng [~行] 全¶~-hāu [~校] 全¶~-ki [~機] 全¶~-tiàm [~店] 全 量 1.(容積、度數、重量單位錢、長度單位寸、面積單位「甲」的)十分之一¶chiȧh chhit ~ pá tiō hó [吃七~飽就好] 全 2.(利息)百分之一 3.(貨幣)百分之一元 4.(時間)六十分之一小時 5.點數;積分 6.算分開的份儿的單位; ≃ hūn¹ 動 1.開分; ≃ pun 2.分別¶bô ~ chá-lâi, bān-lâi, kāng-khoán miā-ūn [無~早來慢來,仝款命運.]不分先來後到,一樣命運 3.分辨¶~-chheng-chhó [~清楚] 全。

hun ² (< sem Sin) [燻] 名 物質燃燒所化成的氣體,即煙¶hóe-/hé-~ [火~] do. 動 1.利用燃燒的煙以增加味道、刺激、殺害等¶~ báng [~蚊] 燻蚊子 2.被燃燒的煙造成上述結果¶~ kà lâu bȧk-iû [~到流目油] 燻得流出淚水 形 煙彌漫著¶bē-hiáu khí-hóe, ~-káh [bē 曉起火,~káh] 不會生火,弄得煙霧彌漫¶ian-tâng that·leh, chàu-kha chin ~ [煙筒 that·leh, 灶腳真~]煙囪堵住,廚房煙霧彌漫。

hun ³ [菸] (< [薰]) 名 KI, PAU, TIÂU:

hûn ¹ (< Sin) [雲] 名 TÈ: 全。 「全。

hûn ² (< log Sin) [痕] 名 TIÂU: 痕跡 量 計算痕跡的單位; ≃ sûn。

hûn ³ (< log Sin) [魂] 名 B.代表民族、國家的精神¶Tâi-oân-~ [台灣~]全。

hún (< log Sin) [粉] 名 粉末 動 粉刷 形 1.[x] 呈粉末狀 2.[x] (看起來)很細嫩,例如臉 3.入口即化的感覺。

hūn ¹ (< log Sin) [份] 名 份儿¶Hit khám tiàm, góa ū ~. [Hit khám 店我有~.]那片店有我的份儿 量 算分開的份儿的單位; ≃ hun¹ ¶saⁿ ~ chit [三~一] 三分之一 動 認(股)¶~-hōe-á, q.v.

hūn ² (< Sin [暈]) 動 暈(過去)¶~-

·*khì* [～去] 暈過去;暈倒¶～··*tó* [～

hūn³ [恨] ⇒ hīn。　　　⌊倒]暈倒。

hún-âng (< log Sin) [粉紅] 名 [á]粉
　紅色 形 全
　◇ ～-(á-)*sek* [～(仔)色] do.

hun-bah [燻肉] 名 TÈ: 全。

hun-bó/-*bú* (< log Nip; ant *hun-
　chú*¹) [分母] 名 Ê:數學分數中寫
　在橫線下的數。　⌈[分鐘] 量 全。

hun-cheng (< log Chi < cl + nom)

hun-chhe¹ 名 煙斗;⇒ hun-chhoe。

hun-chhe²‖*pun-chhe* [分杈] 動 分
　◇ ～-*lō·* [～路] TIÂU: 岔路。　⌊岔

hun-chhoe/-*chhe*/-*chhe·* [菸吹]
　名 KI: 煙嘴儿;煙斗。

hun-chiam (< log Chi) [分針] 名 KI:
　全;≃ tn̂g-chiam。

hún-chiáu [粉鳥] 名 [á] CHIAH:鴿子
　◇ ～-*tû* [～櫥] Ê: 鴿籠。

hun-chú¹ (< log Nip; ant *hun-bó*)
　[分子] 名 Ê:數學分數中寫在橫線
　上的數。　⌈物質的最小獨立顆粒。

hun-chú² (< log Nip) [分子] 名 LIÀP:

hūn-chú (< ana Chi tone + log Chi
　< Nip [分子]) [份子] 名 團體中的
　部分¶*tì-sek* ～ [智識～]知識分子。

hún-giô [粉蟯] 名 [á] LIÀP:大文蛤;
　cf hoe-kap-á。

hun-gōa-chêng (< log Chi < Chi
　[情] + Nip tr En *extramarital*) [婚
　外情] 名 全。

hun-gōa-sèng (< log Chi < Chi [性]
　+ Nip tr En *extramarital*) [婚外
　性] 名 全。　　　　　　⌈全。

hûn-hái (< log Chi) [雲海] 名 PHIÀN:

hun-hâng (< log) [分行] 名 KENG:
　全。　　　　　⌈≃ (thàu-)lām。

hūn-hàp (< log Nip) [混合] 動 全;

hun-hāu (< log Nip) [分校] 名 KENG:
　全。

hun-hiáng/-*hióng* (< log Chi) [分

享] 動 全。

hun-hòa (< log Nip) [分化] 動 全。

hûn-hòa-lô· (< log Chi) [焚化爐] 名
　Ê: 全。

hun-hoat (< log Sin) [分發] 動 全。

hūn-hōe-á [份會仔] 動 搭會;≃ tòe-
　/tè-hōe-á。

hūn-hūn-tūn-tūn [混混沌沌] 形 很
　不清醒。

hún-î ⁿ [粉圓] 名 LIÀP:一種蕃薯粉製
　的小糰子,質韌,有嚼勁儿。

hun-in (< log Sin) [婚姻] 名 全。

hún-ké/-*ké* ⇒ hún-kóe。

hùn-khài (< log Chi) [憤慨] 動 全。

hūn-··khì [hūn 去] 動 暈過去;暈倒。

hun-khui [分開] 動 1.區別 2.區隔;
　≃ pun-khui 3.別離;分手;≃ pun-
　khui 4.分爨;⇒ pun-khui。

hun-ki (< log Chi < tr En *extension*)
　[分機] 名 TÂI, KI: 全。

hun-kî hù-khoán (< log Chi) [分期
　付款] 名 動 全。

hūn-kó· [份股] 動 認股。

hún-koaⁿ (ant *chhâ-koaⁿ*) [粉肝] 名
　HÙ, TÈ:質軟的(禽獸的)肝。

hun-koah (< log Nip < sem Sin) [分
　割] 動 全。　　　⌈薯粉製的食品。

hún-kóe/-*ké*/-*ké* [粉粿] 名 一種蕃

Hûn-lâm pèh-ióh (< log Chi) [雲南
　白藥] 名 全。⌈蘭] 名 北歐國名。

Hun-lân (< log Chi < *Finland*) [芬

hun-lé (< log Sin) [婚禮] 名 全。

hùn-liān (< log Sin) [訓練] 名 KÎ,
　PÁI: 全¶*sin-seng* ～ [新生～]全
　◇ ～-*iâ*ⁿ (< log Chi) [～營] Ê: 全
　◇ ～-*pan* (< log Chi) [～班] Ê,
　PAN: 全　　　⌈心] Ê, KENG: 全
　◇ ～ *tiong-sim* (< log Chi) [～中
　動 全¶*siū* ～ [受～]受訓。

hūn-liāng/-*liōng* (< log Nip [分量])

[份量] [名] 分量。
hun-lia̍t (< log Chi) [分裂] [名] [動] 仝 ¶*Sơ-liân ~-·khì.* [蘇聯~去.] 蘇聯分裂了 ¶*cheng-sîn ~* [精神~] 仝。
Hûn-lîm [雲林] [名] 縣名。
hūn-liōng ⇒ hūn-liāng。 「≃ jî/jû。
hūn-loān (< log Sin) [混亂] [形] 仝;
hun-lūi (< log Sin) [分類] [動] 仝 ¶*pùn-sò ~* 垃圾分類。
hùn-ōe (< log Nip) [訓話] [動] 仝。
hun-phòe (< log Nip < sem Sin) [分配] [動] 仝。
hun-pì-bu̍t (< log Nip) [分泌物] [名] 仝。 「[名] 仝。
hun-pì-sòa^{n} (< log Nip) [分泌腺]
hun-pia̍t (< log Sin) [分別] [名] [動] 仝。 「仝。
hún-pit (< log Sin) [粉筆] [名] KI:
hun-pò͘ (< log Chi) [分布] [動] 仝。
hun-sái [菸屎] [名] 煙灰 ¶*khà ~* 把煙灰彈掉 ¶*khà-~-·ê* q.v.「析] [動] 仝。
hun-sek (< log Nip < sem Sin) [分
hun-si (< log Sin) [分屍] [動] 仝。
hún-si (< log Chi < En *fans*) [粉絲] [名] Ê: (名人)崇拜者
◇ ~-*cho̍k* (< log Chi; v *cho̍k*[1]) [~族] 崇拜名人的族群或個人。
hun-sin[1] (< log Chi; ant *pún-chun*) [分身] [名] 從本身分出來的形體。
hun-sin[2] (< log Chi) [分身] [動] 兼顧。 「示幾分之幾的數。
hun-sò͘[1] (< log Nip) [分數] [名] Ê: 表
hun-sò͘[2] (< log Chi) [分數] [名] Ê: 得分; 點數 ¶*phah ~* 打分數。
hun-sòa^{n}/-*sàn* (< log Sin) [分散] [動] 仝。 「thoa^{n}-hun。
hun-tam (< log) [分擔] [動] 仝; ≃
hùn-tàu/-*tò͘* (< col log Chi) [奮鬥]
hûn-téng [雲頂] [名] 雲霄。⌊[動] 仝。
hun-thoa^{n} (< log Sin) [分攤] [動] 仝; ≃ thoa^{n}-hun。 「仝。
hûn-thui (< log Sin) [雲梯] [名] KI:
hún-tn̂g [粉腸] [名] [á] TIÂU, CHAT, TÈ: 不去除內容的豬小腸; ≃ hún-
hūn-tó [hūn倒] [動] 暈倒。 ⌊chn̄g。
hùn-tō-chhù (< log Chi) [訓導處] [名] 仝。

[hut] [俚] [動] **1.** (用力)打 **2.** 做; 幹; 拼 **3.** 吃。

Hu̍t[1] [佛] ⇒ Pu̍t。
hu̍t[2] (< Sin) [核] [名] **1.** LIA̍P: 包在果肉中心的籽 ¶*lêng-géng-~* [龍眼~] 龍眼的子儿 **2.** B. 睪丸 ¶*ke-/koe-~* [雞~] 雞的睪丸。
hŭt[1] [象] 合口吹蠟燭等的聲音 ¶~-·*chi̍t-·ē pûn-hoa* [~一下pûn-hoa] 呼的一聲吹熄了。
hŭt[2] [擬] 極快速的樣子; ≃ siŭt/sŭt[2] ¶~-·*chi̍t-·ē cháu-·khì* [~一下走去] 欻的一下子跑了。
hu̍t-á [核仔] [名] LIA̍P: **1.** 包在果肉中心的籽 **2.** 睪丸。
hu̍t-chhiú (< log Chi) [佛手] [名] LIA̍P, CHÂNG: 佛手柑; ≃ hiu^{n}-î^{n}
◇ ~-*kam* [~柑] do.
Hu̍t-chhiū^{n}/-*siōng*‖*Pu̍t-siōng* (< log Sin) [佛像] [名] SIAN: 仝。
Hu̍t-chó͘‖*Pu̍t-* (< log Sin) [佛祖] [名]
hu̍t-chú ⇒ he̍k-chú。 ⌊Ê: 仝。
hut-jiân-kan [忽然間] [副] 忽然。「仝
Hu̍t-kàu‖*Pu̍t-* (< log Sin) [佛教] [名]
◇ ~-*tô͘* (< log Nip) [~徒] 仝。
Hu̍t-keng (< log Sin) [佛經] [名] PÚN: 仝。 「仝。
hu̍t-kham (< log Sin) [佛龕] [名] Ê:
hut-lia̍k/-*lio̍k* (< log Sin) [忽略] [動] 仝。 「仝。
Hu̍t-sī (< log Sin) [佛寺] [名] KENG:
hu̍t-thô (< log Sin) [核桃] [名] CHÂNG, LIA̍P: 仝。

I

[i]^1 (< log Sin) [醫] [名] **1.** (< log Nip < sem) 醫科 ¶*thȧk* ~ [讀~] 仝 **2.** (< log Nip < sem) **B.** 醫生 ¶*gōa-kho-*~ [外科~] 外科醫生 [動] 仝 ¶~*-bē-hó* [~bē好] 治不好。

i^2 (< Sin) [伊] [代] 他;她;牠。

î (< Sin) [姨] [名] **B.** 仝 ¶*A-hōng-*~ [阿鳳~] 名叫「鳳」的姨媽。

í (< log Sin) [以] [介] **1.** 用 ¶~ *ko-phiò lȯk-soán* [~高票落選] 仝 **2.** 從(某個觀點); ≃ chāi^2 ¶~ *góa khòa^n, tāi-chì m̄-sī án-ne.* [~我看,代誌m̄是án-ne.] 就我看,事情不是這樣。

ì (< *khì*^{2,4}, q.v.)。

ī [動] 比賽著玩 ¶~ *chu-á* [~珠仔] 玩彈珠 ¶~ *kiû* [~球] 打球 ¶~ *pâi-á* [~牌仔] 打牌。

ĭ (< ab *a-ĭ*) [名] 阿姨,對稱,親暱。

î-á [姨仔] [名] Ê: 姨妹。

í-á [椅仔] [名] CHIAH: 椅子。

◇ ~*-bīn* [~面] TÈ: 椅子上承載人體的平面; ≃ í-bīn

◇ ~*-chhiú* [~手] KI: 椅子的扶手

◇ ~*-kha* [~腳] **a.** KI: 椅子的腿儿 **b.** 椅子底下 「橫桿。

◇ ~*-koai^n* [~杆] KI: 椅子腿儿間的

í-āu (< log Sin) [以後] [名] 仝。

î-bîn (< log Nip) [移民] [名] Ê: 仝 [動] 仝 ¶~ *khì Pa-se* [~去巴西] 移民到巴西去。 「KENG: 仝

◇ ~*-kiȯk/-kėk* (< log Chi) [~局]

◇ ~*-koa^n* [~官] Ê: 仝。

i-bū-sit/*-sek* (< log Nip) [醫務室] [名] KENG: 仝。 「khah-chá。

í-chá [以早] [名] 從前; ≃ éng-kòe; ≃

í-chē-á [椅坐仔] [名] **1.** TÈ: (機車、腳踏車等的)坐墊 **2.** Ê, ÚI: (汽車的)坐椅。

í-chêng (< log Sin) [以前] [名] 仝。

ī-chhek‖*ū-*‖*ī-* (< log Chi < Nip [豫測]) [預測] [動] 仝。

î-chhî‖*ûi-* (< log Nip < Sin) [維持] [動] 仝 ¶~ *hiān-chōng* [~現狀] 仝。

ì-chì (< log Nip) [意志] [名] Ê: 仝。

i-chí-báng (< Nip *ichiban*) [形] "一級棒," 即最好的。

í-chū [椅chū] [名] [*á*] TÈ: 椅墊。

ì-gī (< log Nip) [意義] [名] Ê: 仝。

ī-gī ⇒ ī^n-gī。

ī-giân/*-gân*‖*ū-/ī-giân* (< log Nip [豫言]) [預言] [名] Ê: 仝 [動] 仝

◇ ~*-ka* (< log Chi) [~家] Ê: 仝。

í-gōa (< log Sin) [以外] [名] 仝。

ì-gōa (< log Sin) [意外] [名] Ê: 仝 ¶*hoat-seng* ~ [發生~] 仝 [形] 仝 ¶*chin* ~ *ê tāi-chì* [真~ê代誌] 很意外的事。

ì-goān (< log Sin) [意願] [名] Ê: 仝。

í-hā^1 (< log Sin) [以下] [名] (位置、次序、數目等)在某一點或某一標準之下 ¶*chȧp-peh hòe* ~ *bián chò-peng* [十八歲~免做兵] 十八歲以下免服兵役。

í-hā^2 (< log Nip) [以下] [名] 接下去的(話、文字或事) ¶*chhiá^n khòa^n* ~ *ê lē* [請看~ê例] 請看下面的例子。

i-hȧk (< log Nip) [醫學] [名] 仝「仝。

◇ ~*-ī^n* (< log Chi) [~院] KENG:

ì-hiàng/*-hiòng* (< log Sin) [意向] [名] Ê: 仝。 「護人員] [名] Ê: 仝。

i-hō͘ jîn-oân/*-goân* (< log Chi) [醫

ī-hông‖*ū-*‖*ī-* (< log Nip [豫防]) [預防] [動] 仝 「KI: 預防注射。

◇ ~*-siā* (*cf* Nip [豫防注射]) [~射]

ĭ-·ì^1 (< ĭ) [名] 阿姨,對稱。

ĭ-·ì^2 [歎] 咦呀,即表示覺得很髒或很怕,例如對髒東西的反應或有些人對蟲子、蟻塚或蜂巢的反應; *cf* ĭr-·ìr。

ĭ-ĭ-ĭ-·ì (v *ĭ-·ì*^{2}) [歎] 咦呀,即表示覺得很髒或很怕,加強語氣。

i-í-o-o [咿咿呵呵] ⑩ 發讀書聲或吟唱聲。

i-í-ó·h-ó·h ⑩ 1. 嘔吐出聲 2. 嘔吐。

i-īⁿ (< log Chi < Nip) [醫院] ⑧ KENG: 全; ≃ pēⁿ-īⁿ。

ī-iak/-iok‖ū-/ī-iok (< log Nip [豫約]) [預約] ⑧ ⑩ 全。　　　「全。

i-ió·h-hùi (< log Chi) [醫藥費] ⑧

ī-iok ⇒ ī-iak。

ì-jîn/-gîn/-lîn‖ìⁿ- (< log Sin) [薏芒] ⑧ CHÂNG, LIÅP: 全。

ī-kám‖ū-‖ī- (< log Chi < Nip [豫感]) [預感] ⑧ Ê: 全。

î-kau (< log Chi) [移交] ⑧ 全¶pān ~ [辦~] 全 ⑩ 全。

í-keng (< log Sin) [已經] ⑪ 全。

i-khe ⇒ i-kho。

í-khiu (< En EQ < acr emotional quotient) ⑧ 情緒商數。　　　「全。

i-kho / -khe (< log Nip) [醫科] ⑧

ì-kiàn (< log Nip) [意見] ⑧ Ê: 全。

ī-kò‖ū-‖ī- (< log Nip [豫告]) [預告] ⑩ 全　　　「≃ kiàn-pún-phìⁿ。
◇ ~-phìⁿ (< log Chi) [~片] TÈ: 全;

i-koaⁿ (< log Nip) [醫官] ⑧ Ê: 全。

í-lâi (< log Sin) [以來] ⑧ 全。

í-lāi (< log Sin) [以內] ⑧ 全。

I-lák (< Iraq) ⑧ 中東伊拉克國。

í-lâm (< log Chi) [以南] ⑧ 全。

I-lán (< Iran) ⑧ 西亞伊朗國。

i-liâu (< í-tiâu, q.v.)。

ì-liāu (< log Chi) [意料] ⑩ 全¶~ bē-/bōe-tiòh [~bē著] 意料不到。

ī-liāu‖ū-‖ī- (< log Chi < Nip [豫料]) [預料] ⑩ 全。　　　「⑧ 全。

i-liâu siat-si (< log Nip) [醫療設施]

I-lóng (< log Chi < Iran) [伊朗] ⑧ 西亞國名; ≃ I-lán。

í-mè-ò·/-ò· (< En e-mail) ⑧ "伊媚兒," 即電子郵件 ⑩ 傳電子郵件。

ì-mī [薏麵] ⑧ UT, TIÂU: 全。

í-mô·-kiû‖ú-‖í- (< log Chi) [羽毛球] ⑧ LIÅP, TIÛⁿ: 全。

í-pak (< log Chi) [以北] ⑧ 全。

ī-pān‖ū-‖ī- [預辦] ⑩ 有心理準備; ≃ chhûn-/chhūn-pān ¶~ sí [~死] 存心要受死。

i-pēⁿ/-pīⁿ [醫病] ⑩ 治病。

ī-pī kun-koaⁿ‖ū-‖ī- (< log Chi) [預備軍官] ⑧ Ê: 全。

i-pīⁿ ⇒ i-pēⁿ。

î-pô [姨婆] ⑧ Ê: 祖母的姊妹。

ī-pò‖ū-‖ī- (< log Chi < Nip [豫報]) [預報] ⑧ 全。　　　「TÈ: 全。

í-pōe/-pòe (< log Chi) [椅背] ⑧ Ê,

í-sai (< log Chi) [以西] ⑧ 全。

ī-sài‖ū-‖ī- (< log Chi < tr En preliminary contest) [預賽] ⑧ TIÛⁿ,

î-sán ⇒ ûi-sán。　　　「PÁI: 全。

ī-sán-kî‖ū-‖ī- (< log Chi) [預產期] ⑧ 全。

î-sán-sòe/-sè/-sè ⇒ ûi-sán-sòe。

ì-sek (< log Nip) [意識] ⑧ 全
◇ ~ hêng-thāi/-thài (< log Nip) [~型態] Ê: 全。

Í-sek-liát (< log Sin < Hel Israēl < Heb yisrā'ēl) [以色列] ⑧ 全。

i-seng (< log Sin) [醫生] ⑧ Ê: 全。

ī-sèng ⇒ īⁿ-sèng。

î-si ⇒ ûi-su。

í-siâng¹/-siōng (< log Sin) [以上] ⑧ 1. 前述的話或事; ≃ bīn-téng ¶~ ê lē lóng sī góa ê. [~ê例攏是我ê.] 以上的例子都是我(一手)的 2. 高於某標準¶Chàp peh hòe ~ ài chò-peng. [十八歲~愛做兵.] 十八歲以上必須當兵。

í-siâng²/-siōng [以上] ⑯ 表示話已經講完,用在發言最後; ≃ án-ne。

í-siōng ⇒ í-siâng¹,²。

ī-sip‖ū-‖ī- (< log Chi < Nip [豫習]) [預習] ⑩ 全。

ī-sǹg/-soàn‖ū-‖ī- (< log Nip [豫

算]) [預算] [名] 仝。

i-su/-si͘(< log Nip) [醫師] [名] Ê: 仝。

î-su ⇒ ûi-su。

ì-sù/-sì͘ (< log Sin) [意思] [名] Ê: 仝
◇ ~-~ (< log Chi) 仝。

i-su̍t (< log Nip) [醫術] [名] 仝。

Í-tā-lì (< En *Italy* < *Italia*) [名] 東南歐義大利國; ≃ I-tá-lih; ≃ Ì-tāi-lī。

í-tang (< log Chi) [以東] [名] 仝。

î-tē||*û-tē*||*û-/î-tōe* (< log Nip) [餘地] [名] 仝。

ī-tēng||*ū-*||*ī-* (< log Nip [豫定]) [預定] [動] **1.** 打算; ≃ àn-sǹg; ≃ phah-sǹg **2.** 事先定好
◇ ~*-tē/-tōe* (< log Chi) [~地] TÈ: 仝。

í-thâu-á [椅頭仔] [名] LIȦP, CHIAH: 凳子。

î-thoân ⇒ ûi-thoân。

í-tiâu/*-liâu* [椅條] [名] LIAU: 長板凳。

î-tiū^n [姨丈] [名] Ê: 姨父。

[î]... ⇒ î.../û...。

ī... ⇒ ī.../ū...。

ǐ-·ì [歎] 表示覺得髒或令人不敢接觸,快要起雞皮疙瘩的樣子; *cf* ǐ-·ì^2。

[î^n]^1 (< Sin) [圓] [名] (< log Nip < sem) Ê: (數學上的)圓形 ¶*ōe chi̍t ê* ~, *ōe-liáu bô î^n* [畫一個~, 畫了無圓] 畫一個圓, 但是畫得不圓 ¶*tn̂g-ko-*~ q.v. [形] **1.** 渾圓 ¶*ōe chi̍t ê î^n, ōe-liáu bô* ~ [畫一個圓, 畫了無~] 畫一個圓, 但是畫得不圓 **2.** [x] 呈圓形 [副] [x] 團團(繞圈子) ¶~-~ *kiâ^n* [~~行] 繞著圈子走。

î^{n2} (< log Nip) [圓] [量] 貨幣單位; ≃ khơ。

í^n (< Sin [穎]) [名] [*á*] 新生的嫩葉。

Ī^n/*ì^n* (< log Chi) [院] [名] Ê: 機關單位 ¶*bûn-ha̍k-*~ [文學~] 仝 ¶*gián-kiù-*~ [研究~] 仝 ¶*hêng-chèng-*~ [行政~] 仝。

i^n-á ⇒ e^n-á。

î^n-á [圓仔] [名] LIȦP: 糰子。

ì^n-á [燕仔] [名] CHIAH: 燕子。

î^n-á-hoe [圓仔花] [名] CHÂNG, LÚI: 千日紅。

î^n-chhài-thâu [圓菜頭] [名] CHÂNG, LIȦP: 蕪菁; ≃ kiat-thâu-chhài。

î^n-chui-thé (< log Nip) [圓錐體] [名] Ê: 仝。

ī^n-gī||*ī-* (< log Nip) [異議] [名] 仝。

Ī^n-hat-chhī (< log Chi) [院轄市] [名] Ê: 仝。

î^n-hêng (< log Nip) [圓形] [名] Ê: (平面上的)圓。

i^n-i^n (< ab *i^n-í^n-khùn*) [兒] [動] 乖, 睡呀 ¶*Lâi! ~! ~!* [來!~!~!] 睡呀, 睡呀!

i^n-í^n-khùn (< dia **e^n-e^n khùn*) [i^n-í^{n}睏] (< [嬰嬰睏]) [兒] [動] **1.** 乖, 睡呀 ¶*Kín ~!* [緊~!] 快睡! **2.** 睡覺 ¶*teh* ~ 在睡覺。

i^n-í^n-n̍gh-n̍gh^1/*-n̄g-n̄g* [動] **1.** 發支吾聲 **2.** 支吾。

i^n-í^n-n̍gh-n̍gh^2 [動] 連續發出用力的聲音, 例如大便。

i^n-í^n-ò͘^{n}-ò͘^{n}/*-o͘^{n}-o͘^{n}*/*-o͘h^n-o͘h^n* [動] 連續發出鼴鼻儿的聲音卻無法發出語音。

ì^n-ì^n-ò͘^{n}-ò͘^{n} ⇒ i^n-í^n-ò͘^{n}-ò͘^{n}。

i^n-í^n-oai^n-oai^n [動] **1.** (以軸轉動的東西的) 軸連續磨擦而發出尖銳的咿呀聲, 例如門開開關關的 **2.** 拉小提琴、胡琴等發出尖銳的咿呀聲。

i^n-í^n-oaih^n-oaih^n/*-oa̍ih^n-oa̍ih^n* [動] 連續搖動椅子等或椅子、樑、重擔等連續搖動而不斷發出的咿呀聲。

i^n-í^n-o͘h^n-o͘h^n ⇒ i^n-í^n-ò͘^{n}-ò͘^{n}。

î^n-î^n-se̍h [圓圓se̍h] [動] 團團轉。

ì^n-jîn/*-gîn*/*-lîn* (< *ì-jîn*, q.v.)。

î^n-ka̍h-la̍k-kō [動] 流浪 [形] 圓圓滾滾。

î^n-kho͘-á [圓箍仔] [名] Ê: 圓圈。

î^n-khoân [圓環] [名] [*á*] Ê: **1.** 環 **2.** 路口的圓形環繞設施。

î^n-kō-lō-sō [形] 圓圓滾滾; ≃ î^n-ka̍h-la̍k-kō。

î^n-kui (< log Chi) [圓規] [名] KI: 仝; ≃ khǒm-phá-suh。

î^n-liàn-liàn/*-lìn-lìn* [圓liàn-liàn] [形] 圓圓滾滾。

î^n-long-se̍h [圓long-se̍h] [動] 團團繞

圈子。

ī^n-n̄g-kiò [ī^n-n̄g 叫] 動 (豬等或被搗住口鼻的人)發出嗯嗯的聲音。

î^n-ò^n 象 救護車的警笛聲。　「帶鼻音

ì^n-ò^n 象 無法發語音說話的聲音,通常
◇ ~-á [~仔] ê: 出聲而無法發語音說話或無法清楚發音的人
◇ ~-/ī^n-ō^n-kiò [~叫] 發出上述聲音而無法發語音說話。

ī^n-ō^n-kiò ⇒ ì^n-ò^n-kiò。

ī^n-oǎi^n/-oǎih^n 象 磨擦所發出尖銳的咿呀聲,例如轉動的門樞、晃動的椅子、挑動中的擔子。

i^n-oai^n-kiò [i^n-oai^n 叫] 動 因磨擦而發出尖銳的咿呀聲,例如門、提琴。

ī^n-oāi^n-kiò [ī^n-oāi^n 叫] 動 因搖動而發出咿呀聲,例如晃動的椅子、挑動

ī^n-oǎih^n ⇒ ī^n-oǎi^n。　「中的擔子。

ī^n-sèng‖ī- (< log Nip < tr En heterosexual) [異性] 名 ê: 全。

î^n-sim (< log Nip) [圓心] 名 LIÁP, TIÁM, ê: 全。

ī^n-sū‖ì^n- (< log Chi) [院士] 名 ê:

î^n-thiāu [圓柱] 名 [á] KI: 全。　「全。

ī^n-tiú^n‖ì^n- (< log Nip) [院長] 名 ê: 全。　「TÈ: 全。

î^n-toh (< log Sin) [圓桌] 名 CHIAH,

iâ [椰] 名 CHÂNG: 椰子樹。

iá^1 (< Sin) [野] 形 1. B. 非豢養或種植的; ≃ iá-seng 2. 放蕩,不受拘束; ≃ iá-sèng。

iá^2 (< Sin) [冶] 形 (顏色太)鮮艷。

iá^3 (< iáu^1, q.v.) 副 仍然。

iá^4 連 或; ⇒ ah^3。

ià (< Sin) [厭] 動 形 (因過多而)厭倦 ¶thia^n kà ~ [听到~] 聽厭了。

iā^1 動 撒 ¶~ pûi-liāu [~肥料] 撒肥料。

iā^2‖-ā (< Sin) [也] 副 全; ≃ mā^2。

iǎ (< contr iàh-á, q.v.)。

iá-bân (< log Nip) [野蠻] 形 全。

iá-bōe/-bē/-bē̒ (< iáu-bōe, q.v.)。

iā-bông-chèng (< log Nip) [夜盲症] 名 全; ≃ ke-/koe-á-ba̍k。

iā-chéng [iā 種] 動 撒種。

iá-chhan (< log Chi < tr En picnic) [野餐] 名 動 全。　「CHÂNG: 全。

iá-chháu (< log Chi) [野草]

iā-chhī (< log Sin) [夜市] 名 [á] ê: 全。　「子的果實

iâ-chí (< log Sin) [椰子] 名 LIÁP: 椰 ◇ ~-khak [~殼] TÈ, LIÁP: 椰殼。

iá-chiàn-ho̍k (< log Chi) [野戰服] 名 SU: 全。

iá-chiáu [野鳥] 名 CHIAH: 全。

iā-chóng-hōe (< log Chi < tr En nightclub) [夜總會] 名 ê: 全。

iá-gōa (< log Sin) [野外] 名 全。

iá-gû (< log Chi) [野牛] 名 CHIAH: 全。

iâ-hô-hoa [耶和華] (< log Sin < Jehovah < Heb YHWH) 名 全。

iá-hoe (< log Chi) [野花] 名 CHÂNG, LÚI: 全。

iǎ-hoe (< contr iàh-á-hoe, q.v.)。

iā-kan-pō· (< log Nip) [夜間部] 名 全。　「沒有人養的狗。

iá-káu (< log Chi) [野狗] 名 CHIAH:

iá-ke/-koe (< log Sin) [野雞] 名 [á] 1. 雉雞; ≃ thī-ke 2. ê: 阻街女郎 3. TÂI: 在路上招徠客人的車子等 ◇ ~-(á-)chhia [~(仔)車] TÂI: 野雞車。

iā-kéng (< log Sin) [夜景] 名 ê: 全。

iá-kiû (< log Nip) [野球] 名 LIÁP,

iá-koe ⇒ iá-ke。　「TIÛ^n: 棒球。

iá-koh (< iáu-koh, q.v.)。

iâ-lō·-sat-léng (< log Sin < Jeru Salaam) [耶路撒冷] 名 全。

iā-pan (< log Chi) [夜班] 名 PAN: 全 ¶tōa-~ [大~] 全。

iā-pô [夜婆] 名 CHIAH: 1. 蝙蝠; ≃ bı̍t-pô 2. 夜間出來活動的人。

iá-phì ⇒ iáp-pì。

iá-seng--ê (< log Nip [野生の] + tr) [野生·ê] 劉 野生的。

iá-sèng (< log Sin) [野性] 图 不馴服 的本性 劉 放蕩，不受拘束。

iā - seng - oa̍h (< log Chi < tr En *nightlife*; cf Nip [夜の生活]) [夜 生活] 图 全。 「動物] 图 全。

iá-seng tōng-bu̍t (< log Nip) [野生

iá-sī¹ 劉 到底還是; ⇒ iáu-sī。

iá-sī² 連 抑或; ⇒ a̍h-sī²。「≃ mā²。

iā-sī¹‖ā-‖ia̍h-‖a̍h- [也是] 劉 也;亦

iā-sī² 劉 到底還是; ⇒ iáu-sī。

iá-sim (< log Sin) [野心] 图 (< log Nip < sem) 全 劉 全。 「全。

iá-siù (< log Sin) [野獸] 图 CHIAH:

Ia-so͘‖Iâ- (< log Sin < Lat *Iesus* < Hel *Iēsous* < Heb *yēshū'a*) [耶穌] 图 全。

iⁿ¹ (< Sin) [營] 图 1. ê: 軍事單 位 2. B. 類似軍營多人居住的地方 劉 chip-tiong-~ [集中~] 全 劉 lān-bîn- ~ [難民~] 全 3. B. 暫時住在一起舉 辦的活動 劉 hā-lēng-~ [夏令~] 全。

iâⁿ² (< Sin) [贏] 劉 1. 勝 2. 表示 勝任，當動詞補語; cf kiâⁿ 劉 moh- bē-~ 抱不起來 劉 the̍h-ē-~ [the̍h會 ~] 拿得動 劉 the̍h-bē-~ 拿不動 劉 好 劉 khah ~ q.v.

iáⁿ (< Sin) [影] 图 ê: 1. 影子 劉 cha̍h- tio̍h ~ [閘著~] 被影子遮住 劉 Tiong- tàu-sî ~ khah té. [中晝時~較短.] 中午影子短 2. 形影 劉 khòaⁿ-tio̍h in bó͘ ê ~ [看著in某ê~] 看到他太太 的身影 3. 蹤跡 劉 cháu kà bô-khòaⁿ- tio̍h ~ [走到無看著~] 逃之夭夭 劉 1. 短時間內一現即逝 劉 ~--chit- ·ē tiō kòe/kè [~一下就過] 瞬間消 失 2. (隨便) 看 (一下); ≃ gán 劉 ~- ·tio̍h [~著] 瞥見 3. (稍微) 看守 劉 Góa, che khǹg tòa chia, chhiáⁿ thè góa sió ~--chit--ē. [我che khǹg tòa chia, 請替我小~一下.] 我這個

放這儿,請你替我稍微注意一下。

iāⁿ 劉 1. 飛颺 劉 Kî-á teh ~. [旗仔在 ~.] 旗正飄飄 2. 使飛颺 劉 ~ kî-á [~ 旗仔] 揮舞著旗子 3. 颺 劉 kā chhn̂g- kin/-kun ~-~ ·le [kā床巾~~·le] 把 床單抖一抖 4. 揮動以驅逐，例如趕 蒼蠅。

iáⁿ-chheⁿ/-chhiⁿ (< log Chi < ab [電影明星] < tr En *movie star*) [影星] 图 Ê: 全。 「飛颺;飛舞。

iāⁿ-iāⁿ-poe/-pe/-pe͘ [iāⁿ-iāⁿ飛] 劉

iáⁿ-ìn (< log Chi < sem Nip) [影印] 劉 全
◇ ~-ki (< log Chi) [~機] TÂI: 全。

iâⁿ-khu (< log Chi) [營區] 图 Ê: 全。

iâⁿ-pâng (< log Sin) [營房] 图 TÒNG, Ê: 全。 「KI: 全。

iáⁿ-phìⁿ (< log Chi) [影片] 图 TÈ,

iáⁿ-pún (< log Chi [影本] 图 HŪN, TIUⁿ: 全。 「TÈ: 全。

iâⁿ-tē/-tōe (< log Sin) [營地] 图 Ê,

iâⁿ-tiúⁿ (< log Chi) [營長] 图 Ê: 全。

iâⁿ-tōe ⇒ iâⁿ-tē。

iâⁿ-tūi [營隊] 图 Ê, TŪI: 全。

iah¹ 劉 1. 挖 (開 / 掉) 劉 ~ ba̍k-chiu [~目睭] 挖掉眼睛 2. (用槓桿上的 一端) 撥，例如雞撥土、人扒飯 3. 翻 (箱倒櫥) 4. 揭發 劉 ~ lâng ê khang [~人ê khang] 挖人家的瘡疤。

iah²‖ah‖á 連 1. 至於 劉 I tah-èng ·a, ~ lí ·le? [伊答應矣, ~你·le?] 他 答應了, 那你呢？ 2. 表示根據說 過的條件 劉 ~ án-ne boeh/beh án- ·chóaⁿ? [~án-ne欲按怎?] (若是 這樣的話,) 那怎麼辦？

iah³‖ah 連 但是 劉 Lí ē-sái-tit cháu, ~ tio̍h seng kā góa kóng. [你ē曉得 走, ~著先kā我講.] 你可以離開, 但 是要先告訴我
△ ~ m̄-kò [~m̄過] 全上。

iah⁴‖ah 劉 言談中詞句的發語詞 劉 ~

hit-chūn góa bô-kàu chîⁿ, tiō khì ka chioh;~ i kóng i mā teh khiàm chîⁿ. [~hit-chūn 我無夠錢,就去 ka 借;~伊講伊 mā teh 欠錢.]那時 我錢不夠,於是向他借;他說他也正 缺錢使。

iàh¹ ‖iàp [頁] (量) 全;≃ phè-jì。

iàh² ‖àh (< Sin) [亦] (副) 也;≃ mā²。

iàh-á [蝶仔] (名) CHIAH: 蝴蝶;蛾
◊ ~-hoe [~花] CHÂNG, KI, LÚI: 野
薑花。「無」(連) 不然的話;≃ bô¹。

iah-bô ‖ah-‖á- (< conj + conj) [iah

iàh-hu-á [役伕仔] (名) Ê: (二次大戰
時的日本)軍伕。　　　「以及;還有。

iah-kah ‖ah-‖á- (< conj + conj) (連)

iah-khang (v iah¹) (< [□空]) (動)
1. 挖洞 **2.** 挖瘡疤。

iah-koh (< conj + adv) (連) 而且;還。

iah-nā ‖ah- (< conj + conj; v iah²)
[iah 若] (連) **1.** 至於 **2.** 既然。

iàh-sī ⇒ àh-sī。

iàh-sī¹ (副) 也是;⇒ iā-sī。

iàh-sī² (副) (到底)還是;⇒ iáu-sī。

iàh-sī³ (連) 或;⇒ àh-sī²。

iah-té/-tóe (v iah¹) [iah 底] (動) 揭
發;掀底子。

iah-to ‖ah-‖á- (< part + conj; v
iah³, to²) (連) 因為...啊 ¶A: Lí ná
m̄ kín khì? B: ~ chún-pī iáu-bōe/-
bē hó. [A:你哪 m̄ 緊去? B:~準備夭
未好.]甲:你怎麼不快點儿去?乙:還
沒準備好哇。

iak ‖iok (< log Sin) [約] (動) **1.** 約定
¶~ āu--jit kìⁿ-bīn [~後日見面]約
好後天見面 **2.** 邀約;≃ chio ¶~
i lâi chhù--e thit-thô [~伊來厝·e
thit-thô]約他來家裡玩儿 **3.** 邀遊;
≃ (sio-)chio ¶nn̄g ê ~--le khì thit-
thô [兩個~·le 去 thit-thô]兩個人一
道去玩儿。　　　　　　「ê: 全。

iak-hōe ‖iok- (< log Chi) [約會] (名)

iak-sok ‖iok- (< log Nip < sem Sin)

[約束] (動) 約定;規定。「定」(動) 全。

iak-tēng/-tiāⁿ ‖iok- (< log Chi) [約

iam (< log Sin) [閹] (動) **1.** 閹割
2. 從體內取出 ¶thâi ke, ~ nn̄g [thâi
雞~卵]殺雞取卵。

iâm (< log Sin) [鹽] (名) 全。　「門」。

iám (< sem log Sin) [掩] (動) 虛掩(著

iām¹ (< log Nip) [炎] (尾) 發炎 ¶náu-
mòh-~ [腦膜~]全 ¶tn̂g-á-~ [腸仔
~]腸炎。「盛;(太陽)熾熱;≃ mé。

iām² (< sem log Sin) [炎] (形) (火)旺

iâm-chúi [鹽水] (名) 全
◊ ~-siā [~射] KI: 鹽水針。　「ke。

iam-kok-ke /-koe ‖am- ⇒ ng-kók-

iám-sin-hoat [掩身法] (名) Ê: 隱身
術。

iâm-sng (< log Nip) [鹽酸] (名) 全。

iâm-so͘-ke/-koe [鹽酥雞] (名) TÈ: 一
種油炸後撒上椒鹽的小雞塊。

iâm-tiâⁿ [鹽埕] (名) Ê: 鹽田。

ian¹ (< log Sin) [煙] (名) **1.** 火煙 **2.** 水
氣 ¶Chúi-chhiâng ē-kha chin chē/
chōe ~. [水 chhiâng 下腳真 chē~.]
瀑布底下煙霧彌漫。　　　「俊。

ian² (< ab phon iân-tâu) (匣) (形) 英

iân¹ (< log Sin) [緣] (名) 緣份。

iân² (< log Sin) [鉛] (名) 全。

iân³ (量) **1.** 層 ¶pau chit ~ chóa, koh
pau chit ~ sok-ka [包一~紙, koh
包一~塑膠]包一層紙,再包一層塑
膠 **2.** 輩份;世代。

iân⁴ (< log Sin) [延] (動) 全 ¶Chok-
giáp ~ kàu Pài-it chiah kau. [作業
~到拜一才交.]作業延到(下)星期
一交。

iân⁵ (< log Sin) [沿] (介) 沿著 ¶~ thih-
ki-á-lō͘ kiâⁿ [~鐵枝仔路行]沿著鐵
路走。

iàn¹ (動) 使倒下或坐起 ¶sio-~ [相
~]角力使仆倒 ¶~--khí-lâi [~起來]
a. (把放倒的東西)豎起來 **b.** (把躺

著的人）扶起來（坐著）¶～-tiāu [～掉]推翻（政府、上司等）¶～-tó [～倒] **a.**（把豎的東西）放倒 **b.** 打倒（政府、上司等）。

ián² (< log Sin) [演] 働 **1.** 演出；表演 **2.** 扮演；≃ poaⁿ²; ≃ chng³。

iàn (< log Sin) [燕] 名 燕窩。「肉。

ian-bah [煙肉] 名 TÈ: **1.** 燻肉 **2.** 臘

iàn-bé̍h (< log) [燕麥] 名 CHÂNG, SŪI, LIA̍P: 全。

ián-chàu (< log Nip) [演奏] 働 全
◇ ～-hōe (< log Nip) [～會] ê: 全。

ian-chhiân (< ian-chhiâng, q.v.)。

iân-chhiân [延chhiân] 働 延宕。

ian-chhiâng /-chhiân [煙腸] 名 KŌAⁿ, TIÂU, TÈ: 香腸。

ián-chhiùⁿ (< log Sin) [演唱] 働 全
◇ ～-hōe (< log Chi) [～會] ê: 全。

ián-chhut (< log Nip) [演出] 働 全。

ian-chi (< log Sin) [胭脂] 名 KI: 全。

ián-chìn (< log Chi) [演進] 働 全。

ián-gē-thiaⁿ (< log Chi) [演藝廳] 名 KENG: 全。

ián-goân ⇒ ián-oân。

iân-hái (< log) [沿海] 名 全。

ian-hé/-hé́ ⇒ ian-hóe。

ián-hòa (< log Chi) [演化] 働 全。

ian-hóe/-hé/-hé́ (< log Sin) [煙火] 名 LIA̍P, PHA: 全 ¶pàng ～ [放～]全。

iàn-hōe (< log Nip) [宴會] 名 ê: 全。

iân-hūn (< log Sin) [緣份] 名 ê: 全；≃ iân¹。

iǎn-jín (< Nip enjin < En engine) 名 LIA̍P: 引擎。　　　　　「全 働 全。

ián-káng (< log Sin) [演講] 名 TIÛⁿ: △ ～ pí-sài [～比賽] TIÛⁿ: 全
◇ ～-kó [～稿] TIÛⁿ, HŪN: 全。

iàn-khì [iàn氣] 形 **1.** 慚愧；丟臉 **2.**（心裡）難過 **3.** 無可奈何 **4.** 不平 **5.** 無

iân-kî (< log) [延期] 働 全。　「情。

iân-kò͘ (< log Sin) [緣故] 名 ê: **1.** 原因 **2.** 關係。

iân-lō͘ ‖ iân- (< log Sin) [沿路] 名 一路上¶～ ê hoe khui kà chin súi [～ ê花開到真súi]一路上花開得很漂亮 働 一路上¶～ khàu--tńg--khì [～哭返去]一路哭回家。

iàn-o (< log Sin) [燕窩] 名 全。

ián-oân/-goân (< log Chi) [演員] 名 ê: 全。

ián-phiáⁿ [鉛phiáⁿ] 名 TÈ: 白鐵皮。

ián-piàn (< log Chi) [演變] 名 働 全。

iân-pit (< log Nip) [鉛筆] 名 KI: 全
◇ ～-iân [～鉛] KI: 鉛筆心
◇ ～-ōe/-ūi [～畫] TIÚⁿ: 全。

ián-si̍p (< log Nip) [演習] 名 働 全。

iân-sòaⁿ [鉛線] 名 TIÂU: 鐵絲。

iân-sui/-suiⁿ (< log Sin) [芫荽] 名 CHÂNG, PÉ, ME, KI, CHHOP: 香菜。

ian-tâng (< log Sin) [煙筒] 名 KI: 煙
◇ ～-chhùi [～嘴]煙囪的出口。「囪

iân-tâu [緣投] 形 英俊
◇ ～-á-sàng [～仔sàng] ê: 帥哥。

iân-tháng [鉛桶] 名 KHA: 白鐵桶。

ian-thun (< ian-chhun < iam-chhun < log Sin) [鵪鶉] 名 [á] CHIAH: 全
◇ ～-á-nn̄g [～仔卵] LIA̍P: "鴿蛋,"即鵪鶉的蛋。　　　「名 働 全。

iân-tiòng-to̍k (< log Nip) [鉛中毒]

iân-tn̂g /-tiâng /-tiông (< log Sin) [延長] 働 全　　　　　　　　「全。
◇ ～-sòaⁿ (< log Nip) [～線] TIÂU:

ián-tó [ián倒] 働 **1.** 放倒 ¶kā tùi-hong ê kî-á ～ [kā對方ê旗仔～]把對方的旗幟放倒 **2.** 打倒；推翻 ¶kā sit-bîn chèng-khoân/-koân ～ [kā殖民政權～]把殖民政權打倒。

| **iang** | (< log Sin) [央] 働 央托；求。

iâng (< Chi yang³) 名 氧氣；≃ sàng-sò͘。

iáng‖*ióng* (< log Sin) [養] 働 使健壯¶~ *sin-thé* [~身體]養身。

iāng¹ 働 背(人在背上); ⇒ *āiⁿ*。

iāng² 形 趾高氣昂;揚揚得意。

Iâng- bêng- san‖*Iông-* (< log Chi) [陽明山] 名 全; ≃ Chháu-soaⁿ。

iáng-bó‖*ióng-bú*‖*iúⁿ-bó/-bú* (< log Nip < Sin) [養母] 名 ê: 全。

iâng-bô͘‖*iông-* (< log Chi) [陽謀] 名 ê: 全。

iáng-chú‖*ióng-* (< log Nip < Sin) [養子] 名 ê: 全; ≃ iúⁿ-·ê。

iáng-hū‖*ióng-*‖*iúⁿ-/iáng-/ióng-pē* (< log Nip < Sin) [養父] 名 ê: 全。 「名 全; ≃ sè-kan。

iâng-kan‖*iông-* (< log Sin) [陽間]

iâng-kėk‖*iông-* (< log Nip) [陽極] 名 全; ≃ phu-lá-suh。

iâng-khì‖*iông-* [揚氣] 形 風光;揚眉吐氣;趾高氣昂; ≃ iāng²。

iâng-lėk‖*iông-* (< log Sin) [陽曆] 名 全; ≃ sin-lėk。

iáng-lí‖*ióng-lú/-lí* (< log Nip < Sin) [養女] 名 ê: 全。 「老] 働 全

iáng-ló‖*ióng-ló/-nó͘* (< log Sin) [養 ◇ ~-īⁿ (< log Nip) [~院] ê: 全 ◇ ~-kim (< log Nip) [~金] PIT:

iáng-pē ⇒ iáng-hū。 「全。

iáng-pēⁿ‖*ióng-pīⁿ* (< log Sin) [養病] 名 全。

iâng-sèng‖*iông-* (< log Nip) [陽性] 名 形 全¶~ *hoán-èng* [~反應]全。

iáng-seng‖*ióng-* (< log Nip < Sin) [養生] 働 全。

iáng-sêng‖*ióng-* (< log Sin) [養成] 働 全¶~ *sip-koàn* [~習慣]全。

iâng-tâi‖*iông-* (< log Chi) [陽台] 名 ê: 全; ≃ be-làn-là。

iap 働 1.藏匿(東西) ¶~-*tiâu-tiâu* 藏得很隱密 2.偷。

iảp (< sem Sin [葉]) 名 TÈ: (葉輪上的)葉片¶*hong-kó͘-~* [風鼓~]颺穀機上的葉片 量 1.(花瓣、肝臟等的)層/重 2.(> iảh, q.v.)頁。

iap-āu [iap後] 働 (手)放在背後¶*chhiú ~* [手~]背著手。

iap-bóe/-bé/-bé [iap尾] 働 (狗)把尾巴藏(在兩腿間) ◇ ~-*káu* [~狗] CHIAH: a. 夾著尾巴的狗 b. 被懾服的人 c. 懦夫。

iảp-iảp-sih 働 閃爍。

iảp-lėk-sò͘ (< log Nip < tr Fr *chlorophylle*) [葉綠素] 名 全。 「瘥」

iáp-pì‖*iá-phì* (< En *yappie*) 名 ê: 雅

iảt 働 1.搧¶*Hóe ~ hō mé.* [火~hō mé.]搧火使更旺 2.招(手) 3.搖(尾巴) 4.(旗幟)飄揚。

iảt-chhiú [iảt手] 働 招手。

iảt-hóe/-hé/-hé [iảt火] 働 搧火。

iảt-hong [iảt風] 働 搧風。

iảt-peng (< log Nip) [閱兵] 働 全 ◇ ~-*tâi* (< log Chi) [~台] ê: 全。

iảt-sıt [iảt翼] 働 擺動翅膀(飛行); cf phiảt-sıt。

iau¹ (< log Sin) [妖] 名 全¶*liảh ~* [掠~]捉妖。

iau² (< sem Sin [枵]) 働 餓¶~-*sí-·khì* [~死去]餓死 形 飢餓 △ ~ *kà tōa-tñg kò siò-tñg* [~到大腸告小腸]飢腸轆轆。

iáu¹‖*iá*‖*á* [夭] 働 1.仍然,指過去到現在,表示延續; cf iû⁴¶*kàu taⁿ ~ bē-/bōe-hiáu* [到今~bē曉]到現在還不懂 2.指現在(到將來); ≃ iáu-koh ¶*chia ~ ū chảp khơ* [chia ~有十箍]這兒還有十塊錢¶~ *ài koh tán* [~愛koh等]還得等(一段時間) 3.還算得上¶*Lí ~ hó, i tiō bē-/bōe-sái-·tit.* [你~好,伊就bē使得.]你還可以,他就不行了。

iáu² (< contr iáu¹ ū) (< [□有]) 働

還有¶*À, ~ chit hāng tāi-chì bē-/bōe-kì-·tit kā lí kóng.* [啊，一項代誌bē記得kā你講.] 啊，還有一件事忘記了告訴你

△ ~ ·*bơ?* [~否?] 反 還有沒說的嗎？一住嘴！　　　　　[尚未。

iáu-bōe/-bē/-bê‖iá-‖á- [夭未] 副

iau-chhiáⁿ (< log Chi) [邀請] 動 全。

iau-chiaⁿ/-chiⁿ (< log Sin) [妖精] 名 Ê, CHIAH: 全。

iáu-·ê 代 其他的¶*~ cháu tài?* [~走tài?]其他的哪儿去了？ 指 其他的¶*~ lâng cháu tài?* [~人走tài?]其他的人哪儿去了？

iâu-giân (< log Sin) [謠言] 名 全。

iau-kiau [妖嬌] 形 嫵媚。

iàu-kín (< log Sin) [要緊] 形 全。

iau-kiû‖iàu- (< log Nip) [要求] 名 動 全。　　　　　　　　　[全。

iau-koài (< log Sin) [妖怪] 名 CHIAH:

iáu-koh/-kú‖iá-‖á- 副 **1.** 仍然¶*~ teh khùn* [~teh睏]還在睡覺 **2.**仍然，指從現在到將來¶*Chit ki pit ~ ē-/ōe-iōng-·tit.* [這枝筆~會用得.]這枝筆還管用。

iau-kúi [iau鬼] (< [枵鬼]) 粗 形 饞；≃ iau-sâi；≃ sâi(-chiảh)。

iàu-léng ⇒ iàu-niá。

iau-lô (v lô-hàn) [iau羅] (< [枵羅]) 名 Ê:餓過頭(而暴食)的人。

iau-môʂ (< log Sin) [妖魔] 名 Ê:全
◇ ~-*hòa* (< log Chi < tr En *demonize*) [~化]全
◇ ~-*kúi-koài* (< log Chi) [~鬼怪]

iau-moʂh-moʂh 形 餓癟了。　　[全。

iàu-niá/-léng (< col log Nip < AC) [要領] 名 Ê:全。　　　　　[要求)。

iau-pá-chhá [iau飽吵] 動 亂吵(著

iau-pak-tó [iau腹肚] (< [枵腹肚])

iau-sâi 形 饞。　　[動 餓肚子;挨餓。

iáu-sī‖iá-‖á-‖iah-‖ah-‖iảh-‖ảh- ‖*iā-‖ā-* [夭是] 副 (到底)還是，即表示認為是對的選擇¶*~ góa lâi-khì kah i kóng khah-khoài.* [~我來去kah伊講較快.]還是我去跟他談談好辦些¶*~ mài khì, hó.* [~mài去好.]還是不去的好。

iáu-siū (< log Sin) [夭壽] 粗 形 **1.**短命
◇ ~-*á* [~仔] Ê: (你/他這個)死人 **2.** (< sem)糟糕¶*A, ~!* [啊，~!] 啊，糟了 **3.** (< sem)缺德　　[鬼
◇ ~-*kut* [~骨] **a.**缺德 **b.** Ê: 缺德 副 很；非常¶*~ hó* [~好]他媽的好 嘆 糟糕；他媽的，表示不應該如此¶*~, ná ē án-ne!?* [~，哪會án-ne!?]他媽的，怎麼會這樣!?

iàu-sò (< log Nip) [要素] 名 Ê:全。

iau-sút (< log Sin) [妖術] 名 Ê:全。

iàu-tiám (< log Nip) [要點] 名 Ê:全。

iauⁿ 象 (貓)發喵聲。

iāuⁿ 兒 動 與幼兒玩躲貓準備露臉時用語; cf chiǎ²。

iāuⁿ-chiǎ 兒 動 與幼兒玩躲貓準備露臉及露臉時用語; cf chiǎ²。

ih (< *tit*¹, q.v.)。

ǐh ⇒ ńgh¹。

ihⁿ 象 上下、左右或前後搖動所發出的摩擦聲，例如挑擔子 動 發出上述聲音¶*~-·chit-·ē, ~-·chit-·ē* [~一下，~一下]間歇地發出上述聲音。

ǐhⁿ ⇒ ńgh¹。 　 「[~等]痴痴地等著。

ihⁿ-ihⁿ 副 一直不停地，靜態 ¶*~ tán*

ihⁿ-ihⁿ-kiò‖-ńgh- [ihⁿ-ihⁿ叫] 動 發出用力的聲音¶*moʂh kà ~* [moʂh到~] (抱石頭等)抱得呼呼叫。

ihⁿ-oaihⁿ-kiò/ihⁿ-oaihⁿ-kiò [ihⁿ-oaihⁿ叫] 動 (椅子、竹床等)搖晃發出嘎嘎聲。

im (< Sin) [淹] 動 全¶*chhù hō chúi ~-·khì* [厝hō水~去]房子被水淹沒¶*chúi ~ kàu chhù-téng* [水~到厝

頂] 水淹到房頂¶~-chhân q.v.

ìm (< sem log Sin) [蔭] 動 1.庇蔭 2.(以灰等)覆蓋(柴火使變小或熄滅) 3.發(豆芽)。

im-bô͘ (< log Nip) [陰謀] 名 ê: 全。

im-chhân [淹田] 動 灌溉水田。

im-chat/-chiat (< col log Nip) [音節] 名 ê: 全。

im-chúi [淹水] 動 1.被水淹沒 2.灌溉 3.(ant thè-chúi)漲潮。

im-gåk (< log Nip) [音樂] 名 全
◇ ~-àp-á (< tr En *music box*) [~盒仔] ê: 音樂盒子
◇ ~-hōe (< log Nip) [~會] ê: 全
◇ ~-ka (< log Nip) [~家] ê: 全
◇ ~-thiaⁿ (< log Chi) [~廳] KENG: 全。

im-hiám (< log Chi) [陰險] 形 全; ≃ im-thim; ≃ kan-hiám。

im-hiáng/-hióng (< log Nip) [音響] 名 1.聲音(所產生的效果)
△ ~ hāu-kó [~效果] 全「響設備。
2.(< log Chi < sem) TÂI, CHǑ: 音

im-hû (< log Nip) [音符] 名 ê: 全。

im-iâng/-iông (< log Sin) [陰陽] 名 全。

im-kan (< log Sin) [陰間] 名 全。

im-kėk (< log Nip) [陰極] 名 全; ≃ măi-ná-suh。 「醃製的瓜]

ìm-koe [蔭瓜] 名 [á] TIÂU, TÈ: 一種

im-lėk (< log) [陰曆] 名 全; ≃ kū-lėk。

ím-liāu (< log Nip) [飲料] 名 全。

ìm-ńg [蔭ńg] 動 遮太陽;太陽被遮住 形 蔭涼;太陽被遮住的¶~ ê só-chāi [~ê所在]蔭涼的地方。

im-phiau (< log Nip) [音標] 名 THÒ, ê: 全¶kok-chè ~ [國際~]全。

im-pho (< log Nip) [音波] 名 全; ≃ siaⁿ-pho。

im-pō͘ (< log Nip) [陰部] 名 (人的)外生殖器。

im-sèng (< log Nip) [陰性] 名 形 全 ¶~ hoán-èng [~反應] 全。

ìm-sīⁿ [蔭豉] 名 [á] LÁP: 豆豉。

im-tek (< log Sin) [陰德] 名 全。

in¹ 代 他們 指 他的;他們的¶~ pâ 他(們的)爸爸
△ ~ niâ lè! 圍 他媽的!
△ ~ tau ê tāi-chì [~兜ê代誌] 他家的事(不關你我)。

in² [絪] 動 繞成團¶~ chháu [~草]把整束的草或稻草(用草)綁起來¶~ chháu-in [~草絪]折草、枝葉絪成柴禾(用來升火)¶~ sòaⁿ [~線]把線繞成團。

ín¹‖ún (< sem Sin) [允] 動 1.應允 2.承接(工作);就任(工作)¶Hit ê thâu-lō͘ hō͘ i ~--khì. [Hit個頭路hō͘伊~去.]那個職位被他拿去了 3.求(職)¶~-bô thâu-lō͘ [~無頭路]找不到工作。

ín² (< log Sin) [引] 動 引用;≃ ín-iōng ¶~ pát-lâng ê ōe [~別人ê話]引用別人的話。

ín³ (< En *in*) 形 (網球、乒乓球等打在)界內;≃ ín-sái ¶~ àh áu? [~或áu?]界內還是界外?

ìn¹ (< log Sin) [印] 動 全¶Pháiⁿ-siau ê chheh ài ka-tī ~. [歹銷ê冊愛家己~.]難銷的書得自己印。

ìn² (< Sin) [應] 動 應聲¶kiò bē-~ [叫~] 叫
īn 動 回聲。 「bē~] 叫了不應。

ìn-á [印仔] 名 LIÁP: 圖章。

in-chêng‖un-‖ìn- (< log Sin) [恩情] 名 ê: 全¶bô ~ [無~]忘恩。

ìn-chhì (< Nip *inchi* < En *inch*) 量 英寸。

ín-chhìn (< log Chi) [引進] 動 全¶ùi gōa-kok ~ [ùi外國~]從外國引進。

ín-chún‖ún- [允准] 動 准許。 「全。

ín-iōng/-ēng (< log Chi) [引用] 動

in-jîn/-gîn‖un-jîn/-lîn‖ìn-lîn (<

log Sin) [恩人] 图 Ê: 全。 　　[Ê: 全

ìn-kàm (< log Nip) [印鑑] 图 LIÁP,
◇ ~ chèng-bêng (< log) [~證明]
HŪN, TIUⁿ: 全。

ín-khí (< log) [引起] 動 全。

in-kó koan-hē (< log Nip) [因果關
係] 图 全。

Ìn-nî (< log Chi < ab [印度尼西亞]
< En Indonesia) [印尼] 图 全。

in-oàn‖un-‖ìn- (< log) [恩怨] 图
全。

ín - phut (< En input; ant áu-phut)
動 輸入(電、聲音、資料等, 例如充
電、灌音、載入電腦資料等)。

ìn-sek (< log Sin) [印色] 图 ÀP: 1. 印
泥; ≃ ìn-bah 2. (西式)印台。

ín-sèng‖ún- (< log Chi) [隱性] 形
全 ¶~ ê ûi-/î-thoân [~ê遺傳]隱性
遺傳。 　　「應 2. 回聲; ≃ īn-siaⁿ。

ìn-siaⁿ [應聲] 图 回應的聲音 動 1. 回

ìn-siāng/-siōng/-chhiāng (< log
Nip) [印象] 图 Ê: 全。 　　[Ê: 全。
◇ ~-phài (< log Nip) [~派] PHÀI,

ìn-sìn 副 乾脆, 表示順水推舟或判定
得失; cf tìt-tìt ¶khùn siuⁿ òaⁿ, ~
boǎi khì [睏siuⁿ晏, ~ boǎi去]睡過
了頭, 乾脆不去了 ¶khùn siuⁿ òaⁿ,
~ mài khì [睏siuⁿ晏, ~mài去]睡
過了頭, 乾脆別去了。

ìn-siōng ⇒ ìn-siāng。

in-sò͘ (< log Chi < ab Nip [要因] +
Nip [要素]) [因素] 图 Ê: 全。

ìn-soat (< log Nip) [印刷] 图 動 全
◇ ~-chhiáng (< log Chi) [~廠]
KENG: 全
◇ ~-phín (< log Nip) [~品] 全。

ín-su-khoân/-koân‖ún- (< log Chi
< tr En privacy) [隱私權] 图 全。

Ìn-tē-an-lâng (< log Chi < En In-
dian) [印地安人] 图 Ê: 全。

ín-tō͘ (< log Nip) [引渡] 動 全。

Ìn-tō͘ (< log < Indos) [印度] 图 全
◇ ~-iûⁿ (< log Nip) [~洋]全。

in-ūi (< log Sin) [因為] 連 全
△ ~ án-ne 因此。

io¹ (< Sin) [腰] 图 全 ¶siang-tiòh
~, lâng soah ku-ku [傷著~, 人煞痀
痀]腰受傷, 結果挺不起來 量 腰圍
的尺寸, 以英吋為單位 ¶saⁿ-chàp-jī
~ [32~]腰圍三十二英吋。

io² (< Sin) [ㄠ] 數 全。

io³ (< Sin [要]) 動 1. 領養; ≃ ió²
2. 養育 ¶~ gín-á [~gín仔]養孩子。

iô (< Sin) [搖] 動 全 形 全 ¶Chit
tiâu tiàu-kiô siuⁿ ~. [這條吊橋
siuⁿ~.]這吊橋搖得很厲害。

ió¹ [舀] ⇒ iúⁿ² 　　　　　「io³。

ió² (< ió͘ⁿ = iúⁿ³ [養]) 動 領養; ≃

ió³ 形 (稀飯)水分過多; ≃ ám。

ió⁴‖ió͘ (< ChiD you⁴ [有]) 數 (被點
名或呼叫時)表示在場的應聲。

iǒ (< iô) 兒 動 全 ¶iô-ā-~, iô kàu
Sam-pán-kiô. [搖啊~, 搖到三板
kiô.]搖搖搖, 搖到三板橋。

ió-bih‖ió͘-‖iú- (< Nip yobi) 图 備用
的人、事、物, 例如後備人員、備
胎、文件的備份 動 備用。

io-chhioh [腰尺] 图 TIÂU, Ê: 胰臟。

iô-chhiú (< log Sin) [搖手] 動 全。

io-chí (< log Sin) [腰子] 图 1. LIÁP:
腎臟 ¶sé/sóe ~ [洗~]洗腎 2. TÈ: 腰
花。 「脊椎骨 ¶~ sng [~痠]腰痠。

io-chiah-kut [腰脊骨] 图 KI: 腰部的

io-·ê (v io³) 图 Ê: 蜈蜞子。

ió-gà/-gah‖ió͘- (< En < Sans yoga)
图 瑜珈術。

ió-gè͘/-gò͘‖ió͘-gè͘ (< En yogurt <
Turki yōghurt) 图 "優格," 即膏狀
乳酪; cf io-gú-lú-toh。

io-gú-lú-toh‖io͘ ... -to͘h (< Nip yō-
guruto < Turki yōghurt) 图 鮮乳
酪, 例如養樂多、優酪乳。

iô-í [搖椅] 图 CHIAH: 安樂椅。

iǒ-káng‖*iǒ-* (< Nip *yōkan*) (名) TÈ: 羊
羹。　　　　　「籃曲；≃ iô-nâ-koa。

io-kiáⁿ-koa [io-kiáⁿ 歌] (名) TIÂU: 搖

io-kó (< log Chi < tr; *cf* En *cashew*)
[腰果] (名) CHÂNG, LIÁP: 全。

iô-kô [搖 kô] (名) Ê: 搖籃；≃ iô-nâ。

io-ló-chìn-khì‖*iơ-ló-* (< Nip *yōdo-
chinki* < Ger *Jodtinktur*)(名) 碘酒。

io-ló-sí-khuh‖*iơ-ló-* (< Nip *yoroshi-
ku*) (動) 問好。

iô-nâ (< log Nip) [搖籃] (名) Ê: 全
　◇ ~-koa [~歌] TIÂU: 搖籃曲。

iǒ-·ò (< ab *āi-iǒ-·ò* [1,2,3], q.v.)。

io-ûi (< log Chi) [腰圍] (名) 全；*cf* io[1]。

| iớ |　⇒ ió[4]。

ió-bih　⇒ ió-bih。

ió-gà/-*gah*　⇒ ió-gà。

ió-gè·　⇒ ió-gè。

iơ-gú-lú-toˑh　⇒ io-gú-lú-toh。

iǒ-káng　⇒ iǒ-káng。

iơ-ló-chìn-khì　⇒ io-ló-chìn-khì。

iơ-ló-sí-khuh　⇒ io-ló-sí-khuh。

ió-mớ　⇒ iú-mớ。

iǒ-ò̀ (< ab *āi- iǒ-·ò·* q.v.)。

| ioh |　(動) 猜 ¶~-bē-chhut [~bē 出] 猜
不出 ¶~-*bô* [~無] do. ¶~-·*tioh* [~
著] 猜中。

ioh (< Sin) [藥] (名) 全；≃ ioh-á ¶*bô*
~ *thang i* [無~thang 醫] 無藥可救
¶*an-bîn-*~ [安眠~] 全。

ioh-á [藥仔] (名) THIAP, KOÀN, PAU,
LIÁP: 藥 ¶*boah ê* ~ [抹 ê~] 外敷藥
¶*chiàh ê* ~ [吃 ê~] 內服藥。

ioh-bī [ioh 謎] (動) 猜謎。

ioh-châi (< log Sin) [藥材] (名) 全。

ioh-che (< sem log Sin) [藥渣] (名) 第
二次煎的藥；*cf* ioh-thâu。

ioh-che-su|-*chè*- (< log Nip) [藥劑
師] (名) Ê: 全。　　　　「CHÂNG: 全。

ioh - chháu (< log Sin) [藥草] (名)

ioh-chiú (< log Sin) [藥酒] (名) 全。

ioh-chúi (< log Nip) [藥水] (名) 全
　◇ ~-pò· [~布] KHÛN, TIÂU, TÈ: 繃
帶等醫療用紗布；*cf* hŏ-tái。

ioh-hng (< log Sin) [藥方] (名) 全。

ioh-hún (< log) [藥粉] (名) [*á*] 全。

ioh-kiók (< log Nip) [藥局] (名) KENG:
診所或醫院的處方部門
　◇ ~-seng [~生] (< log Nip) Ê: 診
所或醫院的處方人員。

ioh-ko [藥膏] (名) TIÂU: 全。

ioh-koàn [藥罐] (名) [*á*] Ê: 藥瓶。

ioh-liáp [藥粒] (名) [*á*] LIÁP: 藥丸。

ioh - oân (< log Sin) [藥丸] (名) [*á*]
LIÁP: 全。　　「全；≃ ioh-(á-)tiàm。

ioh-pâng (< log Sin) [藥房] (名) KENG:

ioh-pau [藥包] (名) PAU: 全。

ioh-phìⁿ (< log Sin) [藥片] (名) TÈ: 錠
劑；≃ ioh-piáⁿ。

ioh-phín (< log Chi) [藥品] (名) 全。

ioh-pò· [藥布] (名) TÈ: 醫用紗布。

ioh-siān (< log Chi) [藥膳] (名) 全。

ioh-siuⁿ (< log Sin) [藥箱] (名) KHA:
全。　　　　「藥；*cf* ioh-che。

ioh-thâu [藥頭] (名) [*á*] 第一次煎的草

ioh-tiàm [藥店] (名) KENG: 藥鋪；≃
ioh-á-tiàm；≃ ioh-pâng。

ioh-toaⁿ [藥單] (名) TIUⁿ: 處方箋。

| iok |　⇒ iak。

iok-hōe　⇒ iak-hōe。

iok-sok　⇒ iak-sok。　「(名) 中東國名。

lok-tàn (< log Sin < *Jordan*) [約旦]

iok-tēng/-*tiā* ⁿ　⇒ iak-tēng。

| iong |　(< *iōng*[2], q.v.)。

ióng[1]‖*iông* (< log Chi) [氧] ⇒

ióng[2] [養] ⇒ iáng。　　　　「iâng。

ióng[3]‖*éng* (< Sin) [勇] (形) 1. 勇敢
　2. 勇猛　3. (< sem) 健壯
　△ ~ *kà ná gû* [~到 ná 牛] 很健壯
　4. (< sem) 牢固。

iòng (< *iōng*[2] + *chhòng*) (動) (拿手)

做; ≃ chò/chòe; ≃ chhòng ¶∼
bē/bōe hó-sè [∼ bē 好勢] 弄不好
㊉ 使用 (... 為工具 /... 的方式); ≃
iong/iōng[2]。

iōng[1] ‖ *ēng* (< Sin) [用] ㊅ 用處; ≃
lō·-iōng ¶*He ā bô sá*[n]*-mí* ∼. [He也
無啥麼∼.] 那(個)並沒有什麼用處
㊀ **1.** 使用
△ *Chit ki tî-thâu giàh-khì* ∼. [這枝
鋤頭giàh去∼.] 這把鋤頭拿去用
2. 花用; 消耗
△ ∼ *chî*[n] *kà-ná teh* ∼ *chúi* [∼錢
kà-ná teh ∼水] **a.** 花錢好像用水
(那麼快) **b.** 揮金如土
△ ∼ *chî*[n] *khah-kín* ∼ *chúi* [∼錢較
緊∼水] 花錢花得兇, 比用水還快
3. 吃 ¶*Chhài ngeh-khí-lâi* ∼ *·la!* [菜
ngeh起來∼啦!] 夾菜吃啊! **4.** 圍
做性行為 ¶*Khí ki-lí-hō·, bô* ∼ *mā
tiòh-ài chî*[n]. [去妓女戶無∼mā著
愛錢.] 逛窯子沒有性行為也得花錢
5. (> *iòng*) 做 ¶*Góa* ∼. [我∼.] 我
來(做)。

iōng[2] ‖ *ēng* (< sem *iōng*[1]; > *iòng*;
> *iong*) [用] ㊉ 使用 (... 為工具
/... 的方式) ¶∼ *chhiám-á chiàh* [∼
chhiám仔吃] 用叉子吃
△ ∼ *kha-thâu-u siū*[n] *mā chai* [∼
腳頭u想mā知] 不用想就知道了
(怎麼不會)。

iōng...·ê ‖ *ēng...* [用 ...·ê] ㊀ 以... 方
式做; ≃ kō·...·ê ¶*iōng kiâ*[n]*-ê khì*
[用 行 ·ê 去] 走路去 ¶*Mài jiáng/
jióng; iōng kóng-·ê.* [Mài嚷, 用講
·ê.] 別叫, (平心靜氣地)慢慢儿說。

Iông-bêng-san ⇒ Iâng-bêng-san。
iông-bô· ⇒ iâng-bô·。
ióng-bú ⇒ iáng-bó。
ióng-chú ⇒ iáng-chú。
iōng-gí/-gú/-gí (< log Nip) [用語]
㊅ ê: 全 ¶*hàk-sùt* ∼ [學術∼] 全。
iông-hàp (< log) [融合] ㊀ 全。

iông-hō· ‖ *iòng-* ‖ *èng-* (< log Nip)
[擁護] ㊀ 全; ≃ thīn。
iōng-hō· [用戶] ㊅ ê: 全。
iōng-hoat ‖ *ēng-* (< log Nip) [用法]
㊅ ê: 全。
ióng-hū ⇒ iáng-hū。   「全。
ióng-iàk/-iòk (< log Chi) [踴躍] ㊎
iōng-jī/-gī/-lī (< log Nip) [用字] ㊅
Jī: 全 ㊀ 全。
iông-jìp/-gìp/-lìp (< log Chi) [融
入] ㊀ 融合進(去) ¶∼ *pún-tē ê siā-
hōe* [∼本地ê社會] 融入本地的社
會。
ióng-kám (< log Sin) [勇敢] ㊎ 全。
iông-kan ⇒ iâng-kan。
iông-kèk ⇒ iâng-kèk。
ióng-khì (< log Sin) [勇氣] ㊅ 全。
ióng-kiā[n] (< sem log Sin) [勇健] ㊎
iông-lèk ⇒ iâng-lèk。   「健壯。
ióng-ló ⇒ iáng-ló。
ióng-lú ⇒ iáng-lí。
ióng-nó· ⇒ iáng-ló。
ióng-pē ⇒ iáng-hū。
ióng-pē[n] ⇒ iáng-pē[n]。
iông-peng (< log Nip) [傭兵] ㊅ ê,
TÌN, TŪI: 全。
iōng-phín (< log Nip) [用品] ㊅ 全
¶*ka-têng* ∼ [家庭∼] 全。
ióng-pī[n] ⇒ iáng-pē[n]。
ióng-sèng ⇒ iâng-sèng。
ióng-seng ⇒ iáng-seng。
ióng-sêng ⇒ iáng-sêng。   「全。
iōng-sim ‖ *ēng-* (< log Sin) [用心] ㊀
iōng-sû (< log Chi) [用詞] ㊅ ê: 全
iông-tâi ⇒ iâng-tâi。   「㊀ 全。
iōng-tiān-liāng/-liōng (< log Chi)
[用電量] ㊅ 全
iông-ún [容允] ㊀ 容許。
ĭp ㊉ 用力起身或用力提起或小心拆
下等動作的同時發出的聲音; *cf* ĭt。
it[1] (< log Sin) [乙] ㊅ 十天干第二

位 ⑯ 第二。

it² (< log Sin) [一] ⑲ **1.** 第一個基數文讀; cf chi̍t ¶Kiú-jī-~ tōa tē+tāng [九二~大地動] 九二一大地震 (1999) ¶~-kiú ~-ngó· nî [~九~五年] 全 **2.** 一,即十、百、千、萬位等的次一級數詞單位 ¶bān-~ [萬~] 一萬一千 ¶chheng-~ [千~] 一千一百 ¶pah-~ [百~] 一百十 ¶chi̍t-chheng khòng ~ [一千○~] 全 ¶chi̍t-pah khòng ~ [一百○~] 全 ¶cha̍p-~ [十~] 全 **3.** 第一個序數 ¶~-goe̍h Chhe-~ [~月初~] 一月一日 ¶~ hō [~號] 全 ¶~-hō-á [~號仔] 一路車;一號的 ¶~ miâ [~名] 第一名。

ĭt (< ab ū—ít) ⑳ 用力掙扎起身的樣子; cf ŭit ¶tòa hia ~, ~, peh-bē-khí-·lâi [tòa hia~,~, peh-bē起來] 在那儿掙扎著起不來 ⑲ **1.** 用力掙扎起身時發出的聲音; cf ĭp **2.** ⑲ 小孩掙扎起身時,他人在旁鼓勵的用語; cf ĭt-tō-kài。

it-chhè (< log Sin) [一切] ⑧ 全。

It-·goe̍h/-·ge̍h/-·ge̍h/-·ge̍h (< Sin) [一月] ⑧ 全。　　　　　「⑩ 全。

it-hiàng/-hiòng (< log Sin) [一向]

it-iâng hòa-thòaⁿ/-iông- (< log Chi < tr carbon monoxide) [一氧化碳] ⑧ 全。　　　　　「[一二十] ⑲ 全。

it-jī-cha̍p/-gī-/-lī- (> it-jia̍p, q.v.)

it-jia̍p/-gia̍p/-lia̍p (< contr it-jī-cha̍p; v jia̍p) [一廿] ⑲ **B.** 一二十 ¶~ lâng [~人] 一二十人。

it-koàn (< log Nip < sem Sin) [一貫] ⑯ 全 ¶~ ê chok-hong [~ê作風] 一貫作風 ¶~ chok-gia̍p [~作業] 全 ◇ ~-tō (< log Chi) [~道] 全。

it-liû (< log Chi) [一流] ⑯ 全。

it-lu̍t (< log Nip < sem Sin) [一律] ⑩ 全。

it-nî-á [一年仔] ⑧ ê: 一年級生。

it-poaⁿ (< log Nip < Sin) [一般] ⑯ 非特別的 ◇ ~-lâng (< log Nip) [~人] 全 ⑩ 通常。　　　　　[chi̍t-sì-lâng。

it-seng (< log Sin) [一生] ⑧ 全; ≃

it-sîn-kàu (< log Nip < tr; cf En monotheism; ant to-sîn-kàu) [一神教] ⑧ 全。　　　　　「q.v.)。

ĭt-siò(-·kài)/-siò- (< ŭit-siò(-·kài),

it-tàn (< log Sin) [一旦] ⑩ 全。

it-tēng (< log Sin) [一定] ⑯ ⑩ 全; ≃ tiāⁿ-tio̍h。

it-téng-it-·ê [一等一·ê] ⑯ 最好的。

it-téng kok-bîn (< log) [一等國民] ⑧ ê: 高水準的國民。

it-téng-peng (< log Chi; cf Nip [一等卒])) [一等兵] ⑧ ê: 全。 「全。

it-thai-hòa (< log Chi) [一胎化] ⑩

it-tì (< log Nip < Sin) [一致] ⑯ 全。

it-ti̍t (< sem log Sin) [一直] ⑩ 全; ≃ ti̍t-ti̍t。

it-tó/-tó́ (< Nip ittō [一等]) ⑯ 最好(的) ⑩ 最 ¶~ ióng [~勇] 最壯;最牢固。

ĭt-tò-·kài/-tō- (< ĭt-siò-·kài < ŭit-siò-·kài, q.v.)。 「⑩ 起先;首先。

it-tó-thâu/-tó́- (v it-tó) [it-tó頭]

ĭt-tō-kài ⇒ ĭt-tō-kài。

it-tó-thâu ⇒ it-tó-thâu。

iu ⑯ 平滑。

iû¹ (< Sin) [油] ⑧ **1.** (動植物的)脂肪 **2.** 脂肪質經過壓榨或提煉而成的液體 **3.** 礦物提煉的液體 **4.** 植物經過壓榨或提煉而成的液體 ¶kim-kiat-á-~ [金桔仔~] 濃稠的金柑汁 ¶kin-/keng-chio-~ [芎蕉~] 從香蕉提煉的調味料 ¶tāu-~ [豆~] 醬油 **5.** 油膏 ¶bīn-~ [面~] 面霜 ¶ê-/ôe-~ [鞋~] 全 ⑩ 上油漆 ⑯ **1.** 油膩 **2.** 油條;油滑; ≃ iû-tiâu。

iû² (< log Sin) [遊] ⑩ 周遊 ¶~ Tâi-oân [～台灣] 周遊台灣。

iû³ (< log Sin) [由] [介] 聽任 ¶*Liân-tiú^n chiàn-sí, ～ hù-liân-tiú^n tāi.* [連長戰死,～副連長代.] 連長陣亡,由副連長代。

iû⁴ (< Sin [猶]) [副] 表示重覆;再次; ≃ iû-goân; *cf* iáu; *cf* iū ¶*Kā lí kóng-·kòe, ～ bē-kì-·tit!* [Kā你講過,～bē記得!] 跟你說過,怎麼又忘了! ¶*koh siá, ～ siá-m̄-tio̍h* [koh寫,～寫m̄著] 再寫一次,又寫錯了。

iù¹ (< sem log Sin) [幼] [形] **1.** 細小 ¶*Thô·-tāu géng ho· ～.* [Thô·豆研ho·～.] 把花生米研細 **2.** 細緻 ¶*kang-hu chin ～* [工夫真～] 工夫很細 ¶*phôe-/phê-hu chin ～* [皮膚真～] 皮膚很細緻 **3.** 嫩 ¶*chhài chin ～* [菜真～] 菜很嫩 **4.** 幼小 ¶*～-gín-á* [～gín仔] 年幼的小孩。

iù² (< *iū...* < Sin [又]) [氣] 表示說明的語詞,與 *to*³ 連用 ¶*To boeh hō· i chò tōa ～.* [都欲hō·伊做大～.] 要讓他當老大(或大老婆)啊 ¶*To m̄-sī án-ne ～.* [都m̄是án-ne～.] (事實)不是這樣啊。

iū (< log Sin) [又] [副] 表示無法解決問題;偏偏; *cf* iû⁴ ¶*Mn̄g ·i, ～ bē-/bōe-hiáu.* [問伊,～bē曉.] 問他,他又不會。

iù-á [幼仔] [名] **1.** 碎屑; ≃ sap-á ¶*piá^n-～* [餅～] 餅的碎屑 **2.** 零頭 ¶*pò·-～* [布～] 布頭儿。

iū-á [柚仔] [名] CHÂNG, LIA̍P, LIÀM: 柚子。

iû-ba̍k (< log) [油墨] [名] 仝; ≃ ìn-iû。

iû-bîn (< log Nip < sem Sin) [遊民] [名] Ê: 仝。

iù-boa̍h-boa̍h/-*boah-boah* [幼末末] [形] 很細膩,例如粉末; *cf* iù-but-but。

iû-bo̍k bîn-cho̍k (< log Chi; *cf* Nip [遊牧(の)民]) [遊牧民族] [名] Ê, CHO̍K: 仝。

iù-but-á [幼but仔] [名] BÓE: 海魚幼苗的統稱; ≃ but-á-hî。

iù-but-but [幼but-but] [形] **1.** 很細; *cf* iù-boa̍h-boa̍h **2.** 很幼嫩。

iû-chāi [由在] [動] 任憑。

iû-ché^n/-*chí^n* (< log Nip) [油井] [名] Ê, KHÁU: 仝。

iû-chhai (< log Chi) [郵差] [名] Ê: 仝。

iû-chhài (< log Sin) [油菜] [名] CHÂNG: 仝。

iû-chhang-so· [油蔥酥] [名] 仝。

iû-chhat (< log Sin) [油漆] [名] 仝 [動] 上油漆。

iû-chí^n ⇒ iû-ché^n。

iû-chia̍h-kóe/-*ké*/-*ké·* [油chia̍h粿] [名] TIÂU: **1.** 油條 **2.** [謔] 領帶。

iú-·ê [友·ê] [俚] [名] Ê: **1.** 老兄,對稱 **2.** 流氓,指稱。

iû-éng-i (< log Chi) [游泳衣] [名] NIÁ: 仝; ≃ siû-chúi-sa^n。

iû-éng-khò· (< log Chi) [游泳褲] [名] NIÁ: 仝; ≃ siû-chúi-khò·。

iû-éng-kià^n [游泳鏡] [名] HÙ, KI: 潛水用眼鏡。

Iú-èng-kong [有應公] [名] (屍骨集中一處的) 無主死者的靈魂

◇ *～-á* [～仔] **a.** do. **b.** KENG: 供奉上述死者的廟。

iû-éng-tî (< log Chi) [游泳池] [名] Ê: 仝; ≃ siû-chúi-tî。

iû-goân‖*i-* (< *i-goân* < log Sin [依原]) [猶原] [副] 仍然。

iú-hān¹ [形] 不多; ⇒ ū-hān。

iú-hān² (< log Sin) [有限] [形] 有限制; *cf* ū-hān ¶*chek-jīm ～ kong-si* [責任～公司] 仝。

iú-hàu‖*iú^n*-[有孝] [動] 孝敬 ¶*～ pē-bó* [～父母] 孝順父母 [形] 孝順; ≃ ū-hàu

◇ *～-kiá^n* Ê: 孝子。

iû-hêng (< log Nip) [遊行] [名] Ê, PÁI: 仝 [動] 仝; *cf.* se̍h-ke。

iû-hì (< log Nip < Sin) [遊戲] [名] Ê: 仝 ¶*chò/chòe chit ê ～* [做一個

～]玩個遊戲¶*bûn-jī* ～ [文字～]全
◇ ～ *kui-chek* (< log Chi) [～規則]
ê: 全。　　「家] [名] ê, KOK: 全。

iú-hó kok-ka (< log Chi) [友好國

iû-hùi (< log Sin) [郵費] [名] 全。

iû-ian (< log Sin) [油煙] [名] 全。

iû-ìn (< log Chi < tr En *mimeograph*)
[油印] [動] 全。

iu-iu-á [幽幽仔] [副] 隱隱 (作痛)
△ ～ *thiàⁿ* [～痛] 隱隱作痛。

iu-ká-lih|-*khá*- (< Nip *yūkari* < Lat
eucalyptus) [名] CHÂNG: 桉樹。

iù-kang [幼工] [名] 細工。

iu-kat-kat [憂結結] [形] (表情) 憂愁
的樣子¶*chit ê bīn* ～ [一個面～] 愁
容滿面。

iû-káu (< log Sin) [油垢] [名] 油泥。

iû-kek-chiàn (< log Nip) [游擊戰]
[名] 全。

iû-kek-tūi (< log Nip) [游擊隊] [名]

iu-khá-lih ⇒ iu-ká-lih。　　[TŪI: 全。

iû-kheh (< log Chi) [遊客] [名] ê: 全。

iù-khí [幼齒] [名] ê: 年幼的人 [形] 稚
嫩; 年幼
◇ ～-*-ê* ê: **a.** 年幼的人 **b.** 少女。

iû-khò͘ (< log Chi) [油庫] [名] ê: 全。

iu-khó͘-khó͘ [憂苦苦] [形] (面容) 愁
苦的樣子; ≃ iu-kat-kat。

iû-kî (< log Chi) [尤其] [副] 全。

iû-kì (< log Chi) [遊記] [名] PHIⁿ,

iù-ki [幼妓] [名] ê: 雛妓。　　[PÚN: 全。

iú-ki so͘-chhài (< log Chi < tr En
organic vegetables) [有機蔬菜] [名]
全。　　　　　　　「刑] [名] 全。

iú-kî tô͘-hêng (< log Nip) [有期徒

iû-kiāⁿ (< log Sin) [郵件] [名] 全。

iû-kiȯk|-*ke̍k* (< log Chi < ab < [局]
+ Nip [郵政]; *cf* Nip [郵便局]) [郵
局] [名] KENG: 全。

iú-koan (< log Chi) [有關] [介] 關於;

≃ koan-hē-tiȯh ¶～ *chit hāng tāi-
chì, siūⁿ boeh/beh kah lí chham-
siâng ·chit·-ē.* [～這項代誌, 想欲
kah你參詳一下.] 有關這件事, 想跟
你商量一下。

iû-koàn-chhia [油罐車] [名] TÂI: 全。

iû-koh‖*iû-* (v *iû*⁴) [副] 再次; *cf* iáu-
koh ¶*kóng-liáu* ～ *bē-/bōe-kì·-tit* [講
了～bē記得] 說過又忘了。

iū-koh¹ (v *iū*) [又 koh] [副] 偏偏; ≃
koh¹ ¶*bē/bōe, ～ ké-gâu* [bē, ～假
gâu]不懂偏要雞婆。

iū-koh² (< dia *iû-koh*, q.v.)。

iú-kun (< log Nip) [友軍] [名] 全。

iû-lám-chhia (< log Chi; *cf* Nip [遊
覽バス], En *tourist coach*) [遊覽
車] [名] TÂI: 全。

iû-lap-lap|-*làp-làp* ⇒ iû-lop-lop。

iû-lāu-á [油漏仔] [名] KI: (漏油用) 漏
斗。

iû-leh-leh|-*teh-teh* [油 leh-leh] [形]
全是油; 很油膩; ≃ iû-lop-lop, q.v.

iu-lêng jîn-kháu (< log Nip) [幽靈
人口] [名] 在戶籍上神秘地出現、消
失的人口。

iú-lī (< log Sin) [有利] [形] 全¶*Chêng-
sè tùi lán* ～. [情勢對咱～.] 情勢對
我們有利。　　「子] [名] ê: 游離分子。

iû-lî hūn-chú (< log Chi) [游離份

iû-lî-phiò [游離票] [名] TIUⁿ: 全。

iù-liȧp-mih|-*mngh* [幼粒物] [名]
[á] 小而值錢的東西。

iû-lȯk tiûⁿ-só͘ (< log Chi) [遊樂場
所] [名] ê: 全。

iû-lop-lop|-*lap-lap*|-*làp-làp* [油
lop-lop] [形] **1.** (食物) 太油 **2.** 沾滿
油 ¶*Chhiú* ～, *mài bong chóa.* [手
～, mài摸紙.] 你手全是油, 別碰紙。

iû-lûn (< log Chi) [郵輪] [名] TÂI: 客
輪。

iû-mn̂g|-*mûi* [油門] [名] ê, KI: 全¶
tit-tit chhui [～直直催] 拼命加速。

iú-mó‖ió- (< Chi *yu¹ mo⁴* < En *humor* < sem Lat) (名) (形) 幽默;～ chhiò-khoe/-khe。 「Ê:全。

iu-oàt-kám (< log Nip) [優越感] (名)

iû-ōe/-ūi(< log Nip) [油畫] (名) TIUⁿ: 全。

iú-pang (< log Nip) [友邦] (名) Ê:全。

iû-pau (< log Chi; *cf* Nip [郵便小包]) [郵包] (名) PAU: 全¶*hâng-khong* ～ [航空～] 全。

iū-phài (< log Nip; ant *chó-phài*) [右派] (名) Ê, PHÀI: 全 (形) 右傾。「全。

iû-phiò (< log Chi) [郵票] (名) TIUⁿ:

iû-pn̄g [油飯] (名) 鹹糯米飯。

iu-sè (< log Nip) [優勢] (名) 全¶*chiàm* ～ [佔～] 占優勢 (形) 全
◇ ～ *chòk-kûn* [～族群] ê: 全。

iû-sé-sé [油sé-sé] (形) "油水" 很多, 例如賺外快、貪污。

iû-seh/-*seh* ⇒ iû-soeh。 「全。

iu-seng-ha̍k (< log Nip) [優生學](名)

iû-sī (v *iû⁴*) [iû 是] (副) 表示重覆; 再次。

iu-sian (< log Nip) [優先] (名) 全¶*tē-it* ～ [第一～] 全 (動) 全¶*Sàn-lâng* ～. [Sàn 人～.] 窮人優先 (副) 全¶～ *chhú-lí* [～處理] 全 「權] 全。
◇ ～*-khoân/-koân* (< log Nip) [～

iu-siù (< log) [優秀] (形) 全。

iù-siù [幼秀] (形) **1.** 清秀; 秀氣 **2.** (舉止) 細線條。

iû-siuⁿ (< tr En *gas tank*) [油箱] (名) Ê: 全。 「log Sin) [遊說] (動) 全。

iû-soeh/-*sòe*/-*seh*/-*seh*/-*soat* (<

iù-sop-sop/-*sap-sap* [幼 sop-sop] (形) (粉碎物) 很細。

iû-tâng (< log Sin) [油桐] (名) CHÂNG:
◇ ～*-hoe* [～花] LÚI: 桐花。 「桐油樹

iû-tē-khu-hō/-*tōe-* (< log Chi) [郵遞區號] (名) 全。

iu-téng (< log Nip) [優等] (名) 全。

iû-teng (< log Sin) [油燈] (名) KI: 全。

iu-thāi (< log Nip < Sin) [優待] (名) (動) 全。 「*mos*] [猶太教] (名) 全。

Iû-thài-kàu (< log < Hel *Ioudais-*

iu-thāi-koàn (< log Nip) [優待券] (名) TIUⁿ: 全。

Iû-thài-lâng (< log < Hel *Ioudaios*) [猶太人] (名) Ê: 全。 「苦臉。

iu-thâu-kat-bīn [憂頭結面] (形) 愁眉

iù-tī (< log Nip) [幼稚] (形) 全
◇ ～*-hn̂g/-oân* (< log Nip < tr Ger *Kindergarten*) [～園] KENG: 全。

iu-tiám (< log Chi) [優點] (名) Ê, TIÁM: 全。

iû-tiâu (< log Chi) [油條] (形) 全; ≃

iû-ūi ⇒ iû-ōe。 「iû¹。

iûⁿ ¹ (< Sin) [羊] (名) CHIAH: **1.** 一種反芻動物; ≃ iûⁿ-á **2.** 十二生肖第八。

iûⁿ ² (< Sin) [溶/鎔] (動) **1.** 溶化; 鎔化 **2.** (資金不集中運用而) 流失。

iúⁿ ¹ (名) 新生的嫩葉; ⇒ íⁿ。

iúⁿ ² (< *ió*ⁿ < *ió* < Sin) [舀] (動) 全。

iúⁿ ³ (動) 領養; ⇒ io³/ió²。

iūⁿ (< Sin) [樣] (名) Ê:範本; 榜樣¶*òh i ê* ～ [學伊ê～] 學他的榜樣。

iûⁿ-á [羊仔] (名) CHIAH: 羊
◇ ～*-bah* [～肉] TÈ: 羊肉
◇ ～*-hiàn* 羊臊味
◇ ～*-kiá*ⁿ CHIAH: 小羊
◇ ～*-phôe/-phê* [～皮] NIÁ: 羊皮。

iûⁿ-bó/-*bú* [羊母] (名) CHIAH: 母羊。

iûⁿ-chhang [洋蔥] (名) CHÂNG, LIA̍P: 全; ≃ chhang-thâu。

iûⁿ-chî [洋薯] (名) CHÂNG, LIA̍P: 馬鈴薯; ≃ bé-/má-lêng-chî。

iûⁿ-chiú [洋酒] (名) KOÀN, KAN: 全。

iûⁿ-hîn [羊眩] (名) 癲癇。

iûⁿ-káng [羊káng] (名) CHIAH: 公羊。

iûⁿ-mé-á [羊咩仔] (名) CHIAH: 對羊的暱稱。

iûⁿ-môa [楊麻] 图 CHÂNG: 黃麻。

iûⁿ-pâi (< log Chi < tr En *mutton chop*) [羊排] 图 TÈ: 全。

iūⁿ-phín (< log Chi) [樣品] 图 Ê: 全; ≃ kiàn-pún; ≃ săm-pú-luh。

iūⁿ-pún (< log Chi) [樣本] 图 ê: 全; ≃ kiàn-pún; ≃ săm-pú-luh。

iûⁿ-som/-*sam*/-*sim* (< log Sin) [洋蔘] 图 CHÂNG, TIÂU: 全; ≃ se-iûⁿ-som。 [图 CHÂNG, LIÀP: 全。

iûⁿ-thô/-*tô*(< log Sin [羊桃]) [楊桃] 图 CHÂNG, LIÀP: 全。

iûⁿ-tiâu [羊棚] 图 Ê: 羊欄。

iûⁿ-tô (< iûⁿ-thô, q.v.)。

J

jê ⇒ jôe。

jé-lih/-*lì* (< Nip *zerī* < En *jelly*) 图 果凍。

jê̍ ⇒ jôe。

jek¹ 働 迫; ⇒ jiok。

jek² (< chek³, q.v.)。

jè̍k ⇒ jiò̍k¹。

jém (< En *jam*) 图 果醬; ≃ jiám¹; ≃ jiá-muh。

jêng ⇒ jiông¹·²·³。

jî ‖gî‖jû/lû/lî̂ [茹] 働 1.亂成一團 ¶*sòaⁿ ~--khì* [線～去] 線亂了 ¶*Lín sio-cheⁿ kóng, góa thiaⁿ kà lóng ~--khì.* [Lín相爭講，我听到攏～去.] 你們搶著說，我聽得都迷糊了 2.糾纏; 取鬧; ≃ lu ¶*Lí mài lâi chia ~.* [你mài來chia～.] 你別來這儿纏 圈 1.紊亂 ¶*Tāi-chì chin ~.* [代誌真～.] 事情很亂 2.愛糾纏; 好取鬧; ≃ lu ¶*Chit ê gín-á chin ~.* [這個

gín仔真～.] 這個孩子真拗。

jí ‖gí‖lí (< *chí*¹ < Sin [籽]) 图 1.(棋) 子 ¶*kî-~* [棋～] 棋子 2.(琴) 鍵 ¶*khîm-~* [琴～] 琴鍵 ¶*o·-~* [烏～] 黑鍵 働 1.計算棋子的單位 2.計算鍵的單位 3.計算個別的香蕉的單位。

jî¹ ‖gî‖lî̄ (< *chī* < Sin) [字] 图 ê: 全 働 計算字的單位。 [≃ tiò-jī。

jî² ‖gî‖lî̄ (< Sin) [餌] 图 全; ≃ hî-jī;

jî³ ‖gî‖lî̄ (< Sin) [二] 働 1.第二個基數文讀; *cf* nn̄g ¶*it-~ ~-~ nî* [一～～～年] 全 ¶*Kiú-~-it tōa tē+tāng* [九～一大地動] 九二一大地震 (1999) 2.二, 即十、百、千、萬位等的次一級數詞單位 ¶*bān-~* [萬～] 一萬二千 ¶*chheng-~* [千～] 一千二百 ¶*pah-~* [百～] 一百二十 ¶*chit-pah khòng ~* [一百○～] 全 ¶*chàp-~* [十～] 全 ¶*jī-~* [二～] 二十二 3.二十簡稱 ¶*~-it* [～一] 二十一 ¶*~-jī* [～二] 二十二 ¶*~-saⁿ* [～三] 二十三 4.第二個序數 ¶*~-goè̍h Chhe-~* [～月初～] 二月二日 ¶*~ hō* [～號] 全 ¶*~-hō-á* [～號仔] 二路車; 二號的 ¶*~ miâ* [～名] 第二名 ¶*~-peh* [～伯] 二伯父。 [全。

jī-bīn ‖gī-‖lī- (< log Nip) [字面]

jī-bó/-*bú* ‖gī-‖lī- (< log Sin) [字母] 图 Ê: 全。

jī-bō· ‖gī-‖lī- (< log Nip) [字幕] 图

jī-bú ⇒ jī-bó。 [Ê: 全。

jī-cháiⁿ ‖gī-‖lī- [二cháiⁿ] (< [二指]) 图 KI, CHÁIⁿ: 食指; ≃ kí-cháiⁿ。

jī-chà̍p ‖gī-‖lī- (< Sin) [二十] 働 全。

jî-chháng-chháng ‖gî-‖lî̂-‖jû-‖lû̂- [茹 chháng-chháng] 圈 全下。

jî-chhè-chhè/-*chhé-chhé* ‖gî̂-‖lî̂- [茹 chhè-chhè] 圈 亂成一團; ≃ jî-chháng-chháng。

jī-chhiú ‖gī-‖lī- (< log Chi < tr En

secondhand) [二手] (形) 經過第一手的 ¶*Góa chit tâi chhia* ~-·*ê*. [我這台車~·ê.] 我這輛車子是二手的
◇ ~-*chhia* (< log Chi < tr En *secondhand car*) [～車] TÂI: 全
◇ ~-*hòe/-hè* (< log Chi) [～貨] 全
◇ ~-*hun* (< tr + log Chi < tr En *secondhand smoke*) [～菸] 二手煙。

jî-chhú-jî-chhú‖*gî-...-gî-*‖*lî-...-lî-*‖*jû-...-jû-*‖*lû-...-lû-*‖*jî-chhí-jî-chhí*‖*lî-...-lî-* [如此如此] (代) 不怎麼特別 ¶~-~ *niâ* do. ¶*put-kò* ~-~ [不過～～]不過如此而已。

jî-chóa-láng‖*gî-*‖*lî-* [字紙láng] (名) [*á*] KHA: 字紙簍。

Jî-·goe̍h/-·ge̍h/-ge̍h‖*Gî-·goe̍h*‖*Lî-ge̍h/-·ge̍h*(< Sin) [二月] (名) 全。

jî-hêng‖*gî-*‖*lî-* [字形] (名) ê: 1. 字的形狀 2. (某人的)字跡。

jî-·ì (< En *gee* < euph En *Jesus*) (歎) 表示驚異、不可思議、不贊同 ¶~, *hiah kùi, ā teh bé/bóe!* [～, hiah貴也teh買!]哇賽,那麼貴也買了!

jî-iâng hòa-thòaⁿ‖*gî-*‖*jī-/lī-iông...* (< log Chi < tr *carbon dioxide*) [二氧化碳] (名) 全; ≃ sí-ó-thú。

jī-im‖*gî-*‖*lî-* (< log Sin) [字音] (名) ê: 全。

Jī-jī-pat‖*Gī-gī-*‖*Lī-lī-* [二二八] (名) 二二八事件及大屠殺 (1947)
◇ ~ *Sū-kiāⁿ* [～事件]一九四七年二月二十七日取締私菸官員殺人及二十八日以後的群眾抗議與中國國民黨軍屠殺事件
◇ ~ *Tōa-tô·-sat* [～大屠殺]因上述群眾事件引起的長期大屠殺。

jî-kà-kà‖*jû-* [茹kà-kà] (形) 亂紛紛;千頭萬緒。

Jî-káu-mê/-*mî*‖*Gī-...-mê*‖*Lī-...-mî* [二九暝] (名) 年夜。

jī-kun‖*gî-*‖*lî-* (< sem log Nip) [二軍] (名) 次等的戰鬥員、戰鬥群、比賽團隊等。

Jî-lâi‖*Gî-*‖*Lî-*‖*Jû-*‖*Lû-*‖*Lî-*‖*Jî-* (< log Chi < MC tr Sans *Tathagata*) [如來] (名) 全
◇ ~-*hu̍t* (< log Sin) [～佛] 全。

jī-lûn‖*gî-*‖*lī-* [二輪] (形) 第二次輪流到的。 「¶*pau* ~ [包～]全。

jī-nái‖*gî-*‖*lī-* [二奶] (名) ê: 二夫人

jī-oe̍h/-*ùih*‖*gī-oe̍h*‖*lī-ùih* [字劃] (名) ê, OE̍H: 筆劃。

jî-pê (< hyp *gî-pê* < *pî-pê²*, q.v.)。

jì-pù/-*puh*/-*phù* (< Nip *jīpu* < En *jeep* < GP < ab + acr *general purpose vehicle*) (名) TÂI: 吉普車。

jī-sím‖*gî-*‖*lī-* (< log Nip) [二審] (名)(動) 全。 「二名 (形) 次等的

jī-téng‖*gî-*‖*lī-* (< log) [二等] (名) 第
◇ ~ *kok-bîn* (< log Chi < tr En *second-class citizen*) [～國民] ê: 全
◇ ~-*peng* (< log Nip) [～兵] ê: 全。

jī-thé‖*gî-*‖*lī-* (< log Sin) [字體] (名) ê, KHOÁN: 全。 「PÚN, PŌ: 全。

jī-tián‖*gî-*‖*lī-* (< log Sin) [字典] (名)

jī-tō· siang-hāi‖*gî-*‖*jī-/lī-...siong-* (< log Chi) [二度傷害] (名) 全。

jî-tông-chiat‖*gî-*‖*lī-* (< log Chi < tr En *Children's Day*) [兒童節] (名) 全。 「[兒童樂園] (名) ê: 全。

jî-tông lo̍k-hn̂g‖*gî-*‖*lî-* (< log Sin)

jī-ùih‖*lî-* ⇒ jī-oe̍h。

|jia| ‖*gia*‖*lia* (< *chia²* < Sin) [遮] (動) 1. 遮(住) ¶~ *ba̍k-chiu* [～目睭] a. 遮蔽眼睛 b. 遮羞 2.擋 ¶~ *hong* [～風]擋風 ¶~ *jit-thâu* [～日頭]遮太陽。

jiá‖*giá*‖*liá* (< Sin) [惹] (動) 1.挑釁 ¶*Lí mài* ~ ·*i*. [你mài～伊.] 你別惹他 2.招惹;惹起 ¶~ *lâng siūⁿ-khì* [～人受氣]惹人生氣。

jia-jit/-lit‖*chia-lit*‖*gia-git*‖*lia-lit* [遮日] (動) 遮太陽。

jia-jit-thâu-pang‖*gia-git-*‖*chia-/lia-lit...* [遮日頭枋] (名) TÈ: (汽車的)遮陽板。

Jia-kat-tà (< IndonHok < *Jakarta*) (名) 印尼首都雅加達。

jiá-muh (< Nip *jamu* < En *jam*) (名) 果醬; ≃ jém; ≃ jiám¹。

jiá-sū‖*giá-*‖*liá-* (< log Sin) [惹事] (動) 全; ≃ jiá-tāi-chì。

jiah ‖*giah*‖*liah* (< *chiah < Sin) [跡] (名) 1. Ê: 痕跡 ¶~ *chin chheng-chhó* [~真清楚] (傷/疤) 痕很清楚 2. B. 處所 ¶*chit-~* q.v. ¶*hit-~* q.v. ¶*pàt-~* q.v. (量) 痕跡 ¶*chit ~ o͘-chheⁿ* [一~烏青] 一塊淤血的痕跡。

jiak ‖*giak*‖*jiòk*‖*liòk*‖*jiòh* (< log Sin) [弱] (形) 全。　[千斤頂。

jiák-khih (< Nip *jakki* < En *jack*) (名)

jiák-khuh (< Nip *jakku* < En *Jack*) (名) TIÂU: 拉鍊 ¶*thoah ~* [屜~] 拉拉鍊。

jiàk-sè‖*jiòk-* (< log Chi) [弱勢] (形) 全
◇ ~-*chiá* (< log Chi) [~者] Ê: 全
◇ ~ *chòk-kûn* [~族群] Ê: 全
◇ ~ *thoân-thé* (< log Chi) [~團體] Ê: 全。　[(名) Ê, TIÁM: 全。

jiàk-tiám‖*jiòk-* (< log Nip) [弱點]

jiám ¹ (< En *jam*) (名) 果醬; ≃ jém; ≃ jiá-muh。

jiám²‖*giám*‖*liám* (< log Sin) [染] (動) 1. 感染; ⇒ jiám-tiòh 2. 污染; ≃ bak ¶~ *lah-sap* 污染 3. 學了(好/壞行為); ⇒ jiám-tiòh。

jiàm-bà (< Nip *jampā* < En *jumper*) (名) NIÁ: 外套。

jiám-tiòh‖*giám-*‖*liám-* [染著] (動) 1. 感染; ≃ hông òe-/è-·tiòh ¶~ *pēⁿ* [~病] 受感染 2. 學了(好/壞行為養

成習慣) ¶~ *pháiⁿ sip-koàn* [~歹習慣] (受他人影響) 養成壞習慣。

jiân -āu‖*giân-*‖*liân-* (< log Sin) [然後] (連) 全; ≃ liáu-āu。

jiân-liāu-sòe/-sè‖*giân-...-sòe*‖*liân-...-sè/-sè* (< log Chi) [燃料稅] (名) 全。

jiáng ‖*giáng*‖*jióng*‖*lióng* (< log Sin) [嚷] (動) 1. (激昂地)高聲說話 ¶*Khoaⁿ-khoaⁿ kóng, mài ~.* [寬寬⼉講, mài~.]慢慢⼉說, 別叫 2. 爭吵 ¶*sio-~* [相~]互相叫罵。

jiang/*giang* (< ab *jiǎng-kián*) (動) 猜拳; ≃ sút³ ¶~ *su-·ê khì koaiⁿ-mn̂g.* [~輸·ê去關門.] 猜拳, 輸的去關門。

jiǎng-kián‖*jiang-gian*‖*chiang-kín* (< Nip *janken*) (動) 猜拳 ¶~ *koat-tēng* [~決定]以猜拳決定。

jiàp ‖*giàp*‖*liàp* (< contr *jī-chàp*) [廿] (數) B. 二十 ¶*it-~ lâng* [一~人]一二十人 ¶~-*it* [~一]二十一。

jiàt ‖*giàt*‖*liàt* (< log Sin) [熱] (名) 熱度; 熱能 (動) 1. 熱心; 有很高的興趣 ¶*I lóng bē/bōe kah lâng ~.* [伊攏 bē kah 人~.]他一點也不跟人家趕流行 2. 熱烈 (形) 溫度高 ¶*tiáⁿ siuⁿ ~ ·a.* [鼎siuⁿ~矣.]鍋子已經太熱了。

jiàt-chêng‖*giàt-*‖*liàt-* (< log Nip) [熱情] (名) (形) 全。

jiàt-chúi-khì‖*giàt-*‖*liàt-* (< log Chi) [熱水器] (名) Ê, TÂI, CHIAH: 全。

jiàt-ho-ho [熱ho-ho] (形) (環境)熱烘烘; (身體)熱乎乎。[能] (名) 全。

jiàt-lêng‖*giàt-*‖*liàt-* (< log Chi) [熱

jiàt-liāng/-liōng‖*giàt-liāng*‖*liàt-liōng* (< log Nip) [熱量] (名) 全。

jiàt-liàt‖*giàt-*‖*liàt-* (< log Nip) [熱

jiàt-liōng ⇒ jiàt-liāng。　[烈] (形) 全。

jiàt-mĥg/*-mûi*‖*giàt-*/*liàt-mĥg* (<
log Chi) [熱門] ⓐ 全 ¶*Tōa-pō͘-hūn
ê hàk-seng ài thàk ~.* [大部份ê學
生愛讀～.] 大部分的學生喜歡讀熱
門 ⓕ 全; ≃ hít-toh² 「全。
◇ ~ *im-gàk* (< log Chi) [～音樂]

jiàt - phut - phut ‖*giàt -*‖*liàt -* [熱
phut-phut] ⓕ **1.** 場面熱騰騰 **2.** 感
情熱辣辣 **3.** 興緻勃勃。

jiàt-sim‖*giàt-*‖*liàt-* (< log Nip) [熱
心] ⓕ 全。

jiàt-sòaⁿ‖*giàt-*‖*liàt-* (< log Chi <
tr En *hot line*) [熱線] ⓐ TIÂU: 全
◇ ~ *tiān-ōe* (< log Chi) [～電話]
KI: 全。   「tr) [熱帶] ⓐ 全。

jiàt-tài‖*giàt-*‖*liàt-* (< log Nip < LC

jiàt-tō͘‖*giàt-*‖*liàt-* (< log Nip) [熱
度] ⓐ 全 ¶*gō͘ hun-cheng ê ~* [五分
鐘ê～] 五分鐘的熱度。

jiâu ‖*giâu*‖*liâu* ⓥ ⓕ 皺。

jiáu‖*giáu*‖*liáu* (< Sin) [爪] ⓐ [á]
KI: 全。

jiàu‖*giàu*‖*liàu* (< Sin) [抓] ⓥ **1.** 用
爪攻擊 **2.** 抓(癢); ≃ pê¹ **3.** 耙 ¶*ah
teh siû ê sî, kha ~··le, ~··le.* [鴨
teh泅ê時, 腳～·le, ～·le.] 鴨子耙著
腳滑水 **4.** 掙扎以起身; ≃ ngiauh⁵
¶*ùi bîn-chhĥg-téng ~··khí··lâi* [ùi眠
床頂～·起來] 掙扎起床。 「狀的耙。

jiàu-á‖*giàu-*‖*liàu-* [抓仔] ⓐ KI: 爪

jiàu-chiuⁿ‖*giàu-*‖*liàu-* [抓癢] ⓥ 搔
癢。

jiâu-hûn‖*giâu-*‖*liâu-* [jiâu痕] ⓐ ê:
皺紋。 「(神祇被抬出) 遊行。

jiáu-kéng ‖*giáu-*‖*liáu -* [遶境] ⓥ

jiáu-loān ‖*giáu-*‖*liáu-* (< log Sin)
[擾亂] ⓥ 全。

jiàu-pê-á‖*giàu-*‖*liàu-* [抓耙子] ⓐ
1. KI: 如意, 即搔背的器具 **2.** ê: 吃裡
扒外的爪牙 **3.** ê: 間細; 線民。

jiâu-phé-phé /*-phè-phè*/*-phì-phè*

‖*giâu-*‖*liâu-* ⓕ 很皺。

jih ‖*gih*‖*chhih* ⓥ **1.** 壓 ¶*Ián-su-·ê
hit ·ê hông ~ tòa ē-té.* [Ián ·ê
hit個hông～tòa下底.] 角力輸的那
個被按在下面 ¶*Phôe-siuⁿ siuⁿ tīⁿ,
ka ~··le.* [皮箱siuⁿ tīⁿ, ka～～
·le.] 皮箱太滿了, 壓一壓 **2.** 按(鍵、
電腦滑鼠、各種按鈕等) ¶~ *lát-
pah* 按喇叭 ¶~ *tiān-lêng* [～電鈴] 按
電鈴 **3.** 彈奏 ¶~ *hong-khîm* [～風
琴] 彈風琴 **4.** 壓制; ≃ ah³。

jîm ‖*gîm*‖*lîm* ⓥ (從口袋、罐子等
狹窄空間) 摸(出);掏。

jím‖*gím*‖*lím* (< lit log Sin [忍]) ⓥ
全; ≃ lún, q.v.

jīm‖*gīm*‖*līm* (< log Sin) [任] ⓠ 任
期的次序或次數單位 ¶*tē-it ~ bîn-
soán ê chóng-thóng* [第一～民選ê
總統] 第一任民選的總統。

jīm-bēng ‖*gīm-*‖*līm-* (< log Nip)
[任命] ⓥ 全。   「務] ⓐ ê: 全。

jīm-bū‖*gīm-*‖*līm-* (< log Nip) [任

jīm-kî ‖*gīm-*‖*līm-* (< log Nip) [任
期] ⓐ KÎ: 全。   「內] ⓐ 全。

jīm-lāi‖*gīm -*‖*līm -* (< log Sin) [任

jím-nāi‖*gím-*‖*lím-* (< log Sin) [忍
耐] ⓥ 全。   「心] ⓥ ⓐ 全。

jím-sim‖*gím-*‖*lím -* (< log Sin) [忍

jím-siū‖*gím-*‖*lím -* (< log Sin) [忍
jīm-tēng ⇒ jīn-tēng. 「受] ⓥ 全。

jīm-ti‖*gīm-*‖*līm-* ⇒ jīn-ti.

jīm-tông‖*gīm-*‖*līm-* ⇒ jīn-tông.

jīm-ûi‖*gīm-*‖*līm-* ⇒ jīn-ûi.

jîn ‖*gîn*‖*lîn* (< log Sin) [仁] ⓐ
1. LIÀP: 核的心或類似的東西, 例
如果核內的肉 ¶*ho͘-lian-tāu-~* [ho͘-
lian 豆～] 豌豆仁 ¶*thô-á ~* [桃
仔～] 桃核裡的仁 **2.** LIÀP: 蛋黃
3. LIÀP: (蟹) 黃 **4.** LIÀP: 胚芽; ≃

phī^{n}-sim **5.** 鑲住的玻璃,例如鏡子的玻璃、眼鏡的鏡片 ¶*ba̍k-chiu-～* [目睭～]眼球 [形] **1.** (蟹)多黃 **2.** 結實 **3.** 精於挑選 **4.** (挑選得)很仔細。

jīn‖*gīn*‖*līn* (< log Sin) [認] [動] **1.** 認(得) ¶*bē-/bōe-～-·tit* [bē～得]認不得 ¶*ē-/ōe-～-·tit* [會～得]認得 **2.** 辨認 ¶*Phàng-kiàn chheh ·ê lâi chia ～.* [Phàng見冊·ê來chia～.]書不見了的人來這ㄦ認領 ¶*～ m̄-tio̍h lâng* [～m̄著人]認錯人 **3.** 承認;接受 ¶*～ i chò/chòe lāu-bú* [～伊做老母]認他做媽媽
△ ～ *chha̍t chò/chòe lāu-pē* [～賊做老父]認賊做父。 「[名] Ê:仝。

jîn-bîn‖*gîn-*‖*lîn-* (< log Sin) [人民]

jîn-bûn‖*gîn-*‖*lîn-* (< log Nip tr; *cf* En *humanity*) [人文] [名] 仝 「仝。
◇ ～ *ha̍k-kho* (< log Chi) [～學科]

jîn-bu̍t‖*gîn-*‖*lîn-* (< log Sin) [人物] [名] Ê: 人 ¶*chèng-tī ～* [政治～]仝。

jîn-châi‖*gîn-*‖*lîn-* (< log Sin) [人才] [名] Ê:仝。

jîn-chè koan-hē‖*gîn-*‖*lîn-* (< log Chi < tr En *human relations*) [人際關係] [名] 仝。

jîn-chêng‖*gîn-*‖*lîn-* (< log Sin) [人情] [名] **1.** 人之常情 **2.** Ê:情面 ¶*chò/chòe～* [做～]賣人情ㄦ **3.** Ê:恩情; ≃ in-/un-chêng ¶*bô-～* [無～]忘恩。

jîn-chéng ⇒ jîn-chióng。

jîn-chèng‖*gîn-*‖*lîn-* (< log Nip) [人證] [名] Ê:仝 ¶*～ kah/kap bu̍t-chèng* [～&物證]人證與物證。

jīn-chèng‖*gîn-*‖*lîn-* (< log Nip) [認證] [動] 仝 ¶*bó-/bú-gí ～* [母語～]仝。 「[人情味] [名] 仝。

jîn-chêng-bī‖*gîn-*‖*lîn-* (< log Nip)

jīn-chin‖*gīn-*‖*līn-* (< log Sin) [認真] [動] 努力 [形] **1.** 不苟且 **2.** 努力 [副] 努力。

jîn-chióng/*-chéng*‖*gîn-*‖*lîn-* (< log Nip) [人種] [名] 仝。「質] [名] Ê:仝。

jîn-chit‖*gîn-*‖*lîn-* (< log Nip) [人

jîn-chō ōe-chhe^{n}/*-chhi^{n}*‖*gîn-...-chhe^{n}*‖*lîn-...-chhi^{n}* (< log Chi) [人造衛星] [名] LIA̍P: 仝。

jīn-chōe‖*gīn-*‖*līn-* (< log Sin) [認罪] [動] 仝。

jīn-·ê‖*gīn-*‖*līn-* [認·ê] [名] Ê: 當做有血緣關係的人,例如義父、義母、義子、義女等 [形] 有上述關係的。

jîn-goân ⇒ jîn-oân。

jîn-hêng-tō‖*gîn-*‖*lîn-* (< log Chi < tr; *cf* En *sidewalk*) [人行道] [名] TIÂU: 仝。

jīn-hūn‖*gīn-*‖*līn-* [認份] [動] **1.** 守本分;安分 **2.** 認命。 「識字。

jīn-jī‖*gīn-gī*‖*līn-lī* [認字] [動] 學習

jîn-kan‖*gîn-*‖*lîn-* (< log Sin) [人間] [名] 仝; ≃ jîn-sè-kan。

jîn-kang ho͘-khip‖*gîn-*‖*lîn-* (< log Nip) [人工呼吸] [名] [動] 仝。

jîn-ke-chhù‖*gîn-*‖*lîn-* [人家厝] [名] KENG: 民宅。

jîn-keh‖*gîn-*‖*lîn-* (< log Nip) [人格] [名] 仝 ¶*bô ～* [無～]人格很壞
◇ *～-chiá* (< log Nip) [～者] Ê: 人格高尚的人。 「口] [名] 仝。

jîn-kháu‖*gîn-*‖*lîn-* (< log Sin) [人

jîn-khì‖*gîn-*‖*lîn-* (< log Nip) [人氣] [名] 人望。

jîn-khoân/*-koân*‖*gîn-*‖*lîn-* (< log Nip) [人權] [名] 仝。

jîn-le̍k-chhia‖*gîn-*‖*lîn-* (< log Nip) [人力車] TÂI: 仝。

jīn-lō͘‖*gīn-*‖*līn-* [認路] [動] 認知路怎麼走 ¶*ē-/ōe-hiáu ～* [會曉～]知道路怎麼走。 「[人類] [名] 仝

jîn-lūi‖*gîn-*‖*lîn-* (< log Nip < Sin)
◇ *～-ha̍k* (< log Nip < tr; *cf* En

anthropology) [～學] 全。

jîn-má ⇒ lâng-bé。

jīn-miā‖*gīn-*‖*līn-* (< log Sin) [認命]
働 全。   「[人員] 图 ê: 全。

jîn-oân/-*goân*‖*gîn-*‖*lîn-* (< log Nip)

jīn-sek‖*gīn-*‖*līn-*‖*jīm-*‖*gīm-*‖*līm-*
(< log Nip) [認識] 图 全。

jîn-seng‖*gîn-*‖*lîn-* (< log Sin) [人
生] 图 全。

jîn-sèng‖*gîn-*‖*lîn-* (< log Chi) [人
性] 图 全。   「[人生觀] 图 全。

jîn-seng-koan‖*gîn-*‖*lîn-* (< log Nip)

jîn-sin ê kong-kek‖*gîn-*‖*lîn-* (< log
Nip [人身攻擊] + tr) [人身ê攻擊]
图 働 人身攻擊。

jîn-siū pó-hiám‖*gîn-*‖*lîn-* (< log
Chi) [人壽保險] 图 全。

jîn-sò‖*gîn-*‖*līn-*‖*lâng-* (< log Sin)
[人數] 图 全。   「图 ê: 全。

jîn-soán‖*gîn-*‖*lîn-* (< log Sin) [人選]

jîn-som/-*sam*/-*sim*‖*gîn-*‖*lîn-* (<
log Sin) [人蔘] 图 CHÂNG, TIÂU:
全。

jîn-sū[1]‖*gîn-*‖*lîn-* (< log) [人事] 图
全 ¶*Kong-si ê ～ lóng i teh koán.*
[公司ê～攏伊teh管.]公司的人事全
部由他管理。

jîn-sū[2]‖*gîn-*‖*lîn-* (< log Chi) [人士]
图 ê: 全 ¶*siā-hōe ～* [社會～]全。

jīn-su‖*gīn-*‖*līn-* [認輸] 働 全。

jîn-sū pōe-kéng‖*gîn-*‖*lîn-* (< log
Chi) [人事背景] 图 全。

jîn-sū-sek/-*sit* (< log Chi) [人事室]
图 KENG: 全。

jīn-tēng/-*tiā*[n]‖*gīn-*‖*līn-*‖*jīm-*/
gīm-/*līm-tēng* (< log Nip) [認
定] 働 全。

jīn-ti‖*gīn-*‖*līn-*‖*jīm-*‖*gīm-*‖*līm-*
(< log Nip) [認知] 图 働 全。

jīn-tiā[n] ⇒ jīn-tēng。

jîn-tō‖*gîn-*‖*lîn-* (< log Nip < sem
Sin) [人道] 图 全 ¶*bô ～* [無～]不
人道
◇ *～ chú-gī* (< log Nip < tr; *cf* En
humanitarianism) [～主義]全
◇ *～-chú-gī-chiá* (< log Nip < tr;
cf En *humanitarian*) [～主義者]
ê: 全。

jīn-tông‖*gīn-*‖*līn-*‖*jīm-*‖*gīm-*‖
līm- (< log Chi < tr En *identify*;
cf Nip [同屬と認める]) [認同] 图
全 ¶*kok-ka ～* [國家～]全
◇ *～-kám* (< log Chi) [～感] ê: 全
働 全 ¶*Góa bô ～ lí ê siūn-hoat.* [我
無～你ê想法.]我不認同你的想法
¶*～ Tâi-oân, bô ～ Tiong-kok* [～台
灣, 無～中國]認同台灣,不認同中
國。   「(< log) [認為] 働 全。

jīn-ûi‖*gīn-*‖*līn-*‖*jīm-*‖*gīm-*‖*līm-*

jiō ‖*giō*‖*liō* [尿] 图 PHÛ: 全。

jiō-chū‖*giō-*‖*liō-* [尿 chū] 图 [*á*]
1. TIÂU:尿布 2. TÈ:尿片。   「sǐ。

jio-jiǒ [尿尿] 囡 图 PHÛ:全; ≃ si-

jiō-kóng‖*giō-*‖*liō-* [尿kóng] (< [尿
管]) 图 TIÂU: (導尿的)尿管。

jiō-kûn-á (< pop + dia *jiō-kun-á* [尿
巾仔]) [尿裙仔] 图 TIÂU:尿布;尿
片; ≃ jiō-chū-á。   「[图 全。

jiō-sng‖*giō-*‖*liō-* (< log Nip) [尿酸]

jiō-tē‖*giō-*‖*liō-* (< log Nip) [尿袋]
图 [*á*] ê:導尿用塑膠袋。

jió-toh‖*gió-* (< Nip *jōtō*) 彤 1. (物
品)高級 2. (待遇/獎賞)好; ≃ hó-
khang ¶*Ká ～!?* 哪有那麼好的事!?

jiok ‖*giok*‖*jip*‖*jek*‖*liok* 働 1.追
(以趕上) 2.追求(異性) 3.趕著尋
求 ¶*～-chîn* q.v. ¶*～ i-seng* [～醫
生]忙著找醫生(醫治) 4.趕著買進
(貨物) ¶*～-hòe/-hè* q.v.

jiȯk[1]‖*chhiȯk*‖*giȯk*‖*jėk* 働 1.挼搓
(成團) ¶*kā chóa ～ kui oân* [kā紙

～kui丸]把紙搓成團 **2.** 挼搓(使散開),例如把泥塊搓成粉 **3.** (用手)捏造(東西) ¶～ *thô-ang-á* [～thô尪 ⌊仔]捏泥人儿。

jio̍k^{2} [弱] ⇒ jia̍k。

jio̍k-á‖*gio̍k-*‖*lio̍k-* [褥仔] (名) **1.** TÈ: 褥子 **2.** (< sem) NIÁ: 小毯子。

jiok-chî^{n} ‖ *giok-* ‖ *jip-* ‖ *jek-* ‖ *liok-* [jiok錢] (動) 張羅款項;忙著籌款; ≃ chông-chî^{n}。

jio̍k-chiá ⇒ jia̍k-chiá。

jiok-hòe/*-hè*‖*giok-*‖*jip-*‖*jek-*‖*liok-hè/-hè* [jiok貨] (動) (商人)趕著找貨品補充。

jio̍k-kùi‖*gio̍k-*‖*lio̍k-* (< log Sin) [肉桂] (名) CHÂNG, KI: 仝。

jiok-lâng ‖ *giok-* ‖ *jip-* ‖ *jek-* ‖ *liok-* [jiok人] (動) 忙著找人。

jio̍k-sè ⇒ jia̍k-sè。

jio̍k-thé‖ *gio̍k-*‖ *lio̍k-*‖ *bah-* (< log Nip) [肉體] (名) 仝

◊ ～ *koan-hē* (< log Nip) [～關係] ⌊PÁI: 仝。

jio̍k-tiám ⇒ jia̍k-tiám。

jiông^{1}‖ *jêng* ‖ *giông* ‖ *liông* ‖ *lêng* (< log Sin) [絨] (名) TÈ: 絨布; ≃ jiông-á。

jiông^{2}‖*jêng*‖*giông*‖*liông*‖*lêng* (名) **1.** 切成碎塊或薄片的食物 ¶*koe-á-*～ [瓜仔～]酸黃瓜片 **2.** 打成泥狀的食物; ≃ nî ¶*soàn-*～ [蒜～]蒜泥儿。

jiông^{3}‖*jêng*‖*giông*‖*liông*‖*lêng* (< log Sin) [茸] (名) **1.** 初生的鹿角 **2.** 指甲內與手指頭分開處的肉。

jióng ⇒ jiáng。

jiông-á-pò͘ ‖ *jêng-*‖*giông-* ‖ *liông-* ‖*lêng-* [絨仔布] (名) TÈ: 絨布。

jip ⇒ jiok。

ji̍p‖*gi̍p*‖*li̍p* (< log Sin) [入] (動) **1.** 進入 ¶*chhiá^{n} i* ～-*·lâi* [請伊～來]請他進來 **2.** 裝入 ¶～ *mî-phōe/-phē* [～棉被]將棉胎裝進被套裡 **3.** 加入 ¶～ *hō͘-káu* [～戶口]入戶籍。 ⌈q.v.)。

ji̍p-bì‖*gi̍p-*‖*li̍p-* (< *ji̍p-ì* < *ji̍p-khì*,

ji̍p-che̍k‖*gi̍p-*‖*li̍p-* (< log Nip) [入籍] (動) 仝。 ⌈超] (名) (動) 仝。

ji̍p-chhiau‖*gi̍p-*‖*li̍p-* (< log Nip) [入

ji̍p-chhiú‖*gi̍p-*‖*li̍p-* [入手] (動) 到手。

ji̍p-chhù‖*gi̍p-*‖*li̍p-* [入厝] (動) **1.** 搬進新居 **2.** 送禮祝賀搬進新居 ¶*kā i* ～ [kā伊～]送禮祝賀他搬進新居。

ji̍p-ha̍k ⇒ ji̍p-o̍h。

ji̍p-hè ⇒ ji̍p-hòe。

ji̍p-hòe/*-hè*‖*gi̍p-hòe*‖*li̍p-hè/-hè* [入貨] (動) 進貨。 ⌈(動) 仝

ji̍p-hōe‖*gi̍p-*‖*li̍p-* (< log Nip) [入會]

◊ ～*-hùi* [～費]仝。

ji̍p-ì‖*gi̍p-*‖*li̍p-* (< *ji̍p-khì*, q.v.)。

ji̍p-ī^{n}‖*gi̍p-*‖*li̍p-* (< log Nip) [入院] (動) 住院。 ⌈(動) 入伍。

ji̍p-iâ^{n}‖*gi̍p-*‖*li̍p-* (< log Nip) [入營]

ji̍p-ka^{n}‖*gi̍p-*‖*li̍p-* (< log Sin) [入監] (動) 入獄。 ⌈港] (動) 仝。

ji̍p-káng‖*gi̍p-*‖*li̍p-* (< log Sin) [入

ji̍p-kéng‖*gi̍p-*‖*li̍p-* (< log Sin) [入境] (動) 仝

◊ ～*-chèng* (< log Chi) [～證]仝。

ji̍p-kháu‖*gi̍p-*‖*li̍p-* (< log Nip) [入口] (名) Ê: 進門的地方。

ji̍p-khì‖*gi̍p-*‖ *li̍p-* (< SEY; > *ji̍p-ì* > *ji̍p-bì*) [入去] (動) **1.** 從外面到裡面去 ¶*kín ji̍p-·khì* [緊～]趕快進去 ¶*kín* ～ *lāi-té* [緊～內底]趕快(進)到裡頭去 **2.** 表示離開外面某定點到裡面去,當動詞補語 ¶*cháu-·*～ [走～]跑進去 ¶*cháu-*～ *lāi-té* [走～內底]跑進裡頭去。 ⌈閣] (動) 仝。

ji̍p-koh‖*gi̍p -*‖*li̍p -* (< log Nip) [入

ji̍p-lâi^{1}‖*gi̍p-*‖*li̍p-* (< SEY) [入來] (動) **1.** 從外面到裡面來 ¶*kín ji̍p-·lâi* [緊～]趕快進來 ¶*kín* ～ *lāi-té* [緊～內底]趕快(進)到裡頭來 **2.** 表示從

外面到裡面歸向某定點，當動詞補語¶*I cháu-·~.* [走～.]他(跑)進來¶*I cháu-~ lāi-té.* [走～內底.]他(跑)進裡頭來。

jip-lâi² ∥ *gı̍p-* ∥ *lı̍p-* (< *jip-lăi* < contr *jip-lâi-khì*, q.v.)。 「*khì…*, q.v.)。

jip-lăi ∥ *gı̍p-* ∥ *lı̍p-* (< contr *jip-lâi-khì* ∥ *gı̍p-* ∥ *lı̍p-* (> *jip-lăi* > *jip-lâi²*) [入來去] ⑩ (咱們/我)進去(到...去)¶*Lán kín jip-·lâi-·khì.* [咱緊～.]咱們快進去¶*Lán kín cháu-·~.* [咱緊走～.]咱們快跑步進去¶*Lán kín cháu-~ lāi-té.* [咱緊走～內底.]咱們快跑步進裡頭去¶*Lán kín ~ khòaⁿ.* [咱緊～看.]咱們趕快(進)到裡頭去看。

jip-lâi-khì ∥ *gı̍p-* ∥ *lı̍p-* (> *jip-lăi* > *jip-lâi²*) [入來去] ⑩ (咱們/我)進去(到...去)¶*Lán kín jip-·lâi-·khì.* [咱緊～.]咱們快進去¶*Lán kín cháu-·~.* [咱緊走～.]咱們快跑步進去¶*Lán kín cháu-~ lāi-té.* [咱緊走～內底.]咱們快跑步進裡頭去¶*Lán kín ~ khòaⁿ.* [咱緊～看.]咱們趕快(進)到裡頭去看。

jip-liām/*-liám*/*-liàm* ∥ *gı̍p-* ∥ *lı̍p-* (< log Sin) [入殮] ⑩ 全。

jip-mn̂g¹/*-mûi*/*-bûn* ∥ *gı̍p-* ∥ *lı̍p-mn̂g*/*-bûn* (< col log < sem *jip-mn̂g²*) [入門] ⑧ 指導初學者的讀物; ≃ jı̍p-bûn ⑩ 初步學會¶~ ê chheh [～ê冊]入門的書。

jip-mn̂g²/*-mûi* ∥ *gı̍p-*/*lı̍p-mn̂g* [入門] ⑩ 1.進門 2.回家;回來¶*jı̍t-thâu chhut-·lâi tiō chhut-mn̂g, jı̍t-thâu lo̍h-soaⁿ chiah ~* [日頭出來就出門,日頭落山才～]日出就出門,日落才進門 3.(新娘娶)進婆家◇ *~-hí* [～喜]初夜受孕。

jip-o̍h/*-ha̍k* ∥ *gı̍p-* ∥ *lı̍p-* (< col log) [入學] ⑩ 全。

jip-pâng ∥ *gı̍p-* ∥ *lı̍p-* [入房] ⑩ (新娘)進洞房。

jip-siaⁿ ∥ *gı̍p-* ∥ *lı̍p-* (< log Sin) [入聲] ⑧ ê: 全。 「選] ⑩ 全。

jip-soán ∥ *gı̍p-* ∥ *lı̍p-* (< log Sin) [入

jip-tiûⁿ ∥ *gı̍p-* ∥ *lı̍p-* (< log Nip) [入場] ⑩ 全 「TIUⁿ:全。◇ *~-koàn/-kǹg* (< log Nip) [～券]

jı̍t ∥ *gı̍t* ∥ *lı̍t* (< log Sin) [日] ⑧ 1.太陽; ≃ jı̍t-thâu 2.日子; ≃ kang ¶*hoat-seng tāi-chì hit ~* [發生代誌 hit 日]出事那天 3.一個月中的日子¶*Jī-goe̍h It-~* [二月一～]全 ⑩ 天;日子; ≃ kang。

jı̍t-āu ∥ *gı̍t-* ∥ *lı̍t-* (< log Sin) [日後] ⑧ 全; ≃ pàt-jı̍t-á; ≃ chiang-lâi。

Jı̍t-bûn ∥ *Gı̍t-* ∥ *Lı̍t-* (< log Chi) [日文] ⑧ 全◇ *~-sû* [～詞]由日文漢字轉讀的語詞,例如 *bûn-hòa* [文化]、*hiān-tiûⁿ* [現場]、*tiong-pō·* [中部]。

Jı̍t-Chheng Chiàn-cheng ∥ *Gı̍t-* ∥ *Lı̍t-* (< log Nip) [日清戰爭] ⑧ 中日甲午戰爭(1894)。

jı̍t-chí ∥ *gı̍t-* ∥ *lı̍t-* (< log Sin) [日子] ⑧ 1.日期¶*kéng chı̍t ê ~* [揀一個～]選一個日子 2.每天的生活¶*~ pháiⁿ kòe/kè* [～歹過]日子不好過¶*~ chı̍t-ē kú* [～一下久]日久(之

jı̍t-ēng-phín ⇒ jı̍t-iōng-phín. 「後)。

Jı̍t-gí/*-gú* ∥ *Gı̍t-gí* ∥ *Lı̍t-gú*/*-gí* (< log Chi) [日語] ⑧ 全。 「⑧ 全。

Jı̍t-goa̍t-thâm ∥ *Gı̍t-* ∥ *Lı̍t-* [日月潭]

Jı̍t-gú ⇒ Jı̍t-gí。

jı̍t-iōng-phín/*-ēng-* ∥ *gı̍t-* ∥ *lı̍t-* (< log Nip) [日用品] ⑧ 全。 「ê: 全。

jı̍t-kî ∥ *gı̍t-* ∥ *lı̍t-* (< log Sin) [日期] ⑧

jı̍t-kì ∥ *gı̍t-* ∥ *lı̍t-* (< log Nip) [日記] ⑧ PÚN: 全 「PÚN:日記本。◇ *~-phō·* (< log Nip < Sin) [～簿]

jı̍t-kong-e̍k ∥ *gı̍t-* ∥ *lı̍t-* (< log Nip)

[日光浴] (名) 全。

jit-kong-teng∥*git-*∥*lit-* (< log Chi) [日光燈] (名) KI: 全。「(名) PAN: 全。

jit-pan∥*git-*∥*lit-* (< log Chi) [日班]

Jit-phiò∥*Git-*∥*Lit-* (< ana *gin-phiò* < log Chi) [日票] (名) TIUⁿ: 日幣。

jit-pò∥*git-*∥*lit-* (< log Nip < EChi tr) [日報] (名) HŪN, TIUⁿ: 全。

Jit-pún∥*Git-*∥*Lit-* (< log Nip) [日本] (名) 全

◊ ~ *cheng-sîn* [~精神] 守法、整潔、堅忍、盡職、有公德心、不取巧、不苟且的精神與行為表現

◊ ~*-chhài* [~菜] CHHUT: 全

◊ ~*-chiú* [~酒] KOÀN, KAN: 全

◊ ~*-hái* (< log) [~海] 日本、朝鮮、中國、俄國間水域

◊ ~*-lâng* [~人] Ê: 全

◊ ~*-ōe* [~話] KÙ: 全

◊ ~*-peng* [~兵] Ê: 全　　　「1945)。

◊ ~ *Sî-tāi* [~時代] 全 (1895 –

jit-·sî∥*git-*∥*lit-* [日時] (名) 白天。

jit-siang seng-oah∥*git-siâng...*∥*jit-/lit-siông...* (< log Nip) [日常生活] (名) 全。

jit-thâu∥*git-*∥*lit-* (< log Sin) [日頭] (名) LIÀP: 太陽 ¶~ *chhut-·lâi* [~出來] 日出 ¶~ *lòh-soaⁿ* [~落山] 日落

△ ~ *phàk kha-chhng* [~曝 kha-chhng] (睡到) 日上三竿　「下的雨。

◊ ~*-hō·* [~雨] CHŪN: 出太陽的同時

◊ ~*-hoe* [~花] CHÂNG, LÚI: 向日葵

◊ ~*-hoe-á* [~花仔] 短暫的陽光 ¶*nā* ~*-hoe-á* 稍為曬一下

◊ ~*-kha* [~腳] 太陽底下

◊ ~*-kng* [~光] 日光　　　　「陽。

◊ ~*-kong* [~公] Ê: 「老爺儿」，即太

jiû ∥*giû*∥*liû* [揉] (動) (用濕布) 擦拭 ¶~ *thô·-kha* [~thô·腳] 拖地板。

jiû-hî∥*giû-*∥*liû-* [鰇魚] (< [柔魚]) (名) BÓE, TÈ: 魷魚

◊ ~*-chhiu* [~鬚] KI: 魷魚的腳

◊ ~*-keⁿ/-kiⁿ* [~羹] 含魷魚的 (勾

jiû-ńg ⇒ liû-ńg。　　　「芡) 濃湯。

jiù-sù/-sṳ (< Nip *jūsu* < En *juice*) (名) 果汁。

jiû-tō∥*giû-*∥*liû-* (< log Nip) [柔道] (名) 全

jōa ∥*gōa*∥*lōa* (副) 1. 表示詢問程度 ¶*Iáu* ~ *kú?* [Iáu~久?] 還要多久? 2. 多麼，即表示感歎 ¶*Nā ū chîⁿ m̄-chai* ~ *hó ·le!* [若有錢 m̄ 知~好·le!] 要是有錢不知多好!

jōa∥*gōa*∥*lōa* (< *jōa*⁽²⁾, q.v.)。

jōa-chē/-chōe∥*gōa-*∥*lōa-* (形) 多少; 幾多 ¶*Lí ū* ~ *chîⁿ?* [你有~錢?] 你有多少錢?

jōa-chiaⁿ∥*gōa-*∥*lōa-*∥*jŏa-*∥*gŏa-*∥*lŏa-* (< adv + adv) (副) 多麼，即表示感歎; ≃ jōa。

jōa-chōe ⇒ jōa-chē。

jŏa-nī∥*gŏa-*∥*lŏa-* (副) [á] 多麼。

joah ∥*loah* (< Sin) [熱] (形) 全，指身體對天氣或衣物的反應 ¶*chhēng siuⁿ chē/chōe saⁿ,* ~*-káh* 穿太多衣服，熱得很。

joah-hip-hip∥*loah-* [熱 hip-hip] (形)

joah-·lâng [熱人] (名) 夏天。「悶熱。

joah-piàng-piàng [熱 piàng-piàng] (形) 酷熱; ≃ joah-tak-tak。

joah-tak-tak [熱 tak-tak] (形) 酷熱; ≃ joah-piàng-piàng。

joah-thiⁿ∥*loah-* (< SEY) [熱天] (名)

◊ ~*-saⁿ* [~衫] NIÁ: 夏裝　　「夏天

◊ ~*-sî* [~時] 夏天。

joah-·tiòh∥*loah-* [熱著] (動) 中暑。

joán ∥*loán* (動) (按住固定的位置) 揉搓 ¶*ām-kún-á chin sng, ka* ~*-*~*-·le* [頷頸仔真痠，ka ~~·le] 脖子痠痛得很，給揉一揉。

joe ∥*jê*∥*jê*∥*lôe*∥*lê* (< Sin [挼]) (動) 1. 揉 (痠處、痛處、或疲倦的眼睛

K

等）**2.** 按住並在接觸面上扭動摩擦 ¶*kā káu-hiā ~-·sí* [kā káu 蟻～死] 把螞蟻揉死 ¶*~ toh-pò·* [～桌]（雙手）搓著抹布洗（抹布）。

jû ⇒ jî。

jú‖*lú* (< log Sin) [愈] 劚 愈發；≃ ná³ ¶*boăi chhap ·i, soah ~ bô-khoán* [boăi chhap 伊，煞～無款] 不理他，竟然越放肆。

jú...jú...‖*lú...lú...* (< log Sin) [愈...愈...] 連 越...越...；≃ ná...ná¹...；≃ kín...kín... ¶*jú kóng, jú tōa-siaⁿ* [愈講愈大聲] 越說聲音越大。

jû-chháng-chháng ⇒ jî-chháng-chháng。

Jû-ka‖*Lû-* (< log Sin) [儒家] 名 Ê:

jû-kà-kà ⇒ jî-kà-kà。

Jû-lâi ⇒ Jî-lâi。 ⌐ 仝。

jú-lâi jú...‖*lú-lâi lú...* [愈來愈] 連 越來越...；≃ ná-lâi ná...。

jūn ¹‖*lūn* (< log Sin) [閏] 劚 仝 ¶*Kin-nî ~ Chhit-·goėh.* [今年～七月.] 仝。

jūn²‖*lūn* (< log Sin) [韌] 形 仝。

jūn-goėh/-gėh‖*lūn-* (< log Sin) [閏月] 名 仝。

jūn-kiù-kiù/-kiuh-kiuh [韌kiù-kiù] 形 （筋等有韌性的食物）韌，不好咀嚼。

jūn-miā‖*lūn-* (ant *chhè-miā*) [韌命] 形 生命力強。 ⌐ 仝。

jūn-nî‖*lūn-* (< log Sin) [閏年] 名

jūn-piáⁿ‖*lūn-* [潤餅] 名 TÈ, KAUH: 春捲；≃ chhun-piáⁿ ¶*kauh ~* 包春捲 ◇ *~-kauh* 包春捲 ⌐ 捲 ◇ *~-phôe/-phê* [～皮] TÈ: 春捲皮。

jūn-pò·-pò· [韌布布] 形 （肉、蔬菜等）老，不好咀嚼。

·ka (< Nip *ka*) 氣 表示疑問，輕聲中調或低調 ¶*Án-ne ~?* 是這樣啊？

ka¹ (< Sin) [膠] 名 仝。

ka² (< Sin) [鉸] 劚 剪 ¶*kā sòaⁿ ~-tīg, mài iōng chhoah ·ê* [kā 線～斷，mài 用 chhoah ·ê] 把線剪斷，別扯它 ¶*~ chéng-kah* [～指甲] 剪指甲。

ka³‖*kai* (< contr *kā² i²*) 介 **1.** 給他（們）；替他（們）**2.** 向他（們）**3.** 把他（們）；將之。

kâ (< *kă¹*, q.v.)。

ká¹ (< log Sin) [假] 名 PÁI, JIT: 假日 ¶*Lí iáu ū kúi jit ~?* [你夭有幾日～?] 你還有幾天假？

ká² (< Sin) [絞] 劚 **1.** 使兩股以上的條狀物扭在一起 ¶*~ soh-á* [～索仔] 製繩索 **2.** 轉動一端，使令一端繃緊 ¶*~ sî-cheng* [～時鐘] 給鐘上發條 **3.** （輪盤式）轉動，例如洗衣機；≃ pháng **4.** （順時針或反時針方向）搖（使轉動），例如修理腳踏車時手搖腳踏車的踏板使輪子轉動 **5.** 搖/打（電話）；≃ khà ¶*~ tiān-ōe* [～電話] 打電話 **6.** 絞（肉）**7.** 碾（米）**8.** 捲起並帶走，例如龍捲風或浪潮 ¶*~-chúi* q.v. **9.** 滾（利息）¶*~ lī-sit* [～利息] 滾利息 **10.** （腹）絞痛。

ká³ 劚 哪；豈 ¶*~ hó-khang?* [～好khang?] 哪有那麼好的事？

△ *~ kî!?* [～奇!?] 沒有的事/怎麼可能—我不信！

△ *~ ū-iáⁿ!?* [～有影!?] 怎麼可能是真的—我不信！

kà¹ (< Sin) [教] 劚 **1.** 教授；傳授 ¶*Góa tī Tâi-tāi ~ jī-gō· nî.* [我 tī 台大～二五年.] 我在台大教了二十五年 **2.** 教導；管教；≃ kà-sī ¶*chin gâu ~ kiáⁿ* [真 gâu ～ kiáⁿ] 很會教

導兒女。

kà² (< Sin [校]) ⓿ **1.** 校正 ¶~-chhia [~車] (工廠) 試車 ¶~ sî-cheng [~時鐘] 對時 **2.** 配 (眼鏡)。

kà³ (< kàu³) [到] ⓿ 抵達;直到;⇒ kàu³ ⓿ (> kah⁶) 直到 ¶tùi chia ~ hia [對chia~hia] 從這儿到那儿 ¶tán ~ chàp tiám chiah cháu [等 ~十點才走] 全
△ ~ hit-pêng khì [... ~ hit-pêng 去] 很 ... ¶siòk ~ hit-pêng khì [俗 ~hit-pêng去] 很便宜
⓿ (> kah⁶ > à² > á⁸) 以至;到...的 程度 ¶bô-ê kóng ~ ū [無·ê講~ 有] 假的說成真的
△ ~ (boeh/beh) ...-khì [~(欲...) 去] 得幾乎 ..., 表示程度很高 ¶chhōe ~ (boeh) siáu-khì [chhōe ~(欲)戀siáu去] 等了很久 (都快 發瘋了) ¶tán ~ (boeh) gōng-khì [等~(欲)戀去] 等了很久 (都快變 呆了)
△ ~ boeh/beh hāi [~欲害] ...得很; ≃ kà boeh/beh sí　　　　[do.
△ ~ boeh/beh iáu-siū [~欲夭壽] 囲
△ ~ boeh/beh sí [~欲死] ...得很 ¶khì-~ boeh/beh sí-·khì [氣~欲 死去] 氣得要死
△ ~ ná sàⁿ (·le) [... ~ná啥(·le)] 很 ... ¶siòk ~ ná sàⁿ (·le) [俗~ ná啥(·le)] 很便宜。

kà⁴ (< Sin; ant khó³; ant kit) ⓯ (濃 稠物) 稀或水分多, 例如粥或漿糊; ≃ ám; ≃ chúi¹。

kà⁵ (> kah⁷) ⓿ 既然; ≃ nā-kà ¶~ lí í-keng chai, góa tiō bián kóng ·a. [~你已經知, 我就免講矣.] 既然你 已經知道, 我就不必說了。

kā¹ (< Sin) [咬] ⓿ **1.** 囓 **2.** 夾 (住) 或 扯 (住/斷), 例如列印機夾紙或針車 扯斷線 **3.** (< sem) 腐蝕 (而使痛), 例 如化學藥品之於皮膚 **4.** (< sem)

(因生銹而) 分不開, 例如螺絲釘 ¶hō sian ~-tiâu-·leh 銹住了。

kā² ⓿ **1.** 語意上表示施惠的語詞 ¶~ gín-á chhēng saⁿ [~gín仔chhēng 衫] 給孩子穿衣服 **2.** 向 ¶khì ~ hit keng tiàm sia [去~hit間店賒] 向那 家店鋪賒帳
△ ~ ... kóng [~ ...講] 告訴 ... ¶sì-kè khì kā lâng kóng [四界去kā人 講] 到處跟人家說
△ ~ lí kóng lè! [~你講lè!] 我不警告 你了嗎 (你偏不聽, 現在果然出事)
△ ~ thiⁿ chioh táⁿ [~天借膽] 膽 大包天
3. 處置 ¶~ lâng phah [~人phah] 打 人 ¶Chhiáⁿ ~ che thèh-cháu. [請 ~che thèh走.] 請把這個拿走。

kǎ¹ ‖kâ (< contr kā² góa) ⓿ **1.** 給 我;替我 **2.** 向我 **3.** 把我。 [疑問。

kǎ² (< ·ka, q.v.) ⓺ 表示不很置信的

ká-·à ⓨ 烏鴉叫聲。

Ka-ba-lán ⇒ Ka-va-lán。

ká-bah [絞肉] ⓐ 全。

ka-boàh-chhài (< kāu-boàh-chhài) [ka末菜] ⓐ CHÂNG, HIÒH, PÉ: 荼 菜; ≃ kāu-boàh-á。

ka-chài ‖kai- [佳哉] ⓯ 幸虧 ¶bô sí, chin ~ [無死, 真~] 沒死, 好幸運 ⓿ 幸虧 ¶~ bô hō͘ i khòaⁿ-·tiòh [~ 無hō͘伊看著] 好在沒被他看到。

ka-cháu [虼蚤] ⓐ CHIAH: 跳蚤。

ka-chè (ant kong-chè³) [家祭] ⓐ ⓿ 全。 [·a [睏~矣] 睡得很熟了。

ka-chē/-chōe ⓿ 睡著;入睡 ¶khùn-~

ka-chhài (< log Chi) [加菜] ⓿ 全。

kà-chheh (< log Sin + tr) [教冊] ⓿ 教書。

kà-chhia [kà車] (< [校車]) ⓿ **1.** (工 廠) 試車 **2.** 囲 飆車; ≃ phe-chhia。

kā-chhùi [咬嘴] ⓿ (澀味) 使口腔及 舌頭麻木, 例如未成熟的柿子。

ka-chì/-chù/-chì ⓐ [á] KHA: 編織

而成的手提袋，尤指藺草所編者。
kà-chi̍ ⇒ kà-chu。 「獎] [動] 仝。
ka-chiáng/*-chióng* (< log Chi) [嘉
ká-chiap [絞汁] [動] 搾汁；打成汁。
kà-chiàu (< log Chi) [駕照] [名] TIUⁿ:
仝。
Ka-chiu (< log Chi < ab *California*
+ [州]) [加州] [名] 美國州名簡稱。
kā-chóa [咬紙] [動] (印刷機、影印
機、列印機等) 夾紙。
ka-choa̍h [虼choa̍h] [名] CHIAH: 蟑螂
◇ ~*-hiàn* Ê: 蟑螂的臭味 ¶*chhàu-~-*
hiàn [臭~hiàn] 有蟑螂的臭味
◇ ~*-nn̄g* [~卵] 蟑螂的卵
◇ ~*-sái* [~屎] 蟑螂的大便。
ka-chōe ⇒ ka-chē。
ka-cho̍k (< log Sin) [家族] [名] 仝
◇ ~*-á* [~仔] Ê: 家族裡的人。
ka-chù ⇒ ka-chì。
kà-chu/*-chi̍* (< log Sin) [教書] [動]
仝；≃ kà-chheh。 「塔等。
ká-chúi [絞水] [動] 用馬達把水送上水
Ka-gī (< log Sin) [嘉義] [名] 縣市名。
ka-hāi-chiá (< log Nip) [加害者] [名]
Ê: 仝。 「符號“+”；≃ phu-lá-suh。
ka-hō¹ (< log Nip) [加號] [名] Ê: 數學
ka-hō² [動] 增加掛號數；⇒ ke-hō。
ka-hō͘ pēⁿ-pâng /... *pīⁿ-pâng* (<
log Chi < tr En *intensive care unit*)
[加護病房] [名] KENG: 仝。
ka-hoat (< log) [加法] [名] 仝。
ka-hun (< log Chi) [加分] [動] 仝；≃
ke tiám-sò͘。 「興隆。
ka-ia̍h (< sem Sin [交易]) [形] (生意)
ka-iû (< log Chi) [加油] [動] **1.** 添油
料；≃ thiⁿ-iû 「KENG: 仝
◇ ~*-chām* (< log Chi) [~站] Ê,
2. 更努力 **3.** 鼓勵 **4.** (鼓勵:) 努力
呀。 「熱] [動] 仝。
ka-jia̍t/*-gia̍t/-lia̍t* (< log Nip) [加
ka-ji̍p/*-gi̍p/-li̍p* (< log Nip) [加入]

[動] 參與 (以成為一員)。
kā-kā-kún [kā-kā 滾] [形] 亂哄哄。
ka-kang (< log Nip) [加工] [動] 仝
◇ ~*-khu* (< log Chi) [~區] Ê, KHU:
仝
◇ ~*-phín* (< log Nip) [~品] 仝。
ka-kàu (< log Chi) [家教] [名] Ê: 家庭
教師簡稱。
ka-kéng (< log Chi) [家境] [名] 仝。
kà-khong‖*kè-* (< log Chi) [架空] [動]
ka-khū ⇒ ka-kū。 ⌊仝。
ka-kī ⇒ ka-tī。 「仝。
ká-kî‖*kà-* (< log Chi) [假期] Ê: [名]
ka-kiâng/*-kiông* (< log Chi) [加強]
[動] 仝。
kà-koai [教乖] [動] **1.** (得到教訓) 學乖
2. 使吃苦頭。 「CHO͘: 仝。
ka-kū/*-khū* (< log Chi) [家具] [名]
ka-la̍h-hî [加蚋魚] [名] BÓE: 大鯛魚。
Ka-lâm Pêng-goân (< log) [嘉南平
原] [名] 仝。
Ka-lâm Tāi-chùn|...*Tōa-* (< log)
[嘉南大圳] [名] 仝 (1920.09 興工，
1930.04 竣工)。
ka-la̍uh (< [□落]) [動] 掉落 ¶*phah-~*
(由於沒拿好等原因而) 弄掉了。
ka-lé [名] SIAN: (表演用的) 傀儡
◇ ~ *ang-á* [~尪仔] do.
◇ ~*-hì* [~戲] CHHUT: 仝。
ka-léng-sún ⇒ ka-lún-sún。 「ka-lé。
ka-lí (< Tam *kari*) [咖哩] [名] 仝；≃
ka-lī (< *ka-tī*, q.v.)。
ka-lí-hún [咖哩粉] [名] 仝。
ka-lí-pn̄g [咖哩飯] [名] 仝。
ka-lián-phak|*-lán-* [動] 俯 (臥)；面朝
下放置 ¶*khùn* ~ [睏~] 趴著睡。
ka-lûn (< log Chi < En *gallon*) [加
侖] [量] 仝。
ka-lún-sún|*-léng-*‖*kâⁿ-* [動] 打寒噤。
ka-ná‖*kha-* (< *kan-ná* < *kan-na*²⁽⁴⁾,
q.v.; > *kha-ná* q.v.) [副] 偏偏。

ká-ná‖*ká^n*-‖*kà*- (< [假若]) 働 像;宛
若 ¶~ *kâu ·lè* [~猴·lè] 像隻猴子
働 似乎 ¶~ *m̄-sī án-ne* [~m̄是án-
ne]好像不是這樣。

kà-ná (< ...*kà³ ná¹* + *ká-ná*, q.v.)。

kà-nā‖*kah-* (< conj + conj) [kà若]
連 既然; ≃ kà⁵; ≃ iah-nā ¶~ *án-
ne, lán tiō mài.* [~án-ne, 咱就
mài.]既然如此, 咱們就不要了。

Ka-ná-tāi (< log Chi < *Canada*)
[加拿大] 名 北美洲國名。

ka-pan (< log Chi) [加班] 働 全。

ka-pan-chhia (< log Chi) [加班車]
名 TÂI, CHOA, PANG: 全。

ka-pan-hùi (< log Chi) [加班費] 名

ka-pèh-sún ⇒ kha-pèh-sún. ⌊全。

kà-phái^n/-*phái* [教歹] 働 教壞
△ ~ *gín-á-tōa-sè* [~gín仔大細] 做
壞榜樣。 ⌈*qahveh*⌉ [咖啡] 名 全

ka-pi (*cf* Mul *kopi*, Esp *café*, Turki
◇ ~-*sek* (< log Chi + tr) [~色]全
◇ ~-*thia^n* (< log Chi + tr) [~廳]
KENG: 全
◇ ~-*toh* (< log Chi + tr < En *cof-
fee table*) [~桌] CHIAH, TÈ: 全

ka-pò͘ [膠布] 名 KHÛN, TÈ: 全。

ka-pōe/-*pē*/-*pē·* (< log Sin) [加倍]
働 働 全; ≃ têng-pōe。

ka- pu- chí- nò‖*kha-* (< It *cappuc-
cino*) 名 卡布奇諾咖啡。⌈ke-giàp。

ka-sán (< log Sin) [家產] 名 全; ≃

kà-sàng‖*khà-* (< Nip *kāsan* < ab *o-
kāsan*) 名 Ê: 媽媽。

kà-sī¹ (< log Sin) [教示] 働 1.教導;
管教 ¶*bô* ~ [無~]沒教養 2.申斥。

kà-sī² [kà是] 連 既然; ≃ kà-nā。

ká-siat (< log Nip) [假設] 名 Ê: 全。
働 全。

ka-sin (< log Chi) [加薪] 働 全。

ka-siòk (< log Sin) [家屬] 名 Ê:全。

ka-sok (< log Nip) [加速] 働 全。

ká-sú‖*khá-* (< log Sin) [假使] 連 全;

≃ nā。 ⌈執照] 名 TIU^n:全。

kà-sú chip-chiàu (< log Chi) [駕駛

ka-tang [茄苳] 名 CHÂNG: 重陽木。

ka-têng‖*ke-* (< log Nip < Sin) [家
庭] 名 Ê: 全。 ⌈働 全。

ká- têng (< log Nip) [假定] 名 Ê: 全

kà-thià^n (< log Chi) [絞痛] 働 全; ≃
kiù-ká-thià^n ¶*sim* ~ [心~] 全。

ka-tī/-*kī*/-*lī*‖*kai-kī* [家己] 代 自
己。

ka-tiú^n‖*ke-* (< log Nip) [家長] 名

ka-to [鉸刀] 名 KI: 剪刀。 ⌊Ê: 全。

Ka-va-lán‖-*ba-* (< Kav *Kavalan*) 名
1. CHÓK, Ê: 噶瑪蘭族; ≃ Kap-má-
lân **2.** Ê: 噶瑪蘭族人 **3.** KÙ: 噶瑪蘭
語。

ka^n (< Sin) [監] 名 監牢 ¶*tī* ~-*lāi*
[tī ~內] 在監牢裡 ¶*tī* ~-·*ni* [tī ~裡]
do.

kâ^n 働 **1.** 攜帶(太多) ¶*chit ê cha-bó͘-
lâng* ~ *gō͘ ê gín-á, î-bîn khì gōa-kok
chò-/chòe-seng-lí* [一個查某人~五
個gín仔移民去外國做生lí] 一個女
人帶了五個孩子移民到外國去做生
意 ¶~ *siu^n chē,* ~ *kà lauh-lauh-seh*
一次帶太多, 結果沿路掉 **2.** 兼 ¶*thì-
thâu* ~ *bē sé-thâu-mo͘-chúi* [剃頭~
賣洗頭毛水] 理髮兼賣洗髮精 **3.** 帶
有 ¶*Thâm ū* ~ *hoeh/huih.* [痰有
~血.] 痰中帶有血 **4.** 混雜 ¶~-~-
chò-hóe, hun-bē-chheng-chhó [~~
做伙, 分bē清楚]混在一起, 分不清
楚。

ká^{n}1 (< Sin) [敢] 働 膽敢 ¶*Kiò lí khì
sí, lí kám* ~? [叫你去死, 你kám
~?]叫你去犧牲, 你敢嗎?
△ ~ *chò/chòe,* ~ *tam-tng* [~做~
擔當] 敢作敢為 ⌈大膽。
形 大膽 ¶*Lí chin* ~. [你真~.]你好

ká^{n}2 (< Sin) [敢] 働 或許 ¶*Sū-sit* ~
m̄-sī án-ne ·o͘. [事實~m̄是án-ne

.o·] 照我看來，事實可能不是這樣。

kàⁿ (< Sin) [酵] (名) 酵母；≃ hoat-kàⁿ。 「KENG: 仝；≃ kaⁿ-lô。

kaⁿ-gȧk/-gȧk (< log Nip) [監獄] (名)

kaⁿ-lô (< log Sin) [監牢] (名) ê, KENG: 仝；≃ kaⁿ-gȧk。

kâⁿ-lún-sún ⇒ ka-lún-sún。

kaⁿ-ná (< log Sin) [橄欖] (名) CHÂNG,

káⁿ-ná ⇒ ká-ná。 「LIȦP: 仝。

kaⁿ-ná-iû (< log Sin) [橄欖油] (名) 仝。

kaⁿ-ná-kiû (< log Chi < tr En *rugby*) [橄欖球] (名) LIȦP, TIÛⁿ: 仝。

kaⁿ-pâng (< log Nip) [監房] (名) KENG: 牢房；囚室。 「恥。

káⁿ-sí [敢死] (形) **1.** 大膽，貶意 **2.** 無

káⁿ-sī (< Sin) [敢是] (形) 大概（是） (副) 或許 ¶He ~ i. [He~伊.] 那（個當事人）或許是他。

kah ¹ (< Sin) [甲] (名) 十天干第一位 (形) 第一。 「單位(0.97公頃)。

kah² (< ab Neth *akker*) [甲] (量) 面積

kah³ (動) 平行地加硬物以固定(使不脫落、不分散)，例如處理骨折後用木板固定或如把裝在布袋子中的米漿綁在長板凳與扁擔之間以搾出水分 ¶~ kóe-/ké-chiuⁿ [~粿漿] 用上述方法給米漿脫水。

kah⁴ (< Sin [合]) (動) **1.** 附帶 ¶Chit àp ka-pi, ~ chȧt tè au-á. [一盒咖啡~一tè甌仔.] （買）一盒咖啡附送一個杯子 ¶~ kè-chng [~嫁粧]（女子出嫁）附有粧奩 ¶~ lêng-kiāⁿ [~零件] 附有零件 **2.** 搭配 ¶Chheⁿ saⁿ ~ pȧeh kûn, chin hó-khòaⁿ. [青衫~白裙真好看.] 綠衣服配上白裙很好看 **3.** 蓋(被子、毯子等以取暖)。

kah⁵ (< kap² < Sin [合]) (介) 與(...一道 /...互相 /...相較)；≃ kiau²；≃ hâm² ¶Góa ~ i khì khòaⁿ. [我~伊去看.] 我跟他一起去看 ¶Góa ~ i oan-ke. [我~伊冤家.] 我跟他吵架

¶Che ~ he bô-kāng. [Che~he無仝.] 這個跟那個不一樣 (連) 與；以及；≃ kiau²；≃ hâm²；≃ chhām ¶Hî ~ hê lóng sī chúi-sán. [魚~蝦攏是水產.] 魚跟蝦都是水產。

kah⁶ (< kà³, q.v.) [到] (介) (動) 仝。

kah⁷ (< kà⁵, q.v.) (連) 既然。

káh (< kah⁶... < kà³...) (動) 表程度高 ¶khì~ [氣~] 氣得很 ¶súi~ 好漂亮。

kah-á [袷仔] (名) NIÁ: 背心。 「亮。

kah-hȧh [甲hȧh] (名) HȦH, TÈ: 包在竹節上的葉鞘。 「中意。

kah-ì (< log Sin) [kah意] (< [合意]) (動)

kah-kip lô·-môa (< log Chi + tr) [甲級鱸鰻] (名) ê: 甲級流氓。

kah-nā (< kà-nā, q.v.)。

kah-pán (< log) [甲板] (名) 仝。

kah-phōe/-phē/-phē [kah被] (動) 蓋被子。 「送；≃ kah⁴。

kah-sàng [kah送] (< [合送]) (動) 附

kai ¹ (< log Nip) [階] (量) 樓層；≃ chàn；≃ lâu¹。

kai² (< contr kā² i²) (介) 給他；替他；向他；把他；⇒ ka³。

kái¹ ‖kài (< TW pái¹ + Nip kai) (量) 次；回；≃ pái; ≃ mái。

kái² (< log Sin) [改] (動) **1.** 改正 **2.** 戒(掉不良習慣) ¶~ hun, ~ chiú [~菸 ~ 酒] 戒掉煙酒 **3.** 換；≃ ōaⁿ ¶kin-chio bô chèng, ~ chèng pin-nn̂g [芎蕉無種，~種檳榔] 香蕉不種，改種檳榔。

kài¹ [界] (尾) (< log Nip)同類成員的總體 ¶hū-lí-~ [婦女~] 女界 ¶kàu-io̍k-~ [教育~] 仝 ¶Tâi-gí-~ [台語~] 關心台語並從事台語工作的個人或團體合稱。

kài² (< log Chi) [屆] (量) 仝 ¶tē-it ~ pit-giȧp-seng [第一~畢業生] 仝。

kài³ (量) 次；回；⇒ kái¹。

kài⁴ (< Sin [概]) (動) **1.** 用棍棒或板子把容器上高起的穀子、豆子等推

掉 **2.** 沿直尺等劃直線 ¶~ *chit tiâu sûn* [~一條sûn]劃一條線 ¶~ *keh-á* [~格仔]劃格子 **3.** 用平直的器具在平面上塗 ¶*kā tē-pán* ~ *làh* [kā地板~蠟]給地板打蠟 **4.** (< sem) (給水果)塗上(蠟以保存) ¶*kā iûⁿ-thô* ~ *làh* [kā楊桃~蠟]給楊桃打蠟。

kài⁵ (< log Sin) [戒] 働 戒除(惡習); ≃ kái²⁽²⁾, q.v.

kài⁶ [蓋] 囲 働 "蓋," 即吹牛;胡說。

kài⁷ 働 最; ≃ siāng⁶; ≃ siāng-/siōng-kài。

kái-bé (< log Chi) [解碼] 働 全。

kai-chài ⇒ ka-chài。

kai-chân (< log Nip) [階層] 名 ê: 全 ¶*kē-*~ 低階層 ¶*ko-*~ [高~] 全 ¶*tiong-hā-*~ [中下~] 全。

kái-chè (< log Nip) [改制] 働 全。

kái-chìn (< log Nip) [改進] 働 全。

kái-chit (< log Nip) [解職] 働 全。

kái-chō (< log Nip) [改造] 働 全。

kái-choˑ (< log Nip) [改組] 働 全。

kái-ēng ⇒ kái-iōng。

kái-giâm (< log Chi) [解嚴] 働 全。

kài-giâm (< log Nip) [戒嚴] 働 全。

kái-hâng (< log Chi) [改行] 働 全。

kài-hōˑ pēⁿ-pâng /... *pīⁿ-pâng* (< log Chi) [戒護病房] 名 KENG: 全。

kái-hòng (< log Nip) [解放] 働 全 ¶*hū-lí/-lú* ~ *ūn-tōng* [婦女~運動]全。

kái-iōng/-ēng (< log Chi) [改用] 働 全 ¶*hùi-tiāu Tiong-hoa Bîn-kok nî-hō, ~ Kong-goân* [廢掉中華民國年號,~公元]全。

kài-jip/-gip/-lip (< log Nip) [介入] 働 全。

kái-kek (< log Nip) [改革] 働 全。

kai-kī ⇒ ka-tī。

kai-kip (< log Nip) [階級] 名 ê: 全 ¶*chu-sán* ~ [資產~]全 ¶*ū-êng* ~ [有閑~]全。

◇ ~ *tò-cheng* (< log < tr; *cf* Ger *klassenkampf*) [~鬥爭]全。

kái-kiù (< log Sin) [解救] 働 全。

kái-koat (< log Nip) [解決] 働 全。

kái-liâng/-liông (< log Nip) [改良] 働 全。

kài-loah (< sem log Sin) [芥辣] 名 「芥末。

kái-phèng (< log Chi) [解聘] 働 全。

kái-phian (< log) [改編] 働 全。

kái-piⁿ/-kiⁿ [kái邊] (< [骱邊]) 名 腹股溝;鼠蹊部。

kái-piàn (< log Chi) [改變] 働 全。

kái-sàn/-sòaⁿ (< log Nip) [解散] 働 全。

kái-sek-tōˑ (< log) [解析度] 名 全。

kài-sêng (< *kài⁷* + *sêng³*) 働 好像;似乎 ¶~ *iáu-bōe/-bē lâi* [~夭未來]好像還沒來。

kai-sí (< log Sin) [該死] 形 敭 全。

kái-siá (< log Chi) [改寫] 働 全。

kái-siān (< log Nip) [改善] 働 全 ¶~ *seng-oàh ê phín-chit* [~生活ê品質]改善生活品質。   「人。

kài-sian [蓋仙] 名 ê: 喜歡亂 "蓋" 的

kài-siāu (< log Sin) [介紹] 働 全; ≃ siāu-kài   「人] ê: 全。

◇ ~*-jîn/-gîn/-lîn* (< log Chi) [~

kái-soán (< log Nip) [改選] 働 全。

kái-soeh/-sòe ‖*ké-*‖*kóe-seh/-seh* (< log Sin) [解說] 働 解釋。

kái-tap (< log Nip) [解答] 働 全。

kái-thàk/-thòk (< col log Nip) [解讀] 働 全。   「≃ tháu-pàng。

kái-thoat (< log Sin) [解脫] 働 全;

kái-thòk ⇒ kái-thàk。

kái-tî/-tû/-tî̂ (< log Nip) [解除] 働 全。   「全。

kai-tōaⁿ (< log Nip) [階段] 名 ê:

kái-tòng (< log Nip) [解凍] 働 全。

kái-tû ⇒ kái-tî。

K

kaiⁿ 象 哀號聲 動 1. 哀號，例如狗 2. 嚷著抗議。

kâiⁿ (< *kâi*) 量 個，用於人時有貶意；

kaiⁿ-keh ⇒ keng-keh. ⌊*cf* kho·¹.

kak¹ (< Sin) [角] 名 1. KI: (動物的) 觭角 2. Ê: (器物的) 觭角 3. Ê: 幾何圖形兩條線或兩個面相會所夾的位置。

kak² [角] 名 塊狀物 ¶*chhiat chit-~-chit-~* [切一~一一~] 切成一塊一塊 ¶*chhiat-~* [切~] 切成塊狀。

kak³ [角] (< Sin) 量 十分之一元。

kak-·a [角·a] 名 角落 ¶*bih tī ~* 躲在角落上。

kak-á [桷仔] 名 KI: 方形的細長木條。

kak-chhéⁿ/-*chhíⁿ* (< log Nip) [覺醒] 動 全 ¶*bē/bōe ~* 執迷不悟。

kak-chhioh [角尺] 名 KI: (成直角的) 垂直尺。

kak-gîn/-*gûn*/-*gîn* (< cl + nom) [角銀] 量 十分之一元。

kak-gō·/-*ngō·* (< log Sin) [覺悟] 動

kak-gûn ⇒ kak-gîn. ⌊全。

kak-keh-á [角格仔] 名 Ê: 方格子。

kak-khí [角齒] 名 KI: 犬齒。

kak-ngō· ⇒ kak-gō·. ⌊蜂。

kak-phang [角蜂] 名 CHIAH: 大黃

kak-sek (< log Chi [角色] < Chi *chiao³ se⁴* [腳色]) [角色] 名 Ê: 全。

kak-thâu [角頭] 名 Ê: 有影響力的人，貶意 ¶*tē-hng ~* [地方~] 土豪。

kak-tō· (< log Nip) [角度] 名 Ê: 全。

kam¹ (< Sin) [甘] 形 甘甜。

kam² [甘] 輔 捨得 ¶*Ūi-tiòh soán chóng-thóng, khah-chē/-chōe chîⁿ mā ~ khai.* [為著選總統，較chē錢mā ~ 開.] 為了選總統，再多的錢也捨得花。

kâm (< Sin [含]) 動 含 (在嘴裡)。

kám¹ (< log Nip) [感] 尾 全 ¶*bí-~*

[美~] 全 ¶*hó-~* [好~] 全。

kám² ‖ *kiám* 副 表示疑問，常有質疑的意思 ¶*Che lí ~ bat/pat?* [Che你~bat?] 這個你懂嗎？ ¶*~ ē/ōe?* [~會?] 可能嗎？ ¶*~ ē/ōe (sī) m̄-sī* [~會 (是) m̄ 是] 難道不是(...)嗎 ¶*~ m̄-sī* [~m̄ 是] (可)不是...嗎 ¶*~ ū?* [~有?] a. 有嗎？ b. 發生過嗎？

kam-á [柑仔] 名 CHÂNG, LIÀP: 柑橘。

kam-á-bit [柑仔蜜] 名 CHÂNG, LIÀP: 番茄; ≃ tho-má-toh。

kam-á-sek [柑仔色] 名 橘黃色。

kâm-á-thfîg [kâm仔糖] (< [含□糖]) 名 LIÀP: (硬的) 糖果。

kám-á-tiàm [kám仔店] 名 KENG: 以乾食物為主的雜貨店。

kám-chêng (< log Nip) [感情] 名 Ê, TŌAⁿ: 全 ¶*poàh ~* q.v.

kàm-chhat-īⁿ (< log Chi) [監察院] 名 KENG: 全
◇ *~-tiúⁿ* (< log Chi) [~長] Ê: 全。

kám-chhiok (< log) [感觸] 名 Ê: 全。

kam-chhó (< log Sin) [甘草] 名 TÈ, TIÂU, CHÂNG: 全。

kam-chià (< log Sin) [甘蔗] 名 HÂM, CHAT, KI, CHÂNG: 全。「應」動 全。

kám-èng (< log Nip < sem Sin) [感

kam-goān (< log Sin) [甘願] 動 全。

kàm-hō·-jîn/-*gîn*/-*lîn* (< log Chi) [監護人] 名 Ê: 全。

kám-hòa (< log Sin) [感化] 動 全。

kám-hòk (< log Nip < Sin) [感服] 動 感動; 佩服。「動 全

kám-in/-*un*/-*in* (< log Sin) [感恩]
◇ *~-chiat/-cheh* (< log Chi < tr En *Thanksgiving Day*) [~節] 全。

kám-jiám/-*giám*/-*liám* (< log Nip) [感染] 動 全; ≃ òe¹。

kám-kak (< log) [感覺] 名 Ê: 全 ¶*bô ~* [無~] 沒有感覺 動 1. 全 ¶*~ bē/bōe chhut-·lâi* [~bē出來] 感覺不

出來 **2.** 覺得; ≃ kám-kak-tio̍h ¶~(-*tio̍h*) *ē/ōe thià^n* [~(著)會痛]覺得痛。 「仝 [動] 仝。
kàm-kang (< log Chi) [監工] [名] Ê:
kám-kek (< log Sin) [感激] [動] 仝。
kám-khài (< log Sin) [感慨] [動] 仝。
kàm-khó (< log Chi) [監考] [動] 仝。
kám-kong/*-kng* (< log Nip) [感光] [動] 仝。
kám-kóng [kám講] [副] 難不成。
kàm-lí-chhù (< log Chi) [監理處] [名] KENG:仝。 「KENG:仝。
kàm-lí-só͘ (< log Chi) [監理所] [名]
kám-liām [感念] [動] 因感動或感激而念念不忘。
kâm-m̂ (< [含□]) [動] 含苞(待放)。
kám-mō͘ (< log Nip < Sin) [感冒] [動] 仝
◇ ~-*sàu* [~嗽]感冒引起的咳嗽。
kàm-phiò (< log Chi) [監票] [動] 仝
◇ ~-*oân/-goân* (< log Chi) [~員] Ê:仝。
kam-pòe (< *kan-pòe* < log Sin [乾貝]) [甘貝] [名] TÈ: **1.** 脫水的海產扇貝的閉殼肌 **2.** 海產扇貝的閉殼肌; ≃ kang-iâu-chū。
kám-sèng (< log Nip) [感性] [形] 仝。
kàm-sī (< log) [監視] [動] 仝。
kám-siā (< log Sin) [感謝] [動] 仝; ≃ to-siā。
kám-siáng/*-sióng* (< log Nip < sem Sin) [感想] [名] 仝。
kám-sim (< log Nip < Sin) [感心] [動] 感動; 佩服 [形] 令人感動、佩服。
kám-sióng ⇒ kám-siáng。 「[動] 仝。
kám-siū (< log Nip) [感受] [名] Ê:仝
kàm-sū (< log Nip) [監事] [名] Ê:仝。
kàm-tēng (< log Nip) [鑑定] [動] **1.** 鑑別 **2.** 評定 **3.** 品嘗。
kàm-thia^n (< log Chi) [監听] [動] 仝。
kam-tih-tih [甘滴滴] [形] 很甘甜。
kám-·tio̍h [感著] [動] 感冒。
kám-tó͘ [kám肚] [名] **1.** 脅下的腹部; ≃ liám-tó͘ **2.** (魚的)腹部 **3.** (船)幫; (船的兩)側。
kàm-tok‖*kam-* (< log Nip < Sin) [監督] [動] 仝。
kám-tōng (< log Sin) [感動] [動] 仝。
kám-un ⇒ kám-in。
kan^1 (< log Sin) [奸] [尾] 出賣自己所屬團體的人 ¶*Tâi-*~ [台~] 仝 [形]
kan^2 [矸] [量] 瓶裝的單位。 ⌊奸詐。
kan^3 (< log Sin) [乾] [動] 乾(杯) ¶~ *·chi̍t ·poe!* [~一杯!]仝。
kân (< *kăn*, q.v.)。
kán‖*kát* (< *kàn...*) [粗] [歎] 姦!
kàn [粗] [動] 姦。
kăn‖*kân* (< contr *kā*^{2} *goán*) [介] **1.** 給我們; 替我們 **2.** 向我們 **3.** 把我們。
kan-á [矸仔] [名] KI: 細頸瓶子。
kan-á-sun‖*ka^n-ná-* [kan仔孫] [名] Ê:曾孫。 「[副] 仝。
kàn-chiap‖*kan-* (< log Nip) [間接]
kán-hòa (< log Chi) [簡化] [動] 仝; ≃ kán-tan-hòa。 「[擾] [名] [動] 仝。
kan-jiáu/*-giáu/-liáu* (< log Chi) [干
kán-kài (< log Chi) [簡介] [名] Ê:仝。
kàn-kàn-kiò [kàn-kàn叫] [粗] [動] 滿口三字經。 「詐。
kan-khiáu (< log Sin) [奸巧] [形] 奸
kan-khó͘ (< log Sin) [艱苦] [動] (< sem) 病痛 ¶*I lâng* ~. [伊人~.]他生病 [形] **1.** 辛苦
◇ ~-*chî^n* [~錢]辛苦賺來的錢
2. (< sem) 貧困 ¶*I sè-hàn chin* ~. [伊細漢真~.]他幼時(家裡)很窮
◇ ~-*lâng* [~人] Ê: **a.** 窮人 **b.** 受苦的人
3. (< sem) 痛苦 ¶*pē^n/pī^n kà chin* ~ [病到真~]病得很難受
◇ ~-*sim* [~心]心裡難過
[副] 困難 ¶~ *chò/chòe* [~做]難做; 艱

難。

kàn-kiāu 粗 動 "訐譙," 即咒罵; ≃

kan-lȯk 名 [á] LIȦP: 陀螺。 ⌊mē/mā。

kan-na¹ (< ab *kan-na²* ū) 動 只有 ¶*Chhù-lāi* ~ *chı̍t ê lâng.* [厝內～一個人.] 家裡只有一個人 ¶*I* ~ *chı̍t ki chhiú niâ.* [伊～一枝手niâ.] 他只有一隻手。

kan-na² (< *kan-taⁿ* < *kan-ta* [乾焦]) 副 **1.** 只; 僅 ¶~ *kóng, bô-hāu* [～講, 無效] 光說不練沒有用 **2.** 徒然 ¶*khòaⁿ-ū, chiȧh-bô,* ~ *giàn* [看有吃無～癮] 看得到卻吃不到, 饞也沒用 **3.** 一味; 堅持 ¶*kiò i chò/chòe, i* ~ *kóng bē-hiáu* [叫伊做, 伊～講bē曉] 叫他做, 他堅持他不會 **4.** (> *kan-ná²* > *ka-ná* > *kha-ná*) 偏偏; 執意 ¶*kiò i khì,* ~ *m̄* [叫伊去, ～m̄] 叫他去, 就是不肯。

kan-ná¹ (< *kaⁿ-ná*, q.v.) 名 橄欖。

kan-ná² (< *kan-na²⁽⁴⁾*, q.v.) 副 偏偏。

kan-nā (< *kan-na...*) 氣 表示抱怨他人偏偏要做或說 ¶*Kā lí kóng mài bong,* ~. [Kā你講mài摸, ～.] 叫你別摸, 你偏偏要摸。

kán-phó͘ (< log Chi) [簡譜] 名 仝。

Kán-phó͘-chē (< log Chi < *Kampuchea*) [柬埔寨] 名 東南亞國名。

kàn-pō͘ (< log Nip) [幹部] 名 Ê: 仝。

kan-poe (< log Sin) [乾杯] 動 仝。

kan-pòe (> *kam-pòe⁽¹⁾*, q.v.)。

kàn-sè-pau (< log Chi < Nip < tr En *stem cell*) [幹細胞] 名 LIȦP: 仝。

kán-séng (< log Sin) [簡省] 動 仝。

kán-siá (< log Sin) [簡寫] 動 仝; ≃ kán-tan-siá。

kan-siȧp (< log Chi) [干涉] 動 仝。

kan-sîn (< log Sin) [奸臣] 名 [á] Ê: 仝 形 奸詐; 奸佞; 奸險; ≃ kan¹。

kán-sìn (< log Chi < tr En *text message*) [簡訊] 名 Ê: 仝。

kan-sîn-á-chhiò [奸臣仔笑] 名 SIAⁿ: 奸笑 ¶*kek* ~ [激～] 裝出奸笑聲。

kàn-sòaⁿ (< log Nip) [幹線] 名 TIÂU: 仝。

kàn-sū (< log Nip) [幹事] 名 [á] Ê:。

kan-ta/-taⁿ ⇒ kan-na²。 ⌊仝。

kán-tan (< log Nip) [簡單] 形 仝
◇ ~*-kóng* [～講] 簡而言之
◇ ~*-siá* [～寫] 簡寫
副 簡單地 ¶~ *chhēng* 穿得樸素 ¶~ *chiȧh* [～吃] 吃得簡單 ¶~ *kóng-kóng··le* [～講講·le] 簡單說一說。

kán-thé-jī/-gī/-lī (< log Chi) [簡體字] 名 Jī: 仝。 ⌊名 Ê: 仝。

kàn-tiȧp‖*kan-* (< log Nip) [間諜]

kang¹ (< Sin) [公] 尾 雄性 ¶*ah-*~ [鴨～] 公鴨 ¶*káu-*~ [狗～] 公狗。

kang² (< Sin) [工] 名 **1.** (用勞力的) 工作 ¶*chȧp jı̍t ê* ~, *chhit jı̍t chò-/chòe-liáu* [十日ê～, 七日做了] 十天的工, 七天做完 **2.** 工程學 ¶*I boeh/beh thȧk* ~. [伊欲讀～.] 他想讀工科 **3.** 工人 ¶*chhiàⁿ* ~ 雇工人 **4.** 工夫; 技術 ¶~ *chin iù* [～真幼] 工夫很細 **5.** 工夫; 時間 ¶*liáu* ~ [了～] 費工夫; 浪費時間、精力 **6.** (< sem) 天; 日; ≃ jı̍t ¶*i lī-khui hit* ~ [伊離開hit～] 他離開那天 量 (< sem) 天; 日; ≃ jı̍t ¶*Chı̍t lé-pài chhit* ~. [一禮拜七～.] 一個星期七天。

kâng¹ (< contr *kā² lâng*) 介 **1.** 給人家; 替人家 **2.** 向人家 **3.** 把人家。

kâng² 形 相同; ⇒ kāng²。

káng¹ (< log Sin) [港] 名 Ê: 港口。

káng² [港] 量 水流; 氣流 ¶*chı̍t* ~ *hong* [一～風] 一陣風; 一股氣流 ¶*chı̍t* ~ *phīⁿ-chúi kòng-kòng-lâu* [一～鼻水kòng-kòng流] 鼻水直流。

kàng¹ (< log Sin) [降] 動 仝 ¶~ *khah kē* [～較kē] 降低一些。

kàng² 動 形 藥物刺痛皮膚或刺激口

鼻¶*A-mó·-ní-ah chin* ∼. [*A-mó·-ní-ah* 真∼.]氨的味道很強烈。

kāng¹ 働 **1.**(用輕打、搶玩具等方式)逗弄以使(尤其小孩)不樂或哭;欺負; ≃ tih(-tuh) ¶*kā gín-á* ∼ *kà khàu* [*kā gín* 仔∼到哭]把孩子弄哭了 **2.** 囤(用碰觸的方式)逗弄(可引起性慾的器官)以使其亢奮 **3.** 惹 ¶*Hit khoán hîm, lí mài* ∼ ·*i, i mā bē/bōe* ∼ ·*lí.* [*Hit* 款熊,你 mài ∼ 伊,伊 mā bē∼你.]那種熊,你不惹它,它就不會惹你。

kāng² (< Sin [共]) [仝] 形 相同; ≃ kâng² ¶*Che kah he bô-*∼. [*Che & he* 無∼.]這個跟那個不一樣 ¶*Chit nn̄g tiuⁿ siàng/siōng* ∼ *lâng.* [這兩張相∼人.]這兩張照片同一個人

kang-á [工仔] 名 Ê:工人。 [的。

káng-á-chhùi [港仔嘴] 名 Ê:河口。

kang-chhiáng/-chhiúⁿ (< log Nip) [工廠] 名 KENG:仝。

kāng-chîⁿ (< Sin) [工錢] 名 仝。

kāng-chi̍t... [仝一] (< [共□]) 形 同一; ≃ kāng ¶∼ *ê lâng* [∼個人]同一個人。

kang-chok (< log Chi) [工作] 名 仝; *cf* khang-khòe; *cf* thâu-lō ¶*tē-hā* ∼ [地下∼]仝 働 仝
　◊ ∼-*chiá* [∼者] Ê:仝 ¶*Tâi-gí/-gú* ∼-*chiá* [台語∼者]仝
　◊ ∼-*ji̍t/-gi̍t/-li̍t* [∼日] (< tr + log Chi < tr En *workday*) [∼日] Ê:工作天。

kang-·ê [公·ê] 形 **1.**(動植物)雄性的 **2.**(器物)凸的,例如螺栓、有針的電腦電纜插頭。 [藝

kang-gē (< log Sin) [工藝] 名 手工
　◊ ∼-*phín* (< log Nip) [∼品]仝。

káng-gī (< log Chi < sem Nip) [講義] 名 HŪN, TIUⁿ, PÚN:演講或上課發給聽講者的紙本資料。

kang-gia̍p (< log Nip) [工業] 名 仝

　◊ ∼-*hòa* (< log Nip) [∼化]仝
　◊ ∼-*khu* (< log Chi) [∼區] Ê, KHU:

káng-goân ⇒ káng-oân。 [仝。

káng-ha̍k (< log) [講學] 働 仝。

kang-ha̍k-īⁿ (< log Chi) [工學院] 名 KENG:仝。 [仝。

kang-hōe (< log Nip) [工會] 名 Ê:

kang-hu (< log Sin) [工夫] 名 **1.** 造詣 ¶∼ *chin chhim* [∼真深]造詣很深;工夫到家 **2.** 武術 ¶*liān* ∼ [練∼]練武 形 **1.** 縝密;費工夫做的 ¶*kiám-cha kà chin* ∼ [檢查到真∼]檢查得很仔細 **2.**(禮貌)周到 ¶*Lí ná chiah* ∼!? *Lâi tiō hó ·a, koh thèh kà chiah chē mih-kiāⁿ!* [你哪 chiah ∼!? 來就好矣,koh thèh 到 chiah chē 物件!]你怎麼這麼客氣!? 來了就好了,還帶來這麼多東西!

kang-iú (< log Chi) [工友] 名 Ê:仝。

káng-kái (< log Sin) [講解] 働 仝。

kàng-kē (< log Chi + tr) [降 kē] 働 降低 ¶∼ *sêng-pún* [∼成本]仝。

káng-kháu (< log Sin) [港口] 名 Ê: 仝。 [科] 名 KHO:仝。

kang-kho/-khe/-khe· (< log Nip) [工

káng-khò ⇒ kóng-khò。

kāng-khoán [仝款] (< [共款]) 形 相同 働 還是一樣 ¶*ōaⁿ lēng-gōa chit ê,* ∼ *bē-/bōe-ēng-·tit* [換另外一個,∼ bē 用得]換了一個還是不行。

káng-khoe ‖*kang-* (< Chi *kang¹-k'uei¹*) 名 TÉNG, LIA̍P:鋼盔。

kang-khū ⇒ kang-kū。

kàng-kî (< log Chi) [降旗] 働 仝。

kàng-kip (< log Sin) [降級] 働 仝。

káng-kiù (< log Sin) [講究] 働 形 仝。

kāng-kok [仝國] (< [共國]) 囤 形 相同的意識型態、理念、目標等 ¶*Lán*

nn̄g ê bô-~. [咱兩個無～.] 我們兩個
人志不同、道不合 ¶kah kiōng-sán-
á ~ ê lâng [kah 共產仔～ê人] 共產
黨的同路人。

kang-kū/-*khū* (< log Nip) [工具] (名)
全; ≃ ke-si-thâu-á。

kang-lâng (< log Chi) [工人] (名) Ê:
全; ≃ kang-á。

kang-liâu [工寮] (名) Ê, KENG: 施工時
在工地暫住的棚子或貨櫃。

kàng-lo̍h (< log Sin) [降落] (動) 全
◇ ~-sòaⁿ (< log Chi) [～傘] NIÁ:
全; ≃ lo̍h-hā-sòaⁿ。 [(名) Ê: 全。

káng-oân/-*goân* (< log Chi) [講員]

Káng-pè (< log Chi) [港幣] (名) TIUⁿ,
LIA̍P: 全。 [全。

kang-peng (< log Nip) [工兵] (名) Ê:

kàng-pòaⁿ-kî (< log Chi < tr; cf En
lower a flag to half-mast) [降半
旗] (動) 全。

kang-pún-hùi [工本費] (名) 全。

kang-san (< log Sin) [江山] (名) 全。

kang-siang koán-lí/-*siong...* (< log
Chi) [工商管理] (名) 全。

káng-si̍p-pan (< log Chi) [講習班]
(名) Ê: 全。

káng-su (< log Nip) [講師] (名) Ê: 全。

káng-tâi (< log Sin) [講台] (名) Ê: 全。

kang-tē/-*tōe* (< log Chi) [工地] (名)
全。

kang-têng/-*thêng*/-*tiâⁿ* (< log Chi
< sem Nip) [工程] (名) Ê: 全
◇ ~-su (< log Chi) [～師] Ê: 全。

kang-thâu (< Sin) [工頭] (名) Ê: 全。

kang-thêng ⇒ kang-têng。

kang-tho̍k (< log Chi) [工讀] (動) 全
◇ ~-seng (< log Chi) [～生] Ê: 全。

kang-tiâⁿ ⇒ kang-têng。

kang-tiûⁿ (< log Nip) [工場] (名) 1. Ê,
KENG: 工作坊 2. KENG: 工廠; ≃ kang-
chhiáng ¶khui ~ [開～] 開工廠。

káng-tō‖*kóng*- (< log Sin) [講道]
(動) 全; ≃ kóng tō-lí。

kang-tōe ⇒ kang-tē。

kap |¹ (< log Sin [合]) (動) 1. 合併
△ ~ io̍h-á [～藥仔] 和藥
2. 裝訂 ¶kā káng-gī ~-·khí-·lâi. [kā
講義～起來] 把講義訂起來。

kap² (介) (連) 與; ⇒ kah⁵。

ka̍p (動) 嘀咕; 抱怨。

kap-á (< Aa + á; cf Siam kòp) [蛤
仔] (名) CHIAH: 小田雞。

kap-chōa (< [合□]) (名) CHŌA: 1. 長
條狀的接合或縫合的地方 2. 長條
狀接合處或縫合處的痕跡; cf kap-
phāng。

kap-koai/-*koe* [蛤乖] (< [蛤蛙]) (名)
[á] BÓE, CHIAH: 蝌蚪; ≃ ām-bôe-
koai(-á)。

kap-phāng [kap 縫] (< [合縫]) (名)
Ê, CHŌA: 長條的接合處。

kat | (< Sin) [結] (名) Ê: 綁繩索等
的結 ¶~ tháu-bē-khui. [～tháu-bē
開] 結解不開 (動) 1. 打結 ¶ê-tòa-á
~ hơ hó [鞋帶仔～hơ好] 把鞋帶
繫好 2. 綁 ¶~ ne-khú-tái 打領帶
¶Ta̍k châng chhiū-á lóng ~ ńg-sek
ê li-bóng. [Ta̍k 欉樹仔攏～黃色ê li-
bóng.] 每棵樹都綁上黃絲帶 3. 打結
以連結 ¶~ soh-á [～索仔] 把繩子打
結接在一起 4. 裝飾; 搭建 (祭壇等)
¶~ chè-tôaⁿ [～祭壇] 搭祭壇 5. 戴
¶hoe ~ chiàⁿ-pêng [花～正 pêng] 把
花戴在右邊 6. 皺 (眉頭), 可以有不
愉快的意思; cf niauh ¶~ ba̍k-thâu
[～目頭] 皺眉頭; 眉頭不展 (形) [x] 鎖
著眉頭的樣子 ¶ba̍k-thâu ~-~ [目頭
～～] 鎖著眉頭。

kát (< *kán*) (圍) (戲) 肏!

kat-thâu [結頭] (名) 打結的地方。

kau |¹ (< Sin) [溝] (名) TIÂU: 1. 河流
2. (ant kó·⁴; ant lêng²) 田園裡供行

走的凹槽。

kau² (< Sin) [鉤] ⓝ **B.** 鉤子¶*báng-tà-~* [蚊罩～] 掛蚊帳的鉤子 ⓥ **1.** 鉤取¶*Chhia-mn̂g só-·khì, thèh san-keng-á lâi ~-khòan ē khui ·bē.* [車門鎖去, thèh 衫弓仔來～看會開 ·bē.] 車門(不小心)鎖上了, 拿吊衣架來鉤看能不能開 **2.** 打鉤(作記號)¶*kā tiòh-·ê ~-·khí-·lâi* [kā 著·ê ～起來] 對的打鉤 **3.** (鉤子或類似的東西)相扣

△ ~ *chéng-/chńg-thâu-á* [～指頭仔] (兩人)鉤末指(立約); ≃ kau-ló　　　　　　　　　[子彎彎的。

ⓕ [x] 彎曲¶*phīn ~-~* [鼻～～] 鼻

kau³ (< log Sin) [交] ⓥ **1.** 交付¶*Chit hāng tāi-chì ~ hō góa pān.* [這項代誌～hō我辦.] 這件事交給我辦 **2.** 繳交¶*Chok-giàp kín ~-·lâi.* [作業緊～來.] 作業趕快交來

kau⁴ (< log Sin) [交] ⓥ 交往¶*chin kín tiō ~-tiòh pêng-iú* [真緊就～著朋友] 很快就交到朋友

△ ~ *pêng-iú* [～朋友] 仝。

kâu (< Sin) [猴] ⓝ 意指活躍、好動、群聚喧鬧的, 貶意¶*~-gín-á* q.v. ¶*~-pêng-iú* q.v. ¶*~-tīn* q.v. ⓝ CHIAH: **1.** [á] 猴子; ≃ kâu-san **2.** 十二生肖第九。

káu¹ (< Sin) [狗] ⓝ CHIAH: **1.** [á] 犬
△ ~ *pūi hóe-/hé-chhia* [～吠火車] **2.** 十二生肖第十一。　　　[徒然叫囂

káu² (< Sin) [九] ⓝ **1.** 第九個基數; cf kiú ¶*chàp-~* [十～] 仝 ¶*jī-~* [二～] 二十九 ¶*~-bān* [～萬] 仝

△ ~ *oan, chàp-peh oat* [～彎十八oat] **a.** (路) 迂迴曲折 **b.** (話) 拐彎抹角

2. 九(十、百、千等次級數詞單位)¶*bān-~* [萬～] 一萬九千 ¶*chheng-~* [千～] 一千九百 ¶*pah-~* [百～] 一百九十 **3.** 九十簡稱¶*~-it* [～一] 九十

一 ¶*~-jī* [～二] 九十二 ¶*~-san* [～三] 九十三 **4.** 第九個序數¶*Góa tiòh ~ miâ.* [我著～名.] 我得第九名 ¶*~-goèh Chhe-~* [～月初～] 九月九號 ¶*~ hō* [～號] 仝。

kàu¹ (< log Sin) [教] ⓝ 宗教¶*Lí sìn sím-mih ~?* [你信甚麼～?] 仝 ¶*Ki-tok-~* [基督～] 仝 ¶*Thian-lí-~* [天理～] 仝。

kàu² (< log Sin) [校] ⓝ 校對的次數 ¶*tē-jī ~* [第二～] 仝 ⓥ 校對¶*koh ~ ·chit ·piàn* [koh ～一遍] 再校對一次。

kàu³ [到] ⓥ **1.** (> *kà³* > *kah⁶*) 抵達 / 直到, 接賓語¶*~ Tâi-tiong lòh-chhia.* [～台中落車] 到台中下車 ¶*~ chàp tiám chiah cháu* [～十點才走] 仝　　　[別無他法
△ ~ *chia lâi!* [～chia來!] 事到如此, **2.** 抵達 / 直到, 當謂語¶*Tâi-tiong iáu-bōe/-bē ~.* [台中夭未～.] 台中還沒到 **3.** 屆滿¶*Sî-kan ~ ·a.* [時間～矣.] 時間到了 **4.** (紙牌遊戲程序)完成 ⓟ (> *kà³*, q.v.) 直到 ⓥ (> *kà³*, q.v.) 以至。

kàu⁴ (< Sin) [夠] ⓕ **1.** 足夠¶*pó· kà ~* [補到～] 補足(為止) **2.** 相當高的程度¶*chiàh lâng chin ~* [吃人真～] 很欺人。

kāu¹ (< contr ka-làuh, q.v.) ⓥ 掉落。

kāu² (< Sin) [厚] ⓕ **1.** (扁平物)上下兩面距離大, 例如布、紙、木板、牆壁 **2.** 濃, 例如酒、茶、香煙。

kāu³ [厚] ⓕ 多, 多指不受歡迎的事物¶*Eng-àm báng chin ~.* [Eng暗蚊真～.] 今晚蚊子很多。

kau-á¹ [溝仔] ⓝ TIÂU: 溝子。

kau-á² [鉤仔] ⓝ KI, ê: 鉤子。

káu-á [狗仔] ⓝ CHIAH: 狗
◇ ~*-chhù* (< tr. En *doghouse*) [～厝] KENG: 狗屋。

kâu-á-kián [猴仔kián] ⓝ CHIAH: 小

猴子; *cf* kâu-kiá^{n}。 「狗。
káu-á-kiá^{n} [狗仔 kiá^{n}] [名] CHIAH: 小
káu-á-óa^{n} [狗仔碗] [名] Ê: 盛狗食的
碗。 「鉤子的繩索; ≃ kau-soh。
kau-á-soh [鉤仔索] [名] TIÂU: 兩端有
káu-á-tūi (< log Chi < Cant) [狗仔隊] [名] TŪI, Ê: 跟蹤糾纏、無孔不入、蔑視他人隱私權的記者群。
káu-bah (< Sin + tr) [狗肉] [名] TÈ: 仝。 「送秋波;眉目傳情。
kau-ba̍k-bóe/*-bé/-bé͘* [鉤目尾] [動]
kàu-bé/*-bé͘* ⇒ kàu-bóe。
kāu-bīn-phôe/*-phê/-phê͘* [厚面皮] [形] 厚臉皮。
kâu-bó/*-bú* [猴母] [名] CHIAH: 母猴。
káu-bó/*-bú* [狗母] [名] CHIAH: 母狗。
káu-bó-oe‖*káu-bú-e/-e͘* [狗母堝] [名] Ê, LIA̍P: 沙鍋。
kāu-boa̍h-á [厚末仔] [名] CHÂNG: 菾菜; ≃ kāu-/ka-boa̍h-chhài
◇ ~*-chhài* [~菜] do.
kàu-bóe(-·a)/*-bé/-bé͘* [到尾(·a)] [副]
kâu-bú ⇒ kâu-bó。 ⌊到頭來;後來。
káu-bú ⇒ káu-bó。 「[名] 仝。
kàu-bū-chhù (< log Chi) [教務處]
kàu-bū chú-jīm/*-gīm/-līm* (< log Nip) [教務主任] Ê: 仝。
káu-bú-e/*-e͘* ⇒ káu-bó-oe。「Ê: 仝。
kàu-bū-tiú^{n} (< log Chi) [教務長] [名]
kàu-châi/*-chhâi* (< log Nip) [教材] [名] 仝。 「[動] 仝。
kàu-chām (< log Chi + tr) [到站]
káu-chàn-thah|*-chiàn-* [九棧塔] [名] CHÂNG, HIO̍H: "九重塔," 為一種似羅勒的植物。
kau-chè (< log Nip) [交際] [動] 仝
◇ ~*-bú* (< log Chi) [~舞] 仝。
kau-chêng (< log Sin) [交情] [名] 仝。
kàu-chèng (< log Nip) [校正] [名] 仝 ¶*hō͘-kháu* ~ [戶口~] 仝 [動] 仝。

kàu-chhâi ⇒ kàu-châi。
kau-chhap [交 chhap] [動] 交往;建立關係;有關係;涉及 ¶*sio-*~ [相~] 打交道;有關係。 「慮。
kāu-chhau-hoân [厚操煩] [動] [形] 過
kàu-chhiú [到手] [動] 仝; ≃ chiū^{n}-chhiú。
kau-chiap (< log Chi) [交接] [動] 仝。
kàu-chit-oân(-kang)|*-goân-* (< log Chi) [教職員(工)] [名] 仝。
kàu-chú (< log Sin) [教主] [名] Ê: 仝。
kau-chúi [溝水] [名] 河水。
Káu-ge̍h/*-gė̍h* ⇒ Káu-·goe̍h。
kàu-ge̍h/*-gė̍h* ⇒ kàu-goe̍h。
kàu-gī (< log Nip) [教義] [名] 仝 ¶*ki-pún* ~ [基本~] 仝。
kàu-gia̍h [夠額] [形] **1.** 夠 **2.** 有資格。
kâu-gín-á [猴 gín 仔] [名] Ê: **1.** (帶來麻煩的)小鬼頭 **2.** 孩子,貶意。
kau-gōa (< log Nip < Sin) [郊外] [名]
kàu-goân ⇒ kàu-oân。 ⌊仝。
Káu-·goe̍h/*-·ge̍h/-ge̍h/-gė̍h* (< Sin) [九月] [名] 仝。 「兒)足月。
kàu-goe̍h/*-ge̍h/-gė̍h* [夠月] [動] (胎
kàu-ha̍k (< log Nip) [教學] [名] 仝 ¶*Tâi-gí* ~ [台語~] 仝。
káu-hiā [káu 蟻] [名] CHIAH, SIŪ: 螞蟻
◇ ~*-siū* Ê, SIŪ: 螞蟻窩
◇ ~*-tui* [~堆] Ê, TUI: 蟻塚。
káu-hia^{n}-káu-tī [狗兄狗弟] [名] TĪN: 損友。
kau-hiáng-ga̍k|*-hióng-* (< log Nip) [交響樂] [名] 仝。 「仝。
◇ ~*-thoân* (< log Nip) [~團] Ê:
kau-hiáng-khek|*-hióng-* (< log Nip) [交響曲] [名] TÈ: 仝。
kau-hióng-ga̍k ⇒ kau-hiáng-ga̍k。
kau-hióng-khek ⇒ kau-hiáng-khek。
kàu-hōe (< log Sin) [教會] [名] Ê, KENG: 仝。 「仝; ≃ Kàu-chong。
Kàu-hông (< log Nip) [教皇] [名] Ê:

K

kàu-hun [到分] ⓓ (果實)成熟到適
　當的程度。　　　　　　[全 ⓓ 全。

kàu-hùn (< log Sin) [教訓] ⓝ PÁI:

kau-í (< log Sin) [交椅] ⓝ CHIAH:
　全。

kàu-io̍k (< log Nip) [教育] ⓝ 全
　◇ ~-kio̍k (< log Chi) [~局] 全
　◇ ~-pō͘ (< log Chi) [~部] 全
　◇ ~-pō͘-tiúⁿ (< log Chi) [~部長]
　　ê: 全。

kau-iû (< log Chi) [郊遊] ⓓ 全。

kāu-jiō [厚尿] ⓕ 頻尿。[≃ keh-kài。

kau-kài (< log Sin) [交界] ⓝ ⓓ 全;

kâu-kang [猴公] ⓝ CHIAH: 公猴。

káu-kang [狗公] ⓝ CHIAH: 公狗。

kāu-kang [厚工] ⓕ 費事儿。

kàu-kàu (v kàu⁴) [夠夠] ⓕ 很高的
　程度 ¶chia̍h lâng ~ [吃人~] 欺人太
　甚 ¶hō͘ i khi-hū kà ~ [hō͘伊欺負到
　~] 被他欺負得很厲害。

kāu- kāu- siâu- siâu (< kàuh-kàuh-
　siâu-siâu, q.v.)。　[手腳敏捷。

kâu-kha-kâu-chhiú [猴腳猴手] ⓕ

káu-khang [狗khang] (< [狗空]) ⓝ
　ê: 1. 狗洞 2. 圖 矮門 3. 腳踏車三
　根大支架間的空間 ¶long ~ 把腳伸
　進上述空間騎; ≃ long-khang-á。

káu-kháng (< ab *káu-kháng-lê <
　log Sin [九孔螺]) [九孔] ⓝ LIA̍P: 鰒
　貝的一種。

káu- khí- á [狗齒仔] ⓝ 1. Ê: 齒輪
　2. KHÍ: 齒輪的齒; cf kak-khí。

kàu-kho-si / -su / -chu ‖ kàu-khe-
　su / - chu ‖ kàu- khe- chŕ (< log
　Nip) [教科書] ⓝ PÚN: 全。

kàu-khòaⁿ [夠看] ⓕ 有看頭。

kau-khu (< log Chi; cf Nip [近郊住
　宅地區]) [郊區] ⓝ 全。

kàu-khùi [夠气] ⓓ ⓕ 1. 滿足, 指吃
　喝玩樂; 過癮 2. 夠受 ¶hông mē/mā
　chit ê ~ [hông 罵一個~] 被罵了一

頓。

kàu-kî (< log Sin + tr) [到期] ⓓ

kâu-kiáⁿ [猴行] ⓓ (大事)不好(了)
　¶~ ·a. [~矣.] 糟糕了; ≃ hāi ·a;≃
　chhám ·a
　△ ~, neh-kha-bóe [~躡腳尾] 圖 do.
　ⓕ 糟糕; (大事)不好。

kâu-kiáⁿ [猴 kiáⁿ] ⓝ 1. 小猴子; ≃
　kâu-á-kiáⁿ 2. 圍 兒子。　　[全。

kàu-koaⁿ (< log Nip) [教官] ⓝ ê:

káu-koài (< sem log Sin) [狡獪] ⓕ
　1. 不聽話 2. 好與人作對; 不合作
　3. (小孩)愛胡鬧, 調皮搗蛋。

kau-koan (< log Sin) [交關] ⓓ 生意
　往來。　　　　　　　　　　[全。

kàu- liān (< log Nip) [教練] ⓝ ê:

kau-liâng (< ab Mand [高粱酒]; cf
　Chi kao¹ liang² chiu³) ⓝ 1. 高粱
　酒 1. (< bak kau-liâng-chiú) 穄
　⇒ ko-liâng　　　　　　　　[全。
　◇ ~-chiú (< phon Mand) [~酒]

kau-liû (< log Nip) [交流] ⓝ 全
　¶bûn-hòa ~ [文化~] 全 ⓓ ⓕ 全
　◇ ~-tiān (< ab log Nip [交流電氣]
　< tr; cf En alternating current;
　ant tit-liû-tiān) [~電] 全　[全。
　◇ ~-tō (< log Chi) [~道] TIÂU:

kau-ló [鉤ló] ⓓ (兩人)末指互相鉤
　住立約。　　　　　　　　　[全。

káu-lô͘-châi (< Sin) [狗奴才] ⓝ ê:

kau-ōaⁿ (< log Chi) [交換] ⓓ 全。

kàu-oân/-goân (< log Nip) [教員]
　ⓝ ê: 全。

kāu-ōe(-sái) [厚話(屎)] ⓕ 話多。

kau-óng (< log Chi) [交往] ⓓ 全; ≃
　kau-pôe; ≃ kiâⁿ。

káu-pâi [狗牌] ⓝ [á] TÈ: 1. 已註
　冊的狗所掛的牌子 2. 套在脖子上
　掛在胸前以示處罰的牌子 ¶Ap-chè
　Tâi-gí ê chit ê hong-sek sī: kóng
　Tâi-gí-·ê hoa̍t kòa ~-á. [壓制台語
　ê一個方式是: 講台語·ê罰掛~仔.] 壓

制台語的方式之一是：說台語的罰掛
牌子 **3.** 圐 識別證。

kau-peⁿ/-*piⁿ* [交繃] 圐 **1.** 挑剔；乖
戾；難以取悅；不給人方便 **2.** 錙銖計
較。

kāu-pēⁿ/-*pīⁿ* [厚病] 圐 多病。

kau-péh-koàn/-*kǹg* (< log Chi) [交
白卷] 働 全。

kâu-pêng-iú [猴朋友] 圐 名 ê, TIN:
(你(們)的/他(們)的常聚在一
塊儿)的朋友，貶意。

kàu-phài (< log Nip) [教派] 名 ê:

kau-phīⁿ [鈎鼻] 圐 鷹鈎鼻。   ⌈全。

kau-piⁿ¹ [溝邊] 名 河邊。

kau-piⁿ² 圐 乖戾；⇒ kau-peⁿ。

kāu-pīⁿ ⇒ kāu-pēⁿ。

kau-pó (< log Chi) [交保] 働 全。

kau-pôe (< log Sin) [交陪] 働 全。

kàu-pún¹ (< log Nip) [教本] 名 ê:
教科書。

kàu-pún² [夠本] 圐 夠本錢。

káu-sái [狗屎] 名 PHÛ, LIÀP: 全。

kāu-sái [厚屎] 圐 **1.** (事情)麻煩
2. (人)讓人麻煩。

kāu-sái-jiō [厚屎尿] 圐 很多偷懶或
拖延的借口 ¶*bân gû* ~ [蠻牛~] do.

káu-sái-po͘ [狗屎埔] 名 ê, PHIÀN: 不
利耕種的地。

kâu-san [猴 san] 名 [á] CHIAH: 猢猻
◇ ~-·*a* do.

káu-sat [狗虱] 名 CHIAH: 狗蚤。

kàu-sek ⇒ kàu-sit。

kāu-sèng-tē [厚性地] 圐 易怒。

kàu-sî [到時] 働 到了時候；屆時。

kâu-sí-gín-á [猴死 gín 仔] 圂 名
ê: 孩子；≃ kâu-gín-á, q.v.

kàu-si͘ ⇒ kàu-su。

kau-siàp (< log Nip) [交涉] 働 全。

kàu-sit/-*sek* (< log Nip) [教室] 名
KENG: 全。

kàu-siū (< log Nip) [教授] 名 ê: 全
◇ ~-*keh* [~格] ê: (有)教授的學
養、儀表或威嚴。   ⌈全

kàu-su/-*sṳ* (< log Nip) [教師] 名 ê:
◇ ~-*cheh*/-*chiat* (< log Chi) [~
節] 全。   ⌈代。

kau-tāi/-*tài* (< log Sin) [交代] 働

kàu-té¹/-*tóe* (< log Sin + tr) [到
底] 働 到盡頭；到最後 ¶*piàⁿ*-~ [拚
~] 拚到底。

kàu-té²‖*tàu-tí* (< log Chi + tr) [到
底] 働 到底儿；究竟。

kàu-tè [到 tè] (< [□地]) 働 (一)到
(某特定地點就 ...) ¶*tńg-lâi* ~, *tiō
khùn* [返來~就睏]一回到家就睡。

kàu-tèng (< log Nip) [校訂] 働 全。

káu-thâu kun-su (< log Chi) [狗頭
軍師] 名 ê: 全。   ⌈付。

kau-thok (< log Sin) [交託] 働 託

kau-thong (< log Nip) [交通] 名 全
◇ ~-*chhia* (< log Chi) [~車] TÀI:
全   ⌈[~警察] ê: 全
◇ ~ *kèng-/kéng-chhat* (< log Chi)
◇ ~-*pō͘* (< log Chi) [~部] 全
◇ ~-*teng* (< log Chi) [~燈] ê: 全。

kau-tiám (< log Chi; *cf* Nip [交差
點]) [交點] 名 ê: 全。

kâu-tīn [猴陣] 圐 名 TIN: 常相聚的
一群朋友 ¶*khan* ~ [牽~]呼朋引伴
(做某玩樂的事)。

kàu-tńg (< log Sin) [教堂] 名 KENG:
全；≃ lé-pài-tńg。

kàu-tô͘ (< log Sin) [教徒] 名 ê: 全。

kāu-tuh-tuh 圐 很厚。

kàu-tùi (< log Sin) [校對] 働 全。

kàu-ūi [到位] 働 到達 ¶*Tâi-tiong* ~
·*a*. [台中~矣.]台中到了。

kauh ¹ 量 計算春捲的單位 働 **1.** 捲
(東西在裡頭)，例如春捲、壽司、
草蓆 ¶~ *jūn-piáⁿ* [~潤餅]包春
捲 **2.** 夾，例如三明治、檳榔 ¶*pháng*
~ *há-muh* 麵包夾火腿 ¶*há-muh*

~ *pháng* do. **3.** 塗 (在麵包上) ¶*pháng* ~ *jiá-muh* 麵包塗果醬 **4.** 軋 ; 輾 ¶*hō· chhia* ~-·*sí* [*hō·* 車~死] 被車子軋死。

kauh² (動) (漚久而) 腐爛 ¶*koh-ē-khang* ~-*nōa-·khì* [胳下 khang ~ 爛去] 腋窩漚爛了。

kȧuh¹ (動) 嘀咕 ; 抱怨。

kȧuh² (< contr *ka-lȧuh*) (動) 掉落。

kȧuh-kȧuh-kiò [kȧuh-kȧuh 叫] (動) 嘀嘀咕咕。嘮叨地抱怨。

kȧuh-kȧuh-liȧm [kȧuh-kȧuh 唸] (動)

kȧuh-kȧuh-siâu-siâu‖*kāu-kāu-* (v *kȧuh*) (粗) (動) (形) 嘮叨。

kauh-puî [kauh 肥] (動) 漚肥。

ke¹‖*koe* (*cf* Yao [*tɕe*]) [雞] (名) CHIAH: **1.** [*á*] 家禽名 ¶~ *khim-heng* [~襟胸] 雞胸肉 ¶~ *pak-lāi(-á)* [~腹內 (仔)] 雞雜 △ ~, *gô/giâ, ah* [~鵝鴨] 雞鴨鵝, 即家禽 **2.** 十二生肖第十。

ke² (< Sin) [家] (名) 家庭單位 ¶*choân-* ~ *chhut-tōng* [全~出動] 全。

ke³‖*koe* (< Sin) [街] (名) **1.** [*á*] TIÂU: 街道 ; ≃ *ke-/koe-á¹* **2.** 街道單位 ¶*Pêng-téng* ~ *chȧp-gō· Hāng* [平等~15 巷] 全。

ke⁴ (< Sin) [加] (動) **1.** 合在一起 ¶*Chit* ~ *chit téng-i nn̄g.* [一~一等於兩.] 一加一等於二 ¶~-~-·*le* [~~咧] 加在一起 **2.** 增加 ¶*Kin-nî sin-súi* ~ *saⁿ pha.* [今年薪水~三 pha.] 今年薪水增加百分之三 **3.** 多出 ¶*Ná ē* ~ *saⁿ ê lâng?* [哪會~三個人?] 怎麼多出三個人來? (形) 多 ¶*Chia-·ê ū khah* ~. [Chia-·ê 有較~.] (這儿) 這些多了一點儿 (副) **1.** 多 ¶*hō· lí* ~ *bô-êng* [hō·你~無閑] 讓你多費事 ¶~ *thȧ̍h chit ê* [~thȧ̍h 一個] 多拿一個 **2.** 更加 ; (比較之下) 更為 ¶~ *chin té* [~真短] 短得多 ¶~ *khah té* [~較短] 更短 **3.** 憑白 ¶~ *bô-êng ·ê niâ* [~無閑·ê niâ] 白

忙罷了。

kê¹ (< Sin) [枷] (名) Ê: **1.** 枷鎖 ¶*kha-* ~ [腳~] 套在腳上的木板 ¶*bô* ~, *giâ kau-í* [無~giâ 交椅] 自討苦吃 **2.** (不要的 / 不必要的) 責任 ¶*mài giâ* ~ 不要負擔不必要的責任。

kê²‖*kôe* (< sem Sin [醢]) (名) 醃製的碎肉醬或水產醬。

kê³ (動) 鯁 (住) ; ≃ *kêⁿ/kéⁿ²* ; *cf* khê¹。

ké¹‖*ké* (名) 糯米粉製食品 ; ⇒ *kóe¹*。

ké²‖*ké* (動) 支 (高) ; ⇒ *kóe²*。

ké³ (動) 戒除 (煙、酒、毒品)。

ké⁴‖*kóe/ké* (< Sin [解]) (動) 架 (開來襲的手腳或武器或打架的雙方)。

ké⁵ (< Sin) [假] (動) **1.** 裝假 ¶*Mài* ~ ·*a ·la.* [Mài~矣啦.] 別裝蒜了 **2.** 假裝 ¶~ *m̄-chai* [~m̄知] 假裝不知道 **3.** 假冒 ¶~ *lâng ê miâ* [~人ê名] 假冒他人名義 **4.** 化裝 (為) ; 假裝 (成非原有身分的人) ¶*Jiàu-pê-á* ~-*chò/-chòe khòng-gī ê bîn-chiòng.* [抓耙仔~做抗議ê民眾.] 間細裝成抗議的民眾 (形) **1.** 非真實的 ; 偽造的 ¶*Che chîⁿ* ~-·*ê.* [Che 錢~假·ê.] 這錢是假的 ¶~ *chîⁿ* [~錢] 偽幣 **2.** 虛偽 ¶*Hit ê lâng chin* ~. [Hit 個人真~.] 那個人很虛偽 (副) 假意 ¶*kòaⁿ nâ-á* ~ *sio-kim* q.v. △ ~ *hó-sim* [~好心] 假裝好意。

kè¹ [過] ⇒ *kòe¹*。

kè² (< Sin) [價] (名) 價格 ¶*sím-mih* ~? [甚麼~?] 什麼價錢? ¶*pêⁿ/pîⁿ* ~ [平~] 一樣價錢。

kè³ (< Sin) [計] (名) Ê: 計策 ; 全 ; ≃ *kè-tì* ¶*tiòng-tiȯh i ê* ~ [中著伊ê~] 中了他的計。

kè⁴ [髻] ⇒ *kòe²*。

kè⁵ (< Sin) [嫁] (動) 全。

kē¹ (動) 阻礙 ; ⇒ *kōe*。

kē² (形) **1.** (物體離地的) 距離小 ¶~ *chhù-á* [~厝仔] 矮房子 **2.** (地位) 在下 ¶*chit-ūi chin* ~ [職位真~] 職位很低 **3.** (聲音) 低沈。

ke-á¹‖*koe-* [街仔] 图 1. TIÂU: 街道
2. 城鎮 ¶*khì* ~ [去~] 到城裡去。

ke-á²‖*koe-* [雞仔] 图 CHIAH: 雞。

ké-á ⇒ kóe-á。　　　　　　　「子。

kè-á [架仔] 图 Ê: 放東西或支撐的架

ke-á-ah-á‖*koe-* [雞仔鴨仔] 图 家禽
△ ~ *liàh kà bô-pòaⁿ chiah* [~掠到
無半隻] 搶劫一空。

ke-á-gōng‖*koe-* [街仔戇] 图 Ê: 對鄉
下的事物一無所知的城裡人。

ke-á-kiáⁿ‖*koe-* [雞仔kiáⁿ] 图 CHIAH:
小雞。　　　　「人; ≃ to·-chhī-lâng。

ke-á-lâng‖*koe-* [街仔人] 图 Ê: 城裡

ke-á-lō·‖*koe-* [街仔路] 图 TIÂU: 街

kè-ang [嫁翁] 動 出嫁。　　　「道。

ke-āu [家後] 图 Ê: 妻子。

ke-bah‖*koe-* [雞肉] 图 TÈ: 全。

ké-ba̍k-chiu [假目睭] 图 LIÀP: 人造

kē-bih-bih 彤 (實物) 很低。「眼珠。

ké-bīn (< log Nip) [假面] 图 Ê: 假面
具; ≃ siáu-kúi-khak。

kè-bín ⇒ kòe-bín。

ke-bó‖*koe-bú* [雞母] 图 CHIAH: 母雞
◇ ~-*phôe* [~皮] 雞皮疙瘩 ¶*khí-~-
phôe* [起~皮] 起雞皮疙瘩。

ke-bóe-chiú‖*koe-bé-*|-*bé-* (< log
Chi < tr En *cocktail* + [酒]) [雞尾
酒] 图 全; ≃ kha-khú-té-luh。

kē-chân (< log + tr) [kē 層] 图 彤
低層。

ke-che‖*koe-* [雞 che] (< [雞災]) 图
雞瘟。　　　「图 全; ≃ ke-tan。

ke-cheng‖*koe-* (< log Chi) [雞精]

ké-chhiú [假手] 图 KI: 義手; 人造手。

kè-chhiú ⇒ kòe-chhiú。

kē-chhiú ⇒ kōe-chhiú。

kè-chhōa [嫁娶] 图 全。　　　「子。

kē-chhù-á [kē 厝仔] 图 KENG: 矮房

ké-chhùi-khí [假嘴齒] 图 KHÍ, KI,
CHO·: 假牙 ¶*tàu* ~ [湊~] 裝假牙。

ké-chí ⇒ kóe-chí。

ké-chîⁿ [假錢] 图 TIUⁿ: 偽鈔。

kè-chîⁿ (< log Sin) [價錢] 图 全; ≃
kè-siàu。

ke-chin [加真] 副 ... 得多 ¶*Che* ~
bái. 這個難看得多 ¶*Kin-ná-ji̍t* ~
kôaⁿ. [今旦日~寒.] 今天冷得多了。

ke-chiú‖*koe-* [雞酒] 图 麻油雞。

ké-chiú [假酒] 图 全。

kè-chng (< log Sin) [嫁妝] 图 全
¶*hak* ~ 購買嫁妝。

ké-chò/-*chòe* [假做] 動 佯裝/冒充,
接賓語或補語。

kè-choeh ⇒ kòe-cheh。

ke-chŭ‖*koe-* (v *chŭ*) [雞 chŭ] 图
CHIAH: 雞的暱稱。

kè-chúi ⇒ kòe-chúi。

ké-·ê [加·ê] 图 多出來的 彤 多餘。

ké-·ê [假·ê] 图 彤 假的。

kè-e̍k ⇒ kè-oe̍h。

ké-gâu [假 gâu] 動 不懂裝懂(結果弄
壞或弄錯); 自作聰明。

kè-giàn ⇒ kòe-giàn。

ke-hé ⇒ ke-hóe。

kè-hái [過海] 動 全。⇒ kòe-hái。

ké-hè ⇒ ké-hòe。

kè-he̍k ⇒ kè-oe̍h。

kē-hiat-ap ⇒ kē-hoeh-ap。

ké-hiòh ⇒ kóe-hiòh。

ke-hō·‖*ka-* [加號] 動 增加應診號碼
¶*chhiáⁿ i-seng* ~ [請醫生~] 麻煩
　　　　　　　　　　「大夫加號。

kè-hō· ⇒ kòe-hō·。

ke-hóe/-*hé* (< log Sin) [家火] 图
1. [*á*] (一) 家人 ¶*kui-~(-á)* [kui ~
(仔)] 全家 2. 家產; 家當　　　「產。
△ ~ *chóng piàⁿ* [~總摒] 傾家蕩

ké-hoe [假花] 图 CHÂNG, LÚI: 人造
花。

ké-hòe/-*hè*/-*hè·* [假貨] 图 贗品。

kē-hoeh-ap|-*huih-*|-*hiat-* (< col log
Nip + tr) [kē 血壓] 图 低血壓。

kè-hun ⇒ kòe-hun。

kè-hūn ⇒ kòe-hūn。

ké-iáⁿ [假影] (名) Ê: 假象 (動) 佯裝；⇒
ké-iàⁿ。

ké-iàⁿ (< ana tone *chin-chiàⁿ* [真正]
< *ké-iáⁿ*) [假iàⁿ] (動) 佯裝 ¶~ *bô-
khòaⁿ··tiòh* [～無看著] 裝做沒看
到 (形) 假的 ¶*chin-chiàⁿ··ê àh ~··ê?*
[真正·ê或～·ê?] 真的還是假的？

kè-jit ⇒ kòe-jit。

ke-kak-á‖*koe-* [雞角仔] (名) CHIAH:
未完全成熟的公雞。

ke-kang‖*koe-* [雞公] (名) CHIAH: 公
kè-kau ⇒ kòe-kau。   └雞。

kè-kàu (< log Sin) [計較] (動) 仝。

kè-kè ⇒ kòe-kòe[1,2]。 └(副) 多多少少。

ke-ke-kiám-kiám [加加減減] (動) 仝

kè-kéng ⇒ kòe-kéng。

ke-kha‖*koe-* [雞腳] (名) KI: 雞腳最下
一節，包括爪子。

ké-kha [假腳] (名) KI: 義足；人造腳。

ke-kha-jiáu/-*giáu*/-*liáu*‖*koe-* [雞
腳爪] (名) KI: 雞爪子。

ke-khah (v *ke*[4]) [加較] (副) (比較之
下) 更為 ¶*hō͘ i ~ hoaⁿ-hí* [hō͘伊～
歡喜] 使他高興些 ¶*Chit keng ~ kùi.*
[這間～貴.] 這家比較貴 ¶*Góa thâu-
mo͘/-mn̂g ~ chió·khì.* [我頭毛～少
去.] 我的頭髮少了很多。

ke-kháu [家口] (名) [*á*] 家庭；(一) 家；
≃ ke[2] ¶*chit ~-á* [一～仔] 一家人。

ke-khì‖*ki-* (< log Sin) [機器] (名) TÂI:

kè-khì/-*khù*/-*kì* ⇒ kòe-khì。└仝。

kē-khì-ap (< log Nip + tr; ant *ko-
khì-ap*) [kē氣壓] (名) 低氣壓。

ke-khì-lâng‖*ki-* (< log Chi < tr En
robot) [機器人] (名) Ê: 仝。

kè-khì-sek ⇒ kòe-khì-sit。

kè-khoe ⇒ kòe-khe。

kè-kî ⇒ kòe-kî。

ke-kiám [加減] (名) 或多或少的數量
¶~ *lóng hó* [～攏好] 多少不拘 (副) 或
多或少 ¶~ *chiàh, ~ pûi.* [～吃，～
肥.] 多吃多胖 (少吃少胖，反正吃了

就是) ¶~ *hó* [～好] 總有好處；聊勝
於無。

ke-kian‖*koe-* [雞kian] (名) LIÀP: 雞
kè-kiô ⇒ kòe-kiô。   └肫儿。

kē-kip (< log Nip + tr) [kē級] (形) 低
級。

ke-kńg/-*kúiⁿ*‖*koe-kńg* [雞捲] (名)
KŃG: 雞網油包菜、肉油炸的春捲狀
食品。

ke-koaⁿ‖*koe-* [雞肝] (名) HÙ, TÈ: 仝。

kè-koan ⇒ kòe-koan。

kè-kòe‖*koe-kè* [雞髻] (名) TÈ: 雞冠
◇ ~-*hoe* [～花] CHÂNG, LÚI: 雞冠
kè-koe ⇒ kòe-ke。   └花。

ke-kóng-ōe [加講話] (動) 1. 多話；多
嘴 ¶*Lí mài ~.* [你mài～.] 你少廢
話 2. 說長道短 ¶*hō͘·lâng ~* [hō͘人
～] 被人議論。

ke-kui‖*koe-* [雞kui] (名) 1. 雞的嗉囊
2. (吹) 牛皮 ¶*pûn ~* 吹牛。

ké-kúi [假鬼] (動) 裝蒜；≃ ké-sian。

ke-kui-á‖*koe-* [雞kui仔] (名) LIÀP: 橡
皮製可吹的氣球，通常做玩具用。

ke- kui- (á-) sian‖*koe-* [雞kui (仔)
仙] (名) Ê: 牛皮匠；≃ hó͘-lān-sian。

kè-lâi ⇒ kòe-lâi。

ke-lam/-*lang*‖*koe-* (< log Sin) [雞
lam] (< [雞籠]) (名) Ê: 雞籠子。

Ke-lâng‖*Koe-* [基隆] (< [雞籠]) (名)
市名。   └LIÀP: 義乳。

ké-leng /-*lin*/-*ne*/-*ni* [假奶] (名)

ke-lō͘‖*koe-* (< log Sin) [街路] (名)
TIÂU: 街道；≃ ke-á-lō͘ ¶*sàu ~* [掃

kè-lō͘ ⇒ kòe-lō͘。   └～] 清掃街道。

kē-lō͘ [kē路] (形) 1. 拙劣；無能；笨 2. 下
流；卑劣。

kè-lō͘-lâng ⇒ kòe-lō͘-lâng。

kē-lō͘-sai [kē路sai] (< [□路師]) (名)
Ê: 技術拙劣的人。

ke-lō͘-thâu‖*koe-* [街路頭] (名) 街頭。

kè-mî ⇒ kòe-mê。

ké-miâ [假名] (名) Ê: 虛擬的名字。

kè-miâ ⇒ kòe-miâ。

ke-mơ-chhéng│-*mn̂g*-│-*mô*-‖*koe*-
[雞毛 chhéng] (名) KI: 雞毛撢子。

kè-nâ-(á-)chhài ⇒ kè-nê-á。

ké-ne ⇒ ké-leng。

kè-nê-á (-chhài) (< *kè-nâ-á-chhài*)
[芥 nê 仔 (菜)] (< [芥藍□(菜)])。

ké-ni ⇒ ké-leng。 ⌊(名) CHÂNG: 芥藍。

kè-nî ⇒ kòe-nî[1,2]。 ⌈LIÁP: 雞蛋

ke-nn̄g/-*nūi*‖*koe*-*nn̄g* [雞卵] (名)
◇ ～-*ko* [～糕] TÈ: 蛋糕。

ke-nóa (< contr *ke-nòa-á*, q.v.)。

ke-nōa-á│-*nòa*-│*koe-nòa*- [雞 nōa
仔] (名) CHIAH: 未成熟的母雞。

kè-oéh/-*ōe*/-*ėk*/-*hėk* (< col log Nip)
[計劃] (名) Ê: 全。

ké-pâi [假牌] (名) (形) 冒牌。

ké-pâu-·ê (< *ké*[5] + ab *Pâu-kong* [鮑
/包公] + ·ê) [假 pâu-·ê] (< [假鮑
□]) (形) 假的。

kè-pâng ⇒ kòe-pâng。 ⌈聞廣。

ké-phok [假博] (動) 假裝有學問或見

ke-pô [家婆] (形) "雞婆",即多管閒事。

kè-sêng (< log Sin) [繼承] (動) 全。

ké-sèng-jîn/-*gîn*/-*lîn* [假聖人] (名)
Ê: 偽君子。

kè-sêng-jîn/-*gîn*/-*lîn* (< log Chi)
[繼承人] (名) Ê: 全。

ke-si (< sem < log Sin) [家私] (名)
1. 工具;器具 2. 武器。

kè-sí [假死] (動) 1. 詐死 2. 假裝病痛
等以規避工作等
△ ～ *lâ-lí* (v *lâ-lí*) 詐死或裝病以規

kè-sî ⇒ kòe-sî。 ⌊避工作的人。

ké-sí-ké-oáh [假死假活] (動) 假裝病
痛等以規避工作等。

ké-sian (< log Chi) [假聲] (名) 全。

kē-sian (< kē 聲] (名) SIAN, Ê: 頻率低的
聲音 ¶*kek* ～ [激～] 裝出低沈的聲音
(形) (聲音) 低 ¶*I ê sian khah* ～. [伊
ê 聲較～.] 他的聲音比較沈。

ké-sian [假仙] (名) Ê: 假惺惺的人 (動)
裝蒜;≃ ké-sian-ké-tak
◇ ～-*ké-tak* [～假 tak] do.

ké-siàu [假賬] (< [假數]) (名) Ê, PÚN:
假帳目 ¶*chò*(*e*) ～ [做～] 造假帳。

kè-siàu [價數] (名) Ê:價目。

kè-sin ⇒ kòe-sin。

ké-sin-sū [假紳士] (名) Ê: 裝做文質彬
彬的人 (動) 裝成文質彬彬的樣子。

kè-siók (< log Nip < Sin) [繼續] (動)
全。

kè-sǹg (< log Nip) [計算] (動) 全
◇ ～-*ki* (< log Nip) [～機] TÂI: a. 計
算用的小機器 b. 電腦。

ké-soeh ⇒ kái-soeh。

kè-tát (< log Nip) [價值] (名) 全
◇ ～-*koan* (< log Nip) [～觀] 全。

kè-tàu ⇒ kòe-tàu。

kè-têng ⇒ kòe-têng。

kè-têng-chhia ⇒ kè-thêng-chhia。

kè-thâu ⇒ kòe-thâu。

ké-thâu-mơ/-*mn̂g* [假頭毛] (名) Ê,
TÉNG: 假髮;≃ ké-thâu-chang。

ke-thâu ūn-tōng‖*koe*- [街頭運動]

kè-thêng ⇒ kòe-thêng。 ⌊(名) 全。

kè-thêng-chhia│-*têng*- (< log Chi)
[計程車] (名) TÂI: 全
◇ ～-*hâng* [～行] KENG: 全。

ke-thng‖*koe*- (< Sin) [雞湯] (名) 全。

kè-thúi‖*koe*- (< Sin) [雞腿] (名) KI:
1. 雞的腿 2. (< sem) 嬰孩 (自己舔
或吸) 的拳頭 ¶*chhūi*[n]/*chn̄g* ～ (嬰
孩) 舔或吸拳頭。

kè-tì [計智] (名) Ê: 計策。

kè-tiān ⇒ kòe-tiān。 ⌈雞舍。

ke-tiâu‖*koe*- [雞椆] (名) [*á*] Ê, KENG:

ké-tiâu ⇒ kóe-tiâu。 ⌈音調低。

kē-tiāu[1] [kē 調] (名) Ê: 低音的調 (形)

kē-tiāu[2] (< tr + log Chi < tr En *low-
keyed*) [kē 調] (形) (動) 低調
◇ ～ *chhú-lí* (< log Chi + tr) [～處

kè-tǹg ⇒ kòe-tǹg。 ⌊理] 低調處理。

kè-tō͘ ⇒ kòe-tō͘[1,2]。

ké͘ ⇒ kóe[1,2]。

kè͘ ⇒ kòe[1,2]。

ke^n [1] ‖ki^n (< Sin) [羹] ⓝ 濃湯 ¶$jiû-hî-\sim$ [鰇魚～] 魷魚羹 ¶$khan-\sim$ [牽～] 勾芡。

ke^n[2] ‖ki^n (< sem < Sin [經]) ⓥ 來回地編或縫,使成網狀,尤指蜘蛛織網 ¶$Ti-tu\ teh \sim si.$ [蜘蛛 teh ～絲.] 蜘蛛正在織網。

ke^n[3] ⓥ 四足畜類交配。

kê^n ⓥ 1. (流動過程中)擋住; ≃ khê[1] 2. 絆(到/住) ¶$kha \sim$-tiȯh soh-á [腳～著索仔] 腳被繩子絆著 ¶$\sim$-tiȯh ti-tu-si [～著蜘蛛絲] (行動當中)碰到蜘蛛絲或蜘蛛網 3. 去除(蜘蛛絲或蜘蛛網) ¶$\sim$ ti-tu-si [～蜘蛛絲] (用掃把等)去除蜘蛛絲或蜘蛛網。

ké^n[1] ‖$kéh^n$ (> $ké^n$-·è^n) ⓢ 霹靂聲。

ké^n[2] (< Sin) [骾] ⓥ 卡(在嗓子)。

ké^n-·è^n (< $ké^n$[1]) ⓢ 訇然的霹靂聲。

kè^n-kè^n-kiò [kè^n-kè^{n}叫] ⓥ 雷擊發出巨響。

ké^n-kui [骾kui] ⓥ 卡在食道。

ke^n-si ‖ki^n- [ke^{n}絲] (< [經絲]) ⓥ 吐絲結網或做繭。

ke^n-sòa^n ‖ki^n-‖keng- (< col log Sin) [經線] ⓝ TIÂU: 仝。

ke^n-tō͘ ‖ki^n-‖keng- (< col log Nip) [經度] ⓝ 仝。

keh [1] (< Sin) [格] ⓝ B. 1. 資格 ¶$bô-kàu-\sim$ [無夠～] 不夠格 ¶$ū-kàu-\sim$ [有夠～] 夠格 2. 品格 ¶$bô-\sim$ q.v.

keh[2] (< Sin) [格] ⓠ 計算格子、物體間隔的單位 ¶$làng\ chit \sim$ [làng一～] 空一格 ⓥ 劃(格子)。

keh[3] (< Sin) [隔] ⓥ 1. 間隔;間歇; ≃ làng ¶$\sim$ sì nî soán chit pái chóng-thóng. [～四年選一擺總統.] 每隔四年選一次總統 2. 隔開 ¶$Chit\ keng\ tōa-keng$-·ê ē-tàng $\sim$-

chò/-chòe sa^n keng. [這間大間·ê會tàng～做三間.] 這間大的可以隔成三間。

keh-á [格仔] ⓝ Ê: 格子 ¶$kài \sim$ [概～] 用直尺畫格子 ¶$khang \sim$ [空～] 空格。

◊ $\sim$-chóa [～紙] TIŪ^n: 方格紙

◊ $\sim$-pò͘ [～布] TÈ: 方格花紋的布

◊ $\sim$-sa^n [～衫] NIÁ: 方格花紋的布所製的衣服。

kȅh-hī^n/-hī (< sem log Sin [逆耳]) [kȅh耳] ⓕ 令人聽起來不舒服。

keh-kài [隔界] ⓝ 交界處;邊界 ⓥ 交界。

keh-keh-kiò/kȅh-kȅh- [keh-keh叫] ⓥ 1. (雞)驚叫 2. (人)發出刺耳的聲音,例如說話、笑。

keh-keng [隔間] ⓥ 仝; ≃ keng-keh。

keh-khui [隔開] ⓥ 仝 ¶$Chhe-gō͘ \sim$ [初五～] 年初五之後。

kȅh-kô͘ ⓕ (東西)有所阻礙而覺得不舒服,例如新鞋、不順的文章。

keh-lī (< log Nip) [隔離] ⓥ 仝

◊ $\sim$ $pē^n$-/$pī^n$-pâng (< log Chi) [～病房] KENG: 仝。

keh-mê/-mî^n [隔暝] ⓥ 隔夜。

keh-niau ⇒ koeh-niau。

keh-piah (< Sin) [隔壁] ⓝ [á] 1. 旁邊 ¶$Kang-hȧk-ī^n$ ê $\sim$ sī Bûn-hȧk-ī^n. [工學院ê～是文學院.] 工學院旁邊是文學院 2. 鄰居; ≃ chhù-pi^n ⓥ 互相為鄰 ¶$Góa\ kah/kap\ i \sim.$ [我kah伊～.] 我跟他是鄰居 ⓕ 旁邊的 ¶$\sim$ tòng sī Bûn-hȧk-ī^n. [～棟是文學院.] 旁邊那一棟是文學院 ¶$\sim$ koān/ koāi^n [～縣] 鄰縣 ¶$\sim$ kok [～國] 鄰國。

keh-sek (< log Nip) [格式] ⓝ Ê: 仝。

keh-thí^n-kng (< keh thi^n + kng) [隔thí^{n}光] (< [隔天光]) ⓥ 到第二天

◊ $\sim$-chái (< [隔天光早起]) 第二天早上; ≃ keh-tńg-chái

◇ ～-*jit*/-*git*/-*lit* [～日] (< [隔天光日]) 第二天 ; ≃ keh-tńg-jìt。

keh-tńg [隔轉] 形 次 (年 、月 、日 、週 、時辰) ¶～ *chái* 第二天早上 ; ≃ keh-thî[n]-kng-chái ¶～ *kang* [～工] 第二天 ; ≃ keh-thî[n]-kng-jìt; ¶～ *lé-pài* [～禮拜] (其) 下一週。

keh-tn̄g (< log Sin) [隔斷] 動 全 ; ≃ chảh-tn̄g。

| kèh[n] |‖*kè*[n] 動 重擊。

kéh[n] ⇒ ké[n]1。

| kek |1 [激] 動 **1.** 激起 (情緒變化) ¶～ *ho͘ siū*[n]-*khì* [～ho͘受氣] 激怒他 **2.** 醞釀並使之出來 / 使之產生 ¶～ *chiú* [～酒] 蒸餾釀酒 ¶～ *peng* [～冰] 製冰 **3.** 裝出,不露原形 ¶～ *siū*[n]-*khì ê khoán* [～受氣ê款] 裝出生氣的樣子 **4.** 裝潢 ; ≃ chhiâ[n]-kek。

kek2 [激] 動 **1.** 窒息 ¶～-*-sí* [～死] 窒息而死 **2.** (因氣味刺激而) 呼吸困難 ¶*hō͘ a-mó͘-ní-ah ～ kà tòng-bē-tiâu* [hō͘ a-mó͘-ní-ah～到擋bē-tiâu] 被氨

kèk [局] ⇒ kiỏk。 ⌞刺激得受不了。

kèk... bô pí [極...無比] 副 無比... ; 很... ¶*kèk súi, bô pí* [極súi無比] 再

kek-á ⇒ kiok-á。 ⌞漂亮的沒有了。

kek-bēng (< log Nip) [革命] 名 PÁI: 全 ¶*khí ～* [起～] 全。

kèk-bīn ⇒ kiỏk-bīn。

kèk-chêng ⇒ kiỏk-chêng。

kek-chiú [激酒] 動 釀酒。

kèk-ke [極加] 副 充其量 ; 至多 (不過) ¶～ *sí ·soah* [～死煞] 大不了一死而已。

kek-khì [激氣] 動 生悶氣 ; 賭氣。

kèk-khoân/-*koân* (< log Chi) [極權] 名 形 全 ⌞全。
◇ ～ *kok-ka* (< log Chi) [～國家] ê:

kek-khong-kek-gōng [激悾激戇] 動 裝瘋賣傻。 ⌞*cf* kek-khì。

kek-khùi [激气] 動 裝個派頭 ; 擺架子 ;

kèk-koân ⇒ kèk-khoân。

kek-kut [激骨] 動 (言行) 標新立異。

kèk-lėk (< log Nip) [極力] 副 全 ; ≃ phah-pià[n] ¶～ *hoán-tùi* [～反對] 全。「[劇烈] 形 **1.** 猛烈 **2.** 激烈。

kèk-liảt (< *kek-liảt* < log Sin [激烈])

kek-peng [激冰] 動 製冰。

kèk-pō͘ ⇒ kiỏk-pō͘。

kèk-pún ⇒ kiỏk-pún。

kek-sái [激屎] 動 擺架子 形 倨傲。

kek-sè ⇒ kiỏk-sè。

kek-sí [激死] 動 (被水 、煙等) 窒息而死 ¶*hō͘ chúi ～* [hō͘水～] 溺斃。

kek-thâu-náu [激頭腦] 動 絞腦汁 ;

kèk-tiû[n] ⇒ kiỏk-tiû[n]。⌞腦力激盪。

kèk-tiú[n] ⇒ kiỏk-tiú[n]。

kek-toan (< log Nip) [極端] 名 全。

kek-tōng‖*kėk-* (< log Nip) [激動] 形 全。

| keng |1 (< log Sin) [宮] 名 B. 廟宇 ¶*Chúi-sian-～* [水仙～] 水仙王 (中國的夏禹) 廟 ¶*Má-chó͘-～* [媽祖～]

keng2 [弓] ⇒ kiong1。 ⌞媽祖廟。

keng3 (< log Sin) [經] 名 經文。

keng4 (< Sin) [肩] 名 肩膀 ¶*ōa*[n] ～ [換～] 換另一邊肩膀挑。

keng5‖*kai*[n] (< Sin) [間] 名 **1.** 屋子 ¶*chit pêng ～* [這pêng～] 這邊這間 ¶*ōa*[n] ～ [換～] 換另一個房間 ¶*chiảh-pn̄g-～* [吃飯～] (家中) 餐廳 ¶*sé-seng-khu-～* [洗身軀～] 浴室 **2.** 收費的小遊樂場所 ¶*kiáu-～* 小賭場 ¶*kiû-～* [球～] 彈子房 ¶*tiān-tōng-～* [電動～] 電玩店 量 **1.** 計算屋子的單位 ¶*chit ～ pâng-keng* [一～房間] 一個屋子 **2.** 計算房子等建築物的單位 ¶*chit ～ chhù* [一～厝] 一棟房子 ¶*chit ～ koân lâu-á* [一～koân樓仔] 一棟高樓 **3.** 計算機構的單位 ¶*chit ～ kong-si* [一～公司] 一家公司 ¶*chit ～ hảk-hāu* [一～學校] 一所學校 ¶*chit ～ tiàm* [一～店] 一爿店

鋪。　　　　　「切割的香蕉的單位。

keng⁶ (< log Sin) [莖] (量) 計算整串未

keng⁷ (< log Sin) [供] (動) 招供。

keng⁸ ‖ kiong (動) **1.** 撐 (開並架住)
¶iōng chhǎ kā pò͘-tē-chhùi ~-·leh
[用 chhǎ kā 布袋嘴 ~-·leh] 拿棍子把
麻袋的口撐開 **2.** 給椅子、床裝上
彈簧、墊子、套子 ¶~ phòng-í [~
膨椅] 給彈簧椅裝上彈簧、墊子、套
子。　　　　　　「**2.** TÈ: 布景。

kéng¹ (< log Sin) [景] (名) **1.** Ê: 景色

kéng² (< Sin) [襇] (名) Ê: 褶子 ¶khioh-
~ (給衣裳) 打褶子 (量) 褶痕。

kéng³ (< Sin) [揀] (動) 挑選。

kèng¹ (< log Sin) [敬] (動) **1.** 奉上
¶Góa ~ ·lí ·chit ·poe. [我 ~ 你一
杯.] 全 **2.** 敬畏 ¶~ Siāng-tè [~上
帝] 敬畏上帝。　　　　　　「(佛)。

kèng² (< Sin [供]) [敬] (動) 供奉 (神

kēng [勁] (動) 支撐 ¶Chhiûⁿ-thâu-á
khi-·khì, iōng kùn-á ka ~-·leh. [牆
頭仔 khi 去,用棍仔 ka ~-·leh.] 牆斜
了,拿根棍子把它撐住。

keng-á¹ [弓仔] (名) Ê: 弓形的活動吊
衣架 ¶saⁿ-~ [衫~] do.

keng-á² [弓仔] (名) Ê: 彈簧。

kèng-ài (< log Sin) [敬愛] (動) 全;≃
kèng-thiàⁿ。　　　　　　　「(名) 全。

kéng-bū-chhù (< log Chi) [警務處]

keng-chè (< log Nip) [經濟] (名) **1.** 關
於財物貨幣的事
◇ ~-ha̍k (< log Nip) [~學] 全
◇ ~ hoān-chōe (< log Nip) [~犯
罪] 全
◇ ~ khéng-/khióng-hông (< log
Nip) [~恐慌] PÁI: 全
◇ ~-pō͘ (< log Chi) [~部] 全 [Ê: 全
◇ ~-pō͘-tiúⁿ (< log Chi) [~部長]
2. (< ab keng-chè-ha̍k) 經濟學 (形)
不浪費。　　　　　　　　「爭] (名) (動) 全

kēng-cheng ‖ kèng- (< log Nip) [競
◇ ~-chiá (< log Nip) [~者] Ê: 與

某人或某團體競爭的人或團體
◇ ~-le̍k (< log Nip) [~力] 全。

kéng-chèng-sú (< log Chi) [警政署]
(名) 全。

kèng-chhat ‖ kéng- (< ana [敬] < log
Nip) [警察] (名) Ê: 全
◇ ~-chhia [~車] TÂI: 警車　　「全
◇ ~-kio̍k (< log Chi) [~局] KENG:
◇ ~-kio̍k-tiúⁿ (< log Chi) [~長]
Ê: 全。

keng-chhiú (< log Sin) [經手] (動)

keng-chìⁿ ⇒ kiong-chìⁿ。　　「全。

kéng-chia̍h [揀吃] (< [揀食]) (動) 挑

keng-chio (> kin-chio, q.v.)。　「食。

kèng-chiú (< log Sin) [敬酒] (動) 全。

keng-êng (< log Sin) [經營] (動) 全。

keng-giām (< log Nip < Sin) [經驗]
(名) Ê: 全 (動) 全。

keng-hùi (< log Nip) [經費] (名) 全。

kèng-jiân (< log Sin) [竟然] (副) 全;
≃ kóng³。

keng-kah-thâu (< log Sin [肩胛] +
thâu) [肩胛頭] (名) 肩膀。

kéng-kài (< log Sin) [警戒] (名) (動) 全
◇ ~-sòaⁿ (< log Nip) [~線] TIÂU:
全。

kéng-kak (< log Chi) [警覺] (動) 警惕
◇ ~-sèng (< log Chi) [~性] 全。

keng-kè / -kè̤ ⇒ keng-kòe。

keng-keh ‖ kaiⁿ- [keng 隔] (< [間
隔]) (名) (房子的) 格局 (動) 隔間;≃
keh-keng。　　「≃ sî-ki ¶put-~ q.v.

kéng-khì (< log Nip) [景氣] (名) 全;

kéng-kò (< log Nip) [警告] (名) 全。

kèng-koaⁿ ‖ kéng- (< log Nip) [警
官] (名) Ê: 全。　　　　「過] (名) (動) 全。

keng-kòe / -kè / -kè̤ (< log Sin) [經

kéng-lâng [揀人] (動) **1.** (幼兒) 挑
(熟識的) 人 (抱) **2.** 看對象 ¶Saⁿ sī
~ chhēng ·ê. [衫是 ~ chhēng ·ê.] 衣
服好不好看,在於穿衣服的是什麼樣

的人。

keng-lėk (< log Sin) [經歷] ⓐ 全。

keng-lí (< log Nip) [經理] ⓐ Ê: 全。

kèng-mih/-*mngh* [敬物] (< [供物]) ⓐ HĀNG: 供品。

kéng-ōe (< log Chi) [警衛] ⓐ Ê: 全 ◇ ~-*sit/-sek* (< log Chi) [～室] KENG: 全。

Kéng-pī Chóng-pō͘ (< log Chi) [警備總部] ⓐ 警備總司令部簡稱。

kéng-pò (< log Nip) [警報] ⓐ Ê: 全 ¶*hong-thai* ~ [風颱～] 颱風警報 ¶*khong-sip* ~ [空襲～] 全。

kéng-sek (< log Nip) [景色] ⓐ Ê: 全; ≃ kéng-tì。

keng-siau (< log Chi) [經銷] ⓔ 全 ◇ ~-*bāng* (< log Chi) [～網] 全 ◇ ~-*siang/-siong* (< log Chi) [～商] 全。

keng-sòaⁿ ⇒ keⁿ-sòaⁿ。

kēng-soán‖*kèng-* (< log Chi) [競選] ⓔ 全 ◇ ~ *chóng-pō͘* (< log Chi) [～總部] 全。

keng-thâu (< Sin) [肩頭] ⓐ 肩膀; ≃ keng-kah-thâu。

kèng-thiàⁿ (< log Sin [敬愛] + tr) [敬疼] ⓔ 敬愛。

keng-tián (< log Sin) [經典] ⓐ 全。

keng-tō͘ ⇒ keⁿ-tō͘。

──────

kha ¹ (< SEY; cf Siam *khǎa* '腿') [腳] (< [骹/跤]) ⓐ 1. KI, SIANG: 下肢或後肢 ¶*I ê* ~ *khah tńg* [伊ê～較長] 他的腿比較長 ¶~ *phû-phû* [～浮浮] 身體輕飄飄的, 站不穩, 例如臥病太久後 ¶~ *sng/suiⁿ* [～痠] 腳累了 2. KI: 髁骨以下部位 ¶*I ê* ~ *khah tōa.* [伊ê～較大.] 他的腳丫子比較大 3. KI: (家具的) 腿兒 ¶*toh-á-*~ [桌仔～] 桌腿兒 4. B. 底下 ¶*bîn-chhn̂g-*~ [眠床～] 床下 ¶*soaⁿ-*~ [山～] 山麓 5. B. 漢字偏旁在下的 ¶*hóe-/hé-·jī-*~ [火字～] 全。

kha² ‖*khia* ⓠ 1. 成雙的器物的一件, 例如筷子、簸箕 2. 可以成雙的器物的一件, 例如耳環、手鐲、戒指。

kha³ ⓠ 計算手提的器物的單位及其引申, 例如籃子、公事包、背包、行李箱。

khá (< *khah¹*) ⓐ 為何; 怎麼。

khà ⓔ 1. 敲, 使脫落或破壞 ¶~ *hun-chhoe/-chhe* [～菸吹] 敲煙斗 ¶~ *piah* [～壁] 敲掉 (隔間) 的牆 2. 敲打 (門/鐘); ≃ kòng; ≃ lòng 3. 打 (電報) 4. 打 (電話); ≃ ká²。

kha-á [腳仔] (< [骹□]) ⓐ Ê: 部下。

kha-āu-teⁿ/-*tiⁿ/-chiⁿ* [腳後teⁿ] (< [骹後□]) ⓐ 後跟; ≃ āu-teⁿ。

kha-āu-tó͘ [腳後肚] (< [骹後肚]) ⓐ 腿肚子; ≃ kha-tó͘-jîn。 ⌞踝骨。

kha-bák [腳目] (< [骹目]) ⓐ LIÁP:

kha-báng (< Nip *kaban*) ⓐ KHA: 書包、公事包之類的袋子。

kha-bé/-*bé* ⇒ kha-bóe¹,²。

kha-bô͘ [腳模] (< [骹模]) ⓐ Ê: (印出或畫出的) 腳的大小、形狀。

kha-bóe¹/-*bé/-bé* [腳尾] (< [骹尾]) ⓐ 腳的末端, 包括腳尖 ¶~ *ē léng* [～會冷] 腳尖發冷。

kha-bóe²/-*bé/-bé* [腳尾] (< [骹尾]) ⓐ (躺下時, 在腳的那一端) 離腳底不遠處 ¶*phōe khṅg tī*~, *bô kah* [被khṅg tī～, 無kah] 被子放在離腳底不遠處, 沒蓋 ◇ ~-*pn̄g/-pūiⁿ* [～飯] 死者停屍期間供奉於其腳底附近的飯。

kha-chéng-kah‖*-chńg-* [腳chéng甲] (< [骹指甲]) ⓐ KI, TÈ: 腳指甲。

kha-chéng-thâu-á‖*-chńg-* [腳chéng頭仔] (< [骹指頭□]) ⓐ KI, CHÁIⁿ: 腳指頭; ≃ kha-cháiⁿ。 ⌞與腳

kha-chhiú [腳手] (< [骹手]) ⓐ 1. 手△ ~ *bān-tūn* [～慢鈍] 動作遲鈍 2. 手法兒 ¶*chò(e)-*~ q.v. ¶*khòaⁿ-*

phòa ~ [看破~] 看穿 **3.** ê: 人員；人手；幫手；≃ kha-siàu。

kha-chhng (名) ê: **1.** 肛門；≃ kha-chhng-khang ¶*phah* ~ 打屁股
△ ~-*á ngiau* [~仔ngiau] 沒事找
△ ~ *chiū*ⁿ [~癢] do.⌊事，自找麻煩
△ ~ *là!* 囿 [~啦!] 才不是呢!
△ ~ *tfíg* [~長] (客人) 久坐不走；≃ tfíg-kha-chhng
◊ ~-*āu* [~後] **a.** 臀後 **b.** 囿 背後；≃ kha-chiah-āu
◊ ~-*phé* ê, PÉNG: 臀部 「鍋底。
3. (容器外的) 底部 ¶*tiá*ⁿ-~ [鼎~]

kha-chiah-āu [kha 脊後] (名) 背後。

kha-chiah-phiaⁿ [kha 脊 phiaⁿ] (名) 背部。

kha-chńg-kah ⇒ kha-chéng-kah。

kha-chńg-thâu-á ⇒ kha-chéng-thâu-á。

kha-ìn (< log Chi + tr) [腳印] (< [骹印]) (名) ê: 全；≃ kha-jiah。

kha-io [腳腰] (< [骹腰]) (名) 足弓。

khà-iû [khà 油] (動) 揩油；敲竹槓。

kha-jiah/-*giah*/-*liah* (< log Sin + tr) [腳跡] (< [骹跡]) (名) ê, JIAH: 足跡。

kha-jiáu/-*giáu*/-*liáu* [腳爪] (< [骹爪]) (名) KI: 爪。 「HÙ: 腳鐐。

kha-khàu [腳鎊] (< [骹扣]) (名) ê,

kha-khì-pēⁿ/-*pī*ⁿ (< log Chi + tr) [腳氣病] (< [骹氣病]) (名) 全。

kha-khoân [腳環] (< [骹環]) (名) ê, KHA: 全。 「TIÂU: 綁腿。

kha-kiáu [腳kiáu] (< [骹□]) (名) TÈ,

kha-kin/-*kun*/-*ki*n [腳筋] (< [骹筋]) (名) TIÂU: 腿筋；蹄筋。

kha-kiû [腳球] (< [骹球]) (名) LIÁP, KI □ 「TIÚⁿ: 足球。

kha-kun ⇒ kha-kin。

kha-kut [腳骨] (< [骹骨]) (名) KI: 腳。

kha-lá-ó-kheh /-*khe*/-*ó*- (< Nip *karaoke* < Nip *kara* + *ōkesutora* < En *orchestra*) (名) **1.** 卡拉 OK **2.** TÂI: 伴唱機。 「道。

kha-lá-theh (< Nip *karate*) (名) 空手道。

kha-lan [腳 lan] (< [骹鱗]) (名) LIÁP: 腳上的繭。

khà-lò/-*lò* (< Nip *kādo* < En *card*) (名) TIÚⁿ: 卡片；≃ khah-phìⁿ。

kha-ló-lih/-*ló*- (< Nip *karorī* < En < Fr *calorie*) (量) 卡路里。

khà-lò ⇒ khà-lò。

kha-ló-lih ⇒ kha-ló-lih。

kha-lú-siù-mù /-*m̀*/-*siú-muh* (< Nip *karushūmu* < Lat *calcium*) (名) 鈣。

kha-lú-teh (< Nip *karute* < Ger *Karte*) (名) HŪN, PÚN: 病歷記錄。

khá-mà (< En *comma*) (名) ê, TIÁM: 逗點。 「*kamaboko*] (名) TÈ: 魚板。

kha-má-bó-khoh /-*bó-khoⁿh* (< Nip

kha-mé-lah (< Nip *kamera* < En *camera*) (名) TÂI: 照相機。

kha-ná (< *ka-ná* < *kan-ná* < *kan-na*²⁽⁴⁾, q.v.) (副) **1.** 偏偏，表示執意 ¶*Góa* ~ *m̄.* [我~m̄.] 我不要 **2.** (< sem) (勸告:) 一定 ¶~ *m̄-hó thia*ⁿ *i ê ōe* [~m̄ 好听伊ê話] 可別聽他的話。

kha-né-sióng (< Nip *kānēshon* < En < Fr *carnation* < Lat *carnatio*) (名) CHÂNG, KI, LÚI: 康乃馨。

kha-pê [腳爬] (名) (< [骹□]) ê: 蹼。

kha-péh-sún‖*ka*- (< pop + ana *kha-péh* [骹帛] < *ka-péh-sún* < log Sin + *sún*) [茭白筍] (名) CHÂNG, KI: 茭白；≃ chúi-sún。 「下。

kha-phāng [腳縫] (< [骹縫]) (名) 跨

kha-phīⁿ-liâm [腳鼻liâm] (< [骹□ □]) (名) 脛骨前部。

kha-pô͘ [腳pô͘] (< [骹□]) (名) ê: 腳丫子的形狀、大小；cf kha-bô-。

kha-pō͘ (< log Sin + tr) [腳步] (< [骹步]) (名) Pō͘, HOÀH: 全
◊ ~-*sia*ⁿ [~聲] SIAⁿ: 全

(量) 步 ¶chit ~ to tȧh-bē-chhut··khì [一~ 都踏 bē 出去] 一步都踏不出去。　　　　「背；腳面。

kha-pôaⁿ [腳盤] (< [骹盤]) (名) Ê: 腳

kha-pu-chì-nò·|-chhí- ⇒ ka-pu-chí-

khà-sàng ⇒ kà-sàng。　　　　⌊nò·。

kha-sau (形) (品質) 低劣。

kha-siàu (< ana kha¹ < kioh-siàu [腳數]) [腳賬] (< [骹數]) (名) Ê: **1.** 參與的人數，例如演員 ¶bô-kúi ê ~ [無幾個~] 沒幾個人 **2.** 人手 ¶khiàm ~ [欠~] 人手不足 **3.** 貨色，指人 ¶Chit khoán ~ thái ē-/ōe-ēng-·tit! [這款~thái 會用得!] 這種貨色怎麼能用!

kha-sioh [腳 sioh] (< [骹□]) (名) **1.** 腳底的分泌物 **2.** 腳臭。

khá-sú (< ká-sú, q.v.)。

kha-sú-té-lah (< Nip kasutera < ab Port pão de Castella) (名) TÈ: 長崎蛋糕。　　「Ê: (腳踏車等的) 踏板。

kha-tȧh-á [腳踏仔] (< [骹踏□]) (名)

kha-tȧh-chhia [腳踏車] (< [骹踏車]) (名) TÂI: 全。

kha-tê/-tôe [腳蹄] (< [骹蹄]) (名) [á] Ê: 蹄子；腳底 ¶ah-(bó-)~ [鴨(母)~] 扁平足；≃ ah-bó-tê。「全。

kha-té/-tóe [腳底] (< [骹底]) (名)

kha-tê-á/-tôe- [腳蹄仔] (< [骹蹄□]) (名) Ê: 腳底；腳掌。

kha-thâu-u/-hu [腳頭 u] (< [骹頭窩]) (名) 膝蓋。

khā-thong (< Chi k'a³ t'ung¹ < En cartoon) (名) 卡通。　　「腳。

kha-thúi [腳腿] (< [骹腿]) (名) KI: 腿

khǎ-tián (< Nip kāten < En curtain) (名) TÈ: 窗帘。

khà tiān-ōe [khà 電話] (動) 打電話。

kha-tó· [腳肚] (< [骹肚]) (名) OÂN, LIÁP: 腿肚子；≃ kha-āu-tó·
◇ ~-jîn/-gîn/-lîn [~仁] do.

kha-tôe ⇒ kha-tê。

kha-tóe ⇒ kha-té。

kha-tôe-á ⇒ kha-tê-á。

kha-tòng [腳擋] (< [骹擋]) (名) Ê: (腳踏車的) 腳煞車。

khaⁿ (< Sin [坩]) (名) B. **1.** [á] 鍋子 ¶pn̄g-~ [飯~] 飯鍋 **2.** (陶瓷) 盆子 ¶hoe-~ [花~] 花盆 (量) 計算鍋子、盆子容量的單位。

khaⁿ-á [khaⁿ仔] (名) Ê: 深鍋子。

khah¹ ‖khá (副) 為何；何以；≃ thái。

khah² [較] (副) 比較 ¶mài, ~ hó [mài, ~好] 不要的好
△ ~ chha-put-to ·le [~差不多 ·le] (言行) 不放肆或放縱 ¶Lí ~ chha-put-to ·le. [你~差不多 ·le.] (你) 規矩一點儿 ¶~ chha-put-to ·le, chiú mài lim hiah chē/chōe. [~差不多 ·le, 酒 mài lim hiah chē.] 節制一點儿，酒別喝那麼多
△ ~ sit-lé [~失禮] (反) 抱歉，用於覺得自己有理時 「mā.../to...。
(連) 無論如何；再(... 也...); ⇒ khah...

khah³ (連) 才；再；⇒ chiah⁴ 「位。

khảh¹ (< ab kha-ló-lih) (量) 熱量單

khảh² (動) **1.** 靠攏 ¶mn̂g ~-óa··khì [門~óa去] 門(自動)扣上了 **2.** 虛掩(著門); ≃ iám **3.** 卡(住) ¶nn̄g chiah í-á sio-~ [兩隻椅仔相~] 兩把椅子鉤在一起 ¶Thoah-á ~-tiâu··leh, thoah-bē-khui. [屜仔~tiâu··leh, 屜 bē 開.] 抽屜卡住了，拉不開 **4.** 沈積；附著 ¶~ chúi-káu [~水垢] 水垢積聚。　　「...於，表示比較

khah...kòe/...kè/...kè· [較...過] (動)
△ khah chē kòe káu-hiā. [較 chē 過 káu 蟻.] (人)比螞蟻還多 ¶Lâng khah chē kòe káu-hiā. [人較 chē 過 káu 蟻.] 人很多。

khah...mā [較...mā] (連) 再(怎麼)... 也...; cf khah...to... ¶khah án-chóaⁿ kóng mā m̄ thiaⁿ [較按怎講 mā m̄ 听] 怎麼說都不聽 ¶khah kóng mā hia··ê [較講 mā hia··ê] 說來說去就

是那些話。

khah...to [較...都] ⓤ 再怎麼...也...; *cf* khah...mā... ¶*khah (án-chóa^n) kóng to m̄ thia^n* [較(按怎)講都m̄聽] 怎麼說都不聽 ¶*khah (án-chóa^n) kà to bē-/bōe-hiáu* [較(按怎)教都bē曉] 再怎麼教也不會。

khah-á [khah仔] ⓝ KHA: (窄口的) 竹籠子, 釣魚或採茶用。

khah - án - chóa^n / - chòa^n / - nóa / - nòa [較按怎] ⓤ 無論如何..., 與 *mā* 或 *to* 連用; *cf* khah...mā/...to ¶*~ mā bē-/bōe-sái--tit* [~mā bē 使得] 無論如何都不行。

khah-bān [較慢] ⓝ 待會兒; 過些時候; 以後; ≃ khah-kòe ¶*~--le chiah kóng* [~才講] 以後再說。

khah-bián [較免] ⓥ 不到; 不及於 ¶*~ chit jit tiō ē hó* [~一日就會好] 不要一天就可以好。　「≃ í-chá。

khah-chá [較早] ⓝ 從前; ≃ í-chêng;

khah - cháu [較走] ⓥ 1. 離開一些 ¶*Chheh thèh ~--le.* [冊thèh~·le.] 把書拿開一點兒 2. 讓開! ¶*~--le!* 讓開!; 站開一點兒!

khah-chhia (< log Chi; *cf* En *car/ cart*) [卡車] ⓝ TÂI: 全; ≃ tho-lák-khuh。

khah-choàh [較choàh] ⓥ (情況)改進 ¶*bô ~* [無~] 無濟於事。

khah-iâ^n [較贏] ⓥ 1. 勝過 ¶*I bô ~ lí.* [伊無~你.] 他並不比你優越 2. 比...好 ¶*Ū ~ bô.* [有~無.] 聊勝於無 ¶*Ū ~ ·bo?* [有~否?] 是不是比較好 ⓕ 較妥當; 比較好, 指做事的方式、決定、選擇等 ¶*mài khì ~* [mài去~] a. 最好不要去, 未來式 b. 不去的好, 過去式或虛設語氣。

khah iâ^n-bīn [較贏面] ⓕ 佔優勢; 佔上風。

khah-ke [較加] ⓓ (更)多; *cf* góa^1 ¶*nn̄g-chheng kho͘ ~* [兩千箍~] 兩

千多元 ⓥ 比預期的多; *cf*. ke^4 ¶*ū ~ to tiòh* [有~都著.] 確是多(出來)了 ⓕ 表示反駁

△ *~$^+$ là/lè* 我才不信!

△ *~$^+$ mā* a. 怪不得 ¶*Bô òh, ~ mā bē-/bōe-hiáu.* [無學, ~mā bē 曉.] 不學, 當然不會!　b. 才不...呢, 反駁用 ¶*Lí ~ mā bē-/bōe-hiáu!* [你~mā bē曉!] 你才不是不　　　　　　　　　　「會呢!

khah-kè ⇒ khah-kòe。

khah-khì [較去] ⓝ 1. 遠些的地方; ≃ khah-kòe ¶*Tâi-tiong ~ sī Chiang-hòa.* [台中~是彰化.] 台中再過去是彰化 2. 稍後; 以後; ≃ khah-kòe, q.v. ⓥ 離(說話者)遠些 ¶*chē-~-·le.* [坐~·le.] 坐過去一點兒。

khah-khó-á (< *khat-khó* < log Sin [克苦]) [較苦仔] ⓓ 勉強 ¶*~ chò/ chòe* [~做] 勉強做。

khah-kòe/-kè/-kè [較過] ⓝ 1. 遠些的地方; ≃ khah-khì, q.v. 2. 稍後; ≃ khah-bān; ≃ khah-khì ¶*Chit hāng tāi-chì ~ chiah pān.* [這項代誌~才辦.] 這件事稍後再辦 ⓓ 遠一點兒; ≃ khah-khì, q.v.。

khah-lâi (ant *khah-khì*) [較來] ⓝ 近些的地方 ⓥ 離(說話者)近些 ¶*chē-~-·le.* [坐~·le.] 坐過來一點兒。

khah-lím (v *lím*) [較lím] ⓥ 接近 (某數) ¶*~ chit bān lâng* [~一萬人] 將近一萬人 ¶*~ chit nî* [~一年] 將近一年。

khah-mài [較mài] ⓓ 少...(為妙) ¶*~ chiàh-hun, khah bē/bōe tiòh hi-gâm.* [~吃菸, 較bē著肺癌.] 少抽煙, 比較不容易得肺癌。

khah-phì^n (< log Chi < En *card* + [片]) [卡片] ⓝ TIU^n: 全。

khah-su [較輸] ⓥ 1. 敗給(對方); 輸一點點 ¶*Soán-kí ê kiat-kó, pó-siú-phài liòh-liòh-á ~.* [選舉ê結果, 保守派略略仔~.] 選舉的結果, 保守派

略遜一籌 **2.** 比 … 差;亞於 … ㊏ 較
差。 「下風。

khah su-bīn [較輸面] ㊏ 居劣勢;占

khah-thêng [較停] ㊟ [á] 待會兒。

khah-tit [較直] ㊏ 較好;較妥 ¶*mài*
~ （還是）不要的好。

khah-tōa-bīn [較大面] ㊏ 較有可能
性 ¶*I bē/bōe lâi* ~*.* [伊bē來～.]他
可能不來 ¶*I ē su,* ~*.* [伊會輸～.]看
樣子他會輸掉。

khah-ū-iáⁿ [較有影] ㊏ **1.** 應該是…
吧 ¶*I bô khì,* ~*.* [伊無去～.] （我
想）他（事實上）沒去 **2.** 比較好;比
較妥當; ≃ khah-iâⁿ ¶*mài khì,* ~
[mài去～]最好不要去。

khai¹ (< log) [開] ㊎ 裁紙的單
位 ¶*Chit pún chheh saⁿ-chảp-jī* ~*.*
[這本冊32～.]這本書是三十二開
本。

khai² [開] ㊧ **1.** 使（錢）;花費 ¶*chin*
gâu ~ [真gâu～]很會花錢 ¶*ke-*
hóe/-hé ~*-liáu-liáu* [家火～了了]把
家財花光 **2.** 嫖 ¶~*-cha-bó͘* q.v.

khài ⇒ thái。

khai-bêng (< log) [開明] ㊏ 仝。

khai-bō͘ ⇒ khui-bō͘。

khai-cha-bó͘ [開查某] ㊧ 嫖妓。

khai-chi (< log Chi) [開支] ㊟ 仝。

khai-chîⁿ [開錢] ㊧ 使錢;花錢。

khai-chiáng/-chióng‖khui- (< log)
[開獎] ㊧ 仝。

khai-giảp (< log Nip < Sin) [開業]

khai-hảk ⇒ khui-ỏh。 「㊧ 仝。

khai-hòa (< log Nip) [開化] ㊏ 仝。

khai-hoat (< log Nip) [開發] ㊧ 仝
△ ~*-tiong ê kok-ka* [～中ê國家]開

khai-hōe ⇒ khui-hōe。 「發中國家。

khai-hòng (< log Nip) [開放] ㊧ 仝。

khai-ián (< log Sin) [開演] ㊧ 仝。

khái-jī/-gī/-lī [楷字] ㊟ Jī: 楷書。

khai-káng (< sem log Nip) [開講]

㊧ **1.** 聊天 **2.** 發表議論。

khai-khún (< log Sin) [開墾] ㊧ 仝。

khai-koan (< log Chi) [開關] ㊟ 仝;
≃ sùi-chhì。

khai-kok goân-ló (< log Chi) [開國
元老] ㊟ ê: 仝。 「仝。

khài-liām (< log Nip) [概念] ㊟ ê:

khài-lūn (< log Nip) [概論] ㊟ Ê,
CHIUⁿ, PÚN: 仝。

khai-pan (< log Chi) [開班] ㊧ 仝。

khai-pān (< log Chi) [開辦] ㊧ 仝。

khai-phàu (< log Chi < tr En *bom-*
bard) [開砲] ㊧ 抨擊; *cf* khui-
phàu。

khai-sí/-sú/-ś (< log Chi) [開始]
㊟ 開始的時候; ≃ khí-thâu ㊧ 仝;
≃ khí ¶*ùi kin-ná-jit* ~ [ùi今旦日
～]從今天開始 ¶*boeh ùi tah* ~ [欲ùi
tah～]要從哪兒開始。 「仝。

khai-siau (< log Sin) [開銷] ㊟ ㊧

khai-thong (< log Nip) [開通] ㊏
仝。 「㊧ 仝。

khai-tî/-tû/-tî̂ (< log Chi) [開除]

khaiⁿ¹ ㊐ 中、高音鑼聲。

khaiⁿ² ㊧ （用棍子等）挑（只放在一端
的東西），例如士兵把背包放在槍桿
子上挑。

khaiⁿ³ ㊧ （彎起手指用關節部位）打
（頭）; ≃ khiảk; ≃ khian¹。

kháiⁿ ㊧ **1.** 抓（住）¶~*-·leh, mài ho͘*
cháu. [～·leh, mài ho͘走.]抓住
他，別讓他跑了 **2.** 抓（著他人的
手臂硬拖）¶*kā jiàu-pê-á* ~*-·chhut-*
·lâi [kā抓耙仔～出來]把奸細揪出
來 **3.** （粗魯、辛苦或彆扭地拿起
並）攜帶 ¶*gín-á* ~*-·leh, tńg-khì gōa-*
ke [gín仔～·leh, 返去外家] （因某
種不滿而）帶著孩子回娘家去 ¶~ *sì*
kha hêng-lí lí-hêng [～四kha行李旅
行]帶著四件行李旅行。

khāiⁿ ㊐ 中音鑼聲。

khàiⁿ (象) 低音鑼聲。

khǎiⁿ (象) 音高而短的鑼聲。

khak (< Sin) [殼] (名) **1.** ê, TÈ: 外殼 ¶*kā tiān-náu ê ~ pak-khui* [kā 電腦ê~剝開] 把電腦的外殼拆下來 **2.** Ê: 漢字部首在周邊的¶*kok-·jī-~* [國字~] 漢字第31部首的框框 ¶*mńg-·jī-~* [門字~] 門字部首。

khảk (動) 咳¶*kā hî-á-chhì ~-·chhut-·lâi* [kā魚仔刺~出來] 把魚刺咳出來。

khǎk (象) 咳出的聲音¶*~, phúi-·i* **a.** 咳出並吐掉的聲音 **b.** 呸! (動) (園) 咳(出來),鼓勵用語¶*Lâi, ~!* [來,~!]來,咳出來!

khak-jīm/-jīn/-gīm/-gīn/-līm/-līn (< log Nip) [確認](動) 仝。

khâk-phúi (v *khǎk*) (象) 咳出來並吐掉的聲音 (動) (園) 咳出來吐掉,鼓勵或命令用語 (歎) 呸!

khak-sit (< log Sin) [確實] (形) 仝 (副) 仝; *cf* *ū-iáⁿ* ¶*~ án-ne* 確是這樣 ¶*~ ū-iáⁿ án-ne* [~有影 án-ne] 確實真的如此。 「仝; ≃ tiāⁿ-tioh。

khak-tēng (< log Nip) [確定] (動) (副)

khám 1 (名) 台階; ⇒ *gám*。

khám² (量) 計算店鋪的單位。

khám³ (形) 沒有深思熟慮而缺乏安危或利害的判斷能力; ≃ *gām*。

khàm¹ [崁] (名) [á] Ê: 山崖; ≃ *soaⁿ-khàm* ¶*poah-loh ~* [poah落~] 跌下山崖 ¶*soaⁿ-~* [山~] 山崖。

khàm² (動) 覆蓋¶*chhù-téng ~ chháu* [厝頂~草] 房頂鋪草¶*~ kòa* [~蓋] 蓋蓋子。

khàm-á [崁仔] (名) Ê: 山崖。

khám-chām [坎站] (名) Ê: **1.** (事情的) 段落 **2.** 關頭; 關鍵時刻。

kham-kai [堪該] (形) 活該。

khàm-kha [崁腳] (名) 山崖下。

khām-kha-sàu ⇒ *khōm-kha-sàu*。

kham-kham-khiat-khiat (形) 凹凸不平; 崎嶇。

khàm-piⁿ [崁邊] (名) 山崖上的邊緣。

khàm-tâi [崁台] (動) 電訊較強的電台干擾並覆蓋他台較弱的電訊; *cf* *cháu-tâi*。

khàm-téng [崁頂] (名) 山崖上。

khan 1 (< log Sin) [刊] (動) 刊載; 刊登¶*~ kóng-kò* [~廣告] 登廣告¶*~ sin-bûn* [~新聞] 上報。

khan² (< Sin) [牽] (動) **1.** 拉(手) **2.** 教導以栽培¶*~ sai-á* [~sai仔] 教學徒 **3.** 帶(牲口或腳踏車、機車、汽車等交通工具) ¶*thau ~ chhia* [偷~車] 偷車¶*thau ~ gû* [偷~牛] 偷牛¶*~ thih-bé* [~鐵馬] **a.** 拿腳踏車 **b.** 推腳踏車行走 **4.** 株連; 循脈絡擴散¶*bak-chiu ~ âng-si* [目睭~紅絲] 眼睛呈現血絲¶*~-hat-á* q.v. ¶*~ ti-tu-si* [~蜘蛛絲] (蜘蛛) 把絲從一處布置到另一處 **5.** 拉(線路); 安裝¶*~ tiān-ōe* [~電話] 裝電話 **6.** 戴(眼鏡); ≃ *kòa²* **7.** 拉(關係); 附會 △ *~ koan-hē* [~關係] 拉關係; 掰交情 「親戚關係 **b.** 拉人際關係。 △ *~ chhin-chiâⁿ* [~親chiâⁿ] **a.** 拉

khan-á [牽仔] (名) Ê: 繫在包裹、託運的行李等上頭的標籤。 「靈。

khan-ang-î [牽尪姨] (動) (請) 靈媒通

khan-bóe/-bé/-bé [牽尾] (動) (婚禮上) 跟在新娘後頭提禮服的下襬; ≃ *khan sin-niû-bóe*。 「魂來說話。

khan-bông [牽亡] (動) (靈媒) 叫出鬼

khan-but (< log Chi; *cf* Nip [刊行物]) [刊物] (名) Ê, HŪN: 仝。

khan-chhia [牽車] (動) (為買車、取回車子、偷車等目的而) 把車子帶

khan-chhiú [牽手] (名) Ê: 妻。 ｢走。

khán-dò/-dò (< En *condo* < ab *condominium*) (名) TÒNG, KENG: 共管式

khan-·ê [牽·ê] (囲) (名) Ê: 妻。 ｢公寓。

khan-hat(-á) [牽hat(仔)] (< [牽核

□]) ⓜ 淋巴結腫。

khàn-hō·-kang [看護工] ⓝ ê: 仝。

khǎn-jió/-*jió* (< Nip *kanjō*) ⓜ **1.** 結帳；≃ māi-tan **2.** (< sem) ⓕ (事情)解決 **3.** (< sem) ⓕ 死亡。

khan-kau-á (< euph *khan-kâu-á* [牽猴仔]) [牽鉤仔] ⓝ ê: 仲介；捐客；≃ tiong-lâng; ≃ bu-lò-kà ⓜ 當仲介；仲介；從中介紹。「以結群玩樂。

khan-kâu-tīn [牽猴陣] ⓜ 呼朋引伴

khan-ke^n/-ki^n [牽羹] ⓜ 勾芡；≃ khan-hún。

khan-liân (< log Sin) [牽連] ⓝ 關係 ¶*He kah góa bô* ~. [*He kah* 我無 ~.]那跟我無關 ⓜ 仝。

khǎn-páng‖*khǎm-*‖*khâm-* (< *khǎm-páng* < log Nip [看板] + Nip *kamban*) ⓝ 招牌；廣告牌。

khan-sêng (< log Sin) [牽成] (< [看成]) ⓜ 照顧；幫助；提拔；栽培。

khan-siàp (< log Chi) [牽涉] ⓜ 仝。

khan-si [牽絲] ⓜ **1.** (拉時或下垂時)有絲相連，例如折斷蓮藕、豆蜜或濃糖漿、垂涎、取麥芽糖 **2.** (蜘蛛)拉絲(結網) **3.** 其他蟲子吐絲。

khàn-siú-só· (< log) [看守所] ⓝ KENG: 仝。　　　　　　　「乾。

khǎn-só/-*só* (< Nip *kansō*) ⓜ 使

khǎn-sò-kì‖-*só*- (< Nip *kansōki*) ⓝ TÂI, CHŌ: 乾燥機；乾燥器。

khan-sòa^n [牽線] ⓜ 介紹。

khan-thoa [牽拖] ⓜ **1.** 牽扯 **2.** 連累 **3.** 歸咎；責怪；誣賴。　　「音。

khan-tn̂g-sia^n [牽長聲] ⓜ 拉長聲

khang|^1 (< Sin) (< [空]) ⓝ **1.** ê: 洞；孔；罅隙 ¶*liú-á-*~ [鈕仔~] 鈕孔 ¶*niáu-chhí-*~ [老鼠~] 老鼠出入的洞口 **2.** ⓕ 事情 ¶*cha-bó·* ~ [查某~] (玩)女人的事 ¶*hó-*~ q.v. **3.** 做出來令人討厭的事；≃ khang-thâu ¶*I ê* ~ *chin chē/chōe.* [伊的~真chē.]他的事真多 **4.** ê: 傷口 ⓠ 計算開口處或傷口的單位 ¶*sa^n phòa chit* ~ [衫破一~]衣服破個洞。

khang|^2 (< Sin) [空] ⓕ 沒有東西 ¶~ *pâng-keng* [~房間]空屋子。

khàng ⓜ **1.** (用指甲)摳 ¶~ *phī^n-sái* [~鼻屎]摳鼻丁疙瘩 ⃞ **2.** (用指甲、爪子或功能類似的工具)攀緣；≃ khiàt ¶~ *soa^n-piah* [~山壁]攀岩 **3.** (努力)爬(上較高的職位) **4.** (用手腳)掙扎(起床等)；≃ khiàt; cf ngiauh^5 ¶*ùi bîn-chhn̂g-téng* ~·*khí-·lâi* [ùi眠床頂~起來]掙扎起床。

khang-á-phāng (< *khang-phāng*, q.v.)。　　　　　　　　　「仝

khang-chhiú (< log Sin) [空手] ⓙ △ ~ *hò· hê* [~戽蝦]兩手空空，什麼也沒帶，例如沒帶禮物、沒準備會議資料等。

khang-chhùi|^1 [khang嘴] (< [空□]) ⓝ ê: **1.** 洞口 **2.** 傷口。

khang-chhùi|^2 [空嘴] ⓕ ⓜ 口中沒有東西 ¶~ *kóng, bô-hāu* [~講無效]沒有證據，光說無用。

khǎng-gá-lú (< Nip *kangarū* < En *kangaroo* < Mao) ⓝ CHIAH: 袋鼠。

khang-hi/-*hu*/-*hir* (< log Sin) [空虛] ⓙ 仝。

khang-khak (ant *chàt-pak*) [空殼] ⓙ **1.** 中空的 **2.** 不實的；虛假的 ◇ ~-*chi-phiò* [~支票] TIU^n: 空頭支票。

khang-khang (v *khang^2*) [空空] ⓙ 空空的；空空如也。　　　　「工作

khang-khòe/-*khè*/-*khè·* ⓝ ê, HĀNG: ◇ ~-*tiû^n* [~場] ê: 職場；工作的場所 ¶*ùi* ~-*tiû^n thè-·lòh-·lâi* [ùi~場退落來]不再上班、工作，例如退休。

khang-kiâ^n [空行] ⓜ 白走(一趟) ¶~ *chit chōa* [~一chōa]白走一趟。

khang-lo-so/-*lo-lo* (< *khang-so-so*, q.v.)。

khang-pak-tó͘ [空腹肚] [形] 空腹 ¶~ *chia̍h* [～吃] (藥:)空腹服用。

khàng-pe̍h (< log) [空白] [動] 仝; ≃ làng-khang。

khang-phāng [khang縫] (< [空縫]) [名] Ê: **1.** 縫隙; ≃ phāng **2.** 可以鑽營處 **3.** 缺點 **4.** 小祕密; ≃ khang-á-phāng。

khang-sim-mī [空心麵] [名] LIA̍P: 通心粉。

khang-so-so/*-sơ-sơ*/*-lo-so*/*-lo-lo* [空so-so] [名] 空蕩蕩。

khàng-tē/*-tōe* (< log Sin) [空地] [名] [*á*]仝。

khang-thâu chi-phiò [空頭支票] [名] TIUⁿ: 仝; ≃ khang-khak chi-phiò; ≃ pa̍t-á-phiò; ≃ put-tō͘ ê chi-phiò。

khang-tńg (< log Nip < tr En *idle*) [空轉] [動] 仝。

khàng-tōe ⇒ khàng-tē。

khap ‖*khop* (< Sin [蓋]) [動] **1.** 覆, 即面向下或口向下 **2.** 使面向下或口向下 **3.** 蓋(章) [形] (ant *chhiò*²) 雙面的東西面朝著下方。

kha̍p (< Sin) [磕] [動] **1.** 碰; ≃ kho̍k ¶*Nn̄g ~-·tio̍h tiō phòa.* [卵～著就破.] 蛋一碰就破 **2** 接觸 ¶*Tiān-sòaⁿ kah tiān-sòaⁿ sio-~ ē chhut-hóe.* [電線&電線相～會出火.] 電線和電線相碰會迸出火花。

khap-bō͘ [khap模] [名] Ê: 漢字第40部首寶蓋頭儿。

khap-pih (< En *copy*) [動] 複印; ≃ khó-pì。

khap-poe (v *khap*) [khap杯] [名] [動] 一對筊杯全俯。

kha̍p-thâu (< log Sin) [磕頭] [動] 仝。

kha̍p-tio̍h [磕著] [副] 動不動(就); ≃ kha̍p-bōe-tio̍h; ≃ kha̍p-chi̍t-tio̍h ¶*Chit ê gín-á ~ tiō khàu.* [這個gín仔～就哭.] 這孩子動不動就哭。

khat [動] 舀。

khat-á [khat仔] [名] KI: 杓子。

khat-thô͘-ki [khat-thô͘機] [名] TÂI: 挖土機。

khau¹ (< Sin [薅]) [動] 拔(草木)。

khau² [動] **1.** 刨; 刮; 剃 ¶~ *chhùi-chhiu* [～嘴鬚] 刮鬍鬚 ¶~ *lâi-á-phôe/-phê* [～梨仔皮] 削梨的皮 **2.** (風)吹(在物體上) ¶*khì hái-piⁿ ~ léng hong* [去海邊～冷風] 到海邊吹冷風。

khau³ [動] 繞道; ≃ se̍h ¶~ *tùi chiàⁿ-chhiú-pêng ·kòe/·kè* [～對正手pêng過] 從右邊繞過。

khau⁴ [動] 諷刺; ≃ siah³。

khàu¹ [哭] [動] **1.** 悲哀或生氣時流淚或放出悲聲; ≃ háu; ≃ thî **2.** 過度喜悅時流淚; ≃ háu **3.** 流淚或放出悲聲表示哀悼 ¶*sí bô lâng ~* [死無人～] 囮 (咒罵:)絕子絕孫。

khàu² (< Sin) [扣] [動] 扣除。

khàu³ (< Sin) [銬] [動] 扣上(手銬)。

khau-á¹ [鬮仔] [名] KI: 鬮儿 ¶*liam ~* [拈～] 抓鬮儿 ¶*liu ~* [溜～] do. ¶*thiu ~* [抽～] do.

khau-á² (v *khau*⁴) [khau仔] [名] KI: 刮削器 ¶*koe-~* [瓜～] 削果菜皮的廚具。

khàu-ah (< log Chi) [扣押] [動] 仝。

kháu-bī (< log) [口味] [名] Ê: 仝。

khàu-bīn [哭面] [名] 哭喪著的臉; ≃ ài-khàu-bīn [形] [x] 哭喪著臉的樣子。

kháu-châi (< log Sin) [口才] [名] 仝。

kháu-chhàu (< log Chi) [口臭] [名] 仝; ≃ chhùi-chhàu。

kháu-chhì (< log Chi < ab Nip [口頭試驗]) [口試] [名] PÁI: 仝 [動] 仝。

kháu-chō (< log Nip) [口座] Ê: [名] **1.** (銀行)戶頭 **2.** 帳號。

kháu-gí/*-gú*/*-gí* (< log Nip) [口語] [名] KÙ: 仝。

kháu-hō (< log Sin) [口號] [名] Ê: 仝 ¶*hoah ~* [喝～] 呼口號。

khau-hong [khau 風] 動 被風吹。

khàu-hun (< log Chi) [扣分] 動 仝。

khàu-iau [哭 iau] 租 動 抱怨；糟糕
了；≃ khàu-pē, q.v. 勼 住嘴；≃
khàu-pē, q.v.

kháu-keng/-kiong (< log Sin) [口
供] 名 Ê: 仝 ¶hoán ~ [反～] 翻供
¶pek ~ [逼～] 逼供 ¶péng ~ 翻供
¶thò ~ [套～] 串供。

kháu-khì (< log Chi) [口氣] 名 Ê: 仝。

kháu-khiang-gâm|-khiong- (< log)
[口腔癌] 名 仝。

kháu-khîm (< log Chi) [口琴] 名 KI:
仝；≃ ha-mó-ní-khah。 「gâm。

kháu- khiong- gâm ⇒ kháu-khiang-

khàu-kiáu (< log Chi) [扣繳] 動
仝。 「通行的祕密語；cf hō-lēng。

kháu-lēng (< log Chi) [口令] 名 Ê:

khàu-liû (< log Sin) [扣留] 動 仝。

khàu-pau [哭包] 名 Ê: 動不動就哭
的人，特指小孩；≃ ài-khàu-pau。

khàu-pē [哭父] 租 動 1. 抱怨，貶意；
說人家不喜歡聽的話；≃ khàu-iau
◇ ~-khàu-bó/-bú [～哭母] do.
¶mài tòa chia ~ 別在這儿哀嘆─
住嘴！ 2. 糟糕(了)；≃ khàu-iau; ≃
kâu-kiâⁿ ¶~ ·a! [～矣!] 糟糕了！ 勼
住嘴!; ≃ khàu-iau ¶~! Tiām-tiām
·la! [～! Tiām-tiām啦!] do.

khau-sé/-sóe [khau 洗] 動 諷刺；≃
khau-siat; ≃ khoe-sé。 「仝。

khàu-siaⁿ (< Sin) [哭聲] 名 SIAⁿ:

khau-siah/-siat [khau 削] 動 諷刺；
≃ khau-sé; ≃ khoe-sé。

khau-sng-hong [khau 霜風] 動 被冰

khau-sóe ⇒ khau-sé。 「冷的風吹。

kháu- thâu- siāng /-siōng (< log)
[口頭上] 勼 仝 ¶~ tah-èng [～答
應] 仝。 「動 仝。

khàu-tî/-tû/-tî̂ (< log Sin) [扣除]

khau-to [khau 刀] 名 KI: 刨子

◇ ~-lian [～鐗] TÈ: 刨花。

khàu-tû ⇒ khàu-tî。

khāuⁿ - khāuⁿ - kiò ⇒ kháuhⁿ -
khàuhⁿ-kiò。

kháuh -kháuh 勼 不停地 ¶~ kóng
[～講] 一再重複地說；嘀咕。

khǎuhⁿ 象 硬物在口中咬破的聲音
¶~-·chit-·ē chhùi-khí tn̄g-·khì [～一
下，嘴齒斷去]喀的一聲，牙齒斷了。

kháuhⁿ-kháuhⁿ-kiò‖khāuⁿ-khāuⁿ-
(> khihⁿ-kháuhⁿ-kiò; v khǎuhⁿ)
[kháuhⁿ-kháuhⁿ叫] 動 咀嚼硬物
發出聲音。

khe¹ ‖ khoe (< log Sin) [溪] 名

khe² [科] ⇒ kho。 「TIÂU: 仝。

khe³ (< k < karat < acr Fr carat) 量
黃金單位；≃ khe-kim。

khe⁴ 動 嘲弄；⇒ khoe²。

khê¹ 動 1. 卡 (住)；≃ khàh²⁽³⁾
¶Chhǎ-ki ~ tī âm-khang-té. [Chhǎ
枝～tī 涵khang底.] 樹枝卡在涵洞
裡 2. (移動的物體)擦撞(障礙物)
¶Chhia ~-tióh chhia-khò· ê mn̂g.
[車～著車庫ê門.] 車子擦到車庫的
門 3. 鉤住再拉(破)，例如衣服被釘
子扯破 彤 [x] (動作、行事、人際

khê² [瘸] ⇒ khôe。 「關係)不順。

khè¹ 動 1. 啃；⇒ gè 2. 叩(瓜子儿)。

khè² 動 靠；⇒ khòe²。

khè³ ‖ khē 動 放置；≃ khǹg²; cf hē³。

khe-á‖khoe- [溪仔] 名 TIÂU: 溪流。

khe-bák ⇒ kho-bák。

khè-bó/khòe-bú [契母] 名 Ê: 乾媽。

khe-bóe‖khoe-bé/-bé [溪尾] 名 河

khe-bók ⇒ kho-bák。 「川的下流。

khé-cheng-chhù (< log Chi) [稽征
處] 名 KENG: 仝。 「名 KENG: 仝。

khé-cheng-só· (< log Chi) [稽征所]

khê-chhiú ⇒ khôe-chhiú。

khé- chiap (< En catchup; cf Hok
kiat-chiap, Cant k'e¹¹tsap⁵³ [茄

汁]) ⓐ 番茄醬; ≃ kit-chiap。

khe-chúi‖khoe- [溪水] ⓐ 河水。

khe-ha̍k ⇒ kho-ha̍k。 「夫 **2.** 姦夫。

khè-hiaⁿ‖khòe- [契兄] ⓐ Ê: **1.** 姘

khe-hōaⁿ‖khoe- [溪岸] ⓐ 河岸。

khè-iak/-iok‖khòe-iok (< log Nip)
[契約] ⓐ Ê: 全。 「子。

khè-kiáⁿ‖khòe- [契kiáⁿ] ⓐ Ê: 義

khè-pē‖khòe- [契父] ⓐ Ê: 義父。

khe-po·‖khoe- [溪埔] ⓐ [á] PHIÀN,
Ê: 河灘。 「動全。

khé-sī (< log Nip) [啟示] ⓐ Ê: 全

khè-sì/-sù (< En *case*) Ê: 案例。

khê-sìⁿ ⇒ khôe-sìⁿ。

khè-sù ⇒ khè-sì。

khe-té/khoe-tóe [溪底] ⓐ 河床。

khe-thâu‖khoe- [溪頭] ⓐ 溪的上
游。

khê-ūi (< tr Chi) [khê位] 動 卡位。

khe· ¹ [科] ⇒ kho。

khe·² 動 嘲弄 ⇒ khoe²。

khê ⇒ khôe。

khenⁿ‖khiⁿ (< sem Sin) [坑] ⓐ
[á] Ê: 山谷。 「谷。

khenⁿ-á‖khiⁿ- [坑仔] ⓐ Ê, TIÂU: 溪

khenⁿ-kau‖khiⁿ- [坑溝] ⓐ TIÂU: (山
中) 溪澗。

kheh ¹ ⓐ 缺額; ⇒ khoeh¹。

kheh² (< log Chi) [客] ⓠ 計算成套
餐點的單位。

kheh³‖khoeh 動 **1.** 壓搾 ¶~-iû [~油]
搾油 ¶~ kam-chià [~甘蔗] 搾甘蔗
2. (人與人) 擠 ¶Chhia ~-bē-ji̍p-·khì
·a. [車~bē入去矣.] 車子擠不進去
了 ⓕ 擁擠。 「瞑目。

kheh⁴‖khoeh (< Sin) [瞌] 動 閉眼;

khe̍h ⇒ the̍h¹。 「**2.** KHA: 小箱子。

kheh-á‖khoeh- [篋仔] ⓐ **1.** Ê: 盒子

kheh-boán ⇒ kheh-móa。

kheh-chhia‖khoeh- [kheh車] 動 在
車上人擠人。

kheh-chhng (< log Chi) [客艙] ⓐ
KENG: 全。 「全。

kheh-chhòan (< log Chi) [客串] 動

kheh-chiáu [客鳥] ⓐ CHIAH: 喜鵲。

kheh-khì (< log Sin) [客氣] ⓕ 全。

kheh-koan‖khek- (< col log Nip)
[客觀] ⓐ ⓕ 全。

Kheh-lâng [客人] ⓐ Ê: 客家人。

kheh-móa/-boán (< col log Chi)
[客滿] ⓕ 全。

Kheh-ōe [客話] ⓐ KÙ: 客家話。

kheh-sio‖khoeh- [kheh燒] 動 **1.** (小
孩故意) 人擠人以取暖 **2.** 人擠人,貶
意 **2.** 湊熱鬧,貶意。

Kheh-té [客底] ⓕ 父系祖先是客家
人 (自己變成別的族群成員),例如豐
原、員林、鳳山許多居民。

kheh-thiaⁿ (< log Sin) [客廳] ⓐ
KENG: 全。 「KENG: 全。

kheh-ūn (< log Chi) [客運] ⓐ TÂI,

khe·h ⇒ khoeh¹。

khehⁿ‖khe̍hⁿ ⓧ 咳嗽的聲音 動
咳嗽 ¶~--chit-·ē, ~--chit-·ē [~一
下,~一下] 咳兒咳兒地咳嗽。

khe̍hⁿ¹ ⓧ 動 咳嗽; ⇒ khehⁿ。

khe̍hⁿ² 動 (雷)擊 ⓕ [x] 有破裂聲,例
如有裂紋的鍋子、碗。

khéhⁿ ⓧ **1.** 咳嗽的聲音 **2.** 雷聲。

khehⁿ- khehⁿ- kiò‖ khe̍hⁿ- khe̍hⁿ-
[khehⁿ-khehⁿ叫] 動 咳兒咳兒地
咳嗽 ¶sàu kà ~ [嗽到~] do.

khehⁿ- khehⁿ- sàu‖ khe̍hⁿ-khe̍hⁿ-
[khehⁿ-khehⁿ嗽] 動 咳兒咳兒地
咳嗽; ≃ khuh-khuh-sàu。

khek ¹ (< log Sin) [曲] ⓐ TIÂU,
TÈ: 曲子。

khek² (< log Chi < ab < Fr *gramme*)
[克] ⓠ 公克,即千分之一公斤; ≃
gu-lám。

khek³ (< log Sin) [刻] 動 雕(痕跡)
¶~ ìn-á [~印仔]刻圖章。

khek⁴ (< log Sin) [剋] 動 仝 ¶*Chúi
kah hóe/hé sio-~.* [水 kah 火 相
~]水火相剋。

khek-hȯk (< log Nip) [克服] 動 仝。

khek-lân/-*lān* (< log Chi) [克難]
動 仝。

kheng¹ (< Sin) [框] 名 ê: 仝。

kheng² (< log Chi < ab Sin [氫氣] <
[輕氣] < tr *hydrogen*) [氫] 名 仝;
≃ kheng-khì。

kheng³ 名 刀背 ¶*pó·-thâu-*~ [斧頭
~]斧頭的背,即鈍的那一邊 ¶*to-*~
[刀~]刀背。

khêng 動 1.拾綴 ¶~ *pâng-keng* [~
房間]整理屋子 2.集(零星的使聚在
一起)¶~ *chîⁿ* [~錢]集資 3.把零
星、殘餘的處理掉 ¶*chhun ê chhài*
~-~ *khì* [chhun ê 菜~~去]把剩菜
吃完或集中在一起帶走。

khéng (< Sin) [肯] 動 輔 仝。

khēng [虹] 名 TIÂU: 仝 ¶*chhut-*~ [出
~]出現彩虹。

khèng-chiok (< log Sin) [慶祝] 動
◇ ~-*hōe* (< log Chi) [~會] ê: 仝。

khéng-hat ⇒ khióng-hat。

kheng-hiàng/-*hiòng*(< log Nip) [傾
向] 名 動 仝。

khēng-hoe‖*khêng-* [khēng 花] 名
CHÂNG, LÚI:疊花。

khéng-tēng (< log Nip; ant *hóⁿ-
tēng*) [肯定] 動 形 仝。

khi (< Sin [敧]) 動 傾斜 ¶~-*kòe/-kè
chià ⁿ-pêng* [~過正 pêng]向右邊傾
斜 形 斜,不水平或不垂直。

khî² 動 (因久不洗刷而)發黏,例如碗
盤、流理台、流理台過濾網、盥洗
盆等 形 (因久不洗刷而)黏黏的。

khí¹ (< Sin) [起] 酋 發生 ¶~-*chheh*
氣起來 ¶~-*phùi-bīn* [~屁面]繃了

臉 ¶~-*siáu* 發瘋 尾 開始 ¶*têng chò-
/chòe-*~ [重做~]重來 ¶*ùi chit-má
sǹg-*~ [ùi chit-má 算~]從現在開
始算 ¶*ùi tah/toh kóng-*~ [ùi tah 講
~]從何說起 ¶*i seng kóng-*~ ·*ê* [伊
先講~·ê]他先提起的 動 1.向上
動,當主要動詞 ¶*Lí boeh* ~ *àh boeh
lȯh?* [你欲~或欲落?]你(到底)要
上還是要下? 2.向上動,當動詞補語
¶~-·*khì* ⇒ khí-khì ¶~-·*lâi* ⇒ khí-
lâi ¶*poah-·lȯh-·khì, peh-bē-*~ [poah
落去, peh-bē~]跌下,起不來 3.漲
(價) ¶*bȯt-kè ū khah-*~ [物價有較
~]物價漲了些了 4.建築;興建 ¶~
chúi-pà [~水壩]築水壩 5.升(火)
¶*hóe/hé* ~-*bē-tȯh* [火~bē-tȯh]火
點不起來 6.開始 ¶*ùi chit-má* ~ 從
現在開始 7.表示有或有能力,當動
詞補語 ¶*chiah-ē-*~ [吃會~]吃得起
¶*khòaⁿ-ē-*~ [看會~]看得起。

khí² (< En *key*) 名 ê: 1.(樂器鍵盤
上的)鍵;≃ jí⁽²⁾ 2.(電腦鍵盤上
的)鍵 量 計算鍵的單位。

khí³ (< Sin) [齒] 名 (器具的)齒儿
¶~ *tn̄g-·khì* [~斷去]齒儿斷了 ¶*kì-
/kù-*~ [鋸~]仝 ¶*loȧh-á-*~ 梳齒 量
計算牙齒或齒儿的單位。

khí⁴ (< contr *khí-khì*, q.v.)。

khì¹‖*khù*‖*khìr* [去] 酋 (< log Chi <
tr En < Lat *de-*) 去除 ¶~-*Tiong-
kok-hòa* [~中國化]仝。

khì²‖*khù*‖*khìr* (< sem Sin; > *hì > i*)
[去] 尾 1.表示進行 ¶*Ná m̄ kín
chún-pī-·*~? [哪 m̄ 緊準備~?]怎
麼不著手慢慢儿準備? ¶*tit-tit
chò-/chòe-·*~ [直直做~]一直進行
(做下去) 2.表示消失 ¶*bô-·*~ [無
~]失去;化為烏有;遺失 ¶*Hiuⁿ sio-
*~ *chit-pòaⁿ* ·*a.* [香燒~一半矣.]線
香燒了一半了 3.表示(全部)完
成 ¶*chiȧh-chiȧh* ~ [吃吃~]吃掉
¶*kā óaⁿ sé-·*~ [kā 碗洗~]把碗洗

了　**4.** 表示變成所承動詞或形容詞所述的狀態，常為不利或不願見到的事，輕聲固定變調¶*bīn âng-*~ [面紅~] 紅了臉¶*chit-ê-chit-ê lȯk-hā-sòaⁿ phah-khui-*~ [一個一個落下傘 phah 開~] 一個個降落傘都張開來了¶*I hông pau-chhī-*~. [伊 hông 包飼~.] 她當了有給的情婦¶*bīn lóng âng-*~ [面攏紅~] 臉都紅了¶*chúi-kóng that-*~ [水 kóng that ~] 水管堵住了¶*tiong-tàu chiȧh siuⁿ chē ·*~, *àm-tǹg soah bô siūⁿ-boeh chiȧh* [中晝吃 siuⁿ chē，暗頓煞無想欲吃] 中午吃太多，結果晚飯不想吃¶*phàng-kiàn-*~ [phàng 見~] 遺失¶*sí-*~ [死~] 死掉。

khì³ (< log Chi) [氣] (名) (氣功所練的) 氣。

khì⁴‖*khù*‖*khì̀* (< Sin) [去] (動) **1.** (> *hì*) (到)...去；前往，接賓語或補語¶~ *Tâi-tiong* [~台中] 到台中去¶~ *thit-/chhit-thô* 玩儿去¶~ *Tâi-tiong thit-/chhit-thô* [~台中 thit-thô] 到台中玩儿去 **2.** (> *ì*) 前往，不接賓語或補語¶*tùi/ùi chia* ~, *bô-gōa hn̄g* [對 chia~，無 gōa 遠] 離這儿不遠 **3.** 不受限制地做¶*kì-chāi i* ~ [據在伊~] 隨便他要怎麼樣就怎麼樣¶*pàng hō· i* ~ [放 hō·伊~] 隨他去 (要怎麼樣就怎麼樣) **4.** 離開¶*pàng i* ~ [放伊~] 放他走 **5.** 喪失；死亡；失敗
△ ~ ·*a* [~矣] 完蛋了
△ ~-*liáu-liáu* [~了了] 全部完蛋
6. (> *ì*) 表示消失¶*pit tùi tá/tó* ~? [筆對 tá~?] 筆哪儿去了？　**7.** (> *ì*) 表示離開說話現場或前往某定點；...走¶*Chîⁿ thȧh-*~, *mȧh-kiāⁿ thȧh ·lâi!* [錢 thȧh~，物件 thȧh 來!] 錢拿去，東西拿來!¶*Chîⁿ thȧh-*~ *hō· ·i.* [錢 thȧh~ hō·伊.] 拿錢去給他。

khì⁵ (< Sin) [氣] (動) 生氣¶*I teh* ~

góa ka bē-kì-·tit. [伊 teh ~我 ka bē 記得.] 他正因為我忘記了而生氣
△ ~ *kà chhùi-chhiu ē phùn-·khí-·lâi* [~kà 嘴鬚會濆起來] 怒髮沖冠
△ ~ *kà peh-khí-lâi thiàu* [~到 peh 起來~跳] 氣得跳起來；暴跳如雷
△ ~ *kà phòng-sai-sai* [~kà 膨獅獅] 氣得臉都脹起來　　　「人
△ ~ *kà phòng-tō·* [~kà 膨肚] 氣死
△ ~-*phòa pak-tó·* [~破腹肚] 氣炸
△ ~-*tiȯh ē/ōe sí* [~著會死] 簡直氣死人。　　　　　　　　「受。

khì⁶ (< *khih²*, q.v.) (介) 表示被動、遭

khí-âi¹ (< *khí-lâi¹*, q.v.) (尾) (動) (助) 起來。　　　　　　「/khit-lâi-khì.

khí-âi² (動) (咱們/我) 上去；⇒ khí-

khí-ǎi ⇒ khí-/khit-lâi-khì.

khì-âi¹ (尾) (動) 起來；⇒ khí-lâi¹。

khì-âi² (動) (咱們/我) 上去；⇒ khí-/khit-lâi-khì.

khì-ǎi ⇒ khí-/khit-lâi-khì.

khī-·ài¹ (動) 起來；⇒ khí-lâi¹。

khī-·ài² (動) (咱們/我) 上去；⇒ khí-/khit-lâi-khì.

khì-ap (< log Nip) [氣壓] (名) 仝。

khí-bái-mo· (< *khí¹* + **bái-mo·* < *bái* + *khí-mo·*, q.v.) (俚) (動) 不爽起

khí-bé¹ [起碼] (動) 起算；起跳。「來。

khí-bé² (副) 至少；⇒ khí-má.

khì-bī (< Sin) [氣味] (名) Ê: **1.** 味道。 **2.** 氣息。

khí-bín-á [齒 bín 仔] (名) KI: 牙刷。

khí-bó·‖*khǐ-* (< En *keyboard*) (名) Ê: 鍵盤。

khì-châi (< log Nip) [器材] (名) 仝。

khí-chām [起站] (名) 仝。

khí-chheⁿ-kiaⁿ‖-*chhiⁿ* [起青驚] (動) 驚慌起來；*cf* khí-tiȯh-kiaⁿ。

khí-chheh [起 chheh] (動) 氣起來。

khí-chhiⁿ-kiaⁿ ⇒ khí-chheⁿ-kiaⁿ。

khì-chhia (< log Chi) [汽車] (名) TÂI: 仝；≃ chhia

◇ ～ *lí-/lú-/lí-koán* (< log Chi < tr En *motel*) [～旅館] KENG: 仝。

khì-chhiāng ⇒ khì-siāng。

khí-chhìn-mớh ⇒ khí-chhìn-nah。

khí-chhìn-nah [起清nah] 働 長塊狀疹子；≃ khí-chhìn-mớh。

khí-chhiú (< log Sin) [起手] 働 著手；≃ lòh-chhiú[1]。

khí-chhn̂g (< log Nip) [起床] 働 仝；≃ khí-·lâi[1(2)]。

khì-chhoah-chhoah / -*chhoàh-chhoàh*/-*toàh-toàh* [氣chhoah-chhoah] 㢱 氣沖沖。

khì-chhoh [起肏] (< [起操]) 粗 働 咒罵起來。

khì-chit (< log Sin) [氣質] 名 仝。

khì-chúi [汽水] 名 KAN, KOÀN: 仝。

khì-chûn (< log Nip) [汽船] 名 TÂI: 仝。

khì-giàp (< log Nip) [企業] 名 Ê: 仝
◇ ～-*ka* (< log Nip) [～家] Ê: 仝。

khí-goân (< log) [起源] 名 Ê: 仝。

khì-hāu (< log Nip) [氣候] 名 仝。

khí-hé/-*hé* ⇒ khí-hóe。

khì-he-ku (v *he-ku*) 働 1. 喘哮發作 2. 翻臉叫罵 ¶*su, tiō* ～ q.v.

khì-hiâm (< log Sin) [棄嫌] 働 嫌棄。

khì hơ (< khih hơ, q.v.)。

khì hō͘ (< khih hō͘, q.v.)。

khí-hōaⁿ [齒岸] 名 齒齦；≃ chhùi-khí-hōaⁿ。

khí-hoe[1] (v *hoe*[2(1,2)]) [起花] 働 眼花繚亂起來或迷糊起來。

khí-hoe[2] (v *hoe*[2(3)]) [起花] 働 1. 爭執起來 2. 無理取鬧起來。

khí-hóe/-*hé*/-*hé* [起火] 働 生火。

khí-hong [起風] 働 開始颳風。

khi-hū (< log Sin) [欺負] 働 仝
△ ～ *nōa-thô͘ bô chhì* [～爛thô͘無莿] 欺善。

khì-hun (< log Nip) [氣氛] 名 仝。

khí-in (< log Sin) [起因] 名 Ê: 仝。

khí-ín‖*khì*- (< En *key in*) 働 鍵入。

khì-iû (< log Sin) [汽油] 名 仝；≃ ga-só͘-lín 「仝。
◇ ～-*tân* (< log Chi) [～彈] LIÀP:

khí-kè [起價] 働 漲價。

khī-ke/-*koe* ⇒ thī-ke。

khī-ké/-*ké* ⇒ khī-kóe。

khí-ke-bó-phôe‖-*koe-bú-phê*/-*phê* [起雞母皮] 働 起雞皮疙瘩。

khì-khài (< log Sin) [氣慨] 名 仝。

khí-khe/-*khe* ⇒ khí-kho。

khí-khì (> *khít-khì* > *khút-lì* > *khí-lì* > *khí-lí* > *khí*; > *khít-khì* > *khit-khì* > *khit-lì* > *khih-lì* > *khì-lì* > *khí-lí* > *khí*; > *khí-·khì* > *khít-·khì* > *khit-·khì* > *khit-·lì*; > *khí-·khì* > *khí-·lì* > *khít-·lì* > *khit-·lì*; > ·*khí-·khì* > ·*khit-·khì* > ·*khit-·lì*; > ·*khí-·khì* > ·*khí-·lì* > ·*khit-·lì*) [起去] 働 上去；⇒ khit-khì。 「phī-chhoah。

khī-khī-chhoah‖*khū-khū*- ⇒ phī-

khi-khí-khiàk-khiàk / -*khiàuh-khiàuh* (v *khī-khiăk*) 働 堅實的物體碰撞而發出清脆的聲音。

khi-khí-khók-khók (v *khī-khŏk*) 働 1. 硬物碰來碰去 ¶～, *khók-khók phòa* [～, khók-khók破] 碰來碰去碰破了 2. 硬物連續碰撞而發出低沈的聲音，例如搖椅搖動時；*cf* khi-lí-khók-lók 㢱 (攜帶的東西) 多而累贅的樣子。

khí-khí-lòh-lòh [起起落落] 働 1. 上上下下 2. 時而上漲，時而下跌。

khī-khiăk‖*khìh* 象 不同硬度的堅實物體輕脆的連續碰撞聲，例如打鐵、撞球、鵝卵石相碰。 「世故；狡猾。

khi-khiau 働 刁難；⇒ khiâu-khi 㢱

khí-kho/-*khe*/-*khe* (< log Nip) [齒科] 名 KHO: 牙科。 「働 仝。

khì-khoân/-*koân* (< log Nip) [棄權]

khī-khŏk‖*khìh*- 象 不同硬度的堅實

物體沈重的連續碰撞聲，例如某些打擊樂器。

khí-khok-á [齒 khok 仔] (名) ê: 牙缸。

khī-khók-iô [khī-khók 搖] (動) 搖來搖去出聲，例如搖椅或沒放穩的器物。

khī-khók-khiăk (象) 堅實不帶高音的打鐵聲或其他連續的不同打擊聲；cf khī-khók-khiang(4)。

khī-khók-khiang‖khît- (象) 1. (念經時) 敲木魚與鐘磬聲　2. 打擊樂器聲　3. 多種東西掉在地上的聲音　4. 含高音與低音的打鐵聲；cf khī-khók-khiăk。

khī-khók-kiò [khī-khók 叫] (動) 堅實的物體連續碰撞發出沈重的聲音。

khī-khók-pán [khī-khók 板] (名) 蹺蹺板；≃ sì-sò; ≃ khiàu-khiàu-pán。

khī-khók-tiô (動) 顛簸；震動。

khí-kiâⁿ (< SEY) [起行] (動) 啟程。

khí-kiàn (< log Sin) [起見] (動) 全 ¶ūi-tiòh kò͘ gín-á ～, kā thâu-lō͘ sî-tiāu [為著顧 gín 仔～, kā 頭路辭掉] 為了照顧孩子，辭掉工作。

khì-kiû (< log Nip) [氣球] (名) LIÁP: 全；≃ ke-kui。　「KI: 全；cf kńg¹。

khì-kńg (< log Nip) [氣管] (名) TIÂU, **khí-ko** [齒膏] (名) TIÂU: 牙膏。　「全。

khì-koan (< log Nip) [器官] (名) ê:

khì-koân ⇒ khì-khoân。

khī-koe ⇒ thī-ke。　　　　「餅。

khī-kóe/-ké/-ké [柿粿] (名) TÈ: 柿子

khí-koe-bú-phê/-phê̍ ⇒ khí-ke-bó-phôe。

khì-kong (< log Chi) [氣功] (名) 全。

khí-lâi¹ (< log Sin; > khí-âi; > khí-·lâi > khí-·âi; > khít-lâi > khit-lâi > khì-lâi > khì-âi; > khít-lâi > khit-lâi > khī-·lài > khī-·ài > khiaih; > khít-lâi > khit-lâi > ·khit-·lâi > ·khì-·lài > ·khì-·ài > ·khiài) [起來] (尾) 1. 表示發生

¶khai-káng-·~ [開講～] 聊起天來 ¶khì-·~ [氣～] 生氣起來　2. 表示因果關係 ¶kóng-·~ ōe tiō tńg ·lo͘ [講～話就長 ·lo͘] 說來話長 ¶sǹg-·~ bē-/bōe-chió chîⁿ [算～ bē 少錢] 算來不少錢　3. 表示改變成較好的狀態 ¶chhéⁿ-/chhíⁿ-·~ [醒～] a. 醒來　b. 甦醒過來 ¶oàh-·~ [活～] 活過來，尤指植物 (動) 1. 上來 ¶Chhiáⁿ lí khí-·lâi. [請你～.] 請你上來 ¶Chhiáⁿ lí ～ chia. [請你～ chia.] 請你上來這兒　2. 起床 ¶Thiⁿ kng ·a, kín khí-·lâi! [天光矣，緊～!] 天亮了，快起來! ¶Thiⁿ kng ·a, khín ~ chiàh-pn̄g! [天光矣，緊～吃飯!] 天亮了，快起來吃飯!　3. 表示不再屈服；≃ khiā-·~ ¶Boăi koh chò/chòe lô͘-lē ê lâng, ～ ô͘! [Boăi koh 做奴隸 ê 人，～ô͘!] 起來，不願繼續當奴隸的人們!　4. 表示向上，當補語 ¶Khòaⁿ-tiòh koaⁿ-tiúⁿ, kám ài khiā-·~? [看著官長 kám 愛企～?] 看到長官要站起來嗎? ¶khiā-~ tâi-á-téng kóng-ōe [企～台仔頂講話] 站到台上來說話　5. 表示使成某狀態 ¶ka koaiⁿ-~ gō ho͘ sí [ka 關～餓 ho͘ 死] 把他關起來餓死 ¶liòk-·~ [錄～] 錄下來 ¶siá-·~ [寫～] 寫下來 ¶thiah-·~ [拆～] 拆下來 (動) 表示感官的反應；≃ tiòh ¶chiàh-·~ phoh-phoh [吃～粕粕] 吃起來不潤滑、沒水分，像渣滓。　　　「/khit-lâi-khì。

khí-lâi² (動) (咱們／我) 上去；⇒ khí-**khí-lăi** ⇒ khí-/khit-lâi-khì。

khì-lâi¹ (尾) (動) 起來；⇒ khí-lâi¹。

khì-lâi² (動) (咱們／我) 上去；⇒ khí-/khit-lâi-khì。　　　「/khit-lâi-khì。

khì-lăi (動) (咱們／我) 上去；⇒ khí-

khī-·lài¹ (動) 起來；⇒ khí-lâi¹。

khī-·lài² (動) (咱們／我) 上去；⇒ khí-/khit-lâi-khì。

khí-lâi-khì (> khí-lăi > khí-ăi; > khí-

lăi > *khí-lâi* > *khí-âi*; > *khí-lăi* >
khít-lăi > *khit-lăi* > *khì-lăi* > *khì-
ăi*; > *khí-lăi* > *khít-lăi* > *khit-lăi* >
khit-lâi > *khì-lâi* > *khì-âi*; > *khít-
lâi-khì* > *khit-lâi-khì* > *khit-lăi* >
khì-lăi > *khì-ăi*; > *khít-lâi-khì* >
khit-lâi-khì > *khit-lăi* > *khit-lâi* >
khì-lâi > *khì-âi*; > *khít-lâi-khì* >
khit-lâi-khì > *khit-‧lâi-‧khì* > *khit-
‧lài* > *khī-‧lài* > *khī-‧ài* > *khiaih*;
> *khít-lâi-khì* > *khit-lâi-khì* > *‧khit-
‧lâi-‧khì* > *‧khit-‧lài* > *‧khì-‧lài* >
‧khì-‧ài > *‧khiài*; > *khí-‧lâi-‧khì* >
khí-‧âi; > *khí-‧lâi-‧khì* > *khít-‧lâi-
‧khì* > *khít-‧lâi* > *khit-‧lâi* > *khī-‧lài*
> *khī-‧ài* > *khiaih*; > *‧khí-‧lâi-‧khì*
> *‧khí-‧lâi* > *‧khì-‧lài* > *‧khì-‧ài* >
‧khiài) [起來去] 働 (咱們／我) 上
去; ⇒ khit-lâi-khì。

khí-lí ⇒ khí-/khit-khì。

khì-lì ⇒ khit-khì。

khī-‧lì ⇒ khí-/khit-khì。

khi-lí - khók - lók (< *khi - khí - khók -
khók*) 働 **1.** 硬物碰來碰去 **2.** 硬物
連續碰撞而發出低沈的聲音，例如搖
椅搖動時或某些低頻器物掉地或滾
動時。 「全。

khì-liû (< log Nip) [氣流] 名 KÁNG:

khí-má/-bé (< log Chi) [起碼] 働
全; ≃ siāng-bô。

khì-mo͘‖khí- (< ab *khi-mó-chih*) 名
身心的感受 ¶~ *bái* 不爽 ¶~ *giang*
很爽 形 爽 ¶*thiaⁿ-tiòh chin* ~ [听
著真~] 聽了很爽。

khi-mó͘-chih (< Nip *kimochi*; > *khì-
mo͘*) 名 身心的感受 形 爽。

khí-oan-ke [起冤家] 働 爭吵起來。

khí-ok [起惡] 働 兇起來; 翻臉; cf

khî-pê ⇒ gî-pê。 「khí-pháiⁿ。

khí-pe/-pe ⇒ khí-poe。 「全。

khì-phài (< log Chi) [氣派] 名 ê:

khí-pháiⁿ/-phái [起歹] 働 兇起來;

生氣起來; cf khí-ok。 「了臉。

khí-pháiⁿ-bīn|-phái- [起歹面] 働 繃

khí-phàn [起 phàn] (< [起叛]) 働
(對同等的人或在上的人) 生氣。

khì-phek (< log Sin) [氣魄] 名 ê:
1. 氣勢 **2.** 魄力 **3.** 骨氣。

khí-phùi-bīn [起屁面] 働 繃了臉。

khí-poe¹ [齒杯] 名 ê: 牙缸; ≃ khí-
khok-á。

khí-poe²/-pe/-pe (< log Chi) [起
飛] 働 **1.** 升空飛行 ¶*Hui-hêng-ki
làk tiám* ~. [飛行機6點~.] 飛機
六點起飛 **2.** 突飛猛進 ¶*keng-chè* ~
[經濟~] 全。

khì-sán-‧khì [氣 sán 去] 働 (多指自
己) 很氣; 好氣人。

khì-sè (< log Chi) [氣勢] 名 全; ≃
sè-bīn; ≃ sè-thâu。

khí-sek (< log Sin) [起色] 名 形 全。

khì-sek (< log Sin) [氣色] 名 形 全。

khí-sèng-tē [起性地] 働 發脾氣。

khî-sī ⇒ kî-sī。

khì-sí-lâng [氣死人] 働 形 全。

khì-siāng/-chhiāng/-siōng (< log
Nip) [氣象] 名 大氣的現象
◊ ~-*kiòk/-kėk* (< log Chi) [~局] 全
◊ ~-*tâi* (< log Nip) [~台] ê: 全。

khí-siáu [起 siáu] 働 發瘋。

khí-sin (< log Chi) [起薪] 名 全。

khí-sîn-keng [起神經] 働 發神經病
形 神經質。

khí-sio-phah [起相 phah] (< [起相
拍] 働 打起架來。

khí-siông (< *khí-siôⁿ* = *khí-siûⁿ*; v
siûⁿ) [齒 siông] 名 牙垢; ≃ chhùi-

khì-siōng ⇒ khì-siāng。 「khí-siông。

khí-sò͘ (< log Nip) [起訴] 働 全
◊ ~-*si/-su* [~書] HŪN, TIUⁿ: 全。

khí-suh (< Nip *kisu* < En *kiss*) 名 吻，
即以嘴唇接觸示愛的動作 働 親嘴。

khì-Tâi-oân-hòa (< *à la* khì-Tiong-

kok-hòa) [去台灣化] [動] 消除台灣及台灣人的特點與其價值觀、認同感。

khí-tâng [起僮] [動] "起乩," 即乩童因鬼神開始附身而起舞; *cf* chiū^{n}-tâng。

khí-thâu (< log Sin) [起頭] [名] 起頭儿 [動] 開始 ¶*têng* ~ q.v. [副] 起先。

khì-thé (< log Nip) [氣體] [名] 仝。

khí-thêng-pôa^{n} (ant *lo̍h-thêng-pôa^{n}*) [起停盤] [名] 漲停板。

khí-thok-á [齒托仔] [名] KI: 牙籤。

khí-tiá^{n} [起鼎] [動] "出爐," 即煮好拿出來。

khí-tiā^{n}/*-tià^{n}* [起碇] [動] 拔錨; 起錨。

khí-tiám (< log Nip) [起點] [名] Ê: 仝。

khí-tio̍h-kia^{n} [起著驚] [動] 受驚嚇; 驚慌起來; *cf* khí-chhe-kia^{n}。

khì-Tiong-kok-hòa (< tr En *desinicization*) [去中國化] [動] 消除(受過中原文化影響或同化的地區及當地人的)中國特點與中國價值觀、中國認同感; ≃ thoat-hàn。

khí-tò‖*khì-* [起 tò] [副] 反而, 修飾形容詞 ¶~ *bô-êng* [~無閑] 反而更忙 △ ~ *sí* [~死] 更糟糕。

khì-tô͘ (< log Nip) [企圖] [名] Ê: 仝。

khì-toa̍h-toa̍h ⇒ khì-chhoah-chhoah。

khí-ùi (< En *kiwi* < Mao) [名] CHÂNG, LIA̍P: 奇異果。

khì-un (< log Nip) [氣溫] [名] 仝。

khìr ⇒ khì[1,2,4]。

khi^{n} ⇒ khe^{n}。

khî^{n} (< Sin [擒]) [動] **1.** 抓(住不放) **2.** 糾纏(住人) ¶*Gín-á kā lāu-bú* ~-·*leh.* [Gín 仔 kā 老母~·leh.] 孩子纏住媽媽 **3.** 靠(攏) ¶*kui-tīn* ~-*óa*-·*lâi* [kui 陣~óa 來] 一擁而上逼過來。

khi^{n}-á ⇒ khe^{n}-á。

khi^{n}-kau ⇒ khe^{n}-kau。

khī^{n}-khāu^{n}-kiò ⇒ kha̍uh^{n}-kha̍uh^{n}-kiò。

khī^{n}-khăuh^{n} ⇒ khih^{n}-khăuh^{n}。

khi^{n}-khí^{n}-khāu^{n}-khāu^{n}/*-kha̍uh^{n}-kha̍uh^{n}* [動] 發出咀嚼硬物聲。

khi^{n}-khí^{n}-khn̍gh-khn̍gh‖*ki^{n}-kí^{n}-kn̍gh-kn̍gh* [動] 連續閉嘴呼氣使鼻咽震動, 例如清除鼻咽異物。

khi^{n}-khí^{n}-khoai^{n}-khoai^{n}/*-khoāi^{n}-khoāi^{n}* [動] 發出鑼聲。

khi^{n}-khoai^{n}-kiò (< *khoai^{n}-khoai^{n}-kiò*, q.v.)。

khī^{n}-khoāi^{n}-kiò (< *khoāi^{n}-khoāi^{n}-kiò*, q.v.)。

khia[1] [量] (可以)成雙的器物的一件; ⇒ kha[2]。

khia[2] (< Sin [奇]) [形] 單數的。

khia[3] [動] 為難(他人); 苛責; 怪罪。

khiâ (< Sin) [騎] [動] **1.** 跨坐(在上) ¶~ *gû* [~牛] 仝 ¶~ *thih-bé* [~鐵馬] 騎腳踏車 **2.** (雄性)御(雌性)。

khiā [企] [名] 垂直的筆劃 [動] **1.** 站立 ¶~-*chāi* [~在] 站穩 ¶~-*chià^{n}* [~正] 立正 △ ~-·*khí*-·*lâi* [~起來] 不要再屈服下去 ¶*Tâi-oân-lâng* ~-·*khí*-·*lâi!* [台灣人~起來!] 台灣人站起來呀! **2.** 居住; ≃ tòa[3] **3.** 樹立(實物), 例如旗幟; ≃ chhāi [形] 垂直 ¶~-*sòa^{n}* [~線] 垂線。

khiâ-bé (< log Sin) [騎馬] [動] 仝。

khiā-cheng [企鐘] [名] Ê: 座鐘。

khiâ-chhia [騎車] [動] 仝。

khiā-gô (< tr + log Chi < tr En *penguin*) [企鵝] [名] CHIAH: 仝。

khiā-kang (< tr + log Chi + Chi *chan^{4} kang^{1}*) [企岡] [動] 站崗。

khiā-ke [企家] [名] **1.** KENG: 住宅 **2.** Ê: 住處。

khiā-khí [企起] [動] **1.** 居住 **2.** 立足(社會); 處世。

khiā-lâng-pêng | *-jîn-* | *-gîn-* | *-lîn-* (< col log Sin + tr) [企人 pêng] [名] Ê: (漢字第9部首變形)立人旁。

khiā-ōe-peng (< log Chi + tr) [企衛

兵] 動 站衛兵；站崗。

khiā-phiò [企票] 名 TIUⁿ: 站票。

khiā-si-thêng [企si-thêng] 動 倒立。

khiā-sim(-pêng) (< log Sin + tr) [企心(pêng)] 名 Ê: (漢字第61部首變形)豎心旁。

khiā-siû [企泅] 動 豎著身子游泳。

khiā-sǹg [企算] 動 算是。

khia-sò͘ (< log Chi) [奇數] 名 Ê: 全。

khiā-sòaⁿ (ant *hoâiⁿ-sòaⁿ*) [企線] 名 TIÂU: 垂線。

khiā-tâi [企台] 動 站台(助選等)。

khiah (< Sin [隙]) 名 Ê: 缺口；裂縫 量 計算缺口的單位 ¶*soaⁿ pang chit ~.* [山崩一~.] 山崩了一個地方。

·khiài¹ 尾 動 起來；⇒ khí-lâi¹。

·khiài² 動 (咱們/我)上去；⇒ khí-/khit-lâi-khì。

khiaih¹ (< contr *khī-·ài* < *khī-·lài* < *khí-lâi*¹, q.v.)。 「*khì*, q.v.)。

khiaih² (< contr *khī-·ài* < *khit-lâi-*

khiȧk 象 硬而短的敲擊聲，例如打鐵、彈珠相撞 動 1. (用手指關節或細棍子)敲，例如打頭 2. 使(堅硬的東西)對撞，例如檢查貝類的死活。

khiȧk‖khiǎk 象 硬而短的敲擊聲，例如打鐵、彈珠相撞、上鎖、東西掉在地上 ¶*~-·chit-·ē* (*chit siaⁿ*) [~一下(一聲)] 發出上述那麼一聲。

khiȧk, liȧk, liǎk 象 連續發出硬而短的敲擊聲，例如撥算盤或撞球、彈珠等相撞。

khiàm (< Sin) [欠] 動 1. 該給未給 ¶*Lí ~ góa chit-bān kho͘.* [你~我一萬箍.] 你欠我一萬元 2. 缺乏 ¶*~ ūn-tōng* [~運動] 缺乏運動 △ *~ chit tiâu sîn-keng* [~一條神經] 缺心眼儿。 「形 節儉；節約。

khiām (< Sin) [儉] 動 積蓄(金錢)。

khiàm-chè (< log Sin) [欠債] 動 全。

khiàm-ēng ⇒ khiàm-iōng。

khiam-hi/-hu/-hǐ (< log Sin) [謙虛] 形 全；≃ kò͘-khiam。

khiàm-iōng/-ēng [欠用] 動 缺；需用 ¶*Góa ~ nn̄g ê chō͘-lí.* [我~兩個助理.] 我需要兩個助理 ¶*~ chîⁿ* [~錢] 缺錢。 「該打。

khiàm-thui [欠推] 匣 形 "欠揍"，即

khian¹ 量 1. 個，特指塊狀、置於手中大小的東西 ¶*chit ~ chiȯh-thâu* [一~石頭] 一塊石頭 2. 個，指人，通常用於對之不滿時；≃ kho͘¹。

khian² 動 1. (用指頭關節)打(頭)；≃ khaiⁿ³；≃ khiȧk 2. (拿球或其他塊狀物在手掌中)丟擲 ¶*~ chiȯh-thâu* [~石頭] 丟石塊 ¶*khih hông ~ ke-nn̄g* [khih hông~雞卵] 被丟雞蛋。

khian³ (< [牽]) 動 栓上(門) ¶*Mn̂g ~-·khí-·lâi* [門~起來] 把門栓上。

khiàn¹ 動 (做菜前先把蔥、蒜等作料)炒(香)；≃ khiàn-phang ¶*~ chhang-á* [~蔥仔] 把蔥炒香。

khiàn² 動 (在火上)攪動(漿糊狀的東西) ¶*~ kô͘-á* [~糊仔] 打糨糊；≃ khit kô͘-á。

khiàn³ 動 抬(頭)；≃ taⁿ⁴ 形 仰 ¶*thâu-khak ~-~* [頭殼~~] (過度)仰著頭。

khian-á [khian仔] 名 Ê: 環，例如鑰匙環、門環、公車上的環狀把手、帷幕上滑動的環；cf khan-á。

khiān-khong ⇒ kiān-khong。

khiàn-phang [khiàn芳] 動 (做菜前先把蔥、蒜等作料)炒香。

khián-sàn-hùi (< log Chi) [遣散費] 名 PIT: 全。 「全。

khiân-sêng (< log Sin) [虔誠] 形

khiàn-thian [khiàn天] 形 1. 仰著頭 ¶*kiâⁿ-lō͘ ~-~* [行路~~] 走路仰著頭 2. 稍微瘋瘋癲癲的 ¶*lâng ~-~* [人~~] (他)瘋瘋癲癲的 3. (性格)迷糊 4. 粗心大意。

khiang[1] ⓢ 高音的敲擊金屬聲, 例如鐘聲, 敲碗等或打破碗等的聲音。

khiang[2] 囲 働 1.騙取 2.偷竊; 順手牽羊拿走。 「壞或把事情搞砸。

khiàng 彫 1.能幹 2.囡 笨, 把東西弄

khiāng ⓢ 低中頻的碰撞聲, 例如大型時鐘響。 「幹, 略含貶意。

khiàng-kha [khiàng 腳] 彫 (女性)能

khiáp -puh (< Nip *kyappu* < sem < ab En *captain*) 名 ê: 對小團體帶領者的暱稱。

khiat 働 1.劃(火柴、燧石) 2.囲 (把書面上不要的文字等)劃(去) ¶*kā téng-hō siang-pêng kāng-khoán··ê* ~-*tiāu* [kā 等號雙 pêng 全款·ê~掉]把等號兩邊相同的劃去 3.(< *giat* + *khiat*[2]) 囲 剔除。

khiàt 働 1.(用爪子)抓 2.(用指甲、爪子或功能類似的工具)攀緣; ≃ khàng ¶~ *soaⁿ-piah* [~山壁]攀岩 3.勉強做; 掙扎; ≃ khàng ¶*ùi bîn-chhn̂g-téng* ~··*khí··lâi* [ùi 眠床頂~起來]掙扎起床。

khiát‖*khiǎt* ⓢ 爪子、指甲抓硬物的聲音, 例如貓狗抓門 働 迅速地抓一下的樣子。

khiát-chiah (< Nip *ketcha* < En *catcher*; ant *phít-chiah*) 名 (棒球、壘球的)捕手。

khiau[1] (< Sin [蹺]) 働 (腳)舉高 ¶*kha mài* ~··*khì··lâi* [腳 mài~起來]別把腳翹起來。

khiau[2] 働 1.變彎曲 2.囲 死; ≃ khiǎuhⁿ ¶~··*khì* [~去]死了 彫 (棍棒等)彎曲。 「*khó·/-khi*。

khiâu 働 折磨(人); 刁難; ≃ khiâu-

khiáu (< Sin) [巧] 彫 聰明伶俐。

khiàu (< Sin) [翹] 働 1.豎(起) ¶~ *tōa-pū-ong* [~大 pū 翁]豎起大拇指 2.向上翻; 撅(嘴) ¶*kha-chhng-phé* ~-~ 翹屁股 3.勃起。

khiàu-chhùi [翹嘴] 働 噘嘴, 生氣的樣子 彫 嘴望上翹的樣子, 例如豬。

khiàu-kha [khiàu 腳] 働 翹起二郎腿; 把一隻腿放在另一隻腿的膝蓋上 △ ~ *lián-chhùi-chhiu* [~撚嘴鬚]過無憂無慮、安逸的生活。

khiâu-khi‖*khiâu-* (v *khiâu*) 働 刁難; 苛求; ≃ khiâu; cf khi-khiàu; cf khia[3] 彫 用心不良; 心術不正。

khiàu-khiàu-tó [翹翹倒] 働 跌得四腳朝天。 「刁難; ≃ khiâu-khi。

khiâu-khó· [khiâu 苦] 働 折磨(人);

khiau-ku 名 痀僂症 働 駝 彫 駝背。

khiàu-táiⁿ/-*tháiⁿ* [翹 táiⁿ] 囲 働 死。 「挺的。

khiàu-tong-tong 彫 翹得高高的或挺

khiàuh ⓢ 木塊等碰撞聲, 例如拍板、木屐。

khiǎuh‖*khiǎuh* ⓢ 木塊等碰撞聲。

khiǎuhⁿ ⇒ khiau[2]。

khih[1] (< Sin [缺]) 量 計算小缺口的單位 ¶*Óaⁿ khih chit* ~. [碗 khih 一~.]碗破了個缺口 働 缺(個口) ¶*Óaⁿ* ~ *chit khih.* [碗~一 khih.]碗破了個缺口。

khih[2] (< **khit* < Sin [乞]; > *khì*[6]) 働 表示遭受, 無主事者; cf khih ho·; cf khih hō·; cf lâi[1] ¶*Góa bô sè-jī,* ~ *poàh-chit-tó.* [我無細膩, ~跋一倒.]我不小心跌了一交 ¶*Góa* ~ *kôaⁿ··tiòh.* [我~寒著]我著涼了。

khih-chhùi [khih 嘴] (< [缺口]) 彫 1.碗、杯子等的邊兒有破損的缺口 2.兔唇。

khih-ho·‖*khì-* (< vb + prep; v *khih*[2], *ho·*[1]) 働 1.被他 ¶*Chhàt-á* ~ *cháu··kì.* [賊仔~走去.]小偷逃了 2.使自己 ¶*Góa chhēng siuⁿ chió,* ~ *kôaⁿ··tiòh.* [我 chhēng siuⁿ 少, ~寒著.]我穿太少, 著涼了。

khih-hō·‖*khì-* (< vb + prep; v *khih*[2],

$h\bar{o}^3$) (動) 表示被動、遭受,接主事者 ¶*Chhàt-á* ～ *i cháu-·kì.* [賊仔～伊走去.] 小偷讓他逃了 ¶～ *chhàt-á cháu-·kì* [～賊仔走去] 被小偷逃走了。

khih-kak [khih 角] (< [缺角]) (動) 器物、紙張的觭角損壞。

khih-khǎuh (象) 硬物碰木材等的聲音,例彈珠掉在樓板上; ≃ khih-khǒk。

khih-khiǎk ⇒ khī-khiǎk。

khih-khih-nih-nih (< [缺缺□□]) (形)

khih-khǒk ⇒ khī-khǒk。呈鋸齒狀。

khihⁿ-khǎuhⁿ ∥ khīⁿ- (象) 咬碎或咀嚼硬物聲。

khihⁿ- khǎuhⁿ- kiò ∥ khīⁿ- khǎuhⁿ- (< khǎuhⁿ-khǎuhⁿ-kiò, q.v.)。

khîm (< log Sin) [琴] (名) KI, TÂI: 全 ¶～ *tôaⁿ-kà li-lí-lak-lak* [～彈到li-lí-lak-lak] 琴彈得亂七八糟。

khim-heng [襟胸] (名) TÈ: (鳥類的) 胸肉 ¶*ke-/koe-～* [雞～] 雞胸肉。

khîm-jí/-*gí* [琴 jí] (名) JÍ: 琴鍵。

khîm-phòe/-*pōe* (< ana hom Chi [配] < log Chi) [欽佩] (動) 全。

khîm-siù (< log Sin) [禽獸] (名) CHIAH: 全。

khin (< Sin) [輕] (形) 全。 (形) 全。

khîn ∥ khûn ∥ khîⁿ (< log Sin) [勤]

khîn-báng-báng [輕蚊蚊] (形) [*á*] 很 輕; ≃ khin-niú-siúⁿ。 (名) 全。

khîn-bū ∥ khûn- (< log Nip) [勤務]

khîn-chhài ∥ khûn- (< log Sin) [芹菜] (名) CHÂNG, KI: 全。

khin-chhìn (ant *tāng-sin*) [輕秤] (形) 絕對重量小,即體積大卻輕。

khin-kang [輕功] (名) 使身體輕盈的功夫。

khin- kang- giàp (< log Nip) [輕工業] (名) 全。 等的聲音。

khín-khiang (象) 敲鐘、碗等或打破碗

khin-khin-á [輕輕仔] (副) 輕輕地。

khín-khín-khiang (象) 有節奏地打擊

不同的高頻律的金屬器、玻璃器、陶瓷器等的聲音。

khin-khín-khiang-khiang (動) 發出連續敲鐘、敲碗等的聲音或發出打破多個碗等的聲音。

khin-khín-khong-khong (動) 金屬鍋、金屬罐等連續碰撞出聲。

khin-khín-khōng-khōng (動) 連續發出沈重的撞擊聲,例如門被風吹著卻扣不上。

khin-khó [輕可] (形) 輕鬆易做。

khín-khóng-khiang (象) 多種金屬器皿碰撞的聲音,例如打翻多個鍋子或打擊不同頻率的金屬樂器。

khín-lín-khiáng-liang (象) 打破碗等的聲音或多個高頻的屬器皿掉落的聲音。 鍋、金屬罐等掉落的聲音。

khín-lín-khóng-long (象) 多個金屬

khin-sang (< log Sin) [輕鬆] (形) 全。

khin-siaⁿ (< log Chi) [輕聲] (名) Ê: 沒有重音的語音 (形) 沒有重音的。

khin-siaⁿ-sè-soeh/-*sòe-seh* [輕聲細說] (形) 低聲(下氣)。

khin-siang/-*siong* (< log Sin) [輕傷] (名) 全。

khin-tāng (< log Sin) [輕重] (名) 輕與重 ¶*m̄-chai ～* [m̄ 知～] 不知輕重。

khin-tō͘ (< log Nip) [輕度] (形) 全 ¶～ *ê hong-thai* [～ê 風颱] 輕度颱風 ¶～ *ê kīn-/kūn-sī* [～ê 近視] 輕度近視。

khîⁿ ⇒ khin。

khiō (動) 引(水) ¶*kā chúi ～-chhut-khì tiâⁿ-gōa* [kā 水～出去埕外] 把水導出場子外。 日本京都市。

Khiò-tò ∥ *Khiò-tò* (< Nip *Kyōto*) (名)

Khiò͘ -tò ⇒ Khiò-tò。

khioh [1] (動) 1. 撿 ¶*tī lō͘-·ni ～-tiòh chîⁿ* [tī 路裡～著錢] 路上撿到錢 2. 收集(稅、款項) ¶～ *iân-chîⁿ* [～緣錢] 募捐 ¶～ *lō͘-sòe/-sè* [～路

稅]索取過路費

△ ～ *sai-khia* 存私房錢

3. 使聚在一起 ¶*kā hiaⁿ-tī ～-óa-·lâi* [*kā* 兄弟～*óa* 來] 糾集眾弟兄 ¶*～ lâng-kheh* [～人客] 逐一招攬顧客，例如野雞車；≃ khioh-kheh **4.** 收(學徒) ¶*～ sai-á* [～sai仔] 收學徒 **5.** 提(起)；點(出) ¶*tiāⁿ-tiāⁿ ～-khí-lâi kóng* [*tiāⁿ-tiāⁿ*～起來講] 常常提

khioh² [卻] ⇒ khiok。 ⌐起,貶意。

khioh-hīn/-*hūn* [khioh恨] ⓥ 記仇；≃ khioh-oàn。

khioh-kák ⓥ 變成廢物 ⓕ 無用。

khioh-kéng [khioh襉] ⓥ 打褶。

khioh-kim [khioh金] ⓥ 把墓中的屍骨放入骨殖瓶中(以備)遷葬；≃ khioh-kut。

khioh-kut [khioh骨] ⓥ 全上。

khioh-sòe/-*sè*/-*sè* [khioh稅] ⓥ 打稅。

khioh-·tióh [khioh著] ⓥ 撿到；意外收穫 ¶*khih hō͘ lí ～* [乞hō͘你～]讓你撿到便宜了。

khiok ‖*khioh* (< log Sin) [卻] ⓛ 但是。

khióng (< log Nip < tr En < Hel -*phobia*) [恐] ⓐ 怕 ¶*～-kiōng-pēⁿ*/-*pīⁿ* [～共病] 全 ¶*～-tâi-pēⁿ*/-*pīⁿ*, q.v. ⌐喝]) [恐嚇] ⓥ 全。

khióng-hat‖*khéng*- (< log Nip [恐

khióng-kiaⁿ [恐驚] (< log Chi [恐怕] + tr) ⓐ [*á*]恐怕；也許；≃ káⁿ;≃ kiaⁿ-íⁿ

◇ *～-kìⁿ*/-*ìⁿ* [～見] do. ¶*Án-ne chò ～-kìⁿ bē-sái-·tit.* [*Án-ne*做～見*bē*使得.] 這樣做恐怕不行。

khióng - liông ‖ *khéng - lêng* (< log Nip < tr NLat *dinosaur*) [恐龍] ⓐ CHIAH: 全。

khióng-pò͘‖*khéng*- (< log Nip) [恐怖] ⓐ 全 ¶*péh-sek ～* [白色～] 全

◇ *～ chú-gī* (< log Chi) [～主義]全

◇ *～ hūn-chú* (< log Chi) [～份子] ⓕ 全。 ⌐*ê*:恐怖分子

khiong-si ⇒ kiang-si。

khióng-tâi-pēⁿ/-*pīⁿ* [恐台病] ⓐ 對台灣優先或台灣本土化有所恐懼的心理。

khip (< log Sin) [吸] ⓥ 吸附 ¶*A-lú-mih ê teng-á ～ bē/bóe ·khí-·lâi.* [*A-lú-mih ê*釘仔～*bē*起來.] 鋁製的釘子(用磁鐵)吸不起來。

khip ⓥ 攀附 ¶*～ tòa lâu-téng ê thang-á-mn̂g khòaⁿ lāu-jiát* [～*tòa*樓頂*ê*窗仔門看鬧熱]攀在樓上的窗戶看熱鬧 ¶*thui tó-·khì, lâng ～ tòa chhiū-á-oe-·e* [梯倒去, 人～*tòa*樹仔椏·*e*] 梯子倒了，人抓著樹枝。

khip-chióh [吸石] ⓐ TÈ, LIÁP: 磁石；≃ khip-thih。

khip-ín (< log Nip.) [吸引] ⓥ 全

◇ *～-lèk*/-*làt* (< log Nip) [～力] ⓔ: 全。

khip-ku [吸龜] ⓐ [*á*] CHIAH, TÂI: 真空吸塵器 ⌐的垃圾袋

◇ *～ tē-á* [～袋仔] ⓔ: 真空吸塵器內

khip-làt/-*lèk* (< col log Chi) [吸力] ⓐ ⓔ: 全 ¶*tē-sim ～* [地心～]全。

khip-siu (< log Nip) [吸收] ⓥ 全。

khip-thih [吸鐵] ⓐ TÈ: 磁鐵；≃ khip-chióh; ≃ hip-thih。

khit ‖*khùt* ⓥ 打(糊糊/黏糕) ¶*～ kô͘-á* [～糊仔]打糊糊 ⓕ 濃稠；⇒ kìt。 ⌐¶*tèng ～* [釘～]打樁。

khit-á (< Sin [橛]) [khit仔] ⓐ KI: 樁

khit-chiáh (< sem log Sin) [乞食] ⓐ ⓔ: 乞丐 ⌐鳩占

△ *～ kóaⁿ biō-kong* [～趕廟公] 鵲巢

◇ *～-óaⁿ* [～碗] ⓔ: 乞丐行乞的缽

◇ *～-thâu* [～頭] ⓔ: 丐幫的頭頭。

khit-khì (< *khí-khì* < SEY [起去]; > *khit-lì*) ⓥ 上去；上…去 ¶*khín khit-·khì* [緊～] 快上去 ¶*khín ～ soaⁿ-*

téng [緊〜山頂] 快山上山去 ¶*tit-tit
koân-/koâiⁿ··〜* [直直 koân〜] 一直
升高 ¶*peh··〜* 爬上去 ¶*peh〜 soaⁿ-
téng* [peh〜山頂] 爬上山去。

khit - khók - khiang ⇒ khī - khók -
khiang。

khit-lâi¹ 尾 働 起來; ⇒ khí-lâi¹。

khit-lâi² 働 (咱們/我)上去; ⇒ khí-
/khit-lâi-khì。

khit-lǎi ⇒ khí-/khit-lâi-khì。

khit-lâi-khì (< *khí-lâi-khì* [起來去],
q.v.) 働 1.(咱們/我)上去 ¶*Lán
peh··khit··lâi··khì.* [咱 peh〜.] 咱們
(爬)上去 ¶*Lán khit··lâi··khì.* [咱
〜.] 咱們上去 ¶*Lán 〜 lâu-téng.* [咱
〜樓頂.] 咱們到樓上去 2.(咱們/
我)北上 ¶*Lán 〜 Tâi-pak.* [咱〜台
北.] 咱們上台北去。

khit-lì (< *khit-khì*, q.v.)。

khiû ¹‖*kiû* 量 變成團狀的物體
¶*thâu-mo·/-mn̂g bô sé, kiat-kui-〜*
[頭毛無洗,結 kui〜] 頭髮沒洗,變成
一團團的。

khiû² (< Sin [虯]) 働 (長條狀的東
西)捲曲 形 1.捲曲的樣子 ¶*O·-lâng
ê thâu-mo· khah 〜.* [烏人ê頭毛較
〜.] 黑人的頭髮捲得比較厲害 2.吝
嗇。

khiú ⇒ giú。

khiū 形 "Q," 即有嚼勁儿。

khiǔ-khé (< Nip *kyūkei*) 働 1.(到
旅館開房間)休息 2.(到旅館開房
間)野合。 鄙吝。

khiû-khiām [khiû 儉] 形 過分節儉;

khiû-khiû-niû-niû 形 (繩線、橡皮
筋等)伸不直。 毛髮捲曲。

khiû-mo·/-mô·/-mn̂g [khiû 毛] 形

khiū-teh-teh/-tut-tut 形 很 "Q," 即
很有嚼勁儿。

khiuⁿ (< Sin) [腔] 名 ê: 口音 ¶*〜
chin tāng* [〜真重] 口音很重 ¶*tiong-
po·-〜* [中部〜] 中部口音。

khiūⁿ 働 1.禁食 2.儉吃,通常指為

了健康而不吃某食物; ≃ khiūⁿ-
chhùi。

khǹg ¹/*khùiⁿ* (< Sin) [勸] 働 全。

khǹg² 働 1.放置 ¶*Tāng··ê 〜 ē-té,
khin··ê 〜 bīn-téng.* [重·ê〜下底,輕
·ê〜面頂.] 重的放在下面,輕的放在
上面 2.收藏 ¶*mih-kiāⁿ 〜 kà bô-
·khì* [物件〜到無去] 東西不知道放
在哪裡了。

khňg 象 馬達發動不起來的聲音。

khǹg-keng [khǹg 間] 名 KENG: 儲藏
室。

khng-khng-kiò 働 (摩托車等的馬
達)發動後間歇加速發出聲音。

khňg··ňg 象 馬達發動起來的聲音。

khǹg-pō· [khǹg 步] 働 留一些技巧或
知識不傳授。

khǹg-súi 働 擺著好看 ¶*bé/bóe chi̍t pé
hoe lâi 〜* [買一把花來〜] 買一束花
來擺。

khňgh 象 閉著嘴將鼻咽間的異物
"咳"出來的聲音; ≃ kňgh 働 1.(閉
著嘴將鼻咽間的異物)"咳"(出來)
2.做上述動作出聲。

kho /*khe/khe·* (< log Sin) [科] 名
ê: 行政、學術等單位 ¶*〜-tiúⁿ* [〜
長] 全 ¶*bûn-hoat-〜* [文法〜] 全 ¶*lí-
〜* [理〜] 全 ¶*sim-chōng-〜* [心臟
〜] 全 量 1.計算行政、學術等分
類的單位 2.計算課程的單位。

khô 働 1.擺架子 2.刁難他人、不
給人方便; ≃ khiâu 形 1.架子大
2.苛刻; ≃ khô-thâu。

khó¹ (< log Sin) [考] 働 1.出問題
要求回答(以測驗其能力) ¶*〜-tó*
[〜倒] 全 2.接受被測驗 ¶*〜-tiâu* 考
上;考取 ¶*〜··tio̍h* [〜著] do.

khó² 働 (瞄準後)丟擲、槍擊。

khó³ (< Sin) [洘] 働 排乾(池水) ¶*〜
hî-tî* [〜魚池] 把池水排乾 形 (ant
ám, chúi¹, kà⁴) (粥等濃湯)稠,水

分少；≃ khıt。

khò¹ (< log Nip) [課] 名 B.課程；課業 ¶*Eng-bûn*-~ [英文～] 全 ¶*im-gàk*-~ [音樂～] 全 量 計算課文的單位 ¶*ùi tē-gō͘ ~ khó-khí* [ùi第五～考起] 從第五課考起。

khò² (< log Nip) [課] 名 ê: 行政單位 ¶*peng-iàh*-~ [兵役～] 全。

khò³ (< Sin) [靠] 動 1.倚靠；仗(著) ¶~ *in lāu-pē ê sè* [～in老父ê勢] 仗著他父親的勢力 2.緊靠且受擠壓 ¶*Thô-á ~-nōa-·khì.* [桃仔～爛去.] 桃仔碰壞了。

khò⁴ 動 擱淺 ¶~-*tiòh ta* [～著礁] 觸礁。

kho-á-lah|-óa-||*khơ*- (< Nip *koara* < En *koala* < Mao) 名 CHIAH: 無尾熊。

khó-ài (< log Sin) [可愛] 形 1.討人喜歡；好玩儿；≃ kó-chui 2.不討人嫌，例如不斤斤計較、不擺架子 ¶*Chit ê lâng chin bô* ~. [這個人真無～.] 這個人討人嫌。

kho-bàk/-bòk||*khe*- (< col log Nip) [科目] 名 ê:全。

khò-bûn (< log Chi) [課文] 名 PHIⁿ:

khó-chek (< log Chi) [考績] 名全。

khó-chèng (< log Chi) [考證] 名 動 全。

khó-chhat (< log Nip) [考察] 動 全。

khó-chhì (< log Sin) [考試] 名 PÁI, TIÛⁿ:全 動全。　ê:全 動全。

khó-giām (< log Chi) [考驗] 名 PÁI,

khò-gōa (< log Nip) [課外] 名 全
◇ ~-chheh (< log Chi + tr) [～冊] PÚN: 課外書
◇ ~ oàh-/hoàt-tāng/-tōng (< log Nip) [～活動] ê, HĀNG:全
◇ ~ thòk-bùt (< log Nip [課外の讀物] + tr) [～讀物] PÚN, PHIⁿ:全。

kho-hàk (< log Nip) [科學] 名全
◇ ~ hng-/oân-khu (< log Chi) [～園區] ê:全

◇ ~-ka (< log Chi) [～家] ê:全
◇ ~-koán (< log Chi < ab Nip [科學博物館]) [～館] KENG:全
◇ ~ oân-khu ⇒ ~ hng-khu
形 全 ¶*chin* ~ [真～] 很科學。

khó-hêng-sèng (< log Chi) [可行性] 名全。

kho-khá-ín||*khơ*- (< Nip *kokain*; cf En *cocaine* < Peruv *cuca* + *-ine*) 名 古柯鹼。

Khó-khá-khò-là||*Khó-...-khò*- (< En *Coca-Cola*) 名 可口可樂。

kho-khìn-gù|-khìng-||*khơ*- (< Nip *kōkingu* < En *caulking*) 名 填縫劑。

khó-khò (< log Chi) [可靠] 形全。

kho-khó-ah||*khơ-khó*- (< Nip *kokoa* < En *cocoa*) 名 可可。

kho-ki (< log Chi) [科技] 名全。

khó-kiàn (< log Sin) [可見] 副全。

khó-kǹg/-koàn (< col log Sin) [考卷] 名 HŪN, TIUⁿ:全 ¶*kau* ~ [交～]交考卷 ¶*pun* ~ [分～]發考卷。

khó-kó-hàk (< log Nip) [考古學]

khó-koàn ⇒ khó-kǹg。　　名全。

khó-kùi (< log Chi) [可貴] 形全。

khò-là||*khò*- (< Nip *kōra* < ab En *Coca-Cola etc*) 名 (飲料之可口、百事等)可樂。

khò-lāi (< log) [課內] 名全。

kho-lé-lah|-leh-||*khơ*- (< Nip *korera* < Hel *cholera*) 名 霍亂。

kho-lé-sī-tō-lò||*khơ-lé-sī-tō-lò* (< En *cholesterol*) 名 膽固醇。

khó-lêng||*khó*-||*khóⁿ*- (< log Nip) [可能] 名 形 全
◇ ~-sèng (< log Nip) [～性] ê:全 副 全。　　　　全。

khó-lī/-lū/-lī (< log) [考慮] 名 動

khó-liân/-lîn||*khó*- (< log Sin) [可憐] 動 憐憫 ¶*Chhiáⁿ lí* ~ ·*i.* [請你～伊.]請你可憐可憐他 形全
◇ ~-tāi (< [可憐事]) a. 可憐的事

khó-lū ⇒ khó-lī。 ⌐b. 好可憐!

khò-ò/-òⁿ ‖ khó'- ‖ khó'ⁿ-òⁿ (<
log Sin) [可惡] (形) 仝。

khó-pâi [考牌] (動) 考試以取得牌照。

khó-pì/-pih ‖ khó'- ‖ khóp- (< Nip
kopī < En copy) (名) HŪN: 影本;副
本 (動) 複印。

khó-pì-kóng [可pì講] (動) 比方說。

khó-pih ⇒ khó-pì。 ⌐仝。

khò-sè [靠勢] (動) 1. 仗勢 2. 仗(著);
太自信; ≃ khò-ún ¶m̄-thang ～
lâng⁺ khiáu [m̄-thang～人巧]不要
仗著自己聰明伶俐 (形) 太自信 ¶mài
án-ne ～-～ 別這麼以為很保險。

khó-seng (< log Chi) [考生] (名) ê:
仝。 ⌐bô-chhái; ≃ phah-sńg。

khó-sioh (< log Sin) [可惜] (形) 仝; ≃

khò-siók [靠俗] (動) 1. 因彼此熟稔而
不拘禮節 2. 放肆。⌐≃ bák-khuh。

khò-soaⁿ (< log Chi) [靠山] (名) ê: 仝;

khò-sù ‖ khò'- (< Nip kōsu < En
course) (名) ê: 行程。

khò-ta [靠礁] (動) 觸礁; ≃ khòa-ta。

khò-tà ‖ khò'- (< En < Lat quota) (名)
配額。 ⌐TIÂU: 仝。

khó-tê/-tôe (< log Chi) [考題] (名)

khò-têng/-thêng (< log Nip < Sin)
[課程] (名) ê: 仝。

kho-tiúⁿ (< log Chi) [科長] (名) ê: 仝。

khó-tiûⁿ (< log Chi) [考場] (名) ê: 仝。

khò-tiúⁿ (< log Nip) [課長] (名) ê: 仝。

khó-tó [考倒] (動) 仝。

khó-tôe ⇒ khó-tê。

kho'¹ (< Sin) [箍] (名) B. 1. [á] 環
形;環狀的東西 ¶hoe-~ [花～] 花圈
2. 框 ¶bák-~ [目～] 眼框 ¶chhùi-~
[嘴～] 沿著嘴唇的一圈 3. (類似球
體或短圓柱的) 大塊的東西 ¶chhâ-~
[柴～] 截短的樹幹或粗樹枝 ¶han-
chî-~ [蕃薯～] 大塊的甘薯 (量) 1. 計

算大塊的東西的單位 ¶chit ~ hî [一
～魚] 一截魚 2. 計算人的單位,貶意
¶Lí chit ~. [你這～.]你這傢伙 ¶ka-
tī/-kī chit ~ lâng [家己一～人] 孓然
一身 3. "塊," 即基本貨幣單位 "元"
(動) 1. (用圈儿) 套 (緊桶子的外部
加以固定) ¶iōng iân-sòaⁿ ~ tháng
[用鉛線～桶] 用鐵絲把桶箍上 2. 繞
(圈子) ¶~ chit liân tò-tńg··lâi [～
一liân tò返來] 繞了一圈回來。

kho'² (< Sin [呼]) (動) 使前來 (聚
集);召 ¶Tông-hák-hōe ài ū lâng ~
chiah pān-ē-khí··lâi. [同學會愛有
人～才辦會起來.]同學會須要有人
召集才辦得起來 ¶~ káu [～狗]叫狗
來。

kho'³ (< ab kho'-ki-á; cf En call) (動)
1. (以呼叫器) 呼叫 2. (打手機) 呼

kho'⁴ (< ab kho'-pì) (動) 複印。⌐叫。

khó' (< Sin) [苦] (名) 苦味 (動) (<
sem) 因 ... 苦惱;以 ... 為苦／為憾 ¶I
teh ~ in kiáⁿ m̄ thák-chheh. [伊
teh～in kiáⁿ m̄ 讀冊.]他正因兒子
不讀書而苦惱 ¶~ cháu-bē-tit-lī [～
走bē得離]來不及逃開(引以為憾)
(形) 有苦味。

khò' (< Sin) [褲] (名) NIÁ: 褲子。

kho'-á [箍仔] (名) ê: 1. 環; ≃ khian-
á 2. (畫出來的) 圈子; ≃ îⁿ-kho'-á
3. 小團體 ¶~-lāi ê lâng [～內ê人]圈

kho'-á-lah ⇒ kho-á-lah。 ⌐內人。

kho'-á-piáⁿ [箍仔餅] (名) TÈ: (狀似
大銀元的)紅豆餅,今有多種餡儿; ≃
âng-tāu-piáⁿ; ≃ chhia-liân-piáⁿ。

khó-bé ⇒ khó-bóe。 ⌐苦。

khó-bē-liâu/-bōe- [苦bē了] (形) 命

khó-bē-tit(-thang)/-bōe- [苦bē得
(thang)] (副) 恨不得 ¶~(-thang) sí
[～(thang)死]恨不得一死 ¶~-
thang cháu [～thang走]恨不得離
開。

khò-béh-á/-bèh- ⇒ khò-boéh-á。

khó͘-bô-thang [苦無thang] 働 恨不
　得有機會; cf khó͘-bē-tit。

khó͘-bóe/-bé/-bé [苦尾] 形 [x]餘韻
　有苦味。

khó͘-bōe-liáu ⇒ khó͘-bē-liáu。

khó͘-bōe-tit(-thang) ⇒ khó͘-bē-tit。

khò͘-boèh-á | -bèh- | -bèh- (< tr En
　pantyhose) [褲襪仔] 名 SIANG,
　KHA: 褲襪。　　　　　　　 ｜仝。

khó͘-chhiò (< log Chi) [苦笑] 名 働

khó͘-chiàn (< log Sin) [苦戰] 働 艱
　苦奮鬥; 奮戰 形 (< sem) 奮鬥得很
　辛苦。

kho͘-eh(-á) | -eh- [呼呃(仔)] 働 打
　嗝儿; ≃ phah-eh; ≃ phah-uh-á。

khó͘-hái (< log Sin) [苦海] 名 仝。

khó͘-ha̍k (< log Sin) [苦學] 働 苦讀。

khó͘-ín (< En call-in; ant khó͘-áu) 働
　叩應。

khó͘-kam [苦甘] 形 [x]苦中帶甘味。

khó͘-kang (< log Chi) [苦工] 名 勞役
　¶liàh-khì chò/chòe ~ [掠去做～]捉
　去做苦工。

kho͘-káu-lê [呼狗螺] 働 (狗在夜間)

khò͘-kha [褲腳] 名 褲腿　　｜呼號。
　◇ ~-bóe/-bé [～尾]褲腳。

kho͘-khá-ín ⇒ kho-khá-ín。　 ｜là。

Khó͘-khá-khò͘-là ⇒ Khó-khá-khò͘-

kho͘-khìn-gù ⇒ kho-khìn-gù。 ｜勸。

khó͘-khǹg (< sem log Sin) [苦勸] 働

khó͘-khó͘ (< log Chi) [苦苦] 働 苦苦
　地; ≃ khó͘-sim ¶~ ai-kiû [～哀求]
　仝。

khò͘-khò͘ 形 笨笨的,不知輕重緩急,反
　應不良,例如客人來不懂得招待,或
　如不知危險 ¶kek ~ [激～]行為表現
　如上述。

kho͘-khó͘-ah ⇒ kho-khó͘-ah。

kho͘-ki-á [呼機仔] 名 KI: 呼叫器 働
　(用呼叫器)呼叫。　　　 ｜CHÂNG: 仝

khó͘-koe (< log Sin) [苦瓜] 名 TIÂU,
　◇ ~-bīn [～面] Ê: "苦瓜臉," 即愁

khò͘-là ⇒ khò-là。　　　　 ｜容。

kho͘-lé-lah ⇒ kho-lé-lah。

kho͘-lé-sī-tō͘-lò͘ ⇒ kho-lé-sī-tō͘-lò͘。

kho͘-leh-lah ⇒ kho-lé-lah。

khó͘-lêng ⇒ khó-lêng。

khó͘-lēng-á (< log Sin [苦楝] + á)
　[苦苓仔] 名 CHÂNG: 楝樹。

khó͘-liân/-lîn ⇒ khó-liân。

khó͘-loân [苦戀] 名 因得不到戀情上
　的滿足而受的痛苦 働 因得不到戀
　情上的滿足而痛苦。 ｜關節敲桌子。

kho͘-lok 象 中頻碰撞聲,例如以手指

kho͘-lǒk 象 中高頻碰撞聲,例如保齡
　球擊中目標。　　　　 ｜球掉在地上。

khō͘-lǒk 象 中低頻碰撞聲,例如保齡

khō͘-lòk 象 低頻碰撞聲,例如在木質
　地板上移動椅子。

kho͘-lók khók 象 有節奏的敲擊聲。

khó͘-miā (< log Sin) [苦命] 形 仝; ≃
　khó͘-bē-liáu
　◇ ~-lâng [～人] Ê: 命苦的人。

khó͘-mo͘-á | -mn̂g- [khó͘毛仔] 名 KI:
　汗毛。

kho͘-niá-kuh (< khǒn-niá-khuh,

khó͘-ò͘ⁿ ⇒ khó-ò͘。　　　　 ｜q.v.)。

khó͘-pì/-pih ⇒ khó-pì。　　 ｜si-á。

kho͘-pi-á [呼pi仔] 働 吹口哨; ≃ kho͘-

khó͘-pih ⇒ khó-pì。　　　　 ｜哨。

kho͘-si-(si-)á [呼si(-si)仔] 働 吹口

khó͘-sim (< log Sin) [苦心] 名 仝 働
　苦苦 ¶~ kā i khǹg [～kā伊勸] 苦口

khò͘-sù ⇒ khò-sù。　　　　 ｜相勸。

khò͘-tà ⇒ khò-tà。 ｜的臀部部位。

khò͘-té/-tóe [褲底] 名 褲襠及褲子

khò͘-tē-á [褲袋仔] 名 Ê: 褲兜儿。

khó͘-tha̍k (< log Chi) [苦讀] 働 仝。

khò͘-thâu [褲頭] 名 褲腰。

khó͘-tih-tih/-teh-teh/-leh-leh/-
　tèh-tèh/-tuh-tuh [苦tih-tih] 形
　(味道)很苦。

kho͘-to͘-lok[+] khók 象 有節奏的敲擊

khò·-tòa [褲帶] ⓐ TIÂU: 全。 ｜聲。

khò·-tóe ⇒ khò·-té。 「虐待。

khó-tók (< sem log Sin) [苦毒] 働

kho·-uh-á [呼 uh 仔] 働 打嗝儿；≃ phah-uh-á。

khó·ⁿ - lêng (< khó- / khó·-lêng, q.v.)。

khó·ⁿ-ò·ⁿ (< khó-/khó·-ò·ⁿ , q.v.)。

khoa (< log Chi) [跨] ⓐ 全 ¶~-tóng-phài [~黨派] 全。

khòa 働 1. 擱；放在上頭；≃ khòe², q.v. 2. 擱 (淺)；≃ khò, q.v.

khoa-kháu (< log Sin) [誇口] 働 說大話；≃ phòng-hong。

khoa-kok kong-si (< log Chi) [跨國公司] ⓐ KENG: 全。

khoa-sóng (< En *croissant* < Fr) ⓐ TÈ: 牛角麵包。

khòaⁿ (< Sin) [看] ⓑ 嘗試以觀察結果；≃ khòaⁿ-bāi ¶*chhì-~* ·*le* [試 ~ ·le] 試試看 ¶*siūⁿ-~ boeh/beh án-chóa*ⁿ [想~看欲按怎] 想想看怎麼辦 働 1. 瞧；瞅 ¶*chhⁿ-mê, bô-~-·tióh* [青盲無~著] 瞎眼看不見
△ (*bák-chiu*) ~ *koân/koâⁿ, bô ~ kē* [(目睭)~koân 無~kē] 不滿現狀，只想高就
△ ~-*ū, chiáh-bô* [~有吃無] 只有看的份儿，吃不到
2. (以評判的眼光) 觀察；檢視 ¶*chhin-chiⁿ* q.v. ¶~-*chhù* q.v. 3. 見 ¶~ *i bô chù-ì, kín cháu* [~伊無注意，緊走] 見他沒注意，趕快逃 4. 收視；觀賞 ¶~-*kiû* [~球] 看球賽 ¶~ *tiān-sī* [~電視] 全 5. 閱讀 ¶~ *pò-chóa* [~報紙] 全 6. 視 (... 而定 / 而知) 「況
△ ~ *pān-sè* [~扮勢] 看樣子；看情
7. 決定如何處理；*cf* kóng²⁽²⁾ ¶*tán i chin-chiⁿ bô lâi, chiah ~* [等伊真正無來才~] 等他果真沒來再看

看 8. 想；認為 ¶*Taⁿ ~ boeh/beh án-·chóaⁿ!* [Taⁿ~欲按怎!] 這下子不知道怎麼辦了! 9. 檢查；診療 ¶*Chhiáⁿ lí ~ chit tâi tiān-náu tá-ūi hāi-·khì.* [請你~這台電腦 tá 位害去.] 請你看看這台電腦哪儿壞了 ¶*khì hō i-seng ~* [去 hō 醫生~] 看醫生去 10. (< log Chi) 找醫生就診 ¶*khì ~ i-seng* [去~醫生] 看醫生去 11. 探訪 ¶*khì pēⁿ-īⁿ ~ pēⁿ-lâng* [去病院~病人] 到醫院去探訪病人 12. 看待
△ ~ *lâng bô* [~人無] 看不起人家。

khòaⁿ...khí (< log Sin + tr) [看...起] 働 全 ¶*khòaⁿ-bē-khí* [看 bē 起] 看不起 ¶*khòaⁿ-bô-khí* [看無起] (沒) 看得起 ¶*khòaⁿ-ē-khí* [看會起] 看得起 ¶*khòaⁿ-ū-khí* [看有起] (已) 看得起。

khòaⁿ-á (< contr khoaⁿ-khoaⁿ) [khoaⁿ 仔] 働 慢慢儿 「慢儿地。
◇ ~-*sī* [~是] a. 慢慢儿來 b. 慢

khòaⁿ-bāi/-māi [看覓] ⓑ 表示嘗試 ¶*chhì-~ ·le* [試 ~ ·le] 試試看 働 看一看 ¶*Lí chhut-khì ka ~ ·le.* [你出去 ka ~ ·le.] 你出去看一看 (怎麼回事)。

khòaⁿ- bē- chò-·tit /-·chit /-·lih /-·lì/-·eh /-·è |-bōe-chòe- [看 bē 做得] 働 (對不贊同的事) 看不下去；忍不住。 「不懂。

khòaⁿ-bô [看無] 働 1. 看不見 2. 看

khòaⁿ-bōe-chòe-·tit /-·chit /-·lih /-·lì/-·eh /-·è ⇒ khòaⁿ-bē-chò-·tit。

khòaⁿ-chheh (< log Sin + tr) [看冊] 働 看書。 「相親，即對婚姻對象。

khòaⁿ-chhin-chiaⁿ [看親 chiaⁿ] 働

khòaⁿ-chhù [看厝] 働 看房子 (以見識或準備購買或租賃等)。

khòaⁿ-chhut (< log Sin) [看出] 働 全 ¶*khòaⁿ-bē-chhut* [看 bē 出] 看不出 ¶*khòaⁿ-bô-chhut* [看無出] 沒看出來。

khòa^n-chhut-chhut [看出出] [動] (看缺點、祕密、詭計等)看得一清二楚; *cf* khòa^n-hiān-hiān。

khòa^n-chì ⇒ khòa^n-chu。

khòa^n-chín (< log Chi) [看診] [動] 仝 ¶*I ū-sim kā lán ~, lán tiō nāi-sim tán.* [伊有心kā咱~,咱就耐心等.]他有心給咱們看診,咱們就得耐心等著。

khòa^n-chò/-*chòe* [看做] [動] 看成。

khòa^n-chu/*chì* (< log Sin) [看書] [動] 仝; ≃ khòa^n-chheh。

khòa^n-hì (< Sin) [看戲] [動] 仝。

khòa^n-hiān-hiān [看現現] [動] (實物)看得一清二楚; *cf* khòa^n-chhut-chhut。 「Ê: 仝。

khòa^n-hoat (< log Chi) [看法] [名]

khoa^n-·i^n (< *khoai^n*) [象] 高音鑼聲。

khòa^n-·ì^n (< *khòai^{n1}*) [象] 低音鑼聲。

khòa^n-ì^n (< *khòa^n-kì^n*, q.v.)。

khōa^n-·ī^n (< *khoāi^n*) [象] 中音鑼聲。

khòa^n-iū^n [看樣] [動] 學榜樣。「視。

khòa^n-khin (< log Sin) [看輕] [動] 輕

khoa^n-khoa^n(-á) [寬寬(仔)] [副] 慢慢儿; ≃ khoa^n-á 「**b.** 慢慢儿地。
◇ ~-(*á*-)*sī* [~(仔)sī] **a.** 慢慢儿來

khòa^n-khoán [看款] [動] 看情況(決定/判斷); ≃ piān-khòa^n。

khòa^n-khui [看開] [動] 仝 ¶*khòa^n-bē-khui* 看不開 ¶*í-keng ~ ·a* [已經~矣]已經看開了 ¶*Tāi-chì ài khòa^n hơ khui.* [代誌愛看hơ開.]事情要看開 ¶*Tāi-chì ài khòa^n khah khui ·le.* [代誌愛看較開·le.]事情要看開點儿。

khòa^n-kì^n/-*ì^n*‖*khoài^n* (< Sin) [看見] [動] 看見; ≃ khòa^n-tio̍h ¶*ba̍k-chiu bô-khòa^n-·i^n* [目睭無~]眼睛看不見; 瞎眼 ¶*cháu-kà bô-~ lâng* [走到無~人]逃得不見蹤影。

khòa^n-kòe-kòe [看過過] [動] **1.** 看透 **2.** 看不起。

khòa^n-māi ⇒ khòa^n-bāi。

khòa^n-miā [看命] [動] 相命
◇ ~-*sian-á* [~仙仔] Ê: 算命的人。

khòa^n-oa̍h‖*khùi^n*- (< **khoài^n-oa̍h* < **khoài-oa̍h* < log Sin [快活]) [khòa^{n}活] [形] **1.** (身心)舒服 **2.** (工作輕鬆而使人)舒服。 「[動] 仝。

khòa^n-pē^n/-*pī^n* (< log Sin) [看病]

khòa^n-phòa (< log Sin) [看破] [動] **1.** 看開; 豁然 **2.** 拆穿
△ ~ *kha-chhiú* [~腳手]看穿。

khòa^n-soe [看衰] [動] 認定(某人、某國等)沒有好運。

khòa^n-súi [看súi] [動] 擺著好看。

khòa^n-tāng/-*tiōng* (< col log Chi) [看重] [動] 重視。 「懂。

khòa^n-ū [看有] [動] **1.** 看得見 **2.** 看得

khoah (< Sin) [闊] [形] 仝。

khoah-bóng-bóng [闊 bóng-bóng] [形] 遼闊。

khoah-lòng-lòng|-*lìn*- [闊 lòng-lòng] [形] 寬闊,常指大而不當。

khoah-tō͘ (< log Chi [寬度] + tr) [闊度] [名] 寬度。

khoài (< Sin) [快] [形] **1.** 迅速 **2.** 容易 ¶*Lí siū^n-kóng ~-~(·a) ·hiơ?* [你想講~~(·a)·hiơ?]你以為很容易呀? ¶*kóng khah ~* [講較~]說來容易。 「HŪN, TǸG: 仝。

khoài-chhan (< log Chi) [快餐] [名]

khoài-chhia (< log Chi) [快車] [名] TÂI, CHŌA, PANG: 仝 「仝。
◇ ~-*tō* (< log Chi) [~道] TIÂU:

khoài-lo̍k (< log Sin) [快樂] [形] 仝。

khoài-phe/-*phoe* (< log Chi + tr) [快批] [名] TIU^n: 快信。

khoai^n [象] 高音鑼聲; *cf* khai^{n1}。

khoài^{n1} [象] 低音鑼聲。

khoài^{n2} (< contr *khòa^n-kì^n*, q.v.) [動] 看見 ¶~-*tio̍h kúi* [~著鬼]看到鬼。

khoāiⁿ ⍟ 中音鑼聲。

khoāiⁿ-khoāiⁿ-kiò‖*khiⁿ*- [khoāiⁿ-khoāiⁿ叫] ⍟ 打著鑼發出高音或中音。

khoāiⁿ-khoāiⁿ-kiò‖*khīⁿ*- [khoāiⁿ-khoāiⁿ叫] ⍟ 打著鑼發出低音。

khoân ‖*koân* (< log Sin) [權] ⍟ **1.** 權力 ¶*I* ~ *chin tōa.* [伊~真大.] 他權力很大 **2. B.** 權利¶*só͘-iú*-~ [所有~]全¶*tāi-piáu*-~ [代表~]全。

khoán¹ (< Sin) [款] ⍟ ê: **1.** 樣子;模樣;款式¶*gín-á*-~ 孩子模樣¶*sin* ~ [新~]全¶*tōa-lâng*-~ [大人~]成人模樣¶*hó*-~ q.v. ¶*pháin*-~ q.v. **2.** 情況¶*khòaⁿ*-~ q.v. ⍟ 種類。

khoán² (< log) [款] ⍟ 條文的項目單位¶*tē-saⁿ tiâu, tē-sì* ~ [第三條第四~]全。

khoán³ [款] ⍟ 拾掇;備齊¶*ke-si* ~-~ *·le* [傢私~~·le] **a.** 把工具收拾收拾 **b.** 把工具備齊¶~- *hêng-lí* [~行李]整理行裝;收拾行李。 「⍟ 全。

khoân-ek‖*koân*- (< log Nip) [權益]

khoân-kéng (< log Nip) [環境] ⍟ ê: 全。 「⍟ 全。

khoân-lī‖*koân*- (< log Nip) [權利] ◇ ~-*kim* (< log Nip) [~金]全。

khoân-pó (< log Chi < ab Nip [環境保護]) < tr En *environmental protection*) [環保] ⍟ 全 ◇ ~-*sú* (< log Chi) [~署]全。

khoân-sè‖*koân*- (< log Sin) [權勢] ⍟ 全。 「術] ⍟ 全。

khoân-su̍t‖*koân*- (< log Chi) [權

khoán-thāi/-*tāi* (< log Sin) [款待] ⍟ **1.** 對待¶*pháin*-~ [歹~]虧待;虐待 **2.** 招待。

khoân-tó/-*tó͘* (< log Chi) [環島] ⍟ 全¶~ *lú-/lú-hêng* [~旅行]全 ◇ ~ *thih-lō͘* [~鐵路] TIÂU:全。

khoân-ui‖*koân*- (< log Nip < Sin)

[權威] ⍟ 全。 「⍟ 全。

khoân-ūi‖*koân*- [權位] (< log Chi)

khoàng ⍟ 低頻大鑼聲; ≃ khoàiⁿ。

khoāng ⍟ 中頻大鑼聲; ≃ khoāiⁿ。

khoa̍t ⍟ 打加水的麵粉、泥漿等以攪和。 「全。

khoat-hām (< log Nip) [缺陷] ⍟ ê:

khoat-iâng (< log Chi + Chi *yang*³; v *iâng*³) [缺 iâng] ⍟ 缺氧; ≃ chhiúe-iâng。

khoat-se̍k (< log Nip) [缺席] ⍟ 全。

khoat-tiám (< log Nip) [缺點] ⍟ ê, TIÁM:全。

khoe¹ [溪] ⇒ khe¹。

khoe²‖*khe*‖*khe͘* (< sem Sin [科]) [詼] ⍟ 挖苦;嘲弄;吃豆腐。 「全。

khôe‖*khê*‖*khê͘* (< Sin) [瘸] ⍟ ⍟

khòe¹ ⍟ 啃; ⇒ gè。

khòe²‖*khè* (< Sin [靠]) ⍟ 攔,即一頭或兩頭靠著¶*hō͘-sòaⁿ* ~ *tī piah-·e* [雨傘~tī壁·e]雨傘靠牆放著¶*giâ chit chiah í-á* ~ *kha* [giâ一隻椅仔~腳]拿一把椅子以把腳攔在上頭¶~ *chhiú* [~手]手放在扶手等之上¶~ *tek-ko, nê saⁿ* [~竹篙晾衫]架

khoe-á ⇒ khe-á。 「竹竿晾衣服。

khoe-bé/-*bé'* ⇒ khe-bóe。

khòe-bú ⇒ khè-bó。

khôe-chhiú‖*khê*-‖*khê͘*- [瘸手] ⍟

khoe-chúi ⇒ khe-chúi。 「手殘障。

khòe-hiaⁿ ⇒ khè-hiaⁿ。

khòe-hōaⁿ ⇒ khe-hōaⁿ。

khòe-iok ⇒ khè-iak。

khòe-kiáⁿ ⇒ khè-kiáⁿ。

khòe-pē ⇒ khè-pē。

khoe-po͘ ⇒ khe-po͘。

khôe-sìⁿ‖*khê*- (< sem log Sin) [葵扇] ⍟ KI:扇子¶*ia̍t* ~ 搧扇子。

khoe-thâu ⇒ khe-thâu。

khoe-tóe ⇒ khe-té。

khoeh |¹ ‖ *kheh* ‖ *kheⁿh* (< Sin) [缺]
(名) Ê: 缺額。

khoeh² (動) 擠; ⇒ kheh³。

khoeh³ (動) 閉眼; ⇒ kheh⁴。

khoeh-á ⇒ kheh-á。

khoeh-chhia ⇒ kheh-chhia。

khoeh-sio ⇒ kheh-sio。

khok |¹ (量) 計算量杯 "khok-á" 的單
位。　　　　　[(動) 複印; ≃ khó-pì。

khok² (< ab *khók-pih < khóp-pih)

khok³ (動)(形)(額頭或後腦勺儿)突出
¶āu-táu-khok-á ~-~ [後斗 khok 仔
~-~]後腦勺儿突出。

khók¹ (象) 外殼堅硬的物體的碰撞
聲,例如木魚、椰殼、腦袋、桌子;
cf khók/khŏk (動) 1. 碰;磕 ¶Nⁿg ~-
phòa-·khì. [卵~破去.]蛋碰破了
2. (繼續)發出低沈的碰撞聲(並向
前進行),例如火車前進著或敲著木
魚 ¶chē bān-chhia, táuh-táuh-á ~
[坐慢車, táuh-táuh 仔~]搭上慢車,
慢慢儿走。

khók² (囹) (動) 扣留(人)。

khók³ (動) 1. 炒後以文火煮　2. 熬 ¶~
moâi [~糜]煮稀飯。

khók⁴ (形) 吝嗇; ≃ tàng-sng。

khók ‖ *khŏk* (象) 外殼堅硬的物體響亮
的碰撞聲,例如木魚、椰殼、腦袋、
桌子; cf khók¹ (擬) 碰撞的樣子 ¶~-
·chit-·ē, thâu-khak khók chit liû [~
一下, 頭殼 khók 一瘤]喀噠一聲,腦
袋撞了一個包。

khok-á [khok 仔] (名) Ê: 1. 圓柱形的
杯子或量杯等 ¶chúi-~ [水~]圓柱
形的水瓢　2. 硬盒子 ¶pⁿg-~ q.v.

khók-á (v khŏk¹) [khók 仔] (名) 1. Ê:
木魚　2. KI: 梆子。

khók-á-sian (v khók⁴) [khók 仔仙]
(名) Ê: 吝嗇鬼; ≃ pàt-á-sái。

khók-á-thâu [khók 仔頭] (名) 仝上。

khok-chhiong (< log Sin) [擴充] (動)
仝。

khok-hêng [酷 hêng] (形) 1. 嚴酷;刻
薄;暴虐　2. 蠻不講理。

khok-hiảh (v. khok³) [khok 額] (形) 額
頭突出; cf khok-thâu。

khók-khók (動) 不停地;一直地 ¶~ pài
[~拜]拜個不停　　　　　[ihⁿ tán
△ ~ tán [~等]痴痴地等著; ≃ ihⁿ-
◇ ~-chông 匆匆忙忙地到處跑
◇ ~-hián ⇒ khōng-khōng-hián
◇ ~-iô (> khī-khók-iô) [~搖] a. 搖
來搖去出聲,例如搖椅或放置不穩
固的器物　b. 搖來搖去。　　[聲。

khók-khók-khiang (象) 敲木魚與鐘磬

khók-khók-liàn (動) 連續滾動; ≃ kō-
kō-hián, q.v.

khók-khók-pê [khók-khók 爬] (動)
(幼兒、蟲子等)忙碌地爬來爬去。

khók-khók-phiân ⇒ khōng-khōng-
phiân。

khók-khók-tiô (動) 坐立不安;亂動。

khók-sí-sí [khók 死死] (形) 很吝嗇。

khok-thâu [khok 頭] (形) 額頭或後腦
突出,尤指後腦; cf khok-hiảh。

khok-tiang/-tiong ⇒ khòng-tiang。

khōm (動) 1. (門因風、彈簧等非人
力而)砰然關上 ¶Mⁿg ~-·khì. [門~
去.]門砰然關上了　2. 用力(把門)砰
然關上 ¶Mⁿg khoaⁿ-khoaⁿ koaiⁿ,
m̄-hó iōng ~ -·ê. [門寬寬關, m̄ 好用
~-·ê.]門小心關上,別用力。

khòm-bù ‖ khòng- (< Nip kombu) (名)
TÈ: 海帶;昆布; ≃ khun-pò。

khōm-kha-sàu ‖ khām- [khōm 咳嗽]
(動) 咳嗽,加強語氣。

khŏn -niá-khuh ‖ khŏng- (< Nip
konnyaku) (名) 蒟蒻。

khong |¹ (< Sin [框]) (動) 打圈 ¶~ îⁿ-
khơ-á [~圓箍仔]打圈子框起來。

khong² (悾) (形) 懵懂,做事不考慮損
失、危險等; ≃ khong-khám。

khóng (< Nip kon) (形) (深)藍色的。

khòng¹ (< Sin [空]) [○] 數 零數 ¶*chit-pah* ~ *it* [一百～一] 一百零一 ¶*jī-~ ~-kiú nî* [二～～九年] 二○○九年

khòng² 象 深沈的撞擊聲。

khòng³ [焢] 動 **1.**(將肉置於醬油中)熬,類似滷 **2.**埋在熱泥中燜燒 ¶~ *han-chî/-chû* [～蕃薯] 把甘薯埋在熱泥中燜熟。

khōng¹ 象 深沈的鐘聲。

khōng² (< ab *khōng-ku-lí*) 動 敷(水泥等使堅固)¶~ *âng-mô·-thô·* [～紅毛thô·] 鋪水泥;灌水泥
△ ~ *chiȯh-ko* [～石膏](腿等骨折處)打上石膏。

khòng-bah [焢肉] 名 塊狀滷肉。

khǒng-bé-iah/-à (< Nip *konbeya* < En *conveyer*) 名 TIÂU:輸送帶。

khóng-bêng-chhia [孔明車] 名 TÂI:腳踏車;≃ thih-bé。

khòng-bù/-buh ⇒ khòm-bù。

khòng-bút [礦物] 名 全
◇ ~-chit (< log Nip) [～質] 全。

khòng-chè (< log Chi) [控制] 動 全
◇ ~-tâi (< log Chi < tr En *control panel*) [～台] ê:全
◇ ~-thah (< log Chi < tr En *control tower*) [～塔] ê:(飛機場的)塔台。 「PÁI:全 動 全。

khòng-cheng (< log Chi) [抗爭] 名

khóng-chhia-á (< ab *khóng-bêng-chhia* + *á*) [孔車仔] 名 TÂI:腳踏車;≃ thih-bé。

khóng-chhiak/-chhiok (< log Sin) [孔雀] 名 CHIAH:全。

khòng-chit (< log) [礦職] 動 全。

khòng-chôaⁿ-chúi (< log Nip) [礦泉水] 名 全。

Khóng-chú‖Khòng- (< log Sin) [孔子] 名 全(551–479 B.C.)。

khòng-gī (< log Nip) [抗議] 動 全。

Khong-hi (< log Sin) [康熙] 名 清帝年號(1662–1723)。 「全。

khòng-iá (< log Sin) [曠野] 名 ê:

khong-kan (< log Nip) [空間] 名 ê:全;≃ su-phè-sù。 「全。

khòng-kàng (< log Chi) [空降] 動

khòng-kang (< log Chi) [礦工] 名 ê:全;≃ khòng-hu。

khong-kàng pō·-tūi (< log Chi) [空降部隊] 名 TŪI, ê:全。

khōng-kha-khiàu [khōng腳翹] 動 (桌椅等)翻覆而跌在地上。「吝嗇。

khóng-khài (< log Sin) [慷慨] 形 不

khong-khám (< *khong²* + *khám³*) [悾khám] 形 懵懂,做事不考慮損失、危險等。

khòng-kheⁿ/-khiⁿ [礦坑] 名 TIÂU:採礦的通道;≃ khòng-khang。

khong-khì¹ (< log Nip < Sin) [空氣] 名 全¶*pàng* ~ [放～] 散布不實的消息。 「(性格)懵懂。

khong-khì² [悾氣] 名 懵懂的性格 形

khòng-khiⁿ ⇒ khòng-kheⁿ。 「全。

khòng-khò (< log Chi) [曠課] 動

khōng-khōng-hián‖khȯk-khȯk- 動 (船或放置的器物不穩而)晃來晃去。

khōng-khōng-kiò [khōng-khōng叫] 動 連續發出深沈的撞擊聲。

khōng-khōng-phiân/-phîn‖khȯk-khȯk- 動 蹣跚;(站立或行走不穩而)晃來晃去;跟跟蹌蹌。

khōng-ku-lí (< ab Nip *konkurīto* < En *concrete*) 動 鋪水泥 形 鋪水泥的;僵化¶*a-tá-mah* ~ q.v.

khǒng-kú-lì-tò/-tò· (< Nip *konkurīto* < En *concrete*) 形 全上。

khong-kun (< log Nip) [空軍] 名 ê:全。

khong-mí-sióng (< Nip *kommisshon* < En *commission*) 名 ê:佣金。

khǒng-niá-khuh ⇒ khǒn-niá-khuh。

khòng-seng-sò͘ (< log Chi < tr En *antibiotic*; cf Nip [抗生物質]) [抗生素] ⓐ 全; ≃ măi-sín。　　　「全。

khong-síp (< log Nip) [空襲] ⓐ ⓥ

khong-tâu (< log Chi) [空投] ⓥ 全。

khòng-thé (< log Nip < tr En *anti-body*) [抗體] ⓐ ê: 全。

khòng-tiang/-tiong‖khok- (< ana [礦] *etc* < log Nip) [擴張] ⓥ 全。

khong-tiong (< log Sin) [空中] ⓐ 天空中 ⓕ **1.** 在飛機上服務的 ¶~ *sió-chiá* q.v. **2.** 廣播的 ¶~ *Eng-gí* [~英語] 全。

khòng-tiong ⇒ khòng-tiang。

khong-tiong kàu-sit/-sek (< log Chi) [空中教室] ⓐ ê: 全。

khong-tiong sió-chiá (< log Chi < tr En *air-stewardess*) [空中小姐] ⓐ ê: 全。

khong-tiong tāi-ha̍k (< log Chi < tr En *university of the air*) [空中大學] ⓐ KENG: 全。

khòng-tōa/-tāi‖khok- (< ana [礦] *etc* < log) [擴大] ⓥ 全。

| khop | ⇒ khap。

khóp-pih ⇒ khó-pì。

khóp-puh (< Nip *koppu* < Neth *kop*) ⓐ ê: 西式茶杯。

| khu |[1] (< log Chi) [區] ⓐ ê: 行政區單位名 ¶*Bûn-san-~* [文山~] 台北行政區名 ¶*Iâm-tiâⁿ-~* [鹽埕~] 高雄行政區名 ⓠ 計算行政區的單位。

khu[2] [坵] ⓠ 計算田園的單位。

khû ⓥ 蹲。

khù ⇒ khì[1,2]。　　　　　　　「位。

khū (< log Sin [具]) ⓠ 計算棺材的單

khu-he̍k (< log Nip) [區域] ⓐ ê: 全。

khu-kan-chhia (< log Chi) [區間車] ⓐ TÂI, CHŌA, PANG: 全。

khū-khū-chun/-chùn ⓥ 戰抖; ≃

phī-phī-chhoah/-chun; ≃ khū-khū-chhoah。　　　　　　「ⓐ KENG: 全。

khu-kong-só͘ (< log Chi) [區公所]

khu-lá-buh (< Nip *kurabu* < En *club*) ⓐ ê: 俱樂部。

khu-lát-chih (< Nip *kuratchi* < En *clutch*) ⓐ ê: 離合器。

khu-lì-mù/-m̀‖-lìn- (< Nip *kurīmu* < En *cream*) ⓐ **1.** (麵包店所謂的) 奶油, 為一種軟膏狀的甜餡儿 **2.** (< ab < En *facial cream*) 面霜 **3.** 乳霜 **4.** 奶精。

Khu-lí-sú-má-suh (< Nip *Kurisuma-su* < En *Christmas*) ⓐ 聖誕節。

khu-liû (< log Nip < Sin) [拘留] ⓥ 全。

khu-lo̍k-pō͘‖khū- ⇒ kū-lo̍k-pō͘。

khu-pia̍t (< log Nip < Sin) [區別] ⓐ ⓥ 全。

khu-sok (< log Sin) [拘束] ⓥ 全。

khū-thé ⇒ kū-thé。

khu-tiúⁿ (< log Nip) [區長] ⓐ ê: 全。

| khuh |[1] [囷] ⓥ 斥責; ≃ phngh。

khuh[2] ⓥ 抽 (煙斗的煙)。

khùh ⓢ 吸煙斗的聲音。

khuh-khuh-sàu [khuh-khuh 嗽] ⓥ 咳儿咳儿地咳嗽。

| khui |[1] (< Sin) [開] ⓥ 寫; 開列 ¶~ *chi-phiò* [~支票] 全 ¶~ *miâ-toaⁿ* [~名單] 全 ¶~ *io̍h-toaⁿ* [~藥單] 全。

khui[2] [開] ⓥ **1.** (< log Sin) 駛 (離/往) ¶*Cha̍p tiám ê chhia boeh/beh ~ ·a.* [十點ê車欲開矣.] 十點的車要開了 **2.** (< log Chi) 駕駛 (車船飛機); ≃ sái[2]。

khui[3] (< Sin) [開] ⓥ **1.** 開啟, 當主要動詞 ¶*mn̂g ~·-khui, ka khòaⁿ-bāi ·le* [門~開 ka 看 bāi ·le] 打開門瞧瞧 ¶~ *thang-á* [~窗仔] 打開窗子 ¶~ *koàn-thâu* [~罐頭] 全 **2.** 開啟, 當動詞補語 ¶*mn̂g khui·-~, ka khòaⁿ-bāi*

·le [門開～ka 看 bāi ·le] 打開門瞧瞧 ¶*mn̂g phah~, ka khòaⁿ-bāi ·le* [門 phah ～ka 看 bāi ·le] do. **3.** 租或出租旅館的房間 ¶*~ chit keng pâng-keng hō͘ in tòa* [～一間房間 hō͘ in tòa] 開個房間給他們住 **4.** 開鑿 ¶*~ chit kháu chéⁿ/chíⁿ* [～一口井] 全 **5.** 打通 ¶*~ chit tiâu lō͘* [～一條路] 全 **6.** 由密合到有空隙 ¶*Mn̂g ~··khì.* [門～去.] 門(沒關好)開了 **7.** 空隙加大 ¶*chhùi tit-tit ~··khì* [嘴直直～去] 嘴巴越張越大 ¶*Siám khah ~ ·le.* [閃較～·le.] 躲遠一點 **8.** 綻開;舒張 ¶*Hoe ~ ·a.* [花～矣.] 花開了 **9.** 脫離,當動詞補語 ¶*pak-bē~* [剝 bē～] **a.** 無法剝離 **b.** (人與所愛的人、獸等) 無法分離 ¶*tháu-bē-~* (繩結) 解不開 **10.** 放晴 ¶*Thiⁿ khah ~ ·a.* [天較～矣.] 天晴朗些了 **11.** (心思) 變開朗 ¶*án-ne i sim chiah/tah/khah ~* [án-ne 伊心才開] 如此他才放心 **12.** (霧) 散 **13.** 開闢 ¶*~ chit ê hoe-hn̂g* [～一個花園] 開闢一個花園 **14.** 開業;創辦 ¶*~ chit keng kong-si* [～一間公司] 開一家公司 **15.** 舉行 ¶*~ gián-thó-hōe* [～研討會] 全 ¶*~ ōe-tián* [～畫展] 全 (形) **1.** 開著的狀態 ¶*Mn̂g ~~.* [門～～.] 門開著 **2.** 開闊;開朗 ¶*bȧk-chiu khòaⁿ-khah-~ ·le* [目睭看較～·le] 眼光放遠一點 ¶*sim-chêng pàng-khah-~ ·le* [心情放較～·le] 心情放開朗一點。

khùi (< Sin) [气] (名) Ê: **1.** (呼吸的) 氣息 ¶*~ tn̄g ·a* [～斷矣] 已經氣絕了 **2.** (< sem) 自己認定的尊嚴 ¶*Lâng chiàh chit tiám ~.* [人吃一點～.] 人總要有尊嚴不受損的志氣 **3.** (< sem) 派頭 ¶*kek chit ê ~* [激一個～] 擺架子。

khui…khui [開…開] (動) 打…開,嵌入副詞 ¶*mn̂g khui-bô-khui* [門開無

開] (開門但) 門沒打開 ¶*mn̂g khui-bē-khui* [門開 bē 開] 門打不開。

khui-á [開仔] (名) KI:開罐器;開瓶器。

khui-bō͘ ‖*khai-* (< col log Nip) [開幕] (動) 全。

khui-chéⁿ/-chíⁿ [開井] (動) 打井。

khui-chhe [開叉] (動) 岔開; ≃ pit-chhe。

khui-chhèng (< log Sin + tr) [開銃] (動) 開槍。

khui-chhia [開車] (動) **1.** 發車 ¶*káu tiám chip-hȧp, káu tiám chàp hun ~* [九點集合,九點十分～] 全 **2.** (< log Chi) 駕駛車輛; ≃ sái-chhia。

khui-chhùi (< Sin [開喙]) [開嘴] (名) (< sem) Ê:開口處 (動) **1.** 張開口 (說、吃等) **2.** 開始說話; ≃ chhut-chhùi ¶*~ tiō mē/mā* [～就罵] 開口就罵 **3.** 開口(處) ¶*~ ê só͘-chāi* [～ê所在] 開口處。

khui-haⁿ-haⁿ [開 haⁿ-haⁿ] (動) 開得大大的,例如門或嘴巴。

khui-hé [開伙] ⇒ khui-hóe。

khui-hō͘ (< log Chi) [開戶] (動) 設(帳目的) 戶頭。

khui-hoe (< log Sin) [開花] (動) 全。

khui-hóe/-hé/-hé (< log Chi) [開伙] (動) 伙食團開始運作。

khui-hōe ‖*khai-* (< col log Nip) [開會] (動) 全。 「(動) 熬夜。

khui-iā-chhia (< log Chi) [開夜車]

khùi-iâng/-iông ‖*hōe-*‖*hūi-*‖*hùi-iông* (< ana ons Chi + ana tone [貴] *etc* < log Nip) [潰瘍] (名) (動) 全 ¶*ūi ~* [胃～] 全。

khui-iȯh-á [開藥仔] (動) 開藥方。

khùi-iông ⇒ khùi-iâng。

khui-kha-kheng [開腳 kheng] (動) 兩腳岔開(走路或站立) (形) 上述情況或樣子。

khui-khò (< log Chi) [開課] (動) 全。

khui-khoah (< log Sin) [開闊] (形)

全。

khui-khòng (< log Chi) [開礦] 動 開採礦藏。 「～[kā門～]把門打開。

khui-·khui [開.開] 動 打開 ¶kā mn̂g

khui-khui [開開] 形 開著 ¶Mn̂g ～ [門～]門開著。

khui-ki (< log Chi) [開機] 動 全。

khùi-la̍t (< log Sin) [气力] 名 勁儿。

khui-lō͘ (< log Sin) [開路] 動 開闢道路。 「動 全。

khui-mn̂g/-mûi (< log Sin) [開門]

khui-o̍h ‖khai-ha̍k (< col log Chi) [開學] 動 全。 「館]租房間。

khui-pâng-keng [開房間] 動 (到旅

khui-phàu (< log Chi) [開砲] 動 1. 發砲攻打; cf khai-phàu。

khui-phiò (< log Nip) [開票] 動 全。

khui-pio (< log Chi) [開標] 動 全。

khui-pôaⁿ (< log Sin) [開盤] 動 全。

khùi-si [气絲] 名 [á] 微弱的氣息 ¶chhun chi̍t ê ～-á [chhun 一個～仔]奄奄一息。

khui-só (< log Sin) [開鎖] 動 全。

khui-têng‖khai- (< col log Nip [開廷]) [開庭] 動 全。 「鋪子。

khui-tiàm (< log Sin) [開店] 動 開

khui-tiuⁿ‖khai-tiang/-tiong (< col log Sin) [開張] 動 全。

khui-to (< log Chi) [開刀] 動 全; ≃ chhiú-su̍t。

khùiⁿ ⇒ khǹg¹。

khùiⁿ-oa̍h ⇒ khòaⁿ-oa̍h。

khun 動 繞著球面削,例如削果菜皮、剃髮、刮鬍子。

khûn¹ [綣] 量 計算纏繞成卷的物體的單位 動 纏繞成卷。

khûn² [勤] ⇒ khîn。

khún¹ (< log Nip) [菌] 名 全 ¶Gû-leng tè-ta, ～ mā ài sé. [牛奶貼

ta,～mā愛洗.]把牛奶壓乾,(克弗爾酸奶的)菌也要洗。

khún² [捆] 量 計算捆綁成束的東西的單位 動 捆綁成束。

khùn¹ [睏] 量 1. 次 ¶chò/chòe chi̍t ～ chia̍h-liáu-liáu [做一～吃了了]一次吃光 2. 陣子 ¶khàu chi̍t ～ [哭一～]哭了一陣子。

khùn² (< Sin) [睏] 動 1. 睡 ¶～ bô-kàu (bîn) [～無夠(眠)]睡眠不足 2. 睡在...上／裡 ¶～ phòng-í [～膨椅]睡沙發 ¶～ thô͘-kha [～thô͘腳]睡地上 3. (與某人)發生性關係 ¶Ná ～ i ē-tio̍h, sí mā kam-goān [若～伊會著,死mā甘願]如果能與她同眠,死也甘願。 「中。

khùn-bāng-tiong [睏夢中] 名 夢

khùn-bîn (< log Sin + tr) [睏眠] 名 睡眠 ¶～ bô-kàu [～無夠]睡眠不

khùn-bū ⇒ khîn-bū。 「足。

khùn-cheng-sîn [睏精神] 動 睡醒。

khùn-chhài ⇒ khîn-chhài。

khùn-chhéⁿ/-chhíⁿ [睏醒] 動 睡醒; ≃ khùn-cheng-sîn。

khùn-chi̍t-chhéⁿ/-chhíⁿ [睏一醒] 動 睡了一覺(醒來)。

khùn-jiáu/-giáu/-liáu (< log Chi) [困擾] 動 形 全。 「全。

khùn-kéng (< log Chi) [困境] 名 ê:

khùn-khì [睏去] 動 睡著 ¶khùn-·khì ·a [～矣]睡著了 ¶khùn-bē-khì [睏bē去]睡不著 ¶khùn-bô-khì [睏無去](睡,但)沒睡著。

khùn-khò͘ [睏褲] 名 NIÁ:睡褲。

khùn-khùn [睏睏] 形 1. 沒睡醒的樣子 2. 不精明;懵懂 ◊ ～-á [～仔]半睡半醒地 ¶～-á khí-lâi khui-mn̂g [～仔起來開門]半睡半醒地起來開門。

khùn-lân (< log Nip) [困難] 名 全 形 全; ≃ oh; ≃ pháiⁿ chò/chòe。

khùn-lo̍h-bîn [睏落眠] 動 睡著

¶*khùn-bē-lòh-bîn* [睏bē落眠] 睡不
khùn-pá [睏飽] 働 睡足。　　 ⌊著。
khùn-pâng [睏房] 名 KENG: 臥房。
khun-pò͘ (< log Nip < Sin) [昆布]
名 TÈ: 海帶；≃ khòm-bù。
khùn-saⁿ [睏衫] 名 NIÁ, SU: 睡衣。
◇ ~-*khùn-khò͘* [睏衫睏褲] SU: 睡衣
與睡褲。　　 ⌊表現出還沒睡醒。
khùn-siaⁿ [睏聲] 形 [x] 說話的聲音
khùn-sîn [睏神] 名 睡意¶*bô* ~ [無
~]沒有睡意　　　　　 ⌊了
△ ~ *cháu··khì* [~走去] 沒有了睡意
△ ~ *lâi ·a* [~來矣] 有了睡意了
形 [x] 有睡意；≃ ài-khùn-sîn ¶*iáu*
~-~ (睡後) 還沒完全清醒。
khùn-tàu [睏晝] 働 午睡；≃ khùn-
tiong-tàu。　　 ⌊袋仔] 名 Ê: 睡袋。
khùn-tē-á (< tr En *sleeping bag*) [睏
Khún-teng [墾丁] 名 屏東地名。
khùn-tiong-tàu [睏中晝] 働 午睡；
≃ khùn-tàu。

khut¹ (< log Sin) [堀] 量 計算地面
窟窿的單位，例如小水潭。

khut² (< log Sin) [屈] 働 1. 彎著身
子 (工作、睡眠等) ¶*Niau-á* ~ *tī*
í-á-kha. [貓仔~tī椅仔腳.] 貓屈
身在椅子底下 2. 降低地位、生活
水準等以屈就¶*hiáng-siū-liáu koàn-*
sì, keng-chè bái ê sî soah ~-*bē-lòh-*
·khì [享受了慣勢，經濟bái ê時煞~
bē落去] 享受慣了，經濟不好的時候
於是無法適應 3. (長時間) 待 (在家
裡)；≃ chiúⁿ ¶~ *tī chhù-lāi* [~tī
厝內] 長時間待在家裡。

khút¹ 働 打 (糨糊)；⇒ khit。
khút² 形 [x] 1. (植物) 無葉 2. (山
丘) 無樹。　　 ⌊2. 水坑；小水潭。
khut-á [堀仔] 名 Ê: 1. 地面的洞；坑
khut-hòk (< log Sin) [屈服] 働 全。

ki¹ (< log. Nip.) [機] 名 B. 1. 機
器¶*hip-siàng-*~ [hip相~] 照相機

¶*hoat-tiān-*~ [發電~] 全 2. 飛機
¶*cheng-chhat-*~ [偵察~]全。

ki²‖*ku*‖*kṳ* (< Sin) [裾] 名 衣裾¶~
khui siuⁿ koân [~開siuⁿ koân]衣
服開衩開得太高。　 ⌊象棋子之一。
ki³‖*ku*‖*kṳ* (< log Sin) [車] 名 LIÁP:
ki⁴ (< Sin) [枝] 量 1. 直而挺的物體
¶*chit* ~ *chéng-/chńg-thâu-á* [一~
指頭仔]一根指頭 2. 電話，可包括
其號碼¶*I chit* ~ *tiān-ōe bē-thong.*
[伊這~電話bē通.]他這個電話 (號
碼) 不通 3. 招牌；商標 4. (說話
的) 嘴吧，貶意¶*chit* ~ *chhùi kan-*
na ē-hiáu kóng [一~嘴kan-na會曉
講]一張嘴只會說；光說 (不練)；≃
(kan-na) kōaⁿ chit ki chhùi。

ki⁵ [吱] 象 尖叫聲¶~-~-*kiò* [~~
叫]尖叫著 働 1. 尖叫¶*Siâm teh* ~.
[蟬 teh ~.] 蟬鳴著 2. 發吱吱聲，例
如高頻耳鳴或計時警報器、防火煙
霧感應器響起¶*Chit lúi hīⁿ-á teh*
~. [這lúi耳仔teh ~.] 這個耳朵嘰
嘰叫。

kî¹ (< Sin) [棋] 名 PÔAⁿ: 全¶*kiâⁿ-*~
[行~]下棋¶*ûi-*~ [圍~]全。

kî² (< Sin) [旗] 名 B. 全；≃ kî-á
¶*kàng-*~ [降~]全¶*kok-*~ [國~]全
¶*seng-*~ [升~]全。　　 ⌊列單位。
kî³ (< log Chi) [期] 量 期刊的出版序
kî⁴ (< Sin) [奇] 形 奇異；可疑；不可思
議¶*chin* ~ [真~]很不可思議¶*Ká*
~!? 沒有的事/怎麼可能—我不信！
kí¹ 象 老鼠尖叫聲。　 ⌊(著)；≃ pí¹。
kí² (< Sin) [指] 働 (用手指頭) 對
kí³‖*kú*‖*kṳ́* (< log Sin) [舉] 働 舉
(例) ¶~ *chit ê lē* [~一個例]全。
kì¹ (< Sin) [痣] 名 LIÁP, TIÁM: 全。
kì² (< Sin) [記] 働 1. 留 (在心裡)
¶~-*bē-tiâu* 記不住 2. 登錄¶*jit-kî*
bē-/bōe-kì-tit ~-*·khí-·lâi* [日期bē記
得~起來]忘了把日期記下來
△ ~ *sió-kò* [~小過]全

△ ～ *sió-kong* [～小功]全
△ ～ *tōa-kò* [～大過]全
△ ～ *tōa-kong* [～大功]全。

kì³‖*kù*‖*kì* (< Sin) [鋸] 働 全。

kì⁴‖*kìⁿ*‖*kù*‖*kì* [據] 働 任由；*cf*
chhut-chāi；*cf* kì-chāi ¶～ *lí kóng.*
[～你講.] 隨便你愛怎麼說就怎麼
說。

kî-á (< Sin + *á*) [旗仔] 图 KI:旗子。

kì-á (< Sin + *á*) [鋸仔] 图 KI:鋸子。

ki-á-peng [枝仔冰] KI:冰棒。

kî-bé/-*bé* ⇒ kî-bóe。

ki-bit (< log Sin) [機密] 图 囮 全。

kî-bóe/-*bé/-bé* [期尾] 图 期末
◇ ～*-khó* [～考] 期末考。

kì-chài (< log) [記載] 働 全。

kì-chāi‖*kìⁿ-*‖*kù-*‖*kì-* [據在] 働 任
憑；≃ chāi¹；≃ chhut-chāi；*cf* kì⁴
¶*boeh/beh án-chóaⁿ*，～ *i* [欲按
怎，～伊] 隨便他要怎樣就怎樣¶～
lí kóng, góa boăi thiaⁿ tiō sī. [～
你講，我 boăi 听就是.] 隨便你怎麼
說，我不聽就是了。　[CHÁIⁿ:食指]

kí-cháiⁿ [指cháiⁿ] (< [指指]) 图 KI,

ki-chân (< log) [基層] 图 全；≃ ki-
chàn。

ki-chè (< log Nip < tr En *mecha-
nism*) [機制] 图 Ê:全。

kî-chek/-*jiah/-giah/-liah* (< log
Nip) [奇跡] 图 Ê:全。

ki- chhia- hâng [機車行] KENG:
全；≃ o-tó-bái-tiàm。

kí- chhiú- lé‖*kú-*‖*kí-*‖*kiàh-*‖*giàh-*
‖*giâ-* (< ab log Nip [舉手の禮])
[舉手禮] 图 Ê:全。

ki-chhó· (< log Nip) [基礎] 图 Ê:全。

kì-chiá (< log Nip < Sin) [記者] 图
Ê:全 ¶*sin-bûn* ～ [新聞～]全
◇ ～*-hōe* (< log Chi < Nip [記者
會見] < tr En *press/news confer-
ence*) [～會] Ê:全。

kī-choàt‖*kū-*‖*kī-* (< log Nip < Sin)
[拒絕] 働 全。「*khì* ～ [失去～]全。

kì-ek (< log Nip) [記憶] 图 全 ¶*sit-*

kí-goân-chêng (< log Nip) [紀元前]
图 全；≃ Bí-sī。「全；≃ ke-/ki-khì

ki-hâi (< log Nip < Sin) [機械] 图
◇ ～*-hòa* (< log Nip < tr En *mech-
anize*) [～化]全
◇ ～*-sèng* (< log Chi < tr En
mechanical) [～性]全 ¶～*-sèng ê*
tōng-chok [～性ê動作] 機械性的
動作。

kî-hān (< log Nip) [期限] 图 Ê:全。

kí-hêng‖*kú-*‖*kí-* (< log Nip < Sin)
[舉行] 働 全。

kî-hî [旗魚] 图 BÓE:全。

ki-hng (< log Sin) [飢荒] 图 働 全。

ki-hô‖*kí-* (< log Nip < EChi tr Lat
geometria) [幾何] 图 幾何學。

kì-hō (< log Sin) [記號] 图 Ê:全。

ki-hōe (< log Nip < Sin) [機會] 图
Ê, PÁI:全
◇ ～*-chú-gī* (< log Chi) [～主義]全
◇ ～*-chú-gī-chiá* (< log Chi) [～主
義者] Ê:全
◇ ～*-*～ 只有偶然的機會；可遇不可
求；≃ chhiàng-sù-chhiàng-sù
◇ ～*-lùt* (< log Chi) [～率]全。

kǐ-·ì (< *ki⁴*) 象 尖叫聲。

ki-iàu pì-si/-*su/-sṳ* (< log Chi) [機
要秘書] 图 Ê:全。　　　「图全。

ki-in (< log Chi < En *gene*) [基因]

kî-jí/-*gí* (< *kî-chí* < log Sin [棋子])
[棋jí] 图 [á] LIÀP, JÍ:棋子。

kì-jiân/-*giân/-liân* (< log Sin) [既
然] 連 全。

kī-kā-kiŭ 象 大卷尾等鳥的叫聲。

kî-kan (< log Nip) [期間] 图 Ê:全。

kî-khá [奇khá] (< [奇巧]) 囮 1. 奇
怪 2. 珍奇；新奇。

kî-khan (< log Chi；*cf* Nip [定期刊行

物] < tr En *periodical*) [期刊] 名
Ê, HŪN, KÎ, PÚN: 全。

ki-khì ⇒ ke-khì。   「末考。

kî-khó (< log Chi) [期考] 名 PÁI: 期

ki-ki-háu [吱吱háu] 動 吱吱叫。

kì-kì-háu 動 尖叫。   「停。

ki-kí-kiȧk-kiȧk 動 嘰嘰喳喳說個不

ki-ki-kiò [吱吱叫] 動 發高頻的聲音,
例如尖叫 ¶*gín-á* ~ [gín仔~] 孩子
(們)尖叫(著) ¶*hī^n-á* ~ [耳仔~] 耳
鳴。

ki-kí-kiȗh-kiȗh 動 1. 連續吸食(螺肉
等)發出聲音 2. 氣球與濕潤的手等
連續摩擦而發出(尖銳的)聲音 3. 氣
球放氣而發出(尖銳的)聲音。

kî-kî-koài-koài (< log Sin) [奇奇怪
怪] 形 全。

ki-kí-kȗh-kȗh/-kū-kū 動 (胃腸)轆
轆做聲; ≃ kī-/kū-kū-kiò。   「全

ki-kim (< log Nip) [基金] 名 PIT, Ê:
◇ ~-*hōe* (< log Chi) [~會] Ê: 全。

kì-kò (< log Chi) [記過] 動 全。

kî-koa^n (< log Sin) [旗竿] 名 KI:
(樹立著不能移動的)旗竿; *cf* kî-
koái^n。

kî-koài (< log Sin) [奇怪] 形 全。

kî-koái^n [旗桿] 名 KI: 小旗子的旗
竿; *cf* kî-koa^n。

ki-koan^1 (< log Nip) [機關] 名 Ê: 機
構 ¶*chèng-hú* ~ [政府~] 全。

ki-koan^2 (< log Sin) [機關] 名 Ê: 機
械控制的設施   「機關槍。
◇ ~-*chhèng* (< log Nip) [~銃] KI:

kì-kong (< log Chi) [記功] 動 全。

kī-kū-kiò (< *kū-kū-kiò*, q.v.)。

ki-kut [枝骨] 名 Ê: 1. 骨骼 2. 架構
3. 風格; ≃ su-tài-lù。

kí-lē‖*kú-*‖*kí-* (< log) [舉例] 動 全。

kì-lē‖*kù-/kì-lōe/-lòe* [鋸礪] 名 KI:

kì-lȧk ⇒ kì-liȯk。   「銼刀。

ki-lêng (< log Nip) [機能] 名 全 ¶~
thè-hòa [~退化] 全。

ki-lí/-*lú*/-*lír* (< log Sin) [妓女] 名
Ê: 全。

kí-li 象 [x] 蟬鳴聲。   「動 紀念

kì-liām (< log Nip < Sin) [記念] 名
◇ ~-*chheh* (< log) [~冊] PÚN: 紀
念冊 ¶*pit-giȧp* ~-*chheh* [畢業~
冊] 畢業紀念冊   「會
◇ ~-*hōe* (< log Nip) [~會] Ê: 紀念
◇ ~-*jit/-git/-lit* (< log Nip) [~日]
Ê: 紀念日   「念品
◇ ~-*phín* (< log Nip) [~品] Ê: 紀
◇ ~-*pi* (< log Nip) [~碑] TÈ, KI: 紀
念碑   「[~堂] KENG: 紀念堂。
◇ ~-*tn̂g* (< *à la* [記念] < log Chi)

kî-lîn-lȯk [麒麟鹿] 名 CHIAH: 長頸
鹿; ≃ tn̂g-ām-lȯk。

kì-liȯk/-*lėk/-lȯk* (< log Nip < Sin)
[記錄] 名 1. Ê, HŪN: 當場寫下來
的語言或事蹟材料 ¶*hōe-gī* ~ [會議
~] 全 2. Ê: 負責做上述書寫工作的
人 動 全   「TÈ: 全。
◇ ~-*phì^n* (< log Chi) [~片] PHÌ^n,

ki-liû-chèng‖*ku-*‖*kì-* (< log Chi) [居
留證] 名 TIŪ^n: 全。

ki-liû-khoân/-*koân*‖*ku-*‖*kì-* (< log
Chi) [居留權] 名 全。

kì-lō͘ [鋸路] 名 鋸子鋸出來的痕跡
¶*Kì-á bô* ~-*khì.* [鋸仔無~去.] 鋸
齒的銳度太小了(鋸不動)。

kì-lȯk ⇒ kì-liȯk。

kì-lú ⇒ ki-lí。

ki-lȗt (< log Chi) [機率] 名 全。

kì-miâ tâu-phiò (< log Nip) [記名
投票] 名 PÁI: 全 動 全。 「動 全。

kí-pān‖*kú-*‖*kí-* (< log Chi) [舉辦]

kî-phàu (< log Chi) [旗袍] 名 NIÁ:
全。   「全; ≃ hui-hêng-ki-phiò。

ki-phiò (< log Chi) [機票] 名 TIŪ^n:

kî-pôa^n (< log Sin) [棋盤] 名 Ê: 全。

ki-pún (< log Nip < Sin) [基本] 名
形 全

◇ ~-*kàu-gī* (< log Chi) [～教義] 全
◇ ~-*kàu-gī-phài* (< log Chi) [～教
◇ ~-*pôaⁿ* [～盤] 全　　　　義派] 全
◇ ~-*siāng/-siōng* [～上] 全。

kî-sī‖*khî-* (< log Chi) [歧視] 图 全
¶*chéng-chòk* ~ [種族～] 全 動 全;
≃ khòaⁿ-bē-khí。　　　「帳 **2.** 賒欠。

kì-siàu [記賬] (< [記數]) 動 **1.** 記

kî-sı̍t (< log Sin) [其實] 副 全;≃ sı̍t-
chāi。

ki-su̍t (< ana tone [枝] < *kī-su̍t* < log
Sin) [技術] 图 ê: **1.** 技巧　**2.** (<
log Nip < sem) 人生產勞動所累積
的經驗與知識所體現的能力 形 有
技巧。

kì-sut-hu [鋸屑 hu] 图 鋸木屑。

kí-tāng‖*kú-*‖*kí-* (< log Chi) [舉重]
图 全。

ki-tē/-*tōe* (< log Nip) [基地] 图 ê:
全 ¶*hái-kun* ~ [海軍～] 全。

kì-tek lī-ek (< log Chi < tr En *vested
interest*; *cf* Nip [既得權]) [既得利
益] 图 全
◇ ~-*chiá* (< log Chi) [～者] ê: 全。

kî-thaⁿ/-*tha* (< log Sin; *cf* Nip [其の
他]) [其他] 代 全。　　　「動 全。

kî-thāi (< log Chi) [期待] 图 ê: 全

kì-tî/-*tì* [記 tî] 图 記憶;記憶力 ¶~
bô-hó [～無好] 記性不好。

kî-tiong (< log Sin) [其中] 图 全;≃
hit lāi-té。

kî-tiong-khó (< log Chi) [期中考]
图 PÁI: 全。「≃ hui-hêng-ki-tiûⁿ。

ki-tiûⁿ (< log Chi) [機場] 图 ê: 全;

ki-tiúⁿ (< log Nip) [機長] 图 ê: 全。

kî-tó (< log Sin) [祈禱] 图 動 全。

ki-tōe ⇒ ki-tē。

Ki-tok (< log < Port *Christo* < Hel
Christos) [基督] 图 全
◇ ~-*kàu* (< log) [～教] 全
◇ ~-*tô·* (< log Chi) [～徒] ê: 全。

ki· ⇒ ki/ku。

kí· ⇒ kí/kú。

kì· ⇒ kì/kù。

kī· ⇒ kī/kū。

kiⁿ[1] (< *kîⁿ* + *piⁿ*) 图 旁邊 ¶*bîn-
chhn̂g-*~ [眠床～] 床邊。

kiⁿ[2] 图 濃湯;⇒ keⁿ1。

kiⁿ[3] 图 鹹。

kiⁿ[4] 動 (蜘蛛) 織網;⇒ keⁿ2。

kîⁿ [墘] 图 **1.** 簷 ㄦ ¶*bō-á-*~ [帽仔
～] 環狀帽簷 ㄦ **2.** 旁邊 ¶*hái-*~ [海
～] 海邊。

kìⁿ[1] (< Sin) [見] 尾 (> *iⁿ*) 感官有反
應;≃ tio̍h ¶*bô-thiaⁿ··*~ [無听～]
a. 聽不見　**b.** 沒聽說 動 會見 ¶*khì*
~ *thâu-ke* [去～頭家] 去見老闆。

kìⁿ[2] (< *kì*4, q.v.) 動 任由。

kìⁿ[3] 副 每每;⇒ kiàn。

kiⁿ··a (v *kiⁿ* 1) 图 邊緣;旁邊;≃ piⁿ。

kìⁿ-bīn (< log Sin) [見面] 動 全 ⌊·a。
◇ ~-*lé* [～禮] ê: 全。

kìⁿ-chāi (< *kì-chāi*, q.v.)。

kiⁿ-chàng (ant *kiâm-chàng*) [kiⁿ粽]
图 LIA̍P: 以鹹調味的素粽子。

kiⁿ - kíⁿ - kn̍gh - kn̍gh ⇒ khiⁿ - khíⁿ -
khn̍gh-khn̍gh。

kiⁿ-kíⁿ-kō·ⁿ-kō·ⁿ 動 打呼。

kiⁿ-kíⁿ-koāiⁿ-koāiⁿ/-*koa̍ihⁿ-koa̍ihⁿ*
動 吱嘍嘍地響。

kīⁿ-koāiⁿ ⇒ kı̍hⁿ-koāihⁿ。

kīⁿ-koāiⁿ-kiò ⇒ kı̍hⁿ-koāihⁿ-kiò。

kìⁿ-nā‖*kiàn-* (< adv + conj) [見若]
連 **1.** 每每 ¶~ *mn̄g ·i, lóng kóng:
m̄-chai* [～問伊,攏講: m̄ 知] 每
問到他,都說不知道 **2.** 凡是 ¶~ *ū
koan-hē ê chheh, lóng bé* [～有關係
ê 冊,攏買] 凡是有關的書都買。

kìⁿ-pái ⇒ kiàn-pái。

kiⁿ-sèng [kiⁿ性] 图 鹹性。

kiⁿ-sòaⁿ ⇒ keⁿ-sòaⁿ。

kiⁿ-tō· ⇒ keⁿ-tō·。

kià (< Sin) [寄] 動 全。

kiā [崎] ⓐ Ê: 坡 ¶Chit ê ~ pháiⁿ peh. [這個~歹 peh.]這個坡不好爬 ⓕ 陡 ¶Soaⁿ chin ~. [山真~]山很陡。

kiā-á [崎仔] ⓐ Ê: 小小的坡。

kià-bāng (< log Chi) [寄望] ⓥ 期待 ¶m̄-káⁿ ~ [m̄ 敢~]不敢存希望。

kià-bē/-bōe [寄賣] ⓥ 託售。

kià-chîⁿ [寄錢] ⓥ 1. 存款; ≃ kià-kim 2. 匯款。

kià-iû-piān [寄郵便] ⓥ 郵寄。

kiā-kha [崎腳] ⓐ 山坡下。 「存摺。

kià-kim-phō͘-á [寄金簿仔] ⓐ PÚN:

kià-phe/-phoe [寄批] ⓥ 寄信。

kià-seⁿ-á [寄生仔] ⓐ CHIAH: 寄居蟹。

kià-seⁿ-thâng|-siⁿ- (< log Nip) [寄生虫] ⓐ BÓE, CHIAH: 仝。

kià-siⁿ-á ⇒ kià-seⁿ-á。

kià-siⁿ-thâng ⇒ kià-seⁿ-thâng。

kiā-téng [崎頂] ⓐ 山坡上。

kià-tòa [寄tòa] ⓥ 寄居。

kiaⁿ (< sem Sin) [驚] ⓥ 1. 害怕; 擔心 ¶khòaⁿ-tiȯh ē ~ [看著會~]看得心驚肉跳 ¶bián ~ [免~]別害怕; 別擔心
△ ~-~, bē/bōe tiȯh it-téng. [~~ bē 著一等.]沒膽量就不能成功
2. 畏懼, 接受事者 I chin ~ in bó͘. [伊真~ in 某.]他很怕他老婆
3. 無法承受 ¶~ lâng ngiau [~人 ngiau]怕被胳肢; 怕癢 ¶~ phȧk-jit [~曝日]怕曬太陽 ¶~ jit-thâu [~日頭] do.
△ ~ chheⁿ-/chhiⁿ-hûn [~生份]怕生
△ ~ kiàn-siàu [~見笑]害羞 「生
△ ~ ngiau, sioh bó͘. [~ngiau, 惜某.]怕胳肢的人疼老婆
4. 驚嚇
△ ~-sí lâng [~死人]嚇死人(了)。

kiâⁿ (< Sin) [行] ⓥ 1. 行走 ¶Kha thiàⁿ, bē/bōe ~. [腳痛, bē~]腳

痛, 不能走路 ¶~-chìn-chêng [~進前]向前走 ¶~-thàu-thàu [~透透] "走透透," 即走遍 2. 移動(身體或物體) ¶kiò-bē~ [叫 bē~]叫不動 ¶~-bē-khui-kha [~bē開腳] a. 無法離開 b. 捨不得離去 3. 有足夠體力使移動; cf. iâⁿ² ¶thȧh-bē-~ 拿不動 4. 交往
△ ~ chin óa [~真óa]過往甚密
△ ~ siuⁿ óa 過往太密。

kiáⁿ ⓐ Ê: 1. 兒子 ¶ng ê ~, chit ê cha-bó͘-kiáⁿ [兩個~,一個查某 kiáⁿ]兩個兒子,一個女兒 2. 兒女 ¶seⁿ/siⁿ saⁿ ê ~ [生三個~]生三個孩子 ¶cha-bó͘-~ [查某~]女兒。

kiàⁿ (< Sin) [鏡] ⓐ Ê, TÈ: 鏡子。

kiāⁿ (< Sin) [件] ⓠ 仝。

kiaⁿ-á [驚á] ⓪ 恐怕; ≃ kiaⁿ-kìⁿ。

kiaⁿ-bó͘ [驚某] ⓕ 怕老婆。 「出遊

kiâⁿ-chhun [行春] ⓥ 新春訪親友或

kiâⁿ-chȧt-chhéⁿ/-chhíⁿ [驚一醒] ⓥ 驚醒。

kiaⁿ-chȧt-tiô [驚一tiô] ⓥ 嚇一跳。

kiâⁿ-chûn (< log Sin) [行船] ⓥ 航行(水上)。

kiaⁿ-hiâⁿ [驚惶] ⓥ 害怕。

kiâⁿ-hiàng/-hiòng (< tr + log Chi < Nip [走向]) [行向] ⓐ 走向。

kiaⁿ-ìⁿ/-íⁿ (< kiaⁿ-kìⁿ, q.v.)。

kiâⁿ-khì¹ [行氣] ⓥ 1. (氣、藥力等)運行 2. (藥等)產生效力。

kiâⁿ--khì² [行去] ⓥ 翹掉; 死。

kiâⁿ-kî [行棋] ⓥ 下棋。

kiaⁿ-kìⁿ (> kiaⁿ-iⁿ > kiaⁿ-íⁿ) [驚見] ⓥ 唯恐 ⓪ 恐怕; ≃ kiaⁿ-á。

kiaⁿ-lâng¹ [驚人] ⓕ 骯髒, 指實物不乾淨, 不指思想、言行; cf lah-sap。

kiaⁿ--lâng² [驚人] ⓕ 可怕。

kiâⁿ-lé (< log Sin) [行禮] ⓥ 仝。

kiâⁿ-lō͘ (< log Sin) [行路] ⓥ 行走
◇ ~-kang [~工] "走路工," 即傭

金。　　　　　　　　[ê:女婿。

kiáⁿ-sài (< Sin + tr) [kiáⁿ婿] (名)

kiaⁿ-sí [驚死] (形) **1.** 怕死 **2.** 怕事。

kiaⁿ-siâⁿ (< log Sin) [京城] (名) 仝。

kiáⁿ-sun (< log Sin + tr) [kiáⁿ孫]
(名) [á] ê:子孫。

kiàⁿ-tâi (< Sin) [鏡台] (名) ê:梳粧台。

kiâⁿ-tāng (< log Chi) [行動] (動) 走
動;移動身體; cf hêng-tōng。

kiaⁿ-·tiȯh [驚著] (動) 受驚。

Kiaⁿ-to͘ (< log Nip) [京都] (名) 日本
地名; ≃ Khiò-tò。

kiâⁿ-tōa-lé [行大禮] (動) 行最敬禮。

kiâⁿ-ut-táu [行熨斗] (動) (衣服)燙
(過);燙(衣服) ¶sé-hó, ài ~ [洗
好,愛~]洗過要燙。

kiah　⇒ giah。

kiȧh... (> giȧh² ..., q.v.)。

kiȧk -kiȧk-kiò [kiȧk-kiȧk叫] (動)
1. 格格地笑 **2.** 喋喋不休。

kiam (< log Sin) [兼] (動) 仝 ¶hāu-
tiúⁿ ~ kòng-cheng q.v. ¶īⁿ-tiúⁿ
~ hē-chú-jīm [院長~系主任] 仝
2. 在...兼職 ¶~ kúi-nā/-ā keng hȧk-
hāu [~幾nā間學校] 在很多學校兼
課。

kiâm (< Sin) [鹹] (名) B.重的鹽味 ¶ài
chiȧh ~ [愛吃~] 口味重 (形) **1.** (ant
chiáⁿ) 鹽味重 **2.** (ant tiⁿ) 圃 (評
分)嚴格 **3.** B.吝嗇 ¶~-siap q.v.
△ ~ koh siap [~koh澀]很吝嗇。

kiám¹ (< Sin) [減] (動) **1.** 減少 ¶sin-
súi tit-tit ~ [薪水直直~]薪水一
直減少 **2.** 減去 ¶saⁿ ~ nn̄g, chhun
chit [三~兩chhun一]三減二,剩
下一 **3.** 比...少 ¶Lí ~ góa chin chē
hòe. [你~我真chē歲.]你年紀比我
小得多 (副) 少 ¶~ sǹg chit chheng
kho͘ [~算一千箍]少算一千元 ¶~
thàn [~趁]少賺。

kiám² (副) 表示質疑; ⇒ kám²。

kiàm (< Sin) [劍] (名) KI:仝。

kiâm-bah [鹹肉] (名) TÈ:仝。

kiâm-bê/-bê͘ ⇒ kiâm-moâi。

kiám-bián (< log Nip) [減免] (動) 仝。

kiám-cha (< log Nip) [檢查] (名) PÁI:
仝 (動) 仝。

kiâm-chàng (ant kiⁿ-chàng) [鹹粽]
(名) LIȦP:鹹餡儿的粽子。

kiâm-chhài [鹹菜] (名) CHÁNG: (芥
菜製的)酸菜 ¶sīⁿ ~ [豉~]醃製酸
菜。　　　　　　　　　　　　「一。

kiám-chhái (副) [á] 說不定;也許;萬

kiám-chhat-koaⁿ (< log Nip) [檢察
官] (名) ê:仝。　　　　　　「三角藺。

kiâm-chháu [鹹草] (名) CHÂNG, KI:

kiâm-chiáⁿ [鹹chiáⁿ] (名) 鹹淡 ¶bô ~
[無~]沒味道 ¶chhì ~ [試~]嘗味
道。

kiám-chió (< log Sin) [減少] (動) 仝。

kiam-chit (< log Chi) [兼職] (動) 兼
其他職務。

kiâm-chúi [鹹水] (名) **1.** 鹽水 **2.** (<
Sin)海水 ¶kòe-/kè-~ [過~]出洋。

kiám-ȧk (< log Nip) [檢疫] (動) 仝。

kiám-giām (< log Sin) [檢驗] (動) 仝。

kiám-hêng (< log Nip) [減刑] (動) 仝。

kiâm-hî (< Sin) [鹹魚] (名) BÓE:仝。

kiám-hō (< log Nip) [減號] (名) ê:仝;
≃ măi-ná-suh。

kiám-hoat (< log) [減法] (名) 仝。

kiam-jīm/-gīm/-līm (< log Nip) [兼
任] (動) 仝。　　　　　　　「siah-kè。

kiám-kè (< log Sin) [減價] (動) 仝; ≃

kiám-khin (< log Sin) [減輕] (動) 仝。

kiám-kí/-kú/-kí͘ (< log Nip) [檢舉]
(動) 仝。

kiàm-kong (< sem log Sin) [劍光]
(名) 仝 ¶pàng ~ [放~] (神仙故事中
鬥法時吐出)有殺傷力的光芒 ¶thó͘

kiám-kú ⇒ kiám-kí。 ⌊~ 吐~] do.

kiâm-moâi/-môe/-bê/-bê͘ [鹹糜]

Ⓐ 鹹粥。

kiám-pûi (< log Chi) [減肥] 働 全。

kiám-sè/-sè ⇒ kiám-sòe。 「意。

kiâm-sí-sí [鹹死死] 働 很鹹很鹹，貶

kiâm-siap [鹹澀] 働 吝嗇; ≃ khok⁴;
≃ tàng-sng。

kiâm-sng-khó͘-chiá [鹹酸苦 chiá]
Ⓐ (人生的)酸甜苦辣。 「TÈ: 蜜餞。

kiâm-sng-ti [鹹酸甜] Ⓐ [á] LIÀP,

kiám-sòe/-sè/-sè (< log Chi) [減
稅] 働 全。 「Ⓐ 全。

kiàm-sút (< log Nip < Sin) [劍術]

kiám-tāng [減重] 働 減輕體重。

kiám-tēng (< log Nip) [檢定] 働 全
◇ ～ khó-chhì (< log Chi) [～考試]
Ê, PÁI: 全。

kiám-thó (< log Nip) [檢討] 働 全。

kiám-tiau tan-ūi|-tiàu... (< log Chi)
[檢調單位] Ⓐ 檢察與調查單位。

kiâm-tih-tok (< kiâm-tok-tok, q.v.)。

kiàm-tō (< log Nip) [劍道] Ⓐ 全。

kiâm-tok-tok/-tih-tok [鹹 tok-tok]
働 很鹹。

kiám-tāng [減重] 働 減輕體重。

kian [堅] 働 凝結。

kián (< Sin) [繭] Ⓐ 1. [á] LIÀP: (蠶
等的)繭; ≃ thâng-pau 2. B. 類似炸
春捲的食品 ¶hê-～ [蝦～]炸蝦捲。

kiàn/kìⁿ [見] 働 每每 ¶～ kóng mā
chîⁿ [～講mā錢]開口閉口都是錢。

kiān Ⓐ LIÀP: 肫儿。

kiàn...kiàn... (v kiàn) [見 ... 見 ...]
働 每每 ¶kiàn kóng, kiàn m̄-tiòh [見
講見m̄ 著]每說必錯。

kiàn-chèng (< log Chi) [見證] Ⓐ 全
働 全; ≃ chò/chòe kan-chèng。

kian-chhî (< log) [堅持] 働 全。

kiān-choân (< log Nip) [健全] 働
全。 「働 全。

kiàn-gī (< log Sin) [建議] Ⓐ Ê: 全

kiàn-kái (< log Nip) [見解] Ⓐ 全。

kiàn-kau (< log Chi) [建交] 働 全。

kiān-khong‖khiān- (< log Nip) [健
康] Ⓐ 働 全。

kian-kian [堅堅] 働 硬是; 偏偏。

kian-kiâng/-kiông (< log Chi) [堅
強] 働 全 ¶ì-chì ～ [意志～]全。

kiàn-kó͘ [kiàn 古] 働 迷信(禁忌)。

kian-koat (< log Chi) [堅決] 働 全。

kiàn-kok (< log Sin) [建國] 働 全。

kiàn-lìp (< log Nip < sem Sin) [建

kiàn-nā ⇒ kìⁿ-nā。 「立] 働 全。

kiàn-pái‖kìⁿ- (v kiàn) [見擺] 働
每每 ¶～ kóng, ～ m̄-tiòh [～講～m̄
著]每說必錯。

kian-phí [堅疕] 働 結疤。

kiān-pó (< log Chi) [健保] Ⓐ 健康
保險
◇ ～-hùi (< log Chi) [～費]全
◇ ～-khah/-khá (< log Chi) [～卡]
TIUⁿ: 全
◇ ～-kiòk (< log Chi) [～局]全。

kiàn-pún (< log Nip) [見本] Ⓐ Ê: 樣
◇ ～-chhù [～厝] KENG: 樣品屋 「品
◇ ～-phìⁿ [～片] TÈ: 預告片
◇ ～-tû [～櫥] Ê: 展示樣品的櫥子。

kiàn-sek (< log Sin) [見識] Ⓐ 働
全。 「全。

kiàn-siat (< sem log Sin) [建設] 働

kiàn-siàu (< sem log Sin) [見笑] 働
1. 覺得羞恥 「惱羞成怒
△ ～ tńg siūⁿ/-siū-khì [～轉受氣]
2. 害羞 ～ kà bih-jìp-khì lāi-té [～到
bih入去裡底]害羞得躲進裡面去了
◇ ～-chháu [～草] CHÂNG: 含羞草
◇ ～-hoe [～花] do.
働 可恥
◇ ～-tāi 恥辱(的事)。

kian-sim (< log Chi) [堅心] 働 決意。

kiān-sin-chhau (< log Chi) [健身操]
Ⓐ Ê, THÒ: 全。

kiàn-sìp (< log Nip) [見習] 働 全。

kian-tàng (< log Sin) [堅凍] 働 凝
固;凝結 ¶hoah chúi ē ~ q.v.

kian-tēng (< log Chi) [堅定] 彫 仝。

kiàn-tiȯk/-tiok (< log Nip) [建築]
名 建造的事務　　　　　[ê: 仝
◇ ~-bu̍t (< log Nip) [~物] TÒNG,
◇ ~-su (< log Chi; cf Nip [建築技
師]) [~師] ê: 仝。

kiâng |1‖ kiông (< ab kiâng-kan)
[強] 圍 働 強姦。

kiâng2‖ kiông (< log Sin) [強] 彫 有
力 ¶~ koh ū-la̍t [~koh有力] 強有
力 働 1. 強行 ¶~ kiò i khì [~叫
伊去] 硬要他去 2. 勉強 ¶~ lún [~
忍] 仝。

kiâng-boeh‖ kiông-beh [強欲] 働 硬
要 ¶~ chîⁿ [~錢] 硬要錢 輔 ¶~ ài
[~愛] 硬要(佔有) ¶~ ài chîⁿ [~
愛錢] 硬要錢 ¶~ ài khì [~愛去] 硬
要去 ¶~ khì [~去] 硬要去。

kiâng-chè‖ kiông- (< log Nip) [強制]
働 仝; ≃ ah3 働 仝 ¶~ chip-hêng
[~執行] 仝。　　　　　[働 仝。

kiâng-kan‖ kiông- (< log Sin) [強姦]

kiâng-khoân/-koân‖ kiông- (< log
Nip) [強權] 名 仝 ¶m̄-kiaⁿ ~ [m̄驚
~] 不怕強權。

kiâng-kiâng‖ kiông-kiông (v kiâng)
[強強] 副 強行。

kiâng-koân ⇒ kiâng-khoân。

kiâng-le̍k-kô‖ kiông- (< log Chi +
tr) [強力糊] 名 TIÂU: 強力膠。

kiâng-lia̍t‖ kiông- (< log Nip) [強
烈] 彫 仝。　　　　　[迫] 働 仝。

kiâng-pek‖ kiông- (< log Sin) [強

kiâng-sè‖ kiông- (< log Nip) [強勢]
◇ ~ cho̍k-kûn [~族群] 仝。[彫 仝

kiang-si‖ khiang-‖ kiong-‖ khiong-
(< log Sin) [殭屍] 名 ê: 仝。

kiâng-sim-che‖ kiông- (< log Nip)

[強心劑] 名 LIA̍P: 仝。

kiâng-tiāu/-tiau‖ kiông- (< log Nip)
[強調] 働 仝。　　　　　[名 仝。

kiâng-tō‖ kiông- (< log Nip) [強度]

kiap |1 (< log Sin) [劫] 名 災難 ¶chit
~, kòe/kè chit ~ q.v.

kiap2 (< log Sin) [劫] 働 搶 ¶~ chit
tâi chhia [~一台車] 劫一輛車。

kiap3 (< sem Sin) [夾] 働 附著;粘
¶~-kà kui chhùi-khí [~到kui嘴
齒] 塞得牙縫裡都是。

kiap4‖ kia̍p (< sem Sin) [夾] 働 粘住
(人)或糾纏(人) ¶gín-á kā lāu-bú
~-tiâu-tiâu [gín-仔kā老母~tiâu-
tiâu] 孩子緊緊粘住母親。

kia̍p1 働 粘住;糾纏; ⇒ kiap4。

kia̍p2 彫 (嘴)碎;多話。

kia̍p-chhùi [kia̍p嘴] 彫 多話。

kiap-ki (< log Chi) [劫機] 働 仝。

kia̍p-kia̍p-kiò [kia̍p-kia̍p叫] 働 說個
不停 ¶chit ki chhùi ~ [一枝嘴~]
do.

kiap-kong (< log Sin) [夾攻] 働 仝。

kiap-sò· (< log Sin) [劫數] 名 仝。

kiap-tiáⁿ [夾鼎] 働 粘鍋。

kiat |1 働 1. 投擲; cf khian2; cf tàn;
cf hiat ¶chit ê ~, chit ê sîn [一
個~,一個承] 一個丟,一個接 ¶~
chhiú-liû-tân [~手榴彈] 投手榴彈
2. 丟棄; ⇒ hiat。

kiat2 匣 働 1. 處理;做 2. 大吃 ¶Chit
ê lâng ~ gō· óaⁿ. [一個人~五
碗.] 一個人吃了五碗 3. 打(架)。

kiat3 (< Sin) [結] 働 1. 結(果實); ≃
seⁿ ¶~ kóe-/ké-chí [~果子] 結果
實 2. 凝結 ¶~ kui oân [~kui丸] 凝
成塊 3. 聚(在一起);結合 ¶~ kui
tóng [~kui黨] 結黨 彫 (聲音、肌
肉等)結實 ¶I siaⁿ chin ~. [伊聲真
kia̍t 彫 oȧⁿ嗇。[~.]他的聲音很結實。

kiat-á ⇒ kit-á。

kiat-àn (< log Sin) [結案] 働 全。

kiat-cheng ⇒ kiat-chiⁿ。　　　「實。

kiat-chí (< log Sin) [結籽] 働 結果

kiat-chiⁿ/-cheng (< col log Nip) [結晶] 名 LIÁP: 全 働 全。

kiat-chiap ⇒ kit-chiap。

kiat-chióh (< log Nip) [結石] 名 LIÁP: 全 働 全。「伙;聚在一塊儿。

kiat-chò-tui|-chòe- [結做堆] 働 結

kiat-giáp (< log) [結業] 働 全¶~ tián-lé [~典禮] 全。

kiat-háp (< log Nip; ant hun-kái) [結合] 名 働 全。

kiat-hōe (< log Chi) [結匯] 働 全。

kiat-hun (< log Sin) [結婚] 働 全。

kiat-hùn (< log Chi) [結訓] 働 全。

kiat-hút (< log Nip) [結核] 働 全; ≃ thí-bi ¶hì-~ [肺~] 全。

kiat-kiók (< log Sin) [結局] 名 全 働 到頭來。

kiat-kó (< log Sin) [結果] 名 (< log Nip < sem) ê: 全 働 全¶I khì tiau-cha, ~ m̄-sī án-ne. [伊去調查,~ m̄是án-ne.]他去調查,結果不是這樣。

kiat-lūn (< log Nip) [結論] 名 ê: 全。

kiat-oan-siû (< log Sin [結冤] + tr) [結冤仇] (< [結冤讎]) 働 結怨;結仇。　　　　　　　　「ōaⁿ-thiap。

kiat-pài (< log Sin) [結拜] 働 全; ≃

kiat-peng (< log Sin) [結冰] 働 全。

kiat-siàu (< log Sin + tr) [結賬] (< [結數]) 働 結帳。　　　　　　　「全。

kiat-sok (< log Nip < Sin) [結束] 働

kiat-thâu-chhài [結頭菜] 名 CHÂNG, LIÁP: 蕪青。

kiat-tiau (v kiat¹) [kiat掉] 働 丟棄; ≃ hiat-tiau; ≃ hìⁿ-sak。

kiat-tóng (< log Sin) [結黨] 働 全。

kiau ¹(< log Sin) [嬌] 彤 令人憐愛。

kiau² 介 與; ≃ kah⁵ 連 與;及; ≃

kah⁵。

kiáu¹ 名 賭博¶~, m̄-thang poàh 不可賭博¶su-~ [輸~]賭博輸了。

kiáu² 象 某些鳥的叫聲。

kiáu³ (< Sin) [攪] 働 攪拌¶chiàh-pn̄g ~ iâm [吃飯~鹽]飯和著鹽吃¶chiàh-pn̄g ~ thng [吃飯~湯]飯和著湯吃。

kiáu⁴ (< Sin) [繳] 働 全; ≃ kau³ ¶chîⁿ kín thèh-khì ~ [錢緊thèh去~]錢趕快拿去繳¶~ bú-khì [~武器]繳械。

kiāu 働 1.拱(起),自動¶Chhêng-á-kin ~-~-khí-·lâi [榕仔根~~起來]榕樹的根拱起來 2.撬(開/起/壞),他動¶kā chiòh-pang ~-·khí-·lâi [kā石枋~起來]把石板撬起來¶Lō͘ hō͘ chhêng-á-kin ~-hāi-·khì. [路hō͘榕仔根~害去.]路被榕樹的根拱壞了 3.圍(因受損、受累、吃虧、被欺侮等而)咒罵; ≃ mē/mā ¶chiâⁿ ~ 大罵　　　　「罵。
△ ~ kà bô lān ·khì [~到無lān去]臭

kiâu-bîn (< log Sin) [僑民] ê: 全。

kiâu-bū úi-oân /-goân (< log Chi) [僑務委員] 名 ê: 全。

Kiâu-bū úi-oân-hōe|-goân- (< log Chi) [僑務委員會] 名 全。　「全。

kiáu-chèng (< log Chi) [矯正] 働

kiáu-chhá [攪吵] 働 打擾; ≃ chak-chō。

kiâu-chhia∥kiau- (< ana tone [僑] < log Chi < En sedan + [車]) [kiâu車] 名 TÂU: 轎車。

kiáu-jiáu /-giáu /-liáu (< log Sin) [攪擾] 働 打擾; ≃ chak-chō。

kiáu-keng [kiáu間] 名 KENG: 小賭場; cf kiáu-tiûⁿ。　「壞建築物等)。

kiāu-kin [kiāu根] 働 樹根隆起(破

kiáu-kúi [kiáu鬼] 名 賭徒; ≃ kiáu-kùn; ≃ kiáu-sian。

kiáu-lā-á [攪lā仔] 匣 働 攪局。

kiau-ngō͘/-gō (< log Sin) [驕傲] 名
(< log Chi < sem) 全 ¶*Bîn-chú chè-*
tō͘ sī Tâi-oân-lâng ê ~. [民主制度
是台灣人ê~.]民主制度是台灣人的
驕傲 形 全。

kiâu-pâi (< log Chi < tr En *bridge* +
[牌]) [橋牌] 名 全;≃ bu-lì-jì。

kiâu-seng (< log Chi) [僑生] 名
全。　　　　　[kiáu-kúi;≃ kiáu-kùn。

kiáu-sian [kiáu仙] 名 ê:賭徒;≃

kiáu - tiûⁿ [kiáu場] 名 ê:大賭場;*cf*
kiáu-keng。　　　　　[僑務委員會簡稱。

Kiâu-úi-hōe (< log Chi) [僑委會] 名

kih ‖*gih* 働 砌 ¶*~ chhiûⁿ-á* [~牆
仔] 砌牆,著重其為一種工藝;*cf*
choh² chhiûⁿ-á。

kíh ‖*kíh* 象 1. 尖銳的 (一聲) 笑聲,例
如小孩嬉戲 2. 尖銳的 (一聲) 叫
聲,例如小孩或婦女驚恐時。

kihⁿ-koáihⁿ ‖*kīⁿ-koáiⁿ* 象 吱嘎
嘎的聲音,例如竹子、家具的木頭
等互相磨擦。

kihⁿ- koáihⁿ- kiò ‖*kīⁿ- koáiⁿ-* (<
koáihⁿ-koáihⁿ-kiò q.v.)。

kim (< Sin) [金] 名 黃金 形 1. 金
製的 2. 金色的 3. (物體表面) 亮
4. 睜開眼睛的樣子 ¶*iáu ài-khùn,*
bàk-chiu peh-bē-~ [天愛睏,目睭
peh-bē~] 還沒睡醒,眼睛睜不開
¶*Bàk-chiu peh ho͘ ~!* [目睭 peh
ho͘~!]睜開眼睛;看清楚!

kìm (< Sin) [禁] 働 1. 查禁;禁止
¶*Chit tiâu koa hông ~ kúi-nā chàp*
tang. [這條歌 hông~幾若十冬.]這
首歌被禁了好幾十年 2. 使水、電停
止流動,即關水龍頭、關燈等 ¶*hóe*
~--sit [火~熄]熄了火 3. 憋 (氣、
尿、食慾、性慾)。

kīm (< Sin) [妗] 名 舅媽 ¶*A-ek-~* [阿
益~]名為「益」的舅舅的太太。

kim-á [金仔] 名 1. TIÂU:金子 2. 金
銀珠寶。

kīm-á [妗仔] 名 ê:妻舅的太太。

kim-á-tiàm [金仔店] 名 KENG:銀
樓。　　　　　　[名 LIȦP:全。

Kim-chheⁿ/-chhiⁿ (< log) [金星]

kìm-chheh (< log Chi + tr) [禁冊]
名 PÚN:禁書;≃ kìm-chu。

Kim-chhiⁿ ⇒ Kim-chheⁿ。

kìm-chí (< log Sin) [禁止] 働 全。

kìm-chì ⇒ kìm-chu。　　　　[食。

kìm-chiàh [禁吃] (< [禁食]) 働 禁

kim-chiam [金針] 名 CHÂNG, LÚI:金
針菜。

kìm-chiok (< log Chi) [禁足] 働 全。

kim-chó [金棗] 名 CHÂNG, LIȦP:金
橘的一種,果呈橄欖形,甜皮;*cf* kim-
kiat-á。　　　[假金箔的冥紙 2. 冥紙。

kim-chóa [金紙] 名 CHÍ, TIUⁿ:1 貼

kìm-chu/-chì/-su (< col log Chi)
[禁書] 名 PÚN:全;≃ kìm-chheh。

kim-·ê [金·ê] 名 金色 形 金色的。

kim-hî (< log Sin) [金魚] 名 BÓE:全
◊ ~-àng-á [~甕仔] LIȦP:金魚缸。

kim-hun (< log Chi; *cf* Nip [金婚式]
< tr En *golden wedding*) [金婚]
名 全。

kim-hún (< log Nip) [金粉] 名 (美
術、印刷等用的)金色粉末。

kìm-hun (< log + tr) [禁菸] (< [禁
熏]) 働 禁煙。　　　　　[名 全

kim-iông/-hiông (< log Nip) [金融]
◊ ~-khá/-khah (< log Chi) [~卡]
TIUⁿ:全。

kim-jī-thah/-gī-/-lī- (< log Chi) [金
字塔] 名 ê, CHÒ:全。　　[lún-jiō。

kìm-jiō/-giō/-liō [禁尿] 働 憋尿;≃

kim-kam [金柑] 名 CHÂNG, LIȦP:金
橘的一種,果呈圓形,苦皮;≃ kim-
kiat-á;*cf* kim-chó。

kim-khì (< log Sin) [金器] 名 全。

kìm-khī (< log Sin) [禁忌] ㉝ ê: 全。

kim-khoân chèng-tī|-koân... (< log Nip) [金權政治] ㉝ 全。 「全。

kim-khòng (< log Sin) [金礦] ㉝ ê:

kìm-khu (< log Chi) [禁區] ㉝ ê: 全。

kìm-khùi [禁气] ㉕ 憋氣。

kim-kiat-á [金橘仔] ㉝ CHÂNG, LIÁP: 金橘的一種,果呈圓形,苦皮; ≃ kim-kam; cf kim-chó。

kim-kim (v kim⁽⁴⁾) [金金] ㉟ (眼睛) 張開著 ¶bák-chiu iáu ~ [目睭夭 ~]眼睛還張開著 ㉕ 1. 瞪著眼(打量) ¶~ khòaⁿ [~看]瞪著眼看 ¶~ siòng 瞪著眼打量 2. 瞪著眼(看事情發生而無助) ¶bák-chiu ~ khòaⁿ in ang hông liáh‧khì [目睭~看 in 翁 hông 掠去](無助地)眼看著丈夫被逮走。

kìm-kó (< log Chi < tr En forbidden fruit) [禁果] ㉝ LIÁP: 全。 「全。

kìm-koa (< log Chi) [禁歌] ㉝ TIÂU:

kim- koân chèng- tī ⇒ kim- khoân chèng-tī。 「瓜。

kim-koe [金瓜] ㉝ CHÂNG, LIÁP: 南

kim-kong¹ (< log Sin) [金剛] ㉝ ê: 佛陀的侍衛。

kim-kong² (< log Chi < En king kong) [金剛] ㉝ CHIAH: (1933年恐怖電影的)大猩猩;黑金剛猩猩。

kim-kong-chióh (< log) [金剛石] ㉝ LIÁP: 全。 「力的電鑽。

kim-kong-chǹg [金剛鑽] ㉝ KI: 強

kim-kong-hì [金光戲] ㉝ CHHUT:利用現代聲光技術的布袋戲。

kim-kong siám-siám (< log Chi) [金光閃閃] ㉟ 全。

kim-kong-tóng [金光黨] ㉝ TÓNG, ê:親身到處行騙的小詐騙集團。

kim-ku [金龜] ㉝ CHIAH: 金龜子。

kim-kút [金滑] ㉟ 光滑。

kìm-lēng (< log Sin) [禁令] ㉝ TIÂU:

全。 「與馬祖。

Kim-Má (< log Chi) [金馬] ㉝ 金門

Kim-mn̂g/-mûi [金門] ㉝ 離島名。

kim-n̂g-sek [金黃色] ㉝ 全。

kim-pâi (< log Nip < sem Sin) [金牌] ㉝ TÈ: 全。 「全。

kim-pè (< log Chi) [金幣] ㉝ TÈ:

kim-pn̄g-óaⁿ (< log Chi) [金飯碗] ㉝ ê, TÈ: 好職業。

kīm-pô [妗婆] ㉝ ê: 父母的舅媽。

kim-póh-á (< log Sin + á) [金箔仔] ㉝ TÈ: 金箔。

kim-sek (< log Sin) [金色] ㉝ 全。

kim-siak-siak [金 siak-siak] ㉟ 亮晶晶。

kim-sih-sih [金 sih-sih] ㉟ 亮晶晶。

kim-sîn [金蠅] ㉝ CHIAH: 綠豆蠅。

kim-siók (< log Nip) [金屬] ㉝ 全。

kìm-su ⇒ kìm-chu。

kim-sun [金孫] ㉝ ê: 寶貝孫子。

kim-tang-tang [金噹噹] ㉟ 金碧輝煌。 「ê: 骨殖瓶。

kim-táu-àng-á [金斗甕仔] ㉝ LIÁP,

kim-tiáⁿ [金鼎] ㉝ ê: 燒冥紙用的鐵鍋。 「全。

kim-tiâu (< log Sin) [金條] ㉝ TIÂU:

kin ¹‖kun‖kin (< Sin) [根] ㉝ TIÂU: 全。

kin ² ‖kun‖kin (< Sin) [筋] ㉝ TIÂU: 1. 血管 ¶chheⁿ-~ [青～] 全 2. 韌帶;肌腱 ¶Chit ki chhiú, ~ choāiⁿ‧tióh. [這枝手～choāiⁿ著.] 這隻手扭傷了 3. 蹄筋 △ ~, som, iàn [～,蔘,燕]蹄筋、海蔘、燕窩一上等筋骨補品。

kin³‖kun‖kin (< Sin) [斤] ㉜ 全。

kîn ㉕ 擋住容器中的固體以分開液體 ¶kā thng ~-tiāu [kā 湯～掉]把湯拿掉。 「kóaⁿ-kín。

kín¹ (< Sin) [緊] ㉟ 快速 ㉕ 趕快; ≃

kín² (< phon Hak) [緊] ㉕ 1. 逐漸;

≃ ná^4 ¶*gín-á ~ tōa-hàn ·a* [gín仔緊大漢矣]孩子漸漸長大了¶*Ná m̄ ~ chún-pī-·khì?* [哪m̄～準備去?]怎麼不著手慢慢儿準備? **2.** 持續著; ≃ ná^4 ¶*khòa^n lâng chia̍h, khòa^n kà chhùi-nōa ~ lâu* [看人吃,看到嘴nōa～流]看人家吃東西,看得口水直流¶*kiò i mài kóng, koh ~ kóng* [叫伊mài講, koh～講]叫他別說了,偏偏還說 [連] (一面...)一面...; ≃ ná^4 ¶*Góa teh khùn ê sî, ~ teh siūⁿ.* [我teh睏ê時,～teh想.]我睡覺的時候,一面想著。

kīn‖*kūn*‖*kī̇n* (< Sin) [近] [形] 仝。

kín...kín... (v *kín*^{2}) [緊...緊...] [副] **1.** 越...越...; ≃ ná... ná...; ≃ jú... jú... ¶*kín kiâⁿ, kín bān* [緊行緊慢]越走越慢 **2.** 一面...一面...; ≃ ná... ná... ¶*kín kóng, kín chhiò* [緊講緊笑]邊說邊笑。

kin-á‖*kun-*‖*ki̇n-* [巾仔] [名] TIÂU: 巾幗等。

kin-á-jit / *-gi̇t* / *-li̇t* (< *kin-ná-ji̇t*, q.v.)。

kín-bān [緊慢] [名] 速度。

kīn-chhin‖*kūn-*‖*kī̇n-* (< log Sin) [近親] [名] Ê: 仝。

kin-chio (< *keng-chio*) [芎蕉] [名] JÍ, TIÂU, PÎ, KENG, CHÂNG: 香蕉

◇ *~-phôe/-phê* [～皮] TÈ: 仝。

kīn-hái‖*kūn-*‖*kī̇n-* (< log Nip) [近海] [名] 仝。

kin-kì‖*kun-kù*‖*ki̇n-kı̇̀* (< log Nip < Sin) [根據] [名] Ê: 仝 [動] 仝

◇ *~-tē* (< log Nip) [～地] Ê: 仝。

kín-kín [緊緊] [副] 連忙。

kīn-kīn‖*kūn-kūn*‖*kī̇n-kī̇n* [近近] [名] 近處 [副] 在近處;從近處。

kín-kín-kiò [緊緊叫] [動] 迫不及待地催趕,貶意¶*Mài án-ne ~.* 別急嘛。

kín-kip (< log) [緊急] [形] 仝。

kīn-lâi‖*kūn-*‖*kī̇n-* (< log Sin) [近來] [名] 仝。

kín-·le (< ab *khah kín ·le*) [緊·le] [動] 快(點儿) ¶*M̄ ~, chhia ē cháu-·khì.* [M̄～,車會走去.]再不快點儿,就趕不上車了。

kīn-lō·‖*kūn-*‖*kī̇n-* (< log Sin) [近路] [名] 仝。

kin-ná-jit/*-gi̇t*/*-li̇t*|*-á-* (< **kin-tòa^n-ji̇t* < **kim-tòa^n-ji̇t*) [今旦日] [名] 今天。

kin-nî (< **kim-nî* < log Sin) [今年] [名] 仝。

kín-piak-piak [緊piak-piak] [形] 等不及的樣子。

kin-pún‖*kun-*‖*ki̇n-* (< log) [根本] [名] [副] 仝。

kín-sèng [緊性] [形] 性急; ≃ kip-sèng^1。

kīn-sī‖*kūn-*‖*kī̇n-* (< log Sin; ant *oa̍n-/hn̄g-sī*) [近視] [名] [形] 仝。

kīn-tāi‖*kūn-*‖*kī̇n-* (< log Nip) [近代] [名] 仝。

◇ *~-sú* (< log Nip) [～史] 仝。

kín-teh/*-leh* [緊teh] [輔] 表示持續進行中; *cf.* teh^4 ¶*I ~ kóng-ōe, soah bô khòa^n-·tio̍h gín-á cháu-·chhut-·khì.* [伊～講話,煞無看著gín仔走出去.]他說著話,竟沒看見孩子跑出去。

kīn-teng‖*kūn-*‖*kī̇n-* (ant *hn̄g-teng*) [近燈] [名] PHA: 仝。

kín-tiu^n (< log Nip) [緊張] [形] 仝

◇ *~ tāi-su* [俚] [～大師] Ê: 凡事不放心的人。

ki̇n... ⇒ kin.../kun....

kī̇n... ⇒ kīn.../kūn....

ki̇n-kı̇̀ ⇒ kin-kì。

kī̇n-kī̇n ⇒ kīn-kīn。

kiô^1 (< Sin) [橋] [名] TIÂU: 橋樑。

kiô^2 (< Sin) [茄] [名] [*á*] CHÂNG, TIÂU: 茄子; ≃ âng-phôe-chhài。

kiò (< Sin) [叫] [尾] **1.** 表示出聲太多¶*hiu-hiu-~* [咻咻～]叫囂¶*phngh-phngh-~* 大聲斥責 **2.** 表示說得太多¶*chia̍h-chia̍h-~* [吃吃～]叫著要

吃 ¶*kàn-kàn-~* 圐 滿口三字經 **3.** 表示連續發出聲響 ¶*chȯp-chȯp-~* (嘴巴) 吧嗒吧嗒地響 ¶*ki-ki-~* [吱吱~] 全 働 **1.** 呼叫; ≃ hiàm ¶*Lāu-su teh ~ ·lí.* [老師 teh ~你.] 老師叫你 ¶*Lāu-su teh ~ lí ê miâ.* [老師 teh ~你ê名.] 老師叫你的名字 **2.** 召喚 ¶*Lāu-su ~ lí khì.* [老師~你去.] 全 △ *~-khì mn̄g* [~去問] (召往甚至扣留) 盤問

3. 使令 ¶*Lāu-su ~ lí khì i hia.* [老師~你去伊 hia.] 老師叫你到他那儿去 ¶*~ i kóng, i m̄ kóng* [~伊講,伊m̄講] 叫他說, 他卻不 **4.** 打 (電話) ¶*tiān-ōe ka ~·-kòe-·lâi* [電話 ka ~過來] 請打電話過來 **5.** 訂 (貨、飲食等使之送來) ¶*khì ~ chit pau bí* [去一包米] 去叫 (商店) 送一包米來 ¶*lóng-chóng ~ kúi hāng chhài?* [攏總~幾項菜?] 一共叫幾道菜? **6.** 稱呼 ¶*Lí ài ~ i "A-chek."* [你愛~伊 "阿叔."] 你該叫他「叔叔」 **7.** 名叫 ¶*Góa ~ "A-hōng."* [我~"阿鳳."] 全。

kiō (< Sin) [轎] 图 TÉNG: 轎子。

kiô-á (v *kiô²*) [茄仔] 图 CHÂNG, TIÂU: 茄子; ≃ âng-phôe-chhài。

kiô-bé ⇒ kiô-bóe。 [SŪI, LIȦP: 全。

kiô-bėh (< log Sin) [蕎麥] 图 CHÂNG,

kiô-bóe/-bé [橋尾] 图 橋的那一頭。

kiò-cheng [叫鐘] 图 Ê, LIȦP: 鬧鐘。

kiò-chhài [叫菜] 働 點菜。

kiò-chhéⁿ/-chhíⁿ [叫醒] 働 全。

kiò-chhia [叫車] 働 雇車子。

kiò-chò/-chòe [叫做] 働 稱為 ¶*"Kiô," ū-lâng ~ "âng-phôe-chhài."* ["茄"有人~"紅皮菜."] 「茄子」有人稱為「紅皮菜」。

kiô-kha [橋腳] 图 橋底下。

kiò-khó͘ (< log Sin) [叫苦] 働 全。

kiò-mn̂g (< Sin) [叫門] 働 全。

kiò-ō (< **kioh*) 働 以為; ≃ kioh-sī。

kiò-óa [叫óa] (< [叫倚]) 働 邀集; 召集。

kiô-sek [茄色] 图 紫色; ≃ kiô-á-sek。

kiô-sī (< *kioh-sī*, q.v.)。

kiô-thâu (< log Sin) [橋頭] 图 **1.** 橋的這一頭 **2.** 橋的兩端。 「搶地。

kiò-thiⁿ-kiò-tē [叫天叫地] 働 呼天

kiô-thiāu [橋柱] 图 KI: 橋下的支座。

kioh **-sī**‖*kiò-* [kioh是] (< [覺是]) 働 以為 (是)。

kiȯk ‖*kėk* [局] (< log Sin) 图 行政單位 ¶*kàu-iȯk-~* [教育~] 全 ¶*kèng-chhat* [警察~] 全。 「菊花

kiok-á ‖*kek-* [菊仔] 图 CHÂNG, LÚI: ◇ *~-hoe* [~花] do. ◇ *~-hoe-tê* [~花茶] 菊花茶。

kiȯk-bīn‖*kėk-* (< log Chi) [局面] 图 Ê: 全。 「图 Ê: 全。

kiȯk-chêng‖*kėk-* (< log Chi) [劇情]

kiȯk-pō͘ bâ-chùi‖*kėk-* (< log Nip) [局部麻醉] 働 全。 「Ê, PÚN: 全。

kiȯk-pún‖*kėk-* (< log Chi) [劇本] 图

kiȯk-sè‖*kėk-* (< log Sin) [局勢] 图 Ê: 全。 「Ê: 全。

kiȯk-tiûⁿ‖*kėk-* (< log Nip) [劇場] 图

kiȯk-tiúⁿ‖*kėk-* (< log Nip) [局長] 图 Ê: 全。

kiong [1]‖*keng* (< Sin) [弓] 图 TIUⁿ: 射箭的器械。

kiong² 働 撐 (開並架住); ⇒ keng⁸。

kiông [強] ⇒ kiâng¹,²。 「boeh。

kiông-beh¹ [強欲] 働 硬要; ⇒ kiâng-

kiông-beh²/-boeh‖*kiōng-*‖*kiâng-* [強欲] 働 幾乎; ⇒ giōng-boeh。

kiông-chè ⇒ kiâng-chè。 「图 全。

kiong-chìⁿ‖*keng-* (< log Sin) [弓箭]

kiōng-chú‖*kēng-* (< log Chi) [共主] 图 Ê: 全。

kióng-èng ‖ *kiong-*‖ *kiòng-*‖ *kéng-*

292 K

(< log Chi) [供應] 動 全。

kiong-hí‖*keng-* (< log Sin) [恭喜] 動 全。

kiōng-hô-kok‖*kēng-* (< log Nip) [共和國] 名 Ê: 全。 ⌈犯] 名 Ê: 全

kiōng-hoān‖*kēng-* (< log Nip) [共
◇ ~ *kiat-kò* (< log) [~結構] Ê: 全。

kiông-kan ⇒ kiâng-kan。

kiông-khoân ⇒ kiâng-khoân。

kiông-kiông ⇒ kiâng-kiâng。

kiông-kiông-beh‖*kiōng-kiōng-* ⇒ giōng-(giōng-)boeh。

kióng-kip‖*kiong-*‖*kiòng-*‖*kéng-* (< log Nip < Sin) [供給] 動 全。

kiông-koân ⇒ kiâng-khoân。

kiông-lèk-kô͘ ⇒ kiâng-lèk-kô͘。

kiông-liàt ⇒ kiâng-liàt。

kiông-pek ⇒ kiâng-pek。

kiōng-sán‖*kēng-* (< log Nip) [共產] 名 **1.** 共有的財產 **2.** 共產主義 動 將財產當做共有的
◇ ~-*á* [~仔] Ê: 共產黨; 共產黨員
◇ ~ *chú-gī* (< log Nip) [~主義] 全
◇ ~-*tóng* (< log Nip) [~黨] 全。

kiông-sè ⇒ kiâng-sè。 ⌈Ê: 全。

kiōng-sek‖*kēng-* (< log) [共識] 名

kiong-si ⇒ kiang-si。

kiông-sim-che ⇒ kiâng-sim-che。

kiōng-thong-gí/-gú‖*kēng-* (< log Nip; *cf* En *lingua franca* < It) [共通語] 名 Ê: (多語社會中) 大家為溝通而使用的 (包容性的) 語言; *cf* kiōng-tông-gí。

kiong-tiān‖*keng-* (< log Sin) [宮殿] 名 KENG: 全; ≃ hông-tè-tiān。

kiông-tiāu/-tiau ⇒ kiâng-tiāu。

kiông-tō͘ ⇒ kiâng-tō͘。

kiōng-tông-gí/-gú/-gí‖*kēng-* (*cf* En *common language*) [共同語] 名 Ê: 大家一致採用的排他性的單一語言; *cf* kiōng-thong-gí。

kip¹ (< log Sin) [級] 名 全 ¶*chiàng-~ ê kun-koaⁿ* [將~ê軍官] 將級軍官 ¶*goân-ló-~* [元老~] 全 ¶*koàn-~* [縣~] 全 量 全 ¶*Chiàng-koaⁿ hun-chò/-chòe kúi ~?* [將官分做幾~?] 將官分成幾級? ¶*it-~ chiàn-hoān* [一~戰犯] 全。

kip² (< log Sin) [急] 形 全。

kip-chín (< log Nip) [急診] 動 全
◇ ~-*sit/-sek* (< log Chi) [~室]

kip-keh [及格] 動 全。 ⌊KENG: 全。

kip-kiù (< log Sin) [急救] 名 動 全
◇ ~-*siuⁿ* (< log Chi) [~箱] KHA: 全。

kip-pēⁿ/-pīⁿ (< log Chi) [急病] 名 全; ≃ kip-chèng。 ⌊sèng。

kip-sèng¹ [急性] 形 性急; ≃ kín-

kip-sèng² (< log Nip) [急性] 形 (病) 急劇 ⌈肝炎] 急性肝炎。
△ ~ *ê koaⁿ-iām* (< log + tr) [~ê

kit‖*khit* 形 濃稠, 例如稀飯; ≃ khó³。 ⌊小柑橘。

kit-á‖*kiat-* [桔仔] 名 CHÂNG, LIÀP:

kit-chiap‖*kiat-* [kit 汁] 名 KOÀN: 番茄醬; ≃ khě-chiáp-puh; ≃ khé-chiap。

kiu 動 (ant *chhun*², *phòng*) 縮 形 [x] 膽怯而退縮的樣子。

kiû¹ (< Sin) [球] 名 LIÀP: **1.** 圓球形的運動器具或其他形狀卻類似功用者 ¶*ī ~* 比賽打球 **2.** 其他圓球形或接近圓球形的物體 ¶*khì-~* [氣~] 全 ¶*tē-~* [地~] 全 **3.** B. 地球簡稱 ¶*choân-~* [全~] 全 **4.** B. 球賽 ¶*khòaⁿ-~* [看~] 看球賽。

kiû² 量 變成團狀的物體; ⇒ khiû¹。

kiû³ (< Sin) [求] 動 **1.** 請求 **2.** (< log Chi < Nip < sem) (數學:) 求解。

kiú (< Sin) [九] 數 第九個基數文讀; *cf* káu² ¶*sam-liòk-~* [三六~] 全

¶*~-jī-it tōa tē tāng* [～二一大地動] 九二一大地震 (1999)。

kiù[1] (< log Sin) [救] 働 全 ¶*ùi chúi-té ~-·khí-·lâi* [ùi 水底～起來] 從水裡救起來 ¶*~-tò-tńg* q.v.

kiù[2] ‖ *kiuh* 働 1. (有伸縮性的東西) 緊縮 2. (因痙攣而) 抽縮;≃ *bán* ¶*~-kin/-kun* [～筋] 抽筋 形 有伸縮性 ¶*Chit tiâu kiù-tòa bē/bōe ~ ·a.* [這條 kiù 帶 bē～矣.] 這條鬆緊帶鬆了。

kiû-ài (< log Nip) [求愛] 働 全。

kiù-chai (< log Sin) [救災] 働 全。

kiù-chè (< log Nip) [救濟] 働 全 ◇ *~-phín* (< log Chi) [～品] 全。

kiû-chêng (< log Sin) [求情] 働 全;≃ ko·-chiâⁿ。　　　[働 全。

kiù-chèng ‖ *kiú-* (< log Chi) [糾正]

kiù-chhat ‖ *kiú-* (< log Chi) [糾察] 名 Ê: 糾察員 ◇ *~-tūi* (< log Chi) [～隊] TŪI: 全。

kiû-chhê/*-chhê·* ⇒ kiû-chhôe。

kiù-chheⁿ/*-chhiⁿ*/*-seng* (< col log Sin) [救星] 名 Ê: 全。

kiù-chhéⁿ/*-chhíⁿ* [救醒] 働 全。

kiù-chhiⁿ ⇒ kiù-chheⁿ。

kiù-chhíⁿ ⇒ kiù-chhéⁿ。

kiû-chhn̂g [球床] 名 CHIAH: 撞球台。

kiû-chhôe/*-chhê*/*-chhê·* [球箠] 名 KI: 1. 撞球用的球桿 2. 高爾夫球桿。

kiù-chō· (< log Nip) [救助] 働 全。

kiu-chúi [kiu 水] 働 縮水。

kiû-ê/*-ôe* (< log Chi) [球鞋] 名 KHA, SIANG: 全。

kiû-goân ⇒ kiû-oân。

kiù-hé/*-hé* ⇒ kiù-hóe。

kiù-hō·-chhia (< log Chi) [救護車] 名 TÂI: 全。　　[働 全;≃ phah-hóe。

kiù-hóe/*-hé*/*-hé* (< log Sin) [救火] ◇ *~-chhia* (< log Chi) [～車] TÂI: 全;≃ chúi-lêng-chhia;≃ phah-hóe-chhia

◇ *~-oân/-goân* (< log Chi) [～員] Ê: 全。

kiû-hun (< log Chi) [求婚] 働 全。

kiù-hun ‖ *kiú-* (< log Chi) [糾紛] 名 全。　　[働 腳痙攣。

kiù-kha-kin/*-kun*/*-kiⁿ* [kiù 腳筋]

kiú-kiàn [久見] 働 久違。　　[痙攣。

kiù-kin/*-kun*/*-kiⁿ* [kiù 筋] 働 抽筋;

kiù-kiù-kiò ⇒ kiuh-kiuh-kiò[1]。

kiu-kiu-koéh-koéh 形 畏首畏尾。

kiù-kun ⇒ kiù-kin。

kiù-lâng (< log Sin) [救人] 働 救人命 ¶*hoah ~* [喝～] 呼救 ¶*~ khah iàu-kín* [～較要緊] 救人命要緊 ¶*~ ·o·!* 救命啊!

kiù-miā in-jîn/*-gîn* | ...*un-jîn*/*-lîn* (< log Chi) [救命恩人] 名 Ê: 全。

kiû-mn̂g/*-mûi* (< log Chi) [球門]

kiû-oáh [救活] 働 全。　　[名 Ê: 全。

kiû-oân/*-goân* (< log Chi) [球員] 名 Ê: 全 △ *~ kiam chhâi-phòaⁿ* (< log Chi)

kiû-ôe ⇒ kiû-ê。　　[[～兼裁判] 全。

kiù-peng (< log Sin) [救兵] 名 TĪN: 全 ¶*thó ~* [討～] 求救;求援。　[全。

kiû-sài (< log Chi) [球賽] 名 TIÛⁿ:

kiu-sè/*-sòe* [kiu 細] 働 縮小。

Kiù-sè-chú (< log Nip) [救世主] 名 Ê: 全;≃ Bí-/Mî-sài-a。

kiù-seng-chûn [救生船] 名 CHIAH, TÂI: 救生艇。

kiù-seng-goân ⇒ kiù-seng-oân。

kiù-seng-i (< log Chi) [救生衣] 名 NIÁ: 全。　[[救生環] 名 Ê: 救生圈。

kiù-seng-khoân (< log Chi [救生圈])

kiù-seng-oân/*-goân* (< log Chi) [救生員] 名 Ê: 全。

kiû-sim (< log Nip) [球心] 名 Ê: 全。

kiu-sòe ⇒ kiu-sè。

kiû-tiâⁿ [球埕] 名 Ê: 網球場。

kiû-tiûⁿ (< log Nip) [球場] 名 Ê: 全;

cf kiû-tiâⁿ。

kiù-tò-tńg [救 tò 返] 動 挽救；救回。

kiù-tòa [kiù 帶] TIÂU: 鬆緊帶。

kiû-tūi (< log Chi) [球隊] 名 TŪI: 仝。

kiǔ--ù 象 震動時間較長的洩氣聲，例如放開吹滿氣的氣球。 「TÈ: 仝。

kiuⁿ (< Sin) [薑] 名 CHÂNG, PHİⁿ,

kiuⁿ-á [kiuⁿ 仔] 名 CHIAH: 獐。 「薑

kiuⁿ-bó/-bú [薑母] 名 PHİⁿ, TÈ: 老 ◇ ~-tê [~茶] 薑糖水。

kiuⁿ-si [薑絲] 名 TIÂU: 仝。

kiuh [1] 動 (用力) 吸，例如吸螺肉。

kiuh [2] (< kiù [2], q.v.) 動 緊縮；痙攣 形 有伸縮性。 「叫；≃ chiuh。

kiùh 象 鳥或老鼠的叫聲 動 鳥或老鼠

kiǔh‖*kiúh* 象 1.鳥或老鼠叫一下的 聲音 2.用力吸一下螺肉等的聲音 3.洩氣震動一下的聲音，例如放開吹 滿氣的氣球當下 4.尖銳的摩擦震動 聲，例如撫摸不潤滑的氣球表面。

kiuh-kiuh-kiò [1]‖*kiù-kiù-* [kiuh-kiuh 叫] 動 大聲抱怨不公平。

kiuh-kiuh-kiò [2]‖*kiùh-kiùh-* (v *kiúh*) [kiuh-kiuh 叫] 動 1.鳥或老鼠連 續發出叫聲 2.連續用力吸螺肉等 而發出聲音 3.連續洩氣發出震 動的聲音，例如放開吹滿氣的氣球 4.連續發出尖銳的震動聲，例如撫 摸不潤滑的氣球表面。

kng [1]/*kuiⁿ* (< Sin) [光] 名 亮光 形 1.亮 2.無遮蓋，例如因禿頭或剃短 而不見毛髮，或如裸體 ¶mài thǹg-kà hiah ~ [mài 褪到 hiah 光] 別脫得那 麼乾淨 ¶thâu-mo͘/-mn̂g lak kà ~-~ [頭毛 lak 到~~] 頭髮掉光光。

kng [2] (< Sin) [缸] 量 計算魚缸、水缸 等的單位。

kng [3] [扛] 動 兩個人以上抬或夯。

kńg [1]/*kúiⁿ* (< Sin [管]) 名 KI: 氣管； ≃ khì-kńg。

kńg [2]/*kúiⁿ* (< Sin [管]) 量 量米杯的

容量。

kńg [3]/*kúiⁿ* (< Sin) [捲] 名 量 計算 成卷的東西的單位 ¶chit ~ chhun-piáⁿ [一~春餅] 一條春捲 動 仝。

kǹg [1] (< Sin) [鋼] 名 仝。 「咕嚕聲。

kǹg [2] 象 1.馬達聲 2.(豬等所發出的)

kǹg [3]/*kùiⁿ* (< Sin [貫]) 動 貫穿；貫 串 ¶~ kui kōaⁿ 串成串。

kn̄g 動 發出 "kǹg" 聲 ¶mò·-tà bē/bōe ~ 馬達發不起來，沒有動靜。

kng-á [缸仔] LIÀP: 缸。

kńg-chih (< log Chi) [捲舌] 名 仝。

Kńg-chiu‖*Kúiⁿ-* (< log Sin) [廣州] 名 中國地名。 「榮] 名 形 仝。

kng-êng‖*kong-* (< col log Nip) [光

kǹg-hīⁿ [kǹg 耳] (< [貫耳]) 動 穿耳

kng-iáⁿ [光影] 名 亮光。 L(洞)。

kng-iàn-iàn/-iāⁿ-iāⁿ [光 iàn-iàn] 形 1.亮晶晶 2.光亮耀眼。

kǹg-khîm (< log Chi) [鋼琴] 名 TÂI: 仝；≃ phi-á-no͘h。

kǹg-kin/-kun (< log Chi) [鋼筋] 名

kng-kiō [扛轎] 動 抬轎。 LKI: 仝。

kǹg-kǹg-kiò [1] [kǹg-kǹg 叫] 動 (狂 風) 怒吼；≃ sǹg-sǹg-kiò。

kǹg-kǹg-kiò [2]‖*kn̄g-kn̄g-* [kǹg-kǹg 叫] 動 (馬達) 快速轉動出聲。

kn̄g-kn̄g-kiò [kn̄g-kn̄g 叫] 動 (豬、 馬達) 連續發出 "kn̄g" 聲；*cf* kǹg-

kǹg-kun ⇒ kǹg-kin。 Lkǹg-kiò [2]。

kng-lang-lang [光 lang-lang] 形 很 稀疏，例如頭髮或遭破壞的樹林。

kńg-lê-á-chn̄g [捲螺仔漩] 名 KÁNG: 一般漩渦，例如頭髮的旋儿

kńg-lê-á-chúi [捲螺仔水] 名 KÁNG: 水中漩渦。

kńg-lê-á-hong [捲螺仔風] 名 CHŪN: 旋風；≃ lê-á-hong 動 颱旋風

kńg-lian [捲蔫] 動 (薄片狀物) 捲 曲，例如刨花、書頁的騎角 ¶jī-tián péng kà tàk iàh to ~--khì。 [字典

péng 到 tảk 頁都～去] 字典翻得每頁都捲角了 ¶*Kah-hảh bak chúi ē ～.* [甲 hảh bak 水會～.] 竹葉鞘遇水會捲起來。

kng-liù-liù [光 liù-liù] (形) 光溜溜儿。

kňg-·ng (象) 1. (風) 呼呼聲 2. 高亢的馬達聲。

kng-nî (< log Nip < tr En *light year*) [光年] (量) 仝。

kng-phīⁿ [kng 鼻] (< [貫鼻]) (動) 穿鼻。

kng-pho (< log Nip) [光波] (名) 仝。

kng-phó· (< log Chi) [光譜] (名) ê: 仝。

Kńg-sai∥*Kúiⁿ-* (< log Sin) [廣西] (名) 中國壯族自治區。

kng-sih-sih [光 sih-sih] (形) 亮晶晶；金光閃閃；≃ kim-sih-sih。「仝。

kng-sòaⁿ (< log Nip) [光線] (名) TIÂU:

kng-sok (< log Nip) [光速] (名) 仝。

Kńg-tang∥*Kúiⁿ-* (< log Sin) [廣東] (名) 中國省名

◇ ～-*ōe* [～話] KÙ: 粵語。

kng-tang-tang [光 tang-tang] (形) 1. 明亮 2. 空無一物。

kìng-teng [鋼釘] (名) KI: 仝。

kng-thâu (< log Sin) [光頭] (名) LIẢP: 仝 ¶*thì* ～ [剃～] 理光頭。

kìng-thih (< log Nip) [鋼鐵] (名) 仝。

kng-tō· (< log Nip) [光度] (名) 仝。

kngh / *kńgh* (象) 空氣從鼻子出來震動鼻腔的聲音，例如發笑聲、清鼻子的聲音或豬的聲音；≃ khńgh。

kńgh-kńgh-kiò (動) 空氣從鼻子出來震動鼻腔發出聲音，例如發笑聲、清鼻子的聲音或豬平常出聲。

·ko (< Sin) [哥] (尾) 對男子的暱稱，固定輕聲變調 ¶*Jîn-～* [仁～] 小仁。

ko¹ (< Sin) [膏] (名) 1. 半流體或某些糊狀物，包括某些果醬或蟲子體內的濃液或高等動物某些濃稠分泌物，例如雄蟹的"黃"、精液、眼屎 ¶*bảk-sái-～* [目屎～] 眼屎 ¶*bẻh-gê-～* [麥芽～] 麥芽糖 ¶*lí-á-～* [李仔～] 李子醬 ¶*pî-pê-～* [枇杷～] 仝 2. 匝力氣 ¶*bô-～* [無～] 沒力氣；力氣不夠 (形) 1. 呈半流體狀 2. 濃稠 ¶*hoeh/huih siuⁿ ～* [血 siuⁿ～] 膽固醇過高。

ko² (< *kóh*, q.v.) (象) 表示抱怨、讓渡、挑戰。

kô (動) 1. 做出環狀的軌跡，例如攪拌、纏繞、打滾 2. 分不清；混淆 ¶*Chit nňg hāng tāi-chì mài ～-～ chò-hóe.* [這兩項代誌 mài～～做伙.] 這兩件事不要扯在一起 3. 糾纏；≃ kô-kô-tîⁿ 4. 沾上 (黏稠的液體) 5. 纏上 (人) 6. 廝混。「子。

kó (< Sin) [稿] (名) Ê, HŪN, TIUⁿ: 稿

kò¹ (動) 划 (船) ¶～ *chûn-á* [～船仔] 划小船。

kò² (< Sin) [告] (動) 1. 控訴 2. 向...提出告訴 ¶～ *hoat-īⁿ* [～法院] 告到法院 ¶～ *hoat-koaⁿ* [～法官] 向法官提出告訴。

kō (動) 1. 滾動 2. 滾動以沾上 ¶～ *mî-hún khì chìⁿ* [～麵粉去 chìⁿ] 沾上麵粉去炸 3. 沾染；沾 (污)；≃ bak。

ko-á [糕仔] (名) TÈ: 穀類粉末壓成的甜點 ◇ ～-*piáⁿ* [～餅] 糕餅。

ko-ap-sòaⁿ (< log Nip) [高壓線] (名) TIÂU: 仝。「[高壓電] (名) 仝。

ko-ap-tiān (< ab log Nip [高壓電流])

ko-bêng (< log Chi) [高明] (形) 仝。

kò-bit (< log Chi) [告密] (動) 仝；≃ bit-kò。「(名) Ê: 仝。

ko-châi-seng (< log Chi) [高材生]

ko-chân (< log Chi) [高層] (名) 仝。

kó-chhài-chiap (< log Chi) [果菜汁] (名) 仝。

ko-chhiú (< log Chi) [高手] (名) Ê: 仝。

kó-chiap (< log Nip) [果汁] (名) 仝；

kò-chûn [kò 船] (動) 划船。⌊≃ jiù-sù。

kō-ẻk [kō 浴] (動) (水牛在水中或泥淖

裡)打滾。

kò-gẹ̍h/-gẹ̍h ⇒ kò-goẹ̍h。

ko-goân (< log Nip) [高原] (名) Ê: 全。

kò-goẹ̍h/-gẹ̍h ‖-gẹ̍h ‖kò-‖kó- (< log Sin [個月]) [簡月] (量) 全。

ko-hiat-ap ⇒ ko-hoeh-ap。

Ko-hiông (< log Nip < Nip *Takao* < TW *Táⁿ-káu* < Form *Matakao*) [高雄] (名) 縣市名。「TIUⁿ: 全。

kò-hoat-toaⁿ (< log Chi) [告發單]

ko-hoeh-ap‖-huih-‖-hiat- (< col log Nip) [高血壓] (名) (形) 全。

ko-hong hōe-gī (< log Chi < tr En *summit*) [高峰會議] (名) PÁI: 全。

kó-hùi (< log Chi) [稿費] (名) 全。

ko-huih-ap ⇒ ko-hoeh-ap。

kò-iâⁿ [告贏] (動) 勝訴。　　「(名) 全。

ko-io̍h‖ko·-‖kô- (< log Sin) [膏藥]

ko-kà-kiô‖-kà- (< log Chi) [高架橋] (名) TIÂU: 全。

ko-kà thih-lō·‖-kà... (< log Nip [高架鐵道] + tr) [高架鐵路] (名) TIÂU: 全。

ko-khì-ap (< log Nip; ant *kē-khì-ap*) [高氣壓] (名) 全。　　「等考試簡稱。

ko-khó (< log Chi) [高考] (名) PÁI: 高

ko-kiàn (< log Sin) [高見] (名) 全。

ko-kip (< log Nip) [高級] (形) 全。

ko-ko/-kŏ (< Sin) [哥哥] (名) Ê: 全; ≃ a-hiaⁿ; ≃ hiaⁿ-ko; ≃ kó-koh。

kō- kō- liàn (動) 連續滾動，例如滾石 ¶*poa̍h-chi̍t-tó, ~, liàn-lo̍h-khì soaⁿ-kha* [poa̍h一倒，~，liàn落去山腳] 跌了一交，一直滾，滾下山。

kô-kô-tîⁿ‖kô-kô 纏 (動) 糾纏。

kó-koh (< Chi *ke¹ ke⁰*) (名) Ê: 哥哥; ≃ ko-ko。

ko-kùi (< log Sin) [高貴] (形) 全。

ko-lê-chhài‖po- (< log Sin; cf Lat *caulis*) [高麗菜] (名) CHÂNG, LIA̍P: 包心菜。

ko-lêng sán-hū (< log) [高齡產婦] (名) Ê: 全。

ko - liâng / -liông / -niû (< log Sin) [高粱] (名) CHÂNG, SŪI, LIA̍P: 稷; cf kau-liâng。

ko-phiò (< log) [高票] (名) 全 ¶*í ~ lo̍k-soán* [以~落選] 以高票落選 (形) 全 ¶*chòe ~ tòng-soán* [最~當選] 以最高票當選。　　「(名) Ê: 全。

kò- pia̍t - sek (< log Nip) [告別式]

Ko-pîn-khe/-khoe [高屏溪] (名) 高雄、屏東河川名; ≃ Ē Tām-chúi-hô。

kò-sèng (< log Nip) [個性] (名) 全。

ko-siā-phàu (< log Nip) [高射砲] (名) KI: 全。

ko-sióng [高 sióng] (形) 高尚。

ko-soaⁿ-cho̍k‖-san- (< log Chi) [高山族] (名) CHO̍K, Ê: 全。

ko-soaⁿ-pēⁿ/-pīⁿ [高山病] (< log Nip) (名) 高山症。

ko-sok kong-lō· (< log Chi; cf Nip [高速道路] < tr En *superhighway*) [高速公路] (名) TIÂU: 全。

ko-sok thih-lō· (< log Chi < tr En *high - speed rail*) [高速鐵路] (名)

kò-su [告輸] (動) 敗訴。　「TIÂU: 全。

ko-téng (< log Nip) [高等] (形) 全
　◇ ~ hoat-īⁿ (< log Nip) [~法院] KENG: 全
　◇ ~ kàu-io̍k (< log Nip) [~教育] 全
　◇ ~ khó-chhì (< log Chi) [~考試] PÁI: 全。

kó-the (< Chi *kuo¹ t'ie¹*) (名) TÈ: 鍋

kò-thé-hō· [個體戶] (名) Ê: 全。「貼。

Ko-thih (< log Chi) [高鐵] (名) TIÂU: (台灣)高速鐵路。

ko-tiong/-teng (< log Chi) [高中] (名) KENG: 高級中學
　◇ ~-pō· (< log Chi) [~部] PŌ·: 全
　◇ ~-seng (< log Chi) [~生] Ê: 全。

K   297

kò͘-ūi-sò͘ (< log Chi < tr; *cf* En *unit digit*) [個位數] (名) ê: 全。

ko͘ [1] (< Sin) [姑] (名) **B.** 全¶*A-bûn-*~ [阿雯~]名為「雯」的姑姑。

ko͘ [2] (< Sin) [菇] (名) **1.** CHÂNG, LIÀP, LÚI: 菌類總稱¶*ū-ê* ~ *ū tȯk* [有ê~有毒]有的菇有毒¶*chháu-*~ [草~]全 **2.** 黴菌¶*kui liȧp pháng choân* ~ [kui粒pháng全~]整個麵包盡是黴¶*se^n-/si^n-*~ [生~]長黴。

ko͘ [3] (動) 撈;*cf* ho͘ [2] ¶*Chúi-té chȧt tè pò͘, iōng chhâ-á ka* ~·*khí··lâi.* [水底一tè布,用柴仔ka~起來.]水裡一塊布,拿棍子把它撈上來¶~ *liȧp* [~粒](從湯裡)撈起固體。

ko͘ [4] (< log Sin) [孤] (形) 只有¶~ *i chit ê, bô pȧt-lâng.* [~伊一個無別人.]只有他,沒有別人。

kô͘ (< Sin) [糊] (量) 計算糊狀的東西的單位,例如鼻涕、爛泥或昏起來的稠粥、稠掛麵 (動) **1.** 粘漿糊、膠水等¶~ *hong-chhoe* [~風吹]做風箏 **2.** 抹(上)¶*kóng chhèng-phī^n* ~ *tòa piah* [講擤鼻~tòa壁]竟然把鼻涕擤出來抹在牆上 (形) **1.** 糜爛¶*tōa-mī kûn kà* ~·*khì* [大麵kûn到~去]麵條煮糊塗了 **2.** 因湮而模糊¶*jī* ~-~ [字~~]字跡模糊 **3.** 濕(漉漉),衣服和身子粘在一道¶*ak-kà* ~-~-~ [ak到~~~]淋得全身濕漉漉。

kó͘ [1] (< Sin) [古] (名) TIÂU: 故事。

kó͘ [2] (< Sin) [鼓] (名) LIȦP, ê: 全。

kó͘ [3] (< log Sin) [股] (名) HÛN: 股份 (量) **1.** 繩線的組合部分¶*sa^n* ~ *ê sòa^n* [三~ê線]三股組成的線 **2.** 力量單位 **3.** 股份單位。

kó͘ [4] (名) **B.** (菜)畦¶*chhài-*~ [菜~]菜畦 (量) 菜畦單位。

kó͘ [5] [鈷] (量) 計算茶壺的容量的單位。

kó͘ [6] (< Sin) [估] (動) **1.** 估(價) **2.** 取

(貨物抵償債務)。

kò͘ (< Sin) [顧] (動) **1.** 看守¶*mn̂g* ~·*leh* [門~·leh]門看著 **2.** (看守以)防犯
△ ~ *tiān-ōe* [~電話]守著電話機等
△ ~ *chhȧt-á* [~賊仔](守著)防賊 **3.** 守護¶~ *gín-á* [~gín仔]看小孩 **4.** 看護¶~ *pē^n-/pī^n-lâng* [~病人]看顧病人 **5.** 保護並使強壯¶~ *sin-thé* [~身體]保養身體¶~ *ūi-tn̂g* [~胃腸]使胃腸健康 **6.** 關心;為...努力¶~-*ke* q.v. 「乏而努力
△ ~ *sa^n tn̄g* [~三頓]為三餐不缺 **7.** 只顧¶*chiȧh-pn̄g* ~ *kóng-ōe, chhài soah léng··khì* [吃飯~講話,菜煞冷去]吃飯時只顧說話,菜都冷了
△ ~ *chêng, bô* ~ *āu* [~前無~後]

kō͘... ·e ⇒ iōng... ·e。 「顧前不顧後。

kô͘-á [糊仔] (名) 漿糊。

kó͘-á-kiá^n [股仔kiá^n] (名) 股息。

kó͘-á-teng [鼓仔燈] (名) LIȦP: 紙燈籠;花燈。

kó͘-bú (< log Sin) [鼓舞] (動) 全。

kò͘-būn (< log Nip) [顧問] (名) ê: 全。

kò͘-bȧt tiong-sim (< log Chi) [購物中心] (名) ê: 全。

kó͘-chá [古早] (名) 古時候;從前
◇ ~-*chheh* [~冊] PÚN: 古籍
◇ ~-~ 古時候;很久很久以前
◇ ~-*lâng* [~人] ê: 古人
◇ ~-*sa^n* [~衫] NIÁ: 古裝
◇ ~-*sú* [~史]古代史。

kó͘-ché^n/-chí^n [古井] (< [鼓井]) (名) ê, KHÁU, LIȦP: 井
◇ ~ *chúi* [~水]井水 「井底蛙。
◇ ~ *chúi-ke/-koe* [~水雞] CHIAH:

kó͘-chek (< log Sin) [古蹟] (名) ê: 古

kó͘-chhe/-chhe ⇒ kó͘-chhoe。 「跡。

kó͘-chheh [古冊] (名) PÚN: 故事書。

kó͘-chhī (< log Chi) [股市] (名) 全。

kó͘-chhoe/-chhe/-chhe͘ [鼓吹] (名)

KI: 喇叭。

kò͘-chhù [顧厝] ⑩ **1.** 看家 **2.** 留守
¶*Ōe-peng ～, kî-thaⁿ ê lâng chhut-
chhau.* [衛兵～,其他ê人出操.] 衛
兵留守(營房),其他的人出操。

kó͘-chhui (< log Sin [鼓吹]) [鼓催]
⑩ 鼓吹; *cf* kó͘-chhoe。

kó͘-chíⁿ ⇒ kó͘-chéⁿ。

ko͘-chiâⁿ [姑chiâⁿ] (< [□情]) ⑩
1. 懇求 **2.** 好言相勸。

kò͘-chiàng/-chiòng/-chiong (< log
Nip) [故障] ⑳ 仝。

kò͘-chip (< log Sin) [固執] ⑯ 仝。

kò͘-chō (< log Nip) [構造] ⑳ ê: 仝。

kó͘-chui [古錐] ⑯ 可愛。

kò͘-géh/-gè̍h‖kó͘- ⇒ kò͘-goe̍h。

kò͘-goan ⇒ kò͘-oân。

kò͘-goe̍h‖kó͘- ⇒ kò͘-goe̍h。

kò͘-hiang/-hiong (< log Sin) [故鄉]
⑳ ê: 仝。

ko͘-hū (< log Sin) [辜負] ⑩ 仝。

kó͘-hūn (< log Sin) [股份] ⑳ HŪN:
仝。

kó͘-ì [古意] ⑯ 老實而守規矩。「親。

ko͘-î kū-kīm [姑姨舅妗] ⑳ 長輩近

kó͘-ì-lâng [古意人] ⑳ ê: 老實、不
計較、無心機、守規矩的人。

ko͘-io̍h‖kô͘- ⇒ ko-io̍h。　　　　　「仝

ko͘-jî/-gî/-lî (< log Sin) [孤兒] ⑳ ê:
◇ ～-īⁿ (< log Sin) [～院] KENG:
仝。

kò͘-kaⁿ-·ê [顧監·ê] ⑳ ê: 獄吏。

kó͘-kè¹ (< log Chi) [估計] ⑩ 仝。

kó͘-kè² (< log Sin) [估價] ⑩ 仝。

kò͘-ke [顧家] ⑩ 為家計努力。

kó͘-kè-toaⁿ (< log Chi) [估價單] ⑳
TIUⁿ: 仝。

kò͘-kheh (< log Nip) [顧客] ⑳ ê:

kò͘-khiam [顧謙] ⑯ 謙虛。　　「仝。

kó͘-kí (< log Sin) [枸杞] ⑳ CHÂNG,
LIA̍P: 仝。

ko͘-kiáⁿ [孤kiáⁿ] ⑳ ê: 獨子。

Kò͘-kiong (< log Chi) [故宮] ⑳ 故
宮博物院簡稱。

kó͘-lâng [kó͘人] ⑳ 各人 ⑪ 各自。

kò͘-lâng-oàn [kò͘人怨] ⑩ 討人嫌。

ko͘-láu [孤láu] ⑯ 孤僻而令人討厭
◇ ～-thâu [～頭] ê: 孤僻而討厭的
人。

kó͘-lē (< log Sin) [鼓勵] ⑩ 仝。

ko͘-li̍p (< log Sin) [孤立] ⑩ ⑯ 仝。

kó͘-ló-so̍k-kó͘‖kó͘-lok- [古魯so̍k古]
⑯ 非常陳舊。

kō͘-lo̍k ㊞ **1.** 吞嚥聲; ～ kók² **2.** 低頻
的硬物碰撞聲 ㊞ 一下子吞下的樣
子; ～ kók²。

kò͘-mê/-mî [顧暝] ⑩ 值夜。

kò͘-mn̂g/-mûi [顧門] ⑩ 看門
◇ ～-·ê ê: 門房。　　　　「⑳ ê: 仝。

kò͘-oân/-goân (< log Nip) [雇員]

Kó͘-pa (< log Chi < *Cuba*) [古巴]
⑳ 中美洲國名。

kó͘-pán (< log Sin) [古板] ⑯ 仝。

kò͘-pēⁿ/-pīⁿ [顧病] ⑩ 看顧病人。

kó͘-phiò (< log Sin) [股票] ⑳ TIUⁿ:
仝 ¶*poa̍h ～* 玩股票 ¶*súng ～* do.

kò͘-phiò [顧票] ⑩ "固票",即看好選

kò͘-pīⁿ ⇒ kò͘-pēⁿ。　　　　「票,不讓流失。

ko͘-pô [姑婆] ⑳ ê: **1.** 祖父的姊妹
2. 祖父母輩的女姓。

ko͘-pô-ō͘ [姑婆芋] ⑳ CHÂNG, LÚI: 一
種小葉、紅花的海芋。

ko͘-put-chiang/-chiong (< log Sin
[姑將] + -*put*-) [姑不將] ⑪ ⑯ 不
得已。

ko͘-put-jī-chiang/-chiong‖-lī- (<
dia *ko͘-put-jî-chiang* < *ko͘-put-
chiang*, q.v.) [姑不二將] (< [姑
不而將]) ⑪ ⑯ 不得已。

**ko͘-put-jī-saⁿ-(sì-)chiang/-
chiong‖-lī-** (< *ko͘-put-jī-chiang*,
q.v.) [姑不二三(四)將] ⑪ ⑯

不得已。

kò·sêng (< log Nip) [構成] 動 全。

kò·siáng/-sióng (< log Nip) [構想]
名 Ê: 全。   「≃ kó·¹。

kò·sū (< log Chi) [故事] 名 Ê: 全;

ko·ta̍k (< sem log Sin [孤獨]) [孤
ta̍k] 形 孤僻。   「全

kò·tēng (< log Nip) [固定] 動 形
◊ ～ hōe-lu̍t (< log Chi) [～匯
率] 全。

kò·thé (< log Nip) [固體] 名 全。

ko·thong (< log Chi) [溝通] 動 全。

kó·thûi (< log Sin) [鼓槌] 名 KI: 擊
鼓的槌子，單個或成雙；cf kó·tī。

kó·tī/-tū/-tī̄ [鼓箸] 名 SIANG, KHA,
KI: 擊鼓的棒子，成雙；cf kó·thûi。

kò·tiàm [顧店] 動 留守在店裡 (照
顧生意)。

kó·tián¹ (< log Nip) [古典] 名 流傳
下來被認為是正宗或典範的東西 形
流傳下來被認為是正宗或典範的 ¶～
im-ga̍k q.v.   「稽。

kó·tián² [古典] 形 (樣子) 好玩；滑

kó·tián im-ga̍k (< log Nip; < tr; cf
En classical music) [古典音樂] 名
全。

kó·tiàng/-tiòng/-tiùⁿ (< log Sin)
[臟脹] 名 全。

ko·tiūⁿ (< Sin) [姑丈] 名 Ê: 全。

ko·toaⁿ (< log Sin) [孤單] 形 孤獨。

kó·tong [股東] 名 Ê: 1. 持股的人
2. 圖 中國國民黨黨員。

kó·tóng (< log Sin) [古董] 名 Ê: 全。

koⁿ 象 警車、救護車等的警笛聲。

kô·ⁿ ⇒ kō·ⁿ1。

kò·ⁿ 象 1. 鼾聲 2. 豬平時所發聲音。

kō·ⁿ1‖kô·ⁿ‖hô·ⁿ 動 打鼾；≃ hôaⁿ。

kō·ⁿ2 動 (豬平時) 出聲。

kō·ⁿ-aiⁿ 象 鵝叫聲。

kō·ⁿ-kō·ⁿ-kiò (v kò·ⁿ) [kō·ⁿ-kō·ⁿ叫]
動 1. 連續震動鼻咽發出聲音，例如

打呼 ¶khùn-kà ～ [睏到～] 呼呼大睡
2. (豬平時) 發出類似人鼻咽震動的
聲音。

kó·ⁿ-ò·ⁿ 象 死前吸最後一口氣的聲音
¶～--chi̍t·ē khì ·a [～一下去矣] 一命
嗚呼。

koa |¹ (< Sin) [歌] 名 TIÂU: 全。

koa² 形 (菜) 老，纖維粗，難咀嚼。

kóa (< sem Sin) [寡] 量 [á] 少量；些
許 ¶the̍h ～ lâi [the̍h ～來] 拿一些

kòa¹ (< Sin) [蓋] 名 Ê: 蓋子。「來。

kòa² (< Sin) [掛] 動 1. 懸掛；≃ tiàu²
¶～ kok-kî [～國旗] 懸掛國旗 ¶～
piân [～匾] 掛匾額 2. 戴眼鏡、飾
物、馱獸用具等 ¶～ bé-oaⁿ [～馬
鞍] 安上馬鞍子 ¶～ hīⁿ-kau [～耳
鉤] 戴耳環 3. 附送；≃ kah⁴, q.v.

koa-á [歌仔] 名 TIÂU: 歌謠。
◊ ～-chheh [～冊] PÚN: 歌本，尤指
舊日彈唱用的敘事詩
◊ ～-hì [～戲] PÊⁿ, CHHUT: 全。

koa-bú-kio̍k/-ke̍k (< log Chi) [歌舞
劇] 名 CHHUT: 全。

koa-bú-thoân (< log Chi) [歌舞團]
名 Ê, THOÂN: 全。

kòa-cheng (< log Chi) [掛鐘] 名
Ê: 全；≃ phiah-cheng。

kòa-chhài (< log Sin) [芥菜] 名
CHÂNG: 全。

koa-chheⁿ/-chhiⁿ (< log Chi < à la
[影星]) [歌星] 名 Ê: 全。

koa-chheh [歌冊] 名 PÚN: 一般歌本；
cf koa-á-chheh。

koa-chhiⁿ ⇒ koa-chheⁿ。   「全。

koa-chhiú (< log Nip) [歌手] 名 Ê:

kòa-hō (< log Sin) [掛號] 動 全
◊ ～-hùi (< log Chi) [～費] 全
◊ ～-phe/-phoe (< log Chi + tr)
[～批] TIUⁿ: 掛號信   「全。
◊ ～-toaⁿ (< log Chi) [～單] TIUⁿ:

kóa-hū ⇒ kóaⁿ-hū。

koa-iâu (< log Chi) [歌謠] 图 TIÂU:

kòa-kau [掛鉤] 働 全。 ⌊全。

koa-kėk ⇒ koa-kiȯk。 ⌈TÈ: 全。

koa-khek (< log Sin) [歌曲] 图 TIÂU,

koa-kiȯk/-kėk (< log Nip) [歌劇]
图 CHHUT: 全。

koa-kó [koa 果] 图 CHÂNG, LIÁP: 蘋
果; ≃ phōng-kó; ≃ lìn-gò。

kōa-kôa 擬 鴨叫聲

kóa-kóa-lé (< Chi kua¹ kua¹ le⁴) 图
刮刮樂,為一種賭博性質的彩券名。

kòa-miâ (< log Sin) [掛名] 働 全; ≃
khiā-miâ。

koa-ông [歌王] 图 ê: 全。 ⌈PÚN: 全。

koa-phó͘ (< log Chi) [歌譜] 图 TIÚⁿ,

koa-siaⁿ (< log Chi) [歌聲] 图 全。

koa-sû (< log Chi) [歌詞] 图 ê: 全。

koa-thiaⁿ [歌廳] 图 KENG: 全。

koaⁿ¹ (< Sin [乾]) [干] 图 脫水的
物質; ≃ pó ¶phȧk-kà pīⁿ ～ [曝到
變～]曬到變成脫水物¶pô͘-tô-～ [葡
萄～]全。

koaⁿ² (< Sin) [官] 图 ê: 全 ¶chèng-
bū-～ [政務～]全 ¶su-bū-～ [事務
～]全 ⌈[～大,學問大]全。
△ ～ tōa, hȧk-būn tōa (< log Chi)

koaⁿ³ (< Sin) [肝] 图 HÙ, TÈ: 全。

kôaⁿ (< Sin) [寒] 形 冷,指天氣或全
身的感覺; cf léng; cf gàn。

kóaⁿ² (< Sin) [趕] 働 1. 驅逐 ¶～-
cháu [～走]驅離 2. 趕緊做,以在
某時間點完成¶khang-khòe ～-bē-hù
[khang-khòe ～ bē 赴]工作趕不出來
3. 催促¶～ i kín chiȧh [～伊緊吃]催
他快點兒吃 4. (< log Chi < sem)趕
上(交通工具); ≃ hù ¶～ chhia [～
車]趕車子¶～ hui-hêng-ki [～飛行
機]趕飛機 4. (< log Chi < sem)跟
上並可能超越; ≃ jiok; ≃ piàⁿ¹
¶hō͘ lâng ～-kòe [hō͘人～過]被趕
過 5. (< log Chi < sem)給禽獸群

導向; ≃ thàn 形 1. 趕緊(做) ¶mài
hiah ～ 別那麼急 2. 緊迫。

kōaⁿ¹ (< Sin) [汗] 图 KIN/KUN: 全。

kōaⁿ² 量 1. 串,結成條狀¶chit ～ sò͘-
chu [一～數珠]一串數珠 2. 串,一
端結在一起; cf chhâng ¶chit ～ só-sî
[一～鎖匙]一串鑰匙。

kōaⁿ³ 働 1. 提;拎;手臂下垂著拿¶～-
chúi [～水]提水
△ (kan-na) ～ chit ki chhùi [(kan-
na)～一枝嘴]一張嘴只會說;光說
(不練) ⌈[金]暗渡陳倉
△ ～ nâ-á ké sio-kim [～籃仔假燒
2. 匦 不正當地拿到別處¶～ chȧp-
gōa ek khì Bí-kok [～十外億去美
國]拿了十幾億到美國去¶In siūⁿ
boeh kā Tâi-oân ～-kòe Tiong-kok.
[In 想欲 kā 台灣～過中國.]他們想
把台灣出賣給中國 3. 抓住並以自
己為支點(使翻倒),例如柔道; cf
koāi/kōe。 ⌈2. KI, LÚI:芒的花

koaⁿ- bâng [菅芒] 图 CHÂNG: 1. 芒
◇ ～-hoe [～花] do.

koaⁿ-chhâ (< log Sin + tr) [棺柴]
图 HÙ, KHŪ: 棺材
◇ ～-pang [～枋] TÈ: 棺材板。

koaⁿ-chháu [菅草] 图 CHÂNG: 芒。

koaⁿ-chit (< log Sin) [官職] 图 ê: 全;
≃ koaⁿ-ūi。

kōaⁿ-chúi [kōaⁿ水] 働 提水。

koaⁿ-gâm (< log) [肝癌] 图 全。

kôaⁿ-gih-gih [寒 gih-gih] 形 很冷。

koaⁿ-goân ⇒ koaⁿ-oân。

koaⁿ-hong (< log Chi) [官方] 图 全
¶～ ê kóng-hoat [～ê講法]官方的
說法。 ⌈ê: 全; ≃ chiú-kóaⁿ-lâng。

kóaⁿ-hū‖kóa- (< log Sin) [寡婦] 图

koaⁿ-iām (< log Nip) [肝炎] 图 全
¶bí-hêng ～ [B型～]全。

kôaⁿ-joȧh [寒熱] 图 冷暖,指天氣或
身體的感覺。 ⌈khang-khòe/-khè。

kóaⁿ-kang [趕工] 働 全; ≃ kóaⁿ

kóaⁿ-kín (< log Sin) [趕緊] 働 全
¶*bián* ~ [免~] 不急; 別急 働 全。

koaⁿ-kó͘ (< log Chi) [官股] 图 KÓ͘:
全。 「匆匆忙忙。

kóaⁿ- kóaⁿ- kín- kín [趕趕緊緊] 働

kóaⁿ-kóaⁿ-kiò [趕趕叫] 働 一味地催
促, 貶意。 「图 全。

koaⁿ-kong-lêng (< log Chi) [肝功能]

kôaⁿ-·lâng [寒 ·lâng] 图 冬天; ≃
kôaⁿ-thiⁿ (-·lâng)。

kōaⁿ⁺ lâu-sám-tih [汗流 sám 滴]
働 滿身大汗。

koaⁿ-liâu (< log Chi) [官僚] 图 Ê: 全
¶*ki-sùt* ~ [技術~] 全 彤 全。

kóaⁿ-lō͘ (< log Sin) [趕路] 働 全。

koaⁿ-ngē-hòa (< log Chi) [肝硬化]
图 全。 「图 Ê: 全。

koaⁿ-oân/-*goân* (< log Sin) [官員]

koaⁿ-pēⁿ/-*pīⁿ* (< log Chi) [肝病] 图 全。

koaⁿ-peng (< log Chi) [官兵] 图 軍

koaⁿ-pīⁿ ⇒ koaⁿ-pēⁿ。 「冷。

kôaⁿ- sí- sí [寒死死] 彤 (天氣) 非常

koaⁿ-siang kau-kiat‖-*siong*- (< log
Chi) [官商勾結] 图 働 全。

kōaⁿ-tháng [kōaⁿ桶] 图 KHA: 手提
的水桶。

kôaⁿ-thiⁿ (< SEY) [寒天] 图 冬天
◇ ~-*saⁿ* [~衫] NIá: 冬衣
◇ ~-*sî* [~時] 冬天。

kôaⁿ-·tióh [寒著] 图 著涼。 「官。

koaⁿ-tiúⁿ (< log Nip) [官長] 图 Ê: 長

koaⁿ-ūi [官位] 图 Ê: 官階。

koaⁿ-ūn [官運] 图 全。

koah |¹ [割] 图 B. 以類聚合的群體
¶*Gōa-séng-*~ [外省~] "外省掛"
量 群; 派。

koah² [割] 働 以批發價買賣。

koah³ (< Sin) [割] 働 全 ¶*hō͘ to-á*
~-·*tióh* [hō͘刀~著] 被刀子割了 ¶~
thó͘-tē koh pôe chîⁿ [~土地 koh 賠
錢] 割地賠款

△ ~ (*lâng*) *tiū-á-bóe/-bé* [~(人)
稻仔尾] 攫取別人的成果。

koah-chháu-ki (< log Chi) [割草機]
图 TÂI: 全。

koah-chhùi-chhiu (< tr Chi + Chi
kua¹ hu² tzu⁰) [koah嘴鬚] 働 "刮
鬍子," 即責罵; *cf* thì chhùi-chhiu;
cf khau chhùi-chhiu。

koah-hiuⁿ [割香] 働 1. 取他處廟宇
的爐灰回本廟或家中供奉 2. 進香。

koah-kè [割價] 图 批發價。

koah-pau [刈包] (< [割包]) 图
LIÁP: 割開後蒸熟的饅頭, 內夾豬
肉、酸菜等; ≃ hó͘ kā ti。

koah-tiàm [割店] 图 KENG: 批發商。

koah-tiū(-á) [割稻(仔)] 働 割稻。

koai (< Sin) [乖] 彤 全 ¶*óh-liáu* ~
·*a* [學了~矣] 學乖了。

koâi 象 蛙叫聲。

koái (< Sin) [拐] 働 拐騙。

koài¹ (< contr *kòe-·lâi*) 尾 働 過來。

koài² (< Sin) [怪] 働 責怪。

koài³ (< log Chi) [怪] 彤 奇怪; 令人
想不通 ¶*he tiō* ~ ·*a* [he就~矣] 那

koāi ⇒ kōe。 「就怪了。

koái-á‖*kóáiⁿ*- [枴仔] 图 KI: 枴杖。

koài-bút (< log Sin) [怪物] 图 Ê: 全。

koài-châi [怪才] 图 Ê: 古怪的才子。

koài-chhiú [怪手] 图 TÂI, KI: 挖土
機。 「CHIAU: 全。

koài-chiau (< log Chi) [怪招] 图 Ê,

koài-hêng [怪形] 图 Ê: 怪異的形狀
或型式 彤 形狀或型式怪異。

koai-khá (< log Sin [乖巧]) [乖 khá]
彤 乖乖的, 討人喜歡; 聽話。

koai-koai [乖乖] 图 働 [*á*] 乖乖地。

koài-koài [怪怪] 彤 怪怪的 ¶*khòaⁿ*-
tióh ~ [看著~] 看起來怪怪的。

koai-koai-pâi (< log Chi) [乖乖牌]
图 Ê: 全。

koài-lâng (< log Chi) [怪人] 图 Ê:

仝。　「古怪的習性 [形] 性情古怪。

koài-phiah (< log Sin) [怪僻] [名] Ê:

koài-siâu [怪 siâu] [粗] [形] 怪裡怪氣；怪誕；≃ koài^3。

koài-thai [怪胎] [名] Ê: 仝 [形] 仝。

[koai^n] ^{1}‖*kui^n* (< Sin) [杆] [名] KI: 橫木條。

koai^{n2} [象] **1.** 門等開關時發出的尖銳摩擦聲 **2.** 拉胡琴等絃樂器的聲音。

koai^{n3}‖*kui^n*‖*koe^n*‖*koan* (< Sin) [關] [動] 關閉。　「監禁。

koai^{n4}‖*kui^n*‖*koe^n* (< Sin) [關] [動]

koâi^n ⇒ koân^2。

koái^n‖*kúi^n* (< Sin) [桿] [名] KI: **1.** 杆子 ¶*chhèng-~* [銃~] 槍桿 ¶*kî-~* [旗~] 旗杆 **2.** (葉子等的) 柄。

koāi^{n1}‖*kūi^n* [縣] ⇒ koān。

koāi^{n2} [動] [形] 絆；扭；⇒ kōe。

koāi^{n3} [動] (心理上) 傷 (到他人)。

koái^n-á ⇒ koái-á。

koai^n-ka^n‖*kui^n-* [關監] [動] 監禁。

koai^n-ki‖*kui^n-* (< log Chi) [關機] [動] 仝。　「門] [動] 仝。

koai^n-mn̂g/*-mûi^n*‖*kui^n-mn̂g* [關

[koaih^n] ⇒ kōe。

koa̍ih^n [象] 竹木器等互相摩擦的聲音 [動] 發出上述聲音。

koăih^n [象] 短暫強烈摩擦的聲音，例如剎車、咬牙、竹木器搖動等。

koa̍ih^n-koa̍ih^n-kiò (v *koa̍ih^n*) [koa̍ih^n-koa̍ih^{n}叫] [動] 竹木器的組成部分或牙齒連續互相摩擦出聲。

[koa̍k] ^{1} [象] 吞水聲；*cf* koăk^1。

koa̍k^2‖*koăk*‖*oa̍k* [象] 青蛙叫聲 [動] (青蛙) 叫。

koăk^1 [象] 一口吞下水聲 [擬] 一口吞下的樣子；≃ kơ-lŏk; ≃ kók^2。

koăk^2 [象] 青蛙叫聲；≃ koa̍k。

koa̍k-koa̍k-kiò^1 (v *koa̍k^1*) [koa̍k-koa̍k叫] [動] 連續吞水出聲。

koa̍k-koa̍k-kiò^2 (v *koa̍k^2*) [koa̍k-koa̍k叫] [動] 青蛙叫著。

[koan] ^{1} (< log Nip) [觀] [尾] 觀點；看法 ¶*jîn-seng-~* [人生~] 仝 ¶*kè-ta̍t-~* [價值~] 仝。　「閉；⇒ koai^{n3}。

koan^2 (< log Sin) [關] [名] 關卡 [動] 關

koan^3 [動] 施巫術使神祇附在乩童等靈媒身上或器物體上以顯靈 ¶~ *Sa^n-kơ-á* [~三姑] 催眠使被“三姑仔”帶往陰間會見死者 ¶~ *tâng-ki* [~僮乩] 請鬼神降靈於乩童身上。

koan^4 (< log Sin) [捐] [動] 捐獻 ¶*chi̍t lâng ~ cha̍p khơ* [一人~十箍] 每人捐十元 ¶*~-hoeh/-huih* q.v. ¶~ *thó-tē* [~土地] 仝 **2.** 募捐。

koân^1 [權] ⇒ khoân。

koân^2‖*koâi^n*‖*kûi^n* (< Sin [懸] < [縣]) [動] 比…高 ¶~ *lâng chi̍t téng* [~人一等] 高人一等 [形] 高。

koán (< Sin) [管] [動] 理會；干涉；管轄；負責；督責。

koàn^1 [罐] [名] **B.** 瓶；≃ koàn-á ¶*sio-chúi-~* [燒水~] 熱水瓶 [量] 瓶裝、罐裝的單位。　「列單位。

koàn^2 (< log) [卷] [量] 期刊的出版序

koàn^3 (< Sin) [灌] [動] **1.** 注 (入體內) ¶*~-hong* q.v. ¶~ *ian-chhiâng* [~煙腸] 灌香腸

△ ~ *tō-kâu* [~杜猴] **a.** 把水從地面的蟋蟀洞口灌入，逼其出洞以捕捉 **b.** [謔] 大口大量地喝水

2. 強迫喝 (下) ¶*hông ~-chiú, ~ kà chùi-bâng-bâng* [hông~酒~到醉茫茫] 被灌酒灌得醉薰薰的 ¶~ *io̍h-á* [~藥仔] 強迫 (小孩) 吃藥 **3.** 注 (入使留住) ¶~ *chhiù^n-phì^n* [~唱片] 仝 ¶*~-tiān* q.v.

koān‖*koāi^n*‖*kūi^n* (< Sin) [縣] [名] Ê: 行政單位名。

koàn-á [罐仔] [名] **1.** KI, Ê: 粗頸瓶子；*cf* kan-á ¶*gû-leng-~* [牛奶~] 奶瓶 **2.** Ê: (玻璃、陶瓷) 罐子；*cf* kóng-á

¶*chiù*^{n}*-koe-á ê* ~ [醬瓜仔ê～] 裝醬瓜的罐子。

koân-bō-á‖*koâi*^{n}- (< log Chi + tr) [koân帽仔] [名] TÉNG: 高帽子。

koan-chat/-*chiat* (< col log Sin) [關節] [名] 仝

◇ ~-*iām* (< log Nip) [～炎] 仝。

koán-chè (< log Nip) [管制] [動] 仝。

koān-chèng-hú‖*koāi*^{n}-‖*kūi*^{n}- (< log Chi) [縣政府] [名] 仝。

koan-chhat (< log Sin) [觀察] [動] 仝

◇ ~-*oân*/-*goân* (< log Chi) [～員] Ê: 仝。

koân-chhèng-chhèng‖*koâi*^{n}- (< [懸沖沖]) [形] **1.** 高聳 **2.** 高漲 **3.** 高昂。

koān-chhī‖*koāi*^{n}-‖*kūi*^{n}- (< log Chi) [縣市] [名] Ê: 縣與市;縣或市

◇ ~-*tiú*^{n} (< log Chi) [～長] Ê: 仝。

koàn-chhoan (< log Chi) [眷村] [名] Ê: 仝。

koan-chiat ⇒ koan-chat。

koan-chiòng (< log Nip) [觀眾] [名] Ê: 仝。

koàn-chiú [灌酒] [動] 仝。

koàn-chúi [灌水] [動] **1.** 將水強灌進入 ¶~ *ê gû-bah* [～ê牛肉] 灌水的牛肉 **2.** 將數目大量放大,例如不據實報導開票過程。

koân-ek ⇒ khoân-ek。

koān-gī-goân ⇒ koān-gī-oân。

koān-gī-hōe‖*koāi*^{n}-‖*kūi*^{n}- [縣議會] [名] KENG: 仝。

koān-gī-oân/-*goân*‖*koāi*^{n}-‖*kūi*^{n}- [縣議員] [名] Ê: 仝。

koān-hat-chhī‖*koāi*^{n}-‖*kūi*^{n}- (< log Chi) [縣轄市] [名] Ê: 仝。

koán-hat-khoân/-*koân* (< log Nip) [管轄權] [名] 仝。

koan-hē (< log Nip < Sin) [關係] [名] Ê: 仝 ¶*Che kah he bô* ~. [Che kah he無～.] 這個跟那個沒有關係 ¶*In* ~ *léng-·khì.* [In～冷去.] 他們(倆)的關係變冷淡了 [動] 涉(及) ¶*Chit hāng tāi-chì ~-tio̍h góa.* [Chit項代誌～著我.] 這件事涉及我。

koán-hiân-ga̍k (< log Nip) [管絃樂] [名] 仝

◇ ~-*thoân* [～團] 仝。

koan-hoâi (< log Chi) [關懷] [名] [動] 仝。

koan-hoeh/-*huih* (< log Chi) [捐血] [動] 仝。

koàn-hong [灌風] [動] (給球、輪胎等)打氣。

koan-huih ⇒ koan-hoeh。

koan-i/-*î*/-*i̇*/-*î̇*/-*u*/-*û* (< log Nip) [關於] [介] 仝。

Koan-im-má [觀音媽] [名] 觀音娘娘。

koán-kà (< log Chi) [管教] [動] 仝; ≃ kà-sī。

koan-kám (< log Chi) [觀感] [名] Ê: 仝。

koân-kè‖*koâi*^{n}- (ant *sio̍k-kè*) [koân價] (< [懸價]) [名] 高價 ¶*tiàu*-~ q.v.

koân-kē‖*koâi*^{n}- (< [懸□]) [名] 高與低 [形] 高低(不一) ¶~ *hī*^{n} [～耳] 耳朵一高一低。

koán-ke-·ê (< log Sin + *ê*) [管家·ê] [名] Ê: 管家。

koán-khu (< log Nip) [管區] [名] Ê, KHU: 仝

◇ ~ *kèng-chhat* [～警察] Ê: 仝

◇ ~-·*ê* do.

koân-kiă (< contr *koân-kia̍h-á*, q.v.)。

koân-kia̍h-á [koân屐仔] (< [懸屐□]) [名] SIANG, KHA: **1.** 高跟的鞋子、木屐等; ≃ hì-lù

◇ ~-*ê*/-*ôe* [～鞋] SIANG, KHA: 高跟鞋

2. 高蹺 ¶*ta̍h* ~ [踏～] 踩高蹺。

koân-koân-kē-kē‖*koâi*^{n}-*koâi*^{n}- [形] 高高低低。

Koan-kong[1] (< log Sin) [關公] [名] 仝。

koan-kong[2] (< log Nip) [觀光] [動] 仝

◇ ~-*kheh* (< log Nip) [～客] Ê: 仝

◇ ~-*thoân* (< log Nip) [～團] Ê, THOÂN: 仝。

koan-kun‖*koàn*- (< log Chi) [冠軍] [名] Ê: 仝。

koân-lâu‖*koâi^n*- [koân 樓] (< [懸樓]) 名 [*á*] KENG, TÒNG: 高樓。

koàn-lē (< log Nip) [慣例] 名 Ê: 全。

koân-lī ⇒ khoân-lī。

koán-lí (< log Nip < Sin) [管理] 動
◇ ~-*goân* ⇒ ~-*oân*
◇ ~-*hùi* (< log Chi) [~費] 全。

koân-lī-kim ⇒ khoân-lī-kim。

koán-lí-oân /-*goân* (< log Chi) [管理員] 名 Ê: 全。

koan-liām (< log Nip) [觀念] 名 Ê:

koan-liân (< log Chi) [關聯] 全。

koān-lip‖*koāi^n*-‖*kūi^n*- (< log Chi < Nip) [縣立] 形 全。

koân-lu-lu /-*liu*-*liu* /-*liù*-*liù*‖*koâi^n*- 形 高聳。

koan-mô͘ (< log Chi) [觀摩] 動 全。

koan-sè ⇒ koan-sòe。

koân-sè ⇒ khoân-sè。

koàn-sèng (< log Nip) [慣性] 名 全。

koàn-sì‖*koâi^n*- [慣勢] 動 形 習慣 ¶*tòa-bē-*~ 住不慣。

koân-sia^n‖*koâi^n*- [koân 聲] (< [懸聲]) 名 SIA^n, Ê: 頻率高的聲音 ¶*kek* ~ [激~] 裝出高的聲音 形 (聲音)高¶*I ê sia^n khah* ~. [伊ê聲較~.] 他的聲音比較高。

koan-sim (< log Sin) [關心] 動 全。

koân-soa^n‖*koâi^n*- [koân 山] (< [懸山]) 名 LIÁP: 高山。

koan-soat /-*soeh* /-*seh* /-*seh* (< log Sin) [關說] 動 全。

koàn-su (< log Chi) [灌輸] 動 全。

koàn-sû (< log Nip) [冠詞] 名 Ê: 全。

koân-sút ⇒ khoân-sút。

koan-thâu (< log Chi) [關頭] 名 Ê: 全; ≃ khám-chām。

koàn-thâu (< log Sin) [罐頭] 名
◇ ~ *khui-á* [~開仔] KI: 開罐器。

koan-tiám (< log Nip < tr; *cf* En *point of view/viewpoint* < tr Fr *point de vue*) [觀點] 名 Ê: 全。

koàn-tiān [灌電] 動 充電。

koān-tiú^n‖*koāi^n*-‖*kūi^n*- (< log Chi) [縣長] 名 Ê: 全。

koan-to [關刀] 名 KI: 全。

Koan-tó/-*tó͘* (< log Chi < *Guam* + [島]) [關島] 名 全。

koán-tō (< log Chi) [管道] 名 TIÂU: 全¶*bô* ~, *khah phái^n chò/chòe tāi-chì* [無~，較歹做代誌] 沒管道，較難辦事。

Koan-tó͘ ⇒ Koan-tó。

koān-tō͘‖*koāi^n*- (< log Nip [高度] + tr) [koân 度] 名 高度。

koan-u/-*û* ⇒ koan-i。

koân-ui ⇒ khoân-ui。

koân-ūi ⇒ khoân-ūi。

koāng -lâng‖*kōng*- [koang 膿] 動 化膿；腫膿。

koat^1 動 1. 以平面的物體拍打平面，例如將紙牌打在地面 2. 摑(嘴)；打(手心、耳光) 3. (用腳)掃 4. 用力打上以塗抹 ¶*bīn* ~ *siu^n chē/chōe hún* [面~siu^n chē粉] 臉上撲太多粉¶~ *thô͘* (在土坯或籬笆製的牆上)抹泥巴。

koat^2 [決] 圍 動 決定；表決¶*bô thó-lūn tiō ka* ~-·*lóh*-·*khì* [無討論就ka~落去]沒討論就表決了。

koat-gī (< log Nip) [決議] 動 全
◇ ~-*àn* (< log Nip) [~案] Ê: 全。

koat-hô͘/-*ô͘* (< log Nip) [括弧] 名 Ê, TÙI: 全。PÁI: 全 動 全。

koat-sài (< log Chi) [決賽] 名 TIÛ^n,

koat-sim (< log Nip) [決心] 名 全¶*ū* ~ [有~]全 動 全。

koat-tàu (< log Nip) [決鬥] 動 全。

koat-tēng‖*khoat*- (< log Sin) [決定] 動 (< log Nip < sem) 全 副 一定；絕對¶*Góa* ~ *m̄ kā lí kóng.* [我~m̄ kā你講.]我決不告訴你。

| koe | [雞] ⇒ ke¹。

kôe ⇒ kê²。　　　　　　　　「製食品。

kóe¹‖*ké*‖*ké* [粿] ⓣ TÈ: (糯)米粉

kóe²‖*ké*‖*ké* ⓥ 支高; ≃ thiap²。

kóe³ ⓥ 架開; ⇒ ké⁴。

kòe¹‖*kè*‖*kè* (< Sin) [過] ⓤ 表示有
　此經驗 ¶*Khòaⁿ--~ ê lâng lóng o-
　ló hó* [看~ê人攏呵咾好] 看過的人
　都稱讚 ⓐ 過後 ¶*~, boeh/beh án-
　chòaⁿ?* [~欲按怎?] 接下來怎麼
　辦? ⓠ 次數; ≃ *pái*¹; ≃ *hôe*¹ ⓥ
　1. 通過; 經過 ¶*~ chit tiâu kiô* [~一
　條橋] 過一座橋 ¶*siám--~* [閃~] 避
　過; 相錯過, 例如汽車 2. 經過並消
　逝 ¶*~ chàp nî* [~十年] 過了十年
　3. 過後 ¶*chàp nî ~* [十年~] 十年
　過後 4. 透過; 通過; 漏 ¶*~-chúi* [~
　水] 滲水 ¶*~-tiān* [~電] 傳電 5. 渡海
　前往 ¶*Tn̂g-soaⁿ ~ Tâi-oân* [唐山~
　台灣] 從中國(來)到台灣 ¶*Lí tang-sî
　boeh ~ Bí-kok?* [你tang時欲~美
　國?] 你什麼時候到美國去? 6. 經過
　某手續 ¶*~ liū* [~餾] 重新蒸過 ¶*~
　pōng* [~磅] 仝 7. 傳染; ≃ *òe*¹ 8. 過
　(戶) 9. 表示達成 ¶*kā i phiàn--~* [kā
　伊騙~] 騙過了他 ¶*phiàn i bē ~* [騙
　伊bē~] 騙不了他 10. 表示超越, 承
　動詞或形容詞, 用於比較 ¶*lâng khah
　chē ~ káu-hiā* [人較chē~káu蟻] 人
　比螞蟻多 — 人山人海 ¶*khah iâⁿ ~
　i* [較贏~伊] 勝過他。

kòe²‖*kè*‖*kè* (< Sin) [髻] ⓐ 1. LIÀP:
　挽起來打結的頭髮 2. TÈ: (雞)冠。

kòe³ (< contr *kòe-i* < *kòe-khì*, q.v.)
　ⓥ 前往。

kōe‖*koe̍h*‖*kē*‖*koāi*‖*koāiⁿ*‖*koaihⁿ*
　ⓥ 1. 絆(倒) 2. 以自己的身體為
　支點把對手放倒 3. 扭(傷); 挫
　(傷); ≃ *choāiⁿ* ¶*~-tio̍h kin/kun*
　[~著筋] 肌肉扭傷 4. 阻礙; 受阻
　礙 ¶*Sì-piⁿ choân mi̍h-kiāⁿ, chò
　khang-khòe chhiú tiāⁿ khih ~-

·tio̍h. [四邊全物件, 做khang-khòe
　手tiāⁿ乞~著.] 四周都是東西, 工作
　時手常受到阻礙 ⓕ [x]受阻礙的樣
　子, 例如手勢懲扭。

koe-á¹ [瓜仔] ⓐ CHÂNG, TIÂU: (長
　條狀的)瓜。

koe-á² [街仔] 街道; 街上; 城鎮; ⇒ ke-á¹。

koe-á³ ⓐ 雞; ⇒ ke-á²。

kóe-á‖*ké-*‖*ké-* [粿仔] ⓐ 1. TÈ: 刀削
　粘糕 2. TIÂU: 沙河粉; 粄條。

koe-á-ah-á ⇒ ke-á-ah-á。

koe-á-gōng ⇒ ke-á-gōng。

koe-á-kiáⁿ ⇒ ke-á-kiáⁿ。

koe-á-lō͘ ⇒ ke-á-lō͘。

koe-bah ⇒ ke-bah。

koe-bé-chiú|*-bé-* ⇒ ke-bóe-chiú。

kòe-bín‖*kè-*‖*kè-* (< log Nip) [過敏]
　ⓥ 仝

　◇ *~-chèng* (< log Nip) [~症] 仝。

koe-bú ⇒ ke-bó。

koe-che ⇒ ke-che。

kòe-cheh/*-chiat*‖*kè-*/*kè-choeh* (<
　sem log Sin) [過節] ⓥ 渡過節日。

koe-cheng ⇒ ke-cheng。

kòe-chhiú‖*kè-*‖*kè-* [過手] ⓥ 拿到
　(另一個人)手上 ¶*Mi̍h-kiāⁿ ~ tiō
　hāi.* [物件~就害.] 東西一到(你/
　他)手上就壞 ¶*thau-the̍h-~* [偷the̍h
　~]偷竊得手。　　　「手的動作受阻礙。

kōe-chhiú‖*kē-* (v kōe) [kōe手] ⓥ

koe-chí (< log Sin) [瓜籽] ⓐ LIÀP: 瓜
　子儿 ¶*khè ~* 叩瓜子儿。

kóe-chí‖*ké-*‖*ké-* (< log Sin) [果子]
　ⓐ [á] 1. LIÀP: 水果 2. CHÂNG: 果樹
　◇ *~-á* [~仔] a. LIÀP: 果實; 水果
　　b. CHÂNG: 果樹
　◇ *~-á-châng* [~仔欉] CHÂNG: 果樹
　◇ *~-á-phôe/-phê* [~仔皮] TÈ: 果皮
　◇ *~-á-soaⁿ* [~仔山] 1. LIÀP: 種水
　　果的山丘 2. PHIÀN: 山上的大片果
　◇ *~-hn̂g* [~園] ê: 果園。　　　「園。
　◇ *~-khak* [~殼] ê: 水果的外殼

◇ ～-phôe/-phê [～皮] TÈ: 果皮；≃ kóe-chí-á-phôe

◇ ～-to [～刀] KI: 水果刀。

koe-chiú ⇒ ke-chiú。

koe-chǔ ⇒ ke-chǔ。

kòe-chúi‖*kè-*‖*kè-* [過水] 働 滲水。

kòe-giàn‖*kè-*‖*kè-* [過癮] 働 形 全。

kòe-hái‖*kè-*‖*kè-* (< log Sin) [過海] 働 全。

kóe-hióh‖*ké-*‖*ké-* [粿葉] 名 [á] TÈ, HIÓH: 墊小黏糕用的葉子。[働 全。

kòe-hō͘‖*kè-*‖*kè-* (< log Chi) [過戶]

kòe-hun‖*kè-*‖*kè-* [過分] 働 (水果) 過熟。 ｢[過份] 形 働 過度。

kòe-hūn‖*kè-*‖*kè-* (< log Sin [過分])

kòe-ì (< *kòe-khì*, q.v.)。

kòe-jit/-gi̍t‖*kè-ji̍t/-li̍t*‖*kè-li̍t* [過日] 働 渡日；過日子。

koe-kak ⇒ ke-kak。

koe-kang ⇒ ke-kang。

kòe-kau‖*kè-*‖*kè-* [過溝] 働 過河。

koe-kè ⇒ ke-kòe。

kòe-ke‖*kè-/kè-koe* (< Sin) [過街]

kòe-kè ⇒ hōe-kè。 ｢働 過馬路。

kòe-kéng‖*kè-*‖*kè-* (< log Chi < sem Sin) [過境] 働 全。

koe-kha ⇒ ke-kha。

koe-kha-jiáu/-liáu ⇒ ke-kha-jiáu。

koe-khau-á [瓜 khau 仔] 名 KI: 削果皮的器具。 ｢河。

kòe-khe‖*kè-/kè-khoe* [過溪] 働 過

kòe-khì‖*kè-*‖*kè-khì* (< log Sin; > *kòe-ì*) [過去] 名 從前 ¶～ jī-cha̍p nî [～二十年] 過去二十年 ¶～ ê tāi-chì [～ê代誌] 從前的事

◇ ～-sit/-sek (< log Chi) [～式] 全 働 (> *kòe-ì* > *kòe³*) 1. "被" 經過；過去 ¶Tâi-tiong kòe-·khì ·a. [台中～矣.] 台中已經過了 2. 經過並消逝 ¶～ nn̄g tâi chhia [～兩台車] 過了兩輛車 ¶cha̍p-saⁿ hō ～ sì tâi [十

三號～四台] 十三路(公) 車過了四輛 ¶kòe-·khì ê tāi-chì [～ê代誌] 已經成為過去的事 3. 前往 ¶chhiáⁿ lí kòe-·khì [請你～] 全 ¶chhiáⁿ lí ～ hit-pêng [請你 ～ hit-pêng] 請你過去那邊兒 ¶I ～ Bí-kok. [伊～美國.] 他到美國了 4. 往較遠處 ¶Lí khiā khah kòe-·khì ·le. [你企較～ ·le.] 你站過去些 ¶khah ～ hit-pêng [較～hit-pêng] 過去那邊兒一點兒 ¶Lí koh kòe-·khì hit ūi sī chiâ ê ūi? [你 koh ～ hit 位是 chiâ ê 位?] 你旁邊那個位子是誰的？ ¶Che thèh-·～. 這個拿過去 ¶iô-kòe-lâi, iô-～ [搖過來, 搖～] 全。

kòe-kî‖*kè-*‖*kè-* (< log Sin) [過期] 働 1. 過了期限 2. (< sem) 過了有效或保鮮日期。

koe-kiān ⇒ ke-kiān。

kòe-kiô‖*kè-*‖*kè-* [過橋] 働 全。

koe-kńg ⇒ ke-kńg。

koe-koaⁿ ⇒ ke-koaⁿ。

kòe-koan‖*kè-*‖*kè-* (< log Sin) [過關] 働 全。

kòe-kòe¹‖*kè-kè*‖*kè-kè* [過過] 形 到很甚的程度 ¶chia̍h kà ～ [吃到～] 欺負得很屬害 ¶phiàn kà ～ q.v.。

kòe-kòe²‖*kè-kè*‖*kè-kè* [過過] 働 (看) 不上眼，當動詞補語 ¶khòaⁿ-～ [看～] 看不上眼。

kōe-kōe‖*koe̍h-koe̍h* (v *kōe*) 形 工作時手沒放在自然的位置 ¶I siá-jī, chhiú ～. [伊寫字手～.] 他手扭曲著寫字。

koe-kui ⇒ ke-kui。 ｢寫字。

koe-kui-á ⇒ ke-kui-á。

koe-kui-(á-)sian ⇒ ke-kui-(á-)sian。

kòe-lâi‖*kè-*‖*kè-* [過來] 働 來較近處 ¶kòe-·lâi, ～ chit pêng [～, ～這 pêng] 過來，過這過來 ¶ùi hn̄g-hn̄g kiâⁿ-·～ [ùi 遠遠行～] 從遠處走過來 ¶iô-～, iô-kòe-khì [搖～, 過去] 全。

koe-lam ⇒ ke-lam。

Koe-lâng ⇒ Ke-lâng。

koe-lō͘ ⇒ ke-lō͘。

kòe-lō͘ ‖ *kè-* ‖ *kè-* [過路] 動 仝。
◇ ~-*lâng* [～人] ê: 路人。

koe-lō͘-thâu ⇒ ke-lō͘-thâu。 「夜。

kòe- mê ‖ *kè-/kè-* *mî* [過暝] 動 過

kòe-miâ ‖ *kè-* ‖ *kè-* [過名] 動 過戶。

koe-mńg-chhéng ⇒ ke-mo͘-chhéng。

Kòe-nî[1] ‖ *Kè-* ‖ *Kè-* [過年] 名 除夕。

kòe-nî[2] ‖ *kè-* ‖ *kè-* (< log Sin) [過年] 動 過新年。

Kòe-nî-àm ‖ *Kè-* ‖ *Kè-* [過年暗] 名 年夜; ≃ Kòe-nî-ěng。

Kòe-nî-ěng ‖ *Kè-* ‖ *Kè-* [過年 ěng] 名 年夜; ≃ Kòe-nî-àm。

Kòe-nî-sî ‖ *kè-* ‖ *kè-* [過年時] 名 [á]

koe-nńg ⇒ ke-nńg。 ⌊春節期間。

koe-nōa ⇒ ke-nōa。 「動 過繼。

kòe-pâng ‖ *kè-* ‖ *kè-* (< Sin) [過房]

kóe-seh/-*seh* ⇒ kái-soeh。

kòe-sî ‖ *kè-* ‖ *kè-* (< log Sin) [過時] 動 形 仝。 「效, 徒勞。
△ ~ *bē làh-jit* [～賣曆日] 失去時

kòe-sin ‖ *kè-* ‖ *kè-* [過身] 動 去世。

kòe-tàu ‖ *kè-* ‖ *kè-* [過晝] 名 午後 動 過了中午。

kòe-têng/-*thêng* ‖ *kè-* ‖ *kè-* ‖ *kò-* (< col log Nip) [過程] 名 仝。

kòe-thâu ‖ *kè-* ‖ *kè-* [過頭] 動 超過
¶*cháu-~ ·khì* [走～去] 誤超過目的地 副 過分 ¶~ *hoaⁿ-hí* [～歡喜] 歡喜過度。

koe- thâu ūn- tōng ⇒ ke- thâu ūn-

kòe-thêng ⇒ kòe-têng。 ⌊tōng。

koe-thng ⇒ ke-thng。

koe-thúi ⇒ ke-thúi。

koe-tiâu ⇒ ke-tiâu。 「能絕緣。

kòe-tiān ‖ *kè-* ‖ *kè-* [過電] 動 傳電, 不

kóe-tiâu ‖ *ké-* (< phon SingTeo) [粿條] 名 TIÂU: 沙河粉。

kòe-tǹg ‖ *kè-* ‖ *kè-* [過頓] 動 (料理的食物) 隔一餐或數餐 ¶*m̄-thang khǹg* ~ (一次吃完) 不要留到下一餐 形 前一餐或數餐吃剩或沒吃的食物。

kòe-tō͘[1] ‖ *kè-* ‖ *kè-* (< log Nip < tr; *cf* En *transit(ion)*) [過渡] 動 由一階段逐漸發展為另一階段。

kòe-tō͘[2] ‖ *kè-* ‖ *kè-* (< log Sin) [過度] 形 超過適當的限度。

kòe-tō͘ sî-kî ‖ *kè-* ‖ *kè-* (< log Chi; v *kòe-tō͘·*[1]) [過渡時期] 名 ê: 仝。

koeⁿ ⇒ koaiⁿ[3,4]。

koeh ‖ *kuih* ‖ *kùi* (< Sin [刮]) 動
1. 用薄片抹去, 例如用泥鏝除去多餘的灰泥 **2.** 磨; 刮; ≃ hoah[2] ¶*To-á tòa óaⁿ-kîⁿ ~-~-·le.* [刀仔tòa碗墘～～·le.] 把刀子在碗邊儿刮一刮。

koéh[1] 量 折斷的一節 ¶*chhiat chit-~-chit-~* [切一～一～] 切成一段一段 ¶*tńg chò/chòe ~* [斷做～] 斷成兩

koéh[2] 動 形 絆; 扭; ⇒ kōe。 ⌊截。

koeh - ē - khang / - *lang* (< *koh - ē - khang*, q.v.)。

koeh - hīⁿ - khang (< pop *koeh - ē - khang* < *koh -ē-khang*, q.v.)。

koéh-koéh ⇒ kōe-kōe。

koeh-lang-kha (< *koeh-ē-lang-kha* < *koh-ē-lang-kha* < *koh-ē-khang-kha*; v *koh-ē-khang*) [koeh-lang腳] (< [胳下空骹]) 名 腋窩。

koeh-niau ‖ *kuih-* ‖ *keh-* [蕨 niau] 名 CHÂNG: 一種蕨類植物, 可食用。

koeh-soa (< log Sin) [koeh 痧] 動 刮痧。

koh[1] 形 再多 ¶~ *chit ê lâng cháu-·khì* [～一個人走去] 又一個人離開了 ¶~ *chit ê lâng chiah ū-kàu* [～一個才有夠] 再一個人才夠 ¶~ *chit lé-pài chiah kóng* [～一禮拜才講] 一個星期後再說 ¶~ *chit lé-pài iáu-bōe lâi* [～一禮拜夭未來] (又) 過了一個星期還沒來 副 **1.** 再次; 又

¶*Hong-thai* ～ *lâi* ·*a*. [風颱～來矣.]颱風又來了 **2.**另外¶*Tiòh,* ～ *ū chit hāng tāi-chì, soah bē-/bōe-kì-tit kóng*. [著，～有一項代誌煞bē記得講.]對了，還有一件事情忘了說 **3.**仍然¶*I* ～ *khiàm chit ê lâng* [～欠一個人]還欠一個人 **4.**繼續；接著又¶*Chin hó-thiaⁿ,* ～ *chhiùⁿ,* ～ *chhiùⁿ!* [真好聽，～唱，～唱!]很好聽，再唱，再唱！ ¶*I thêng··chit··ê, lim chit chhùi tê,* ～ *kóng:....* [伊停一下，lim一嘴茶，～講:....]他停了一陣子，啜一口茶，接著又說道....。

koh² (副) **1.**居然¶*bô siūⁿ-tiòh i* ～ *ē-hiáu* [無想著伊～會曉]想不到他居△ ～ *chhiò!* [～笑!]還笑！ └然懂△ ～ *khàu!* [～哭!]還哭！ **2.**果然¶～ *ū-iáⁿ* [～有影]果然是真的 (連) 卻¶*kiaⁿ kôaⁿ,* ～ *m̄ ke chhēng saⁿ* [驚寒～m̄加chhēng衫]怕冷卻不肯多穿衣服。

koh³ (連) 而且¶(～) *pûi* ～ *pèh* [(～)肥～白]又白又胖。

kóh (< *koh²*...; > *ko²*) (氣) **1.**表示抱怨對方不聽勸告，結果出事¶*Kā lí kóng* ～! [Kā你講～!]不跟你說了嗎？ **2.**表示無所謂¶*lâi-khì* ～. [來去～.]可以啊，(咱們)走吧 **3.**表示挑戰對方，可以有禁止的意思¶*Hǹg, lâi* ～! [哼，來～!]有種就來吧！

koh-chài (< *adv + adv*) ⇒ **koh¹**.

koh-ē-khang/-lang (> *koeh-ē-khang* > *koeh-hīⁿ-khang*) [胳下khang] (< [胳下空]) (名) 腋窩；≃ koeh-lang-kha。

koh-goân ⇒ koh-oân。

koh-kè ⇒ koh-kòe。

koh-khah [koh較] (副) 更加¶*I súi, lí* ～ *súi.* [伊súi,你～súi.]她漂亮，妳更漂亮。

koh-khì [koh去] (名) **1.**再過去一點儿的地方；*cf* koh-kòe ¶*Tâi-tiong* ～ *tiō-sī Chiang-hòa.* [台中～就是彰化.]台中再過去就是彰化 **2,**此後；*cf* koh-kòe ¶～ ·*le?* **a.** (這件事)將來怎麼辦 **b.** (這件事)將來會怎麼發展？

koh-kòe/-kè/-kè [koh過] (名) **1,**再過去的地方；*cf* koh-khì ¶*Tâi-tiong* ～ *tiō-sī Chiang-hòa.* [台中～就是彰化.]過了台中就是彰化 **2,**以後¶*nā boài,* ～ *tiō mài koh thó* ·*a* [若boài,～就mài koh討矣]如果不要，以後就別再要了 **3.**後來；*cf* koh-lâi; *cf* koh-khì ¶～ ·*le?* **a.** (這件事)後來怎麼了 **b.** (這件事)將來怎麼辦 **c.** (這件事)將來會怎麼發展？ (副) (照順序)接下去¶*Chhī-tiúⁿ soán-liáu* ·*a,* ～ *tiō sī soán chóng-thóng.* [市長選了，～就是選總統.]市長選完了，接下來就是選總統。

koh-lâi [koh來] (名) **1.**靠過來一點儿的地方¶*Chiang-hòa* ～ *tiō-sī Tâi-tiong.* [彰化～就是台中.]彰化再過來就是台中 **2.**後來；⇒ koh-kòe⁽³⁾ (副) **1.**(照順序)接下去；⇒ koh-kòe **2.**後來¶*tāi-seng sī in lāu-bú m̄-khéng,* ～ *ōaⁿ in lāu-pē m̄-khéng* [tāi先是in老母m̄肯，～換in老父m̄肯]起先是他母親不肯，後來換成他父親不肯。

Koh-oàh-cheh/-choeh (< *log* Sin + *tr*) [koh活節] (名) 復活節。「ê:全。

koh-oân/-goân (< *log*) [閣員] (名)

kok¹ (< Sin) [國] (名) **1.**國家¶*Jìt-pún-*～ [日本～]全¶*sió-jîn-*～ [小人～]全 **2.**(中國式的)朝代¶*Bêng-*～ [明～]全¶*Chheng-*～ [清～]全¶*Tiong-hoa-bîn-*～ [中華民～]全 **3.**意識型態、目標、認同¶*I kah lán kāng* ～ ·*ê.* [伊kah咱全～·ê.]他的意識型態(/目標/認同)和咱們一樣；他是我們這邊的人。

kok² 働 焗烤。　　　　　「kók²。

kok³ 働 (大量)吞(水、酒等液體); *cf*
kòk ⓧ 成熟的雞平時所發出的聲音。

kók¹‖*kŏk* ⓧ 成熟的雞(受驚嚇或生
蛋)興奮時所發出的聲音。

kók²‖*kŏk* ⓧ 一口吞下的聲音; ≃ ko-
lŏk; ≃ koăk 働 一口吞下的樣子; ≃
ko·-lŏk; ≃ koăk 働 (大量)吞(水、
kŏk ⇒ kók¹,²。「酒等液體); *cf* kok³。

kok-an-hōe (< log Chi) [國安會] ⓧ
國家安全委員會簡稱。　　「ⓧ 全。

kok- an- kiȯk (< log Chi) [國安局]

kok-bîn (< log Nip) [國民] ⓧ ê: 一
國的人民 ¶*it-téng* ~ [一等～] 全
◊ ~-*peng* (< log Chi < tr; *cf* En
National Guard) [～兵] ê, TIN,
TŪI: 全　　　　　　　「KENG: 全
◊ ~ *sió-hȧk* (< log Chi) [～小學]
◊ ~ *só·-tek* (< log Chi) [～所得] 全
◊ ~ *tāi-hōe* (< log Chi) [～大會] 全
◊ ~ *tiong-hȧk* (< log Chi) [～中
學] KENG: 全
◊ ~-*tóng* (< log Nip) [～黨] 全。

kok-bū-īⁿ (< log Chi) [國務院] ⓧ
KENG: 全。　　　　　　「ⓧ ê: 全。

kok-bū-kheng (< log Nip) [國務卿]

kok-bûn (< log Nip) [國文] ⓧ 國家
主義者對本國語文的稱呼 2. 日本時
代有人對日文的稱呼 3. 中華民國
時代有對中文的稱呼。

kok-chè (< log Nip) [國際] ⓧ 全 ¶~
gōa-kau [～外交] 全
◊ ~-*hòa* (< log Nip < tr En *inter-
nationalization*) [～化] 全
◊ ~-*hoat* (< log Nip < tr; *cf* En
international law) [～法] 全
◊ ~ *Im-phiau* (< ab log Nip [國
際音標文字] < tr; *cf* En *Interna-
tional Phonetic Alphabet*) [～音
◊ ~-*koan* [～觀] 全 [標] THò, ê: 全
◊ ~-*sèng* (< log Nip) [～性] 全
◊ ~-*siāng/-siōng* (< log Nip) [～

上] 全　　　　　　「CHŌA: 全。
◊ ~-*sòaⁿ* (< log Nip) [～線] TIÂU,

kok-chȅk/-*chip* (< log Nip) [國籍]
ⓧ ê: 全。

kok-chhek kò·-būn (< log Chi) [國
策顧問] ⓧ ê: 全。

kok-chhin [國親] ⓧ ê: 台灣人對自
己國人的敬稱 ¶*Tâi-oân* ~ [台灣～]

kok-chip ⇒ kok-chȅk。　　　「do.

kok-chòng (< log Nip) [國葬] ⓧ 全。

kok-êng sū-giȧp (< log Nip) [國營
事業] ⓧ ê: 全。

kok-gí/-*gú/-gí* (< log Nip) [國語]
ⓧ 1. ê: 官定代表本國的語言 2. 國
家主義者對本國支配族群語言的稱
呼 3. 日本時代有人對日語的稱呼
4. 中華民國時代有人對華語的稱呼
◊ ~ *chèng-chhek* (< log) [～政策]
ê: a. 認定某語言為代表本國的語言
的政策 b. 把本國支配族群語言尊
稱為國語以壓制甚至消滅其他族群
語言的政策。

kok-gōa (< log Nip) [國外] ⓧ 全。

kok-gú ⇒ kok-gí。

kok-hō (< log Sin) [國號] ⓧ ê: 全。

kok-hoe (< log Nip) [國花] ⓧ LÚI:
全。

kok-hōe (< log Nip) [國會] ⓧ ê: 全。

kok-hông (< log Nip) [國防] ⓧ 全
◊ ~-*pō·* (< log Chi) [～部] 全
◊ ~-*pō·-tiúⁿ* (< log Chi) [～部長]
ê: 全。

kok-hū (< log Chi) [國父] ⓧ 1. ê: 對
獨立建國或推翻前朝的領袖的尊稱
2. 黨國不分的人給本黨創始人的封
號。

kok-hui (< log Chi) [國徽] ⓧ ê: 全。

kok-iàn (< log Chi) [國宴] ⓧ PÁI,
CHHUT: 全。　　　　　　「全。

kok-iú-hòa (< log Nip) [國有化] 働

kok-jī-pâi‖-*gī-*‖-*lī-* [國字牌] ⓧ 在名

詞前冠以「國」字以申張國家主義
的構詞,例如「國樂、國學、國畫、
國字、國劇、國術、國音」。

kok-ka (< log Sin) [國家] 图 ê: 全
◇ ～-chú-gī (< log Nip) [～主義] 全
◇ ～-hòa (< log Nip) [～化] 全
¶kun-tūi ～-hòa [軍隊～化] 全
◇ ～ koan-liām [～觀念] 全 ¶Chin
chē/chōe Tâi-oân-lâng bô ～ koan-
liām. [真chē台灣人無～觀念.] 很
多台灣人沒有國家觀念。

kok-kài (< log Sin) [國界] 图 全。

kok-kàu (< log Nip) [國教] 图 ê: 官
定代表本國的宗教。

kok-keh (< log Chi) [國格] 图 全。

kok-khèng (< log Chi < ab Sin [國
慶日]) [國慶] 图 全 [ê, JIT: 全。
◇ ～-jit/-git/-lit (< log Chi) [～日]

kok-khò· (< log Nip) [國庫] 图 全。

kok-kî (< log Nip) [國旗] 图 KI, TÈ,
BIN: 全 [如國旗竿
◇ ～-ko [～篙] KI: 豎立的大旗竿,例
◇ ～-tâi [～台] ê: 升旗台。 [全。

kok-koa (< log Nip) [國歌] 图 TIÂU:

kòk-kòk-ke 麑 成熟的雞(受驚嚇或生
蛋)興奮時所發出的聲音
△ ～, kòk, kòk 成熟的雞由短暫興奮
到鎮定整個過程所發出的聲音

kok-kun (< log Nip) [國軍] 图 全。

kok-lāi (< log Nip) [國內] 图 全
◇ ～-sòan (< log Nip) [～線] TIÂU,
CHŌA: 國內航線。

kok-lip (< log Chi) [國立] 彫 全。

kok-ông (< log Sin) [國王] 图 ê: 全。

kok-pih 彫 好玩;滑稽;奇異;古怪。

kok-pó (< log Nip) [國寶] 图 ê: 全。

kok-pôe (< log Chi) [國賠] 图 國家
賠償簡稱。

kok-sán (< log Chi < ab [國有財產])
[國產] 图 國家的財產。 [全。

kok-sán-phín (< log Nip) [國產品]

kok-sè (< log Sin) [國勢] 图 全。

kok-sè-kiòk|-sè- ⇒ kok-sòe-kiòk。

kok-sió (< log Chi) [國小] 图 KENG:
國民小學簡稱。

kok-sòe-kiòk/-kèk|-sè-|-sè- (< log
Nip) [國稅局] 图 全。

kok-tēng ká-jit (< log Chi) [國定假
日] 图 JIT: 全。

kok-thé (< log Nip) [國體] 图 全
¶piàn-keng ～ [變更～] 全。

kok-tiong (< log Chi) [國中] 图
KENG: 國民中學簡稱。

kok-tō (< log Nip) [國道] 图 TIÂU: 由
國家維修的道路。

kok-ūi (< log Sin) [各位] 图 全。

kong¹ (< Sin) [公] 尾 對祖父輩親
戚的稱謂 ¶kū-～ [舅～] 父母的舅父
¶chhin-ke-～ [親家～] 姑母、姨母的
公公 图 祖父; ≃ a-kong ¶chò/chòe
～ [做～] 當(了)祖父 ¶lín ～ 你
(們)祖父。

kong² (< log Sin) [功] 图 ê: 功勞; ≃
kong-lô ¶ū ～ [有～] 有功勞。

kong³ (< log Chi) [功] 图 功夫 ¶Lín
teh liān sáⁿ-mih ～? [Lín teh練啥
麼～?]你們練的什麼功? ¶hoat-lûn-
～ [法輪～] 全 ¶khì-～ [氣～] 全。

kong⁴ (< log Sin) [攻] 動 進攻。

kong⁵ (< kóng³...) 氣 1. 表示無所謂
或挑戰對方; ≃ kóh/ko ¶khì-～ [去
～] a. 要去就去吧 b. 有種就去吧
2. 表示再確認令人失望的事實; ≃
kóh/ko; cf kóng³ ¶I kóng bô lâi ～!
[伊講無來～!]他"說"沒有來"說"!
¶Kā lí kóng··kòe ·a, ～! [Kā你講過
矣～!] (我)跟你說過了,你竟然還
(不放在心上)。 [促。

kông (< sem Sin) [狂] 動 慌張 彫 倉

kóng¹ 图 TIÂU: 管子; ≃ phài-phù
¶gá-suh-～ 瓦斯管 量 1. 計算管狀
物的單位,例如竹管子 2. 計算罐子
容量的單位; ≃ kńg²。

´kóng² (< log Sin) [講] 動 1. 發言;說 ¶*mñg ·i, lóng m̄* ~ [問伊,攏 m̄~]問他,他都不說 「v *bái-bāi*) 道別
△ ~ *bái-bāi* (< tr En *say bye-bye*;
△ ~ *chèng-keng··ê* [~正經·ê]不瞞你說
△ (*lâng*) ~ *chit ê iáⁿ*, (*lí*) *seⁿ chit ê kiáⁿ* [(人)~一個影,(你)生一個 kiáⁿ]聽人家說,就大肆推衍 2. 處理;說;*cf* khòaⁿ(6) ¶*tán i chin-chiàⁿ bô lâi, chiah* ~ [等伊真正無來才~]等他果真沒來再說 3. 認為;說成 ¶*Án-ne ē-/ōe-sái(··tit)* ~ *chin súi ·a.* [Án-ne 會使(得)~真súi矣.]這樣可以說很漂亮了。

kóng³ [講] 動 竟然 ¶*I* ~ *bô lâi ·la!* [伊~無來啦!]他"說"沒有來啦!

kóng⁴ [講] 助 引進下面的話,即連結動詞與補語 ¶*bô* ~ *ta̍k ê lâng lóng án-ne* [無講ta̍k個人攏án-ne]並不是每個人都這樣 ¶*Góa siūⁿ* ~: *boăi khì.* [我想~boăi去.]我想我不去 ¶*a̍h-sī* ~... [或是~...]或是... ¶*hi-bāng* ~... [希望~...]希望...。

kòng [摃] 動 1. 搥打 ¶~ *cheng* [~鐘]敲鐘 ¶~ *kó·* [~鼓]打鼓 2. 摔(破);弄(破) ¶*chit ê óaⁿ* ~-*phòa-·khì* [一個碗~破去]一個碗打破了 ¶*kā keh-keng ê piah* ~-*tiāu* [kā隔間ê壁~掉]把隔間的牆打掉 3. 打(電話);≃ khà 4. 敲搾 ¶~ *chîⁿ* [~錢]do. 「屬)罐子;筒子;*cf* koàn-á。

kóng-á [kóng仔] 名 Ê: (竹木器/金

kóng-bêng (< log Sin) [講明]動(事先)說清楚。

kong-bîn (< log Nip) [公民] 名 Ê:享有法定權利、負有法定義務的國民
◇ ~-*khoân/-koân* (< log Nip) [~權]全
◇ ~ *tâu-phiò* (< log Chi < Nip [國民投票]; *cf* En *referendum*)) [~投票] PÁI: 全。

kong-bōng/-*bō̤* [公墓] 名 Ê:全。

kong-bū-oân/-*goân* (< log Nip) [公務員] 名 Ê:全。 「TIUⁿ:全。

kong-bûn (< log Sin) [公文] 名 HŪN,

kong-bu̍t (< log Chi) [公物] 名 全 ¶*sún-hāi* ~ [損害~]全。

kong-chè¹ (< log Chi) [公制] 名 全。

kong-chè² (< log Nip) [公債] 名 TIUⁿ: 全。

kong-chè³ (< log Chi; ant *ka-chè*) [公祭] 名 PÁI, TIUⁿ: 全 動 全。

kong-chèng¹ (< log Nip) [公證] 動 全 ¶*khì hoat-īⁿ* ~ [去法院~]到法院公證。

kong-chèng² [公正] ⇒ kong-chiàⁿ。

kóng-chêng (< log Sin) [講情]動 替他人求情。

kong-chèng-jîn/-*gîn* (< log Nip < tr; *cf* En *notary public*) [公證人] 名 Ê:全。

kong-chèng kiat-hun (< log Chi) [公證結婚] 名 動 全。

kong-chhai/-*chhe* (< log Sin) [公差] 名 Ê:全。

kong-chhia (< log Chi < ab [公共汽車]) [公車] 名 TÂI:全;≃ bá-suh。

kong-chhin [公親] 名 Ê:仲裁;和事佬;≃ kong-tō-peh-·a ¶*chò/chòe* ~ [做~]仲裁;當和事佬。

kóng-chhiò [講笑] 動 1. 談笑 2. 開玩笑;≃ kún-chhiò。 「實際的話。

kóng-chhiò-ōe [講笑話] 動 說不合

kong-chhioh (< log Chi) [公尺] 量 全。 「全。

kong-chhùn (< log Chi) [公寸] 量

kóng-chhut [講出] 動 說出來 ¶*tōa-siaⁿ* ~ *ài Tâi-oân* [大聲~愛台灣]高聲說愛台灣。

kóng-chhut-chhùi [講出嘴] 動 說出口來 ¶*í-keng* ~, *siu-bē-tńg··lâi* [已經~,收bē返來]已經說出口,收不

回來¶*kóng-bē-chhut-chhùi* [講bē出
嘴]說不出口。

kong-chiàⁿ/*-chèng* (< col log) [公
正] 形 全；≃ pêⁿ-/pîⁿ-chiàⁿ。

kong-chiàm (< log Chi) [攻佔] 動
全。　　　　　　　[升] 量 全；≃ lip。

kong-chin/*-seng* (< col log Chi) [公

kong-chit jîn-oân/*-goân*(< log Chi)
[公職人員] 名 ê: 全。

kong-chú¹ (< log Sin) [公主] 名 ê:
全；≃ ông-lí/-lú。

kong-chú² (< log Sin) [公子] 名 ê:
尊稱他人的兒子；≃ kiáⁿ。

kong-·ê (ant *su-·ê*) [公·ê] 名 形
1. 共有的 **2.** 公家的。

kong-êng ⇒ kng-êng。

kong-ēng ⇒ kong-iōng。

kong-êng sū-giàp (< log Chi) [公營
事業] 名 全。　　　　　　[全。

Kong-goân (< log Chi) [公元] 名

kong-hái (< log Nip) [公海] 名 全。

kong-hāi (< log Nip) [公害] 名 全。

kòng-hiàn (< log Sin) [貢獻] 名 動
全。

kong-hiu (< log Nip) [公休] 動 全。

kong-hⁿg/*-hûi*ⁿ (< log Nip) [公園]
名 ê: 全。

kóng-hô (< log Sin) [講和] 動 和談。

kóng-hoat [講法] 名 ê, KHOÁN: 說
法。　　　　　[¶*i-su* ~ [醫師~]全。

kong-hōe (< log Nip) [公會] 名 ê: 全

kong-hùi (< log Nip) [公費] 名 全
¶*thèh* ~ 領取公費
◊ ~ *liû-hàk* [~留學]全。

kong-hun (< log Chi) [公分] 量 全。

kong-iōng/*-ēng* (< log Sin) [公用]
動 形 全。

kong-jiân/*-giân*/*-liân* (< log Sin)
[公然] 副 全。

kong-jîm/*-gîm*/*-lîm*/*-jîn*/*-gîn*/-

lîn (< log Nip) [公認] 動 全。

kong-ka (< log Chi) [公家] 名 全
◊ ~*-pn̄g* [~飯]公職¶*chiàh* ~*-pn̄g*
[吃~飯]從事公職。　　[JIT: 全。

kong-ká (< log Chi) [公假] 名 PÁI,

kong-kàu jîn-oân/*-goân*(< log Chi)
[公教人員] 名 ê: 全。

kong-ke [公 ke] (< [公家]) 動 共享；
共用¶*Chia-·ê hō͘ lín* ~. 這些給你
們分享 動 一道¶~ *chiàh* [~吃]分
著吃¶~ *chò/chòe* [~做]合做同一
件事。　　　　　　　[談價錢。

kóng-kè (< log Sin) [講價] 動 議價；

kong-kek (< log Nip) [攻擊] 動 全。

kong-khai (< log Nip) [公開] 動 全。

kong-khek (< log Chi) [公克] 量 全；
≃ gu-lám。

kóng-khí [講起] 動 說到；提起。

kong-khò (< log Chi) [功課] 名 全。

kóng-khò‖*káng-* (< log Chi) [講課]
動 全。

kong-khoân/*-koân* (< log Nip) [公
權] 名 公民權¶*thí-toàt* ~ [褫奪~]
全。　　　　　　　　　　[款] 名 全。

kong-khoán/*-khóa*ⁿ (< log Sin) [公

kong-khoân-lèk‖*-koân-* (< log Nip)
[公權力] 名 全。

kong-kin/*-kun*/*-ki*ⁿ(< log Chi) [公
斤] 量 全；≃ khí-loh。

kong-kiōng (< log Nip) [公共] 形 全
◊ ~ *khì-chhia* (< log Chi) [~汽
車] TÂI: 全；≃ bá-suh
◊ ~ *ōe-seng* (< log Chi) [~衛生]全
◊ ~ *piān-só͘* (< log Chi) [~便所]
KENG: 公共廁所
◊ ~ *siat-si* (< log Chi; *cf* Nip [公
共施設]) [~設施] ê: 全　[ê, KI: 全
◊ ~ *tiān-ōe* (< log Chi) [~電話]
◊ ~*-tiān-ōe-têng* (< log Chi) [~電
話亭] KENG, ê: 全　　　　　[全。
◊ ~ *tiûⁿ-só͘* (< log Chi) [~場所]

kong- kò (< log Nip) [公告] 图 ê: 全
動 全。

kóng-kò (< log Nip) [廣告] 图 ê: 全
¶khan ~ [刊～]登廣告 動 全
◇ ~-hùi [～費] 全
◇ ~-pâi-á [～牌仔] TÈ, KI: 廣告板
◇ ~-phìⁿ [～片] TÈ: 全。

kóng-kó͘ (< SEY) [講古] 動 1. 說故
事 2. 說書。

kong- koan (< log Chi < ab [公共
關係] < tr En public relations) [公
關] 图 1. 公共關係 2. ê: 負責公關
的人。

kong-koân ⇒ kong-khoân。

kong-koân-lèk ⇒ kong-khoân-lèk。

kong-koán (< log Sin) [公館] 图
1. KENG: 行政長官的宿舍 ¶hāu-tiúⁿ
~ [校長～] 全 2. 對別人住宅的尊稱
¶Tiuⁿ ~ [張～] 張宅。

kòng-kòng-lâu [kòng-kòng 流] 動
如注地流 ¶phīⁿ-hoeh ~ [鼻血～] 鼻
血大量流出。

kòng-ku (< Nip sukonku < En skunk)
[摃龜] 冧 動 (賭) 輸; (彩券等) 不
中獎。

kong-kun ⇒ kong-kin。

kōng-lâng ⇒ koāng-lâng。

kong-lèk (< log Chi) [功力] 图 全。

kong-lêng (< log Chi) [功能] 图 ê,
HĀNG: 全 ¶koaⁿ-~ [肝～] 全。

kong-lî (< log Chi) [公釐] 圖 全; ≃
mí-lih。

kong-lí (< log Chi) [公里] 圖 全。

kong-lip (< log Nip) [公立] 圂 全。

kong-lô (< log Sin) [功勞] 图 ê: 全
¶thó ~ [討～] 邀功。

kong-lō͘ (< log Chi < tr En highway;
cf Nip [公道]) [公路] 图 TIÂU: 全。

kong-má [公媽] 图 ê: 男女祖先 ¶pài
~ [拜～] 祭祖 [≃ sîn-chí-á。
◇ ~-pâi [～牌] TÈ: 祖先的神主牌。

kòng-oân [摃丸] 图 LIÁP: "貢丸,"
即將豬肉搗爛製成的肉丸子。

kóng-ōe (< log Sin) [講話] 動 1. 說

話 2. 談話 [線中
◇ ~-tiong [～中] (電話) 通話中; 忙
3. 商議 ¶Chit ê lâng hó ~. [這個人
好～.] 這個人容易求得通融。

kong- pêⁿ/-pîⁿ/-pêng (< col log
Sin) [公平] 圂 動 全。

kong-phòa (< log Sin) [攻破] 動 全。

kóng-phòa [講破] 動 說穿; 道破
△ ~, m̄-tàt saⁿ ê chîⁿ [～m̄ 值三
個錢] 道破不值三分錢。

kòng-phòa [摃破] 動 摔破; 打破。

kong-pîⁿ ⇒ kong-pêⁿ。

kong-pò (< log Nip) [公報] 图 HŪN,
TIŪⁿ: 全 ¶soán-kí ~ [選舉～] 全。

kóng- pò/- pò͘ (< log Chi < tr En
broadcast) [廣播] 動 全
◇ ~ tiān-tâi (< log Sin) [～電台]
a. KENG, ê: 全 b. ê: 好傳話或散布
謠言的人。

kong-pò͘ (< log Nip) [公布] 動 全。

kóng-pò͘ ⇒ kóng-pò。

kong-pò͘-lân/-nôa (< log Chi) [公
布欄] 图 ê: 全。 [通常指均分。

kong-pun [公分] 動 照所應得的分享,
通常指均分。

kong-sài (< log) [公使] 图 ê: 全。

kong-sè (< log) [攻勢] 图 全 ¶chhiò-
bīn ~ [笑面～] 笑臉攻勢。

kong-sek (< log Nip) [公式] 图 ê: 全
¶thò ~ [套～] 全。 [全。

kong-si (< log Sin) [公司] 图 KENG:

kong-sím (< log Chi) [公審] 動 全。

kong-sîn (< log Sin) [功臣] 图 ê: 全。

kong-sìn-lèk (< log Chi) [公信力]
图 全。

kóng-sńg-chhiò [講 sńg 笑] 動 (口
頭上) 開玩笑; 說著好玩儿。

kong-só͘ (< log Chi < sem Sin) [公
所] 图 KENG: 全 ¶khu-~ [區～] 全。

kong-sò͘ (< log Nip) [公訴] 图 全
¶thê-khí ~ [提起～] 全

◇ ~-chōe (< log) [~罪] 全。

kong-tâu (< log Chi < ab [公民投票]) [公投] 名 PÁI: 全 動 全
◇ ~-hoat (< log Chi) [~法] 全。

kong-tē (< log Chi) [公地] 名 TÈ: 全。

kong-tėk (< log Nip) [公敵] 名 Ê: 全 ¶jîn-bîn ê ~ [人民ê~] 人民公敵。

kong-tek-sim (< log Nip) [公德心] 名 全。 「[公定價] 名 公定價錢。

kong-tēng-kè (cf Nip [公定價格])

kong-thiaⁿ-hōe (< log Nip < tr En *public hearing* + [會]) [公听會] 名 Ê, PÁI: 全。 「玩儿。

kóng-thiòng [講thiòng] 動 說著好

kóng-thong-hô [講通和] 動 事先串好，例如父母約好如何就某問題對待兒女、嫌犯串供、金光黨詐騙。

kòng-thûi-á [摃槌仔] KI: 槌子; 錘

kóng-tiān-ōe [講電話] 動 全。 ⌐子。

kóng-tiûⁿ (< log Nip) [廣場] 名 Ê: 全。

kong-tō (< log Sin) [公道] 形 全。

kóng-tō ‖káng- (< sem log Sin) [講道] 動 全; ≃ kóng tō-lí。

kóng-tō-lí [講道理] 動 講道; ≃ kóng-tō。 「裁; 和事佬; ≃ kong-chhin。

kong-tō-peh-·a [公道伯·a] 名 Ê: 仲

kong-tùn (< log Chi) [公噸] 量 全。

kong-ú/-gū (< ana [雨] *etc* < log Chi) [公寓] 名 全; ≃ a-phà-tò。

ku¹ 名 衣裾; ⇒ ki²。

ku² 名 象棋子 "車"; ⇒ ki³。

ku³ (< Sin) [龜] 名 CHIAH: 全
△ ~ *chhiò pih bô bóe* (, *pih chhiò ~ bô thâu*) [~笑鱉無尾(,鱉笑~無頭)] 五十步笑百步。

ku⁴ 動 將就地居住; ≃ u³ ¶*sì-kè/-kòe* ~ [四界~] 流浪 ¶*tī Tâi-pak* ~ *jī-chảp nî* [tī台北~20年] 在台北待了二十年

ku⁵ [痀] 動 1.駝(著背) 2.縮著身子蹲(著/下) 形 駝(背) ¶*lâng tit-tit* ~-·*khì* [人直直~去] 駝背越來越厲害。

kú¹ (< Sin) [久] 名 時間長短 ¶*chit-bảk-nih-á*-~ [一目nih仔~] 瞬間 形 全。

kú² 量 計算睡眠的單位; ⇒ kù²。

kú³ [舉] ⇒ kí³。

kú⁴ 連 卻; 但是; *cf* m̄-kú ¶*Góa ka thó, i* ~ *m̄ hōa.* [我ka討, 伊~m̄ hōa.] 我向他要，他卻不給。

kù¹ (< Sin) [句] 量 計算話的單位。

kù² ‖kú 量 計算睡眠的單位 ¶*khùn chit* ~ *chhéⁿ* [睏一~醒] 睡一覺。

kù³ 象 母雞抱蛋時所發出的聲音。

kù⁴ (< Sin) [灸] 動 用針灸治療。

kù⁵ [鋸] ⇒ kì³。

kù⁶ 介 任由; ⇒ kì⁴。

kū¹ (< Sin) [舅] 名 全 ¶*A-ek*-~ [阿益~] 名為「益」的舅舅。

kū² 象 胃腸發出的聲音 ¶*pak-tó·* ~-~-*kiò* [腹肚~~叫] 肚子咕嚕咕嚕地響 動 (肚子)咕嚕咕嚕地響。

kū³ (< Sin) [舊] 形 全。

kŭ 象 胃腸發出的聲音，通常只一聲。

ku-á [龜仔] 名 CHIAH: 1.一般小甲蟲 2.瓢蟲; ≃ tāu-á-ku。

kù-á ⇒ kì-á。

kū-á [舅仔] 名 Ê: 妻之弟。

kù-chāi ⇒ kì-chāi。

kú-chhài (< Sin) [韭菜] 名 CHÂNG, KI: 全 ¶*pėh*-~ [白~] 韭黃
◇ ~-*hoe* [~花] KI: 韭菜薹。

kú-chhiú-lé ⇒ kí-chhiú-lé。

kū-chhù [舊厝] 名 舊居。

kū-choảt ⇒ kī-choảt。

kū-chū-nî/-chûn-·nî [舊chū年] 名 [á] 去年或前年，時間不很確定。

kú-hêng ⇒ kí-hêng。

kū-hêng [舊型] 名 全。

ku-kha [龜腳] 名 KI: 龜的腳

△ ～ *sô*(-*sô*) ·*chhut*-·*lâi* [～sô(-sô)
出來]露出馬腳。　　　　　「甲。

ku-khak (< log Sin) [龜殼] 名 TÈ:龜

Kū-kim-soaⁿ (< log Chi < Cant) [舊
金山] 名 美國地名
　◇ ～ *Hô-iak/-iok* [～和約] 全, 1951
　年簽訂 (1952年生效),日本放棄台
　灣,不歸任何國家。

ku-koài [ku怪] 形 奇怪; ≃ kî-koài。

kū-kong [舅公] 名 Ê:父母的舅父。

kú-kú [久久] 名 長時間 ¶～ *chiah lâi*
·*chit* ·*pái* [～才來一擺]久久才來一
　◇ ～-·*a* 偶爾。　　　　　　　└次

kū-kū-kiò [kū-kū叫] 動 **1.**(> *kī-kū-
kiò*)(胃腸)轆轆做聲; ≃ ki-kí-kū-
ku; cf kū-lù **2.**母雞抱蛋出聲; ≃
ki-kí-kū-ku。

kū-kù-kū/-kú-kuh 兒 動 (公雞)啼

kū-kù-kū-·ù 象 "喔,喔,喔," 即公雞
連續的啼聲。

kù-kú-·ù/-kū-·ù‖*kuh-* (v *kú-·ù*) 象
鴿子、斑鳩等連續的叫聲。

kú-lē ⇒ kí-lē。

kū-lèk (< log Nip) [舊曆] 名 陰曆
△ ～ *kòe-/kè-nî* [～過年]舊曆年。

ku-liû-chèng ⇒ ki-liû-chèng。

ku-liû-khoân/-koân ⇒ ki-liû-koân。

kù-lōe/-lòe ⇒ kì-lē。 　「不四的人。

ku-lô-pih-sô [龜囉鱉sô] 名 Ê:不三

kū-lok-lok ⇒ kū-lok-sok。

kū-lòk-pō͘‖*khu-* (< log Nip < En
club) [俱樂部] 名 Ê:全; ≃ khu-lá-
buh。　　　　　　　　　　　　「很舊。

kū-lok-sok/-lok-lok [舊lok-sok] 形

kú-lu‖*kù-lú*‖*kū-lù/-lŭh* 象 (飢腸)
轆轆聲; cf kū-kū-kiò。

ku-lū ku-lū 象 (飢腸)轆轆聲。

ku-mo͘ [龜毛] 囲 形 吹毛求疵,過分
注意小節,包括潔癖;完美主義。

kū-nî (< SEY) [舊年] 名 去年。

kú-pān ⇒ kí-pān。　　　　　　　「全。

kū-sek/-*sit* (< log Nip) [舊式] 名

ku-sui [龜sui] 形 **1.**狡猾 **2.**鬼鬼祟
祟 **3.**不乾脆 **4.**吹毛求疵; cf ku-
mo͘。

kú-tāng ⇒ kí-tāng。

kū-té/-*tóe* [舊底] 名 從前;本來; ≃
pún-té。

ku-thâu (< log Nip) [龜頭] 名 LIȦP:
全。

kū-thé‖*khū-* (< log Nip) [具體] 形
全。　　　　　　　　　　　　「Ê:全。

kù-tiám (< log Chi) [句點] 名 TIÁM,

kū-tóe ⇒ kū-té。　　　　　　「kú-·ù。

kú-·ù 象 鴿子、斑鳩的叫聲; ≃ kuh-

kuh 象 用力抽煙的聲音 動 用力抽
煙

kuh-kú-·ù/-*kū-·ù* ⇒ kù-kú-·ù。

kùh-kùh-kiò¹‖*kuh-kuh-* [kùh-kùh
叫] 動 用力抽煙出聲。

kùh-kùh-kiò² 動 忍不住偷笑出聲; ⇒
gùh-gùh-kiò。

kui¹ 名 Ê:**1.**(鳥的)嗉囊;嗉子 **2.**食
道。

kui² (< log Sin) [歸] 介 全 ¶*che* ～ *góa
koán.* [這～我管.]這個歸我管。

kui³ 形 **1.**整(個) ¶～ *kok ê lâng* [～
國ê人]全國上下 ¶～ *seng-/sin-khu*
[～身軀]全身 **2.**固定的一個 ¶*Mih-
kiāⁿ ài khǹg* ～ *ūi.* [物件愛khǹg
～位.]東西要放在固定的地方 ¶*kiāⁿ
～ pêng* [行～pêng]靠邊走 ¶*sóa* ～
pêng [徙～pêng]移到固定的一個
地方;朝某固定的方向移動 ¶*pâi* ～
chōa [排～chōa]排成一行(一行)。

kúi¹ (< Sin) [鬼] 尾 貶低人的詞綴
¶*lah-sap-*～ [垃圾～]骯髒鬼 ¶*sí-gín-
á-*～ [死gín仔～]小鬼頭 名 [*á*]
1. CHIAH:死者的幽靈 **2.** CHIAH:作
惡的幽靈 **3.**遊戲中逮捕他人做替
身的人 **4.**煮不爛的豆子 ¶*lèk-tāu-
*～(-*á*) [綠豆～(仔)] do.

kúi² (< Sin) [幾] 數 **1.**表示詢問數
目 ¶*Kin-ná jit chàp-*～? [今旦日

十～?]今天十幾號? ¶*Kin-ná jit chhe-～?* [今旦日初～?]今天初幾? ¶*Kin-ná jit jī-/gī-/lī-～?* [今旦日二～?]今天二十幾號? ¶*Kin-ná jit pài-～?* [今旦日拜～?]今天星期幾? ¶*Lí ～ hòe/hè?* [你～歲?]全 **2.** "多," 即表示不定的多餘數目,常與 "á" 連用 ¶*jī-cháp-～ hòe/hè(-á)* [二十一歲(仔)]二十來歲 **2.** 表示少許,常與 "á" 連用 ¶*thèh ～-ê-á lâi* [thèh～個仔來]拿幾個來。

kùi¹ (< log Sin) [貴] (首) 尊稱的詞綴 ¶*～-kong-si* [～公司]全 (動) 收超高的價錢 ¶*hông ～-·khì* [hông～去]買貴了 (形) 昂貴。

kùi² (< Sin [掛]) (動) **1.** 懸掛(衣帽) **2.** 布置(冥紙在墓上); ≃ kùi-chóa。

kūi (< Sin) [跪] (動) 全。

kúi...á [幾...仔] (形) 少數幾.../一些,嵌單位詞 ¶*kúi ê-á lâng lâi niâ* [幾個仔人來niâ]只有少數幾個人來 ¶*ke thèh ·kúi ·liàp-·á* [加thèh幾粒仔]多拿(少數)幾顆。

kúi-á (v *kúi¹*) [鬼仔] (名) CHIAH: 鬼。

kúi-ā ⇒ kúi-nā。

kūi-á [櫃仔] (名) Ê: 櫃子 ¶*chheh-～* [冊～]書櫃。

kúi-á-cheh/-choeh/-chiat [鬼仔節] (名) Ê: 鬼節,例如中元節、萬聖節。

kúi-á-chhù [鬼仔厝] (名) KENG: 鬼屋。

kúi-á-choeh/-chiat ⇒ kúi-á-cheh。

kúi-á-hé/-hé ⇒ kúi-á-hóe。

kui-á-hî [kui仔魚] (名) BÓE: 河豚。

kúi-á-hóe/-hé/-hé [鬼仔火] (名) PHA, LIÀP: 燐火。　(面)小旋風。

kúi-á-hong [鬼仔風] (名) CHŪN: (地

kúi-á-kó· [鬼仔古] (名) TIÂU: 鬼故事。

kúi-á-ông [鬼仔王] (名) CHIAH: 鬼王。

kui-bé/-bé ⇒ kui-bóe。

kui-bô· (< log Sin) [規模] (名) Ê: 全。

kui-bóe/-bé/-bé [kui尾] (副) 終究。

kui-chek (< log Nip) [規則] (名) Ê: 全 (形) 全 ¶*bô ～* [無～]不規則。

kúi-chiaⁿ/-chiⁿ [鬼精] (形) 鬼靈精。

kùi-chóa [kùi紙] (< [掛紙]) (動) 在墳上放置冥紙。

kùi-chòk (< log) [貴族] (名) Ê: 全。

kui-ê (v *kui³*) [kui個] (形) 整個 ¶*～ siā-hōe* [～社會]整個社會。

kui-ē (< *kui-ê;* v *kui³*) [kui下] (< [□個]) (名) **1.** 全部 ¶*～ hō· ·lí* [～ hō·你] 全部給你 **2.** 到處 ¶*chhân-·e hoat-kà ～ lóng chháu* [田·e發到～攏草]田裡長滿了草 (動) 到處都是 ¶*chhia-kà ～* [車到～](撞到或沒端好而)撒落一地 ¶*hoeh/huih lâu-kà ～* [血流到～]血流得到處都是 ¶*hoe-hn̂g ～ hoe* [花園～花]花園裡盡是花。

kui-hòa (< log Sin) [歸化] (動) 全。

kùi-hoe (< log Sin) [桂花] (名) CHÂNG, LÚI: 全。

kùi-hong (< log Chi < ab Nip [季節風] < tr; *cf* En *monsoon*) [季風] (名) 全; ≃ kùi-chiat-hong ¶*tang-pak ～* [東北～]全。

kúi-îⁿ (< num + cl) [幾圓] (代) 多少錢。

kùi-jîn/-gîn/-lîn (< log Sin) [貴人] (名) Ê: 全。

kui-keh (< log Chi) [規格] (名) Ê: 全。

kui-khì [kui氣] (形) 免得麻煩;利落; ≃ a-sá-lih ¶*Chhun ê chhài chiàh-chiàh tiāu, khah ～.* [Chhun ê菜吃吃掉較～.]剩下的菜把它吃完,省得麻煩 (副) 乾脆; ≃ ìn-sìn; ≃ tit-tit ¶*Chhun ê chhài ～ chiàh-chiàh tiāu, khah bē/bōe mâ-hoân.* [Chhun ê菜～吃吃掉較bē麻煩.]剩下的菜乾脆把它吃完,省得麻煩。

kùi-khì [貴氣] (形) **1.** 很有氣質 **2.** 看起來很貴重。　Ê: 全 (形) 守規矩。

kùi-kí/-kú/-kí (< log Sin) [規矩] (名)

kúi-koài (< log Sin) [鬼怪] (名) Ê: 全。

kùi-kok (< sem log Sin) [貴國] (名)

kui-kú ⇒ kui-kí。　　　　　　 ⌐全。

kui-lāi-té [kui 內底] (名) [á] 全家。

kúi-lō ⇒ kúi-nā。　　　　　 ⌐lō。

kui-lō͘ [kui 路] (名) 一路上; ≃ chit-

kui-lút (< log Chi < sem Nip [規律])
[規率] (名) (形) 全¶bô ~ [無~]不規
率。

kúi-nā/-lō/-lòh/-lōa/-ā [幾若] (數)
許多¶kòe/kè ~ nî [過~年]過了好
幾年
◇ ~...koh chit... [~... koh 一...]好
多好多¶chhim-liàk ~ kok, koh
chit kok [侵略~國 koh 一國]侵略
了好多好多國家。

kui-nî-thàng-thiⁿ [kui 年 thàng 天]
(副) 一年到頭。

kui-óaⁿ-phâng (< ab kui óaⁿ phâng-
·khì) [kui 碗 phâng] (動) 整碗端
走;獨佔;通吃,不與人分享。

kui-oèh/-hèk/-èk/-ōe (< log Chi)
[規劃] (動) 全。

kúi-ông [鬼王] (名) CHIAH: 全。

kùi-pin-sit/-sek (< log Chi < tr En
VIP room) [貴賓室] (名) KENG: 全。

kui-po͘ [kui 晡] (名) 老半天。

kui-pòaⁿ (v kui¹) [kui 半] (動) 幾乎整
個¶~ jit [~日]老半天¶~ po͘ [~
晡] do. ¶~ tiám-cheng [~點鐘]幾
乎一小時。

kùi-sam-sam ⇒ kùi-som-som。

kùi-sèⁿ/-sìⁿ (< log Sin) [貴姓] (名)
尊姓 (動) 姓什麼¶Lí ~? [你~?]您
貴姓?

kúi-sî [幾時] (名) 幾次機會¶hán-tit ~
[罕得~]難得(一次);沒有幾次。

kui-sì-lâng [kui 世人] (名) 一輩子;
kùi-sìⁿ ⇒ kùi-sèⁿ。 ⌐≃ chit-sì-lâng。

kui-sim [kui 心] (形) 專心¶bô ~ [無
~]不專心 (副) 專心地。

kúi-sîn (< log Sin) [鬼神] (名) 全。

kùi-som-som/-sam-sam [貴蔘蔘]
(形) 非常昂貴。

kùi-sū [貴事] (名) 貴幹¶ū sím-mí ~?
[有甚麼~?] (請問)有何貴幹?

kūi-tâi (< log Chi) [櫃台] (名) Ê: 全。

kui-tēng (< log Nip) [規定] (名) Ê: 全
(動) 全¶chiàu ~ [照~]全。

kūi-thoah [櫃屜] (名) Ê, THOAH: 抽屜;
≃ thoah-á。

kùi-tiōng (< log Nip) [貴重] (形) 全
¶~ ê gî-khì [~ê儀器]貴重儀器。

kui-tui [kui 堆] (名) 一大堆;很多¶~
lóng bô-lō-iōng ê mih-kiāⁿ [~攏無
路用 ê 物件]一大堆都是廢物¶sí ~
[死~]死了很多。

kuiⁿ |¹ (名) 橫木條; ⇒ koaiⁿ¹。

kuiⁿ² [光] ⇒ kng¹。

kuiⁿ³ [關] ⇒ koaiⁿ³,⁴。

kûiⁿ [形] 高; ⇒ koân²。

kúiⁿ¹ [管] ⇒ kńg¹,²。

kúiⁿ² [捲] (量) (動) 全; ⇒ kńg³。

kùiⁿ ⇒ kǹg³。

kūiⁿ... ⇒ koān...。

Kúiⁿ-chiu ⇒ Kńg-chiu。

Kúiⁿ-sai ⇒ Kńg-sai。

Kúiⁿ-tang ⇒ Kńg-tang。

kuih | ⇒ koeh。

kuih-niau ⇒ koeh-niau。

kun |¹ [根] ⇒ kin¹。

kun² [筋] ⇒ kin²。

kun³ [斤] ⇒ kin³。

kun⁴ (名) 象棋的「將」或「帥」 (動)
1. (象棋)將君 2. (喻) 使(女性)與之
發生性關係¶khih-ho͘ ~·khì [khih-
ho͘~去]被(他)弄上床了 3. 詐(賭)
¶khih hông ~ kúi-nā bān [乞 hông
~幾 nā 萬] (賭博)被詐好幾萬元。

kûn¹ [裙] (名) NIÁ: 裙子。

kûn² [拳] (量) 猜拳的次數。

kûn³ [群] (量) 全; ≃ tīn。

kûn⁴ (動) 長時間水煮¶~ lèk-tāu-thng
[~綠豆湯]煮綠豆湯。

kún¹ (< sem Sin) [滾] (動) 1. 用開

水煮 ¶*Iû-iû ê toh-pò͘ seng ~··kòe, khah hó sé.* [油油的桌布先～過較好洗.]油污的摵布先煮過比較容易洗 **2.**(水)煮開 ¶*Chúi ~ ·a.* [水～矣.]水開了。

kún² [滾] ⑩ 鬧(著玩)。

kún³ (< Sin) [袞] ⑩ 滾(花邊)。

kūn ⇒ kīn。

kun-á ⇒ kin-á。

kûn-á (< *kun-á*) [裙仔] ⑧ TIÂU: 屎尿布 ¶(*sái-)jiō-~* [(屎)尿～] do.

kùn-á [棍仔] ⑧ KI: 粗棍子; *cf* chhôe-á; *cf* chhâ-á。

kún-chhiâng- chhiâng/- *chhiāng-chhiāng* [滾 chhiâng-chhiâng] ⑩ **1.**(水流)滾滾 **2.** 沸騰。

kūn-chhin ⇒ kīn-chhin。

kún-chhiò [滾笑] ⑩ 玩笑。

kûn-chiòng (< log Chi) [群眾] ⑧ 全 ◇ *~ sim-lí* (< log Nip < tr En *mass psychology*) [～心理] 全 ◇ *~ ūn-tōng* (< log Chi < tr En *mass movement*; *cf* Nip [大眾運動]) [～運動] 全。

kun-chú (< log Sin) [君子] ⑧ Ê: 全。

kún-chúi [滾水] ⑧ 開水 ¶*thiàⁿ ~* 燒開水 ¶*léng ~* [冷～] 冷開水 ¶*pėh-~* [白～] 白開水; ≃ pėh-tê ¶*sio ~* [燒～] 熱開水 ◇ *~-koàn* [～罐] KI: 熱水瓶; ≃ sio-

kun-··e [軍·e] ⑧ 軍方。 ⌊koàn。

kūn-hái ⇒ kīn-hái。

kun-hāu (< log Chi < ab [軍事學校]) [軍校] ⑧ KENG: 全。 ⌊siang。

kun - hé - siong/*- hé -* ⇒ kun - hóe-

kun-hoát (< log Nip) [軍閥] ⑧ Ê: 全。 ⌊[法審判] ⑧ 全。

kun-hoat sím-phòaⁿ (< log Chi) [軍

kun-hóe-siang/*- siong*‖*kun - hé -*/*kun-hé-siong* (< log Chi) [軍火商] ⑧ Ê: 全。

kun-hòk (< log Nip) [軍服] ⑧ NIÁ, SU: 全; ≃ peng-á-saⁿ。

kun-i (< log Nip) [軍醫] ⑧ Ê: 全。

kun-jîn/-*gîn*/-*lîn* (< log Chi) [軍人] ⑧ Ê: 全。 ⌊全。

kun-káng (< log Nip) [軍港] ⑧ Ê:

kun-khoân/-*koân* (< log Chi) [軍權] ⑧ 全; ≃ peng-koân。

kun-ki (< log Chi) [軍機] ⑧ TÂI: 軍用飛機; ≃ kun-iōng-ki。 ⌊全。

kun-koa (< log Nip) [軍歌] ⑧ TIÂU:

kun-koaⁿ (< log Chi) [軍官] ⑧ Ê: 全。

kun-koân ⇒ kun-khoân。 ⌊全。

kun-koàn (< log Chi) [軍眷] ⑧ Ê:

kun-kok chú-gī (< log Nip) [軍國主義] ⑧ 全。 ⌊⑧ 全。

kun-kong-kàu (< log Chi) [軍公教]

kun-kù ⇒ kin-kì。

kūn-kūn ⇒ kīn-kīn。

kūn-lâi ⇒ kīn-lâi。

kūn-lām (< log Nip) [軍艦] ⑧ TÂI:

kūn-lō͘ ⇒ kīn-lō͘。 ⌊全。

kún-lún-chūn [滾 lún-chūn] ⑩ **1.** 扭曲(到某個方向) **2.**(因極端痛苦而)扭曲(身體) **3.**(事情)盤根錯

kun-pún ⇒ kin-pún。 ⌊節。

kūn-sī ⇒ kīn-sī。 ⌈≃ kún-chhiò。

kún-sńg-chhiò [滾 sńg 笑] ⑩ 玩笑;

kun-sū/-*sṳ* (< log Sin) [軍事] ⑧ 全 ◇ *~ chiàm-léng/-niá* (< log) [～佔領] 全 ⌈⑩ PÁI: 全 ◇ *~ hêng-tōng* (< log Nip) [～行 ◇ *~ hùn-liān* (< log Chi) [～訓練]

kūn-tāi ⇒ kīn-tāi。 ⌊KÌ, PÁI: 全。

kūn-teng ⇒ kīn-teng。

kun-thâu [軍頭] ⑧ Ê: 軍事首領; ≃ peng-á-thâu。 ⌈術

kûn-thâu (< sem Sin) [拳頭] ⑧ 拳 △ *~ òh chit-pòaⁿ* [～學一半] 半瓶醋,愛現

◇ ~-*bó*/-*bú* [～母] LIÁP: 拳頭

◇ ~-*sai*(-*hū*) [～sai (父)] Ê: 拳師。

kûn-thng [kûn湯] 働 熬湯。 「仝。

kun-thoân (< log Nip) [軍團] 名 Ê:

kun-tiúⁿ (< log Chi) [軍長] 名 Ê: 仝。

kun-to [軍刀] (< log Nip) 名 KI: 仝。

kûn-tó/-*tó* (< log Nip) [群島] 名 Ê: 仝。 「仝。

kun-tūi [軍隊] (< log Nip) 名 TŪI:

kut (< Sin) [骨] 名 **1.** KI, TÈ: 骨頭 **2.** (軀體的) 骨架 **3.** [*á*] KI: 支撐用的條狀物 ¶*hō-sòaⁿ-* ~ q.v.

kut¹ (< Sin) [掘] 働 用鋤頭挖。

kut² (< Sin) [滑] 働 仝；≃ chhū³ ¶~-*tó* [～倒] 仝 形 **1.** 表面滑溜 ¶*Lòh-hō·-thiⁿ, lō· chin* ~. [落雨天路真～.] 下雨天路很滑 **2.** 多黏液，容易吞。 「去的樣子。

kŭt 瘦 **1.** 滑倒的樣子 **2.** 一下子吞下

kut-á [骨仔] 名 KI: 支撐用的細長木條或金屬條，例如雨傘的支架、腳踏車輪子的輻條。

kut-á [掘仔] 働 KI: **1.** 挖掘用的窄鋤頭 **2.** 十字鎬；鶴嘴鋤。

kut-chat (< log Sin) [骨節] 名 **1.** 關節；≃ koan-chat/-chiat **2.** (< sem) CHAT: 關節所銜接的一節骨頭。

kut-chhé/-*chhé* ⇒ kut-chhóe。

kut-chhì (< log Chi) [骨刺] 名 KI: 仝。

kut-chhóe/-*chhé*/-*chhé* (< log Sin) [骨髓] 名 TIÂU: 仝。

kut-chit so·-sang (< log Chi) [骨質疏鬆] 形 仝；≃ kut phàⁿ。

kut-gâm (< log Chi) [骨癌] 名 仝。

kut-hu [骨hu] 名 骨灰；≃ kut-thâu-hu。 「身形；≃ kut。

kut-keh (< log Sin) [骨格] 名 骨架；

kut-khe/-*khe* ⇒ kut-kho。

kut-khì (< log Chi) [骨氣] 名 仝；≃ khì-phek ¶*bô* ~ [無～] 沒骨氣。

kut-kho/-*khe*/-*khe* (< log Chi) [骨科] 名 KHO: 仝。

kut-lát [kut力] 形 勤勞 形 勤勞地 ¶~ *chò*/*chòe* [～做] 勤勞地做。

kút-liu [滑溜] 形 **1.** 平滑 **2.** 流利；通順。

kút-liu-liu [滑溜溜] 形 滑溜溜，令人站不穩或停留不住；cf kút-liù-siù。

kút-liù-siù/-*liuh-siuh* [滑 liù-siù] 形 滑溜溜，拿不穩；cf kút-liu-liu。

kut-lûn [骨輪] 名 Ê: (四肢的) 大關節。

kŭt-lŭt 象 很滑而「咕嚕」一聲吞下去的聲音 瘦 很滑而容易吞下、塞入或脫落的樣子；≃ kŭt-lŭt-sŭt。

kút-lút-sút 形 很滑。

kŭt-lŭt-sŭt 瘦 很滑而容易吞下、塞入或脫落的樣子。 「骨盆。

kut-pôaⁿ (< log Nip) [骨盤] 名 TÈ:

kut-thâu (< log Sin) [骨頭] 名 LIÁP, KI, TÈ: 仝；cf kut; cf bah-kut。

L

·la¹/·*lah* [啦] 働 用於列舉事項之後，輕聲中調或低調 ¶*Ke* ~, *ah* ~, *lóng liàh.* [雞～鴨～,攏掠.] 不管雞或鴨，全都抓。

·la²/·*lah* [啦] 働 表示完成，隨前輕聲變調或固定低調；≃ ·a⁶。

·la³/·*lah* [啦] 瘦 **1.** 表示肯定，無固定聲調 ¶*M̄-sī* ~. [M̄是～.] 不是 ¶*He góa* ~. [He我～.] 那是我 **2.** 表示叮嚀，輕聲中調或低調 ¶*Chiah lâi thit-/chhit-thô* ~! [才來 thit-thô～!] (有空)來玩!

là¹ 團 働 **1.** 打鬥 **2.** 鬥爭 ¶*kā i* ~-*tiāu* [kā伊～掉] **a.** 把他鬥下來 **b.** 把他革職 ¶~ *i bē-tó* [～伊bē倒] 鬥不垮他。

là² (< *·la³*) 氣 **1.** 表示很肯定、意思堅定 ¶*Góa ~, kín khui-mn̂g.* [我~, 緊開門.] 是我, 快開門 ¶*Mài ~, m̄-hó ~.* [Mài~, m̄好~.] 不要, 這樣不好 **2.** 表示不相信或不同意, 反諷; *cf* lè³ ¶*Kha-chhng ~!* 囷 才不是呢! ¶*Khah-ke ~!* q.v.

lā 動 **1.** 攪(動) ¶*gû-leng-hún ~ hơ sòaⁿ* [牛奶粉~hơ散] 把奶粉攪均 **2.** 激(起情緒、鬥爭等)。

lǎ (< contr *lâ-á*, q.v.)。

lâ-á [蜊仔] 名 LIA̍P: 蛤蜊。

lā-·à (< *là²* < *·la²*) 氣 表示意思相當堅定, 有點不耐煩 ¶*Mài ~, mài kâ ngiau!* 別(這樣, 別)呵癢我! ¶*Sī ~, bô m̄-tiȯh.* [是~, 無m̄著.] 是嘛! 沒錯!

lǎ-·à (< *lā-·à*) 氣 表示極度不耐煩 ¶*Mài chhá ~!* [Mài吵~!] 別吵, 好不好!

la-êng [la 閑] 形 閑逸。

lâ-giâ [蟧蜈] 名 CHIAH: 蟳子。

là-·hoⁿ (part + part) [啦·hoⁿ] 氣 表示猜測, 末音節無固定聲調; ≃ lā-lơ ¶*Che góa ê ~?* [Che我ê~?] 這個是我的吧?

la-jí-oh/-ơh (< Nip *rajio*; *cf* Fr *radio*) 名 TÂI: 收音機。

la-khiát-toh/-tơh|-khiat- (< Nip *raketto* < En *racket*) 名 KI: 球拍。

là-là-tūi‖*la-la-* (< log Chi + Chi *la¹ la¹ tui⁴*) [là-là隊] 名 Ê, TŪI: 拉拉隊。

lâ-lí [鯪鯉] 名 CHIAH: 穿山甲。

la-liān‖*là-* (< log Chi + Chi *la¹-lien⁴*) [拉鍊] 名 TIÂU: 全; ≃ jiák-khuh。

lâ-lun-(á-)sio [lâ-lun(仔)燒] 形 微溫。

là-mé (< Chi *la⁴ mei⁴*) 名 Ê: 辣妹。

lā-poe 名 CHIAH: **1.** 琵鷺 ¶*ơ-bīn ~* [烏面~] 黑面琵鷺 **2.** 黑面琵鷺。

la-sam/*lâ-sâm* 形 不乾淨; ≃ lah-sap(1) ¶*phah-~* 弄髒。

la-té (< It *latte*) 名 拿鐵咖啡。

La-teng-bûn (< log Chi + Chi *La¹-ting¹ wen²* < *Latin* + [文]) [拉丁文] 名 全。

la-thian 形 閑逸而生活態度不嚴肅。

·lah ⇒ ·la^1,2,3。

lȧh (< Sin) [蠟] 名 全。

lȧh-chek (< log Sin) [蠟燭] 名 KI: 全 ◊ *~-tâi* (< log Chi) [~台] Ê: 燭台。 [名 KI: 獵槍。

lȧh-chhèng (< log Chi + tr) [獵銃]

lȧh-chóa [蠟紙] 名 TIUⁿ: 全。

lȧh-chong (< log Chi) [獵裝] 名 **1.** SU: 打獵用的服裝 **2.** NIÁ: (不成套的)西裝上衣。

lȧh-jit/-gȧt/-lȧt (< Sin) [曆日] 名 PÚN, TIUⁿ: 日曆。 [全。

lȧh-káu (< log Sin) [獵狗] 名 CHIAH:

lȧh-pit (< log Chi) [蠟筆] 名 KI: 全。

lah-sap (< SEY) 形 **1.** 不乾淨; ≃ la-sam; ≃ kiaⁿ-lâng ◊ *~-á* [~仔] 垃圾 [髒 ◊ *~-kúi* [~鬼] **a.** Ê: 骯髒鬼 **b.** 骯 **2.** 淫穢 **3.** (行為)醜陋 副 骯髒地 △ *~ chiȧh, ~ pûi* [~吃, ~肥] (嘲笑吃東西不講究衛生的人或自己)不挑食, 而且吃得多, 就容易長胖。 [壞的人。

lah-sap-lâng [垃圾人] 名 Ê: 品德敗

lah-sap-lí-lô/-li-lô [垃圾 lí-lô] 形 髒兮兮; ≃ lap-sap-kúi-lí-lô。

lah-sap-ōe [垃圾話] 名 KÙ: 髒話。

lah-sap-pûi [垃圾肥] 形 令人惡心的肥胖樣子。 [名 習性骯髒。

lah-sap-siùn [垃圾 siùn] (< [□□相])

lȧh-siàng/-siāng/-siōng/-chhiūⁿ (< log Chi) [蠟像] 名 Ê, CHŌ: 全 ◊ *~-koán* (< log Chi) [~館] KENG: 全。 [lȧh-chek。

lȧh-tiâu [蠟條] 名 KI: 條狀的蠟燭; ≃

·lâi (< *lâi¹* < log Chi) [來] 虛 數

說理由時附於數詞之後的詞綴,固定輕聲變調 ¶it-~ siuⁿ kùi, jī-~ chîn bô-kàu, só͘-í bô bé [一~siuⁿ貴,二~錢無夠,所以無買] 一則因為太貴,二則因為錢不夠,所以沒買。

lâi¹ (< Sin) [來] 尾 1. 表示呈現新狀況 ¶kā thang-á-mn̂g phah-khui-·~ [kā 窗仔門 phah 開~] 把窗子打開 2. (< log Chi) 表示給人的感覺;≃ khí-lâi ¶khòaⁿ-·~ bô hiah kántan [看~無 hiah 簡單] 看來沒那麼簡單 動 1. 前來;到 ... 來 ¶I bô ~. [伊無~.] 他沒來 ¶~ Tâi-tiong [~台中] 到台中來 2. 表示趨向說話現場或前往某定點;... 來 ¶tùi hia cháu-·~ [對 hia 走~] 從那儿(跑過)來 ¶Chîⁿ thȅh-·khì, mih-kiāⁿ thȅh ·~! [錢 thȅh 去,物件 thȅh ~!] 錢拿去,東西拿來! ¶Chîⁿ thȅh-~ hō͘ ·góa. [錢 thȅh ~ hō͘ 我.] 拿錢來給我 3. 表示招呼做某事 ¶~, che kâ tàu kng-·khí-·lâi. [~, che kâ tàu 扛起來] 來,幫我把這個抬起來 ¶~, iâm chı̍t-kóa lâi. [~,鹽一寡來.] 來,給我一些鹽 4. 表示要求拿來 ¶Lâi, iâm chı̍t-kóa ~. [來,鹽一寡~.] 仝上 ¶Sio-·ê chı̍t óaⁿ ~. [燒·ê一碗~.] 來一碗熱的 5. 表示到目前 ¶chàp nî ~ [十年~] 仝 6. 表示事情發生 ¶soah hō͘ chit hāng tāi-chì ~ hoat-seng [煞 hō͘ 這項代誌~發生] 結果致使這件事情發生 ¶ū chit chúi ah-á ~ chhut-sì [有一水鴨仔~出世] 出了一窩小鴨 7. 表示勝任,當動詞補語 ¶chò-bē-~ [做 bē~] 做不來 ¶kóng-bē-~ [講 bē~] 無法形容 連 以便;俾便 ¶bé/bóe piān-tong ~ chia̍h [買便當~吃] 仝。

lâi² (< lăi < lâi-khì⁽¹⁾..., q.v.)。

lâi³ (< Sin) [來] 動 做;搞 ¶kì-chāi i ~ [據在伊~] 隨便他搞 ¶o͘-pe̍h ~ [烏白~] 亂來;胡搞 ¶kóng ~ chit chhut

·ê [講~這齣 ·ê] 居然搞這一套;居然這麼搞。

lài (< lâi-khì⁽²⁾, q.v.)。

lāi¹ (< Sin [裡]; ant gōa¹) [內] 名 B. 裡頭 ¶chhiûⁿ-á-~ [牆仔~] 牆內。

lāi² (< Sin) [利] 形 1. (刀、槍等)銳利 2. (感官)靈敏 ¶ba̍k-chiu ~ [目睭~] 眼尖 ¶hīⁿ-á ~ [耳仔~] 耳靈 ¶hīⁿ-khang ~ [耳 khang~] do. ¶phīⁿ-khang ~ [鼻 khang~] 鼻子靈 3. (風)刺骨 4. (食物)傷胃,例如鳳梨、李 5. (藥性)猛 6. (化學物質)腐蝕性強。

lăi (< lâi-khì⁽¹⁾..., q.v.)。

lâi...khì/...khì [... 來 ... 去] 動 1. 往返 ¶kiâⁿ-lâi-kiâⁿ-khì [行來行去] 走來走去 2. 交互 ¶lám-lâi-lám-khì [攬來攬去] (互相)摟摟抱抱 3. ... 這 ... 那 ¶Chia̍h-lâi-chia̍h-khì, iáu sī Tâi-oân-chhài siāng/siōng kah-ì. [吃來吃去,夭是台灣菜上 kah 意.] 吃來吃去,還是台灣菜最合口胃。

lâi-á [梨仔] 名 CHÂNG, LIA̍P: 梨。

lai-á-thìng (< á + En writing) 俚 名 書寫出來的東西;寫作。

lāi-bé (< log Chi + tr) [內碼] (< [裏碼]) 名 Ê: 仝。

lāi-bīn (< log Sin) [內面] (< [裏面]) 名 裡面;裡頭;≃ lāi-té ¶~ chē ·la! [~坐啦!] 到裡面坐一坐吧 ¶chhiûⁿ-á ~ [牆仔~] 牆內。

lāi-bō͘‖lōe- (< col log + tr) [內幕] (< [裏幕]) 名 仝。

lāi-bū‖lōe- (< log Chi + tr) [內務] (< [裏務]) 名 軍營中個人的床鋪、被服的整理、擺放 ¶chéng-lí ~ [整理~] 仝 ¶kiám-cha ~ [檢查~] 仝。

lăi-cháu‖lâi- (< contr *lâi-khì-cháu [來去走]) [lăi 走] 動 1. (我要)走了 2. (咱們)離去吧。

lāi-chèng‖lōe- (< col log Sin + tr)

[內政] (< [裏政]) (名) 全 「部] 全。
◇ ~-pō· (< col log Chi + tr) [~

lāi-chhat [內賊] (< [裏賊]) (名) Ê:
1. 內部的小偷，例如監守自盜的人員
或其他偷竊的本機構人員、家中用
人、其他客人 2. 內奸。

lāi-chhut-hoeh/-huih (< log Nip
+ tr) [內出血] (< [裏出血]) (動)
全。

lāi-chiàn‖lōe- (< log Chi + tr) (<
[裏戰]) [內戰] (名) PÁI, TIÛⁿ: 全。

lāi-èng‖lōe- (< log Sin + tr) (< [裏
應]) [內應] (名) Ê: 全。

lāi-gōa (< log Sin + tr) [內外] (<
[裏外]) (名) 全。

lâi-goân (< log Chi) [來源] (名) 全。

lāi-hái (< log Nip + tr) [內海] (< [裏
海]) (名) 全。　　　　　「[裏行]) (形) 全。

lāi-hâng (< log Sin + tr) [內行] (<

lāi-hiòh (名) CHIAH: 蔫; ≃ bā-hiòh。

lâi-hôe (< log Chi) [來回] (動) 全; ≃
óng-hók　　　　　　　「雙程票」
◇ ~-phiò (< log Chi) [~票] TIUⁿ:

lāi-iông‖lōe- (< log Nip + tr) [內
容] (< [裏容]) (名) 全; ≃ lōe-iông。

lāi-kak [內角] (< [裏角]) (名) 裡頭; ≃
lāi-té。　　　　　　　「奸]) (名) Ê: 全。

lāi-kan (< log + tr) [內奸] (< [裏

lâi-kàu [來到] (動) 來臨。

lāi-khe/-khe· ⇒ lāi-kho。

lâi-khì/-khì· [來去] (動) 1. (> lâi-ì...
> lăi > lâi²) (咱們/我) 前往，接
補語 ¶~ goán tau chē [~goán 兜
坐] 到我家坐坐 2. (> lâi-ì > lài >
laih) (咱們) 走吧，不接補語 ¶~, lâi-
khì goán tau chē. [~, 來去goán 兜
坐.] 走吧，到我家坐坐。

lāi-kho/-khe/-khe· (< tr + log Nip
< Sin) [內科] (< [裏科]) (名) KHO:
全。

lāi-khò· [內褲] (< [裏褲]) (名) NIÁ: 全;

lāi-kiàm-kiàm [利劍劍] (形) (器物) 銳

lāi-koh‖lōe- (< tr + log Nip < sem
Sin) [內閣] (< [裏閣]) (名) Ê: 全
¶péng ~ 倒閣
◇ ~-thâu [~頭] Ê: 閣揆。

lāi-kong (ant gōa-kong) [內公] (<
[裏公]) (名) Ê: 父親的父親。

lâi-lâi-khì-khì [來來去去] (動) 1. 來
來往往 2. 頻頻交往。

lâi-lėk (< log Sin) [來歷] (名) 全。

lāi-leng/-ni [內奶] (< [裏奶]) (名)
TIÂU: (車輪的) 內胎。

lāi-lí [內裡] (< [裏裏]) (名) TÊNG, TÈ:
(衣服的) 裡子。

lāi-loān (< log Sin + tr) [內亂] (<
[裏亂]) (名) PÁI: 全 (動) 全。

lāi-má (ant gōa-má) [內媽] (< [裏
□]) (名) Ê: 父親的母親。

lāi-ni ⇒ lāi-leng。

lâi-óng (< log Sin) [來往] (名) (動) 全。

lāi-pō·‖lōe- (< log Chi + tr) [內部]
(< [裏部]) (名) 全。

lāi-saⁿ (ant gōa-saⁿ) [內衫] (< [裏
衫]) (名) NIÁ: 內衣; ≃ lāi-té-saⁿ; ≃
su-té-saⁿ。

lâi-sè (< log Chi) [來勢] (名) 全。

lāi-siang/-siong (< log Chi + tr) [內
傷] (< [裏傷]) (名) Ê: 全 (動) 全。

lāi-siàng/-siòng (< col log Nip) [內
相] (名) (日本的) 內政部長。

lāi-siau (ant gōa-siau) [內銷] (< [裏
銷]) (動) 全。

lāi-siàu [內賬] (< [裏數]) (名) Ê, PÚN:
自己用、不對外公開的 (真正) 帳

lāi-siong ⇒ lāi-siang。　　　　　「目。

lāi-sòaⁿ kau-ėk (< log Chi + tr) [內
線交易] (< [裏線...]) (名) PÁI: 全。

lāi-soaⁿ-khiuⁿ [內山腔] (< [裏山
腔]) (名) Ê: (台灣) 內陸方言。

lài-tà/-tah (< Nip raitā < ab En cigarette lighter) (名) KI: 打火機。

lāi-tàu (< log Chi + tr) [內鬥] (< [裏鬥]) (名) 全。

lāi-té/-tóe [內底] (< [裏底]) (名) **1.** 裡頭 ¶hit ~ **a.** 那裡頭 **b.** 其中 **2.** 家裡頭；家庭 ¶kui-~(-á) [kui ~(仔)] 全家 (形) **1.** [x] 靠裡頭 ¶chē tī ~-~ [坐 tī ~~] 坐在非常裡頭的地方 **2.** 在裡頭的 ◇ ~-khò· [~褲] NIÁ: 內褲 ◇ ~-saⁿ [~衫] NIÁ, SU: 內衣 **3.** 家裡頭的 ¶~ khang-khòe 家事。

lǎi-tńg‖lâi- (< contr *lâi-khì-tńg [來去轉]; v lâi-khì(1)) (動) **1.** (我要) 回去了 **2.** (咱們) 回去吧。

lāi-tóe ⇒ lāi-té。

laih (< lài < contr lâi-khì(2), q.v.)。

lak 1 [轆] (動) 鑽 (孔) ¶~ khang 鑽孔。

lak² (< Sin [落]) (動) **1.** 掉落；≃ liàn ¶~-lòh-khì thô·-kha [~落去 thô·腳] 掉到地上 **2.** 脫落；≃ lut ¶Chit liàp liú-á ~-·khì. [一粒紐仔~去.] 一個扣子掉了 ¶~ thâu-mo· [~頭毛] 掉頭髮 **3.** (掉落/脫落/忘了拿而) 遺失 ¶Góa, chit ki pit m̄-chai tang-sî ~-·khì. [我一枝筆 m̄ 知 tang 時~去.] 我一枝筆不知道什麼時候掉了 **4.** 降 (下)；≃ lòh ¶Kè-siàu ū khah ~ ·a. [價賬有較~矣.] 價錢跌了一些了 **5.** (名次) 退 (後) ¶~ kà tē-chàp miâ [~到第十名.] 掉到第十名。

làk¹ (< Sin) [六] (數) **1.** 基數第六個；cf liòk¹ ¶chàp-~ [十~] 全 ¶jī-~ [二~] 二十六 ¶~-bān [~萬] 全 **2.** 六 (十、百、千等次級數詞單位) ¶bān-~ [萬~] 一萬六千 ¶chheng-~ [千~] 一千六百 ¶pah-~ [百~] 一百六十 **3.** 六十簡稱 ¶~-it [~一] 六十一 ¶~-jī [~二] 六十二 ¶~-saⁿ [~三] 六十三 **4.** 第六個序數 ¶Góa tiòh ~ miâ. [我著~名.] 我得第六名 ¶~-goèh Chhe-~ [~月初~] 六月六號 ¶~ hō [~號] 全。

làk² (動) **1.** 抓取 **2.** 握 (住權力)。

Làk-·goèh /-·gèh /-gèh /-gèh (< Sin) [六月] (名) 全。 「台南舊地名。

Làk-hīⁿ-mn̂g|-hī-|-ē- [鹿耳門] (名)

lak-kè [lak 價] (動) 跌價；≃ lòh-kè。

làk-khoân/-koân [làk 權] (動) 攬權。

làk-làk-chhoah (動) 因不放心而顯得浮躁。 「脫毛；≃ lut-mo·。

lak-mo·/-mn̂g [lak 毛] (< [落毛]) (動)

làk-sái-làk-jiō [làk 屎 làk 尿] (動) 一把屎一把尿地照顧。

lak-soe/-sui [lak 衰] (動) **1.** 運氣變壞；≃ lòh-soe **2.** 落魄。

lak-sui¹ (形) 丟臉。

lak-sui² (< lak-soe, q.v.) (形) 倒霉。

lak-tē-á [lak 袋仔] (名) Ê: 口袋；衣袋。

lam 1 (名) B. (關鳥獸的) 籠子；≃ lang ¶ke-/koe-~ [雞~] 雞籠子 (動) 用籠子罩起來。

lam² (動) (寬鬆地) 套上；⇒ lom。

lâm¹ (< log Sin) [南] (名) 全。

lâm² (< Sin) [淋] (動) 全 ¶hō· chúi ~-kà chìt seng-khu [hō·水~到一身軀] 淋一身水。 「抱；cf moh。

lám¹ (< Sin) [攬] (動) **1.** 摟抱；雙臂環

lám² (形) **1.** 衰弱；不結實 ¶sin-thé ~ [身體~] 體弱；多病 **2.** 不牢靠。

làm¹ (動) 踢；簸動；⇒ lòm¹。

làm² (形) 鬆；有彈性；⇒ lòm²。

làm (形) 泥濘；⇒ lòm³。

lām (< sem Sin) [濫] (動) **1.** 混合；攪 ¶hàn-jī kah lô-má-jī ~-teh siá [漢字 kah 羅馬字~teh 寫] 漢字和羅馬字混著寫 ¶~ pâi(-á) [~牌(仔)] (以任何方式) 洗牌。 「地。

làm-á (v làm³) [làm 仔] (名) Ê: 沼澤

Lâm-bí (< log Nip [南米] < tr; cf En South America) [南美] (名) 全。

Lâm-bí-chiu (< log Chi < tr; *cf* En *South America*) [南美洲] 名 仝。

lâm-chìn (< log Nip) [南進] 動 仝。

lâm-chú-hàn (< log Sin) [男子漢] 名 ê: 仝; ≃ cha-po͘-kiáⁿ。

làm-chúi-kau [làm 水溝] 名 TIÂU: 河床泥濘的水溝。

lâm-·ê [男 ·ê] 名 Ê: 男的; ≃ cha-po͘-·ê 形 男的; ≃ cha-po͘。

Lâm-hân (< log Chi < tr En *South Korea*) [南韓] 名 南朝鮮。

lám-heng [攬胸] 動 叉手。

lâm-hō͘ [淋雨] 動 被雨淋; ≃ ak-hō͘。

Lâm-hoâiⁿ/-hûiⁿ (< log Chi) [南橫] 名 TIÂU: 南部橫貫公路簡稱。

lâm-hôe kong-lō͘ (< log Chi) [南迴公路] 名 TIÂU: 仝。

lām-hoeh/-huih [濫血] 動 混血 ◇ ~-·ê Ê: 混血兒。 「仝。

lâm-hong (< Sin) [南風] 名 CHŪN:

Lâm-hui (< log Chi < ab < tr *South Africa*) [南非] 名 非洲國名。

lâm-hūi/-úi (< log) [南緯] 名 仝。

Lâm-hûiⁿ ⇒ Lâm-hoâiⁿ。

lām-huih ⇒ lām-hoeh。

Lâm-iûⁿ (< log Sin) [南洋] 名 仝。

Lâm-ke̍k (< log Sin) [南極] 名 仝。

làm-khut ⇒ lòm-khut。

lâm-koán [南管] 名 南管樂。

lám-nōa 形 1. 懶散 2. 邋遢,例如衣物亂堆、身體不洗、衣冠不整。

lām-nōa (< met *lān-môa* '男性陰毛') 囤 形 渾帳; 令人討厭。

Lâm-oaⁿ [南安] 名 中國地名。

lâm-pak (< log Sin) [南北] 名 仝 ¶*Bí-kok* ~ *Chiàn-cheng* [美國~戰爭] 仝 ◇ ~-*hiàng/-hiòng* (< log Chi) [~向] 仝。

lâm-pêng [南 pêng] 名 南方。

lâm-pō͘ (< log Nip) [南部] 名 仝。

lâm-pòaⁿ-kiû (< log Nip) [南半球] 名 仝。

lām-sám [濫 sám] 動 胡為 副 胡亂; ≃ o͘-pe̍h ¶~ *kóng* [~講] 亂講。

lâm-seng sok-sià‖...*siok-* (< log Chi) [男生宿舍] 名 TÒNG, KENG: 仝。

Lâm-soa Kûn-tó/-tó͘ (< log Chi) [南沙群島] 名 東南亞群島名。

Lâm-tâu [南投] 名 縣市名。

làm-thô͘ ⇒ lòm-thô͘。

Lâm Tiong-kok-hái (*cf* En *South China Sea*) [南中國海] 名 台灣海峽南方與婆羅洲間水域。

Lâm-tó Bîn-cho̍k‖-*tó͘*... (< log Chi < tr En *Austronesian*) [南島民族] 名 仝。

Lâm-tó-gí/-gú/-gír‖-*tó͘*- (< log Chi < tr En *Austronesian languages*) [南島語] 名 ê, CHIÓNG: 仝。 「仝。

lām-tūi (< log Nip) [艦隊] 名 Ê, TŪI:

lâm-úi ⇒ lâm-hūi。

lan[1] 名 LIA̍P: 手腳上的繭 ¶*kiat-~* [結~] 長繭。

lan[2]‖*lân*‖*lian* (< Sin) [鱗] 名 TÈ: 仝 ¶*phah-~* 去魚鱗 動 1. 去魚鱗 2. 芟除; 去枝葉 ¶~ *chhiū-á-oe* [~樹仔椏] 芟除樹枝 ¶~ *kam-chià* [~甘蔗] 削去甘蔗的葉子 ¶~ *tek-ba̍k* [~竹目] 削去竹節處的枝葉。

lân[1] (< log Sin) [蘭] 名 蘭花。

lân[2] [鱗] ⇒ lan[2]。

lân[3] (< log Chi) [難] 形 仝; ≃ khùn-lân; ≃ oh; ≃ pháiⁿ-chò/-chòe; ≃ nân ¶*Tē-it tiâu chin* ~. [第一條真~.] 第一題很難。

lân[4]‖*nôa* (< log Chi < tr En *column*) [欄] 量 版面上用線條或空白隔開的文字片段。

lán[1] [咱] 代 1. 咱們 2. "你(們)"的客氣用法 ¶~ *chia kám Tiuⁿ kong-koán?* [~chia kám 張公館?] (這儿

是) 張公館嗎? 𢓜 **1.** 咱們的 **2.** 你們的 副 容我 (們) ¶~ *sió chioh-mn̄g-·le.* [~小借問 ·le.] 請問一下。

lán² (< sem Sin) [懶] 形 **1.** 疲倦; ≃ siān; ≃ thiám **2.** 厭; 膩 ¶*chiàh-liáu ē ~* [吃了會~] 吃得發膩 **3.** 心灰意懶 ¶*siūⁿ-tióh mā ~* [想著 mā~] 想到這儿就心灰意懶。

lān 𪚩 名 雄性外生殖器。

lān-bîn (< log Nip) [難民] 名 ê: 仝 ◊ ~-*iâⁿ* (< log Chi) [~營] ê: 仝。

lān-chiáu (< [□鳥]) 名 [á] KI: 陰莖; ≃ phe-ní-suh。 [LÚI, PHŪN: 仝。

lân-hoe (< log Sin) [蘭花] 名 CHÂNG,

lān-hút [lān核] 名 [á] LIÁP: 睪丸。

lân-kan (< log Sin) [欄杆] 名 ê: 仝; ≃ chàh-á。 [仝。

lân-koan (< log Chi) [難關] 名 ê:

lán-kok [咱國] 名 我國; 咱們國家。

lán-lâng [咱人] 名 吾人; 凡是人。

lān-pha 名 ê, LIÁP, KHIÛ/KIÛ: "LP," 即陰囊; ≃ im-lông ¶*phô-~* q.v.

lân-san (< Sin [零星]) 名 零頭 ¶*chhun chit-kóa ~* [chhun 一寡~] 剩下一點儿零錢 形 **1.** 非整體的 ¶~ *chîⁿ* [~錢] 零頭 **2.** 多餘的 ◊ ~-*bah* [~肉] [á] TÈ: 贅疣; 息肉。

lân-san-bē/-bōe [零星賣] 動 零賣。

lán-si [懶屍] 形 懶惰; ≃ pīn-/pān-tōaⁿ ◊ ~-*kut* [~骨] **a.** do. **b.** ê: 懶惰蟲。

Lân-sū (< log Chi) [蘭嶼] 名 **1.** 台東島嶼名 **2.** 台東鄉名。

lān-sui 名 ê, TIÂU: 陰莖包皮所覆、可突出的部分, 包括人類的龜頭。

lân-tê/-tôe (< log Nip) [難題] 名 ê: 仝。

lân-tit (< log Chi) [難得] 形 不常發

lân-tôe ⇒ lân-tê。 [生的; 不常有的。

lang 動 變稀疏 ¶*thâu-mo͘ tit-tit ~-·khì* [頭毛直直~去] 頭髮越來越少

形 **1.** 編織物空隙大 ¶*Gà-jè khah ~.* [Gà-jè 較~.] 紗布較疏 **2.** 間隔大 ¶*Chhiū-á chèng khah ~ ·le.* [樹仔種較~ ·le.] 樹種疏一點 **3.** 空疏 ¶*I thâu-mo͘ ~-~.* [伊頭毛~~.] 他頭髮很少。

lâng¹ [人] 名 **1.** ê: 人類 △ ~ *chiàh* ~ [~吃~] 人剝削人 △ ~ *khah chē kòe káu-hiā* [~較 chē 過 káu蟻] 人山人海 **2.** 個人 ¶*chi̍t ~ chē chi̍t tâi* [一~坐一台] 每人各搭一輛 **3.** 當事人 ¶*thàu-chá khí-lâi, tiān-náu tiám-tóh, ~ koh cháu-khì khùn* [透早起來, 電腦點 tóh, ~ koh 走去睏] 一大早起來, 打開電腦, 又睡覺去了 ¶*Taⁿ, ~ cháu tài?* [Taⁿ, ~ 走 tài?] 人哪儿去了? **4.** 從事某事者 ¶*choh-chhân-~* [作田~] 農人 ¶*thàk-chheh-~* [讀冊~] 讀書人 **5.** "家," 即表示某一類人, 常意味應當有其本質或應當守其本份 ¶*gín-á-~ ū hīⁿ, bô chhùi* [gín仔~有耳無嘴] 孩子家只准聽, 不准發言 ¶*hū-jîn-~* [婦人~] 婦道人家; 婦人 **6.** 人體; 面貌; (人的) 外觀 ¶~ *chin koân* [~真 koân] 長得高 ¶~ *seⁿ-liáu bē-bái* [~生了 bē-bái] 人長得不錯 **7.** 身體; 健康情形 ¶~ *bô-tú-hó* [~無 tú 好] 身體不適 ¶*I ~ tiāⁿ ài phòa-pēⁿ.* [伊~tiāⁿ愛破病.] 他常害病 **8.** 為人 ¶*I ~ chin hó.* [伊~真好.] 他人很好 ¶*I ~ chin ok.* [伊~真惡.] 他很兇 代 **1.** 某人 ¶*kiò ~ lâi teh hiàm* [叫~來 teh hiàm] 差人來召喚 **2.** 任何當事人, 第一人稱或第三人稱, 在句首與句中一律普通變調, 在句尾一律隨前輕聲變調 ¶~ *to boài, kan-na kiò ~ chiàh.* [~都 boài, kan-na 叫~吃.] 人家不要嘛, 偏偏叫人家吃 ¶*m̄ kā ~ kóng* [m̄ kā~講] 不告訴人家 **3.** 他人 ¶*Khì ~ tau, ài khah koai ·le.* [去~兜愛較

乖·le.] 到別人家裡去，要乖一點儿。

lâng² (< Sin) [膿] 名 全。

láng 動 提 (起裙子、褲子、蚊帳等) ¶~ *khò͘* [~褲] 拉高或提著 (快掉落的) 褲子 ¶~ *khò͘-kha* [~褲腳] 拉高褲腿。　　　　「一*chôa*]隔一行

làng 動 1. 空出間隔 ¶~ *chit chôa* [~△ ~ *jit, bô* ~ *goe̍h* [~日無~月]沒有每天做或發生，但每個月必定做或發生 2. (在順序中) 跳過 ¶~-*kòe i, bô sǹg* [~過伊無算]跳過他，沒把他算在裡頭。

lāng (< Sin [弄]) 動 1. 舞弄 ¶*tōa-to giàh-teh* ~ [大刀*giàh-teh*~]舞弄著大刀 2. 颺，例如抓住毯子、被單、毛巾等的一端抖動，使通風或使灰塵掉落 ¶*Tōa-mī siuⁿ sio, ~-ho͘-léng* [大麵*siuⁿ*燒，~*ho͘*冷.]麵條太燙，揚一揚使它冷卻 3. 戲弄 ¶*chháu-meh* ~ *ke-/koe-kang* q.v. ¶~ *ho͘ chhiò* [~*ho͘*笑] 逗他笑 ¶~ *ho͘ khàu* [~*ho͘*哭] 逗他哭。

lang-á [lang仔] 名 Ê, KHA: (關鳥獸的) 籠子; cf long-á。

láng-á [láng仔] 名 KHA: 簍筐。

lâng-bé‖*jîn-/gîn-/lîn-má* (< col log Sin + tr) [人馬] 名 全。

lâng-bīn (< sem Sin + tr) [人面] 名 認識的人; 人際關係
　　△ ~ (*chin*) *khoah* [~(真)闊]人脈很廣; ≃ lâng-thâu se̍k
　　△ ~ (*chin*) *se̍k* [~(真)熟] do.

lâng-chôa‖*jîn-*‖*gîn-*‖*lîn-* (< col log Chi + tr < tr; cf En *snake-head*) [人蛇] 名 Ê: 走私人口的人。

làng-chôa 動 隔行 (寫、種等)。

làng-hō͘(-phāng) [làng雨 (縫)] 動 趁著陣雨間歇的空檔。

lāng-hong [lāng風] (< [弄風]) 動 1. 颺以使空氣流通 2. (毯子等因沒蓋好而) 動一動就透空氣。

lâng-iáⁿ (< sem Sin + tr) [人影] 名 Ê: 人的蹤跡; ≃ iáⁿ。

lâng-iân (< log Sin + tr) [人緣] 名 討人喜歡的性質 ¶*bô* ~ [無~]不討人喜歡 ¶*ū* ~ [有~]討人喜歡。

lâng-kang (< log Sin + tr) [人工] 名 1. 人力 ¶*iōng chin chē/chōe* ~ [用真*chē*]勞力密集 2. 人手 ¶*khiàm* ~ [欠~]人手不足。

làng-káng [囷] 動 溜 (之大吉)。

làng-keh [làng格] 動 空 (一) 格，即隔一格或數格。

lâng-kheh (< Sin + tr) [人客] 名 Ê: 1. 客人 ¶*chò/chòe* ~ [做~]做客
　　◇ ~-*keng* [~間] KENG: 客房
　　◇ ~-*pâng* [~房] do.
　　◇ ~-*thiaⁿ* [~廳] KENG: 客廳
　　2. (< sem) 付款換取服務或實物的人或團體，例如顧客、乘客、客戶。

làng-khui [làng開] 動 使有空隙。

lâng-kûn (< log Sin + tr) [人群] 名 全。　　　　「龍])動 舞龍。

lāng-liông/-*lêng* [lāng龍] (< [弄

lâng-miâ (< log Sin + tr) [人名] 名 Ê: 全。　　　　「TIÂU: 全。

lâng-miā (< log Sin + tr) [人命] 名

lâng-phāng (< log Sin + tr) [人縫] 名 Ê, PHĀNG: 人群中人與人之間的空隙 ¶*chi̍ⁿ* ~ 擠在人群中穿梭。

làng-phāng [làng縫] 動 留空隙。

lāng-sai [lāng獅] (< [弄獅]) 動 舞獅。

lâng-sńg (< SEY) [籠sńg] 名 Ê, KHA, THÀH: 蒸籠。　　　　「全。

lâng-sò͘ (< log Sin + tr) [人數] 名

lāng-tāng-tiù-á 名 CHIAH: 雲雀; 鷚鷚; 小山鶯; ≃ bāng-tang; ≃ bāng-tāng-tiù-á。

lâng-thâu [人頭] 名 LIA̍P: 1. 人的腦袋 2. 人數 ¶*sǹg* ~ [算~]全
　　◇ ~-*sòe/-sè* (< log Nip + tr; *cf* En *capitation tax*) [~稅] 全

3. 充數的人名

◇ ～ *tóng-oân* [～黨員] ê: 全

4. (社交上的)人   「bīn sèk。

△ ～ *sèk* [～熟] 人脈很廣; ≃ lâng-

| lap | ⇒ lop[1,2]。

làp[1] (< log Sin) [納] 動 繳納。

làp[2] 動 踩; ⇒ lop[2]。

làp-chîⁿ [納錢] 動 繳款。

lap-o/-*u* ⇒ lop-u。

làp-sòe/-*sè*/-*sè* (< log Nip) [納稅]
   動 繳稅。   「[～人] ê: 全。

◇ ～-*lâng/-jîn/-gîn/-lîn* (< log Chi)

lap-té/-*tóe* ⇒ lop-té。 「記型電腦。

láp-thap‖*lap-* (< En *lap-top*) 名 筆

lap-tóe ⇒ lop-té。

lap-u ⇒ lop-u。

| lát | (< Sin) [力] 名 ê: **1.** 力氣 **2.** 影
   響力。   「LIȧP: 全。

làt-chí (< log Sin) [栗子] 名 CHÂNG,

làt-liāng/-*liōng*‖*lėk-* (< col log Sin)
   [力量] 名 ê: 全。 「喇叭; ≃làh-pa。

lát-pah/*lat-pa* (< Nip *rappa*) KI: 名

| lau |[1] 動 逛 ¶*khì sì-kè* ～-～-*le* [去四
   界～-～·le] 到處逛逛。

lau[2] 動 使人無意中洩密; ≃ làu[2(2)]。

lâu[1] (< Sin) [樓] 名 TÒNG: **1.** 樓房
   2. 地址的單位。

lâu[2] (< Sin) [流] 名 (< sem) KÁNG: 潮
   水; ≃ lâu-chúi 動 **1.** 流動 ¶*Chúi
   teh* ～. [水 teh ～.] 水流著 **2.** 被
   流水帶動 ¶*chhù hō chúi* ～-*-khì* [厝
   hō 水～去] 房子被水沖走了 **3.** 順水
   而動; 漂 ¶*chit kho chhâ tī kau-té é*
   [一箍柴 tī 溝底～] 一塊木頭在河裡漂
   4. 淌; 流出 ¶～ *chit óaⁿ hoeh/huih.*
   [～一碗血] 流了一碗的血 ¶～ *phīⁿ-*
   chúi [～鼻水] 流稀鼻涕。

lâu[3] (< Sin) [留] 動 **1.** 逗留 ¶*tī chia*
   ～ *chin kú* [tī chia～真久] 在這儿
   逗留了很久 **2.** 挽留 ¶*kā i* ～, *i to*
   boài [kā伊～, 伊都 boài] 挽留他, 但

他不要 **2.** 留置 ¶*chhiáⁿ* ～-*leh, mài*
   hiat-tiāu [且～·leh, mài hiat 掉] 暫
   時留著, 別丟棄 **3.** 保留

△ ～ *chéng* [～種] 留繁殖的種子

4. 蓄 (毛髮) ¶～ *chhùi-chhiu* [～嘴
   鬚] 留鬍子 ¶～ *tîg thâu-mơ/-mîg*
   [～長頭毛] 蓄長髮。

láu[1] (< log Chi) [老] 尊 全 ¶～-*Tiuⁿ-*
   ·ê [～張·ê] 老張。

láu[2] 動 扭 (傷); ⇒ náu[2]。

láu[3] 動 **1.** 搪塞 ¶*Chò khah kang-hu*
   ·le, m̄-thang chhìn-chhái tiō boeh
   ～-*·kòe.* [做較工夫·le, m̄-thang 秤
   彩就欲～過.] 仔細點儿做, 不要想馬
   馬虎虎搪塞過去 **2.** 詐騙

láu[4] 動 流利地說話 (外語); *cf* lù[1]
   ¶*Eng-gí* ～-*bē-lâi* [英語～ bē 來] 英
   語說得不流利 形 **1.** (技術) 老練
   2. (外語能力) 強 ¶*I Eng-gí chin* ～.
   [伊英語真～.] 他英語很好。

làu[1] (< Sin [落]) 動 沒紮好或沒扣
   好而下墜以至掉落或脫落; *cf* lauh
   ¶*Chit liàp chàng boeh/beh* ～-*·khì*
   ·a. [一粒粽欲～去·a.] 有個粽子 (繩
   子鬆了) 快掉出來了 ¶*khò·* ～-*·khì* [褲
   ～去] 褲子脫落了, 掉下去 ¶～ *ē-ham*
   [～下ham] 下顎骨脫臼 「**b.** 亂說笑
   △ ～ *ē-hôai/-hâi* [～下頦] **a.** do.
   形 [x] 下墜的樣子 ¶*khò·* ～-～ [褲～
   ～] 褲腰沒紮緊, 褲子往下掉的樣
   子。

làu[2] 動 **1.** 使液體或氣體流失或泄出
   ¶～ *thih-bé-hong* [～鐵馬風] 把腳踏
   車輪胎的氣泄掉 **2.** 使人無意中洩
   密; ≃ lau[2] ¶～ *i kóng* [～伊講] (用
   話)套他 **3.** 說出 (特殊的詞句), 通常
   是不經意地, 但有時是故意表示有學
   問 ¶*Bé-·sin-·seⁿ kóng-ōe ê sî, put-*
   sî ～ *kóa Eng-gí-jī.* [馬先生講話ê
   時, 不時～寡英語字.] 馬先生說話時
   常常套上幾個英文字 **4.** 腹瀉; ≃
   làu-sái **5. B.** 開 (空車) ¶～-*khang-*

chhia [～空車] 開空車,例如計程車不載客或載不到客而空車行駛 **6.** (把成綑的絲線繩索等) 拉出 (並鬆弛地放著) ¶*soh-á ～ khah tńg ·le* [索仔～較長 ·le] 把繩子放長一點儿 ¶*～ sòa*ⁿ [～線] (鋪設電線、電纜等時) 將線 (從線圈) 抽出並放鬆 (以便處理); cf *liû*⁵。

lāu¹ (< Sin) [漏] (動) **1.** 洩漏 **2.** 過濾。

lāu² (< Sin) [老] (形) **1.** 年老
△ *～ gû thoa phòa chhia* [～牛拖破車] 老牛拉破車
2. 舊 ¶*～-chhia* [～車] 仝。

lâu-á [樓仔] (名) **1.** TÒNG: 樓房; ≃ lâu-á-chhù **2.** KENG: 樓閣。

láu-á [láu仔] (名) Ê: 騙子。

lâu-á-chhù (v *lâu-á*) [樓仔厝] (名) TÒNG, KENG: 樓房。

lāu-a-kong [老阿公] (名) Ê: 老公公。

lāu-a-ḿ [老阿姆] (名) Ê: 老太太。

lāu-a-má [老阿媽] (名) Ê: 老太太。

lāu-a-peh [老阿伯] (名) Ê: 老伯伯。

lāu-a-pô [老阿婆] (名) Ê: 老太太。

lāu-bó/-*bú* (< log Sin) [老母] (名) [á] Ê: 母親。　　　　　　　[chá-chá.

láu-chá (< log Sin) [老早] (副) 仝; ≃

làu-chàng [lauh棕] (名) 沒綁好而垂特別低或掉下來的棕子 (形) (衣著) 不整齊; (穿著) 邋遢。　　[物 **2.** 母株。

lāu-châng [老欉] (名) **1.** 年齡大的植

lāu-chhè-chhè [漏 chhè-chhè] (形) (容器或房頂) 漏得很厲害。　　[**2.** 懶散。

làu-chhèh/-*chhē* (形) **1.** 不整齊; 邋遢

làu-chhèh-chhèh (形) 不整齊,甚至丟三落四的; cf lauh-lauh-seh ¶*pàk-kà ～* [縛 kà ～] 沒綁好。　　[老爺車。

lāu-chhia (< log Chi) [老車] (名) TÂI:

láu-chhiú‖*lāu-* (< log Sin) [老手] (名) Ê: 仝。　　　　　　[皮肉下垂。

làu-chhî‖*lâu-* [làu 粞] (形) 腮幫子肥大,

lāu-chiân-pòe (< log Sin) [老前輩]

(名) Ê: 仝; ≃ siǎn-pái。

lāu-chiáu (ant *sin-chiáu, chhài-chiáu-á*) [老鳥] (名) Ê, CHIAH: 經驗豐富的人。

Láu-chiúⁿ**-·ê** (< log Chi + tr) [老蔣 ·ê] (名) 老蔣,即蔣介石; ≃ Chiúⁿ-kài-chiòh/-sèk。

lāu-chó [老祖] (名) Ê: 曾祖父母 [祖宗
◇ *～-kong* [～公] Ê: **a.** 曾祖父 **b.** 老
◇ *～-má* [～媽] Ê: **a.** 曾祖母 **b.** 女性老祖宗。　　　　　　　[Ê: 仝。

lāu-chú-kò͘ (< log Chi) [老主顧] (名)

làu-chúi [làu 水] (動) **1.** 瀉水 **2.** (打開水龍頭) 使水瀉入 (浴缸等)。

lāu-chúi [漏水] (動) 仝。

lāu-·ê [老 ·ê] (囝) (名) Ê: **1.** 爸爸 **2.** 丈夫 **3.** 太太。

lāu-hè-á|*-hè-* ⇒ lāu-hòe-á。

lāu-hō͘ [漏雨] (動) (下雨天) 漏水。

lāu-hô͘-lî (< log Chi < tr En *old fox*) [老狐狸] (名) CHIAH, Ê: 狡猾的人。

lāu-hô͘-tô͘ (< log Chi) [老糊塗] (名) Ê: 仝; cf lāu-hoan-tian。

lāu-hòa (< log Nip) [老化] (動) 仝。

lāu-hoan-tian [老翻顛] (名) Ê: (患老年痴呆症的) 不講理的老人 (形) 老糊塗,不講理。　　[老頭子,包括女性

lāu-hòe-á|*-hè-*|*-hè-* [老歲仔] (名) Ê:
◇ *～-lâng* [～人] Ê: 老年人。

lâu-hoeh/-*huih* (< log Sin) [流血] (動) 仝。

làu-hong [làu 風] (動) **1.** (缺牙齒者說話) 氣流從縫隙泄漏出來 **2.** 齒音說成齒間音,例如把英語的 *sin* 說成 *thin* **3.** 把氣泄掉,例如輪胎。

lāu-hong [漏風] (動) 泄氣,例如輪胎、籃球的氣消失。

lâu-huih ⇒ lâu-hoeh。　　　　　[人家

lāu-iâ (< sem Sin) [老爺] (囝) (名) Ê: 老
◇ *～-chhia* (< log Chi) [～車] TÂI: 仝; ≃ lāu-chhia。　[Ê: 仝 (形) 仝。

lāu-iû-tiâu (< log Chi) [老油條] (名)

lāu-jiàt /-*giàt* /-*liàt* ‖ *nāu-* (< log Sin) [鬧熱] (名) **1.** 熱鬧的活動 ¶*ngiâ* ~ [迎~] 迎神賽會 **2.** 熱鬧的情況 (形) 熱鬧 ¶*tàu-~* q.v.
◇ ~-*kún-kún* [~滾滾] 非常熱鬧。

lāu-kau ⇒ lauh-kau。

lāu-kâu [老猴] (名) ê, CHIAH: **1.** 老傢伙 **2.** (詼) 丈夫。

lāu-keng-giām (< log Chi) [老經驗]

lâu-kha [樓腳] (名) 樓下。 ⌊(名) ê: 仝。

Lāu-khe (< Chi *Lao³k'ei¹* < [老] + *K* < ab *KMT* < acr *Kuomintang* [國民黨]) [老 K] (名) ê: 中國國民黨

lāu--khì [老去] (動) 去世。 ⌊黨員。

làu-khò ‖ *lauh-* [làu 褲] (動) **1.** 褲子 (沒繫好而) 往下掉
◇ ~-*chhèh* /-*chhē* **a.** 褲腰紮不緊, 褲子一直往下掉 **b.** 穿褲子要掉不掉的樣子 **c.** 不整齊 ⌊掉不掉的人
◇ ~-*só* [~嫂] ê: 穿褲子(沒紮緊)要 **2.** (詼) 出醜。

lāu-khoán [老款] (形) 老氣(橫秋)。

lāu-khok-khok [老 khok-khok] (形) 老邁。

lāu-khong-kiān [老康健] (形) 長壽而健康。 ⌊明不實在 **2.** 出醜;穿幫。

làu-khùi [làu 气] (動) **1.** 吹噓的話被證

lāu-kin-chat [老根節] (形) (老人)深思熟慮、做事周到。

lāu-kó͘-tóng (< log Chi) [老古董] (名) ê: 保守者 (形) 極端保守。

lâu-kōaⁿ (< Sin) [流汗] (動) 仝
◇ ~-*chîⁿ* [~錢] 血汗錢。

lāu-kong (< Chi *lao³kung¹* [老公]) (名) ê: 丈夫。 ⌊木條

lâu-kông [樓 kông] (名) 承載樓板的橫
◇ ~-*téng* [~頂] 天花板以上的空間, 即樓上或樓閣裡。

lāu-kong-á [老公仔] (名) ê: 老頭子。

lāu-kong-pô [老公婆] (名) TÙI, ê: 老夫老妻。

lāu-lâng (< Sin) [老人] (名) ê: 仝; ≃

lāu-hòe-á-lâng
◇ ~-*bàk* [~目] 老花眼 ⌊鏡
◇ ~ *bàk-kiàⁿ* [~目鏡] KI: 老花眼
◇ ~-*pan* [~斑] TIÁM: 仝 ⌊票
◇ ~-*phiò* [~票] TIUⁿ: 敬老的折價
◇ ~-*tê* [~茶] 邊聊邊泡邊喝的茶。

lāu-leng-pó͘ [老奶脯] (名) LIÁP: 癟了的乳房。

láu-liān (< log Sin) [老練] (形) 仝。

lāu-nî chhi-tai-chèng (< log Chi < tr En *Alzheimer's/old-timer's disease*) [老年痴呆症] (名) 仝。

lâu-nōa [流 nōa] (動) 流口水。

lāu-ō͘-á [老芋仔] (名) ê: 在台老年中國人, 從前尤指軍中老士官。

lâu-ōe [留話] (動) 留言。

láu-pâi (< log Chi) [老牌] (名) 有歷史的好商號或好品牌 (形) **1.** (商號或品牌) 享有歷史盛名 **2.** (人) 在行業上有經驗且出名。 ⌊便過後吃別的)。

lâu-pak-tó͘ [留腹肚] (動) 不吃太飽(以

láu-pán ‖ *làu-* (< phon Chi *lao³-pan³*) [老闆] (名) ê: 仝; ≃ thâu-ke。

lâu-pang [樓枋] (名) TÈ: 樓板。

lāu-pē [老父] (名) [á] ê: 父親。
◇ ~-*lāu-bó* /-*bú* [~老母] 父母。

láu-peh-sèⁿ /-*sìⁿ* ‖ *lāu-* (< log Chi) [老百姓] (名) ê: 仝; ≃ peh-sèⁿ。

lāu-peng [老兵] (名) ê: 仝。 ⌊開溜。

làu-phâu /-*phàu* (詼) (動) "落跑," 即

lâu-phīⁿ [流鼻] (動) 流鼻涕。

làu-pîng /-*pîⁿ* (< Chi *lao⁴ping³*) (名) TÈ: 烙餅。

lāu-pô-á [老婆仔] (名) ê: 老婆子。

láu-pún (< log Chi) [老本] (名) 投下的資金。 ⌊來養老的資金。

lāu-pún [老本] (名) ê: "棺材本," 即將

lāu-put-siu (< log Sin) [老不修] (名) ê: 老不羞;老而好色。

làu-sái [làu 屎] (動) 腹瀉
◇ ~-*bé* [~馬] CHIAH: 工作能力拙劣

的人。

láu-sè/-sòe (ant *láu-tōa*) [老細] 名
ê: 團體中地位低的人;小老弟
◇ ~-·ê 小老弟。

lāu-seng-tāi (< log Chi) [老生代] 名

lāu-si̇ ⇒ lāu-su。　　　│TĀI: 全。

lāu-sian-·ê [老仙·ê] (< [老先□]) 囲
名 ê: **1.** 老先生 **2.** 略為迂腐的老人。

lāu-sian-kak [老先覺] 名 ê: (技術或
學問方面的)老前輩。

lāu-sia̍p (< *lāu-siat* < log Sin [漏洩])
[漏 siap] 動 洩漏(秘密)。

lāu-sîn chāi-chāi [老神在在] 形 鎮
定;從容不迫。

lâu-sit‖*liû-* (< col log Nip) [流失]
名 全 ¶*bó-gí ê* ~ [母語 ê~] 母語的
流失 動 全。

láu-sit (< log Sin) [老實] 形 全
◇ ~-*gōng* [~戇] 沒有心機、易被欺
負或欺騙的性格。　　　　│ê: 全。
◇ ~-*lâng* (< log Sin + tr) [~人]

lāu-su/-si̇ (< log Chi + Chi *lao³-
shih¹*) [老師] 名 全
◇ ~-*niû^n* [~娘] ê: 師母。

lâu-téng [樓頂] 名 樓上。　　│sin。

làu-the [làu 胎] 動 流產;≃ ka-lâuh-

lâu-thui (< log Sin) [樓梯] 名 **1.** ê: 上
下樓房的梯子
◇ ~-*chàn* [~棧] CHÀN: 樓梯的梯級
◇ ~-*gám* GÁM: 台階狀的梯級
◇ ~-*keng* [~間] ê: 全
◇ ~-*thâu* [~頭] 樓梯口
2. KI: 一般梯子;≃ thui¹。

lāu-tiān (< log Nip) [漏電] 動 全。

lâu tiān-ōe [留電話] 動 告知電話號

làu-tīn ⇒ lauh-tīn。　　　│碼。

láu-·tio̍h ⇒ náu-·tio̍h。

lāu-tò-kiu [老倒kiu] (< [老倒□])
形 因年老而變矮小。

lāu-tò-thōe [老倒 頹] (< [老倒□])
名 ê: 老糊塗 形 因年老而能力退
化,尤指腦力。

láu-tōa (< Sin) [láu 大] (< [老大])
名 ê, ŪI: 老大哥 ¶*kang-lâng* ~ [工人
~]工人老大哥 ¶*su-ki* ~ [司機~]司
◇ ~-·ê ê, ŪI: 老大哥。　│機老大哥

lāu-tōa-lâng (< Sin) [老大人] 名 ê,
ŪI: 老人家。　　│糊塗,腦筋不管用。

lāu-tòng-gōng [老 tòng 戇] 名 ê: 老

lauh (< Sin [落]) 動 脫落;掉落;
≃ lak²(1); *cf* làu¹ ¶*Chhiu-thi^n kàu,
chhiū-hio̍h-á khai-sí* ~. [秋天到,樹
葉仔開始~.]秋天到了,樹葉開始掉
¶*Chî^n* ~-*lo̍h-khì thô·-kha.* [錢~落
去thô腳.]錢掉到地上。

lauh-bí-á [lauh 米仔] 名 從整串水果
中脫落的個體,例如葡萄、荔枝、龍
眼。

lauh-kau [lauh 鉤] 動 脫落;遺漏
¶*Chia chi̍t jī* ~. [Chia 一字~.]這儿
掉了一個字 ¶*kóng* ~ [講~] (不小
心)漏掉沒說。

lauh-lauh-seh‖*làu-làu-* 形 丟三落
四的,到處掉; *cf* làu-chhe̍h-chhe̍h
¶*the̍h-kà* ~ 沒拿好,丟三落四的。

lauh-liān-á [lauh 鏈仔] 動 (腳踏車
等的)鏈子脫落。

lauh-tīn‖*làu-* [lauh 陣] 動 (因跟不
上而)脫隊(落單)。

·le¹ (< *·leh* < *·teh*) 尾 **1.** …著,表示
持續狀態,隨前輕聲變調 ¶*Mn̂g só-*
~, *phah-bē-khui.* [門鎖~, phah-bē
開.]門鎖著,打不開 **2.** …著,使成持
續狀態,隨前輕聲變調 ¶*Chē-*~, *mài
kóng-ōe.* [坐~, mài 講話.]坐著,不
要說話 ¶*ka tòng-*~ [ka 擋~] **a.** 擋住
他 **b.** 架住他的攻勢 **3.** …了,表示
快速成持續狀態,快速繼續下面的
動作,隨前輕聲變調 ¶*chî^n sa-*~ *tio̍h
cháu* [錢 sa~就走]錢拿了就走。

·le²‖·*e*‖·*ne* (< *·che* < *·chit-·ē¹*, q.v.)
尾 **1.** 表示略為處理,固定輕聲變調
¶*pnḡ chia̍h-chia̍h-*~ *tio̍h chhut-·khì
·a* [飯吃吃~就出去矣.]吃了飯就出

去了¶*thâu oa̍t-~ chò/chòe i cháu* [頭 oa̍t ～做伊走] 掉過頭自顧走了 ¶*chioh-mn̄g ~* [借問～] 請問一下 **2.** 表示少許, 與 *khah* 連用, 固定輕聲變調¶*cháu khah kín ~* [走較緊～] 跑快一點儿¶*chia̍h khah chē ~* [吃較 chē～] 多吃一點儿。

·le³ ⊛ 呢, 即問另外一個選擇, 輕聲中調或低調¶*Góa boăi khì, lí ~?* [我 boăi 去, 你～?] 我不去, 你呢? ¶*Iah án-ne ~?* 那這麼樣呢?

·le⁴‖*·ne* (> *le¹/lè²/lě*) ⊛ 呢, 即表示無論如何是肯定的, 無固定聲調; ≃ *·liò* ¶*Bô ~, bô khòaⁿ-·tio̍h.* [無～, 無看着.] 沒有呢, 沒看見。

le¹ (< *·le⁴*, q.v.) ⊛ 啊, 即表示根據自己知識所及是肯定的。

le² (< *léh* < *leh²...*) ⊛ 表示責備對話人說得不對¶*Lí to ē-hiáu, lí ~!* [你都會曉, 你～!] 你會嘛! (怎麼搞的說不會?)

lê¹‖*lôe* (< Sin) [犁] ⊛ TIUⁿ: 犁頭 ¶*hōaⁿ-~* 扶犁 働 用犁耕。

lê²‖*lôe* 働 低著頭前進 彤 低 (著頭)。

lê³ 働 挼搓; ⇒ *jôe*。   [≃ lé-sò·]

lé¹ (< Sin) [禮] ⊛ **1.** 禮物 **2.** 禮儀;

lé² (< *leh⁴*, q.v.) 働 表示有那麼多。

lè¹‖*lē*‖*lòe* (< Sin) [鑢] 働 **1.** (用鑢子) 鑢¶*ēng ki-lē ~* [用鋸鑢～] 用鑢子鑢 **2.** 挫 (傷) ¶*~-phòa phôe/phê* [～破皮] 割破皮; 擦破皮。

lè² (< *·le⁴*, q.v.) ⊛ 表示很肯定。

lè³ ⊛ **1.** 表示過去所說的是正確的 ¶*Hò·, kā lí kóng ~.* [Hò·, kā 你講～.] 你看, 你看! 不告訴你了嗎? **2.** 表示不屑或反諷表示不置信; *cf* la² ¶*Khah-ke ~!* [較加～!] 我才不信! ¶*Lín m̂-·a ~!* 囲 你他媽的! ¶*Ū-iáⁿ ~!* [有影～!] 才不是呢! ¶*Lāu-su ná lāu-su ~.* [老師 ná 老師～.] 老師又怎麼樣!

lē¹ (< log Sin) [例] ⊛ Ê: 例子¶*iōng* 右欄見

---

chin chē/chōe ~ [用真 chē～] 用了很多例子。

lē² 働 鑢; ⇒ **lè¹**。

lě (< *·le⁴*, q.v.) ⊛ "啊/呢", 即委婉表示確定的回答。   [q.v.]。

·le ...·le (< contr *....chi̍t-·ē ...·chi̍t-·ē*, q.v.)。

lê-á [螺仔] ⊛ LIA̍P: **1.** 螺類 **2.** 介殼類 **3.** (ant *pùn-ki*) (手指頭上的) 斗紋; ≃ chhân-lê。

lê-á-chn̄g [螺仔漩] (< [螺□旋]) ⊛ Ê: 螺旋; 旋渦; 頭髮呈旋渦狀的地方。

lê-á-hong [螺仔風] ⊛ CHŪN: 旋風; ≃ kńg-lê-á-hong ¶*kńg-~* [捲～] **a.** do. **b.** 颳旋風。

lê-á-khak [螺仔殼] ⊛ TÈ: 貝殼。

lé-a̍p (< log Chi) [禮盒] ⊛ A̍P: 全。

le-bóng (< le-móng, q.v.)。

lé-bu̍t/-mi̍h (< log Sin) [禮物] ⊛ Ê, HĀNG: 全。

lê-chhân‖*lôe-* [犁田] 働 犁地。

lé-·è (< *lě*) ⊛ 表示肯定但帶幸災樂禍或自愉的口氣¶*Lí ē hông mē/mā ~.* [你會 hông 罵～.] 你會挨罵¶*Bih tòa phōe-té khah sio ~.* [Bih tòa 被底較燒～.] 躲在被窩裡比較溫暖呢。

lé-gî-siā (*cf* Nip [葬儀社]) [禮儀社] ⊛ KENG: **1.** 喪葬用品店 **2.** 提供喪葬服務的營利機構。

lē-gōa (< log Nip) [例外] ⊛ Ê: 全。

lé-ho̍k (< log Sin) [禮服] ⊛ SU, NIá: 全。   [全。

lé-koàn/-kǹg (< log Chi) [禮券] ⊛

lé-kù (< log Chi) [例句] ⊛ KÙ: 全。

lē-lè-kiò‖*leh-leh-* (> *li-lè-kiò*) [lè-lè 叫] 働 連續發出劇烈的「嘎嘎」的響聲, 例如霹靂或小輪子在不平滑的地面滾動; *cf* lē-lē-kiò。

lē-lē-kiò‖*lèh-lèh-* (> *li-lē-kiò*) [lē-lē 叫] 働 連續發出「嘎嘎」的響聲, 例如霹靂或小輪子在不平滑的地面滾動; *cf* lè-lè-kiò。

lé-māu (< log Sin) [禮貌] ⑧ 表示敬
意的儀容
◇ ~-siāng/-siōng (< log Chi) [~
㊟] 有禮貌。   ⌐上]全

le-móng/-bóng (< Nip *remon* < En
lemon) ⑧ CHÂNG, LIÁP: 檸檬
◇ ~-chiap [~汁] 檸檬汁。

lé-nâ (< log Chi) [禮籃] ⑧ KHA: 全。

lé-pài [禮拜] ⓙ 星期 ¶~-saⁿ q.v.
⑧ 1. 崇拜的儀式 ¶chò/chòe ~ [做
~] 全 2. (< ab lé-pài-jit) 星期天
◇ ~-àm [~暗] 星期天晚上
◇ ~-chái 星期天早上
◇ ~-ěng 星期天晚上
3. 週;星期 ¶Chit nî gō·-cháp-jī (ê)
~. [一年52(個)~.] 一年五十二週
⑩ (主日)崇拜; ≃ chò(e) lé-pài。

lé-pài-it [禮拜一] ⑧ ê: 星期一。

lé-pài-jī/-gī/-lī [禮拜二] ⑧ ê: 星期
二。   ⌐期天。

lé-pài-jit/-git/-lit [禮拜日] ⑧ ê: 星

lé-pài-gō· [禮拜五] ⑧ ê: 星期五。

lé-pài-lák [禮拜六] ⑧ ê: 星期六。

lé-pài-saⁿ [禮拜三] ⑧ ê: 星期三。

lé-pài-sî [禮拜時] ⑧ 星期天(的時
候)。

lé-pài-sì [禮拜四] ⑧ ê: 星期四。

lé-pài-tn̂g [禮拜堂] ⑧ KENG: 全。

lé-phàu (< log Nip) [禮砲] ⑧ SIAⁿ:
全。   ⌐全。

lé-phín (< log Chi) [禮品] ⑧ HĀNG:

lé-piáⁿ (< log Chi) [禮餅] ⑧ TÈ, ÁP/
ÁH: 全。

lé-sò· (< log Sin) [禮數] ⑧ 禮儀 ¶~
ū-kàu [~有夠] 不失禮 ¶bat/pat ~
識禮 ¶kāu ~ [厚~] 禮多。

lè-sù (< Nip *rēsu* < En *lace*) ⑧ TIÂU:
絲帶;緞帶。   ⌐TIÂU: 全。

lē-tê /-tôe (< log Nip) [例題] ⑧

lé-tn̂g (< log Chi) [禮堂] ⑧ KENG:

lē-tôe ⇒ lē-tê。   ⌐全。

·leh (< ·teh; > ·le¹, q.v.)。

leh¹ (< teh¹, q.v.) ⑭ 表示方式。

leh² (< teh⁴, q.v.) ⑩ 正…; …著。

leh³ (> eh > ih) ⑰ 在於; cf tī³; cf
tè²; cf tòa³ ¶tǹg ~ lô·-téng [頓~爐
頂] (茶壺等)放在爐上 ¶tó ~ thô·-
kha khùn [倒~thô·腳睏] 躺在地上
睡覺。

leh⁴ (> lé²) ⑩ 表示有那麼多,上承動
詞,下接數量結構 ¶chit tǹg chiáh-
~ sì óaⁿ pn̄g [一頓吃~四碗飯] 一
餐吃四碗飯 ¶koh iōng-~ saⁿ-gō· nî
[koh用~三五年] 再用個三五年。

léh ⑧ 割開的裂痕或傷痕的單位 ¶léh
chit ~ [léh一~] 割一條裂痕 ⑩
割;劃 ¶~ chit léh [~一léh] 割一
條裂痕 ¶Jiû-hî ~-~-·le chiah chhá.
[鰇魚~~·le chiah炒.] 魷魚先割裂紋再
炒。   ⌐炒。

lêh (< leh²…; > le², q.v.)。

lèh-á‖loéh- [笠仔] ⑧ TÉNG: 斗笠、

leh-leh-kiò ⇒ lè-lè-kiò。 ⌐草帽合稱。

léh-léh-kiò ⇒ lē-lē-kiò。

lek ¹ ⑩ 打褶; ⇒ liap⁵。

lek² [慄] ⑩ 1. (氣勢、膽量、健康)減
退 2. 暈倒;病倒 3. 仆倒。

lék¹‖lát (< log Nip) [力] ⑧ B. 全
¶siáng-siāng-~ [想像~] 全 ¶tiān-~

lék² [六] ⇒ liók¹。   ⌐[電~]全。

lék³ [錄] ⇒ liók³。

lék⁴ [勒] ⑩ 1. 操勞;折磨 ¶Sin-thé ài
kò·, m̄-thang siuⁿ ~. [身體愛顧, m̄-
thang siuⁿ~.] 要照顧身體,不要操
勞過度 2. 使操勞 ¶Mài án-ne tiau-
kó·-tóng, ~-sí lâng. [Mà án-ne雕古
董,~死人.] 不要這麼刁難,簡直要把
人整死。   ⌐pih²。

lék⁵ ⑩ 捋(袖子、褲管); ≃ lút²⁽²⁾; cf

lék-chhí ⇒ liók-chhú。

lék-chiàn-tūi ⇒ liók-chiàn-tūi。

lék-chiu (< log Chi < tr; cf En *oasis*
< Lat) [綠洲] ⑧ ê: 全。

lék-hòa (< log Nip) [綠化] ⑩ 全。

lėk-iâⁿ (ant *nâ-iâⁿ*) (< log Chi) [綠
　營] ⓐ 主張台灣主體性的政治陣
lėk-iáⁿ ⇒ liȯk-iáⁿ。　　　　　｜營。
lėk-im ⇒ liȯk-im。
lėk-khì (< log Chi) [綠氣] ⓐ 氯。
lėk-kun¹ (< log Chi; ant *nâ-kun*) [綠
　軍] ⓐ **1.** (綠色旗的) 民進黨 ¶*hoàn-
　~* [泛~] 以民進黨為主的主張台灣
　本土主義的政治勢力 **2.** 上述 "泛綠
　軍"。
lėk-kun² [陸軍] ⇒ liȯk-kun。
lėk-liāng/-*liōng* ⇒ lȧt-liāng。
lėk-pó-chiȯh (< log Chi) [綠寶石]
　ⓐ LIȦP: 全。　　　　　　　　｜色。
lek-sek [慄色] ⓥ (臉因驚嚇而) 失
lėk-sek (< log Sin) [綠色] ⓐ 全。
lėk-sú (< log Nip < Sin) [歷史] ⓐ
　TŌAⁿ: 全。　　　　｜NGEH, LIȦP: 全
lėk-tāu (< log Sin) [綠豆] ⓐ CHÂNG,
　◇ *~-khak* [~殼] TÈ: 綠豆的皮
　◇ *~-kúi-á* [~鬼仔] LIȦP: 發育不良
　　而煮不爛的綠豆　　　　　　｜飯
　◇ *~-moâi/-môe/-bê* [~糜] 綠豆稀
　◇ *~-phòng* [~膨] TÈ: "小月餅," 即
　　一種包綠豆餡的酥餅
　◇ *~-thng* [~湯] 全。
lėk-tê [綠茶] ⓐ 全。
lėk-tē ⇒ liȯk-tê。
Lȧk-tó/-*tó* (< log Chi) [綠島] ⓐ
　1. 台東島嶼名; ≃ Hóe-/Hé-sio-tó
　2. 台東鄉名。
lėk-tóng (< log Chi < En *the Green
　Party*) [綠黨] ⓐ TÓNG, Ê: 全。

leng¹/*lin/ne/ni* (< Sin) [奶] ⓐ
　1. LIȦP: 奶子 **2.** 奶水; 乳汁。
leng²/*lin/ni* (< sem *leng¹*) [奶] ⓐ
　1. 植物體內的分泌物 ¶*chhêng-á-~*
　[榕仔~] 榕樹皮下的乳液 **2.** TIÂU,
　Ê: (輪胎的) 橡膠 ¶*gōa-~* [外~] 外
　胎 ¶*lāi-~* [內~] 內胎 **3.** (穀類等
　的) 漿 ¶*tāu-~* [豆~] 豆漿。

lêng¹ [龍] ⇒ liông⁴。
lêng² (ant *kau¹*) [陵] ⓐ 鼓起的細長
　的耕地, 例如犁脊、菜地 ¶*han-chî-
　~* [蕃薯~] 種甘薯的細長的 "床"
　ⓠ 計算鼓起的細長的耕地的單位;
　cf lēng¹。
lêng³ (< log Nip) [零] ⓝ **1.** 零數
　¶*kàng kàu ~ tō·* [降到~度] 全 ¶*khó
　~ hun* [考~分] 全 ¶*~ tiám gō· pha*
　[~點五 pha] 百分之零點五 **2.** 零位
　數; ≃ khòng¹ ¶*jī-~ ~-it nî* [二~
　~一年] 全 ⓗ (< log Chi < En
　zero) 完全沒有 ¶*~-hoān-chōe* [~犯
　罪] 全。
léng (< log Sin) [冷] ⓐ B. **1.** (ant
　sio) 冷的食物 ¶*Tâi-oân-lâng khah
　boȧi chiȧh ~.* [台灣人較 boȧi 吃~.]
　台灣人較不喜愛涼的食物 **2.** (ant
　jiȧt) 性冷的食物 ⓗ **1.** (身體) 覺
　得冷 **2.** (天) 寒 **3.** (物體) 溫度低
　4. (食物) 性冷 **5.** 不熱烈, 例如對
　人、對政治社會運動等的態度。
lèng ⇒ liòng。
lēng¹ ⓠ 計算細長鼓起的物體的單
　位, 例如抽打的傷痕、延綿的山丘;
　cf lêng²; *cf* liām²。
lēng²‖*liōng* ⓗ **1.** 鬆, 不緊 ¶*pȧk siuⁿ
　~, khui··khì* [縛 siuⁿ~, 開去] 沒綁
　緊, 鬆了 **2.** 不拮据 ¶*chhiú-thâu chin
　~* [手頭真~] 手頭很鬆 ¶*sî-kan chin
　~* [時間真~] 時間很充裕。
leng-á‖*ne-* (v *leng¹*) [奶仔] ⓐ
　LIȦP: **1.** 奶子 **2.** 乳頭狀的物體。
leng-bó/-*bú*‖*ni-bú* [奶母] ⓐ Ê: 奶
　媽。　　　　　　　　　　　｜ⓗ 沈著。
léng-chēng (< log Nip < Sin) [冷靜]
lêng-chhia (< log Chi) [靈車] ⓐ TÂI:
　全。　　　　　　　　　　　　｜全。
léng-chhiò (< log Sin) [冷笑] ⓐ ⓥ
léng-chhú-lí (< log Chi) [冷處理]
　ⓐ ⓥ 靜靜地把事情解決, 避免引起
　輿論; ≃ kē-tiāu chhú-lí。

leng-chhùi-á‖*ni-* [奶嘴仔] (名) LIÀP, Ê: 奶嘴。

lêng-chi‖*-liân* (< log Sin) [靈芝] (名) CHÂNG, TÈ: 全。　　　　　　「全。

léng-chìⁿ (< log Sin) [冷箭] (名) KI:

léng-chiàn (< log < tr En *cold war*) [冷戰] (名) PÁI, TIÛⁿ: 全。

léng-chúi [冷水] (名) 全。

lêng-chûn‖*liông-* (< log Sin) [龍船] (名) CHIAH, TÂI: 龍舟¶*pê* ~ [爬〜]划龍船。

lêng-chûn‖*ni-* [奶chûn] (< [奶陣]) (名) CHÛN: 湧上乳房的大量的奶。

leng-gâm‖*ni-* (< log Nip + tr) [奶癌] (名) 乳癌。

lêng-géng/-kéng‖*gêng-géng* (< log Sin) [龍眼] (名) CHÂNG, LIÀP: 桂圓
◊ ~-hoe-tê [〜花茶] 龍眼樹的落花所泡的飲料
◊ ~-hút [〜核] LIÀP: 龍眼的核
◊ ~-koaⁿ [〜干] LIÀP: 桂圓干
◊ ~-koaⁿ-bah [〜干肉] 乾桂圓肉。

lēng-gōa (< log Sin) [另外] (形) 其他的¶*he sī* ~ *chit hôe tāi-chì* [he是〜一回代誌]那是另外一回事 (動)
1. 不在一起¶*Che* ~ *chhú-lí.* [Che〜處理.]這個另外處理¶*I* ~ *tòa.* [伊〜tòa.]他不住在一起 2. 附加上;額外;其他¶~ *iáu ū nn̄g ê lâng boeh/beh khì* [另外夭有兩個人欲去]另外還有兩個人想去¶~ *chah chit ki hō͘-sòaⁿ hō͘ i giàh* [〜chah一枝雨傘hō͘伊giàh]另外帶一把傘給他用 3. 表示換一個方式¶*I nā boài, lán* ~ *chhōe pàt-lâng.* [伊若boài,咱〜chhōe別人.]如果他不肯,咱們另外找人。

lêng-goân (< log Chi < tr En *source of energy*) [能源] (名) 全。

lêng-goān (< log Chi) [寧願] (動) 全; ≃ lēng-khó͘。　　「(名) CHIAH: 乳牛。

leng-gû‖*ni-* (< log Nip + tr) [奶牛]

lêng-hā (< log Nip) [零下] (名) 全。

léng-hái ⇒ niá-hái。

lêng-hê ⇒ liông-hê。

léng-hōe (< log Nip) [領會] (動) 全。

léng-hong [冷風] (名) CHUN, KÁNG: 全。

lêng-hun (< log Chi) [零分] (名) 全。

lêng-hûn (< log Sin) [靈魂] (名) TIÂU: 全。

lêng-iōng-chîⁿ (< log Chi) [零用錢] (名) 全。　　　　　「的羊。

leng-iûⁿ‖*ni-* [奶羊] (名) CHIAH: 供奶

lēng-ji̍t/-gi̍t/-li̍t [另日] (名) 改天。

lêng-kak (< log Sin) [菱角] (名) LIÀP: 全。　　　　　　「全。

lêng-kám (< log Nip) [靈感] (名) Ê:

léng-kàu (< log Sin) [領教] (動) 全。

lêng-kéng (< *lêng-géng*, q.v.)。

léng-khì (< log Chi) [冷氣] (名)
1. CHUN: 冷氣機所送出來的空氣¶*chhoe/chhe* ~ [吹〜]全
◊ ~-ki (< log Chi) [〜機] TÂI: 全
◊ ~-pâng [〜房] KENG: 有冷氣的屋
2. 冷氣設備¶*chng* ~ [裝〜]全。 「子

lêng-khó/-khó͘‖*lēng-* (< log Sin) [寧可] (動) 全。

léng-khong ⇒ niá-khong。

lêng-ki-ki [冷ki-ki] (形) 非常冷。

lêng-kiāⁿ (< log Chi) [零件] (名) KIĀⁿ, HĀNG: 全。

lêng-kńg-hong ⇒ liông-kńg-hong。

léng-kōaⁿ (< log Sin) [冷汗] (名) 全; ≃ chhìn-kōaⁿ。　　　「瓶。

leng-koàn-á‖*ni-* [奶罐仔] (名) KI: 奶

lêng-kut ⇒ liông-kut。　　　「全。

lêng-kut-thah [靈骨塔] (名) CHŌ, Ê:

lêng-le̍k (< log Nip) [能力] (名) 全。

léng-léng-chheng-chheng [冷冷清清] (形) 全。

léng-lī‖*lêng-* (< log Sin) [伶俐] (形)
1. (女性)聰慧 2. (女性)麻利。

lêng-oàh (< log Chi) [靈活] 形 全。

leng-phè‖*ni-* [奶帕] 名 [á] ê: 奶罩。

léng-pôaⁿ [冷盤] 名 PôAⁿ: 1. 拼盤 2. 冷菜,例如沙拉。

lêng-sèng (< log Chi) [靈性] 名 全。

lêng-siāng/-siōng (< log < *à la* [零 下]) [零上] 名 全。

lêng-sit (< log Chi) [零食] 名 全。

léng-siù (< log Sin) [領袖] 名 ê: 全。

léng-siuh-siuh [冷 siuh-siuh] 形 冷 颼颼。

léng-sū (< log) [領事] 名 ê: 全
◊ ~*-koán* (< log) [~館] KENG: 全。

léng-tām (< log Sin) [冷淡] 形 1. 冷 漠 2. 不熱鬧 3. 沒落。

lêng-têng-á ⇒ liâng-têng-á。

leng-thâu‖*ni-* [奶頭] 名 LIÀP: 乳 頭儿; ≃ leng-chu。

lêng-thiāu ⇒ liông-thiāu。

léng-thó͘ ⇒ niá-thó͘。

lêng-thong (< log Sin) [靈通] 形 全; ≃ thang-kng ¶ *siau-sit* ~ [消息~] 全。   「遲]) [凌治] 動 欺負;凌虐

lêng-tī (< sem < *lêng-tî* < log Sin [凌 △ ~*-sí lâng* [~死人] 使人家折騰 得很屬害 ¶*Lí mài* ~*-sí lâng.* [你 mài~死人.] 你別搞死人(/我)。

lêng-tiám (< log Chi) [零點] 名 半 夜十二點。   「·tiòh。

léng--tiòh [冷著] 動 挨冷; *cf* kôaⁿ-

léng-tiûⁿ (< log Chi) [冷場] 名 全。

lêng-tn̂g (< log Chi) [靈堂] 名 KENG:

léng-tō (< log) [領導] 動 全 ⌈全。
◊ ~*-chiá* (< log) [~者] ê: 領導人
◊ ~*-jîn/-gîn/-lîn* (< log Chi) [~ 人] do.   「安放靈位的桌子]

lêng-toh [靈桌] 名 TÈ: (喪事期間)

léng-tòng (< log Nip) [冷凍] 動 1. 放 在凍箱裡冷藏   ⌈ê: 全
◊ ~*-khò͘* (< log Nip) [~庫] KENG,
◊ ~ *sit-phín* (< log Nip) [~食品]

◊ ~*-siuⁿ* [~箱] 全   ⌈全。
2. 把人丟到一邊,不給職務或只給閑 差 ¶*khih hông* ~*--khí-lâi* [乞 hông ~起來] 被打入冷宮。

léng-tūi ⇒ niá-tūi。   「全; ≃ sîn-ūi。

lêng-ūi (< log Sin) [靈位] 名 ê, ŪI:

lét -toh/-*torh* ⇒ nét-toh。

lî[1] (< Sin) [釐] 量 1. 度量衡與貨幣 基本單位的千分之一 2. (利息) 百 分之一。

lî[2] (< Sin) [離] 動 休(妻/夫)。

lî[3] 動 形 亂;糾纏; ⇒ jî。

lí[1] (< log Sin) [理] 名 道理 ¶*bô chit-lō* ~ [無這lō~] 沒這種道理。

lí[2] (< log Chi) [理] 名 理科或理工 科簡稱 ¶*boeh/beh thàk bûn àh thàk* ~ [欲讀文或讀~] 要讀文還是理 科。

lí[3] (< Sin) [裡] 名 TÊNG, TÈ: 裡子; ≃ lāi-lí ¶*thò͘-*~ [套~] 襯裡子。

lí[4] (< log) [里] 名 ê: 行政區單位。

lí[5] (< log) [里] 量 長度單位。

lí[6]‖*lú*‖*lír* (< Sin [汝]) [你] 代 全
△ ~ *bô-êng!* [~無閑!] 不打擾了,你 忙你的吧   「*hâu lah!*] 你算了吧!
△ (*taⁿ*) ~ *mā hâu ·la!* [(taⁿ)~mā

lì 動 撕 ¶~*-khui* [~開] 撕開 ¶~*-phòa* [~破] 撕破 ¶~*-tiāu* [~掉] 撕掉。

lī[1]‖*lāi* (< Sin) [利] 名 利息 ¶*gō͘ hun* ~ [五分~] 五分利息。

lī[2] [字] ⇒ jī[1]。

lī[3] [餌] ⇒ jī[2]。

lī[4] [二] ⇒ jī[3]。

lī[5]‖*lū*‖*lī* (< Sin) [濾] 動 過濾 ¶*iōng pò͘* ~ [用布~] 用布過濾。

lī[6] (< Sin) [離] 動 1. 相距 ¶~ *chia bô-gōa hn̄g* [~chia無gōa遠] 離這儿 不很遠 2. 避開 ¶*cháu-bô-*~, *khih hông liàh--khì* [走無~,乞 hông 掠 去] 逃避不及而被捕 3. 脫手; ≃ liâu[3]; ≃ oân[3] ¶*bē-/bōe-*~ *·a* [賣~

矣]賣光了 (形) **1.** 遠離¶*siám khah ~ ·le* [閃較～·le]避遠一點 **2.** 透徹¶*kā chhiū-á iô-iô-·le, hō· chhiū-hiòh-á lak khah ~ ·le, chiah/tah/khah sàu* [kā 樹仔搖搖·le, hō·樹葉仔lak較～·le,才掃]把樹搖一搖讓葉子掉乾淨些再掃¶*ta-~* 完全乾¶*the-kà ~-~* [推kà～～]推得一乾二淨。

lî-á¹ [lî仔] (< [簾□]) (名) Ê, TÈ: 簾子¶*mn̂g-~* [門～]門簾。

lî-á² [籬仔] (名) Ê: 籬笆。

lî-á³ ‖*lû-*‖*lî-* [驢仔] (名) CHIAH: 驢子。

·lí-·a (> *·lià*, q.v.)。

lí-á [李仔] (名) CHÂNG, LIÀP: 李子 ◇ *~-kiâm* [～鹹] LIÀP: 鹹李子。

li-bóng (< Nip *ribon* < En *ribbon*) (名) TIÂU: 製成的布條,例如絲帶、緞帶、彩帶。　　　　「招待](名) Ê: 全。

lí-chiau-thāi‖*lú-*‖*lí-* (< log Chi) [女

lî-chit (< log Chi) [離職] (動) 全 ◇ *~ chèng-bêng* (< log Chi) [～證明] HŪN, TIUⁿ: 全 ◇ *~-kim* (< log) [～金] PIT: 全。

lí-chú-kak‖*lú-*‖*lí-* (< log Chi) [女主角] (名) Ê: 全。 「主人](名) Ê: 全。

lí-chú-lâng‖*lú-*‖*lí-* (< log Nip) [女

lí-·ê¹ [理·ê] (名) **1.** 理科 **2.** 理工科。

lí-·ê²‖*lú-*‖*lí-* [女·ê] (名) Ê: 女的 (形) 女的; ≃ *cha-bó·-·ê*。

lī-ek (< log Sin) [利益] (名) 全 ◇ *~ thoân-thé* (< log Nip < tr En *interest group*) [～團體] Ê: 全。

lī-ēng ⇒ lī-iōng。

lī-hāi (< log Sin) [厲害] (形) **1.** 很有手段¶*Chit ê lâng chin ~.* [Chit個人真～.]全 **2.** 行;有能力¶*I chin ~, chit tiám-cheng thàk káu-chàp iàh.* [伊真～,一點鐘讀90頁.]他真行,一小時看九十頁 **3.** 猛烈¶*Ū-ê iòh-á chin ~.* [有ê藥仔真～.]有的藥很猛 **4.** 不是好玩儿的¶*liâu-·lòh-·khì chiah chai-iáⁿ ~.* [liâu落去才知

影～]蹬下去,才知道不是好玩儿的 **5.** 嚴重; ≃ *siong-tiōng* ¶*pēⁿ-/pīⁿ-kà chin ~* [病kà真～]病得很厲害。

lī-hāi koan-hē (< log Nip) [利害關係] (名) Ê: 全。

lí-hàk-īⁿ (< log Chi) [理學院] (名) KENG: 全。　　　「(名) (動) 全

lí-hêng‖*lú-*‖*lí-* (< log Nip) [旅行] ◇ *~-chhia* (< log Chi < tr En *station wagon*) [～車] TÂI: 全 ◇ *~ chi-phiò* (< log Chi < tr En *traveler's check*) [～支票] TIUⁿ: 全 ◇ *~-siā* (< log Nip) [～社] KENG: 全 ◇ *~-siuⁿ* (< log Chi) [～箱] KHA: 全 ◇ *~-tē* (< log Chi) [～袋] KHA: 全 ◇ *~-thoân* (< log) [～團] THOÂN, Ê: 全。　　　「全。

lí-hî (< log Sin) [鯉魚] (名) [*á*] BÓE:

lí-hiaⁿ + góa-tī‖*lú-*‖*lí-* [你兄我弟] (動) 稱兄道弟。　　「(名) Ê: 全。

lí-hông‖*lú-*‖*lí-* (< log Chi) [女皇]

lí-hùi‖*lú-*‖*lí-* (< log Nip) [旅費] (名) 全。

lī-hun (< log Nip) [離婚] (動) 全。

lī-iōng/-ēng (< log Nip) [利用] (動) 全。

lí-iû (< log Nip) [理由] (名) Ê: 全。

lī-jiō-che/-giō-‖*-liō-* (< log Nip + tr) [利尿劑] (名) THIAP, LIÀP: 全。

lí-kái (< log Nip) [理解] (動) 全。

lí-kang¹‖*lú-*‖*lí-* (< log Nip) [女工] (名) Ê: 全。

lí-kang² (< log Nip) [理工] (名) 理科與工科　　　　「科] do. ◇ *~-kho/-khe/-khe·* (< log Nip) [～

lī-kéng (< log Chi) [離境] (動) 全。

lī-kha–chhiú [離腳手] (動) (幼兒) 可以自己處事,不再需要隨時照顧。

lí-khe/-khe· ⇒ lí-kho。 「(名) Ê: 全。

lí-kheh‖*lú-*‖*lí-* (< log Sin) [旅客]

lí-kho/-khe/-khe· (< log Nip) [理科]

KHO: 全。

lí-khoân ūn-tōng |-koân...‖lú-‖lí-
　(< log Nip) [女權運動] 图 ê, PÁI:
　全。

lī-khui (< log Sin) [離開] 動 全。

lí-koán‖lú-‖lí- (< log Nip) [旅館]
　图 KENG: 全; ≃ ho-té-luh。「tōng。

lí- koân ūn - tōng ⇒ lí- khoân ūn-

lí-kong-chú‖lú-‖lí-...-chí [女公子]
　图 Ê: 令媛。

lí-lán‖lú-‖lí- [你咱] 代 咱們倆。

lì-lè-kiò (< lè-lè-kiò, q.v.)。

lī-lē-kiò (< lē-lē-kiò, q.v.)。

lí-lėk-pió (< log Chi) [履歷表] 图
　HŪN, TIUⁿ: 全。

lí-lėk- si/-su (< log Nip) [履歷書]
　图 HŪN, TIUⁿ: 全。

lī-lī (v lī⁵⁽²,³⁾) [離離] 圈 1. 離開很
　遠 ¶siám kà ～ [閃到～] 遠遠避開
　2. 乾乾淨淨，沒有殘餘 ¶bē/bōe kà
　～ [賣到～] 賣光 ¶the kà ～ [the到
　～] 推得乾乾淨淨。

li-lí-khok-khok 图 雜七雜八的東西
　圈 雜七雜八、丟三落四的。

li-lí-lak-lak/-lȧk-lȧk 圈 1. 丟三落四
　的 2. (工作、話等)不順; (話)支離
　破碎，不合邏輯 ¶khîm tôaⁿ -kà ～ [琴
　彈到～] 彈琴彈得亂七八糟 3. (舊家
　具等稀鬆而)搖搖晃晃的; 稀鬆不牢

li-lí-lap-lap ⇒ li-lí-lop-lop。　　「固。

li-lí-liȧk-liȧk 動 1. 珠子等連續碰撞發
　出聲音 2. 打算盤出聲。

li-lí-liap-liap 圈 皺摺不平，例如皺了
　的鋁箔紙。　　　　「嚕嚕地說著。

li-lí-lo-lo 動 1. (言語)不清楚 2. 嚕嚕

li-lí-lȯk-lȯk 動 1. (盒子等容器內的
　物體沒塞緊，拿動時)連續碰撞出聲
　2. (胃裡的液體食物等)連續搖蕩出
　聲 3. 漱口出聲。

li-lí-lop-lop/-lap-lap 圈 凹凸不平。

Lī-lī-pat ⇒ Jī-jī-pat。

lī-liȧk-kiò (< liȧk-liȧk-kiò, q.v.)。

lí-liām (< log Nip) [理念] 图 ê: 全
　¶chèng-tī ～ [政治～] 全。

lí-lūn¹ (< log Nip) [理論] 图 ê: 學
　理; 理論上的說法。　　　「辯。

lí-lūn² (< log Sin) [理論] 動 論理; 爭

lí-mâg-thang‖lū-‖lī- (< log Chi)
　[鋁門窗] 图 全。　　　「ê: 全。

lí-ông‖lú-‖lí- (< log Sin) [女王] 图

lî-pa (< log Sin) [籬笆] 图 全 ¶ûi
　～ [圍～] 全。　　「友」图 ê: 全。

lí-pêng-iú‖lú-‖lí- (< log Chi) [女朋

lī-phố (< log Chi) [離譜] 動 全; ≃
　lī-keng; cf hàm-kố。

lī-piān (< log Sin) [利便] 圈 方便。

lī-sek ⇒ lī-sit。　　　　「動 全。

lī-sėk khòng-gī (< log) [離席抗議]

lí-sèng¹‖lú-‖lí- (< log Nip) [女性]
　图 全。

lí-sèng² (< log Nip) [理性] 图 圈 全
　¶bô ～ [無～] 沒理性; 不理性。

lí-sèng chú-gī¹‖lú-‖lí- (< log Chi)
　[女性主義] 图 全
　◇ ～-chiá (< log Chi) [～者] ê: 全。

lí-sèng-hòa‖lú-‖lí- (< log Nip) [女
　性化] 图 全。

lí-seng sok-sià‖...siok-‖lú-‖lí- (<
　log Chi) [女生宿舍] 图 TÒNG,
　KENG: 全。

lí-sià‖lú-‖lí- (cf Nip [旅舍]) [旅社]
　图 KENG: 全。　　　「图 ê: 全

lí-siáng/-sióng (< log Nip) [理想]
　◇ ～ chú-gī (< log Nip < tr En ide-
　　alism) [～主義] 全
　◇ ～-chú-gī-chiá (< log Nip < tr En
　　idealist) [～主義者] ê: 全
　圈 全 ¶bô ～ [無～] 不合理想。

lí-sîn‖lú-‖lí- (< log) [女神] 图 ê:
　全 ¶Chū-iû ～ [自由～] 全。

lí-sióng ⇒ lí-siáng。

lī-sit/-sek (< log Sin) [利息] 图 全。

lí-sū¹‖lú-‖lí- (< log Sin) [女士] 图

全。

lí-sū² (< log Nip) [理事] 图 ê: 全

◇ ~-*hōe* (< log Nip) [～會] ê: 全

◇ ~-*kok* (< log Nip) [～國] KOK, ê: 全

◇ ~-*tiún* (< log Nip) [～長] ê: 全。

lī-sûn [利純] 图 利潤 ¶~ *kē* 薄利。

lí-têng-pió‖*lú-*‖*lí-* (< log Chi) [旅程表] 图 HŪN, TIUⁿ: 全。

lī-thang‖*lū-*‖*lī-* (< log Chi) [鋁窗] 图 ê, sìⁿ: 全; ≃ a-lú-mí-á-thang。

lí-thêng-pió ⇒ lí-têng-pió。

lí-tì (< log Nip) [理智] 图 形 全。

lí-tiong‖*lú-*‖*lí-* (< log Chi) [女中] 图 KENG: 女子中學。

lí-tiúⁿ (< log Chi) [里長] 图 ê: 全。

lī-tó/*-tó·* (< log Nip) [離島] 图 LIÀP, ê: 全。

| lí | ... ⇒ lí.../lú...。

| lī | ⇒ lī⁴。

lî-á ⇒ lî-á。

lī-mn̂g-thang ⇒ lī-mn̂g-thang。

| lia | ... ⇒ jia...。

liá... ⇒ jiá...。

·lià (< ·*lí*⁶ ·*a*³ [你啊]) 感 表示極不贊同對話人的言行 ¶*Mài* ~! 你別來! ¶*to m̄-sī án-ne* ~ [都 m̄ 是án-ne～] 不是這樣嘛。

lia-ăk¹ (< *liăk*) 象 手指撥整排算盤子(歸零)的聲音。 [聲。

lia-ăk² 象 大樹枝折斷聲或樹杈子斷裂

| liah |¹ 图 量 1. 痕跡; 處所; ⇒ jiah。

liah² 動 1. 裂開而脫落 ¶*chhiū-á-oe* ~-·*khì* [樹仔椏～去] 樹枝斷裂 2. 用力扯使脫離 ¶*hái-pò ka* ~-·*khí*-·*lâi* [海報 ka～起來] 把海報撕下來 ¶~-*phòa* [～破] 撕破。

liáh (< Sin) [掠] 動 1. 抓住; 扶住 ¶*Chóng-thóng hiám-á poàh-tó, pó-pio kóaⁿ-kín ka* ~-·*leh*. [總統險仔poàh倒, 保鏢趕緊 ka～·leh.] 總統差

點儿跌跤, 隨扈急忙把他攙住 2. 捕捉 ¶~ *chhàt-á* [～賊仔] 捉小偷

△ ~ *ku, cháu pih* [～龜走鱉] 顧此失彼; 不能兼顧

3. 圍 召喚 ¶*hông* ~-*khì mn̄g* [hông ～去問] 被(叫去)問訊 **4.** 拿; 用 [短 △ ~ *tn̂g, pó té* [～長補短] 截長補 **5.** 祈使; 央託; 強迫 ¶~ *i chò moâi-lâng* [～伊做媒人] 央他說媒 **6.** 用指頭拿捏(頸部、背部的筋) ¶*ām-kún-á* ~-·~-·*le* [頷頸仔～·le] 把脖子按摩按摩 **7.** 找缺失的地方(以補正) ¶~-*lāu* ~-*bô* [～漏～無] 找不到漏水的地方 ¶~-*siàu* [～賬] q.v. **8.** 概算; 估計 **9.** 使呈某狀況 ¶~ *thán-hoâiⁿ* [～坦橫] 橫著放 ¶~ *thán-tit* [～坦直] 扶直; 放直 **10.** (從電腦中、網路上) "抓"(下來) 介 表示處置 ¶~ *i bô pān-hoat* [～伊無辦法] 拿他沒辦法。

liah-chhoaⁿ 動 裂開成刺儿, 例如指甲邊長肉刺; ≃ līh-chhoaⁿ ¶*Chhâ bô chhat, ē* ~. [柴無漆, 會～.] 木材不上漆的話會裂出刺儿 ¶*Chit cháiⁿ* ~, *chin thiàⁿ*. [這cháiⁿ～, 真痛.] 這根指頭的指甲邊長肉刺, 很痛。

liáh-chò/*-chòe* [掠做] 動 以為; ≃ kioh-sī; ≃ liáh-chún。

liáh-chún [掠準] 動 以為; ≃ kioh-sī;

liáh-hî [掠魚] 動 捕魚 ⌊≃ liáh-chò。

◇ ~-·*ê* ê: 漁夫。

liáh-kan [掠姦] 動 捉姦。

liáh-kâu [掠猴] 圍 動 捉姦(夫)。

liáh-kiáu [掠 kiáu] 動 "抓賭"。

liáh-kioh [掠 kioh] (< [掠覺]) 動 以為; ≃ kioh-sī; ≃ liáh-chò。

liáh-kông [掠狂] 動 "抓狂," 即慌張或發狂。

liáh-lāu [掠漏] 動 "抓漏," 即搜尋並修好漏水、漏雨處。

liáh-liông/*-lêng* [掠龍] 動 按摩; ≃

liáh-pau [掠包] 動 "抓包," 即非好意

地抓錯誤。 ［帳目出錯的地方。

liàh-siàu [掠賬] (< [掠數]) ⓓ 找出

liàh-soa (-kin /-kun /-kin) [掠痧
(筋)] ⓓ (以碗、杯子的口等)刮皮
膚(以治療中暑); ≃ khau-soa。

liàh-tit [掠直] ⓓ 1. 扶直; ≃ liàh thán-
tit 2. 取直 ¶kā khe/khoe ～ [kā 溪
～]把河川(截彎)取直。

liàk ⓢ 珠子等輕脆的碰撞聲 ¶～-～-
kiò [～～叫] q.v. ⓓ (珠子等)發
出輕脆的碰撞聲。

liǎk ⓢ 珠子等輕脆的一聲碰撞聲。

liàk-liàk-kiò ⓓ 1. 珠子等碰撞而發出
輕脆的聲音 2. 打算盤出聲。

liam¹ (< Sin [拈]) ⓓ 用拇指與食指
取或捕捉; cf ni² ¶～ chháu-ki [～草
枝]從草叢中抽出草莖 ¶～ chhân-eⁿ
[～田嬰]用手指捉蜻蜓 ¶～ khau-á
[～㽎仔]拈㽎; ≃ liu khau-á¹。

liam² ⓓ 踮著腳走。

liâm¹ (< Sin [鯰]) ⓐ [á] BÓE: 鯰魚。

liâm² (< Sin [黏]) ⓓ 1. 黏合 2. 粘
(住) ⓕ 全。

liâm¹ [歉] ⓓ 1. 不足;未滿; ≃ lím
¶khah ～ chit pah [較～一百]差一點
有一百 2. 剋扣; (偷)拿一些 ¶thau
～ chîⁿ [偷～錢]暗地裡剋扣款項
¶～ kóa khí-·lâi [～寡起來]扣除一些
下來 3. 節約 ¶～ só·-hùi [～所費]節

liâm² ⓓ 感染; ⇒ jiâm²。 ⌊省開銷。

liàm¹/liām (< sem liām¹) ⓐ 瓣;片;
cf bān¹ ¶Chit liàp kam-á chàp-it
～. [一粒柑仔11～.]一顆橘子有十
一瓣 ⓠ 1. 果實的瓣,例如柑橘、柚
子; ≃ bān² 2. 球根的瓣,例如蒜、
百合 3. 球狀物切開成片的一片,例
如鳳梨、西瓜。

liàm² (< Sin) [捻] ⓓ 1. 用手指捏
住皮肉使勁地扭轉 ¶Lāu-su kā hàk-
seng ～ chhùi-phé. [老師 kā 學生～
嘴 phé.]老師在學生臉上擰了一把

2. 摘(斷) ¶Íⁿ ～-kóa-tiāu. [Íⁿ～寡
掉.]把剛長出來的嫩葉摘一些掉。

liām¹ ⓐ ⓠ 瓣;片; ⇒ liàm¹。

liām² (< Sin [歛]) ⓠ 鼓起的長條;例
如楊桃、南瓜的外表; ≃ lēng¹。

liām³ (< Sin) [唸] ⓓ 1. 誦讀;朗
誦 ¶khòaⁿ pò-chóa kō ～-·e [看報
紙 kō～-·e]出聲讀報紙 ¶àm-～ [暗
～]背誦 2. 絮聒不休地責罵或抱怨
△ ～-kà chhàu-thâu-·khì [～kà 臭頭
去] (被)絮聒地責罵或抱怨
3. (因思念而)經常提起 ¶Lín lāu-bó
tiāⁿ teh ～ ·lí. [Lín 老母 tiāⁿ teh～
你.]你媽媽老惦著你。

liām⁴ (< liân⁷, q.v.) ⓘ ⓐ 連同。

liâm-á [鐮仔] ⓐ KI: 鐮刀; ≃ liâm-
lèk-á。

liām-chheh-koa [念冊歌] ⓓ 拖著聲
音朗誦,沒有抑揚頓挫。

liām-chu (< log Sin) [念珠] ⓐ KŌAⁿ,
LIÀP: 全; ≃ sò·-chu。 ⌊香 ⓓ 拈香。

liam-hiuⁿ (< log Sin [拈香]) [liam

liām-iâu [唸謠] ⓓ 念歌詞,無曲。

liām-keng (< log Sin) [念經] ⓓ 1. 朗
誦經文 2. 絮聒不休地責罵。

liam-kha(-pō·) [liam 腳(步)] ⓓ 踮
著腳; ≃ nè-kha-bóe。

liam-khau(-á) (< log Sin; v khau-á)
[liam 㽎(仔)] (< [拈㽎(□)]) ⓓ 拈
㽎; ≃ liu-/thiu-khau。

liâm-mi (< liâm-piⁿ) ⇒ liâm-tiⁿ。

liâm-mò·h (< log Nip) [黏膜] ⓐ TÈ,
TÊNG: 全。

liâm-ni (< liâm-tiⁿ, q.v.)。

liâm-nì-noài [黏 nì-noài] ⓕ 黏搭搭,
令人不舒服。

liâm-piⁿ ⇒ liâm-tiⁿ。

liâm-sèng (< log Nip) [黏性] ⓐ 全。

liâm-thi-thi [黏黐黐] ⓕ 黏搭搭,易
使其他物體粘住。

liâm-thô· (< log + tr) [黏thô·] ⓐ 黏
土;膠泥; ≃ jūn-thô·。

liâm-ti^{n} (> *liâm-pi^{n}* > *liâm-mi* > *nâm-mi*; > *liâm-ni*) [名] 待會儿 △ ~ ·*le.* [~咧.] 待會儿(再處理) [副] **1.** 馬上; 待會儿; *cf.* sûi ¶*Tán-·le, ~ hó.* [等·le, ~好.] 等一等, 馬上好 **2.** 一下子 ¶~ *khàu, ~ chhiò* [~哭, ~笑] 一下子哭了, 一下子又笑了。

liám-tó· [liám肚] [名] 脅下的腹部; ≃ kám-tó· ¶*gû-~* [牛~] 牛腩。

[lian]^{1} (< *lan*^{2}, q.v.)。

lian^{2} (< Sin) [蔫] [動] **1.** 枯萎 ¶*Chhài bô ak, ~-·khì.* [菜無沃, ~去.] 菜沒澆水, 蔫了 **2.** 捲; ≃ kńg-lian, q.v. [形] [x] **1.** 枯萎 **2.** 捲曲。

liân^{1} (< log Sin) [聯] [名] HÙ, TÙI: 對聯。

liân^{2} (< log Sin) [連] [名] Ê: 軍事單位。

liân^{3} (< log Nip < tr; *cf* En *ream*) [連] [量] 令, 即整包的出廠未裁的紙張。

liân^{4} (< log Sin) [聯] [量] 聯單中的一份。

liân^{5} (< log Sin) [聯] [動] 聯合 ¶~ *Tiong-kok, hoán Tâi-oân* [~中國反台灣] 聯中反台。

liân^{6} (< log Sin) [連] [動] 相接 ¶*kā nn̄g tiâu ti̍t-sòa^{n} ~-·khí-·lâi* [kā 兩條直線~起來] 把兩條直線連起來。

liân^{7} (< log Sin; > *liān*^{5} > *liām*^{4}) [連] [介] [副] 連同; ≃ chham/chhām。

lián^{1} [名] [*á*] Ê, LIȦP: 輪子 ¶~ *phòa-·khì* [~破去] 輪子爆了 ¶*chhiū-leng-~* [樹奶~] 橡膠輪子 [量] 計算輪子的單位。

lián^{2} (< Sin) [撚] [動] **1.** 用拇指與食指轉動 ¶~ *chhùi-chhiu* [~嘴鬚] 撚鬍子 **2.** 詐取(錢財)。

liàn‖*lìn* [量] 圈 ¶*ūn-tōng-tiâ^{n} se̍h chi̍t ~* [運動埕 se̍h 一~] 運動場繞一周 [動] **1.** 滾動 ¶~ *thih-bé lián-kheng* [~鐵馬 lián 框] 滾鐵環 ¶*Kiû ~-khì tiâ^{n}-pi^{n}.* [球~去埕邊.] 球滾到場邊去了 **2.** 掉(落); 墜(落) ¶*Kiû sîn-bô-hó-sè, ~-·khì.* [球承無好勢, ~去.] 球沒接好, 掉了 ¶*I ~-lo̍h-khì khàm-kha.* [伊~落去崁腳.] 他掉下山崖。

liān^{1} (< Sin) [鏈] [動] 上鎖鏈 ¶*hoān-lâng hông ~-·khí-·lâi* [犯人 hông~起來] 犯人被上了鎖鏈。

liān^{2} (< Sin) [煉] [動] 提煉。

liān^{3} (< Sin) [練] [動] 練習 ¶~ *kang-hu* [~工夫] 練拳 ¶~ *kûn-thâu* [~拳頭] do.

liān^{4} [練] [動] 說, 貶意 △ ~ *siáu-ōe* [~siáu話] 說沒道理的話。

liān^{5} (< *liân*^{6}, q.v.) [介] [副] 連同。

lián-á [lián仔] [名] Ê, LIȦP: 輪子。

liān-á [鏈仔] [名] TIÂU: 鏈子。

lián-á-ê/-ôe [lián仔鞋] [名] SIANG, KHA: 裝滑輪的鞋。

lián-á-pang [lián仔枋] [名] TÈ: 裝滑輪的板子。

liān-á-phè [鏈仔帕] [名] Ê: 腳踏車鐵鏈的罩子。

liân-bêng (< log Chi) [聯盟] [名] Ê: 仝 ¶*kok-chè ~* [國際~] 仝 [動] 仝 ¶*kah tē-sa^{n} sè-kài ~* [kah 第三世界~] 與第三世界聯盟。

lián-bū (< *liám-bū* < **jiám-bū* < Mul *jambu*) [連霧] [名] CHÂNG, LIȦP: 仝。

liân-chāi (< log Nip) [連載] [動] 仝 ◇ ~ *siáu-/sió-soat* (< log Nip) [~小說] PHI^{n}: 仝。

liân-chí (< log Sin) [蓮子] [名] LIȦP: 仝。

liân-chiau-hoe [蓮蕉花] [名] CHÂNG, LÚI: 曇華屬植物名; ≃ liân-chiau-á。

liân-chō-hoat (< log Chi) [連坐法] [名] 仝。

liân-ha̍p (< log Nip < Sin) [聯合] [動] [形] 仝 ◇ ~-*kok* (< log Chi < tr En *the United Nations*) [~國] 仝。

liân-hî (< log Sin) [鰱魚] [名] BÓE: 仝。

liân-hoe (< log Sin) [蓮花] [名] CHÂNG, LÚI: 仝; ≃ chúi-liân-hoe

◇ ~-*hio̍h* [～葉] HIO̍H: 蓮葉;荷葉
◇ ~-*thâu* [～頭] Ê, LIA̍P: (淋浴的)蓮蓬頭
◇ ~-*tî* [～池] Ê: 荷塘。
liān-iû-chhiáng/-*chhiú*^{n} (< log Chi) [煉油廠] [名] KENG: 仝。
liân-jīm/-*gīm*/-*līm* (< log Sin) [連任] [動] 仝。
lián-kheng [lián框] [名] Ê, KHO͘: 輪子上固定輪胎的金屬環。
liān-khîm [練琴] [動] 仝。
liân-khoân chhia-hō (< log Chi) [連環車禍] [名] Ê, PÁI: 仝。
lián-kiō [輦轎] [名] TÉNG: 神輿。
liân-koàn (< log Chi) [連貫] [動] [形] 仝。
liân-kun (< log Chi; *cf* Nip [聯合軍]) [聯軍] [名] 仝。
liân-lo̍k (< log Nip < Sin) [連絡] [名] [動] 仝
◇ ~-*jîn*/-*gîn*/-*lîn* (< log Chi) [～人] Ê: 仝。
liân-lūi (< log Sin) [連累] [動] 仝; ≃ tài-·tio̍h。
liân-miâ (< log) [聯名] [動] 仝。
liân-ngāu (< log Sin) [蓮藕] [名] TIÂU: 藕。
liân-pang (< log Nip) [聯邦] [名] Ê: 仝。
liān-peng (< log Nip) [練兵] [動] 仝。
lián-phè [lián帕] [名] Ê: 罩在車輛輪子上的護泥板。
liân-pò/-*pò͘* (< log Chi) [聯播] [動] 仝。
liân-pô͘ [蓮pô͘] [名] Ê, LIA̍P: 蓮蓬。
liân-pò͘ ⇒ liân-pò。
lian-pó͘-pó͘ [蔫脯脯] [形] 枯萎。
lián-pôa^{n} [lián盤] [名] Ê, TÈ: 轉盤。
liân-siá (< log Chi) [連寫] [動] 仝 ¶ *"Taiwan" ê "Tai" kah "wan" ài* ~. ["Taiwan" ê "Tai" & "wan" 愛～.] "Taiwan" 的 "Tai" 和 "wan" 必須連寫。
liân-sio̍k-kio̍k/-*ke̍k* (< log Chi) [連續劇] [名] CHHUT: 仝。
liān-si̍p (< log Sin) [練習] [名] [動] 仝
◇ ~-*phō͘* (< log Chi) [～簿] PÚN: 仝。
liân-só-tiàm (< log Nip < tr En *chain store*) [連鎖店] [名] KENG: 仝。
liân-sòa [連sòa] [動] 連續 ¶*sio*-~ [相～] do.
liân-sòa^{n1} (< log Chi < ab [聯合陣線/戰線] < tr En *united front*) [聯線] [名] TIÂU: 聯合陣線。
liân-sòa^{n2} (< log Chi) [連線] [動] 線路相通 ¶*kah tiān-náu tiong-sim* ~ [kah電腦中心～] 與電腦中心連線。
liân-soán (< log Chi) [連選] [動] 仝 ¶~ *ē-/ōe-sái-tit liân-jīm chi̍t pái* [～會使得連任一擺] 連選得連任一次。
liân-sú/-*sū* (< log Chi) [連署] [動] 仝
◇ ~-*jîn*/-*gîn*/-*lîn* (< log Nip) [～人] Ê: 仝
◇ ~-*si*/-*su* (< log) [～書] TIU^{n}, HŪN: 仝。
liân-tài (< log Nip) [連帶] [動] 仝
◇ ~ *chek-jīm* (< log Nip) [～責任] 仝
◇ ~ *koan-hē* (< log) [～關係] 仝。
liân-te̍k [聯軸] [名] Ê, HÙ: 輓聯。
liân-thé-e^{n}/-*i*^{n}/-*eng* (< col log Chi) [連體嬰] [名] [*á*] Ê, TÙI: 連體嬰。
liân-tiú^{n} (< log Chi) [連長] [名] Ê: 仝。
liàn-tńg‖*lìn*- [liàn轉] [量] (繞)圈子 ¶*pha chi̍t* ~ [pha一～] 繞一圈 [動] **1.** 轉動 ¶*se̍h*-~ **a.** 繞(圈子) **b.** 打轉 **2.** (無阻礙地)動來動去, 指發音器官 ¶*kóng-bē*-~ [講bē～] 說得不流利; 發音失誤(而說錯) [形] "輪轉," 即流利 ¶*bô gōa* ~ [無gōa～] 不很流利。
[**liang**] ‖*giang* [象] 鈴鐺聲 [動] (鈴)響 ¶*Tiān-ōe ho͘* ~ *khah kú ·le, chiah chiap.* [電話ho͘～較久·le才接.] 讓電話響久一點儿再接。
liâng (< Sin) [涼] [形] **1.** 涼快 **2.** 清閑 ¶*Góa ta̍k ji̍t tī gōa-kháu chông, lí tòa chhù-·ni* ~. [我ta̍k日tī外口

chông～, 你tòa厝裡～.] 我每天在外
頭奔波, 你卻在家裡過悠閑的日子。

liāng‖*liōng* (< Sin) [量] 名 1.份
量¶*Io̍h-á, ～, siuⁿ tāng.* [藥仔～
siuⁿ重.] 藥量過重¶*chúi-～* [水～] 全
¶*kang-chok-～* [工作～] 全 2.肚量
¶*Ū ～, chiah ū hok.* q.v.

liang-á [liang仔] 名 ê, KI: 鈴鐺; ≃
lin-liang-á.

liâng-chhio̍h [涼蓆] 名 NIÁ: 全。

liâng-ê/-ôe (< log Sin) [涼鞋] 名
KHA, SIANG: 全。

liâng-í [涼椅] 名 CHIAH: 全。

liāng-iak‖*liōng-iok* [量約] 副 [á]大
略;全; ≃ liāng-kî-iak(-á).

liāng-kái‖*liōng-* (< log) [諒解] 名
liâng-ôe ⇒ liâng-ê.　　　　[動 全。

liâng-sè [涼勢] 形 (工作負擔)輕鬆。

liâng-sèng‖*liông-*(< log Nip; ant *ok-
sèng*) [良性] 形 全¶*～ ê liû* [～ê瘤]
良性腫瘤。

liâng-sim‖*liông-* (< log Sin) [良心]
名 全¶*～ hoat-hiān* [～發現] 全。

liâng-têng-á‖*lêng-* (< log Sin + *á*)
[涼亭仔] 名 ê: 1. 涼亭 2.(< sem)
寬闊的遮陽蔽雨設施, 例如騎樓下、
房門前寬廣的屋簷下。

liap |1‖*lia̍p* (< Sin) [捏] 動 1.(用
指尖)捏/塑造 2.捏造(事實, 說不
負責任的話)。

liap² (< log Sin) [攝] 動 攫取;攝(走)
¶*hō͘ kúi ～‧khì* [hō͘鬼～去]被鬼攝
走了。

liap³ [攝] 動 忍(住大、小便)。

liap⁴ [懾] 動 1.怕 2.畏縮 3.萎縮;
≃ pó⁻¹¶*hoe ～‧khì* [花～去]花癟了
形 [x] 萎縮的樣子。

liap⁵‖*lek* 動 使有褶紋;打褶¶*Chit niá
kûn ê kéng ～-kà chin iù.* [Chit領
裙ê襇～kà真幼.]這條裙子的褶子褶
得很細 形 皺¶*bīn ～-～* [面～～]臉

皮皺皺的。

lia̍p¹ (< Sin) [粒] 名 (液體中的)固
體¶*iúⁿ le̍k-tāu-thng, kan-na ko͘ ～*
[舀綠豆湯, kan-na ko͘～]舀綠豆湯
時, 只挑綠豆等固體撈¶*Moâi chhun
ám, bô ～.* [糜chhun ám, 無～.]粥
裡只剩湯, 沒有米粒 量 計算球體、
塊狀物、山等的單位 形 (飯等顆粒
狀食物)硬而缺黏性。

lia̍p² (< Sin) [捏] 動 1.(用手掌)捏
成團; ≃ teⁿ ¶*～ pn̄g-oân* [～飯
丸]捏飯團 2.(用指尖)捏¶*phīⁿ-á
～-‧leh* [鼻仔～-‧leh]捏著鼻子 3.(用
指尖)塑造, 例如做泥人儿; ≃ liap¹
4. 捏造(事實); ≃ liap¹。

liap-á (< *lia̍p-á*) [liap仔] (< [粒□])
名 顆粒;粒子。

lia̍p-á [粒仔] 名 LIA̍P: 疙瘩, 即小瘡疔
◊ ～-*lâng* [～膿]疙瘩裡的膿汁
◊ ～-*phí* [～疕] TÈ: 疙瘩痊癒前未脫
落的疤。「護腺」名 ê, LIA̍P: 全。

liap-hō͘-sòaⁿ‖*siap-* (< log Nip) [攝
liap-iáⁿ kì-chiá (< log Chi) [攝影記
者] 名 ê:全。

liap-kéng [liap襇] 名 1. 摺痕 2. 皺
紋 動 打褶; ≃ khioh-kéng。

liap-‧khì [懾去] 動 1. 畏縮 2. 萎縮。

Liap-sī ⇒ Siap-sī。

lia̍t |1 (< log Sin) [列] 量 全¶*pâi
kui-～* [排kui～]排成一列(一列)
動 列(表、單等) ¶*Tāi-piáu ê miâ
～ tī ē-kha.* [代表ê名～tī下腳.]代
表姓名列後¶*～-ji̍p gī-têng* [～入議

lia̍t² [熱] ⇒ jia̍t。　　　　[程]全。

lia̍t 象 一下子撕破聲。　　　「全。

lia̍t-chhia (< log Nip) [列車] 名 TÂI:

lia̍t-koán (< log Chi) [列管] 動 全¶*I
hō͘ Kéng-pī Chóng-pō͘ ～.* [伊hō͘警
備總部～.]他被警備總部列管。

lia̍t-pió (< log Chi) [列表] 動 全。

lia̍t-se̍k (< log Nip) [列席] 動 全。

liàt-tó/*-t*ó (< log Nip) [列島] (名) ê: 全¶*Phê*ⁿ*-ô·* ~ [澎湖~] 全。

·**liau** (< *liáu*³) (助) 表示新事實發生，常用於戲謔，輕聲低調¶*bô-·khì* ~ [無去~] 化為烏有了。

liau‖*liâu* (< *tiâu*²) (量) 計算細紙條、狹木板的單位 (動) 切割成條狀¶~ *chóa* [~紙] 把紙切割成條狀¶~ *pang-á* [~枋仔] 裁木板。

liâu¹ (量) 條 (動) 切割成條狀；⇒ liau。

liâu² (動) **1.** 涉 (水) ¶~*-kòe khe* [~過溪] 涉水過溪 **2.** 涉 (入事務) ¶~*-·lòh-·khì* ·*a* [~落去矣] "遼下去"，即涉入某事務了 **3.** 踩著走 (過不該踩的地方，例如草坪、菜園子)。

liâu³ (動) (形) 皺；⇒ jiâu。

liáu¹ [了] (尾) **1.** 表示因果¶*chiàh-*~ *pak-tó· thiàⁿ* [吃~腹肚痛] 吃了肚子痛¶*khòaⁿ-*~ *chin siūⁿ-khì* [看~真受氣] 看了很生氣 **2.** 表示結果的品質；*cf* kà³ ¶*chò-/chòe-*~ *chin chho·* [做~真粗] 做得很粗¶*lâng seⁿ-*~ *bē-bái* [人生~bē-bái] 人長得不錯。

liáu² [爪] ⇒ jiáu。

liáu³ (< Sin) [了] (動) **1.** (事情) 完了；…了之後；≃ soah² ¶*I khang-khòe chò-*~ *tiō cháu* ·*a*. [伊 khang-khòe 做~就走矣.] 他工作做完就離開了 **2.** 虧損¶~ *chin chē/chōe chîⁿ* [~真 chē 錢] 虧很多錢 **3.** 浪費；≃ bô-chhái ¶*sî-kan lóng* ~*-·khì* [時間攏~去] 時間都白費了*4.** 耗費；≃ iōng ¶*Chò che ài* ~ *chin chē sî-kan* [做 che 愛~真 chē 時間.] 做這個很費時 **5.** 損傷 (精神)；≃ sún³ **6.** 沒有剩餘；*cf* oân³ ¶*chiàh-*~ ·*a* [吃~矣] 吃完了¶*chiàh-*~*-*~ [吃~~] 吃光光。

liàu ⇒ jiàu。

liāu¹ (< Sin) [料] (名) 原料；材料¶~ *chē/chōe, bô-it-tēng hó-chiàh*. [~ chē 無一定好吃.] 材料多不一定好吃。

liāu² (< Sin) [料] (動) 料想¶~*-bē-kàu* [~ bē 到] 料想不到。

liâu-á¹ [寮仔] (名) KENG, ê: 非正式的建築物¶*chháu-*~ [草~] 草棚¶*tah* ~ [搭~] 搭棚子。

liâu-á² [liâu 仔] (副) 不慌不忙地；≃ (khoaⁿ-)khoaⁿ-á; ≃ (ûn-)ûn-á ¶~*-◇ ~-sî do.* ⌊*kiâ*ⁿ [~行] 慢慢地走。

liáu-āu [了後] (名) 過後¶*I* ~ *chiah kā góa kóng.* [伊~才 kā 我講.] 事後他才告訴我¶*sí-*~ [死~] 死後¶*tōa-chúi* ~ [大水~] 洪水過後。

liâu-bāng-tâi‖*-bōng-* (< col log Chi) [瞭望台] (名) ê: 全。

liáu-bé-á(-kiáⁿ) ⇒ liáu-bóe-á。

liáu-bé-kiáⁿ ⇒ liáu-bóe-kiáⁿ。

liáu-bóe-á(-kiáⁿ)‖*-bé-*‖*-bé'-* [了尾仔 (kiáⁿ)] (名) ê: 敗家子。

liáu-bóe-kiáⁿ‖*-bé-*‖*-bé'-* [了尾 kiáⁿ] (名) ê: 敗家子。

liâu-bōng-tâi ⇒ liâu-bāng-tâi。

liáu-chîⁿ [了錢] (動) 虧本。

liâu-chúi [liâu 水] (動) 涉水。

liâu-hoat (< log Nip) [療法] (名) 全¶*sit-bùt* ~ [食物~] 全。

liâu-iáng/*-ióng* (< log Nip) [療養] ◇ ~*-īⁿ* (< log Chi) [~院] KENG: 全。

liáu-kái (< log Nip) [了解] (動) 全。

liáu-kang [了工] (動) 消耗很多時間¶*Phian sû-tián chiok* ~. [編詞典足~.] 編詞典很花時間。

Liâu-kok (< log Chi; *cf* En *Laos*) [寮國] (名) 東南亞老撾國。 ⌊夫。

liáu-làt [了力] (動) 白費力氣；白費工

liāu-lí (< log Nip) [料理] (名) 烹調法；烹飪的食品¶*Tâi-oân* ~ [台灣~] 台菜。

liáu-liáu [了了] (形) **1.** 盡是；很多¶*Àm-sî chhàt-á* ~/·~. [暗時賊仔~.] 晚上很多小偷¶*Ke-/Koe-á-lō· lâng* ~/·~. [街仔路人~.] 街上全

是人 **2.**殆盡 ¶*chiàh-~* [吃～] 吃光
劂 **1.**完全 ¶*hó-~* [好～] 完全變好
2.很 ¶*làu-khùi ~* [làu气～] 大為出

liâu-liâu-á (< *liâu-á*[2], q.v.)。 ⌊醜

liáu-pún [了本] 働 蝕本。

liáu-put-khí (< log Chi) [了不起]
彫 不平凡;很行 劂 囡 充其量;沒什
麼了不起; ≃ kèk-ke ¶*~ góa chhiá*ⁿ
·lí, hó ·bo? [～我請你, 好否?] 我就
請你好吧, 沒什麼了不起。

liâu-sǹg/-*soàn* (< log Sin) [料算]
働 料想;推算。 ⌊名 ê: 全。

liâu-têng/-*thêng* (< log Chi) [療程]
|lih| (< *tit*[1], q.v.)。

lih (< Sin) [裂] 働 (因拉扯而) 裂了
縫; *cf* pit[3] ¶*~··khì* [～去] 破裂。

lih-chhoaⁿ [裂 chhoaⁿ] 働 裂開成
刺儿; ≃ liah-chhoaⁿ, q.v.

lih-sai-sai [裂 sai-sai] 彫 裂得很開
¶*chhiò kà ~* [笑到～] 裂著嘴笑 (得
很開心)。 ⌊chôe] 働 綻線。

lih-sòaⁿ-chôe /-*chē* /-*chē* [裂線
|lim| 働 喝;飲 ¶*~ chúi* [～水] 喝水 ¶*~*

lîm 働 ⇒ jîm[2]。 ⌊thng [～湯] 喝湯。

lím 働 接近 (某數); ≃ khah-lím, q.v.
彫 **1.**靠近邊緣 ¶*Peh-khit-lì chhù-
téng, m̄-hó khiā siu*ⁿ *~*. [Peh 起去
厝頂 m̄ 好企 siuⁿ～.] 爬到屋頂上不
要站太靠邊 **2.** [x] (還) 差一點儿
¶*chàp-bān kho ~-~* [十萬箍～～]
幾乎達十萬元 ¶*~-~-~··a boeh/beh
chàp-bān kho* [～～～·a 欲十萬箍] do.

lîm 働 小睡; bîn[2]。

līm ⇒ jîm。

lim-chiàh [lim 吃] (< [□吃]) 働 吃
喝。 ⌊全 働 全。

lîm-kiám (< log Nip) [臨檢] 名 PÁI:

lím-lím-·a (v *lím*) 彫 相當接近。

lîm-pa (< log Nip < Nip *rimpa* < Lat
lympha) [淋巴] 名 全
◇ *~-sòa*ⁿ (< log Nip) [～腺] 全; ≃

lîm-/lǐm-pá-sián。

lîm-sî (< log Nip < Sin) [臨時] 彫
◇ *~-kang* [～工] ê: 全 ⌊全
劂 全 ¶*~ piàn-kòa* [～變卦] 全。

Lîm-Sóng-bûn [林爽文] 名 反清領
袖名 (?–1788?)。

lîm-tiûⁿ (< log) [林場] 名 ê: 全。

·lin ⇒ ·ni[1]。

lin[1] [奶] ⇒ leng[1,2]。

lin[2] 象 高頻的鈴聲; ⇒ ling。

lîn[1] [仁] ⇒ jîn。 ⌊名。

lîn[2] (< log Sin) [鄰] 名 ê: 行政單位

lín 代 你們 指 你們的;你的 ¶*~ làu-pē*
[～老父] 你爸爸 ¶*~ tau* 你家 ⌊我
△ *~ chó·-má* [～祖媽] 囲 老娘;我
△ *~ m̄·a lè* [～姆·a lè] 囲 你他媽
△ *~ né lè* 囲 do.
△ *~ tau ê tāi-chì* [～兜 ê 代誌] 你家
⌊的事 (事不關我)。

lìn ⇒ liàn。 ⌊的事 (事不關我)。

līn ⇒ jīn。

lîn-chit[1] [人質] ⇒ jîn-chit。

lîn-chit[2] (< log Chi) [磷質] 名 全。

lìn-gò/-*gò* (< Nip *ringo*) 名 LIÀP: 蘋
果。 ⌊果
◇ *~-soāi*ⁿ-*á* [～檨仔] LIÀP: 蘋果芒

lǐn-jín‖lîn-‖nǐn- (< Nip *ninjin*) 名
TIÂU: 胡蘿蔔; ≃ âng-chhài-thâu。

lín-kok (ant *goán-kok*) [lín 國] 名 貴

lín-liang 象 鈴鐺聲。 ⌊國。

lin-liang-á 名 鈴鐺。

lin-liang-kiò 働 鈴鐺連續出聲。

lin-lín-liang-liang (v *lín-liang*) 働 高
頻的鈴鐺連續發出聲音。

lin-lín-long-long (v *lín-long*) 働 **1.**中
低頻的金屬連續發出撞擊聲, 例如大
鈴鐺、鐵罐 **2.**撥浪鼓儿等發出「鏗
鏗」的聲音 **3.**水流連續發出聲音。

lin-lín-lòng-lòng (v *lìn-lòng*) 働 連續
發出低頻的粗大撞擊聲。

lin-lín-lōng-lōng 彫 嘈雜。

lín-long (< *lóng-long*) 象 **1.**中低頻
的金屬連續發出的撞擊聲, 例如大鈴

鐺、鐵罐 **2.**撥浪鼓儿等「氂氂」的聲音 **3.**水流聲。

līn-lòng⊛ 連續的低頻撞擊聲,例如大車子顛簸、打鼓。

lin-long-kiò (< *long-long-kiò*, q.v.)。

lìn-lòng-kiò [lìn-lòng 叫] 働 連續發出震耳的撞擊聲。

līn-lōng-kiò (< *lōng-lōng-kiò*[1], q.v.)。

lín-pá-sián (< ana Chi *lin*[2]*pa*[1]-*hsien*[4] < *lǐm-pá-sián* < Nip *rim-pasen* < Nip *-sen* + Lat *lymphaticus...*)⊛ 淋巴腺。

lín pē [lín 父] 粗 代 老子;我。

lîn-tiún (< log Chi) [鄰長] 名 Ê: 全。

lìn-tńg ⇒ liàn-tńg。

ling ‖*lin* ⊛ 高頻的鈴聲,例如電鈴、電話、計時器或腳踏車的鈴子 ¶*tiān-lêng "~, ~, ~," lóng m̄ ìn* [電鈴~~~,攏 m̄ 應] 電鈴響著,卻不去應門。

lǐng- lǐng- chhi (< sem < Chi *ling*[2]-*ling*[2]*ch'i*[1] < 007 < ab En *Agent 007*)名 KHA: 箱型公事包 ¶*kōan chit kha~* [kōan 一 kha~] 提個零零七。

lio /*liô* 働 **1.**(從外層)割下薄片 ¶*~ bah* [~肉] 割下肉片 **2.**橫著移動器具以取物體的上層 ¶*~ ám* 用杓子舀起稀飯上層稍微凝結的皮 **3.**切割 ¶*Jiû-hî ~-~··le chiah chhá.* [鰇魚~~·le 才炒.] 魷魚先割一割刻痕再炒 ¶*~ chóa* [~紙] 裁紙 ¶*~ po-lê* [~玻璃] 割玻璃。

lió 働 瞟(一眼)。

liò ⇒ lò。

liō ⇒ jiō。

·lio ‖·*lioh*‖·*lioh* 働 表示告知,輕聲固定低調 ¶*Hit keng chhú kóng bē chit chheng-bān ~.* [Hit 間厝講賣一千萬~.] 那棟房子"說"賣一千萬呢。

·lioh ⇒ ·lio。

lioh-(lioh-)á [略(略)仔]働 稍微。

·lio·h ⇒ ·lio·。

liok ⇒ jiok。

liok[1]‖*lèk* (< Sin) [六] 働 第六個基數文讀; cf lák[1] ¶*jī-khòng khòng-~ nî* [2006 年] 全。

liok[2] 働 挼搓;⇒ jiòk[1]。

liok[3]‖*lèk*‖*lòk* (< log Sin) [錄] 働 全 ¶*Lí kóng ê ōe lóng hông ~··khí··lâi ·a.* [你講 ê 話攏 hông~起來矣.] 你說的話被錄下來了。

liok[4] [弱] ⇒ jiak。

liok-chhú ‖*lòk-*‖*lèk-chhí/-chhú* (< log Chi) [錄取] 働 全。

liok-chiàn-tūi ‖*lèk-* (< log Nip) [陸戰隊] 名 Ê, TŪI: 全。   「影」働 全

liok-ián ‖*lèk-*‖*lòk-* (< log Chi) [錄◇ *~-ki* (< log Chi) [~機] TÂI: 全◇ *~-tòa* (< log Chi) [~帶] KHÛN, TÈ: 全。   「音」働 全

liok-im ‖*lèk-*‖*lòk-* (< log Nip) [錄◇ *~-ki* (< log Nip) [~機] TÂI: 全◇ *~-tòa* (< log Chi) [~帶] KHÛN, TÈ: 全。   「全。

liok-kun ‖*lèk-* (< log Nip) [陸軍] 名

liok-tē/-tōe ‖*lèk-*‖*lòk-* (< log Sin) [陸地] 名 TÈ: 全。

liông[1] 名 絨;⇒ jiông[1]。

liông[2] 名 糜爛的食物;⇒ jiông[2]。

liông[3] 名 初生的肉;⇒ jiông[3]。

liông[4]‖*lêng* (< log Sin) [龍] 名 BÓE: **1.**一種中國的想像的吉祥動物 **2.**十二生肖第五 **3.**其他體型長的實際或想像的動物,例如恐龍或西洋傳說中的惡龍。

lióng ⇒ jiáng。

liòng ‖*lèng* 働 **1.**伸長身子;拚(高)¶*~ khah koân ·le, chiah bong-e-tiòh.* [~較 koân ·le,才摸會著.] (身體)往上拚高一點儿才摸得著 **2.**拚扎 ¶*~··cháu··khì* [~走去] 拚脫逃掉

了。

liōng[1] ⓝ 份量;肚量;⇒ liāng。

liōng[2] ‖*lēng* (< Sin [冗]) ⓥ 預留較多的空間、時間、份量(以防不足)¶~ *gō· chhioh* [~五尺]多算五尺進去¶~ *khah chá* [~較早]提早;≃ liōng-chá¶~ *khah kú* [~較久]多給一點儿時間 ⓗ **1.** 鬆;不緊;⇒ lēng[2] **2.** 有餘裕¶*Sî-kan iáu chin ~.* [時間夭真~.]時間還很充裕。

liōng-chá [liōng 早] ⓥ 提早。

liông-chûn ⇒ lêng-chûn。

liông-hê‖*lêng-* [龍蝦] ⓝ BÓE: 全。

liōng-iok ⇒ liāng-iak。

liōng-kái ⇒ liāng-kái。

liông-kńg-hong‖*lêng-* (< log Chi; cf Nip [大龍卷]) [龍捲風] ⓝ CHŪN: 全。

liòng-koân‖*lèng-* ⓥ 踮起腳或略為蹤身(以觸到比身體高的地方或看到比視線高的地方)。[ⓝ KI: **1.** 脊椎骨

liông-kut‖*lêng-* (< log Sin) [龍骨] ◊ ~-*chhóe/-chhé* [~髓] TIÂU: 脊髓 **2.** 船隻、飛機、建築物等結構中有如脊椎骨的支撐部位。

liông-sèng ⇒ liâng-sèng。

liông-sim ⇒ liâng-sim。[龍的柱子。

liông-thiāu‖*lêng-* [龍柱] ⓝ KI: 雕

lip[1] (< log Nip) [立] ⓤ 所設立的¶*kok-~* [國~]全¶*su-~* [私~]全。

lip[2] (< log Nip < ab Nip *rittoru* < Fr *litre*) [立] ⓤ 1000 c.c.;公升。

lip[3] [入] ⇒ jip。

lip[4] (< log Sin) [立] ⓥ 設立¶~ *i chò/chòe thài-chú* [~伊做太子]立他做太子。

lip-àn (< log Nip) [立案] ⓥ 全。

lip-chì (< log Sin) [立志] ⓥ 全;≃ hoat-sim。

lip-hoat (< log Chi) [立法] ⓥ 全 ◊ ~-*ī^n/-ì^n* (< log Chi) [~院] ê,

KENG: 全　　　　[委員] ê: 全。
◊ ~ *úi-oân/-goân* (< log Chi) [~

lip-hong (< log Chi) [立方] ⓝ 數自乘兩次的乘方 ⓤ 全¶*Chit sí-si sī chit ~ kong-hun.* [一c.c.是一~公分.]全。　　　　　　　[ⓗ 全

lip-thé (< log Nip) [立體] ⓝ ê: 全 ◊ ~-*kám* (< log Nip) [~感]全。

lip-tiû^n (< log Nip) [立場] ⓝ 全。

lip-úi (< log Chi) [立委] ⓝ ê: 立法委員簡稱。

lit ⇒ jit。

liu[1] (< *thiu*, q.v.) ⓥ 拈(鬮)。

liu[2] (< Sin) [溜] ⓥ **1.** (物體因地心吸力而)滑(走/落)¶*Iōng tiû-á-pò· khàm-bē-tiâu, ē ~--khì.* [用綢仔布蓋bē-tiâu,會~去.]用絲綢蓋不住,會滑落 **2.** 溜(了嘴)¶*ōe kóng-~--khì* [話講~去]說溜了嘴;≃ liu-chhùi **3.** (因滑溜而)失足;cf thùt ¶*kha táh-~--khì* [腳踏~去]腳(沒站穩,)滑了 **4.** 逃(走);≃ liu-soan。

liû[1] (< Sin) [瘤] ⓝ LIÀP: **1.** 瘤子¶*liâng-sèng ê ~* [良性ê~]良性腫瘤¶*se^n/si^n ~* [生~]長瘤 **2.** (碰撞後腫起的)包 ⓤ 計算碰撞所產生的包的單位。

liû[2] (< log) [流] ⓤ 等第¶*tē-sa^n ~ ·ê* [第三~·ê]第三流的。

liû[3] ⓥ 擦拭;⇒ jiû。

liû[4] [流] ⓥ **1.** 流浪;≃ liù[3] ¶*sì-kè ~, sì-kè thó-chiah* [四界~,四界討吃]到處流浪行乞 **2.** 遊蕩;≃ liù[3]。

liû[5] ⓥ **1.** 把線狀物從結構中釋出;cf làu[2(7)] ¶~ *hŏ-tái* 把(成捲的)繃帶解開¶~ *hong-chhoe-sòa^n* [~風吹線]放長風箏的線¶~ *phòng-se* [~膨紗] **a.** 把毛線從線團中鬆開並抽取　**b.** 把毛線織品解體,抽出毛線¶~ *tn̂g-á-tō·* [~腸仔肚] (剖腹)清出內臟 **2.** 把釋出的線狀物收回。

liû[6] (< log < ab [留學]) [留] ⓥ 留

學; ≃ liû-ha̍k ¶~ *Bí-kok* ·ê [~美國 ·ê] 留美的。

liú[1] (< Sin) [紐] (名) 紐扣 ¶*chiàⁿ* ~ [正 ~] 右邊的紐扣 (量) 計算紐扣的單位 ¶*chit* ~ *bô liú* [一~無紐] 一個扣子 沒扣上 (動) 扣(扣子)。

liú[2] (動) **1.**(以略為旋轉的動作)挖 ¶~ *phīⁿ-sái* [~鼻屎] 摳鼻牛儿 **2.**挖 掘; ≃ *ó·[1]/óe[1]* ¶~ *ba̍k-chiu* [~目 睭] 挖掉眼睛 ¶~ *chéⁿ* [~井] 掘井 ¶~ *khang* 挖洞。

liû[1] (動) **1.**(用圈套)套 ¶~ *ām-kún* [~ 頷頸] (將圈套)套在脖子上 **2.**(設 圈套)使人墮入陷阱 ¶*iōng ōe ka* ~ [用話ka~]拿話套他 **3.**(用圈套)套 住以切割,通常用於切割煮硬的蛋。

liù[2] (動) **1.**(因擦傷、侵蝕、長黴等 而)脫(皮) **2.**使滑動而脫落 ¶~ *boe̍h-á* [~襪仔]按住襪子上端開口 處順著腳向下推以脫下 **3.**脫(帽) ¶~ *bō-á* [~帽仔]脫去帽子 **4.**滑落 ¶*the̍h-bô-hó,* ~··*khì* [the̍h無好,~ 去]沒拿好,掉了。

liù[3] (動) 流浪;遊蕩; ≃ liû[4], q.v. (形) 世 故;性格滑溜、靈活,能應付社會上 的各種情況,貶意。

liu (< Sin) [餾] (動) **1.**重新蒸,使熱 ¶~ *kóe/ké* [~粿] 再蒸糕餅 **2.**溫 習 ¶*saⁿ ji̍t bô* ~, *peh-chiuⁿ chhiū,* q.v. **3.**重述;重念 ¶*Thiaⁿ hơ hó, góa koh* ~ ·*chit* ·*piàn.* [听hơ好,我 koh~一遍。聽好,我再重複一次 △ ~-*liáu* ~ [~了~]一再重複 ¶*chit kù ōe* ~-*liáu* ~ [一句話~了~]同 一句話不知說了幾次。

liú-á [紐仔] (名) LIÁP:紐扣。

liù-á (< liù[1]) (名) Ê:圈套; *cf* liù-soh。

liû-bông (< log Chi) [流亡] (動) 全; ≃ cháu-lō
◇ ~ *chèng-hú* (< log Chi < tr En *government in exile*) [~政府] Ê: 全; ≃ cháu-lō chèng-hú。

liû-chheⁿ/-chhiⁿ (< col log Nip < Sin) [流星] (名) LIA̍P:全; ≃ làu-sái-chheⁿ。

liù-chhiú (v liù[2(4)]) [liù手] (動) 沒拿 好(以致掉落、投擲不準確等)。

liù-chhoaⁿ (動) (指甲邊)裂開成籤狀 的皮刺儿; ≃ liah-chhoaⁿ; ≃ lih-chhoaⁿ。 [liû-thé-bu̍t。

liû-chit (< log Chi) [流質] (名) 全; ≃

liû-chit liû-sin (< log Chi) [留職留 薪] (動) 全。 [停薪] (動) 全。

liû-chit thêng-sin (< log Chi) [留職

liû-ha̍k (< log Nip) [留學] (動) 全
◇ ~-*seng* (< log Nip) [~生] Ê: 全。

liû-hêng (< log Nip) [流行] (動) 全 ¶ *kah lâng* ~ [kah人~] 趕時髦 ¶*tòe/tè* ~ do. (形) 全 [全
◇ ~ *kám-mō·* (< log Nip) [~感冒]
◇ ~-*koa* (< log Nip) [~歌] TIÂU:全
◇ ~-*pēⁿ/-pīⁿ* (< log Nip) [~病] Ê:全。

liû-hōe (< log Nip) [流會] (動) 全。

liû-jīm/-gīm/-līm (< log Nip < Sin) [留任] (動) 全。

liû-kám (< log Nip) [流感] (名) 流行 感冒 ¶*chiáu-á* ~ [鳥仔~]禽流感。

liu-khau(-á) (v liu[1]) [liu 鬮(仔)] (< [抽鬮□]) (動) 拈鬮。

liû-kip (< log Chi) [留級] (動) 全。

Liû-kiû (< log Sin) [琉球] (名) 日本地 名。 [全。

liû-lí-tâi (< log Nip) [流理台] (名) Ê:

liú-lia̍h (形) **1.**敏捷 **2.**(衣著)輕便,易 於動作。 [CHÂNG, LIÁP, MI̍H:全。

liû-liân (< Mul *durian*) [榴槤] (名)

liù-liù-cháu [liù-liù走] (動) 到處亂跑, 例如幼兒。

liu-liu-chhiu-chhiu[1] [溜溜秋秋] (形) **1.**靈敏 **2.**能在社會靈活適應。

liu-liu-chhiu-chhiu[2] [溜溜鬚鬚] (形) 很多條狀或鬚狀的物體沒束好。

liu-liu-khì (< *tiu-tiu-khì*) [溜溜去] 働 **1.** 一直地前往　**2.** 到處去 ¶*piu-·le* ~ (不負責任，離家外出)一下子不知跑哪儿去了。

liu-lông [溜 lông] 名 Ê, TÂI: 纜車。

liû-lōng (< log Sin) [流浪] 全; ≃ î^n-kảh-lảk-kō
　◇ ~-*káu* (< log Chi) [~狗] CHIAH:
　◇ ~-*kì* (< log Chi) [~記] Ê: 全 ⌊全
　◇ ~-*niau* (< log Chi) [~貓] CHIAH: 全。

liû-n̂g/-*hông*‖*jiû*- (< ana [黃] < log Sin) [硫磺] 名 全。　⌈chhu-peng

liu-peng (< log Chi) [溜冰] 働 全; ≃

liù-phê/-*phê* ⇒ liù-phôe。　⌈活。

liù-phiù (v *liù*³) 形 性格滑溜、靈

liù-phôe/-*phê*/-*phê* [liù 皮] 働 (因擦傷、侵蝕、長黴等而)脫皮。

liû-sán (< log Nip) [流產] 働 **1.** 胎兒未成熟即生出; ≃ làu-the　**2.** (< log Nip < tr En *abort/abortive*) (事情未成而)挫敗。　　⌈流產政變。
　△ ~ *ê chèng-piàn* [~ê 政變] PÁI:

liû-sit ⇒ lâu-sit。

liû-sng (< log Nip) [硫酸] 名 全。

liû-soa (< log Chi) [流沙] 名 Ê: 全; ≃ phû-soa。

liu-soan [溜 soan] 匣 働 溜之大吉。

liù-soh [liù 索] 名 [*á*] TIÂU: 套索; 繩子打的圈套。

liú-teng [柳橙] 名 CHÂNG, LIẢP: 全。

liû-thé (< log Nip) [流體] 名 全。

liú-thô͘-ki [liú-thô͘ 機] (< [□塗機]) 名 TÂI: 挖土機。

liû-thoân (< log Sin) [流傳] 働 全。

liû-thong (< log Nip < Sin) [流通] 働 全。

liû-tōng (< log Nip) [流動] 働 形 全
　◇ ~-*sèng* (< log Nip) [~性] 全。

|lo| /·*lo͘* 働 "咯/了，"表示新事實發生，無固定聲調; ≃ ·a⁶ ¶*Sio-chúi lâi*

~, *siám ·o͘*! [燒水來~,閃·*o*!]熱水來咯，讓啊!

lo (< *tho*) 働 **1.** (鴨、鵝等扁嘴動物)用嘴咬或攻擊　**2.** (問人家)要; 索求 ¶*khì ka* ~ *khòa^n ū ·bo͘* [去 ka ~看有否]去問問看，看能不能要到 ¶~ *chî^n* [~錢]勒索金錢。

lô͘¹ (< Sin) [鑼] 名 Ê: 全 ¶*kòng* ~, *phah kó͘* [摃~ phah 鼓]敲鑼打鼓 ¶*phah* ~ 打鑼。

lô͘² [濁] 形 **1.** 混濁　**2.** (眼睛)看不清

lò‖*liò* 形 (個子)高。　　⌊楚。

lŏ‖*ŏ* (< SEY) 擬 呼豬用語。

lō͘-âi¹ (< *lỏh-lâi*¹, q.v.) 働 下來。

lō͘-âi² (< contr *lỏh-lâi-khì*, q.v.) 働 (咱們/我)下去。

lō͘-ǎi¹ (< *lỏh-lâi*¹, q.v.) 働 下來。

lō͘-ǎi² (< contr *lỏh-lâi-khì*, q.v.) 働 (咱們/我)下去。

lò-āu-·goẻh/-·*gẻh*‖*loh*- [lò 後月] 名 下下個月; ≃ āu-āu kò-goẻh。

lò-āu-·jit/-·*lỉt*‖*loh*- [lò 後日] 名 大後天; ≃ tōa-āu-·jit。

lò-āu-·nî‖*loh*- [lò 後年] 名 大後年; ≃ tōa-āu-nî。

ló-bih‖*ló*- (< Nip *robī* < En *lobby*) 名 (旅館等公共場所的)門廳。

ló-chhó (< **ló-chhó* < col log Sin) [潦草] 形 全。

lô-chhip/-*chip*/-*chỉp* (< log Nip < En *logic*) [邏輯] 名 全。

lò-chỏh-·jit/-·*lỉt*‖*loh*- [lò-chỏh 日] 名 大前天; ≃ tō-chỏh-·jit。

lô-chok (< log Nip) [勞作] 名 全。

Lô-chúi-khe/-*khoe* [濁水溪] 名 彰化、雲林河川名。

lò-chûn-·nî‖*loh*- [lò-chûn 年] 名 大前年; ≃ tōa-chū-nî。

lō͘-è/-*ě* (< *lỏh-khì*, q.v.)。

ló-gò‖*ló-gò* (< En *logo*) 名 Ê: 代表某機關或個人的圖案。

lô-hàn‖*lỏ*- (< log Sin < Pal *arahan*)

[羅漢] [名] Ê: 古代佛教的修士
◇ ~-*kha(-á)* [~腳(仔)] Ê: **a.** 單身漢 **b.** 古代流落台灣的單身男性移民 **c.** 男性無業遊民。
lô-iâ (< log Sin) [老爺] [名] Ê: 仝。
lô-kang (< log Chi) [勞工] [名] **1.** Ê: 工人 **2.** 勞動階級
◇ ~ *pó-hiám* [~保險] 仝
3. 勞力 ¶~ *bi̍t-chi̍p* [~密集] 勞力密集。
lò-kha‖*liò-* (v *lò*) [lò腳] [形] 長腿
◇ ~-*báng* [~蚊] **a.** CHIAH: 長腳蚊子 **b.** Ê, CHIAH: 高個子、長腿的人
◇ ~-·*ê* Ê: 高個子、長腿的人。
lò-khia̍k-khia̍k [形] (個子) 很高; ≃ lò-sia̍k-sia̍k。
lô-ki-hoat (< log Chi) [勞基法] [名] Ê: 勞動基準法簡稱。
lô-kó͘ (< log Sin) [鑼鼓] [名] 鑼與鼓
◇ ~-*tīn* [~陣] Ê, TĪN: 傳統的樂隊。
lô-kun (< log Chi) [勞軍] [動] 仝。
lo-lài-bà‖*lo͘-* (< Nip *doraibā* < ab < En *screwdriver*) [名] KI: 螺絲起子。
lo-lí-lo-so‖*lo-lo-* (< *lo-lo-so-so* < *lo-so*, q.v.) [囉哩囉唆] [形] 仝。
lò-lò-tn̂g [lò-lò長] [形] (話、文章) 冗長。
Lô-má (< log < Lat *Roma*) [羅馬] [名] **1.** 古帝國名
◇ ~-*gī(-bó)* ⇒ ~-jī (-bó)。
◇ ~-*hòa* (< log Nip) [~化] 仝
◇ ~-*jī/-gī/-lī* (< log Nip) [~字] JĪ: 仝
◇ ~ *jī-/gī-/lī-bó/-bú* (< log Nip) [[~字母] Ê, JĪ: 仝
◇ ~-*lī(-bú)* ⇒ ~-jī (-bó)。
◇ ~ *sò͘-jī/-gī/-lī* (< log Nip) [~數字] Ê: 仝
◇ ~ *Tè-kok* (< log Nip) [~帝國] Ê: 仝
2. 義大利首都名。
lo-mán-tik‖*lo͘-* (< En *romantic*) [形] 羅曼蒂克; ≃ lo-mán-chík-khuh; ≃ lo-mán-tík-khuh ¶*chin* ~ *ê kò͘-sū* [真~ê故事] 很浪漫的故事。
lô-pó (< log Chi) [勞保] [名] 仝。
lô-si‖*lô͘-* (< log Sin) [螺絲] [名] LIA̍P: 螺絲釘; ≃ chūn-lê。
◇ ~-*ká(-á)* [~絞(仔)] KI: 螺絲刀; ≃ chūn-pe; ≃ lo-lài-bà
◇ ~-*teng* [~釘] LIA̍P, KI: 仝; ≃ lô-si
◇ ~-*u* Ê, U: 螺絲釘頭上供螺絲刀施力的刻紋。
lò-siak-siak /*-sia̍k-sia̍k*/*-siāng-siāng*/*-siàng-siàng* [形] (個子) 很高; ≃ lò-khia̍k-khia̍k。
lo-so (< Mand) [囉唆] [形] 仝。
lô-tàng-tàng /*-tak-tak* [濁 tàng-tàng] [形] 很混濁。
lô-tōng (< log Nip) [勞動] [動] **1.** 工作
◇ ~-*chiá* (< log Nip) [~者] Ê: 勞工
◇ ~-*chiat* (< log Chi < tr En *Labor Day*) [~節] 仝
◇ ~ *ho̍k-bū* (< log Chi) [~服務] 仝
◇ ~ *kai-kip* (< log Chi < ab Nip [勞動者階級] < tr En *working class*) [~階級] 仝
2. 勞煩 ¶~ *lí kiâⁿ ·chi̍t ·chōa* [~你行一chōa] 麻煩你走一趟。
Lô-úi-hōe (< log Chi) [勞委會] [名] 仝。
[·lo͘] ¹ [助] 表示新事實發生; ⇒ ·lo。
·lo͘ ² [氣] 表示完成或新事實發生, 輕聲隨前變調; ≃ ·a⁶, q.v.
·lo͘ ³ ‖*·lo͘h* [氣] 表示即將完成; ≃ ·a⁷, q.v.
·lo͘ ⁴ ‖*·lo͘h* [氣] 表示肯定自己所持的論點或事實, 無固定聲調; *cf* ā³ ¶*Sī* ~. [是~.] 對啊; 是啊。
lo͘ [動] 燒焦 ¶~-·*khì* [~去] 糊了 [形] (燒) 焦。
lô͘ (< Sin) [爐] [名] Ê, LIA̍P: 爐子 ¶*tìng tòa* ~ *bīn-téng* [tìng tòa~面頂] 放在爐子上 ¶*gá-suh-*~ 瓦斯爐。
ló͘ ¹ (< Sin) [櫓] [名] KI: 仝 [動] **1.** 搖櫓; 搖(船) ¶~ *chûn* [~船] 搖船 **2.** 搖晃 (使根基鬆動); ≃ lō͘³ ¶*í-á ē hō͘ lí* ~-*hā-·khì* [椅仔會hō͘你~害去] 椅子會被你扭壞。
ló͘ ² (< Sin) [滷] [動] 仝。
ló͘ ³ [形] (技術、能力、品質) 差勁, 例如草率、粗陋、笨拙。

lò͘¹‖lō͘· (< Sin) [露] 名 B. (做為食品等用的動植物)精華 ¶hēng-jîn-~ [杏仁~] 仝。

lò͘² 嘆 表示疑問的語詞；≃ ·hiò；≃ ·ni² ¶Án-ne ~? 是這樣嗎？

lō͘¹ (< Sin) [路] 名 1. TIÂU: 道路 2. 地址的單位 3. 路程 ¶saⁿ lí ~ [三里~] 三里的路程 4. 去處 ¶cháu-bô ~ [走無~] 無處可逃 ¶chi̍t lâng kiâⁿ chi̍t ~ [一人行一~] 各奔前程 5. 容納的地方 ¶khǹg-bô ~ [khǹg無~]沒地方放 量 計算前進的隊伍的單位。

lō͘² [露] ⇒ lò͘¹。

lō͘³ 動 1. (本身)搖晃，例如桌椅、牙齒 2. 搖晃 (使根基鬆動)；≃ ló͘¹。

lō͘⁴ 嘆 表示宣告 ¶Lí kà kóng bô-iàu-kín, góa tiō bô-sè-jī ~! [你kà講無要緊，我就無細膩~!]既然你說不打緊，那我就不客氣了。

lô͘-á [爐仔] 名 LIA̍P: 小爐子。

ló͘-bah [滷肉] 名 仝
◇ ~-pn̄g [~飯] 仝。

lō͘-bé/-bé ⇒ lō͘-bóe¹,²。

ló͘-bī (< log Chi) [滷味] 名 仝。

ló͘-bih ⇒ ló͘-bih。

lō͘-bóe¹/-bé/-bé [路尾] 名 1. 路的那一頭 2. 路程的後段。

lō͘-bóe²/-bé/-bé [lō͘尾] 名 形 副 最後；⇒ lo̍h-bóe。

lô͘-châi (< log Sin) [奴才] 名 ê: 1. [á] 僕人 ¶Góa ā m̄-sī lí ê ~ ·a! [我ā m̄是你ê~啊!]我又不是你的僕人! 2. 自甘被人頤使的人 ¶káu-~ q.v.

lō͘-chhiong [路衝] 動 形 (建築物)對著路口。 「會的)東道主。

lô͘-chú [爐主] 名 ê: 1. 主祭者 2. (聚

lò͘-chúi‖lō͘- (< log Sin) [露水] 名 TIÁM: 仝 ¶tàng-~ q.v.

lō͘-·e (< lō͘-·ni, q.v.)。

lō͘-ēng ⇒ lō͘-iōng。

ló͘-gò͘ ⇒ ló͘-gò͘。

lô͘-hē ⇒ lô͘-hōe。

lô͘-hî (< log Sin) [鱸魚] 名 BÓE: 仝。

lô͘-hòa kàu-io̍k (< log Chi) [奴化教育] 名 仝。

lô͘-hōe/-hē (< log Sin; cf Lat aloe; cf Hel aloē) [蘆薈] 名 CHÂNG, HIO̍H: 仝。

lō͘-hóng (< log Chi) [路況] 名 仝。

lò͘-iâⁿ‖lō͘- (< log Nip) [露營] 動 仝。

lō͘-iōng/-ēng [路用] 名 用處。

lô͘-kang (< log Chi) [奴工] 名 ê: 仝
◇ ~-iâⁿ (< log Chi) [~營] ê: 仝。

lō͘-keng (< log Chi < tr En shoulder of the road) [路肩] 名 PÊNG: 仝。

lō͘-kháu (< log Chi) [路口] 名 ê: 仝。

lō͘-kô͘-á-môai/-môe (< nō͘-kô͘-á-môai, q.v.). 「珊瑚石灰岩。

ló͘-kó͘-chio̍h‖ló͘- [ló͘-kó͘石] 名 LIA̍P:

lō͘-kô͘-môai/-môe‖lo̍k- [lō͘糊糜] 名 [á] 爛泥；≃ nō͘-/lō͘-kô͘-á-môai。

lo͘-lài-bà ⇒ lo-lài-bà。

ló͘-la̍t [ló͘力] 動 勞駕；費神 ¶Hō͘· lí ~. [Hō͘你~.]費神了 ¶(Chin) ~! [(真)~!] do.

lô͘-lē (< log Sin) [奴隸] 名 ê: 仝。

lō͘-lê¹‖lò͘- [露螺] 名 LIA̍P: 蝸牛。

Lō͘-lê² (< Rolex) 名 LIA̍P: 勞力士錶。

lo͘-mán-tik ⇒ lo-mán-tik。

lô͘-môa [鱸鰻] 名 ê, BÓE: 流氓 ¶tōa-bóe/-bé ~ [大尾~]大流氓
◇ ~ gín-á [~gín仔] ê:不良少年
◇ ~ chhèng-hú [~政府] ê:暴虐不守法的政府
◇ ~-kin-á [~kin仔] ê: (剛入道的)
◇ ~-lâng [~人] ê:流氓 「小流氓
◇ ~-thâu [~頭] ê:大流氓；黑社會組織的頭頭
◇ ~-tóng [~黨] ê: 黑社會組織；幫 形 刁蠻且潑辣；流氓性格。 「派

ló͘-·ng (< lóng²) 象 巨大的響聲，例如石頭等掉在屋頂上。

lō͘-·ni/-·nih/-·e [路·ni] (< [路裡])

⊗路上。

ló-nn̄g [滷卵] ⊗ LIA̍P: 滷蛋。

lō͘-pà [路霸] ⊗ Ê: 佔用道路者。

lō͘-pâi [路牌] ⊗ KI, TÈ: 全。「全。

lō͘-phiau (< log Nip) [路標] ⊗ Ê:

lō͘-piⁿ tàⁿ-á [路邊擔仔] ⊗ Ê, TÀⁿ:

lō͘-sè/-sè͘ ⇒ lō͘-sòe。 「路邊攤。

lô-si ⇒ lô-si。 「人 ⊛ 差勁。

ló-sian (v ló͘·³) [ló͘仙] ⊗ Ê: 差勁的

lō͘-sòaⁿ (< log) [路線] ⊗ TIÂU: 1. 路
2. 基本方針。

lō͘-sòe/-sè/-sè͘ [路稅] ⊗ 過路費
¶khioh ~ 收取過路費。

lô͘-sún (< log Sin) [蘆筍] ⊗ CHÂNG,
KI, PÉ: 全。

lō͘-teng [路燈] ⊗ KI: 全。

lō͘-thâu¹ [路頭] ⊗ 1. 路的這一頭
2. 路程的前段。

lō͘-thâu² [路頭] ⊗ 1. 路程 ¶~ chin
hn̄g [~真遠] 路途遙遠 2. (前往的
地方的) 路; 環境 ¶~ bô sėk [~無
熟] 路不熟; 環境生疏。

lō͘-thian (< log Nip) [露天] ⊛ 全。

lō͘-tiong [路中] ⊗ 途中。

lō͘-tiǒng (< contr lō͘-tiong-ng [路中
央]) [路tiǒng] ⊗ 路中央; 路上。

⌷lōa⌷¹ (< Sin) [賴] ⊛ 1. 誣指 2. 借
口; 抵賴。

lōa²‖lǒa ⊛ 多麼; ⇒ jōa。

lǒa¹ (< contr loa̍h-á, q.v.) ⊗ 梳子。

lǒa² ⊛ 多麼, 加重語氣; ⇒ jǒa。

lōa-chiâⁿ‖lǒa- ⇒ jōa-chiâⁿ。

lōa-lōa-sô ⊛ 閑蕩。

lǒa-nī/-nih ⇒ jǒa-nī。

⌷loah⌷ ⊛ 1. 磨擦 ¶To-á tòa phôe-
/phê·-e ~-~ ·le. [刀仔tòa皮·e~
~·le.] 把刀子在皮上刮一刮, 磨一磨
¶~ hoan-á-hóe/-hé [~番仔火] 劃
火柴 2. 螫傷並侵蝕 ¶hō͘ ū-tȯk ê
mo͘-thâng ~--tiȯh [hō͘有毒ê毛虫~
著] 被有毒的毛蟲刺傷 3. 搓 (鹽巴使

吸收), 例如處理食用蘿蔔葉。

loa̍h¹ ⊗ B. 細長的隆起物 ¶chhì-á-
~ [莿仔~] 種荊棘構成的矮圍牆
¶chiȯh-~ [石~] a. 石堤 b. 矮的石
牆 ⊜ 計算細長物體的單位, 例如成
排的房子、細長的田地。

loa̍h² (< Sin [捋]) ⊛ 1. (順著固定
方向) 搓; cf. loah ¶Chia̍h siuⁿ pá,
pak-tó͘ ~-~ ·le. [吃siuⁿ飽, 腹肚~
~·le.] 吃太飽了, 把肚子搓一搓 ¶~
chhùi-chhiu [~嘴鬚] 撫鬚 2. (用梳
子或手指頭) 梳 ¶~ thâu-mo͘/-mn̂g
[~頭毛] 梳頭髮。

loa̍h³ [熱] ⇒ joa̍h。

loa̍h-á [loa̍h仔] ⊗ KI: 梳子。

⌷loài⌷¹ (< contr ·lȯh--lâi < lȯh-lâi¹,
q.v.) ⊛ 下來。

loài² (< contr ·lȯh--ài--khì < lȯh-lâi-
khì, q.v.) ⊛ (咱們/我) 下去。

loāi¹‖loaih (< contr lȯh--lâi < lȯh-
lâi¹, q.v.) ⊛ 下來。

loāi²‖loaih (< contr lȯh--lâi--khì <
lȯh-lâi-khì, q.v.) ⊛ (咱們/我) 下
去。 「來。

loǎi¹ (< contr lȯh-lâi¹..., q.v.) ⊛ 下

loǎi² (< contr lȯh-lâi-khì..., q.v.) ⊛
(咱們/我) 下去。

⌷loaih⌷ ⇒ loāi¹,²。

⌷loán⌷‖joán ⊛ (按住固定位置做
輪轉式的) 揉搓; cf jôe ¶Pìn-piⁿ
thiàⁿ, ~-~ ·le ē/ōe khah sóng-
khoài. [鬢邊痛, ~~·le, 會較爽
快.] 太陽穴痛, 揉一揉爽快些。

loān (< Sin) [亂] ⊛ 1. 變混亂 2. 搗
亂; 弄亂 3. 吵著要 ¶it-tit ~ a-má
kóng-kó͘ hō͘ in thiaⁿ [一直~阿媽
講古hō͘ in 听] 一直吵著要奶奶說
故事給他們聽 ⊛ 1. 零亂 2. 混
亂; 沒有秩序 ⊛ 胡亂 ¶~ chiù-chōa
[~咒誓] 隨便發誓 ¶~-(-~) siū͘ⁿ [~
(~)想] 胡思亂想。

loân-ài (< log Nip) [戀愛] 图 動 全。

loān-bé (< log Chi) [亂碼] 图 動 形
　全。　　　　　　　[糟糟；亂七八糟。

loān-chhau-chhau [亂操操] 形 亂

loān-chú (< loān-sú, q.v.)。　　[亂。

loān-hun-hun [亂紛紛] 形 (心緒)紊

loán-jia̍k/-jio̍k‖joán- (< log Sin)
　[軟弱] 形 全。

loān-lâi (< log Sin) [亂來] 動 胡為。

loān-loān (v loān) [亂亂] 副 胡亂
　¶∼ siūⁿ [∼想]胡思亂想。

loān-lûn (< log Sin) [亂倫] 图 動 全。

loān-sè (< log Sin) [亂世] 图 全。

loān-sī (< log Nip) [亂視] 图 形 全。

loān-sú (> loān-chú) [亂使] 副 胡
　亂。　　　　　　[[亂彈]) 動 胡亂說。

loān-tōaⁿ (v tōaⁿ²⁽⁵⁾) [loān 彈] (<

| loat |-sè (< log Nip) [劣勢] 形 全；
　≃ su-bīn ¶∼ ê cho̍k-kûn [∼ê族
　群]劣勢族群¶∼ ê gí-/gú-giân [∼ê
　語言]劣勢語言。

| lôe |¹ [犁] ⇒ lê¹。

lôe² 動 挼搓；⇒ jôe。

lòe¹ (< contr ·lō-·e < lo̍h-khì, q.v.)。

lòe² 動 銼；挫；⇒ lè¹。

lŏe (< contr lō-ĕ < lo̍h-khì, q.v.)。

lōe-bō͘ ⇒ lāi-bō͘。

lōe-bū ⇒ lāi-bū。

lōe-chhèng ⇒ lāi-chhèng。

lôe-chhân ⇒ lê-chhân。

lóe-chì‖lúi- [餒志] 動 氣餒。

lōe-chiàn ⇒ lāi-chiàn。

lōe-èng ⇒ lāi-èng。

lōe-iông ⇒ lāi-iông。

lōe-koh ⇒ lāi-koh。

lōe-pō͘ ⇒ lāi-pō͘。

| lôeh |-á ⇒ le̍h-á。

| lo̍h | (< Sin) [落] 動 1.下降¶Hō͘ ∼-
　·lo̍h-·lâi ·a. [雨∼落來矣·a.]下雨了
　¶Kè-siàu ∼-·lo̍h-·lâi ·a. [價數∼落

來矣.]價錢降下來了

　△ ∼ lâu-thui [∼樓梯] a.下樓
　梯 b. "下台," 即解除窘困的情況
　¶bē/bōe ∼ lâu-thui [bē∼樓梯]下
　不了台
　2.表示向比現場低的方向移動；
　... 下¶poa̍h-∼ chúi [poa̍h∼水] 跌下
　水 3.使下降¶kā phâng ∼-·lo̍h-·lâi
　[kā帆∼落來]把帆降下來 4.切除(
　樹枝,使瘦、矮或稀疏) 5.前往被
　認為較卑微的地方¶∼ im-kan [∼
　陰間]下到陰間去 6.往南¶∼ Tâi-
　tiong [∼台中] (從台中以北南下)到
　台中去 7.投入¶∼ hō͘-kháu [∼戶
　口]落籍；入籍¶∼ pún-chîⁿ [∼本
　錢]投入資本 8.表示能容納¶khǹg-
　bē-∼ (東西)容納不下；沒地方放。

lo̍h-âi¹ (< lo̍h-lâi¹, q.v.) 動 下來。

lo̍h-âi² (< contr lo̍h-lâi-khì, q.v.) 動
　(咱們/我)下去。

lo̍h-ăi¹ (< lo̍h-lâi¹, q.v.) 動 下來。

lo̍h-ăi² (< contr lo̍h-lâi-khì, q.v.) 動
　(咱們/我)下去。

loh-āu-·goe̍h/-ge̍h ⇒ lò-āu-·goe̍h。

loh-āu-·ji̍t/-li̍t ⇒ lò-āu-·ji̍t。

loh-āu-·nî ⇒ lò-āu-·nî。

lo̍h-bîn [落眠] 動 入睡 ¶khùn-bē-∼
　[睏bē∼]睡不著。

lo̍h-bóe/-bé‖lō͘- [落尾] 图 後來；最
　後¶ài kàu ∼ chiah/tah/khah chai-
　iáⁿ [愛到∼才知影]必須(等)到
　最後才知道 形 最後的¶∼ chôa 最
　後一行 副 1.最後；較後¶I ∼ kàu-
　ūi. [伊∼到位.]他(最)後到 2.後來
　¶thâu-·a án-ne, ∼ mā án-ne [頭·a
　án-ne,∼mā án-ne] 起先如此,後來
　◇ ∼-chhiú [∼手]後來。　[也如此

lo̍h-bông [落濛] 動 下霧。

lo̍h-chhân [落田] 動 下(水)田(工
　作);下地。

lo̍h-chhia [落車] 動 下車。

lo̍h-chhiú [落手] 動 1.著手；≃ khí-chhiú **2.** 下手(施暴),當動詞;≃ hē-chhiú **3.** 下手(施行),當補語;≃lòh-·khì ¶*thâi-bē-*~ 殺不下去;不忍心殺 **4.** 熟練 ¶*òh ·nn̄g-·jìt-·á tiō* ~ ·*a* [學兩日仔就~矣]學一兩天就熟練了。

loh-chòh-·jìt/-·lì̍t ⇒ lò-chòh-·jìt。

lòh-chúi [落水] 働 **1.** 掉進水裡 **2.** 下到水裡。

lòh-chúi-hoe-á [落水花仔] 名 Ê: 濾水的算子,例如馬路邊排水溝上的有孔蓋子或如流理台的濾器。

lòh-chûn [落船] 働 **1.** (人)上船;≃ chiūⁿ-chûn **2.** (裝貨)進船艙;≃ lòh-hòe。

loh-chûn-·nî ⇒ lò-chûn-·nî。

lòh-è/-·ě/-·ǐ (< lòh-khì, q.v.)。

lòh-gám [落 gám] 働 凹凸配合的溝紋互相套上吻合,例如榫子與卯眼、齒輪與齒輪。

lòh-hā-sòaⁿ (< log Nip) [落下傘] 名

lòh-hō· [落雨] 働 下雨 ｜Ê:降落傘。
◇ ~-*mê/-mî* [~暝] 雨夜
◇ ~-*tap-tih* 下著雨,貶意
◇ ~-*thiⁿ* [~天] 雨天

lòh-ì/-·è/-·ě (< lòh-khì, q.v.)。

lòh-jīm/-gīm/-līm [落任] 働 卸任。

lòh-kè [落價] 働 **1.** (自行)降價 **2.** 跌價。

lòh-khì (> *lòh-ì* > *lòh-è* > *lō-è*; > *lòh-ì* > *lòh-è* > *lòh-é* > *lō-é* > *lō-ě* > *lǒe*; > *lòh-·khì* > *lòh-·ì* > *lòh-·è* > *lō-·è*; > *·lòh-·khì* > *·lòh-·ì* > *·lòh-·è* > *·lō-·è* > *lòe*) [落去] 尾 表示減退或減弱 ¶*seng-lí chhèh-·*~ [生 lí chhèh~]生意衰退 働 **1.** 下去 ¶*ùi lâu-téng lòh-·khì* [ùi 樓頂~]從樓上下去 ¶~ *lâu-kha* [~樓腳]到樓下去 **2.** 表示離開現場向低的方向移動;下…去;…下去 ¶*liâu-*~ *chúi-té bong lâ-á* [liâu~水底摸蜊仔]站到水裡去摸蛤蜊 ¶*poàh-·*~ **a.** 跌倒 **b.** 跌下去 **3.** 前往被認為較卑微的地方

¶~ *chng-kha* [~庄腳]下鄉 **4.** 南下(到…去) ¶~ *Tâi-tiong* [~台中] (從台中以北南下)到台中去 ¶*Lí boeh/beh chē sáⁿ chhia lòh-·khì?* [你欲坐啥車~?]你坐什麼車南下? **5.** 表示能容納 ¶*Chit-chiah í-á saⁿ ê lâng chē-bē-lòh-·khì.* [Chit 隻椅仔三個人坐 bē~.]這把椅子三個人坐不下去 ¶*chiⁿ-chiⁿ-·le, lóng lòh-·khì ·a* [chiⁿ-chiⁿ-·le,攏~矣] **a.** 塞一塞,全塞進去了 **b.** 擠一擠,全擠進去了 **6.** 表示開始、進行、繼續 ¶*taⁿ hó chò-/chòe-·lòh-·khì ·a* [taⁿ 好做~矣] (現在)可以開始做了 ¶*chhéh thàh-bē-*~ [冊讀 bē~]讀不下書
◇ ~ *kàu-tè* (v *kàu-tè*) [~到 tè]一…(就…) ¶*kóng-*~ *kàu-tè, soah kóng-bē-soah* [講~到 tè,煞講 bē 煞]一打開話匣子就合不起來了。

lòh-kiā [落崎] 働 下坡。

lòh-lâi¹ (< Sin; > *lòh-âi* > *lō-âi*; > *lòh-âi* > *lòh-ǎi* > *lō-ǎi* > *loǎi*; > *lòh-lǎi* > *lòh-ǎi* > *lō-ǎi* > *loǎi*; > *lòh-·lâi* > *lòh-·âi* > *lō-·âi* > *loaih*; > *lòh-·lâi* > *lòh-·âi* > *lō-·âi* > *loāi*; > *·lòh-·lâi* > *·lòh-·âi* > *·lō-·âi* > *loài*) [落來] 尾 **1.** 表示減少或減弱,甚至歸零 ¶*siaⁿ kín sè-·*~ [聲緊細~] 聲音漸小 ¶*khang-khòe/-khè (chiām-chiām) thêng-·*~ [khang-khòe(漸漸)停~]工作(逐漸)停了下來 **2.** 表示取得;≃ khí-lâi¹ ¶*lio̍k-·*~ [錄~] 錄下來 ¶*siá-*~ [寫~] 寫下來 働 **1.** 下來 ¶*ùi chhù-téng lòh-·lâi* [ùi 厝頂~] 從房頂下來 ¶~ *lâu-kha chih-chiap lâng-kheh* [~樓腳 chih 接人客] 下樓來應接人客 **2.** 表示趨向低的現場方向;下…來;…下來 ¶*chhiū-á tó-·*~ [樹仔倒~] 樹倒下來 ¶*cháu-*~ *lâu-kha chih-chiap lâng-kheh* [走~樓腳 chih 接人客] 下樓來應接人客 **3.** 前

來被認為較卑微的地方 ¶~ *chng-kha* [~庄腳] 下鄉來 **4.** 南下到…來 (到說話者處)。

lȯh-lâi² (< contr *lȯh-lâi-khì*, q.v.) (動) (咱們/我) 下去/南下。「接賓語。

lȯh-lǎi¹ (< *lȯh-lâi¹*…, q.v.) (動) 下來,

lȯh-lǎi² (< contr *lȯh-lâi-khì*…, q.v.) (動) (咱們/我) 下去/南下,接賓語。

lȯh-lâi-khì (> *lō-lǎi* > *lȯh-lâi* > *lȯh-âi* > *lō-âi*; > *lȯh-lǎi* > *lȯh-ǎi* > *lō-ǎi* > *loǎi*; > *lȯh--lâi--khì* > *lȯh--lâi* > *lȯh--âi* > *lō--âi* > *loaih*; > *lȯh--lâi--khì* > *lȯh--lâi* > *lȯh--âi* > *lō--âi* > *loǎi*; > *·lȯh--lâi--khì* > *·lȯh--lâi* > *·lȯh--âi* > *·lō--âi* > *loài*) [落來去] (動) **1.** (咱們/我) 下去 ¶*Lán lȯh--lài--khì*. [咱~.] 咱們下去吧 ¶*Lán ~ lâu-kha*. [咱~樓下.] 咱們到樓下去 **2.** (咱們/我) 南下 ¶*Góa ê-tàu boeh/beh lȯh--lài--khì.* [我 ê 晝欲~.] 我下午要南下 ¶*Góa ê-tàu boeh/beh ~ Tâi-tiong.* [我 ê 晝欲~台中.] 我下午要到台中去。「南下。

lȯh-lâm (ant *chiūⁿ-pak*) [落南] (動)

lȯh-lān (< log Sin) [落難] (動) 遇到困境。

lȯh-lûi (< log Nip) [落雷] (動) 雷擊。

lȯh-nńg [落軟] (動) 軟化;不再堅持。

lȯh-phàuh [落雹] (動) 下雹子。

lȯh-pō͘-tūi (< log Chi + tr) [落部隊] (動) (訓練結束) 下部隊 (服役)。

lȯh-pûi [落肥] (動) 施肥。

lȯh-seh [落雪] (動) 下雪
◇ ~*-thiⁿ* [~天] 下雪天。

lȯh-sim [落心] (動) 入心,當補語 ¶*kì-bē-~* [記 bē~] 記不住 ¶*thȧk-bē-~* [讀 bē~] 讀不下 (書)。

lȯh-sng [落霜] (動) 下霜。

lȯh-soaⁿ (< Sin) [落山] (動) 下山 ¶*Peh-soaⁿ khah khoài, ~ khah oh.* [Peh 山較快,~較 oh.] 上山容易,下

山難 ¶*jȧt thâu ~* [日頭~] 日落。

lȯh-soe [落衰] (動) 運氣變壞; ≃ *lak-soe*。「台。

lȯh-tâi (< log Chi + tr) [落台] (動) 下

lȯh-tē chhiam-chèng (< log Chi) [落地簽證] (動) 仝。

lȯh-thêng-pôaⁿ (< log Chi + tr) [落停盤] (名) 跌停板。

lo͘h ⇒ ·lo²,³。

lok¹ (量) **1.** 計算袋子的單位 **2.** 計算小盒子的單位 (動) **1.** 放進容器裡,尤指開口狹小者,例如信封、口袋、樸滿、投幣孔 **2.** 套上 ¶~ *chhiú-lok-á* [~手 lok 仔] 套手套。

lok² (形) 泥濘。

lȯk¹ (動) 漱 (口) ¶*chhùi ~-~-·le* [嘴 ~~·le] 漱漱口 ¶~ *iâm-chúi* [~鹽水] 用鹽水嗽口。

lȯk² (錄) ⇒ liȯk³。

lok-á (v *lok¹*) [lok 仔] (名) ê: **1.** 小袋子,尤指紙袋 ¶*sok-ka-~* [塑膠~] (不能手提的) 塑膠袋 **2.** 小盒子 ¶*hoan-á-hóe-~* [番仔火~] 火柴盒。

lȯk-á [鹿仔] (名) CHIAH: 鹿
◇ ~*-bó/-bú* [~母] CHIAH: 雌鹿
◇ ~*-kak* [~角] KI: 鹿角
◇ ~*-kang* [~公] CHIAH: 雄鹿
◇ ~*-kiáⁿ* CHIAH: 小鹿。

lȯk-chhú ⇒ liȯk-chhú。

lȯk-chhùi [lȯk 嘴] (動) 漱口。

lok-chì [lok 志] (動) 氣餒;情緒低落; ≃ *lóe-/lúi-chì*。「**2.** 賄賂。

lok-chîⁿ [lok 錢] (動) **1.** 放錢進容器

lȯk-hńg (< log) [樂園] (名) ê: 仝。

lȯk-iáⁿ ⇒ liȯk-iáⁿ。

lȯk-im ⇒ liȯk-im。

lȯk-jiông/-giông/-liông (< log Sin) [鹿茸] (名) KI: 仝。

lȯk-kak (< log Sin) [鹿角] (名) KI: 仝。

Lȯk-káng [鹿港] (名) 彰化鎮名。

lók-khók-bé [lók-khók 馬] 名 1. 沒有人騎(漫步走著的)馬 2. 遊手好閑的人。

lók-kô-moâi(-á) ⇒ lō-kô-moâi。

lók-koan¹ (< log Chi) [樂捐] 動 全; ≃ kià-/kì-hù。

lók-koan² (< log Nip) [樂觀] 形 全; ≃ lók-thian。

lók-ngó͘ (< log Nip) [落伍] 動 形

lók-phek (< log Sin) [落魄] 形 落泊。

Lók-san-ki (< log Chi + Chi *Lo⁴-shan¹ chi¹* < Esp *Los Angeles*) 名 美國洛杉磯市。

lók-sêng (< log Nip) [落成] 動 全 ¶~ *tián-lé* [~典禮] 全。

lók-soán (< log Nip) [落選] 動 全。

lók-thian (< log Chi) [樂天] 形 樂觀; ≃ lók-koan; ≃ lók-thiòng。

lók-thiòng [樂 thiòng] 動 (對事情的發展、結果)感到快樂 形 1. 暢快 2. 樂觀;逍遙。 「全。

lók-tô¹ (< log Sin) [駱駝] 名 CHIAH:

lók-tô² 厘 動 開溜去玩; ≃ mo͘-hui。

lom ‖*lam*‖*lôm* 動 (寬鬆地)套上(衣物) ¶~ *chit niá ūn-tōng-saⁿ* [~一領運動衫] 套一件運動衣。

lóm 形 (因表面張力鬆弛而)鬆鬆垮垮的 ¶*Nî-hòe chit-ē chē, pak-tó͘ soah ~-~.* [年歲一下 chē, 腹肚煞~~.] 年紀一大,肚皮變得鬆鬆垮垮的。

lòm¹ ‖*làm* 動 1. (用腳底)踢 2. (坐著或站著)上下簸動,例如小孩在床上上下用力抖動。

lòm² ‖*làm* 形 1. (因表面張力鬆弛而)略有彈性 ¶*Chúi-bîn-chhñg khùn-tiòh ~-~.* [水眠床睏著~~.] 水床睡起來覺得有彈性 2. (因表面張力不夠而)鬆鬆垮垮的,例如肚皮; ≃ lóm 3. 寬鬆,例如衣服。

lòm³ ‖*làm* 形 泥濘。

lòm-khut ‖*làm-* [lòm 堀] 名 [*á*] ê, KHUT:泥坑; ≃ lòm-thô͘-khut。

lòm-thô͘ ‖*làm-* 名 泥濘
◇ ~-*khut* [~堀] ê, KHUT:泥坑。

long¹ 象 1. 低頻的含鈴聲,例如馬鈴 2. 鐵罐拖在地上等碰撞聲 3. 輕脆的水聲。 「[~門]閂門。

long² 動 (用棍子)閂(門) ¶~ *mñg*

long³ 動 (長形物)伸出或伸入(寬的空間) ¶*giâ chit ki tek-ko lâi ~-khòaⁿ khang gōa chhim.* [giâ 一枝竹篙來~看 khang gōa 深] 拿一根竹竿來探探看洞有多深 ¶~ *chhâ jip chàu-khang* [~柴入灶 khang] 送柴火進灶門。

lông¹ (< log Chi) [弄] 名 街道單位 ¶*jī-chhit hāng, jī-làk ~, gō͘ hō* [27巷26~5號]全。

lông² (< log Sin) [狼] 名 CHIAH:全。

lông³ (< log Sin) [農] 名 1. 農業 2. 農民 3. 農科 ¶*thàk ~* [讀~]讀農科。

lóng¹ [攏] 田 再...一點也,用於否定 ¶*chiàh-~-bē-pá* [吃~bē 飽] 怎麼都吃不飽 ¶*siūⁿ-~-bô* [想~無] 想不通 副 1. 都;全部 ¶~ *hō͘ lí* [~hō͘你] 都給你 ¶*sáⁿ-mih ~ m̄-kiaⁿ* [啥麼~m̄驚] 什麼都不怕 2. 老是 ¶*Lí ná ē ~ án-ne?* [你哪會~án-ne?] 你怎麼老是這樣? ¶*kā lí kóng, ~ m̄ thiaⁿ* [kā你講~m̄听] 跟你說,老是不聽話。

lông² (> ló͘--ǹg, q.v.) 象 巨大響聲。

lòng¹ 象 頻率低的敲擊聲,例如打大鼓、撞門。

lòng² 動 1. 一般撞擊,他動 ¶*iōng chhiū-á-kho͘ ~ siâⁿ-mñg* [用樹仔箍~城門] 用樹幹撞城門 2. 移動的物體撞擊,自動; cf chong; cf cheng² ¶*chhia ~-tiòh lâng* [車~著人] 車子撞了人 3. 砲擊。

lōng¹ 動 奔跑;馳騁 ¶*Gû ~-khì.* [牛~去.] 牛跑掉了 ¶*khiâ-bé ~* [騎馬

～] 騎馬跑。

lōng² (動) (用棍子等長物體伸進去) 攪動; cf long³ ¶*Chúi-kóng sió-khóa that--leh, ka ～-～ ·le.* [水 kóng 小可 that--leh, ka ～～ ·le.] 水管稍微堵住，把它捅一捅，攪一攪 ¶～ *ian-tâng* [～煙筒] 掃煙囱

lōng³ (動) 煽動; 唆使; ≃ sái-lōng △ ～ *káu sio-kā* [～狗相咬] 挑撥。

long-á‖*lông-* [long仔] (名) **1.** Ê, KHA: 關人、獸的籠子; cf lang-á **2.** 監牢 ◇ ～-*keng* [～間] KENG: 囚室。

lông-bîn (< log Nip < Sin) [農民] (名) Ê: 全。　　　[物] (名) 全。

lông-chok-bu̍t (< log Nip) [農作

lóng-chóng [攏總] (名) 全部 ¶*I boeh-/beh-ài ～.* [伊欲愛～.] 他全都要 (形) 全部的 ¶～ *ê lâng* [～ê人] 所有的人 (副) **1.** 都 ¶～ *the̍h--khì* [～the̍h去] 都拿去 **2.** 一共 ¶～ *gōa chē chî?* [～gōa chē錢?] 一共多少錢?

lóng--ê (< ê + lóng < nái-lóng, etc.) (名) 綜合性塑膠纖維 (形) 綜合性塑膠纖維的。

lông-gia̍p (< log Nip) [農業] (名) 全。

lông-ha̍k-īⁿ (< log Chi) [農學院] (名) 全。　　　　　　　　[全。

lông-hōe (< log Nip) [農會] (名) Ê:

lông-hu (< log Sin) [農夫] (名) Ê: 全; ≃ choh-chhân-lâng; ≃ choh-sit-lâng。

lōng-hùi (< log Nip < Sin) [浪費] (動) (形) 全; ≃ phah-sńg。

lông-io̍h (< log Nip) [農藥] (名) 全。

lòng-khòng (< Sin) [lòng曠] (形) **1.** 空曠 **2.** (衣褲) 過寬。　　　[tōng-kiû。

lòng-kiû [lòng球] (名) (動) 撞球; ≃

lông-le̍k (< log Chi) [農曆] (名) 全; ≃ kū-le̍k; ≃ im-le̍k。

long-long-kiò‖*lin-long-* [long-long叫] (動) 發出中頻的聱聱聲，例如大鈴子; ≃ lin-lín-long-long。

lōng-lōng-kiò¹‖*līn-lōng-* [lōng-lōng叫] (動) 連續發出低頻的撞擊聲。

lōng-lōng-kiò² [lōng-lōng叫] (動) **1.** 喧騰 **2.** 低音耳鳴。　　[哄哄。

lōng-lōng-kún [lōng-lōng滾] (形) 亂

lóng-mā [攏mā] (動) 都 (是)，表示責備 ¶～ *lí!* [～你!] 都是你 (弄糟的)! (副) 都 ¶*ta̍k hāng ～ hó* [ta̍k項～好] 什麼都好。

lòng-mn̂g [lòng門] (動) 敲門。

lòng-phòa [lòng破] (動) 打破。

lông-sán-phín (< log Chi) [農產品] (名) 全。

lóng-sī [攏是] (動) 都是 (副) 都; 都是 △ ～ *ké* [～假] 全是作假 (按: 諧 2007–08年馬英九的下鄉親民競選宣傳 "long stay")。

lông-tē (< log Nip) [農地] (名) TÈ:

lông-tiûⁿ (< log Nip) [農場] (名) Ê: 全。　　　　　　　　　　[子。

lōng-tōng-kiáⁿ [浪蕩kiáⁿ] (名) Ê: 浪

lop¹ (< lap < thap [塌]) (量) 計算凹陷處的單位 (動) **1.** 凹陷 ¶～ *chit o/u* [～一窩] 凹個洞 **2.** 塌 (下) ¶*chhù-téng ～-lo̍h--lâi* [厝頂～落來] 房頂塌下來 **3.** 凹狀物重疊，例如帽子、襪子; ≃ thap **4.** 投入 (資本) **5.** 虧空 **6.** (腳) 陷下; cf lop² ¶～-*lo̍h-khì khang-té* [～落去khang底] (腳) 不小心踏進 (地面的) 洞裡 (形) [x] 凹 (進去) ¶*ba̍k-chiu khut-á ～-～* [目睭窟仔～～] 眼窩相當深。

lop²‖*lo̍p*‖*lap*‖*la̍p* (動) 踩 (入) ¶～-*lo̍h-khì chúi-khut-á* [～落去水堀仔] 踩進水坑裡 ¶～-*tio̍h káu-sái* [～著狗屎] 踩到狗屎 ¶*hō͘ gû ～--sí* [hō͘牛～死] 被牛踩死。

lop³ (動) 寬鬆地套 (在上頭)。

lóp ⇒ lop²。

lop-té‖*lap-té/-tóe* [lop底] (動) (桶

子等的)底脫落。

lop-u ‖*lap-o*/*-u* (< *lap-o* < **thap-o* [塌窩]) [動] **1.** 凹陷 **2.** (建地)低於四周的土地。

[lu][1] [量] 計算隆起或成堆的物體的單位,例如撞傷的包 ¶*kiat chi̍t* ~ [結一~]凝成一塊 ¶*khí chi̍t* ~ [起一~]長成一個瘤狀物。

lu[2] [象] 摸倣外語顫音的聲音。

lu[3] (< *lû*) [動] 爭辯以爭取; *cf* jî。

lu[4] [動] **1.** (慢慢)推進; ≃ tu[3] ¶*kā chhia ~-ji̍p-khì chhia-khò͘* [kā車~入去車庫]把車子開進車庫 ¶*thàu-hō͘ ~-·khì* [透雨~去]冒雨前進 ¶*tò-thè* ~ q.v. **2.** 推(使滑動) ¶*Toh-á ~-khah-khì ·le.* [桌仔~較去·le.]把桌子推過去一點儿 **3.** 推(工具,例如理髮的推子、割草機、真空吸塵器) ¶~ *kng-thâu* [~光頭]理光頭 ¶~ *thâu-chang* [~頭鬃](用推子)剃頭 **4.** 硬遞給(他人); ≃ tu[3] **5.** 推諉; ≃ tu[3] ¶*lí m̄ bé, i kiâng/kiông* ~ [你m̄買,伊強~]你不買,他硬要賣給你 ¶~ *kòe-lâi,* ~ *kòe-khì* [~過來~過去]推來推去 **6.** 滑(下); ≃ chhu[3] [形] 斜; ≃ chhu[3]。

lû ⇒ jî。

lú[1] [你] ⇒ lí[6]。

lú[2] [愈] ⇒ jú。

lù[1] (< 顫音 [r̃]) [動] 說(外語); *cf* láu[2] ¶*kah i ~ Eng-gí* [kah伊~英語]用英語跟他交談。

lù[2] [動] **1.** 使勁擦拭 ¶*Gîn/Gûn thng-sî-á ~ hō͘ kim.* [銀湯匙仔~hō͘金.]把銀湯匙擦亮 ¶*Siá-m̄-tio̍h, m̄-hó ùn chhùi-nōa ~.* [寫m̄著, m̄好ùn嘴nōa~.]寫錯了,不要拿手指頭沾口水擦 ¶~ *chhùi-khí* [~嘴齒]刷牙齒 ¶~ *phôe-ê* [~皮鞋]擦皮鞋 **2.** 用某種東西使勁擦拭 ¶~ *chhùi-nōa* [~嘴nōa]沾口水擦 ¶~ *lù-á* [~lù仔]用橡皮擦擦 **3.** 磨擦 ¶~*-phòa phôe/phê* [~破皮]擦破皮 **4.** 刷(卡) ¶~ *sìn-iōng-khá/-khah* [~信用卡]刷信用卡。

lū[1] [濾] ⇒ lī[5]。

lū[2] [動] (向下)滑; ≃ chhū[3], q.v.; *cf* lu[4(6)]。

lú...lú... ⇒ jú...jú...。

lu-á [lu仔] [名] 向前推的工具,例如理髮的推子、真空吸塵器,尤指前者 ¶*tiān-~* [電~]電動的上述工具。

lû-á ⇒ lî-á[3]。

lù-á [lù仔] [名] TÈ: 橡皮擦; ≃ chhit-(lù-)á。

lû-chháng-chháng ⇒ jî-chháng-chháng。

lú-chiau-thāi ⇒ lí-chiau-thāi。

lú-chú-kak ⇒ lí-chú-kak。

lú-chú-lâng ⇒ lí-chú-lâng。

lú-·ê ⇒ lí-·ê[2]。

lù-ê-tiām|*-ôe-* [lù鞋墊] [名] TÈ: 蹭鞋墊子。

lú-hêng ⇒ lí-hêng。

lú-hông ⇒ lí-hông。

lú-hùi ⇒ lí-hùi。

Lu-kái (< *Rukai*) [名] **1.** CHȮK: 魯凱族 **2.** Ê: 魯凱族人 **3.** KÙ: 魯凱語。

lú-kang ⇒ lí-kang[1]。

lù-khá (< tr Chi *shua*[1] *k'a*[3]) [lù卡] [動] 刷卡。

lú-kheh ⇒ lí-kheh。

lú-khoân... ⇒ lí-khoân...。

lú-koán ⇒ lí-koán。

lú-koân... ⇒ lí-khoân...。

lú-kong-chú ⇒ lí-kong-chú。

lú-lâi lú ⇒ jú-lâi jú。

lù-lù-kiò (v *lù*[1]) [lù-lù叫] [動] 流利地說著外語 [形] (外語)很流利 ¶*Eng-gí* ~ [英語~]英語很流利。

lū-mn̂g-thang ⇒ lī-mn̂g-thang。

lù-ôe-tiām ⇒ lù-ê-tiām。

lú-ông ⇒ lí-ông。

lú-pêng-iú ⇒ lí-pêng-iú。

lú-sèng... ⇒ lí-sèng[2]...。

lú-siā ⇒ lí-siā。

lú-sîn ⇒ lí-sîn。

Lū-sòng (< *Luzon*) [呂宋] [名] 菲律賓島名。

lú-sū ⇒ lí-sū[1]。

lú-têng-pió ⇒ lí-têng-pió。

lū-thang ⇒ lī-thang。

lú-thêng-pió ⇒ lí-têng-pió。

lu-thô͘-chhia (v *lu³*) [lu-thô͘車] 名 TÂI: 推土機; ≃ lu-thô͘-ki。

lu-thô͘-ki (v *lu³*) [lu-thô͘機] 名 TÂI: 推土機; ≃ lu-thô͘-chhia。

lú-tiong ⇒ lí-tiong。

| luh | (< *thuh* + *lu³*) 動 1.一步一瘸地向前移動 2.推(象棋的卒子前進)。

| lui | ‖ *lûi* 名 瘤狀物; 包 量 計算瘤狀物的單位; ≃ liû¹ ¶*chéng kui* ~ [腫 kui~]腫起一個包。

lûi¹ [雷] 名 全; ≃ lûi-kong。

lûi² 名 瘤狀物; ⇒ lui。　　　「géng。

lûi³ (< Sin) [擂] 動 在擂缽中研磨; ≃

lúi¹ [蕾] 量 1.計算花朵的單位 2.計算眼睛的單位 3.計算耳朵的單位。

lúi² 動 使與另一端的重量平衡 ¶~ *ho͘ pê^n* [~ho͘平]扯平; 使兩端平衡。

lūi¹ (< log Nip) [類] 尾 類屬 ¶*jîn-/gîn-/lîn-*~ [人~]全 ¶*tāu-á-*~ [豆仔~]豆類 量 全。

lūi² (< Sin) [累] 動 連累。

lūi³ (< Sin) 動 (利用繩索)使(物體)上升或下降 ¶~*-chhut-khì siâ^n-gōa, thau-cháu* [~出去城外偷走]吊出城外脫逃 ¶~ *hong-chhoe/-chhe* [~風吹]拉或放風箏 ¶~ *kok-kî* [~國旗]升或降國旗。

lūi⁴ 動 (因附著不住而)流下或滑落,例如溶化的蠟燭或堆太高的丸狀物。

lūi⁵ (< Sin [擂]) 動 擂(鼓) ¶~ *chiàn-kó͘* [~戰鼓]全。

lūi-á (v *lūi³*) [lūi仔] 名 Ê: 利用繩索吊上吊下的器具。

lúi-chì ⇒ lóe-chì。

lūi-hêng (< log Nip) [類型] 名 Ê: 全。

lúi-kiû (< log Chi) [壘球] 名 LIA̍P, TIÛ^n: 全。

lūi-kó͘ (< log Sin) [擂鼓] 動 全。

lûi-kong (< log Sin) [雷公] 名 1.雷 ¶*hō͘* ~ *kòng* [hō͘~摃]被雷擊 ¶*tân* △ ~ *sih-nà* 雷電　　　 ∟~ 雷響 ◇ ~*-hō͘* [~雨] CHÚN: 雷雨 2.SIAⁿ:雷聲 ¶~ *hū-hū-kiò* [~hū-hū叫]雷聲隆隆。　　「poah。

lûi-poah [擂缽] 名 Ê: 全; ≃ géng-

lûi-siā (< log Chi < En *laser* < acr *light amplification by stimulated emission of radiation*) [雷射] 名 全。　　　「全; ≃ lûi-kong(2)。

lûi-siaⁿ [雷聲] (< log Chi) 名 SIAⁿ:

lûi-sîn (< log Sin) [雷神] 名 Ê: 全。

lûi-ta̍t (< log Chi < En *radar* < acr *radio dectecting and ranging*) [雷

lûi-tê [擂茶] 名 抹茶。∟達] 名 全。

| lun |¹ 動 1.縮; 畏縮; ≃ kiu 2.窩(在家裡); ≃ kiu　　　　　　「腳)。

lun² (< *chhun²*) 動 伸(出頭、手、

lûn [輪] 量 輪番次數的單位 動 (< log Sin)輪流 ¶~*-tio̍h lí ·a.* [~著你矣.]輪到你了。

lûn‖*jîm*‖*gîm*‖*lîm* (< Sin) [忍] 動 1.忍耐; ≃ thun-lûn 2.憋; 忍住 ¶*jiō* ~*-bē-tiâu, siàm·-chhut·-lâi* [尿~bē-tiâu, siàm 出來]尿憋不住,撒了出來。

lùn‖*lūn* (< sem Sin) [潤] 形 1.略潮濕 2.受潮而變不脆 ¶*Thô͘-tāu* ~*·khì.* [Thô͘豆~去.]花生潮了,不脆了。

lūn¹ [論] 名 (< log Nip) B.理論 ¶*chì-hòa-*~ [進化~]全 ¶*it-goân-*~ [一元~]全 動 (< Sin) 1.議論 2.計較 △ ~ *pòe, bô* ~ *hòe/hè* [~輩無~歲]輩份比年紀重要。

lūn² [崙] 量 計算小山丘的單位。

lūn³ [閏] ⇒ jūn¹。

lūn⁴ [潤] ⇒ lùn。

lūn⁵ [韌] ⇒ jūn²。

lūn-á [崙仔] 名 Ê, LIA̍P:小山丘。

lūn-bûn (< log Nip) [論文] 图 PHIⁿ,
PÚN: 仝。　「TIÛⁿ: 仝 働 仝。
lūn-chiàn (< log Nip) [論戰] 图 PÁI,
lūn-chin [論真] 働 實際上；其實
◇ ～ kóng [～講] do.
lûn-chúi [輪水] 働 輪灌
◇ ～-hoan [～番] a. do.　b. 輪流灌
溉的用水順序。
lūn-goèh/-gèh/-gèh ⇒ jūn-goèh。
lûn-hôe (< log Sin) [輪迴] 图 働 仝。
lûn-í (< log Chi < tr En wheelchair)
[輪椅] 图 TÂI, CHIAH: 仝。
lûn-kan (< log Chi) [輪姦] 图 働 仝。
lûn-lí (< log Nip < Sin) [倫理] 图
仝。
lûn-liû (< log Sin) [輪流] 働 仝；≃
lūn-nî ⇒ jūn-nî。　　「chiàu-lûn。
lûn-pan (< log Sin) [輪班] 働 仝。
lūn-piáⁿ ⇒ jūn-piáⁿ。
lūn-tēng (< log Chi) [論定] 働 仝。
lûn-thai (< log Chi < En tire + [輪])
[輪胎] 图 Ê, LIÁP: 仝；≃ thài-à。
lûn-thè [輪替] 图 PÁI: 仝 ¶chèng-tóng
～ [政黨～] 仝 働 仝。
lûn-tiàu (< log Chi) [輪調] 働 仝。
lún-tiâu [忍 tiâu] 働 忍住。
Lûn-tun (< log Chi < En London)
[倫敦] 图 英國首都名。

lut 働 1. 脫落 ¶To-pèⁿ ～-khì. [刀
柄～去.] 刀把儿掉了 ¶Chhat ～-
tiāu--khì. [漆～掉去.] 油漆剝蝕
了 ¶～-mơ [～毛] 脫毛；≃ lak-mơ
2. 變禿；≃ thuh 3. (用手指頭末
端、手掌、腳掌) 搓，使脫落；cf
lùt²；cf liù² ¶～ ê-/ôe-á [～鞋仔]
(用一隻腳) 把 (另一隻腳的) 鞋推掉
¶～ ke-/koe-mơ [～雞毛] 把已宰殺
並燙過熱水的雞的羽毛搓掉或拔掉
¶～ sian 搓去體垢 ¶～ thô-tāu-môh
[～thô豆膜] 搓掉花生米的皮。

lút¹ (< log Nip) [率] 尾 仝 ¶sú-iōng-
～ [使用～] 仝 ¶tâu-phiò-～ [投票～
] 仝。
lùt² 働 1. 握著使手掌順固定方向滑
動；cf lut⁽³⁾ ¶～ gû-leng [～牛奶] 擠
牛奶 ¶～ môa [～鰻] (用炭灰等) 搓
鰻魚 (以去除其體外的黏液) ¶～ tiū-
á-súi [～稻仔穗] 搓稻穗 (使穀子脫
落) 2. 捋；推 (袖子、褲管向上)；
≃ lèk⁵；cf pih² 3. (用不粗糙的東
西) 磨擦；≃ lù² ¶kā tâng ～ hơ kim
[kā銅～hơ金] 把銅擦亮。
lut-chhat [lut漆] 働 掉漆。
lùt-su (< log Sin) [律師] 图 Ê: 仝
◇ ～-hùi (< log Chi) [～費] 仝
◇ ～ sū-bū-só (< log Chi) [～事務
所] KENG: 仝。

M

m¹ 象 摀住嘴時所發的聲音。
m² 働 哼聲表示否定，例如抗議、規
避、制止；cf m̌³。
m̂¹ 图 LIÁP: 蓓蕾 ¶puh ～ 長出蓓蕾。
m̂² 働 表示抗議；⇒ ng².
ḿ [姆] 图 伯母 ¶A-phiau-～ [阿標
～] 阿標伯伯的太太。
m̄¹ 働 不肯；不要；拒絕 ¶Kā lí kóng
he hó, lí to ～. [Kā你講he好，你to
～.] 跟你說那個好，你偏偏不要 輔
不肯 ¶kiò i khì, i ～ khì [叫伊去，伊
～去] 叫他去，他不去 働 1. 一般否
定 ¶～-chai-iáⁿ [～知影] 不知道 ¶～-
hó [～好] 不好 2. 怎麼不 ¶Chhia lâi
·a, ～ kín siám! [車來矣，～緊閃!] 車
子來了，快讓開！
m̄² (> m̄-tiō¹, q.v.) 働 照情況判斷應
該如此／豈不如此。

m̄³ [連] 不然的話；否則；≃ bô¹；≃ m̄ bô ¶*Che ā bē-sái-·tit, he ā bē-sái-·tit, ~, sahⁿ chiah ē-sái-·tit?* [Che 也 bē 使得, he 也 bē 使得, ~, 啥才會使得?] 這個也不行, 那個也不行, 那到底什麼才行啊?

△ ~⁺ *bô* (< conj + conj) [~無] 不然的話；否則；≃ m̄³；≃ bô¹

△ ~⁺ *kám* (< conj + adv; v *m̄*³, *kám*) 難不成 ¶*I bô lâi, ~ kám teh phòa-pēⁿ/-pīⁿ (·le)?* [伊無來, ~ kám teh 破病 (·le)?] 他沒來, 難不成害病了?

△ ~, *sahⁿ/sàⁿ?* [~啥?] 是啊 (不然的話是什麼?)

m̄⁴ [氣] 1. 表示疑問；≃ ·bo ¶*boeh/beh khòaⁿ ~/·~?* [欲看~?] 要不要看? ¶*sī ·~?* [是~?] 是不是? 2. 表示責問對話人並肯定自己所說的；*cf* ·hio ¶*phín lín chhù ū-chîⁿ tiō iau-kiû tėk-khoân ~?* [phín lín 厝有錢就要求特權~?] 仗著你家有錢就要求特權啊? 3. 表示責備對話人沒聽懂或沒照著做 ¶*Góa kóng: hō-bé kì-·khí-·lâi, ~.* [我講號碼記起來~.] 我不是說把號碼記下來嗎?

m̄⁵ (< ab *m̄*³ *boeh/beh án-chóaⁿ*) [氣] 表示肯定並說明原因；≃ m̄-·mè ¶*i to bē-/bōe-hiáu ~* [伊 to bē 曉~] 他不會嘛 ¶*to sí bé tòng-chò/-chòe oȧh bé i, ~* [to 死馬當做活馬醫~] 死馬當活馬醫, 不然要怎樣?

m̆¹ [歎] 表示想不通；≃ hn̆g³。

m̆² [歎] 表示要求對話人重述；≃ hn̆g⁴。

m̆³ [歎] 表示制止；*cf* m²。

m̂-á ⇒ bôe-á。

ḿ-·a [姆 ·a] [名] 1. Ê: 伯母；≃ a-ḿ 2. [粗] 媽媽 / 奶奶 ¶*Lín ~ lè!* 你他媽的。

m̄-ài [m̄ 愛] [動] 不喜愛；不想要；≃ bô-ài [輔] 不喜歡；≃ bô-ài。

m̄-bat¹/-*pat* [動] 1. 不認識 ¶*Góa ~ ·i.* [我~伊.] 我不認識他

△ ~ *jī* [~字] 不識字「衛生] 不衛生

△ ~ *jī kiam bô ōe-seng* [~字兼無

△ ~ *lō·* [~路] 路不熟

2. 不懂 ¶*khòaⁿ-~* [看~] 看不懂

△ ~ *chit ê ō-á ȧh han-chî* [~一個芋仔或蕃薯] 不會分辨 「一無所知

△ ~ *chit khơ siâu* [~一箍 siâu] [粗]

△ ~ *pó* [~寶] 不識好貨

△ ~ *sè-sū* [~世事] 不懂 (世) 事

△ ~ *tāi-chì* [~代誌] a. (年幼) 不懂事 b. 不知道事情的究裡。

m̄-bat²/-*pat* [副] 不曾 ¶*Góa ~ khì gōa-kok.* [我~去外國.] 我從來沒出過國。

m̄-bián (< *bián*) [m̄ 免] [動] 用不著 ¶~ *chîⁿ* [~錢] 免費 [輔] 不必

△ ~ *kóng sàⁿ/siàⁿ* [~講啥] 別的不必說 ¶~ *kóng sàⁿ, kan-na chiȧh-pn̄g to bô-kàu* [~講啥, kan-na 吃飯都無夠] 別的不必說, 光吃飯 (錢) 都不夠用。

m̄-chai [m̄ 知] [動] 1. 不知道 ¶*I ~ kiò sáⁿ miâ?* [伊~叫啥名?] 他不知道叫什麼名字?

△ ~ *gōa.../gŏa...* [~gōa...] 不知 (有) 多 ... ¶*nā ē-tàng khì, ~ gōa hó* [若會 tàng 去, ~gōa 好] 如果去得成, 不知多好

△ ~ *hîm ȧh hó* [~熊或虎] 不知是何等人物, 貶義 「知趣

△ ~ *hó-thang sí* [~好 thang 死] 不

△ ~ *hó-thang soe* [~好 thang 衰] do.; ≃ m̄-chai-soe

△ ~ *îⁿ-·ê ȧh píⁿ-·ê* [~圓 ·ê 或扁 ·ê] 不知是什麼樣子 / 形狀

△ ~ *khin-tāng* [~輕重] 不知輕重

△ ~ *phang-chhàu* [~芳臭] 不知恥

△ ~ *sí* [~死] 不知死活；沒有警覺 ¶*Chhit-goėh-pòaⁿ ah-á ~ sí.* q.v.

2. (藥效) 未產生 ¶*iȯh-á chiȧh-liáu*

iáu ~ [藥仔吃了 iáu~] 藥吃下去還不知道效果如何 **3.** (我) 不管了,表示抗議對話人把事物弄得不如意 ¶*Toh-pò ·le? — Góa* ~. *Lí ka-tī khì chhit.* [桌布·le? —我~,你家己去拭.] 抹布呢? —我不管了,你自己擦 (桌子) 吧。

m̄-chai-chhé^n/-chhí^n [m̄ 知醒] 働 沈睡 ¶*khùn kà* ~ [睏到~] do.

m̄-chai-iá^n |*-chai^n-* (< *m̄-chai*, q.v.)。

m̄-chai-lâng [m̄ 知人] 働 昏迷;不省人事 ¶~*-·khì* [~去] 昏過去了;進入昏迷狀態 ¶*iáu* ~ (仍) 昏迷未醒。

m̄-chai-sí [m̄ 知死] 働 **1.** 不知死活;沒有警覺 **2.** 冒昧。

m̄-chai^n-iá^n (< *m̄-chai-iá^n*, q.v.)。

m̄-chêng-goān [m̄ 情願] 彫 心不甘,情不願。

m̄-chiâ^n [m̄ 成] 彫 達不到某標準;不成 ¶*Hit thò hong-àn, im-phiau* ~ *im-phiau, bûn-jī* ~ *bûn-jī.* [Hit 套方案音標~音標,文字~文字.] 那套方案說它是音標卻不像個音標,而說它是文字也不像個文字
△ ~ *chî^n* [~錢] 數目微不足道的錢
◇ ~*-khoán* [~款] 不像樣
◇ ~*-kiá^n* ê: 不肖子
◇ ~*-lâng* [~人] ê: 王八蛋
◇ ~*-mih* [~物] 微不足道 ¶*chha* ~ [差~] 差不了多少。

m̄-chiah/-tah (v *chiah*[4]) 連 **1.** 才,說明原因 ¶*Lâng bē-/bōe-hiáu* ~ *mn̄g ·lí.* [人 bē 曉~問你.] 人家不會才問你的啊 ¶*O·-pėh chiảh,* ~ *phái^n-pak-tó·.* [烏白吃~歹腹肚.] 亂吃才壞肚子的 **2.** 才,表示選擇 ¶*Chit ê* ~ *hó.* [Chit 個~好.] 這個才好 (先前的不好)。

m̄-chún [m̄ 准] 働 不准;不許 ¶~ *lí pėh-chhảt* [~你白賊] 不許說謊。

m̄-goān [m̄ 願] 輔 不願 ¶~ *khì* [~去] 不願意去 彫 不甘願;不甘心。

m̄-hó/-mó [m̄ 好] 輔 不好;不可 ¶*Lí* ~ *lâi.* [你~來.] 你不要來 彫 不好 ¶*Chit ê lâng* ~. [Chit 個人~.] 這個人不好。

m̄-ká^n [m̄ 敢] 働 不敢 ¶*Góa āu-pái* ~ ·*a.* [我後擺~矣.] 我以後不敢了 (請饒了我吧) 輔 不敢 ¶~ *kóng-·chhut-·lâi* [~講出來] 不敢說出。

m̄-kam [m̄ 甘] 輔 捨不得 ¶*lám-·leh,* ~ *pàng* [攬·leh,~放] 摟住,捨不得放開 彫 **1.** 捨不得 ¶*hiat-tiāu, chin* ~ [hiat 掉,真~] 捨不得丟棄 **2.** (看所愛的人、物受苦而) 心疼;不忍 ¶*khòa^n-tiȯh chin* ~ [看著真~] 看得好心疼 働 囝 別哭啊。「不甘。

m̄-kam-goān [m̄ 甘願] 彫 不甘心 働

m̄-khéng [m̄ 肯] 働 輔 不肯。

m̄-kia^n [m̄ 驚] 働 **1.** 不畏懼 ¶*siá^n-mih lóng* ~ [啥麼攏~] 什麼都不怕 ¶~ *chhe^n-hūn* [~生份] 不怕生
△ ~ *thi^n,* ~ *tē/tōe* [~天,~地] 天不怕,地不怕
2. 可以承受 ¶~ *thià^n* [~痛] 不怕痛 **3.** 不以為意 ¶~ *lâng chhiò* [~人笑] 不怕人見笑。

m̄-kò/-koh/-kú [m̄ 過] 連 但是。

m̄-koán [m̄ 管] 連 不論; ≃ *bô-lūn*。

m̄-kòe-sim [m̄ 過心] 彫 過意不去。

m̄-koh ⇒ **m̄-kò**。

m̄-kú ⇒ **m̄-kò**。

m̂-·m̄ 函 表示非常滿意; ≃ **m̌-·m̄**[2]。

m̌-·m̄[1] 函 表示抗拒。

m̌-·m̄[2] 函 表示非常滿意; ≃ **m̂-·m̄**。

m̄-·mè 氣 **1.** 不然還能怎麼說,即鄭重肯定自己所說的; ≃ *m̄-·mê*[6] ¶*Tiȯ sī,* ~. [就是~.] 就是嘛 ¶*Ū chî^n, loān khai, chiah ē hiah sàn,* ~. [有錢亂開,才會 hiah sàn,~.] 錢亂花,才變那麼窮啊 (不是嗎?) **2.** 表示不

滿對話人不顧現狀 ¶*Lí seng hôa sé-chhùi sé-hó, ～.* [你先 hôa 洗嘴洗好,～.] (急什麼?)你先讓我刷牙刷完吶 ¶*Tiām-tiām, ～.* 別做聲/住嘴! (難道不懂嗎?) [歎] 可不是!

m̄-·mē [粗] [代] 我;老子。

m̄-mó͘ (< *m̄-hó*, q.v.)。

m̄-nā (< *m̄-tā^n*, q.v.) [形] 不止 ¶～ *gō͘-cha̍p ê* [～五十個]不止五十個 [連] 不但 ¶～ *gâu chhiù^n-koa, koh gâu thiàu-bú* [～gâu 唱歌, koh gâu 跳舞]不但會唱歌,還會跳舞。

m̄-niā ⇒ m̄-nā。

m̄-pat ⇒ m̄-bat。

m̄-pí [m̄ 比] [動] 不比 ¶*Góa ～ lí.* [我～你.]我不比你。

ḿ-pô [姆婆] [名] Ê: 伯祖母; ≃ peh-pô。

m̄-sī [m̄ 是] [動] 不是 ¶～, *he ～ ·i.* [～, he～伊.]不是,那個人不是他

△ ～ *sah^n/sà^n* [～啥] (又)不是什麼(寶貝或大事) ¶*He ā ～ sah^n.* [He 也～啥.]那又不是什麼寶貴的東西或大不了的事。

m̄-sī...chiū-sī...|*...tiō-sī...* [m̄ 是...就是...] [連] 不是...就是...。

m̄-sī-khoán [m̄ 是款] [形] 不像話;逾越規矩;放肆。

m̄-sī-sè [m̄ 是勢] [形] (情勢)不對;(事情)不妙。

m̄-sìn/*-siàn* [m̄ 信] [動] 不相信

◇ ～*-sià^n* (< [□信聖]) 不信邪;不相信。

m̄-siang-sìn|*-siong-* [m̄ 相信] [動] 不相信; ≃ m̄-siàn/-sìn。

m̄-tā^n (< log Sin + tr; > *m̄-tiā^n* > *m̄-niā*; > *m̄-nā*, q.v.) [形] 不止 [連] 不但。

·m̄-·tá^n-·kín [m̄ 打緊] [連] 不但(..., 而且) ¶*kâng chhoh ～, koh kâng phah* 口出惡言不打緊,還打人。

m̄-tah ⇒ m̄-chiah。

m̄-ta̍t [m̄ 值] [動] 不值;夠不上 ¶*kóng-phòa, ～ sa^n ê chî^n* [講破～三個錢]道破不值三分錢 [形] 不值得 ¶*Ūi chî^n lâi sí, chin ～.* [為錢來死真～.]為錢而死是很不值得的。

m̄-ta̍t-chî^n [m̄ 值錢] [形] 不值錢。

m̄ teh/*...leh* [副] 豈不是...嗎 ¶*Lí ～ gōng.* [你～戇.]別傻了 ¶*Lí ～ siáu.* [你～siáu.]你瘋了嗎?

m̄-thang (< [□通]) [輔] 不可以。

m̄-thia^n [m̄ 听] [動] 不聽從。

m̄-tiā^n ⇒ m̄-nā。

m̄-ti̍h/*-ti̍h^n/-tī^n/-tī* [動] (東西)不(想)要; ≃ bô-ài; ≃ boài ¶*khioh lâng ～-·ê* [khioh 人～·ê] 撿別人不要的。

m̄-tiō^1/*-tō* (< adv + adv; v *m̄^{2}*, *tiō*) [m̄ 就] [副] **1.** 就;應是 ¶*Nā cháu-ē-lī ～ hó, iah nā cháu-bē-lī ·le?* [若走會離～好, iah 若走 bē 離咧?]如果逃得開可很好,可是如果逃不開呢? **2.** 照情況判斷應該如此; *cf* m̄-tio̍h^2 ¶*Án-ne lí ～ lóng bē-hiáu!?* [Án-ne 你～攏 bē 曉!?]看樣子你完全不會吧!? **3.** 豈不;可不是嗎 ¶*Án-ne ～ ke chin hó-khòa^n!?* [Án-ne～加真好看!?]這麼一來可不是好看多了!? ¶*Chit-gia̍p nā bô-·khì, ～ chin chhám.* [職業若無去,～真慘.]如果丟了職業,豈不很慘 **4.** 豈不是;難道 ¶*Lí kiò góa khì, ～ boeh/beh kiò góa sí?* [你叫我去,～欲叫我死?]你叫我去,難道要叫我去送死嗎?

m̄-tiō^2 (< *m̄-tio̍h^2*, q.v.) [副] 應該。

m̄ tiō... m̄ tiō... [m̄ 就...m̄ 就...] [連] 不...就...;不然就...不然就... ¶*m̄, tiō m̄ chò; m̄, tiō chò-bē-thêng* [m̄, 就 m̄ 做; m̄, 就做 bē 停]不然就是不做,不然就是做個不停。

m̄-tio̍h^1 [m̄ 著] [名] Ê: 過錯 ¶*He sī góa ê ～.* [He 是我 ê～.]那是我的錯 [形] **1.** 犯了錯;錯誤;不正確 ¶*Chit ia̍h, nn̄g jī ～.* [Chit 頁兩字～.]這一頁有兩個字錯了 ¶*chò-/chòe-～* [做～]

a. 做錯　**b.** 犯過錯 ¶*khǹg* ∼ *thoah* [*khǹg*∼屜]放錯抽屜 ¶*cháu* ∼ *ūi* [走∼位]走錯地方

△ ∼ *sî* [∼時]不合時宜

△ ∼ *thâu* [∼頭]兩端倒置 ¶*chúi-kóng chiap* ∼ *thâu* [水 kóng 接∼頭]水管沒(照流水的方向)接對 **2.** 不對勁 ¶*khòaⁿ* ∼, *kóaⁿ-kín cháu* [看∼, 趕緊走]看情形不對勁, 趕快離去

m̄-tiòh²/-*tòh*/-*tiō*/-*tō* [m̄ 著] (副) 照理應當如此; cf m̄-tiō¹ ¶*Chiah-nī che,* ∼ *chit-kóa hō͘ ·góan.* [Chiah-nī che, ∼一寡 hō͘ ·góan.]這麼多, 該給我們一些吧 ¶*Lí bô-boeh*/-*beh lâi,* ∼ *kā góa kóng.* [你無欲來, ∼ kā 我講.]你不來, 應該告訴我(但是你沒這麼做)。

m̄-tō ⇒ m̄-tiòh²。

m̄-tú-hó [m̄ túu 好] (名) ê: 意外 ¶*Nā ū sáⁿ-mih* ∼, *boeh*/*beh án-chòaⁿ?* [若有啥麼∼, 欲按怎?]如果發生意外, 怎麼辦? (形) **1.** 不巧; 不幸; 令人遺憾 ¶*Chin* ∼: *i tú chhut··khì.* [真∼: 伊 tú 出去.]很不巧, 他剛出去 **2.** (身體)不適 (副) **1.** 不知什麼時候 ¶∼ *ài iōng* [∼愛用]以備不時之需; 說不定什麼時候用得上 **2.** 不巧; 不幸。

|·ma| ‖ *·mah* (< Sin) [嗎] (氣) 表示疑問, 無固定聲調; ≃ ·hiò。

ma (名) 媽, 對稱。

má [媽] (尾) **1.** 對某些祖母輩的人的稱謂 ¶*sin-seⁿ-*∼ [先生∼]老師或醫生的母親 **2.** 對女神的尊稱 ¶*Chhit-niû-*∼ [七娘∼]七夕的織女星 ¶*Koan-im-*∼ [觀音∼] (女性化的)觀音 (名) **1.** 祖母; ≃ a-má ¶*lín* ∼ 你的祖母 ¶*Hong-goân-*∼ [豐原∼]住在豐原的外婆 ¶*Tōa-kho͘-*∼ [大箍∼]體胖的(庶)祖母 **2.** 媽祖 ¶*Tāi-kah-*∼ [大甲∼]供奉在大甲鎮瀾宮的媽祖偶像。　[肯定、催促。

mà ‖ *mah* (< Chi *ma⁰*) [嘛] (氣) 表示

mā¹ [罵] ⇒ mē。

mā² (副) 也; 一樣 ¶*He góa* ∼ *bē-*/*bōe-hiáu.* [He 我∼ bē 曉.]那個我也不會 ¶*che* ∼ *hó, he* ∼ *hó* [che∼好, he ∼好]這個也可以, 那個也可以。

mā³ (副) 表示要求或事後算帳, 不禮貌 ¶*Lí* ∼ *mài án-ne.* [你∼ mài án-ne.]你別這樣, 好不好? ¶*Lí* ∼ *kâ tàu··chit··ē.* [你∼ kâ 湊一下.]幫忙一下, 好不好!? ¶*bô* ∼ *kā góa kóng··chit··ē.* [無∼ kā 我講一下]至少應該告知我 ¶*Hiah-nī chē,* ∼ *chit-kóa hō͘ ·góan.* [Hiah-nī chē, ∼一寡 hō͘ ·góan.]那麼多, 給我們一些吧。

mā⁴ (副) 表示在虛設環境下將會如何處理或應當如何處理 ¶*Boeh*/*beh chai* ∼ *mài khì.* [欲知∼ mài 去.]早知道就不去了。

mā⁵ (連) ...都...; 光...就可以... ¶*kiaⁿ* ∼ *kiaⁿ-sí* [驚∼驚死]嚇都嚇死了 ¶*siuⁿ* ∼ *chai* [想∼知]隨便想想就

mǎ··a¹ (名) 媽咪, 對稱。　[知道了。

mǎ··a² (象) 放聲哭的聲音。

mâ-chhiok ⇒ môa-chhiak。

Má-chó͘¹ [馬祖] (名) 離島名。

Má-chó͘² [媽祖] (名) SIAN: 航海者的守護神名

◇ ∼-*keng* [∼宮] KENG: 媽祖廟

◇ ∼-*pô* [∼婆] SIAN, ê: 媽祖。

mâ-hoân (< log Chi + ChiD *ma²-fan²*) [麻煩] (名) ê: 全 ¶∼ *ê chè-chō-chiá* (< log Chi + tr < tr En *trouble maker*) [∼ ê 製造者]麻煩製造者 ¶*chhōe*/*chhē* ∼ 找麻煩 (動) 全 ¶∼, *lí kā góa kái ·chit··ē.* [∼你 kā 我改一下.]煩麻你替我改一下 (形) 全 ¶*Í-chêng chhut-kok ê chhiú-siòk chin* ∼. [以前出國 ê 手續真∼.]從前出國的手續很麻煩。

má-hu (< Mand; cf Chi *ma³hu⁰*)

[形] 馬虎。

mā-iáu (< adv + adv; v *mā*^{2}, *iáu*^{1}) [mā 夭] [副] 仍然 ¶*chȧp nî kòe-/kè-·khì ·a, ~ kāng-khoán* [十年過去矣,～仝款] 十年過去了,還是老樣子。

ma-ió-nè-jù|*-ió͘-*‖*mai-* (< Nip *mayonēzu* < Fr *mayonnaise*) [名] KOÀN: 美乃茲。

Má-kai (< *George MacKay*) [馬偕] [名] 加拿大傳教士偕叡理 (1844–1901)。 「名稱; ≃ Má-á-keng。

Má-keng [媽宮] [名] 澎湖馬公的本土

mà-khù (< Nip *māku* < En *mark*) [名] Ê: 標識;商標。

Má-koan Tiâu-iak/*-iok* (< log) [馬關條約] [名] 仝 (1895)。

ma-lá-lí-á/*-ah* (< Nip *mararia* < It *malaria*) [名] 瘧疾。

ma-lá-sóng (< Nip *marason* < *marathon* < sem Hel *Marathon*) [名] 馬拉松。

Má-lâi-ōe [馬來話] [名] KÙ: 仝。

Má-lâi-se-a (< log Chi < *Malaysia*) [馬來西亞] [名] 東南亞國名。

má-lêng-chî/*-chû* ⇒ bé-lêng-chî。

ma-ma/*-mǎ* ⇒ ma-mah。

má-mà ⇒ ma-mah。

ma-ma-háu [ma-ma 哮] [動] 哇哇大哭; ≃ bè-bè-háu。 「[形] 馬馬虎虎。

má-má-hu-hu (< Mand; v *má-hu*)

má-mah/*-mà*‖*ma-mǎ/-ma* [媽媽]

ma-mǐ [媽咪] [名] Ê: 仝。⌊[名] Ê: 仝。

Ma-ní-lah (< Nip *Manira* < *Manila*) [名] 菲律賓首都馬尼拉。

ma-sà-jì (< Nip *massāji* < En < Fr *massage* < Port *amassar*) [動] 按摩;

má-se [形] [x] 微醉。 ⌊≃ mâ。

mā-sī [mā 是] [副] 也是; ≃ mā^{2}

△ ~ *iáu* [～夭] 仍然; ≃ mā-iáu, q.v.

má-siāng/*-siōng* (< Mand) [馬上] [副] 立即。

má-siōng (< phon *má-siāng*, q.v.)。

má-tāi [形] **1.** 胖嘟嘟而顯得笨拙 **2.** 呆;笨。

[mah]^{1} [名] 媽媽,對稱。

mah^{2} [氣] 表示疑問; ⇒ ·ma。

mah^{3} [氣] 表示肯定、催促; ⇒ mà。

[mai] (< En *mile*) [量] 英里。

mái [量] 次;回; ⇒ pái^{1}。

mài (< *m̄-ài*) [動] **1.** 不要 ¶~ *khah hó.* [～較好.] 最好不要 ¶*Boài, ~.* q.v. [輔] 別;不要 ¶*Hó-tá^{n}, ~ cháu.* [好膽,～走.] 有種的別走 ¶~ *chiȧh-hun* [～吃菸.] 別抽煙 [副] 不 ¶*Khah ~ chiȧh-hun, khah bē/bōe tiȯh hì-gâm.* [較～吃菸,較 bē 著肺癌.] 少抽煙,比較不容易得肺癌。

māi ⇒ bāi。

mai-ió-nè-jù|*-ió͘-* ⇒ ma-ió-nè-jù。

mài-khù (< Nip *maiku* < ab En *microphone*) [名] 麥克風。

mǎi-ná-suh/*-sìh* (< Nip *mainasu* < En *minus*) [名] 負的事物,例如負號、負數、負電 [動] 減 [形] 負的。

māi-tan (< Chi *mai*^{3}*tan*^{1} [買單] < Cant *mai*^{11}*tan*^{54} [埋單]) [動] (食客與餐館) 結帳; ≃ khǎn-jió。

[mák]-guh‖*mak-* (< En *mug*) [名] Ê: 馬克杯。

Mâk-kà-sà (< Nip *Makkāsā* < *Douglas MacArthur*) [名] 美國麥克阿瑟將軍 (1880–1964)。

[mǎm]-mām‖*mám-*‖*bám-bām* [兒] [名] 食物 [動] 吃。

[màn]-phâu‖*bàn-* (< Chi *man*^{4}-*p'ao*^{3}) [動] 慢跑。

mán-thô/*-thô͘*‖*bán-* (< Chi D *man*^{2}*t'ou*^{2}) [名] LIȦP: 饅頭。

[màng]-gà‖*bàng-* (< Nip *manga*)

[名] Ê, PÚN, TIU^{n}: 漫畫 ¶*kóng* ~ [講~] 天方夜譚,即說不實際的話。

[mát]-chih (< sem < Nip *matchi* < En *match*; > *bát-chih* > *bá-chih*) [俚] [名] Ê: "麻吉," 即好朋友 [形] "麻吉," 即要好/親密

◇ ~-·*ê* Ê: 好朋友。 「很要好。

mát-chí-mát-chih (v *mát-chih*) [形]

[mau]^{1} [動] (用棍子)重擊。

mau^{2} [動] **1.** 向口的內部縮入 ¶*bô tàu ké-chhùi-khì, chhùi* ~-·*ji̍p*-·*khì* [無湊假嘴齒,嘴~入去] 沒裝假牙,嘴(唇)凹進去 **2.** 凹陷 ¶*kòng-chit-ē* ~-·*khì* [損一下~去] 碰了一下,凹進去了 **3.** (花瓣合起)萎縮 [形] **1.** 口部向內縮的樣子 ¶*bô tàu ké-chhùi-khì, chhùi* ~-~ [無湊假嘴齒,嘴~~] 沒裝假牙,嘴(唇)凹進去 **2.** (花瓣合起)萎縮的樣子。

màu-sì/-*sù* (< En *mouse*) [名] CHIAH, Ê: (電腦的)滑鼠; ≃ niáu-chhí-á。

mâu-tún‖*mô͘*- (< log Sin) [矛盾] [動] [形] 仝。

[mauh] [動] (閉著嘴慢慢)咀嚼 [形] (嘴)癟癟的,例如老年人沒牙齒; ≃ mau^{2}。

[me]^{1}‖*mi* [量] 抓取在手掌中的份量 [動] 抓取在手掌中 ¶*iōng khat* ·*e, mài iōng* ~ ·*e* [用 khat ·e, mài 用~ ·e] (拿杓子等)舀起來,別拿手抓。

me^{2}‖*mé* [咩] [象] 羊叫聲 [動] 羊叫。

mê^{1}‖*mî* (< Sin) [鋩] [名] Ê: 刃。

mê^{2}‖*mî* (< Sin) [暝] [名] 夜晚 ¶*Jī-káu*-~ [二九~] 大年夜 [量] 夜;晚。

mé^{1} [象] 羊叫聲; ⇒ me^{2}。

mé^{2} (< Sin [猛]) [形] (火)烈; ≃ iām ¶*ji̍t-thâu chin* ~ [日頭真~] 太陽很大。

mé^{3} (< Sin [猛]) [形] (動作)快; ≃ mé-khoài ¶*kha-chhiú chin* ~ [腳手真~] 手腳很快。

mè‖*meh* (< contr *m̄*-·*mè*, q.v.)。

mē‖*mā* (< Sin) [罵] [動] 仝。

mĕ (< contr *me-mĕ*, q.v.)。

mé-á-chhài (< *à la gô-á-chhài*) [咩仔菜] [名] CHÂNG: 萵苣; ≃ oe-á-chhài。

me-·è^{n} (< *me*^{2}) [象] 羊叫聲。

mé-gah/-*gà* (< Nip *mega* < En *mega* < Hel *mega-* < *megas*) [名] 百萬位元組; ≃ mé-gá bài-tò [數] 百萬(倍)。

mé-(hé^{n}-)he^{n} [象] 羊叫聲。 「日夜。

mê-ji̍t/-*gi̍t*‖*mî-ji̍t*/-*li̍t* [暝日] [名]

mê-kak‖*mî*- [鋩角] [名] Ê: **1.** 稜角 ¶~ *ū chhio* [~有 chhio] 夠尖 **2.** "眉角," 即門道/秘訣/要領 **3.** 銳氣。

mê-kang‖*mî*- [暝工] [名] 夜工 ¶*chò* ~ [做~] 打夜工 ¶*pià^{n}* ~ [拚~] "開夜車," 即夜裡趕工。

me-lóng (< Nip *meron* < En *melon*) [名] LIA̍P: 香瓜總稱。

me-me/-*mĕ* (< Chi *mei*^{4} *mei*^{0}) [名] Ê: **1.** 妹妹 **2.** "美眉," 即妞儿 ¶*phā^{n}* ~ "罩馬子," 即泡妞儿。

mé-mò͘/-*mo͘h* (< Nip *memo* < En *memo* < ab Lat *memorandum*) [名] Ê: 備忘錄。 「[名] 仝。

mê-nî‖*môa*-‖*mâ*- (< Sin) [明年]

me-niú (< Nip *menyū* < Fr *menu*) ⇒ mé-niù。

mé-niù/-*niuh* (< En *menu* < Fr *menu*) [名] Ê, PÚN, TIU^{n}: 菜單。

mè-sì‖*meh-sih* (< Nip *meishi*) [名] TIU^{n}: 名片; ≃ miâ-chhì/-phì^{n}。

Mé-sī-kò/-*kò͘* (< En < *Mexico*) [名] 北美洲墨西哥國; ≃ Be̍k-se-ko。

mè-tà/-*tah* (< Nip *mētā* < En *metre* < En *mete* + *-er*) [名] LIA̍P: 測定(速度、分量等)用的儀表。

[meh] (< *mè* < contr *m̄*-·*mè*, q.v.)。

me̍h^{1} (< Sin) [脈] [名] 脈搏。

mèh² (< log Nip) [脈] 名 B. (連綿的)脈絡 ¶khòng-~ [礦~]全 ¶soaⁿ-

meh-sih ⇒ mè-sì。 ⌊~ [山~]全。

|mék| -kih (< Nip mekki) 動 電鍍。

|mèm| - bà / -bah‖ miàn- (< Nip membā < En member) 名 Ê: 成員。

|m̀h|‖m̌h 象 胸腹突然受重壓時所發

m̌h ⇒ ňgh¹,³。 ⌊的聲音; ⇒ ńgh¹。

|mi| ¹ 動 抓取在手掌中; ⇒ me。

mi² [眯] 動 閉(眼、嘴)形 1.眯著(眼睛); cf bui ¶bȧk-chiu ~-~, chhun chit sûn [目睭~~, chhun一sûn]眼睛眯成一條縫儿 2.緊閉著 ¶Mn̂g koaiⁿ-bô-~.[門關無~.]門沒關好 ¶khàm-bē-~ 蓋不合;蓋不緊。

mî¹ (< Sin) [棉] 名 全 ¶~ ê boėh-/bėh-á [~ê襪仔]棉襪。

mî² 名 刃; ⇒ mê¹。

mî³ 名 量 夜; ⇒ mê²。

mî⁴ [綿] 形 1.執著; ≃ mî-nôa ¶tùi thȧk-chheh chin ~ [對讀冊真~]很努力讀書 2.不能釋手 ¶kah cha-bó-lâng chin ~ [kah查某人真~]黏住女人 副 [x]執意;執著 ¶~-~ boeh/beh [~~欲]執意要。 ⌊條。

mī¹ (< Sin) [麵] 名 (料理好的)

mī² 量 枚; ⇒ mîh²。

mǐ [咪] 歎 呼貓用語; ≃ niau-mǐ。

mî-á [棉仔] 名 TÈ, OÂN: 棉花;棉絮 ◇ ~-chóa [~紙] KHÛN, LIȦP, PAU, THÔNG, TIUⁿ: 綿紙;衛生紙。

mī-chià / -chiah [麵炙] 名 TÈ: 炸過的麵筋; cf mī-thi。 ⌊名 棉織物。

mî-chit-phín (< log Chi) [棉織品]

mî-hoe (< log Sin) [棉花] 名 全; ≃ mî-á。

mī-hún (< log Sin) [麵粉] 名 全。

mî-iûⁿ (< log Sin) [綿羊] 名 [á] CHIAH: 全; ≃ mô·-iûⁿ。

mî-jıt ⇒ mê-jıt。

mî- kak ⇒ mê-kak。

mî-kang ⇒ mê-kang。

mi - khí - sah (< Nip mikisa < En mixer) 名 TÂI: 打果汁機。

mí-lih¹ (< à la mí-lih² < En milli-gram) 量 毫克; ≃ mí-lí-gu-lám。

mí-lih² (< Nip miri < Fr milli < ab Fr millimètre) 量 公厘;毫米; ≃ mí-lī-mí-thè ¶chȧp ~ [十~]一公分。

mî-lıt ⇒ mê-jıt。

mî-mî-chiⁿ-chiⁿ (v mî⁴) [綿綿chiⁿ-chiⁿ] 形 (不顧一切)執意要。

mi-mí-mauh-mauh / -mau-mau 形 1.(物體碰撞之後變形,)凹凸不平 2.(事情)弄糟,瘡痍滿目。

mī-pau (< log Sin) [麵包] 名 LIȦP, TÈ: 全; ≃ pháng¹; ≃ mī-pōng。

mî-phōe / -phē / -phē (< log Sin) [棉被] 名 NIÁ: 全; ≃ mî-chioh-phōe。

mī-pōng [麵pōng] 名 LIȦP, TÈ: 麵包; ≃ pháng¹; ≃ mī-pau。

mî-sat ⇒ bî-sat。 ⌊線

mî-se (< log Sin) [棉紗] 名 TIÂU: 紗 ◇ ~-soh-á [~索仔] TIÂU: 棉繩。

mí-sîh ⇒ mí-sûh。

mi-sín-iû (< Nip mishin '縫紉機' + [油]; cf En machine oil) [mi-sín油] 名 機油,尤指家庭用潤滑者,例如潤滑門鎖、腳踏車者; cf o·-iû。

mī-sòaⁿ [麵線] 名 UT, TIÂU: 掛麵 ◇ ~-kô· [~糊] KÔ: 糊狀的掛麵。

mí-soh / -sȯh (< Nip miso) 名 味噌,即日本豆瓣醬 ◇ ~-thng [~湯]味噌湯。

mí-sûh / -sîh (< En miss) 動 遺漏 ¶~-tiāu--khì [~掉去] do.

mī-tàⁿ-á [麵擔仔] 名 TÀⁿ: 麵攤。

mī-tê (< log Sin) [麵茶] 名 全。

mī- thi [麵黐] 名 TÈ: 麵筋; cf mī-chià。　　　　[KENG: 賣麵的鋪子。

mī-tiàm (< log Sin) [麵店] 名 [á]

miâ (< Sin) [名] 名 **1.** ê: 名字; 名稱; 名目 **2.** 名次 ¶*tē-it* ~ [第一～] 全 形 出名的 ¶~*-kàu-siū* [～教授] 全。

miá (< contr *boeh-án-chóa*n 2, q.v.)。

miā (< Sin) [命] 名 ê: **1.** 生命 **2.** 命運。　　　　　　　　　[天

miǎ (< contr *bîn-ná*, q.v.) 名 **B.** 明 △ ~ *ē-/ê-po͘* [～下晡]明天下午。

miǎ-àm (< contr *bîn-ná-àm*, q.v.)。

miǎ-chái (< contr *bîn-ná-chái*, q.v.)。

miǎ-chài (< contr *bîn-ná-chài*, q.v.)。

miâ-chheh (< log Chi) [名冊] 名 PÚN: 全。

miâ-chheng‖*bêng-* (< col log Nip < Sin) [名稱] 名 ê: 全。[名 ê: 全。

miâ-gī‖*bêng-* (< col log Nip) [名義]

miâ-giảh (< log Chi) [名額] 名 ê: 全。

miâ-ī/-ī n/-ū‖*bêng-* (< col log Sin) [名譽] 名 形 全 ◇ ~ *hảk-ūi* (< log Nip < tr En honorary degree) [～學位] 全。

miâ-lâng‖*bêng-jîn* (< col log Nip < Sin) [名人] 名 ê: 全。　　[牌。

miâ-pâi 1 [名牌] 名 KI, ê: 出名的品

miâ-pâi 2 (< log Chi) [名牌] 名 TÈ: 寫有名字的牌子; ≃ *káu-pâi* (3)。

miâ-phìn‖*bêng-phiàn/-phì* n (< col log Sin) [名片] 名 TIUn: 全; ≃ miâ-chhì; ≃ meh-sih/mè-sì。

miâ-phō͘ (< log Sin) [名簿] 名 PÚN: 全 ¶*hō͘-kháu* ~ [戶口～] 全。

miâ-sán‖*bêng-* (< col log Nip) [名產] 名 全。

miâ-sian (< log Sin) [名聲] 名 ê: 全 ¶*ū* ~ [有～]出名 ¶~ *chin tháu* [～真 tháu]很出名。

miâ-sû‖*bêng-* (< col log Nip) [名詞] 名 ê: 全。

miâ-tì/-tù/-tì‖*bêng-* (< col log Nip) [名著] 名 PÚN, PHIn: 全。

miâ-toan (< log Chi) [名單] 名 TIUn:

miâ-tù ⇒ miâ-tì。　　　[全 ¶*o͘-* ~ q.v.

mia-·ù n (< *miau*) 象 貓平時的叫聲; ≃ nia-·ù n。

miâ-ū ⇒ miâ-ī。　　[叫聲; ≃ niǎ-·ù n。

miǎ-·ù n (< *miáu*) 象 貓極度疼痛的

miā-ūn (< log Sin) [命運] 名 ê: 全; ≃ ūn-miā　　　　[同體] ê: 全。 △ ~ *kiōng-tông-thé* (< log) [～共

miàn -sù/-suh (< Nip *mensu* < ab Ger *Menstruation*) 名 PÁI: 月經。

miau 象 貓平時的叫聲; ≃ niau 1。

miáu 象 貓叫聲, 加強語氣; ≃ niáu。

miàu-miàu-háu 動 喵喵地叫。

mih 指 什麼; ≃ sím-mih ¶~*-tāi* 什麼事 ¶~ *tāi-chì* [～代誌] do.

mih 1‖*mngh* (< Sin) [物] 名 HĀNG, ê: 東西; ≃ mlh-á; ≃ mlh-kiā n ¶*bé/bóe* ~ [買～]買東西。

mih 2‖*mī* 量 枚, 即計算某些小東西的單位, 例如小浮萍、香菇、耳朵、去了殼的牡蠣。

mih-á‖*mih-* [物仔] 名 HĀNG, ê: 東西 ¶*chit hāng* ~ [一項～]一樣 (未指明的) 東西。

mih-ā-pâ/-pà 名 什麼的, 貶意 ¶*iōng-·kòe ê chóa-au-á, ōe-seng-tī, soan-thoân-toa* n, ~, *lông khioh-khì tû-té* [用過ê紙甌仔、衛生箸、宣傳單、～, 攏 khioh 去櫥底]用過的紙杯、衛生筷、傳單、什麼的, 都收集起來放到櫃子裡 形 無關的 (事) ¶~ *ê tāi-chì* [～ê代誌]無關的事。

mih-kiān‖*mngh-* (< Sin) [物件] 名 HĀNG, ê: 東西。

mih + phòe /... phè‖*mlh-phòe* /-

phè [mih 配] 名 HĀNG: 佐餐的食物;菜。

| **mîng**¹ | [毛] ⇒ mo͘。

mîng² ‖*mûi* (< Sin) [門] 名 **1.** ê: 建築物的出入口 **2.** sìⁿ: 門扇。

mîng³ ‖*mûi* (< Sin) [門] 量 計算砲、錨、釣鉤、墳墓、親事、學問等的單位。 「*sin-bêng* [～神明] 問卜

mîng ‖*mūi* (< Sin) [問] 動 **1.** 詢問 ¶～
△ ～ *kà ū chit jī "pat"-·jī* [～到有一字 pat 字] 打破沙鍋問到底
△ ～ *kà ū chit ki pèⁿ* (*thang giâ*) [～到有一枝柄(thang giâ)] do.
2. 盤問; 審問 ¶*hông kiò-khì* ～ [hông 叫去～] 被召往盤問
△ ～ *kháu-keng* [～口供] 仝。

mîng-an ‖*mūi-* (< log Sin) [問安] 名 問候。

mîng-āu ‖*mûi-* [門後] 名 仝。

mîng-bâi (< log Sin) [門楣] 名 ê: 門框上橫木、石板等; ≃ mîng-hiàh; ≃ mîng-táu。

mîng-chhī-pō͘ ‖*mûi-* ‖*bûn-* (< col log Sin) [門市部] 名 仝。

mîng-chhńg (< *bûn-chhńg*) ⇒ bîn-chhńg。 「插關儿。

mîng-chhòaⁿ ‖*mûi-* [門閂] 名 KI: 門

mîng-chín ‖*mûi-* ‖*bûn-* (< col log Chi) [門診] 名 仝。 「KI: 門扭。

mîng-choān [門 choān] 名 ê, LIÀP,

mîng-gōa-hàn (< log Chi) [門外漢]

mîng-hōe ⇒ mô͘-hē。 「ê: 仝。

mîng-kha ⇒ mo͘-kha。

mîng-kha-kháu ‖*mûi-* [門腳口] 名 門口儿外部; 門外。

mîng-khang ‖*mûi-* [門 khang] (< [門空]) 名 ê: 門的開口處; ≃ mîng-chhùi。

mîng-kháu ‖*mûi-* (< log Sin) [門口] 名 門口儿外部; 門外; ≃ mîng-kha-

kháu 「庭
◇ ～-*tiâⁿ* [～埕] ê: 門口的場子; 前

mîng-khiā ‖*mûi-* [門企] 名 KI: (房屋的)門柱; *cf* mîng-thiāu。

mîng-kìm ‖*mûi-* (< log Chi) [門禁] 名 仝。

mîng-kńg-khang ⇒ mo͘-kńg-khang。

mîng-koàn ‖*mūi-* ‖*bûn-* (< col log Chi < tr En < Fr *questionnaire*) [問卷] 名 HŪN, PÚN, TIUⁿ: 仝。
◇ ～ *tiau-cha* (< log Chi) [～調查] PÁI: 仝。

mîng-lâu ‖*mûi-* (< log Sin) [門樓] 名 [*á*] ê: 門樓儿。 「 [ê: 仝。

mîng-lêng ‖*mûi-* (< log Chi) [門鈴]

mîng-liân ‖*mûi-* (< log Sin) [門聯] 名 HÙ, TÙI, TIUⁿ: 仝。

mîng-lō͘ ‖*mûi-* (< log Chi < sem Sin) [門路] 名 ê:**1.** (行事的)管道 **2.** (作事的)方法。 「仝。

mîng-lō͘ ‖*mūi-* (< log Sin) [問路] 動

mîng-pâi ‖*mûi-* [門牌] 名 TÈ: 仝。

mîng-phāng ‖*mûi-* [門縫] 名 ê: 仝。

mîng-phiò ‖*mûi-* (< log Chi) [門票] 名 TIUⁿ: 仝。 「Sìⁿ, ê: 門板。

mîng-sìⁿ ‖*mûi-* (< log Sin) [門扇] 名

mîng-sîn ‖*mûi-* (< log Sin) [門神] 名 ê: **1.** 守門的神 **2.** 圖 擋住門口的

mîng-sui ⇒ mo͘-sui。 「人。

mîng-táu [門斗] 名 ê: 門楣; ≃ mîng-hiàh; ≃ mîng-bâi。 「hō͘-tēng。

mîng-tēng [門 tēng] 名 ê: 門檻; ≃

mîng-thang ‖*mûi-* [門窗] 名 仝。

mîng-thiāu ‖*mûi-* [門柱] 名 KI: (圍牆、籬笆的)門柱; *cf* mîng-khiā。

| **mńgh** | ⇒ mih。

mngh-sngh-·ê 名 ê: 鬼魅。

| **mo͘** | ‖*mîng* (< Sin) [毛] 名 KI: 毛髮 ¶*hoat*～ [發～] 長出毛 ¶*lut*～ 脫毛。

mô·¹‖*mn̂g* (< Sin) [毛] 图 毛料 ¶*Chit niá thán-á ~-ê.* [Chit 領毯 仔~·ê.] 這條毯子是毛料的 圈 [x] 毛茸茸。

mô·² [哞] 象 牛叫聲 働 牛叫。

mó· (< ana Chi ons.) ⇒ bó·²。

mō·¹ (< log Sin) [冒] 働 冒(名) ¶*~ lâng ê miâ* [~人ê名] 假冒他人的名 義。

mō·² (< log Chi) [冒] 働 冒(險) ¶*~ chin tōa ê gûi-hiám* [~真大ê危 險] 冒很大的危險。

mo·-chhái (< log Chi + Chi *mo¹- ts'ai³*) [摸彩] 働 全 ◇ ~-*kǹg/-koàn* [~券] TIUⁿ: 彩券。

mô·-chhat (< log Chi < Nip) [摩擦] 图 全 ¶*hoat-seng ~* [發生~] 全。

mo·-chìⁿ‖*mn̂g*- [毛箭] 图 KI: (鳥羽 的)毛囊。 「織品」图 全。

mô·-chit-phín‖*mn̂g*- (< log Chi) [毛

mo·-dé-luh|-*lé*- (< Nip *moderu*; cf Fr *modèle*) 图 Ê: 模特兒。

mó·-dèm‖*mo·-lián/-tián* (< En *modem*) 图 TÂI: 數據交換機。

mô·-hē/-*hōe*‖*mn̂g-hōe* (< log Sin) [毛蟹] 图 CHIAH: 全。 「働 全。

mō·-hiám (< log Nip < Sin) [冒險]

mô·-hoān‖*bô*- (< log Nip + Nip *mo- han* < Sin) [模範] 图 Ê: 全 ¶*chò/ chòe hó· ~* [做好~] 全。

mô·-hōe ⇒ mô·-hē。 「*tô²*。

mo·-hui 匣 働 開小差去玩; ≃ lȯk-

mô·-hui (< *morphia* < Lat *morpheus*) 图 嗎啡 ¶*chiam ~* [針~] 打嗎啡。

mo·-kha‖*mn̂g*- [毛腳] 图 髮際。

mô·-kin/-*kun*/-*kin*‖*mn̂g*- (< log Chi) [毛巾] 图 TIÂU: 全; cf bīn- kin。

mo·-kńg-khang‖*mn̂g*- [毛管 khang] 图 CHHNG, KHANG: 毛孔 ¶*kui seng-*

khu ê ~ chhàng-·khí-·lâi [kui 身軀ê ~chhàng 起來]全身毛骨聳然。

mô·-kúi (< log Sin) [魔鬼] 图 CHIAH, Ê: 全; cf Sat-tàn。

mô·-kun ⇒ mô·-kin。

mo·-lé-luh ⇒ mo·-dé-luh。

mo·-lián (< En *modem* + Chi *mo²- tien⁴*); ⇒ mó·-dèm。

mô·-liān (< log Chi + Chi *mo² lien⁴*) [磨練] 图 PÁI: 全 働 全。

mō·-lò·-sâi (< Foo [無路使]) 匣 圈 不中用。

mo·-mo· (v *mo·*) [毛毛] 働 (料子 等)起毛 ¶*Chit khoán pò· bē/bōe ~- khì.* [這款布 bē~去.]這種料子不起 毛 圈 1. 毛茸茸的樣子,例如長毛 的毛線衣 2.(料子等)起毛的樣子。

mó·-nī-thè/-*thâ* (< En *monitor*) 图 Ê: (電腦)顯示器。 「聲,拉長。

mô·-·ò·ⁿ (< *mô·⁴*) [哞·ò·ⁿ] 象 牛叫

mō·-ō·ⁿ-·ò·ⁿ (< *mô·-ò·ⁿ*) [哞 ō·ⁿ-·ò·ⁿ] 象 牛叫聲,拉很長。 「Ê: 全。

mô·-ông‖*mâ*- (< log Chi) [魔王] 图

mô·-pēⁿ/-*pīⁿ* (< log Chi) [毛病] 图 Ê: 全。

mo·-pit (< log) [毛筆] 图 KI: 全 ◇ ~-*ōe/-ūi* (< log Nip) [~畫] TIUⁿ: 全。

mo·-sui‖*mô·*-‖*mn̂g*- [毛蓑] 图 [*á*] 1. KI, PÉ: 沒綁住的毛髮 2. Ê: 劉 海儿; ≃ chián-bî。

mô·-sút (< log Nip) [魔術] 图 Ê: 全 ◇ ~-*ka* [~家] Ê: 魔術師。

mò·-tà‖*moh-tah* (< Nip *mōtā* < En *motor*) 图 LIȦP: 馬達。

mô·-tāu [毛豆] 图 CHÂNG, NGEH, LIȦP: 全。 「全。

mo·-thâng (< log Sin) [毛虫] 图 BÓE:

mô·-thian-lûn (< log Chi < tr; cf En *ferris wheel*) [摩天輪] 图 Ê: 全。

mô͘-thian tāi-lâu|...tōa- (< log Chi < tr En *skyscraper*) [摩天大樓] 名 TÒNG: 全。

mô͘-tn̂g (< log Nip + Nip *mōchō*) [盲腸] 名 TÈ, TIÂU: 全
◊ ~-iām (< log Nip) [~炎] 全。

mô͘-tún (< ana [毛]) ⇒ mâu-tún。

moa 名 B.用以披在肩上的東西，例如斗篷、氅子 ¶*hō͘-~* [雨~] 雨衣 ¶*hong-~* [風~] 斗篷 動 1.披(在身上) ¶~ *chit niá hong-moa* [~一領風 moa] 披一件斗篷 2.勾(肩) ¶*chhiú ~ tòa i ê keng-kah-thâu* [手~tòa伊ê肩胛頭] 手勾著他的肩膀。

môa[1] (< Sin) [麻] 名 CHÂNG: 全。

môa[2] (< Sin) [鰻] 名 BÓE: 鰻魚。

môa[3] (< ab *lô͘-môa*) [鰻] 形 無賴；像個流氓；≃ lô͘-môa ¶*Chit ê lâng chiok ~ ·ê.* [Chit個人足~·ê.] 這個人非常無賴。

móa[1]‖*boán* (< Sin) [滿] 動 1.期滿；≃ kàu[2] ¶*saⁿ nî ~* [三年~] 三年屆滿 2.盈滿；≃ tīⁿ ¶*Chúi ~ ·a.* [水~矣.] 水滿了 3.溢(出) ¶*té/tóe kà ~·chhut·lâi* [貯到~出來] 裝得太滿，溢出來了 4.充足 ¶~ *saⁿ hòe/hè* [~三歲] 三足歲 形 盈滿；≃ tīⁿ ¶*lâng kheh kà ~-~* [人kheh到~~] 人擠得滿滿的。

móa[2] (< sem Sin) [滿] 形 遍；整個；≃ chit; ≃ kui[3] ¶*thng lâm kà ~ sin-khu* [湯淋kà~身軀] 淋得滿身都是湯 ¶~ *sè-kài* [~世界] 世界遍地 △ ~ *bīn choân tāu-hoe* [~面全豆花] 灰頭土臉。

mǒa (< contr < *môa-á*[1,2], q.v.)。

môa-á[1] [麻仔] 名 LIÅP: 芝麻。

môa-á[2] [麻仔] 名 麻疹；≃ phia̍h ¶*chhut ~* [出~] 出疹子。

môa-chhiak/-chhiok‖*bâ-/mâ-chhiok* (< log Sin) [麻雀] 名

PÔAⁿ: 麻將 ¶*phah ~* 搓麻將 ¶*poa̍h ~* do. 「粢巴。

môa-chî [麻薯] (< [麻粢]) 名 LIÅP:

móa-chiok‖*boán-* (< col log Nip < sem Sin) [滿足] 名 全 動 1.使稱意 2.使符合要求 ¶~ *lâng ê hòⁿ-kî-sim* [~人ê好奇心] 滿足人們的好奇心 形 稱意。

móa-goe̍h/-ge̍h/-ge̍h (< sem log Sin) [滿月] 動 形 (嬰兒)彌月。

móa-hun‖*boán-* (< col log Chi) [滿分] 名 動 全。 「動 形 全

móa-ì‖*boán-* (< col log Sin) [滿意]
◊ ~-tō͘ (< log Chi) [~度] 全。

môa-iû (< log Sin) [麻油] 名 芝麻油
◊ ~-chiú [~酒] (加酒的)麻油雞。

moa-kin [moa 巾] 名 NIÁ, TIÂU: 披肩；≃ phi-kian。

môa-láu [麻荖] 名 TÈ, TIÂU: 麻團，即炸粢巴裹芝麻的甜食。 「到處都是。

móa-móa-sī [滿滿是] 形 比比皆是；

môa-nî ⇒ mê-nî。

môa-saⁿ [麻衫] 名 NIÁ: 麻布喪服。

môa-sat-ba̍k [麻虱目] 名 [á] BÓE: "虱目魚," 即鯔魚；≃ sat-ba̍k-hî; ≃ sat-ba̍k-á。 「處；≃ chhit-sì-kè。

móa-sì-kè/-sì-kòe [滿四界] 名 到

moâi‖*môe*‖*bôe*‖*bê*‖*bê* (< Sin) [糜] 名 1.粥 2.B.糜爛的東西 ¶*thô͘-~* 爛泥。

moāi‖*môe*‖*bôe*‖*bē*‖*bē* (< Sin) [妹] 名 B.全 ¶*A-liân-~* [阿蓮~] 蓮妹。

moâi-á ⇒ bôe-á。

moâi-hoe ⇒ bôe-hoe。

moâi-lâng‖*môe-*‖*bôe-*‖*hm̂-* (< log Sin) [媒人] 名 Ê: 全 ¶*chò ~* [做~] 做媒。 「性媒人。
◊ ~-pô(·a) [~婆(·a)] Ê: 媒婆；女

moāi-sài‖*môe-*‖*bōe-*‖*bē-*‖*bē-* (<

log Sin) [妹婿] (名) ê: 妹夫。

　môe　(名) 糜爛的東西; ⇒ moâi。

móe ⇒ múi。

môe-á ⇒ bôe-á。

môe-hoe ⇒ bôe-hoe。

môe-kài ⇒ bôe-kài。

môe-kùi ⇒ bôe-kùi。

môe-lâng ⇒ moâi-lâng。

mōe-sài ⇒ moāi-sài。

môe-thé ⇒ bôe-thé。

môe-tòk ⇒ bôe-tòk。

　mo·h　¹ (動) (用雙臂及胸腹) 抱 (住); *cf* lám¹ ¶*thiāu-á ~··leh, m̄ pàng* [柱仔~·leh, m̄ 放] 抱著柱子不放 ¶*~ si-koe* [~西瓜] 抱西瓜。

mo·h² (動) 1.凹陷,一般指面頰; ≃ naih; *cf* mau 2.癟 (形) [x]凹陷的樣子。

mo·h (< Sin) [膜] (名) TÊNG, TÈ: 1.[á] 薄膜 2.類似薄膜的東西,例如花生米的皮、包覆柑橘等芸香科植物果

mo·h-tah ⇒ mò·-tà。　└肉的薄皮。

　mú　-neh (< Nip *mune*) (名) 1.ê: 胸部 2.胸脯;胸圍。

　mûi　[門] ⇒ mn̂g²,³。

múi‖*móe* (< log Sin) [每] (指) 全; ≃ tàk ¶*~ chit ê lâng* [~一個人] 每一

mūi ⇒ mn̄g。　　　　　　└個人。

mûi-á ⇒ bôe-á。

mûi-hoe ⇒ bôe-hoe。

mûi-kài ⇒ bôe-kài。

mûi-kùi ⇒ bôe-kùi。

mûi-lâng ⇒ moâi-lâng。

mûi-thé ⇒ bôe-thé。

mûi-tòk ⇒ bôe-tòk。

N

　nâ　(< log Sin) [藍] (名) 藍色。

ná¹ (動) 像; ≃ ná-(chhin-)chhiūⁿ ¶*sán kà ~ kâu* [瘦到~猴] 瘦得像隻猴子 (副) 似乎 ¶*I ~ iáu m̄-bat/-pat lâi.* [伊~夭 m̄-bat 來.] 他似乎不曾來過
△ *~ báng tèng ·le* [~蚊釘咧] 沒有什麼作用 ¶*Lâng ê phe-/phoe-phêng ~ báng tèng ·le.* [人ê批評~蚊釘咧.] 對別人的批評不痛不癢
△ *~ sái-hàk-á-thâng ·le* [~屎礐仔虫咧] 靜不下來,動個不停,尤指小孩。

ná²‖*nah* (< Sin) [哪] (副) 1.怎麼 ¶*~ chai-iáⁿ* [~知影] 怎知道 ¶*~ hó bô khì* [~好無去] 怎麼好意思不去 2.何以;為何; ≃ thái ¶*~ ē án-ne* [~會 án-ne] 怎麼會這樣。

ná³ (副) 愈發; ⇒ jú。

ná⁴ (副) 1.逐漸; ≃ kín² ¶*gín-á ~ tōa-hàn ·a* [gín仔緊大漢矣] 孩子漸漸長大了 ¶*Ná m̄ ~ chún-pī-··khì?* [哪 m̄~準備 ah?] 怎麼不著手慢慢儿準備? 2.持續著; ≃ kín² ¶*khòaⁿ lâng chiàh, khòaⁿ kà chhùi-nōa ~ lâu* [看人吃,看到嘴 nōa~流] 看人家吃東西,看得口水直流 (連) (一面...) 一面...; ≃ kín² ¶*I chiàh-pn̄g ê sî ~ teh siūⁿ in kiáⁿ.* [伊吃飯ê時~teh想 in kiáⁿ.] 她吃飯的時候一邊惦著兒子 ¶*~... ~...* q.v.

ná⁵ (連) 連結名詞,表示不屑 ¶*Lāu-su ~ lāu-su lè.* [老師~老師咧.] 老師又怎麼樣! ¶*nî ~ nî, cheh ~ cheh* q.v.

nà¹‖*nā* (動) 1.稍一露出又縮回去 ¶*~ chit-ē bīn, tiō tńg-·khì* [~一下面就返去] 一露臉就回去 2.(伸出的舌頭、火舌、光) 動;閃 ¶*chhùi-chih ~··chit··ē, ~··chit··ē* [嘴舌~一下,~一下] 舌頭伸伸縮縮 ¶*sih-nà tùi tang-pêng teh sih, ~ kàu sai-pêng* [sih-nà 對東 pêng teh sih,~到西 pêng] 閃電從東邊發出,直照到西邊 3.(伸出的舌頭) 取或舔 (食物)。

nà² ‖nah 歟 拿去；⇒ àⁿ⁴。

nā¹ (< Sin) 動 **1.** 移動火以燒或烤 ¶iōng/ēng hóe/hé ~ [用火~]用火弄熱 ¶~ ti-tu-si [~蜘蛛絲]燒蜘蛛網 **2.** 在火焰上短促地移動以烤 ¶hō· hóe/hé ~-tiòh [hō火~著]被火舌燒到 **3.** (稍微)曬(一下) ¶~ chit ê jit-thâu-hoe-á [~一個日頭花仔]稍微曬一下太陽。

nā² 動 伸出又縮回；⇒ nà¹。

nā³ (< Sin) [若] 連 **1.** 如果，表示必然的事實 ¶I ~ kóng, góa tiō khùn-·khì. [伊~講，我就睏去.]他一說話，我就(聽不下去而)睡 **2.** 如果，表示假設；≃ nā-chún ¶~ i kóng, góa boăi thiaⁿ. [~伊講，我 boăi 听.]如果是他講(演/道)，我不聽。

nǎ (< contr nâ-á, q.v.)。　　　　　「jú。

ná...ná¹ (v ná³) 副 越...越；⇒ jú...

ná...ná² (v ná⁴) 副 邊...邊；≃ kín... kín ¶ná kóng, ná chhiò [ná 講 ná 笑]邊說邊笑。

nâ-á [籃仔] 名 KHA: 籃子。

nâ-âu [嚨喉] 名 Ê, KHANG: 喉嚨
△ ~-kńg tīⁿ (v ~-kńg) [~管 tīⁿ]欲哭的樣子
◇ ~-cheng-á [~鐘仔] ê, LIĀP: 喉結
◇ ~-khang Ê, KHANG: 嗓門 ¶tōa ~ [大~]說話大聲
◇ ~-kńg [~管] TIÂU: 氣管
◇ ~-tì-á [~蒂仔] TÈ: 小舌。

nā-bô (< conj + conj; v bô¹) [若無] 連 否則。

ná-(chhin-)chhiūⁿ [ná(親)像] 動 像；似乎；≃ ná¹　　　　　「咧]突然胖起來。
△ ~ pûn-hong-·e ·le [~pûn 風·e]

nà-chih [nà舌] 動 快速地伸縮舌頭。

ná-chún [ná準] 動 似乎；彷彿；≃ ná¹。

nā-chún (< conj + conj) [若準] 連 **1.** 如果；要是；≃ nā³；≃ chún⁵(nā) ¶~ i m̄ kóng, góa chiah/tah/khah

kā lí kóng. [伊~m̄講，我才 kā 你講.]如果他不說，我再告訴你 **2.** 即使；≃ chún⁵；≃ tiō-chún(-kóng), q.v.

ná-ē (< adv + aux) [哪會] 副 何以 ¶~ chai? [~知?]何以知道？ ¶~ chiah chē lâng? [~chiah chē人?]怎麼這麼多人？

nâ-iâⁿ (< log Chi; ant lėk-iâⁿ) [藍營] 名 不主張甚至反對台灣主體性的政治陣營。　　　「似乎；宛若。

ná-ká-ná|-ká ⁿ- (< ná¹ + ká-ná) 副

nā-kàu (< conj + conj; > nā-kà > nā-kah) [若到] 連 **1.** 既然；≃ kà⁵；≃ kà-nā **2.** 至於。

nâ-kiû (< log Chi < Nip tr En basketball) [籃球] 名 LIĀP, TIŪⁿ: 仝
◇ ~-tiûⁿ (< log Chi) [~場] Ê: 仝。

nâ-kun (< log Chi; ant lėk-kun¹) [藍軍] 名 **1.** (藍色旗的)國民黨 ¶hoàn-~ [泛~]以國民黨為主的反對台灣本土主義的政治勢力 **2.** 上述"泛藍軍,"包括橘色旗的親民黨與黃色旗的新黨。

nâ-mū‖nâm- (< Sans namo) 歟 "南無," 即加於佛名或經文前表示堅信的話；≃ lâm-bû。

nā-niā (< nā-tiāⁿ; > niā-niā, q.v.)。

nâ-niá kai-kip (< log Chi < tr En blue-collar class) [藍領階級] 名 Ê: 仝。　　　　　「名 LIĀP: 仝。

nâ-pó-chiòh (< log Chi) [藍寶石]

Na-pó-lé-óng|-pó- (< Nip Naporeon < Napoleon) 名 法國皇帝拿破侖

ná-poàt ⇒ niá-pàt。　⌊(1769–1821)。

nâ-sek (< log Sin) [藍色] 名 仝。

nā-sī (v nā²) [若是] 連 如果。

nâ-tâu [林投] 名 CHÂNG: 龍舌蘭。

nā-tiāⁿ (> niā-tiāⁿ > niā-niā; > nā-niā > niā-niā, q.v.) 助 而已。

ná-tiòh [哪著] 副 何必。

nah¹ 動 凹陷；≃ lop¹/lap¹; cf naih

¶~ *chit o/u* [~一窩]有個凹陷處 [形] [x]凹陷的樣子。

nah[2]||*nà* [歎] 拿去; ⇒ à^{n4}。

nah-liâng [nah涼] (< Mand [納涼]) [動] 乘涼。

nah-moh/-*mo͘h* (< Chi *na^{4} mo^{0}*) [連] 那麼; ≃ iah[2]。

nah-o/-*u* [nah 窩] [動] 凹陷; ≃ lap-u。

nah-phī^{n}||*naih-* [nah鼻] [形] 鼻子過低。

nah-u ⇒ nah-o。

[nái] (< ana *thái* < contr *ná-ē*) [副] 怎麼; 何以; 為何; ≃ thái, q.v.

nāi (< Sin) [耐] [動] **B.** 仝¶~*-bôa* [~磨]仝¶~*-sio* [~燒]耐熱。

nāi-chi (< Sin; *cf* Cant *lai^{22}chi^{55}*) [荔枝] [名] CHÂNG, PHA, LIA̍P: 仝。

nái-ē (v *nái*) [副] 怎麼會; 何以 ¶~ *án-ne* [~án-ne]怎麼會這樣。

nāi-iōng/-*ēng* (< log Chi) [耐用] [形] 仝。

nǎi-lóng||*nai-* (< Nip *nairon* < En *nylon*) [名] 尼龍。

nāi-sèng (< log Sin) [耐性] [名] Ê: 仝。

nāi-sim (< log Chi) [耐心] [名] Ê: 仝 ¶*bô-*~ [無~]沒耐心 [副] 仝¶*I ū-sim kā lán khòa^{n}-chín, lán tiō ~ tán.* [伊有心kā咱看診,咱就~等.]他有心給咱們看診,咱們就得耐心等著。

[naih] [動] 凹陷; *cf* nah[1] ¶*phòng-·chit-·ē, ~-·chit-·ē* [膨一下,~一下]一會儿鼓起來,一會儿癟下去,例如運氣時的肚皮 [形] [x] 凹陷的樣子; *cf* nah[1]。

naih-phī^{n} ⇒ nah-phī^{n}。

[nám]-bà (< Nip *nambā* < En *number*) [名] Ê: 號碼。

nâm-mi ⇒ liâm-ti^{n}。

[nát]-toh/-*to͘h* (< Nip *natto* < ab < En *screw nut*) [名] LIA̍P: 螺母; 螺絲帽。

[náu][1] (< Sin) [腦] [名] **1.** 腦部¶~ *tio̍h-siang/-siong* [~著傷]腦受傷 **2.** 腦力 ¶*iōng ~, iōng siu^{n} chē/chōe* [用~用siu^{n} chē]用腦過多。

náu[2]||*láu* [動] (關節、筋)扭(傷) ¶~-·*tio̍h* [~著]扭傷。

nāu (< Sin) [鬧] [動] 胡鬧; 搗亂 ¶*Lí mài tòa chia ~.* [你mài tòa chia ~.]你別在這儿胡鬧。

nāu-cheng (< log Chi) [鬧鐘] [名] [*á*] LIA̍P, Ê: 仝; ≃ kiò-cheng。

náu-chín-tōng (< log Nip) [腦震蕩] [名] [動] 仝。

náu-iām (< log Nip) [腦炎] [名] 仝。

nāu-ke̍k ⇒ nāu-kio̍k。

náu-kin[1]/-*kun* [腦筋] [名] TIÂU: 腦血管 ¶*tāng-*~ [動~]仝。

náu-kin[2]/-*kun* (< log Sin) [腦筋] [名] 思考; 思考能力 ¶*siang/siong*~ q.v.

nāu-kio̍k/-*ke̍k* (< log Chi < tr En *farce*) [鬧劇] [名] CHHUT: 仝。

náu-kun ⇒ náu-kin[1,2]。

náu-liû (< log Chi < tr En *brain tumor*) [腦瘤] [名] LIA̍P: 仝。

náu-mo̍͘h-iām (< log Nip < tr NLat *meningitis*) [腦膜炎] [名] 仝。

náu-sèng bâ-pì (< log Nip < tr En *cerebral palsy*) [腦性麻痺] [名] 仝。

náu-sí (< log Nip < tr En *brain death*) [腦死] [名] 仝。

nāu-sin-niû [鬧新娘] [動] 鬧洞房; ≃ chhá sin-niû。

nāu-tāi-chì (< log Sin + tr) [鬧代誌] [動] 鬧事。

náu-·tio̍h||*láu-* (v *náu*[2]) [náu著] [動] 扭傷; *cf* choāi^{n}-·tio̍h ¶*chéng-thâu-á ~* [指頭仔~]手指頭扭傷¶~ *chhiú* [~手]把手扭傷¶~ *kin* [~筋]扭傷(脖子等的)筋。

nāu-tiû^{n} (< log Chi) [鬧場] [動] 仝。

[nauh][1]||*ngauh* [動] **1.** 不很鄭重地說 ¶*m̄ kóng chheng-chhó, kan-na ~-·chit-·ē* [m̄講清楚, kan-na ~一下]也不說清楚,只是自言自語似的提一下 **2.** 喃喃地抱怨或咒罵。

nauh² 働 咬；⇒ ngauh²。

·ne ¹ 尾 略為處理／少許，承 "n" 韻尾；
⇒ ·le²。

·ne²‖-neh 働 1. 表示感歎，輕聲中調
或低調；cf ně² ¶Ū súi ~! [有 súi
~!] 真是漂亮！ 2. 表示鄭重告知，輕
聲中調或低調；cf ·liơ ¶Góa bē-hiáu
~. [我 bē 曉~.] 我不會呢 ¶Chia bô
~. [Chia 無~.] 這儿沒有呢。

ne¹ 働 馬嘶聲。

ne²‖ni [奶] ⇒ leng¹。

nê‖nî [晾] 働 1. 掛起來使乾燥 ¶saⁿ
~ tòa tek-ko [衫~tòa 竹篙] 把衣服
晾在竹竿上 2. 撐起使張開 ¶~ báng-
tà [~蚊罩] 掛蚊帳；≃ hân báng-
tà。　　　　　　　　　 ┌·le! 你他媽的！

né (< Sin [奶]) 粗 名 媽媽 ¶Lín ~

nè‖nì‖neh‖nih [躡] 働 踮（起腳）
¶~-khí-lâi khòaⁿ [~起來看] 踮起腳
來看。　 ┌~. [來, 吃~.] 來, 吃奶奶。

ně¹ (< ab ne-ně) 囝 名 奶 ¶Lâi, chiảh

ně² (< ·ne + Nip ne/nee) 働 表示讚
歎 ¶Ū súi ~! [有 súi~!] 真是漂亮！

ne-á ⇒ leng-á。

ne-·èⁿ (< ne¹) 働 馬嘶聲。

né-·èⁿ (< TW ·ne + Nip ne) 働 1. 表
示感歎 ¶Ū súi ~! [有 súi~!] 真是漂
亮！ 2. 表示鄭重告知；cf liơ ¶Góa
bē-hiáu ~. [我 bē 曉~.] 我不會呢
¶Chia bô ~. [Chia 無~.] 這儿沒有
呢。

nè- kha- bóe‖neh-‖nì- /nih- kha-
bé/-bé [躡腳尾] 働 踮著腳。

ne-khú-tái‖-kú- (< Nip nekutai <
En necktie) 名 TIÂU: 領帶 ¶kat ~
[結~] 打領帶。

nè- koân‖neh-‖nì-/nih- koân/-
koâiⁿ [躡 koân] 働 踮起（腳）。

ne-kú-tái ⇒ ne-khú-tái。　　　┌ně¹。

ne-ně/-ne [奶奶] 囝 名 奶；≃ ne²/
nē-nē‖neh-neh 形 1. 沒有元氣的樣
子 2. 不活潑的樣子。

ne-óng (< Nip neon < Lat neon <
Hel neon) 名 氖；霓虹 ¶ut ~ [熨~]
（霓虹工人）裝置霓虹燈。

Ne-phá-luh (< Nip Nepāru < Nepal)
名 印度次大陸北部尼泊爾國。

·neh 働 表示感歎或鄭重告知；⇒

neh¹ 働 踮（起腳）；⇒ nè。　 ⌊·ne²。

neh² 働 縮（小腹）；cf naih ¶Pak-tó·
~--jịp--khì! [腹肚~入去!] 小腹縮！
形 [x]（小腹）收縮的樣子 ¶pak-tó·
~-~ [腹肚~~] 肚子瘤瘤的。

nèh‖nih‖nī 働 1. 捏；捏造；≃ liảp¹
¶iơng thô· ~ ·ê [用 thô·~·ê] 泥塑的
2. 握；扼；勒（死）；掐；≃ tēⁿ ¶~ ām-
kún [~頷頸] 掐脖子 ¶~ chhiú-kut
[~手骨] 把手；握手。

neh-kha-bóe ⇒ nè-kha-bóe。

neh-koân ⇒ nè-koân。

nèh-nèh ⇒ nē-nē。

nép -khìn (< En napkin) 名 TIÂU:
餐巾。

nêt -tó-ín‖-tó- (< Nip netto-in <
En net in) 名（網球、羽球、乒乓
等的）觸網沒出界的球 働（球）觸
網落入界內。

nét-toh/-toℎ‖lềt- (< pop En net +
ana nêt-tó-ín < lềt-toh < Nip retto
< En let) 名 働（網球、羽球、乒
乓等的）開球觸網（重發）。

ng ¹‖uiⁿ‖om 働 遮蓋；掩。

ng²‖hm 働 引起注意聲 働 1. 引起注
意，表示阻止 2. 引起注意，表示有所
要求，例如讓開、幫忙。

n̂g¹‖ûiⁿ (< Sin [黃]) 働（成熟或枯
萎）變黃 形 黃色的。

n̂g²‖m̂ 働 撒嬌地表示抗議；≃ âⁿ²
¶~, lâng boài ·la! [~, 人 boài 啦!]
"我們不要啦！"

n̄g¹‖ûiⁿ (< SEY) 名 袖子；≃ chhiú-
n̄g ¶bô ~ ê saⁿ [無~ê 衫] 沒有袖
子的衣服 ¶tn̂g-~ [長~] 長袖子。

ńg² ㊟ ê: (樹等的)蔭。

ńg³ ㊟ 用力聲，例如大便時或掙扎時；cf ńgh² 働 囡 用力痾屎 働 **1.** 囡 鼓勵幼兒大便的用語；≃ ńgh² **2.** 任何用力時所發的聲音，例如打、丟擲 **3.** 囡 虛擬打的動作的同時所發的語詞，表示'打啊!'；≃ áiⁿ, q.v.

ńg⁴ ㊟ 引起注意聲 働 引起注意，表示有所要求，例如讓開等；≃ ng²。

ńg⁵‖úiⁿ‖áiⁿ 働 夾著或抱著(在脅下)攜帶，例如拿衣服、柴薪等或把雨傘、公事包等夾在腋下。

ǹg¹ (< Sin [向]) 働 朝向；⇒ àⁿ1(2)/hiàng。

ǹg² (< Sin [向]) 働 希望；寄望；≃ ǹg-bāng ¶M̄-thang ~ lín kiáⁿ pàt-jit-á ē kā lí chhī. [M̄-thang ~ lín kiáⁿ別日仔會kā你飼]別寄望你兒子將來奉養你。

ǹg³ 働 表示同意；≃ àⁿ³, q.v.

ǹg⁴ 働 拿去；≃ àⁿ⁴, q.v.

n̄g 働 表示猶豫、思索、支吾；≃ ēⁿ ¶~, góa siūⁿ-khòaⁿ-bāi ·le. [~，我想看覓 ·le.]欸，讓我想一想。

ňg 働 表示覺得奇怪；≃ ěⁿ²。

ng-á [秧仔] ㊟ CHÂNG, PÉ: 秧 ¶pò ~ [播~]插秧。　　　「望;仰望;指望。

ǹg-bāng [ǹg望] (< [向望]) ㊟ 働 希

ĥg-chéng-lâng‖ûiⁿ- (< log Chi) [黃種人] ㊟ ê: 仝。

ĥg-gìm-gìm/-tìm-tìm [黃 gìm-gìm] 働 黃澄澄，例如成熟的稻子。

ĥg-gû‖ûiⁿ- (< log Chi) [黃牛] ㊟ ê: 不法的掮客
◇ ~-phiò [~票] TIUⁿ: 仝。

N̂g-hái‖Ûiⁿ- (< log Sin) [黃海] ㊟ 南韓與中國間水域。

N̂g-hô‖Ûiⁿ- (< log Sin) [黃河] ㊟ TIÂU: 中國河川名。　　「LÚI: 梔子花。

ĥg-kiⁿ-á‖ûiⁿ- [黃梔仔] ㊟ CHÂNG,

ĥg-kim‖ûiⁿ- (< log Sin) [黃金] ㊟ 仝

◇ ~ sî-tāi (< log Nip) [~時代] ê: 仝。

ng-kók-ke‖am-‖iam- [ng嘓雞] ㊟ 働 (找人的人先閉眼數數儿的) 捉迷藏；cf bih-sio-chhōe。

ng-ńg 囡 働 解大便。

ńg-·ǹg ⇒ ňg-·ǹg¹。

ňg-·ǹg¹‖ńg- 表示非常舒服。

ňg-·ǹg² 働 表示抗拒。

ĥg-phôe-si/-su‖ûiⁿ...si‖ĥg-phê-su‖ĥg-phê-sṳ (< log Chi < tr; cf En Yellow Book) [黃皮書] ㊟ PÚN: 仝。　　　「黃顏色。

ĥg-sek¹‖ûiⁿ- (< log Sin) [黃色] ㊟

ĥg-sek²‖ûiⁿ- (< log Nip) [黃色] 働 色情　　　「說] PŌ, PÚN, PHIⁿ: 仝
◇ ~ siáu-/sió- soat (< log) [~小
◇ ~ tiān-iáⁿ (< log Chi) [~電影] CHHUT, PHÌⁿ, KI: 仝。

ĥg-sng‖ûiⁿ-suiⁿ [黃酸] 働 (因發育不良而臉)呈黃色
◇ ~-thán/-tháng [~疸] do.

ĥg-tāu‖ûiⁿ- (< log Sin) [黃豆] ㊟ [á] CHÂNG, NGEH, LIĀP: 仝
◇ ~-gê [~芽] KI, CHÂNG, ME: 仝。

ĥg-teng‖ûiⁿ- (cf En yellow light) [黃燈] ㊟ LIĀP, PHA: 仝。

ĥg-tìm-tìm ⇒ ĥg-gìm-gìm。

ngá -khì [雅氣] 働 雅致;高雅。

ngái ⇒ géng。

ngāi-gióh ⇒ gāi-gióh。

ngâu ¹ ㊟ 貓狗貪婪地吃著的時候聲帶所發出的聲音。

ngâu² (< Sin [熬]) 働 仝 ¶~ ka [~膠]煮龜甲、鹿角等以製成膠。

ngāu-hún (< log Sin) [藕粉] ㊟ 仝。

ngāu -ngāu -liām‖ngàuh -ngàuh -[ngāu-ngāu唸] 働 喃喃自語。

ngauh ¹ 働 喃喃地說；⇒ nauh¹。

ngauh²‖nauh 働 **1.** (狗、鱷魚、鯊

魚等)快速地咬 **2.**(咬東西時或咀嚼
時)嘴動 **3.**用力地咀嚼。 「liām。

ngảuh- ngảuh- liām ⇒ ngāu - ngāu -

|ngē| ‖*ngī* (< Sin) [硬] 形 **1.**(一
般)硬; ≃ tēng³ ¶*sí ah-á ~ chhùi-pe*
q.v.. **2.**(有韌性的)硬,例如關節、
陰莖 **3.**(性格、態度、語言等)強
硬;剛強¶~ *tú* 硬 硬碰硬¶*sim* ~
[心~]心腸硬 **4.**(事物)難對付,例
如事情、水流、風勢 働 **1.**勉強¶~
ka thun-·lòh-·khì [~ka吞落去]勉強
把它吞下去 **2.**強行¶~ *chhiŭⁿ-·khì*
[~搶去]強行劫走。

ngē-ah‖*ngī-* [硬押] 働 強迫。「實)。

ngē-áu‖*ngī-* [硬拗] 働 強行歪曲(事

ngē-chhùi‖*ngī-* [硬嘴] 形 (說話)堅
持己見。

ngē-hòa‖*ngī-* (< log Nip) [硬化] 働
全¶*koaⁿ* ~ [肝~]全¶*tōng-mèh* ~
[動脈~]全。

ngē- piàng- piàng ‖*ngī-* [硬 piàng-
piàng] 形 **1.**很硬,沒有伸縮性
2.(文章)生硬; ≃ tēng³。

ngē-si‖*ngī-* [硬絲] 形 (細條狀物)不
柔軟,例如頭髮。 「[~背]死背。

ngē-sí‖*ngī-* [硬死] 働 死硬地¶~ *pōe*

ngē-sim‖*ngī-* [硬心] 形 無情;狠。

ngē-táu‖*ngī-* [硬táu] 形 (事情)難;
難度高。

ngē- thé ‖*ngī-* (< log Chi < tr En
hardware; ant *nńg-thé*) [硬體] 名
(電腦)機件。

|ngeh| ¹‖*ngoeh*‖*goeh* (< Sin [莢])
名 莢¶*tāu-á-~* [豆仔~]豆莢 量 計
算莢果的單位。

ngeh²‖ *ngoeh* ‖*goeh* (< Sin [夾])
働 (用筷子或類似的兩根棒子)夾¶~
chhài [~菜]全。

ngèh ‖*ngoèh*‖*goèh* (< Sin [夾]) 働
夾(住),例如夾在腋下或用夾子夾;
≃ giap/giảp。

ngeh-á (v *ngeh²*) [ngeh 仔] 名 KI:
1.鑷子; ≃ giap-á; ≃ phĭn-siát-toh
2.鉗子; ≃ phiàn-chì。

|ngh| ¹‖*ǹgh* 象 用力時發出的聲音,例
如大便¶~-~-*kiò* q.v.

ngh² 働 **1.**用力出聲,例如大便 **2.**用
力大便 ¶ ~-*bē-·chhut-·lâi* [~bē出
來]全。

ǹgh ⇒ ngh¹。 「來](大便)拉不出來。

ńgh¹‖*ňgh*‖*ḿh*‖*m̂h*‖*ih*‖*ihⁿ* 象 胸
腹部突然受重壓時發出的聲音
¶*teh-chit-ē* ~-·*chit-·ē* [teh一下,~
一下]壓得發出 "ńgh" 的一聲。

ńgh²‖*ňgh* 象 憋氣使力時發出的聲音;
cf ńg³ 働 鼓勵幼兒大便用語; ≃
ńg³。 「出的聲音; ⇒ ńgh¹。

ňgh¹‖*ḿh* 象 胸腹部突然受重壓時發

ňgh² 象 用力聲 働 用力; ⇒ ńgh²。

ňgh³ 働 表示錯愕; ≃ hňgh²。

ngh-ngh-kiò [ngh-ngh 叫] 働 **1.**連
續使勁用力發出 "ńgh" 聲 **2.**胸腹連
續受撞擊而發出 "ńgh" 聲 擬 胸腹連
續受撞擊的情況¶*hông cheng kà* ~
[hông春到~]被揍了一頓。

ǹgh-ǹgh-kiò [ǹgh-ǹgh 叫] 働 **1.**連
續發出 "ňgh" 聲 **2.**胸腹連續受重壓
而發出 "ňgh" 聲 擬 胸腹受重壓的情
況¶*teh kà* ~ [teh到~]被壓得很難
受。

|ngī| [硬] ⇒ ngē。

ngi- ngí- ngiảuh-ngiảuh¹/-*ngiauh-
ngiauh* /- *ngiāu- ngiāu* /- *ngāu-
ngāu* 働 用令人聽不懂或聽不清楚
的話說著。、

ngi-ngí-ngiảuh-ngiảuh² 働 (蟲子或
像蟲子)不停地蠕動。

ngī-ngiāu-kiò‖*ngih-ngiauh-* [ngī-
ngiāu 叫] 働 用令人聽不懂或聽不
清楚的話說著。

|ngiâ| (< Sin; > *giâ⁴*) [迎] 働 迎(神)
¶~ *Má-chó·* [~媽祖]接送媽祖出遊
¶~ *sîn-bêng* [~神明]迎神。

ngiâ-chhiáⁿ [迎請] (動) 1. 逢迎 2. 恭
請。   「賽會。
ngiâ-lāu-jia̍t‖giâ- [迎鬧熱] (動) 迎神

ngiau ¹ (< HKh < *niau*¹, q.v.) (名)
貓。   「斑紋。

ngiau² (< HKh < *niau*², q.v.) (形) 多

ngiau³ (動) 1. 胳肢;哈癢 2. 煽動
3. (手、心) 蠢蠢欲動 ¶*chhiú teh*
~ [手 teh~] 很想插一手 (形) 1. 微
癢,例如胳肢或用羽毛搔腳底時的感
覺 ¶*nâ-âu* ~-~ [嚨喉~~] 喉嚨癢
癢的 2. (手、心) 蠢蠢欲動的樣子。

ngiáu ⇒ giáu。

ngiāu (動) 嘵嘵地投訴。

ngiau-á (< HKh < *niau-á*, q.v.)。

ngiáu-chhí (< HKh < *niáu-chhí*,
ngiau-ti (動) 胳肢。   「q.v.)。
                          「q.v.)。

ngiauh ¹‖*giauh* (名) 挑,即由左下向
右上的筆劃 (動) (書法:) 向右上方
挑。

ngiauh² (動) 挑(刺等);挖;⇒ giáu。

ngiauh³ (動) 打鉤 ¶~--*chit-ē*, ~--*chit-*
·*ē*, *chit-sì-á mn̄g-koàn tiō tap-liáu*
·*a*. [~一下,~一下,一時仔問卷就
答了矣.]一鉤一鉤地,一會儿就把問
卷答完了。

ngiauh⁴ (動) 噘(嘴); ≃ tu³⁽⁵⁾。

ngiauh⁵ (動) 掙扎以起身; ≃ jiàu; *cf*
khàng ¶*tó tī thô͘-kha*, ~-*bē-khí-·lâi*
[倒 tī thô͘腳,~ bē起來] 躺在地上爬
不起來。

ngiauh⁶ (理) (動) 死; ≃ khiau ¶~--*khì*
[~去] (理) 翹掉; ≃ khiau-·khì。

ngia̍uh (動) 1. (蟲子) 蠕動 2. (臨死
或精疲力盡的動物無力地) 掙扎;
cf ngiauh⁵ 3. (靜不下來而) 亂動
¶*sim-koaⁿ teh* ~ [心肝 teh~] 心裡
癢癢的; *cf* ngiau³⁽³⁾ 4. 發顫;戰抖。

ngia̍uh-chhùi [ngia̍uh嘴] (動) 噘嘴。

ngia̍uh-ngia̍uh-chhoah (動) 1. 發抖
2. 戰戰兢兢;不安。

ngia̍uh-ngia̍uh-nǹg‖*ngiāu-ngiāu-*
(動) 1. 蟲子似的鑽來鑽去 2. (靜不
下來而) 亂動 3. (因哭鬧而) 打滾。

ngia̍uh-ngia̍uh-sô (動) 蠕動著爬行。

ngia̍uh-ngia̍uh-soan (動) 1. (因痛苦
或哭鬧而) 打滾 2. (靜不下來而) 亂
動,貶意。

ngia̍uh - ngia̍uh - tāng [ngia̍uh-
ngia̍uh動] (動) (靜不下來而) 亂動,
貶意;蠢動。

ngia̍uh-táiⁿ/-*tháiⁿ* ⇒ khiàu-táiⁿ。

ngih -ngiauh-kiò ⇒ ngī-ngiāu-
kiò。

ngih-ngih-ngiuh-ngiuh (動) 嘰哩咕
嚕地說。   「嘰哩咕嚕地說。

ngih-ngiuh-kiò [ngih-ngiuh叫] (動)

ngiú ‖*gió* (動) (身體) 扭動,例如婦女
行走時。

ngó͘ (< Sin) [五] (數) 第五個基數文
讀; *cf* gō͘ ¶*jī-khòng khòng-*~ *nî* ~-
jī-khòng [二○○~年~二○] 全。

ngô͘-á [蛾仔] (名) CHIAH: 蛾。

ngó͘-hiang/-*hiong*‖*gō͘-* (< log Sin)
[五香] (名) (形) 全。

ngó͘-khî ⇒ gó͘-khî。   「全。

ngó͘-kim-hâng [五金行] (名) KENG:

Ngô͘-kok ⇒ Gô͘-kok。

ngó͘-liú-ki/-*ku*/-*kiⁿ* (*cf*Chi *liu*¹ '炒
後勾芡') (名) 紅燒魚或炸魚覆以加
勾芡的作料。

Ngô͘-lô-su ⇒ Gô͘-lô-su。

ngó͘-siāng/-*siōng* (< log Sin) [偶
像] (名) Ê, SIAN: 1. 神佛; ≃ pu̍t-á
2. 羨慕、崇拜的對象。

ngô͘-tông ⇒ gô͘-tông。

ngoeh ⇒ ngeh¹,²。

ngoe̍h ⇒ nge̍h。

ngúi ⇒ géng。

·ni ¹ ‖*·nih*‖*·lin*‖*·e* (< Sin [裡]) (尾)

表示處所,輕聲隨前變調¶chhân-~
[田～]田裡頭¶chûn-~ [船～]船上
¶soaⁿ~ [山～]山中。

·ni²‖·nih [呢] 輵 表示疑問,要求肯
定,輕聲中調或低調; ≃·hio/·sio/
·hioʰ/·sioʰ ¶Án-ne ~? 這樣嗎?

nì¹ [奶] ⇒ leng¹,²。

ni² (< Sin) [拈] 働 用拇指與食指拿。

nî¹ (< Sin) [年] 名 **1.** 年份¶nn̄g-
chheng khòng sì ~ [2004～]全 **2.** 新
年的節日¶~ boeh/beh kàu ·loˑ. [～
欲到·loˑ.]年關到了
△ ~, ná ~; cheh ná cheh [～ná
～,節ná節]管他過年過節;過年過
節又怎麼樣!
3. 年級 ¶thàk it-~(-á) [讀一～
(仔)]上一年級¶jī-~ [二～]二年
級¶saⁿ-~ [三～]三年級 量 365又
四分之一天¶Chit ~ saⁿ-pah làk-
chàp-gō· jit. [一～365日.]一年三
百六十五天。

nî² 働 睍;⇒ nê。

nî (< Sin) [染] 働 全¶~ thâu-mo· [～
頭毛]染頭髮。

nì ⇒ nè。

nī ⇒ nèh。

nî-á [呢仔] 名 TÈ: 呢子。

nî-bóe/-bé/-bé [年尾] 名 歲末
◇ ~ gín-á [～gín仔] ê: 歲末出生的
人。

nî-bú ⇒ leng-bó。

nî-cheh/-choeh [年節] 名 [á] ê: 節
日
◇ ~-sî-á [～時仔] do.

nî-chhù (< log Sin) [年次] 量 全¶jī-
peh/-poeh~ [二八～]二十八年次。

ni-chhùi-á ⇒ leng-chhùi-á。

nî-chîⁿ (< [□簽]) 名 房簷; ≃ gîm-
chîⁿ
◇ ~-kha [～腳]房簷底下。

nî-choeh ⇒ nî-cheh。

nî- chiong chiáng-kim|… chióng -
(< log Chi) [年終獎金] 名 PIT:
全。

nî-chu (< log Chi) [年資] 名 全。

ni-gâm ⇒ leng-gâm。

ni-gû ⇒ leng-gû。

nî-hè/-hè· ⇒ nî-hòe。

nî-hō (< log Sin) [年號] 名 ê: 全。

nî-hòe/-hè·/-hè· (< log Sin) [年歲]
名 年紀。　　　　　　　　「全。

nî-hōe (< log Chi) [年會] 名 ê, PÁI:

ni-iûⁿ ⇒ leng-iûⁿ。　　　　　「全。

nî-kàm (< log Nip) [年鑑] 名 PÚN:

nì-kha-bé/-bé· ⇒ nè-kha-bóe。

nî-kí (< log Sin) [年紀] 名 全; ≃ nî-
hòe。

nî-kim‖liân- (< col log Nip) [年金]
名 全¶lāu-lâng ~ [老人～]全。

nî-kip (< log Chi < Nip) [年級] 名
ê: 全 ¶~ jú koân, jú bē thàk-chheh
[～愈koân愈bē讀冊]年級越高越不
會讀書 量 全¶it-~ [一～]全。

nî-ko· (< log Sin < [姑] + ab [比丘尼]
< Pal bhikkhuṇī) [尼姑] 名 ê: 全。

nî-koan (< log Chi) [年關] 名 全。

nì-koân ⇒ nè-koân。

ni-koàn-á ⇒ leng-koàn-á。

nî-lêng‖liân- (< col log Nip) [年齡]
名 全; ≃ nî-hòe
◇ ~-chân (< log Nip) [～層]全。

ni-phè ⇒ leng-phè。

nî-sek (< log Sin) [染色] 働 全。

nî-sin (< log Chi) [年薪] 名 全。

nî-tāi (< log Chi < Nip < Sin) [年代]
名 ê: 全¶it-kiú kiú-khòng ~ [1990
～]全。

nî-tang [年冬] 名 收成¶hó-~ [好～]
豐年;豐收¶pháiⁿ-~ [歹～]凶年;欠
收。

nî-tau [年兜] 名 歲末;接近過年時。

nî-té/-tóe (< Sin) [年底] 名 全。

ni-thâu ⇒ leng-thâu。　　　「名 年初

nî-thâu (< Sin; ant nî-bóe) [年頭]
◇ ~ gín-á [～gín仔] ê: 年初出生的
人。

nî-tō·‖liân- (< col log Nip) [年度]
名 ê: 全¶kòe-kè ~ [會計～]全

◇ ~ *kè-oėh* [~計劃]仝
[量]仝¶*kin* ~ [今~]仝。

nî-tóe ⇒ nî-té。

niâ [1] (< Sin [娘]) [名]母親。

niâ[2] [助]而已; ≃ niā-niā。

niá[1] [領][量]計算衣著、被服、蓆子、地毯、大片的薄金屬板等的單位。

niá[2] (< Sin) [領][動]領取¶~ *sin-súi* [~薪水]仝。

niá[3] (< Sin) [領][動]帶領; ≃ chhōa。

nià[1] [動]張開(眼睛)¶~*-khui bȧk-chiu* [~開目睭]張開眼睛。

nià[2] (< contr *lí khòa*^{n}) [動]你看¶~, *hō· lí chhòng-phòa--khì ·a.* [~, hō·你創破去矣.]你看,被你弄破了。

niá-chî^{n} [領錢][動] **1.** 領款,例如費用、薪水 **2.** 提款 「卡。
◇ ~*-khá/-khah* [~卡] TIU^{n}: 提款

niá-hái‖*léng-* (< col log Nip) [領海] [名]仝。 「空] [名]仝。

niá-khong‖*léng-* (< col log Nip) [領

niá-kin/-kun/-kin (< Sin) [領巾] TIÂU: [名] **1.** 裝飾用的圍巾 **2.** 取暖用的圍巾; ≃ ām-moa。

niā-niā (< *nā-niā/niā-tiā*^{n} < *nā-tiā*^{n}) [助]而已; ≃ niâ[2]。

niá-pȧt/-poȧt‖*ná-poȧt* [名] LIȦP: 番石榴; ≃ pȧt-á。

niá-seng‖*léng-sian* (< col log Chi) [領先][動] **1.** 走在前面; ≃ chò(e) thâu-chêng **2.** 比賽中的成績較好。

niá-thó·‖*léng-* (< col log Nip) [領土][名] TÈ:仝。

niā-tiā^{n} (< *nā-tiā*^{n}; > *niā-niā*, q.v.)。

niá-tūi‖*léng-* (< col log Chi) [領隊] [名] Ê:帶隊者 [動]帶隊; ≃ tòa-tūi。

niau [1]‖*ngiau* [貓][名] [*á*] CHIAH:仝
△ ~ *poa*^{n} *siū* [~搬siū] [諺] **1.** 搬來搬去 **2.** 時常變化家俱的安排
[象]貓叫聲; ≃ miau。

niau[2]‖*ngiau* [形] **1.** 麻(臉); 有麻點 ¶*bīn* ~-~ [面~~]臉上有許多麻點 **2.** 麻臉似的有許多雜亂的斑點、斑紋、色彩或東西。

niàu ⇒ niauh。

niau-á‖*ngiau-* [貓仔] [名] CHIAH: 貓
◇ ~*-káu-á* [~狗仔]貓狗
◇ ~*-kiá*^{n} CHIAH: 小貓。

niau-bǐ ⇒ niau-mǐ/-nǐ。

niau-bīn‖*ngiau-*[niau面][形]麻臉。

niau-bó/-bú‖*ngiau-bó* [貓母] [名] CHIAH: 母貓。

niáu-chhí/-chhú/-chhí‖*ngiáu-chhí* [老鼠][名] [*á*] CHIAH:仝
◇ ~*-á* [~仔] **a.** CHIAH: 老鼠 **b.** Ê, CHIAH: (電腦的)滑鼠; ≃ màu-sì·
◇ ~*-hōe* [~會] Ê:仝
◇ ~*-khang* Ê, KHANG: 老鼠洞
◇ ~*-lang* KHA: 捕鼠用籠子
◇ ~*-tauh* [*á*] Ê: (觸動式)捕鼠器
◇ ~*-tng* Ê: (任何)捕鼠器。

niau-kang‖*ngiau-* [貓公][名] CHIAH: 公貓。

niau-khang‖*ngiau-* [貓khang] (< [貓空]) [名] Ê, KHANG: 貓的出入口。

niau-nǐ/-mǐ/-bǐ[貓nǐ][名] CHIAH: 貓咪 [歎]叫貓來的用語。

niàu-niáu (< Chi *niao*^{4} *niao*^{4}) [兒] [動]尿尿; ≃ jio-jiǒ; ≃ si-sǐ。

niau-pì-pà‖*ngiau-*[形] **1.** (臉上)有很多麻子 **2.** (臉上)沾滿東西,例如飯、泥土等 **3.** 花紋多,例如花貓、迷彩裝。

niau-thâu-chiáu‖*ngiau-* [貓頭鳥] [名] CHIAH: 貓頭鷹; ≃ àm-kong-chiáu。

niau--ù^{n} [象]貓通常的叫聲。

niáu--ù^{n} [象]貓忽然受到劇痛的叫聲或斥退求歡者、攻擊者的叫聲。

niǎu--ù^{n} [象]貓的長嚎聲。

niauh ‖*niàu*[動]皺(起眉頭、額頭); ≃ kat[1(6)] ¶~ *bȧk-thâu* [~目頭]皺起眉頭,例如沈思或不悅 [形]皺 ¶*bȧk-thâu* ~-~ [目頭~~]眉頭皺皺的¶*bīn* ~-~ [面~~]臉上有許多

皺紋。

·nih｜ ⇒ ·ni[1,2]。

nih[1] 働 1. 眨(眼) ¶chhȯp-chhȯp-~ 不
停地眨(眼) 2. 瞤(眼); ≃ nià[1] ¶~-
khui [~開]瞤開(眼睛)。

nih[2] 働 踮; ⇒ nè。

nih ⇒ nėh。

nih-bȧk [nih目] 働 眨眼。

nih-kha-bé/-bé ⇒ nè-kha-bóe。

nih-koân ⇒ nè-koân。

nih-nih 働 一直;不停地 ¶bȧk-sái ~
kō [目屎~kō]淚潸潸 ¶~ khòaⁿ [~
看]目不轉睛地看。

nǐn｜-jín ⇒ lǐn-jín。

niû｜[1] (< Sin) [樑] 名 KI: 脊樑; ≃
há-lih。

niû[2] (< Sin) [量] 働 量(長度、體積
等); cf pōng[2] ¶~ bí [~米] (用杯子
等)量米(以煮飯) ¶~ hoeh-ap [~血
壓]全; ≃ pōng[2] hoeh-ap ¶~ pò· [~
布]量布的長度 ¶~ seng-khu [~身
軀]量身(做衣服) ¶~ thé-tāng [~
體重]全; ≃ pōng[2] thé-tāng。

niú (< Sin) [兩] 量 斤下的單位。

niū[1] [量] 働 (用大桿秤)稱(重量) ¶~
ti/tu [~豬]稱豬的體重。

niū[2] (< Sin) [讓] 働 1. 讓步 2. 禮讓
¶~ i seng kòe [~伊先過]讓他先過
去。 ⌜chhâm-á

niû-á [娘仔] 名 BÓE, CHIAH: 蠶; ≃
◇ ~-chhiū [~樹] CHÂNG: 桑樹; ≃
sng-sûi; ≃ sng-châi
◇ ~-hiȯh [~葉] HIȮH: 桑葉
◇ ~-khak [~殼] È: 蠶繭
◇ ~-si [~絲] TIÂU: 蠶絲。

niū-chhiú [讓手] 働 1. 讓步 2. 出讓
3. (比賽時)手下留情。

Niú-iok (< log Chi < Cant < En New
York) [紐約] 名 1. 美國州名 2. 美
國城市名; ≃ Niŭ-iò-khù。

niú-khiok (< log Chi) [扭曲] 働全。

niû-lé/-né [娘lé] (< [娘奶]) 名 Ê: 母
親。

niū-lō· (< log Chi) [讓路] 働 全。

niū-pō· (< log Nip) [讓步] 働 全; ≃
niū[2]。

Niú-se-lân (< log Chi < New Zea-
land) [紐西蘭] 名 大洋洲國名。

niû-sit (< log Chi) [糧食] 名 全。

niù-sù (< Nip nyūsu < En news) 名
TIÂU: 新聞;消息。

niū-ūi (< log Sin) [讓位] 働 全。

nng｜[1] [瓤] ⇒ nňg。

nng[2] ‖nui 働 1. (把長形物)徐徐穿進
或穿出(洞穴、袖子、褲管等); cf
long[3] 2. 穿(套頭的衣服); ≃ lom。

nňg‖nng (< Sin) [瓤] 名 瓤子。

nňg‖núi (< Sin) [軟] 形 全
△ ~ thô·, chhim-kut [~thô·深掘]鬆
軟的泥土挖得深一欺善。

nňg/nùi 働 1. 穿;鑽進或鑽出; cf
chhg ¶Gín-á ~ tùi tōa-lâng ê kha-
phāng ·kòe/·kè. [Gín仔~對大人ê
腳縫過.]小孩從大人的胯下鑽過 ¶~
pōng-khang 穿入隧道 2. 鑽營; ≃
(nňg-)chhg。

nňg[1]‖núi (< Sin) [卵] 名 LIȦP: 蛋。

nňg[2]‖nō· (< Sin) [兩] 數 二。

nňg-châu‖loán- (< col log Nip) [卵
巢] 名 Ê: 全。 ⌜pėh。

nňg-chheng [卵清] 名 蛋白; ≃ nňg-

nňg-chiáⁿ [軟chiáⁿ] 形 1. 嬌嫩 ¶Góa
ê kiáⁿ iáu sè-hàn koh ~. [我ê
kiáⁿ夭細漢koh~.]我兒還年幼嬌嫩
2. 孱弱 ¶sin-thé ~ [身體~]身體弱
3. 懦弱。

nňg-chhg [nňg鑽] 働 鑽營 形 擅於
鑽營;好鑽營。 ⌜≃ lȯh-nňg。

nňg-hòa (< log Nip) [軟化] 働 全;

nňg-hú [卵hú] 名 揉碎的炒蛋。

nňg-jîn/-gîn/-lîn‖núiⁿ-jîn [卵仁]
名 LIȦP: 蛋黃。

nńg-kauh-kauh [軟 kauh-kauh] 形
軟綿綿；≃ nńg-siô-siô。「站不起來

nńg-kha [軟腳] 形 (因小兒痲痺而)
◇ ～-hê [～蝦] ê: **a.** 腳力不夠的人
b. 沒有魄力的人 **c.** 懦夫。

nńg-khak (< Sin) [卵殼] 名 蛋殼。

nńg-khî [軟蜞] 名 BÓE: 蛭蝓。

nńg-kìm (< log Nip) [軟禁] 動 全。

nńg-kńg (< log Chi + tr) [卵捲] 名
KŃG, KI: 蛋捲，為一種甜酥餅名。

nńg-ko [軟膏] 名 TIÂU, KOÀN: **1.** (<
log Nip < tr En *ointment*) 全 **2.** (<
log Chi < tr En *gel*) 全。

nńg-kô-kô/-kô-kô [軟 kô-kô] 形 軟
得無法自持的樣子。

nńg-kut [軟骨] 名 TÈ: 全 形 **1.** 骨頭
軟 **2.** 沒骨氣。

nńg-pau [卵包] 名 LIÁP, Ê: 荷包蛋。

nńg-pèh (< Sin) [卵白] 名 蛋白；≃
nńg-chheng。「白質。
◇ ～-chit (< log Nip + tr) [～質] 蛋

nng-phāng [nng縫] 動 穿過縫隙。

nńg-pn̄g‖núi-pūi^n [軟飯] 名 由妻
子或其他女性供應的生活 ¶chiảh ～
[吃～] 靠女人供養。

nng-pō-pòa^n [兩步半] 名 **1.** 很近的
距離 **2.** 很短的時間。

nńg-si (ant ngē-si) [軟絲] 形 (細條
狀物) 柔軟，例如頭髮。

nńg-sim [軟心] 形 慈悲。

nńg-sìm-sìm [軟 sìm-sìm] 形 軟而富
有彈性與韌性，例如竹篾。

nńg-siô-siô ⇒ nńg-sô-sô。

nng-sò [卵燥] 名 打散的蛋煎乾成蛋
餅或捲起成蛋捲者。

nńg-sô-sô/-siô-siô [軟 sô-sô] 形 軟
綿綿；≃ nńg-kauh-kauh。

nńg-thé (< log Chi < tr En *software*;
ant ngē-thé) [軟體] 名 電腦軟體。

nńg-thé tōng-bùt [軟體動物] 名
CHIAH: 全。

nng-thng‖núi- [卵湯] 名 蛋花湯。

nńg-thui [軟梯] 名 KI: 繩梯。

nng-tiám-chúi/-súi [兩點水] 名 漢
字第15部首冰字偏旁。

nò⊦ ‖no⊦h 感 表示堅決肯定或否定
¶Bô ～! [無～!] **a.** 不是! **b.** 沒有
的事! ¶Hiō ～~! 對;當然!

nō⊦ ⇒ nn̄g^2。

nó⊦-buk (< En *notebook* < ab *note-
book computer*) 名 TÂI: 筆記型電
腦。「不可以。

nó⊦-khe (< En *no* + En *OK*) 嘆 形

nó⊦-·khì (< En *no* + TW *khì*) [nó⊦去]
匣 動 失去；化為烏有。

nó⊦-khu-lá-suh (< En *no* + En *class*)
形 沒水準。

nó⊦-khu-lát-chih (< Nip *nō-khurat-
chi* < En *no* + En *clutch*) 形 自動
排擋。

nō⊦-kô-á-moâi/-môe‖lō⊦- [nō⊦糊仔
糜] (< [爛糊□糜]) 名 爛泥；≃ lō⊦-
kô-moâi。

nó⊦-lih (< Nip *nori*) 名 海苔醬。

No⊦-oe (< à la Chi *No^2 wei^1* < *Nor-
way*) 名 北歐挪威國。

nó⊦-sín (< ab < sem < Nip *nōshinkei*
[腦神經]) 動 精神錯亂。

nó⊦-sut (< En *no* + TW *sut*; *cf sut^2*,
sùt^4) 匣 動 **1.** 技拙 **2.** 得不到所
要的;沒搞頭 形 不濟事。

nò⊦-tò/-tò⊦ (< Nip *nōto* < En *note*)
名 **1.** TIÂU, Ê: 摘記;筆記 **2.** PÚN: 記
事簿。

nôa ‖lân (< col log Chi < tr En
column) [欄] 量 版面上用線條或
空白隔開的文字片段。

nóa 動 (手臂向下用力) 揉(土、麵、
衣服、酸菜等)。

nòa 動 (躺著或斜躺著) 扭動、打
滾，例如在床上或沙發上。

nōa^1 (< Sin) [爛] 動 腐爛 形 稀爛。

nōa^2 (< Sin [懶]) 形 **1.** 邋遢 **2.** 懶散;

不積極。

nōa-hop-hop [爛 hop-hop] 圈 稀爛,
無負面價值; cf nōa-kô·-kô·。

nōa-kô·-kô· [爛糊糊] 圈 稀爛,多有
負面價值; ≃ nōa-hiú-hiú; cf nōa-
hop-hop。　　　　　　　「賴抱。

nōa-pū [nōa 孵] (<[賴□]) 働 (母雞)

nōa-thô· [爛 thô·] 图 爛泥 ¶khi-hū ~
bô chhì [欺負～無莿]欺善。

| no·h | ⇒ nò·。

| nui | ⇒ nng。

núi... ⇒ nńg...。

nùi ⇒ nng。

nūi... ⇒ nng...。

núi-pūin ⇒ nńg-pnng。

O

| ·o | (> o²(·ò)/ō(·ò)) 氣 加於稱謂
後,引起其注意的語詞,輕聲高調或
中調 ¶A-hông ~. [阿宏～.]阿宏啊
¶Hông-·a ~. [宏·a～.] do.

o¹ ‖ u (< Sin) [窩] 量 凹痕 ¶lap chit
~ [lap 一～]凹陷(成一個凹痕)。

o² (< ·o, q.v.) 氣 呼叫的語詞。

ô¹ (< Sin [蠔]) [蚵] 图 [á] **1.** LIAP: 牡
蠣 ¶chèng~ [種～]養殖牡蠣 **2.**MIH:
牡蠣的肉。

ô² (> ô·-·ò) 歎 命令牛止步用語。

ō (< ·o, q.v.) 氣 呼叫的語詞。

ǒ ⇒ lǒ。

ô-á (v ô¹) [蚵仔] 图 LIAP, MIH: 牡蠣。

ō-·à 歎 表示讚歎,常做為反語表示諷
刺不認可的作為; cf ó·-·à ¶~, hiah
gâu! 嘆,那麼行! ¶~, koh ē-hiáu
kâng thó chîn! [～, koh 會曉 kâng
討錢!]嘆,倒懂得向人家要錢!

o-á-chhài ⇒ oe-á-chhài。

ô-á-chian [蚵仔煎] 图 TÈ: 牡蠣、澱
粉漿、蛋、青菜煎成的食品。

ô-á mī-sòan [蚵仔麵線] 图 KÔ·: (原
用牡蠣當主要作料的)糊狀掛麵。

o-bá-kheh ‖ o·- (< sem Nip obake '妖
怪') 图 CHIAH, Ê: 醜八怪。

o-bá-sáng ‖ o·- (< Nip obasan) 图
Ê: **1.** "啊姨," 即對父母輩年紀的婦
人的稱呼 **2.** (< sem < Chi ou¹ pa¹-
sang¹ < TW) "歐巴桑," 即中、老
年的女佣 **3.**中老年婦女。

Ò-chiu (< log Chi < ab En Australia
+ [洲]) [澳洲] 图 全。

o-·è¹ ‖ ō- (< o² + òe²; v ·o) 氣 呼叫
遠處人物用語。

o-·è²/-·ì ‖ o·- (< òe²) 歎 呼叫遠處人
物用語,聲音拉長 ¶~, chûn-téng ê
lâng ·a! [～,船頂ê人啊!]喂,船上的
人吶!

ō-·è¹ 氣 呼叫遠處人物用語; ⇒ o-·è¹。

ō-·è² (< òe²) 歎 喂,聲音拉長; cf o-
·è²。

ò-giô 图 CHÂNG, LIAP: 薜荔;愛玉。

o-hoe ‖ hô- (< Sin) [荷花] 图 CHÂNG,
KI, LÚI: 全。

o-·ì ⇒ o-·è²。　　　　　　「支援、助陣。

ǒ-ián ‖ ǒ·- (< Nip ōen) 働 "奧援," 即

o-jí-sáng ‖ o·- (< Nip ojisan) 图 Ê:對
父母輩年紀的男人的稱呼
◇ ~-hêng [～形]中年人的長相。

ó-khe ‖ ó·-‖ ók-kheh (< En OK) 働
批准 圈 可以;過得去 歎 好的。

o-khí-sí-hú-luh/-·hù-lù‖-·kí- ‖ o·- (<
Nip okishifuru < En oxyful) 图 雙
氧水。

o-khú-lah ‖ o·- (< Nip okura < En
okra < Tshi nkruman) 图 CHÂNG,
TIÂU: 黃秋葵; ≃ kak-tāu。

o-kí-sí-hú-luh ⇒ o-khí-sí-hú-luh。

Ò-kok (< log Chi < ab Austria +

[國]) [奧國] ⓐ 全。

O-lím-pik‖O'- (< En Olimpic) ⓐ 奧
林匹克運動會;≃O-lín-pík-khuh。

o-ló [呵咾] ⓥ 稱讚
△ ~ kà(ē/ōe) tak-chih [～到(會)
tak舌] 嘖嘖稱讚。

o-lú-bák-khuh‖o'- (< Nip ōrubakku
< En all-back) ⓐ 從額頭梳到腦後
的髮型。

O-mí-tô-hút‖O'-‖A-|-tō'- (< log Sin
< Sans Amitābha Buddha) [阿彌
陀佛] ⓥ 1.表示祈禱或感謝佛陀
2.糟糕。　　　　　　「別行政區名。

Ò-mn̂g (< log Chi) [澳門] ⓐ 中國特

o-ò (< o² < ·o, q.v.)。

ô-ò (< ô² < ·o, q.v.)。

ō-ò (< ō < ·o, q.v.)。

o-sí-bó-lih‖o'-...-bó'- (< Nip oshi-
bori) ⓐ TIÂU: 濕巾。

o-tó-bái‖o'-tó'- (< Nip ōtobai < ab
En autobycicle) ⓐ TÂI: 機車。

Ò-ūn (< log Chi < ab [奧林匹克運動
會] < tr En Olympic Games) [奧
運] ⓐ PÁI: 全;≃O-lím-pík-khuh。

·o' (> o²/ò³/ō²/ǒ²) ⓦ 1.表示催
促,無固定聲調 ¶Khí-·lâi ~! [起來
～!] 起來了! ¶Chiàh-pn̄g ~! [吃飯
～!] 吃飯了! 2.表示宣告,輕聲低調
¶Ta̍k-kē lâi khòaⁿ ~! [Ta̍k家來看
～!] 都來看啊! 3.表示叮嚀、警告或
呼籲,輕聲中調或高升調 ¶Ài kín lâi
~. [愛緊來～.] 要快點儿來 ¶Hiah
tiōng-iàu ê tāi-chì, m̄-hó bē-kì-·tit
~. [Hiah重要ê代誌, m̄好bē記得
～.] 那麼重要的事,可不能忘記啊
¶Mài ~, mài bong ~! [Mài～, mài
摸～!] 別碰(它)! 4.表示告知,要
對話人記清楚,輕聲中調或高升調
¶Góa kā lí kóng ~, lí bē-/bōe-sái-
lih khì. [我kā你講～,你bē使lih
去.] 我跟你說,你不可以去 ¶Sî-kan

kàu ·a ~. [時間到矣～.] 時間到了
¶Sī lí kóng ·ê ~. [是你講·ê～.] 是
你自己說的 5.表示評判,輕聲中調
或高升調 ¶Án-ne hó ~. [Án-ne好
～.] 這樣(做)不錯啊 ¶ū-iáⁿ ū súi
~ [有影有súi～] 果真很漂亮。

o'¹ (< Sin) [烏] ⓐ 黑
△ ~ chiàh ~ [～吃～] 黑吃黑
ⓥ 1.變黑 ¶bīn ~ chit pêng [面～
一pêng] q.v. 2.貪污;侵吞 ¶Góa
kan-na káⁿ thau nn̄g hun, i ~-·lòh-
·khì-·ê tiō gō· hun. [我kan-na敢偷
兩分,伊一落去·ê就五分.] 我只敢偷
兩成,而他一口氣就侵吞了五成 ⓕ
1.黑 2.(人心等)壞。

o'² (< ·o', q.v.) ⓦ 表示催促或警告。

ô'¹ (< Sin) [湖] ⓐ Ê: 湖泊;潭。

ô'² (< Sin) [壺] ⓠ 1.計算酒壺、痰
盂的單位;≃koàn¹ 2.計算魚缸的
單位;≃kng²。

ó'¹ ⓥ 1.挖;cf óe¹ 2.發訏　「瘡疤
△ ~ chhàu-khang [～臭khang] 揭
3.撬 ¶kā chám-bo̍k-á ~-·khí-·lâi [kā
chám木仔～起來] 把枕木撬起來
4. ⓣ 叫醒(起床) ¶pòaⁿ-mê/-mî
kā i ~-·khí-·lâi [半暝kā伊～起來] 半
夜把他叫醒。

ó'² ⓥ 1.表示突然想起;cf ò⁵ 2.表
示醒悟而自己覺得驚訝;cf ò⁵ ¶~,
góa soah bē-/bōe-kì-·lih. [～,我煞
bē記·lih.] 哦,我(竟然)忘了。

ò'¹‖o'h ⓦ 1.表示恍然大悟 ¶Sī lí ~!
[是你～!] 原來是你! 2.理解卻再問
以確定 ¶Án-ne ~? 是這樣嗎?

ò'² ⓦ 反問,表示準備評論 ¶I ~? Ū
chîⁿ thang khai tiō hó ·a. [伊～?有
錢thang開就好矣.] 他啊?有錢花就
什麼都好了。

ò'³ (< ·o', q.v.) ⓦ 表示催促或呼籲。

ò'⁴ ⓦ 1.表示建議 ¶Iah-bô mài khì ~.
[抑無mài去～.] 不然就不去吧 2.表

示極肯定¶*Bô ~, che m̄-sī boeh/beh hō͘ ·lí ·ê ~.* [無～, che m̄是欲hō͘你·ê～.]沒有的事,這個不是要給你的¶*Chha chē ·le ~!* [差chē ·le～!]差多了呢¶*M̄-sī ~, m̄-hó m̄-tio̍h-·khì ·ne.* [M̄是～, m̄好m̄著去·ne.]不對,別弄錯了!

ò͘^{5}‖*o͘h* (歎) **1.** 表示想起; *cf* ó͘^{2} ¶~, *iáu ū chi̍t hāng tāi-chì.* [～,夭有一項代誌.]哦,(對了,)還有一件事 **2.** 表示認知,但非同意¶~, *lí án-ne siū*^{n} *·hio͘?* [～,你án-ne想·hio͘?]哦,你是這麼想的啊? **3.** 表示醒悟而覺得放心或表示解除了疑難; *cf* ó͘^{2} ¶~, *sī lí!* [～,是你!]哦,(原來)是你!

ō͘ (< ·*o͘*, q.v.) (氣) 表示告知、叮嚀或催促。

ǒ͘^{1}‖*ǒ͘h* (象) 嘔吐聲 (擬) 嘔吐的樣子¶*tòa hia ~, ~, ~* (在那ㄦ)吐了一陣子。 「嚀或評判。

ǒ͘^{2} (< ·*o͘*, q.v.) (氣) 表示鄭重告知、叮

ǒ͘^{3} (歎) 表示意外地認知但不很置信¶~, *lí án-ne siū*^{n} *·hio͘?* [～,你án-ne想·hiò͘?]哦,你是這麼想的啊? 「仝。

o͘-a (< log Sin) [烏鴉] (名) [*á*] CHIAH:

ó͘-·à (歎) 表示非常不可思議 ¶~, *lí si̍t-chāi khi-hū lâng ū-kàu thiám.* [～,你實在欺負人有夠thiám.]嘍,你真是欺人太甚。

ō͘-á [芋仔] (名) **1.** CHÂNG, LIA̍P: 芋頭¶*m̄-bat chi̍t ê ~ a̍h han-chî* [m̄-bat一個～或蕃薯]不會分辨

◇ *~-han-chî/-chû* [～蕃薯] **a.** 一種肉紫色的甘薯名 **b.** (俚) 台灣人與戰後來台中國人的混血兒

◇ *~-peng* [～冰]芋頭冰淇淋。

o͘-àm [烏暗] (形) (政治、社會等的制度、運作等)不光明、不公正、沒法度。

o͘-àm-bîn (< *o͘-àm-hîn*, q.v.)。

o͘-àm-chhǹg|-*àng*- (v *àm-chhǹg*) [烏暗chhǹg] (名) BÓE: 黑鮪魚; ≃ o͘-chhǹg-á。 「眼前發黑。

o͘-àm-hîn/-*bîn* [烏暗眩] (形) 昏眩而

o͘-áu [烏拗] (形) (蔬菜、葉子等因受擠壓而)顏色變深。

o͘-bá-kheh ⇒ o-bá-kheh。

o͘-bá-sáng ⇒ o-bá-sáng。

o͘-bah-ke/-*koe* [烏肉雞] (名) CHIAH: 黑骨雞; ≃ o͘-kut-ke。

o͘-bah-té/-*tóe* [烏肉底] (形) 天生皮膚黝黑(不是曬黑的)。

o͘-ba̍k (< log Sin [黑墨] + tr) [烏墨] (名) TÈ: 墨。 「鏡。

o͘-ba̍k-kià^{n} [烏目鏡] (名) KI, HÙ: 墨

o͘-bīn [烏面] (名) (ant *pe̍h-bīn*) Ê: (充當的)得罪人的壞人; ≃ o͘-bīn-·ê (形) 臉黑黑的 「的)媽祖。

△ ~ *Má-chó͘* [～媽祖] (被香燻黑了

o͘-bīn-·ê [烏面·ê] (名) 黑臉,即得罪人的人; ≃ o͘-bīn。

o͘-chap-chap/-*chiap-chiap* [烏chap-chap] (形) 又黑又髒。

o͘-chhe^{n}/-*chhi*^{n} [烏青] (名) TAH: 瘀傷 (形) 淤血而呈紫色。

o͘-chhī (< log Chi + tr; *cf* En *black market*) [烏市] (名) 黑市。

o͘-chhi^{n} ⇒ o͘-chhe^{n}。

o͘-chhiu [烏鶖] (名) CHIAH: 大卷尾。

o͘-chhiú [烏手] (名) KI: 黑手,即幕後操縱者。 「指從事機械工作者。

o͘-chhiú-á [烏手仔] (名) Ê: 勞動者,尤

o͘-chhiú-kài [烏手界] (名) 勞動界。

o͘-chhiú-tóng (< log Chi < [黨] +tr En *Black Hand* < tr It *Maffia*) [烏手黨] (名) Ê, TÓNG: 黑手黨。 「魚。

o͘-chhiu^{n} [烏鯧] (名) BÓE: 黑色的鯧

o͘-chhǹg-á [烏chhǹg仔] (名) BÓE: 黑鮪魚; ≃ o͘-àm-chhǹg。

o͘-chhò͘ [烏醋] (名) 黑酢。

ô-chúi [湖水] ⓐ 全。

O͘-chúi-kau [烏水溝] ⓐ TIÂU: 台灣
海峽,尤指台灣本島與澎湖間水域。

o͘-chút-bí [烏秫米] ⓐ LIÁP: 紫米。

o͘--·è ⇒ o-·è².

o͘-heng [烏 heng] ⓕ [x]略呈黑色。

o͘-hî [烏魚] ⓐ BÓE: 鯔魚;≃ o͘-á-hî
◇ ~-chí [~子] PÎ: 全。

o͘-hîm [烏熊] ⓐ CHIAH: 墨熊。

o͘-hûn (< Sin) [烏雲] ⓐ TÈ: 全。

ō-îⁿ [芋圓] ⓐ LIÁP: 甘薯粉加芋頭的
"粉圓"; cf hún-îⁿ。

o͘-iáⁿ [烏影] ⓐ Ê: 黑影。

o͘-ian [烏煙] ⓐ CHÛN: 黑煙。

ŏ-ián ⇒ ŏ-ián。

o͘-im [烏陰] ⓕ (天)陰
◇ ~-thiⁿ [~天]陰天。

o͘-iû [烏油] ⓐ 機械油,尤指大機器所
用者,例如汽車; cf mi-sín-iû。

o͘-iú-·khì [烏有去] ⓥ 化為烏有。

o͘-jí/-gí/-lí [烏jí] (< [子]) ⓐ JÍ:
1. 黑(色棋)子 2. (樂器的)黑鍵。

o͘-jí-sáng ⇒ o-jí-sáng。

o͘-jîn/-gîn/-lîn [烏仁] ⓐ LIÁP: 瞳
仁。

o͘-kaⁿ-lô (< tr Chi [黑牢]) [烏監牢]
ⓐ 1. KENG: 黑牢 2. (政治迫害的)
監牢。

ō-ké/-ké' ⇒ ō-kóe。

o͘-khâm-khâm [烏khâm-khâm] ⓕ
1. 黑壓壓,例如烏雲、黑髮的群眾
2. 昏暗。

ó-khang (< [□空]) ⓥ 挖洞; ≃ óe-
khang。

ó-khe ⇒ ó-khe。

o͘-khí-sí-hú-luh/-hù-lù ⇒ o-khí-sí-
hú-luh。

o͘-khú-lah ⇒ o-khú-lah。

o͘-kì (< log Sin) [烏痣] ⓐ TIÁM,
LIÁP: 黑痣。

o͘-kí-sí-hú-luh ⇒ o-khí-sí-hú-luh。

o͘-kim¹ [烏金] ⓐ "黑金,"即不當取
得以從事政治活動的巨額財富。

o͘-kim² [烏金] ⓕ [x]色深而亮。

o͘-kim chèng-tī [烏金政治] ⓐ 黑金
政治。

o͘-kim lip-úi [烏金立委] ⓐ ê: 黑金
立委。

o͘-koaⁿ (< log Chi + tr) [烏官] ⓐ
ê: 黑官,即未由正道取得官位者。

ō-kóe/-ké/-ké' [芋粿] ⓐ TÈ: 芋頭
糕。

o͘-kui [烏kui] (< log Sin [烏龜]) ⓐ
ê: 妓女戶老闆。

o͘-kut-ke/-koe [烏骨雞] ⓐ CHIAH:
黑骨雞; ≃ o͘-bah-ke。

o͘-lâng (< log + tr) [烏人] ⓐ ê: 黑
人。

o͘-lang-lang [烏lang-lang] ⓕ (孔
穴)深而黑漆漆的。

o͘-lêng-tê ⇒ o͘-liông-tê。

ô-lí-ô-tô ⇒ hô-lí-hô-tô。

o͘-lián (< Nip oden) ⓐ "黑輪,"即包
括炸過的魚漿製品等的水煮食品。

O͘-lím-pik ⇒ O-lím-pik。

o͘-liông-tê [烏龍茶] ⓐ 全。

o͘-ló-bo̍k-chê/-chè [烏魯木齊]
ⓕ 隨隨便便做,結果亂七八糟。

o͘-lok-lok [烏lok-lok] ⓕ 烏黑,指固
體、液體或膚色,不指天色。

o͘-lú-bák-khuh ⇒ o-lú-bák-khuh。

o͘-mà-mà [烏mà-mà] ⓕ 黑乎乎。

o͘-mi-sa-so‖o͘-ma-si-so [烏mi-sa-
so] ⓕ 1. (東西)黑乎乎 2. 黑漆漆
(沒有光線)。

O͘-mí-tô-hu̍t/-tō- ⇒ O-mí-tô-hu̍t。

o͘-miâⁿ-toaⁿ (< tr + log Chi < tr En
blacklist) [烏名單] ⓐ HŪN, TIUⁿ:
黑名單。

ō-nî [芋泥] ⓐ 糊狀的芋頭泥。

ó--ò¹‖ŏ--ò ⓘ 表示醒悟、認知; ≃
ó-²; ≃ ò⁵ ¶~, goân-lâi sī án-ne!
[~, 原來是 án-ne!]哦,原來如此!

ó--ò² ⓘ 表示讚歎 ¶~, hiah súi!
哇,好漂亮!

ó--ò³ ⓘ 表示可憎、可怕、可畏等;

ǒ·-·ò ⇒ ó·-·ò¹。　　　└ ⇒ hó·-·ò。

ō·-ō·-kiò‖ò·-ò·- (v ǒ¹) [ō·-ō·叫] 動
　嘔吐出聲 ¶thò· kà ~ [吐到~] do.

o·-pâi [烏牌] 形 黑牌,即沒有正式執
　照的
　◇ ~ kàu-siū [~教授] ê: 黑牌教授。

o·-pan [烏斑] 名 TIÁM: 1. 黑斑
　¶chhiūⁿ ~ 長黑斑 2. 雀斑。

o·-pang (< tr + log Nip < tr; cf En
　blackboard, Fr tableau noir) [烏枋]
　名 TÈ: 黑板。
　◇ ~ chhit-á [~拭仔] TÈ: 黑板擦。

o·-pe̍h¹ (< log Sin [黑白] + tr) [烏
　白] 名 1. 黑與白 2. 是非
　△ ~ bô hun [~無分] 是非不分
　形 黑白兩色的 ¶siàng/siông hip ~
　·ê [相 hip ~·ê] 照片照黑白的。

o·-pe̍h² [烏白] 副 胡亂 ¶~ kóng [~
　講] 亂講;胡說。

o·-pe̍h-phìⁿ (< log Chi [黑白片] +
　tr) [烏白片] 名 CHHUT, PHÌⁿ: 黑白

o·-phú [烏phú] 形 深灰色。└電影。

o·-se (< sem < Nip osēbo '歲末的禮
　物') 動 賄賂。

o·-sek [烏色] 名 黑色。

o·-sí-bó·-lih ⇒ o-sí-bó·-lih。

o·-siā-hōe [烏社會] 名 黑社會。

o·-sian [烏 sian] 形 [x] 呈不明亮的黑
　色。　　　└的,例如茭白。

o·-sim¹ [烏心] 形 中心黑色或變黑色

o·-sim² [烏心] 形 本著壞心腸做出來
　的 ¶~ gû-leng-hún [~牛奶粉] "黑
　心奶粉," 即有毒或營養不足的奶
　粉。

o·-sim-koaⁿ [烏心肝] 形 壞心腸。

o·-sô-sô [烏 sô-sô] 形 烏黑,指物體或
　膚色,貶意。

O·-soaⁿ-thâu Chúi-khò· [烏山頭水
　庫] 名 全(1920 興工,1930 竣工)。

o·-tāu [烏豆] 名 [á] CHÂNG, NGEH,
　LIA̍P: 黑豆。

ô·-téng [湖頂] 名 湖上。

o·-thâu-á-chhia [烏頭仔車] 名 TÂI:
　1. 黑色轎車 2. 轎車。

o·-thiⁿ-àm-tē/-tōe [烏天暗地] 形
　1. 天昏地暗 2. (社會)暗無天日。

o·-thn̂g [烏糖] 名 黑砂糖;焦糖。

o·-tiⁿ [烏甜] 形 [x] (女性)黝黑而甜
　美。

o·-tō (ant pe̍h-tō) [烏道] 名 黑道。

ô·-tô· ⇒ hô·-tô·。

o·-tó·-bái ⇒ o-tó·-bái。

o·ⁿ ¹ 象 警報汽笛聲; ⇒ ho·ⁿ。

o·ⁿ² [搗] 動 1. (用手)蒙(住眼睛不
　看); cf om/am 2. (用手)蓋(住耳
　朵不聽) 3. 喻 蒙蔽。

ó·ⁿ 象 啞巴的人想說話時所發的聲音。

ò·ⁿ¹ 動 (啞巴的人嘗試說話,)發出人
　家聽不懂的聲音。

ò·ⁿ² 歎 不很誠懇的應聲,表示認知。

ō·ⁿ-íⁿ-ō·ⁿ/-ò·ⁿ 象 某些頻率有高低變
　化的汽車喇叭等的聲音,例如消防車
　或救護車。

o·ⁿ-ó·ⁿ-khùn ⇒ iⁿ-íⁿ-khùn。

óa¹ (< log Chi < ab Chi wa³ t'eh⁴
　< En watt) [瓦] 量 電量單位; ≃
　oa̍t-to·h。

óa² (< Sin [倚]) 動 1. 靠(上) ¶mn̂g
　koaiⁿ-bô-~ [門關無~] 門沒關好
　2. 靠(近) ¶~ tī lō·-piⁿ ê chhù [~
　tī 路邊 ê 厝] 靠近路邊的房子 3. 進前
　¶~-lâi kā i kóng [~來 kā 伊講] 進
　前來對他說 4. 投靠;攀附 ¶lī-khui
　chit tóng, khì ~ hit tóng [離開 chit
　黨,去~ hit 黨] 離開這一黨,去投靠
　那一黨 ¶(chia̍h) si-koe, ~ tōa-pêng
　q.v. ¶~ m̄-tio̍h pêng [~ m̄ 著 pêng]
　(投機者)站錯邊 5. 依附 ¶~ chit
　keng chhia-hâng [~一間車行] (計
　程車)靠一個車行 ¶~ i chia̍h [~

伊吃]跟他搭伙 [形] 靠近 ¶*chē khah ~ ·le* [坐較~·le]靠近點儿坐 ¶*m̄-hó khiā siu^n ~* [m̄好企siu^n~]不要站得太近。

òa [歎] 表示稍微失望、沮喪; *cf* ŏa ¶~, *lóng bē-kì-·tit ·a.* [~,攏bē記得矣.]哎呀,全忘了 ¶~, *su-·kì ·a.* [~,輸去矣.]哎呀,(終於)輸了。

ŏa [歎] 表示相當失望、沮喪,尤其因突發事件而意外地失望; *cf* òa ¶~, *su-·kì ·a.* [~,輸去矣.]哎呀,(想不到)輸了 ¶~, *tn̄g-·kì ·a.* [~,斷去矣.]哎呀,斷了。

óa-·à [歎] 表示不可思議 ¶~, *chiah chē, ná chò-ē-liáu!?* [~, chiah chē哪做會了!?]哇,這麼多怎麼做得完!? ¶~, *hō· hiah tōa!* [~,雨hiah大!]哇,雨好大!

ŏa-·à [歎] 表示非常讚歎或驚異; ≃ ó·-·ò·^{2}。 「接近晚上。

óa-àm [óa暗] (<[倚暗]) [名] 傍晚 [動]

óa-hâng [óa行] (<[倚行]) [動] "靠行,"即營業散戶依附商行或車行等。 「賴。

óa-khò [óa靠] (<[倚靠]) [名] [動] 依

óa-kīn/-*kūn* [óa近] (<[倚近]) [動] 靠近。 「倚去]) [動] 騎牆。

óa-lâi-óa-khì [óa來óa去] (<[倚來

oa-lú-chuh (< Nip *warutsu* < En *waltz* < Ger *walzer*) [名] **1.** TÈ, TIÂU: 圓舞曲 **2.** Ê: 配合圓舞曲的舞蹈。「娃。

oa-oa (< ChiD *wa^1 wa^1*) [名] Ê: 娃

oa-sá-bih (< Nip *wasabi*) [名] CHÂNG, TIÂU: 山葵。 「*line*) [名] 凡士林。

oa-sé-lín (< Nip *waserin* < Ger *vase-*

Óa-sīng-tìn/-*tùn* (< *Washington*) [名] **1.** 美國華盛頓州; ≃ Hôa-chiu **2.** 美國首都華盛頓; ≃ Hôa-sēng-tùn。 「接近中午的時候。

óa-tàu [óa晝] (<[倚晝]) [名] 嚮午 [動]

oa^n (< Sin) [鞍] [名] Ê: 鞍子。

óa^n (< Sin) [碗] [名] **1.** TÈ, Ê: 仝 **2.** 碗盤等餐具 ¶*sé/sóe ~* [洗~]仝 [量] 計算碗容量的單位。

òa^n (< Sin [晏]) [形] 遲; (時間)趕不上; ≃ tàu^1 ¶*khì kàu-ūi, í-keng siu^n ~* [去到位已經siu^n~]抵達時已經太遲 [副] 晚; (時間:)遲; *cf* bān^3 ¶*tiong-tàu khah ~ chia̍h* [中晝較~吃]中午吃晚了 ¶~-*khí* q.v.

ōa^n (< Sin) [換] [動] 仝 ¶*bé-/bóe-tio̍h hāi-·ê, the̍h-tńg-khì ~* [買著害返去~]買到壞的,拿回去換 ¶*góa che kah lí ~* [我che kah你~]我這個跟你交換 「換句話說。

△ ~ *chi̍t kù ōe kóng* [~一句話講]

ŏa^n-·à^n [象] 嬰兒哭聲。

óa^n-á-hoe [碗仔花] [名] CHÂNG, LÚI: 牽牛花; ≃ óa^n-(kong-)hoe。

óa^n-bō [碗帽] [名] [*á*] TÉNG: 瓜皮帽。

ōa^n-chò/-*chòe* [換做] [連] 表示虛設; ≃ ōa^n-chún, q.v.

ōa^n-chún [換準] [連] 表示虛設; ≃ ōa^n-chó ¶~ *sī góa, tiō kah i oan-·khí-·lâi ·a.* [~是我,就kah伊冤起來矣.]要是我,就跟他吵起來了。

óa^n-ké/-*ké·* ⇒ óa^n-kóe。 「(挑)。

ōa^n-keng [換肩] [動] 換另一個肩膀

òa^n-khí [òa^{n}起] (<[晏起]) [動] 起得晚。 「口處邊緣; ≃ óa^n-tûn。

óa^n-kî^n [碗墘] [名] 碗邊儿,即碗的開

óa^n-kiang ⇒ óa^n-kong。

óa^n-ko(-sô) [碗糕(sô)] [俚] [名] (令人看不起或擾人的)事物 ¶*sá^n ~* [啥~]什麼鬼;什麼東西。

óa^n-kóe/-*ké*/-*ké·* [碗粿] [名] ÓA^n: 一種粳米粉製的食品。 「海碗

óa^n-kong/-*kiang* [碗公] [名] TÈ, Ê:

◇ ~-*hoe* [~花] CHÂNG, LÚI: 牽牛花; ≃ óa^n-(á-)hoe。

óa^n-nâ [碗籃] [名] [*á*] KHA, Ê: 放洗乾淨的餐具的筐子。

óaⁿ-phòe/-phè/-phè [碗 phòe] ⓝ
TÈ: 碗盤的破片。

óaⁿ-pôaⁿ [碗盤] ⓝ 全。

ōaⁿ-tâi [換台] ⓥ 轉台,即改收聽其
他廣播電台或改收視其他電視台。

ōaⁿ-thiap (< log Sin) [換帖] ⓥ 結拜
ⓕ 結拜的¶~ hiaⁿ-tī [~兄弟] 結拜
◇ ~--ê ê: 結拜兄弟或姊妹。└兄弟

óaⁿ-tī/-tū/-tī [碗箸] ⓝ 碗筷。

óaⁿ-tû [碗櫥] ⓝ [á] ê, CHŌ: 放餐具

óaⁿ-tū ⇒ óaⁿ-tī。　　　└的櫥櫃。

ōaⁿ-ūi [換位] ⓥ 1. 換坐位　2. 換地
方。

|oa̍h| (< Sin) [活] ⓥ 1. 有生命¶iáu
~--tī--leh 還健在 3. 生活;生存¶~
kà chin khoài-lo̍k [~到真快樂] 活
得很快樂 2. 復甦　¶~--khí--lâi [~
起來] do.　ⓕ 1. [x] 活著¶iáu ~-~
還活著,沒死　2. 不死板 ⓐ 活生生
地¶~-tâi q.v.

oa̍h-boeh/-beh/-be̍h [活欲] ⓐ 差
點;簡直¶~ khì-sí [~氣死] 簡直氣
死¶~ poa̍h-tó [~跋倒] (路況危險
或人不利於行) 一不小心就要跌倒。

oa̍h-hu̍t/-pu̍t (< log Sin) [活佛] ⓝ
ê: 全。

oa̍h-ia̍h-chóa (< log Chi < tr En
loose-leaf...) [活頁紙] ⓝ TIUⁿ: 全。

oa̍h-kat [活結] ⓝ ê: 全。

oa̍h-kî (< log Chi) [活期] ⓕ 全
◇ ~ chûn-khoán (< log Chi) [~存
款] 全。

oa̍h-lâng (< Sin) [活人] ⓝ ê: 全。

oa̍h-lèng-lèng/-lêng-lêng [活 lèng-
lèng] ⓕ 充滿生命力; ≃ oa̍h-thiàu-

oa̍h-lia̍h [活掠] ⓥ 活捉。└thiàu。

oa̍h-lō͘ [活路] ⓝ TIÂU: 生路。

oa̍h-miā [活命] ⓝ TIÂU, ê: 生命。

oa̍h-mi̍h/-mngh/-bu̍t [活物] ⓝ ê,
HĀNG: 活的生物。

oa̍h-oa̍h [活活] ⓐ 活著¶~ khì-sí [~
氣死] 全¶~ tâi--lo̍h--khì [~tâi 落
去] 活埋下去。

oa̍h-pu̍t ⇒ oa̍h-hu̍t。

oa̍h-tâi [活 tâi] ⓥ 活埋。

oa̍h-tāng¹ ⓝ ⓥ 行動;⇒oa̍h-tōng¹。

oa̍h-tāng² (< log Sin) [活動] ⓕ 活
躍;活潑。

oa̍h-tauh [活 tauh] ⓝ [á] ê: (捕
捉用) 能活動的機關,例如圈套、罩
子、陷阱。　　　　　　└命力。

oa̍h-thiàu-thiàu [活跳跳] ⓕ 充滿生

oa̍h-tōng¹/-tāng‖hoa̍t-tōng (< col
log Nip) [活動] ⓝ ê, PÁI: 為某目
的而採取的行動,例如同樂會¶pān
~ [辦~] 全¶chèng-tī ~ [政治~] 全
ⓥ 為某事而奔走,例如鼓動風潮或
如尋找晉身之階¶sì-kè/-kòe ~ [四
界~] 到處活動。

oa̍h-tōng² (< log) [活動] ⓕ 可以動
的¶Chit ê bú-tâi sī ~--ê. [這個舞
台是~--ê.] 這個舞台是活動的。

|oai|¹ [歪] ⓥ 貪污¶chit-ē ~, ~
chia̍p-gōa ek [一下~,~十外億] 一
污污了十幾億。　　　└不正;歪斜。

oai²‖oaiⁿ (< Sin) [歪] ⓥ 變歪 ⓕ

oái/oáiⁿ ⓥ 1. 腳、腿關節沒支持好
而站不穩　2. 因上述情形而扭(傷);
≃ choāiⁿ; cf oaihⁿ。

oài-bà (< *oài-pà) ⇒ oài-phà。

oai-io [歪腰] ⓥ (因長久屈身工作
而) 腰痠挺不直¶chò kà boeh ~--khì
[做到欲~去] 辛苦工作。　　└正當

oai-ko [歪哥] ⓥ 貪污 ⓕ (行為) 不
◇ ~-chhi̍h-chhoa̍h 歪歪扭扭
◇ ~-pō͘ [~步] PŌ͘, ê: 舞弊的方式
◇ ~-sian [~仙] ê: a. 貪污的人
　b. 不正直的人。　　　　└徑。

oai-lō͘ [歪路] ⓝ TIÂU: 不正當的途

oai-oai-choāi-choāi [歪歪 choāi-
choāi] ⓕ 歪歪扭扭。

oài-phà/-*bà* (< Nip *waipā* < ab En *windshield wiper*) (名) KI: 雨刷。

oǎi-siá-chuh (< Nip *waishatsu* < En *white shirt*) (名) NIÁ: **1.** 白襯衫 **2.** (< sem)襯衫; ≃ siá-chuh。

oài-ú (< Chi *wai⁴ yü⁴*) (名)外遇。

oain⟨1⟩‖*oāin* (名)大樹枝; ≃ oe¹。

oain⟨2⟩ (< *oai²* [歪], q.v.)。

oain⟨3⟩ (象) **1.**缺乏潤滑的門等開關時的尖銳聲 **2.**拉胡琴聲 (動)拉(胡琴);

oáin ⇒ oái。　　　　　　　　[≃ e¹。

oāin ⇒ oe¹。

oain-óan (< oan-óng) (匣) (形)冤枉。

oain-oain-lâu [oain-oain流] (動)滾滾地流;潺潺地流 (形)一片汪洋的樣子。

oaihⁿ (動) **1.**扭動下體搖晃 ¶*Í-á ē hŏ-lí ~-hāi-·khì.* [椅仔會hō你～害去.]小心扭壞椅子 **2.**扭動下體行走 ¶*Kha teh thiàⁿ, khoaⁿ-khoaⁿ ~-·khì.* [腳teh痛,寬寬～去.]腳痛,慢慢儿地扭著走過去 **3.**扭(傷); *cf* oái ¶*~-·tióh* [～著]扭傷。

oáihⁿ (象)椅子等扭動、開門或關門等磨擦的聲音。

oáihⁿ‖*oǎihⁿ* (象)椅子等突然扭動一下、開門或關門等時突然磨擦一下的聲音 (擬)突然扭一下(受傷或扭斷)的樣子。

oak /*koak* (象)青蛙叫聲 ¶*~-~-kiò* [～～叫]青蛙連續叫著 (動)(青蛙)叫; ≃ òp。

oǎk (象)青蛙一聲一聲的叫聲; ≃ ǒp。

oan⟨1⟩ (< sem Sin) [冤] (動)爭吵; ≃ oan-ke。

oan⟨2⟩ (< Sin) [彎] (動) **1.**彎(腰); ≃ àⁿ¹ **2.**轉彎; ≃ oat **3.**變彎; ≃ khiau (形)彎曲; ≃ khiau。

oân⟨1⟩‖*goân* (< log Nip) [員] (名) B. **1.**人員 ¶*hók-bū-~* [服務～]全 **2.**成員 ¶*hōe-~* [會～]全。

oân⟨2⟩ (< Sin) [丸] (名) B.丸狀物 ¶*hoe-ki-~* [花枝～]墨魚做的丸子 (量)團 ¶*tēⁿ kui-~* (用手掌)捏成團 ¶*chit ~ mī-hún* [一～麵粉]一團麵。

oân⟨3⟩ (< Sin) [完] (動) **1.**結束; ≃ soah² ¶*Tāi-chì ~ ·a.* [代誌～矣.]事情結束了 **2.**做完; ≃ hó; ≃ liáu³; ≃ soah² ¶*Hōe khui-~ ·a.* [會開～矣.]會開完了 **3.**消失; ≃ liáu³ ¶*chiáh-~ ·a* [吃～矣]吃完了 **4.**脫手; ≃ lī⁶ ¶*bē-/bōe-~ ·a* [賣～矣]賣完了。

oàn (< Sin) [怨] (動)抱怨 ¶*~ in lāu-pē m̄ hơ thák tāi-hák* [～in老父m̄ hơ讀大學]抱怨他父親不讓他上大學。

oān (< Sin) [緩] (動)延緩; ≃ ān ¶*koh ~ saⁿ kang kau chîⁿ* [koh～三工交錢]再延三天交錢。

oân - a/-*na*/-(*n*)*á*/-(*n*)*ā*‖*ûn*- (副) **1.**仍然; ≃ iû⁴; ≃ iû-goân **2.** (同樣)也 ¶*Góa ōaⁿ mn̄g lāu-su, lāu-su ~ bē-hiáu.* [我換問老師,老師～bē曉.]我改問老師,老師也不會。

oân-á⟨1⟩ [丸仔] LIÁP:丸子。

oân-á⟨2⟩/-*ā* (副)仍然;也; ⇒ oân-a。

oân-bí-chú-gī-chiá (< log Chi < tr En *perfectionist*) [完美主義者] (名)

oân-boán ⇒ oân-móa。　　　[È:全。

oân-chéng (< log Chi) [完整] (形)全。　　　　　　　[全 (動)全。

oán-chiok (< log Nip) [遠足] (名) PÁI:

oān-chō͘ (< log Nip) [援助] (動)全。

oân-choân (< log Sin) [完全] (形)全; ≃ chiâu (副) (< log Nip < sem)全; ≃ choân-jiân。　　　[全 (動)全。

oān-hêng (< log Chi) [緩刑] (名) PÁI:

oàn-hīn/-*hūn*/-*h̄n* (< log Sin) [怨恨] (名) (動)全。

oan-iuⁿ⟨1⟩ (名) CHIAH:蝶贏。

oan-iuⁿ² (< log Sin) [鴛鴦] 图 CHIAH, TÙI: 仝。

oán-iûⁿ [遠洋] 图 仝 ¶~ ê hî-chûn [～ê漁船] 遠洋漁船 形 (海上) 遠 ¶khì khah ~ lâi thó [去較～來討] 到更遠的海洋捕魚。　　　[图 Ê: 仝。

oân-kang¹‖goân- (< log Chi) [員工]

oân-kang² (< log Sin) [完工] 動 仝。

oân-ke (< sem < log Sin) [冤家] 動 爭吵;不和 ¶khí ~ [起～] 吵起來。

oân-khu ⇒ hng-khu。

oân-móa/-bóan (< col log Nip < Sin) [圓滿] 形 動 仝 ¶~ kiat-sok [～結束] 仝。

oân-na/-ná/-nā ⇒ oân-a/-á。

oan-oan-khiau-khiau [彎彎 khiau-khiau] 形 (東西) 彎彎曲曲。

oan-oan-oat-oat [彎彎 oat-oat] 形 (路、語言) 拐彎抹角。

oan-óng‖oaiⁿ-óaⁿ (< log Sin) [冤枉] 動 形 仝。

oân-sêng (< log Nip) [完成] 動 仝。

oán-sī ⇒ hng-sī。

oan-siû (< log Sin) [冤仇] (< [冤讎]) 图 Ê: 仇隙 ¶kiat ~ [結～] 結仇。

Oán-tang/-tong (< col log < tr En Far East) [遠東] 图 仝。

oân-tē ⇒ hng-tē。

oán-teng ⇒ hng-teng。　　[望;惋惜。

oàn-thàn [怨歎] 動 1. 怨艾;悲歎 2. 失

oān-tiàu (< log Chi) [緩召] 图 PÁI:

Oán-tong ⇒ Oán-tang。 [仝 動 仝。

oang [嗙] 量 黨;群;夥 動 結群 ¶bô khì hȧk-hāu, ~ tòa pêng-iú tau [無去學校,～tòa朋友兜] 沒上學去,卻跑到朋友家群聚。[≃ hóm; ≃ áu¹。

oáng (< ab Nip wanwan) 象 狗吠聲;

oāng-kha (< Chi wang³ k'a¹ < tr < En internet café) 图 KENG, Ê: 網路咖啡。

oat ¹ (< En watt < James Watt) 量 (電量單位) 瓦特; ≃ oȧt-toh。

oat² 量 轉彎的次數 ¶oat nn̄g ~ [oat 兩～] 轉了兩個彎 動 1. 轉身走回頭; ≃ oȧt-liàn-tńg ¶~-·le kóaⁿ-kín cháu [～·le起緊走] 轉身趕快逃 ¶~-tò-tńg [～到返] q.v. 2. 轉彎; ≃ oan² ¶~ chiàⁿ-chhiú-pêng [～正手pêng] 右轉。

oȧt 動 1. (以本身為軸) 迴轉,例如轉頭 ¶~-tò-tńg [～到返] q.v. 2. 轉過頭 ¶kā bīn ~-·kòe/-·kè [kā面～過] 把臉轉過去。[2. (把頭) 轉開。

oȧt-cháu [oȧt走] 動 1. 轉身走開

oȧt-chú (< oȧt-jú, q.v.)。

oȧt-jú/-chú [越jú] (< [越愈]) 副 更加; ≃ jú; ≃ koh-khah。

oat-kak [oat角] 图 [á]拐角儿 動 抹角;轉角 ¶~ ê só·-chāi [～ê所在] 拐角儿。

Oȧt-lâm (< log Chi) [越南] 图 仝。

oȧt-liàn-tńg|-lìn- 動 1. 轉身;回轉 ¶~ lâi kā ·lín [～來咬·lín] 轉身咬你們 2. 轉身走回頭。

oȧt-thâu [oȧt頭] 動 轉過頭;回頭。

oȧt-tńg-sin [oȧt轉身] 動 轉身 副 馬上。

oat-tò-tńg 動 折回;轉回 ¶chhut-khì bô-gōa kú, koh ~-·lâi [出去無gōa久, koh～來] 出去沒多久,又折了回來。

oȧt-tò-tńg 動 轉過(頭)來 ¶thâu-khak ~ khòaⁿ-·chit-·ē [頭殼～看一下] 回頭看了一下。

oȧt-toh/-tȯh (< Nip watto < En watt) ⇒ oat¹。

·oe 象 1. (> ŏe¹, q.v.) 表示要求聽清楚,無固定聲調 2. 表示催促,無固定聲調 ¶Taⁿ m̄ kín khì ~. [Taⁿ m̄緊去~.] 怎麼不快點儿去啊。

oe¹‖oaiⁿ‖oāiⁿ [椏] 图 大樹枝 量

計算大樹枝的單位。

oe² ‖ *ui* (動) 鑽；挖；*cf* óe¹。

oe³ (動) 推；⇒ e¹。

ôe [鞋] ⇒ ê²。

óe¹ (動) 挖；≃ oeh/uih；*cf* ó·¹；*cf* liú²。

óe² [矮] ⇒ é¹。

óe³ (歎) 喂，即阻止聲，不禮貌；*cf.* é²。

òe¹ ‖ *è* ‖ *è* (< Sin) [穢] (動) **1.** 弄髒亂 ¶~ *kà chit-sì-kè* [~kà一四界] 弄得到處髒亂 **2.** 傳染 ¶*I kôaⁿ··tiòh, m-hó khih hơ~··tiòh.* [伊寒著， m̄ 好乞hơ~著.]他感冒，小心別被他傳染。

òe² [喂] (歎) 引起注意聲，不禮貌。

ōe¹ [會] ⇒ ē¹。

ōe² ‖ *ūi* (< Sin) [畫] (名) TIUⁿ：全 ¶*I ê ~ chin kùi.* [伊ê~真貴.]他的畫很貴 ¶*chúi-chhái-~* [水彩~]全 (動) **1.** 繪畫 ¶~ *iû-ōe* [~油畫]全 ¶~ *hû-á* [~符仔]畫符 **2.** (< *ōe³*)吹噓 **3.** 聊天；≃ ōe-sian。

ōe³ (< Sin) [話] (名) KÙ： **1.** 話語 ¶*Lí mài thiaⁿ i ê ~.* [你mài听伊ê~.]你別聽他的話 **2.** 語言 ¶*Tâi-oân-~* [台灣~]全。

ǒe¹ (< ·oe) (氣) **1.** 表示肯定，要听話者听清楚 ¶*To án-ne ~.* 就是這樣啊 **2.** 表示再次引起注，不禮貌 ¶*Lí m̄ kín khì, ~.* [你m̄緊去，~.]你快去啊 ¶*Lí ū-thiaⁿ··tiòh ·bơ, ~?* [你有听著否，~?]你聽見了沒有啊。

ǒe² (歎) 應聲 ¶~, *chhōe/chhē siáⁿ-lâng?* [~, chhōe啥人?] (接電話:) ㄨㄞˊ，找誰？ ¶~, *góa tī chia ·la.* [~, 我tī chia啦.]有，我在這兒。

ōe...-tit/-*chit*/-*lih*/-*ih*/-*eh*/-*è* ⇒ ē...-tit。

oe-á ‖ *e-* ‖ *e·-* [堝仔] (名) Ê：鍋子。

ôe-á ⇒ ê-á。

oe-á-chhài ‖ *e-* ‖ *e·-* ‖ *o-* [萵仔菜] (名) CHÂNG："A菜，"即萵苣；≃ gô-á-

chhài；≃ mé-á-chhài。

ôe-á-chhiúⁿ ⇒ ê-á-chhiáng。

óe-á-lâng ⇒ é-á-lâng。

óe-á tang-koe ⇒ é-átang-koe。

ōe-ang-á [畫尪仔] (動) 畫畫儿。

ōe-bé/-*bé* ⇒ ōe-bóe。

óe-bih-bih ⇒ é-pih-pih。

ōe-bīn ⇒ ê-bīn。

ōe-bīn ‖ *ūi-* (< log Nip) [畫面] (名) Ê：[全。

ōe-bóe/-*bé*/-*bé* [話尾] (名) 話的後段或結束的部分 ¶*kóng-ōe bô ~* [講話無~]說話後段聲音變小而模糊或甚至消失，或說話沒說完而截斷。

ōe-chheⁿ/-*chhiⁿ* (< log Nip) [衛星] (名) LIÀP：全 ¶*jîn-chō ~* [人造~]全。

ôe-chhiûⁿ ⇒ ê-chhiûⁿ。

ōe-chih ⇒ ê-chih。

ōe-chong ‖ *ūi-* [畫裝] (動) (演戲、上鏡頭前的)化妝。

ōe-chū ⇒ ê-chū。

óe-·è (< *òe³*) (歎) "喂，"通常用於先前呼叫沒有反應之後。

ǒe-·è (< *ǒe²*) (歎) 長輩因晚輩見面時恭敬地稱呼而發出的愉快的回應聲。

ōe-êng... ⇒ ē-iông...。

ōe-ēng... ⇒ ē-iōng...。

ōe-gí/-*gú*/-*gí* [話語] (名) 語言 △ ~ *bē-/bōe-thong* [~bē通] 語言[不通。

ôe-hīⁿ/-*hī* ⇒ ê-hīⁿ。

ōe-hiáu ⇒ ē-hiáu。

ōe-hô ⇒ ē-hô。

ōe-hó-lān [畫虎lān] (粗) (動) 吹噓。

óe-hòa ⇒ é-hòa。

ōe-hù ⇒ ē-hù。

ōe-iông... ⇒ ē-iông...。

ōe-iōng... ⇒ ē-iōng...。

ōe-iǒng ⇒ ē-iǒng。

ôe-iû ⇒ ê-iû。

ōe-jīn... ⇒ ē-jīn...。

ōe-ka ‖ *ūi-* (< log Nip) [畫家] (名) Ê：

ōe-kėk ⇒ ōe-kiȯk。   ⌊全。

ōe-kham... ⇒ ē-kham...。⌈khang。

óe-khang (< [□空]) ⓥ 挖洞;≃ ó'-

óe-khang-khak [óe空殼] ⓥ 鏤空

ōe-khí ⇒ ē-khí。

ōe-khì ⇒ ē-khì。

ōe-kì... ⇒ ē-kì...。

ōe-kiâⁿ ⇒ ē-kiâⁿ。

ōe-kiȯk/-kėk (< log Chi) [話劇] ⓝ

óe-kó' ⇒ é-kó'。   ⌊CHHUT, PÚN: 全。

ōe-lâi ⇒ ē-lâi。

óe-lâng ⇒ é-lâng。

ōe-lī ⇒ ē-lī。

ōe-lȯh ⇒ é-lȯh。

ōe-lông‖ūi- (< log Nip < tr; cf En
 (art) gallery) [畫廊] ⓝ KENG, Ê:
 全。   ⌈亂塗。

ōe-o'-chhat-pėh‖ūi- [畫烏漆白] ⓝ

ōe-peng (< log Nip) [衛兵] ⓝ Ê: 全。

ôe-phīⁿ ⇒ ê-phīⁿ。

óe-pih-pih ⇒ é-pih-pih。

ōe-pò‖ūi- (< log Nip) [畫報] ⓝ HŪN,
 PÚN, TIUⁿ: 全。

ōe-poah ⇒ oėh-poah。

óe-pû ⇒ é-pû。

óe-pûi ⇒ é-pûi。

ôe-pùih ⇒ ê-poėh。

ōe-sái[1] [話屎] ⓝ 多餘的話;不關緊
 要的話 ¶Lí ~ ná hiah chē/chōe?
 [你~哪 hiah chē?] 你怎麼那麼多
 (廢)話? ¶kāu ~ [厚~]話多。

ōe-sái[2] ⓥ ⓐ ⓕ 可以;⇒ ē-sái...。

ōe-seng (< log Nip) [衛生] ⓝ ⓕ 全
 ◇ ~-chóa [~紙] PAU, KHÛN, LIȦP,
  THONG, TIUⁿ: 全
 ◇ ~-i (< log Sin) [~衣] NIÁ: 全
 ◇ ~ khò-tiúⁿ [~課長] ⓖ Ê: 過分
  講究衛生的人
 ◇ ~-só' (< log Chi) [~所] KENG: 全
 ◇ ~-sú/-sū (< log Chi) [~署] 全

◇ ~-sú-tiúⁿ (< log Chi) [~署長]
 Ê: 全
◇ ~-tī/-tū [~箸] KHA, SIANG: 衛生
 ⌊筷。

ōe-sian [話仙] ⓥ 聊天。

ōe-siàng /-siāng /-siòng /-siōng‖
 ūi-siòng /-siōng (< log Sin) [畫
 像] ⓝ TIUⁿ: 肖像 ⓥ 畫肖像。

ōe-tàng ⇒ ē-tàng。   ⌈ⓝ Ê: 全。

ōe-tê/-tôe (< log Nip < Sin) [話題]

ōe-tē-tô'[畫地圖] ⓥ 夢遺。

ōe-thâu [話頭] ⓝ Ê: 話的開端或前
 段。   ⌈塗;塗鴉。

ōe-thó'-hû-á‖ūi- [畫土符仔] ⓥ 亂

ôe-thoa ⇒ ê-thoa。

ôe-tiⁿ ⇒ ê-teⁿ。

ôe-tiàm ⇒ ê-tiàm。   ⌈PÁI: 全。

ōe-tián‖ūi- (< log Chi) [畫展] ⓝ Ê,

ōe-tiȯh ⇒ ē-tiȯh。

ōe-tit ⇒ ē-tit。

ōe-tit ⇒ ē-tit。

ōe-tit-thang ⇒ ē-tit-thang。

ōe-tó ⇒ ē-tó。   ⌈畫儿;≃ ōe ang-á

ōe-tô'‖ūi- (< log Sin) [畫圖] ⓥ 1. 畫
 ◇ ~-pang [~枋] TÈ: 畫板
 ◇ ~-chóa [~紙] TIUⁿ: 圖畫紙
 2. 製圖。

ôe-tòa ⇒ ê-tòa。

ôe-tóe ⇒ ê-té。

ōe-tôe ⇒ ōe-tê。

ôe-tû ⇒ ê-tû。

oeh ‖uih ⓥ 挖;≃ óe[1];≃ ó'[1]

oėh[1]‖ōe‖ùih (< Sin) [劃] ⓜ 計算

oėh[2] ⓕ 窄;⇒ ėh。 ⌊筆劃的單位。

oeh-á‖uih- [oeh仔] ⓝ KI: (小鏟
 子、竹片等)挖的小工具。

oėh-chiⁿ-chiⁿ ⇒ ėh-chiⁿ-chiⁿ。

oėh-poah‖ōe-‖ùih- (< log Chi) [劃
 撥] ⓥ 全。

oh ⓕ 1. 不容易 ¶Kóng khah khoài,

chò/chòe khah ~. [講較快,做較
~.]說來容易,做起來可沒那麼容易
2. 慢; ≃ bān³ 働 難; ≃ oh-tit ¶*Che
~ kóng ·a.* [Che~講矣.] **a.** 這個說
來話長了 **b.** 這個不容易交涉了。

ȯh (< Sin) [學] 働 **1.** 學習 **2.** 模仿。

ȯh-hó [學好] 働 全。

ȯh-pháiⁿ/-*phái* [學歹] 働 學壞。

oh-tit (v *oh*) [oh 得] 働 難以 ¶*Che
~-tit kóng.* [Che~得講.] 這個很難
說(得清楚)。

o·h ⇒ ò¹,⁵ 。

ǒ·h ⇒ ǒ¹ 。

ok (< Sin) [惡] 働 (< sem adj)兇;
申斥 ¶*tiāⁿ ài ~ ·lâng* [tiāⁿ愛~人]
常常罵人 形 兇惡 ¶*Eng-àm ê báng
chin ~.* [Eng暗ê báng真~.]今晚
的蚊子好兇。 「蚊子。

ok-báng [惡báng] 名 CHIAH: 很兇的

ok-bāng (< log Sin) [惡夢] 名 Ê: 全;
≃ pháiⁿ-bāng ¶*bāng ~* [夢~] 做惡
夢。

ok-chit (< log Nip) [惡質] 形 惡劣
¶*~ ê bûn-hòa* [~ê文化]惡質文化
◇ *~-hòa* [~化] (品質)變惡劣。

ok-hòa (< log Nip) [惡化] 働 全; ≃
piàn khah hāi; *cf* ok-chit-hòa。

ok-ì (< log Chi) [惡意] 名 全; ≃
pháiⁿ-ì 形 働 全 ¶*~ tiòng-siang/-
siong* [~中傷]全。 「犬。

ok-káu (< Sin) [惡狗] 名 CHIAH: 惡

ok-lâng [惡人] 名 Ê: 兇巴巴的人
△ *~ bô-táⁿ.* [~無膽.]兇巴巴的人
其實膽子小。

ok-pà (< log Chi) [惡霸] 名 Ê: 全。

ok-pê-pê [惡pê-pê] 形 兇巴巴。

ok-sèng (< log Nip; ant *liâng-sèng*)
[惡性] 形 全
△ *~ ê (chéng-)liû* (< tr + log Chi

< Nip [惡性の腫瘍] < tr En
malignant neoplasm/tumor) [~
ê(腫)瘤]惡性腫瘤; ≃ ok-sèng-liû
△ *~ ê sûn-khoân* (< tr + log Chi
< Nip [惡循環] < tr En *vicious
circle*) [~ê循環]惡性循環。

ok-tàu (< log Chi) [惡鬥] 名 PÁI: 全

ok-tȯk [惡毒] 形 狠毒。 「働 全。

om ‖*am* (< Sin [掩]) 働 (用手等)
遮蓋;搗住; *cf* o·ⁿ² ¶*bȧk-chiu ka ~-
·leh* [目睭ka~·leh]把他的眼睛蒙起
來 ¶*~ phīⁿ* [~鼻]搗住鼻子。

ōm‖*ām* 形 (枝葉)茂盛; ≃ ōng²。

ông (< Sin) [王] 名 Ê: **1.** 國君 **2.** 頭
頭 ¶*chhȧt-~* [賊~]匪首 **3.** 比賽第
一的 ¶*kî-~* [棋~]全。

óng (< log Chi) [往] 働 (車)開往 ¶*~
Sin-tek ê chhia* [~新竹ê車]開往新
竹的車。

òng (< *iòng* < *iōng*², q.v.) 介 使用
(...為工具/...的方式); ≃ ōng¹。

ōng¹ (< *iōng*², q.v.) 介 使用(...為工
具/...的方式); ≃ òng。

ōng² (< Sin) [旺] 形 **1.** (火)旺; ≃
mé² **2.** 茂盛 ¶*thâu-mo·/-mn̂g chin
~* [頭毛真~]頭髮很多。

ông-chú (< log Sin) [王子] 名 Ê: 全。

ông-hō·/-*hiō* (< log Sin) [王后] 名

óng-hôe [往回] 働 往返。 [Ê: 全。

óng-hȯk (< log Nip) [往復] 働 往
返; ≃ óng-hôe。

ông-hui (< log Sin) [王妃] 名 Ê: 全。

ông-iâ (< log Sin) [王爺] 名 Ê: **1.** 中
國古代有「王」的封號的人 **2.** 橫
行霸道的人。

ông-keng ⇒ ông-kiong。 「働 冤枉。

óng-khut (< log Sin) [枉屈] 名 冤屈

ông-kiong/-*keng* (< log Sin) [王宮]
名 Ê: 全。

Ông-·ko Liû-·ko [王哥柳哥] 名 **1.** 王

哥柳弟;壞朋友 **2.** 隨便任何不適宜
的人。 ［TÉNG: 全。

ông-koan (< log Nip) [王冠] 名

ông-lâi [鳳梨] 名 LIÁP: 全
　◇ ~-ko [~膏]鳳梨加糖打成的泥
　◇ ~-so [~酥] TÈ: 全。

óng-lâi (< log Sin) [往來] 動 交往。

ông-lí/-lú/-lí (< log Nip) [王女] 名
　ê: 公主。

ông-pâi (< log Chi < tr; *cf* En *trump
　card*) [王牌] 名 TIUⁿ: 全 形 最好
　的 ¶~ ê tâu-chhiú [~ê投手]最好的
　投手。 　　　［¶khì ~ [去~] do.

óng-seng (< log Sin) [往生] 動 死

òng-sù (< Nip *onsu* < En *ounce*) 量
　盎斯。 　　　　　　　［全。

ông-ūi (< log Sin) [王位] 名 ê, ŪI:

ȯp ‖àp 象 青蛙叫聲 動 (青蛙)叫。

ŏp¹ ‖ăp 象 青蛙叫聲。

ŏp² ‖ăp 擬 快速閉嘴; ⇒ ăp。

P

·pa (< Chi *pa⁰*) 氣 吧,即表示否定
　對話人、肯定自己,輕聲中調 ¶Bô
　pa ⇒ *pan²*。 [~! [無~!]沒有吧!

pâ 名 ê: 父親; ≃ a-pâ ¶lín ~ 你爸爸;
　cf lín pē。

pá (< Sin) [飽] 形 **1.** (吃)飽; (充)滿
　¶chiàh iáu-bōe/-bē ~ [吃夭未~]還
　沒吃飽¶koàn-hong koàn kà ~-~-~
　[灌風灌到~~~~]把氣充得滿滿的
　△ ~ kah chùi [~kah醉]夠受
　2. 豐滿,例如穀子、豆子 **3.** 有實才
　¶hȧk-būn chin ~ [學問真~]很有學
　問 **4.** 夠,例如哭、睡眠 ¶chang-àm
　khùn chin ~ [chang暗睏真~]昨晚

睡得很足¶khàu-~, khùn-·khì ·a [哭
　~,睏去矣]哭到睡著了。

pà¹ (< Sin) [豹] 名 CHIAH: 全。

pà² 動 **1.** 趴; ≃ tà³ ¶~ tī thô·-kha [~
　tī 塗腳]趴在地上¶~ tòa toh-téng
　siá-jī [~tòa桌頂寫字]趴在桌子上
　寫字 **2.** 雙手或前足向前搭;撲上; ≃
　tà³ ¶Chit chiah káu ài kā lâng ~.
　[Chit隻狗愛kā人~.]這隻狗喜歡搭
　在人身上. ¶Gín-á ~-óa-·lâi, boeh/
　beh lâng phō. [Gín仔~óa來,欲人
　抱.]孩子搭了過來,要人家抱。

pà³ (< Sin) [霸] 動 霸佔¶kâng ~-
　tiâu-·leh, m̄ hông iōng [kâng~tiâu-
　·leh, m̄ hông用]霸佔著,不讓別人用
　形 蠻橫。

pâ-·a ‖ pa-á 名 ê: 父親; ≃ (a-)pâ。

pá-ak (< log Nip < sem Sin) [把握]
　名 全¶ū ~ [有~]全 動 全。

pā-bián (< log Chi) [罷免] 動 全。

pà-chiàm (< log Sin) [霸佔] 動 全。

pa-chio/-chiau (< log Sin) [芭蕉]
　名 CHÂNG: 全。

pà-chú (< log Chi) [霸主] 名 ê: 全。

pá-chúi [飽水] 形 (果菜穀類)飽實。

pá-hȧk (< log Sin) [飽學] 形 有學
　問。 　　［ti-tu; ≃ pá-tin-tong。

pá-ihⁿ-ihⁿ [飽ihⁿ-ihⁿ] 形 很飽; ≃ pá-

Pa-jé (< *Pazeh*) 名 **1.** CHȮK: 巴則海
　族(或稱巴宰族) **2.** ê: 巴則海族人
　3. KÙ: 巴則海語。

pā-kang (< log) [罷工] 動 全。

pā-khò (< log Chi) [罷課] 動 全。

pà-khoân/-koân (< log Nip) [霸權]
　名 全。

Pa-ki-su-thán (< log Chi < *Pak-
　istan*) [巴基斯坦] 名 南亞國名。

pa-kiat (< log Sin) [巴結] 動 全。

pà-koân ⇒ pà-khoân。

Pa-lê (< log Sin < *Paris*) [巴黎] 名

全；≃ Pa-li。

Pa-lėk-su-thán (< log Chi < *Palestine*) [巴勒斯坦] ⓐ 中東國名。

Pa-ná-má (< log Chi < *Panama*) [巴拿馬] ⓐ 中美洲國名。

pà-ông (< log Sin) [霸王] ⓐ Ê: 全。

pa-pa/*-pă*‖*pá-pah* ⓐ Ê: 爸爸。

Pa-se (< log Chi < *Brazil*) [巴西] ⓐ 全；≃ Bu-lá-jí-luh。

Pa-sū Hái-kiap (< log Chi < *Bashi Channel*) [巴士海峽] ⓐ 全。

pa-tâi (< tr En *bar counter*, *à la chiú-pa*) [吧台] ⓐ Ê: 全。

pá-ti-tu (< *pá-tu-tu*, q.v.)。

pá-tih-tuh (< *pá-tuh-tuh*, q.v.)。

pa-tiûⁿ (< log Chi + ana [巴] + Chi *pa³ ch'ang³*) [pa場] ⓐ Ê: 靶場。

pá-tu-tu ⇒ pá-tuh-tuh。

pá-tuh-tuh/*-tih-tuh*/*-tu-tu*/*-ti-tu* [飽 tuh-tuh] ⓕ 很飽；≃ pá-ihⁿ-ihⁿ；≃ pá-tin-tong。

paⁿ ¹ ⓢ 汽車喇叭聲 ⓥ 按汽車喇叭以警告。

paⁿ²‖*poⁿ*‖*pa* ⓥ **1.** 摑，尤指摑耳光 ¶~ *chhùi-phé*/*-phóe* [~嘴 phé] 摑耳光 **2.** 打 (頭);敲 (頭);≃ paiⁿ;≃ taiⁿ。

pah ¹ ⓐ 爸爸，對稱。

pah² (< Sin) [百] ⓓ 全。

pah-bān (< log Sin) [百萬] ⓓ 全。

pah-hè kong-si ⇒ pah-hòe kong-si。

pah-hè-tiàm ⇒ pah-hòe-tiàm。

pah-hiòh-thang|*-iåp-* (< log Chi + tr) [百葉窗] (< [百箸□]) ⓐ Ê: 全。

pah-hòe kong-si|*-hè…*|*-hè̍…* (< log Chi) [百貨公司] ⓐ KENG: 全。

pah-hòe-tiàm|*-hè-*|*-hè̍-* (< log Nip) [百貨店] ⓐ KENG: 全。

pah-hun chi… (< log Chi < Nip [百分の] + tr) [百分之] ⓕ 全 ¶~ *pah* [~百] 全。

pah-iåp-thang ⇒ pah-hiòh-thang。

pah-kéng-kûn [百襇裙] ⓐ NIÁ: 百摺裙。

pah-kho choân-si/*-su*‖*-khe…-su*‖*-khe̍…-sṳ̍* (< log Nip < tr NLat *encyclopaedia*) [百科全書] ⓐ PÚN, PŌ/PHŌ: 全。

Pah-oåt (< log Chi) [百越] ⓐ 古亞洲大陸東部、東南部諸民族；*cf* Oåt-chòk。　　　　　「毒蛇名。

pah-pō͘-chôa [百步蛇] ⓐ BÓE: 一種

pah-ūi-sò͘ (< log Chi) [百位數] ⓐ ŪI, Ê: 全。

pâi ¹ (< Sin) [牌] ⓐ **1.** TÈ: (張掛、證明、說明、示眾等的) 平面紙、木、石、金屬等,例如名牌、門牌、車牌、墓碑 ¶*kì-liām-*~ [記念~] 紀念碑 ¶*mn̂g-*~ [門~] 全 **2.** KI, Ê: 牌照 ¶*khì chhéng chi̍t ki* ~ [去請一枝~] 去申請一個牌照 **3.** KI, Ê: 商標;品牌;≃ phiau¹(-á) ¶*chhiūⁿ-*~ *ê sio-chúi-koàn* [象~ê燒水罐] 象印熱水瓶。

pâi² (< Sin) [排] ⓐ **1.** 行列 **2.** Ê: 軍事單位 ⓠ 全 ¶*pâi nn̄g* ~ [排兩~] 排兩排 ⓥ **1.** 排成行;排次序 ¶~ *nn̄g pâi* [~兩排] 排兩排 ¶*i* ~ *tē-jī ê* [伊~第二個] 他排在第二位 **2.** 放;擺設；布置 ¶~ *óaⁿ-tī* [~碗箸] 把碗筷 (有條理地) 擺在桌上 (準備吃飯或祭祀) ¶~ *tàⁿ-á* [~擔仔] 擺攤子。　　　「單位；≃ kái¹；≃ kòe¹。

pái¹‖*páiⁿ*‖*mái* [擺] ⓠ 計算次數的

pái²‖*páiⁿ* ⓥ ⓕ 跛腳 ¶~ *chi̍t ki kha* [~一枝腳] 瘸了一條腿。

pài¹ (< ab lé-pài) [拜] ⓠ 一星期間的日子 ¶~*-kúi* [~幾] 星期幾 ¶~*-låk* [~六] 星期六。

pài² (< Sin) [拜] 働 **1.** 祭拜¶~ *kong-má* [~公媽] 祭祖 **2.** 做祭拜的動作（以請求、道謝等）¶~*-phiò* q.v.

pāi (< Sin) [敗] 働 **1.** 被擊敗 ¶~ *tī ka-tī tô·-tē ê chhiú-lāi* [~tī 家己徒弟ê手內] 敗在自己徒弟的手下 **2.**（牙根、樹根等）敗壞 **3.**（事情）不成功。

pâi-á¹ (v *pâi*¹) [牌仔] 働 **1.** TIUⁿ: 紙牌¶*î* ~ 打牌 **2.** TÈ:（張掛、證明、說明、示眾等的）牌子¶*chhia-*~[車~]汽車招呼站。

pâi-á² [簿仔] 働 CHIAH: 筏¶*chhâ-*~[柴~]木筏¶*tek-*~[竹~]竹筏。

pâi-á-kut [排仔骨] 働 KI, PÂI: 肋骨; *cf* pâi-kut。

pâi-bóe/-bé/-bé (< log Chi; ant *pâi-thâu*) [排尾] 働 Ê: 排隊時排在末尾的人。 [[牌照稅] 働 全。

pâi-chiàu-sòe/-sè/-sè (< log Chi)

pâi-chú [牌子] 働 KI: 商標。

pâi-chúi (< log Nip) [排水] 働 全 ◇ ~*-kau* (< log Nip) [~溝] TIÂU: 全。 [星期五。

Pài-gō· (< ab *Lé-pài-gō·*) [拜五] 働

pâi-gōa (< log Nip) [排外] 働 圏 全。

pāi-hāi [敗害] 働 害處。

pài-hāu (< log Sin) [拜候] 働 全。

pāi-hoeh-chèng | -huih- | -hiat- (< col log Nip) [敗血症] 働 全。

pài-hóng (< log Chi) [拜訪] 働 全。

pāi-huih-chèng ⇒ pāi-hoeh-chèng。

Pài-it (< ab *Lé-pài-it*) [拜一] 働 星期一。 [二] 働 星期二。

Pài-jī/-gī/-lī (< ab *Lé-pài-jī*) [拜

pāi-ke [敗家] 働 全; ≃ phòa-ke。

pái-kha‖*pái*ⁿ- [pái 腳] 働 圏 全 ◇ ~*-·ê* Ê: 瘸腿的。

pâi-khì-kóng (< log Nip + tr) [排氣

kóng] 働 TIÂU, KI: 排氣管。「全。

pâi-kiû (< log Nip) [排球] 働 LIÀP:

pâi kó·-tóng [排古董] 働（放著）當擺設，沒實際用途；當花瓶。

pâi-kut [排骨] 働 KI, PÂI: **1.** 肋骨; ≃ pâi-á-kut 「人 ◇ ~*-sian* [~仙] Ê: 瘦得露出肋骨的 **2.** 帶肉的禽獸肋骨¶*khó·-koe-*~[苦瓜~]苦瓜燉排骨。 「星期六。

Pài-làk (< ab *Lé-pài-làk*) [拜六] 働

pâi-liàt (< log Chi < sem Sin) [排列] 働 全。

pài-nî (< log Sin) [拜年] 働 全。

Pâi-oan (< *Paiwan*) [排灣] 働 **1.** CHÒK: 排灣族 **2.** Ê: 排灣族人 **3.** KÙ: 排灣語。

pài-pài (< log Chi + Chi pai⁴ pai⁴ < TW *pài-pài-·le*; v *pài*²) [拜拜] 働 全; ≃ pài sîn-bêng ¶*tōa-*~[大~]全; ≃ chò-/chòe-chiò 全; ≃ pài; ≃ pài sîn-bêng。

pâi-pan (< log Chi) [排班] 働 全。

pâi-pán (< log Chi) [排版] 働 全。

pài-phiò [拜票] 働 全。 「星期三。

Pài-saⁿ (< ab *Lé-pài-saⁿ*) [拜三] 働

Pài-sì (< ab *Lé-pài-sì*) [拜四] 働 星期四。 「kò-su。

pāi-sò· (< log Nip) [敗訴] 働 全; ≃

pâi taⁿ-á [排擔仔] 働 擺攤子。

pâi-thâu (< log Chi; ant *pâi-bóe*) [排頭] 働 Ê: 排隊時排在最前端的人。

pâi-thek (< log Nip. < Sin) [排斥] 働 **1.** 拒退 **2.** 排擠 **3.** 做壞的批評 ¶*chiâ*ⁿ *ka* ~ 說了他很多壞話。

pài-thok (< log Sin) [拜託] 働 全。

pâi-tî/-tû/-tî (< log Nip) [排除] 働 全。 [[排場] Ê: 働 全。

pâi-tiûⁿ/ -chhiâng (< col log Sin)

pâi-tiúⁿ (< log Chi) [排長] 图 Ê: 全。

pài-tn̂g (< log Chi) [拜堂] 動 全。

pâi-tû ⇒ pâi-tî。

pâi-tūi (< log Sin) [排隊] 動 全; ≃

pâi-ūi (< log Chi) [牌位] 图 ŪI, Ê: 全; ≃ sîn-chî/-chú。

paiⁿ ⇒ taiⁿ。

páiⁿ¹ (< *pái*[1]) 量 次(數)。

páiⁿ² 動 形 翻; ⇒ péng。

pak[1] (< Sin) [北] 图 全。

pak[2] [幅] 量 計算軸子的單位; *cf* tiuⁿ ¶*chit ~ tô·* [一~圖] 一幅(裱褙的)畫。

pak[3] (< Sin) [腹] 量 肚子 ¶*chit ~ hóe/hé* [一~火] 一肚子火。

pak[4] (< Sin) [剝] 動 1. 剝(動物皮、樹皮、衣服) ¶*~ tek-sún* [~竹筍]剝筍殼 2. 拆卸 ¶*kā thiu-hong-ki ~-·lòh-·lâi* [kā抽風機~落來]把抽風機拆下來 3. 取下(附上的東西),例如眼鏡、手錶、首飾 4. 使脫離 ¶*nn̄g ê lâng teh loân-ài, ~-bē-khui* [兩個人teh戀愛,~bē開]兩個人正在戀愛,捨不得分離。

pa̍k (< Sin) [縛] 動 1.(捆)綁 2. 編(竹篾、藤等器物) ¶*~ lâng-sn̂g* [~籠sn̂g]做蒸籠 3. 結紮 ¶*~-tiāu* [~掉] do. 4. 綁(架);劫持。

Pak-a (< log Chi) [北亞] 图 全。

Pak-au (< log Chi) [北歐] 图 全。

Pak-bí (-chiu) (< log Chi) [北美(洲)] 图 全。

Pak-hái-tō (< log Nip) [北海道] 图 「日本島嶼名。

Pak-hân (< log Chi) [北韓] 图 全。

pak-hng (< log Sin) [北方] 图 全; ≃ pak-pêng。

Pak-hoâiⁿ/-hûiⁿ (< log Chi) [北橫] 图 TIÂU: 北部橫斷公路。

Pak-hôe Kong-lō· (< log Chi) [北迴公路] 图 TIÂU: 全。

pak-hôe-kui-sòaⁿ (< log Nip) [北回歸線] 图 TIÂU: 全。

Pak-hôe Thih-lō· (< log Chi) [北迴鐵路] 图 TIÂU: 全。 「全。

pak-hong (< Sin) [北風] 图 CHŪN:

pak-hong-lâng (< log. Chi.) [北方人] 图 Ê: 全。

Pak-hui (< log Chi) [北非] 图 全。

pak-hūi/-úi (< log Nip) [北緯] 图

Pak-hûiⁿ ⇒ Pak-hoâiⁿ。 「全。

Pak-jī-ko|-gī-|-lī- (< log Chi) [北二高] 图 TIÂU: 第二高速公路簡稱。

Pak-ke̍k (< log Sin) [北極] 图 全 ◇ *~-chheⁿ/-chhiⁿ* (< log Nip) [~星] LIA̍P: 全。

pa̍k-kha [縛腳] (< [縛骹]) 動 纏足。

pa̍k-kha-pa̍k-chhiú [縛腳縛手] 動 束縛;礙手礙腳。 「卸(組件)。

pak-khui [剝開] 動 1. 使脫離 2. 拆

Pak-kiaⁿ (< log Sin) [北京] 图 中國首都名 ◇ *~-gí/-gú* [~語] KÙ: 北京話;現代 ◇ *~-ōe* [~話] do. 「中國官話

pak-koán [北管] 图 北管樂。

pak-lāi-á [腹內仔] 图 下水。

pak-mo·h-iām (< log Nip) [腹膜炎] 图 全。 「方。

pak-pêng [北pêng] 图 1. 北側 2. 北

Pak-peng-iûⁿ (< log) [北冰洋] 图 全。

pak-phê/-phê· ⇒ pak-phôe。

pa̍k-phiò [縛票] 動 "綁票," 即使人無法投票或不投票。

pak-phôe/-phê·/-phê (< log Sin) [剝皮] 動 剝動物皮、樹皮。

pa̍k-pio [縛標] 動 綁標。

pak-pō· (< log Nip) [北部] 图 全。

pak-pòaⁿ-kiû (< log Nip) [北半球]
⟨名⟩ 全。

pák-sí(-sí) [縛死(死)] ⟨動⟩ 1. (以條
件) 限制得死死的 (沒有自由或沒有
商討等的餘地) 2. (被事務) 羈絆得
無暇他顧。

pak-siah/-siap (< log Sin) [剝削]
⟨動⟩ 全。　　　　　「[北斗星] ⟨名⟩ 全。

Pak-táu-chheⁿ/-chhiⁿ (< log Sin)

pák-tiāu [縛掉] ⟨動⟩ 結紮 (使不生育)。

pak-tó͘ (< SEY) [腹肚] ⟨名⟩ 1. Ê, LIÀP:
肚子; 肚皮 ¶~ jiâu-jiâu 肚皮皺皺的
◇ ~-bóe/-bé [~尾] 小腹
◇ ~-phôe/-phê [~皮] TÊNG, TÈ: 肚
子的皮; 腹部的外表
◇ ~-piⁿ [~邊] 腹側 ¶chhiò kà ~-
piⁿ thiàⁿ [笑到~邊痛] 笑痛了肚
子
2. Ê: 肚子; 胃腸 ¶lâu ~ q.v. ¶~ iau
肚子餓 ¶~ thiàⁿ [~痛] 肚子痛
◇ ~-té [~底] 肚子裡　　　　「腸子。
◇ ~-tîng-á [~腸仔] TIÂU: (體內的)

pan |¹ (< Sin) [班] ⟨名⟩ 1. (< log Chi
< Nip < sem) ê: 軍事單位 2. B. 為
某目的而組成的一群人 ¶hùn-liān-
~ [訓練~] 全 ¶su-chu-~ [師資
~] 全 ⟨量⟩ 1. 組織單位 ¶Chit pan
chin tōa ~. [Chit~真大~.] 這班
人很多 2. 班級 ¶gō͘ nî it ~ [五年乙
~] 全 3. (< log Chi < sem) 車次;
≃ pang³。

pan²/pian (< Sin) [扳] ⟨動⟩ 1. 掰; 用
力拉攏或使張開; cf peⁿ ¶~-tò-tńg
[~tò返] 挽回 2. (伸手臂把高處的
樹枝等) 拉低。

pan³ (< sem Sin) [攀] ⟨動⟩ 攀 (住)
¶chhiú ~ tòa thiāu-á, m̄ pàng [手
~tòa柱仔, m̄放] 手抓住柱子不放。

pán¹ (< log Nip) [版] ⟨量⟩ 排版或出版
的次數。　　　　「面及其頁數的單位。

pán² (< log Chi) [版] ⟨量⟩ 計算報紙版

pān¹ ⟨名⟩ (威儀、文雅、大方等好看
的) 樣子 ¶ū chit ê ~ [有一個~] 很
有個 (拿得出來的) 樣子。

pān² [瓣] ⇒ bān¹。

pān³ (< Sin) [辦] ⟨動⟩ 1. 辦理 ¶~ tāi-
chì [~代誌] 辦事 2. 治罪 3. 設 (宴)
¶~ sì-chàp toh [~四十桌] 請了四
十桌酒席。　　　　　　　　「小水壺。

pân-á [瓶仔] ⟨名⟩ KI: 有嘴、有把儿的

pan-bé/-má (< col log Chi) [斑馬]
⟨名⟩ CHIAH: 全　　　　　　　　「全。
◇ ~-sòaⁿ (< log Chi) [~線] TIÂU:

pan-chi (< ab pan-chi-hoe) [斑芝]
⟨名⟩ CHÂNG: 木棉樹　「LÚI: 木棉花。
◇ ~-hoe (< log Sin) [~花] CHÂNG,

pân-gî (< log Sin) [便宜] ⟨名⟩ B. 好處
¶chiàm ~ [佔~] 全 ⟨形⟩ (價) 廉。

pān-hoat (< log Sin) [辦法] ⟨名⟩ 全;
≃ hoat-tō͘ ¶siūⁿ ~ [想~] 設法。

pān-ián (< log Chi) [扮演] ⟨動⟩ 1. (在
戲劇中) 飾; ≃ poaⁿ² 2. (在事件
中) 有某種地位 ¶~ léng-to-chiá ê
kak-sek [~領導者ê角色] 全。

pan-kah (< log Sin [斑鳩] + tr) [斑
鴿] ⟨名⟩ CHIAH: 斑鳩。

pān-ke-hóe-á|-hé- [辦家火仔] ⟨動⟩
辦家家酒; ≃ pān-kong-hóe-á。

pán-khoân/-koân (< log Nip) [版
權] ⟨名⟩ 全。

pān-ko͘-(ke-)hé-á ⇒ pān-kong-hóe-

pán-koân ⇒ pán-khoân。　　　「á。

pān-kong (< log Chi) [辦公] ⟨動⟩ 全。

pān-kong-hóe-á|-hé- [辦公火仔]
⟨動⟩ 辦家家酒; ≃ pān-ke-hóe-á。

pān-kong-sit/-sek (< log Sin) [辦公
室] ⟨名⟩ KENG: 全。

pān-kong-toh-á (< log Chi + á) [辦
公桌仔] ⟨名⟩ CHIAH: 辦公桌。

pān-lí (< log Sin) [辦理] ⟨動⟩ 全。

pán-pún (< log Sin) [版本] ⟨名⟩ Ê: 全。

pān-sè [扮勢] (名) ê: 情況。

pān-sian [扮仙] (動) (戲劇開演前) 舉行儀式。 [(名) KENG, ê: 仝。

pān-sū-chhù (< log Chi) [辦事處]

pan-té (< log Chi) [班底] (名) 仝。

pán-té-hùi [版底費] (名) 印刷製版或排版的工本費。

pan-tiúⁿ (< log Nip) [班長] (名) ê: 仝。

pân-tōaⁿ‖*pān-* ⇒ pîn-tōaⁿ。

pān-toh [辦桌] (動) 設宴。

[pang]¹ [枋] (名) TÈ, PHIⁿ: 1. [á] 木板 2. B. 扁平、寬而硬的東西 ¶*chóa-~* [紙~] 厚紙板 ¶*thih-~* [鐵~] 鐵板。

pang² (< log Chi) [幫] (名) 1. 幫派 ¶*Sù-hái-~* [四海~] 仝 2. 同鄉 ¶*Gî-lân-~* [宜蘭~] 仝。[[後~] 下次。

pang³ [幫] (量) 1. (車) 班 2. 次 ¶*āu ~*

pang⁴ (< Sin) [幫] (動) 幫忙 ¶*~ seng-lí* [~生理] 幫忙做生意 (介) (< log Chi) 替;為;幫助; ≃ kā² ¶*Chhiáⁿ lí ~ góa siá.* [請你~我寫.] 仝。

pang⁵ (< Sin) [崩] (動) 仝。

pâng (< Sin) [房] (名) KENG: 屋子; ≃ pâng-keng ¶*Iáu ū pàt keng ~ ·bô?* [Iáu 有別間~否?] 還有沒有別的房間? ¶*saⁿ ~, nn̄g thiaⁿ* [三~兩廳] 三房二廳 (量) 家族單位; ≃ thiâu ¶*Chit ~ khah tōa ~.* [Chit~較大~.] 這一房比較大。

pàng (< Sin) [放] (動) 1. 釋放 ¶*~ i cháu* [~伊走] 把他放走 2. 釋出 ¶*~ chit ê siau-sit chhut-·khì* [~一個消息出去] 放出一個消息 3. 排 (卵、大小便) ¶*ē chiáh, bē ~* [會吃 bē ~] 只是吃,沒有排泄 ¶*~ bô chheng-khì* [~無清氣] 沒排泄乾淨 4. 縱 (火) ¶*~-hóe sio* [~火燒] 放火使燒掉 5. 使爆炸 ¶*~ ian-hóe* [~煙火] 放花爆 ¶*~ phàu-á* [~炮仔] 放鞭炮 6. 散佈;(到處) 布置 ¶*~ tē-lûi*

[~地雷] 佈雷 7. 發放 [宴的帖子 △ *~ âng-thiap-á* [~紅帖仔] 寄出喜 △ *~ pèh-thiap* [~白帖] 報喪 8. 放任 [它流走 △ *~ chúi lâu* [~水流] 丟進水裡讓 △ *~ gû chiáh cháu* [~牛吃草] 放任在外行為自由,通常指太太對丈夫放任 9. 留下;撇下 ¶*bó-kiáⁿ ~··leh, khì phah-thian-hā* [某 kiáⁿ~·leh, 去 phah 天下] 撇下妻兒去打天下 10. 任由自生自滅,指學校或老師對學生 11. 捨棄;不戀棧 ¶*chit-giáp m̄-kam ~* [職業 m̄ 甘~] 捨不得放棄職業。

pang-á [枋仔] (名) TÈ, PHIⁿ: 木板。

pang-bâng (< log Sin) [幫忙] (動) 仝; ≃ tàu(-kha-chhiú)。

pang-bô· [枋模] (名) TÈ: 模板。

pang-chān [幫 chān] (< [幫贊]) (動) 幫助。

pàng-chhiú [放手] (動) 放開手 ¶*Góa khiâ thih-bé ē-hiáu ~.* [我騎鐵馬會曉~.] 我可以撇手騎腳踏車。

pang-chō· (< log Sin) [幫助] (動) 仝; ≃ pang-chān; ≃ tàu(-kha-chhiú); ≃ tàu-saⁿ-kāng。

pàng-chúi¹ [放水] (動) 1. 把水瀉掉 2. 拉稀,即嚴重腹瀉。 [給對方。

pàng-chúi² [放水] (動) (比賽) 故意輸

pàng-gōa-gōa [放外外] (動) 事不關己的樣子,漠不關心。

pàng-hé/-hé ⇒ pàng-hóe。

pàng-hē (< sem log Sin) [放下] (動) 1. 擱置 (某事去照顧另一件事);撇下 2. 遺棄;棄置。 [仝。

pang-hiong (< log Chi) [幫兇] (名) ê:

pàng-hóe/-hé/-hé (< log Sin) [放火] (動) 仝
◇ *~ sio* [~燒] 放火使燒掉

◇ ~ *tòh* 放火。

pàng-hoeh/-*huih* [放血] 働 便血。

pàng-hong-siaⁿ [放風聲] 働 釋出消息。　　　　　　「(人)。

pàng-hû-á [放符仔] 働 施符咒咒

páng-húi (< log Chi) [綁匪] 名 ê:

pàng-huih ⇒ pàng-hoeh。　　「全。

pàng-hún-chiáu [放粉鳥] 働 "放鴿子," 即把應該帶回的人遺棄在途中或爽約而令對方等不到人。

pàng-jiō/-*giō*/-*liō* [放尿] 働 排尿
　△ ~ *chhiau*² *soa bē chò-tui* [~*chhiau* 沙 *bē* 做堆] 一盤散沙。

pàng-ká/-*kè* ⇒ hòng-ká。

pang-kau (< log Chi) [邦交] 名 全 ¶*Tâi-oân kah Tiong-kok bô* ~. [台灣 kah 中國無~.] 台灣與中國沒有邦交 ¶*kiàn-lip* ~ [建立~] 全 ¶*toàn-choàt* ~ [斷絕~] 全　　　「全。
　◇ ~-*kok* (< log Chi) [~國] ê, KOK:

pàng-káu-phùi (< log Sin) [放狗屁] 粗 働 全; ≃ pàng-phùi; ≃ kóng gōng-ōe。　　「働 全; ≃ pák。

páng-kè/-*kà* (< col log Chi) [綁架]

pâng-keng (< log Sin) [房間] 名 KENG: 屋子
　◇ ~-*mng*/-*mûi* [~門] ê: 房門。

pàng-kheh(-*kheh*)/-*khoeh*(-*khoeh*) [放瞌] 働 合(眼);閉(眼) ¶*bàk-chiu* ~, *boǎi khòaⁿ* [目睭~ *boǎi* 看] 閉起眼睛不想看。

pàng-khong-khì [放空氣] 働 製造新聞;釋出消息。

pàng-khui [放開] 働 全。

pāng-kiû‖pàng-‖pang- (< log Chi) [棒球] 名 LIÀP, TIÛⁿ: 全; ≃ iá-kiû。

pàng-lī-sit/-*sek* [放利息] 働 放貸。

pàng-nng/-*nūi* [放卵] 働 (魚蝦等)排卵。

pàng-òh (< log) [放學] 働 全。

pâng-ok-sòe/-*sè*/-*sè* (< log Chi) [房屋稅] 名 全。　　「PHÀI: 全。

pang-phài (< log Chi) [幫派] 名 Ê,

pàng-phàu (< Sin) [放炮] 働 1.放鞭炮; ≃ pàng-phàu-á 2.發表空論。

páng-phiò (< log Sin) [綁票] 働 全; ≃ pák; ≃ pák-lâng。

pàng-phùi (< Sin) [放屁] 働 全
　△ ~ *an káu sim* [~安狗心] 虛言以安撫　　　　　「放屁
　△ ~ *thng khò·* [~,褪褲] 囲 脫褲子 2.胡說八道。

pang-pôaⁿ [崩盤] 働 全。

pàng-sái [放屎] 働 排糞
　△ ~ *ài lâng chhit kha-chhng* [~愛人拭 kha-chhng] 囲 東西不收拾或做事不徹底,需要別人代為收拾。

pàng-sak/-*sat* [放 sak] 働 遺棄。

pàng-seⁿ/-*si*ⁿ (< log Sin) [放生] 働 全。

pang-seh [崩雪] 名 働 雪崩。

pàng-siⁿ ⇒ pàng-seⁿ。

pang-soaⁿ² [崩山] 名 働 山崩。

pàng-soah [放煞] 働 作罷;罷休;息事。　　「名 全。

pâng-tē-sán (< log Chi) [房地產]

pâng-thâu-á [房頭仔] 名 ê: 1.房派; ≃ pâng-thiau 2.同房派的人。

pàng-thiap-á [放帖仔] 働 發帖子。

pàng-tiāu [放掉] 働 1.放開;放手 2.放棄 3.釋放。

pat¹ (< Sin) [八] 數 第八個基數文讀; cf peh² ¶*it-kiú* -~-~ *nî* [一九~~年] 全 ¶*Jī-jī-*~ [二二~] q.v.

pat² 働 認識;⇒ bat¹。

pat³ 働 曾經;⇒ bat²。

pàt (< Sin) [別] 形 別的,只當定語 ¶~ *só·-chāi* [~所在] 別處。

pàt-á‖*poàt*- (< Form; cf Bun *rapat*-

tsu) [pȧt仔] (名) LIȦP: "芭樂," 即番石榴
◇ ∼-*phiò* [∼票] TIUⁿ: 無法兌現的
◇ ∼-*sái* [∼屎] **a.** ê: 吝嗇鬼 **b.** 吝 「支票
pȧt-hāng [別項] (代) (指) 別的。 ∟嗇。
pȧt-jiah/-*giah*/-*liah* [別跡] (名) 別
處; ≃ pȧt-ūi。 「天。
pȧt-jȧt/-*gȧt*/-*lȧt* [別日] (名) 他日;改
pat-kòa (< log Sin) [八卦] (名) 全。
pȧt-lâng (< log Sin) [別人] (名) **1.** 他
人 **2.** 不親的人 ¶*Ā m̄-sī* ∼ ·*a!* [也
m̄ 是∼啊!] 又不是別人! (怎麼見外
了?)。
pȧt-mih [別物] (名) 別的東西。
pat-tin [八珍] (名) ê: "三八," 即十三
點 (形) do.。
pȧt-ūi [別位] (名) [*á*] 他處
◇ ∼-*á-lâng* [∼仔人] ê: 外地人。

pau (< log Sin) [包] (名) **B. 1.** 包
裹的東西 ¶*iû*-∼ [郵∼] 全 ¶*thâng*-∼
[虫∼] 繭 **2.** 包子; ≃ pau-á ¶*bah*-∼
[肉∼] 肉包子 ¶*chhài*-∼ [菜∼] 全
3. 其他有外皮的食品 ¶*tāu*-∼ [豆
∼] 豆腐皮包作料的食品 (量) **1.** 計算
包裹的東西的單位 ¶*chit* ∼ *sió-pau*
[一∼小包] 全 **2.** 計算袋裝的東西的
單位 ¶*chit* ∼ *thn̂g* [一∼糖] 全 (動)
1. 裹 ¶∼ *chúi-kiáu* [∼水餃] 包餃子
2. 包攬; ≃ bāu ¶∼ *kang-têng* [∼
工程] 全 **3.** 包養 (妓女、小老婆或
小白臉); 全買 ¶∼ *jī-nái* [∼二奶] 全
4. 保證 ¶*Góa* ∼ *lí bé-bē-khí.* [我∼
你買 bē 起.] 我保證你買不起
△ ∼ *sí* (·*e*) [∼死(·*e*)] **a.** 必死無疑
(副) 包管;一定。   ∟**b.** 必有壞事
pau-á (< tr Sin) [包仔] (名) LIȦP: 包
子。
pau-chhī [包飼] (動) 供養 (情婦) ¶*I
hông* ∼·*khì.* [伊 hông ∼去.] 她當
了有給的情婦。
pau-chhia (< log Chi) [包車] (名) TÂI,

CHIAH: 全。
pau-chong/-*chng* (< log Nip) [包
裝] (動) 全。   「全。
◇ ∼-*chóa* (< log Nip) [∼紙] TIUⁿ:
pau-hî/-*hû*/-*hî* (< log Sin) [鮑魚]
(名) LIȦP: 全。   「(名) PAU: 包袱
pau-hȯk-á (< log Sin + *á*) [包袱仔]
pau-kang [包工] (名) ê: 全 (動) 全。
pau-ki (< log Chi) [包機] (名) TÂI,
CHIAH: 全。   「KIāⁿ, ê: 全。
pau-kó (< log Sin) [包裹] (名) PAU,
pau-koat (< log Sin) [包括] (動) 全。
pau-pān (< log Sin) [包辦] (動) 全。
pau-phôe/-*phê*/-*phê* (< log) [包皮]
(名) TÈ: 全。   「商) (名) ê: 全。
pau-siang/-*siong* (< log Chi) [包
pau-sim-pȯeh-á [包心白仔] (名) LIȦP:
pau-siong ⇒ pau-siang。 ∟大白菜。
pau-ûi (< log) [包圍] (動) 全。
pau-ún [包穩] (副) 包管; ≃ pau。

pauh [皰] (< [發]) (動) **1.** 長 (芽); ≃
puh **2.** 皰 (牙) (形) [x] 全 ¶*chhùi-khí*
∼-∼ [嘴齒∼∼] 牙齒外露。
pauh-khí [皰齒] (< [發齒]) (名) KHÍ:
皰牙 (動) (長皰牙) 牙齒外露; ≃
pauh-/pok-gê。

pe¹ [飛] ⇒ poe³。
pe² (動) 扒 (飯進嘴) ¶∼ *pn̄g* [∼飯] 扒
飯 (進嘴)。
pê¹ (< Sin [耙]) (名) KI: 耙子; ≃ pê-á;
cf pe² (動) **1.** 耙 ¶∼ *hóe-/hé-hu* [∼
火灰] (從爐灶中) 掏出灰 **2.** 搔 (癢)
3. 划 (船)。
pê² (< Sin) [爬] (動) 匍匐 (前進); 手
腳著地移動 ¶*chò/chòe káu* ∼ [做狗
∼] 手掌與膝蓋著地爬行 ¶*phah kà
chò/chòe káu* ∼ q.v.。
pê³ [賠] ⇒ pôe²。
pé¹ (< Sin) [把] (量) 束, 例如花束、稻

草束 ⑩ 把守；攔（住）¶~ mn̂g [~
門]把門儿。

pé² ⑩ 扒拉（開）；⇒ póe。

pé³ ⑩ 架／拉（開打架雙方）¶*Gín-
á teh sio-phah, kín khì ka ~-khui.*
[Gín-á teh 相 phah, 緊去 ka ~開.] 孩
子打架，快去把他們拉開。

pè ⑩ 塗（漿糊）；⇒ pòe²。

pē¹ (< Sin) [父] ⓐ ê: 父親 ¶*sí ~, sí
bó* [死~死母]父母雙亡 ¶*lín ~* **a.** 你
爸爸 **b.** ⑳ 老子；我。

pē² (< Sin) [耙] ⓐ 一種整平水田的
農具名 ⑩ 用上述農具整平。

pē... ⇒ pōe[1,2,3]...。

pê-á [耙仔] ⓐ KI: 耙子。

pē-á-kiáⁿ [父仔 kiáⁿ] ⓐ 父子。

pè-àn (< log Chi) [弊案] ⓐ ê: 仝。

pē-bó/-bú (< Sin) [父母] ⓐ 仝
◊ ~-ōe [~話] KÙ: 族群語言。

pē-bōng ⇒ pōe-bōng。

pē-bú ⇒ pē-bó。　　　　　[chiūⁿ。

pê-chiūⁿ [爬癢] ⑩ 搔癢；≃ jiàu-

pe-chûn ⇒ poe-chûn。

pê-chûn [爬船] ⓐ 划船。

pe-hî/-hû ⇒ poe-hî。

pe-lêng-(á-)chhài ⇒ pōe-lêng-á。

pè-pau (< Chi *pei⁴ pao¹*) ⓐ KHA: 背
　　　　　　　　　　　　　　　[包。

pe-si ⇒ poe-si。

pê-siông/-sióng ⇒ pôe-chhiâng。

pe-thâng ⇒ poe-thâng。

pe-thiⁿ ⇒ poe-thiⁿ。

pe˙... [飛] ⇒ poe³...。

pê˙... [賠] ⇒ pôe²...。

pé˙ ⑩ 扒拉（開）；⇒ póe²。

pè˙ ⑩ 塗（漿糊）；⇒ pòe²。

pē˙ ⇒ pōe[1,2,3]。

peⁿ ‖*piⁿ* (< Sin) [繃] ⑩ **1.** 張
緊 ¶*phôe ~-ân-ân* [皮~ân-ân] 硬
著頭皮 ¶*phôe ~ khah ân ·le* q.v.

2. 扳；用力使張開 ¶*kā chhùi ~ ho͘
khui* [kā 嘴~ho͘ 開]把（他的）嘴掰
開 ⑮ [x] (筋肉) 繃緊的感覺。

pêⁿ¹ ‖*pîⁿ*‖*phêⁿ*‖*phîⁿ*‖*phêng* (<
log Nip) [坪] ⑯ 六尺見方。

pêⁿ² ‖*pîⁿ* (< Sin) [棚] ⓐ **B. 1.** 架
子；≃ pêⁿ-á ¶*chhài-koe-~* [菜瓜
~]絲瓜架子 **2.** (戲) 台子 ¶*hì-~* [戲
~]戲台 ⑯ **1.** 計算搭建的東西的單
位，例如戲台、瓜棚 **2.** 齣，即計算野
台戲的單位。

pêⁿ³ ‖*pîⁿ* (< Sin) [平] ⑮ **1.** 平坦
2. 水平 ¶*chhin-á bô ~* [秤仔無~]秤
桿不平 ¶*tek-ko giàh-~-~* [竹篙 giàh
~~]把竹竿水平地拿著 **3.** 公平
¶*pun ho͘ ~-~* [分 ho͘~~] (好好
地) 平分 ¶*pun-bô-~, ē khí oan-ke*
[分無~，會起冤家]分不公平的
話，會引起糾紛的 **4.** 一樣 ¶~ *kè* [~
價]一樣價錢 **5.** 和局；≃ hô[2] **6.** 不
激動；平心靜氣 ¶*kháu-khì ~-~* [口
氣~~]說話不激動 ⑩ [á] 一樣；≃
pêⁿ-pêⁿ(-á) ¶~ *tōa* [~大]同樣大
小。

pèⁿ ‖*pìⁿ* (< Sin) [柄] ⓐ KI: 把儿。

pēⁿ ‖*pīⁿ* (< Sin) [病] ⓐ ê: 病痛 ⑩
害病 ¶~ *kà boeh/beh sí* [~到欲
死]病得要死 ⑮ ⑳ 笨；拙；不中用；
cf pn̄g-tháng；cf pēⁿ-thai。

pêⁿ-á¹ ‖*pîⁿ-* [棚仔] ⓐ ê: 棚子。

pêⁿ-á² ‖*pîⁿ-* (v *pêⁿ³*) [平仔] ⑮ 一
樣 ¶~ *tōa-sè/-sòe* [~大細]大小相
同 ⑩ 一樣，當定語；≃ pêⁿ-pêⁿ ¶~
tōa [~大]一樣大
◊ ~ *kāng-khoán* [~仝款]一樣。

pêⁿ-bîn ‖*pîⁿ-*‖*phêng-* (< col log Nip)
[平面] ⓐ ê: 仝 ⑮ 仝
◊ ~ *bôe-/môe-/mûi-thé* (< log Chi)
[~媒體]仝。

pēⁿ-chêng ‖*pīⁿ-* (< log Chi) [病情]
ⓐ 仝；≃ pēⁿ-chhông；≃ pēⁿ-sè。

pēⁿ-chhn̂g‖*pīⁿ*- (< log) [病床] (名) TÉNG: 全。

pêⁿ-chhù-á [平厝仔] (名) KENG: 只有一層的房子；≃ pêⁿ-kai。

pēⁿ-īⁿ‖*pīⁿ*- (< log Nip) [病院] (名) KENG: 醫院 ¶tòa ~ 住院。

pēⁿ-ká‖*pīⁿ*- (< log Chi) [病假] (名) PÁI/KÁI, Ê: 全 ¶*chhéng*~ [請～] 全。

pêⁿ-kai‖*pîⁿ*- [平階] (名) KENG: 平房；≃ pêⁿ-chhù-á (形) (房子) 只有一層的。

pēⁿ-kiáⁿ‖*pīⁿ*- [病 kiáⁿ] (動) 害喜。

pēⁿ-lâng‖*pīⁿ*- (< log Sin + tr) [病人] (名) Ê: 全；≃ hoān-chiá。

pēⁿ-lėk‖*pīⁿ*- (< log Nip) [病歷] (名) TIUⁿ, HŪN: 全；cf kha-lú-teh。

pēⁿ-pâng‖*pīⁿ*- (< log Chi) [病房] (名) KENG: 全。

pêⁿ-pêⁿ (-á)‖*pîⁿ-pîⁿ*... (v *pêⁿ*³, *pêⁿ-á*) [平平 (仔)] (副) 一樣 ¶~(-á) sī lâng [～(仔) 是人] 一樣是人 ¶~-á tōa-hàn [～仔大漢] (人) 一樣大小。

pêⁿ-phīⁿ‖*pîⁿ*- [平鼻] (形) 低鼻梁。

peⁿ-phôe‖*piⁿ-phê/-phê* [繃皮] (動) 拉皮。

pêⁿ-po͘-chȯk‖*pîⁿ*- (< log) [平埔族] (名) CHȮK, Ê: 台灣平地原住民族。

pêⁿ-pun‖*pîⁿ*- (< log Sin) [平分] (動) 朋分。

pêⁿ-tē‖*pîⁿ-tōe* (< log Sin) [平地] (名) PHIÀN: 全。 [KHA, SIANG: 全。

pêⁿ-té-ê‖*pîⁿ-tóe-ôe* [平底鞋] (名)

pēⁿ-thai‖*pīⁿ*- [病胎] (貶) (名) Ê: 能力差的人 (形) 差勁，學不來或不會做事；≃ pn̄g-tháng。

pēⁿ-thāi/-thài‖*pīⁿ-thài* (< log Chi) [病態] (名) 全。

pêⁿ-thâu‖*pîⁿ*- (< log Chi) [平頭] (名) LIȦP: 全；≃ chúi-peng-á-thâu

¶*thì* ~ [剃～] 理平頭。 [全。

pēⁿ-tȯk‖*pīⁿ*- (< log Nip) [病毒] (名)

peh¹ (< Sin) [伯] (名) 伯父 ¶*A-lip-*~ [阿立～] 名為「立」的伯伯。

peh²‖*poeh* (< Sin) [八] (數) **1.** 第八個基數；cf pat¹ ¶*chȧp-*~ [十～] 全 ¶*jī-*~ [二～] 二十八 ¶~-*bān* [～萬] 全 **2.** 八 (十、百、千等次級數詞單位) ¶*bān-*~ [萬～] 一萬八千 ¶*chheng-*~ [千～] 一千八百 ¶*pah-*~ [百～] 一百八十 **3.** 八十簡稱 ¶~-*it* [～一] 八十一 ¶~-*jī* [～二] 八十二 ¶~-*saⁿ* [～三] 八十三 **4.** 第五個序數 ¶*Góa tiȯh* ~ *miâ.* [我著～名.] 我得第八名 ¶~-*goėh Chhe-*~ [～月初～] 八月八號 ¶~ *hō* [～號] 全。

peh³‖*peh* (< Sin [擘]) (動) **1.** 掰 (開) ¶*kā piáⁿ* ~-*chò/-chòe nn̄g pêng* [kā 餅～做兩 pêng] 把餅掰成兩半儿 **2.** 剝 (果皮) **3.** 張 (開眼睛、嘴巴)。

peh⁴ (動) **1.** 攀登 ¶~ *chhiū-á* [～樹仔] 爬樹 ¶~ *chhiûⁿ-á* [～牆仔] 爬牆 ¶~ *lâu-thui* [～樓梯] 上樓梯

△ ~-*khí-khì thâu-khak-téng pàng-sái* [～起去頭殼頂放屎] 犯上

2. 起身 ¶*khùn kà* ~-*bē-khí-·lâi* [睏到～bē 起來] (因疲倦或昏睡而) 睡得起不來。

pėh (< Sin) [白] (形) 白色 (副) 平白 ¶~ *kiâⁿ* ·*ê* [～行·ê] 白走 (一趟) ¶~ *liâu* ·*ê* [～了·ê] 平白損失。

pėh-·a [伯·a] (名) 對男性首長的稱呼 ¶*chhī-tiúⁿ* ~ [市長～] 市長先生 ¶*Thiⁿ-kong* ~ [天公～] 天老爺。

pėh-bȧk [白目] (貶) (名) Ê: 白痴 (形) **1.** (南台灣:) 調皮搗蛋，明知故犯 **2.** (北台灣:) "有眼無珠," 即沒有分辨良莠的能力；不識相；不識大體；搞不清楚狀況。 [米] (名) LIȦP: 全。

pėh-bí (< log Sin; ant *chhò-bí*) [白

pėh-bīn(-·ê) [白面] (ant *o͘-bīn*) [白

面] 图 Ê: (充當的)好人;≃ pe̍h-bīn-·ê。

pe̍h-bo̍k-jí/-gí/-ní (< log Sin) [白木耳] 图 銀耳。

pe̍h-bông-bông [白濛濛] 圈 白茫茫,例如霧色。

pe̍h-bū [白霧] 圈 [x] 呈白色半透明或不透明。

pe̍h-chām-ke/-koe [白鏨雞] 图 白斬雞;≃ pe̍h-sa̍h-ke。

pe̍h-chhài (< log Sin) [白菜] 图 CHÂNG, LIA̍P: 全

◇ ~-ló· [~滷] 滷白菜。

pe̍h-chhang-chhang [白蒼蒼] 圈 1. 潔白 2. (病態的或尚不引起惡感的)蒼白; cf pe̍h-sí-sat。

pe̍h-chha̍t [白賊] 图 1. Ê: 撒謊的人 2. KÙ: 謊話 ¶kóng ~ [講~] 撒謊 働 撒謊

◇ ~-chhit (-·a) [~七(·a)] Ê: 愛撒謊的人

◇ ~-ōe [~話] KÙ: 謊話。

pe̍h-chhiat-bah (< log Chi < Sin) [白切肉] 图 全。

pe̍h-chhiuⁿ [白鯧] 图 BÓE: 全。

pe̍h-chhò· [白醋] 图 TIH, KOÀN: 全。

peh-chiūⁿ [peh 上] 働 爬上

△ ~ chha̍t-chûn [~賊船] 自投羅網,任人宰割

△ ~ thiⁿ [~天] a. 登天 b. 逾越規矩;囂張。

pe̍h-chóa (< log Sin) [白紙] 图 TIUⁿ:

△ ~ siá o·-jī [~寫烏字] 白紙黑字。

Peh-·goe̍h/Poeh-·ge̍h/-ge̍h/-ge̍h (< Sin) [八月] 图 全。

pe̍h-ha [peh 哈] 働 哈欠;≃ hah-hì。

pe̍h-hiā (< log Sin) [白蟻] 图 CHIAH: 白螞蟻。

pe̍h-hiat-chèng ⇒ pe̍h-hoeh-pēⁿ。

pe̍h-hiat-kiû ⇒ pe̍h-hoeh-kiû。

pe̍h-hîm [白熊] 图 CHIAH: 全。

pe̍h-hoeh-kiû |-huih-|-hiat- (< col log Nip) [白血球] 图 LIA̍P: 全。

pe̍h-hoeh-pēⁿ‖pe̍h-huih-pīⁿ (< log Nip < tr NLat leucaemia) [白血病] 图 全;≃ pe̍h-hiat-chèng。

pe̍h-huih-kiû ⇒ pe̍h-hoeh-kiû。

pe̍h-huih-pīⁿ ⇒ pe̍h-hoeh-pēⁿ。

pe̍h-hûn (< Sin) [白雲] 图 TÈ: 全。

pe̍h-iū [白柚] 图 LIA̍P: 一種白肉多汁的大柚子。

peh-jī/-gī‖poeh-jī/-lī (< log Sin) [八字] 图 (生辰)八字 ¶khòaⁿ ~ [看~] 瞧八字;排八字 ¶~ tāng [~重] 八字很好。

pe̍h-jí/-gí [白 jí] (< [白子]) 图 JÍ: 1. 白(色棋)子 2. (樂器的)白鍵。

pe̍h-jī/-gī/-lī (< log Sin) [白字] 图 JĪ: 別字。　　珠儿 ¶péng-~ q.v.

pe̍h-jîn¹/-gîn/-lîn [白仁] 图 白眼

pe̍h-jîn²/-gîn/-lîn [白仁] 图 蛋白。

peh-kak‖poeh- (< log Sin < ab [八角茴(香)]) [八角] 图 LIA̍P: 大茴香子。

peh-khí [peh 起] 働 爬起 ¶peh-bē-khí [peh-bē 起] 起不來 ¶~-·lâi [~來] 爬起來;爬上來。

peh- khí- peh- lo̍h [peh 起 peh 落] 働 1. 爬上爬下 2. 忙得常常必須站起來又坐下、蹲下等等。

peh-khui [peh 開] 働 (嘴、眼睛、貝殼)張開;擘開。

peh-kiā [peh 崎] 働 上坡;爬坡。

peh-kim [peh 金] 働 張開(眼睛)。

pe̍h-kim (< log) [白金] 图 全。

peh-koân/-koâiⁿ 働 登上高處

◇ ~-peh-kē 一會兒登上高處,一會兒下到低處; cf peh-khí-peh-lo̍h。　　父。

peh-kong (< Sin) [伯公] 图 Ê: 伯祖

◇ ~-thài [~太] Ê: 曾伯祖父;≃ peh-kong-chó·。

pe̍h-kú-chhài [白韭菜] 名 CHÂNG, KI: 韭黃。　「[白內障] 名 全。

pe̍h-lāi-chiàng/-chiòng (< log Nip)

pe̍h-lâng (< log) [白人] 名 Ê: 全。

pe̍h - lēng - si | - lêng - [白鴒鷥] 名 CHIAH: (白)鷺鷥。

pe̍h-liak-siak (<pe̍h-siak-siak, q.v.).

peh-lo̍h [peh 落] 動 爬下。

pe̍h-môa-á (< log Sin + á) [白麻仔] 名 LIА̍P: 白芝麻子。

pe̍h-môa-iû [白麻油] 名 香油。

pe̍h-niá kai-kip (< log Chi < tr En white-collar class) [白領階級] 名 Ê: 全。

pe̍h-ōe (< log Sin) [白話] 名 全
◇ ~-bûn (< log Sin) [~文] PHIⁿ: 全
◇ ~-jī/-gī/-lī [~字] JĪ: 傳統的台語羅馬字。　[PAU, Ê: 弔喪的禮金。

pe̍h-pau (< à la âng-pau) [白包] 名

pe̍h-pe̍h (v pe̍h) [白白] 副 平白。

peh-pêng 動 掰成兩半。

pe̍h-phau-phau/-pha̍uh-pha̍uh [白phau-phau] 形 (皮膚)白嫩。

pe̍h-phô-tô-chiú ⇒ pe̍h-pô͘-tô-chiú.

pe̍h - phông - phông [白 phông-phông] 形 白茫茫,例如大雪之後或被白粉沾得一片白。　「tô-chiú.

pe̍h-phû-thô-chiú|-tô- ⇒ pe̍h-pô͘-

pe̍h-pn̄g (< log Chi) [白飯] 名 LIA̍P:

peh-pô [伯婆] 名 Ê: 伯祖母。 ｜全。
◇ ~-thài [~太] Ê: 曾伯祖母。

pe̍h- pô͘- tô-chiú |-pô͘-tô- |-phô-tô- |-phû-tô- | - phû - thô - (< tr En white wine) [白葡萄酒] 名 全。

peh-sèⁿ/-sìⁿ (< log Sin) [百姓] 名 Ê: 全。

pe̍h-sek khióng-pò͘ (< log Chi < tr; cf En White Terror) [白色恐怖] 名 全。

pe̍h-sí-sat [白死殺] 形 煞白¶bīn ~ [面~]臉色慘白。

peh-sìⁿ ⇒ peh-sèⁿ.

pe̍h-siak-siak/-liak-siak [白 siak-siak] 形 白而發亮。

peh-soaⁿ [peh 山] 動 登山。

pe̍h - sut - sut [白 sut-sut] 形 1. 潔白 2. 白淨 3. (無血色的)白。

pe̍h - thâu - khok [白頭鵠] 名 [á] CHIAH: 白頭翁。

pe̍h-thiap [白帖] 名 [á] TIUⁿ: 訃聞的帖子; cf hù-im ¶pàng ~ q.v.

pe̍h-thih-á (< log Chi + á) [白鐵仔] 名 1. 馬口鐵; ≃ a-iân 2. (< sem)不銹鋼; ≃ su-tián(-lè-sù)。

pe̍h-thn̂g [白糖] 名 全。

peh-thui [peh 梯] 動 爬梯子。

pe̍h-tō (ant o͘-tō) [白道] 名 全。

pe̍h-tòa-hî [白帶魚] 名 BÓE: 帶魚; ≃ pe̍h-hî。

pe̍h | ⇒ peh³。

pek | (< Sin) [逼] 動 1. 強迫 2. 催逼¶~-siàu [~賬]逼債 3. 逼(近) 形 1. (空間太)小(有壓迫感) 2. (時間)緊迫¶sî-kan siuⁿ ~ [時間 siuⁿ~]時間過於緊迫。

pek-hāi (< log Nip) [迫害] 動 全。

pek - ha̍p (< log Sin) [百合] 名 CHÂNG: 全¶Tâi-oân ~ [台灣~]全
◇ ~-hoe (< log) [~花] CHÂNG, KI, LÚI: 全。

pek-kīn/-kūn (< log Sin) [逼近] 動 全; ≃ chhi̍h-óa; ≃ pek-óa。

Pe̍k-kiong (< log Chi < tr En White House) [白宮] 名 美國總統府。

pek-kūn ⇒ pek-kīn.

Pek-lîm (< log Chi < Berlin) [柏林] 名 全; ≃ Be-lín。

pek-óa [逼 óa] (< [逼倚]) 動 逼近。

pek-siàu [逼賬] (< [逼數]) 働 逼債。

pek-·tiòh [迫著] 働 形 迫不得已; ≃ ko·-put-(jī-(saⁿ-sì))chiang。

peng¹ (< Sin) [兵] 名 全; ≃ peng-á ¶phài chin chē/chōe ~ khì [派真 chē～去] 派了很多兵去 ¶Chheng-~ [清～] 全 ¶Jit-pún-~ [日本～] 全。

peng² (< Sin) [冰] 名 全 働 1. 使變冰涼 2. 冷凍 形 [x] 冰冷。

pêng‖*pâi*ⁿ 名 1. 分開的一半 ¶phòa-chò/-chòe ~ [破做～] 劈開成兩半儿 ¶si-koe-~ [西瓜～] 剖開的半個西瓜 ¶ti-/tu-~ [豬～] 從腹背切開的半隻豬 2. 旁; 方面; 方向 ¶kiàⁿ chit ~ [行遮～] 這邊走 3. 面 ¶Chian hî-á ài péng-~. [煎魚仔愛 péng～.] 煎魚要翻過另一面(煎) 4. 字的部首或編旁, 尤指在左右側者 ¶ "Bàk"-·jī sím-mih ~? [「墨」字甚麼～?] 「墨」字的部首是什麼? ¶khiā-lâng-~ [企人～] 立人旁 ¶to-~ [刀～] 刀字旁 働 1. 分開的一片 ¶peh-chò/-chòe nn̄g ~ [peh 做兩～] 掰成兩半儿 2. 旁; 方面 ¶chit ~ keng [這～間] 這邊這間 ¶hit ~ hōaⁿ 彼岸。

péng‖*pái*ⁿ‖*púi*ⁿ (< Sin [反]) 働 1. 翻覆; 翻轉 ¶kā hî-á ~-kòe-lâi chian [kā 魚仔～過來煎] 把魚翻過另一面煎 2. 使顛覆, 例如政權、決議案 3. 翻找 ¶thoah-á-té ~-bô [屜仔底～無] 在抽屜裡找不著 4. 查(字典) 5. 翻閱 形 [x] (平面)翻向一邊; ⇒ péng-péng。

pēng‖*pèng* (< Sin) [並] 働 全 ¶Góa ~ bô kā lí kóng-·kòe/-·kè. [我～無 kā 你講過.] 我並沒有跟你提過。

peng-á [兵仔] 名 ê: 士兵; 軍人
◇ ~-chhia [～車] TÂI: 軍車 「服。
◇ ~-saⁿ [～衫] SU, NIÁⁿ: 軍裝; 軍

pêng-an (< log Sin) [平安] 形 全。

pêng-bīn ⇒ pêⁿ-bīn。

pêng-chēng (< log Sin) [平靜] 名 形 全。

péng-chhia [péng 車] (< [反車]) 働 翻車。

peng-chhoan (< log) [冰川] 名 TIÂU:

pêng-chong (< log Chi; ant *cheng-chong*) [平裝] 働 全 「全。
◇ ~-pún (< log Chi) [～本] PÚN:

peng-chúi [冰水] 名 全。 「翻船。

pêng-chûn [péng 船] (< [反船]) 働

peng-èk ⇒ peng-iàh。

pêng-goân (< log Nip) [平原] 名 ê, PHIÀN: 全; ≃ pêⁿ-iûⁿ ¶Ka-lâm ~ [嘉南～] 全。 「形 全。

pêng-hêng¹ (< log Nip) [平行] 働

pêng-hêng²‖*pê*ⁿ-‖*pî*ⁿ- (< log Nip < Sin) [平衡] 働 全; ≃ lúi-pêⁿ 形 全; ≃ bá-lān-sù。

pêng-hêng sì-piⁿ-hêng (< log Nip) [平行四邊形] ê 名 全。

pêng-hêng-sòaⁿ (< log Nip) [平行線] 名 TIÂU: 全。

pêng-hêng-tiám (< log Chi) [平衡點] 名 ê, TIÁM: 全。

peng-hô (< log Nip) [冰河] 名 TIÂU: 全; ≃ peng-chhoan 「全。
◇ ~-kî (< log Nip) [～期] ê, KÎ:

péng-hō·-sòa-hoe [péng 雨傘花] 働 雨傘開花。

pêng-hoân (< log Sin) [平凡] 形 全。

peng-hoat (< log Sin) [兵法] 名 全。

pēng-hoat-chèng‖*pèng*- (< log Nip) [並發症] 名 ê: 全; ≃ chèng-hāu-kûn。

pêng-hong (< log) [平方] 名 數自乘的乘方 ¶Sì kong-chhioh ~ sī chàp-làk pêng-hong kong-chhioh. [四公尺～是十六平方公尺.] 全 ¶khui ~ [開～] 全 働 全 ¶Chit pê ⁿ saⁿ-chàp-làk ~ chhioh. [一坪 36～尺.] 全。

peng-iâⁿ (< log) [兵營] 図 Ê: 軍營。

peng-ia̍h/-e̍k (< col log Nip) [兵役] 図 全。

pêng-iú (< log Sin) [朋友] 図 Ê: 全。

peng-kak [冰角] 図 KAK, LIA̍P: 冰塊。

péng-káu-á¹ [péng 狗仔] (< [反狗□]) 図 Ê, JÎ: (漢字第 94 部首變形) 反犬旁 ㄦ。

péng-káu-á² [péng 狗仔] (< [反狗□]) 働 翻跟頭；前滾翻；≃ péng-liàn-káu-á; cf chhia-pùn-táu ¶tò-~ 後滾翻。　　　　　　[図 TIÂU: 全。

pêng-kau-tō (< log Chi) [平交道]

peng-ki [冰枝] 図 KI: 冰棒；≃ ki-á-peng。

pêng-kî-lîn (< ana Chi hom [麒麟] < log Chi < tr En ice cream) [冰淇淋] 図 OÂN/LIA̍P, THÁNG: 全；≃ ǎi-sú-khu-lì-mù。

pêng-kin/-kun/-kiⁿ (< log Nip) [平均] 図 全 ¶chóng-~ [總～] 全 働 全 ¶~‥khí‥lâi gōa chē/chōe? [～起來 gōa chē?] 平均起來是多少？ 形 均勻。

peng-kó-tiàm (< log Nip [冰果] + tiàm) [冰果店] 図 KENG: 冷飲店；≃ peng-tiàm。

péng-kòe/-kè/-kè [péng 過] (< [反過]) 働 1. 翻到另一面 2. 翻覆。

pêng-kun ⇒ pêng-kin。

péng-lāi-koh|-lōe- [péng 內閣] (< [反內閣]) 働 倒閣。

péng-liàn-káu-á [péng-liàn 狗仔] (< [反□狗□]) 働 翻跟頭；≃ péng-káu-á²。　「(< [反□轉]) 働 翻轉。

péng-liàn-tńg‖-lìn- [péng-liàn 轉]

péng-lōe-koh ⇒ péng-lāi-koh。

péng-pe̍h-jîn (v pe̍h-jîn¹) [péng 白仁] (< [反白仁]) 働 翻白(眼 ㄦ)；≃ tńg-pe̍h-jîn ¶ba̍k-chiu ~ [目睭

～] 翻白眼 ㄦ。

pêng-pêng (< [平平]) 形 中等；不特別；≃ tiong-tiong-·a。

péng-pêng (< [反□]) 働 1. 翻過另一面，例如煎食物或翻身 ¶kā tà-pîng ~ 把大餅翻過來 2. 翻出另一面，例如反穿衣服。

péng-péng (< [反反]) 形 (平面)稍微翻向一邊；沒放平。

pêng-siâng/-siông (< log Sin) [平常] 図 平時；≃ pêng-sò 形 不特別 ¶chin bô-~ [真無～] 很不平常
◊ ~-sî [～時] 平時；日常
◊ ~-sim (< log Nip) [～心] 全。

peng-siuⁿ (< log Chi) [冰箱] 図 Ê: 全。　　　　　　　「LIA̍P: 全

peng-soaⁿ (< log Nip) [冰山] 図
△ ~ ê chit kak (< tr + log Chi < tr Nip [冰山的一角] < tr En the tip of an iceberg) [～ê 一角] 冰山的一角。　　　「図 TÈ: 凍豆腐。

peng-tāu-hū (< log Nip) [冰豆腐]

pêng-téng (< log Sin) [平等] 形
1. 不偏私 2. (< log Nip < sem) 有一樣的權利。

peng-thn̂g (< log Sin) [冰糖] 図 KAK: 全；≃ thn̂g-sng。

pèng-thun (< log Nip) [併吞] 働 全。

peng-tiám (< log Nip) [冰點] 図 全。　　　　　　　「KENG: 冰果店。

peng-tiàm (< log Nip) [冰店] 図

Peng-tó/-tó (< log Chi < Iceland) [冰島] 図 北大西洋國名。

péng-tò-péng (< [反倒反]) 働 翻轉 (成反面)。

péng-tō· [péng 肚] (< [反肚]) 働 (魚死前後)腹部向上翻。　「備打架)。

péng-toh [péng 桌] 働 推翻桌子(準

peng-tòng [冰凍] 働 1. 冷凍；≃ peng² 2. 囲 打入冷宮；≃ léng-tòng。　　　　　　　　　「藏庫。

peng-tû [冰櫥] (名) ê: 1. 冷箱 2. 冷

硬。

phá-thì (< En *party*) (名) ê: 派對。

pha|1 (量) 1. 串, 例如葡萄、荔枝; ≃
ba1 2. 計算燈火、燭火的單位。

pha-tiàn/-*tiān* (ant *khí-tiàn*) [pha
碇] (動) 下錨。

pha2 (< ab *pha-sian*; cf Nip *pāsento*;
cf En *per cent*) (量) 百分率; ≃ phă-
siàn-tò ¶*chit-pah* ~ [100～] 百分之
百。

phàn| (形) 1. 中空 ¶~ *chhih-á* [～
chhih仔] 缺肉的梭子蟹 2. (聲音) 不
硬朗 3. 不扎實; 不堅硬 4. (手頭)
鬆。「(姐儿) ¶~ *me-me* 泡姐儿。

pha3 (< En *part*) (量) (文章的分) 部。

pha4 (< *phau* < Sin [拋]) (動) 1. 拋
(網以網羅) ¶~ *hî-á* [～魚仔] 網魚
2. 拋(錨) ¶~-*tiàn* q.v. 3. 繞; 迂
迴; ≃ sèh ¶~ *chit liàn-tńg* [～一
liàn轉] 繞一圈 ¶~ *tùi siân-lāi tńg-
lâi* [～對城內返來] 繞道經過城裡回
來。

phān 1 / pha (囲) (動) 交 (女朋友); 泡

phān2 (囲) (形) (打扮) 入時; 帥。

phàn-chhâ [phàn柴] (名) KHO͘, TÈ: 不
堅實的木頭或木材。

phàn-chhiú [phàn手] (形) 用錢慷慨。

phàn-sian [phàn聲] (名) ê: 不硬朗的
聲音 (形) [x]聲音不硬朗。

pha5 (< Sin [拋]) (動) (船) 停靠。

pha6 (< En *park* + TW *pha5*) (動)
(車) 停放。

phàn-siàu [phàn賬] (< [□數]) (名)
PIT: 呆帳。

phā1 (< Sin) [皰] (名) 皮上 (因摩擦而
生的) 水皰 (量) 計算水皰的單位。

phah| (< Sin [拍]) (量) 節拍 (動) 1. 打;
揍 ¶*Lāu-su* ~ *hàk-seng.* [老師～學
生.] 老師打學生　　「爬]打得很厲害
△ ~ *kà chò/chòe káu pê* [～到做狗
爬]
△ -*sí bô-thè/-thòe* [～死無退] (<
[拍死無退]) 百折不回

phā2 (< *phă*) (動) 起火燃燒。

phă (-·à) (擬) 著火的樣子, 例如火柴。

2. 攻打 ¶*Tiong-kok siūn-boeh/-beh*
~ *Tâi-oân ·hio?* [中國想欲～台
灣·hio?]中國想打台灣嗎？　3. 打
仗; ≃ chiàn2; ≃ thâi ¶*nn̄g kok* ~-
·*khí-·lâi* [兩國～起來] 兩國打了起來
4. 獵殺; 捕殺 ¶~-*chiáu* q.v. ¶~-*làh*
q.v.

phà-bù (< Nip *pabu* < En *pub* < ab
public house) (名) KENG: 公共酒吧。

pha-chhia (v *pha6*) [pha車] (動) “泊
車,” 即停放車輛。

△ ~ *hô-sîn hit ki* [～蝴蠅 hit 枝]
KI: 蒼蠅拍; ≃ *hô-sîn-hop-á*。

pha-chûn [pha船] (動) 船停泊。

pha-hî [pha魚] (動) 撒網捕魚。

pha-khín-sóng (< ab Nip *pakinson-
byō* < tr En *Parkinson's disease*)
(名) 巴金森氏病。

5. 使(鳥魚類)相鬥 ¶~-*ke/-koe* [～
雞] 鬥雞 6. 做似打擊的動做, 例如
拍打、敲、攪(蛋、芡粉等) ¶*ke-
/koe-nn̄g* ~-*bô-sòan* [～雞卵～無
散] 雞蛋沒打勻 ¶*kiû* ~-*chhut-khì
chhiûn-á-gōa* ·*a* [球～出去牆仔外
矣] 球打出牆外去了 ¶*tha-thá-mih
thèh-khit-lâi* ~-~-·*le* [tha-thá-mih

pha-kî-lîn [pha麒麟] (動) 側滾翻。

pha-lìn-táu (動) 翻筋頭。

pha-pha-cháu [pha-pha走] (動) 1. 到
處亂跑 2. 奔波。　　「燃燒著。

phā-phā-tȯh (v *phā2*/*phă*) (動) 熊熊

phá-suh (< En *pass*)(動) 1. 傳遞 2. 通
過; 及格 3. 通行 4. (輪到時) 放棄。

pha-tái (囲) (形) "爬帶," 即笨、頭腦

thèh 起來～～·le]把榻榻米拿起來 拍一拍¶~-tiòh pàt-lâng ê mñg [～ 著別人ê門]敲錯別人的門¶~-thih q.v. **7.** 拍(球);玩(球類)¶~ nâ-kiû [～籃球]打籃球¶~ pín-phóng [～乒乓]打乒乓球 **8.** 做按、敲等動作以產生訊號,例如打字、打電報、打電話、發信號¶iōng tiān-ōe-khá ~ khah siók [用電話卡～較俗]用電話卡打電話比較便宜 **9.** 組合;架設¶~ chit téng bîn-chhñg [～一頂眠床]架一個床¶~ tē-pho͘ [～地鋪]打地鋪 **10.** 編織¶~ chháu-ê/-ôe [～草鞋]編草鞋¶~-soh-á [～索仔]做繩子 **11.** 製造;打造¶~ chit kha chhiú-chí [～一kha手chí]打個戒指 **12.** 雕琢¶~-chiòh q.v. **13.** 挖;去除障礙,使能通過¶~-pōng-khang q.v. **14.** 去除¶hāi··ê ~-tiāu [害·ê～掉]把壞的剔除掉¶hî-á lan/lân ~-bô-chheng-khì [魚仔鱗～無清氣]魚鱗沒刮乾淨 **15.** 驅逐到某不利的地方¶~-chhut láng-gōa [～出láng外]排除在外¶~-jìp léng-keng [～入冷間]打入冷宮¶~-lòh tē-gàk/-gèk [～落地獄]打下地獄 **16.** 放某個方向;擺¶~ thán-hoâiⁿ/-hûiⁿ [～坦橫]打橫¶~ thán-tit [～坦直]打直 **17.** 打(折扣)¶~ káu chiat [～九折]打九折 **18.** 使收支平衡¶~-pêⁿ/-pîⁿ q.v. **19.** 訂(契約)¶Lán lâi ~ chit ê khè-iak/-iok. [咱來～一個契約.]咱們來訂個契約 **20.** 放(槍砲)¶chhèng-chí ~-liáu-liáu [銃籽～了了]把子彈打光了¶~-chhiú-chhèng q.v. **21.** 購(票);≃ thiah △ ~ chhia-toaⁿ [～車單]買車票 **22.** 打(叉);劃(十字)¶m̄-tiòh··ê ~ chit ê chhe-á [m̄ 著·ê～一個叉仔]錯的打個叉¶~-chàp-jī-hō q.v. **23.** 打(結);≃ kat ¶Chit ê kat ~-

bô-ân, lēng··khì. [這個結～無ân, lēng 去.]這個結沒繫緊,鬆了 **24.** 打(嗝儿)¶~-eh q.v. **25.** 打(噴嚏)¶~-kha-chhiùⁿ q.v. **26.** 玩(牌); ≃ ī ¶~-môa-chhiak [～麻雀]打麻將 **27.** 評(分)¶~ bô-kip-keh [～無及格]打不及格¶~ chit-pah hun [～100分]打一百分¶~-hun-sò͘ q.v. **28.** 拍(電影)¶~ chit phîⁿ tiān-iáⁿ, ài iōng chin chē/chōe chîⁿ. [～一片電影愛用真chē錢.]拍一部電影要花很多錢 **29.** 弄,以至產生某結果,例如吵醒、驚嚇等¶~-cheng-sîn q.v. ¶~-chheⁿ-kiaⁿ q.v. ¶~-ka-làuh q.v. ¶~-pháiⁿ q.v.

phah-bē/-bōe (< log Chi < tr; cf En auction) [拍賣] (動) 全;≃ hoah-lin-long。

phah-bô (-·khì) [phah 無(去)] (< [拍無(去)]) (動) 遺失;弄丟了。

phah-bōe ⇒ phah-bē。

phah-chàp-jī-hō [phah 十字號] (< [拍十字號]) (動) (天主教徒)劃十字。

phah-chéng [phah 種] (< [拍種]) (動) [交尾。

phah-cheng-sîn [phah 精神] (< [拍精神]) (動) 吵醒;≃ phah-chhéⁿ。

phah - chhe - á (< log Sin + tr + á) [phah 叉仔] (< [拍叉□]) (動) 打叉。

phah-chheⁿ/-chhiⁿ [phah 生] (< [拍生]) (動) 料理來生吃,例如沙拉。

phah-chheⁿ-kiaⁿ [phah 青驚] (< [拍□驚]) (動) 使受驚。 [(動) 放槍射擊。

phah-chhèng [phah 銃] (< [拍銃])

phah-chhiⁿ ⇒ phah-chheⁿ。 [kiaⁿ。

phah - chhiⁿ - kiaⁿ ⇒ phah - chheⁿ -

phah-chhiú (< log Chi + tr) [phah 手] (< [拍手]) (名) Ê:打手。

phah- chhiú- chhèng [phah 手銃] (< [拍手銃]) (動) 手淫。

phah-chiat (< log Chi [打折] + tr) [phah 折] (< [拍折]) ⑩ 打折扣; ≃ táⁿ-chiat; cf phah-chih.

phah-chiáu [phah 鳥] (< [拍鳥]) ⑩ (用槍)獵鳥 「舌帽。
◇ ~-bō-á [～帽仔] TÉNG: 歐洲式鴨

phah-chih (< [拍折]) ⑩ 折斷; ≃ phah-tńg; cf phah-chiat.

phah-chio-ho͘ (< log Chi + tr) [phah 招呼] (< [拍招呼]) ⑩ 打招呼; ≃ ǎi-sá-chuh; ≃ sio-chioh-mn̂g. 「鑿石; 做石工; 石雕

phah-chioh [phah 石] (< [拍石]) ⑩
◇ ~-sai (< [拍石師]) ê: 石匠。

phah-eh/-e̍h [phah 呃] (< [拍呃]) ⑩ 打嗝儿; 噯氣; ≃ kho͘ - eh; cf

phah-hé ⇒ phah-hóe。 ⌊phah-uh-á。

phah-hoa (< [拍□]) ⑩ 撲滅(火)。

phah-hóe/-hé/-hé (< log [打火] + tr) [phah 火] (< [拍火]) ⑩ 滅火
◇ ~-chhia [～車] TÂI: 救火車。

phah-hun-sò͘ (< log Chi + tr) [phah 分數] (< [拍分數]) ⑩ 打分數。

phah-iâⁿ [phah 贏] (< [拍贏]) ⑩ 打贏; 戰勝。

phah-jī/-gī-lī (< log Chi + tr) [phah 字] (< [拍字]) ⑩ 打字 ¶tiān-náu ~ [電腦～] 電腦植字 [TÂI: 全。
◇ ~-ki (< log Chi + tr) [～機]

phah-ka-chhiùⁿ ⇒ phah-kha-chhiùⁿ.

phah-ka-la̍uh (< [拍□落]) ⑩ 1.(弄)掉落 2. 遺失。

phah-kat (< Sin) [phah 結] (< [拍結]) ⑩ 打結子 ¶thâu-khak ~ [頭殼～] 頭腦不靈活
◇ ~-khiû/-kiû [～蚯] 糾纏(成團), 例如繩線或沒整理的長髮。

phah-kha-chhiùⁿ|-ka- [phah 咳 chhiùⁿ] (< [拍咳□]) ⑩ 打噴嚏。

phah-khè-iok/-iok [phah 契約] (< [拍契約]) ⑩ 訂契約。

phah-khui (< log [打開] + tr) [phah 開] (< [拍開]) ⑩ 開; 打開。

phah-kiû (< log Sin [拍球]) [phah 球] ⑩ 1. 打球 2. 拍球。

phah-kó͘ (< log Sin + tr) [phah 鼓] (< [拍鼓]) ⑩ 打鼓。

phah-koaⁿ-si (< log Sin + tr) [phah 官司] (< [拍官司]) ⑩ 打官司。

phah-kûn-thâu [phah 拳頭] (< [拍拳頭]) ⑩ 打拳。

phah-la̍h (< log Sin + tr) [phah 獵] (< [拍獵]) ⑩ 打獵
◇ ~-·ê ê: 獵人。 「⑩ 敲鑼。

phah-lô (< Sin) [phah 鑼] (< [拍鑼]

phah-loān (< log [打亂] + tr) [phah 亂] (< [拍亂]) ⑩ 打亂; 攪亂。

phah-m̄-kìⁿ/-kiàn (> phàng-kìⁿ) [phah-m̄ 見] (< [拍□見]) ⑩ 遺失; ≃ phàng-kiàn。

phah-oa̍h-kat [phah 活結] (< [拍活結]) ⑩ 打活結。

phah-pāi (< log Sin [打敗] + tr) [phah 敗] (< [拍敗]) ⑩ 擊敗。

phah-pau (< log Chi + tr) [phah 包] (< [拍包]) ⑩ 打包。

phah-pêⁿ/-pîⁿ [phah 平] (< [拍平]) ⑩ 1. 收入剛好夠支出 2. 拉回平手 3. 贏回賭本。

phah-pháiⁿ/-phái [phah 歹] (< [拍□]) ⑩ 弄壞 ¶~ lâng ê in-iân [～人 ê 姻緣] 弄壞別人的姻緣 「情。
△ ~ kám-chêng [～感情] 傷了感

phah-phek [phah 拍] (< [拍拍]) ⑩ 打拍子。 「片」⑩ 拍攝電影片。

phah-phìⁿ (< log Chi [拍片]) [phah

phah-phih-phok-á (< [拍□□□]) ⑩ 鼓掌; ≃ phah-phok-á。

phah-phòa (< log + tr) [phah 破] (< [拍破]) ⑩ 打破

△ ~ *kì-liòk* (< tr + log Chi < tr En *break the record*; cf Nip [記錄 を破る]) [〜記錄] 打破記錄。

phah-phok-á | -*phòk*- [phah - phok 仔] (< [拍□□]) ⓥ 鼓掌。

phah-pîⁿ ⇒ phah-pêⁿ。

phah-piàⁿ (< sem Sin [打拼] + tr) [phah 拚] (< [拍拚]) ⓥ ⓕ "打 拚," 即努力。ⓐ 拚命;努力。

phah-pōng-khang (< [拍□空]) ⓥ 挖隧道。

phah - pōng - siû | -*phōng*- [phah - pōng 泅] (< [拍□泅] ⓥ 手腳打水 游泳。

phah-sí-kat | -*sì*- [phah 死結] (< [拍 死結]) ⓥ 打死結 ⓕ 變成死結。

phah-sńg / -*súi*ⁿ [phah 損] (< [拍 損]) ⓥ 1. 浪費;糟蹋 2. (幼兒) 夭 折 ⓕ 可惜。

phah-sǹg / -*sùi*ⁿ (< log Sin + tr) [phah 算] (< [拍算]) ⓥ 1. 打算 2. (< sem) 預料到;注意到;想到 ¶*bô* ~ *ê sî* [無~ê時] 想不到的時候 ⓐ 也許。 「鎖匙□]) ⓝ Ê: 鎖匠。

phah-só-sî-·ê [phah 鎖匙 ·ê] (< [拍

phah-sòaⁿ (< log [打散] + tr) [phah 散] (< [拍散]) ⓥ 打散;分散。

phah-su [phah 輸] (< [拍輸]) ⓥ 被 打敗;戰敗。

△ ~ *cháu-iâ*ⁿ [〜走贏] ⓘ 敗退。

phah-thè (< log Sin [打退] + tr) [phah 退] (< [拍退]) ⓥ 擊退。

phah-thian-hā (< log Sin [打天下] + tr) [phah 天下] (< [拍天下]) ⓥ 1. 爭取帝位 2. 在社會上奮鬥求上 進。 「(< [拍鐵]) ⓥ 打鐵

phah-thih (< log Sin + tr) [phah 鐵] ◇ ~-*á-khò·* [〜仔褲] NIÁ: 牛仔褲 ◇ ~-·*ê* Ê: 鐵匠。

phah-tiān-iáⁿ (< log Chi [拍電影]) [phah 電影] ⓥ 仝;≃ phah-phìⁿ。

phah-tiān-ōe (< log Chi [打電話] + tr) [phah 電話] (< [拍電話]) ⓥ 打電話。

phah-tiòh-kiaⁿ [phah 著驚] (< [拍 著驚] ⓥ 1. 使驚嚇;≃ hehⁿ-kiaⁿ; ≃ phah-kiaⁿ 2. 受驚。

phah-tiòh-siang / -*siong* [phah 著 傷] (< [拍著傷]) ⓥ 1. 使受傷 2. 受 傷。

phah-tīng / -*tūi*ⁿ (< log Sin [打斷] + tr) [phah 斷] (< [拍斷]) ⓥ 弄斷 (了);≃ phah-chìh。

△ ~ *chhiú-kut, tian-tò ióng.* [〜手 骨顛倒勇.] 愈挫愈勇。

phah-tó (< log [打倒] + tr) [phah 倒] (< [拍倒]) ⓥ 1. 擊倒 2. 推翻 (政權、主管);≃ ián-tiāu;≃ ián-tó。 「□]) ⓥ 呃逆;cf phah-eh。

phah-uh-á [phah - uh 仔] (< [拍□

phái ¹ (< En *pie*) ⓝ TÈ: "派," 即西 式餡餅。

phái² ⓝ ⓕ ⓐ 不好;⇒ pháiⁿ。

phài¹ (< ab *phài-thâu*) [派] ⓝ 派 頭;架子 ¶*kek chit ê* ~ [激一個〜] 擺個架子。

phài² (< Sin) [派] ⓝ 派系 ¶*hun-chò / -chòe kúi-nā* ~ [分做幾 nā 〜] 分成好幾派 ¶*pó-siú-*~ [保守 〜] 全 ¶*Tâi-oân-*~ q.v. ¶*Tiong-kok-*~ q.v. ⓠ 計算派系的單位。

phài³ (< log) [派] ⓥ 1. 派遣 2. 分 派;指定 (作業) ¶~ *khang-khòe hō· i chò* [〜khang-khòe hō·伊做] 分派 工作給他做。 「ⓝ KENG: 仝。

phài-chhut-só· (< log Nip) [派出所]

phài-hē (< log Chi) [派系] ⓝ Ê: 仝。

phài-peng (< log) [派兵] ⓥ 仝。

phài-phù / -*phuh* (< Nip *paipu* < En *pipe*) ⓝ 管子;硬水管;cf hò·-sù。

phài-thâu (< log Sin) [派頭] ⓝ Ê:

1. 作風;態度 ¶*chhơ* ~ [粗~] 粗作風
2. 架子 ¶*kek* ~ [激~] 擺架子 ⊛ 有個架勢 ¶*chiok* ~ (·*e*) [足~(·*e*)] 很有個架勢。

pháiⁿ ‖ *phái* [歹] ⓐ 壞事;惡行為 ¶*chò-/chòe-~* [做~] 幹壞事 ⓥ
1. 損壞; ≃ hāi ¶*~·-·khì* q.v. **2.** 斥責; ≃ ok ¶*hông* ~ [hông~] 挨罵
3. 發怒;爭吵 ¶*kah i* ~ [kah伊~] 跟他爭吵 ¶*mài* ~ 別(對我) 兇巴巴的
4. ⓤ (性器官)因性慾亢奮而強烈反應,例如勃起; *cf* phngh-phngh-kiò ⓕ **1.** 損壞的; ≃ hāi ¶*Chit tâi chhia ~·-·ê.* [這台車~·ê.] 這輛車子是壞的 **2.** 劣等的
△ ~ *hì thoa pêⁿ/pîⁿ* [~戲拖棚] 令人不感興趣的事件沒完沒了地拖下去
3. 有害的 ¶*~-chiáu-á* [~鳥仔] 害鳥 **4.** 凶;不吉利 ¶~ *jit-chí* [~日子] 凶日; ≃ pháiⁿ-jit **5.** 不聽話的 ¶~ *gín-á* [~gín仔] 壞孩子 **6.** 惡;不善良 ¶*~-lâng* [~人] 壞人 **7.** 兇;不友善; ≃ ok ¶*Hit chiah káu chin ~.* [Hit隻狗真~.] 那條狗好兇
△ ~ *chhù-piⁿ* [~厝邊] 惡鄰
7. ⓤ (性器官)反映出高亢的性慾,例如勃起 ⓐ **1.** 不容易;難; ≃ oh ¶*Chit ê gín-á ~ chhī.* [這個gín仔~飼.] 這個孩子不容易養 「為難
△ ~ *chò-/chòe-lâng* [~做人] 覺得
△ ~ *kóng-ōe* [~講話] **a.** 不容易說得出口 **b.** 不容易求得通融; ≃ pháiⁿ chham-siâng
2. 使人不舒服 ¶*Chang-àm chin ~ khùn.* [Chang暗真~睏.] 昨晚睡得很不好 ¶*~-chhēng* (衣物)不好穿 ¶*~-chiàh* q.v.

phāiⁿ ⓠ 計算下垂的大包或大串東西的單位,例如背在背上的背包 ¶*phāiⁿ kà chit ~ hiah tōa-~* [phāiⁿ到一~hiah大~] 背了那麼一大包 ⓥ **1.** (放在一邊肩膀上) 抓住上頭使靠在背上懸垂著 ¶*kha-chiah-āu* ~ *chit pau bí* [kha脊後~一包米] 背上掛著一包米 ¶*~·-·kòe/-·kè* [~過] 使從背上翻過,例如柔道; ≃ kōaⁿ-·kòe ¶*~-tó* q.v. **2.** 掛在肩膀上 ¶~ *kha-báng* 背著包包,例如書包 **3.** 負(債)。

pháiⁿ-bāng [歹夢] ⓐ *ê*: 噩夢 ¶*chò/chòe* ~ [做~] 做惡夢。 「或兇惡。

pháiⁿ-bīn [歹面] ⓕ [x] 面容有怒色

pháiⁿ-bīn-chhiuⁿ [歹面chhiuⁿ] ⓕ 相貌兇惡。

pháiⁿ-chhōa-thâu [歹chhōa頭] ⓐ *ê*: 壞榜樣 ⓥ 做壞榜樣。 「話粗野

pháiⁿ-chhùi [歹嘴] ⓥ 說粗話 ⓕ 說◇ *~-ōe* [~話] KÙ: 粗話。

pháiⁿ-chiàh [歹吃] ⓕ 難吃 ¶*~-sí-sí* [~死死] 非常難吃。

pháiⁿ-chiàh-khùn (ant *hó-chiàh-khùn*) [歹吃睏] ⓕ 寢食難安。

pháiⁿ-chiáu [歹鳥] ⓐ [*á*] CHIAH: 害鳥。 「場; ≃ bô hó-ē。

pháiⁿ-ē [歹ē] (< [口下]) ⓥ 有壞下

pháiⁿ-ì [歹意] ⓐ 惡意。

pháiⁿ-khang [歹khang] (< [口空]) ⓐ *ê*: 壞處;有困難、無利或有害的事物 ⓕ (事)有害;有壞處 ¶*~·-·ê chiah niū ·lâng* [~·ê才讓人] 沒好處的才讓給別人。

pháiⁿ·-·khì [歹去] ⓥ (東西)壞了; ≃ hāi·-·khì ¶*chhia* ~ [車~] 車子壞了 ¶*thâu-khak* ~ [頭殼~] 腦筋壞了。

pháiⁿ-khòaⁿ [歹看] ⓕ 難看;不雅◇ *~-sí-sí* [~死死] 非常難看。

pháiⁿ-khòaⁿ-thâu [歹看頭] ⓕ 難看;禮數不足。

pháiⁿ-khoán [歹款] ⓕ 逾越規距,例如吃相難看、貪婪、侵佔; *cf* bô-khoán。

pháiⁿ-kì-tî [歹記tî] (形) 記性不好。

pháiⁿ-kiáⁿ [歹kiáⁿ] (名) ê: 1.不良少年 2.孽子。

pháiⁿ-lâng [歹人] (名) ê: 壞人。

pháiⁿ-miā [歹命] (形) 命乖; 薄命 ◇ ~-lâng [~人] ê: 命乖的人。

pháiⁿ-mih/-mǹgh [歹物] (名) 1.ê: 壞蛋; 壞人 2.CHIAH, ê: 惡魔。

pháiⁿ-mih-á (< *pháiⁿ-mih-á) [歹mih仔] (名) 1.ê: 不吉祥的東西 2.CHIAH, ê: 鬼魅 3.圇 ê, LIAP: 惡性腫瘤 ¶seⁿ/siⁿ ~ [生~]長毒瘤。

pháiⁿ-ōe¹ [歹話] (名) KÙ: 下流話或咒詛的話; ≃ pháiⁿ-chhùi-ōe。

pháiⁿ-ōe² [歹話] (名) KÙ: 中傷的話 ¶kóng lâng ê ~ [講人ê~]說人家壞話。   「肚子。

pháiⁿ-pak-tó [歹腹肚] (動) 鬧肚子; 壞

pháiⁿ-pháiⁿ-kiò [歹歹叫] (動) 1.說話不和氣, 動輒爭吵、斥責 2.毫不留情地兇人。   「全上。

pháiⁿ-pháiⁿ-sí [歹歹死] (粗) (動) (形)

pháiⁿ-pháng [歹紡] (形) (事情)難應付。

pháiⁿ-sè [歹勢] (動) 抱歉 ¶~, che bē-/bōe-tàng hō· ·lí. 抱歉, 這不能給你 (形) 不好意思 ¶Bô chhiáⁿ ·i, chin ~. [無請伊真~.]沒請他, 很不好意思 △ ~, ka-tī/-kī siūⁿ ·ê [~, 家己想·ê] 圇 (你)不必覺得不好意思 (副) 不好(意思); 不適宜 ¶Chit hō ōe ~ kóng. [Chit號話~講.] a. 這話說了不好意思 b. 這話說了不當(可能引起糾紛等)。

pháiⁿ-sí [歹死] (動) (ant hó-sí) 橫死 (形) 圇 壞, 例如缺德、好刁難、兇 ¶Lí ná chiah ~? [你哪chiah~?]你怎麼這麼壞?

pháiⁿ-sí-sí [歹死死] (形) 毫不留情地兇人; ≃ pháiⁿ-pháiⁿ-sí。

pháiⁿ-sim [歹心] (形) 心腸壞。

pháiⁿ-tāi [歹tāi] (< [□事]) (名) ê, HĀNG: 1.邪惡的事 2.不吉祥的事。

pháiⁿ-tang [歹冬] (名) TANG: 兇年; ≃ pháiⁿ-nî-tang。

pháiⁿ-té/-tóe [歹底] (名) ê: 1.劣根 2.前科記錄 (形) 1.性本惡 2.有前科。

pháiⁿ-thiⁿ [歹天] (名) 壞天氣 (動) 變陰雨天 ¶~ ·a. [~矣.]天變了。

pháiⁿ-thiaⁿ [歹听] (形) 難聽。

pháiⁿ-thih-á [歹鐵仔] (名) TÈ: 廢鐵。

pháiⁿ-tó [pháiⁿ倒] (動) 使從背上翻過倒下, 例如柔道。

pháiⁿ-tóe ⇒ pháiⁿ-té。   「倒霉。

pháiⁿ-ūn [歹運] (名) ê: 厄運 (形) 不幸;

phak (< Sin) (< [覆]) (動) 1.趴; 面朝下 ¶~ tī toh-á khùn [~tī桌仔睏]趴在桌上睡覺 2.仆倒。

phák (< Sin) [曝] (動) 曬。

phak-bô(-á-thâu) [phak模(仔頭)] (名) ê: 漢字第40部首 "寶蓋頭儿"。

phák-jit/-gı̍t/-lı̍t (< Sin) [曝日] (動) 曬太陽。

phák-koaⁿ [曝干] (動) 曬成干。

phàn (形) 愚蠢。

phàn-á [phàn仔] (名) ê: 易受騙的人。

phang ¹ (< Sin) [蜂] (名) CHIAH: 全。

phang ² (< Sin) [芳] (形) 芳香。「全。

phâng ¹ [帆] (< [篷]) (名) PHÌⁿ, NIÁ:

phâng ² (動) (兩手)端 ¶kui-óaⁿ-~ q.v.

pháng ¹ (< Nip pan < EPort; cf Port pão) (名) TÈ, KI, PHÌⁿ: 麵包。

pháng ² (< Sin) [紡] (動) 1.把纖維製成紗或把紗製成線 ¶~-se [~紗]全 2.輪轉, 自動 3.使(如輪子般)轉動 4.(放在輪轉的器物上)絞, 例如在洗衣機中把衣服絞乾 5.(左右做弧形動作)擦拭, 例如皮鞋塗油之後兩手拉著布條左右動以擦亮。

phāng (< Sin) [縫] (名) ê:縫儿 ¶*thang-á khui chit* ~ [窗仔開一~] 窗子打開一個縫隙 ¶*nn̄g-*~ q.v. ¶*chéng-/chńg-thâu-á-*~ [指頭仔~] 指縫。

phâng-á-chûn [帆仔船] (名) CHIAH, TÂI:帆船; ≃ phâng-chûn。

phang-á-phàu [蜂仔炮] (名) LIAP, KŌAⁿ: "蜂炮," 即一種到處飛竄的排

phang-bī [芳味] (名) ê:香味。└炮。

phang-chhàu [芳臭] (名) 1.香味與臭味 2.好歹;是非;名譽與不名譽 ¶*m̄-chai* ~ [m̄ 知~] 不知好歹;不知恥。

pháng-chit (< log Sin) [紡織] (動) 仝。

phang-chúi (< log Sin + tr) [芳水] (名) 香水 ¶*hiù* ~ 灑香水 [香水百合。 ◇ ~ *pek-háp* [~百合] CHÂNG, LÚI:

phâng-chûn (< log) [帆船] (名) TÂI, CHIAH: 仝; ≃ phâng-á-chûn。

phang-hiâuⁿ-hiâuⁿ [芳hiâuⁿ-hiâuⁿ] (形) 香噴噴。

phang-hoe [芳花] (名) LÚI:香花。

phang-ìⁿ-ìⁿ [芳ìⁿ-ìⁿ] (形) 香噴噴。

phàng-khù (< Nip *panku* < ab En *puncture*) (動) (輪胎、氣球等)爆破。 └*kiàn*, q.v.。

phàng-kìⁿ/-*kiàn* (< *phah-m̄-kìⁿ*/-

phang-koe (< log Chi + tr) [芳瓜] (名) LIAP:香瓜; ≃ me-lóng。

phang-kòng-kòng [芳kòng-kòng] (形) 香噴噴。

phang-liāu (< log Nip) [芳料] (名) 香料; cf hiuⁿ-liāu。 └CHIAH:雌蜂。

phang-ông (< log Sin) [蜂王] (名)

phâng-pò͘ (< log) [帆布] (名) TÈ: 仝。

pháng-sap (v *pháng*[1]) (名) [á] LIAP:麵包屑。 └bûn。

phang-sap-bûn|-*sat-* ⇒ phang-soat-

phang-siū [蜂siū] (名) ê:蜂窩。

phang-soat-bûn|-*sat-*|-*sap-* [芳雪

文] (名) TÈ:香皂; ≃ phang-tê-kho͘。

phang-tê-kho͘ [芳茶箍] (名) TÈ: 香皂; ≃ phang-soat-bûn。

pháng-tiàm [pháng店] KENG:西點麵包店。

phâng-tiûⁿ (< log Chi + tr) [捧場] (動) 仝; ≃ tàu-lāu-jiát。

phang-tû [蜂櫥] (名) ê:蜂箱。

phat -lák (< En *pot-luck*) (名) ê: 各出一道菜的餐會。

phât-tái 囲 (形) 神經病。

phau (< *phàuh*, q.v.)。

phàu[1] (< Sin) [砲／炮] (名) 1. KI, MN̄G: 重型射擊武器 ¶*khui* ~ [開~] 仝 2. LIAP:象棋的「包」或「炮」 (量) 計算開砲次數的單位。

phàu[2] (< Sin) [泡] (量) (茶)沖泡的次數 (動) 1. 沖泡 ¶*Gû-leng-hún iōng léng-chúi* ~-*bē-khui.* [牛奶粉用冷水~bē開.] 奶粉用冷水沖不均勻 ¶~ *ka-pi* [~咖啡] 沖咖啡 ¶~-*tê* [~茶] 沖茶 2.浸 ¶~ *un-chôaⁿ* [~溫泉] 洗溫泉。

phàu-á [炮仔] (名) LIAP, KŌAⁿ:爆竹 ¶*pàng* ~ [放~] 放鞭炮。

pháu-á-phò͘-ìn (< En *power point*) (名) 簡報軟體。

pháu-bé [跑馬] (名) (動) 賽馬 ◇ ~-*tiûⁿ* [~場] ê: 仝。

phau-boát keng-chè (< log) [泡沫經濟] (名) 仝。 └仝。

phàu-chhài (< log Chi) [泡菜] (名)

pháu-chhia (< log Chi) [跑車] (名) TÂI: 仝。

phàu-chhiú (< log) [砲手] (名) ê: 仝。

phàu-chí [砲籽] (名) LIAP:砲彈。

phàu-chiàn (< log Nip) [砲戰] (名) PÁI: 仝。

phàu-mī [泡麵] (名) PAU, UT: 仝。

phàu-peng (< log) [砲兵] (名) Ê: 全。

pháu-pió [跑錶] (名) LIÁP: 馬錶。

phàu-siaⁿ [砲聲] (名) SIAⁿ: 大砲的聲音。

phàu-tâi (< log) [砲台] (名) Ê, CHÒ:

phàu-tân/-*tôaⁿ* (< log) [砲彈] (名) LIÁP: 全; ≃ phàu-chí。

phàu-tê (< log Sin) [泡茶] (動) 沏茶。

pháu-tō (< log Chi) [跑道] (名) TIÂU:

phàu-tôaⁿ ⇒ phàu-tân。 ⌐全。

phàuh ‖*phau* (< Sin) [電] (名) 電子 ¶*lóh*-~ [落~] 下電子。

phe ‖*phoe* (< sem Sin) [批] (名) TIUⁿ: 信件。

phe[2] ‖*phoe* (< log Chi) [批] (量) 計算一部分的單位 ¶*phài chit* ~ *lâng khì thàm* [派一~人去探] 派一批人去刺探。

phe[3] ‖*phoe* (動) 削 ¶~ *bah*(-*phìⁿ*) [~肉(片)] 把肉削成薄片 ¶~ *chhân-hōaⁿ* [~田岸] 把田隴削直或削窄 ¶*péh*-~-*bah* [白~肉] 白切肉。

phe[4] ‖*phoe* (< log Chi) [批] (動) 批判 ≃ tèng; ≃ phe-phòaⁿ。

phe[5] (動) 飆(車)。

phê ⇒ phôe。

phè[1] (< Sin) [帕] (名) (罩住或護住的)布或薄片 ¶*leng*-~ [奶~] 奶罩 ¶*thô·*-~ [(車輛的)擋泥板 (動) (用布或薄片)從下面或旁邊護住 ¶~ *jiō-chū-á* [~尿chū仔]包尿布。

phè[2] (動) (連同其他東西)一起吃; ⇒

phē (名) 被子; ⇒ phōe。 ⌐phòe[2]。

phè-á ⇒ phòe-á。 ⌐子。

phē-á[1] ‖*phōe*- [稗仔] (名) CHÂNG: 稗

phē-á[2] (名) 小被子; ⇒ phōe-á[2]。⌐紙。

phe-chóa ‖*phoe*- [批紙] (名) TIUⁿ: 信

phê-chôa ⇒ phôe-chôa。

phe-chún ‖*phoe*- (< log Sin) [批准]

(動) 全; ≃ chún[1]。

phê-hu ⇒ phôe-hu。 ⌐LIÁP: 胚芽米。

phé-iǎ-mî (< Chi *p'ei¹ ya² mi³*) (名)

phè-jì (< Nip *pēji* < En *page*) (量) 頁 ¶*tē-gō· ~* [第五~] 第五頁。

phe-khak ‖*phoe*- [批殼] (名) Ê: 信封; ≃ phe-/phoe-lông。

phe-lông ‖*phoe*- [批囊] (名) Ê: 信封; ≃ phe-/phoe-khak。

phê-ôe ⇒ phôe-ê。

phê-pau-á ⇒ phôe-pau-á。

phe - phêng ‖*phoe*- (< log Nip) [批評] (名) Ê: 全 (動) 全。

phe-phòaⁿ ‖*phoe*- (< log Nip < Sin) [批判] (名) Ê: 全 (動) 全。

phê-siuⁿ ⇒ phôe-siuⁿ。

phe-tâng ‖*phoe*- [批筒] (名) Ê: 郵筒; ≃ phe-tháng。 ⌐筒。

phe - tháng ‖*phoe* - [批桶] (名) Ê: 郵

phê-tòa ⇒ phôe-tòa。

phē-toaⁿ ⇒ phōe-toaⁿ。

phē-tóe ⇒ phōe-té。

phê ... ⇒ phôe...。

phè· ⇒ phòe[2]。

phē·... ⇒ phōe...。

pheⁿ ‖*phiⁿ* (動) 1. 分(出一部分) ¶*Hit óaⁿ khah-chē, ~ chit-kóa kòe-lâi chit óaⁿ.* [Hit 碗較 chē, ~一寡過來 chit 碗.] 那一碗比較多, 分一些過來這一碗吧 2. 均分 ¶~-*chò saⁿ hūn* [~做三份] 均分成三份 ¶~ *hō͘ pêⁿ* [~hō͘ 平] 把它平分 3. 攤(還)。

phêⁿ ⇒ pêⁿ[1]。

Phêⁿ-ô· ‖*Phîⁿ*- [澎湖] (名) 全。

phêⁿ- phêⁿ- chhoán ‖ *phîⁿ - phēⁿ -* |- *phîⁿ* - [phēⁿ- phēⁿ 喘] (動) 喘吁吁。

phèh ‖*phèh* ⇒ phoèh。

phek -lèk (< log Chi) [魄力] (名) 全。

pheng[1] (< sem Sin) [烹] 働 (魚、肉)煎或炒後加少量水用小火煮到乾。

pheng[2] (< log Chi) [拼] 働 拼寫。

phêng[1] [坪] ⇒ pê^{n}1。

phêng[2] (< log Chi) [評] 働 評分 ¶~-chò/-chòe kah-téng [~做甲等] 評為甲等。

phèng (< Sin) [聘] 名 B. 全 ¶nn̄g nî chit ~ [兩年一~] 全 働 全。

phēng[1] 働 (背)靠 ¶~ tòa mn̂g-·e tán ang tn̂g-·lâi [~tòa門·e等翁返來] 倚著門等丈夫回來。

phēng[2] 働 1. 比較;≃ pí[2] ¶~-khòa^n chiâ khah koân [~看chiâ較koân] 比比看誰高 2. 比對 介 比;≃ pí[2] ¶I ~ góa khah koân. [伊~我較koân.] 他比我高 働 過分;很 ¶tham-sim, chiàh ~ chē/chōe ·ê [貪心,吃~chē ·e] 貪心,吃了很多 ¶~ ok ·ê [~惡·e] 好兇啊。　　　　　[全。

phèng-chhiá^n (< log Sin) [聘請] 働

phêng-gí/-gú/-gí (< log) [評語] 名 Ê, KÙ: 全。

pheng-im (< log Chi) [拼音] 名 THÒ: 拼音法 ¶lô-má ~ [羅馬~] 全 働 拼字。

phêng-kàm (< log Chi) [評鑑] 名 Ê, PÁI: 全 働 全。　　　　　　[全。

phèng-kim (< log Sin) [聘金] 名 PIT:

phêng-lūn-ka (< log Nip) [評論家] 名 Ê: 全 ¶chèng-tī ~ [政治~] 全 ¶ke-/koe-thâu ~ [街頭~] 市井上論時事的人;叩應發表意見的人。

phèng-si/-su/-sṳ (< log Sin) [聘書] 名 TIU^n: 全。

phêng-sím [評審] 働 全。

phèng-su ⇒ phèng-si。

Phep -sì‖*Phép*- (< En *Pepsi*) 名 (飲料)百事可樂。

---

phi [披] 働 攤 (開使平直、乾燥等) ¶kā sa^n ~ tòa í-á [kā衫~~tòa椅仔] 把衣服攤開晾椅子上。

phî (< Mand *p'i*[2]) [皮] 形 1. 調皮 2. 油條;不在乎別人的惡感 ¶kek ~ ~ [激~~] 油條地。

phí (< Sin [疕]) 尾 表示小 ¶gín-á-~ 小鬼頭;小孩子 名 1. [á] TÈ, LIÁP: 痂巴,即乾枯呈片狀的東西 ¶khàng ~ 扣起疙瘩 ¶liàp-á-~ [粒仔~] 瘡疤 ¶pn̄g-~ [飯~] 鍋巴 ¶tiá^n-~ [鼎~] 粘在鍋底的硬物 2. TÈ: 片狀物 ¶chháu-~ [草~] 草皮 量 表示極少或極小 ¶chit-~-á(-kiá^n) q.v.

phi-á-no͘h (< Nip *piano* < It *piano* < ab *pianoforte*) 名 TÂI: 鋼琴。

phí-chà/-chhà/-sà (< En < It *pizza*) 名 TÈ: 比薩餅。

phi-chúi-phi [披水披] 働 漂石子,即投石頭等使在水面跳躍前進。

phí-é-muh (< En *p.m.* < acr Lat *post meridiem*) 名 午後。

phî-khì (< log Sin + ana Chi asp) [脾氣] 名 ê: 全;≃ sèng-tē。

phí-lí-phá-la (< ChiD *p'i*[1] *li*[1] *p'a*[1]-*la*[1]) 擬 (做事)迅速的樣子;≃ si-sí-sút-sút。　　　　　[聲。

phī-phě 象 (風雨吹打葉子等的)嗽嗽

phì-phè-kiò [phì-phè 叫] 働 1. 大風吹打出聲 2. 下大雨出聲。

phī-phē-kiò [phī-phē 叫] 働 1. 風吹打樹葉等出聲 2. 雨聲淅瀝。

phī-phī-chhoah‖*phih-phih*- 働 哆嗦;≃ khī-khī-chhoah。

phī-phī-chun 働 哆嗦。

phi-phí-phè-phè‖*phih*-*phì-phè-phè* 働 1. 大風吹打出聲 2. 下大雨出聲。　　[聲 2. 雨打樹葉等出聲。

phi-phí-phē-phē 働 1. 風吹樹葉等出聲

phi-phí-phiàk-phiàk 働 連續打擊出聲,例如雨拍打窗戶或撞球互撞。

phi-phí-phiat-phiat ⑩ 連續拍打出聲,例如鳥鼓動翅膀或如魚掙扎時跳動或如樹葉拍打窗戶。

phi-phí-phòk-phòk ⑩ 1. 鼓掌出聲 2. (球、魚蝦等) 此起彼落地跳著出聲 3. 心悸出聲 4. 鞭炮連續爆炸出聲。

phi-phí-phū-phū/- phù h - phù h ⑩ 拉肚子出聲; cf pi-pí-púh-púh。

phī-phiǎt‖phi̍h- (v phiǎt) ⑧ 劈拍聲,例如鳥鼓動翅膀或如樹葉拍打窗戶。　　　　　　[kiò, q.v.)

phī-phiat-kiò‖phi̍h- (< phiǎt-phiǎt-

phī-phǒk ⑧ 1. 鼓掌一兩下聲 2. (球、魚蝦等) 跳一兩下聲 3. 心跳一兩下聲 4. 鞭炮爆炸一兩聲 ⑩ 心跳動的樣子。　　　[phòk-phòk-thiàu, q.v.)

phī- phòk - thiàu‖phi̍h -‖phi̍t - (<

phí-sà ⇒ phí-chà。　　　　[⑧ LIÀP: 全。

phî- tàn‖phī n - (< log Sin) [皮蛋]

phí-·ù[1]‖phǐ- (< phiú) ⑧ 嗖嗖聲 ⑩ 一溜煙跑掉。

phí-·ù[2]‖phǐ- (< phiú-·ù) ⑩ 1. 滑得遠遠或彈開的樣子 2. 飛馳而過的樣子,例如飛刀或子彈。

phǐ-·ù ⇒ phí-·ù[1,2]。

phi n [1] (< Sin) [篇] ⓠ 全 ¶chit ~ sòa n-bûn [一~散文] 全 ¶tē-jī ~, tē-jī chat [第二~第二節] 全。

phi n[2] ⑩ 分小部分; ⇒ phe n[1]。

phi n[3] ⑩ 佔(人)便宜。

phî n ⇒ pê n[1]。

phì n[1] (< log Chi) [片] ⑧ 影片 ¶Chit ~ bô hó-khòa n. [這~無好看.] 這個片子不好看. ¶se-pō·-~ [西部~] 全 ⓠ 計算影片的單位。

phì n[2] (< Sin) [片] ⓠ 計算小薄片的單位,例如玻璃、木板、肉片; ≃ tè[2] ¶chhiat chit-phì n-chit-phì n [切一~一~] 切成片狀。

phī n (< Sin) [鼻] ⑧ 1. Ê: 鼻子; ≃

phī n-á 2. KÔ·: 鼻涕 3. Ê: (鞋)尖 4. Ê: (針)眼 ⑩ 嗅。

phī n-á [鼻仔] ⑧ Ê: 鼻子
△ ~ bong-·leh [~摸·leh] 自認討了個沒趣 ¶~ bong-·leh, hó cháu ·a. [~摸·leh, 好走矣.] 自認沒趣,該走了 ¶~ bong-·leh, kín cháu. [~摸·leh, 緊走.] 自認沒趣,趕快離開。

phī n-àng [鼻齆] ⑧ [á] Ê: 鼻竇。

phī n-chhng [鼻chhng] ⑧ Ê: 鼻孔。

phī n-chúi [鼻水] ⑧ 稀鼻涕。

phī n-hoeh/-huih [鼻血] ⑧ 全。

phī n-ian-gâm (< log < tr En naso-pharyngeal cancer) [鼻咽癌] ⑧ 全。　　　　[phī n-khang-im。

phī n-im (< log) [鼻音] ⑧ Ê: 全; ≃

phī n-khang [鼻khang] (< [鼻空]) ⑧ 1. Ê: 鼻子 2. Ê, KHANG: 鼻腔。

phī n-ô [鼻蚵] ⑧ KÔ·: (流出來或搩出來成團的)濃鼻涕。

Phî n-ô· ⇒ Phê n-ô·。

phī n-phang [鼻芳] ⑩ 1. 享受嗅覺 2. (只)欣賞(但不得取用、佔有) 3. 反 聞臭味。

phī n-phē n-chhoán|-phī n - (< phē n-phē n-chhoán, q.v.)。

phī n-sái [鼻屎] ⑧ LIÀP, TÈ: 鼻丁疙瘩儿 ¶khàng ~ 摳鼻丁疙瘩儿 ¶liú ~ do.

phī n-sit [鼻翼] ⑧ Ê, PÊNG: 鼻翅儿。

phī n-thâu [鼻頭] ⑧ Ê: 鼻尖儿。

phī n-to [鼻刀] ⑧ Ê: 鼻梁儿。

phī n-ūi-kóng (< log Chi + tr) [鼻胃管] ⑧ TIÂU: 鼻胃管。

phia ‖phiǎh ⑩ 表示很快 ¶~ ·chit-·ē, cháu-·khì [~一下走去] 一下子跑掉了。

phia n ⑩ 擲;抒;摔; ⇒ pia n。

phiá n ⑧ B. 大的薄片 ¶thih-~ [鐵

～] 鐵皮 (量) 計算大的薄片的單位。

phiah¹ (< Sin) [癖] (名) ê: 癖性; 脾氣。

phiah² (< Sin) [僻] (動) 避 (開); ≃ siám¹ ¶～ hō͘ [～雨] 避雨 ¶～ hong [～風] 避風 ¶～ khah khui ·le [～較開 ·le] 避一點儿。

phiǎh (擬) 表示很快; ⇒ phia。

phiah-bián‖pī- (< ana [壁] etc < log [避免]) [僻免] (動) 避免。

phiah- hong- káng ‖pī- (< ana [壁] etc < log [避風港]) [僻風港] (名) ê: 避風港。

phiah-khui (< ana [壁] etc < log Chi [避開]) [僻開] (動) 避開; ≃ siám-khui。

phiak¹ (象) 劈拍聲 (動) 劈拍的一聲; ⇒ piak。

phiak² (動) **1.** (有彈性的東西彈起或彈回而) 打, 例如射橡皮筋、用打火機取火、扭動自動點火的瓦斯開關 ¶～ chhiū-leng kho͘-á [～樹奶箍仔] 打橡皮圈 **2.** (利用有彈性的東西彈出以) 射擊, 例如打彈弓 ¶～ chiáu-á [～鳥仔] (用彈弓) 打鳥 ¶～ hô͘-sîn [～蝴蠅] (用橡皮筋) 打蒼蠅。

phiák‖phiǎk ⇒ piák/piǎk。

phiak-á (v phiak²) [phiak 仔] (名) KI: 彈弓 ¶chhiū-leng/-ni ～ [樹奶～] 橡皮筋做的彈弓。

phiak-phiak-kiò ⇒ piak-piak-kiò。

phian ‖pian (< Sin) [編] (動) 編纂; 編輯 ¶～ jī-tián [～字典] 仝。

phiân (動) 蹌踉 ¶Chiú chiàh-liáu, kiân-lō͘ koh ē/ōe ～. [酒吃了, 行路 koh 會～.] 喝過酒, 敢情走起路來搖搖晃晃的。

phián (動) 翻 (一端固定的東西如書本、毛髮以尋找、觀察等) ¶～ thâu-mo͘, liáh sat-bó [～頭毛掠虱母] 掰開頭

髮抓虱子 ¶～ jī-tián [～字典] 查字典 ¶～ lān-chiáu (要小便時, 從褲子的開口) 把陰莖掏出來。

phiàn¹ (< Sin [片]) (量) 指廣闊的範圍 ¶bák-chiu-chêng chit ～ pėh-bông-bông [目睭前一～白濛濛] 眼前一片白茫茫。

phiàn² (< Sin) [騙] (動) **1.** 欺瞞
△ ～ kà kòe-kòe [～到過過] 唬住; 騙得服服貼貼的; 騙得毫無漏出馬腳
△ ～ lâng m̄-bat/-pat [～人 m̄-bat]
2. 哄   ⌐騙 (外行) 人
△ ～ gín-á [～gín 仔] 哄孩子 (睡覺) ¶～ gín-á khùn [～gín 仔睏] 哄孩子睡覺。

phian-chè (< log Nip) [編制] (名) 仝。

phian- chhip /- chip /- chip ‖pian- (< log Nip < Sin) [編輯] (名) ê: 做編輯工作的人 ¶chóng-～ [總～] 仝 (動) 仝。   ⌐[pinchers] (名) KI: 鉗子。

phiàn-chì/-chih (< Nip penchi < En

phian-chiá (< log) [編者] (名) ê: 仝。

phiàn-chiàh ‖pián- [騙吃] (< [騙食]) (動) **1.** 行騙以過活 **2.** 濫竽充數以過活; (販賣假貨或隱瞞劣等技術) 蒙混一些收入以度日
△ ～-～ 濫竽充數以過活罷了。

phiàn-chih ⇒ phiàn-chì。

phian-chip/-chip (< ana Chi hom [集]) [編輯] ⇒ phian-chhip。

phiàn-gí/-gú/-gí (< log Chi) [片語] (名) ê: 仝。

phian-hiàng/-hiòng (< log Chi) [偏向] (動) 仝。   ⌐[動] 仝。

phian-hō (< log Chi) [編號] (名) ê: 仝

phian-kek (< log Chi) [偏激] (形) 仝。

phian-kiàn (< log Nip) [偏見] (名) ê: 仝。   ⌐[仝。

phian- phiah (< log Sin) [偏僻] (形)

phian- phian (< log Sin) [偏偏] (副)

[á] 全。

phiàn-phiò [騙票] 動 騙取選票。

phian-siá (< log Chi) [編寫] 動 全。

phiàn-sian [騙仙] 名 [á] ê: 騙子。

phiàn-siáu--ê [騙 siáu--ê] 名 騙不了人的話¶*kóng hiah-ê* ~ [講 hiah-ê ~]說那些騙不了人的話 動 **1.** 騙(騙不了的)人 **2.** 胡說八道,才不相信呢 **3.** 豈有此理 形 騙不了人的。

phiàn-sút (< log Sin) [騙術] 名 ê: 全。

phiang 象 堅硬的片狀物撞擊聲,例如金屬盤墜地或如打破玻璃;≃ khiang[1]。

phiāng[1] 量 計算高大的身體的單位¶*I chit ~ hiah tōa-~.* [伊一~ hiah 大~.]他高頭大馬;他那麼高大。

phiāng[2] 動 仆倒;cf piāng ¶~ *tī phòng-í-téng, peh-bē-khí--lâi* [~ tī 膨椅頂, peh-bē 起來] 仆倒在沙發上,爬不起來¶*giōng-boeh ~--khì* [giōng 欲~去] (支撐不住)幾乎昏倒。

phiat[1] (< Sin) [撇] 名 由右上斜向左下的筆劃 量 計算斜著向下的線條的單位¶*nn̄g ~ chhùi-chhiu* [兩~嘴鬚]兩撇鬍子 形 [x]又開的樣子,例如八字腳。

phiat[2] [撇] 囝 名 B. 技能¶*bô-pòan-* ~ [無半~]什麼都不會 形 **1.** 技能高超¶*~-pō* q.v. **2.** 好看;瀟灑;標緻;≃ phiat-sàng;cf phiau-phiat ¶*Lí hit su san chhēng--khí--lâi chin* ~. [你 hit su 衫 chhēng 起來真~.]妳穿那件衣服很好看。

phiat 象 鳥鼓動翅膀、掙扎或如魚跳動所發出的聲音 動 **1.** 鼓動(翅膀) **2.** 因跳動而拍打,例如魚 **3.** 拍打(嘴巴) **4.** (旗子在風中)飄揚(並拍打);cf iát。

phiát‖*phiăt* 象 劈拍聲,例如鳥鼓動翅膀 擬 迅速地鼓動一下(翅膀、旗子等)的樣子¶*~--chit--ē poe-/pe- cháu--khì* [~一下飛走去]啪的一聲飛走了。 「盤子 **2.** 任何盤子。

phiat-á [phiat 仔] 名 TÈ: **1.** 中、小

phiát-phiát-kiò‖*phih-*‖*phī-* [phiát- phiát 叫] 動 劈拍響,例如鳥鼓動翅膀或如樹葉拍打窗戶。

phiat-pō͘ [撇步] 名 PŌ͘, ê: 妙計;高超的好方法。 「翅膀;cf iát-sit。

phiát-sit [phiát 翼] 動 (鳥類)鼓動

phiau[1] [標] 名 品牌;≃ phiau-thâu ¶*Sam-/San-sian Lāu-kong-á* ~ [三仙老公仔~]福祿壽三仙的牌子。

phiau[2] (< Sin) [漂] 動 漂浮。

phiâu (< Sin) [嫖] 動 全;≃ khai[2]。

phiau-á [標仔] 名 **1.** ê: 牌儿;商標;≃ phiau-thâu **2.** TÈ, ê: 標籤。

phiau-chún‖*piau-* (< log Nip) [標準] 名 ê: 全¶*tēng ~* [訂~]全 形 全
◇ ~-*hòa* (< log Nip) [~化]全。

phiau-gí/-gú/-gí (< log Nip) [標語] 名 KÙ, ê: 全¶*tah ~* [搭~]張貼標語。 「≃ lâu。

phiau-liû (< log Sin) [漂流] 動 全;

phiau-phiat [飄撇] 形 瀟灑;灑脫。

phiau-pún (< log Nip) [標本] 名 ê: 全。

phiau-tê/-tôe (< log Nip) [標題] 名 ê: 全。 「牌儿;商標;≃ phiau-á。

phiau-thâu [標頭] 名 ê: (商品的)

phiau-tiám‖*piau-* (< log Chi) [標點] 名 ê, TIÁM: 全 動 全。

phiau-tôe ⇒ phiau-tê。

phih[1] 動 仆倒;≃ phak, q.v.

phih[2] (< sem *phih[1]*) 觕 動 **1.** 姦¶*Lí khì hông* ~! [你去 hông~!]去你媽

的! **2.**咒罵 **3.**理睬¶*mài* ∼ *·i* [mài
∼伊] 別理他。

phih-phiăt ⇒ phī-phiăt。

phih-phiăt-kiò ⇒ phī-phiăt-kiò。

phih-phih-chhoah ⇒ phī-phī-
chhoah。　　　　[*thiàu*[2], q.v.]。

phih-phók-thiàu (< *phók-phók-*

| **phîn** | ⇒ phiân。

phín[1] ⓥ 事先約定好¶*í-su, ∼ bô khí-
phùi-bīn* [í輸∼無起屁面] 約定好
(玩 / 比賽) 輸了不生氣。

phín[2] ⓟ 恃;仗著¶∼ *lín chhù ū-chîⁿ
tiō iau-kiû tȩk-khoân m̄?* [∼lín厝
有錢就要求特權m̄?] 仗著你家有錢
就要求特權啊?

phîn-á [phîn仔] ⓝ CHIAH:一種形狀
像蒼蠅而極小、繞著水果飛的小昆

phín-á [phín仔] ⓝ KI:橫笛。 ⌊蟲。

phín-chit (< log Nip) [品質] ⓝ 全。

phín-hēng (< log Sin) [品行] ⓝ 全。

phín-koán (< log Chi < ab Nip [品質
管理] < tr En *quality control*) [品
管] ⓝ 品質管理。

phin-phín-phiang-phiang ⓥ **1.**彈
琴出聲 **2.**丟碗盤等出聲。

phĭn-phóng (< Nip *pimpon* < En
Ping-pong) ⓝ**1.**乒乓球遊戲¶*phah
∼* 打乒乓¶∼ *pí-sài* [∼比賽] 乒乓
球賽 **2.**LIÁP:乒乓球
◇ ∼ *la-khiát-toh/-toh* (v *la-khiát-
toh*) KI:乒乓桌球拍。
◇ ∼*-toh-á* [∼桌仔] CHIAH:球桌。

phín-tek (< log Chi) [品德] ⓝ 全。

| **phiô** | (< Sin) [藻] ⓝ CHÂNG, MÍH:
浮萍;≃ chúi-phiô。

phiò[1] (< Sin) [票] ⓝ **1.**TIUⁿ:(用
過即失效的) 憑證,例如車票、選票
¶*lâi-hôe-∼* [來回∼] 全 **2.**票數,即
選舉時支持或被支持的數量單位
¶*jī-chȧp-bān ∼ tòng-soán* [20萬∼

當選] 全¶*sîn-sèng ê chit ∼* [神聖ê
一票] 神聖的一票。

phiò[2] (< Sin) [漂] ⓥ 漂 (白) ¶∼-
·kòe/-·kè [∼過] 經過漂白。

phiò-chhng [票倉] ⓝ Ê:有許多支持
選票的地區。

phiò-kè (< log Chi) [票價] ⓝ 全。

phiò-pȩh (< log Nip) [漂白] ⓥ 全、
◇ ∼*-che* (< log Nip) [∼劑] 全。

| **phit** |[1] [疋] ⓠ 計算布疋的單位。

phit[2] [匹] ⓠ 批,即計算進出貨物的
單位;≃ chú[2]。

phít-chiah‖*phit-* (< Nip *pitchā* < En
pitcher; ant *khiát-chiah*) ⓝ Ê:(棒
球、壘球的) 投手。

phit-phók-thiàu (< *phih-phók-
thiàu* < *phók-phók-thiàu*, q.v.)。

| **phiu** | ⓥ **1.**飛奔;≃ piu **2.**溜逃;捲
逃。　　　　　　　　　　[掉。

phiú‖*phiŭ* ⓧ 嗖嗖聲 ⓧ 一溜煙跑

phiù ⓥ **1.**滑 (走) ¶*To-á tȕh-tiȯh kut,
soah ∼·khì.* [刀仔tȕh著骨,煞∼
去.] 刀子捅到骨,滑走了¶*tȧh-∼·khì*
[踏∼去] 腳下滑了 **2.**彈 (開) ¶*Bih-
á pȧk-bô-ân, ∼·khì.* [篾仔縛無
ân,∼去.] 竹篾沒綁好,彈開了 **3.**失

phiŭ ⇒ phiú。　　　　　　　⌊(去機會)。

phiŭ-liŭ-siŭ ⓧ 急速移動的樣子;一溜
煙;≃ phȕt-lȕt-sȕt ¶∼, *cháu kà bô-
khòaⁿ-iⁿ iáⁿ* [∼,走到無看見影] 一
下子跑得不見蹤影。

phiú-·ù‖*phiŭ-*‖*phí-*‖*ph̆-* (< *phiú*)
ⓧ **1.**滑得遠遠或彈開的樣子 **2.**飛
馳而過的樣子,例如飛刀或子彈。

| **ph̄ng** | ⓧ **1.**昆蟲鼓動翅膀的聲音,尤
其在掙扎的時候 **2.**馬達聲 ⓥ 發上
述聲音。

ph̆ng ⓧ **1.**昆蟲翅膀鼓動不起來的的
聲音 **2.**馬達發動不起來的聲音。

ph̆ng-·ng ⓧ **1.**昆蟲從耳邊飛過的聲

音 **2.** 機車等飛馳而過的聲音 **3.** 馬達發動起來的聲音。

phngh (動) 申斥 ¶*kâng* ~ 斥責人家；罵人 ¶*(khih) hông* ~ 挨罵
◇ ~-~-*kiò* [~~叫] **a.** 大聲斥責 **b.** (匣) 勃起 **c.** (眼鏡蛇) 發出恐嚇聲。

pho¹ [波] (名) LIA̍P: 泡沫 ¶*Chit khoán sap-bûn bô* ~. [這款 sap-bûn 無~.] 這種肥皂不起泡沫 ¶*tê-kho* ~ [茶箍~] 肥皂泡 ¶*puh-* ~ 吐泡沫；冒泡。

pho² (< log Chi) [波] (量) 計算事物湧現的單位 ¶*iû-kè chit* ~ *koh chit* ~ *tit-tit khí* [油價一~ koh 一~ 直直起] 油價一波一波一直漲。

phō (< Sin) [抱] (動) **1.** 雙手扶住於懷中 ¶*Gín-á kiâⁿ-bē-khì ·a, ài lâng* ~. [Gín 仔行 bē 去矣，愛人抱.] 孩子走不動了，要人抱 **2.** 領養 (孩子)；≃ io³ 。　　　　　　　[全。

phò-àn‖*phòa* (< log Chi) [破案] (動)

phò-hoāi/-*hāi* (< log Nip) [破壞] (動) 全。

phō-khiam/-*khiám* (< ana [謙] < log Chi) [抱歉] (形) 全；≃ pháiⁿ-/phái-sè。　　　　　　[蘭] (名) 東歐國名。

Pho-lân (< log Chi < *Poland*) [波

pho-lí-lóng‖*pho-* (< En *poly-* + TW -*lóng*¹) (名) 保麗龍。

phò-sán (< log Nip) [破產] (動) 全。

phō-sim [抱心] (動) (因心律不整、狹心症、心肌梗塞等所引起的) 心臟不適。　　　　　　　　　[siang-hong。

phò-siang-hong‖-*siong-* ⇒ phòa-

Pho-su-oan (< log Chi < tr; *cf* En *Persian Gulf*) [波斯灣] (名) 全。

phò-tāu (匣) (動) **1.** 賣弄知識 **2.** 聊天。

phô-tô (< *pô-tô*, q.v.)。

pho-tō͘ (< log Chi) [坡度] (名) 全。

pho-tōng (< log Chi) [波動] (動) 全。

pho͘ (< Sin) [鋪] (動) **1.** 鋪 (平) ¶~ *bîn-chhn̂g* [~眠床] 鋪床 **2.** 鋪設 ¶~ *thài-lù* 鋪磁磚 ¶~-*lō͘* [~路] 全 **3.** 入 (裡子) ¶~ *mî-á* [~棉仔] 入棉絮。

phô͘ (< Sin [扶]) (動) **1.** (手低於腹部，向上) 抬；*cf* tháⁿ ¶*Góa toh-á ~-koân, lí kā chóa-pang seh-lo̍h-khì toh-á-kha.* [我桌仔~ koân，你 kā 紙枋 seh 落去桌仔腳.] 我把桌子抬起來，你把厚紙板塞在桌腿兒底下 **2.** 奉承 ¶*ài lâng* ~ [愛人~] 喜歡人家奉承
△ ~-*chiūⁿ-thiⁿ* [~上天] 捧上天。

phó͘ (< Sin) [譜] (名) **1.** 樂譜 ¶*bē/bōe-hiáu khòaⁿ* ~ [bē 曉看~] 不會看譜 **2. B.** 一目瞭然的圖表等 ¶*cho̍k-*~ [族~] 全 ¶*kî-*~ [棋~] 全 **3.** 大致的標準 ¶*lia̍h chit ê* ~ [掠一個~] 取其大概 (動) 鋪排 ¶~-*khek* q.v.

phō͘-á [簿仔] (名) PÚN: 本子　　[紙。
◇ ~-*chóa* [~紙] TIUⁿ: 本子上的

phô͘-āu-kha [phô͘ 後腳] (動) 扯後腿。

phó͘-khek (< log Chi) [譜曲] (動) 全。

phó͘-ki̍p (< log Nip) [普及] (形) 全。

phô͘-kong-eng ⇒ pô͘-kong-eng。

phô͘-lān-pha (粗) (動) "PLP," 即阿諛/奉承/拍馬屁。

pho͘-lí-lóng ⇒ pho-lí-lóng。

pho͘-lō͘ [鋪路] (動) 全。

phó͘-phiàn (< log Nip < sem Sin) [普遍] (形) 全。

phô͘-phô͘-tháⁿ-tháⁿ (動) 阿諛逢迎。

phô͘-sat (< log Sin < ab Sans *Bodhisattva*) [菩薩] (名) Ê: 全。

phó͘-soán (< log Nip) [普選] (名) PÁI: 全 (動) 全。　　　　　　[常；平凡

phó͘-thong (< log Nip) [普通] (形) 平
◇ ~-*chhia* [~車] TÂI, PANG, CHŌA:

普通班車 ［民

◇ ~-*lâng* [～人] Ê: **a.** 一般人 **b.** 平

◇ ~-*phe*/-*phoe* [～批] TIUⁿ: 平信

◇ ~-*sî*(-*á*) [～時(仔)] 平時; ≃ pêng-siâng-sî

(副) 通常 ¶~, *lâng bô án-ne kóng.* [～, 人無 án-ne 講.] 通常 (人家) 不這麼說的。 [PÁI: 盂蘭盆會 (動) 全。

phó͘-tō͘ (< sem log Sin) [普渡] (名)

phòa (< Sin) [破] (動) **1.** 破碎 ¶*po-lê* ~-·*khì* [玻璃～去] 玻璃破了 ¶*kòng*-~ [摃～] 打破; 敲破 **2.** 破裂 ¶*saⁿ* ~-·*khì* [衫～去] 衣服破了 **3.** 破壞 ¶~ *lâng ê in-iân* [～人ê姻緣] 破壞他人姻緣 **4.** 劈(開) ¶~-*chhâ* [～柴] 劈柴 **5.** 剖(開) ¶*kā pak-tó* ~-*khui, kā pak-lāi-á thèh-·chhut-·lâi* [kā腹肚～開, kā腹內仔thèh] 把肚子剖開, 把內臟拿出來 **6.** 分(開); *cf* phòa-pêng ¶*Hi-tó-lá thâu-mơ* ~ *chiàⁿ-pêng.* [Hi-tó-lá頭毛～正pêng.] 希特勒的頭髮在右邊分開 **7.** 引(水出入溝渠、水田) ¶*kā chúi* ~-*kòe-lâi chit khu* [kā水～過來這坵] 把水引過來這塊地 **8.** 敗露 ¶*khòaⁿ-* ~ *kha-chhiú* [看～腳手] 看穿 (形) 破的 ¶~ *saⁿ* [～衫] 破衣服。

phòa-chhâ [破柴] (動) 劈柴。

phòa-chhia [破車] (名) TÂI: 全。

phòa-chhù-tháng-á [破厝桶仔] (名) KENG: 破房子。 ［全。

phòa-chûn [破船] (名) TÂI, CHIAH:

phòa-hùi‖*phò-* (< col log Sin) [破費] (動) 全; ≃ khai-chîⁿ。

phòa-kái‖*phò-* (< col log Chi) [破解] (動) 全; ≃ kái-phòa。

phòa-kài‖*phò-* (< col log Sin) [破戒] (動) 全。

phòa-khang [破khang] (< [破空]) (名) Ê: **1.** 破洞 **2.** 漏洞 **3.** 傷口 (動)

1. 破個洞 ¶*Chit niá saⁿ* ~. [這領衫～.] 這件衣服破個洞 **2.** (事跡) 敗露; ≃ piak-khang。

phòa-khui [破開] (動) 剖開; 劈開。

phòa-kô͘-kô͘ [破糊糊] (形) 破碎/破爛 (不堪)。

phòa-lèh-siaⁿ [破lèh聲] (名) 有裂痕的東西敲擊時所發出的不堅實的聲音; ≃ phòa-chhèh-siaⁿ; ≃ hâm-sau-siaⁿ (形) 有上述或類似的聲音。

phòa-pak [破腹] (動) 剖腹

△ ~ *seⁿ/sⁿ* [～生] 剖腹生產。

phòa-pēⁿ/-*pīⁿ* [破病] (動) 害病

◇ ~ *ke-á* [～雞仔] CHIAH: 病夫。

phòa-pêng [破pêng] (動) 剖成兩半 ¶*Góa thâu-mơ bô* ~-*pêng.* [我頭毛無～.] 我的頭髮左右不分開。

phòa-peng-chûn‖*phò-* (< col log Chi) [破冰船] (名) TÂI: 全。

phòa-phê/-*phê* ⇒ phòa-phôe。

phòa-phìⁿ (< log Nip) [破片] (名) TÈ: 全; ≃ chà-tân-phòe。

phòa-phòa-nōa-nōa (< log Sin) [破破爛爛] (形) 全。

phòa-phôe/-*phê*/-*phê* [破皮] (動) 擦破皮 ¶~, *bô lâu-hoeh* [～無流血] 擦破皮但沒流血。

phòa-pīⁿ ⇒ phòa-pēⁿ。

phòa-pò͘ [破布] (名) TÈ: (可做揩布等的) 破衣物。

phòa-siang-hong|-*siong*-‖*phò-* (< col log Nip) [破傷風] (名) 全。 ［膽。

phòa-táⁿ (< log Sin) [破膽] (形) 喪

phòaⁿ ¹ (< Sin) [判] (動) 全 ¶~ *chàp nî* [～10年] 判了十年 (有期徒刑)。

phòaⁿ² (< Sin [販]) (動) (零售商以較低的價錢) 購買; ≃ koah³。

phōaⁿ (< Sin) [伴] (名) Ê: 伴侶。

phōaⁿ-chàu (< log Nip) [伴奏] (名)

ê: 全 (動) 全。

phōaⁿ-chhiú [伴手] (名) ê: (做客攜帶的) 禮物; cf tán-lō˘。

phōaⁿ-chhōa [伴娶] (名) ê: 伴郎 (動) 當伴郎。　　　　　　　「全。

phòaⁿ-chōe (< log Sin) [判罪] (動)

phòaⁿ-hêng [判刑] (動) 全。　「娘。

phōaⁿ-kè [伴嫁] (名) ê: 伴娘 (動) 當伴

phòaⁿ-koat (< log Nip < Sin) [判決] (動) 全。　　　　　　　　　「全。

phòaⁿ-toàn (< log Sin) [判斷] (動)

phoah [潑] (動) 全 ¶ kā chiú ~ tòa i ê bīn--e [kā酒~tòa伊ê面·e]把酒潑在他臉上。

phoa̍h (動) 搭 (在肩上、脖子上、繩子上等) ¶ kha sio-~ [腳相~] 一隻腳搭在另一隻腳上 ¶ saⁿ ~ tòa í-á--e ho˘ ta [衫~tòa椅仔·e ho˘ ta]把衣服搭在椅子上讓它乾。

phoah-hō˘ [潑雨] (動) 雨稍進來。

phoah-léng-chúi (< log Chi) [潑冷水] (動) 冷言冷語或說洩氣的話打擊他人的熱情或積極性。

phoa̍h-liān [phoa̍h鏈] (名) TIÂU: 項鏈。

phoat … ⇒ poat...。

phoe¹ (名) 信件; ⇒ phe¹。

phoe² (量) 分出的一部分; ⇒ phe²。

phoe³ (動) 削; ⇒ phe³。

phoe⁴ (動) 批判; ⇒ phe⁴。　　「皮

phôe ‖ phê ‖ phê˙ [皮] (名) 1. TÊNG: 外
△ ~ peⁿ-ân-ân [~繃ân-ân]硬著頭皮
△ ~ peⁿ khah ân ·le [~繃較ân ·le]皮繃緊一點兒──(恐嚇/警告:)等著挨打
△ ~ teh chiūⁿ [~teh癢]皮膚發癢──(恐嚇/警告:)小心挨打
2. TÈ: 肉皮　3. TÈ, NIÁ: 皮革。

phòe¹ [配] (動) 1. 匹配;相稱; ≃ kah³ ¶ Chit nn̄g sek bē-~--tit. [Chit兩色 bē~得.]這兩個顏色配不來　2. 配 (眼鏡); ≃ kà⁴。

phòe² ‖ phè ‖ phè˙ (動) (連同其他食物或飲料) 一起吃 ¶ kan-na chiàh chhài, bô ~ pn̄g [kan-na吃菜無~飯]光吃菜, 沒和著飯一起吃 ¶ kan-na chiàh pn̄g, bô ~ chhài [kan-na吃飯無~菜]光吃飯, 沒吃菜 ¶ Chiàh iòh-á ~ tê khah-hó thun. [吃藥仔~茶較好吞.]吃藥時連開水一起比較吞得下去。

phōe ‖ phē ‖ phē˙ [被] (名) NIÁ: 被子。

phòe-á ‖ phè- ‖ phè˙- [phòe仔] (名) TÈ: 破片。

phōe-á¹ (名) 稗子; ⇒ phē-á¹。

phōe-á² ‖ phē- ‖ phē˙- [被仔] (名) NIÁ:

phoe-chóa ⇒ phe-chóa。　「小被子。

phôe-chôa ‖ phê- ‖ phê˙- [皮蛇] (名) 擴散性帶狀泡疹。

phoe-chún ⇒ phe-chún。

phôe-ê ‖ phê-/phê˙- ôe [皮鞋] (名) KHA, SIANG: 全。　　「合」(動) 全。

phòe-hàp (< log Chi < sem Sin) [配

phòe-hòk (< ana Chi hom [配] < log Chi) [佩服] (動) 全; ≃ pōe-hòk。

phôe-hu ‖ phê- ‖ phê˙- (< log Sin) [皮膚] (名) 全; ≃ bah; ≃ phôe/phê ◇ ~-pēⁿ (< log Nip) [~病]全。

phòe-im (< log Chi) [配音] (動) 全。

phòe-kak (< log Chi) [配角] (名) ê:

phoe-khak ⇒ phe-khak。　　「全。

phòe-kip (< log Nip) [配給] (動) 全。

phoe-lông ⇒ phe-lông。

phôe-pau-á ‖ phê- ‖ phê˙- (< log Sin + á) [皮包仔] (名) KHA, ê: 皮包。

phòe-pau-á (< pôe-pau-á + phiò-pau-á) [phòe包仔] (名) ê: 錢包。

phoe-phêng ⇒ phe-phêng。

phòe-phiò [配票] 働 全。

phoe-phòaⁿ ⇒ phe-phòaⁿ。

phòe-sek (< log Nip) [配色] 働 1. 配
顏色 ¶*I chhēng-saⁿ chin gâu* ~.
[伊 chhēng 衫真 gâu ~.] 她穿衣服很
會配顏色 2. 攪和顏色; ≃ kap-sek。

phôe-siuⁿ‖ *phê-*‖ *phê-* (< log Sin)
[皮箱] 名 KHA: 全。

phoe-tâng ⇒ phe-tâng。

phōe-té‖*phē-/phē-tóe* [被底] 名

phoe-tháng ⇒ phe-tháng。

phôe-tòa‖*phê-*‖*phê-* (< sem log
Sin) [皮帶] 名 TIÂU: 腰帶。

phōe-toaⁿ‖*phē-*‖*phē-* (< log Sin)
[被單] 名 NIÁ: 被套。

phòe-túi (< log Sin) [配對] 働 全。

phoeh ‖*phe̍h*‖*phe̍h* 名 TÊNG: (稀
飯、豆漿、牛奶等加熱後在表面上
凝成的) 皮。

phoh (< Sin) [粕] 名 渣滓 ¶*tê-bí-*~
[茶米~] 泡完的茶葉 形 (口感覺
得) 多渣滓,例如有些梨、抽取過汁
的肉 ¶*chiàh-tiòh* ~-~ [吃著~~] 吃
起來不潤滑、沒水分,渣滓似的。

phok ¹ 量 計算鼓起的包的單位
¶*kòng chit ē, phok chit* ~ [摃一
下 phok 一~] 撞了一個包 働 1. 鼓
(起); 暴 (出) ¶*ba̍k-chiu* ~-*-chhut-
·lâi* [目睭~出來] 眼睛突出 ¶*kòng
chit ē,* ~ *chit phok* [摃一下~一
phok] 撞了一個包 2. (形容事情) 出
現; cf pok²(5) ¶*Chit chân tāi-chì
iáu-bōe/-bē chú-lí liáu, hit chân
tāi-chì iū* ~-*-chhut-·lâi ·a.* [Chit 層
代誌夭未處理了, hit 層代誌又~
出來矣.] 這件事還沒處理完,(偏
偏) 那件事又蹦出來了 形 鼓起的
樣子 ¶*ba̍k-chiu* ~-~ [目睭~~] 暴
眼儿。

phok² (< sem Sin) [博] 働 炫耀學識
形 1. 有學識 ¶*ké-*~ [假~] 充內行
¶*bē* ~, *ké-*~ q.v. 2. 好炫耀學識。

phok 象 1. 小爆破聲,例如馬達聲、迸
出聲 2. 心跳聲 働 搏動 ¶*sim-koaⁿ
iáu teh* ~ [心肝夭 teh ~] 心還砰砰
地跳著 働 連續跳的樣子 ¶*Chúi-ke
*~, ~, ~, *thiàu-cháu-·khì.* [水雞
~,~,~, 跳走去.] 田雞一跳一跳地
跳走了。

phok‖*phök* 象 帕的一聲,例如開香
檳酒瓶或鼓掌、跳躍 働 跳的樣
子,連續或不連續; cf phök ¶*Chúi-
ke* ~, ~, ~, *thiàu-cháu-·khì.* [水
雞~,~,~, 跳走去.] 田雞一跳一跳
地跳走了 ¶~-*-chit-·ē, thiàu-kòe/-kè
kau* [~一下, 跳過溝] 一下子跳過了
河。

phök-á‖*phok-* [phök 仔] 名 泡泡
¶*chhiū-leng-*~ [樹奶~] a. (遊玩
用的) 橡皮氣球; ≃ ke-/koe-kui-á
b. (泡泡糖的) 泡泡 ¶*tiān-hóe-*~ [電
火~] 電燈泡; ≃ tiān-kiû-á。

phök-á-siaⁿ (v *phah-phök-á*) [phök
仔聲] 名 SIAⁿ: 掌聲。

phok-bu̍t-īⁿ (< log Chi) [博物院]
名 KENG: 全。

phok-bu̍t-koán (< log Nip) [博物
館] 名 KENG: 全。 「Ê, PÂI: 全。

phok-lám-hōe (< log Nip) [博覽會]

phök-phök-chhéng / -chháiⁿ / -
chhái 働 (心裡) 砰砰亂跳 ¶*sim-koaⁿ
~ [心肝~] 心悸。

phök-phök-thiàu¹ [phök-phök 跳]
働 暴跳; ≃ phut-phut-thiàu。

phök-phök-thiàu² ‖*phi̍h-*‖*phi̍t-*‖
phī- [phök-phök 跳] 働 1. (心) 砰
砰跳; ≃ phök-phök-chhéng 2. 蹦
蹦跳,例如球或青蛙。

phök-pò͘ ‖*pök-* (< log Sin) [瀑布]
名 Ê: 全; ≃ chúi-chhiâng。

phok-sū (< log Nip < sem Sin) [博士] Ⓐ Ê: 全

◇ ~-phok [〜博] Ê: 百事通, 貶意。

phóng¹ (< Sin [捧]) Ⓠ 兩手掬起的容量 ¶chit ~ bí [一〜米] (掬起的) 一把米 Ⓥ 掬 ¶iōng ~ ·e, mài iōng me ·e [用〜·e, mài 用 me ·e] (穀類、沙等顆粒狀物:) 用兩隻手掬起, 別用一隻手抓 ¶~ chúi sé/sóe bīn [〜水洗面] 掬水洗臉。

phóng² Ⓢ 砰; ⇒ póng¹。

phòng¹ Ⓢ 砰; ⇒ pòng。

phòng² [膨] Ⓥ 鼓起; 膨脹 ¶khì kà bīn ~-~-~ [氣到面〜〜〜] 氣得臉脹得大大的 [naih 一下] 一鼓一癟地 △ ~·chit··ē, naih··chit··ē [〜一下, △ ~·le, naih··le do.

Ⓕ 凸 ¶sio ê sî ~-~, léng ê sî moh-moh [燒ê時〜〜, 冷ê時 moh-moh] 熱的時候鼓起來, 冷的時候癟下去。 [Ⓐ CHIAH: 松鼠。

phòng- chhí /-chhú /-chhí [膨鼠]

phòng-chhn̂g [膨床] Ⓐ TÉNG: 彈簧

phòng-chhú ⇒ phòng-chhí。 [床。

phòng-hong¹ [膨風] Ⓥ 臌脹。

phòng-hong² [膨風] (< [謗風]) Ⓥ 誇大; 吹噓 Ⓕ (人) 浮誇

◇ ~-ku [〜龜] ê, CHIAH: 吹牛大王。

phòng-í [膨椅] Ⓐ 1. CHIAH: 彈簧椅 ¶tn̂g-~ [長〜] 沙發 2. CHIAH, LIAU, TIÂU: 沙發 ¶khùn ~ [睏〜] 睡沙發。

phòng-jī/-gī/-lī [膨字] Ⓐ 1. (ant thap-jī) Ê: 陽紋 2. (ant thap-jī) JĪ: 浮雕的字 3. JĪ: 點字。

phòng-kam [椪柑] Ⓐ LIÁP: 全。

phòng-kiàⁿ [膨鏡] Ⓐ 1. TÈ, KI: 凸透鏡; ≃ hàm-kiàⁿ 2. TÈ: 凸面鏡。

phōng- kó [phōng 果] Ⓐ CHÂNG, LIÁP: 蘋果; ≃ lìn-gò; ≃ koa-kó。

phōng-kong (< dia tone + Chi asp <

pông-kong, q.v.)。 [子。

phòng-kûn [膨裙] Ⓐ NIÁ: 鼓起的裙

phòng-phā [膨皰] Ⓥ (皮膚) 起泡。

phong-phài (< sem log Sin [豐沛]) [phong 沛] Ⓕ (菜餚) 豐盛。

phòng - phôe /- phê /- phê [膨皮] Ⓕ [x] 胖。 [到處飛揚。

phōng-phōng-eng Ⓥ (灰塵、粉末)

phŏng-phóng-sián (< Nip pomponsen) Ⓐ TÂI, CHIAH: 汽艇。

phòng-phù (< Nip pompu < Neth pomp) Ⓐ [á] LIÁP: 邦浦; 抽水機。

phòng- sai- sai [膨獅獅] Ⓕ 1. (頭髮等) 膨鬆地鼓起 2. (臉因生氣而) 鼓脹 ¶khì kà ~ [氣 kà〜] 氣炸。

phòng-se [膨紗] Ⓐ LIÁP, KHIÛ, TIÂU: 棒線; 毛線 ¶chhiah ~ [刺〜] 織毛線

◇ ~-chiam [〜針] KI: 棒針

◇ ~-saⁿ [〜衫] NIÁ: 毛線衣

◇ ~-sòaⁿ [〜線] LIÁP, KHIÛ, TIÂU: 棒線; 毛線。 [鬆。

phōng-song (< Mand [蓬鬆]) Ⓕ 疏

phòng-tō͘ [膨肚] Ⓥ 1. 臌脹 ¶khì kà ~ [氣到〜] 氣炸 2. 屍體 (未及時處理而) 脹起來 [個短命的路屍。

△ ~ té-miā [〜短命] Ⓝ (你/他) 這

phû¹ ‖ pû Ⓠ 計算大小便的單位。

phû² (< Sin) [浮] Ⓥ 1. 浮 (起) ¶liân-hoe ~ tī chúi-bīn [蓮花〜tī水面] 蓮花浮在水面 2. 上升 ¶kng hơ ~··khí-·lâi [扛 hơ〜起來] 抬高些 ¶kè-siàu ū khah ~ [價數有較〜] 價錢略有上升 3. 浮現 ¶Ma-ma ê iáⁿ ~ tī góa ê bàk-chiu-chêng. [媽媽ê影〜tī我 ê目睭前.] 媽媽的身影浮現在我眼前 Ⓕ 1. 輕飄飄的, 不穩定 ¶kiâⁿ-lō͘ ~-~ [行路〜〜] 走路 (覺得) 輕飄飄的, 例如久臥頭暈的病人 2. 輕浮 3. 浮現/浮起的樣子, 例如路面下的大石頭、血管 ¶kin/kun ~-~ [筋〜

~] 青筋暴出。

phû³ (< sem *phû²*) [浮] 働 **1.** 油炸; ≃ chìⁿ³ ¶*~ thiăn-pú-lah* 炸天麩羅 **2.** 煮(煮熟後會浮起的食物,例如湯圓)。

phú (< Sin [殕]) 名 黴菌; ≃ ko·² 形 **1.** 灰色的 **2.** [x] 朦朧 ¶*bàk-chiu ~-~* [目睭~~]眼花 **3.** [x] 不過爾爾 ¶*góa khòaⁿ lí ~-~; lí khòaⁿ góa bū-bū* q.v.

phū¹ ‖ *bū* 働 **1.** (從口中)噴灑 ¶*Kó·-chá ut-saⁿ iōng chhùi ~-chúi.* [古早熨衫用嘴噴~水.]從前燙衣服用嘴噴水 **2.** 噴霧 ¶*~ ióh-á* [~藥仔]噴藥。

phū² 働 **1.** 沸溢,即因沸騰而溢出; ≃ pūi² ¶*Moâi ~-chhut-lâi ·a.* [糜~出來矣.]稀飯噴出來了 **2.** 冒(泡),例如嬰兒、螃蟹; ≃ puh。

phŭ ‖ *phŭh* 象 **1.** 馬達發動不起來的聲音; *cf* phŭ--ù **2.** (昆蟲等)翅膀鼓動不起來的聲音; *cf* phŭ--ù。

phú--ê 名 形 灰色。

phû-iông (< log Sin) [芙蓉] 名 CHÂNG, LÚI: 全。 [塑膠。

phu-lá-si̍-tik (< En *plastic*) 名 形

phu-lá-suh/-si̍h (< Nip *purasu* < En *plus* < Lat *plus*) 名 正號;正數;正電 働 加 形 正的。 [名 全。

phû-la̍t/-le̍k (< col log Nip) [浮力]

phu-lìn-thè ‖-*lín-* (< En *printer*) 名 TÂI: 列印機;印表機。

phu-ló-gū-làm ‖-*ló·-* (< En *programme*) 名 Ê: **1.** 節目 **2.** 電腦程式。

phu-ló-phé-lah ‖-*ló·-* (< Nip *puropera* < En *propeller*) 名 KI: 螺旋槳。

phu-ló-gū-làm ⇒ phu-ló-gū-làm。

phu-ló·-phé-lah ⇒ phu-ló-phé-lah。

phú-phú--a (v *phú*) 形 不精深;一知半解 ¶*I chún ē-/ōe-hiáu, mā ~ niâ.*

[伊準會曉, mā ~ niâ.]即使他會,也不過一知半解。

phū-phū-poe /-*pe* /-*pe·* [phū- phū 飛] 働 輕快地飛來飛去。

phú-sek [phú 色] 名 灰色; ≃ hóe-/hé-hu-sek。

phû-tāng [浮 tāng] 名 LIA̍P: (釣魚的)漂儿; ≃ phû-thāng⁽²⁾。

phû-thāng [浮 thāng] 名 LIA̍P: **1.** 浮筒; ≃ phû-tháng **2.** (釣魚的)漂儿; ≃ phû-tāng。

phû-tô/-thô (< *pô·-tô*, q.v.)。

phŭ--ù (< *phŭ*) 象 **1.** 馬達發動起來的聲音 **2.** 機汽車、飛行物飛奔而過或揚長而去的聲音 **3.** 鼓動翅膀飛走的聲音 擬 突然走的樣子。

phŭh ⇒ phŭ。

phúi 象 唾出聲 働 園 (命令)唾出來 嘆 呸!

phùi¹ (< Sin) [屁] 名 全。

phùi² [呸] 働 **1.** 唾;吐 ¶*~ chhùi-nōa* [~嘴nōa]吐口水 **2.** 噴(出嘴裡的東西) ¶*chhiò kà kui chhùi pn̄g ~-~-chhut--lâi* [笑kà kui嘴飯~~出來]笑得飯噴了出來。

phun (< Sin [潘]) 名 **1.** 淘米水 **2.** 餿水。 [單位。

phûn (< log Sin) [盆] 量 計算盆栽的

phún 働 **1.** (用爪子向後)耙(地等致使泥土等四濺),例如雞、狗 **2.** 踐踏而使零亂,例如牛 **3.** 掙(脫)。

phùn (< Sin) [濆] 働 四濺 ¶*chióh-thâu liàn--lòh--khì, chúi ~--khí--lâi* [石頭liàn落去,水~起來]石頭掉下去,水濺起來。

phùn-bū-khì (< log) [噴霧器] 名 KI: 全。 [PHÛN, CHÂNG: 全。

phûn-chai (< log Nip) [盆栽] 名

phùn-chhat (< log Chi) [噴漆] 働

KOÀN: 噴霧式的漆 ⓥ **1.** 以噴霧的方式上漆 **2.** 噴漆亂塗。「②Ê: 全。

phùn- chúi- tî (< log Nip) [噴水池]

phùn-kha-kheng [phùn 腳框] ⓥ (逃離時疾馳而) 兩腿張得開開的; ≃ phùn-kheng。

phùn-siā-ki (< log Chi < Nip) [噴射機] ② TÂI, CHIAH: 全。 「全。

phûn - tē (< log Nip) [盆地] ② Ê:

phun-tháng [phun 桶] (< [潘桶]) ② KHA, Ê: 儲淘米水或餿水的桶子。

phut (< Sin [刜]) ⓥ (橫或斜) 砍 ¶*kā ī-/ū-soàn* ~-~ *tiāu* [kā 預算~ ~掉] 把預算砍掉。

phŭt ⓢ **1.** 急速移動的樣子; ≃ phŭt-lŭt-sŭt ¶~-*-chit--ē cháu--khì* [～一下走去] 很快地跑了 **2.** 欻地跳起的樣子¶~*-chit--ē thiàu--chhut--lâi* [～一下跳出來] 欻地跳了出來。

phŭt-lŭt-sŭt ⓢ 急速移動的樣子; ≃ phiŭ-liŭ-siŭ, q.v.

phut-phut-thiàu [phut-phut 跳] ⓥ **1.** (魚蝦等掙扎地) 跳 **2.** 暴跳 **3.** 雀躍。

pi [¹] [埤] ② **1.** KHUT, Ê: 小水壩 **2.** Ê, TIÂU: 有小水壩的大灌溉渠。

pi² ⓢ 哨子聲 ⓥ (哨子) 響。

pî¹ (< Sin) [脾] ② Ê: 脾臟。

pî² ⓠ **1.** 把, 即將整串香蕉橫割的單位 **2.** 計算整片的魚子的單位。

pí¹ [比] ⓥ **1.** 指點; 指示; ≃ kí² **2.** 做手勢或擺出全身的姿勢¶~*-chhiú-sè* [～手勢] 做手勢; ≃ pí-chhiú **3.** 瞄準¶*giàh chhèng ka* ~--*leh* [giàh 銃 ka～·leh] 舉槍對準他。

pí² (< Sin) [比] ⓥ **1.** 比較; 比對; ≃ phēng ¶~*-khòaⁿ chiâ khah koân* [～看 chiâ 較 koân] 比比看誰高 **2.** 衡量¶~*-khòaⁿ gōa/jōa tn̂g* [～看 gōa 長] 量量看多長 ¶*Iōng chhioh* ~,

chiah ē/ōe chún. [用尺～才會準.] 拿尺量才準確 **3.** 比賽¶~ *bān--ê, mài* ~ *kín--ê* [～慢·ê, màu ～緊·ê] 比慢, 不要比快 ⓙ 較為; ≃ phēng; ⇒ pí... khah。

pī (< log Sin) [被] ⓐ 全¶~*-chi-phòe chòk-kûn* [～支配族群] 全¶~*-thóng-tī-chiá* [～統治者] 全。

pǐ ⓢ 高揚的哨子聲。

pí...khah... (v *pí²*) [比... 較...] ⓙ 比... 較為 ...; ≃ khah... ¶*Góa pí lí khah é/óe.* [我比你較矮.] 我比你矮。

pi-á (v *pí²*) [pi 仔] ② KI, Ê, LIÀP: 哨子; ≃ pi-pi-á ¶*pûn* ~ 吹哨子。

pí--a ⓢ 小雞驚叫聲。

pi-ai (< log Sin) [悲哀] ⓐ 全 ⓗ **1.** 全 **2.** 可悲, 貶意。 「全。

pī- bián ‖*phiah -* (< log) [避免] ⓥ

pì-bit (< log Nip) [秘密] ② ⓗ 全
◇ ~ *bú-khì* (< log Chi) [～武器] 全
◇ ~ *kèng-chhat* (< log Nip) [～警察] Ê: 全。 「禮] ② Ê: 全。

pì- bō͘ tián- lé (< log Chi) [閉幕典

pí-bú (< log Sin) [比武] ⓥ 全。

pi-chhám (< log Nip < Sin) [悲慘] ⓗ 全。

pī-chhí/-chhú (< log Chi; ant *chiàⁿ-chhí*) [備取] ② 全。

pí- chhiú [比手] ⓥ 做手勢; ≃ pí-chhiú-sè 「kha-ōe-chhiú。
◇ ~-*ōe-to* [～畫刀] 指手畫腳; ≃ pí-

pī-chhú ⇒ pī-chhí。

pí-chu-sè [比姿勢] ⓥ 擺架勢。

pī-hāi-chiá (< log Nip < Sin) [被害者] ② Ê: 被害人; ≃ siū-hāi-chiá。

pì-hng (< log Sin) [祕方] ② THIAP, Ê: 全。

pī-hong-káng ⇒ phiah-hong-káng。

pī-īn-ióh (< log Chi < Nip [避妊藥]

< tr En *contraceptives*) [避孕藥] [名] LIA̍P: 仝。

pì-jiō-kho /*-khe*|*-liō-*‖*pì-giō-kho* (< log Nip) [泌尿科] [名] KHO: 仝。

pí-jû-kóng [比如講] [連] 比方說。

pí-kàu (< log Sin) [比較] [名] (< log Nip < sem) 仝 [動] 仝; ≃ pí-phēng。◇ ~*-khah* 較為; ≃ khah^{2} ¶~*-khah hó* [~-khah 好] 比較好。

pì-kiat (< log) [泌結] [名] [動] 便秘。

pi-kio̍k/*-ke̍k* (< log Nip) [悲劇] [名] CHHUT, Ê: 仝。

pī-kò (< log Nip < Sin) [被告] [名] Ê: 仝。

pi-koan (< log Nip) [悲觀] [名] [形] 仝。

pì-koat (< log Sin) [祕訣] [名] Ê: 仝。

Pi-lâm-cho̍k [卑南族] [名] CHO̍K, Ê: 仝; ≃ Piu-má。

pī-lān-só· (< log Nip) [避難所] [名] ŪI, Ê: 仝。

pí-lē (< log Nip) [比例] [名] 仝 ¶*chiàn*^{n}*-*~ [正~] 仝 ¶*hoán-*~ [反~] 仝。

Pí-lī-sî (< log Sin < *België*) [比利時] [名] 西歐國名; ≃ Be-lú-gih。

pì-lō· tiān-sī (< log Chi) [閉路電視] [名] 仝。

pī-lûi-chiam (< log Nip) [避雷針] [名] KI: 仝; ≃ lûi-kong-chiam。

pí-lu̍t (< log Nip) [比率] [名] Ê: 仝。

pî-pê^{1} (< log Sin) [琵琶] [名] KI: 仝。

pî-pê^{2}‖*gî-*‖*khî-*‖*tî-* (< log Sin) [枇杷] [名] CHÂNG, LIA̍P: 仝。

pí-phēng [比 phēng] [動] 比較。

pi-pi-á [pi-pi 仔] [名] KI, Ê, LIA̍P: 哨子; ≃ pi-á, q.v.

pi-pí-pia̍k-pia̍k [動] **1.** 連續發出頻率較高的嗶剝聲,例如走在乾的枝葉上或如灑水於熱油鍋等,又如乾柴燃燒 **2.** 軟物體連續打在其他物體上發出啪啪的聲音,例如摑嘴巴或鞭打。

pi-pí-po̍k-po̍k [動] **1.** 連續發出較沈的嗶剝聲,例如走在乾的枝葉上或如灑水於熱油鍋等,又如柴薪燃燒爆炸 **2.** 軟物體連續打在其他物體上發出啪啪的聲音,例如拿鞋在牆上拍使乾淨。

pi-pí-pu̍h-pu̍h [動] 連續放屁或拉稀出聲。

pī-piǎk [象] **1.** 頻率較高的嗶剝一兩聲,例如踏斷乾的枝葉或如熱鍋裡的油偶而跳起等,又如柴薪燃燒爆炸 **2.** 軟物體打在其他物體上的聲音,例如摑嘴巴或鞭打。

pī-pǒk [象] **1.** 較沈的嗶剝一兩聲,例如踏斷乾的枝葉或如熱鍋裡的油偶而跳起等,又如柴薪燃燒爆炸 **2.** 軟物體打在其他物體上發出啪啪的聲音,例如打鞋使乾淨。

pī-pǔh [象] 放屁或拉稀一兩聲。

pí-sài (< log Chi) [比賽] [名] TIÛ^{n}: 仝 [動] 仝 ¶~ *chhia* [~車] 賽車。

pì-si/*-su*/*-si̇* (< log Nip) [秘書] [名] Ê: 仝 ◇ ~*-tiú*^{n} (< log Chi) [~長] Ê: 仝。

pi-siang/*-siong* (< log Sin) [悲傷] [動] [形] 仝。

pī-si̍t-bîn-chiá [被殖民者] [名] Ê: 仝。

pì-su ⇒ pì-si。

pì-sù/*-sì̇* [形] 靦腆。

pí-tāng (< log Nip) [比重] [名] 仝。

pí-tàu [比鬥] [動] 比; 比賽 ¶~ *kín* [~緊] 比快; 比比看誰快 ¶~ *súi* 比美。

pī-thóng-tī-chiá (< log) [被統治者] [名] Ê: 仝。

pī-tōng (< log Nip; ant *chú-tōng*, *chū-tōng*) [被動] [形] 仝。

pi^{n} ^{1} (< Sin) [邊] [名] **1.** 周邊 ¶*kún* ~ [衮~] 滾花邊 **2.** PÊNG: 旁邊; ≃ pi^{n}-·a ¶*peng-siu*^{n}*-*~ [冰箱~] 冰箱旁邊 **3. B.** 邊緣; ≃ kî^{n} ¶*hái-*~ [海~] 仝 [量] 仝; ≃ pêng ¶*khǹg chi̍t* ~ 放在一旁。 cf pian^{1}。

pi^{n} ^{2} (< Sin) [鞭] [名] KI: 鞭子; ≃ sut-á;

P

piⁿ³ (象) 高頻率汽車喇叭聲或類似的聲音; cf poⁿ (動) (使) 發出上述聲音。

piⁿ⁴ [繃] ⇒ peⁿ。

pîⁿ ⇒ pêⁿ¹,²,³。

píⁿ (< Sin; ant îⁿ) [扁] (形) 全。

pìⁿ¹ [柄] ⇒ pèⁿ。

pìⁿ² (< Sin) [變] (動) 1. 變 (成); ≃ piàn ¶Ah-ku-lu-á ～ thian-gô. [鴨ku-lu 仔～天鵝.] 醜小鴨變成天鵝 2. 搞; 做 ¶Lí teh ～ sáⁿ báng? [你 teh～啥魍?] 你在搞什麼鬼?

pīⁿ¹ [病] ⇒ pēⁿ。

pīⁿ²‖pīn (< Sin) [辮] (動) 1. 辮 (髮) ¶～-thâu-chang [～頭鬃] 辮髮 2. 編製 ¶iōng chhì-á ～ ông-koan, tì tī I ê thâu-khak [用莿仔～王冠, 戴 tī 伊 ê 頭殼] 用荊棘編作冠冕, 戴在祂頭上 ¶～ soh-á [～索仔] 製繩子。

piⁿ-·a (< piⁿ-á) [邊·a] (名) PÊNG: 旁

pîⁿ-á ⇒ pêⁿ-á¹,²。 [邊; 邊緣。

pìⁿ-á-bīn [邊仔面] (名) (物體的) 側面。

piⁿ-á-kak [邊仔角] (名) 旁邊的角落。

piⁿ-á-mn̂g [邊仔門] (名) Ê: 邊門。

piⁿ-á-thâu [邊仔頭] (名) 旁邊的 (其他) 地方 ¶ka kiò-khì ～ [ka 叫去～] 把他叫到一旁。

pìⁿ-báng [變魍] (動) 1. 搞鬼 ¶piⁿ sáⁿ báng [變啥魍] 搞什麼鬼 2. 搞花樣 ¶pìⁿ-bô-báng [變無魍] 搞不出花樣。

pîⁿ-bīn ⇒ pêⁿ-bīn。

pìⁿ-bīn [變面] (動) 繃了臉; 發怒。

pīⁿ-chêng ⇒ pēⁿ-chêng。

pīⁿ-chhn̂g ⇒ pēⁿ-chhn̂g。

pîⁿ-chhù-á ⇒ pêⁿ-chhù-á。

pìⁿ-chia̍h [變吃] (< [變食]) (動) 弄吃的; 烹飪。

pín-chǹg [扁鑽] (名) KI: 扁鑽。

pìⁿ-chò/-chòe ⇒ piàn-chò。

pīⁿ-īⁿ ⇒ pēⁿ-īⁿ。

pīⁿ-ká ⇒ pēⁿ-ká。

pîⁿ-kai ⇒ pêⁿ-kai。

pìⁿ-kâu-lāng [變猴弄] (動) 1. 耍花招 2. 惡作劇 3. 搞鬼; ≃ pìⁿ-báng; ≃ pìⁿ-khang; ≃ pìⁿ-kúi。

pīⁿ-kiáⁿ ⇒ pēⁿ-kiáⁿ。

pín-kô-lô-sô|-kō-lō-|-kō-lō- [扁 kô-lô-sô] (形) 扁平。

pìⁿ-kúi [變鬼] (動) 搞鬼。

pìⁿ-lāng [變弄] (動) 1. 玩弄; 逗弄; ≃ kāng; ≃ lāng 2. 搞鬼; ≃ pìⁿ-kâu-lāng; ≃ pìⁿ-kúi 3. 弄; 搞; ≃ pìⁿ。

pīⁿ-lâng ⇒ pēⁿ-lâng。

pīⁿ-le̍k ⇒ pēⁿ-le̍k。

pīⁿ-pâng ⇒ pēⁿ-pâng。

pín-peh (< log) [扁柏] (名) CHÂNG: 全; ≃ hi-nó-khih。

pîⁿ-phê/-phôe ⇒ pêⁿ-phôe。

pîⁿ-phīⁿ ⇒ pêⁿ-phīⁿ。

pîⁿ-pîⁿ(-á) ⇒ pêⁿ-pêⁿ(-á)。

pîⁿ-po·-cho̍k ⇒ pêⁿ-po·-cho̍k。

pîⁿ-pun ⇒ pêⁿ-pun。

pín-taⁿ (< Sin; > pín-taⁿ > pún-taⁿ > pun-taⁿ; > pín-taⁿ > pìn-taⁿ > pùn-taⁿ; > pín-taⁿ > pin-taⁿ) [扁擔] (名) KI: 全。

pīⁿ-thai ⇒ pēⁿ-thai。

pīⁿ-thài ⇒ pēⁿ-thāi。

pîⁿ-thâu ⇒ pêⁿ-thâu。

pīⁿ-thiàⁿ ⇒ pēⁿ-thiàⁿ。 [(名) 全。

pín-thô-sòaⁿ (< log Nip) [扁桃腺]

pîⁿ-tōe ⇒ pêⁿ-tē。

pîⁿ-tóe-ôe ⇒ pêⁿ-té-ê。

pīⁿ-to̍k ⇒ pēⁿ-to̍k。

pià -liá-·ng (< pià-liáng < piáng, q.v.)。

pià-liáng (< piáng, q.v.)。

piá-·ng (< piáng) (象) 全下。

piǎ-·ng‖piá- (< piǎng) (象) 轟然爆破聲或碰撞聲, 加重語氣, 例如輪胎、

槍彈、物體倒塌 [擬] 轟然倒下的樣子 ¶~-·chit-·ē hūn-·khì [~一下暈去] 轟然暈倒。

piaⁿ ‖ *phiaⁿ* [動] **1.** 扔; 捋; (亂) 丟 **2.** 丟 (下不管) ¶*khang-khòe/-khè* ~-·*leh* 丟下工作不管 **3.** 摔 (東西泄恨) **4.** 跌; 摔交。 「[形] 第三。

piáⁿ¹ (< Sin) [丙] [名] 十天干第三位

piáⁿ² (< Sin) [餅] [名] TÈ: 糕餅。

piàⁿ¹ [拚] [動] **1.** 努力; ≃ piàⁿ-sì ¶*Ài piàⁿ, chiah ē/ōe iâⁿ.* [愛~才會贏.] 要努力才會勝利 ¶*Chiâⁿ ~ ·le!* q.v. **2.** 為…努力; 努力使…更好 ¶~ *keng-chè* [~經濟] 拼經濟 ¶~ *sêng-chek* [~成績] 努力使成績更好, 例如從業人員趕業績或如工廠趕生產 **3.** 趕著 (做) ¶~ *khang-khòe/-khè* [~工課] 趕工 **4.** 趕 (往); 衝 (出去 / 進來 / 回去 / 回來, etc) ¶*thiaⁿ-tio̍h siau-sit, sûi ~-tńg-·lâi* [听著消息, 隨~返來] 聽到消息, 馬上趕回來 ¶~-*chhut-khì gōa-kháu* [~出去外口] 衝出去

△ ~-*leh cháu* [~leh 走] 拔腿就跑;
△ ~-*leh lōng* do. ⌊逃之夭夭

5. 競爭; 與…競爭 ¶~ *i bē/bōe iâⁿ* [拚伊 bē 贏] 與之競爭不過

△ ~ *seng-lí* [~生理] 競爭生意

[形] 努力; ≃ piàⁿ-sì。

piàⁿ² [摒] [動] **1.** 傾倒 ¶~ *pùn-sò* 倒垃圾 **2.** 清掃 ¶~ *chhù-lāi* [~厝內] (家中) 掃除 **3.** 整理並騰出 ¶~ *chi̍t keng pâng-keng hō· lâng-kheh tòa.* [~一間房間 hō· 人客 tòa.] 騰出一個屋子給客人住 **4.** (一) 掃 (而空) ¶*chhù hō· chha̍t-á ~ kà khang-khang-khang* [厝 hō· 賊仔~到空空空] 房子被小偷偷光。

piáⁿ-a̍p-á [餅盒仔] [名] Ê: 餅盒。

piáⁿ-koaⁿ (< log Sin) [餅干] [名] TÈ: 仝。

piàⁿ-miāⁿ (< log Sin) [拚命] [動] [副] 仝。「[~] 大掃除 [動] 掃除 (環境)。

piàⁿ-sàu [摒掃] [名] 掃除 ¶*tōa-~* [大

piàⁿ-sì/-sè [拚勢] [動] [形] [副] 努力。

piàⁿ-sio̍k [拚俗] [動] 賤價競賣。

piàⁿ-tiāu [摒掉] [動] 倒掉。

piah¹ (< Sin) [壁] [名] TÓ·, PHÌⁿ: 牆壁。

piah² [俚] [動] 誆騙。

piah-cheng [壁鐘] [名] Ê: 掛鐘。

piah-chóa (< log Nip) [壁紙] [名] TIUⁿ, CHHÂI: 牆紙。

piah-gâm [壁癌] [名] 牆壁因其水泥產生化學變化而有物質滲出表面或本身變弱, 水泥與油漆脫落。「接處。

piah-kak [壁角] [名] 牆角, 即兩片牆相

piah-khang [壁 khang] (< [壁空]) [名] Ê: 牆壁上的 (破) 洞。

piah-lô· (< log Chi) [壁爐] [名] Ê: 仝。

piah-ōe (< log Chi) [壁畫] [名] PHÌⁿ, Ê, TIUⁿ: 仝。

piah-pò (< log Chi) [壁報] [名] TIUⁿ: 仝 ¶*chò/chòe ~* [做~] 仝。

piah-téng [壁頂] [名] 牆上。

piah-tû (< log Chi) [壁櫥] [名] Ê: 仝。

piak¹ [動] 爆破; 破裂 ¶*hoe-kan ~-·khì* [花矸~去] 花瓶迸裂了。

piak² (< *pia̍k*) [動] **1.** 摑; ≃ siàn² ¶~ *chhùi-phé/-phóe* [~嘴 phé] 摑嘴 **2.** 爆, 即用熱油炒少量的作料或食物 **3.** 油爆食物時油濺出 ¶~ *kà móa-sì-kè* [~到滿四界] (油爆食物時油) 濺得到處是。

pia̍k ‖ *phia̍k* [象] 劈拍聲, 例如摑嘴巴或油爆食物 ¶~-~-*kiò* [pia̍k-pia̍k 叫] 發出劈拍聲 [動] 劈拍的一聲, 例如摑嘴巴、油爆食物、電路走火; *cf* piák/ piǎk。

piák ‖ *piǎk* ‖ *phiák* ‖ *phiǎk* [象] **1.** 劈拍

P

的一聲，即高頻率的爆烈或打擊聲，例如摑嘴巴、樹枝折斷、電路走火 **2.** 油爆(食物)發出的聲音 ⓩ 迸出火花的樣子。

piak-khang (< □空) ⓥ (事跡)敗露; ≃ hoat-pauh。

piak-khui [piak 開] ⓥ 迸開。

piak-phòa [piak 破] ⓥ 迸裂。

piȧk-piȧk-kiò (v *piȧk*) [piȧk-piȧk 叫] ⓥ 劈拍響。

| **pian** |[1] (< Sin) [鞭] ⓝ KI: **1.** 細長的攻擊用具; ≃ pin² **2.** (當補藥用的) 陰莖 ⓠ 計算鞭打次數的單位 ¶*sut lȧk* ~ [sut 六~] 抽了六鞭。

pian² (< Sin) [編] ⇒ phian。

pian³ (< Sin) [扳] ⇒ pan²。

pián¹ (< Sin) [匾] ⓝ [á] TÈ: 匾額。

pián² ⓥ (設計) 欺騙。

piàn¹ (< Sin) [變] ⓥ **1.** 轉變; 變成; ≃ pìn² **2.** 變幻 ¶*Thiⁿ-khì teh* ~, *chin kín.* [天氣 teh ~真緊.] 天氣變化很快 ¶~ *mô-sut* [~魔術] 仝。

piàn² (< Sin) [遍] ⓠ 次; 回。

piān¹ (< Sin) [辯] ⓥ 辯論; 辯解 ¶~ *i bē tó* [~伊 bē 倒] 駁不倒他。

piān² (< Sin) [便] ⓕ **1.** 手頭上有 ¶*Chîⁿ nā ū* ~, *chhiáⁿ sûi kau.* [錢若有~，請隨交.] 手頭上方便的話，請馬上交(錢) **2.** 現成的 ¶*bé/bóe* ~-*·ê* [買~·ê] 買現成的 **3.** 預先 ¶*pâng-keng khêng* ~-~, *tán lâng-kheh lâi* [房間 khêng ~~等人客來] 把屋子收拾好了，等客人來 ¶*chò-/chòe-*~ *tī-·leh* [做~tī-·leh] 預先做好(以備需要) ¶*seng kóng-*~ [先講~] 先言明。

piān-chhài [便菜] ⓝ 仝。

piān-chhia [便車] ⓝ 仝 ¶*chē* ~ [坐~] 搭便車。

pián-chiȧh ⇒ phiàn-chiȧh

◇ ~-~ do.

pian-chhip/-*chip* (< ana Chi asp + Chi hom [集]) [編輯] ⇒ phian-chhip。

piàn-chit (< log Nip) [變質] ⓥ 仝。

piàn-chò/-*chòe*‖*pìⁿ* (< lit) [變做] ⓥ 變成, 只接賓語或補語 ¶*ke-khì-lâng* ~ *chin-chiàⁿ lâng* [機器人~真正人] 機器人變真人。

piàn-hêng (< log Nip) [變形] ⓝ 仝 ¶*"Khiā-lâng-pêng" sī "jîn"·jī ê* ~. ["企人 pêng"是「人」字 ê~.] 立人旁是人字的變形 ⓥ 仝。

piān-hō͘ (< log Nip) [辯護] ⓥ 仝。

piàn-hòa (< log Nip < sem Sin) [變化] ⓝ ⓥ 仝。

piān-i (< ab log Nip [便衣隊]) [便衣] ⓝ Ê: 警探; *cf* piān-saⁿ。

piān-iȯh [便藥] ⓝ [á] 成藥。

piān-kái (< log Chi) [辯解] ⓥ 仝。

piàn-keng (< log Nip) [變更] ⓥ 仝; ≃ kái² ¶~ *kok-thé* [~國體] 仝。

piàn-khiáu [變巧] ⓥ 變換不同的花樣、口味等。   「行事。

piàn-khòaⁿ [便看] ⓥ 走著瞧; 相機

piàn-kî-sut [變奇術] ⓥ 玩魔術。

piàn-kòa (< log Chi) [變卦] ⓥ 仝。

piān-lūn (< log Sin) [辯論] ⓝ ⓥ 仝。

piān-nā [便若] ⓛ 凡是; 只要; ≃ hoān-nā ¶~ *ū kiuⁿ-bī ·ê, lóng m̄ chiȧh* [~有薑味·ê, 攏 m̄ 吃] 凡有薑味的都不吃。

piàn-pá-hì [變把戲] ⓥ 變戲法儿; 變魔術; ≃ piàn mô-sut。   「仝。

piān-pn̄g (< log Sin) [便飯] ⓝ TÑG:

piàn-pō͘ [變步] ⓝ PŌ͘, Ê: 扭轉劣勢的新辦法 ⓥ 變法儿。

piān-saⁿ [便衫] ⓝ NIÁ: 便服。

piàn-sêng/-*chiâⁿ*‖*pìⁿ-chiâⁿ* (<

log Sin) [變成] 動 全；≃ piàn-chò。

piàn-siaⁿ-kî (< log Nip) [變聲期] 名
全。

pián-sian [pián 仙] 名 [á] ê: 騙子。

piàn-siàng/-*siòng* (< log Chi < sem
Sin) [變相] 動 形 全 ¶~ ê ka-sin
[~ê加薪]變相加薪。

piàn-sim (< log Sin) [變心] 動 全。

pián-si̍t [pián 食] LIĀP: 餛飩。

piān-só· (< log Nip) [便所] 名 KENG:
廁所
◊ ~-chóa [~紙] TIUⁿ: 廁所用紙。

piàn-sūi [piàn 遂] 名 (因中風而) 癱
瘓；≃ poàn-sūi。

piàn-thāi/-*thài* (< log Nip) [變態]
名 動 全 ¶sim-lí ~ [心理~] 全 形
全。 「如改朝換代。

piàn-thian [變天] 動 世局大變動，例

piàn-thong (< log Sin) [變通] 動 全。

piàn-tiāu (< log Chi) [變調] 名 動
全。

piàn-tōng (< log Chi) [變動] 動 全。

piān-tong (< log Nip) [便當] 名 1.ÀP:
帶到學校或職場吃的飯 2.團 LIĀP:
(吃飯時不小心) 沾在嘴角或臉上的
米粒等 ¶chah ~ a. 帶便當 b. 團
(吃飯時不小心) 把食物沾在嘴角或
臉上 (而不自知)
◊ ~-àp-á [~盒仔] ê: 飯盒。

piang 象 金屬片等輕脆的碰撞聲。

piáng 象 轟然爆破聲或撞擊聲，例如輪
胎爆破聲、霹靂聲、砲聲、槍聲、
物體倒塌聲。

piàng 象 爆破聲或撞擊聲；≃ piáng,
q.v. 動 爆 (破)，自動，接補語；cf
piāng ¶~-phòa [~破] 爆破；迸開。

piāng 動 1.爆破，自動，例如爆胎
¶lián-á ~-khì [lián 仔~去] 輪子爆
了 2.爆 (破)，他動；≃ pōng³ ¶kā kiô
~-tiāu [kā 橋~掉] 把橋炸掉 3.團

槍擊；槍殺，他動 ¶Siang pêng tòa
hia ~-lâi~-khì. [雙 pêng tòa hia
~來~去.]雙方發生槍戰 ¶hông ~-
tiāu [hông~掉]被槍殺 4.圍 (體力
或精神) 崩潰；因失去知覺而倒地；≃
phiāng² ¶giōng-boeh ~-khì [giōng
欲~去] (身體) 快支撐不住了 ¶kui
ê lâng chū-án-ne ~-khì [kui 個人自
án-ne~去] (整個人於是) 昏倒在
地。 「siaⁿ [~一聲] 砰的一聲

piǎng 象 爆破聲或撞擊聲 ¶ "~" chit
△ ~-·chit-·ē [piǎng 一下] a. 砰的一
聲 2.支撐不住倒地的樣子。

piàng-phòa [piàng 破] 動 迸開。

pia̍t -**chong** (< log Nip) [別莊] 名
KENG: 別墅。

piáu (< Sin) [表] 首 表示姑、舅、
姨方的姻親的關係 ¶~-hiaⁿ-tī [~兄
弟] 全 ¶~-sió-tī [~小弟] 表弟。

piáu² (< Sin) [裱] 動 裱褙。

piáu-bē/-*bē̄* ⇒ piáu-moāi。

piáu-bīn (< log Nip) [表面] 名 全
◊ ~-hòa (< log) [~化] 全
◊ ~-siāng/-*siōng* (< log Nip) [~
上]全。 「ê: 全。

piáu-ché/-*chí* [表姊] (< log Sin) 名

piáu-chêng (< log Nip < Sin) [表情]

piáu-chí ⇒ piáu-ché。 「ê: 全。

piau-chún ⇒ phiau-chún。 「哥。

piáu-hiaⁿ (< log Sin) [表兄] ê: 表

piáu-hiān (< log Nip) [表現] 名 動
全。 「全。

piáu-ián (< log Chi) [表演] 名 動

piáu-koat (< log Nip) [表決] 動 全
◊ ~ pō·-tūi (< log Chi) [~部隊] Ê,
TŪI: 被動員於表決時支持某一方的
一群人，尤指議員。

piáu-moāi/-*mōe*/-*bē*/-*bē̄* (< log
Sin) [表妹] 名 ê: 全；≃ piáu-sió-

moāi。

piáu-sī (< log Nip) [表示] 働 全。

piáu-sió-moāi/-*mōe*/-*bē*/-*bē* [表小妹] 名 [*á*] ê: 表妹。

piáu-sió-tī [表小弟] 名 [*á*] ê: 表弟。

piáu-tát (< log Chi) [表達] 働 全。

piáu-tī (< log Sin) [表弟] 名 ê: 全; ≃ piáu-sió-tī。

pih |¹ (< Sin) [鱉] 名 CHIAH: 全。

pih² 働 挽,即捲起袖子或褲管; *cf* lėk⁵; *cf* lút² ¶~ *chhiú-ńg* [~手ńg] 挽起袖子。「at⁽²⁾ ¶~ *ám* 去稀飯的汁。

pih³ (< SEY) 働 去 (稀飯等的) 汁; *cf* **píh** 象 短促的哨子聲,例如指揮大巴士倒車時。

pĭh 象 哨子響不起來的聲音; *cf* pĭ。

pih-chah (< *pih²* + *chah²*) 形 (衣著) 合身而筆挺整齊。

pín | (< back *pín-chiam*) 働 1. (用別針) 別 2. (用髮夾) 夾 (住頭髮)。

pín-á [pín仔] 名 ê, TÈ: (竹、藤編成的) 箅子。　　　　　　[名 ê: 全。

pîn-bîn-khut (< log Nip) [貧民窟]

pín-chiam (< TW *chiam* + Nip *pin* < En *pin*) [pín針] 名 KI: 固定用的大頭針 ¶*an-choân* ~ [安全~] 安全別針。　　　　　　　[KENG: 全。

pin-gî-koán (< log Chi) [殯儀館] 名

pîn-hiat (< log Nip) [貧血] 名 形 全。　　　　　　[ê: 全; ≃ ûi-pîn。

pîn-hong (< log Sin) [屏風] 名 TÈ,

pîn-lút (< log Chi; *cf* Nip [頻度]/[出現率] < tr; *cf* En *frequency*) [頻率] 名 全。

pin-nn̂g‖*pun-* (< log Sin; *cf* Mul *pi-nang*) [檳榔] 名 CHÂNG, PHA, LIÁP, KHÁU: 全 ¶*chiàh* ~ [吃~] 嚼食檳榔 ¶*kauh* ~ 料理檳榔子以供嚼食
◇ ~ *se-si* [~西施] ê: 全

◇ ~-*tàⁿ*-*á* [~擔仔] TÀⁿ, ê: 檳榔攤

pîn-pâi [屏牌] 名 TÈ, ê: 盾牌。⌊子。

pìn-piⁿ (< log Sin) [鬢邊] 名 PÊNG: 太陽穴。

pìn-piàng-kiò [pìn-piàng 叫] 働 1. 連續發出高頻而強烈的撞擊聲,例如走在室內的很重的腳步聲、槍聲、沒關好的門被風吹得一開一關的撞擊聲 2. 匆匆忙忙地做 形 匆匆忙忙 (地做);雜沓。

pīn-piāng-kiò [pīn-piāng 叫] 働 連續發出中低頻的上述聲音。

pin-pín-piang-piang 働 連續發出高頻的敲擊聲,例如彈琴。

pin-pín-piāng-piāng/-*piàng*-*piàng* 働 砰砰響;≃ pīn-piāng-/pìn-piàng-kiò 形 匆匆忙忙的樣子。

pin-pín-pong-pong 働 連續發出輕盈的高頻碰撞聲,例如打鼓。

pin-pín-pōng-pōng / -*pòng*-*pòng* 働 砰砰響;≃pīn-pōng-kiò。

pin-pong-kiò (< *pong-pong-kiò*) [pin-pong 叫] 働 鏗鏗響。

pīn-pōng-kiò (< *pōng-pōng-kiò*) [pīn-pōng 叫] 働 砰砰響。

pin-taⁿ (< *pín-taⁿ* < *pín*-*taⁿ*, q.v.)。

pîn-thâu [憑頭] 働 劚 按次序 ¶~ *pâi* [~排] 照順序 (排)。

pîn-tō (< log Chi) [頻道] 名 ê: 全; ≃ chhé-nō; ≃ chhiǎn-né-luh。

pîn-tōaⁿ ‖*pīn-*‖*pūn-*‖*pān-* (< [□懶]) 形 懶惰。

Pîn-tong (< log Nip) [屏東] 名 1. 市名; ≃ A-kâu 2. 縣名。

ping | -chhǐ-lîn (< Chi *ping¹ ch'i²-lin²*) 名 冰淇淋;≃ǎi-sí-khu-lì-m̀。

pio |¹ [鰾] ⇒ piō。

pio² (< Sin) [鏢] 名 KI: 1. [*á*] 暗中丟擲以殺傷的輕便武器 2. 標槍 ¶*chhŏk-* ~ [鏃~] 擲標槍 働 擲 (鏢、矛等以

殺傷)。

pio³ [標] ⑧ 招標的項目 ⑪ 招標工程的編號 ¶*tē-chảp-peh* ~ [第十八~] 仝 ⑩ 參與投標 ¶~ *hōe-á* q.v. ¶~ *kang-têng* [～工程] 仝 ¶~*-tiȯh* [～著] 得標。

pió¹ (< log Nip) [表] ⑧ TIÚⁿ: **1.** 圖表 ¶*sî-kan-*~ [時間～] 仝 **2.** 表格 ¶*thiⁿ* ~ [添] 填表。

pió² (< Sin) [錶] ⑧ LIȦP: **1.** 計時的錶; ⇒ pió-á **2.** 儀錶; ≃ mè-tà ¶*chúi-*~ [水～] 仝 ¶*gá-suh-*~ 瓦斯錶 ¶*tiān-*~ [電～] 仝。

piō‖*pio* (< Sin) [鰾] ⑧ **1.** LIȦP: 魚鰾 **2.** Ê: 魚的精囊。　　　 [～] do.

pió-á [錶仔] ⑧ LIȦP: 時錶 ¶*sî-*~ [時 ◇ ~*-tòa* [～帶] TIÂU: 錶鏈。

pio-chhiuⁿ (< log Chi) [標槍] ⑧ 一種田賽名; ≃ chȯk-pio ⑩ 仝; ≃ chȯk-pio。

pio-hōe-á‖*-hē-*‖*-hē-* [標會仔] ⑩ "標會," 即在借貸互惠的合會中爭取借貸順序。

pit ¹ (< Sin) [筆] ⑧ KI: 書寫工具。

pit² [筆] ⑪ **1.** 計算錢的單位 **2.** 計算土地的單位。

pit³ ⑩ (因乾燥、震動而) 裂; *cf* lih ¶*Kôaⁿ-thiⁿ siuⁿ ta, chhùi-tûn* ~*-·khì.* [寒天siuⁿ ta,嘴唇～去.] 冬天太乾,嘴唇都裂了。

pit-bóe/*-bé/-bé* [筆尾] ⑧ 筆尖。

pit-chhe [pit 叉] ⑩ 裂開成叉子狀。

pit-chhì (< log Chi < ab Nip [筆記試驗/筆答試驗]) [筆試] ⑧ ⑩ 仝。

pit-chiàn (< log Nip) [筆戰] ⑧ TIÚⁿ, PÁI: 仝 ⑩ 仝。 　　[⑩ 裂成兩半。

pit-chò-pêng‖*-chòe-* [pit 做 pêng]

pit-giȧp‖*pìt-* (< log) [畢業] ⑩ 仝 ◇ ~ *chèng-si/-su* (< log Chi) [～證書] TIÚⁿ: 仝

◇ ~ *kì-liȧm-chheh* (< log Chi) [～記念冊] 畢業紀念冊

◇ ~*-seng* (< log) [～生] Ê: 仝

◇ ~ *tián-lé* (< log Chi) [～典禮] Ê, PÁI:: 仝。

pit-iàu (< log Nip) [必要] ⑧ 仝 ¶*bô hit-lō* ~ [無hit-lō～] 沒那個必要 ⑰ 仝。

pit-iú (< log Chi) [筆友] ⑧ Ê: 仝。

pit-kì (< log Chi) [筆記] ⑧ 仝 ◇ ~*-hêng ê tiān-náu* (< tr + log Chi < tr En *notebook computer*) [～型ê電腦] TÁI: 筆記型電腦; ≃ nó·-buk　　　　　　　　 [仝。

◇ ~*-phō·* (< log Chi) [～簿] PÚN:

pit-kóng [筆 kóng] ⑧ Ê: (鋼筆的) 筆帽; ≃ pit-that; ≃ pit-thò。

pit-liȯk/*-lȧk/-lȯk* (< log Chi) [筆

pit-lȯk ⇒ pit-liȯk。 　| 錄] ⑧ Ê: 仝。

pit-miâ (< log < tr En *pen name*) [筆名] ⑧ Ê: 仝。

pit-oȧh/*-ȧih* (< log Chi) [筆劃] OȦH: ⑧ 仝; ≃ jī-oȧh。　　[成縫。

pit-phang [pit 縫] ⑧ Ê: 裂縫 ⑩ 裂

pit-siu (< log Nip) [必修] ⑩ ⑰ 仝 ◇ ~*-kho/-khe* (< log Chi < ab Nip [必修科目]) [～科] KHO: 仝

◇ ~*-khò* (< log Chi) [～課] KHO, Ê: 仝。　　　　　　　　　 [仝。

pit-su-phín (< log Nip) [必需品] ⑧

pit-sûn ⑧ Ê, CHŌA: 裂紋; ≃ pit-hûn ⑩ 裂成條紋。

pit-tâm (< log Nip) [筆談] ⑩ 仝。

pit-tâng (< log Sin) [筆筒] ⑧ Ê: 仝。

pit-that (-kóng) [筆 that (-kóng)] ⑧ 筆帽; ≃ pit-thò。

piu ⑩ **1.** 飛奔 **2.** (不留在家裡而) 到處瞎跑 ¶~*-·le liu-liu-khì* [～·le,溜溜去] (不負責任,離家外出) 一下子不知跑哪儿去了 **3.** 飛逝,例如機會

落空; cf phiú-‧ù。

Piu-má (< *Puyuma*) [彪馬] (名)
1. CHŎK: 卑南族 **2.** Ê: 卑南族人
3. KÙ: 卑南語。「到處瞎跑的女兒。

piu-pô [piu婆] (名) (不留在家裡而)

png¹ ‖ *pui*ⁿ (< Sin) [楓] (名) [á]
CHÂNG: 楓樹。

png² (動) **1.** 使更大; 拓(寬) ¶*chhù ~
hơ khah khoah* [厝～hơ較闊] 擴建
房子 **2.** 添加(於他人生意、賭注)
¶*~ chıt hūn* [～一份] 插一股。

pn̄g¹ ‖ *pūi*ⁿ (< Sin) [飯] (名) **1.** 乾米飯
¶*té ~* 盛飯; 添飯 **2.** TN̄G: 餐食 ¶*bô
~ thang chıàh* [無～thang吃] 沒飯
吃。

pn̄g² (< Sin [傍]) (動) 依靠 「的福。
△ *~ lí ê hok-khì* [～你ê福氣] 託你

png-á [楓仔] (名) CHÂNG: 楓樹
◇ *~-chhiū* [～樹] do.
◇ *~-hiòh* [～葉] HIOH: 楓葉。

pn̄g-e/-e‧ ⇒ pn̄g-oe。

pn̄g-khok-á [飯khok仔] (名) Ê: 飯盒;
≃ piān-tong-àp-á。 「LIÀP: 飯粒。

pn̄g-liàp-á (< Sin + *á*) [飯粒仔] (名)

pn̄g-óaⁿ (< Sin) [飯碗] (名) Ê: 職業; cf
chıàh-pn̄g-óaⁿ ¶*phah-phòa ~* [phah
破～] 打破飯碗 ¶*thih-~* q.v.

pn̄g-oân [飯丸] (名) LIÀP: 飯團。

pn̄g-oe/-e/-e‧ [飯堝] (名) KHA, Ê: 全。

pn̄g-phí [飯phí] (名) TÈ: (米飯的)鍋
巴。 「全。

pn̄g-phiò (< log Chi) [飯票] (名) TIUⁿ:

pn̄g-sî [飯匙] (名) KI: 飯勺子; 飯匕
◇ *~-chhèng* [～銃] BÓE: "飯匙倩,"
即眼鏡蛇
◇ *~-kut* [～骨] KI: 肩胛骨。

pn̄g-tháng (< Sin) [飯桶] (名) **1.** KHA:
裝飯的桶子 **2.** ê: 笨蛋 ¶*~ kòa
chhia-lián* [～掛車lián] 有輪子(會
走動)的飯桶, 即酒囊飯袋 (形) (<

sem) 無能
◇ *~-sian* [～仙] ê: 笨蛋; 無能的人。

png-thiaⁿ (< log Chi) [飯廳] (名)
KENG: 全。

png-tiàm (< log Chi) [飯店] (名)
KENG: 旅館; ≃ ho-té-luh。

po (< Sin) [褒] (動) 稱讚; 誇獎 ¶*ka-tī
~ ka-tī* [家己～家己] 自誇。

pô (< Sin) [婆] (名) B. **1.** 對年長的婦
女的尊稱 ¶*moâi-lâng-~* [媒人～] 女
性媒人 ¶*tiū*ⁿ*-ḿ-~* [丈姆～] 丈母
娘 **2.** 祖父母輩的婦女 ¶*chhe*ⁿ*-ḿ-
~* [chheⁿ姆～] 長輩的親家母 **3.** 祖
父母年紀的婦女; 老婦女 ¶*a-~* [阿
～] 老太太 ¶*~-‧a* do. **4.** 妻子 ¶*ang-
~* [翁～] 夫婦; 公婆 **5.** 婦女, 蔑稱
¶*chí-/chú-pn̄g-~* [煮飯～] 沒有個人
生活的家庭主婦 ¶*khit-chıàh-~* [乞
食～] 女乞丐。

pó¹ (< Sin) [寶] (名) 寶貝 ¶*m̄-bat ~*
不識好貨 ¶*thài-thài sī ~* [太太是
～] 要非常珍惜太太。

pó² (< Sin) [保] (動) **1.** 保有; 保住
¶*~ sè-/sèⁿ-miā* [～性命] 全 **2.** 擔
保 ¶*kau chàp-bān ka ~-‧chhut-‧lâi*
[交10萬ka～出來] 交十萬元把他保
出來。

pò¹ (< Sin) [報] (名) 報紙 ¶*Lí tēng
sím-mih ~?* [你訂甚麼～?] 全 ¶*Ū
nn̄g tōa ~ hoán-tùi Tâi-oân kè-tàt.*
[有兩大～反對台灣價值.] 全 ¶*boán-
~* [晚～] 全 ¶*jıt-~* [日～] 全 (動)
1. 告知; 報導 ¶*~ hō· tàk-ke chai* [～
hō· tàk家知] 告知大家
△ *~ pêng-an* [～平安] 全
2. 指出來使知道 ¶*~ hō· tàk-ke
khòa*ⁿ [～hō· tàk家看] (指出來)叫
大家看; 帶大家去看 **3.** 告密; 通報
(情治單位) ¶*~ kèng-chhat* [～警
察] 報警 **4.** 申報 ¶*~ hō·-kháu* [～戶
口] 全。

pò² (< Sin) [報] ⑩ 報應；回報 ¶*ēng phái*ⁿ ~ *hó* [用歹～好] 以惡報德。

pò³ ⑩ 插(秧)；⇒ pò⁴。

pò⁴ [播] ⑩ 播報 ¶~ *sin-bûn* [～新聞] 播報新聞。　　　　「婦人的暱稱。

pǒ (< ab *a-pǒ* < *a-pô*) [囝] ⑧ 對年長

pò-àn (< log Chi) [報案] ⑩ 全。

pò-bé-á (< log Sin + *á*) [報馬仔] ⑧ ê: **1.** 報馬，即通報消息的先驅 **2.** 探子 **3.** 打小報告的人。

pō-bîn ⇒ pòk-bîn。

pó-chèng (< log Nip) [保證] ⑧ ⑩ 全 ¶*Góa* ~ *i bē-/bōe-hiáu.* [我～伊 bē 曉.] 我保證他不會　　　「人] ê: 全
◇ ~*-jîn/-gîn/-lîn* (< log Nip) [～
◇ ~*-kim* (< log Nip) [～金] PIT: 全
◇ ~*-si/-su* (< log Nip) [～書] TIUⁿ: 全
⑩ 一定 ¶*I* ~ *bē-/bōe-hiáu.* [伊～bē 曉.] 保證他不會；他一定不會。

pó-chhî (< log Chi) [保持] ⑩ 全 ¶~ *koan-hē* [～關係] 全。

pó-chiàng/-*chiòng*/-*chiong* (< log Nip < Sin) [保障] ⑧ ⑩ 全。

pó-chiòh (< log Sin) [寶石] ⑧ LIÀP: 全。

pó-chiong /-*chiòng* ⇒ pó-chiàng。

pò-chóa (< log Sin) [報紙] ⑧ TIUⁿ, HŪN: 全。「公司] ⑧ KENG, ê: 全。

pó-choân kong-si (< log Chi) [保全

pó-chûn (< log Nip) [保存] ⑩ 使繼續存在，不受損傷或不發生變化。

pò-èng (< log Sin) [報應] ⑧ ê: 全 ⑩ 全。

pó-hiám (< log Nip) [保險] ⑧ ê: 全 ¶*bé/bóe* ~ [買～] 全 ⑩ 全
◇ ~*-hùi* (< log Chi) [～費] 全
◇ ~*-kim* (< log Nip) [～金] PIT: 全
◇ ~ *kong-si* (< log Chi) [～公司] KENG: 全

◇ ~*-siuⁿ* (< log Chi) [～箱] KHA, ⑮ 全 ¶*bô* ~ [無～] 不保險。「ê: 全

pó-hō͘ (< log Nip < Sin) [保護] ⑩
◇ ~*-hùi* [～費] 全　　　　　「全
◇ ~*-sek* (< log Nip) [～色] ê: 全

pò-hòk (< log Chi) [報復] ⑩ 全。

pó-iáng/-*ióng* (< log Sin) [保養] ⑩
◇ ~*-phín* [～品] 全　　　　「全
◇ ~*-tiûⁿ* (< log Chi) [～場] ê: 全。

pò-in/-*un*/-*ïn* (< log Sin; ant *pò-(oan-)siû*) [報恩] ⑩ 全。

pò-kò (< log Nip) [報告] ⑧ HŪN, ê: 全 ⑩ 全。

po-koa [褒歌] ⑧ (男女)對唱的情歌；≃ sio-po-koa。

pó-kóán (< log) [保管] ⑩ 全。

pò-koan (< log Sin) [報關] ⑩ 全
◇ ~*-hâng* (< log Chi) [～行] KENG: 全。　　　　　　　　「⑧ ê: 全。

pó-kóán-siuⁿ (< log Chi) [保管箱]

pó-kùi (< log Chi) [寶貴] ⑮ 全；≃ pó-pòe ¶~ *ê i-kiàn* [～ê 意見] 全。

po-lê (< log Sin) [玻璃] ⑧ TÈ, PHÌⁿ: 全 ¶*koah* ~ [割～] 劃玻璃
◇ ~*-au* [～甌] [*á*] TÈ: 玻璃杯
◇ ~*-chóa* (< log) [～紙] TIUⁿ: 全
◇ ~*-kiàⁿ* [～鏡] TÈ: (平板的)玻璃(材料、門窗、鏡片等)
◇ ~*-thang* [～窗] ê: 全
◇ ~*-tû* [～櫥] ê: 櫥窗。

pó-lêng-kiû (< log Chi < En *bowling* + 球]) [保齡球] ⑧ LIÀP: 全；*cf* bó-lìng。

pó-liû (< log Nip) [保留] ⑩ 全 ¶~ *i-kiàn* [～意見] 全 [[學校～地] 全。
◇ ~*-tē* [～地] TÈ: 全 ¶*hàk-hāu* ~*-tē*

pò-miâ (< log Chi < sem Sin) [報名] ⑩ 全
◇ ~*-hùi* (< log Chi) [～費] 全
◇ ~*-toaⁿ* (< log Chi) [～單] TIUⁿ:

報名表。　　　　　　　　　「働報仇。
pò-oan-siû [報冤仇] (< [報冤讎])
pò-pe̍h [報白] 働報喪；≃ hoat-song；
　≃ pàng pe̍h-thiap。
pó-pì (< log Sin) [保庇] 图保佑。
pó-pio (< log Sin) [保鏢] 图 ê：全。
pò-pió (< log Chi) [報表] 图 TIUⁿ：
　全。
pó-pòe (< log Sin) [寶貝] 图 ê：寶
　物 働 1. 寶貴 ¶Chit hāng mih-kiāⁿ
　chin ~. [Chit項物件真~.] 這個東
　西很寶貴 2. [á] 令人珍愛的 ¶~-á
　cha-bó·-kiáⁿ [~仔查某kiáⁿ] 寶貝女
　兒。　　　　　　　[tāi-ha̍k [~大學] 全。
pó-sàng (< log Chi) [保送] 働全 ¶~
pò-sè/-sè· ⇒ pò-sòe。　　　[ê：全。
pò-siā (< log Sin) [報社] 图 KENG，
pó-sián-mo͘h (< log Chi) [保鮮膜]
　图 TÈ, TIUⁿ：全。　　　[KHA, ê：全。
pó-sián-tē (< log Chi) [保鮮袋] 图
pò-siau (< log Chi) [報銷] 働 1. 報
　請取消借用器材或支付款項的帳目
　¶~ khai-chi [~開支] 全 2. 厘 (<
　sem) 損毀；遺失。
pò-siàu [報賬] (< [報數]) 働報帳。
pó-sioh (< log Chi) [寶惜] 働 1. 珍
　惜 ¶~ sè-/sèⁿ-/sìⁿ-miā [~性命]愛
　惜(自己的)生命 2. 保重 ¶~ sin-thé
　[~身體]保重(身體)。
pó-siú (< log Nip < sem Sin) [保守]
　圏傾向於維持現狀。
pò-siû (< log Sin) [報仇] (< [報讎])
　働全；≃ pò-oan-siû。
pó-siú-phài (< log Nip) [保守派] 图
　PHÀI, ê：全。
pò-sòe/-sè/-sè· (< log Chi) [報稅]
　働全　　　　　　「稅負申報單。
　◇ ~-toaⁿ (< log Chi) [~單] TIUⁿ：
pò-tap (< log Sin) [報答] 图働全。
pó-tiōng (< log Sin) [保重] 働全。

pô-tô (< pô·-tô, q.v.)。　　「LIA̍P：全。
pó-tó/-tó͘ (< log Chi) [寶島] 图
pò-tò (< log Sin) [報到] 働全。
pò-tō (< log Chi < Nip [報道] < sem
　Sin [報道]) [報導] 图 ê：全 働全。
pô-tô-châng ⇒ pô·-tô-châng。
pô-tô-chí ⇒ pô·-tô-chí。
pô-tô-chiú ⇒ pô·-tô-chiú。
Pô-tô-gâ ⇒ Pô·-tô-gâ。
pô-tô-hn̂g ⇒ pô·-tô-hn̂g。
pô-tô-iū ⇒ pô·-tô-iū。
pô-tô-koaⁿ ⇒ pô·-tô-koaⁿ。
pô-tô-thn̂g ⇒ pô·-tô-thn̂g。
pó-un (< log Nip) [保溫] 働全。
pò-un ⇒ pò-in。

po͘¹ [埔] 图 [á] 1. 未開發的原野
　2. 平坦的一片地，例如沙漠 ¶hái-~
　[海~]海灘。
po͘² (< sem Sin) [晡] 量 半天 ¶ē-~
　[下~]下午；下半天 ¶kui-pòaⁿ ~
　[kui半~]老半天 ¶téng-~ [頂~]上
　午；上半天 ¶téng-pòaⁿ-~ [頂半~]
　do.　　　　　　　　　　「菜等)枯萎。
po͘³ 働 1. 朽壞，例如木材、牙齒 2.(蔬
pó͘¹ (< Sin) [脯] 图脫水物；(乾)瘦
　了的東西 ¶pha̍k kà pìⁿ ~ [曝到變
　~]曬成乾 ¶chhài-~ q.v. 働 1. 枯
　萎，例如花 2. 瘦，例如乳房 圏 [x]
　1. 枯萎 2. (乾)瘦。
pó͘² (< Sin) [補] 图補品 ¶chia̍h ~
　[吃~]進補 働 1. 修補 ¶~ chhùi-khí
　[~嘴齒]填補牙齒的洞 2. 補充；補
　缺 3. 補償 4. 滋養 ¶~-hoeh/-huih
　[~血]全 5. 完成未完成的 ¶~-khó
　q.v. ¶~-kiáu q.v. ¶~-siu q.v.
pò͘³ (< Sin) [布] 图 TÈ：全。
pò͘⁴ ||pò (< Sin) [播] 働 插(秧) ¶~
　tiū-á [~稻仔] a. 插秧 b. 種稻。
pò͘⁵ [布] 圏 [x] (口感覺得)略韌，不
　滑卻不澀、不嫩卻不硬。

pō·[1] (< log Sin) [部] 图 行政單位 ¶kàu-iòk-~ [教育～] 全 量 1. 計算成套的書籍的單位 2. 部分 ¶sì ~ hàp-chhiùⁿ [四～合唱] 全.

pō·[2] (< Sin) [步] 图 (< sem) 方法 ¶chit pō· hó ~ [一步好～] 一個好方法 量 1. 計算腳步的單位 ¶kiâⁿ chit ~, thè nn̄g ~ [行一～, 退兩～] 走一步, 退兩步 2. (< sem) 計算計策、方法的單位 ¶chit ~ hó pō· [一～好步] 一個好方法.

pō·[3] (< Sin) [哺] 動 咀嚼.

po·-á [埔仔] 图 ê: 開闊的小片空地.

pó-bîn [補眠] 動 補足睡眠.

pō-bûn ⇒ pō-mn̂g.

pò·-chhân (< Sin) [播田] 動 插秧.

pō-chhèng (< log Chi + tr) [步銃] 图 KI: 步槍. 「捲尺.

pò·-chhioh [布尺] 图 TIÂU: (布製)

pó-chhiong (< log Nip) [補充] 動 全.

pò·-chhut (< log Chi) [播出] 動 全.

pó-chō· (< log Nip < Sin) [補助] 图 動 全. 「全.
◊ ~-kim (< log Nip) [～金] PIT:

pō-hā (< log Sin) [部下] 图 ê: 全.

pō-hūn (< log Nip) [部份] 图 ê: 部分. 「THIAP: 全

pó-ióh (< log Sin) [補藥] 图 [á]
◊ ~-chiú [～酒] 泡補藥的酒.

pó-kau (< log Chi) [補交] 動 全.

pò·-kéng (< log Sin) [布景] 图 TÈ, ê: 全.

pó-khó (< log Nip) [補考] 動 全.

pó-khò (< log) [補課] 動 全.

pó-kiáu (< log Chi) [補繳] 動 全.

pó-kip (< log) [補給] 動 全
◊ ~-sòaⁿ (< log Nip < tr; cf En supply line) [～線] TIÂU: 全.

pó-kiù (< log Chi) [補救] 動 全.

pô·-kong-eng‖phô·- (< log Sin) [蒲公英] 图 CHÂNG: 全; ≃ pô·-kong-chháu. 「門] 图 ê: 全.

pō-mn̂g / -bûn (< col log Nip) [部

pó·-·ng‖pó·- (< póng[1,2]) 象 巨大的墜落聲或爆炸聲 動 園 跌倒; 跌下.

pǒ·-·ng (< pǒng) ⇒ pó·-·ng.

pò·-pêⁿ / -pîⁿ [布棚] 图 NIÁ, ê: 帳棚; 布篷; ≃ thiàn-tò ¶tah ~ [搭～] 搭帳棚. 「图 ê, TŪI: 全.

pō· - peng (< log Nip < Sin) [步兵]

pò·-phâng [布帆] 图 [á] PHÎⁿ, NIÁ: 布製的帆 「船; ≃ phâng-(á-)chûn.
◊ ~-á-chûn [～仔船] TÂI, CHIAH: 帆

pò·-pîⁿ ⇒ pò·-pêⁿ. ⌊3. NIÁ: 帆布.

pō· - pō· [步步] 图 凡事 ¶ ~ chhiàⁿ ·lâng, sǹg-bē-hô. [～chhiàn 人算 bē 和.] 凡事雇用人工不划算.

pó-sip (< log Nip) [補習] 動 全
◊ ~-pan (< log Chi) [～班] KENG: 全.

pó-siu (< log Chi) [補修] 動 全 ¶~ chit hàk-hun [～一學分] 全.

pō-sò· [步數] 图 ê: 方法; 點子; 手段.

pó-sóan (< log Nip) [補選] 图 PÁI: 全 動 全 ¶~ chhī-tiúⁿ [～市長] 全.

pò·-tē / -tē̄ (< sem Sin) [布袋] 图 [á] KHA: 麻袋 「布偶戲
◊ ~-hì [～戲] CHHUT: 台、閩掌中
◊ ~-hì ang-á [～戲尪仔] SIAN: 上述戲劇的布偶 ¶chhiàⁿ ~-hì ang-á [請～戲尪仔] 表演上述布偶戲.

pó-thâu (< log Sin) [斧頭] 图 [á] KI: 斧子.

pò·-tiâu-á [布條仔] 图 TIÂU: 布條.

pō-tiúⁿ (< log Nip) [部長] 图 ê: 全.

pô·-tô‖pô-tô‖phô-tô‖phû-tô‖phû-thô (< log Sin; cf Taw badaga) [葡萄] 图 LIÀP: 全
◊ ~-châng [～欉] CHÂNG: 葡萄樹

◇ ~-chí [～籽] LIĀP: 全

◇ ~-chiú (< log Sin) [～酒] 全。

Pô͘-tô-gâ‖pô- (< Portugal) [葡萄牙] (名) 西南歐國名。

pô͘-tô-hn̂g‖pô-‖phô-‖phû- [葡萄園] (名) KHU, Ê: 全。

pô͘-tô-iū‖pô-‖phô-‖phû- (< log Chi < [柚] + tr ab En grape fruit) [葡萄柚] (名) CHÂNG, LIĀP: 全。

pô͘-tô-koan‖pô-‖phô-‖phû- [葡萄干] (名) LIĀP: 全。 「糖] (名) 全。

pô͘-tô-thn̂g‖pô-‖phô-‖phû- [葡萄

pō͘-tūi (< log Chi) [部隊] (名) Ê: 全 ¶khong-kàng ~ [空降～] 全 ¶lòh ~ [落～] 下部隊,即分發到部隊。

pó͘-ūi (< log Chi) [補位] (名) 全 ¶pâi ~ [排～] 全 (動) 全。

pō͘-ūi (< log Sin) [部位] (名) Ê: 全。

po͘ⁿ (象) 中頻率汽車喇叭聲或類似的聲音; cf pin³ (動) 按汽車喇叭。

pò͘ⁿ (象) 大喇叭等低頻率的聲音。

pòa (< Sin) [簸] (動) 簸／揚(穀子) ¶~ chhek-á [～chhek仔] 簸穀子。

pòa-ki (< Sin) [簸箕] (動) KHA: 全。

poaⁿ¹ (< Sin) [搬] (動) 1. 遷徙 ¶kiò i ài ~ [叫伊愛～] 叫他必須搬走 ¶~-khì chhân-chng [～去田庄] 搬到鄉下去 2. 搬運(到他處)。

poaⁿ² (< Sin) (動) 1. 演(戲) 2. 扮(演) ¶Lí ~ lāu-lâng chin sek-hàp. [你～老人真適合.] 你演老人很合適。

pôaⁿ¹ [盤] (名) B. 1. 交易;買賣(的價格) ¶khui-~ [開～] 全 ¶siu-~ [收～] 全 2. 生意 ¶hōa n-~ q.v. ¶téng-~ [頂～] (買賣的)上游 ¶tiong-~ [中～] 全。

pôaⁿ² (< Sin) [盤] (名) [á] TÈ: 盤子 (量) 1. 計算盤子容量的單位 2. 計算棋局的單位。

pôaⁿ³ (動) 1. 由一容器移到另一容器 ¶Kún-chúi siuⁿ sio, iōng nn̄g ê au-á ~-~··le tiō léng. [滾水 siuⁿ 燒,用兩個甌仔～～··le就冷.]開水太燙,拿兩個杯子折一折就涼了 2. 轉乘(交通工具) ¶~ hui-hêng-ki [～飛行機]換飛機 3. 抄錄 ¶kā chiah-ê siàu ~-kòe/-kè hit pún siàu-phō͘ [kā chiah-ê賬～過 hit 本賬簿]把這些帳抄過那本帳簿 4. 翻越;超越 ¶~ chhiûn-thâu-á [～牆頭仔]翻牆 ¶~-kòe/-kè nn̄g têng soaⁿ [～過兩重山]越過兩重山嶺。

pòaⁿ¹ (< log < tr En semi- < Lat semi-) [半] (頭) 1. 各半; cf. pòaⁿ... pòaⁿ... ¶~-chiú-chúi q.v. 2. 在兩種狀況之間; cf pòaⁿ... pòaⁿ... ¶~-khui-kheh q.v. ¶~-phû-tîm [～浮沈]載浮載沈 ¶~-theⁿ-tó [～撐倒]半躺著 3. 不完全 ¶~-sêng-phín [～成品] 全。

pòaⁿ² (< Sin) [半] (數) 一半 ¶chit-~ [一～] 全 ¶nî-~ [年～] 一年半 ¶~ nî [～年] 全。

pòaⁿ³ (< Sin) [絆] (動) 絆(倒) ¶~-tiòh soh-á [～著索仔]被繩子絆(住／倒)。

pōaⁿ [拌] (動) 1. 撣;輕拍(掉身上的灰塵) ¶ Hit chiah í-á ~-~··le chiah chē. [Hit 隻椅仔～～··le才坐.]那把椅子撣一撣再坐下 2. 拂;趕(蚊蠅等) ¶~ hô͘-sîn [～蝴蠅]趕蒼蠅。

pǒaⁿ (< contr pôaⁿ-á, q.v.)

pôaⁿ-á [盤仔] (名) TÈ: 盤子。

pòaⁿ-chheⁿ-sèk|-chhiⁿ- [半生熟] (形) 半生不熟。

pôaⁿ-chhia [盤車] (動) 轉車。

poaⁿ-chhù [搬厝] (動) 搬家。

pòaⁿ-chiú-chúi [半酒水] (形) [á] 酒與水各一半。

pòaⁿ-chiūⁿ-lō͘-ē [半上路下] (名) (事

情做到)一半;半途(而廢) ¶*Soán kà*
~ lâi hòng-khì, chin bô-chhái. [選
到~來放棄,真無彩.]競選卻半途放
棄了,真可惜。

poaⁿ-hì (< Sin) [搬戲] 動 演戲。

pòaⁿ-îⁿ-hêng (< log Nip) [半圓形]
名 Ê: 全。

pòaⁿ-iam-iûⁿ|-*lâm*-[半iam-iûⁿ](<
[半陰陽]) 名 Ê: 中性人 形 中性,不
男不女。

pòaⁿ-im (< log Nip) [半音] 名 Ê: 全
¶*kàng ~* [降~]全 ¶*seng ~* [升~]
全。

pòaⁿ-jı̍t/-gı̍t/-lı̍t (< log Nip < Sin)
[半日] 名 半天;上午或下午; ≃
pòaⁿ kang ¶*hioh/hehⁿ ~* [歇~]休
息半天;上午或下午休息
◇ *~-pan* (< log Chi) [~班] PAN: 全
¶*siāng-/siōng-~-pan* [上~班]上
半天班。

pòaⁿ-kang-pòaⁿ-tho̍k/-*tha̍k* (< log
Chi) [半工半讀] 動 全。

pòaⁿ-kè (< log Sin) [半價] 名 全。

pòaⁿ-keng/-*kèng* (< log Nip) [半徑]
名 TIÂU: 全。

pòaⁿ-khong-tiong (< log Sin) [半空
中] 名 空中;半空。　　　　　[蹲。

pòaⁿ-khû-khiā [半khû企] 動 [*á*] 半

pòaⁿ-kiû (< log Nip) [半球] 名 Ê: 全
¶*lâm-~* [南~]全 ¶*pak-~* [北~]全
◇ *~-thé* (< log) [~體] Ê: 全。

pòaⁿ-kū-lo̍h [半舊落] 形 [*á*] 半新不
舊。　　　　　　　　　　　[q.v.)。

pòaⁿ-lâm-iûⁿ (< pop *pòaⁿ-iam-iûⁿ*,

pòaⁿ-lō͘ (< log Sin) [半路] 名 途中
¶*kiâⁿ kàu ~, oat-tò-tńg--lâi* [行到
~, oat tò 返來]走到半路,折了回
來。　　　　　　　　　　　[歸錯宗
△ *~ jı̄n lāu-pē* [~認老父]認錯祖,
◇ *~-sai* (< [半路師]) Ê: 半瓶醋;半

吊子; ≃ pòaⁿ-tháng-sái。

pòaⁿ-mêⁿ/-*mî* [半暝] 名 [*á*] 半夜。

pòaⁿ-phiò (< log Chi) [半票] 名
TIUⁿ: 全。

pòaⁿ-sí [半死] 形 全; ≃ pòaⁿ-sió-sí。

pòaⁿ-sio-léng [半燒冷] 形 [*á*] 微溫;
溫溫的。

pòaⁿ-sió-sí [半小死] 形 半死。

pòaⁿ-sò͘ (< log Nip) [半數] 名 全
¶*kòe/kè ~* [過~]全。

poaⁿ-sóa [搬徙] 動 遷移。

pòaⁿ-soaⁿ¹ (< log Sin) [半山] 名 半
山腰; ≃ pòaⁿ-soaⁿ-io。

pòaⁿ-soaⁿ² (v *Tn̂g-soaⁿ*) [半山] 名
[*á*] Ê: 在中國受過教育或者有為中國
或前滿洲國工作經驗因而相當中國
化的台灣人。

pòaⁿ-soaⁿ-io [半山腰] 名 全。　[候。

pòaⁿ-tàu [半晝] 名 接近中午的時

pòaⁿ-tháng-sái/-*sai* [半桶屎] 名
Ê: 半瓶醋; ≃ pòaⁿ-lō͘-sai。　[雀。

pòaⁿ-thiⁿ-á [半天仔] 名 CHIAH: 雲

pòaⁿ-tiong-ng [半中央] 名 中央;中
間;半腰 ¶*peh-soaⁿ peh kàu ~* [peh
山 peh 到~]爬山爬到半山腰。

pòaⁿ-tiong-tàu [半中晝] 名 正午。

pòaⁿ-tó/-*tó* ‖*pòàn*- (< col log Nip
< tr Lat *paeninsula*) [半島] 名 TÈ,
Ê: 全 ¶*Hêng-chhun ~* [恆春~]全。

poah (< Sin) [撥] 動 **1.** 撥(出 /
開) ¶*~ chı̍t-kóa lâng kòe-/kè--lâi*
[~一寡人過來]撥一些人過來 **2.** 劃
撥 ¶*khì iû-kio̍k ~ chha̍p bān* [去郵局
~十萬]到郵局去劃撥十萬元。

poa̍h¹ (< Sin [跋]) 動 跌 ¶*~-lo̍h kheⁿ*
[~落坑]跌下山谷。

poa̍h² 動 擲(杯筊) ¶*~-bô-poe* [~無
杯]擲杯筊問卜,問不出所以然。

poa̍h³ 動 **1.** 賭博 ¶*ài ~* [愛~]嗜賭
2. 賭(博) ¶*~ pâi-á* [~牌仔]打牌

以賭博 ¶~ *môa-chhiak/-chhiok* [~麻雀]打麻將 **3.** 投入感情,尤指對異性 ¶~*-kám-chêng* q.v.

poȧh-bé [poȧh 馬] 動 (火車等)脫軌; ≃ poȧh-lȯh-lián/-bé。

poah-chhut (< Sin) [撥出] 動 全。

poȧh-chȯt-tó [poȧh 一倒] 動 跌一跤。

poȧh-kám-chêng [poȧh 感情] 動 投入感情對待,尤指對異性付出感情。

poȧh-kang [撥工] 動 抽空;撥冗。

poȧh-kiáu 動 賭博。

poȧh-lȯh [poȧh 落] 動 跌下 ¶~ *khàm* [~崁]跌下山崖
△ ~ *bé* [~落馬] **a.** 跌下馬 **b.** 俚 (男性性交時)早洩 **c.** (火車等)脫軌; ≃ poȧh-lȯh-lián

poȧh-lȯh-lián [poȧh 落 lián] 動 (火車等)脫軌; ≃ poȧh-bé。

poȧh-poe [poȧh 杯] 動 擲杯筊(問卜)。

poȧh-tó [poȧh 倒] 動 跌倒。 ⌊卜)。

poàn -sūi [半遂] 名 癱瘓; ≃ piàn-sūi。

poat ‖*phoat* 動 **1.** 撇(開) ¶*jī siá-liáu ~-·khì* [字寫了~去](這/那)字的(撇、捺等)筆劃結尾太高 **2.** (腳)呈外八字又出 ¶*kha ~ tò chhut-·khì* [腳~tò出去]腳開又出去 (形) [x] **1.** 撇開的樣子 **2.** (腳)呈外八字的樣子 ¶*kha ~-~* [腳~~]有

poȧt-á ⇒ pȧt-á。 ⌊點八字腳。

poat-kha‖*phoat-* [poat 腳] 形 八字腳的樣子。

poat-tó (< *pak-tó*, q.v.)。

poe ¹ (< ab log Sin [杯珓/筊]) 名 [á] TÈ: 杯筊 ¶*poah-bô-~* [poȧh 無~]擲杯筊問卜,問不出所以然。

poe² (< log Sin) [杯/盃] 量 全。

poe³‖*pe*‖*pe'* (< Sin) [飛] 動 **1.** 飛行 **2.** 飛往 ¶~ *Tâi-pak* [~台北]飛往台北。

pôe¹‖*pê*‖*pê* (< Sin) [賠] 動 全。

pôe² (< Sin) [陪] 動 全。

póe‖*pé*‖*pé* 動 **1.** (用手指或手指連手掌末端)撥;扒拉(開) ¶*kā thâu-mo͘/-mn̂g ~-~-·le* [kā頭毛~~·le]把頭髮撥一撥 **2.** 撫(琴) **3.** 辯白
△ ~*-bē-chheng* [~ bē 清] 無法辯白,斥退謠傳或中傷的話。

pòe¹ (< Sin) [輩] 名 全 ¶*siàu-liân-~* [少年~]年輕的一輩 量 輩份; ≃ iân³ ¶*Góa tōa i nn̄g ~.* [我大伊兩~.]我比他大兩輩。

pòe²‖*pè*‖*pè*‖*pōe* (< Sin) [褙] 動 **1.** 塗(漿糊) ¶~ *kô͘-á* [~糊仔]把漿糊塗在紙背等 **2.** 裱褙。

pōe¹‖*pē*‖*pē* (< Sin) [倍] 量 全。

pōe²‖*pē*‖*pē* (< Sin [培]) 動 **1.** 掃(墓) ¶*Chái ~ nn̄g mn̂g.* [Chái ~兩門.]早上上了兩座墳 ¶~*-bōng* [~墓]掃墓 **2.** 培(土) ¶*hoan-beh-thâu ~ chit-kóa thô͘* [番麥頭~一寡thô͘] (在)玉米根上培一點兒土 ¶~ *kam-chià* [~甘蔗]給甘蔗培上土。

pōe³‖*pē*‖*pē* (< Sin) [焙] 動 **1.** 焙炒 ¶~ *thô͘-tāu* [~thô豆]炒花生米 ¶~ *chhìn-chhài* [~清菜]將前餐的剩菜放在鍋子裡攪動使熱 **2.** 烘焙 ¶~ *tê* [~茶]烘茶。

pōe⁴ (< log Chi) [背] 動 背誦; ≃ àm-liām ¶*Chit siú si, góa ~-bē-khí-·lâi.* [這首詩我~ bē 起來.]這首詩我背不起來 ¶*ngē-sí ~* [硬死~]死背。

poe-á [杯仔] 名 TÈ: 杯子; ≃ au-á。

pōe-bōng‖*pē-*‖*pē-* [pōe 墓] (< [培墓]) 動 掃墓; ≃ ch(h)iūⁿ-bōng。

pôe-chhiâng / -siâng / -siông / -sióng‖*pê-* /*pê-siâng* /*-sióng* (< log Nip < Sin) [賠償] 名 動 全。

pōe-chó͘ [背祖] 動 背叛祖先。

pôe-chòng [陪葬] 動 全。

poe-chûn‖pe-‖pe- (< log Sin < tr;
cf Nip [飛行船], En *airship*) [飛
船] ⑧ TÂI, CHIAH: 仝。

pōe-hȯk ⇒ phòe-hȯk。

pôe-hùn (< log Chi) [培訓] ⑧ 仝
¶*su-chu* ~ [師資~] 仝 ⑩ 仝¶~ *su-
chu* [~師資] 仝。

pôe- iáng /- ióng /- iúⁿ (< log Sin)
[培養] ⑩ 培植　　　　[⑧ ê: 仝。

pōe-kéng‖pòe- (< log Nip) [背景]

pōe-kut [背骨] ⑲ 有叛逆性格；≃
hoán-kut。

poe-lêng-á(-chhài)‖pôe-‖pōe-‖pe-
‖pe- (< *poe-lêng-chhài* < [菜] +
log Sin [菠薐]; cf Nep *palinga*) [菠
薐仔(菜)] ⑧ CHÂNG: 菠菜。

poe-lêng-ki (< pop *poe-hêng-ki <
log Nip [飛行機]) [飛龍機] ⑧ 飛
機；≃ hui-hêng-ki, q.v.

poe-si‖pe-‖pe- [飛絲] ⑧ TIÂU: 游
離飄在空中的蜘蛛絲。

pōe-si/-*su* (< log Chi) [背書] ⑩
1. 簽署以示負責　2. (< sem) 以言語
等支持(某理論、做法)。

pôe-siông/-*sióng* ⇒ pôe-chhiâng。

pōe-su ⇒ pōe-si。

poe- thâng ‖ pe - ‖ pe - [飛虫] ⑧
CHIAH: 有翅能飛的昆蟲。　　[飛

poe-thiⁿ‖pe-‖pe- [飛天] ⑩ 在空中
◇ ~-*cháu-piah* (< pop *poe-chîⁿ-
cháu-piah* < log Sin [飛簷走壁])
[~走壁] ⑩ 飛簷走壁。

poeh [八] ⇒ peh²。

Poeh - ·gėh / - gėh / - gėh ⇒ Peh-
poeh-jī/-*lī* ⇒ peh-jī。　　　[·gȯeh。
poeh-kak ⇒ peh-kak。

poėh-tōa-soh‖*puih*- [拔大索] ⑩ 拔
河(比賽)；≃ giú-tōa-soh。

pȯh (< Sin) [薄] ⑩ 1. 厚度變小

2. 變稀薄，例如空氣、溶液 3. 變
淡，例如味道、顏色 4. (貨幣) 貶值
¶*chîⁿ tit-tit* ~-·*khì* [錢直直~去] 貨
幣一直貶值 ⑲ 1. 厚度小¶~ *chóa*
[~紙] 仝 ¶*bīn-phôe chin* ~ [面皮
真~] 臉皮很薄 2. 稀薄，例如空氣、
溶液 3. 淡，例如味道、顏色 4. (貨
幣) 沒什麼價值，買不了什麼東西。

pȯh - hô/ - hò ‖*pȯk* - (< col log Sin)
[薄荷] ⑧ 仝；≃ poⁿ-hòⁿ。

poh-hōaⁿ [poh 岸] ⑧ ê, LOȦH, CHŌA:
堤岸。

pȯh-li-si/-*lih-sih* [薄li 絲] ⑲ 很薄。

pȯh-piáⁿ [薄餅] ⑧ 1. KAUH: 春捲；
≃ jūn-piáⁿ 2. TÈ: 日本 "煎餅"；≃
siǎn-bé。

poiⁿ ⑧ 繃緊但有彈性的東西被輕輕
打擊的聲音，例如撥琴或球碰到絃
⑲ 兔子、球等跳的樣子。

pok ¹ (< Sin) [駁] ⑩ 1. 辯駁；≃
poh ¶~ *i bē-/bōe-tó* [~伊 bē 倒] 駁
不倒他 2. 駁斥 ¶~-*tò-tńg* [~ tò
返] 駁回。

pok² ⑩ 1. 迸裂；迸(出)；爆炸；≃ piak
2. 冒出，例如芽；≃ puh 3. 齙(牙)
4. 抽(煙) 5. 突然曝露、發生或被
揭發；cf phok¹ ¶*bô siūⁿ-tiȯh* ~-
chhut chit ê tāi-chì [無想著~出這
個代誌] 沒想到爆出這件事 ⑲ [x] 齙
牙的樣子¶*chhùi-khí* ~-~ [嘴齒~
~] 齙牙。

pȯk¹ ⑧ 爆發聲，例如引擎發動。

pȯk² (< Sin) [爆] ⑩ 爆破；炸(開)；≃
pōng³。

pȯk‖*pȯk* ⑧ 爆發聲，例如開香檳酒瓶
或打網球 ⑲ 1. 跳躍的樣子，例如網
球掉在地上 2. 丸狀物一下子冒出的
樣子，例如氣泡、煙圈。

pȯk-bîn‖*pō*- (< ana [爆] < log Nip
< sem Sin [暴民]) [pȯk 民] ⑧ ê: 暴

民 「仝。
◇～ *chèng-tī* (< log Nip) [～政治]

pȯk-chà (< log Chi) [爆炸] (名) (動)
仝。

pȯk-chèng‖*pō-* (< ana [爆] < log
Chi [暴政]) [pȯk 政] (名) ê: 暴政。

pok-chûn (< log Sin) [駁船] (名) TÂI,
CHIAH: 仝。 「khí; ≃ pauh-gê。

pok-gê [pok 牙] (動) 齙牙; ≃ pauh-

pȯk-hêng/-hēng‖*pō-* (< ana [爆] +
ana [行為] < log Nip < Sin [暴行])
[pȯk 行] (名) 暴行。

pȯk-hò/-hô ⇒ phȯh-hô。

pȯk-hoat (< log Nip) [爆發] (動) 仝。

pȯk-kòa (< log Sin) [卜卦] (動) 仝。

pȯk-kun‖*pō-* (< ana [爆] < log Chi
[暴君]) [pȯk 君] (名) ê: 暴君。

pȯk-lȧk‖*pō-* (< ana [爆] < log Nip
[暴力]) [pȯk 力] (名) 暴力。

pȯk-phòa (< log Nip) [爆破] (動) 仝。

pȯk-pò ⇒ phȯk-pò。

pȯk-tōng‖*pō-* (< ana [爆] < log Nip
[暴動]) [pȯk 動] (名) (動) 暴動。

pong (象) 1. 撥絃聲 2. 高頻的碰撞聲,
例如擊鼓或以手指彈氣球 (擬) 1. 輕盈
地跳起、前進、然後著地的樣子,例
如青蛙跳躍前進 2. 似乎輕輕掉落的
樣子,例如遠處有人跌下深谷。

póng¹‖*phóng* (象) 中頻率的大碰撞
聲,例如爆炸聲、打鬥聲、擊大鼓
聲、重腳步聲。

póng²‖*pǒng* (< sem *póng¹*) (兒) (動)
跌(倒/下) ¶Ē～·o·. [會～·o·.] 小心
跌跤 ¶*Hò, ～ ·ho·ⁿ*. 是不是?跌倒
啦。

pòng‖*phòng* (象) 低頻率的大碰撞
聲,例如爆炸聲、打鬥聲、擊大鼓
聲、樓板上的腳步聲。

pōng¹ (< log Chi < En *pound*) [鎊]
(量) 英國貨幣單位; ≃ eng-pōng¹。

pōng² (< log Chi < En *pound*; *cf*
Neth *pond*) [磅] (量) 重量單位, 16
英兩¶*Chit kong-kin nn̄g tiám jī ～*.
[一公斤 2.2～.] 一公斤二點二磅 (動)
1. (用磅秤)秤;過磅¶*～ thé-tāng* [～
體重] 量體重 **2.** (用儀器)量,例如量
體溫。

pōng³ (動) **1.** 爆炸; ≃ piāng; ≃ phàng-
khù ¶*lián-á～··khì* [lián 子～去] 輪
胎爆了 **2.** 炸(毀); ≃ piāng ¶*kā kiô
～-tiāu* [kā 橋～掉] 把橋炸掉 **3.** 使
爆開¶*～ bí-phang* [～米芳] 爆米花
4. 槍擊;砲擊¶*giâ chhèng sio-～* [giâ
銃相～] 互相開槍。

pōng⁴ (< phon Chi *p'eng⁴*) [碰] (動)
1. 撞擊; ≃ lòng ¶*Pâi-liȧt khiā siuⁿ
óa, ē sio-～*. [排列企 siuⁿ óa,會相
～.] 排列時靠得太緊會和別人互相
碰撞 **2.** 遇(見); ≃ tú²(4)。

pǒng¹ (象) **1.** 輕擊聲; *cf* pòng **2.** 不很
重的腳步聲 (擬) 跳,例如形容青蛙跳
躍前進。

pǒng² (兒) (動) 跌(倒/下); ⇒ póng²。

pōng-á (v *pǒng²*) [磅仔] (名) KI, ê: 磅
秤。

pōng-chí [磅籽] (名) LIȦP: 法碼。

pōng-chiam [磅針] (名) KI: (儀器上
的)指針。 「¶*phah ～* 開隧道。

pōng-khang (< [□空]) (名) ê: 隧道。

pông-kong‖*phông-* (< log Sin) [膀
胱] (名) ê: 仝¶*～ hoat-iām* [～發
炎] 仝¶*～ kiat-chiȯh* [～結石] 仝。

pōng-lián [碰 lián] (< [□輦]) (動) 爆
胎。

pōng-piah¹ [碰壁] (動) 走投無路。

pōng-piah² (< phon + log Chi
p'eng⁴-pi⁴) [碰壁] (動) 被拒絕;吃
閉門羹; ≃ cheng²-tiȯh piah。

pōng-pió [磅錶] (名) LIȦP, ê: (水電
等的)計量器; ≃ mè-tà。

| pu | ⦿ 汽笛、喇叭等的聲音 働 汽笛、喇叭等出聲。

pû¹ 働 1. 堆,例如土堆、草堆 2. 計算大小便的單位; ≃ phû¹。

pû² (< Sin) [焢] 働 1. (埋在熱灰裡或炭裡)烤 ¶~ han-chî [~蕃薯]用上述方法烤甘薯
△ ~ âng-âng [~紅紅] (把鐵)燒得紅紅的 ¶thih ~ âng-âng [鐵~紅紅的 2. 煮(飯)。 [紅]把鐵燒得紅紅的

pū¹ ⦿ 氣體由小孔泄出使開口處震動的中頻聲音,例如放屁。

pū² (< Sin) [孵] 働 1. 使蛋受熱而產生小鳥 ¶~ ke-nn̄g [~雞卵] (雞)抱蛋 2. 孕育(而發芽或化膿) 働 計算同批次孵出的單位; cf chúi²。

pǔ‖pǔh ⦿ 氣體由小孔泄出使開口處震動的高頻聲音,例如放屁或氣球放氣。

pû-á [匏仔] ⓛ CHÂNG, LIĀP: 葫蘆瓜。 [動的低頻聲音,例如放屁。

pū-·ù ⦿ 氣體由小孔泄出使開口處震

pǔ-·ù¹ (< pǔ¹) ⦿ 揚長的馬達聲。

pǔ-·ù² (< pǔ²) ⦿ 氣體由小孔泄出使開口處震動的高頻聲音,例如放屁或氣球放氣,長聲。

| puh | (< Sin [發]) 働 冒(出芽、匏、泡沫等) ¶Tang-sî-á ~-chhut-lâi chit hāng tāi-chì? [Tang時仔~出來這項代誌?]怎麼冒出這件事來? ¶thiāu-á-chí ~-~ chhut-·lâi [thiāu仔籽~~出來]青春痘一個一個長了

pǔh ⇒ pǔ。 [出來。

puh-gê (< Sin [發芽]) [puh芽] 働 (從種子)發芽。 [新葉子。

puh-í ⁿ (< [發穎]) 働 (從枝葉)長出

puh-lâng [puh膿] (< [發膿]) 働 長膿包。

puh-pho [puh波] 働 冒泡儿。

| pûi | (< Sin) [肥] ⓛ 肥料 ¶lòh-~ [落~]施肥 ⒡ 1. 肥胖 2. 肥肉多 ¶Chit tè bah khah ~. [這tè肉較~.] 這塊肉肥些 3. 肥沃。

pùi ⇒ pūi²。

pūi¹ (< Sin) [吠] 働 全 ¶káu ~ hóe-/hé-chhia [狗~火車]徒然叫罵。

pūi²‖pùi (< Sin [沸]) 働 沸騰(而溢出); ≃ phū²。

pùi-á [痱仔] ⓛ LIĀP: 痱子
◇ ~-hún [~粉]全。

pûi-bah [肥肉] ⓛ TÈ: 全。

pûi-chhia-chhia [肥車車] ⒡ 胖得圓圓滾滾的。

pûi-chut-chut [肥chut-chut] ⒡ 很胖,指人; cf pûi-lut-lut。

pûi-·ê [肥·ê] ⓛ TÈ: 肥肉。

pûi-liāu (< log Nip) [肥料] ⓛ 全。

pûi-lut-lut [肥lut-lut] ⒡ 很肥美,多指家畜; cf pûi-chut-chut。

| puiⁿ | ... ⇒ png¹...。

| pūiⁿ | ... ⇒ pn̄g¹...。

| púih | -iâⁿ ⇒ poėh-iâⁿ。

púih-tōa-soh ⇒ poėh-tōa-soh。

| pun | (< Sin) [分] 働 1. 朋分 ¶~ châi-sán [~財產]全 ¶~-chò/-chòe sì hūn [~做四份]分成四份
△ ~ (chit tè chèng-tī) tōa-piáⁿ (< log Chi + tr; v tōa-piáⁿ²) [~(一tè政治)大餅]分得(政治上的)好處
2. 分開 ¶~ ke-hóe/-hé [~家火] (兄弟)分居 3. 分送; 分發(東西); 分給; 施捨(給乞丐) ¶~ soan-thoân-toaⁿ [~宣傳單]發傳單
△ ~ tōa-piáⁿ (v tōa-piáⁿ¹) [~大餅]送訂婚禮餅給親友; ≃ hēng tōa-piáⁿ
4. 討(一部分); 行乞; 抱養 ¶~ chit ê cha-bó·-kiáⁿ lâi chhī [~一個查某

kiáⁿ來飼]抱個女兒來養。

pûn (動) **1.** 吹氣 ¶*Hóe/Hé ~-hoa.* [火～hoa.] 把火吹熄 **2.** 吹 (奏) ¶~ *phín-á* [～phín仔] 吹笛子 **3.** 吹噓 ¶*I chin gâu ~.* [伊真gâu～.] 他很會吹噓 ¶*~-ke-/koe-kui* q.v.

pún[1] (< log Sin) [本] (首) **1.** 主要的；基本的 ¶*~-pō·* [～部] 全 **2.** 非其他的；這個 ¶*~-nî-tō·* [～年度] 全 **3.** 原來的 ¶*~-chek* [～籍] 全 ¶*~-ke* [～家] 全。

pún[2] (< Sin) [本] (名) ê: 資本。

pún[3] (< Sin) [本] (名) **B.** 版本；譯本 ¶*ek-~* [譯～] 全 ¶*Eng-bûn-~* [英文～] 全 ¶*kán-~* [簡～] 節本 (量) 計算裝訂成冊的東西的單位，例如書、本子。　　　　　　　「堆肥 **2.** 糞肥。

pùn (< Sin [糞]) (名) **1.** 糞土，通常指

pūn (< Sin) [笨] (形) **1.** 因肥胖而行動遲鈍 **2.** (動作)不靈巧 **3.** 愚笨。

pun-chhe [分叉] (動) 分岔 ¶*pun siang chhe* [分雙叉] 又開為二。

pūn-chhiâng [笨chhiâng] (形) **1.** 遲鈍 **2.** 笨重；不好使 ¶*Chit ki tî-/tû-thâu thài ~ ·le.* [Chit 枝鋤頭太～咧.]這把鋤頭太笨重。

pún-chîⁿ (< log Sin) [本錢] (名) ê: 全 ¶*~ té* [～短] 資本小。

pún-chit (< log Sin) [本質] (名) 全。

pún-chun (< log Chi; ant *hun-sin*[1]) [本尊] (名) 全。　　　　「的；抱的。

pun-·ê [分·ê] (名) ê: 蜈蛉子 (形) 領養

pûn-hé/-hé ⇒ pûn-hóe。

pûn-hoa (動) 吹熄。

pûn-hóe/-hé/-hé [pûn 火] (動) 向火吹氣(使燃燒更旺盛或使熄滅)。

pûn-hong [pûn 風] (動) 吹氣 ¶*ná-chhiūⁿ ~ ·e* [ná像～·e]好像吹過氣似的一長胖了。　　　　　「(名) 本薪。

pún-hōng (< log Nip < Sin) [本俸]

pún-hūn (< log Sin [本分]) [本份]

(名) 本分 ¶*Che sī lí ê ~.* [Che是你ê～.]這是你的本分。

pûn-ke-kui|-koe- (v ke-kui) [pûn 雞 kui] (動) 吹牛皮。　　「**2.** (兄弟) 分居

pun-khui (< Sin) [分開] (動) **1.** 區分 △ ~ *chiah* [～吃] do. **3.** 別離；≃ hun-khui。

pùn-ki (< Sin) [畚箕] (名) **1.** KHA: 簸箕形的挑筐 **2.** ê: (手指上的) 箕紋。

pûn-koe-kui ⇒ pûn-ke-kui。　　「(名) 全

pún-kok (< log Nip < Sin) [本國] ◇ ~-*chek/-chip* (< log) [～籍] 全 ◇ ~-*lâng* (< log) [～人] ê: 全。

pún-lâi (< log Sin) [本來] (副) 全。

pún-lâng (< log Nip) [本人] (名) 當事人 ¶*sī i ~* [是他～] 全。

pún-lêng (< log Nip) [本能] (名) 全 ¶*~ ê hoán-èng* [～ê反應] 全。

pún-léng (< log Sin) [本領] (名) ê: 全；≃ pún-sū; ≃ pún-téng。

pun-nn̂g ⇒ pin-nn̂g。　　　　「全。

pún-phiò (< log Chi) [本票] (名) TIUⁿ:

pún-sèng (< log Sin) [本性] (名) 全。

pún-sin (< log) [本身] (名) 全。

pùn-sò (< Sin [糞□]) (名) **1.** 垃圾 ¶*piàⁿ ~* [摒～]倒垃圾 ◇ ~-*chhia* [～車] TÂI: 垃圾車 ◇ ~-*láng* KHA: 垃圾桶 ◇ ~-*soaⁿ* [～山] TUI, LIÀP: 堆積如山的垃圾場 ◇ ~-*tē-á* [～袋仔] KHA, ê: 垃圾袋 ◇ ~-*tháng* [～桶] KHA: 垃圾桶 ◇ ~-*tui* [～堆] TUI, ê: 垃圾堆 **2.** 無用甚至不利社會的人。　「能。

pún-sū (< log Sin) [本事] (名) ê: 才

pùn-taⁿ (< *pìn-taⁿ < pín-taⁿ < píⁿ-taⁿ*, q.v.)。

pùn-táu [畚斗] (名) KI: 全。

pún-té/-tóe [本底] (名) 從前 ¶*Goán chū ~ tiō tòa tī chia.* [Goán自～

就 tòa tī chia.] 我們從來就住在這儿 [副] 本來; ≃ pún-lâi; ≃ pún-chiâⁿ。

pún-tē/-tōe [本地] [名] 仝; ≃ chāi-tē; *cf* pún-thó͘

◇ ~*-lâng* [~人] Ê: 仝。

pún-téng [本頂] [名] 本領 [形] 有本事。

pún-thó͘[1] (< log Chi) [本土] [名] **1.** 一國原有的土地; 故土, 例如古代中國原有的土地 **2.** 一國基本的土地, 例如現代中國的 "大陸," 不包括外島及近代強佔的土地。

pún-thó͘[2] (< log Chi) [本土] [名] 本地及其一切特徵與價值 ¶*Thóng-phài hoán Tâi-oân ~.* [統派反台灣~.] 仝 [形] 仝

◇ ~ *bûn-hòa* [~文化] 仝

◇ ~ *chú-gī* [~主義] 仝

◇ ~ *gí-/gú-giân* [~語言] 仝

◇ ~*-hòa* [~化] 仝

◇ ~ *ì-sek* [~意識] 仝

◇ ~*-phài* [~派] Ê, PHÀI: 主張以本土價值為本位的人。

pun-tiuⁿ [分張] [動] 分享 ¶*gâu ~* 樂於與人分享, 並每每與人分享; 慷慨。

pún-tó/-tó͘ (< log Nip) [本島] [名] LIA̍P: 有附屬小島的大島 ¶*Tâi-oân ~* [台灣~] 台灣島。

pún-tóe ⇒ pún-té。

pún-tōe ⇒ pún-tē。

pún-ūi [本位] [名] 自身的所在; 應當負責留守的所在 ¶*sûi-piān lī-khui ~* [隨便離開~] 擅離職守。

put (< Sin [拂]) [動] **1.** 畚, 即把東西掃成堆, 有時並掃進容器裡 ¶*Toh-téng ê tāu-á ka ~-lo̍h-khì óaⁿ-té/-tóe.* [桌頂ê豆仔ka~落去碗底.] 把桌子上的豆子掃進碗裡 ¶*~ pùn-sò* 把垃圾掃起來 **2.**俚 趕(出去); 推(出去); ≃ hò͘[1(5)] ¶*Khì chhéng-goān ê lâng khih hông ~-·chhut-·lâi.* [去請願ê人乞hông~出來.] 前往請願的人被轟了出來。

Pu̍t‖*Hu̍t* (< log Sin < ab MC [佛陀] < Sans *Buddha*) [佛] [名] 仝。

pu̍t‖*pút* [象] 受擠壓而彈出的聲音, 例如吐葡萄子、短暫放屁 [擬] 受擠壓而彈出的樣子, 例如形容嬰兒一下子生出來或小量大便一下子拉出來。

pu̍t-á [佛仔] [名] SIAN: **1.** 小佛像 **2.** 偶像 ¶*pài ~* [拜~] 拜偶像。

put-an (< log Sin) [不安] [形] 不安心。

put-boán ⇒ put-móa。

put-chí/-lí (< sem log Sin) [不止] [副] [á] 相當; 很 ¶*~-(á) hó* [~(仔)好] 相當好。

Pu̍t-chó͘ ⇒ Hu̍t-chó͘。

put-hàu (< log Sin) [不孝] [形] 仝。

put-hēng (< log Sin) [不幸] [形] 仝。

put-ho̍k (< log Sin) [不服] [動] **1.** 不服從; 不服氣 **2.** (< log Nip < sem) 不滿法院的決定 「上訴] 仝。

△ ~⁺ *siāng-/siōng-sò͘* (< log) [~

put-jî ⇒ put-jû。

put-jî-kò|-lī- (< *put-kò*, q.v.)。

put-jû/-jî/-lû (< log Sin) [不如] [動] 仝。

Pu̍t-kàu ⇒ Hu̍t-kàu。

put-kéng-khì (< log Nip) [不景氣] [名] 仝 [形] 仝; ≃ bô-kéng-khì。

put-khí-sò͘ (< log Nip) [不起訴] [名] 仝

△ ~ *chhú-hun* [~處分] 仝。

put-kò (< log Sin) [不過] [連] 但是; ≃ m̄-kò/-kú。

put-koán[1] (< log Chi) [不管] [動] 不理; 不採納為條件 ¶*Che góa ~.* [Che 我~.] 這個我不管。

put-koán[2] (< log Sin) [不管] [連] 不論; ≃ m̄-koán; ≃ bô-lūn。

put-koán-sî [不管時] [副] 任何時候 ¶*~ lóng ū-lâng thiaⁿ tiān-ōe* [~攏有人听電話] 隨時都有人接聽電話。

put-lí (< *put-chí*, q.v.)。

P

put-lī (< log Sin) [不利] [形] 仝 ¶*Chit ê chêng-sè tùi lán* ~. [這個情勢~對咱~.] 這個情勢對我們不利。

put-móa/*-boán* (< col log Nip) [不滿] [形] 仝。

put-pat-put-chhit [不八不七] [形] 不三不四; 不倫不類; 不像個樣子; *cf* put-tap-put-chhit。

put-pêng (< log Sin) [不平] [名] 心中不平的感覺; 令人覺得不平的事 [動] 抱不平 [形] 覺得委屈。

put-sî (< log Sin) [不時] [副] 時常。

pu̍t-siōng ⇒ hu̍t-chhiūⁿ。

put-sù-kúi [不四鬼] [名] 言行淫穢的人 [形] 言行淫穢。 「仝; ≃ m̄-nā。

put-tān/*-tàn* (< log Sin) [不但] [連]

put-tap-put-chhit [不答不七] [形] 一團糟; 不倫不類; *cf* put-pat-put-chhit ¶*seng-lí chò/chòe kà* ~ [生理做到~] 生意沒上軌道 ¶*kóng kà* ~ [講到~] 說話不得要領。

put-ti-put-kak (< log Sin) [不知不覺] [副] 仝。 「KENG, Ê: 仝。

pu̍t-tn̂g‖*hu̍t-* (< log Sin) [佛堂] [名]

put-tō͘ [不渡] [動] (支票) 無法兌現
△ ~ *ê chi-phiò* [~ê 支票] 空頭支票; ≃ pa̍t-á-phiò。「[名] PIT: 仝。

put-tōng-sán (< log Nip) [不動產]

pu̍t-tû [佛櫥] [名] Ê: 佛龕。

S

[sa] [動] **1.** (伸開五指) 抓取 ¶*Poa̍h-lo̍h chúi ê lâng, chhiú ē o͘-pe̍h* ~. [Poa̍h落水ê人手會烏白~.] 跌下水的人手會亂抓 「亂說
△ ~*-leh loān tōaⁿ* [~leh亂彈] 胡 **2.** 拿(走); ≃ the̍h **3.** [俚] 逮捕 ¶*I hō͘ kèng-chhat* ~*-·khì*. [伊hō͘警察~去.] 他被警察逮捕 **4.** 理解 ¶~*-bô* q.v.

sà [俚] [動] 吃。

sǎ-bì-sù‖*sa-bí-suh* (< Nip *sābisu* < En *service*) [動] (服務) 特別優待, 如給附帶贈品。

sa-bô [sa無] [動] 無從理解 ¶*I kóng ·ê, góa* ~. [伊講·ê我~.] 他說的我聽不懂
△ ~ *liâu-/niau-á-mn̂g* [~無寮仔門/貓仔毛] 摸不著邊際; 不懂。

sa-bui [形] [x] (視覺) 模糊, 尤其剛睡醒時 ¶*ba̍k-chiu* ~-~ [目睭~~] 看不清楚。

sa-bûn chú-gī ⇒ soa-bûn chú-gī。

sá-la (< Chi *sha*¹*la*¹ < En *salad*) [名] 沙拉; ≃ sá-lat。

sa-lá-iû (< Chi *sha*¹*la*¹*yu*² < En *salad oil*) [名] 沙拉油。

sá-lat (< En *salad*) [名] 沙拉; ≃ sá-la; ≃ sa-lá-lah。

sa-lóng (< En *salon* < ab *beauty salon*) [名] KENG: 美容院。

sa-sí-mih (< Nip *sashimi*) [名] TÈ: (日本) 生魚片。

sà-sù¹ (< Nip *sāsu* < En *sas* < ab En *sarsaparillas* < Esp *zarzaparrilla*) [名] KOÀN: 沙士(汽水)。

sà-sù² (< En *SARS* < acr *severe acute respiratory syndrome*) [名] 嚴重急性呼吸道症候群; 中國肺炎。

sa-te (< Teo *sa*³³*te*⁵⁵; *cf* Mul *sate*) [名] **1.** 沙嗲, 即南洋式烤肉串 **2.** 沙茶
◇ ~*-chiùⁿ* [~醬] do. 「醬

Sa-u (< *Thau*) [沙烏] [名] **1.** CHO̍K: 邵族 **2.** Ê: 邵族人 **3.** KÙ: 邵語。

Sa-u-di A-lá-pek (< *Saudi Arabia* + log + ana Chi [沙烏地阿拉伯]) [名] 中東國名。

[saⁿ]¹ [首] 互相; ⇒ sio¹。

saⁿ² (< Sin) [衫] [名] NIÁ: **1.** 上衣 **2.** 衣

服 ¶*peng-á*-～ [兵仔～] 軍裝。

sa^{n3} (< Sin) [三] 數 **1.** 第三個基數；*cf* sam^2 ¶*chàp*-～ [十～] 全 ¶*jī*-～ [二～] 二十三 ¶～-*bān* [～萬] 全
△ ～ *jit bô liū, peh-chiūⁿ chhiū.* [～日無餾, peh 上樹.] 不常溫習就容易忘記
△ ～ *kha-pō* [～腳步] 表示很短的距離 ¶*Chia* ～ *kha-pō tiō chit keng chhan-koán.* [Chia～腳步就一間餐館.] 這儿到處是餐館
2. 三(十、百、千等次級數詞單位) ¶*bān*-～ [萬～] 一萬三千 ¶*chheng*-～ [千～] 一千三百 ¶*pah*-～ [百～] 一百三十 **3.** 三十簡稱 ¶～-*it* [～一] 三十一 ¶～-*jī* [～二] 三十二 ¶～-*saⁿ* [～三] 三十三 形 第三 ¶*Góa tiòh* ～ *miâ.* [我著～名.] 我得第三名 ¶～-*goèh Chhe*-～ [～月初～] 三月三號

sá^{n} ‖*sà*^{n} ⇒ siá^{n}。「¶～ *hō* [～號] 全。

sǎ^{n} (< contr *sa*^{n}-*á*, q.v.)。

sa^{n}... **sì**... [三...四...] 剾 一再
△ *sa*^{n} *teng-lêng sì teng-lêng* [三叮嚀四叮嚀] do. [著] 一直說錯。
△ *sa*^{n} *kóng, sì m̄-tiòh* [三講四 m̄ 對] 一再說錯。

sa^{n}-**á** [衫仔] 名 NIÁ: 衣服; ≃ sa^{n2}
◇ ～-*kè* [～架] Ê: **a.** 衣帽架 **b.** 晾衣架
◇ ～-*khim* (< log Sin + tr) [～襟] 衣
◇ ～-*khò·* [～褲] SU: 衣服　　「襟
◇ ～-*ki/-ku* (< log Sin + tr) [～裾] 衣裾。

sa^{n}-**chhe-lō·** ‖ *sam*- (< col log Sin) [三叉路] 名 TIÂU: 岔開成為三股的路。

sa^{n}-**chi**^{n} ⇒ sio-che^{n}。

sa^{n}-**chì**^{n} ⇒ sio-chè^{n}。

Sa^{n}-**·goèh** /-*·gèh* /-*gèh* /-*gèh* (< Sin) [三月] 名 全。

sá^{n}-**hoài**^{n} /-*hòe* /-*hè* (< *sá*^{n}-*hòe*; > *sài*^{n} > *saih*^{n}) ⇒ siá^{n}-hòe。

sa^{n}-**kak-hêng** (< log Nip) [三角形]
名 Ê: 全。

sa^{n}-**kak-khò·** (< log Chi < tr En *panties*) [三角褲] 名 NIÁ: 全。

sa^{n}-**kak koan-hē** (< log Nip) [三角關係] 名 Ê: 全。

sa^{n}-**kak loân-ài** (< log Chi < tr; *cf* En *love triangle*) [三角戀愛] 名 全。

sa^{n}-**kak-pang** (< log Chi + tr) [三角枋] 名 TÈ: (文具:) 三角板。

sa^{n}-**kak-thang** [三角 thang] 名 KENG: 三間兩面, 即街角的店面或房子。

sa^{n}-**kap** ‖*sio*- (< [相合]) 剾 一道; ≃ chò-hóe; ≃ tàu-tīn ¶～ *hoa*^{n}-*hí* [～歡喜] 分享快樂。

sa^{n}-**ke**^{n}-**pòa**^{n}-**mê** ‖-*ki*^{n}-...-*mî* [三更半暝] 名 三更半夜。

sa^{n}-**keng-á** [衫弓仔] 名 Ê: 吊衣服的弓形器物; ≃ sa^{n}-tiàu-á。

sa^{n}-**khǎ** (< contr *sa*^{n}-*kha-á*, q.v.)。

sa^{n}-**kha-á** [三腳仔] (< [三骹□]) 名 Ê: 為外來統治者效勞的人; *cf* sì-kha-á^2。　　「名 [á] CHIAH: 三腳架。

sa^{n}-**kha-bé** [三腳馬] (< [三骹馬])

sǎ^{n}-**khò·** (< contr *sa*^{n}-*á-khò·*, q.v.)。

sá^{n}-**khoán** ⇒ siá^{n}-khoán。　　「mê

sa^{n}-**ki**^{n}-**pòa**^{n}-**mî** ⇒ sa^{n}-ke^{n}-pòa^{n}-

sa^{n}-**kiàm-kheh** ‖*sam*- (< col log Chi < sem + tr Fr *Les Trois Mousquetaires*) [三劍客] 匭 名 常聚在一起的三個好朋友。

sa^{n}-**kò** ⇒ sio-kò。

sá^{n}-**lâng** ⇒ siá^{n}-lâng。

sa^{n}-**lián-á** [三 lián 仔] 名 TÂI: 三個輪子的車子, 例如載客三輪車或初學者的腳踏車。

sa^{n}-**lián-chhia** (< log Nip + tr) [三 lián 車] 名 TÂI: (載客) 三輪車。

sa^{n}-**lián khì-chhia** [三 lián 汽車] 名 TÂI: 三個輪子的摩托客貨車。

sa^n-mā ⇒ sio-mē。

sá^n-mé 代 指 ⇒ siá^n-mih。

sá^n-mè 代 ⇒ siá^n-mih。

sá^n-mé-sá^n-mè [啥 mé啥 mè] 代 什麼什麼的。

sá^n-meh 代 ⇒ siá^n-mih。

sá^n-mí 代 指 ⇒ siá^n-mih。

sá^n-mì 代 ⇒ siá^n-mih。 [mih-hòe。

sá^n-mí-hòe/-hè/-hoài^n ⇒ siá^n-

sá^n-mih/-mîh ⇒ siá^n-mih。

sa^n-pat ⇒ sio-bat。

sa^n-phah ⇒ sio-phah。

sa^n-tē-á [衫袋仔] 名 上衣口袋。

sa^n-thià^n ⇒ sio-thià^n。

sa^n-tiám-chúi (< log Sin) [三點水] 名 ê: 漢字第85部首水字偏旁。

sa^n-tiám-sek--ê (< ê + log Chi < tr En *bikini*) [三點式·ê] 名 ê: 三點式游泳衣。

sa^n-tiàu-á [衫吊仔] 名 1. KI: 釘在牆上或門後的吊衣服的椿或鉤子 2. ê: 吊衣服的弓形器物; ≃ sa^n-á-keng; ≃ sa^n-keng-á。

sa^n-tû [衫櫥] 名 [á] ê: 衣櫥; ≃ sa^n-á-tû; ≃ thàn-sù。

sàh 動 用水煮 ¶ *Phàk lêng-géng-koa^n ài seng ~.* [曝龍眼乾愛先～.] 曬龍眼乾之前要先把龍眼煮熟。

sàh-nn̄g [sàh卵] 名 LIȦP: 白水煮蛋。

sah^n 動 1. 因劇烈運動以致胸、腹肌肉緊張而呼吸困難 ¶*heng-khám-á ~-chit-ē soah bē chhoán-khùi* [胸坎仔～一下soah bē喘气] 胸、腹肌肉(突然)緊張,以致呼吸困難 2. (急速)吸入 ¶*~-tiòh hong* [～著風] 傷了風 3. (急速)攫取,例如接球、以手捕蒼蠅、青蛙吃蟲子 4. 扭(傷腰) 5. (使)突然愛上 6. 渴求;一心一意

sah^{n2} ⇒ siá^{n1,2}。 ⌊要; ≃ sah^n-sim。

sah^n-hong [sah^{n}風] 動 受風吹(因而生病或病加重); ≃ sah^n-tiòh hong。

sai^1 (< Sin [師]) 名 B. 師傅;匠人 ¶*A-tiong-~* [阿忠～] 阿忠師傅 ¶*chóng-phò͘-~* 廚師 ¶*thô͘-chúi-~* [thô͘水～] 泥水匠。

sai^2 (< Sin.) [西] 名 西邊方位。

sai^3 (< Sin) [獅] 名 CHIAH: 獅子。

sai^4 動 摑(嘴); ≃ koat^1; ≃ siàn。

sâi 形 饞嘴;貪嘴; ≃ sâi-chiàh。

sái^1 (< Sin) [屎] 名 PHÛ/PÚ: 大便 △ ~ *kín, chiah boeh/beh khui sái-hàk* [～緊才欲開屎礐] 臨陣磨槍。

sái^2 (< Sin) [駛] 動 1. 驅使(牛、馬、人) ¶*Bô gû ~ bé* q.v. 2. 驅(車、船、飛機) ¶*~ tho-lák-khuh* 開卡車 3. 囫 㑟,接賓語。

sai-á [sai仔] (< [師□]) 名 ê: 學徒;徒弟 ¶*khan ~* [牽～] 教學徒 ¶*khioh ~* 收徒弟。

Sai-á-hōe (< tr + log Chi < tr En *Lions Club*) [獅仔會] 名 ê: 獅子會。

sái-bàk-bóe/-bé/-bé [sái目尾] (< [使目尾]) 動 1. 使眼色 2. 送秋波。

sái-chhia [駛車] 動 開車。

sai-chioh-jit ‖ -chiò- [西焟日] 形 (房子)西曬。

sái-chûn [駛船] 動 開船。 ⌊全。

sai-gû (< log Sin) [犀牛] 名 CHIAH:

sái-hàk [屎礐] 名 [á] ê, KENG: 茅坑 ◇ ~-á-thâng [～仔虫] BÓE: (糞坑裡)蒼蠅的幼蟲。 ⌊全。

sai-hong (< Sin) [西風] 名 CHŪN:

sai-hū (< Sin [師父]) [sai父] 名 ê: 師傅; cf su-hū ¶*bàk-chhiū^n ~* [木匠～] 木匠 形 有技術。

sái-jiō-kun-á|-giō-/-liō- (v kûn-á) [屎尿kun仔] 名 TIÂU: 尿布; ≃ (jiō-)kun-á。

S

sài-jù (< Nip *saizu* < En *size*) ⓐ ê: 大小儿。

sai-khia‖*su-* (< [私□]) ⓐ 私房錢 ¶*khioh* ～ 存私房錢。　　「士。

sai-kong [sai 公] (< [師公]) ⓐ ê: 道

sai-lâm (< Sin) [西南] ⓐ 全。

sái-lōng [駛 lōng] ⓿ 教唆；搧動。

sai-nai‖*sai*ⁿ- ⓿ 撒嬌。　　「*cf* se-pak

sai-pak (< Sin) [西北] ⓐ 西北方向； ◇ ～-*hō·* [～雨] CHŪN: 陣雨。

sai-pêng [西 pêng] ⓐ 西邊。

sái-phùi-á [屎屁仔] ⓐ LIÀP, OÂN, KÔ: (通常跟屁一起滾出來的)一丁 點儿大便。　　　　「ⓐ 全。

sai-pòaⁿ-kiû (< log Nip) [西半球]

Sai-siat (< *Saisiat*) [獅設] ⓐ 1.CHÒK: 賽夏族 2.ê: 賽夏族人 3.KÙ: 賽夏語。　　　　　　「或隊伍。

sai-tīn [獅陣] ⓐ TīN, ê: 舞獅的團體

sàiⁿ ‖*saih*ⁿ (< contr *sá*ⁿ-*hoài*ⁿ < *sá*ⁿ-*hòe*) ⇒ siáⁿ-hòe。

saiⁿ-nai ⇒ sai-nai。

saihⁿ (< *sài*ⁿ) ⇒ siáⁿ-hòe。

sak (ant *giú/khiú, thoa*) ⓿ 1. 推； 揉 2. 推展 ¶～ *Tâi-gí* [～台語] 推動 台語；做台語運動。

sak-chò-tui‖*-chòe-* [sak 做堆] ⓿ "送做堆,"即撮合,不管是否合得 來。　　　　「En *saccharin*) ⓐ 糖精。

sâk-khá-lín‖*sa-* (< Nip *sakkarin; cf* sam¹ [蔘] ⇒ som。

sam² (< Sin) [三] ⓹ 第三個基數 文讀；*cf* saⁿ³ ¶*Pat-jī-～ Kim-mn̂g phàu-chiàn* [八二～金門砲戰] 全 (1958.08.23–10.05)。

sám ⓿ 撒(少量粉末等細小物質),例 如烹調時撒鹽；≃ soah¹ ¶～ *hún* [～ 粉] 撒上粉。

sàm¹ ⓿ 1. 斥罵 2. 揍 3. 扣(排球、乒 乓球);扣殺。

sàm² ⓿ (頭髮)散開下垂 ⓯ 披(頭)。

sam-á [杉仔] ⓐ CHÂNG: 杉木。

sam-bûn-hî (*cf* En *salmon; cf* Fr *saumon*) [三文魚] BÓE: 鮭魚； ≃ sam-bán。　　　　　「豬肉。

sam-chân [三層] ⓐ TÈ: 肥瘦相間的

sam-chhe-lō· ⇒ saⁿ-chhe-lō·。

sam-háp-it (< log Chi) [三合一] ⓿ ⓯ 全。

sam-kài-niû-á [三界娘仔] ⓐ BÓE: 一種極小的淡水魚名；≃ tōa-pak- tó·-á; ≃ tōa-tō·-hî-á。　「軍] ⓐ 全。

sam-kun (< log Chi < sem Sin) [三

sàm-mà (< Nip *samma*) ⓐ BÓE: 秋 刀魚。

sam-pat [三八] ⓯ 十三點,即不正經 或因知識不夠而做出可笑或惱人的 言行,原只指女姓。

sǎm-pú-luh (< Nip *sampuru* < En *sample*) ⓐ ê: 樣品；≃ sém-phò。

sam-put-gō·-sî [三不五時] ⓳ 過一 段時間(就…);經常。

Sam-tiau-kak (< log Sin < Mand < Esp *Santiago*) [三貂角] ⓐ 台北貢 寮地名。　　　　　「貂嶺] ⓐ 全。

Sam-tiau-niá (v *Sam-tiau-kak*) [三

san¹ ⓐ 銹；體垢; ⇒ sian⁴。

san² (< Sin) [刪] ⓿ 刪除；≃ thâi; ≃

sán ⓯ 瘦　　　　　　　「khiat。
△ ～ *kà chhun chit ki kut* [～到 chhun 一枝骨] 瘦骨嶙峋　「隻猴子
△ ～ *kà ná kâu* [～到 ná 猴] 瘦得像
△ ～, *koh póh-pán* [～, koh 薄板] 又 瘦又扁　　　　　　「精力強。
△ ～ *lâng kāu ko* [～人厚膏] 瘦子的

sàn ⓯ 窮　　　　　　　　「窮。
△ ～ *kà ná kúi* [～到 ná 鬼] 很窮很

sán-bah [sán 肉] ⓐ TÈ: 瘦肉；≃

sàn-bûn ⇒ sòaⁿ-bûn。 「chiaⁿ-bah。

sán-bu̍t (< log Nip) [產物] [名] 仝。

sàn-chhiah/*-chia̍h* [sàn赤] [形] 貧窮

◇ ～*-lâng* [～人] Ê: 窮人。

sán-gia̍p (< log Nip < sem Sin) [產業] [名] Ê: 生產事業;企業

◇ ～ *tō-lō* (< log Chi) [～道路] TIÂU: 農村小車道。

sán-gih-gih [形] 很瘦。

sàn-hiong‖*sòng*- [形] 貧窮; ≃ sàn-

◇ ～*-lâng* [～人] Ê: 窮人。 ⌊chhiah

sán-hiu^{n}-hiu^{n} [形] 很瘦弱。

san-hô͘ (> *san-ô͘* > *soan-ô͘*, q.v.)。

sàn-hōe ⇒ sòa^{n}-hōe。

sán-hū (< log Nip) [產婦] [名] Ê: 仝。

sán-ká/*-kà* (< log Chi) [產假] [名] PÁI, Ê: 仝。 「猴 [形] [x] 瘦。

sán-kâu [sán猴] [名] Ê, CHIAH: 瘦皮

sán-kâu-kâu [sán猴猴] [形] 又瘦又醜。 「科] [名] 仝; *cf* hū-sáng-kho。

sán-kho/*-khe*/*-khe* (< log Nip) [產

san-ko (< log Sin) [山歌] [名] TIÂU:

sàn-kúi [sàn鬼] [名] Ê: 窮光蛋。⌊仝。

sàn-lâng [sàn人] [名] Ê: 窮人。

sán-liāng/*-liōng* (< log Chi) [產量] [名] 仝; ≃ seng-sán-liōng。

san-ô͘ (< *san-hô͘*) ⇒ soan-ô͘。

sán-phín (< log Nip) [產品] [名] HĀNG, Ê: 仝。

sán-pi-pa (< *sán-pa-pa*) [sán-pi疤] [形] 瘦骨嶙峋。 「仝

sàn-pō͘ (< log Nip < Sin) [散步] [動]

△ ～, *kiâ^{n} tōa-lō͘* [～行大路] [圖] do.

sán-seng (< log Chi) [產生] [動] 仝。

Săn-tá Khu-lò-sù|*-lò͘*- (< Nip *Santa-kurōsu*; *cf* En *Santa Claus*) [名] Ê: 聖誕老人。 「味] [名] 仝。

san-tin hái-bī (< log Sin) [山珍海

sán- ūi- chì (< En *sandwich*) [名] TÈ: 三明治。

sang^{1} [雙] ⇒ siang^{1}。

sang^{2} (< Sin; ant *cha̍t*) [鬆] [形] 不堅硬。 「siâng^{2}。

sâng (< contr *sa^{n}-kâng*) [形] 相同; ≃

sáng (< contr *sá^{n}-lâng*) ⇒ siá^{n}-lâng。

sàng (< Sin) [送] [動] 仝。

sàng-kè [送嫁] [名] Ê: 伴娘; ≃ phōa^{n}-kè [動] 陪嫁;當伴娘; ≃ phōa^{n}-kè。

sàng-lé (< log Sin) [送禮] [動] 仝。

sàng-pò-chóa-·ê [送報紙·ê] [名] Ê: 報童。 「子;逞威風。

sáng-sè [sáng勢] [動] 神氣;自大;擺架

sàng-sí (< log Chi) [送死] [動] 送命; ≃ hù-sí。「[名] 氧氣,尤指醫療用者。

sàng-sò/*-sò͘*/*-so͘h* (< Nip *sanso*)

sàng-tiā^{n} [送tiā^{n}] (< [送定]) [動] (送禮)文定。

sap -á [sap仔] [名] TÈ, LIA̍P: 碎屑 ¶*pháng* ～ 麵包屑; ≃ pháng-sap。

sap-bûn‖*sat*-‖*soat*- (< EPort; *cf* Port *sabão*) [名] TÈ: 肥皂。

sat^{1} (< Sin) [塞] [動] (鼻)塞。

sat^{2} [殺] [形] **1.** 狠¶*chhiú-tōa^{n} chin* ～ [手段真～] 手段很狠 **2.** 敢做;捨得(花錢) **3.** 乾脆。

sat-ba̍k-á (< ab *môa-sat-ba̍k-á*) [虱目仔] [名] BÓE: 鯔魚。

sat-ba̍k-hî (< *hî* + ab *sat-ba̍k-á*, q.v.) [虱目魚] [名] BÓE: 鯔魚。

sat-bó/*-bú* [虱母] [名] CHIAH: 虱子。

sat-bûn ⇒ sap-bûn。

sat-khún (< log Nip) [殺菌] [動] 仝。

sat-seng (< log Sin) [殺生] [動] 仝。

Sat-tàn (< log Sin < *Satan*) [撒旦] [名] 與上帝做對的魔鬼。

sau [動] (堅硬物)變不結實,例如變疏鬆 [形] 缺乏黏性、韌性而易鬆散,例如骨質疏鬆或沒調好的灰泥乾後易

sàu^{1} (< Sin) [嗽] [動] 咳。 ⌊碎。

S

sàu² (< Sin) [掃] 働 **1.** 打掃 ¶~ *thô͘-kha* [~thô͘腳] 掃地；≃ sàu-tè **2.** 蓆捲
△ ~ *ke/koe pài-phiò* [~街拜票] 全 **3.** 橫著打 ¶*m̄-kian hong* ~ [m̄驚風~] 不怕被風吹打 「風颱尾」被波及
△ ~*-tiòh hong-thai-bóe/-bé* [~著 **4.** 掃射。

sàu-biâu (< log Chi < tr < En *scan*) [掃描] 働 全；≃ sì-kián。

sàu-chiú/-*chhiú* (< log Sin) [掃帚] 名 KI: 掃把
◇ ~*-chhen/-chhin* (< Sin) [~星] LIÀP: 彗星；≃ tn̂g-bóe-chhen。
◇ ~*-lui-á* [~lui仔] KI: (已磨損到幾乎不能用的)舊掃把。

sàu-ke-lō͘-·ê ‖*-koe-* [掃街路·ê] 名

sàu-koe ⇒ sàu-ke。　　　「ê: 清道夫。

sàu-koe-lō͘-·ê ⇒ sàu-ke-lō͘-·ê。

sàu-peng [哨兵] (< log Sin) 名 ê: 斥候　　　　　　　　「燒餅。

sáu-pîng (< Chi *shao¹ ping³*) 名 TÈ:

sàu-sàu [嗽嗽] 園 働 咳嗽。

sàu-se/-*soe* [掃梳] 名 KI: 竹掃把。

sàu-siā (< log Nip) [掃射] 働 全。

sau-sian [sau聲] 彫 沙啞。

sàu-tè/-*tòe* (< log Sin) [掃地] 働 全；≃ sàu thô͘-kha。

sàu thô͘-kha [掃thô͘腳] (< [掃塗骸]) 働 掃地。

sȧuhn 彫 [x] (口感)不軟不硬、不鬆不脆，貶意；*cf* hȧuhn。

sȧuhn 象 (口中)硬物壓碎聲；≃ khȧuhn。

se ¹ (< Sin) [紗] 名 TIÂU: 全。

se²‖*soe* (< Sin) [梳] 働 (小心地)梳(長髮、馬鬃等)；*cf* loȧh²。

sê ⇒ sôe¹,²。

sé‖*sóe* (< Sin) [洗] 働 全。

sè¹ (< Sin) [勢] 名 **1.** 情況；形勢 ¶*khòan m̄-sī* ~, *kóan-kín cháu* [看m̄是~，趕緊走] 見情況不妙，趕快逃 **2.** 姿勢；方向 ¶*ke-si giȧh m̄-tiȯh* ~ [家私giȧh m̄著~] 拿工具的姿勢不對 **3.** 勢力；權勢。

sè² (< log Sin) [世] 名 世代 ¶*Heng-lī Jī* ~ [亨利二~] 全 量 世代；≃ tāi² ¶*tē chȧp-jī* ~ *kián-sun* [第十二~kián孫] 第十二世子孫。

sè³ 名 稅 働 租；⇒ sòe¹。

sè⁴‖*sòe* (< Sin) [細] 彫 小。

sē ⇒ sōe。

Se-a (< log Chi) [西亞] 名 全。

sé-á‖*sóe-* [黍仔] 名 CHÂNG, LIÀP: 小米；≃ sek-á。

sè-á‖*sòe-* [細仔] 彫 小小的，下接單位詞，常與 á 連用；≃ sè-sè ¶~ *hàn-á* [~漢仔]個子小小的 ¶~ *sian-á* [~聲仔]低聲；聲音小小的。

se-á-mn̂g/-*mûi* [紗仔門] 名 sìn: 紗門；≃ soa-mn̂g。

se-á-pò͘ [紗仔布] 名 TÈ: 薄紗布；≃ gà-jè。　　　　「紗窗；≃ soa-thang。

se-á-thang [紗仔窗] 名 sìn, THANG:

Se-au (< log Chi) [西歐] 名 全。

se-bí-loh/-*loh* (< Nip *sebiro*) 名 SU: 男西裝。

sé-bīn‖*sóe-* (< Sin) [洗面] 働 洗臉。

sè-bīn (< log Sin) [世面] 名 全 ¶*m̄-bat khòan-kòe* ~ [m̄-bat看過~]沒見過世面。　　「台] 名 ê: 洗臉台。

sé-bīn-tâi‖*sóe-* (< log Nip) [洗面

sè-bóe‖*sòe-bé* [細尾] 彫 **1.** (魚等)小 **2.** (流氓)地位不重要/小。

Se-chek (< *Seediq*) [紗績] 名 **1.** CHȮK: 賽德克族 **2.** ê: 賽德克族人 **3.** KÙ: 賽德克語。　　　　「全。

se-chhan (< log Chi) [西餐] 名 TǸG:

sé-chheng‖*sóe-* [洗清] 働 洗雪。

sé-chhiú‖*sóe-* [洗手] [動] 仝。

sé-chhùi‖*sóe-* [洗嘴] [動] 刷牙。

sé-chî^{n}‖*sóe-* (< log Chi < tr En *money laundry*) [洗錢] [名] [動] 仝。

sè-chiah‖*sòe-* [細隻] [形] **1.** (動物等)小 **2.** 地位低,例如小流氓。

sè-chiat‖*sòe-* (< log Chi) [細節] [名] Ê: 仝; ≃ siâng-sè。

se-chìn (< log Chi) [西進] [動] 仝。

se-chong (< log Chi) [西裝] [名] SU: 仝; ≃ se-bí-loh。 「藏] [名] 仝。

Se-chōng (< log Sin < *Sizang*) [西

sè-·ê‖*sòe-* [細·ê] [名] Ê: **1.** (最小的)弟弟 **2.** 姨太太; ≃ sè-î [形] (人、物、事)小的。 「[*á*] (用力)小。

sè-ē‖*sòe-* [細下] [形] (用力)小的 [副]

sé-e̍k‖*sóe-* (< log Sin) [洗浴] [動] 洗澡; ≃ sé-/sóe-seng-khu。

sè-hàn‖*sòe-* [細漢] [形] **1.** 個子小 ¶*la̍k-nî-·ê soah pí it-nî-á khah ~* [六年·ê煞比一年仔較~] 六年級生卻比一年級生小 **2.** 年紀小 ¶*Góa tōa lí nn̄g hòe/hè; lí pí góa khah ~.* [我大你兩歲,你比我較~.] 我大你兩歲,你比我小

△ ~ *gín-á* [~gín仔] 幼童。

sé-heng-khu-keng ⇒ sé-seng-khu-keng。

Se-hui (< log Chi) [西非] [名] 仝。

se-i (< log Sin) [西醫] [名] Ê: 仝。

sè-î‖*sòe-* (< SEY) [細姨] [名] [*á*] Ê: 小老婆。

se-io̍h [西藥] [名] 仝。 「藥。

sé-io̍h-á‖*sóe-* [洗藥仔] [動] 噴灑農

se-io̍h-pâng [西藥房] [名] KENG: 仝。

Se-iû^{n} (< log Sin) [西洋] [名] 仝

◇ ~-*lâng* (< log Sin) [~人] Ê: 仝。

sè-jī/-*gī*/-*lī*‖*sòe-jī*/-*lī* (< sem Sin) [細膩] [形] **1.** 小心

◇ ~-*á* [~仔] 小心地

2. 客氣。

sè-kài (< log Nip < sem Sin) [世界]

◇ ~-*it-·ê* [~一·ê] 最棒的 ⌊[名] Ê: 仝

◇ ~ *Tāi-chiàn* (< log Nip) [~大戰] PÁI: 仝。

sè-kan (< log Sin) [世間] [名] Ê: 仝

◇ ~-*lâng* [~人] Ê: 世人。

sè-khún‖*sòe-* (< log Nip) [細菌] [名] CHIAH: 仝; ≃ bǎi-khín。

sè-kí (< log Nip) [世紀] [名] Ê: 仝。

sè-kiá^{n}‖*sòe-* [細kiá^{n}] [名] Ê: 么兒 ¶*pē-bó thià^{n} ~* [父母疼~] 父母(通

sè-kim ⇒ sòe-kim。⌊常)最疼么兒。

se-kok-bí (*cf* Mul *sagu*) [西穀米] [名] LIA̍P: 西米。 「很稀疏。

se-lang-lang‖*soe-* [疏lang-lang] [形]

sè-la̍t‖*sòe-* [細力] [形] (下手)用力輕 [副] 輕輕地 ¶*khah ~ phah ·le* [較~phah ·le] 輕一點儿打。

sé-lé‖*sóe-* (< log Sin) [洗禮] [名] 仝。

sè-le̍k (< log Sin) [勢力] [名] Ê: 仝

◇ ~ *hoān-ûi* (< log Nip) [~範圍] Ê: 仝。

sè-lī-gán (< log Chi) [勢利眼] [形]

sè-lia̍p‖*sòe-* [細粒] [形] **1.** 小 ⌊仝。

◇ ~-*chí* [~籽] (體形)小巧

2. (人)沒有重要地位。

sè-miā (< *sè^{n}-miā*, q.v.)。

sé-náu‖*sóe-* (< log Chi < tr En *brain-wash*) [洗腦] [動] 仝。

sé-óa^{n}‖*sóe-* [洗碗] [動] 仝。

se-pak (< log Chi) [西北] [名] 西北部; 西北地區; *cf* sai-pak。

Se-pan-gâ (< *España*) [西班牙] [名] 西南歐國名

◇ ~-*ōe* [~話] 西班牙語。

sè-pau/-*phau*‖*sòe-* (< log Nip) [細胞] [名] LIA̍P: 仝。 「[兒] [動] 洗澡。

sé-phōng-phông [洗 phōng-phông]

se-pō· (< log Nip) [西部] Ⓐ 全
  ◊ ~ *bú-kiap* (< log Chi) [~武俠]
    ê: 美國開發時期的俠客
  ◊ ~-*phìⁿ* (< log Chi < tr; *cf* En
    Western/s) [~片] CHHUT, PHÌⁿ,
    TÈ, KI: 全。

sé-saⁿ‖*sóe-* [洗衫] Ⓓ 洗衣   「粉
  ◊ ~-*hún* [~粉] ÀP, PAU, TĒ: 洗衣
  ◊ ~-*ki* (< log Chi + tr) [~機] TÂI:
    洗衣機
  ◊ ~-*tiàm* [~店] KENG: 洗衣店。

sè-sè‖*sòe-sòe* [細細] Ⓕ 小小的, 下
  多接單位詞, 常與 *á* 或 *á-kiáⁿ* 連用;
  cf sè-á ¶*chit chiah* ~ *chiah-á* [一隻
  ~隻仔] 一隻小小的 ¶~-*làt*(-*á*) [~
  力(仔)] 輕輕地(打等) ¶~-*siaⁿ*(-*á*)
  [~聲(仔)] 低聲。

se-se-lang-lang‖*soe-soe-* [疏疏
  lang-lang] Ⓕ 稀稀疏疏; ≃ se-lang-
  lang。

sé-seng-khu-keng|-*heng-*‖*sóe-* (v
  seng-khu) [洗身軀間] Ⓐ KENG: 浴
  室; ≃ ėk-keng(-á)。

sè-siaⁿ‖*sòe-* [細聲] Ⓕ **1.** 聲音細小
  2. 聲音低 Ⓓ 低聲。

sè-sian‖*sòe-* [細仙] Ⓕ (人) 地位不
  重要; ≃ sè-liàp。

sè-sū (< log Sin) [世事] Ⓐ 全 ¶*m̄-
  bat/-pat* ~ 不懂(世)事。

sè-tà (< Nip *sētā* < En *sweater*) Ⓐ
  NIÁ: 套頭的毛線衣。   「sè²; *cf* tāi²

sè-tāi (< log Sin) [世代] Ⓐ ê: 全; *cf*
  △ ~ *kau-thè* (< log Chi < Nip [世
    代交番]) [~交替] 全。

se-thâu‖*soe-* (< log Sin) [梳頭] Ⓓ
  梳(長)頭髮; *cf* loàh² thâu-mo·。

sé-thâu‖*sóe-* [洗頭] Ⓓ 洗頭髮。

sé-thâu-mo·-chúi|-*mn̂g-*‖*sóe-* [洗
  頭毛水] Ⓐ KOÀN: 洗髮精。

Se-thian (< log Sin) [西天] Ⓐ 全。

Sè-ūn (< log Chi) [世運] Ⓐ KÀI, PÁI:
  世界運動會簡稱。

sé-vìn (< sem ab En *Seven-eleven*
  [7–11]) Ⓐ 便利商店。

sê· ⇒ sôe²。

sè·... ⇒ sòe¹...。

sē· ⇒ sōe。

seⁿ‖*siⁿ* (< Sin) [生] Ⓓ **1.** 產(子)
  2. 出生 ¶~-*liáu m̄-tiòh sî-chūn* [~
  了 m̄ 著時 chūn] 生不逢時 **3.** 長(得);
  ⇒ seⁿ-chò **4.** 長(出); *cf* hoat³ ¶~
  thiāu-á-chí [~thiāu仔籽] 長青春痘
  5. 孳生 ¶*Ná ē* ~-*chhut chit-hō tāi-
  chì?* [哪會~出 chit 號代誌?] 怎麼會

séⁿ¹ Ⓐ 行省; ⇒ séng¹。└出這種事?

séⁿ²‖*séng* (< col log Sin) [省] Ⓓ 節
  省; 省略 ¶~ *chit ê chhiú-siòk* [~一
  個手續] 省一道手續 Ⓕ 不多花費; 節
  儉 ¶*I iōng chîⁿ chin* ~. [伊用錢真
  ~.] 他用錢很省。

sèⁿ‖*sìⁿ* (< Sin) [姓] Ⓐ ê: 全 ¶~ *kah
  miâ* [~ & 名] 姓名 ¶*kāng-*~ [仝
  ~] 同姓 Ⓓ 全 ¶*Góa* ~ *Tiuⁿ*. [我~
  張.] 全。

seⁿ-á‖*siⁿ-* [鉎仔] Ⓐ TÈ: 鑄鐵。

seⁿ-bó‖*siⁿ-bú* [生母] Ⓐ ê: 全。

seⁿ-chò‖*siⁿ-chòe* [生做] Ⓓ 長得...,
  只接補語 ¶*I* ~ *chin súi.* [伊~真
  súi.] 她長得很漂亮。

seⁿ-jit/-gìt‖*siⁿ-jìt/-lìt* (< log Sin)
  [生日] Ⓐ ê: 全
  ◊ ~ *bō-á* (< tr En *party hat*) [~
    帽仔] TÉNG: 慶祝生日時戴的帽子
  ◊ ~-*khá/-khah* (< log Chi < tr En
    birthday card) [~卡] TIUⁿ: 全。

seⁿ-kiáⁿ‖*siⁿ-* [生 kiáⁿ] Ⓓ 產子
  ◊ ~-*āu* [~後] 產後
  ◊ ~-*chêng* [~前] 產前。

seⁿ-ko·‖*siⁿ-* [生菇] Ⓓ 長霉。

sèⁿ-miā‖*sìⁿ*- (< log Sin; > *sè-miā*)
[性命] (名) TIÂU: 全 ¶*piàⁿ* ~ [拚~]
拚著老命
◇ ~*-kin/-kun* [~根] 命根子。

seⁿ-nn̄g/*-nūi*‖*siⁿ*-*nn̄g* [生卵] (動)
下蛋
◇ ~*-ke* [~雞] CHIAH: 供雞蛋的雞。

seⁿ-oa̍h ⇒ seng-oa̍h。

seⁿ-pē‖*siⁿ*- [生父] (名) Ê: 全。

seⁿ-phú‖*siⁿ*- [生 phú] (動) 發霉; ≃
seⁿ-koˑ。

seⁿ-pún‖*siⁿ*- [生本] 全下。

seⁿ-sêng‖*siⁿ*- [生成] (動) 本來 (就如
此或應該如此); ≃ seⁿ-pún ¶*Hî-á,*
~ *bô chúi, bē oa̍h.* [魚仔~無水 bē
活.] 魚當然沒有水活不了
◇ ~*--ê* 本來就如此; 天生如此。

seⁿ-sí‖*sìⁿ*- (< log Sin) [生死] (名) 生
與死 ¶*piàⁿ* ~ [拚~] 拚死拚活。

seⁿ-sian‖*sìⁿ*-*san* [生 sian] (動) 1. 身
上積有體垢 2. 生銹 3. (因長久不
練而工夫) 退化, 例如外語能力。

seⁿ-sián‖*siⁿ*- [生癬] (動) 長疥癬。

seⁿ-siùⁿ‖*siⁿ*- (< *seⁿ-siù* < log Sin)
[生肖] (名) 全 ¶*cha̍p-jī* ~ [十二~]
全。

seⁿ-thâng‖*siⁿ*- [生虫] (動) 長蟲子。

seⁿ-thòaⁿ‖*siⁿ*- [生湠] (動) 繁衍。

seⁿ-tn̂g‖*siⁿ*- [生腸] (名) TIÂU: 產道。

seh¹‖*seh* (< Sin) [雪] (名) 全。

seh²‖*soeh* (動) 塞 (進縫裡) ¶*kā chîⁿ*
~ *tòa i ê tē-á-té* [kā 錢~tòa 伊ê袋
仔底] 把錢塞進他的口袋裡 ¶*saⁿ* ~*-*
jip-khì khòˑ-té [衫~入去褲底] 把衣
服塞進褲腰裡   「āu-chhiú。
△ ~ *âng-pau* [~紅包] 行賄; ≃ siap-

se̍h‖*se̍h* (< Sin; *cf* Chi *che²* [折]) (動)
1. 繞 (圈子) ¶~ *ūn-tōng-tiâⁿ* [~運
動埕] 繞操場 2. 折 (回) ¶~*-tò-tríg-*
-lâi [~tò 返來] 折回來 3. 繞道 ¶*hā-*

pan-liáu, ~ ùi chhī-tiûⁿ tńg--lâi [下
班了,~ùi 市場返來] 下班之後, 繞道
經過市場回來。

seh-bêng ⇒ soeh-bêng。

seh-chhia [雪車] (名) TÂI: 雪橇。

se̍h-hoan-thâu [se̍h 翻頭] (動) 1. 掉
頭 (走回來/回去); 折回 2. 把器物
的兩頭對調; ≃ se̍h-thâu。

seh-ho̍k ⇒ soeh-ho̍k。

se̍h-ke/*-koe* [se̍h 街] (動) 1. 逛街 2. 遊
街; 遊行。   「全。

seh-kéng (< log Chi) [雪景] (名) Ê:

seh-kiû (< log Chi) [雪球] (名) LIA̍P,
OÂN: 全。   「SIN, Ê: 全。

seh-lâng (< log Chi) [雪人] (名) SIAN/

se̍h-lê-á-mn̂g/*-mûi* [se̍h 螺仔門]
(名) Ê: 迴轉門。   「螺旋梯。

se̍h-lê-(á-)thui [se̍h 螺仔梯] (名) Ê:

se̍h-liàn-tńg/*-lìn*- [se̍h-liàn 轉] (動)
1. 繞圈子, 自動 2. 掉過頭, 他動; ≃
se̍h-(hoan-)thâu ¶~, *khǹg-khòaⁿ ē*
ji̍p-khì · bē [~khǹg 看會入去 ·bē]
(把它) 掉過頭看能不能放進去。

se̍h-lin-long (動) (一直) 繞圈子; 團團

se̍h-lìn-tńg ⇒ se̍h-liàn-tńg。 「轉。

seh-seh (< Chi *hsieh⁴ hsieh⁰*) (動)
1. 道謝; ≃ soeh-to-siā ¶*kā i* ~ [kā
伊~] 向他道謝 2. 感謝; 謝謝; ≃
to-siā ¶~ *nî* 謝謝 (你)。

se̍h-se̍h-liām [se̍h-se̍h 唸] (動) 1. 念
念有詞 2. 不停地說; 嘮叨。

Seh-soaⁿ Pōng-khang (< log Chi +
tr) [雪山 Pōng-khang] (名) TIÂU: 雪
山隧道。

se̍h-thâu [se̍h 頭] (動) 把器物的兩頭
對調, 例如把床頭轉向原來床尾的位
置; ≃ se̍h-hoan-thâu⁽²⁾

seh-to-siā ⇒ soeh-to-siā。

seˑh ... ⇒ seh¹...。

se̍ˑh... ⇒ se̍h...。

S

| sek |¹‖*sit* (< log Nip) [式] 尾 式樣 ¶*liû-tōng-*~ [流動～] 全 ¶*sin-*~ [新 ～] 全 ¶*Tâi-oân-*~ [台灣～] 全。

sek² (< Sin) [色] 名 KHOÁN: **1.** 顏色 ¶~ *bô chiâu.* [～無 chiâu.] 顏色不均 勻 **2.** (< sem; v *lèk-sek, nâ-sek*) 台 灣人民針對台灣、中國的意識形態 類別 ¶*In nn̄g ang-á-bó͘ bô-kāng* ~. [In 兩翁仔某無～.] 他們夫妻倆意 識形態不同。

sek³ [室] ⇒ sit²。

sèk¹ (< log Nip) [席] 量 席次。

sèk² (< Sin) [熟] 形 **1.** (煮)熟 **2.** (水 果)成熟 **3.** 熟稔 ¶*I, góa bô-*~. [伊 我無～.] 我對他不熟。

sek-á [稏仔] 名 CHÂNG, LIÁP: 一種小 米名; ≃ sé-á。

sek-bông (< log Nip) [色盲] 名 形 全。

sek-chêng (< log Nip) [色情] 名 形 全。

sek-chhái (< log Nip) [色彩] 名 全。

sèk-chhiú [熟手] 形 熟練。

sek-chóa (< log Nip) [色紙] 名 TIUⁿ: 彩色紙。

sek-èng (< log Nip) [適應] 動 全。

sek-gōa ⇒ sit-gōa。

sek-hàp (< log) [適合] 動 形 全。

sek-iú ⇒ sit-iú。

sek-kia/-khia (< ab *sek-kia-kó*) [釋 迦] 名 LIÁP: 釋迦果。

sek-lāi ⇒ sit-lāi。

sek-liāu [色料] 名 全。

sèk-liù-liù [熟 liù-liù] 形 非常熟習。

sek-lông (< log Chi) [色狼] 名 Ê, CHIAH: 全。

sek-mô͘ (< log Nip) [色魔] 名 Ê: 全。

sek-pit [色筆] 名 KI: 彩色筆。

sek-pôaⁿ [色盤] 名 Ê, TÈ: 調色碟。

sèk-sāi [熟 sāi] 動 初見面而互相認識 ¶*In nn̄g ê tī hóe-chhia-téng* ~ ·*ê.*

[In 兩個 tī 火車頂～·ê.] 他們倆是在 火車上邂逅而認識的 形 熟稔 ◇ ~-*chhàt* [～賊] Ê: **a.** 對被竊的環 境熟悉的小偷 **b.** 與竊案受害人相 ◇ ~-*lâng* [～人] Ê: 熟人。 ⌊識的賊

sek-sò͘ (< log Nip) [色素] 名 全 ¶*jîn-kang ê* ~ [人工 ê ～] 人工色素。

sèk-sū (< log Nip) [碩士] 名 Ê: 全。

sek-suh (< En *sex*) 名 **1.** (雌雄)性 **2.** 性行為。

sek-tì [色緻] 名 色彩;色調。

sek-tòng (< log Chi) [適當] 形 全。

| sém |-*phò/-phò͘* (< En *sample*) 名 Ê: 樣品; ≃ sǎm-phú-luh。

| seng |¹ (< Sin) [升] 動 **1.** 升(空) **2.** 升官;升級 **3.** 漲(價); ≃ khí¹。

seng² (< Sin) [先] 動 **1.** 在先 ¶*I* ~ *chiàh, kòe/kè chiah tiòh lí chiàh.* [伊～吃,過才著你吃.] 他先吃,然後 才輪到你吃 **2.** 事先 ¶*bōe/bē kóng* ~ *chhiò* [未講～笑] 還沒講就笑了。

sêng¹ (< Sin) [乘] 動 求某數的倍數 ¶*Gō͘* ~ *gō͘ téng-i jī-gō͘.* [五～五等 於二五.] 五乘五等於二十五。

sêng² (< Sin) [成] 動 成功。

sêng³ 動 (貌)似 ¶*Góa* ~ *goán lāu-pē.* [我～goán 老父.] 我像我爸爸 形 貌似 ¶*In nn̄g ê chin* ~. [In 兩個 真～.] 他們兩個很像 ¶*òh kà chin* ~ [學到真～] 學得很像。

séng¹‖*sén* (< Sin) [省] 名 Ê: 行省。

séng² 動 形 節省; ⇒ sén²。

sèng¹ (< log Nip) [性] 尾 性質 ¶*hē-thóng-*~ [系統～] 全。

sèng² (< log Nip < tr; *cf* En *sex*) [性] 名 (雌雄的)性; ≃ sek-suh ¶*bô-kāng* ~ [無全～] 不同性別。

sēng 動 溺愛;縱容。

seng-bêng ⇒ siaⁿ-bêng。

seng-bùt (< log Nip) [生物] 名 **1.** 動

植物; ≃ oa̍h-mi̍h **2.** 生物學簡稱
◇ ~-*ha̍k* (< log Nip) [~學]仝
◇ ~ *hòa-ha̍k* (< log < En *biochemistry*) [~化學]仝。
sêng-chek (< log Nip < Sin) [成績] [名] Ê:仝¶*chù* ~ [注~]打成績¶*phah* ~ do. ¶*pià*^{n} ~ [拚~]仝, q.v.
◇ ~-*toa*^{n} (< log Chi) [~單] TIU^n: 仝。
sèng-chhim-hoān (< log Chi) [性侵犯] [名] PÁI:仝 [動]仝。 「Ê:仝。
sèng-chí (< log Sin) [聖旨] [名] TIU^n,
sèng-chiàn (< log Chi; *cf* Ar *jihad*) [聖戰] [名] PÁI:仝。
sèng-chit (< log Nip) [性質] [名]仝。
sêng-chiū (< log Sin) [成就] [名] Ê:仝
◇ ~-*kám* (< log Chi) [~感] Ê:仝。
seng-chûn (< log Nip) [生存] [動]仝
◇ ~-*khoân/-koân* [~權]仝。
sêng-gí/-gú/-gí· (< log Sin) [成語] [名] Ê, KÙ:仝。
sêng-goân ⇒ sêng-oân。
sêng-gú ⇒ sêng-gí。
seng-ha̍k (< log Chi) [升學] [動]仝。
sèng-hé/-hé· ⇒ sèng-hóe。
sèng-hêng-ûi (< log Nip < tr En *sex act*) [性行為] [名]仝。
sêng-hō (< log Nip) [乘號] [名] Ê:仝。
sêng-hoat [乘法] [名]仝。
sèng-hóe/-hé/-hé· (< log Nip) [聖火] [名] KI, PHA:仝。
sêng-hun (< log Nip) [成分] [名]仝。
sêng-ì (< log Sin) [誠意] [名]仝 [形]有誠意。
sêng-jīm/-gīm/-līm ⇒ sêng-jīn。
sèng-io̍k (< log Nip; *cf* En *sexual desire*) [性慾] [名]仝。
sêng-jīn/-gīn/-līn/-jīm/-gīm/-līm (< log Sin) [承認] [動] **1.** 招認
2. (< log Nip < sem) 認可; 肯定。
sèng-jîn/-gîn/-lîn (< log Sin) [聖人] [名] Ê:仝。 「仝。
sèng-kám (< log Nip) [性感] [名] [形]
seng-kàng-ki (< log Nip [昇降機]) [升降機] [名] TÂI:仝。
sèng-kau (< log Nip) [性交] [名] PÁI: 仝 [動]仝; ≃ sio-kàn; *cf* phah-chéng。
sèng-kàu-io̍k (< log Nip < tr En *sex education*) [性教育] [名]仝。
sèng-keh (< log Nip) [性格] [名] Ê:仝 [形]仝。
Sèng-keng (< log Sin) [聖經] [名] PÚN: 仝 「仝。
◇ ~-*chóa* (< log Chi) [~紙] TIU^n:
sèng-khì-koan (< log Chi; *cf* Nip [性器] < tr En *sexual organs*) [性器官] [名] Ê:仝。
seng-khu (< *sin-khu* < log Sin; > *heng-khu*; > *hun-su*) [身軀] [名] **1.** 身體¶*sé/sóe* ~ [洗~]洗澡
◇ ~-*pi*^{n} [~邊]身旁
2. 身上¶~ *bô chah chî*^{n} [~無chah錢]身邊沒帶錢。
sêng-khún < log Chi) [誠懇] [形]仝。
seng-kî^1 (< log Sin) [星期] [名]仝; ≃ lé-pài。
seng-kî^2 (< log Sin) [升旗] [動]仝。
sêng-kiàn (< log Sin) [成見] [名] Ê: 仝。
seng-kip (< log Chi) [升級] [名]仝 ¶*sán-gia̍p* ~ [產業~]仝 [動]仝。
sêng-kó (< log Nip) [成果] [名] Ê:仝 ¶~ *bô hó* [~無好]成果不好。
sèng-ko-tiau/-tiâu (< log Chi < tr En *orgasm*) [性高潮] [名] PÁI:仝。
sèng-koa (< log Nip) [聖歌] [名] SIÚ, TIÂU:仝。
◇ ~-*tūi* (< log Nip) [~隊] TŪI, Ê:

唱詩班。

seng-koa^n (< log Sin) [升官] 働 全。

sèng-koan-hē (< log < tr En *sexual relations*) [性關係] 名 PÁI: 全。

sêng-kong (< log Sin) [成功] 働 全；≃ sêng^2 形 全。

seng-lé (< log Sin) [牲禮] 名 HĀNG, HÙ: 動物祭品,尤指家禽、家畜。

sèng-lêng (< log Nip) [性能] 名 Ê: 全。

seng-lí (< SEY) [生理] (< [生理]) 名 HĀNG, Ê: 生意 ¶*chò-/chòe-~* [做~] 做生意 ¶*piàn ~* [拚~] 競爭生意。 「利的口才 **b.** 有上述口才。 ◊ *~-chhùi* [~嘴] **a.** 善於說服以獲

seng-lí-ha̍k (< log Nip) [生理學] 名 全；≃ sin-thé-lí。

seng-lí-kiá^n [生理-kiá^n] 名 Ê: 有經商 天賦的人 「人少之又少。 △ ~ *oh se^n* [~歹生] 有經商天賦的

seng-lí-lâng [生理人] 名 Ê: 商人。

sêng-li̍p (< log Nip) [成立] 働 全。

seng-oa̍h‖se^n- (< log Sin) [生活] 名 KHOÁN: 全 ¶*ji̍t-siâng ~* q.v. ¶*~ phín-chit* [~品質] 全 働 全 ◊ *~-hùi* (< log Chi) [~費] 全。

sêng-oân/-goân (< log Nip) [成員] 名 Ê: 全；≃ mèm-bà。

sèng-pē^n/-pī^n (< log Nip < tr En *venereal/sexual disease*) [性病] 名 KHOÁN, CHIÓNG: 全。

sêng-phín (< log) [成品] 名 Ê: 全。

sèng-pī^n ⇒ sèng-pē^n。

sèng-pia̍t (< log Nip) [性別] 名 全。

sêng-pún (< log Chi) [成本] 名 全。

seng-sán (< log Nip) [生產] 働 全。

seng-seng (< log Sin) [猩猩] 名 CHIAH: 全。

sèng-seng-oa̍h (< log Nip < tr En *sex life*) [性生活] 名 全。

sèng-si (< log Sin) [聖詩] 名 SIÚ: 全。

sèng-sim-lí (< log) [性心理] 名 全。

Sèng-sîn [聖神] 名 Ê: 聖靈。

sèng-so-jiáu (< log Chi < tr En *sexual harassment*) [性騷擾] 名 働 全。

séng-sū (< log Sin) [省事] 働 形 全。

sêng-tam (< log Chi) [承擔] 働 全。

Sèng-tàn (< log < tr; *cf* En *Christmas*) [聖誕] 全；≃ Khu-lí-sú-má-suh 　　　　　　　[CHÂNG: 全 ◊ *~-chhiū* (< log Chi) [~樹] ◊ *~-chiat/-cheh/-choeh* (< log Chi) [~節] 全 　　　　　　　[CHÂNG: 全 ◊ *~-hông* (< log Chi) [~紅] ◊ *~-mê/-mî* [~暝] 聖誕夜。

sèng-tē/-tōe [性地] 名 Ê: 脾氣;性情 ¶*kāu ~* [厚~] 脾氣不好 ¶*khí-~* [起 ~] 發脾氣 ¶*sái ~* [駛~] 使性子。

seng-téng (< log Chi) [升等] 働 全。

seng-thài (< log Nip) [生態] 名 全。

·sī (< Sin) [氏] 尾 全 ¶*Chiú^n-~* pē-kiá^n* [蔣~父子] 全；≃ Chiú^n-pē-kiá^n。

si^1‖su (< Sin) [司] 名 行政單位名。

si^2 (< Sin) [詩] 名 SIÚ: 全。

si^3 (< Sin) [絲] 名 TIÂU: **1.** 蟲子的 線狀分泌物,尤指蠶絲 **2.** 蠶絲的料 子;絲織品 **3.** 豆莢、菜葉的粗纖維 働 去掉豆莢、菜葉的粗纖維。

si^4 象 噓聲;口哨聲 働 **1.** 吹口哨;≃ kho͘ si-á **2.** 發「噓」聲,例如引小 孩小便。

sî^1 (< Sin) [時] 名 **1.** 時候 ¶*Lo̍h-hō͘· ê ~, thang-á-mn̂g koai^n··khí··lâi.* [落雨 ê~,窗仔門關起來.] 下雨的 時候,把窗子關起來 ¶*m̄-tio̍h ~* q.v. △ ~ *kàu, lí tio̍h chai* [~到你就知] 到 時你就知道(苦頭)

△ ~ *kàu,* ~ *tng* [~到~當] 到時候再應變

2. [*á*] 時分；時節 ¶*joȧh-thiⁿ-~* [熱天~] 夏天。 「的單位。

sî² (< log Chi) [匙] [量] 計算湯匙容量

sî³ (< Sin) [辭] [動] 辭退；辭職 ¶~ *thâu-lō·* [~頭路] **a.** 辭職 **b.** 解雇。

sí (< Sin) [死] [名] 仝 [動] **1.** 死亡 ¶*Lâng lóng ē/ōe ~.* [人攏會~.] 人都會死

△ ~ *bô-lâng khàu* [~無人哭] (咒罵:) 惡劣，指人

△ ~ *hó* [~好] [詛] 去死好了，即咒罵人愚蠢 ¶*Tâi-oân-lâng ~.* [台灣人~] 咒詛被中國、中國國民黨欺騙而無知覺的台灣人的話

△ ~ *kà chin pháiⁿ-khòaⁿ* [~到真歹看] [詛] "死得很難看，" 即人的結局慘兮兮

2. 叫 … 死了 ¶~ *ang* [~翁] 死了丈夫 ¶~ *cha-bó·-kiáⁿ* [~查某kiáⁿ] 死了女兒 **3.** 致死，當動詞補語 ¶*gō-~* [餓~] 仝 ¶*tàng-~* [凍~] 仝 **4.** 簡直可致人於死，當動詞補語，接賓語 ¶*joȧh-~ lâng* [熱~人] 熱死人了 ¶*khì-~ lâng* [氣~人] 氣死人 (了) **5.** 糟糕；大事不好 ¶*Lí ē/ōe ~.* [你會~.] 你糟糕了 ¶~ *·a!* [~矣!] 糟糕了；≃ chhám ·a; ≃ hāi ·a; ≃ kâu-kiâⁿ ·a [形] **1.** 死了的

△ ~ *ah-á ngē chhùi-pe* [~鴨仔硬嘴巴] 強辯，死不認錯

2. 呆板；不靈活的樣子 ¶*Chiah-ê chhah-tô· siuⁿ ~.* [Chiah-ê 插圖 siuⁿ~.] 這些插繪太呆板了 **3.** (顏色) 晦澀 ¶*sek ~-~* [色~~] 顏色晦澀 **4.** 牢固；固定 ¶*kā thang-á-mn̂g tèng-~* [kā 窗仔門釘~] 把窗子釘死 ¶*Che thang-á-mn̂g ~-·ê.* [Che 窗仔門~·ê.] 這窗子打不開 **5.** 沒有轉圜的餘地；不可變更的 ¶*tiâu-kiāⁿ tēng-liâu ~* [條件定了真~] 條件定得很死 **6.** [詛] "臭，" 即渾帳 ¶~ *cha-po·-lâng* [~查埔人] 臭男人 ¶~*-gín-á(-che)*, q.v. 「~ [這~] 此生。

sì¹ (< Sin) [世] [名] 在世的時間 ¶*chit*

sì² (< Sin) [四] [數] **1.** 第四個基數；*cf* sù¹ ¶*chȧp-~* [十~] 仝 ¶*jī-~* [二~] 二十四 ¶~*-bān* [~萬] 仝 **2.** 四 (十、百、千等次級數詞單位) ¶*bān-~* [萬~] 一萬四千 ¶*chheng-~* [千~] 一千四百 ¶*pah-~* [百~] 一百四十 **3.** 四十簡稱 ¶~*-it* [~一] 四十一 ¶~*-jī* [~二] 四十二 ¶~*-saⁿ* [~三] 四十三 **4.** 第四個序數 ¶*Góa tiȯh ~ miâ.* [我著~名.] 我得第四名 ¶~*-goėh Chhe-~* [~月初~] 四月四號 ¶~ *hō* [~號] 仝。

sī¹ (< Sin) [是] [動] **1.** 表示沒錯 **2.** 表示肯定或加重語氣 ¶*(He) ~ lí m̄-tiȯh.* [(He)~你m̄著.] (那) 是你的不是 [副] **1.** 究竟；到底 ¶*Lí ~ boeh/beh án-nòa?* [你~欲按怎?] 你到底要怎樣？ **2.** 表示鄭重解釋 ¶*Góa ~ kóng: mài, khah hó.* [我~講: mài 較好.] 我是說不要的好 ¶*Góa ~ khòaⁿ-bē-chò-·tit chiah kóng-ōe.* [我~看 bē 做得才講話] 我是看不下去才說話的。

sī² [動] **1.** 做 ¶*ûn-ûn-á ~* [勻勻仔~] 慢慢儿來 ¶~*-·lȯh-·khì* [~落去] 開始做 **2.** (開始) 比賽；≃ ī。

sǐ [兒] [歎] 鼓勵小孩尿尿用語。

si-á‖*sı̍-* [名] 口哨；⇒ si-si-á。

si-á-geh (< ab Nip *shiageru*) [動] 修飾，使更完美 ¶~ *chhù* [~厝] 修飾 (剛建好的) 房子。 「NIÁ: 絲棉被。

si-á-phōe/*-phē*/*-phē* [絲仔被] [名]

sī-án-chóaⁿ¹/*-nóa*/*-chòa*/*-nòa* [是按怎] [代] 為什麼 ¶*Lí bô lâi, ~?* [你無來，~?] 你沒來，為什麼？

sī-án-chóaⁿ²/*-nóa* [是按怎] [副] 為什麼 ¶*Lí ~ bô lâi?* [你~無來?] 你為什麼沒來？

S

sī-án-chòa^n/*-nòa* (< *sī-án-chóa*$^{n\,1}$, q.v.)。

sī-án-nóa^n (< *sī-án-chóa*$^{n\,1,2}$, q.v.)。

sī-án-nòa^n (< *sī-án-chòa*$^{n\,1}$, q.v.)。

si-ap-le̍k (< log Chi + tr) [施壓力] [動] 施壓。

sí-āu [死後] [名] 仝。

si-be̍h-á|*-be̍h-* ⇒ si-boe̍h-á。

sì-bīn (< log Sin) [四面] [名] 仝。

si-boe̍h-á|*-be̍h-*|*-be̍h-* [絲襪仔] [名] KHA, SIANG: 絲襪; ≃ si-á-boe̍h。

sí-bông chèng-si/*-su* (< ab log Nip [死亡證明書]) [死亡證書] [名] HŪN, TIU^n: 仝。

sî-cheng (< log) [時鐘] [名] LIA̍P: 仝
◇ ~*-tiàm* [~店] KENG: 鐘錶店; ≃ pió-á-tiàm。

sî-chha (< log Nip) [時差] [名] 仝。

sî-chiam (< log Nip) [時針] [名] KI: 仝; ≃ tn̂g-chiam。

sî-chit (< log Nip < Sin) [辭職] [動] 仝。

sì-chiu-ûi (< log Chi) [四周圍] [名] 仝; ≃ sì-pi^n。

sí-chōe (< log Sin) [死罪] [名] 仝。

sì-chú‖*si-* (< log Sin) [施主] [名] Ê: 仝。

sî-chūn [時chūn] [名] Ê: 時候; *cf* sî[1] ¶*chit ê* ~ [這個~] 這個時候。

sí-di/*-li*/*-ti* (< En *CD* < acr *compact disc*) [名] TÈ: 光碟片。

Sì-·ge̍h/*-ge̍h*/*-ge̍h* ⇒ Sì-·goe̍h。

sí-giān-giān [死giān-giān] [形] **1.** 毫無生命跡象 **2.**(事情)完全沒指望。

sí-gín-á [死gín仔] [粗] [名] Ê: 死鬼, 指小孩; ≃ iáu-siū gín-á; *cf* kâu-gín-á
◇ ~*-che* (< [死□□災]) do.

Sì-·goe̍h/*-·ge̍h*/*-ge̍h*/*-ge̍h* (< Sin) [四月] [名] 仝。

sî-hāu (< log Chi < Nip) [時效] [名] 仝 ¶*sit-khì* ~ [失去~] 仝。

sí-hêng (< log Sin) [死刑] [名] 仝 [動] 處死刑 ≃ sí-hoān。
◇ ~*-hoān* (< log Chi) [~犯] Ê: 仝;

sī-hoān (< log Chi) [示範] [名] [動] [形] 仝 ¶~ *tōng-chok* [~動作] 仝。

sí-hōe-á [死會仔] [名] Ê: **1.** 已經標了的會子 **2.** [俚](男或女)對方已經有所屬,沒有希望了。

sī-hui-tê/*-tôe* (< log Chi) [是非題] [名] TIÂU: 仝。

si-jîn/*-gîn*/*-lîn* (< log Sin) [詩人] [名] Ê: 仝。

si-jiō/*-giō*/*-liō* [si尿] [動] 把尿,即誘導幼童排尿。

si-jiông/*-giông*/*-liông* [絲絨] [名] [*á*] 仝 ¶~*-á gōa-thò* [~仔外套] 絲絨外套。

sí-ji̍t/*-gi̍t*/*-li̍t* (< log Sin) [死日] [名] Ê, JI̍T: 該死的日子;死期 ¶*Lí* ~ *kàu ·a.* [你~到.a.] 你的死期已經到了。

sì-kak-hêng [四角形] [名] Ê: 方形。

sî-kan (< log Nip) [時間] [名] Ê: 仝
◇ ~*-pió* (< log Nip) [~表] Ê: 仝
◇ ~*-sèng* (< log Chi) [~性] 仝。

sí-kat (< log Sin; ant *oa̍h-kat*) [死結] [名] Ê: 仝。

sî-kè (< log Sin) [時價] [名] 仝。

sì-kè/*-kòe* (< Sin) [四界] [名] 到處;每個地方 ¶*chi̍t-*~ [一~] do. ¶~ *lóng sī lâng* [~攏是人] 到處都是人 [副] 到處 ¶~ *kiâ*^{n} [~行] 到處走。

sî-kè-kó (< ab log Nip [時計草] + TW *kó*) [時計果] [名] CHÂNG, LIA̍P: 百香果; ≃ sî-cheng-kó。

sì-kha-á[1] [四腳仔] (< [四骹□]) [名] CHIAH: 田雞; ≃ chúi-ke; ≃ sì-kha-hî。

sì-kha-á[2] [四腳仔] (< [四骹□]) [名] Ê: 被稱為「狗」和「豬」的外來統治者。

sì-kha-á[3] (< pop *sa*^{n}*-kha-á*) [四腳仔] (< [四骹□]) [名] Ê: 為外來統治

者效勞的走狗；≃ saⁿ-kha-á。

sì-kha-chôa [四腳蛇] (< [四骹蛇])
⑧ CHIAH: 蜥蜴；≃ tō-tēng。

Si-khá-gò/-gò͘/-goh/-go͘h (< En
Chicago < Fr) ⑧ 美國芝加哥市。

sì-kha-hî [四腳魚] (< [四骹魚]) ⑧
CHIAH: 田雞；≃ chúi-ke/-koe；≃ sì-
kha-á¹。

sí-·khì [死去] ⑩ 死掉；死亡。

sí-khiàu-khiàu [死翹翹] ⑩ 仝。

sì-kho͘-liàn-tńg [四箍 liàn 轉] ⑧ 四
周；四面八方 ¶(ùi) ~ pau-ûi-·khí-
·lâi [(ùi)~包圍起來] 從四周圍困。

sì-kho͘-ûi [四箍圍] ⑧ [á] 四周。

sî-ki (< log Nip < Sin) [時機] ⑧ ê:
仝 ¶~ *bái* 不景氣。

sî-kî (< log) [時期] ⑧ ê: 仝。

sí-kî [死棋] ⑧ PÔAⁿ: 已經無路可走
的棋局 ⑩ 1. (棋局) 已經無路可走
2. (事情) 已經無可救藥。

sí-kì (< log Chi) [死記] ⑩ 仝。

sî-kiâⁿ (< log Sin) [時行] ⑩ ⑲ 流
行；盛行。   「甜。

sí-kiâm [死鹹] ⑲ 只有鹹味，缺乏甘

si-kio̍k/-ke̍k‖su-‖chu-‖chi̍-(< log
Sin) [書局] ⑧ KENG: 仝；≃ chheh-
kio̍k。   「常指鬧鐘。

sî-kó͘-á [時鼓仔] ⑧ LIA̍P: 小時鐘，通

si-koe (< Sin) [西瓜] ⑧ LIA̍P: 仝
¶*thâi* ~ 切開西瓜
△ (*chia̍h*) ~, *óa tōa-pêng* [(吃)~
óa 大 pêng] 選有利的一邊站。

sì-kòe ⇒ sì-kè。

si-koe hāu-èng (< log Chi; v *si-koe
óa tōa-pêng*) [西瓜效應] ⑧ 靠向
有利的一方的效應。

si-koe-to [西瓜刀] ⑧ KI: 仝。

sì-kù-liân [四句聯] ⑧ ê: 每句七言、
四句一韻的詩歌。

Si-lá-ià (< *Siraya*) ⑧ 1. CHO̍K: 台灣

舊民族西拉雅族　2. ê: 西拉雅族人
3. KÙ: 西拉雅語
◊ ~-*bûn* [~文] 新港文書。

sí-lâng¹ (< log Sin) [死人] ⑧ ê:
1. 死亡的人　2. ⑭ 王八蛋 ¶*chit kho*
~ [這箍~] 這個王八蛋。

sí-lâng² [死人] ⑩ (事情) 致人於死；
引起人命事件 ¶*Án-ne, ē* ~. [Án-ne
會~] 這麼搞，會出人命的。

sí-lâng-bīn [死人面] ⑭ ⑧ ê: 令人討
厭的臉 (色)。   「玩藝儿；東西。

sí-lâng kut-thâu [死人骨頭] ⑭ ⑧

sī-le̍k (< log Nip) [視力] ⑧ 仝。

sí-li (< *sí-di*, q.v.)。

Sī-lī-a‖*sū*- (< log Sin < *Syria*) [敘
利亞] ⑧ 中東國名。

si-lí-khóng (< Nip *shirikon* < En *sil-
icone*) ⑧ KI: (填縫劑) 矽利康。

sí-lō͘ (< Sin) [死路] ⑧ TIÂU: 仝
¶*chhōe/chhē* ~ 尋死
△ ~ *chit tiâu* [~一條] 仝。

Si-Long/-*Lông* [施琅] ⑧ 引清兵攻
台灣的鄭氏叛將名 (1621–1696)。

si-lūi‖*su*-‖*sì*- (< log Nip) [書類] ⑧
文件。

sī-m̄-sī [是 m̄ 是] ⑩ 是不是 ¶*Lí* ~ *ū
teh thiaⁿ?* [你~有 teh 听?] 你是不
是聽著？

sí-oa̍h (< Sin) [死活] ⑧ 仝。

sī-ōe-tiúⁿ (< log Chi) [侍衛長] ⑧
ê: 仝。

sí-pán (< log Sin) [死板] ⑲ 仝。

si-pêng [絲 pêng] ⑧ ê: 糸字旁。

sì-piⁿ (< log Sin) [四邊] ⑧ 四周圍。

sî-pió-á [時錶仔] ⑧ LIA̍P: (計時的)
錶，例如手錶
◊ ~-*tòa* [~帶] TIÂU: 錶鍊；錶帶。

sí-pōe (< log Chi) [死背] ⑩ 仝；≃
ngē-sí-pōe。

sî-sè (< log Nip < Sin) [時勢] ⑧ 仝。

S

sī-sè/-sòe [序細] ⓐ ê: 幼輩。

sī-sě ⓧ (樹葉、薄塑膠袋等)漸瀝漸瀝
　　的聲音。　　　　　　　　　「晦澀。

sí-sek [死色] ⓐ 晦澀的顏色 ⓕ 顏色

sí-sèng [死性] ⓥ 定型／變固定,改不
　　了,例如頭髮壓久了變成扁扁的,或
　　如打摺的布壓久了,摺痕燙不平¶~-
　　·khì [~去] do.

si-si [絲絲] ⓕ 細細一條一條的,例如
　　瓜藤上的鬚; cf chhiu-chhiu。

si-sǐ‖sí-si 囝 ⓥ 尿尿。

sí-si¹ (< En c.c.) ⓠ 立方公分¶chit-
　　chheng ~ [1000~]仝。

sí-si² ⓥ 尿尿; ⇒ si-sǐ。

sí-sí¹ [死死] ⓣ 表示高程度,負面價值
　　¶iá-bân-~ [野蠻~]好野蠻¶khók-~
　　好吝嗇¶kiaⁿ-~ [驚~]很怕¶kiâm-
　　~ [鹹~]很鹹¶pháiⁿ-~ [歹~]兇
　　巴巴¶pháiⁿ-khòaⁿ-~ [歹看~]醜
　　死了。

sí-sí² (v sí) [死死] ⓐ 表示很難改
　　變現狀,當補語¶khih hông chiáh-~
　　[khih hông 吃~]被吃定¶pák-~ [縛
　　~]束縛或限制得緊緊的。

si-si-á‖si-sí- [si-si 仔] ⓐ ê: 口哨;
　　≃ si-á¶khơ ~ 吹口哨。

sì-sì-kak-kak [四四角角] ⓕ 1. 呈四
　　方形 2. 呈六面體。

si-sí-sū-sū ⓥ 張口吸氣出聲。

si-sí-sút-sút ⓥ 快速地吃帶湯的食物
　　出聲 ⓧ 劈哩啪啦,即很快的樣子;
　　≃ phí-lí-phá-la。

sí-siang/-siong (< log Nip < Sin)
　　[死傷] ⓥ 傷亡。　　　　　　　「頭。

sí-sim (< log Sin) [死心] ⓥ 斷了念

Sí-sîn (< log Nip) [死神] ⓐ ê: 仝。

sí-siong ⇒ sí-siang。　　　　「食儿。

sì-siù‖sî- (< Mand [時饈]) ⓐ [á] 零

sí-sng [死酸] ⓕ 不活潑。

sí-sô [死sô] ⓕ 慢吞吞。

sì-sò/-sò͘ (< Nip shīsō < En see-
　　saw) ⓐ 蹺蹺板; ≃ khī-khók-pán;
　　≃ thiàu-thiàu-pán。

sì-sòaⁿ (< log Sin) [四散] ⓥ 仝。

sī-sòe ⇒ sī-sè。

sî-sok (< log Nip) [時速] ⓐ 仝。

sî-tāi (< log Nip) [時代] ⓐ ê: 仝
　　¶Bêng-tēⁿ ~ [明鄭~]仝 (1662–
　　1683) ¶Bîn-kok ~ [民國~]仝
　　(1945–) ¶Boán-chheng ~ [滿清~]
　　仝 (1684–1895) ¶Chêng-sit-bîn ~
　　[前殖民~]仝¶Chiò-khì ~ [石器
　　~]仝¶Hô-lân ~ [荷蘭~]仝 (1624–
　　1662) ¶Jit-pún ~ [日本~]仝 (1895–
　　1945) ¶Tiong-hoa Bîn-kok ~ [中華
　　民國~]仝; ≃ Bîn-kok Sî-tāi, q.v.。

sí-thé (< log Nip) [死體] ⓐ ê: 屍體;

sí-ti¹ ⓐ 光碟片; ⇒ sí-di。 ⌊≃sin-si。

sí-ti² [死豬] ⓐ CHIAH: 仝
　　△ ~ tìn tiâu [~鎮椆]尸居其位
　　◇ ~-bah [~肉]病死豬肉。

sí-tiong [死忠] ⓕ 忠心耿耿
　　△ ~ kiam ōaⁿ-thiap [~兼換帖] do.

si-tòa (< log Sin) [絲帶] ⓐ TIÂU: 仝;

sī-tōa [序大] ⓐ 長輩 ⌊≃ li-bóng。
　　◇ ~-lâng [~人]父母等長輩親人。

sî-tōaⁿ (< log Nip) [時段] ⓐ ê, TŌAⁿ:
　　仝。

sí-tóng (< log Chi) [死黨] ⓐ ê: 仝。

sí-tùi-thâu (< log Chi) [死對頭] ⓐ
　　ê: 仝。

sī-ui (< log Nip) [示威] ⓐ PÁI: 群眾
　　表態的活動 ⓥ 聚集群眾表態
　　◇ ~ iû-hêng [~遊行]仝。

| sir |... ⇒ su...。

sî̍... ⇒ sû...。

sí̍... ⇒ sú...。

sì̍... ⇒ sù...。

sī̍... ⇒ sū...。

sí̍-á ⇒ si-á。

si̍-kí‖*su-* (< En *ski* < Norw) 名 動
　滑雪。

si̍-kián‖*su-* (< En *scan*) 動 掃描。

si̍-kián-nà‖*su-* (< En *scanner*) 名
　TÂI: 掃描器。

Si̍-li-láng-kà (< *Sri Lanka*) 名 南亞
　斯里蘭卡國,即錫蘭。

si̍-líp-pah (< *su-líp-pah* + En *slip-per*) 名 KHA, SIANG: 拖鞋。

si̍-mù-si̍‖*su...sù* (< En *smooth* +
　Nip *sumūzu* < En *smooth*) 形 順
　利。

si̍-pòn-jì/-*jih*|-*pòng*-‖*su*- (< En
　sponge + Nip *suponji* < En *sponge*)
si̍-si̍-á ⇒ si-si-á。　　　 名 TÈ: 海棉。

sīⁿ ⇒ seⁿ。

sìⁿ¹ [姓] ⇒ sèⁿ。　　　　 　位。

sìⁿ² (< Sin) [扇] 量 計算門窗的單

sīⁿ (< sem Sin) [豉] 動 1. (用鹽、
　糖)浸漬¶~ iâm [~鹽]用鹽浸漬
　2. 侵蝕(肌膚) 形 [x]肌膚感覺受侵
　蝕¶*Chhiú bak-tio̍h ō̍-á, ~-~.* [手
　bak著芋仔,~~.]手沾到芋頭,覺得

sīⁿ-á ⇒ seⁿ-á。　　　　　 　癢。

sīⁿ-bú ⇒ seⁿ-bó。

sīⁿ-chòe ⇒ seⁿ-chò。

sīⁿ jit ⇒ seⁿ-ji̍t。

sīⁿ-kiáⁿ ⇒ seⁿ-kiáⁿ。

sīⁿ-ko͘ ⇒ seⁿ-ko͘。

sìⁿ-miā ⇒ sèⁿ-miā。

sīⁿ-nn̄g(-koe) ⇒ seⁿ-nn̄g(-ke)。

sīⁿ-pē ⇒ seⁿ-pē。

sīⁿ-phú ⇒ seⁿ-phú。

sīⁿ-pún ⇒ seⁿ-pún。

sīⁿ-san ⇒ seⁿ-sian。

sīⁿ-sêng ⇒ seⁿ-sêng。

sīⁿ-sí ⇒ seⁿ-sí。

sīⁿ-síⁿ-soāiⁿ-soāiⁿ/-*so̍aih*ⁿ-*so̍aih*ⁿ
　動 竹子、鞋的皮革等連續磨擦而發

sīⁿ-sián ⇒ seⁿ-sián。　　　 　出聲音。

sīⁿ-siùⁿ ⇒ seⁿ-siùⁿ。

sīⁿ-soāiⁿ/-*so̍aih*ⁿ 象 竹子、鞋的皮
　革等來回磨擦一次的聲音。

sīⁿ-soāiⁿ-kiò [sīⁿ-soāiⁿ叫]動 竹子、
　鞋的皮革等連續磨擦出聲。

sīⁿ-thâng ⇒ seⁿ-thâng。

sīⁿ-thòaⁿ ⇒ seⁿ-thòaⁿ。

sīⁿ-tn̂g ⇒ seⁿ-tn̂g。

sihⁿ -soāihⁿ ⇒ sīⁿ-soāihⁿ。

sia (< Sin) [賒] 動 賒欠。

siá (< Sin) [寫] 動 全。

siā¹ (< back *chù-siā*) [射] 名 KI: 針
　劑¶*chù chi̍t ki* ~ [注一枝~]打一
　針¶*êng-iáng-*~ [營養~]營養針劑
　¶*iâm-chúi-*~ [鹽水~]鹽水針¶*tōa-
　kóng-*~ [大kóng~]點滴。

siā² (< log Chi) [社] 名 ê: 組織單位
　名稱¶*cho͘ chi̍t ê* ~ [組一個~]成
　立一個社(團) ¶*ha̍p-chok-*~ [合作
　~]全¶*Hû-lûn-*~ [扶輪~]全。

siā³ (< Sin) [射] 動 1. 放(箭、子彈
　等)以攻擊 2. 放(出光或熱)。

siā⁴ (< Sin) [謝] 動 凋謝¶*hoe* ~-*-khì.*
　[花~去.]花謝了了。

siă (< contr *siah-á*) 名 KI: 杓子。

sià-bián (< log Sin) [赦免] 動 全。

siā-chìⁿ (< log Sin) [射箭] 動 全。

siā-choa̍t (< log Nip) [謝絕] 動 全。

siá-chok (< log Chi) [寫作] 動 全。

siá-chuh/-*chih* (< Nip *shatsu* < En
　shirt) 名 NIÁ: 襯衫; *cf* o̍ai-siá-
　chuh。

siā-goān [謝願] 動 還願; ≃ siā-sîn。

siá-hoat [寫法] 名 ê, KHOÁN: 全。

siā-hōe (< log Nip) [社會] 名 ê: 全
　◇ ~ *chú-gī* (< log Nip) [~主義]全
　◇ ~-*ha̍k* (< log Nip) [~學]全
　◇ ~ *sêng-pún* (< log Chi < tr En
　social cost) [~成本]全

S

◇ ～ *ūn-tōng* (< log Nip < tr En *social movement*) [～運動] 全。

siá-jī/-*gī*/-*lī* (< log Sin) [寫字] 働 1. 書寫(文字) 2. 練習書法

◇ ～-*phō̄-á* [～簿仔] PÚN: 習字簿。

sià-kam/-*kàm* (< log Nip) [舍監] 名 Ê: 全。

siā-kau (< log Nip) [社交] 名 全。

siâ-kàu (< log Sin) [邪教] 名 Ê: 全。

siā-khu (< log Chi) [社區] 名 Ê: 全。

siā-lé (< log Sin) [謝禮] 名 Ê, HŪN: 全。

siā-lūn (< log Nip) [社論] 名 PHIⁿ: 全。

siá-miâ [寫名] 働 1. 寫名字 2. 署名。

siâ-ok (< log Sin) [邪惡] 形 全。

siá-phe/-*phoe* [寫批] 働 寫信。

siā-phiò [謝票] 働 全。

siá-phoe ⇒ siá-phe。

siá-seng (< log Chi) [寫生] 名 働 全。

siá-sì (< log Sin) [捨施] 働 施捨。

sià-sià-kiò‖*siah-siah-* [sià-sià 叫] 形 "嘎嘎叫,"即做事快而有進展。

siâ-sîn (< log Sin) [邪神] 名 Ê: 邪靈。

siá-sit (< log Chi) [寫實] 働 形 全。

siâ-sut (< log Sin) [邪術] 名 Ê: 全。

siā-thoân (< log Nip) [社團] 名 Ê: 全。

siā-tiúⁿ (< log Nip) [社長] 名 Ê: 全。

siaⁿ (< Sin) [聲] 名 Ê: 聲音 ¶*I, ～ chin chho͘.* [伊～真粗.] 他聲音很粗 量 計算聲音片段的語詞 ¶*hoah chit ～, tōa-tōa ～* [喝一～大大～] 大喝一聲。

siaⁿ¹ [城] 名 Ê, CHŌ: 城堡。

siaⁿ² (< Sin) [成] 量 十分之一的部份。

siaⁿ³ 働 1. 引誘 ¶*iōng thn̂g-á kā gín-á ～-jı̍p-khì chhia-lāi* [用糖仔 kā gín仔～入去車內] 用糖果把孩子誘進車子裡 2. 招引 ¶～ *káu-hiā* [～蟑蟻] 招引螞蟻。

siáⁿ¹‖*sáⁿ*‖*siàⁿ*‖*sàⁿ*‖*siahⁿ*‖*sahⁿ* (< Sin) [啥] 代 1. 什麼東西 ¶*Lí kóng ～?* [你講～?] 你說什麼? 2. 任何相等的東西 ¶*siŏk kà ná ～ ·le* [俗到 ná ～·le] 便宜得很 指 1. 什麼 ¶～ *tāi-chì?* [～代誌?] 什麼事? 2. 任何 ¶*chhìn-chhái ～ tāi-chì lóng ài iōng-sim* [秤彩～代誌攏愛用心] (做)任何事都得用心。 「麼。

siáⁿ²‖*sáⁿ*‖*siahⁿ*‖*sahⁿ* [啥] 指 什

siàⁿ¹ (< *siáⁿ¹*, q.v.) [啥]。

siàⁿ² (< Sin [聖]) 形 靈驗。

siaⁿ-bêng‖*seng-* (< col log Nip < sem Sin) [聲明] 名 Ê: 全 働 全。

siaⁿ-chhī (< log Sin) [城市] 名 Ê: 全。

siaⁿ-ga̍k (< log Nip) [聲樂] 名 全

◇ ～-*ka* (< log Nip) [～家] Ê: 全。

siâⁿ-gōa (< log Sin) [城外] 名 全。

siáⁿ-hòe/-*hè*‖*sáⁿ-* (> *siáⁿ-hoàiⁿ*) [啥貨] 代 [*á*] 什麼。

siaⁿ-im (< log Sin) [聲音] 名 Ê: 全。

siáⁿ-khoán‖*sáⁿ-* [啥款] 代 如何 ¶*Lán mài khì, ～?* [咱mài去,～?] 咱們不去, (你覺得)怎麼樣? 指 什麼樣子 ¶*Sè-kan ～ lâng to ū.* [世間～人都有.] 世界上什麼樣的人都有。

siâⁿ-lāi (< log Sin) [城內] 名 城裡。

siáⁿ-lâng‖*sáⁿ-* (> *siáng/siâng¹*) [啥人] 代 誰。

siáⁿ-mé 代 指 ⇒ siáⁿ-mih¹,²。

siáⁿ-mè 代 ⇒ siáⁿ-mih¹。

siáⁿ-mí 代 指 ⇒ siáⁿ-mih¹,²。

siáⁿ-mì 代 ⇒ siáⁿ-mih¹。

siáⁿ-mih¹/-*mı̍h*/-*meh*/-*mí*/-*mì*/-*mé*/-*mè*‖*sáⁿ-* (< Sin; v *siáⁿ¹*) [啥麼] 代 1. 什麼; siaⁿ¹ ¶*Che sī ～?* [Che是～?] 這是什麼?

2. 任何東西；≃ siáⁿ¹ ¶~ lóng ū [～攏有]什麼都有。

siáⁿ-mih²/-meh/-mí/-mé‖**sáⁿ-** (< Sin; v siáⁿ²) [啥麼](指)什麼 ¶~ mih-kiāⁿ lóng ū [～物件攏有]什麼東西都有 「麼東西；什麼事 ◇ ~-hòe/-hè/-hoàiⁿ [～貨][á]什 ◇ ~-khoán [～款]怎樣；如何 ◇ ~-lâng [～人]誰。 「(名) ê:全。

siâⁿ-mn̂g/-mûi (< log Sin) [城門]

siaⁿ-oān (< log Chi) [聲援](動)全。

siâⁿ-piah (< log Sin) [城壁](名)城牆

siaⁿ-sè (< log Chi) [聲勢](名)全。

siaⁿ-siaⁿ-kù-kù [聲聲句句](副)口口聲聲。 「什麼鳥

siáⁿ-siâu‖**sáⁿ-** [啥siâu] (粗)(代)(指)

siâⁿ-tî (< log Sin) [城池](名) ê:城壕。

siaⁿ-tiāu (< log Sin) [聲調](名) **1.** ê:聲音的長短、高低、強弱、快慢 **2.** (< log Chi < sem) ê:音節的高低、長短 **3.** (歌唱的)聲音¶m̄-sī ~ [m̄是～](歌聲)非常難聽。 「全。

siaⁿ-tòa (< log Nip) [聲帶](名) TIÂU:

siah¹ (< Sin) [錫](名)全。

siah² (< Sin) [削](動)用刀斜著切掉 ¶~ iân-pit [～鉛筆]全。

siah³‖**sià**(動)譏諷；≃ khau⁴。

siåh (< Sin) [杓](量)計算杓子容量的

siåh-á [杓仔](名) KI:杓子。 「單位。

siah-chóa [錫紙](名) TIUⁿ:錫箔。

siåh-liû (< log Sin) [石榴](名) CHÂNG, LIÅP:全。

siah-siah-kiò ⇒ sià-sià-kiò。

siahⁿ ⇒ siáⁿ¹,²。

siak [摔](動) **1.** 墜落；跌交¶~-lòh-khì lâu-kha [～落去樓腳]跌下樓 **2.** 用力向下丟 ¶kā tiān-náu giâ-

khí-lâi ~ [kā電腦giâ起來～]摔電腦 **3.** 用力輾轉翻身¶tòa bîn-chhn̂g-téng ~-lâi-~-khì [tòa眠床頂～來～去]在床上翻過來、撲過去。

siåk-siåk-kiò [siåk-siåk叫](形)(頭)抽痛著。

siâm (< siân < Sin) [蟬](名) CHIAH: 知了兒；≃ am-po͘-chê。

siám¹ (< Sin) [閃](動) **1.** (暫時)躲避¶~-hō͘ [～雨]避雨 **2.** 讓(開)；避(開) ¶Chhia lâi! Kín ~! [車來!緊～!]車子來了!快讓開! **3.** 錯車¶Hāng-á siuⁿ èh, nn̄g tâi chhia ~-bē-kòe. [巷仔siuⁿ èh,兩台車～bē過.]巷子太窄,兩輛車子錯不過去。

siám² [閃](動)扭(傷腰、背) ¶~-·tiòh, ~-chit-ē chin lī-hāi [～著,～一下真厲害](腰、背)扭傷,傷得很

siàm (動)(大小便)失禁。 「嚴重。

siám-chhit-piⁿ [閃一邊](動)讓開。

siàm-jiō [siàm尿](動)(忍不住而)小便失禁；cf chhōa-jiō。 「蛻。

siâm-khak (v siâm) [蟬殼](名) ê:蟬

siám-khui (< Sin) [閃開](動)避開；讓開。 「燈](名) LIÅP, KI:全。

siám-kong-teng (< log Nip) [閃光

siám-phiah [閃僻](動)躲藏；閃避；≃ siám-pī。 「chhampo)(名)洗髮精。

siam-phú (< En shampoo < Hind

siàm-sái [siàm屎](動)(忍不住而)大便失禁；cf chhoah-sái。

siám-sih (< log Sin [閃爍] + tr) [閃sih](動)閃閃發光。 「背)扭傷。

siám-·tiòh (v siám²) [閃著](動)(腰、

·sian (< contr ·sian-·seⁿ/-·siⁿ < sian-seⁿ/-siⁿ) [仙](尾)對男性的尊稱,加於姓後,固定輕聲變調；cf sian¹ ¶Tiuⁿ-~ [張～]張先生。

sian¹ (< contr sian-seⁿ/-siⁿ) [仙] (< [先生])(尾) **1.** 對男性的稱謂；

⇒ sin-se^n **2.** [*á*] 對某些行業的人的稱謂 ¶*khòa^n-miā^n-~(-á)* [看命~(仔)] 相命的 ¶*kóng-kó·-~(-á)* [講古~(仔)] 說書的。

sian^2 [仙] [尾] **1.** 有特別嗜好的人 ¶*a-phiàn-(hun-)~* [鴉片(菸)~] 煙槍,即吸食鴉片者 ¶*chiú-~* [酒~] 酒徒 ¶*kiáu-~* 賭徒 **2.** 有特別個性的人 ¶*bòng-~* 不嚴肅對待人生的人 ¶*sòa^n-~* [散~] 慢不經心的人 ¶*thit-thô-~* 遊手好閑的人。

sian^3 (< Sin) [仙] [名] Ê: 仙人。

sian^4‖*san* [名] **1.** 銹 ¶*se^n-~* [生~] 生銹 **2.** 體垢 ¶*lut ~* 用手指搓去體垢。

sian^5/*sin* [仙] (< [身]) [量] 計算偶像、雕塑人像的單位。

sian^6 [仙] [副] 怎麼(也),常與 "to" 連用 ¶*~ kà to bē-/bōe-hiáu* [~教都bē曉] (再)怎教都不會 ¶*~ (to) m̄-khéng* [~(都) m̄肯] 怎麼也不肯 ¶*~ (to) m̄-thang* [~(都) m̄-thang] 千萬不可以。

siân (> *siâm*, q.v.)。

sián^1 (< Sin) [癬] [名] 疥癬。

sián^2 (< Nip *sen* < Sin [錢]) [名] 百分之一元的貨幣單位; ≃ hun^1。

siàn^1 (< *sìn*^{2}, q.v.) [信] [動] 相信。

siàn^2 (< Sin) [搧] [動] 用平面打(平面); *cf* sai^4 ¶*~ chhùi-phé/-phóe* [~嘴phé] 摑嘴巴 ¶*~ kha-chhng* (用手)打屁股。

siān (< Sin) [倦] [動] **1.** 覺得疲倦; ≃ lán^2; ≃ thiám **2.** 發膩;覺得厭倦; ≃ ià; ≃ lán^2 ¶*ta̍k-jit chia̍h, chia̍h-liáu ~ ·a* [ta̍k日吃,吃了~矣] 天天吃,吃膩了 **3.** 諱 (被宰殺的家禽)死 [形] **1.** 疲倦; ≃ lán^2; ≃ thiám **2.** 膩;厭倦; ≃ ià; ≃ lán^2。

siân-á [蟬仔] [名] CHIAH: 蟬; ≃ siâm。

siān-ang-á‖*sian-* (< *siān-lâng-á* < *siān-thâng-á*, q.v.)。

siăn-bé (< Nip *senbei*) [名] TÈ: 日式煎餅。

siān-chài (< **siān ·chai* < log Sin) [善哉] [歎] 仝。

sian-chháu [仙草] [名] **1.** CHÂNG: 一種唇形科植物名 **2.** 上述植物煮成的果凍。

sian-chìn (< log Nip < sem Sin) [先進] [名] Ê, ŪI: 仝; ≃ siăn-pái [形] 仝。

siān-hî (< log Sin) [鱔魚] [名] BÓE: 黃鱔。

sian-hong (< log Sin) [先鋒] [名] Ê, TŪI: 仝。

sian-jîn-chiáng/*-chióng*‖*sian-gîn-chiáng*‖*sian-lîn-chióng* (< log) [仙人掌] [名] CHÂNG, LIA̍P: 仝。

sian-lâng/*-jîn*/*-gîn*/*-lîn* (< col log Sin) [仙人] [名] Ê: 仝。

siān-lang-á‖*-lâng-* (< *siān-thâng-á*, q.v.)。

sian-lí/*-lú*/*-lí* (< log Sin) [仙女] [名] Ê: 仝。

sian-lîn-chióng ⇒ sian-jîn-chiáng。

sian-lú ⇒ sian-lí。

siăn-pái (< Nip *senpai*) [名] Ê, ŪI: 先驅;老前輩。

siăn-sé (< Nip *sensei*) [名] Ê, ŪI: 先生; ≃ sian-se$^{n(1)}$。

sian-se^n/*-si^n* ⇒ sin-se^n。

sian-si^n-niû ⇒ sian-/sin-se^n-niû。

sian-siu-pan (< log Chi) [先修班] [名] Ê, PAN: 仝。

sian-tan (< log Sin) [仙丹] [名] LIA̍P: 仝。

siàn-tang-hong [搧東風] [動] **1.** 在戶外(被風吹)不得溫飽 **2.** 在戶外苦等(女朋友)。

siān-thâng-á|*-lang-*|*-lâng-*‖*sian-*/*siān-ang-á* [siān 虫仔] [名] CHIAH: 守宮;壁虎。

sian-thian put-chiok (< log) [先天不足] [形] 仝。

sian$^+$ to (< *sian*^{6} + *to*^{4}) [仙都] [副] 怎麼也;無論如何; ≃ chhian-bān。

siàn-tōa-hī^n [搧大耳] [動] 以浮誇的話說動或使信服。

S

sian-tōng (< log Sin) [仙洞] (名) ê:
全。　　　　「[煽動] (動) 搧動。

siàn-tōng (< log Nip < Sin [扇動])

siān-tuh-tuh / -tiuh-tiuh / -tauh-
tauh [倦 tuh-tuh] (形) 1. 疲憊不堪
2. 厭膩。

siang¹ ‖ sang (< Sin) [雙] (首) (<
log Chi < tr Lat bi-/dualis; < log
Chi < tr En double) 表示兩者並
存 ¶~-gí/-gú kàu-io̍k [~語教育] 全
(名) 偶數 ¶~ ah-sī khia? [~或是
khia?] 偶數還是奇數? (數) 二 ¶~-
kha q.v. (量) 計算成對的東西的單
位 ¶chit ~ tī [一~箸] 一雙筷子。

siang² ‖ siong (< log Chi) [商] (名)
1. 商業 2. 商科 ¶tha̍k ~ [讀~] 全
3. B. 商人; 商業機構 ¶chèng-koàn-~
[證券~] 全 ¶Tâi-~ [台~] 全。

siang³ ‖ siong (< Sin) [傷] (名) ê: 全
¶~ chin tāng [~真重] 傷勢很重 (動)
全 ¶~-tio̍h i ê chū-chun-sim. [~著
伊ê自尊心] 傷了他的自尊心。「誰。

siâng¹ (< contr siáⁿ-lâng, q.v.) (代)

siâng² (< contr sio-kâng, q.v.) (形) 相
同; ≃ siâng⁵; ≃ sâng。

siáng (< contr siáⁿ-lâng, q.v.)。

siàng¹ ‖ siòng ‖ siōng (< log Chi)
[相] (名) TIUⁿ: 照片; cf siāng³。

siàng² (動) 摔, 自動或他動; ≃ siak
¶Tiān-náu ~-hāi-·khì. [電腦~害
去.] 電腦摔壞了。

siāng¹ ‖ siōng (< log < sem Sin) [上]
(首) 兩部分或三部分中最前的; cf
téng¹ ¶~-chheh [~冊] 全 ¶~-ha̍k-
kî [~學期] 第一學期 ¶~-pòaⁿ nî
[~半年] 全。

siāng² ‖ siōng (< log) [上] (名) 1. 方面
¶cheng-sîn-~ [精神~] 全 ¶sū-si̍t-~
[事實~] 全 2. 裡面 ¶le̍k-sú-~ [歷史
~] 全 ¶siā-hōe-~ [社會~] 全。

siāng³ ‖ siōng (< log Nip) [像] (名) ê,

CHŌ: 與實物或想像的東西相像的
東西; cf siàng¹ ¶chio̍h-ko-~ [石膏
~] 全 ¶tâng-~ [銅~] 全。

siāng⁴ ‖ siōng (< log Chi) [上] (動)
上 (課) ¶~ chit chiat khò [~一
節課] 全 ¶Kin-na-ji̍t tē-it chiat m̄-
biān ~. [今旦日第一節 m̄ 免~.] 今
天第一節不必上。「同; ≃ siâng²。

siāng⁵ (< contr sio-kāng, q.v.) (形) 相

siāng⁶ ‖ siōng (< Sin) [上] (動) 最 ¶~
hó boài [~好 boài] 最好不要 (那個
東西 / 那麼做) ¶~ hó mài [~好
mài] 最好不要 (那麼做)。

siang-bīn¹ ‖ sang- (ant tan-bīn) [雙
面] (名) 雙數頁。

siang-bīn² ‖ sang- (ant toaⁿ-bīn) [雙
面] (名) (正反) 兩面 (形) 兩面的 ¶~
to-phìⁿ [~刀片] 全。

siāng-bô ‖ siōng- [上無] (副) 至少; ≃
chòe-chió(-bô)。

siāng-bóe ‖ siōng-bóe/-bé/-bé [上
尾] (副) 最後; ≃ siang lo̍h-bóe
◊ ~-·a a. do. b. 最後 (一排等) 的
地方 ¶chē tī ~ [坐 tī~] 坐在最後
面。

siang-chhe-lō͘ ‖ sang- [雙叉路] (名)
TIÂU: 岔開成為兩股的路。

siàng-chhin ‖ siòng- (< log Chi) [相
親] (動) 全; ≃ khòaⁿ chhin-chiâⁿ。

siang-chhiú ‖ sang- (< log Sin) [雙
手] (名) 全。

siang-chiàng ‖ siōng-chiòng (< log
Chi) [上將] (名) ê: 全。

siāng-chió ‖ siōng- [上少] (副) 至少;
≃ siāng-bô。

siang-chûn ‖ siong- (< log Sin) [商
船] (名) TÂI, CHIAH: 全。

siâng-ēng-sû ⇒ siâng-iōng-sû。

siang-ge̍h-khan ⇒ siang-goe̍h-
khan。

siang-gí/-gú‖sang-gú (< log Chi <
　tr En *bilingual*) [雙語] ⓐ 全¶*Tâi-
　Eng* ~ [台英~]全 ⓕ 全　　　「全。
　◇ ~ *kàu-io̍k* (< log Chi) [~教育]

siang-gia̍p‖*siong-* (< log Nip) [商
　業] ⓐ 全　　　　　　　　　　「全。
　◇ ~*-khu* (< log Chi) [~區] Ê, KHU:

siang-goe̍h-khan|*-ge̍h-*‖*sang-ge̍h-*
　(< log Chi) [雙月刊] ⓐ Ê, HŪN,
　PÚN, KÎ:全。　　　「ⓐ Ê:全 ⓥ 全。

siang-hāi‖*siong-* (< log Sin) [傷害]

Siāng-hái‖*Siōng-* (< log Sin) [上
　海] ⓐ 中國地名。

siang-ha̍k-īⁿ‖*siong-* (< log Chi) [商
　學院] ⓐ KENG:全。

siang-hân‖*siong-* (< log Sin) [傷寒]
　ⓐ 全; ≃ chi-bú-suh。

siang-hâng‖*siong-* (< log Nip) [商
　行] ⓐ KENG:全。

siāng-hāu/-kàu‖*siōng-* (< log Chi)
　[上校] ⓐ Ê:全。

siang-hí‖*sang-* [雙喜] ⓐ 全。

siang-hó‖*siong-* (< log Sin) [相好]
　ⓥ 1. 和好 2. 囝 作愛 ⓕ 和好。

siāng-hó‖*siōng-* [上好] ⓕ ⓐ 最
　好。　　　　　「會] ⓐ Ê:全。

siang-hōe‖*siong-* (< log Nip) [商

siang-hong‖*siong-* (< log Sin) [傷
　風] ⓐ ⓥ 全; ≃ kôaⁿ-·tio̍h。

siang-hûn‖*siong-* (< log Sin) [傷
　痕] ⓐ Ê:全; ≃ siang-jiah。

siâng-iōng-sû|*-ēng-*‖*siông-* (< log
　Chi) [常用詞] ⓐ Ê:全。

siâng-jīm lí-sū-kok|*-gīm-*‖*siông-*
　jīm-|*-līm-* (< log) [常任理事國]
　ⓐ KOK:全。

siāng-kài‖*siōng-* (< adv + adv) [上
　界] ⓟ 最; ≃ siāng⁶。

siang-kám-chêng‖*siong-* (< log
　Chi) [傷感情] ⓥ ⓕ 全。

siāng-ke‖*siōng-* [上加] ⓟ 充其量;
　≃ ke̍k-ke。

siang-kha‖*sang-* (< Sin + tr) [雙
　腳] (< [雙骹]) ⓐ 全　「踏兩條船。
　△ ~ *ta̍h siang chûn* [~腳踏雙船]腳

siàng-kheng‖*siòng-* [相框] ⓐ Ê:
　全。

siang-khiā-jîn/-*gîn*/-*lîn*/-*lâng*‖
　sang- (< log Sin + tr) [雙企人]
　ⓐ (漢字偏旁)雙立人儿。

siang-kho‖*siong-khe*/-*kho* [商科]
　ⓐ KHO:全。　　　「課] ⓥ 全。

siāng-khò‖*siōng-* (< log Chi) [上

siāng-khoán (v *siāng*⁵) [siāng 款]
　ⓕ 相同; ≃ kāng-khoán。

siāng-kip‖*siōng-* (< log Nip) [上級]
　ⓐ Ê:全; ≃ téng-si。

siang-kòa-hō‖*sang-* (< log Sin) [雙
　掛號] ⓐ TIUⁿ, KIĀⁿ:全。

siang-koan‖*siong-* (< log Nip) [相
　關] ⓥ 全¶~ *ê gī-tê* [~ê議題]相關
　議題。

siāng-lí‖*siong-* (< log Chi) [裏理]
　ⓐ Ê:全。　　　「[上流社會] ⓐ 全。

siāng-liû siā-hōe‖*siōng-* (< log Nip)

siāng-náu-kin‖*siong-náu-kin*/-
　kun (< log Chi) [傷腦筋] ⓥ 全
　ⓕ 全; ≃ thâu tōa。　　　「班] ⓥ 全

siāng-pan‖*siōng-* (< log Chi) [上
　◇ ~*-chè* (< log Chi) [~制]全
　◇ ~*-cho̍k* (< log Chi) [~族] Ê:全。

siang-peng‖*siong-* (< log Nip) [傷
　兵] ⓐ Ê:全。

siang-pêng‖*sang-* [雙 pêng] ⓐ 1. 兩
　邊 2. 雙方 ⓕ 兩邊的
　◇ ~*-chhiú* [~手]兩手
　◇ ~*-hōa*ⁿ [~岸]兩岸

◇ ~-*pi*ⁿ [～邊] 兩側。

siàng-phìⁿ‖*siòng*- (< log Chi) [相片] ⓐ TIUⁿ: 全。 「標」ⓐ Ê: 全。

siang-phiau‖*siong*- (< log Nip) [商標]

siang-phín‖*siong*- (< log Nip) [商品] ⓐ Ê, PHE, CHÚ: 全。

siàng - phō͘‖*siòng* - [相簿] ⓐ [*á*] PÚN: 相冊。

siâng-sè‖*siông-sè/-sòe* (< log Sin) [詳細] ⓐ 細節 ¶~ *i-āu chiah kóng* [～以後才講] 細節以後再說 ⓕ ⓐ 全。

siang-seⁿ-á(-kiáⁿ)‖-*si*ⁿ-‖*sang-si*ⁿ- [雙生仔(kiáⁿ)] ⓐ TÙI, Ê: 雙生子。

siâng-sek/-*sit*‖*siông*- (< log Nip) [常識] ⓐ Ê: 全。

siang-siⁿ-á(-kiáⁿ) ⇒ siang-seⁿ-á。

siáng-siāng-lèk‖*sióng-siōng*- (< log Nip) [想像力] ⓐ 全。

siang-siang-tùi-tùi‖*sang-sang*- [雙雙對對] ⓕ 成雙成對。

siang-sim‖*siong*- (< log Sin) [傷心] ⓥ ⓕ 全。 「ⓥ 全; ≃ siàn/sìn。

siang-sìn‖*siong*- (< log Sin) [相信]

siang-sit-á [雙翼仔] ⓐ TÂI: 雙翼飛機。 「*sò͘*」[雙數] ⓐ Ê: 全。

siang-sò͘‖*sang*- (< log Chi; ant *tan*-

siāng-sò͘‖*siōng*- (< log Nip) [上訴] ⓐ ⓥ 全。

siāng-sū‖*siōng*- (< log Chi) [上士]

siāng-sûn‖*siōng*- (< log Sin) [上旬] ⓐ 全。 「ⓐ Ê: 全。

Siāng-tè‖*Siōng*- (< log Sin) [上帝]

siang-têng[1]‖*sang*- [雙重] ⓕ 片狀兩層的 ¶~ *po-lê* [～玻璃] 雙層玻璃。

siang-têng[2]‖*sang*- (< log Chi < tr Nip [二重] < tr; *cf* En *dual/double*) [雙重] ⓕ 不一致的

◇ ~ *jîn-/gîn-/lîn-keh* (< log Chi < tr Nip [二重人格] < tr; *cf* En *dual personality*) [～人格] 全

◇ ~ *kok-chèk/-chip* (< log Chi < tr Nip [二重國籍] < tr En *dual citizenship*) [～國籍] 全。

siāng- téng- lâng‖*siōng*- [上等人] ⓐ [*á*] Ê: 全,貶意。

siāng-téng-peng‖*siōng*- (< log Nip) [上等兵] ⓐ Ê: 全。

siang-têng phiau-chún‖*sang*- (< log Chi < tr Nip [二重標準] < tr En *double standard*) [雙重標準] ⓐ 全。

siang-thâu‖*sang*- [雙頭] ⓐ ⓕ 兩頭兒 「兩頭空。

△ ~ *bô-chit ngauh* [～無一 ngauh]

siāng-thâu--a‖*siōng*- [上頭 ·a] ⓐ (一排等) 最前面的地方 ¶*chē tī* ~ [坐 tī～] 坐在最前面 ⓕ 起先。

siang-thâu-chìn‖*sang*- [雙頭進] ⓥ 雙管齊下。 「展」ⓐ Ê, PÁI: 全。

siang-tiân‖*siong*- (< log Chi) [商

siang--tiòh‖*siong*- [傷著] ⓥ 1. 受傷 2. 使受傷。 「場」ⓐ Ê: 全。

siang-tiûⁿ‖*siong*- (< log Chi) [商

siang-tong‖*siong*- (< log Nip) [相當] ⓕ 高程度; ≃ chám-/chiám-jiân(-á) ¶~ *hó-khòaⁿ* [～好看] 全。

siang- tùi‖*siong*- (< log Nip; ant *choat-tùi*) [相對] ⓥ ⓕ 互相

◇ ~ *ki-kim* (< log SingChi) [～基金] Ê: 全

◇ ~-*lūn* (< log Chi < tr; *cf* Nip [相對性理論]; *cf* En *the theory of relativity*) [～論] 全。 「ⓐ Ê: 全。

siāng-ùi‖*siōng*- (< log Chi) [上尉]

siap[1] ⓥ 1. 塞(進縫中)

△ ~ *chhùi-khí-phāng to bô-kàu* [～嘴齒縫 to 無夠] 連塞牙縫都不夠

2. 暗中給與 ¶~ *sai-khia hō͘ cha-bó͘-kiáⁿ* [~私 khia hō͘ 查某 kiáⁿ] 私下把錢給了女兒。

siap² 働 滲透;射(精); ⇒ siàp。

siap³ (< Sin) [澀] 形 **1.** (味道)澀 **2.** (眼睛)張開時覺得不舒服;乾(眼) **3.** 容易在口中變成渣滓,例如煮太熟的雞胸肉 **4.** 吝嗇 ¶*kiâm koh* ~ q.v.

siàp‖*siap* 働 **1.** (液體)滲透 ¶~*-chúi* [~水] 滲水 **2.** 射(精); ≃ chhoaⁿ。

siap-á [siap 仔] 名 ê: 間細。

siàp-chúi [siàp 水] 働 水滲透。

siap-hō͘-sòaⁿ ⇒ liap-hō͘-sòaⁿ。

siap - koāiⁿ - koāiⁿ‖-*kīⁿ*- [澀 koāiⁿ-koāiⁿ] 形 難咀嚼,容易在口中變成渣滓,例如煮太久的雞胸肉。

Siap-sī‖*Liap*- (< log < *Celcius*) [攝氏] 名 全 ¶~ *lêng tō͘ sī peng-tiám.* [~零度是冰點.] 全。

[siat] (< Sin) [設] 働 **1.** 設置;設立 **2.** 設定 ¶*thiⁿ-tē só͘* ~ [天地所~] 天造地設 **3.** (< log < sem) (數學上)假設 **4.** (< sem) 設(圈套騙人)。

siàt 象 **1.** 撕裂聲,例如布、紙扇 **2.** 切開或剪開聲,例如剪布 擬 輕易地切斷或切開的樣子。

siat-kè (< log Nip < sem Sin) [設計] 名 Ê, KHOÁN: 藝術上的構圖 ¶*hòk-chong* ~ [服裝~] 全 ¶*sit-/sek-lāi* ~ [室內~] 全 働 **1.** 籌劃;構圖 **2.** 設圈套詐騙或謀害 ¶*hông* ~*-khì* [hông ~去] 被設計詐騙或謀害 ◊ ~*-su* [~師] ê: 全。

siat-lı̍p (< log) [設立] 働 全。

siat-pī (< log Nip) [設備] 名 全。

siat-si (< log Chi; *cf* Nip [施設]) [設施] 名 全 ¶*kong-kiōng* ~ [公共~] 全。

siàt-siàt-kiò (v *siăt*) [siàt-siàt 叫] 働 連續發撕裂或切割聲 形 (做

事)勢如破竹的樣子。

siat-sú (< log Sin) [設使] 連 假使。

siat-tēng (< log Nip) [設定] 働 全。

[siau]¹ (< Sin) [消] 働 消散,例如雲霧、腫脹、積水、胃裡的食物、身上的肉 ¶*bô-êng-chit-ē bīn-bah lóng* ~*-khì* [無閑一下面肉攏~去] 忙得臉都瘦了。

siau² (< Sin) [銷] 働 全。

siâu 粗 尾 加於動詞或形詞後表示說話者的不屑 ¶*chhap-*~ 理睬; ≃ chhap-lap ¶*gê-*~ 討厭; ≃ gê⁴; ≃ chheh² ¶*hau-*~ 撒謊; ≃ pe̍h-chhàt ¶*soe-*~ [衰~] 倒霉; ≃ soe² 名 精液; ≃ siâu-ko, q.v.

siáu 働 **1.** 發瘋 **2.** (沈)迷 ¶~ *tiān-iáⁿ* [~電影] 迷電影 **3.** 發情 ¶*Siù-lūi nā* ~*-khí-*-*lâi, chin ok.* [獸類若~起來,真惡.] 獸類如果發情,很兇. 形 **1.** 瘋狂 **2.** 瘋顛 ¶*Mài án-ne* ~*-*~! 別瘋瘋顛顛的,正經一點!

siàu (< Sin [數]) [賬] 名 PIT: **1.** 帳目 **2.** 債 ¶*khiàm lâng* ~ [欠人~] 欠債。 [打; ≃ bút。

siâu ‖*siau* 働 (用棍子、枝子等)抽

siau-àn (< log Sin) [銷案] 働 全。

siàu - ba̍k (< log Sin + tr) [賬目] (< [數目]) 名 ê: 帳目; ≃ siàu-gia̍h。

siau-bia̍t (< log Sin) [消滅] 働 全。

siau-bô [消無] 働 消失。

siau-chai (< log Sin) [消災] 働 全。

siáu-chiàng/-*chiòng*‖*siàu*- (< log Nip) [少將] 名 ê: 全。

siau-chúi [消水] 働 水流乾淨 「口。 ◊ ~*-khang* ê, KHANG: 排水管的入

siáu-chut-á ⇒ sió-chut-á。

siáu-*-ê* ê: 瘋子 「(騙不了的)人。 △ ~ *phiàn gōng-*-*ê* [~騙戇·ê] 騙

siàu-gia̍h [賬額] (< [數額]) 名 ê: **1.** 帳目 **2.** (支票、發票、收據、貨

單等所列的)數目。

siáu-hāu/-*kàu*‖*siàu*- (< log Chi) [少校] ⓐ ê: 全。

siāu-hin-chiú‖-*heng*- (< log Chi) [紹興酒] ⓐ KOÀN: 全。

siàu-hō (< log Chi + tr) [賬號] (< [數號]) ⓐ ê: 帳號; ≃ kháu-chō。

siau-hòa (< log Nip) [消化] ⓥ 全。

siau-hong [消風] ⓥ 氣泄掉，例如車胎或皮球; cf làu-hong。

siau-hông-tūi (< log) [消防隊] ⓐ ê, TŪI: 全。

siau-hùi (< log Nip) [消費] ⓐ ⓥ 全
◊ ~-*chiá* (< log Nip) [～者] ê: 全
◊ ~-*phín* (< log Chi) [～品] HĀNG: 全。

siau-iā (< log Chi) [宵夜] ⓐ ê: 全。

siàu-iâ (< log Sin) [少爺] ⓐ ê: 全。

siau-iām (< log Nip) [消炎] ⓥ 全。

siau-iâu (< log Sin) [逍遙] ⓥ 晃蕩 ⓕ 自由自在。

siau-im (< log Nip) [消音] ⓥ 全。

siáu-jîn/-*gîn*/-*lîn* (< log Sin) [小人] ⓐ ê: 全。

siau-ká (< log Chi) [銷假] ⓥ 全。

siáu-káu [siáu 狗] ⓐ CHIAH: 瘋狗。

siáu-kàu ⇒ siáu-hāu。

siáu-káu-éng [siáu 湧] ⓐ ÉNG, LIÀP: "瘋狗浪," 即突如其來的大浪。

siáu-káu-pēn/-*pīⁿ* (cf Nip [狂犬病]) [siáu 狗病] ⓐ 狂犬病。

siau-kėk (< log Nip) [消極] ⓕ 全。

siau-khián (< log Chi) [消遣] ⓥ 嘲弄。

siau-kìm (< log Chi) [宵禁] ⓐ 全。

siâu-ko (v siâu) [siâu 膏] ⓘ ⓐ 精液; ≃ cheng-chúi。

siáu-kúi‖*sió*- (< log Sin) [siáu 鬼] (< [小鬼]) ⓐ [*á*] CHIAH: 小鬼

◊ ~-*khak* [～殼] ê: 假面具; ≃ ké-

siáu-lâng [siáu 人] ⓐ ê: 瘋子 ⌊bīn。
◊ ~ *pēn*-/*pīⁿ*-*īⁿ* [～病院] KENG: 瘋人院; 精神病院; ≃ siáu-pēn-īⁿ。

siàu-làp [消納] ⓥ 消化吸收 ¶*bē* ~ ⓘ 拉肚子(排泄掉) ⓕ 容易消化。

siàu-liām [siàu 念] (< [數念]) ⓥ 惦念。

siàu-liân (< log Sin) [少年] ⓐ ê: 年青人 ⓕ 年紀輕; cf sè-hàn ¶*Lí pí góa khah* ~. [你比我較～.] 你比我年紀小 ¶*iáu* ~ [天～] 還年輕
◊ ~-*á* [～仔] ê: 小夥子
◊ ~-·*ê* do.
◊ ~-*ke*(-*á*) [～家(仔)] do.
◊ ~-*lâng* [～人] ê: 年輕人。

siau-lō͘ (< log Sin) [銷路] ⓐ 全。

siāu-mé (< Chi *hsiao³ mei⁴*) ⓐ ê: 小妹，即女性雜役。

siau-mô͘ (< log Chi) [消磨] ⓥ 全 ¶~ *sî-kan* [～時間] 全。

siáu-niau-á [siáu 貓仔] ⓐ CHIAH: 花臉的貓，指臉很髒或塗滿花紋的人 ¶*chit ê bīn ná* ~ [一個面 ná～] 臉很髒或塗滿花紋 ¶*lí chit chiah* ~ [你這隻～] 你這個臉很髒或塗滿花紋的人，通常指小孩　　　　[的臉。
◊ ~-*bīn* [～面] ê: 弄髒或經過繪畫

siáu-ōe [siáu 話] ⓐ KÙ: 不合理的話 ¶*kóng* ~ [講～] 說不合理的話。

siáu-pēn-īⁿ‖-*pīⁿ*- [siáu 病院] ⓐ KENG: 瘋人院; 精神病院; ≃ siáu-lâng pēn-īⁿ ≃ sîn-keng pēn-īⁿ。

siàu-phō͘ (< log Sin [帳簿] + tr) [賬簿] (< [數簿]) ⓐ PÚN: 帳本儿。

siáu-pīⁿ-īⁿ ⇒ siáu-pēn-īⁿ。

siau-sán [消 sán] ⓥ ⓕ 消瘦。

siau-sit (< log Sin) [消息] ⓐ ê: 全 ¶*pháiⁿ* ~ [歹～] 噩耗。

siàu-siūⁿ [siàu 想] (< [數想]) ⓥ 奢望; 非分地想(要); 打主意 ¶*Lí mài*

~ *boeh/beh kâ án-chóa*ⁿ. [你mài
~欲kâ按怎.]你別打我的主意。

siau-sng (< log Nip) [硝酸] 图全。

siáu-soat ⇒ sió-soat。

siáu-sú-á (< *á* + log Nip < Sin) [小
使仔] 粗 图 ê:小廝;雜役。

siáu-thiú-á‖*-thiú*ⁿ*-* (< log Sin + *á*)
[小丑仔] 图 ê:小丑。

siāu-tí (< Chi *hsiao³ ti⁴*) 图 ê:小弟,
即男性雜役。

siáu-tin-tang 形 瘋瘋顛顛。

siàu-toaⁿ (< log Sin + tr) [賬單] (<
[數單]) 图 TIUⁿ:帳單。

siau-tók (< log Nip) [消毒] 動 1.去
除毒物、病菌、認為有害的思想等
◇ ~*-chúi* [~水] 消毒藥水
2.匣 嚴厲批評 3.匣 排拒。

siáu-ùi‖*siàu-* (< log Nip) [少尉] 图
ê:全。

sih 動 閃爍。

sih (< Sin.) [蝕] 動 減少,例如淹水或
如酒、瓶裝的醃製食品的汁液 ¶~*-*
·lòh-·khì [~落去] (液體) 減少。

sih-nà/*-nah*‖*sih*ⁿ*-nà* 图 閃電。

sih-sut-á‖*sek-* (< log Sin + *á*) [蟋
蟀仔] 图 蟋蟀。

sihⁿ**-nà** (< *sih-nà*, q.v.)。

sim¹ (< Sin) [心] 图 1.Ê, LIÁP:心
臟 2.Ê:天然物體的中心部分
¶*chhài-thâu-~* [菜頭~] 蘿蔔的中
心 3.TIÂU:油燈或蠟燭中央燃燒
的線 4.KI:嫩芽;嫩葉 ¶*chheⁿ-á-~*
[青仔~] 檳榔樹的嫩葉 5.KI: (花
的) 雌蕊 6.KI:花蕊 ¶*âng ~ ê iû-*
tâng-hoe [紅~ê油桐花] 紅蕊的桐花
7.KI:軸 ¶*chhia-~* [車~] 機械的軸
8.內心 ¶*~ só·-ài ·ê* [~所愛·ê] 心愛
的 9.Ê:心情 ¶*bô ~ thàk-chheh* [無
~讀冊] 沒心讀書 10.Ê:心志 ¶*ū ~*
boeh/beh kā chheh thàk ho· hó [有
~欲kā冊讀ho·好] 有心好好兒讀

書 11.Ê:慾望; ≃ sim-koaⁿ ¶*Lí ~*
hiah-nī tōa!? [你~hiah-nī大!?] 你
野心那麼大啊!? 12.心地; ≃ sim-
koaⁿ ¶*I ~ chin hó.* [伊~真好.] 他
心地很好 13.心思 ¶*I ~ bô tī chia.*
[伊~無tī chia.] 他 (正在想著別的事
物) 並不留意或不關心當前的事務。

sim² [蔘] ⇒ som。

sím (< Sin) [審] 量 計算審核、審判
的單位 動 1.審理;審核 2.審判。

sìm 動 1. (上下) 顫動 ¶*Tiàu-kiô ē/*
ōe ~. [吊橋會~.] 這吊橋上下顫動
¶*Pùn-taⁿ ~-·chit··ē ~-·chit-·ē.* [畚
擔~一下~一下.] 扁擔一顫一顫的
2.掂,即手掌向上,把東西放在其中
上下動以估計重量 形 [x] 高低顫動
的樣子 ¶*chhùi-phé/-phóe ~-~* [嘴
phé~~] 兩腮 (有點胖,動起來) 一
顫一顫的 ¶*pùn-taⁿ ~-~* [畚擔~
~] 扁擔一顫一顫的。

sīm 動 1.靜止不移動,令人期待變
化,例如陀螺固定在一處轉 2.沈
思; cf siūⁿ ¶*~ chin kú chiah ìn* [~
真久才應] 想了很久才回答 3.遲疑
¶*~-·chit-·ē* [~一下] 遲疑了一下。

sim-bák-tiong‖*-bók-* (< col log Chi)
[心目中] 图全。

sím-cha (< log Nip) [審查] 動全。

sim-chêng/*-chiâ*ⁿ (< log Sin) [心
情] 图 ê:全。

sim-chì (< log Sin) [心志] 图 ê:全
△ ~ *nńg-nńg* [~軟軟] 心志不堅。

sīm-chì (< log Sin) [甚至] 副全。

sim-chōng (< log Nip) [心臟] 图
　　LIÁP:全
　　△ ~ *chin ióng* (< tr Nip [心臟が強
　　い]) [~真勇] 不怕/很敢,例如追女
　　孩子不會心驚肉跳。　　　　[全。

sim-goān (< log Sin) [心願] 图 ê:

sim-hiat /*-hoeh* /*-huih* (< log Sin)
[心血] 图全 ¶*iông chiok chē/chōe*

~ [用足 chē～] 嘔心瀝血。

sim-ì (< log Sin) [心意] 图 全; ≃ sim-lāi-ì。

sim-kin/-*kun*/-*kin* (< log Nip) [心筋] 图 TIÂU: 心肌 ¶~ *that*-·*khì* [~that 去] 心肌梗塞。

sim-koaⁿ (< log Sin) [心肝] 图 **1.** 心臟 ¶~ *phòk-phòk-chhéng* 心悸 △ ~ *tōa-sè/-sòe pêng* [~大細pêng] 偏心; ≃ tōa-sè-sim **2.** 內心 ¶*kì-tòa* ~ [記 tòa～] 記在心裡 **3.** ê: 心情 ¶~ *loān-chhau-chhau* [~亂操操] 心裡亂紛紛 **4.** ê: 慾望; 心志 ¶*tōa-*~ [大～] **a.** 野心大 **b.** 貪心 **5.** 心地 ¶*o·-*~ [烏～] 黑心 「心一豎 △ ~ *liàh thán-hoàiⁿ* [~掠坦橫] 把 **6.** 心愛的人, 例如情人、兒女 ◇ ~-*á-kiáⁿ* [~仔 kiáⁿ] 寶貝 (兒女); ≃ sim-koaⁿ-kiáⁿ。

sim-koaⁿ-íⁿ-á [心肝 íⁿ 仔] (< [心肝穎□]) 图 **1.** 心裡 (的最深處) **2.** 心肝寶貝。

sim-koaⁿ-kiáⁿ ⇒ sim-koaⁿ-á-kiáⁿ。

sim-koaⁿ-lāi [心肝內] (< [心肝裡]) 图 心中; ≃ sim-koaⁿ-té。

sim-koaⁿ-té/-*tóe* [心肝底] 图 心中; ≃ sim-koaⁿ-lāi。

sim-koaⁿ-thâu [心肝頭] 图 **1.** 心臟 ¶~ *phòk-phòk-chhéng* 心悸 **2.** 內心 ¶*kì tòa* ~ [記 tòa～] 記在心裡。

sim-koaⁿ-tóe ⇒ sim-koaⁿ-té。

sim-kun ⇒ sim-kin。   「KÙ: 心聲。

sim-lāi-ōe [心內話] (< [心裡話]) 图

sim-lêng (< log Chi) [心靈] 图 全。

sim-lí (< log Nip) [心理] 图 全 ¶*Che m̄-chai sím-mih* ~. [Che m̄ 知甚麼～.] 不知道這是什麼心理 ◇ ~-*chiàn* (< log Chi < tr En *phsychological warfare/tactics*; cf Nip [心理戰爭]) [~戰] 心戰 ◇ ~ *chok-iōng* (< log Nip) [~作用] KHOÁN: 全

◇ ~-*hàk* (< log Nip) [~學] 全。

sim-lîm ⇒ som-lîm。

sím-mí ⇒ siáⁿ-mih[1,2]。

sím-mì ⇒ siáⁿ-mih[1]。

sím-mí-hòe/-*hè*/-*hoàiⁿ* ⇒ siáⁿ-mih-hòe。

sím-mí-lâng ⇒ siáⁿ-mih-lâng。

sím-mih/-*mí*/-*mì* ⇒ siáⁿ-mih[1,2]。

sím-mn̄g (< log Sin) [審問] 動 全。

sím-phòaⁿ (< log Nip) [審判] 图 動 全。

sīm-poe ‖ *siū*ⁿ- (< *sīn-poe* < dia *sîn-poe* < log Sin [神杯]) [sīm 杯] 图 杯筊 動 杯筊一俯一仰。

sim-pū (< *sin-pū* < log Sin [新婦]) [sim 婦] 图 ê: 媳婦。   「趣。

sim-sek (< sem Sin) [心適] 形 有

sim-siaⁿ (< log Chi) [心聲] 图 全; ≃ sim-lāi-ōe。

sim-sîn (< log Sin) [心神] 图 ê: **1.** 精神; 心思; 心機 ¶*liáu* ~ [了～] 白費心思 **2.** 心情 ¶*bô* ~ [無～] 沒心情 **3.** 心緒 ¶~ *bē/bōe tiāⁿ* [~bē 定] 心緒不寧。 「KHOÁN, CHIÓNG: 全。

sim-thāi/-*thài* (< log) [心態] 图

sim-thâu-hóe/-*hé*/-*hé* [心頭火] 图 PHA: 怒火。

sim-thiàu (< log Chi) [心跳] 图 全。

sim-tiān-tô· (< log Nip < tr En *cardiogram*) [心電圖] 图 ê, TIUⁿ: 全。

sin[1] (< Sin) [身] 图 身體; 軀幹 ¶*thâu khah tōa* ~ [頭較大～] 頭大; 受困擾 動 **1.** 計算身體的單位 ¶*chit* ~ *tāng-kōaⁿ* [一～重汗] 滿身大汗 **2.** 計算偶像、雕塑人像的單位; ≃ sian[5]。

sin[2] (< Sin) [新] 形 全 副 新近; 剛不久 ¶~ *lâi, khah chheⁿ-hūn* [~來, 較生份] 剛來不久, 所以比較陌生。

sîn[1] (< Sin) [神] 图 **1.** ê: 神祇 **2.** ê: (上帝與聖徒的) 靈 ¶*Siāng-tè ê* ~

ūn-tōng tī chúi-bīn. [上帝的～運動 tī 水面] 神的靈運行在水面上　**3.** 精神 ¶*Bô bîn, tiō bô ～.* [無眠就無 ～.] 睡眠不足就沒精神　**4. B.** 癖性；樣子 ¶*chhi-ko-～* [痴哥～] **a.** 色迷迷(的樣子) **b.** 色迷迷的人 ¶*hàu-lâm-～* [孝男～] 囲 **a.** 動不動就哭 **b.** 動不動就哭的人，常用於指小孩 働 發呆；神往；出神 ¶*khòaⁿ kà ～-·khì* [看到～去] 看得發呆 形 [x] 出神的樣子；恍惚。

sîn² (< Sin) [承] 働 接(住拋擲或掉落的東西)；*cf* chih¹ ¶*Góa kiat, lí ～.* [我 kiat，你承.] 我丟，你接 ¶*Chhù teh lāu; khì thèh tháng-á lâi ～.* [厝 teh 漏；去 thèh 桶仔來～.] 房子漏水，去拿水桶來接

△ *～ kûn-thâu-phùi* [～拳頭屁] 被波及，尤指身旁有人打架時被打到。

sìn¹ (< Sin) [囟] 名 [á] ê: 囟門；≃ thâu-khak-sìn。

sìn² (< Sin) [信] 働 **1.** 信仰 ¶*～ Sîn* [～神] 全 **2.** 相信；信以為真；≃ siàn¹ ¶*m̄-～* 不相信。

sîn-bêng (< log Sin) [神明] 名 Ê, SIAN: 神 ¶*mn̄g ～* [問～] 問卜；問佛
◇ *～-toh* [～桌] CHIAH: 供桌；香案；≃ ang-kè-toh；≃ sîn-toh。

sîn-bȯk (< log Nip < Sin) [神木] 名 CHÂNG: 全。

sin-bûn (< log Nip < Sin) [新聞] 名 TIÂU: 新消息；≃ niù-sù　[ê: 全。
◇ *～ kì-chiá* (< log Nip) [～記者]

sin-châi (< log Sin) [身材] 名 全。

sin-chhéng (< log Nip) [申請] 働 全。

sîn-chhèng-chhiú (< log Chi + tr) [神銃手] 名 Ê: 神槍手。

sin-chhéng-si/*-su* (< log Nip) [申請書] 名 HŪN, TIUⁿ: 全。

sin-chhoan (< log Chi) [新村] 名 Ê: 全 ¶*Tiong-hin/-heng ～* [中興～]

南投地名。

sîn-chí/*-chú* (< log Sin) [神主] 名 [á] **1.** 靈位　**2.** TÈ: 神主牌　　　[全。
◇ *～-pâi* (< log Chi) [～牌] [á] TÈ:

sin-chiaⁿ-nî-thâu 名 大年初一。

sîn-chú ⇒ sîn-chí。　　[CHOK, Ê: 全。

sin-chū-bîn (< log Chi) [新住民] 名

sîn-chú-pâi(-á) ⇒ sîn-chí-pâi-á。

sìn-giáng/*-gióng* (< log Nip < Sin) [信仰] 名 全。

sîn-hȧk (< log Nip) [神學] 名 全
◇ *～-īⁿ* [～院] KENG: 全。

sin-hêng (< log Nip) [新型] 名 全。

sìn-hō (< log Nip) [信號] 名 Ê: 全 ¶*phah-～* 發信號　　　[銃] KI: 信號槍
◇ *～-chhèng* (< log Chi + tr) [～
◇ *～-teng* (< log Nip) [～燈] Ê: 全。

sin-hoat-châi-á [新發財仔] 名 Ê: 新近發財的人。

sìn-hong (< log Chi) [信封] 名 全；≃ phe-/phoe-lông/-khak。

sîn-hū (< log Sin) [神父] 名 Ê: 全。

sin-hūn (< log Nip < sem Sin) [身份] 名 Ê: 全。　　　[**1.** 魂魄 **2.** 靈魂。

sîn-hûn (< log Sin) [神魂] 名 TIÂU:

sin-hūn-chèng/*-chìn*‖*-hun-* (< log Chi; *cf* Nip [身分證明書]) [身份證] 名 TIUⁿ: 全。

sìn-iōng (< log Sin) [信用] 名 **1.** 一般信譽 ¶*Lí chit ê lâng bô ～.* [你這個人無～.] 你這個人沒信用　**2.** (< log Nip < sem) 業務信譽；還債的可信度　　[*of credit*] [～狀] TIUⁿ: 全
◇ *～-chn̄g* (< log Nip < tr En *letter*
◇ *～-khah*/*-khá* (< log Chi < tr En *credit card*) [～卡] TIUⁿ: 全
◇ *～-tō͘* [～度] 全 ¶*iōng sìn-iōng-khah ê ～-tō͘* [用信用卡 ê ～度] 使 働 信任。　　　[用信用卡的信用度

sin-jī/*-gī*/*-lī* [新字] 名 JĪ: 生字。

sîn-jiah/*-giah*/*-liah*/*-chek* (< col

log Sin) [神跡] [名] Ê: 仝。
sìn-jīm/-*gīm*/-*līm* (< log Nip) [信任] [動] 仝; ≃ sìn-iōng。
sin-jîn-lūi|-*gîn*-|-*lîn*- (< log Chi) [新人類] [名] Ê: 仝。
Sin-ka-pho (< log Sin < *Singapore*) [新加坡] [名] 東南亞國名。
sìn-kàu (< log Nip) [信教] [動] 仝。
sin-kè (< log Sin) [身價] [名] Ê: 仝。
sîn-keng (< log Nip) [神經] [名] **1.** TIÂU: 動物體內傳遞信息的組織 ¶*thāu* ~ (牙齒)根管治療 ¶*thiu* ~ [抽~] do. **2.** TIÂU: 腦筋 ¶*khiàm chit tiâu* ~ [欠一條~] 缺心眼儿 **3.** 精神 ¶~-*pēⁿ*/-*pīⁿ* q.v. **4.** 精神力量 「壓力,例如能面臨恐懼 △ ~ *tōa-tiâu* [~大條] 能承受精神 [形] 神經病似的 ¶*mài hiah* ~ 別那麼神經質 ¶*khí* ~ q.v.
◇ ~-*chit* (< log Nip) [~質] 仝
◇ ~-*pēⁿ*/-*pīⁿ* (< log Nip) [~病] 仝。 「[名] 仝。
sîn-keng-thiàⁿ (< log Nip) [神經痛]
sîn-·khì [神去] [動] 入迷; 神往。
sìn-khò [信靠] [動] 仝 ¶~ *Iâ-so͘* [~耶穌] 仝。
sin-khó͘ (< log Chi) [辛苦] [形] 勞累 ¶*Tāi-ke* ~! [大家~!] 大家辛苦了!
sin-khu (> *seng-khu*, q.v.) [名] 身體。
sin-koân [身 koân] [名] 身高 ¶*niû* ~ [量~] 量身高。 「仝。
sīn-kong-lêng (< log) [腎功能] [名]
sin-lâi-·ê [新來·ê] [名] Ê: 新來的人。
Sin-le̍k (< log Nip) [新曆] [名] 陽曆。
sìn-liām (< log Nip) [信念] [名] Ê: 仝。
sin-lông (< log Sin) [新郎] [名] Ê: 仝。
sin-nî (< log Sin) [新年] [名] Ê: 仝。
sin-niû (< log Sin) [新娘] [名] Ê: 仝 ¶*chhá* ~ [吵~] 鬧新房 ¶*chhōa* ~ [娶~] 娶媳婦
◇ ~-*bāng-á* [~網仔] NIÁ: **a.** 新娘禮服的頭紗 **b.** 婚紗
◇ ~-*bóe*/-*bé* [~尾] PHA: 新娘禮服背後的下襬 ¶*khan* ~-*bóe*/-*bé* [牽~尾] (婚禮上)跟在新娘後頭提禮服的下襬
◇ ~-*chiú* [~酒] TOH, TǸG: 喜酒
◇ ~-*pâng* [~房] KENG: 新房
◇ ~-*piáⁿ* [~餅] ÅP, TÈ: 喜餅
◇ ~-*saⁿ* [~衫] NIÁ: 新娘禮服。
sin-oan (< log Sin) [申冤] [動] 仝。
sîn-ōe (< log Nip) [神話] [名] Ê: 仝。
sin-peng (< log Chi) [新兵] [名] Ê: 仝。
sin-sè (< log Chi) [身世] [名] Ê: 仝。
sin-seⁿ‖*sian-siⁿ* (< *sian-seⁿ* < log Sin) [先生] [尾] 對男性的尊稱,加於姓後輕聲固定低調,加於名後或加於連名帶姓之後不輕聲化 ¶*Tiuⁿ*-·*sin*-·*seⁿ* [張~] 張先生 ¶(*Tiuⁿ*-)*Jū-hông*-~ [(張)裕宏~] 仝 [名] Ê, ŪI: **1.** 對男性的尊稱; ≃ siăn-sé ¶*Chit ūi* ~, *chhiáⁿ mn̄g kùi-sèⁿ?* [這位~,請問貴姓?] 仝 **2.** 老師; ≃ lāu-su ¶*cha-bó͘*·~ [查某~] 女老師 **3.** 醫生
◇ ~-*niû* [~娘] Ê: 老師或醫師的太太 **4.** (< log Chi) 丈夫; ≃ ang。
sin-sek (< log Nip) [新式] [名] [形] 仝。
sin-seng (< log Chi) [新生] [名] Ê: 新學生。
sîn-sèng (< log Sin) [神聖] [形] 仝 ¶~ *ê chit phiò* [~ê一票] 神聖的一票。
sin-seng hùn-liān (< log Chi) [新生訓練] [名] PÁI: 仝。 「TĀI, Ê: 仝。
sin-seng-tāi (< log Chi) [新生代] [名]
sin-sî-kiâⁿ [新時行] [動] 剛在流行。
sîn-siā (< log Nip) [神社] [名] KENG, Ê: 仝。
sîn-sian (< log Sin) [神仙] [名] Ê: 仝。
sìn-sim [信心] [名] Ê: **1.** (< log Chi) 信仰之心 **2.** (< sem log Sin) 對人或對

自己的能力的信任之心。

sìn-sìn [信信] (形) 信以為真 ¶*thia*ⁿ *kà* ~ [听到~]毫不懷疑地聽信了。

sin-sin-jîn-lūi‖-*gîn*-‖-*lîn*- (< log Chi) [新新人類] (名) Ê: 仝。

sin-sin-khó-khó͘ (< log Chi) [辛辛苦苦] (形) 仝。

sìn-siuⁿ (< log Chi < tr; *cf* En *mail box*) [信箱] (名) Ê: 仝。

sīn-sòa‖*sūn*- (副) 順便 ¶*Chit tiuⁿ phe/ phoe* ~ *thèh-khì kià.* [這張批~thèh 去寄.]這封信順便拿去寄。

sin-sū (< log Nip < sem Sin) [紳士] (名) Ê: 仝 (形) (< sem)文質彬彬。

sin-súi (< log Sin) [薪水] (名) 仝。

Sin-tâi-phiò (< log Chi + tr) [新台票] (名) TIUⁿ: 新台幣; ≃ Sin-tâi-pè。

sìn-táu (< TW *sìn* + ab ChiD *chih¹-tao⁴* [知道]) [信táu] (匣) (動) 1. 聽信 2. 理會 ¶*bô leh* ~ [無 leh~]不予理會。

Sin-tek (< log Sin) [新竹] (名) 1. 市名; ≃ Tek-chhàm 2. 縣名。

sin-thé (< log Sin) [身體] (名) Ê: 仝。

sin-tiám-tiám [新點點] (形) 非常新。

sìn-tô͘ (< log Nip) [信徒] (名) Ê: 仝; ≃ sìn-chiá。　　　　　 [bêng-toh。

sîn-toh [神桌] (名) 供桌; 香案; ≃ sîn-

sîn-ūi (< log Sin) [神位] (名) Ê, ŪI: 靈位。

sio ¹‖*saⁿ* (< *sioⁿ < *siong* < Sin) [相] (首) 互相 ¶~-*chiàu-kò͘* [~照顧]互相照顧。

sio² (< Sin) [燒] (名) B. 熱的(食物) ¶*Tâi-oân-lâng khah ài chiàh-* ~. [台灣人較愛吃~.]台灣人比較喜歡熱食 (動) 1. 焚燒 ¶*Chhù* ~-·*khì.* [厝~去.]房子燒掉了 ¶*ka* ~-*tiāu* [ka ~掉]把他火化 2. 放在火中; ≃ pû² ¶*thih* ~-*âng-âng* [鐵~紅紅]把鐵燒紅了 3. 烤; ≃ hang ¶~-*ke/-koe* [~

雞]烤雞 4. 窯燒 5. (用化學藥品)鑄(版) 6. 發燒 ¶~ *kà saⁿ-chàp-peh/-poeh tō͘* [~到38度]發燒到三十八度 (形) 1. 熱; 燙 ¶*chúi iáu siuⁿ* ~ [水 夭 siuⁿ~]水還太燙 2. 溫暖

△ ~ *bīn ù lâng léng kha-chhng* [~面 ù 人冷 kha-chhng] "熱臉貼人冷屁股," 即向不領情的人諂媚。

sió¹ (< Sin) [小] (首) (< log Chi < tr; *cf* En *Junior*) 幼輩 ¶~-*Chiúⁿ-·ê* [~蔣·ê]小蔣 (形) 不大; 卑微; ≃ sè⁴ ¶~-~ *ê ì-kiàn* [~~ê意見]仝 ¶~-*thoân-thóng* [~傳統]仝 (副) 略為 ¶*Che pài-thok lí* ~ *khòaⁿ-·chit-·ē.* [Che拜託你~看一下.] a. 這個拜託你過目一下 b. 這個拜託你替我看著 ¶*Lí mā* ~ *khòaⁿ-·chit-·ē!* [你mā~看一下!] a. 眼睛張大一點好不好? b. 你怎麼不照顧好? ¶~-*tán-·chit-·ē* [~等一下]稍等一下。

sió²‖*sió͘* (< Chi *hsiu⁴* < En *show*) (名) Ê, CHHUT: "秀", 即表演 (動) do. ¶~-·*chit* ·*ē* [~一下]秀一下。

siò‖*siù* (< Sin) [鞘] (名) KI: 仝 (動) 1. (把刀子)放進刀鞘裡 2. 鑲嵌 ¶*thang-á* ~ *po-lê* [窗仔~玻璃]窗子鑲玻璃。

sio-bah [燒肉] (名) TÈ: 烤肉; 叉燒肉。

sio-bat‖*sio*-/*saⁿ*-*pat* [相bat] (動) 互相認識。

sió-bē¹ (名) 妹妹; ⇒ sió-moāi。

sió-bē²/-*bōe* (< log Nip) [小賣] (名) (動) 零售。

sió-bèh (< log Sin) [小麥] (名) CHÂNG,

sió-bōe ⇒ sió-bē²。　　　 [SŪI, LIÀP: 仝。

sio-cheⁿ/-*chiⁿ*‖*saⁿ*-*chiⁿ* (< log Sin) [相爭] (動) 互不相讓 (副) (< sem) 搶著 ¶~ *bé* [~買]搶購 ¶~ *kóng-ōe* [~講話]搶著說話。　　　 [(動) 辯論。

sio-chèⁿ/-*chìⁿ*‖*saⁿ*-*chìⁿ* [相諍]

sió-chek (< log Sin) [小叔] (名) [á] Ê: 丈夫的弟弟。

sio-cheng [相春] (動) **1.** 相撞；≃ sio-chông ¶chhia ~ [車～] 撞車 **2.** 互毆；≃ sio-phah **3.** 互相抵觸，例如撞期、衝堂。

sió-chhài (< log Sin) [小菜] (名) 全。

sio-chham‖saⁿ- [相摻] (動) 摻合。

sio-chhé [相扯] (動) **1.** 交叉 ¶Nn̄g ki kî-á ~ chhah-·leh. [兩枝旗仔～插·leh.] 兩枝旗子交叉插著 **2.** (邊緣) 重疊 ¶Hî-á-lan ~. [魚仔鱗～.] 魚鱗是重疊的。

sió-chheh (< ab log Chi < Nip) [小冊] (名) PÚN: 小冊子。

sio-chhin-chhiūⁿ [相親像] (動) 相似。

sio-chhiúⁿ [相搶] (動) 搶；爭奪
△ ~ chiàh [～吃] (互不相讓) 搶著

sio-chiⁿ ⇒ sio-cheⁿ. ⌊吃；爭奪食物。

sio-chìⁿ ⇒ sio-chèⁿ.

sió-chiá (< log Sin) [小姐] (名) Ê, ŪI: **1.** 未婚年輕女性 **2.** (< log Chi < sem) 對婦女禮貌上的稱謂 **3.** (< log Chi < tr En *Miss*) 選美入選者 ¶Sè-kài ~ [世界～] 全 ¶Tâi-oân ~ [台灣～] 全。 ⌊小。

sió-chiàh [小吃] (< [小食]) (形) 食量

sio-chiàn [相戰] (動) 打仗；≃ sio-thâi。

sio-chiap‖saⁿ- [相接] (動) 互相銜接。

sio-chim‖saⁿ- [相唚] (動) 接吻；≃ khí-suh。 ⌊媳婦。

sió-chím [小嬸] (名) [á] Ê: 丈夫的弟

sio-chio [相招] (動) **1.** 邀請 ¶boeh-/beh-khì thit-/chhit-thô lóng bô ~ [欲去 thit-thô 攏無～] 上哪儿玩都不邀我一道去 **2.** 相約 ¶nn̄g ê ~ khì thit-/chhit-thô [兩個～去 thit-thô] 兩人一道去玩。 ⌊招呼；寒暄。

sio-chioh-mn̄g‖saⁿ- [相借問] (動) 打

sio-chiú [燒酒] (名) **1.** 溫熱的酒 **2.** 酒 ¶lim ~ 喝酒。

sio-chông [相chông] (動) 相撞；≃ sio-cheng ¶chhia ~ [車～] 撞車。

sio-chúi [燒水] (名) 熱水 ¶hō͘ ~ thǹg-·tiòh [hō͘～燙著] 被熱水燙傷
◇ ~-koàn [～罐] KI: 熱水瓶；≃ un-koàn。

sió-chûn-á (< log Sin + -á) [小船仔] (名) TÂI, CHIAH: 全；≃ bò-tò。

sió-chut-á‖siáu- (< log Sin + -á) [小卒仔] (名) Ê: 小卒子。

sió-goèh/-gèh/-gèh [小月] (名) 生意等淡季的月份。

sió-hàk/-òh (< log Chi < ab Nip [小學校]) [小學] (名) **1.** 幼稚園與中學間的教育 **2.** KENG: 上述目的的教育機構
◇ ~-seng (< log Nip) [～生] Ê: 全。

sió-hêng [小型] (形) 全 ¶~ ê ūn-tōng-hōe [～ê 運動會] 小型運動會。

sio-hiuⁿ (< log Sin) [燒香] (動) 全。

sio-ho [燒 ho] (形) 暖和；≃ sio-lō。

sió-hō [小號] (名) 尺寸之小者。

sio-hoāng-hoāng/hōng-hōng [燒hoāng-hoāng] (形) (氣溫) 很熱。

sió-hùi (< log Chi) [小費] (名) Ê: 全。

sio-î-tân (< log Nip) [燒夷彈] (名) LIÀP: 燃燒彈。

sió-iā-khek (< log Nip < Fr *sérénade* < It *serenata*) [小夜曲] (名) TIÂU: 全。

sió-iā-pan (< log Chi) [小夜班] (名)

sio-ián [相ián] (動) 摔角。 ⌊PAN: 全。

sió-jî bâ-pì/-gî.../-lî...‖siáu- (< col log Nip) [小兒麻痺] (名) 全。

sió-jî-kho/-khe/-khe‖sió-gî-kho|sió-lî-kho/-khe‖siáu- (< col log Nip < Sin) [小兒科] (名) Ê, KHO: 全。 ⌊認] (動) 認 (熟人)。

sio-jīn/-gīn/-līn‖saⁿ-jīn/-līn [相

sio-joàh/-loàh [燒熱] (形) (氣溫、衣著) 溫暖。

sio-kā [相咬] (動) **1.** 互咬 **2.** (符號、

規則、時間等)發生衝突。 [ê: 全。

sió-ka-têng (< log Chi) [小家庭] 名

sio-kàn‖*sa^n*- [相kàn] 囲 働 相姦。

sio-kâng‖*sa^n*- (< *sio-kāng*, q.v., + *sio-tâng* [相同]; > *siâng^5/sâng*)。

sio-kāng/*-kâng*‖*sa^n*- (> *siāng^5*) [相全] (< [相共]) 形 相同; ≃ kāng-khoán。

sio-kau^1‖*sa^n*- [相鉤] 働 互相鉤住。

sio-kau^2‖*sa^n*- (< log Sin) [相交] 働 全; ≃ sio-kau-chhe; cf sio-chhé。

sio-kau-chhe [相交叉] 働 相交; ≃ sio-kau^2; cf sio-chhé。

sio-ke/*-koe* [燒雞] 名 CHIAH: 烤雞。

sio-keh-piah [相隔壁] 働 為鄰居。

sio-khap [相khap] (< [相蓋]) 働 (容器) 互相以開口處相接, 例如一個碗向上, 另一個向下罩住。 [一起)。

sio-kheh/*-khoeh* [相kheh] 働 擠 (在

sio-khì [燒氣] 名 熱氣; 暖氣。

sió-khó (< log Chi) [小考] 名 PÁI, Ê: 全。 [á] 微不足道

sió-khóa (< Sin [小可]) [小khóa] 形 △ ~ *tāi-chì* [~代誌] a. 細故 b. 小事 (一樁) [*thià^n* [~痛] 有點痛。 働 些微; 略為; ≃ (liòh-) liòh-á ¶~

sio-khòa^n (< Sin) [相看] 働 相覷。

sio-khoeh ⇒ sio-kheh。

sio-kì^n‖*sa^n*- (< log Sin) [相見] 働

sio-kim [燒金] 働 燒冥紙。 [全。

sió-kńg [鎖管] 名 [á] BÓE: 小烏賊。

sio-kò‖*sa^n*- [相告] 働 打官司。

sió-kò (< log Chi) [小過] 名 Ê, KI: 全 ¶*kì* ~ [記~] 全。 [夫的妹妹。

sió-ko (< log Sin) [小姑] 名 [á] Ê: 丈

sió-kó (< log Chi) [小鼓] 名 LIÀP: 全。 [chúi-koàn; ≃ un-koàn。

sio-koàn [燒罐] 名 KI: 熱水瓶; ≃ sio-

sió-koat-hō (< log Chi) [小括號] 名 Ê: 括弧; ≃ koat-ô/-hô。

sio-koe ⇒ sio-ke。

sió-kong (< log Chi) [小功] 名 Ê: 全 ¶*kì* ~ [記~] 全。 [騰騰。

sio-kún-kún [燒滾滾] 形 (液體) 熱

sio-lām‖*sa^n*- [相濫] 働 混合; 相混。

sio-làng-thàng [相làng-thàng] 働 相通; ≃ sio-thàng。

sio-liân‖*sa^n*- [相連] 働 連在一起 ¶*Tâi-tiong kah Tāi-ngé í-keng* ~. [台中kah大雅已經~.] 台中和大雅已經連在一起。

Sió-liû-kiû [小琉球] 名 屏東島嶼名。

sio-lō [燒lō] 形 1. 溫暖; ≃ sio-ho 2. 熱絡。

sió-lō·-á (< log Sin + *á*) [小路仔]

sio-mā ⇒ sio-mē。 [名 TIÂU: 徯徑。

sio-māi (< Sin; cf Cant *shiu^54*-*maai^33*) [燒賣] 名 LIÀP: 全。

sio-mē/*-mā*‖*sa^n*-*mā* (< Sin) [相罵] 働 罵架。 [偏門。

sió-mn̂g-á (< Sin + *á*) [小門] 名 Ê:

sio-môa [燒鰻] 名 BÓE, TÈ: 燒烤的鰻魚。

sió-moāi/*-mōe*/*-mūi*/*-bē*/*-bē·* (< Sin) [小妹] 名 [á] Ê: 妹妹 ¶*chhin*-~ [親~] 胞妹 ¶*piáu*-~ [表~] 表妹。

sió-náu (< log Nip) [小腦] 名 全。

sio-niū (< log Sin) [相讓] 働 1. 互相禮讓 2. 讓步。

sió-o·-lâng (< tr + log Chi < tr Esp *Negrito*) [小烏人] 名 Ê: 小黑人。

sio-ōa^n [相換] 働 互換; ≃ sio-tùi-

sió-pâi [小排] 名 PÁI, KI: 全。 [ōa^n。

sió-pan (< log Chi) [小班] 名 (幼稚園) 初級班。 [Ê: 全。

sió-pau (< log Nip) [小包] 名 PAU,

sió-pèh-chhài (< log Chi) [小白菜] 名 CHÂNG: 全。 [Ê: 全。

sió-pêng-iú (< log Chi) [小朋友] 名

sio-phah‖*sa^n*- [相phah] 働 打架 ◇ ~-*ke*/*-koe* [~雞] CHIAH: a. 鬥雞 b. [á] 好鬥的人

◇ ～-*tiān* ［～電］ **a.**（電線）走火 **b.** "來電," 即男女之間有了好感。

sio-phēng‖*sa*ⁿ- ［相 phēng］ 働 相比；≃ sio-pí。「幣。

sió-phiò ［小票］ 名 TIUⁿ: 面額小的紙

sio-pí‖*sa*ⁿ- （< Sin）［相比］ 働 仝；≃ sio-phēng。

sio-piáⁿ （< Sin）［燒餅］ 名 TÈ: 仝。

sio͘-piàⁿ‖*sa*ⁿ- ［相拚］ 働 競爭。

sió-piān‖*siáu-* （< col log Sin）［小便］ 名 仝；≃ jiō 名 仝；≃ pàng-jiō。

sió-pō͘-hūn （< log Nip ［小部分]）［小部份］ 名 仝。「人）。

sio-pun‖*sa*ⁿ- ［相分］ 働 分（給他

sio-sàng¹ ［相送］ 働 **1.** 饋贈 **2.** 授受。

sio-sàng² ［相送］ 働 送行。

sió-seng-lí ［小生理］ 名 小本生意。

sió-sî‖*sa*ⁿ- ［相辭］ 働 辭別。

sió-sî （< log Chi）［小時］ 量 仝。

sió-siá （< log Chi）［小寫］ 名 JĪ: 仝 働 仝。「車。

sio-siám ［相閃］ 働 互相讓路，例如錯

sio-siám-chhia ［相閃車］ 働 錯車。

sio-siám-sin ［相閃身］ 働 擦身（而過）。「*kip* ～ ［一級～]一級灼傷。

sio-siang/*-siong* ［燒傷］ 名 灼傷 ¶*it-*

sio-siâng/*-siāng* （v *siâng²*）［相 siâng］ 形 相同；≃ kāng-khoán。

sió-sim （< log Sin）［小心］ 形 仝；≃

sio-siong ⇒ sio-siang。 ⌊sè-/sòe-jī。

sio-siòng ［相 siòng］ （< ［相相]）働 相覷；≃ sio-tùi-siòng。

sió-sò͘-tiám （< log Nip）［小數點］ 名 Ê, TIÁM: 仝。

sio-sòa‖*sa*ⁿ- ［相 sòa］ 働 剾 相繼 ¶～ *hoat-giân* ［～發言]相繼發言 ¶～ *lâi* ［～來]接踵而來。

sió-soat‖*siáu-* （< col log Nip < sem Sin）［小說］ 名 PÚN, PHIⁿ: 仝 ◇ ～-*ka* （< log Nip）［～家］ Ê: 仝。

sio-su‖*sa*ⁿ- ［相輸］ 働 打賭。

sio-tak ［相 tak］ 働 **1.** 頂牛儿 **2.** 鬥，尤指鬥嘴。「忙。

sio-tàu ［相湊］ （< ［相鬥]）働 互相幫

sio-thàh ［相 thàh］ （< ［相疊]）働 互相重疊。「殺 **2.** 打仗。

sio-thâi‖*sa*ⁿ- ［相 thâi］ 働 **1.** 互相廝

sio-the/*-the͘* ［相 the］ （< ［相推]）働 互相推諉

△ ～, *sái sí gû* ［～駛死牛] do.

sio-thè-ōaⁿ ［相替換］ 働 互換。

sió-thêng （< log Sin）［小停］ 働 待會儿；≃ tán-·le。

sio-thiàⁿ （-**thàng**）‖*sa*ⁿ- ［相疼（thàng)］ 働 **1.** 相愛 **2.** 疼愛（情人）。「支持、幫忙。

sio-thīn ［相 thīn］ 働 "相挺," 即互相

sio-thǹg-thǹg ［燒燙燙］ 形 **1.**（固體、液體）熱騰騰 **2.**（體溫、衣著）熱辣辣。「CHIAH: 烤（乳）豬。

sio-ti/*-tu*/*-ti͘* （< Sin）［燒豬］ 名

sió-tī （< log Sin）［小弟］ 名 ［á］ Ê: 弟弟 ¶*chhin-*～ ［親～]胞弟 ¶*piáu-*～ ［表～]表弟。「仝。

sió-tn̂g （< log Sin）［小腸］ 名 TIÂU:

sió-tó/*-tó͘* （< log）［小島］ 名 LIÁP, Ê: 仝。

siò-tò‖*siò͘-tò͘* （< Nip *shōto* < En *short circuit*）働 **1.**（電路）發生短路 **2.** "秀逗," 即腦筋失常。

sió-to-á ［小刀仔］ 名 KI: 小刀；匕首。

sió-tó͘ ⇒ sió-tó。 「名 Ê: 仝。

sió-tōng-chok （< log Chi）［小動作］

sio-tu ⇒ sio-ti。 「tú-tn̄g。

sio-tú‖*sa*ⁿ- ［相 tú］ 働 相遇；≃ sio-

sió-tùi （< log Sin）［相對］ 働 仝。

sió-tūi （< log Nip < Sin）［小隊］ 名 Ê, TŪI: 仝。

sio-tùi-hoán ［相對反］ 働 相反 ¶*Góa ê siūⁿ-hoat kah lí* ～. ［我 ê 想法 kah 你～.]我的想法跟你相反。

S

sio-tùi-khòaⁿ [相對看] 働 1. 面對面
相視 2. (議婚:) 相親。

sio-tùi-ōaⁿ [相對換] 働 互換。

·sioˈ ‖ ·sioˈh (< sī ·boˈ) 氣 徵求肯定
的疑問詞; ≃ ·hioˈ ¶Án-ne ~? 這樣
sió ⇒ sió²。   嗎?
sìoˈ-tòˈ ⇒ sìo-tòˈ。

sioh (< Sin) [惜] 働 1. 愛惜
△ ~ bīn-phôe/-phê [~面皮] 愛面子
△ ~ sèⁿ-/sìⁿ-miā [~性命] 怕死
2. 疼愛 (妻子及幼輩); cf thiàⁿ¹。

sioˈh 名 1. 手腳的汗 2. 手腳的汗臭
3. 餿味 ¶chhàu-~ q.v. 彤 (煮熟的
食物開始腐爛而) 有餿味。

sioh-sioh [惜惜] 兒 働 1. 做疼愛的
表示，例如輕拍 2. 抱抱 3. 我疼你
呀 ¶~! ~! Tiām-tiām, mài khàu.
疼啊!疼啊!別哭，別哭。

·sioˈh ⇒ ·sioˈ。

sioˈk¹ (< log Sin) [屬] 働 歸屬; 屬
於 ¶Koan-tó ~ Bí-kok. [關島~美
國.] 關島屬於美國。

sioˈk² (< sem Sin) [俗] 彤 便宜
△ ~, koh ū-kioˈk [~koh有局] 價美
物廉。

sioˈk-á [俗仔] 名 便宜貨; 賤貨。

sioˈk-bē/-bōe [俗賣] 働 甩賣; 賤賣。

sioˈk-chōe (< log Sin) [贖罪] 働 仝。

sioˈk-gí/-gú/-gív (< log Sin) [俗語]
名 KÙ: 仝。   [sioˈk¹; ≃ sioˈk-tī。

sioˈk-i/-î (< log Chi) [屬於] 働 仝; ≃

sioˈk-kè (ant koân-kè) [俗價] 名 賤
價。   [仝。

sioˈk-kim (< log Nip) [贖金] 名 PIT:

sioˈk-mih/-mˈngh [俗物] 名 HĀNG: 便
宜貨   [廉物必不美。
△ ~ bô hó hòe/hè. [~無好貨.] 價

siôk-pháng ‖ sioˈk- (< ab *sioˈk-khú-
pháng < Nip shokupan) 名 TIÂU,
TÈ: 吐司麵包。

siok-tê/-tôe (< log Nip) [宿題] 名
TIÂU: 拿回家做的作業。   [TÈ: 仝。

sioˈk-tē/-tōe (< log Nip) [屬地] 名

siok-tôe ⇒ siok-tê。

sioˈk-tōe ⇒ sioˈk-tē。

siong¹ [商] ⇒ siang²。

siong² [傷] ⇒ siang³。

siong³ 彤 (花費) 很大 ¶ iōng chîⁿ
chin ~ [用錢真~] 花錢花得很快
¶iōng iû chin ~ [用油真~] 很耗
油。

siông¹ (< Sin) [松] 名 CHÂNG: 松樹。

siông² ‖ siûⁿ (< siôⁿ = siûⁿ) 名 帶
黏性的污垢，例如牙垢。

siòng¹ ‖ siông 名 照片; ⇒ siàng¹。

siòng² (< sem Sin [相]) 働 1. 注視
¶kim-kim-~ [金金~] 目不轉睛
地看 2. 瞄 (準) ¶~-chin-chin [~
真真] 瞄準 ¶~-chiong-chiong do.
¶~-chún-chún do. 3. 相 (命)。

siōng¹ 頭 前段; ⇒ siāng¹。

siōng² 尾 方面; ⇒ siāng²。

siōng³ 名 照片; ⇒ siàng¹。

siōng⁴ 働 上 (課); ⇒ siāng⁴。

siōng⁵ 副 最; ⇒ siāng⁶。

siōng-bé/-bé ⇒ siāng-bóe。

siōng-bô ⇒ siāng-bô。

siōng-bóe ⇒ siāng-bóe。

siòng-chhin ⇒ siàng-chhin。

siōng-chí (< log Chi) [松籽] 名 LIÂP:

siōng-chió ⇒ siāng-chió。   [松子。

siōng-chiòng ⇒ siāng-chiàng。

siong-chûn ⇒ siang-chûn。

siông-ēng-sû ⇒ siâng-iōng-sû。

siong-giaˈp ⇒ siang-giaˈp。

siong-hāi ⇒ siang-hāi。

Siōng-hái ⇒ Siāng-hái。

siong-haˈk-īⁿ ⇒ siang-haˈk-īⁿ。

siong-hân ⇒ siang-hân。

siong-hâng ⇒ siang-hâng。

siōng-hāu ⇒ siāng-hāu。

siong-hó ⇒ siang-hó。

siōng-hó ⇒ siāng-hó。

siong-hōe ⇒ siang-hōe。

siong-hong ⇒ siang-hong。

siong-hûn ⇒ siang-hûn。

siông-iōng-sû ⇒ siâng-iōng-sû。

siông-jīm lí-sū-kok|-*līm...* ⇒ siâng-jīm lí-sū-kok。

siông- jiông/- *giông*/- *liông* (< log Nip) [松茸] 图 CHÂNG, TÈ: 松蕈。

siōng-kài ⇒ siāng-kài。

siong - kám - chêng ⇒ siang - kám - chêng。

siōng-ke ⇒ siāng-ke。

siōng- keng (< log Sin) [誦經] 働

siòng-kheng ⇒ siàng-kheng。全。

siong-kho/-*khe*/-*khe* ⇒ siang-kho。

siōng-khò ⇒ siāng-khò。

siōng-kip ⇒ siāng-kip。

siong-koan ⇒ siang-koan。

siong-lí ⇒ siang-lí。

siōng-liû siā-hōe ⇒ siāng-liû siā-hōe。

siòng-miā [相命] 働 全; ≃ khòaⁿ-miā。

siong-náu-kin/-*kun* ⇒ siang-náu-kin。木; ≃ hi-nó͘-khih。

siông-ngô͘/-*gô͘* [松梧] 图 CHÂNG: 檜

siōng-pan ⇒ siāng-pan。

siong-peng ⇒ siang-peng。

siòng-phìⁿ ⇒ siàng-phìⁿ。

siong-phiau ⇒ siang-phiau。

siong-phín ⇒ siang-phín。

siòng-phō͘ ⇒ siàng-phō͘。

siong-pún [siong 本] 形 花費大。

siông-sè/-*sòe* ⇒ siâng-sè。

siông-sek ⇒ siâng-sek。

siong-sim ⇒ siang-sim。

siong-sìn ⇒ siang-sìn。

sióng-siōng-le̍k ⇒ siáng-siāng-le̍k。

siōng-sò͘ ⇒ siāng-sò͘。

siông-sòe ⇒ siâng-sè。

siōng-sū ⇒ siāng-sū。

siōng-sûn ⇒ siāng-sûn。

Siōng-tè ⇒ Siāng-tè。

siōng-téng-lâng ⇒ siāng-téng-lâng。

siāng-thâu--a ⇒ siāng-thâu--a。

siong-tián ⇒ siang-tián。

siong--tio̍h ⇒ siang--tio̍h。

siong-tiōng [siong 重] 働 花費很大 ¶*lāu-chhia* ~ *iû* [老車~油] 老車費油 形 1.(生病或受損)嚴重 ¶*poa̍h-chit-ē chin* ~ [跋一下真~] 跌得(傷勢)很嚴重 2.花費很大。

siong-tiûⁿ ⇒ siang-tiûⁿ。

siong-tong ⇒ siang-tong。

siong-tùi ⇒ siang-tùi。

siōng-ùi ⇒ siāng-ùi。

sip¹ 働 啜(一口); ≃ chip。

sip² (< Sin) [濕] 形 潮。

sip-chín (< log Nip) [濕疹] 图 全。

sip-jī-kè|-*gī*-|-*lī*- (< log Sin) [十字架] 图 KI: 全 ¶*tèng* ~ (< log Sin) [釘~] 釘十字架。「路] 图 TIÂU: 全

sip-jī-lō͘|-*gī*-|-*lī*- (< log Sin) [十字 ◇ ~-*kháu* (< log Chi) [~口] 全。

sip-khì (< log) [濕氣] 图 全 ¶*Chia ê* ~ *tāng.* [Chhia ê~重.]這儿的濕氣重。

sip-koàn (< log Sin) [習慣] 图 働 形 全; ≃ koàn-sì。「熱敷。

síp-puh (< Nip *shippu*) 图 熱敷法 働

sip-tō͘ (< log Nip) [濕度] 图 全。

sit¹ [式] ⇒ sek¹。

sit²‖*sek* (< log Nip) [室] 图 B. 1. 工作、儲藏或陳列的屋子 ¶*sit-giām*- ~ [實驗~] 全 ¶*tô͘-si-*~ [圖書~] 全 2.醫院、公司行號等機關內部的區分單位,例如行政單位或病房 ¶*jîn-sū-*~ [人事~] 全 量 1.行政分區單位,用於地址 ¶*chhit hō gō͘ lâu chi sì* ~ [7號5樓之4~] 全。

sit³ (< Sin) [熄] 働 全; ≃ hoa, q.v.

sit (< Sin) [翼] 图 KI: 翅膀。

sit-bāng/-*bōng* (< col log Sin) [失

望] 働 仝。

sit-bîn (< log Sin) [失眠] 働 仝。

sit-bîn (< log Nip) [殖民] 働 仝
◇ ~ *chèng-chhek* (< log Chi; *cf* Nip
[殖民地政策]) [～政策] ê: 仝
◇ ~ *chèng-hú* (< log) [～政府] 名
ê: 仝。
◇ ~-*chiá* (< log Chi) [～者] ê: 仝
◇ ~ *chú-gī* (< log Chi; *cf* Nip [殖
民地主義]) [～主義] 仝
◇ ~ *gí-/gú-giân* [～語言] ê:加諸殖
民地的殖民者語言
◇ ~-*tē* (< log Nip) [～地] ê: 仝。

sit-bút (< log Nip) [植物] 名 仝
◇ ~-*hák* (< log Nip) [～學] 仝
◇ ~-*hn̂g* (< log Nip) [～園] ê: 仝
◇ ~-*iû* (< log Nip < tr; *cf* En *veg-
etable oil*) [～油] 仝。

sit-bút-liān (< log Chi < tr En *food
chain*) [食物鏈] 名 ê, TIÂU: 仝。

sit-bút liâu-hoat (< log) [食物療
法] 名 ê: 仝。

sit-bút tiòng-tok (< log Chi; *cf* Nip
[食中毒/食品中毒]) [食物中毒]
名 働 仝。

sit-chāi (< log Sin) [實在] 形 **1.** 真
實 ¶~ ê tāi-chì [～ê代誌] 真實的事
2. 不浮誇;不取巧 ¶*Chit ê lâng chin
~.* [Chit 個人真～.] 這個人很踏實
3. 札實 ¶*khang-khòe chò-liáu chiân*
~ [工課做了 chiân～] 工作做得很札
實 **4.** 實際 ¶*chiáh hơ pá khah* ~ [吃
hơ 飽較～] 吃個飽實際些 働 仝 ¶~
ū chit ê tāi-chì [～有 chit 個代誌] 真
的有這麼一回事
△ ~ *kóng* [～講] 據實說 ¶*Lí ài* ~
kóng. [你愛～講.] 你必須據實說
△ ~+ *kóng* [～講] 實際上;其實 ¶~+
kóng, i m̄-bat/-pat khì. [～講伊
m̄-bat 去.] 其實他不曾去過
歟 真是的!

sit-chè (< log Nip < sem Sin) [實際]

名 仝　　　　　　　　　　「上] 仝
◇ ~-*siāng/-siōng* (< log Nip) [～
形 仝 ¶*bô*-~ [無～] 不切實際。

sit-chì (< sem log Sin) [失志] 働 形
氣餒;沮喪。

sit-chit (< log Sin) [失職] 働 仝。

sit-chong (< log Nip) [失蹤] 働 仝。

sit-chúi [失水] 働 脫水。

sit-·ê [實 ·ê] 形 實的,例如去除容器
重量的實重。

sit-ē [翼下] 名 翅膀底下。

sit-ēng ⇒ sit-iōng。

sit-geh/-geh ⇒ sit-goeh。

sit-giām (< log Nip) [實驗] 名 仝
◇ ~-*phín* [～品] ê:試驗品
◇ ~ - *sit /- sek* (< log Nip) [～室]
働 仝。　　　　　　　　　　| KENG: 仝

sit-giap (< log Nip) [失業] 働 仝
△ ~, *bô thâu-lō* [～無頭路] 失業
◇ ~-*chiá* (< log Nip) [～者] ê: 仝
◇ ~-*lut* (< log Nip) [～率] 仝。

sit-gōa‖sek- (< log Nip < sem Sin)
[室外] 名 仝。　　　　　　　「蝕。

sit-goeh/-geh/-geh [蝕月] 働 月

sit-hāu (< log Nip) [失效] 働 仝。

sit-hêng (< log Nip < Sin) [實行]
働 仝。

sit-hiān (< log Nip) [實現] 働 仝。

sit-hóng liok-im‖…lek-‖…lok- (<
log Chi) [實況錄音] 名 ê: 仝。

sit-ì (< log Sin) [失意] 形 仝 [政客。
△ ~ ê *chèng-kheh* [～ê政客] 失意

sit-iak/-iok (< log Sin) [失約] 働
仝。　　　　　　　　　　　　「仝。

sit-iōng/-ēng (< log Nip) [實用] 形

sit-iú‖sek- (< log Chi) [室友] 名 ê:
仝。

sit-jit/-git/-lit [蝕日] 働 日蝕。

sit-kè (< log Sin) [實價] 名 仝。

sit-khì (< log Sin) [失去] 働 喪失 ¶~
khoân-/koân-lī [～權利] 仝。

sit-khùi [失气] [動] 出醜。

si̍t-kó͘ [翼股] [名] KI: 鳥類的前肢
◇ ～-thâu [～頭] 鳥類的"上臂"。

sit-lāi ‖*sek-* (< log Nip < sem Sin) [室內] [名] 仝。

sit-lé (< log Sin) [失禮] [動] **1.** 仝 ¶*tùi lâng* ～ [對人～] 對人家失禮 **2.** 對不起! [形] 仝 ¶*chin* ～ [真～] **a.** 非常失禮 **b.** 很對不起;很抱歉 ¶*Góa khah ～, lí khah m̄-tio̍h.* q.v.

si̍t-le̍k (< log Nip < sem Sin) [實力] [名] 仝。

si̍t-liāu [實料] [名] 真實而且足夠的材料。

sit-pāi (< log Nip) [失敗] [名] PÁI: 仝 [動] 仝 ¶～ *liáu-liáu* [～了了] (事情)全敗/大為失敗
◇ ～ *chú-gī* (< log Chi < tr En *defeatism*) [～主義] 仝
◇ ～*-chú-gī-chiá* (< log Chi < tr En *defeatist*) [～主義者] Ê: 仝
[形] 仝 ¶*chin* ～ [真～] 非常失敗。

si̍t-phín (< log Nip < Sin) [食品] [名] KHOÁN: 仝。

si̍t-phó͘ (< log Chi) [食譜] [名] PÚN, Ê: 仝。

sit-sè (< log Sin) [失勢] [動] 仝。

si̍t-si (< log Nip) [實施] [動] 仝。

si̍t-si̍p (< log Nip) [實習] [名] [動] 仝
◇ ～ *i-seng* (< log Chi) [～醫生] Ê: 仝。

si̍t-si̍t--a [實實 ·a] [形] 不浮誇。

sit-sǹg (< log Sin) [失算] [動] 仝。

sit-sū (< log Sin) [失事] [動] 仝。

si̍t-tē tiau-cha|*-tōe...* (< log Nip) [實地調查] [名] PÁI, Ê: 仝。

sit-thāi/*-thài* (< log) [失態] [動] 仝。

sit-thâu [穡頭] [名] Ê: 活儿;工作; ≃ khang-khòe。

si̍t-thé [實體] [名] Ê: **1.** (< log Nip < EChi tr En *substance*) 具體的東西 **2.** (< log Nip < tr En *entity*) 實存的東西 ¶*chèng-tī* ～ [政治～] 仝。

sit-thoân (< log Chi) [失傳] [動] 仝。

sit-tiān [失電] [動] 停電。

si̍t-tō (< log Nip) [食道] [名] TIÂU: 仝
◇ ～*-gâm* (< log Nip) [～癌] 仝。

[siu][1] (< Sin) [修] [動] **1.** 刮(身上的毛) ¶～ *chhùi-chhiu* [～嘴鬚] 刮鬍子 **2.** 修飾(使整齊) ¶～ *chéng-/chńg-kah* [～指甲] 仝 **3.** 修飾(使更完美); ≃ si-á-geh。

siu[2] (< log Chi) [修] [動] 修(業) ¶*Chit ha̍k-kî ～ sì mn̂g khò.* [這學期～四門課.] 仝。

siu[3] (< Sin) [收] [動] 仝
△ ～*--khí--lâi, bô bē/bōe* [～起來無賣] 不給你((們)/他(們))(看)了。

siû (< Sin) [泅] [動] 游(水)。

siú[1] (< log Sin) [首] [量] 計算詩的單位。

siú[2] (< Sin) [守] [動] 遵守
△ ～ *kui-kí/-kú* [～規矩] 仝
△ ～ *sî-kan* (< tr + log Chi; *cf* Nip [時間を固守/時間を嚴守]) [～時間] 守時。

siù[1] (< Sin) [繡] [動] 仝。

siù[2] [鞘] ⇒ siò。

siū[1] (< Sin [岫]) [名] Ê: 巢;窩 ¶*chò-/chòe-*～ [做～] 築巢 ¶*chha̍t-*～ [賊～] 賊窩 ¶*chiáu-á-*～ [鳥仔～] 鳥窩 ¶*káu-hiā-*～ [káu蟻～] 螞蟻窩。

siū[2] (< log Sin) [受] [動] 仝 ¶～ *ap-pek* [～壓迫] 被壓迫 ¶～ *kàu-io̍k* [～教育] 仝 [介] 仝; ≃ hō͘ ¶～ *lâng ap-pek* [～人壓迫] 被壓迫。

siŭ (> *siŭ--ù*) [象] 急速動作引起空氣震動的聲音,例如揮舞鞭子 [擬] 急速飛過或飛走的樣子。

siu-ah (< log Sin) [收押] [動] 仝。

siu-ám [收ám] [動] 稀飯的水分被米吸收而變濃稠。

siu-bé[1] [動] 善後; ⇒ siu-bóe[1]。

siu-bé[2]/*-bóe* [收買] [動] **1.** 收購 **2.** 籠絡; ≃ bé-/bóe-siu。

siu-bóe[1]/*-bé/-bé* [收尾] [動] 做結;善後;收拾(爛攤子/殘局)。

S

siu-bóe² [收買] ⇒ siu-bé²。　　　「修。

siu-chéng (< log Sin) [修整] 動 整

siu-chèng/-chiàⁿ (< log Sin) [修正]
　動 全。　　　　　　　　　　　「全。

siu-chhia-hâng [修車行] 名 KENG:

siu-chi̍p (< log Chi) [收集] 動 全。

siû-chúi (< log Sin) [泅水] 動 游水；
　◇ ~-khò· [~褲] NIÁ: 游泳褲 ⌐游泳
　◇ ~-saⁿ [~衫] NIÁ: 游泳衣
　◇ ~-tî [~池] Ê: 游泳池。

siū-hāi-chiá (< log Chi) [受害者] 名
　Ê: 受害人。

siu-hēng (< log Sin) [修行] 動 全。

siū-hêng-jîn/-gîn/-lîn (cf Nip [受
　刑者]) [受刑人] 名 Ê: 全 ¶Bí-lē-
　tó/-tó· Sū-kiāⁿ ~ [美麗島事件~]
　全。　　　　　　　　　　　　「Ê: 全。

siú-hō·-sîn (< log Nip) [守護神] 名

siu-hùi (< log Chi) [收費] 動 全
　◇ ~-chām (< log Chi) [~站] Ê:
　全。

siū-hùn (< log Chi) [受訓] 動 全。

siù-i (< log Nip) [獸醫] 名 Ê: 全。

siu-iáng/-ióng (< log Nip) [修養]
　名 全 ¶ū ~ [有~] 全 動 全。

siu-im-ki (< log Chi) [收音機] 名
　TÂI: 全；≃ la-jí-oh。

siu-ióng ⇒ siu-iáng。

siu-iông-só· (< log Nip) [收容所] 名
　Ê, KENG: 全。

siu-ji̍p/-gi̍p/-li̍p (< log Sin) [收入]
　名 (< log Nip < sem)所得 動 全。

siu-kái (< log Chi) [修改] 動 全。

siu-kang [收工] 動 全。

siu-kha [收腳] 動 1. 不再做壞事 2. 收

siū-khì ⇒ siūⁿ-khì。　　　⌐歛(言行)。

siū-khò (< log Chi) [修課] 動 全。

siū-khó· (< log) [受苦] 動 全。

siu-khòaⁿ (< log Chi) [收看] 動 全。

siū-khoân/-koân (< log Nip) [授權]
　動 全。

siu-kì/-kù/-kì· (< log) [收據] 名 Ê,
　TIUⁿ: 全。

siu-kiaⁿ [收驚] 動 (施法術)使受驚
　的人鎮定；cf teh-kiaⁿ。

siu-kiāⁿ (< log Chi) [收件] 動 全。

siu-koah [收割] 動 全。

siū-koân ⇒ siū-khoân。

siū-lān-chiá [受難者] 名 Ê: 全
　¶chèng-tī ~ [政治~]全。

siu-lí¹/-lú/-lí· (< log Chi; cf Nip [修
　道女]) [修女] 名 Ê:全。

siu-lí² (< log Sin) [修理] 動 1. 把壞
　的修好 ¶~ chhia [~車]修車 2. 打
　或使受罪 ¶kā i ~ chi̍t-khùn [kā伊
　~一睏]把他整了一頓。

siu-liān (< log Sin) [修煉] 動 全。

siu-lú ⇒ siu-lí¹。

siù-lūi (< log Nip) [獸類] 名 全。

siū-miā (< log Nip) [壽命] 名 (白
　話：人以外的)壽命，例如動植物、機
　器、細胞；cf hòe-siū。

siu-óaⁿ [收碗] 動 1. 飯後收拾餐具
　2. 將洗好的餐具存放起來。　「全。

siú-ōe (< log Nip) [守衛] 名 [á] Ê:

siu-phian (< log Chi) [收編] 動 全。

siu-pôaⁿ (< log Sin) [收盤] 動 全。

siu-saⁿ [收衫] 動 將洗好晾乾的衣服
　收進來。　　　　　　　　　　「全。

siu-sêng (< log Sin) [收成] 名 動

siu-sī-lu̍t (< log Chi) [收視率] 名
　全。

siú-siàng/-siòng (< log Nip < Sin)
　[首相] 名 Ê:全。　　　　　　「帳。

siu-siàu [收賬] (< [收數]) 動 收取欠

siu-soah [收煞] 動 結束；息事 ¶bē-
　/bōe-tit ~ [bē得~]不可收拾。

siu-tang [收冬] 動 收割。

siu-tèng (< log) [修訂] 動 全

siu-thiaⁿ (< log Chi) [收听] 動 全。

siu-tiâu (< log Chi) [收條] 名 TIUⁿ:
　全。

siú-tiúⁿ (< log Nip) [首長] (名) ê: 全。

siu-tō-īⁿ (< log Nip) [修道院] (名) KENG: 全。

siú-to͘ (< log Nip) [首都] (名) ê: 全。

siǔ-·ù ‖*siú-* (象) 急速飛過的聲音 (擬) 急速飛過並揚長飛去的樣子。

siuⁿ ¹ (< Sin) [箱] (量) 計算箱子容量的單位。

siuⁿ ² (< Sin) [鑲] (動) **1.** 把物體嵌在另一物體內;加框; ≃ siò ¶~ *po-lê* [~玻璃] (給門窗、像框等) 嵌入玻璃 **2.** 把物體框在另一物體外頭 ¶*chhùi-khí* ~ *gîn/gûn* [嘴齒~銀] 鑲銀牙齒 ¶~ *chhùi-khí* [~嘴齒] 鑲牙。

siuⁿ ³ (副) 過分 ¶*Saⁿ* ~ *tōa-niá, lòng-khòng-lòng-khòng.* [衫~大領, lòng 曠 lòng 曠.] 衣服太大, 寬鬆得很 (難看)。

siûⁿ (名) **1.** 某些動物體外的滑而黏的物質, 例如鰻魚 **2.** 帶黏性的污垢, 例如牙垢; ≃ siông² (形) 滑滑黏黏的。

siúⁿ (< Sin) [賞] (名) 獎品;獎金 ¶*ū* ~ [有~] 有獎 (動) 全。

siùn (< *siù* < Sin) [肖] (動) 屬 (某一生肖) ¶~ *liông/lêng* [~龍] 屬龍。

siūⁿ (< Sin) [想] (動) **1.** 用腦筋;思考 ¶*kan-na* ~, *ā bô khì chò/chòe* [kan-na 想, 也無去做] 光想不幹 ¶~ *chin kú, ~-bô* [~真久, ~無] 想了很久, 想不出來 **2.** 認為 ¶*Góa* ~: *i bē/bōe lâi ·a.* [我想伊 bē 來矣.] 我想他不來了 **3.** 惦念 ¶*Góa tiāⁿ teh* ~ ·*lí.* [我 tiāⁿ teh~你.] 我老惦念著你。

siūⁿ-á [箱仔] (名) KHA: 箱子 ◊ ~-*chhia* [~車] TÂI: 箱形車。

siūⁿ-ài [想愛] (動) 想要; ≃siūⁿ-boeh。

siūⁿ-bē-hiáu‖-*bōe-* [想 bē 曉] (動) 想不通。

siūⁿ-bē-kàu‖-*bōe-* [想 bē 到] (動) (副) 料想不到 ¶~ *i ē lâi* [~伊會來] 想不到他來了。

siūⁿ-beh(-ài) ⇒ siūⁿ-boeh(-ài)。

siūⁿ-bô [想無] (動) 想不出來 ¶*siūⁿ-lóng-bô* [想攏無] 想不透。

siūⁿ-bōe-hiáu ⇒ siūⁿ-bē-hiáu。

siūⁿ-bōe-kàu ⇒ siūⁿ-bē-kàu。

siūⁿ-boeh (-ài) ‖-*beh...* ‖-*beh...* [想欲 (愛)] (動) 想得到 ¶*Lí* ~(-*ài*) *sahⁿ?* [你~(愛) 啥?] 你想要什麼? (輔) 想要;打算;企圖; ≃ siūⁿ-boeh ¶*Góa bô* ~(-*ài*) *khì.* [我無~ (愛) 去.] 我不想去。

siūⁿ-chhù [想厝] (動) 想家;思鄉。

siūⁿ-chò/-chòe [想做] (動) 當做;以為;想成; cf siūⁿ-kóng。

siúⁿ-goe̍h/-ge̍h/-ge̍h (< log Sin) [賞月] (動) 全。

siūⁿ-hoat (< log Chi) [想法] (名) ê: 全。

siúⁿ-hoe (< log Sin) [賞花] (動) 全。

siuⁿ-kè/-kè ⇒ siuⁿ-kòe。

siūⁿ-khang-siūⁿ-phāng [想 khang 想縫] (< [想空想縫]) (動) 挖空心思 (想做不正當的事)。

siūⁿ-khí [想起] (動) 全。

siūⁿ-khì (< *siū-khì* < sem log Sin) [受氣] (動) 生氣。

siūⁿ-khí-lâi [想起來] (動) 全。

siūⁿ-khui [想開] (動) 全 ¶*siūⁿ khah khui ·le* [想較開 ·le] 想開一點。

siúⁿ-kim (< log Nip) [賞金] (名) ê: (因功而給的) 獎金。

siuⁿ-kòe/-kè/-kè [siuⁿ 過] (動) (指示、挪動等) 太過去了 ¶~, *koh lâi nn̄g ê chiah sī.* [~, koh 來兩個才是.] 太過去了, 再過來兩位才是 (形) 過頭 ¶*Lí m̄-thang khiā-*~. [你 m̄-thang 企~.] 你不要站太過去那邊 (副) 過於;太; ≃ siuⁿ³ (kòe-thâu) ¶~ *hoaⁿ-hí* [~歡喜] 歡喜過度。

siūⁿ-kóng... (< vb + part) [想講] (動) 以為;認為; cf siūⁿ-chò。

siûⁿ-leh-leh/-le̍h-le̍h (形) 又黏又滑。

siuⁿ-si-á [相思仔] (名) CHÂNG: 相思

樹。

siu^n-si-pē^n/-*pī^n* (< log Sin) [相思病] [名] 仝。

siū^n-tio̍h [想著] [動] 想起;想到 ¶*khih hôa ~* 被我想到 ¶~ *in lāu-bó/-bú* [~in 老母] 想起他媽媽。

siū^n-tò-tńg [想 tò 返] [動] **1.** 考慮;反省 **2.** 回想;回憶。

siū^n-ū [想有] [動] **1.** 想得出來 **2.** 想通。

siúh [象] 短的嗖聲,例如揮鞭子、射箭 [擬] 短而尖銳的抽痛的樣子。

siŭh [象] 上揚的短的嗖聲 [擬] 一陣抽痛的樣子。

siuh-siuh-kiò [siuh-siuh 叫] [動] 嗖嗖響,例如連續揮鞭子、射箭。

siu̍h-siu̍h-kiò [siu̍h-siu̍h 叫] [動] **1.** 仝上 **2.** 抽痛著。

siút ||*siŭt*||*sŭt* [擬] 閃電似的移動的樣子 ¶*Gín-á ~-·chi̍t-·ē liu-chhut-khì ke-/koe-á-lō·.* [Gín 仔~一下溜出去街仔路.] 孩子一下子溜到馬路上去了。

siu̍t-siu̍t-kiò [siu̍t-siu̍t 叫] [動] 快速地進展。

sng[1] (< Sin) [霜] [名] 仝 ¶*Chhài hō· ~ tàng-hāi-·khì.* [菜 hō·~凍壞去.] 菜被霜凍壞了。

sng[2]||*sui^n* (< Sin) [酸] [名] **1.** 酸味;酸的食物 ¶*Chia̍h ~ chia̍h siu^n chē, chhùi-khí ē sng-·khì.* [吃~吃 siu^n chē, 嘴齒會痠去.] 酸的東西吃太多,牙齒會發痠 **2.** 酸性化學藥物 [形] 仝。

sng[3]||*sui^n* (< Sin) [栓] [動] 仝。

sng[4]||*sui^n* (< Sin) [痠] [動] 發痠 [形] 仝。

sn̂g [量] 計算蒸籠容量的單位。

sńg||*súi^n* [動] **1.** 嬉戲 ¶*Lí mài ~!* [你 mài~!] 你別開玩笑 **2.** 玩耍; ≃ thit-/chhit-thô ¶*Gín-á ài ~.* [Gín 仔愛~.] 孩子愛玩 **3.** 玩弄(東西) ¶*mi̍h-/mn̍gh-kiā^n ~-~-·hāi* [物件~~害] 把東西玩壞了。

sǹg[1]||*sùi^n* (< Sin) [算] [動] **1.** 計算;數數ㄦ ¶*ē-/ōe-hiáu ~ kàu cha̍p niâ* [會曉~到十 niâ] 只會數到十 **2.** 盤算 **3.** 算數ㄦ;充當 ¶*Chit pái bô ~.* [這擺無~.] 這次不算 ¶*Nn̄g ê gín-á ~-chò/-chòe chi̍t ê tōa-lâng.* [兩個 gín 仔~做一個大人.] 兩個小孩算一個成人。

sǹg[2]||*sùi^n* [動] 勒(緊); ≃ chhui[1] ¶*Pò·-tē-chhùi ~ hơ ân.* [布袋嘴~hơ ân.] 把麻袋的口ㄦ勒緊 ¶~ *ām-kún* [~頷頸] 勒脖子。

sng-á||*sui^n*- [栓仔] [名] KI: 插銷。

sǹg-bē-hô|-*bōe*- [算 bē 和] [形] 划不來。

sng-châi(-á)-chhiū [桑材(仔)樹] [名] [*á*] CHÂNG: 桑樹; ≃ sng-sûi。

sńg-chhiò||*súi^n*- [sńg 笑] [名] 玩笑 ¶*kóng-~* [講~] 說笑 [動] 開玩笑。

sng-chhò͘/-*sò͘*||*sui^n*- [酸醋] [名] 醋。

sńg-chúi [sńg 水] [動] 戲水。

sng-giuh-giuh/-*kiuh-kiuh*/-*ngiuh-ngiuh*||*sui^n*- [酸 giuh-giuh] [形] 酸不寂寂。

sng-lam||*sui^n*- (< **sng-kam*) [酸 lam] (< [酸甘]) [形] [x] (味覺)酸酸ㄦ的。

sng-lam-ti^n (< *sng-kam-ti^n*) [酸 lam 甜] (< [酸甘甜]) [形] [x] 酸酸甜甜的。

sǹg-miā||*sùi^n*- (< log Sin) [算命] [動] 仝。

◇ ~-(*sian-*)*á* [~(仙)仔] Ê: 算命的人。

sńg-·n̂g [象] **1.** 風呼呼聲 **2.** (蟲子)翅膀鼓動不起來的聲音 **3.** 引擎發動不起來的聲音。

sn̆g-·n̂g [象] **1.** 風呼呼聲 **2.** (蟲子)翅膀鼓動起來的聲音 **3.** 引擎發動起來的聲音 **4.** (汽車、飛機等)急速經過的聲音。

sng-nńg||*sui^n-núi* [痠軟] [形] 仝。

sǹg-pôa^n||*sùi^n*- (< log Sin) [算盤] [名] KI: 仝 ¶*tak/thak/tiak*~ 打算盤。

S

sng-sèng‖*sui^n*- (< log Nip; ant *ki^n-sèng*) [酸性] 图 全。

sng-siàu‖*sùi^n*- [算賬] (< [算數])

sńg-sîn ⇒ sún-sîn。 [動 算帳。

sng-sng-kiò ⇒ sngh-sngh-kiò。

sng-sûi [桑sûi] 图 1. CHÂNG: 桑樹; ≃ sng-châi; ≃ niû-á-chhiû 2. LIÀP: 桑葚儿, 即桑樹的果實; ≃ sng-m̂。

sng-sún‖*sui^n*- [酸筍] 图 TÈ, TIÂU: 使變酸的竹筍。

sñg-sút ⇒ soàn-sút。 [全。

sng-thiàⁿ‖*sui^n*- (< Sin) [痠痛] 图

sṅgh 動 (短促而強力地從鼻孔) 吸 (氣/鼻涕)。

sńgh 象 1. 短促而強力地從鼻孔吸氣聲 2. 吸鼻涕聲 3. (蟲子) 翅膀鼓動不起來的聲音 4. 引擎發動不起來的聲音 5. 加速器一緊一鬆所發出來的引擎聲, 尤指機車。

sngh-sngh-kiò‖*sṅg-sṅg*- [sngh-sngh 叫] 動 (風) 呼呼; 颼颼響。

sṅgh-sṅgh-kiò [sṅgh-sṅgh 叫] 動 (短促而強力地從鼻孔) 吸氣或吸鼻涕出聲。

so (< Sin) [挲] 動 1. 撫摸 (痛處); 按摩 2. 愛撫
△ ~ thâu-khak [~頭殼] 摸摸頭
3. 搓 ¶~ *î^n-á* [~圓仔] 做湯圓
△ ~ *î^n-á-thng* (< so + thng + *î^n-á* < tr Nip *dango* [團子] < hom Nip *dangō* [談和]) [~圓仔湯] 國 動 a. 磋商; 協議 b. 互相進退協商以牟利
4. 抹 ¶~ *iâm* [~鹽] 抹鹽。

sô 動 1. (蠕蟲、蛇、泥鰍等) 爬行 2. 緩慢行動 ¶*khoaⁿ-khoaⁿ* ~, m̄-chai boeh/beh ~ kàu tang-sî [寬寬 ~, m̄ 知欲~到 tang 時] 慢條斯理的, 不知道要拖到什麼時候 3. 國 (不動聲色、沒有目的地) 走 ¶*Nn̄g ê tô-peng* ~ *tùi goán chhù lâi*. [兩個逃兵~對 goán 厝來.] 有兩個逃兵逛到我家來 圈 慢慢斯理的, 貶意。

só¹ (< Sin) [嫂] 图 全 ¶*tōa*-~ [大 ~] 長兄的妻子 ¶*Siâng-lîm*-~ [祥林 ~] 全。 [上鎖。

só² (< Sin) [鎖] 图 全; ≃ só-thâu 動

sò (< Sin) [燥] 動 (< sem) 吸 (水); ≃ suh ¶*Nái-lóng bē/bōe* ~ *kōaⁿ*. [Nái-lóng bē~汗.] 尼龍不吸汗 圈 燥熱 ¶*Liû-liân chin* ~. [榴槤真~.]

sō 動 唆使。 [榴槤很燥熱。

so-chháu [挲草] 動 耘草/撓秧, 即跪在稻田裡以手除草。

só-fà‖*só*- (< En *sofa*) 图 CHIAH, LIAU, TIÂU: 沙發; ≃ tn̂g phòng-í。

so-jiáu/-*giáu*/-*liáu* (< log Nip < Sin) [騷擾] 图 動 全。

só-lò‖*só-lò* (< En *solo* < It) 图 1. TŌAⁿ: 獨唱; 獨唱曲 ¶*chhiùⁿ* ~ [唱 ~] 獨唱 ¶*chhiùⁿ chit tōaⁿ* ~ [唱一段~] 唱一段獨唱 2. ê: 獨唱者 動 獨唱 ¶*chhiùⁿ kàu chia, ōaⁿ lí* ~ [唱到 chia, 喚你~] 唱到這儿, 輪到你獨唱。

só-nà‖*só*- (< En *sonar*) 图 聲納。

so-pêⁿ/-*pîⁿ* [挲平] 動 擺平。

so-pu-lá-nò‖*so-pú-lá-noh*/-*phú*-‖*so*- (< It *soprano*) 图 ê: 女高音; ≃ sók-puh。

só-sî (< log Sin) [鎖匙] 图 KI: 鑰匙 ◇ ~-*khang* (< [鎖匙空]) ê: 鑰匙孔。 [En/Fr *sauce*) 图 調味醬。

sò-sù‖*sò-sù*/-*suh* (< Nip *sōsu*; cf

só-tēng (< log Chi) [鎖定] 動 全。

só-thâu [鎖頭] 图 LIÀP: 鎖。

so͘ (< Sin) [酥] 图 B. 乾而脆的食物 ¶*bah*-~ [肉~] 肉鬆 ¶*hî*-~ [魚 ~] 魚鬆 ¶*ông-lâi*-~ [鳳梨~] 全 動 變酥鬆 圈 1. 乾而脆 ¶*Ông-lâi-so͘ sī phôe/phê teh* ~. [鳳梨酥是皮 teh ~.] 鳳梨酥脆的是外皮 2. 乾 ¶*nâ*-

âu ∼-∼ [嚨喉∼∼] 喉嚨乾乾的。

só·[1] (< log Nip) [所] ⓐ 辦公或研究
單位 ¶*gián-kiù*-∼ [研究∼] 全 ¶*sū-bū*-∼ [事務∼] 全。

só·[2] (< log Sin) [所] ⓙ 全 ¶*Góa* ∼
chai ·ê chin chió. [我∼知·ê 真少.]
我所知甚少。

sò·[1] (< log Nip) [數] ⓔ 數目 ¶*lâng*-∼
[人∼] 全 ¶*tiám*-∼ [點∼] 全。

sò·[2] (< log Sin) [疏] ⓐ TIUⁿ: (道教
的) 禱告文。

sò·[3] (< Sin) [素] ⓕ (花色、衣著、
生活) 淡 ¶*chiàh-chhēng chin* ∼ [吃
chhēng 真∼] 生活樸素。

sò·-bòk/-*bàk* (< log Chi) [數目] ⓐ
ê: 全。 「方; 處所。

só·-chāi (< log Sin) [所在] ⓐ ê: 地

sò·-chit (< log Chi) [素質] ⓐ 全。

sò·-chu (< log) [數珠] ⓐ KŌAⁿ,
LIÀP: 念珠。 「全。

sò·-hàk (< log Nip < Sin) [數學] ⓐ

só·-hùi (< log Sin) [所費] ⓐ 費用 ¶∼
chin tāng [∼真重] 開銷很大。

só·-í (< log Sin) [所以] ⓛ 全。

so·-io [so·腰] ⓕ 1. 腰 (一時) 挺不直
2. 稍微駝背。 「有權 ⓐ 全

só·-iú-khoân/-*koân* (< log Nip) [所
◇ ∼-*chng* (< log Chi) [∼狀] TIUⁿ:
全。 「ê, JĪ: 全。

sò·-jī/-*gī*/-*lī* (< log Nip) [數字] ⓐ

sò·-kì/-*kù*/-*kì·* (< log Chi) [數據] ⓐ
ê: 全。 「ê: 全。

sò·-kiû (< log Chi < Nip) [訴求] ⓐ

sò·-kù ⇒ sò·-kì。 「ⓐ ê: 全。

sò·-liāng/-*liōng* (< log Nip) [數量]

só·-lò· ⇒ só-lò。

só·-nà ⇒ só-nà。

so·-pu-lá-nò· ⇒ so-pu-lá-nò·。

sò·-sit (< log Chi) [素食] ⓐ 全。

sò·-sù /-*suh* ⇒ sò·-sù。

só·-tek/-*tit* (< log Nip) [所得] ⓐ 全

¶*chit nî* ∼ [一年∼] 全
◇ ∼-*sòe*/-*sè* (< log Nip) [∼稅] 全。

só·-tiúⁿ (< log Nip) [所長] ⓐ ê: 全。

só·-ū-·ê (< log Sin + tr) [所有·ê] ⓕ
所有的。

só·-ūi (< log Sin) [所謂] ⓙ 全 ¶∼
(*kóng*) *"chòk-kûn iông-hàp," kî-sìt
sī "chòk-kûn pèng-thun."* [∼ (講)
"族群融合" 其實是 "族群併吞."]
全。

sò·-ūi-hòa (< log Chi < En *digit-
alize/digitize*) [數位化] ⓙ 全。

┌──────┐
│ **soa** │ (< Sin) [沙] ⓐ [*á*] LIÀP: 沙
└──────┘
子 ⓕ **1.** (泥狀物、煮爛的食物
等) 不潤滑 **2.** 沙 (瓤) ¶*Si-koe góa
ài chiàh khah* ∼ ·*ê*. [西瓜我愛吃
較∼·ê.] 我較喜歡吃有顆粒口感的西
瓜。

sóa (< Sin) [徙] ⓙ 移動; 遷徙 ¶*kā
phòng-í* ∼-*kòe-lâi chit pêng* [kā 膨
椅∼過來 chit pêng] 把沙發挪到這邊
來。

sòa ⓙ 接續 ¶*Chò-tōa-chúi-liáu,* ∼-
·*lòh-·khì tiō-sī liû-hêng-pēⁿ.* [做大
水了, ∼落去就是流行病.] 洪水之
後, 接下來就是流行病 ⓙ 順便; ≃
sīn-sòa ¶∼ *thè góa niá* ·*chit* ·*hūn.*
[∼替我領一份.] 順便替我領一份。

sŏa (< contr soa-á, q.v.)。

soa-á [沙仔] ⓐ LIÀP: 沙子 「地。
◇ ∼-*tē*/-*tōe* [∼地] TÈ, PHIÀN: 沙

soa-bô·/-*bòk* (< log Nip < Sin) [沙
漠] ⓐ ê, PHIÀN: 全。

soa-bûn chú-gī‖*sa*- (< col log Chi <
En *chauvinism* < Fr *chauvinisme* <
Nicolas Chauvin) [沙文主義] ⓐ
全。 「離去。

sóa-cháu [徙走] ⓙ **1.** 挪走 **2.** 搬家

sòa-chhiú [sòa 手] ⓙ 順便做 ¶*Lâi,
*∼! [來, ∼!] 來, 順便 (把垃圾拿出去
或把信拿去寄等等) ⓙ 隨手; 順便
¶∼ *kā mn̂g koaiⁿ* ·*leh.* [∼ kā 門關

·leh.] (請)順手把門帶上。

sòa-chhùi [sòa 嘴] (動) (吃了)還想吃 ¶*Che chiàh-liáu ē/ōe* ~. [Che 吃了 會~.] 這個吃了會想繼續吃。

soa-chiòh-á (< Sin + *á*) [沙石仔] (名) LIÀP: 砂石
◇ ~-*chhia* [～車] TÂI: 砂石車。

soa-gán (< log) [砂眼] (名) 全。

soa-hî [鯊魚] (名) BÓE: 全　　　[食品。
◇ ~-*ian* [～煙] TÈ: 一種燻的鯊魚腹

sóa-kháu [徙口] (動) 漱口。

sóa-khui [徙開] (動) **1.** 挪開 **2.** 避開。

soa-kop-kop [沙 kop-kop] (形) (混有 或沾上)很多沙礫。

sòa-lòh-khì [sòa 落去] (動) 接續(下 去) ¶*Lí kóng-liáu, ōaⁿ i* ~ *kóng.* [你講了,換伊～講.] 你說完,由他接 下去說 ¶*chit-ê-chit-ê sòa--lòh--khì* [一個一個～] 一個一個接下去 (副) 而 後;接著 ¶*sòa--lòh--khì ōaⁿ lí kóng* [～換你講] (接下來)換你說了。

sòa-lòh-lâi [sòa 落來] (副) 而後 ¶*Kó phah hó,* ~ *sòa--lòh--lâi tiō-sī ài kàu-tùi.* [稿 phah 好,～就是愛校對] 稿子打完,接下來就是需要校對。

sòa-mé (副) 賣力地;拚命 ¶~ *chiàh* [～ 吃] 拚命吃 ¶~ *chò/chòe* [～做] 賣力 地做 ¶~ *kóng* [～講] 說個不停。

soa-mn̂g (< ana [沙] < *à la* Sin [紗 窗]) [紗門] (名) Ê: 全; ≃ bāng-á-mn̂g; ≃ se-á-mn̂g。

soa-pau [沙包] (名) PAU: 沙袋。

soa-phiâⁿ [沙坪] (名) Ê, PHIÀN: (有坡 度的)沙灘; *cf* soa-po͘。

soa-po͘ [沙埔] (名) Ê: **1.** 沙地; ≃ soa-á-tē **2.** 沙灘; *cf* soa-phiâⁿ。

soa-thang [沙窗] (< ana [沙] < *se-thang* < log Sin) [紗窗] (名) Ê: 全; ≃ bāng-á-thang; ≃ se-á-thang。

sóa-tín-tāng [徙振動] (動) 挪動。

soa-tun [沙墩] (名) Ê, LIÀP: 沙丘。

sóa-ūi [徙位] (動) 移位。

soaⁿ (< Sin) [山] (名) LIÀP, CHŌ: 山 丘;山岳 (量) 計算某些條狀麵包中鼓 起的節段的單位。

sòaⁿ¹ ‖ *chôaⁿ* (< log Chi < Chi *hsien⁴* < *ana* [線] + Nip *sen* < Nip [腺]) [腺] (名) **B.** 腺體 ¶*píⁿ-thô-*~ [扁桃～] 全。

sòaⁿ² (< Sin) [線] (名) TIÂU: **1.** (紗) 線 **2.** 管線 ¶*kā tiān-ōe choán-khì lēng-gōa chit* ~ [kā 電話轉去另外一 ～] 把電話轉到另一線 **3.** 線路 **4.** 線 條; ≃ *sûn¹* ¶*Chit nn̄g tiâu* ~ *pêng-hêng.* [Chit 兩條～平行] 這兩條線 平行 **5.** (< log Nip < sem) **B.** 連 續如線的事物 ¶*chiàn-*~ [戰～] 全 ¶*hòng-siā-*~ [放射～] 全。

sòaⁿ³ (< Sin) [散] (動) **1.** 散(開) **2.** 化 (掉) ¶*Gû-leng-hún lā-bô-*~. [牛奶 粉 lā 無～.] (泡牛奶)奶粉沒調勻 **3.** 消(腫) ¶*Liàp-á* ~ ·*a.* [粒仔～ 矣.] 疙瘩消了 (形) **1.** 不集中 **2.** (< *sòaⁿ-hêng*) 精神散漫。

soaⁿ-āu [山後] (名) 山的那一邊。

sòaⁿ-bûn‖*sàn-* (< col log Chi) [散 文] (名) PHIⁿ: 全。　　　　　[草寇。

soaⁿ-chhàt (< log Sin) [山賊] (名) Ê:

soaⁿ-chiam (< log Sin) [山尖] (名) **1.** LIÀP: 山峰的末端 **2.** 山峰的頂 點。

soaⁿ-gâm/-*giâm* [山岩] (名) LIÀP: 山 的岩石。　　　　[亂,不集中;丟三落四的。

sòaⁿ-hē-hē/-*hè-hè* [散 hē-hē] (形) 散

sòaⁿ-hêng (v *hêng³*) [散形] (< [散 雄]) (形) **1.** (孵育中的)蛋壞了 **2.** 精神 散漫,常常心不在焉; ≃ sòaⁿ³⁽²⁾。

sòaⁿ-hōe‖*sàn-* (< col log Nip) [散 會] (動) 全。

soaⁿ-iá (< log Sin) [山野] (名) 野外。

sòaⁿ-iā-iā/-*iāⁿ-iāⁿ* [散 iā-iā] (形) 散亂,到處都是; ≃ sòaⁿ-phóng-phóng。

soaⁿ-io (< log Sin) [山腰] (名) 全。

soaⁿ-ióh-chî/-chû/-chî̂ (< log Sin + [薯]) [山藥薯] (名) **1.** CHÂNG, TIÂU: 大青薯 **2.** TIÂU: (入藥的) 淮山; ≃ soaⁿ-ióh。　　　　　「CHIAH: 全

soaⁿ-iûⁿ (< log Chi) [山羊] (名) [á] ◇ ~-káng CHIAH: 雄山羊。

soaⁿ-kau (< log Sin) [山溝] (名) TIÂU: 溪澗; 峽谷。　　　　　　「(野外的) 野狗。

soaⁿ-káu [山狗] (名) CHIAH: (山間、

soaⁿ-kha (< log Sin) [山腳] (名) 山麓。

soaⁿ-khàm [山崁] (名) ê: 山崖。

soaⁿ-khang [山 khang] (< [山空]) (名) ê: 山洞。　　　　　　「ê: 山谷。

soaⁿ-kheⁿ/-khiⁿ [山坑] (名) [á] TIÂU,

sòaⁿ-khui [散開] (動) 解體。

soaⁿ-kiā [山崎] (名) ê: 山坡。

soaⁿ-lāi [山內] (名) 山中。　　　「全。

soaⁿ-lō͘ (< log Sin) [山路] (名) TIÂU:

sòaⁿ-lō͘ (< log Nip) [線路] (名) TIÂU: **1.** 管線的走向 **2.** 路線 **3.** 門路。

soaⁿ-méh (< log Nip) [山脈] (名) KI, TIÂU: 全。　　　　　「散, 無法凝聚。

sòaⁿ-méh-méh [散 méh-méh] (形) 鬆

soaⁿ-nâ (< log Sin) [山林] (名) PHIÀN, ê: 山上的樹林。　　　　　　　「巒。

soaⁿ-niá (< log Sin) [山嶺] (名) ê: 山

soaⁿ-niā [山 niā] (名) LÊNG, ê: 山脊。

soaⁿ-niau [山貓] (名) CHIAH: 小山貓。

sòaⁿ-peng (< log Chi) [傘兵] (名) ê, TŪI: 全。　　　　　　　　「山坡地

soaⁿ-phiâⁿ [山坪] (名) ê: (斜度小的)

soaⁿ-pho-tē/-tōe (< log Chi) [山坡地] (名) TÈ: 全; cf soaⁿ-phiâⁿ。

sòaⁿ-phóng-phóng/-phún-phún/-phōng-phōng [散 phóng-phóng] (形) 散亂, 例如頭髮。　　　「PHIⁿ: 峭壁。

soaⁿ-piah (< Sin) [山壁] (名) ê, TÈ,

soaⁿ-sòaⁿ (ant hái-sòaⁿ) [山線] (名) 經過山區的路線。

sòaⁿ-soh (< log Sin) [線索] (名) TIÂU: 探求問題的門徑。　　　　　「國省名

Soaⁿ-tang (< log Sin) [山東] (名) 中 ◇ ~-péh-á [~白仔] 山東大白菜。

soaⁿ-tē/-tōe (< log) [山地] (名) 山區。

soaⁿ-téng (< Sin) [山頂] (名) 山上 ◇ ~-bóe-liu [~尾溜] 山頂。

sòaⁿ-téng [線頂] (名) **1.** (廣播訪問、叩應等的) 電話中 ¶Lí chit-má tī ~. [你 chit-má tī~.] 你現在在線上 **2.** (< tr Chi hsien⁴ shang⁰ < tr En on-line) (在電腦網路) 上網中。

soaⁿ-thâu (< log Sin) [山頭] (名) LIÁP: **1.** 山; 山頂 **2.** (丘陵) 墳地 ¶sàng-chiūⁿ ~ [送上~] 送葬送到墳地 **3.** (< sem) 派系。　　　「緒。

sòaⁿ-thâu (< Sin) [線頭] (名) 線的頭

soaⁿ-ti/-tu/-tî [山豬] (名) CHIAH: 野豬。

sòaⁿ-tiûⁿ (< log Sin) [散場] (動) 全。

soaⁿ-tōe ⇒ soaⁿ-tē。

soaⁿ-tōng (< log Sin) [山洞] (名) ê: 全; ≃ soaⁿ-khang。

soaⁿ-tu ⇒ soaⁿ-ti。

[soah]¹ (< Sin) [撒] (動) 撒 (粉末、沙子、鹽、醬油等); cf sám。

soah² (< Sin) [煞] (動) **1.** 結束 ¶ōe kóng bē/bōe ~ [話講 bē~] 話說不完 ¶~--khì q.v. **2.** (< sem) 算了, 輕聲化 ¶M̄-khì, ·~. [M̄ 去, ~.] 不去, 拉倒 (氣) (< sem) 大不了, 通常輕聲化 ¶kėk-ke sí ·~ [極加死~] 大不了一死了之。

soah³ ‖soh‖sò (< sem soah²) [煞] (副) 結果 (想不到); 於是 ¶khùn siuⁿ òaⁿ, ~ bē-hù [睏 siuⁿ òaⁿ, ~ bē 赴] 起得太遲, 結果沒趕上。

soah⁴‖soh‖sò [煞] (副) **1.** 哪; 怎麼; ≃ àh-soah ¶Hiah kán-tan, ~ bē-/bōe-hiáu! [Hiah 簡易, ~ bē 曉!] 怎麼那麼

簡單的都不會!? **2.** 難不成；≃ àh-soah ¶*Ná it-tēng ài tán ·góa, lí ~ bē-tàng ka-tī khì ·hio?* [哪一定愛等我，你～ bē-tàng 家己去·hio?] 何必非等我不可，你就不能自己去嗎？

soah-bóe/-bé/-bé [煞尾] (動) 結尾；≃ soah² ¶*Hì boeh/beh ~ ·a.* [戲欲～矣.] 戲快演完了 (形) 最後的 ¶*~-jit/-git* [～日] 最後那一天 ¶*~-keng* [～間] 一排房子或屋子的最後那一◇ *~-kiá* ⁿ ê: 么兒；≃ ban-kiáⁿ ⌊個 (副) 最後；≃ bóe-/bé-·a；≃ lòh-bóe/lō-bé ¶*~, tiō chai-iáⁿ kiat-kó.* [～就知影結果.] 最後就知道結果。

soah-hì [煞戲] (動) 戲演完。⌈了之。

soah-·khì (v soah²) [煞去] (動) 不了

soah-soah-·khì (v soah²) [煞煞去] (動) **1.** 不了了之；≃ soah-·khì **2.** 算了；拉倒。

[soâiⁿ] (形) **1.** 不管別人的反應，油條地侵犯別人或佔別人便宜 ¶*kek ~-~ kā góa ê hūn chiàh-·khì* [激～～ kā 我 ê 份吃去] 油條地把我的份儿吃了 **2.** 叫不動。

soāiⁿ-á [樣仔] (名) CHÂNG, LIÁP: 芒果 ◇ *~-chheⁿ/-chhiⁿ* [～青] TÈ: 情人果，為一種加工的生芒果。

[soâiⁿ] (象) (皮鞋、皮椅、竹子等) 摩擦的聲音。⌈擦一下的尖銳聲音。

[soăiⁿ] (象) (皮鞋、皮椅、竹子等) 摩擦

[soan] (動) **1.** (藤蘿、枝椏) 延伸 **2.** (蟲子痛苦時一伸一縮地) 掙扎 **3.** (人獸痛苦時或小孩哭鬧時，躺著) 打滾 **4.** (圍) 溜 (走)；≃ liu-soan。

soán (< log Sin) [選] (動) **1.** 挑選；≃ kéng³ ¶*gō tiâu ~ sì tiâu* [五條～四條] 五題選四題 **2.** 推舉；填寫選項 ¶*~ lâng, bô ~ tóng* [～人無～黨] 選人不選黨 **3.** 參選 ¶*~ saⁿ pái, lóng bô tiâu* [～三擺攏無 tiâu] 選了三次都沒選上。

soān (< Sin) (動) **1.** (從孔中) 噴灑 ¶*~ chúi* [～水] 灑水 **2.** 撒 (尿) **3.** (< sem) (圍) 斥責；咒罵。

soàn-á [蒜仔] (名) CHÂNG, KI: 蒜。

soān-á [soān 仔] (名) KI: 帶蓮蓬頭的水桶；≃ soān-chúi-kóng。

soán-bîn (< log Nip) [選民] (名) ê: 參與選舉的人。⌈仝。

soán-chêng (< log Chi) [選情] (名)

soán-chhiú (< log Nip) [選手] (名) ê: 仝。

soan-chiàn (< log Nip) [宣戰] (動) 仝。⌈TIÛ ⁿ, PÁI: 仝。

soán-chiàn (< log Chi) [選戰] (名)

soān-chiòh (< log Sin) [鑽石] (名) LIÁP: 仝；≃ kim-kong-chiòh。

soān-chúi-kóng [soān 水 kóng] (< [旋水□]) (名) KI: 帶蓮蓬頭的水桶。

soan-giân/-gân (< log Nip < sem Sin) [宣言] (名) ê: 仝。⌈仝。

soán-hāng (< log Chi) [選項] (名) ê:

soán-khò (< log Chi) [選課] (動) 仝。

soán-khu (< log Chi < ab Nip [選舉區]) [選區] (名) ê, KHU: 仝。

soán-kí/-kú/-kí (< log Nip) [選舉] (名) PÁI: 仝 (動) 仝。

soan-kò (< log Nip) [宣告] (動) 仝 ¶*~ phò-sán* [～破產] 仝 ¶*~ sí-bông* [～死亡] 仝。

soán-kú ⇒ soán-kí。⌈死亡] 仝。

soán-là-thang (< Chi *suan¹ la⁴-t'ang¹*) (名) 酸辣湯。⌈泥鰍。

soan-liu-kó (名) [soan 鰡 kó] BÓE: 大

soân-lùt (< log Nip) [旋律] (名) ê: 仝；≃ me-ló-dih/-lih/-jih。⌈(名) KI: 仝

soān-ô (< san-hô < log Sin) [珊瑚] ◇ *~-ta/-chiau* (< log Nip) [～礁] ê, LIÁP: 仝。⌈TIU ⁿ: 仝。

soán-phiò (< log Chi) [選票] (名)

soan-phòaⁿ (< log Chi) [宣判] (名) (動) 仝。

soan-pò (< log Nip) [宣布] (動) 仝。

soan-sè (< log Nip) [宣誓] 動 全; ≃
chiù-chōa。

soán-siu (< log Chi) [選修] 動 全
◇ ～-khò (< log Chi) [～課] KHO,
ê: 全。　　　　　　　　　　 ［名 全。

soàn-sút‖sǹg- (< log Nip) [算術]

soán-tėk (< log Sin) [選擇] 動 全
◇ ～-tê/-tôe (< log Chi) [～題]
TIÂU: 全。　　　　　　 ［BĀN: 全。

soàn-thâu (< Sin) [蒜頭] 名 LIȦP,
◇ ～ tāu-iû [～豆油] 浸漬蒜泥調味
的醬油。　　　　　　　　　 ［動 全

soan-thoân (< log Nip) [宣傳] 名
◇ ～-chhia (< log Chi) [～車] TÂI:
◇ ～-toaⁿ [～單] TIUⁿ: 傳單。 ［全

soan-tîn [soan 藤] 動 (藤蘿、瓜等
的) 藤生長延伸 (而到處爬)。

soat -bêng ⇒ soeh-bêng。

soat-bûn (< sap-bûn, q.v.)。

soat-hî/-hû/-hî̂ (< log Chi) [鱈魚]
名 全。　　　　　　　　 ［動 訓斥。

soat-kàu (< sem log Nip) [說教] 匣

soȧt-téng [soȧt 頂] 形 (技術) 絕佳。

soe ¹ [梳] ⇒ se²。

soe² (< sem Sin) [衰] 形 倒霉。

sôe‖sê‖sê̂ (< Sin) [垂] 動 形 挺不
起來 ¶thâu-khak ～-～ [頭殼～～] 垂
sóe ⇒ sé。　　　　　　　　 ［著頭。

sòe¹‖sè‖sè̂ (< Sin) [稅] 名 1. TIÂU:
稅金; ≃ sòe-kim 2. B. 租金 ¶chhù-
～ [厝～] 房租 動 (< sem) 租; 出租
¶～ chit keng chhù [～一間厝] 租個

sòe² 形 小; ⇒ sè⁴。　　　　 ［房子。

sōe‖sē‖sē̂ (< 垂) 動 (液體順著表
面) 向下流; ≃ sōe-teⁿ。

sóe-á ⇒ sé-á。

sòe-á ⇒ sè-á。

soe-bé ⇒ soe-bóe。

sòe-bé ⇒ sè-bóe。

sóe-bīn ⇒ sé-bīn。

sóe-bīn-tâi ⇒ sé-bīn-tâi。

soe-bóe/-bé/-bé̂ [衰尾] 形 沒有好
結局; 後來的運氣不好
◇ ～ tō-jîn [～道人] 圖 Ê: 倒霉鬼。

sóe-chheng ⇒ sé-chheng。

sóe-chhiú ⇒ sé-chhiú。

sóe-chhùi ⇒ sé-chhùi。

sóe-chîⁿ ⇒ sé-chîⁿ。

sòe-chiah ⇒ sè-chiah。

sòe-chiat ⇒ sè-chiat。

sòe-·ê ⇒ sè-·ê。

sòe-ē ⇒ sè-ē。

sóe-ėk ⇒ sé-ėk。

sòe-hàn ⇒ sè-hàn。

sòe-î ⇒ sè-î。

sóe-iȯh-á ⇒ sé-iȯh-á。

sòe-jī ⇒ sè-jī。

sòe-khún ⇒ sè-khún。

sòe-kiáⁿ ⇒ sè-kiáⁿ。

sòe-kim‖sè-‖sè̂- (< log Nip) [稅金]
名 稅 ¶khioh ～ 課稅。

soe-lang-lang ⇒ se-lang-lang。

sòe-lȧt ⇒ sè-lȧt。

sóe-lé ⇒ sé-lé。

sòe-lī ⇒ sè-jī。

sòe-liȧp ⇒ sè-liȧp。

sóe-náu ⇒ sé-náu。

sóe-óaⁿ ⇒ sé-óaⁿ。

sòe-pau/-phau ⇒ sè-pau。

sóe-saⁿ ⇒ sé-saⁿ。

sóe-seng-khu-keng ⇒ sé-seng-khu-
sòe-siaⁿ ⇒ sè-siaⁿ。　　　　 ［keng。

sòe-sian ⇒ sè-sian。　　　　 ［霉。

soe-siâu (v soe²) [衰siâu] 粗 形 倒

sòe-sòe ⇒ sè-sè。

sōe-teⁿ (v sōe) 動 (液體順著表面) 向
下流 ¶Chit ki tê-koàn ē ～. [這枝茶
罐會～.] 茶會順這個茶壺流下來。

soe-thâu ⇒ se-thâu。

sóe-thâu ⇒ sé-thâu。

sóe-thâu-mo͘-chúi‖-mn̂g- ⇒ sé-
thâu-mo͘-chúi。

soe-ūn (< log Sin) [衰運] 名 霉運。

soeh |¹ (動) 塞; ⇒ seh² 。

soeh-bêng ‖seh-‖seʰ-‖soat- (< col
　　log Nip < Sin) [說明] (動) 全
　　◊ ~-si/-su (< log Nip) [～書] HŪN,
　　TIUⁿ: 全。

soeh-hȯk ‖seh-‖seʰ-‖soat- (< col
　　log Chi < Nip [說伏]) [說服] (動)
　　全。　　　　　「謝] (動) 道謝。

soeh-(to-)siā ‖seh-‖seʰ- [說(多)

soh |¹ (< Sin) [索] (名) B. 粗繩子
　　¶báng-tà-~ [蚊罩～] 吊蚊帳的繩子
　　¶sok-ka-~ [塑膠～] 粗塑膠繩子。

soh² (動) 吸;爬(竿); ⇒ suh 。

soh³ (< soah³, q.v.) (副) 結果;於是。

soh⁴ (< soah⁴, q.v.) (副) 豈;怎麼。

soh-á [索仔] (名) TIÂU: 繩子
　　◊ ~-thui [～梯] KI: 繩梯。

sok |¹ [速] (量) 計算排擋高低的單位
　　¶phah it-~ [phah 一～] 排上一擋。

sok² (< Sin) [束] (量) 計算成束而整齊
　　的東西的單位,例如線香、干麵、日
　　本掛麵 (動) 1.(從四周向中心)緊縮
　　2.(用橡皮筋等有彈性的東西) 套
　　¶Sok-ka-tē-á-chhùi iōng chhiū-leng
　　khớ-á ~-khí-·lâi. [塑膠袋仔嘴用樹
　　奶箍仔～起來.] 拿橡皮筋把塑膠袋
　　的口儿綁起來 3. 勒(緊); ≃ s̀ng²
　　¶~-io [～腰] 全。

sok-ka (< log Chi) [塑膠] (名) 全
　　◊ ~-chóa [～紙] TIUⁿ: 全
　　◊ ~-lok-á [～lok仔] ê: 塑膠袋,不
　　　可提　　　　　「可提或不可提
　　◊ ~-tē-á [～袋仔] KHA, ê: 塑膠袋
　　◊ ~-tòa [～帶] TIÂU: 塑膠帶子。

sok-kiat [束結] (形) 1.(肌肉)硬朗;
　　(身體)不高大但結實 2.大小、長
　　短等適中,例如中型車。　「小範圍。

sok-óa [束óa] (< [束倚]) (動) 束緊;縮

sok-pȧk (< log Sin) [束縛] (動) 全。

sók-puh (< *sóp-puh < ab *sôp-pú-
　　lá-nȯh < so-pú-lá-nȯh, q.v.)。

sok-sè/-sòe (< siok-sè < log Nip [縮
　　小] + tr) [束細] (動) 縮小; ≃ kiu-sè;
　　≃ sok-sió。

sok-sêng-pan (< log Chi) [速成班]
　　(名) ê, PAN: 全。　「全 JĪ: 全 (動) 全。

sok-siá (< siok-siá < log Nip) [縮寫]

sok-sià (< siok-sià < log Nip) [宿舍]
　　(名) TÒNG, KENG: 全。

sok-sió/-siáu (< siok-sió < col log
　　Nip) [縮小] (動) 全; ≃ kiu-sè。

sok-sit (< log Chi < tr En fast-food)
　　[速食] (名) 全　　　　　　「全。
　　◊ ~-tiàm (< log Chi) [～店] KENG:

sok-tō͘ (< log Nip) [速度] (名) 全。

som |‖sam‖sim (< Sin) [蔘] (名) [á]
　　1. TIÂU: 人蔘 ¶ko-lê-~ [高麗～] 全
　　2. BÓE: 海蔘。　「出的細小的根。

som-chhiu [蔘鬚] (名) KI: 從人蔘上分

som-lîm‖sim- (< log Nip) [森林] (名)
　　ê: 全。

sóp |-puh (< ab so-pu-lá-nȯ, q.v.)。

sông | (形) (鄉下人的)土。

sóng (< Sin) [爽] (形) 全。

sòng-hiong ⇒ sàn-hiong。

sóng-khoài (< log Sin) [爽快] (形)
　　1.(心情)暢快 2.(身體沒病而)舒服
　　¶lâng bô ~ [人無～] 身體不舒服。

song-lé (< log Chi) [喪禮] (名) ê: 全。

sóng-oai-oai [爽歪歪] (副) (形) 非常

sòng-phàn (俚) (名) ê: 傻瓜。　「痛快。

sông-piak-piak (形) 土里土氣。

su |¹‖sṳ (< log Chi) [師] (尾) 有專門
　　技術的人 ¶hui-ki-~ [飛機～] 飛機駕
　　駛員 ¶kang-t(h)êng-~ [工程～] 全
　　¶thoân-kàu-~ [傳教～] 傳教士。

su²‖si‖sṳ (< log Chi) [司] (名) 行政
　　單位名。　　　　　　　「位名。

su³‖sṳ (< log Chi) [師] (名) ê: 軍事單

su⁴ (< [軀]) (量) 計算全身(成套)衣
　　著的單位 ¶chit ~ se-chong [一～西

裝]一套西裝。　　　　　　［(給對方)

su⁵ (ant *iâⁿ*) (< Sin) [輸] (動) **1.** 敗
△ ~ *kà tah-tah* [~到搭搭] 輸得乾
乾淨淨　　　　　　　　　［輸不起
△ ~, *tiō khí he-ku* [~就起 he-ku]
2. 比不上。

sû¹ ‖ *sŷ* (< log Chi < tr; *cf* En *word*,
Fr *mot*) [詞] (名) Ê: 語詞。

sû² ‖ *sŷ* (< back + ab *sū-giân* < log
Nip [緒言]) [詞] (名) Ê, PHIⁿ: 序言;
≃ thâu-sû; ≃ tảt-thâu-ōe。

sú (< log Chi) [署] (名) 行政單位名
¶*khoân-pó-*~ [環保~] 全。

sù ‖ *sì* (< Sin) [四] (動) 第四個基數文
讀; *cf* sì³ ¶~*-jī-*~ *Sū-kiàⁿ* [~二~
事件] 黃文雄、鄭自才行刺蔣經國事
件(1970)。

sū¹ ‖ *sṳ* (< log Sin) [仕／士] (名) [á]
LIÁP, JÍ/GÍ: 象棋棋子之一 ¶*kun-*~*-
chhiūⁿ* [君~象] 將士象／帥仕相。

sū² (象) "呲呲" 聲 (動) 發 "呲呲" 聲; ⇒
chhū²。

sū-á ‖ *sṳ-* [士仔] (名) LIÁP, JÍ/GÍ: 象棋
的士或仕 ¶*âng-*~ [紅~] 仕 ¶*o·-*~ [烏
~] 士。　　　　　　　［感] (名) Ê: 全。

sú-bēng-kám ‖ *sí-* (< log Nip) [使命

su-bīn-gí/-*gú* ‖ *sì-*...*-gí* (< log; ant
kháu-gí) [書面語] (名) 全。

su-bīn pò-kò ‖ *sì-* (< log; ant *kháu-
thâu pò-kò*) [書面報告] (名) Ê, HŪN,
PHIⁿ: 全。

su-bīn-siāng /-*siōng* ‖ *sì-*...*-siōng*
(< log; ant *kháu-thâu-siāng*) [書
面上] (名) 全。　　　　　　［務] (名) 全

sū-bū ‖ *sṳ-* (< log Nip < sem Sin) [事
◇ ~*-chhù* (< log Chi) [~處] Ê: 全
◇ ~*-goân* ⇒ ~*-oân*
◇ ~*-koaⁿ* (< log Nip; ant *chèng-
bū-koaⁿ*) [~官] Ê: 全　　　　［Ê: 全
◇ ~*-oân/-goân* (< log Nip) [~員]
◇ ~*-só·* (< log Nip) [~所] KENG,

ê: 全。　　　　　　　　　　　　［全。

su-bûn ‖ *sì-* (< log Sin) [斯文] (形)

sù-bút-á-thng ‖ *sì-* [四物仔湯] (名)
使用當歸、川芎、白芍、熟地的藥
膳。

su-chhut¹ (< log Chi < tr En *out-
put*) **1.** 灌(電等)到他處; ≃ áu-phut
2. 取出(電腦資料等); ≃ áu-phut,
q.v.

su-chhut² (< log Nip < tr En *ex-
port*) [輸出] (名) (動) (貿易)出口;
≃ chhut-kháu
◇ ~*-phín* (< log Nip) [~品] 全

sù-chiá ‖ *sú-* ‖ *sì-* (< log Sin) [使者]
(名) Ê: 全。　　　　　　［前時代] (名) 全。

sú-chiân sî-tāi ‖ *sí-* (< log Chi) [史

su-chu ‖ *sì-* (< log Chi) [師資] (名)
全。

su-·ê ‖ *sì-* [私·ê] (形) 非公家的 ¶*Che
~, m̄-sī kong-··ê.* [Che ~, m̄ 是公
·ê.] 這是私有的, 不是公家的。

sú-ēng ⇒ sú-iōng。

sū-giảp ‖ *sṳ-* (< log Nip) [事業] (名)
Ê: 全 ¶*chò/chòe ~* [做~] 從事企
業。

su-hoat ‖ *sì-* (< log Sin) [書法] (名)
全。　　　　　　　　［(名) Ê, KENG: 全。

su-hoat-īⁿ ‖ *sì-* (< log Chi) [司法院]

su-hoeh/-*huih*/-*hiat* (< col log Chi
< Nip) [輸血] (動) 全; ≃ chù-hoeh。

su-hū ‖ *sì-* (< log Sin) [師父] (名) Ê: 修
練的老師, 例如武術、道行。

su-huih ⇒ su-hoeh。

su-iàu (< log Nip) [需要] (名) 所需
(動) 需用 ¶*He góa bô ~.* [He 我無
~.] 那個我不需要 (輔) 必要 ¶*Lí bô
~ hoân-ló ·góa.* [你無~煩惱我.] 你
不必為我操心。

sú-iōng/-*ēng* ‖ *sí-* (< log Nip < Sin)
[使用] (動) 全; ≃ iōng　　　［用人。
◇ ~*-chiá* (< log Nip) [~者] Ê: 使

su-jîn/-*gîn*/-*lîn* ‖ *sì-lîn* (< log Nip)

[私人] 图 仝。

su-ji̍p¹/-gi̍p/-li̍p (< log Nip < tr; *cf* En *import*) [輸入] 图 動 (貿易) 進口; ≃ chìn-kháu; ≃ ǐn-phò-tò

su-ji̍p²/-gi̍p/-li̍p (< log Chi < tr En *in-put*) [輸入] 图 動 **1.** 充 (電); 灌 (音); ≃ ín-phut **2.** (將資料) 載入 (電腦); ≃ ín-phut, q.v.; ≃ khǐ-ín ◇ ~-*hoat* (< log Chi) [~法] Ê, CHIÓNG: 仝 ¶*tiān-náu* ~-*hoat* [電腦~法] 仝。 「heh^n-/hioh-joa̍h。

sú-ká (< log Chi) [暑假] 图 Ê:仝; ≃

su-khí-iá-khih (< Nip *sukiyaki*) 图 (日本料理:) 壽喜燒。

su-khia ⇒ sai-khia。

su-khó‖*si̍-* (< log Nip) [思考] 動 仝; ≃ siūⁿ。 「Ê:仝。

su-ki‖*si̍-* (< log Chi) [司機] 图

sú-kî-pan (< log Chi) [暑期班] 图 PAN:仝。 「KIĀⁿ, Ê:仝。

sū-kiāⁿ‖*sī-* (< log Nip) [事件] 图

sū-kò͘‖*sī-* (< log Sin) [事故] 图 Ê:仝。 「Ê:仝

sū-koaⁿ‖*sī-* (< log Chi) [士官] 图 ◇ ~-*tiúⁿ* (< log Chi) [~長] Ê:仝。

su-kong‖*sī-* [師公] 图 Ê: **1.** 師父 的師父 **2.** 老師的父親; ≃ sin-seⁿ-kong。

sù-kùi‖*sì-* (< log Sin) [四季] 图 仝。

su-lè-tò/-tò͘ (< Nip *surēto* < En *slate*) 图 PHIÁⁿ, TÈ: (遮雨等用) 浪板。 「Ê:仝 ¶*chóng*-~ [總~] 仝

su-lēng‖*sī-* (< log Nip) [司令] 图 ◇ ~-*koaⁿ* (< log Nip) [~官] Ê:仝 ◇ ~-*pō͘* (< log Nip) [~部] Ê:仝 ◇ ~-*tâi* (< log Chi) [~台] Ê:仝。

Sū-lī-a ⇒ Sī-lī-a。

su-li̍p‖*sī-* (< log Nip) [私立] 形 仝。

su-líp-pah|-*lít*-‖*si̍-* (< Nip *surippa* < En *slipper*) 图 KHA, SIANG: 拖鞋; ≃ thoa-á-ê; ≃ chhián-toa-á; ≃ ê-

su-lūi ⇒ si-lūi。 「thoa。

su-má‖*sī-* [師媽] 图 Ê: **1.** 師父的女師 父 **2.** 老師的母親; ≃ sin-seⁿ-má。

su-mù-sù ⇒ si̍-mù-si̍。

sù-phòe‖*sì-* [適配] 形 相配; 適合 ¶*Lín nn̄g ê chin* ~. [Lín 兩個真~.] 你們兩口子真配得好。

su-pòn-jì|-*pòng-* ⇒ si̍-pòn-jì。

su-pú-lín-giang ⇒su-pú-líng-giang。

su-pú-lìn-gù ⇒ su-pú-lìng-gù。

su-pú-líng-giang|-*lín-* (< *su-pú-lìng-gù + giang²*) 囲 形 (心情) 爽快 ¶*khì-mơ* ~ do.

su-pú-lìng-gù|-*lín-* (< Nip *supuringu* < En *spring*) 图 Ê, TIÂU: 彈簧。

sū-put-ti (< log Sin) [殊不知] 動 仝。 「或床、椅子等用物) 舒適。

sù-sī (< Mand [舒適]) 形 (物質環境

sū-sian‖*sī-* (< log Chi) [事先] 動 仝。

su-siáng/-*sióng*/-*siúⁿ*‖*sī-sióng* (< log Nip) [思想] 图 Ê:仝 ◇ ~-*hoān* [~犯] Ê:仝。

sú-sih (< Nip *sushi*) 图 TÈ: 壽司。

su-sim (< log Sin) [私心] 图 Ê:仝。

sù-sîn-thng [四神湯] 图 使用茯苓、 淮山、芡實、蓮子的藥膳。

su-sióng ⇒ su-siáng。 「Ê:仝。

sū-si̍t (< log Nip < Sin) [事實] 图

sū-tāi-hu su-siáng/...*sióng* (< log Chi) [士大夫思想] 图 仝。 「下。

su-té-hā (< log Chi) [私底下] 動 私

su-té-khò͘ [su 底褲] (< [軀底褲]) NIÁ: 內褲。 「內衣。

su-té-saⁿ [su 底衫] (< [軀底衫]) NIÁ:

su-thong (< log Sin) [私通] 動 仝。

sû-tián (< log Nip [辭典]) [詞典] 图 PÚN:仝。

su-tián-lè-sù (< Nip *sutenresu* < ab En *stainless steel*) 图 不銹鋼; ≃ su-tián。

su-tiúⁿ¹ (< log Chi) [司長] 图 Ê: "司"

單位的首長。

su-tiúⁿ² (< log Nip) [師長] ⓐ ê:軍隊 "師" 單位的首長。

sú-tiúⁿ (< log Chi) [署長] ⓐ ê:仝。

suh ‖soh ⓥ **1.** 吸¶~ chit ê khùi [~一個气] 吸一口氣¶~ hoeh/huih [~血] 吸血¶~ kōaⁿ [~汗] 吸汗¶~ leng/ ni [~奶] 吸奶 **2.** 爬(竿)¶~ chheⁿ-á-châng [~青仔欉] 爬檳榔樹。　　　　　　┌CHIAH:吸血鬼。

suh-hoeh-kúi‖-huih- [suh血鬼] ⓐ

suh-khùi [suh气] ⓥ 吸氣。　┌管。

suh-kóng (< log Chi + tr) ⓐ KI:吸

sui ¹ ⓐ KI, Ê: **1.** (茶壺、水桶等)伸長的嘴 **2.** 陰莖無包皮的部份,在人類為龜頭¶thó·-~ [吐~] 龜頭或(獸類勃起的)陰莖露出包皮外。

sui² (< Sin) [蕤] ⓐ 平行散開的細線或毛¶kî-~ [旗~] 旗子邊緣的裝飾用的總¶mo·-/mn̂g-~ [毛~] 沒綁住的毛髮¶pìn-~ [鬢~] 鬢毛 ⓥ **1.** (毛髮)散開下垂 **2.** (布邊)起毛¶thán-á ~··khì [毯仔~·去] 毯子的邊散開了。

sûi² (< Sin) [隨] ⓥ 馬上;立刻; cf liâm-tiⁿ ¶Góa ~ lâi. [我~來.] 我馬上就來(了)。

súi (cf Siam sŭay) ⓕ 美麗。

sūi (< Sin) [穗] ⓐ KI, Ê:穗儿 ⓠ 計算穗儿的單位。

sûi…á [隨…仔] ⓠ 逐一,嵌單位¶sûi-ê-á liàh [隨個仔掠] 一個一個捕捉

◇ sûi…á sûi… [隨…仔隨…] do.

sûi… sûi… [隨…隨…] ⓒ …了馬上…¶sûi thiaⁿ, sûi hoan-èk··chhut··lâi [隨听隨翻譯出來] 聽了馬上譯出┐來。

súi-bái ⓐ 美醜。　　　　　　└

sûi-chāi (< chāi¹ + sûi < Sin [隨]) [隨在] ⓥ 任憑; ≃ kìⁿ-/kì-/kù-chāi。

sûi-hiuⁿ [隨香] ⓥ 進香; ≃ chham-hiuⁿ。

sûi-ì (< log Sin) [隨意] ⓥ 仝¶Tāi-ke ~ tiō hó, m̄-bián kan-poe. [大家~就好, m̄免乾杯.] 大家隨意就好了,不必乾杯 ⓕ 仝。

sui-jiân/-giân/-liân (< log Sin) [雖然] ⓒ 仝; ≃ sui-bóng。

súi-khoán [súi款] ⓕ 樣子好看。

súi-khùi [súi气] ⓕ **1.** (禮物、裝飾等外表的事物)好看 **2.** (事情做得)漂亮。

sûi-lâng [隨人] ⓟ 各自¶~ ê mih-/mn̂gh-kiāⁿ, ~ kòˉ hoˉ hó. [~ê物件,~顧hoˉ好.] 每個人各自看好自己的東西。

sûi-piān (< log Sin) [隨便] ⓥ **1.** 隨意;不講究; ≃ chhìn-chhái ¶Chhiáⁿ ~. [請~.] 仝 **2.** 任憑; ≃ kìⁿ-/kì-/kù-chāi ¶~ · lí. [~你.] 仝 ⓕ **1.** 放肆¶Tī kong-kiōng tiûⁿ-só m̄-hó hiah ~. [Tī公共場所m̄好hiah ~.] 在公共場所不好那麼隨便 **2.** 不拘泥; ≃ chhìn-chhái ¶~ sáⁿ-hoàiⁿ lóng hó. [~啥hoàiⁿ攏好.] 隨便什麼都好 ⓘ **1.** 不重細節;不苛求; ≃ chhìn-chhái ¶~ chiàh-chiàh··le tiō chhut··khì· a [~吃吃·le就出去矣] 隨便吃一點東西就出去了 **2.** 胡亂; ≃ o·-pèh ¶Mài ~ kóng-ōe! [Mài ~講話!] 不要隨便說話 **3.** 擅自¶~ ·lī-khui [~離開] 擅自離開。

sûi-sî (< log Sin) [隨時] ⓐ 任何時候¶Góa ~ lóng ē-/ōe-tàng lâi. [我~攏會tàng來.] 我隨時都能來 ⓘ 馬上; ≃ sûi² ¶Góa ~ lâi. [我~來.] 我馬上來。

Sūi-su (< log Chi < Fr Suisse) [瑞士] ⓐ 西歐國名; ≃ Sūi-se。┌亮。

súi-tang-tang ⓕ "水噹噹," 即很漂

Sūi-tián (< log Chi < En Sweden) [瑞典] ⓐ 歐洲國名。

sûi-tit (< log Nip) [垂直] ⓕ 仝

◇ ~-*sòaⁿ* (< log Nip) [〜線] TIÂU: 垂線。

sūi-tō‖*tūi-* (< log Nip) [隧道] 名 TIÂU, Ê:全; ≃ pōng-khang。

suiⁿ … ⇒ sng...。

súiⁿ... ⇒ sńg...。

sùiⁿ... ⇒ sùg...。

sun (< Sin) [孫] 名 [á] Ê: **1.** 兒女 的兒子 **2.** (< *à la* Aa) 姪兒。

sûn¹ 名 TIÂU: 線條。

sûn² (< Sin) [巡] 動 **1.** 巡視 ¶~ *pâng-keng* [〜房間] 查房 **2.** 檢查 (是否有 損壞、錯誤、遺漏或未完善)。

sûn³ (< Sin) [純] 形 全 ¶*Che khì-iû bô* ~. [Che汽油無〜.]這汽油不純 ¶~ *kim* [〜金] 全 ¶~ *mî* [〜棉] 全。

sûn⁴ [馴] 形 馴良,指人。

sún¹‖*sńg* (< Sin) [榫] 名 KI: 柄子; 榫 頭; ≃ sún-thâu。

sún² (< Sin) [筍] 名 [á] KI: 全 ¶*chhảk chit ki* ~ [鑿一枝〜]全。

sún³‖*sńg*‖*súi*ⁿ (< Sin) [損] 動 有 害; 損傷 ¶~ *cheng-sîn* [〜精神] 傷 神 ¶~ *sin-thé* [〜身體] 傷身體 ¶~ *ūi* [〜胃] 傷胃。

sūn (< Sin) [順] 形 平順; ≃ su-mù-sù ¶*bô* ~ [無〜]不平順 介 沿著 ¶~ *chit tiâu lō· kiâⁿ ··khì* [〜 chit 條路 行去]沿著這條路走。

sun-á (v *sun*) [孫仔] 名 Ê: **1.** 兒女 的兒子 **2.** 姪兒。

sún-á [筍仔] 名 KI: 竹筍。

sûn-būn-chhù (< log Chi) [詢問處] 名 Ê: 全。　　　「**1.** 巡警 **2.** 警察。

sûn-cha (< log Nip) [巡查] 名 Ê:

sûn-chhùi (< log Sin) [純粹] 形 全; ≃ sûn³ 副 全; ≃ sûn-jiân。

sûn-chiàⁿ/-*chèng* (< col log Nip) [純正] 形 全; ≃ chiàⁿ-káng。

sûn-chit (< log Nip) [殉職] 動 全。

sūn-gán (< log Chi) [順眼] 形 全 ¶*khòaⁿ bē* ~ [看 bē〜]看不順眼。

sūn-goảh/-*gẻh*/-*gẻh* [順月] 名 臨 盆那一個月。

sún-hāi¹ (< log Sin) [損害] 名 全 ¶*Hong-thai chō-sêng ê* ~ *chin tōa.* [風颱造成的〜真大.]颱風造成的損 害很大。

sún-hāi² (< *sún-hoāi* < log Sin [損 壞]) [損害] 動 **1.** 破壞 ¶~ *kong-ka ê mih-/mῂgh-kiāⁿ* [〜公家ê物 件]損害公物 **2.** 破損 ¶*Chit tiâu kiô i-keng* ~. [這條橋已經〜.]這個橋 已經損壞。

sûn-hôe (< log Nip) [巡迴] 動 全。

sūn-hong (< log Sin) [順風] 動 **1.** 順 著風向 ¶~, *sái khah kín* [〜駛較 緊]順風航行速度較快 **2.** (< sem)餞 行; ≃ khí-bé ¶*sàng* ~ [送〜] do. **3.** (< sem)預祝一路順風 ¶*chia chit-kóa mih-kiāⁿ, kā lí* ~ [chia一寡物 件, kā你〜]這儿一些東西,祝你一 路順風 歎 願你一路順風。

sûn-jiân/-*giân*/-*liân*(< log Nip) [純 然] 副 純粹 ¶*I* ~ *sī teh kiáu-lā-á.* [伊〜是 teh 攪 lā 仔.]他純粹是在搗 蛋。

sûn-khoân/-*hoân* (< col log Sin) [循環] 名 PÁI: 全 ¶*ok-sèng ê* ~ [惡 性ê〜]惡性循環 動 全 ¶*hoeh/huih teh* ~ [血 teh〜]血循環著。

sūn-kiâⁿ [順行] 歎 慢走。

sún-koaⁿ (< Sin) [筍干] 名 TÈ: 筍乾。

sūn-lī (< log Chi) [順利] 形 全; ≃ su-mù-sù。

sûn-lô (< log Sin) [巡邏] 動 全。

sūn-lō· (< log Sin) [順路] 形 全。

sun-sài (< Sin; v *sun*) [孫婿] 名 Ê: **1.** 孫女婿 **2.** (< sem)姪女婿。

sūn-sè (< log Sin) [順勢] 動 乘勢;順 水推舟。

sūn-sī/-*sū*/-*sī* (< log Sin) [順序] 名 (< log Nip < sem) 次第;次序;

≃ ûn^1 ¶*chiàu* ~ [照～]仝 [形] 平順;上軌道; ≃ sūn; ≃ su-mù-sù。

sun-sim-pū (v *sun*, *sim-pū*) [孫sim-pū] [名] Ê: **1.** 孫媳 **2.** 姪兒的妻子。

sún-sîn‖*sńg-* [損神] [動] [形] 傷神。

sún-sit‖*sńg-* (< log Sin) [損失] [名] 沒有代價地失去的東西 ¶*chin tōa ê* ~ [真大ê～]很大的損失 [動] 沒有代價地失去。

sūn-sòa ⇒ sīn-sòa。

sūn-sū ⇒ sūn-sī。

sūn-sūn-á [順順仔] [副] 平順地 ¶~ *lâi* [～來]照規矩平平穩穩地做著。

sûn-sûn khòa^n-khòa^n [巡巡看看] [動] 巡視;檢查。

sûn- thian- liâng- kóng |*-liông-* [純天良講] [副] 說真的。

sún-ūi [損胃] [動] 傷胃。

sūn-ūi (< log Chi < Nip) [順位] [量] **1.** 次序 ¶*Lí pâi tī tē-jī* ~. [你排tī第二～.]你排在第二順位 **2.** 債權單位; ≃ thai^2 ¶*tē-jī* ~ *tāi-khoán* [第二～貸款]仝。

[sut]^1 [動] (用繩索、尾巴等細軟的東西)打。

sut^2 [俚] [動] 吃。

su̍t^1 [象] 吸入口中的聲音,例如吸食麵條、啜飲; *cf* sút; *cf* sŭt^1 ¶~-~-*kiò* q.v.

su̍t^2 [動] **1.** 發「噓」聲唆使狗上前 △ ~ *káu sio-kā* [～狗相咬]挑撥; ≃ lōng káu sio-kā **2.** 發「噓」聲誘引幼兒小便; ≃ si。

su̍t^3 [動] (出剪刀、石頭、布)猜拳; ≃ jiāng。

su̍t^4 [術] [動] 詐騙;騙取。

sút [象] 快速吸入口中的聲音,例如吸食麵條、啜飲; ≃ sŭt^1; *cf* su̍^{1}t。

sŭt^1 [象] 仝上 [擬] 很快地吸入口中的樣子。

sŭt^2 [擬] 閃電似的移動的樣子; ≃ siút/siŭt q.v.

sut-á^1 [sut仔] [名] KI: 摔打或抽打的器具,例如鞭子、撢子 ¶*báng-*~ [蚊～]拂塵 ¶*bé-*~ [馬～]馬鞭。

sut-á^2 [sut仔] [名] 碎屑; ≃ sap-á。

su̍t-á^1 (v *su̍t*^{2}) [su̍t仔] [名] Ê: 嘍囉;小流氓。

su̍t-á^2 (v *su̍t*^{4})[術仔] [名] Ê: 騙子。

sut-ba̍k-bóe/*-bé*/*-bé͘* [sut目尾] [動] 送秋波。

su̍t-gí/*-gú*/*-gí͘* (< log Nip) [術語] [名] Ê, KÙ: 仝。

su̍t-kho/*-khe*/*-khe͘* (ant *ha̍k-kho*^{2}) (< log Chi) [術科] [名] KHO: 仝。

sût-pái (< Nip *supai* < En *spy*) [名] Ê: 間諜。

su̍t-su̍t-kiò^1‖*sū-sū-* (v *su̍t*^{1}) [su̍t-su̍t叫] [動] **1.** 吃帶湯的食物出聲或吸飲料出聲 ¶*chia̍h sio moâi, chia̍h kà* ~ [吃燒糜吃到～]吃熱粥吃得呼嚕呼嚕響 **2.** 從嘴巴吸氣並攪動唾液出聲 [擬] 快速地吃帶湯的食物的樣子。

su̍t-su̍t-kiò^2 (v *su̍t*^{2}) [su̍t-su̍t叫] [動] 快速地進展; ≃ siu̍t-siu̍t-kiò。

T

[ta]^1 (< Sin) [礁] [名] [*á*] LIA̍P: 礁石。

ta^2‖*to* (< *tà*^{1}/*tah*^{2}) [代] 哪儿,接補語; *cf* tà^1 ¶*khì* ~ *chhōe/chhē* [去～chhōe]上哪儿去找 ¶*cháu* ~ *·khì* [走～去]哪儿去了。

ta^3 [動] 自誇 ¶~ *kóng ka-tī chin gâu* [～講家己真gâu]誇稱自己很行。

ta^4 (< Sin [焦]) [形] 乾。

tá‖*tó*‖*tóe* [指] 哪(一) ¶~ *chi̍t ê lí ê?* [～一個你ê?]哪一個是你的?

tà^1‖*tò*‖*tah*‖*toh*‖*to̍h* [代] 哪儿,不接補語; *cf* ta^2 ¶*khì* ~ [去～]上哪儿(去)。

tà^2 (< *tàu*^{4} < Sin) [罩] [動] (用罩子)罩; *cf* khàm^2。

tà^3 [動] **1.** 伸出雙臂搭(向他人),例如小孩要求抱抱或狗向人示好; ≃ pà^2 **2.** 踞(在地上); ≃ pà^2; ≃ phak。

tà^{4}/*tah* [歎] 給與時引起受物者注意的聲音; ≃ à^{n4}, q.v.
ta-á [礁仔] [名] LIȦP: 礁石。
tà-bū [罩霧] [動] 有霧; ≃ tà-bông。
tá-chi̍t‖*tó-* [tá一] [指] 哪(一)。
tà-hûn [罩雲] [動] 雲堆積。
Ta-ián (< *Tayan*) [名] **1.** CHȮK: 泰雅族 **2.** Ê: 泰雅族人 **3.** KÙ: 泰雅語。
ta-ke [ta家] [名] Ê: 丈夫的母親。
ta-ke-koa^{n} [ta家官] [名] 丈夫的父母。
ta-khok-khok/*-kho̍k-kho̍k* (< [焦□□]) [形] 乾疤疤; *cf* ta-phí-phí。
ta-koa^{n} [ta官] [名] Ê: 丈夫的父親。
ta-lī-lī [ta離離] (< [焦離離]) [形] 全乾。
Tà-lú-mé^{1} (< Chi *ta^{4} lu^{4} mei^{4}*) [名] Ê: 大陸妹,即新近來台的年輕中國女性。
tà-lú-mé^{2} (< *à la Tà-lú-mé*^{1} + < Chi *ta^{4} lu^{4}* + ab TW *mé-á-chhài*) [名] CHÂNG, HIȮH: "大陸妹,"為一種新近從中國傳入的萵苣名。
ta-mī [ta麵] [名] (< [焦麵]) UT, PAU: 乾麵。
ta-peng (< log Chi + tr; *cf* En *dry ice*) [ta冰] [名] (< [焦冰]) 乾冰。
ta-phí-phí (< [焦□□]) [形] 很乾; *cf* ta-khok-khok。
tà-pîng (< Chi *ta^{4} ping^{3}*) [名] TÈ: (華北食品:) 大餅。
ta-po͘ ⇒ cha-po͘。
ta-sang [ta鬆] (< [焦鬆]) [形] **1.** 乾而鬆,例如泥土 **2.** 乾而舒適,例如洗過澡的身體不覺得黏黏的。
ta-sàu [ta嗽] (< [焦嗽]) [動] 乾咳。
ta-sé/*-sóe* (< tr; *cf* En *dry-clean*) [ta洗] (< [焦洗]) [動] 乾洗。
ta-ta-kiò (v *ta*^{3}) [ta-ta叫] [動] 自誇 [形] 好自誇而驕傲。
ta-ta-sí (v *ta*^{3}) [ta-ta死] [粗] 仝上。
tā-tā tí-tā-tā [象] 號角聲; ≃ tā-tí-tā-tā。
ta-tē/*-tōe* [ta地] (< [焦地]) [名] TÈ: **1.** 乾的地面 **2.** 陸地。
tā-tí-tā-tā [象] 號角聲 [動] 吹號角。
ta-tiān-tî (< log Nip + tr) [ta電池] (< [焦電池]) [名] LIȦP: 乾電池; ≃ ta-tiān。
ta-tōe ⇒ ta-tē。
Ta-ú (< *Tao*) [名] **1.** CHȮK: 達悟族 **2.** Ê: 達悟族人 **3.** KÙ: 達悟語。
tá-ūi (> *tài^{3}/taih*) [tá位] [代] [*á*]何處 ¶*khǹg tī* ~ 放在哪儿
◇ ~-*á* [~仔]哪儿 ¶~-*á lâng* [~仔人]哪裡人。
ta^{n} ^{1} [名] **1.** 現在;如今 ¶~ *kúi tiám?* [~幾點?]幾點了? ¶~ *·le?* [~咧?] **a.** (到現在為止)怎麼樣了? **b.** 再下去呢(怎麼辦/怎麼發展)? **2.** 這下子 ¶~*! Hāi ·a!* [~害矣!] (這下子)糟糕了! [助] (發語詞)表示阻止、詰問、提出異議等 ¶~ *mài koh kóng ·a* [~mài koh講矣]別再說了 ¶~ *lí teh kóng sà^{n}?* [~你teh講啥?]你到底在說什麼? ¶~ *ā bô gōa-/jōa chē, the̍h-·khì ·la.* [~也無gōa chē, the̍h去啦.]並沒多少嘛,拿去吧 [歎] 糟糕!
ta^{n2} [象] 某些警示器聲,例如洗衣機報告洗衣結束的聲音。
ta^{n3} (< Sin) [擔] [動] 挑(擔子) ¶*Chi̍t ê lâng ~; nn̄g ê lâng kng.* [一個人~,兩個人扛.]一個人挑,兩個人抬 △ ~ *tāng tà^{n}* [~重擔]挑重擔。
ta^{n4} [動] 抬(頭) ¶*Thâu-khak ~-·khí-·lâi!* [頭殼~起來!]抬頭! [形] 仰(著頭) ¶*Thâu-khak khah ~ ·le!* [頭殼khah~·le!] (頭)再仰一點儿!
tá^{n1} (< Sin) [膽] [名] LIȦP: **1.** 膽囊 △ ~ *kiat-chio̍h* [~結石]仝 **2.** 膽量 ¶~ *chin tōa* [~真大]膽子很大 **3.** 水銀保溫瓶內的玻璃容器。
tá^{n2} (< log Chi < En *dozen*) [打] [量] 十二件。
tá^{n3} [打] [動] 折(現) ¶*Sin-niû-piá^{n} ài kúi a̍p, goán ~ ·lín là.* [新娘餅愛幾

T

盒, goán∼·lín啦.]你們(女方)需要幾盒訂婚禮餅,我們折現給你們(讓你們自己訂貨)。

tàⁿ¹ (< Sin) [擔] 图擔子¶*taⁿ tāng* ∼ [擔重∼]挑重擔 量計算擔子的單位。

tāⁿ 图錯誤;差錯 働誤¶∼··khì [∼

tăⁿ (< contr *taⁿ-á*, q.v.)。└去]弄錯。

taⁿ-·à 歎 這下子(怎麼辦/糟糕了)。

taⁿ-á [taⁿ仔] 剾剛剛;≃ taⁿ-á-chiah; ≃ tú(-chiah)。

tàⁿ-á [擔仔] 图 Ê:攤子。

taⁿ-á-chiah (v *taⁿ-á*) [taⁿ仔chiah] 剾剛剛(才);≃ tú-chiah。　　「麵。

tàⁿ-á-mī [擔仔麵] 图攤子所賣的

táⁿ-ap (< log Chi) [打壓] 働全。

táⁿ-chiap (< log Nip) [膽汁] 图全。

táⁿ-chiòh (< log Nip) [膽石] 图 LIȦP: 全。

táⁿ-jī-ki‖-gī-‖-lī- (< log Chi) [打字機] 图 TÂI:全;≃ phah-jī-ki。

táⁿ-jiáu/-giáu/-liáu (< log Sin) [打擾] 働全;≃ chak-chō;≃ kiáu-jiáu。　　　　　　「狗] 图高雄市舊名。

Táⁿ-káu (< ab Form *Matakao*) [打

táⁿ-kek (< log Nip) [打擊] 图 PÁI, Ê:全¶*cheng-sîn-siāng ê* ∼ [精神上ê∼]全 働全。

táⁿ-khá/-khah (< log Chi < tr; *cf* En *to punch time-clock, punch card*) [打卡] 働全。

táⁿ-kiāⁿ [打件] 働按件計酬。

táⁿ-kò͘-sûn‖*tám-* (< col log Chi) [膽固醇] 图全;≃ kho-lé-sī-tō-lò。

táⁿ-má-ka‖*tám-á-* (< *ka¹* + En *dammar* < Mul *damar*) [打馬膠] 图瀝青

◇ ∼-chóa [∼紙] TIUⁿ:瀝青紙

◇ ∼-lō͘ [∼路] TIÂU:柏油路。

táⁿ-pān (< log Sin) [打扮] 图化妝 働 **1.** 化妝;裝束;≃ chng² **2.** 對待

¶*ka chún lô͘-châi* ∼ [ka準奴才∼]把他當奴僕對待。　　　　　　　「子。

taⁿ-tàⁿ [taⁿ擔] (< [擔擔]) 働挑擔

taⁿ-thâu [taⁿ頭] (< [擔頭]) 働抬頭;舉頭。

tah¹ [搭] 量 **1.** 計算大斑點的單位¶*phah kà gêng-hoeh, chit-*∼*-chit-*∼ [phah到凝血,一∼一∼.]打得瘀傷,(身上)有許多大斑點 **2.** 處所¶*chit* ∼ [這∼]這儿;這一帶。

tah²‖*toh* 代哪儿;⇒ ta²/tà¹。

tah³ (< Sin) [搭] 働輕拍¶*i ê keng-kah-thâu ka kó͘-lē* [∼伊ê肩胛頭ka鼓勵]拍他的肩膀鼓勵他。

tah⁴ (< Sin) [搭] 働搭建¶∼ *liâu-á* [∼寮仔]搭棚子¶∼ *pêⁿ-á* [∼棚仔]搭架子。

tah⁵ [搭] 働 **1.** 黏貼¶∼ *iû-phiò* [∼郵票]貼郵票 **2.** 貼緊¶*Mn̂g koaiⁿ ho͘* ∼. [門關ho͘∼.]把門關好 彤貼近(底部或根部)¶*Chéng-kah ka siuⁿ* ∼. [指甲鉸siuⁿ∼.]指甲剪得太短。

tah⁶ 連才;再;⇒ chiah²。

tah⁷ 歎給與時引起受物者注意的聲音;⇒ tà⁴。

tȧh (< Sin) [踏] 働 **1.** 踐踏;踩¶∼*-tiȯh thih-teng-á* [∼著鐵釘仔]踩到釘子 **2.** 限定(範圍)¶∼ *chin ân* [∼真ân] **a.**(條件)限制得緊緊的 **b.** 非常堅持。

tah-èng (< col log Sin) [答應] 働應

tah-·kòa (< *tak-·kòa*, q.v.)。└允。

tȧh-koân-kiȧh-á [踏koân屐仔] 働踩高蹺。

tȧh-ōe-thâu [踏話頭] 图引言;≃ tȧh-thâu-ōe, q.v. 働引言;做開場白;定下話題。　　　　　　「襁褓。

tah-phōe-á‖*-phē-* [搭被仔] 图 NIÁ:

tȧh- [踏死] 働表明並堅持;限定¶*ōe seng* ∼ [話先∼]把條件先說定。

tah-sim (< Sin [貼心] + tr) [搭心] 彤體貼。

tah-tah (v *tah⁵*) [搭搭] 圐 貼到根部或底部;殆盡¶*khai kà* ~ [開到~]花光¶*su kà* ~ [輸到~]輸光光。

tah-té/-tóe [搭底] 働 到了底¶*Iû teh-boeh/-beh* ~ ·*a*. [油 teh-boeh ~矣.] (汽)油快完了¶*su kà* ~ [輸到~]輸光光 圐 徹底。

tảh-thâu-ōe [踏頭話] 图 KÙ, PHIⁿ: 開場白;引言;導言;序; ≃ tảh-ōe-thâu。

tah-tóe ⇒ tah-té。

tai ¹ (< contr *tá-ūi*) 代 哪儿,接補語;*cf* tài¹ ¶*Lí cháu* ~ ·*khì?* [你走~去?]你跑哪儿去了?

tai² (< Sin) [呆] 圐 傻。

Tâi¹ [台] 图 **1.** 台灣簡稱¶*Jit-pún léng* ~ *chho͘-kî* [日本領~初期]日本初統治台灣的時候¶~*-Tiong koan-hē* [~中關係]全 **2.** 台語簡稱¶~*-Jit Tōa-sû-tián* [~日大辭典]全。

tâi² 图 一些群聚的小甲蟲的通稱¶*ke-/koe-* ~ [雞~]雞身上的寄生甲蟲¶*seⁿ/siⁿ-* ~ [生~]長上述甲蟲。

tâi³ [台] 量 計算交通工具、家電及其他機器的單位

tâi⁴ (< log Chi) [台] 量 計算廣播電台、電視台的單位。

tâi⁵ 働 埋。

tái (< Sin) [滓] 图 (沈澱的)泥垢或渣滓。

tài¹‖*taih* (< contr *tá-ūi*) 代 哪儿,不接補語¶*Lí tī* ~? [你 tī ~?]你在哪儿?

tài²‖*taih* (< contr *ta²* + *khì²*) 働 哪儿去¶*Lí boeh/beh* ~? [你欲~?]你上哪儿去? ¶*Lí cháu* ~? [你走~?]你跑哪儿去了?

tài³ (< Sin [帶]) 働 **1.** 連累¶*hō͘ lâng* (~-)~*-tiȯh* [hō͘ 人(~)~著]被連累 **2. B.** 患有(病)¶~*-pēⁿ/-pīⁿ ·tī-·leh* [~病 ·tī-·leh]有病¶~*-pēⁿ siⁿng-pan* [~病上班]帶病上班。

tāi¹ (< Sin [事]) 图 事; ≃ tāi-chì ¶*sió-khóa* ~ [小可~]小事一椿。

tāi²/*tē* (< Sin) [代] 量 世代; ≃ sè²。

tāi³ (< log Chi) [代] 働 **1.** 取代¶ "X" *iōng saⁿ* ~, "y" *iōng gō͘* ~. ["X"用3~, "y"用5~.]以三代 x,以五代 y **2.** 代理¶*Liân-tiú*ⁿ *chiàn-sí, iû hù-liân-tiú*ⁿ ~. [連長戰死,由副連長~.]連長陣亡,由副連長代。

tâi-á [台仔] 图 Ê: 高出地面的平面。

Tāi-an-khe/*- khoe* [大安溪] 图 苗栗、台中河川名。 [詞] 图 ê: 全。

tāi-bêng-sû /-*sî* (< log Nip) [代名詞] 图 ê: 全。

Tâi-bí-lâng [台美人] 图 ê: 台裔美國人。 [書。

Tâi-bûn [台文] 图 PHIⁿ: 台語寫的文

Tāi-chèng (< log Nip) [大正] 图 日皇年號(1912–1926)。 [全。

Tâi-chhài-koán [台菜館] 图 KENG:

tāi-chì [代誌] (< [事□]) 图 ê, HĀNG, CHÂN: **1.** 事情¶~ *chò-bē-liáu* [~做 bē 了]事情做不完 **2.** 事故¶*chhut* ~ [出~]出事;發生意外¶~ *tōa-tiâu ·a.* [~大條矣.]事態嚴重了。

tāi-chiàng/-*chiòng* [大將] (< log Sin) 图 ê: 全。

tāi-chiòng¹ [大將] ⇒ tāi-chiàng。

tāi-chiòng²/-*chèng* (< log Sin) [大眾] 图 全

◇ ~*-hòa* (< log Nip) [~化]全。

tāi- chū- jiân/-*giân/-liân* (< log Nip) [大自然] 图 全。

tāi-ēng-phín ⇒ tāi-iōng-phín。

Tâi-gí/-*gú/-gí* [台語] 图 KÙ: 全; *cf* Tâ-oân-ōe; *cf* Tâ-oân Gí-giân。

Tâi-gí-bûn‖*-gú-*‖*-gí-* [台語文] 图 全¶~ *ūn-tōng* [~運動]全。

Tâi-gí-kài‖*-gú-*‖*-gí-* [台語界] 图 主動或被動參與台語文工作的人的圈子,包括運動家、作者、讀者、研究者。 [[代言人] 图 ê: 全。

tāi-giân-jîn/-*gîn/-lîn* (< log Nip)

Tâi-gú… ⇒ Tâi-gí…。

tāi-ha̍k‖*tōa-o̍h* (< log Nip < E.Chi tr) [大學] 名 KENG: 全
◇ ~-*pō·* (< log Chi) [～部] 全
◇ ~-*seng* (< log Nip) [～生] Ê: 全
◇ ~-*siâ^n* (< log Chi < tr En *college town*) [～城] Ê: 全。

tāi-hōe (< log Nip) [大會] 名 Ê, PÁI: 全 ¶*hōe-oân* ~ [會員～] 全。

tāi-hong (< log Sin) [大方] 形 **1.** 豪放；慷慨 **2.** 很有派頭，例如建築物 **3.** 看起來舒服，例如衣服。

tāi-ì¹ (< log) [大意] 名 大概的意思。

tāi-ì² (< log Chi) [大意] 形 不小心；≃ *bô sè-jī/sòe-lī*。

tāi-iak-á|-*iok*- (< log Sin + *á*) [大約仔] 名 大略；大概 形 不很仔細；≃ *chha-put-to-á* ¶~ *tiō hó, bián hiah téng-chin* [～就好，免 hiah 頂真] 差不多就好了，不必那麼認真 副 略為；≃ *chhìn-chhái* ¶~ *khòa^n ·chit-·ē* [～看一下] 約略看一下。

tāi-iōng-phín|-*ēng*- (< log Nip) [代用品] 名 全。 「級。

tāi-it (< log Chi) [大一] 名 大學一年

tāi-jī/-*gī*/-*lī* (< log Chi) [大二] 名 大學二年級。 「名 台中鎮名

Tāi-kah (< Form; *cf Taokas*) [大甲]
◇ ~-*chháu* [～草] CHÂNG, KI: 大甲藺
◇ ~-*khe*-/-*khoe* [～溪] TIÂU: 台中河

Tâi-kan [台奸] 名 Ê: 全。 「川名。

tāi-kang [代工] 名 Ê: 全 動 全。

tāi-kau (< log Chi < tr En *generation gap*) [代溝] 名 全。 「≃ *ta̍k-kē*。

tāi-ke/-*kē* (< log Sin) [大家] 代 全；

tāi-kè (< log Nip) [代價] 名 Ê: 全 ¶*hù-chhut* ~ [付出～] 全。

tāi-khài (< log Sin) [大概] 名 [*á*] Ê: 全 副 [*á*] 全。

tái-khì (> *tài*², q.v.)。

tāi-khò (< log Chi) [代課] 動 全。

tāi-khoán (< log Chi) [貸款] 名 動

Tâi-kiâu [台僑] 名 Ê: 全。 「全。

Tâi-lâm [台南] 名 縣市名。

tāi-lí (< log Nip) [代理] 名 Ê: 全 ¶*chóng*-~ [總～] 全 動 全。

tāi-lí-chio̍h (< log Sin) [大理石] 名 LIA̍P: 全。 「理人] 名 Ê: 全。

tāi-lí-jîn/-*gîn*/-*lîn* (< log Nip) [代

tāi-lí-siang/-*siong* (< log Chi) [代理商] 名 Ê, KENG: 全。

tài-liām [帶念] 動 為了；想(到) ¶*Góa ~-tio̍h lín lāu-pē, chiah bô kā lí hoa̍t.* [我～著 lín 老父，才無 kā 你罰] 我顧及你父親才沒罰你 ¶~ *pa̍t-lâng* [～別人] 推己及人。

tāi-lio̍k/-*le̍k* (< log Nip) [大陸] 名 全 ¶*Au-A* ~ [歐亞～] 全 ¶*sin*-~ [新～] 全
◇ ~-*á* [～仔] Ê: "大陸客," 即新來台灣的中國人，尤指非法居留者。

Tâi-lô (< ab *Tâi-oân Lô-má-jī* [台灣羅馬字]) [台羅] 名 **1.** 原指傳統的台語白話字 **2.** 又指教育部 2007 年公告的台灣閩南語拼音方案。

Tâi-oân/-*oan* (< Form *Taioan*) [台灣] 名 **1.** 古代台灣南部原住民對閩南移民族群的稱呼 **2.** 古代閩南移民族群居住的台南外島名稱，即今安平一帶 **3.** 明鄭以後的 Formosa 全地（以及澎湖列島） 「特性
◇ ~-*bī* [～味] Ê: 台灣人、事、物的
◇ ~-*bīn* [～面] Ê: 台灣臉，即有台灣人特徵的面相
◇ ~ *gí*-/*gú-giân* [～語言] CHIÓNG, Ê: 台灣的本土語言，包括台語 (Taioan)、客語與所有原住民語；*cf Tâi-oân-ōe*
◇ ~ *gín-á* [～gín仔] Ê: 台灣子弟／土生土長的台灣人，暱稱；*cf han-chî-á*
◇ ~-*gû* [～牛] CHIAH: 任勞任怨的

◇ ~ *Hái-kiap* [～海峽] 全 ⌐台灣人

◇ ~ *Hú-siâⁿ* [～府城] 台南市舊名

◇ ~-*jī/-gī/-lī* [～字] JĪ: 全,尤指「台灣羅馬字」。

◇ ~-*lâng* [～人] Ê: **a.** 古代移民台灣的閩南人及其所同化的其他人的後裔,即 Taioan 族 **b.** 1945 年之前即居住台灣且有日本籍的本地人及其後裔,即所謂的 "本省人" **c.** 所有認同台灣的人

◇ ~ *liāu-lí* [～料理] 台菜

◇ ~ *Lô-má-jī/-gī/-lī* [～羅馬字] JĪ: 全,原稱「白話字」

◇ ~-*ōe* [～話] KÙ: **a.** 台灣最大族群的語言名稱,即 Taioan 族語; ≃ *Tâi-gí/-gú* **b.** 台灣的語言; ≃ *Tâi-oân gí-/gú-giân*

◇ ~-*phài* (ant *Tiong-kok-phài*) [～派] PHÀI, Ê: 以台灣為重的派系

◇ ~-*sim* [～心] Ê: 珍惜台灣本土語言文化並關懷台灣存亡的心。

tāi-ông (< log Sin) [大王] 名 Ê: 全。

Tâi-pak (< log Sin) [台北] 名 **1.** 台灣首都名 **2.** 縣名。

Tāi-pán (< log Nip) [大阪] 名 日本地名; ≃ *Ŏ-sá-khah*。 ⌐*Tâi-phiò*。

Tâi-pè (< log Chi) [台幣] 名 全; ≃

Tâi-Phêⁿ Kim-Má|-*Phîⁿ*... (< log Chi) [台澎金馬] 名 台灣全國四個轄區合併的稱呼。

Tâi-phiò [台票] 名 TIUⁿ: 台幣。

tāi-piān (< log Nip) [大便] 諆 名 全; ≃ *sái¹* 動 全; ≃ *pàng-sái*。

tāi-piáu‖*tài-* (< log Nip) [代表] 名 Ê: 全 動 全 ⌐THOÂN: 全。

◇ ~-*thoân* (< log Nip) [～團] Ê,

◇ ~-*sèng* (< log) [～性] 全。

tāi-pō͘-hûn ⇒ *tōa-pō͘-hûn*。 ⌐年級。

tāi-saⁿ (< log Chi) [大三] 名 大學三

tāi-sài (< log Nip < Sin) [大使] 名 Ê: 全

◇ ~-*koán* (< log Nip) [～館] KENG:

全。

tāi-sè (< log Nip < Sin) [大勢] 名 全 ¶*khòaⁿ* ~ *i-keng khì* ·*a* [看～已經去矣]見大勢已去。

Tāi-se-iûⁿ (< log) [大西洋] 名 全。

tāi-seng [tāi 先] 名 **B.** 最先 ¶*chò/chòe* ~ [做～]為首;走在最前頭 形 最先 ¶*cháu* ~ [走～] **a.** 第一個離開 **b.** (首先)逃走 動 先;首先 ¶*He góa* ~ *khòaⁿ··tiòh* ·*ê*. [He 我～看著·ê.]那是我先看到的。 ⌐名 Ê: 全。

tāi-si/-su (< log Nip < Sin) [代書]

tāi-sì (< log Chi) [大四] 名 大學四年

tāi-sià ⇒ *tōa-sià*。 ⌐級。

Tâi-siang/-siong [台商] 名 Ê: 全。

tāi-sîn (< log Sin) [大臣] 名 Ê: 全。

tāi-sió-piān (< log Nip) [大小便] 名 全; ≃ *sái-jiō*。

Tâi-siong ⇒ *Tâi-siang*。

tāi-sò͘ (< log Nip) [代數] 名 全。

tāi-soán (< log Chi) [大選] 名 PÁI: 全。 ⌐≃ *thoa-lūi*。

tài-soe [tài 衰] (< [帶衰]) 動 連累;

tâi-sû (< log Nip) [台詞] 名 Ê: 全。

tāi-su¹ [代書] ⇒ *tāi-si*。 ⌐Ê: 全。

tāi-su²/-sṳ (< log Sin) [大師] 名

Tâi-tang (< log Nip) [台東] 名 縣市名。

tâi-teng (< log Chi) [台燈] 名 KI:

tâi-téng [台頂] 名 台上。 ⌐全。

tāi-thè/-thòe (< log Sin) [代替] 動

◇ ~-*bùt* [～物] 替代物 ⌐全。

◇ ~-*phín* [～品] 替代品。

tāi-thé-siāng/-siōng (< log Chi) [大體上] 副 全。

tāi-thòe ⇒ *tāi-thè*。 ⌐名 縣市名。

Tâi-tiong/-teng (< log Sin) [台中]

Tāi-tiong-hoa sa-bûn chú-gī (< log Chi) [大中華沙文主義] 名 全。

tāi-to-sò͘ ⇒ *tōa-to-sò͘*。

Tâi-tòk (< log Chi) [台獨] 名 全。

tāi-tông-á [大同仔] 名 LIĀP: 甜椒。

tain ||pain 動 (用手)打; ≃ pan²,
táin 動 敲(斷);砍(斷)。　　　　[q.v.

taih ⇒ tài¹,²。

tak¹ (< Sin [觸]) 動 1. 頂(牛儿) ¶Chit chiah iûn-á ē kâng ~. [Chit 隻羊仔會kâng~.] 這隻羊會頂人 2. 鬥 ¶nn̄g ang-á-bó· kui-jit ~-bē-soah [兩翁仔某kui日~bē煞] 夫妻倆成天吵個沒完沒了 3. 觸(痛/傷),通常指指頭不小心捅到或踢到 ¶chéng-/chńg-thâu-á ~-·tiòh [指頭仔~著]手指頭(垂直)觸到硬物(而疼痛或受傷) ¶kha ~-tiòh chiòh-thâu [腳~著石頭]腳指頭踢到石頭 4. 扣(按扣)。

tak² ||tiak 動 (用手指頭)彈 ¶~ chu-á [~珠仔]彈彈珠使相碰的遊戲。

ták 指 每一 ¶~ ê lâng [~個人]每個人 ¶~ só·-chāi [~所在]每一個地方。

tak-chhùi [tak嘴] (< [觸□]) 動 鬥嘴。

tak-chih [tak舌] (< [觸舌]) 動 鼓舌;發舌頭吸氣音 ¶o-ló kà ē/ōe ~ [呵咾到會~]嘖嘖稱讚。

ták-hāng [ták項] 名 1. 各種事物;樣樣 ¶I ~ boeh/beh. [伊~欲.]他什麼都要 2. "狗屎," 即不可信的話,用於反駁　　　[cf kha-chhng là· △ ~ là! [~啦!]胡說;我才不信呢;

ták-kē/-ke (< tàk ê + tāi-ke) 代 大家;每一個人 ¶lín ~ 你們大家 ¶Che hō· ~ chiàh. [Che hō·~吃.]這個給大家吃。

tak-·kòa (< ab + contr chit ·tak-·kú-·á < chit tak-kú-á) 名 一會儿 ¶chē ~ chiah khì [~才去]坐一會儿再去 動 (< sem)待會儿 ¶~ chiah khì [~才去]待會儿再去。

ták-lâng [ták人] 名 每個人。

tak-liú-á [tak鈕仔] 名 LIĀP: 按扣。

tàk-ūi [tàk位] 名 每個地方;到處。

tam¹ 動 1. 舐或吃一點點(試味道);淺嘗 ¶~ chit ē chhùi-tûn [~一下嘴唇]舐一下嘴唇 2. 稍微接觸 ¶iû-mn̄g ~-·le tiō pàng [油門~·le就放] 碰一下加速器就放開。

tam² 介 在於; ⇒ tiàm²。

tâm 形 濕。

tàm¹ 動 1. 累累下垂; ≃ tòm¹ 2. 點(頭); ≃ tòm²; ≃ tìm²。

tàm² 介 在於; ⇒ tiàm³。

tám-á-ka ⇒ tán-má-ka。

Tām-chúi-hô (< log Sin) [淡水河] 名 TIÂU: 全。

tam-gō· (< log Sin) [耽誤] 動 1. 延誤(時間); ≃ chhiân ¶In-ūi phòa-pēn, ~ nn̄g nî chiah/tah/khah pit-giàp. [因為破病,~兩年才畢業.]因為害病,延誤了兩年才畢業 2. (事情)落空 ¶Chioh-bô chîn, sū-giàp chū-án-ne ~-·khì. [借無錢,事業自án-ne~去.]借不到錢,事業就此落空 3. 挫敗(人生前途); ≃ gō·² ¶phiàn lâng ê kám-chêng, ~ lâng chit-sì-lâng [騙人ê感情,~人一世人]騙人感情,誤人一生。

tâm-kauh-kauh 形 濕透; ≃ tâm-kô·-kô·; ≃ tâm-lok-lok。

tām-khì (< log Sin) [淡氣] 名 氮。

tâm-kô·-kô· [tâm糊糊] 形 濕透; ≃ tâm-lok-lok; ≃ tâm-kauh-kauh。

tám-koan [tám肝] (< [膽肝]) 名 HÙ, TÈ: 臘味的豬肝,舊式的加苦味。

tâm-lok-lok/-lì-lok [tâm漉漉] 形 濕漉漉; ≃ tâm-kô·-kô·。　　　　[全

tâm-phòan (< log Nip) [談判] 名 動

tam-pó (< log Sin) [擔保] 動 全。

tām-poh (< sem Sin) [淡薄] 名 一點儿; ≃ chit-sut-á ¶ū khah kín ·~ [有較緊~]稍微快了一點儿 ◇ ~-á [~仔] a. 一點點; ≃ chit-sut-á ¶~-á chîn [~仔錢]一點儿

錢 **b.**稍微；≃ (lióh-)lióh-á; ≃ sió-khóa-á ¶~-á thià^n [~仔痛]有點儿痛。

tám-tám (< [膽膽]) (形) 畏怯。

tàm-thâu ⇒ tòm-thâu。

tam-tng (< log Sin) [擔當] (動) 負責 ¶ká^n chò/chòe, ká^n ~ q.v.

tan|¹ [單] (盲) 1.(< log < tr En mono- < Hel) 全 ¶~-gí/-gú siā-hōe [~語社會] 全 2 (< log Chi < tr En uni- < Lat unus) 全; ≃ toa^{n1} ¶~-hong-bī/-biān [~方面] 全 ¶~-sè-pau [~細胞] 全 3. (< log < tr En single) 全 ¶~-chhin ka-têng [~親家庭] 全。

tan² (< log Sin) [丹] (名) 1. 細顆粒狀藥物 2. 提煉的藥物或補品 ¶ke-/koe-~ [雞~] 雞精。

tân (動) 鳴；響起 ¶lûi-kong teh ~ [雷公 teh ~] 雷響著   「號咷大哭。
△ ~ chúi-lê [~水螺] **a.** 拉警報 **b.** 囡
△ ~ lûi-kong [~雷公] 打雷
△ ~ tōa-phàu [~大砲] 砲聲響起。

tán (< Sin) [等] (動) 等待；≃ thèng-hāu ¶Lí bián ~ ·góa. [你免~我.] 你不必等我
△ ~ ·chit-·ē [~一下] 全
△ ~ ·le do.
△ ~-leh chhoah 提心吊膽地等著 (壞事發生); ≃ chhoah-leh tán
△ ~-leh khòa^n [~看] 等著瞧
△ ~ sí [~死] 坐以待斃。

tàn (動) 丟；甩；≃ kiat¹ ¶pùn-sò sì-kè ~ [pùn-sò 四界~] 亂丟垃圾 ¶~ pòk-tân [~爆彈] 丟炸彈。

tān (動) (照一定方向) 纏 ¶kā sòa^n-·khì ê phòng-se ~-~-·khí-·lâi [kā 散去 ê 膨紗~~起來] 把散開的毛線繞好 ¶~ hó·-tái (繞著手腳或身子) 綁綁帶。   「及。

tán-bē-hù||-bōe- [等 bē 赴] (動) 等不

Tan-beh/-bek (< log Chi < Denmark) [丹麥] (名) 北歐國名。

tan-bīn (ant siang-bīn^1) [單面] (名) 單數頁。

tan-chhin ka-têng||toa^n- (< log Chi < tr En single parent family) [單親家庭] (名) ê: 全。

tan-gí/-gú/-gí (< log Chi < tr En monolingual) [單語] (形) 單一語言 ◇ ~ chèng-chhek (< log Chi) [~政策] 全   「ê: 全。
◇ ~ siā-hōe (< log Chi) [~社會]

tan-goân (< log Nip) [單元] (名) ê:

tan-gú ⇒ tan-gí。   「全。

tân-hek (< log Chi) [彈劾] (動) 全。

tan-hêng-pún (< log Nip) [單行本] (名) PÚN: 全。

tan-hêng-tō (< log Chi < tr; cf En oneway street/traffic) [單行道] (名) TIÂU: 全。

tàn-hì^n-sak (動) 丟棄；≃ hì^n-sak; ≃

tàn-hiat-kak (動) 全上。   「tàn-sak。

tan-hō ⇒ toa^n-hō。   「(名) 全。

tan-it kok-chek (< log) [單一國籍]

tan-jī/-gī/-lī (< log Chi < tr En a word) [單字] (名) Ê, JĪ: 全。

tán-·le [等 ·le] (動) 待會儿 (副) 待會儿；≃ liâm-ti^n。

tán-lō· [等路] (名) 1. (帶回家給親人的) 禮物 2. (訪客送給主人的) 禮物；≃ phòa^n-chhiú。   「kong。

tân-lûi [tân雷] (動) 打雷；≃ tân lûi-

tàn-pîng (< Chi tan⁴ ping³) (名) TÈ: 蛋餅。   「chòk。

tan-sin kùi-chòk ⇒ toa^n-sin kùi-

tan-sin siok-sià|-sok- (< log Chi) [單身宿舍] (名) TÒNG, KENG: 全。

tan-sò·¹||toa^n- (< log Chi; ant siang-sò·) [單數] (名) ê: 奇數；≃ khia-sò·。

tan-sò·²||toa^n- (< log Nip; cf En singular; ant hok-sò·) [單數] 單一的數目。

tan-sûn (< log Nip) [單純] (形) 全。

tan-tiāu (< log Nip) [單調] 形 全。

tan-ūi (< log Nip) [單位] 名 ê:全。

tang¹ (< Sin) [東] 名 方位名 形 東部的¶~ *Tâi-oân* [~台灣]全。

tang² (< Sin) [冬] 名 **1.**四季之四 ¶*chhun-hē-chhiu-~* [春夏秋~]全 **2.**(< sim) 收成¶*Cha̍p-goe̍h-~* [十月~]十月的收穫¶*siu-~* [收~]收割 量 (< sim) **1.**年;≃ nî **2.**季,即計算收穫的單位¶*chit nî saⁿ ~* [一年三~]一年三熟。 「聲。

tang³ [噹] 象 鐘等金屬物的高頻撞擊

tâng (< Sin) [銅] 名 全 形 銅製的。

tàng¹ (< Sin) [凍] 動 **1.**凝固,例如含膠質的肉湯;≃ kian-tàng **2.**受凍¶*chéng-/chńg-thâu-á ~ kà nōa··khì* [指頭仔~到爛去]指頭凍爛了。

tàng² 動 **1.**(用指甲的刃)壓/掐¶*~-khòaⁿ pa̍t-á ē-chia̍h··lih ·bōe.* [~看pa̍t仔會吃·lih未.]扣扣看番石榴是不是可以吃了 **2.**刺激(肌膚);≃ kàng ¶*~-chhih* q.v. △ ~ *chhùi-khí* [~嘴齒](刺激性的食物)使牙齒發酸 形 使有刺痛的感覺¶*Kôaⁿ-thiⁿ khong-khì chin ~.* [寒天空氣真~.]冬天空氣很冷。

tāng¹ (< Sin) [重] 名 重量¶*ū chit-pah kin/kun ~* [有100斤~]有一百斤那麼重 形 **1.**沈重 **2.**(呼吸)需用力¶*Chit ê pēⁿ-/pīⁿ-lâng chhoán-khúi chin ~.* [這個病人喘气真~.]這個病人氣息很重。

tāng² (< Sin) [動] 動 **1.**使用¶*~-thâu-náu* q.v. **2.**觸動¶*Hit chiah í-á ê ka iáu-bōe/-bē ta, m̄-hó khì ka ~··tio̍h.* [Hit隻椅仔ê膠夭未ta, m̄好去ka~著.]那把椅子的黏膠還沒乾,不要去動它。

tang...sai [...東...西] 名 ...這...那¶*bô-êng tang bô-êng sai* [無閑東,無閑西]忙這忙那¶*kóng tang kóng sai*

[講東講西]東說說,西說說。

Tang-a‖*Tong-* (< col log Nip) [東亞] 名 全。 「筒子內蒸的糯米飯。

tâng-á bí-ko [筒仔米糕] 名 放在竹

Tang-au (< log) [東歐] 名 全。

tāng-bîn (ant *chhián-bîn*) [重眠] 形 入睡後不易醒。

tâng-chê/-*chôe* [同齊] 動 **1.**同時¶*In ~ kàu-ūi.* [In~到位.]他們同時到達 **2.**一道;≃ chò-hóe/chòe-hé; ≃ tàu-tīn ¶*Lán ~ lâi-khì.* [咱~來去.]咱們一道去。

Tang-cheh/-*choeh* [冬節] 名 冬至 ◇ ~ *îⁿ* (-á) [~圓(仔)] LIA̍P: 過冬至吃的湯圓。 「製的)鐘。

tâng-cheng [銅鐘] 名 ê, LIA̍P: (銅

tâng-chhiāng ⇒ tâng-siàng。

tāng-chhiú (< log Sin) [動手] 動 **1.**開始做¶*kan-na kóng, m̄ ~* [kan-na講, m̄~]只說說,不動手做 **2.**出手(打/殺);≃ chhut-chhiú。

tàng-chi (< Chi *tang⁴ chi¹*< tr En *down*) 動 (電腦)當機。 「物或藥物)使舌頭發麻。

tàng-chih [tàng舌] 動 (刺激性的食

tang-chìn (< log Nip) [東進] 動 全。

tâng-chôe ⇒ tâng-chê。 「TIÂU:全。

tāng-chōe (< log Sin) [重罪] 名 ê,

Tang-choeh ⇒ Tang-cheh。

táng-·ê [董·ê] 匧 ê:董事長。

tâng-hoâiⁿ-hoâiⁿ/-*hoàiⁿ-hoàiⁿ*/-*hoaih-hoaih* ⇒ tâng-khoâiⁿ-khoâiⁿ。 「全。

tang-hong (< Sin) [東風] 名 CHŪN:

Tang-hong-lâng‖-*hng*- (< log Chi) [東方人] 名 ê:全。

Tang-hui (< log Chi) [東非] 名 全。

tang-hún [東粉] 名 UT, TIÂU: (山東)粉絲。 「≃ tāng-khoâiⁿ-khoâiⁿ。

tāng-ihⁿ-ihⁿ [重ihⁿ-ihⁿ] 形 沈甸甸;

tāng-im (< log Chi < Nip) [重音]

名 ê: 全 ; ≃ âk-/a-khú-siàn-tò。

tāng-ióh [重藥] 名 THIAP: 猛藥。

Tang-iûⁿ (< log Sin) [東洋] 名 全。

tāng-kang (< log Sin) [動工] 動 全。

tāng-kang-giȧp (< log Nip) [重工業] 名 全。

tang-keⁿ/-kiⁿ/-keng (< log Nip) [東經] 名 全。 「代」名 全。

tâng-khì sî-tāi (< log Nip) [銅器時

tāng-khoâiⁿ-khoâiⁿ/-hoâiⁿ-hoâiⁿ/-hoâiⁿ-hoâiⁿ/-hoaih-hoaih [重khoâiⁿ-khoâiⁿ] 形 沈甸甸; ≃ tāng-ihⁿ-ihⁿ。

tâng-ki [僮乩] (< [童乩]) 名 ê: 神漢。

tang-kiⁿ ⇒ tang-keⁿ。

Tang-kiaⁿ (< log Nip) [東京] 名 日本首都名; ≃ Thó-kiò。

tang-koe (< Sin) [冬瓜] 名 LIȦP: 全
◇ ~-tê [~茶] 冬瓜蜜餞煮成的飲料
◇ ~-thng [~糖] KAK: 冬瓜做的蜜餞。 「罐子」

tâng-kóng-á [銅kóng仔] 名 ê: 金屬

tang-lâm (< log Sin) [東南] 名 全
◇ ~-a (< log) [~亞] 全。

tâng-lâng [銅人] 名 Ê, SIAN: (不指名的)人體銅像; cf tâng-siàng。

tāng-liāng/-liōng (< log Nip) [重量] 名 全。

tâng-lô (< log Sin) [銅鑼] 名 ê: 鑼。

tâng-mîng/-mûi [同門] 動 有連襟關係 形 連襟關係的
◇ ~-·ê ê: 連襟; ≃ tōa-sè-tiūⁿ。

tāng-náu-kin/-kun/-kin (< log Chi) [動腦筋] 動 想; 構思; ≃ tāng-thâu-náu。 「CHÂNG: 全。

tâng-o/-e (< log Sin) [茼蒿] 名

tâng-pâi [銅牌] 名 TÈ: 全。

tang-pak (< log Sin) [東北] 名 全
◇ ~-a (< log Chi) [~亞] 全。

tang-pêng [東pêng] 名 東邊儿。

tang-pō͘ (< log Nip) [東部] 名 全。

tang-pòaⁿ-kiû (< log Nip) [東半球] 名 全。 「~[下~]投下鉅額資本。

tāng-pún [重本] 名 昂貴的資本 ¶hē

tâng-sāi-á [同sāi仔] 名 ê: 妯娌。

tang-sai-hiàng/-hiòng [東西向] 名 動 全。 「南北」名 全。

tang-sai lâm-pak (< log Sin) [東西

tang-sî ‖ tiang- [tang時] 代 何時。

tang-sî-á [tang時仔] 動 1. 不知何時; 曾幾何時 ¶Bô gōa kú chiah kìⁿ-bīn, ~ kóng sí-·khì ·a! [無gōa久才見面,~講死去矣!]不久前才見面,怎麼忽然死了 2. 怎麼; 為什麼 ¶~ puh-chhut-lâi chit hāng tāi-chì? [~puh出來這項代誌?]怎麼冒出這件事來?

tâng-sian [銅sian] 名 銅綠。

tâng-siàng/-siāng/-chhiāng/-siōng/-chhiōng/-chhiūⁿ (< log) [銅像] 名 ê, SIAN: 全。

tàng-siang/-siong (< log Sin) [凍傷] 名 凍瘡 動 全。

tāng-siang/-siong (< log Sin) [重傷] 名 動 全。

tâng-siōng ⇒ tâng-siàng。

tàng-siong ⇒ tàng-siang。

tāng-siong ⇒ tāng-siang。

tàng-sng [凍霜] 形 吝嗇; ≃ khok⁴。

táng-sū (< log Sin) [董事] 名 ê: 全
◇ ~-hōe (< log Chi) [~會] ê: 全
◇ ~-tiúⁿ (< log Chi) [~長] ê: 全。

tang-sún (< log Sin) [冬筍] 名 KI: 孟宗筍。

tāng-tàⁿ (< log Sin) [重擔] 名 TÀⁿ, ê: 重負 ¶taⁿ ~ [擔~]挑重擔。

tāng-thâu-khin [重頭輕] 形 一頭重,一頭輕,重量不平衡。

tāng-thâu-náu (< log Chi) [動頭腦] 動 動腦筋; 構思; ≃ tāng-náu-kin。

tāng-tiȯh [動著] 動 動到; 觸碰。

Tang Tiong-kok-hái (< log Nip <

tr En *East China Sea*）［東中國
海］⓷ 中國與日本九州、琉球間水
域，即中國所謂的 "東海"。

▢tàp▢ ⇒ tòp。

táp ⇒ tóp。

tap-àn（< log Nip）［答案］⓷ ê: 全。

tap-hȯk（< log Sin）［答復］ⓥ 答覆。

tȧp-tȧp-tih ⇒ tȯp-tȯp-tih。［tiuh。

tȧp-tȧp-tih-tih ⇒ tȯp-tȯp-tiuh-

tap-tih-á［tap 滴仔］⓺ 瑣碎；一點點
¶~ tāi-chì［～代誌］瑣碎的小事。

▢tȧt▢（< Sin）［值］ⓥ 全 ¶Che ~ gōa/-
jōa-chē（chîⁿ）?［Che ~ gōa-chē
（錢）?]這個值多少（錢）? ⓺ 值得
¶~ ȧh m̄-~［～或 m̄～]值不值得。

tȧt-chîⁿ（< log Sin）［值錢］⓺ 全。

tȧt-kàu（< log Chi + tr）［達到］ⓥ
全 ¶~ i ê bȯk-tek［～伊ê目的]達到
他的目的。

tȧt-sêng（< log Nip）［達成］ⓥ 全。

tȧt-tit（< Sin）［值得］ⓥ 全，只接賓
語 ¶Chit keng chhù ~ bé/bóe.［Chit
間厝～買]這棟房子值得買。

▢tau▢¹［兜］⓷ B. 1. 接近的地方 ¶kīn-
/kūn-~［近～]身邊不遠的地方 ¶nî-
~［年～]快過年的時候，即年底
2.（某人的）家 ¶A-má ~［阿媽～]外
婆家 ¶lín ~ 你（們）家。

tau²（< Sin）［兜］ⓥ 1. 聚攏；拿到
身邊 2.（扣）留 ¶~ chȉt-kóa ·khí-
·lâi［～一寡起來]留一些下來 3. 扣
押；扣留；沒收。

tâu¹［投］ⓥ 投訴；告狀 ¶~ lāu-su［～
老師]向老師告狀。

tâu²（< log Sin）［投］ⓥ 投（票）¶Góa
ē/ōe ~ hō· ·lí.［我會～hō你.]我會
投給你的。

tâu³（< log Sin）［投］ⓥ 歸降 ¶~
Kiōng［～共]全 ¶~-kòe-khì［～過
去]歸降（敵方）¶~-kòe-lâi［～過
來]歸降（我方）。

táu¹（< Sin）［斗］⓷ 1.［á] Ê: 一種容
量十升的量米等的容器 2. B. 某些
開口的容器 ¶hò·-~［戽～]全 ¶pùn-
~［畚～]全 ⓰ 十升。

táu²⓰ 次；回 ¶Chit ~ chin tōa-~.
［Chit ～真大～.]這回（事情）可嚴
重了。

tàu¹（< Sin）［晝］⓷ 1. 中午 ¶tán kàu
~ chiah cháu［等到～才走]等到
中午才走 2. B. 午飯 ¶chiȧh-~［吃
～]吃午飯 ⓺ 1. 時候不早，接近中
午 ¶~ ·a, kín tńg··khì.［～矣，緊返
去.]時候不早了，快回去吧 2. 遲（起
/到）¶khùn siuⁿ ~［睏 siuⁿ～]起得
太遲 ¶khì hȧk-hāu siuⁿ ~［去學校
siuⁿ～]上學遲到。

tàu²［湊］ⓥ 1. 銜接；組合 ¶chhèng-
bóe/-bé ~ to［銃尾～刀]槍尖上
插著刺刀 ¶~ ké-chhùi-khí［～假嘴
齒]裝假牙 ¶~ ke-/ki-khì［～機器]組
合機器 2. 湊合 ¶~ ·chit ·kha［～
一腳]全 3. 串通 ¶nn̄g ê ~-hó-sè
［兩個～好勢]兩個人套好 4. 幫忙
¶~ cheⁿ/chiⁿ［～爭]幫著爭取 ¶~
chò/chòe［～做]幫著做 5. 助陣；增
加 ¶~-lāu-jiȧt q.v.
△ ~ bô-êng［～無閑]越幫越忙。

tàu³（< Sin）［鬥］ⓥ 鬥爭；≃ tak¹ ¶~
i bē-kòe/bōe-kè［～伊 bē 過]鬥不過
他 ⓰ 非常；很；≃ phēng ¶cháu ~
kín ·ê［走～緊·ê]跑得好快。

tàu⁴‖tà（< Sin）［罩］⇒ tà²。

tàu⁵（< Chi tao⁴［倒]）⓰ 表示從另一
個角度想、說、看 ¶Góa ~ hi-báng
lâng-kheh bē-tàng lâi.［我～希望
人客 bē-tàng 來.]我倒希望客人不能
來。　　　［～ 豌豆 ¶lèk-~［綠～]全。

tāu（< Sin）［豆］⓷ B. 豆子 ¶ho-lian-

tâu-á（< log Sin + tr）［骰仔］⓷ LIȦP:
"骰子," 即色子。　　　［LIȦP: 豆子

tāu-á（< Sin + tr）［豆仔］⓷ NGEH,
◊ ~-jîn［～仁] LIȦP: 豆仁

◇ ~-*lūi* [～類] 豆類。

tàu-cheng‖*tò-* (< col log Nip) [鬥
爭] ② ⑩ 仝。

tāu-chhài [豆菜] ② KI, ME: 豆芽
◇ ~-*gê* [～芽] do.

tāu-chiùⁿ [豆醬] ② 豆瓣醬; ≃ mí-
◇ ~-*thng* [～湯] "味噌湯"; ≃ mí-
soh-thng。

tâu-chu (< log Nip) [投資] ② ⑩ 仝
◇ ~-*giàh* [～額] 仝。

tāu-gê (< Sin) [豆芽] ② KI: **1.** 豆芽
菜;綠豆芽; ≃ tāu-chhài **2.** 黃豆芽。

tâu-hâng (< log) [投降] ⑩ **1.** 停止
武力對抗,向對方屈服 **2.** 圓 放棄爭
執 **3.** 圓 對某人沒脾氣。

tàu-hoat (< log Chi) [鬥法] ⑩ 仝。

tāu-hoe (< contr *tāu-hū-hoe*) [豆
花] (< [豆腐花]) ② 豆腐腦儿。

tāu-hū (< log Sin) [豆腐] ② PANG,
KAK, TÈ: 仝。

tāu-iû [豆油] ② 醬油
◇ ~-*ko* [～膏] 濃稠的醬油。

tāu-jí/-*jú*/-*lú*/-*gí* (< contr *tāu-hū-
jí* < log Sin [豆腐乳]) [豆乳] ②
KAK, TÈ: 豆腐乳。

tâu-jip/-*gip*/-*lip* (< log Chi < Nip)
[投入] ⑩ 仝¶~ *kiù-oān kang-chok*
[～救援工作] 仝 ⑱ 仝¶*tùi chit
hāng khang-khòe/-khè chin-chiâⁿ*
~ [對 chit 項工課真 chiâⁿ～]對這項
工作非常投入。

tāu-jú ⇒ tāu-jí。

Tau-kà-sì‖*Táu-kā-sì* (< *Taokas*)
② **1.** CHÒK: 道卡斯族 **2.** Ê: 道卡斯
族人 **3.** KÙ: 道卡斯語。

tāu-ke/-*koe* (< contr *tāu-hū-ke*)
[豆雞] (< [豆腐雞]) ② TÈ, OÂN: 大
團狀豆腐干。

tàu-kha-chhiú [湊腳手] ⑩ 幫忙。

tàu-khang-(á) (v *tàu*²) [湊 khang

(仔)] ⑩ 串通;事先套好。

tâu-ki¹ (< log Nip) [投機] ⑩ 利用機
會謀利 ⑱ **1.** 利用機會謀利的 **2.** 善
於利用機會謀利¶*I chin* ~. [伊真
～.]他很投機。

tâu-ki² (< log Sin) [投機] ⑱ 合得
來; ≃ tàu-tah; ≃ tâu-khè。

tāu-ki (< contr *tāu-hū-ki*) [豆枝]
(< [豆腐枝]) ② KI: 腐竹。

tâu-ki sū-giáp (< log Chi < tr + log
Nip [投機的な(/の)事業]) [投機
事業] ② Ê: 仝。

tâu-kó (< log) [投稿] ⑩ 仝。

tāu-koaⁿ (< contr *tāu-hū-koaⁿ* < log
Sin) [豆干] ② KAK, TÈ: 豆腐干
◇ ~-*chìⁿ* TÈ: 油豆腐。

tāu-koe ⇒ tāu-ke。

tàu-lāu-jiàt/-*giàt*/-*liàt*|-*nāu*- [湊
鬧熱] ⑩ **1.** 增加熱鬧的氣氛 **2.** 捧
場;共襄盛舉 **3.** 湊熱鬧 **4.** 湊熱鬧
(而已),無濟於事 **5.** 增加忙碌中的
人的麻煩¶*mài lâi* ~ [mài 來～]別
來幫倒忙。

tāu-leng/-*lin*/-*ni* [豆奶] ② 豆漿。

tāu-lú ⇒ tāu-jí。

tāu-ngeh/-*ngoeh*/-*koeh* (< log Sin)
[豆莢] ② NGEH: 仝。

tàu-pang-bâng [湊幫忙] ⑩ 幫忙。

tāu-pau [豆包] ② Ê: 豆腐皮包作料
製成狀如春捲的食品。

tāu-phê/-*phê* ⇒ tāu-phôe。

tâu-phiò (< log Nip) [投票] ⑩ 仝
◇ ~-*khoân/-koân* (< log Nip) [～
權] 仝
◇ ~-*lùt* (< log Nip) [～率] 仝
◇ ~ *pō-tūi* (< log Chi) [～部隊]
TŪI: 被動員投票支持某人、某政
黨或某陣營的一群人   [票匭
◇ ~-*siuⁿ* (< log Nip) [～箱] KHA:
◇ ~-*só·* (< log Nip) [～所] Ê, ŪI:
仝。

tāu-phôe/-phê/-phê (< contr *tāu-hū-phôe) [豆皮] (< [豆腐皮]) (名) TÈ: "豆腐皮," 即百葉/千張。

tâu-pio [投標] (動) 仝。

tâu-pó [投保] (動) 仝。

tàu-saⁿ-kāng|-sio- [湊saⁿ共] (< [□相共]) (動) 1.幫忙 2.互相幫忙; 協力。

tāu-se (< Sin) [豆沙] (名) 仝 [仝。◇ ~-pau (< log Chi) [~包] LIÀP:

tâu-si /-su (< log Nip) [投書] (名) TIUⁿ, PHIⁿ, HŪN: 仝 ¶thòk-chiá ~ [讀者~] 仝 (動) 仝。

tàu-sio-pò [湊相報] (動) 互相告知; 幫著推薦(好東西) ¶chiàh-hó ~ q.v.

tâu-su ⇒ tâu-si。

tàu-tah [湊搭] (動) 1.搭檔; ≃ tàu-thâu 2.相合 (形) 1.貼切 2.諧和; 投合; 合得來 3.有條不紊; 步調一致

tàu-té ⇒ tàu-tí。 [4.(衣著)整齊。

tâu-thai/-the (< log Sin) [投胎] (動) 仝。

tàu-tí/-té/-tóe‖kàu-té (< log Sin + Mand; cf Chi tao⁴ti³er⁰) [到底] (副) 到底儿; 究竟。

tàu-tīn [湊陣] (動) 1.在一道; 搭伴儿; ≃ chò-hóe/chòe-hé ¶khì kah i ~ [去kah伊~]去跟他相聚 2.相處 ¶hó ~ [好~]好相處 ¶pháiⁿ ~ [歹~]不好相處 (副) 一道; 搭伴儿; ≃ chò-hóe/chòe-hé; ≃ tâng-chê ¶kah i ~ khì [kah伊~去]跟他一道去 ¶~ chiàh, ~ khùn [~吃~睏]同吃同住。

tàu-tóe ⇒ tàu-tí。 [住。

tàu-tùi [湊對] (動) 配對儿 ¶nn̄g-ê-á-nn̄g-ê ~ [兩個仔兩個~]一對一對地 (形) (用物)成對 ¶Chit siang ê bô ~. [這雙鞋無~.]這雙鞋不成對。

tauh -á [tauh仔] (名) (碰到就發生作用的)圈套、陷阱等; ≃ tak-á。

táuh-táuh (副) 常常; ≃ tiāⁿ-tiāⁿ。

táuh-táuh-á [táuh-táuh仔] (副) 慢慢儿; ≃ bān-bān-á。

tê ¹ (< Sin) [茶] (名) 1.CHÂNG: 茶樹 2.茶葉 ¶bán ~ [挽~]採茶 3.茶葉沖泡的飲料 4.B.飲料 ¶beh-á-~ [麥仔~]大麥茶 ¶hēng-jîn-~ [杏仁~]仝 ¶kiok-á-hoe-~ [菊仔花~]菊花茶 ¶mī-~ [麵~]仝 5.(ant tê-bí-tê)開水; ≃ peh-tê。

tê²‖tôe (< log Chi) [題] (量) 仝; ≃ tiâu² ¶chhut gō· ~, soán sì ~ [出五~,選四~]仝。

té¹‖tóe (< Sin) [底] (名) 1.Ê: 底部 ¶Tháng-á, ~ lak-·khì. [桶仔, ~lak去.]桶子的底儿掉了 2.盡頭 ¶hāng-á-~ [巷仔~] a.巷子盡頭 b.巷子裡頭 ¶nî-~ [年~]仝 3.(< sem) B.裡頭 ¶bîn-chhn̂g-~ [眠床~]床上 ¶hái-~ [海~]海裡 ¶sim-koaⁿ-~ [心肝~]心裡 ¶soaⁿ-~ [山~]山中 4.根柢 ¶hó-giàh-(lâng)-~ [好額(人)~]富有家庭出身 ¶Kheh-~ [客~]先人屬客族(本人不是) ¶thàk-chheh-~ [讀冊~]書香家庭出身 ¶ū-~ [有~]根柢好 5.本質 ¶pháiⁿ-~ [歹~]劣根 6.Ê: 存底 ¶lâu chit ê ~ [留一個~]留個底儿。

té²‖tóe (< Sin) [貯] (動) 盛; 裝; 容納 ¶koh ~ chit óaⁿ pn̄g [koh ~一碗飯]再添一碗飯。

té³‖té (< Sin) [短] (形) 仝。

tè¹‖tè (< Sin [地]) (名) B.地方 ¶bô-~ khì [無~去]無處可去; 走投無路 ¶kàu-~ q.v. ¶sàu-~ q.v.

tè²‖tè (量) 計算片狀物、土地、杯、盤、碗、桌子、曲子等的單位。

tè³ (動) 1.過濾 ¶~ ho· ta (把它)濾乾 ¶~ tāu-leng [~豆奶]過濾豆漿, 使與豆渣分離 2.擋住固體使液體流出, 例如洗米時。

tè⁴ (動) 跟隨; ⇒ tòe³。

tē¹‖tōe (< log Sin) [第] (頭) 仝

△ ~-*jī Chhù Sè-kài Tāi-chiàn* [~
二次世界大戰] 全。

tē²‖*tōe* (< Sin) [地] 名 **1.** TÈ: 土地
¶*bé chit tè* ~ [買一tè~] 買一塊地
2. 向下攀爬時落腳的地方 ¶*tàh-bô*
~ [踏無~] **a.** 踏不到可以落腳的地
方 **b.** (腳) 沒地方可踏。

tē³‖*tē* (< Sin) [袋] 量 計算袋子容量
的單位 動 置入袋中。

tě¹ (< *tê¹*; > te-tě) 囡 名 飲用水。

tě² 尾 表示方式; ⇒ teh¹。

tě³ (< *tī-é...* < *tī-teh...*, q.v.) 輔 表
示進行中 介 在於。

tè... tiỏh ⇒ tòe... tiỏh。

tē-á [袋仔] 名 **1.** KHA: 袋子 ¶*mī-hún-*
~ [麵粉~] 麵粉袋 ¶*sok-ka-*~ [塑
膠~] 塑膠袋 **2.** Ê: 口袋 ¶*khò·-*~ [褲
~] 褲兜 **3.** KHA: 包包。

té-ah (< *à la té-khòng*) ⇒ tí-ah。

tê-au (< SEY) [茶甌] 名 [*á*] TÈ: 杯
子; 茶杯。　　　 「[題目] 名 Ê: 全。

tê-bảk /-*bỏk*‖*tôe-* (< col log Sin)

tê-bí [茶米] 名 焙製過的茶葉
◇ ~-*tê* [~茶] 茶葉泡的飲料。

tē-bīn‖*tōe-* (< log Sin) [地面] 名 全
◇ ~ *pō·-tūi* [~部隊] 全。

tê-bỏk ⇒ tê-bảk。

té-chè (< *à la té-khòng*) ⇒ tí-chè。

tê-chhèng‖*té-* [短銃] 名 KI: 手槍。

tē-chí‖*tōe-* (< log Chi) [地址] 名
Ê: 全。　　　　 「KI: 時針。

té-chiam‖*té-* (< log Nip) [短針] 名

tē-chit‖*tōe-* (< log Nip) [地質] 名
全。

tē-chú¹‖*tōe-* (< log Nip) [地主] 名
Ê: 全。　 「徒; ≃ tô-tē **2.** 信徒。

tē-chú² (< log Sin) [弟子] 名 Ê: **1.** 門

tê-chûn [茶船] 名 [*á*] Ê, TÈ: 茶托。

**tē-gảk/-*gẻk*‖*tōe-* (< log Sin) [地
獄] 名 CHÀN: 全 ¶*jîn-kan* ~ [人間
~] 全。

tè-gẻh-lāi ⇒ tòe-goẻh-lāi。

tē-gẻk ⇒ tē-gảk。

tē-gō· chhiòng-tūi (< log < tr Esp;
cf En *fifth column*) [第五縱隊] 名
全。

tē-hā (< log Nip < tr En *under-
ground*) [地下] 名 執法者看不到
的地方 ¶*Chong-kàu oảh-tāng chìn-
jip* ~. [宗教活動進入~.] 全 形 不
合法的 ¶~ *tiān-tâi* q.v. 　 「全。

tē-hā-chúi (< log Nip) [地下水] 名

tē-hā kang-chok (< log Chi) [地下
工作] 名 全。　　 「名 TIÂU: 全。

tē-hā-ke/-*koe* (< log Nip) [地下街]

tē-hā-sit/-*sek* (< log Nip) [地下室]
名 KENG: 全。　　 「TIÂU: 地鐵。

tē-hā-thih (< log Nip) [地下鐵] 名

tē-hā tiān-tâi (< log Chi) [地下電
台] 名 Ê: 全。　　 「TIÂU: 全。

tē-hā-tō (< log Nip) [地道] 名

tê-hâng [茶行] 名 KENG: 全。

tè-hē-á ⇒ tòe-hōe-á。

té-hè-siū ⇒ té-hòe-siū。　 「Ê: 全。

tē-hêng‖*tōe-* (< log Sin) [地形] 名

tê-hiỏh (< Sin) [茶葉] 名 HIỎH: 全
◇ ~-*nn̄g* (< log Chi + tr) [~卵]
LIẢP: 茶葉蛋。

tē-hng‖*tōe-* (< log Sin) [地方] 名
1. 所在 ¶ *Ka-Lâm* ~ [嘉南~] 全
2. (政治上) 中央以外的地區 　 「全
◇ ~ *chèng-hú* (< log Chi) [~政府]
◇ ~ *chū-tī* (< log Nip) [~自治] 全
◇ ~ *hoat-ī^n* (< log Nip) [~法院]
KENG: 全。　　　　 「LÚI: 全。

tê-hoe (< log Sin) [茶花] 名 CHÂNG,

tê-hōe (< log Nip) [茶會] 名 Ê: 全。

té-hòe-siū ‖-*hè-*‖*té-hè-siū* [短歲
壽] 形 短命; ≃ té-miā。　 「媳婦。

tē-hū (< log Sin) [弟婦] 名 [*á*] Ê: 弟

tê-iân‖*tôe-* [題 iân] 動 募捐。

tē-it (< log Sin) [第一] 形 **1.** 全 ¶～ *pái lâi* [～擺來] 第一次來
◇ ～ *jîn-chheng* (< log) [～人稱] 全 **2.** 最初的　　　　　　　　　　［時間
◇ ～ *sî-kan* (< log) [～時間] 最初的 **3.** 最重要(的) ¶*Thài-tài* ～. [太太～.] 全 副 最 ¶*I* ～ *súi.* [伊～súi.] 她

tē-jī/-gī/-lī (< log Sin) [第二] 形 全
◇ ～ *jîn-chheng* (< log) [～人稱] 全 副 全。

tē-kè‖*tōe-* (< log Sin) [地價] 名 全
◇ ～-*sòe* (< log) [～稅] 全。

tê-kho͘ [茶箍] 名 TÈ: **1.** 肥皂；≃ *sap-/soat-bûn* **2.** 粗肥皂，例如洗衣肥皂

té-khò͘‖*té-* [短褲] 名 NIÁ: 全
◇ ～-*chat-á* [～節仔] do.　　　　［泡。

tê-kho͘-pho [茶箍波] 名 LIÁP: 肥皂

té-khòng‖*tí-* (< ana Nip *teikou* < log Nip) [抵抗] 動 全 ⌈≃ *tí-khòng-le̍k*。
◇ ～-*la̍t* (< col log Nip) [～力] 全；

tē-khu‖*tōe-* (< log) [地區] 名 Ê: 全 ¶*Ka-Lâm* ～ [嘉南～] 嘉南一帶 ¶*Tiong-kok* ～ [中國～] 中國一帶。

té-kî‖*té-* (< log Sin) [短期] 名 形 全 ¶～ (*ê*) *hùn-liān* [～(ê)訓練] 短期訓練。　　　⌈¶*cheng* ～ [春～] 打夯

tē-ki‖*tōe-* (< log Sin) [地基] 名 全
◇ ～-*chú* [～主] 守護建地的神祇。

tē-kiû‖*tōe-* (< log Sin) [地球] 名 LIÁP: 全
◇ ～-*chhoan* (< log Nip < tr En *global village*) [～村] Ê: 全　⌈全。
◇ ～-*gî* (< log Nip) [～儀] LIÁP:

tê-kó͘ [茶鈷] 名 KI: (燒水的) 壺

tê-koàn [茶罐] 名 [*á*] KI: (泡茶的) 壺

tè-kok (< log Nip) [帝國] 名 Ê: 全
◇ ～ *chú-gī* (< log Nip) [～主義] 全
◇ ～-*chú-gī-chiá* (< log Nip) [～主義者] Ê: 全。

tē-la̍k-kám (< log Nip < tr En *the sixth sense*) [第六感] 名 Ê: 全。

tē-lí¹‖*tōe-* (< log Nip) [地理] 名 地球表面的現象。⌈陽宅的風水；勘輿

tē-lí²‖*tōe-* (< log Sin) [地理] 名 陰
◇ ～-*sian-á* [～仙仔] (< [地理先生
◇ ～-*su* [～師] do. ⌈□]) Ê: 地理師

tē-lûi‖*tōe-* (< log Sin) [地雷] 名 LIА́P: 全。　　　⌈全；≃ té-hòe-siu

té-miā‖*té-* (< log Sin) [短命] 形

tē-miâ‖*tōe-* (< log Sin) [地名] 名 Ê: 全；≃ tē-hō-miâ。　⌈名 全。

tê-pán‖*tōe-* (< log Sin) [地板] 名 全。　　⌈(泡茶的) 壺；≃ tê-koàn。

tê-pân-á (< log + *á*) [茶瓶] 名 KI:

tê-pau (< tr En *tea bag*) [茶包] 名 PAU: 茶袋。　⌈平線] 名 TIÂU: 全。

tē-pêng-sòaⁿ‖*tōe-* (< log Nip) [地

tê-phè ⇒ tê-phòe。

té-phìⁿ‖*tóe-* (< log Chi) [底片] 名 KHÛN, TIUⁿ, TÈ: 全；≃ hŭi-lú-muh。

té-phiⁿ siáu-soat/-sió-‖*té-* (< log Nip) [短篇小說] 名 PHIⁿ: 全。

tê-phòe/-phè [茶配] 名 茶食。

tê-phôe/-phê‖*tōe-phê/-phê* (< log Chi) [地皮] 名 TÈ: 全 ¶*chhá* ～ [炒～] 全。　　　　　⌈Ê: 全。

tē-pō͘‖*tōe-* (< log Sin) [地步] 名

tê-pôaⁿ (< log Sin) [茶盤] 名 [*á*] Ê: 全。

tē-pôaⁿ‖*tōe-* (< log Nip < Sin) [地盤] 名 Ê: 全 ¶*chiàm* ～ [佔～] 全。

tē-saⁿ-chiá (< log Nip) [第三者] 名 全。　⌈[log] [第三人稱] 名 全。

tē-saⁿ jîn-chheng‖...*gîn-*‖...*lîn-* (<

tē-saⁿ sè-kài (< log Nip) [第三世界] 名 全。

tē-saⁿ sè-le̍k (< log Nip) [第三勢力] 名 全。

tē-sè‖tōe- (< log Sin) [地勢] 名 Ê:

tê-sek [茶色] 名 茶褐色。 ⌐全。

tê-sî¹ [茶匙] 名 KI: 調飲料的茶匙儿。

tê-sî² (< log Chi < tr En *teaspoon*) [茶匙] 量 六分之一盎斯的體積。

té-sî-kan-lāi‖té- (< log Chi + tr) [短時間內] (<[短時間裏]) 名 全。

tē-sim‖tōe- (< log Nip) [地心] 名 全。 ⌐[吸力]全。
◇ ~ khip-làt/-lèk (< log Chi) [~

té-sòaⁿ‖tóe- [底線] (< log Chi < tr En *bottom line*) 名 TIÂU: 全。

tē-sòaⁿ‖tōe- (< log Chi) [地線] 名 TIÂU: 全；≃ à-sù。

té-sòaⁿ kau-èk‖té- (< log Chi) [短線交易] 名 PÁI: 全。

tē⁺ tāng‖tōe... (< Sin) [地動] 名 PÁI:地震。 動 地震。

tê-tě (v tě¹) [茶tě] (<[茶茶]) 儿 名 茶水，尤指飲用水，例如開水。

tē-thán‖tōe- (< log Chi) [地毯] 名 TÉNG, TÈ, NIÁ:全。≃ tē-chiⁿ。

tē-thâu-chôa‖tōe- (< log Chi) [地頭蛇] 名 Ê:全。 ⌐Ê:全。

tē-tiám‖tōe- (< log Nip) [地點] 名

tè-tiâu-tiâu ⇒ tòe-tiâu-tiâu。

tè-tiòh-tīn ⇒ tòe-tiòh-tīn。

Tē-tiong-hái‖Tōe- (< log Nip < tr Lat *Mediterraneus* + [海]) [地中海] 名 全。

té-tô‖té- [短途] 名 短程；≃ té-chōa。 ⌐TIUⁿ, PÚN:全。

tē-tô‖tōe- (< log Sin) [地圖] 名

tē-ūi‖tōe-(< log Sin) [地位] 名 全。

té‖... ⇒ té³。

tè¹ 名 地方；⇒ tè¹。

tè² 量 塊；個；⇒ tè²。

tè³ 動 跟隨；⇒ tòe³。

tē... ⇒ tē³...。

tèⁿ‖tìⁿ 動 1.憋氣用力 ¶bàk-chiu ~ tōa-tōa lúi [目睭~大大蕾] 睜大眼睛 ¶pak-tó ~ tōa-tōa ê [腹肚~大大個] 把肚皮鼓得大大的 ¶~-làt [~力] q.v. 2.努力想做某動作 ¶~ kui-pò, siaⁿ~-bē-chhut--lâi [~kui晡，聲~bē出來] 努力了老半天，聲音還是出不來 3.佯裝
△ ~ m̄-chai [~m̄知] 假裝不知道
△ ~ tiām-tiām 故意不做聲；(裝聾)作啞。

tēⁿ‖tīⁿ 動 1.握(在掌中)；≃ gīm；≃
△ ~ ām-kún [~頷頸] 掐脖子 ⌐nèh
△ ~ kûn-thâu-bó [~拳頭母] 握拳
2.捏 ¶~ phīⁿ-khang [~鼻khang] 捏住鼻子 3.擠 ¶~ khí-ko [~齒膏] 擠牙膏 ¶~ kó-chiap [~果汁] 搾果汁。

tèⁿ-bàk‖tìⁿ- [tèⁿ目] 動 瞪眼。

tèⁿ-chheⁿ‖tìⁿ-chhiⁿ [tèⁿ青] 動 裝蒜。

tèⁿ-gōng‖tìⁿ- [tèⁿ戇] 動 裝傻。

tèⁿ-làt‖tìⁿ- [tèⁿ力] 動 憋氣用力。

tèⁿ-sái‖tìⁿ- [tèⁿ屎] 動 用力排大便。

tèⁿ-siáu‖tìⁿ- 動 裝瘋賣傻。

·teh‖...‖leh‖·le (< ·tī-·teh) 尾 表示持續，輕聲隨前變調 ¶tāi-chì hâⁿ-~ [代誌hâⁿ~] 事情懸而未決。

teh¹‖tih‖leh‖lih‖tě 尾 表示正在做的方式 ¶khiā~ khùn [企~眠] 站著睡 ¶tó~ chiàh [倒~吃] 躺著吃。

teh² 動 1.(用重力)壓；壓(在下面) ¶~-pîⁿ--khì [~扁去] 壓扁了 2.積壓 ¶kong-bûn ~-leh, bô khòaⁿ [公文~-leh無看] 公文積壓著沒看 3.置容器中做為回敬的禮物
△ ~ tê-au [~茶甌] (訂婚或結婚典禮後，新娘敬茶，親人及客人) 放紅包在喝乾的茶杯中
△ ~ nâ-á [~籃仔] (受饋贈時，取禮物的一小部分或另拿禮物) 放在原來的禮籃裡回禮
4.鎮壓(身心的病) ¶~-kiaⁿ q.v.

¶~-sàu q.v. **5.**加冷水於沸騰的水中使平靜 ¶sảh chúi-kiáu, phó-thong ~ saⁿ pái chúi [sảh 水餃普通~三擺水] 下水餃通常加三次水 **6.**壓(條);插(枝) ¶~ han-chî/-chû [~蕃薯] 種甘薯 **7.**蓋(印);≃ tìng² **8.**壓(寶);下賭注 **9.**質押 ¶~-tiāⁿ

teh³ 動 啄;≃ tok¹。⌐給聘金

teh⁴‖tih‖leh‖lih‖tě‖teh 輔 表示進行中 ¶Gín-á ~ khùn, khah sè-siaⁿ ·le. [Gín仔~眠,較細聲·le.]孩子在睡覺,小聲點儿 ¶Lâng ~ kóng-ōe; mài chhá. [人~講話,mài吵.]人家在說話,別吵 **2.**表示現狀 ¶kiò lâng lâi ~ hiàm [叫人來~hiàm]差人來召喚 ¶bô ~ kóng Tâi-gí [無~講台語](現在)沒說台語 **3.**表示長時間內如此 ¶Tâi-gí bô ~ kóng [台語無~講](平常)不說台語 ¶Tâi-gí tiāⁿ ~ kóng [台語tiāⁿ~講]常常說台語 ¶Tâi-gí tiāⁿ ~ bô ~ kóng [台語tiāⁿ無~講]常常不說台語 ¶Tâi-gí bô tiāⁿ ~ kóng [台語無tiāⁿ~講]不常說台語 ¶Tâi-gí m̄-bat/-pat ~ kóng [台語m̄-bat~講](長期來)不曾說台語

teh-boeh/-beh/-beʔ‖tih- 動 即將 ¶Pn̄g ~ sėk ·a. [飯~熟矣.]飯快好了。 ⌐受驚的心;cf siu-kiaⁿ-

teh-kiaⁿ [teh驚] 動 "壓驚",即鎮定

teh-nî-chîⁿ [teh年錢] 名 壓歲錢。

teh-pún [teh本] 動 資本被存貨套牢。

teh-sàu [teh嗽] 動 止咳。

teh-tiāⁿ [< [□定]) 動 (婚姻上以財物)聘定。

teʔh ⇒ teh⁴。

tek ¹ 尾 表示特性;⇒ tėk。

tek² (< Sin) [竹] 名 [á] CHÂNG, BÔ, KI: 竹子 形 竹子做的 ¶~ bîn-chhn̂g [~眠床]竹床。

tėk‖tek (< ana [敵], etc < log Nip [的]) 尾 表示特性 ¶chek-kek-~ [積極~] 積極地 ¶it-sî-~ [一時~] 暫時;不長久 ¶kho-hȧk-~ ·ê [科學~·ê] 用科學方法的 ¶kin-/kun-pún-~ [根本~] 根本上。

tek-á [竹仔] 名 CHÂNG, BÔ, KI: 竹子 ◊ ~-nâ [~林] Ê: 竹林;≃ tek-nâ。

tek-bô͘ [竹bô͘] 名 BÔ: 竹叢。

tėk-bū (< log Nip) [特務] 名 [á] ê: ◊ ~-thâu [~頭] Ê: 特務頭子。⌐全

Tek-bûn (< log Chi) [德文] 名 全。

tek-chhân-eⁿ [竹田嬰] 名 CHIAH: (玩具)竹蜻蜓。 ⌐竹子的刺。

tek-chhì [竹莿] 名 [á] KI: (有刺的)

tek-chhióh [竹蓆] 名 NIÁ: 竹蓆子。

tėk-chhut (< log Nip < sem Sin) [特出] 形 與眾不同;出眾;超群。

tėk-chiáng/-chióng/-chiúⁿ (< log Chi < Nip [特賞]) [特獎] 名 全。

tėk-chióng pō͘-tūi/-chéng... (< log Chi) [特種部隊] 名 ê, TŪI: 全。

tėk-chit (< log Nip) [特質] 名 ê: 全。

tek-chhōe (< log Sin) [得罪] 動 全;≃ tek-sit。 ⌐全。 名 KÙ:

Tek-gí/-gú/-gír (< log Chi) [德語]

tek-hȧh [竹hȧh] 名 HȦH: 竹節上的葉鞘。 ⌐全。 名 THIȦP, LIȦP:

tėk-hāu-ȯh (< log Nip) [特效藥]

tek-hiȯh [竹葉] 名 HIȮH: 全。 ⌐子。

tek-í [竹椅] 名 [á] CHIAH: 竹製的椅

tėk-ì (< log Nip) [敵意] 名 全。

tėk-jîn/-gîn/-lîn (< log Sin) [敵人] 名 ê: **1.**敵手;≃ tùi-tėk **2.**仇家;≃ oan-siû-lâng。

tėk-kè (< log Nip) [特價] 名 全。

tek-ke-á/-koe- [竹雞仔] 名 CHIAH: **1.**山雞;珍珠雞 **2.** 圍 小流氓。

tek-kha [竹腳] 名 竹叢底下。

tek-khak (< log Sin) [的確] 劊 必定;絕對 ¶Góa ~ ē/ōe khì. [我~會

去.] 我一定去。

tėk-khoân/-koân (< log Nip) [特權] ⓝ Ê: 全 ⓗ 享有特權的 ◇～ kai-kip [～階級] Ê: 全。

tėk-khu (< log Chi) [特區] ⓝ Ê: 全 ¶Phok-ài ～ [博愛～] 台北市總統府

tek-ko [竹篙] ⓝ KI: 竹竿。 ⌐四周。

tek-koân ⇒ tėk-khoân。

tek-koe-á ⇒ tek-ke-á。

Tek-kok (< log Sin < ab tr Deutschland) [德國] ⓝ 西歐國名。

tek-kóng [竹kóng] (< [竹管]) ⓝ 1. KI: 砍下並去掉根部與枝葉的大竹子主幹 2. [á] KÓNG, Ê: 竹筒。

tėk-kong-tūi (< log Nip) [特攻隊] ⓝ Ê, TŪI: 全。

tėk-kun (< log Sin) [敵軍] ⓝ 全。

tek-nâ (< log Sin) [竹林] ⓝ Ê: 全。

tek-pâi [竹牌] ⓝ [á] CHIAH: 竹筏。

tek-pêng [竹pêng] ⓝ [á] TÈ: (竹子剖開而成的) 竹片; 竹篾。

tėk-phài-oân/-goân (< log Nip) [特派員] ⓝ Ê: 全。

tėk-piàt (< log Nip) [特別] ⓗ 全 ¶pí lâng khah ～ [比人較～] 比人家 △ ～ chō·-lí [～助理] 全 ⌐特別 ⓐ 全 ¶Chit tiám ài ～ chù-ì. [這點愛～注意.] 這一點要特別注意 ¶～ pí lâng khah é/óe [～比人較矮] 跟人家比起來特別矮。

tėk-sài (< log Nip) [特使] ⓝ Ê: 全。

tėk-sán (< log Nip) [特產] ⓝ 全。

tėk-sek (< log Nip) [特色] ⓝ Ê: 全。

tek-seng [竹笙] ⓝ 全。 ⌐全。

tėk-sèng (< log Nip) [特性] ⓝ Ê:

tėk-sià (< log Nip) [特赦] ⓝ PÁI: 全 ⓓ 全。

tek-sit [得失] ⓓ 得罪; ≃ tek-chhōe。

tėk-siú (< log Chi) [特首] ⓝ Ê: (中國的) 特區首長。

tėk-soán (< log Nip) [特選] ⓗ 全。

tėk-sû (< log Nip) [特殊] ⓗ 全。

tek-sún (< Sin) [竹筍] ⓝ KI: 全。

tėk-tēng [特定] ⓗ 全 ¶～ ê bó͘ chit ê chòk-kûn [～ê某一個族群] 某特定族群 ¶～ ê tùi-siàng [～ê對象] 特定對象。 ⌐艙」 ⓝ KENG: 全。

tėk-téng-chhng (< log Chi) [特等

tėk-téng pēn-pâng|...pīn- (< log Chi) [特等病房] ⓝ KENG: 全。

tek-thâu [竹頭] ⓝ Ê: 漢字第118部首竹字頭; ≃ tek-·jī-thâu。 ⌐全。

tėk-tiám (< log Nip) [特點] ⓝ Ê:

tėk-tōa-hō (< log; cf Nip [特大]) [特大號] ⓝ 尺寸特別大者。

tėk-tùi (< log Nip < sem Sin) [敵對] ⓓ ⓗ 全 ¶～ ê kok-ka [～ê國家] 敵對國家。 ⌐笆」

tek-ûi [竹圍] ⓝ [á] Ê: 竹叢構成的籬

teng¹ (< log Sin) [丁] ⓝ 十天干第四位 ⓗ 第四。

teng² (< Sin) [燈] ⓝ KI, PHA: 全 ¶～ tiám-tòh [～點tòh] 開燈。

têng (< Sin) [重] ⓠ 層 ¶Chit kù ōe ū saⁿ ～ ì-sù. [這句話有三～意思.] 這句話有三重意思 ¶gōa-kháu pau nn̄g ～ chóa [外口包兩～紙] 外面包兩層紙 ⓓ 雙 ¶～-pōe q.v. ¶bák-chiu ～-sûn [目睭～sûn] 雙眼皮 ⓓ 1. 重述 ¶Góa koh ～ chit ·piàn; thiaⁿ ho͘ hó. [我koh～一遍, 听ho͘好.] 我再說一遍, 听好 ⓐ (從頭) 再 ¶～ sûn ·chit ·piàn [～巡一遍] 再檢查一遍 ¶～ khí [～起] 重建 (建築物)。

téng¹ (< Sin) [頂] ⓝ 1. 上頭, 承指示詞 ¶khǹg chit ～ [khǹg這～] 放在這 (個的) 上頭 2. B. (某物的) 上頭 ¶chhiū-á-～ [樹仔～] 樹 (椏) 上 ¶chhiûⁿ-thâu-á-～ [牆頭仔～] 圍牆上 3. (交通工具) 裡 ¶chhia-～ [車～] 車子裡 ¶hui-hêng-ki-～ [飛行機～] 飛機裡 ⓤ 上一個 ¶～ hák-kî [～

學期]上一學期¶~ *kò-goèh/-gèh* [~簡月]上一個月 (形) 二分、三分等之在前的¶~ *chàn* [~棧]上層;上鋪¶~ *hàk-kî* [~學期]第一學期;≃ siāng-hàk-kî。 「子的單位。

téng² (< Sin) [頂] (量) 計算帽子、轎

téng³ (< Sin) [等] (量) 等級。

tèng (< Sin) [釘] (動) 1. 叮;螫¶*lâng ê phe-phêng ná báng ~ ·le* [人ê批評ná蚊~咧]面對別人的批評不痛不癢 2. (雞等尖嘴鳥類)以嘴攻擊 3. (雄鳥)姦(雌鳥) 4. 扎(根) 5. 釘(釘子) 6. 裝訂;≃ kap¹ 7. 打架¶*nn̄g ê gín-á sio-~* [兩個gín仔相~]兩個孩子打架 8. 抨擊 9. 呈(斑點)¶~ *o͘ tiám* [~烏點]長黑斑點,例如香蕉、芒果成熟時。

tēng¹ (< Sin) [定/訂] (動) 1. 訂定;約定¶~ *sî-kang* [~時間]全¶~ *tiâu-iak/-iok* [~條約]全 2. 決定¶*pān-hoat ~-hó ·a* [辦法~好矣]辦法決定好了 3. 設定¶~ *jī-chàp hun-cheng hiáng chit piàn* [~20分鐘響一遍]設定二十分鐘響一次 4. 規定。

tēng²‖*tiāⁿ* (< Sin) [定/訂] (動) 1. 預定¶*Lín ~ tang-sî kiat-hun?* [Lín~tang時結婚?]你們定什麼時候結婚? 2. 預約(物品);≃ chù-bûn¶~ *pâng-keng* [~房間]全。

tēng³‖*tāiⁿ* (形) 1. (物體)硬;cf ngē 2. (頭腦)不機靈 3. (用錢)謹慎。

teng-á [釘仔] (名) KI: 釘子。

têng-á [亭仔] (名) 1. KENG, ê: 亭子 2. ê: 任何有遮蔽的建築物,包括大屋簷的底下,例如騎樓;≃ lêng-têng-á ◇ ~-kha [~腳] a. 騎樓底下通道 b. 房簷下;≃ nî-chîⁿ-kha。

tēng-àn (< log Sin) [定案] (動) 全。

teng-bán [釘挽] (名) KI: 釘拔。

tēng-bí [粳米] (名) CHÂNG, LIÀP: 全;≃ chiam-(á-)bí。

téng-bīn [頂面] (名) 上頭;≃ bīn-téng。 「≃ tēng-chò/-chòe。

tēng-chè (< log Chi) [定製] (動) 全;

teng-chhai [燈猜] (名) ê: 燈謎。

téng-chhiú [頂手] (名) ê: (承傳的)上游,例如事業上的先輩、職位上的前任、商業上的上游、承包的上包、賣主。 「2. 吹毛求疵。

téng-chin [頂真] (形) 1. 不苟且;仔細

tēng-chò/-chòe [定做] (動) 訂製。

tēng-chōe (< log Sin) [定罪] (動) 全。

tēng-chûn (< log Chi) [定存] (名) 定期存款。

téng-ē [頂下] (名) 1. 上與下¶~ *lóng chhu chit tiuⁿ chóa* [~攏chhu一張紙]上下各鋪一張紙 2. 前後¶*Chhe-chàp ~* [初十~]十號左右 (形) 1. 在上與在下的 [(承傳的)上游與下游 ◇ ~-chhiú (v téng-chhiú) [~手] 2. 前後¶*Chhe-chàp ~ jit* [初十~日]十號前後 ◇ ~-jîm/-gîm/-līm [~任]前後任¶~-jîm ê chóng-thóng [~任ê總統]前後任總統。 「(動) 全。

tēng-gī (< log Nip) [定義] (名) ê: 全

téng-ham [頂ham] (名) 上顎。

teng-hé ⇒ teng-hóe。

tēng-hêng (< log Nip) [定型] (動) (形) 全;≃ sí-sèng。

teng-hiuⁿ (< log Sin < ab Sin [丁香花]) [丁香] (名) CHÂNG, LÚI: 丁香花¶*chí-~* [紫~]全。

téng-hō (< log Nip) [等號] (名) ê: 全。

tēng-hō͘ (< log Chi) [訂戶] (名) HŌ͘, ê: 全。

teng-hóe/-hé/-hé (< log Sin) [燈火] (名) 1. KI, PHA: 燈 2. PHA: 燈光 ◇ ~-tà/-tàu [~罩] ê: 燈罩。

têng-hok/-h̍ok (< log Sin) [重複] (動) 全。

tēng-hun (< log Sin) [定婚] (動) 訂

婚。

téng-î/-i/-û/-u/-r̂/-ṙ/-í (< log Chi) [等於] (動) 全。 「全。

tēng-iak/-iok (< log Sin) [定約] (動)

teng-jī-lō͘|-gī-|-lī- (< log Nip) [丁字路] (名) TIÂU: 全。 「日子。

téng-jit/-gi̍t/-li̍t [頂日] (名) [á] 前些

tēng-kè (< log Nip) [定價] (名) 全。

téng-khí [頂齒] (名) 上齒。

têng-khí-thâu [重起頭] (動) 從頭再來 (副) 從頭 (再...); ≃ têng。

t ē n g - khiauh - khiauh/- khiauhⁿ -khiauhⁿ (形) 硬幫幫。 「硬幫幫。

tēng-khok-khok/-khong-khong (形)

teng-kì (< log Nip) [登記] (動) 全。

tēng-kî (< log Sin) [定期] (動) 約定 期限 (形) (< log Nip < sem) 有一定 期限的 ¶kià ~-·ê [寄~·ê]定期存款 (副) (< log Nip < sem) 按一定的時 間 ¶~ kiám-cha [~檢查]全。

teng-ki-chèng (< log Chi < tr En boarding pass) [登機證] (名) TIUⁿ: 全。 「根。

tèng-kin/-kun/-kiⁿ [釘根] (動) 扎

teng-kiû‖tin- (< log) [徵求] (動) 全 ¶ài ~ jîn-bîn ê ì-kiàn [愛~人民ê 意見]必須徵求人民的意見。

téng-koân [頂koân] (< [頂懸]) (名) 上頭。

teng-kóng [燈kóng] (名) KI: 燈管。

tèng-kun ⇒ tèng-kin。

teng-lang-á (< log Sin [燈籠] + á) [燈lang仔] (名) ê, KHA: 燈籠。
◇ ~-hoe [~花] CHÂNG, LÚI: 燈籠 花,為扶桑的一種。 「(動) 全。

teng-lio̍k/-le̍k (< log Chi) [登陸]

têng-pē/-pē̄ ⇒ têng-pōe。

teng-peng-chè‖tin- (< log) [徵兵 制] (名) 全。

téng-pho͘ [頂鋪] (名) 上鋪。

téng-po͘ [頂晡] (名) 午前那上半個白

天。

têng-pōe/-pē/-pē̄ [重倍] (名) (增加 /變成) 一倍 ¶hoa̍t ~ [罰~]加倍處 罰 (動) 一倍 ¶~ chē/chōe 多一倍 ¶~ kùi [~貴]貴人一倍。

téng-pòe [頂輩] (名) 上一輩; ≃ téng-iân; ≃ téng-ûn。 「(名) TŪI, Ê: 全。

teng-san-tūi (< log Nip) [登山隊]

tēng-sèng‖tiāⁿ- (< log Sin) [定性] (名) ê:不見異思遷的性格 (形) (心 志) 穩定 ¶bô ~ [無~] 善變。

téng-si [頂司] (名) ê: 上司。

tèng-sí [釘死] (動) 1. 牢固地釘上釘子 2. 訂得死死的。

tēng-sî chà-tân (< log Chi < tr En time bomb) [定時炸彈] (名) LIA̍P: 全。

téng-sì-lâng [頂世人] (名) 前世。

tēng-sî-só (< log Chi < tr En time lock) [定時鎖] (名) ê, LIA̍P: 全。

tēng-sim-oân (< Sin) [定心丸] (名) LIA̍P: 全。 「pòaⁿ-sin。

téng-sin [頂身] (名) 上半身; ≃ téng-

teng-sìn-siā‖tin- (< log Chi) [徵信 社] (名) KENG: 職業偵探機構。

tèng-su-ki (< log Chi) [訂書機] (名) Ê, TÂI: 全。 「(名) KI: 全。

tèng-su-teng (< log Chi) [訂書釘]

têng-sûn [重sûn] (形) 有雙眼皮 ¶I bô ~. [伊無~.]他單眼皮 ¶ba̍k-chiu ~ [目睭~]雙眼皮 ¶ū ~ [有~] do.

teng-tà (< teng-tàu < log Sin) [燈 罩] (名) ê: 全; ≃ teng-bō。 「全。

téng-téng¹ (< log Sin) [等等] (代)

téng-téng² [頂頂] (指) 上上 ¶~ kò-/kó-goe̍h [~箇月]上上個月 ¶~ lé-pài [~禮拜]上上星期。 「KI: 全。

teng-thah (< log Sin) [燈塔] (名) Ê,

téng-thâu (< Sin) [頂頭] (名) 上頭; ≃ bīn-téng; ≃ téng-bīn。

téng-thúi [頂腿] (名) 大腿; ≃ tōa-thúi。

teng-tiàu‖tin- (< log Chi) [徵召]

téng-û/-u ⇒ téng-î。　　　└働全。

tēng-ūi[1] (< log Chi) [定位] 图全
¶kok-ka ~ [國家~] 全 働 全 ¶Tâi-oân chit ê kok-ka boeh/beh án-chóaⁿ ~? [台灣 chit 個國家欲按怎~?]台灣這個國家如何定位?

tēng-ūi[2] [訂位] ⇒ tiāⁿ-ūi。

thà 働 於短距離間用力推動棍子等的一端以撞擊或撥動 ¶~ lián-bú [~連霧]用上述方法捅連霧(使掉落) ¶~ phang-siū [~蜂siū]捅蜂窩

thá-khoh/-khơh (< Nip tako) 图 CHIAH: 章魚; ≃ chiòh-kī/-kū。

Tha-lók-koh/-kơh (< Taroko) 图 1. 花蓮太魯閣; ≃ Thài-ló-koh 2. 太魯閣族;太魯閣語; ⇒ To-lú-kuh。

tha-thá-mih (< Nip tatami) 图 TÈ, THIAP: 榻榻米
◇ ~-keng [~間] KENG: 鋪榻榻米的屋子,全室或室內一部分
◇ ~-pâng [~房] do.

tha-tú-á (< thâu-tú-á, q.v.)。

tháⁿ 働 1. (手掌向上)托 ¶~ ·leh, mài hơ lak-·lòh-·lâi [~·leh, mài hơ lak 落來]托著,別叫它掉下來 2. (手掌向外)推; ≃ sak; cf póe/pé [kā i ~-cháu [kā 伊~走]把他推開。

thah[1] (< Sin) [塔] 图 Ê, CHÖ: 全。

thah[2]‖thàh 働 怎麼; ⇒ thái。

tháh[1] (< Sin [疊]) 量 疊,指平板的或可套起的東西,例如紙、鈔票、帽子; ≃ thông 働 1. 堆疊(相同大小平板的東西); ≃ thiáp; ≃ thông ¶kā chóa ~-·khí-·lâi [kā 紙~起來]把紙疊起來 2. 堆疊(任何東西) ¶lâng ~ lâng [人~人]人山人海 3. 重疊地堆(起),尤其有凹處的東西,如碗、帽子; ≃ thap 4. (從上或從外)加,例如多穿衣服或多蓋被子等 ¶ke ~

chit niá saⁿ [加~一領衫]多穿一件衣服 5. 加(價) 6. 比...多;勝(過) ¶ài ~ ·lâng [愛~人](捐款)不願落人後。

thah[2]‖thah 働 為何;怎麼; ⇒ thái。

thah-tâi (< log Chi) [塔台] 图 Ê: 全。

thai[1] [胎] 量計算債權層次的單位。

thai[2] (< Sin) [篩] 働 全。

thâi 働 1. 割劃 ¶Chhiú hō͘ chóa ~ chit khang. [手 hō͘ 紙~一 khang.] 手被紙割破了 2. 殺;殺害 ¶~ chiàn-hû [~戰俘]殺戰俘 3. 屠宰
△ ~ ke/koe iam nn̄g [~雞閹卵]殺雞取卵　　[雞教猴]殺雞儆猴
△ ~ ke/koe kà kâu (< tr Sin) [~
4. 戰爭;廝殺; ≃ chiàn[2]; ≃ phah ¶Bí-kok kah Jit-pún ~-·khí-·lâi. [美國 kah 日本~起來.]美國跟日本打了起來 5. 切(大的水果,如西瓜、柚子、鳳梨);剖 6. 刪除 ¶Chit jī ~-tiāu. [Chit 字~掉.]把這個字摃掉 7. 解雇 ¶I hō͘ in kong-si ~-tiāu. [伊 hō͘ in 公司~掉.]他被公司解雇。

thái‖thài‖thah‖thàh 働 為何;怎麼; ≃ ná[2] ¶Án-ne ~ ē-sái? [Án-ne ~會使?]這樣怎麼可以? ¶~ ē án-ne? [~會 án-ne?]怎麼會這樣?

thài[1] [太] 图 曾祖父母輩或高祖父輩的稱謂 ¶a-~ [阿~]高祖父母 ¶kū-kong-~ [舅公~]祖父母的舅父。

thài[2] 働 制勝 ¶~ i bē-tó [~伊 bē倒]無法勝過他。

thài[3] 働 (不要)罷了; ≃ mài ¶Boài, ~! 不要,拉倒! 働 別;不要。

thài[4] (< Sin) [太] 働 1. 非常 ¶~ hó ·le [~好咧]非常好 2. 過分; cf siuⁿ[3] ¶~ bô-khoán ·le! [~無款咧!] 太過

thài[5] 働 為何;怎麼; ⇒ thái。　└分了!

thāi (< contr thái + ē[1]) 働 為何;怎麼會 ¶~ án-ne? 怎麼(會)這樣?

thai-á [篩仔] 图 Ê: 篩子。

thài-à/-ià (< Nip taiya < En tire)

名 Ê, LIÀP: 汽車輪胎。

thāi-bū ⇒ thāi-gū。 「仝。

Thài-bûn (< log Chi) [泰文] 名 PHIⁿ:

thài-chó͘-kong [太祖公] 名 Ê: 高祖父。

thài-chó͘-má [太祖媽] 名 Ê: 高祖母。

thài-chó͘-pâi [太祖牌] 名 Ê, KI: (勝過一切的) 人或物 形 無可比擬。

thài-chú (< log Sin) [太子] 名 Ê: 仝; ≃ hông-thài-chú ¶lip ~ [立～] 仝
◇ ~-hui (< log Chi < ab Nip [皇太子妃]) [～妃] Ê: 仝。

Thài-gí/-gú/-gí (< log Chi) [泰語] 名 KÙ: 仝。 「仝。

thāi-gū/-bū (< log Nip) [待遇] 名

thài-hō͘/-hiō (< log Sin) [太后] 名

thài-ià ⇒ thài-à。 「Ê: 仝。

thâi-iâⁿ [thâi 贏] 動 戰勝。

thài-iâng-lêng/-iông- (< log Chi < tr En solar energy) [太陽能] 名 仝。 「仝。

thài-kàm (< log Sin) [太監] 名 Ê:

thai-kàu (< log Nip) [胎教] 名 仝。

thài-kék-kûn [太極拳] 名 仝。

thài-khong (< log Chi < tr En space) [太空] 名 仝 ¶gōa-~ [外～] 仝
◇ ~-chām (< log Chi < tr En space station) [～站] Ê: 仝
◇ ~-chûn (< log Chi < tr En spaceship) [～船] TÂI: 仝
◇ ~-i (< log Chi < tr En spacesuit) [～衣] NIÁ: 仝; ≃ thài-khong-saⁿ
◇ ~-jîn/-gîn/-lîn (< log Chi < tr En spaceman/astronaut) [～人] Ê: 仝 「shuttle) [～梭] Ê: 仝。
◇ ~-so (< log Chi < tr En space

thâi-khui [thâi 開] 動 剖開。

thái-ko 名 癩瘋 「髒
◇ ~-kúi [～鬼] a. Ê: 骯髒鬼 b. 骯
◇ ~-niau [～貓] CHIAH, Ê: 淫蟲, 即好色的男人; cf chhio-ke。

Thài-kok (< log Chi < tr; cf En

Thailand < tr Prathêet Thai) [泰國] 名 東南亞國名。 「磁磚。

thài-lù (< Nip tairu < En tile) 名 TÈ:

thài-pèk-hún (< log Sin) [太白粉] 名 仝。

thài-pêng (< log Sin) [太平] 形 仝
◇ ~-iûⁿ (< log Sin < tr; cf En Pacific Ocean) [～洋] 仝 「仝
◇ ~-keng (< log Chi) [～間] KENG:
◇ ~-mn̂g (< log Chi) [～門] Ê: 仝
◇ ~-thui (< log Chi) [～梯] KI, Ê: 仝。

thâi-sí [thâi 死] 動 殺死; 殺害。

thài-siāng-hông|-siōng- (< log Sin) [太上皇] 名 Ê: 仝。

thâi-su [thâi 輸] 動 戰敗。

thài-thài (< log Sin) [太太] 名 Ê: 仝。

thâi-thâu [thâi 頭] 動 1. 殺頭 2. 囲 解雇。

thái-thó (v thái) [thái 討] 動 沒有吧 副 哪 ¶~ ū chit-hō tāi-chì? [～有 chit 號代誌?] 哪有這回事? 「仝。

thāi-tō͘‖thài- (< log Nip) [態度] 名

thaiⁿ 象 高頻率的鑼聲。

thàiⁿ 象 低頻率的鑼聲。

thāiⁿ¹ 象 中頻率的鑼聲。 [thèⁿ, q.v.

thāiⁿ² 動 形 (胸、腹) 挺 (出/住); ≃

thāiⁿ³ 形 因為多或膩而不珍惜, 尤指食物 ¶chiàh-liáu ~ ·a [吃了～矣] 吃多了, 開始挑剔、浪費 ¶mài siuⁿ ~ 別暴殄天物。

thàk (< Sin) [讀] 動 仝。

thàk-chheh (< log Sin + tr) [讀冊] 動 1. 讀書; 閱讀 「Ê: 讀書會
◇ ~-hōe (< log Chi + tr) [～會]
◇ ~-im (< log Chi + tr) [～音] Ê: 讀書音, 例如「讀」字讀 "thòk" 2. 上學受教育
◇ ~-lâng (< log Sin + tr) [～人] Ê: a. 讀書人; 文人 b. (身為) 讀書人, 意味其應當有讀書人的本質, 例

如溫文、不貪財等

◇ ～-toh-á (［～桌仔］ TÈ, CHIAH: 書
桌; ≃ chheh-toh-á。

thȧk-chu/-*chù* (< log Sin) ［讀書］
働 仝; ≃ thȧk-chheh。

thȧk-sì ⇒ théik-sì。

tham ¹ (< Sin ［探］) 働 1. 探 (頭)
¶*Thâu-kak m̄-hó ～‥chhut‥khì.* [頭
殼 m̄ 好～出去.] 頭不要伸出去 2. 伸
出 (手) 以接觸¶*～-bē-tiȯh* [～ bē 著]
(手) 夠不到。

tham ² (< Sin) ［貪］ 働 1. 貪得
△ ～ *pân-gî* (< log Sin) [～便宜] 仝
2. 貪污¶*～ chin chē/chōe chîⁿ* [～
真 chē 錢] 貪污了很多錢 3. 向前因
而侵佔;越界¶*chhù ～-tiȯh lō͘* [厝～
著路] 房子侵著道路 彫 貪婪。

thâm (< Sin) ［痰］ 名 KÓ͘: 仝。

thàm (< Sin) ［探］ 働 1. 刺探 2. 探
望; ≃ khòaⁿ。

thām 働 1. 凹陷 2. 投入 (取不回來的
資本); ≃ thiām; ≃ thap。

thàm-á ［探仔］ 名 Ê: 探子。

thàm-chhin (< log Sin) ［探親］ 働

tham-chîⁿ ［貪錢］ 彫 貪財。　　[仝。

tham-chiȧh ［貪吃］ (< [貪食]) 彫 仝
◇ ～-khut(-á) [～窟(仔)] Ê, KHUT:
頸背中央的凹痕。

thàm-hiám (< log Nip) ［探險］ 働 仝
◇ ～-tūi (< log Nip) [～隊] Ê, TŪI:
仝。　　　　　　　[PÁI: 仝 仝; ≃ khòaⁿ。

thàm-hóng (< log Sin) ［探訪］ 名

tham-koaⁿ (< log Sin) ［貪官］ 名 Ê: 仝
◇ ～ *ù-lī* (< log Sin) [～污吏] 仝。

tham-sim (< log Sin) ［貪心］ 彫 仝。

tham-thâu‖*thàm-* (< log Sin) ［tham
頭] (< [探頭]) 働 探頭。　　[仝。

thàm-thiaⁿ (< log Sin) ［探听］ 働

thàm-thó (< log Chi) ［探討］ 働 仝。

tham-u/-*ù* (< log Chi) ［貪污］ 名 働
仝; ≃ oai-ko。

thàn ¹ (< SEY) ［趁］ 働 1. 討 (生活);
≃ thó-thàn 2. 賺 (錢); 收入¶*Chi̍t
kò-goȯh ～ gō͘ bān.* [一箇月～5
萬.] 一個月賺五萬 3. 圐 賣淫; ≃
thàn-chiȧh⁽²⁾ 4. 獲利¶*Bô ～, bô-it-
tēng tiȯ-sī liáu.* [無～無一定就是
了.] 沒賺不一定就是虧。

thàn ² (< Sin) ［趁］ 働 乘 (機 / 便)¶*～
i bô teh khòaⁿ ê sî, kín liu* [～伊無
teh 看 ê 時緊溜] 趁他沒注意的時候
趕快溜¶*～ ki-hōe* [～機會] 乘機。

thán-á ［毯仔］ 名 NIÁ: 毯子。

thàn-bô-chiȧh ［趁無吃］ (< [□無
食]) 働 收入很少, 不夠基本生活費
用。　　　　　　　　　[及早。

thàn-chá (< log Sin) ［趁早］ 働 仝 働

thán-chhiò ［坦笑］ 彫 面向上¶*khùn-
～* [睏～] 仰著睡¶*péng-～* [翻過來使
面向上¶*tó-～* [倒～] 仰臥。

thán-chhoȧh ［坦 chhoȧh］ 彫 (在平
面上) 斜著¶*khṅg-～* 斜著放¶*tó-～,
kui-téng bîn-chhn̂g kâng chiàm‥khì*
[倒～, kui 頂眠床 kâng 佔去] 斜躺
著, 佔據了整張床。

thán-chhu ［坦 chhu］ 彫 斜著; *cf*
thán-chhoȧh ¶*Ē ek-sng ê lâng, ài
khùn-～.* [會溢酸 ê 人愛睏～.] 胃液
逆流的人得斜著睡。

thàn-chîⁿ (< SEY) ［趁錢］ 働 賺錢。

thàn-chiȧh (< SEY) ［趁吃］ (< [□
食]) 働 討生活; ≃ thó-thàn
◇ ～-lâng [～人] 勞動者。

thán-hoâiⁿ/-*hûiⁿ* ［坦橫］ 彫 橫向
¶*khùn-～* [睏～] 橫著睡¶*tó-～* [倒
～] 橫躺著 働 橫向
◇ ～-tōa [～大] 長胖不長高。

thán-khap ［坦 khap］ 彫 (器物) 面朝
下; ≃ thán-phak。

thán-khi ［坦 khi］ 彫 歪著; ≃ thán-
khi-sin ¶*khùn-～* [睏～] 側著睡¶*tó-
～* [倒～] 側臥。

thán-khiā ［坦企］ 彫 豎著, 與水平面垂

thán-pêⁿ/-*pîⁿ* [坦平] (形) (扁的東西) 側著放而不豎著放或 (人) 躺平 ¶*khng*-~ 平放著 ¶*tó*-~ [倒~] 躺平。　　　　[(動)(形)(副) 全。

thán-pėk/-*pėh* (< log Chi) [坦白]

thán-phak [坦 phak] (形) (人獸) 面朝下 ¶*khng*-~ 面朝下放著 ¶*khùn*-~ [眠~] 俯著睡 ¶*tó*-~ [倒~] 俯臥。

thán-pîⁿ ⇒ **thán-pêⁿ**。

thán-tit [坦直] (形) 直著;縱向 ¶*khùn*-~ [眠~] (順著床頭床尾等的方向) 直著睡 ¶*tó*-~ [倒~] 直躺著。

thán-tó [坦倒] (形) 放倒著,與水平面平行 ¶*Thui bô-iōng ê sî khng*-~ [梯無用 ê 時 khng ~.] 梯子不用的時候 (要) 放倒。

thang (< sem Sin [通]) (動) **1.** 許可; ≃ *ē*-/*ōe-sái*-·*tit*; ≃ *ē*-/*ōe-tàng*; ≃ *hó* ¶*Góa* ~ *jip*-·*lâi* ·*bơ?* [我~入來否?] 我可以進來嗎? **2.** 應該; ≃ *hó*; ≃ *hó-thang* ¶*Góa* ~ *lâi-khì* ·*a.* [我~來去矣.] 我該走了 **3.** 合宜; ≃ *hó*; ≃ *thang-hó* ¶*Góa* ~ *ka kóng* ·*bơ?* [我~ka 講否?] 我應該跟他說嗎? (連) 俾便; ⇒ **thang-hó** (動) 得以; ⇒ **thang-hó**。

thâng (< Sin) [虫] (名) BÓE: 蟲子。

tháng[1] (< Sin) [桶] (名) KHA: 桶子; ≃ *tháng-á* ¶*bīn*-~ [面~] 臉盆 ¶*kōaⁿ*-~ 有提把的桶子 (量) 計算桶子容量的單位。

tháng[2] (動) 貫穿;透過 ¶~-·*kòe*/-*kè*, q.v.

thàng (動) 通達 ¶*Chit tiâu lō*· ~ *kàu Tāi-ngé.* [Chit 條路~到大雅.] 這條路通到大雅。

thang-á[1] [窗仔] (名) Ê: 窗子; ≃ *thang-á-mîg*。　　　　　[*thang-hó*。

thang-á[2] [thang 仔] (連) (動) 得以; ⇒

tháng-á [桶仔] (名) KHA: 桶子。

thang-á-kháu (< log Chi + tr) [窗仔口] (名) Ê: (辦事的) 窗口。

thang-á-mîg [窗仔門] (名) Ê: 窗子 ◇ ~-*toh* [~桌] Ê: 窗台。

thàng-gò/-*gờ* (< Nip *tango* < Esp *tango*) (名) 探戈舞。

thang-hó (v *thang*) [thang 好] (< [通好]) (輔) 可以; ⇒ **thang** (連) 俾便; ≃ *thang lâi*; ≃ *thèng-hó* ¶*Chah chit pún chheh* ~ *lō*··*ni khòaⁿ*. [Chah 一本冊~路·ni 看.] 帶一本書以便在途中看 (動) 得以 ¶*bô png* ~ *chiảh* [無飯~吃] 沒飯吃。

thang-hong [thang 風] (< [通風]) (動) (形) 透風;透氣。

tháng-kam [桶柑] (名) CHÂNG, LIÅP:

tháng-·**kè** ⇒ **tháng**-·**kòe**。　　[全。

thàng-kè ⇒ **thàng-kòe**。

thàng-khù (< Nip *tanku* < En *tank*) (名) TÀI: 坦克車。

thang - kng [thang 光] (< [通光]) (形) **1.** (物體或事情) 透明 **2.** 光線充足,例如房子、屋子。

tháng-·**kòe**/-·*kè*/-·*kè* [tháng 過] (動) 貫穿 / 透過,當謂語 ¶*tủh chit-ē* ~ [tủh 一下~] 捅了一下,結果穿過去了 ¶*khòaⁿ*-~ [看~] 看透;透視。

thàng-kòe/-*kè*/-*kè* (< tone *tháng*-·*kòe* + tone *thàng*...) [thàng 過] (動) 貫穿,接賓語 ¶*tủh chit-ē* ~ *āu-pêng* [tủh 一下~後 pêng] 捅了一下,結果貫穿到背面去了。

thâng-pau [虫包] (名) Ê, LIÅP: 繭。

thâng-siaⁿ [虫聲] (名) SIAⁿ: 蟲子的叫聲。

thàng - sim - liâng [thàng 心涼] (形) (冷飲、冰等) 沁人心脾的冷。

thap (< sem Sin [塌]) (量) 計算凹痕的單位; ≃ *lop*[1]/*lap* (動) **1.** 凹陷; ≃ *lop*[1]/*lap* ¶*bảk-chiu* ~-~ [目睭~~] 眼窩凹陷 **2.** (有凹痕的東西) 重疊 / 套,例如疊帽子、襪子; ≃ *lop*[1]/*lap* **3.** 補 (空隙);補缺 ¶*iáu* *khiàm chit ê, kiò i lâi ~* [夭欠一個，叫伊來～]還欠一個，叫他來湊數 **4.** 倒貼；虧空 ¶*~ sann-chȧp ban* [～三十萬]倒貼三十萬 **5.** 墊付。

thap-jī/-gī/-lī [塌字] (ant *phòng-jī*) ⓐ JĪ: 凹字。

| **that** |¹ (< Sin) [踢] ⓥ **1.** (腳)踢 ¶*~ kha-kiû* [～腳球]踢足球　　　[鐵板 △ *~-tiȯh thih-pang* [～著鐵枋]踢到 **2.** (向前)踢出 ¶*~ tò-kha ê sî, chiàn-chhiú hàin‥-chhut‥-khì* [踢tò腳ê時，正手hàin出去]踢出左腳時，右手擺向前 **3.** 推(責任給他人)；≃ *sak*

that² ⓥ **1.** 塞(孔) ¶*hīn-á ~‥-khí‥-lâi, boȧi thian* [耳仔～起來boȧi听]把耳朵塞起來不想聽

△ *~ chhèng-khang* [～銃khang] (< [□銃空])充砲灰

2. 阻塞 ¶*Chúi-kóng ~‥-khì.* [水kóng ～去.]水管塞住了 ⓕ [x] 塞住的樣子 ¶*phīn-khang ~-~* [鼻khang ～～]有點儿鼻塞。　　[～ 軟木塞。]

that-á [that仔] ⓐ LIȦP: 塞子 ¶*chhó-*

that-chhia (< log Chi + tr) [that車] ⓥ 塞車。

that-kiû [踢球] ⓥ 踢(足)球。

that-lō· [that路] ⓥ 阻礙通道。

that-phōe/-phē/-phēr [踢被] ⓥ (睡眠中)踢掉被子。

| **thau** | (< Sin) [偷] ⓐ 偷偷儿地；≃ thau-thau-á ¶*~ cháu-khì khùn* [～走去睏]溜去睡覺。

thâu (< Sin) [頭] ⓢ 主要所在 ¶*chúi-tō·-~* [水道～]水龍頭 ¶*hóe-/hé-chhia-~* [火車～]火車站 ¶*tiān-hóe-~* [電火～]電插座 ⓐ **1.** LIȦP: 腦袋；≃ thâu-khak

△ *~ khah tōa sin* [～較大身]腦袋一個兩個大；(事情惱人)頭大

2. ê: (草木的)根或根連同株的底

部 **3.** ê, LIȦP: 首領 ¶*Liȧh chhȧt, ài liȧh ~.* [掠賊愛掠～.]擒賊先擒王 ¶*khit-chiȧh-~* [乞食～]乞丐頭子 **4.** 前端 ¶*chûn-~* [船～]全 ¶*hong-~* [風～]上風處 **5.** B. 在上的漢字部首偏旁 ¶*chhȧu-~* [草～]草字頭 ¶*tek-~* [竹～]竹字頭 **6.** 開端 ¶*Ū ~, mā tiȯh ū bóe/bé.* [有～mā著有尾.]應該有始有終 ¶*goȧh-~* [月～]月初 ¶*nî-~* [年～]年初 ⓠ 端；方向 ¶*chit ~* 這一端；這個方向 ⓕ 第一；最前面的 ¶*~ miâ* [～名]第一名 ¶*~ nn̄g nî* [～兩年]全 ¶*~ pang chhia* [～pang 車]第一班車 ¶*~ tiâu sin-bûn* [～條新聞]全。

tháu (< Sin [敨]) ⓥ **1.** 舒解；暢通；流暢 ¶*khì bô-thang ~* [氣無 thang ～] 怒氣不得發洩 ¶*phīn-khang bē/bōe ~* [鼻khang bē～]鼻子不通 ¶*~-khùi* [～气]透氣 **2.** 解(繩結) ¶*~ soh-á* [～索仔]解開繩結 ⓕ (名聲)流通很廣 ¶*miâ-sian chin ~* [名聲真～]享有盛名。

thàu¹ (< Sin) [透] ⓟ **1.** 貫穿(整段時間)；cf *kui³* ¶*~-mê kóan kàu thin kng* [～暝趕到天光]整個晚上趕工趕到天亮 ¶*~-nî* [～年]整年來 **2.** 不顧時間、天候；冒著 ¶*~-chá tiȯ chhut-mn̂g* [～早就出門]一大早就出門 ¶*~-hō· lâi* [～雨來]冒雨趕來 ⓥ **1.** 通達；透(過去)；≃ thàng **2.** (煮)熟透 ⓕ **1.** 透徹；貫徹；完結 ¶*chit hāng khang-khòe chò bōe ~, tiȯ siūn-boeh koh chò pȧt hāng* [一項khang-khòe做未～就想欲koh做別項]一件事還沒做完就想做另外一件 **2.** 遍；周全 ¶*bat-bē-~* 認識不完；無法周知 ¶*~-~* q.v.

thàu² [透] ⓥ 混合(液體)；混血 ¶*~ kóa léng-chúi chiah bē/bōe hiah sio* [～寡冷水才 bē hiah 燒]加些冷水才不會那麼燙 ¶*Tōa-pō·-hūn ê*

Tâi-oân-lâng ū ~-tiòh goân-chū-bîn kah Hàn-jîn ê hoeh/huih. [大部份ê台灣人有～著原住民kah漢人ê血.] 大部分的台灣人混有原住民與漢人的血統 ¶*~-pòh-·khì* [～薄去] 被稀釋了。

thàu³ [透] ⓿ 颱(風) ¶*~ lâm-hong* [～南風] 颱南風 ⓯ (風)大 ¶*Kôaⁿ-thiⁿ hong khah ~.* [寒天風較～.] 冬天風大。

thāu ⓿ 下毒(使病或死) ¶*~ niáu-chhí/-chhú* [～老鼠] 藥老鼠。

thâu-·a (< *thâu-á*) [頭·a] ⓐ **1.** 開端 ¶*tùi ~ kóng-khí* [對～講起] 從頭ㄦ說起 **2.** 前頭；≃ thâu-chêng ¶*Siāng koân ·ê pâi tòa siang ~.* [上koân ·ê 排tòa siang ～.] 個子最高的排在最前面 ⓳ 起先 ¶*Góa ~ bē-jīn-tit i, bóe-·a chiah/tah/khah jīn-·chhut-·lâi.* [我～bē認得伊，尾.a才認出來.] 我起初不認得他，後來才認了出來。[mê。

thàu-àm [透暗] ⓳ 漏夜；≃ thàu-mê。

thâu-bàk (< log Sin) [頭目] ⓐ ê: 酋

thâu-bé ⇒ thâu-bóe。   [長；首領。

thâu-bé ⇒ thâu-bóe。

thàu-bí-sim [透米心] ⓯ (飯)熟透。

thâu-bóe/-bé/-bé' (< Sin) [頭尾] ⓐ 頭與尾；始末；≃ thâu-á-bóe ⓯ 首尾；前與後 ¶*~ jit* [～日] 首尾兩天 ⓳ [á] 前後；≃ thâu-á-bóe ¶*Góa liû-hàk, ~ chhit nî.* [我留學，～七年.] 我留學，前後共七年。

thàu-bóe/-bé/-bé' [透尾] ⓯ 貫徹；≃ thàu-thâu-thàu-bóe。

thàu-chá [透早] ⓐ 一大早 ¶*~ tiō chhut-mng* [～就出門] 一大早就出門 ⓿ 趕早 ¶*boeh/beh khì tiō ài ~* [欲去就愛～] 要去就得趕早去 ⓳ 趕早 ¶*ài ~ chhut-mng* [愛～出門] 得趕早出門。

thâu-chang (< Sin) [頭鬃] ⓐ PÉ, CHÁNG, KI: 頭髮；≃ thâu-mo·。

◇ *~-bóe/-bé* [～尾] **a.** PÉ, CHÁNG: 束在腦後的長髮 **b.** TIÂU: 辮子。

thau-cháu [偷走] ⓿ **1.** 逃跑；脫逃 **2.** 規避；≃ cháu ¶*~-sòe/-sè* [～稅] 逃稅 **3.** (起跑信號開始前即)偷跑 **4.** (棒球、壘球比賽間)盜壘。

thâu-chêng [頭前] ⓐ 前面 ¶*chò/chòe ~* [做～] 領先

◇ *~-khí* [～齒] KHÍ: 門牙

◇ *~-mng* [～門] ê: 前門。

thau-chhàng [偷chhàng] ⓿ 暗藏；私藏 ¶*~ chhèng* [～銃] 暗藏槍枝。

thau-chhé/-chhé' ⇒ thâu-chhóe。

thau-chhiò [偷笑] ⓿ 竊笑；竊喜。

thau-chhōa-jiō/-giō/-liō [偷chhōa尿] ⓿ 盜尿；尿失禁；≃ chhōa-jiō。

thâu-chhóe/-chhé/-chhé' [頭髓] ⓐ OÂN, LIÀP, HÙ: 腦髓。

thau-chiàh [偷吃] (< [偷食]) ⓿ **1.** 偷吃(東西) **2.** 偷偷發生婚外的性關係。   [投機取巧的方法。

thau-chiàh-pō· [偷吃步] ⓐ ê, PŌ·:

thâu-chiáng/-chióng/-chiúⁿ (< log Chi) [頭獎] ⓐ 全。

thâu-chit [頭一] ⓱ 第一 ¶*~ jit* [～日] 頭一天 ¶*~ pái lâi* [～擺來] 第一

thâu-chiúⁿ ⇒ thâu-chiáng。 [次來。

thâu-chiúⁿ-á [頭chiúⁿ仔] (< [頭養□]) ⓐ **1.** 頭胎 **2.** 頭胎出生的孩子。

thâu-·ê (< ab *thâu-ke* + *·ê³*) [頭·ê] ⓔ ⓐ **1.** 丈夫 **2.** 老闆 **3.** 上司 **4.** 指導教授。   [thâu。

thâu-hiàh [頭額] ⓐ 全；≃ hiàh-

thàu-hong [透風] ⓿ 颱風。

thau-kang kiám-liāu (< log Chi) [偷工減料] ⓿ 全。

thâu-kàu [頭kàu] ⓐ 前頭，指離對話雙方最近的地方。

thâu-ke [頭家] ⓐ ê: **1.** (男性)家長 **2.** 丈夫 **3.** 老闆 ¶*tiàm-~* [店～] 店主

4. 對顧客的尊稱　**5.** 地主 ¶*chhù-~* [厝～] 房東 **6.** 富豪　**7.** 上司　**8.** 圍

thàu-kè ⇒ thàu-kòe。　　[指導教授。

thâu-ke-niû [頭家娘] ⓐ ê: **1.** (男性) 家長的配偶　**2.** 老闆娘　**3.** 女老闆　**4.** 上司的太太　**5.** 圍 指導教授的

thâu-kè· ⇒ thàu-kòe。　　[太太。

thâu-kha-á [頭腳仔] ⓐ (宰過的鳥類的) 頭尾、四肢。

thâu-khak [頭殼] ⓐ LIȦP: **1.** 腦袋
△ ~ *chhèng-ian* [～chhèng煙] 七竅
△ ~ *gông* 頭暈　　　[生煙；火冒三丈
△ ~ *khōng-ku-lí* 不會想；思想僵化
△ ~ *mơ·h-leh sio* [～mơ·h-leh 燒] 傷著腦筋　　　　　　[不會想
△ ~ *té/tóe sái* [～貯屎] 圍 沒腦袋，
△ ~ *tēng··khì* [～tēng去] 不會想；思想僵化
△ ~ *thiàⁿ* [～痛] **a.** 頭痛 **b.** 傷腦筋
◇ ~-*āu* [～後] 腦後
◇ ~-*téng* [～頂] 頭頂
2. 頭腦；腦筋 ¶*bô* ~ [無～] 沒腦袋，不會想 ¶*kek-*~ [激～] 絞腦汁；腦力激蕩；≃ kek-thâu-náu
△ ~ *pháiⁿ··khì* [～歹去] 腦筋壞了
△ ~ *tńg-bē-kòe··lâi* [～轉bē過來] 腦筋 (一時) 轉不過來。

thau-khòaⁿ [偷看] ⓥ **1.** 窺視　**2.** (考試) 夾帶或偷看書、筆記等。

thâu-khoe (< log Chi) [頭盔] ⓐ TÉNG, LIȦP: 全。　　　　[解開。

tháu-khui [tháu開] (< [敨開]) ⓥ

tháu-khùi [tháu气] (< [敨氣]) ⓥ
1. (呼吸道) 透氣 ¶*phīⁿ-khang that-·leh, bē* ~ [鼻khang that-·leh, bē～] 鼻子塞住，透不過氣　**2.** 宣洩鬱悶或怒氣。

thâu-kin/-kun/-kiⁿ (< log Sin) [頭巾] ⓐ TIÂU: (女用) 頭巾。

thàu-kòe/-kè/-kè· (< log Chi < sem Sin) [透過] ⓥ 全；≃ keng-kòe ¶~ *pêng-iú kài-siāu* [～朋友介紹] 全。

thâu-kun ⇒ thâu-kin。

thâu-lâng [頭人] ⓐ ê: 首領；主管。

thâu-lō· (< SEY) [頭路] ⓐ (雇用的) 職業 ¶*chiah* ~ [吃～] 就業 ¶*sî* ~ [辭～] **a.** 辭職 **b.** 解僱。

thàu-lō· (< log Chi < sem Sin) [透露] ⓥ 全。　　　　[**2.** 徹夜。

thàu-mê/-mî [透暝] ⓐ **1.** 漏夜

thâu-mơ·/-mn̂g [頭毛] ⓐ CHÁNG, PÉ, KI: 全；≃ thâu-chang ¶*tiān* ~ [電～] 燙頭髮 ¶*ké* ~ [假～] 假髮
◇ ~-*chhài* [～菜] 髮菜
◇ ~-*giap-á* [～giap仔] KI: 髮夾
◇ ~-*iû* [～油] 潤髮油。

thâu-náu/-ló (< log Sin) [頭腦] ⓐ 全 ¶*kek-*~ [激～] 絞腦汁。

thâu-pho/-phơ· [頭pho] ⓐ TÈ: 頭皮屑；≃ thâu-phòe-á。

thâu-phòe-á [頭phòe仔] ⓐ 全上。

thâu-pò· [頭布] ⓐ TIÂU: 長條頭巾。

thâu-seng (< Sin) [頭先] ⓐ **1.** 首先；≃ tāi-seng　**2.** 起先；≃ khí-thâu; ≃ thâu-·a。

thàu-sì-lâng [透世人] ⓐ 一輩子。

thāu-sîn-keng [thāu神經] (v *thâu*) ⓥ 根管治療，即去除牙齒的神經。

thâu-té [頭底] ⓐ [*á*] 裡頭 ¶*khǹg tī hit ~(-á)* 放在那裡頭。

thàu-té/-tóe [透底] ⓕ 徹底 ¶*kóng khah* ~ ·*le* [講較～·le] 說白一點 ⓥ 從來 ¶*Góa* ~ *m̄-bat kóng-kòe/-kè chit-lō ōe.* [我～m̄-bat 講過這lō話.] 我從來沒說過這種話。

thâu-téng [頭頂] ⓐ [*á*] 上頭；≃ téng-thâu ¶*khǹg tī hit ~* 放在那上頭。

thâu-téng-chhng (< log Chi) [頭等艙] ⓐ KENG: 全。　　　[殺蟲劑。

thāu-thâng-ió·h-á [thāu虫藥仔] ⓐ

thàu-thàu (v *thàu¹*) [透透] ⓕ 遍，當補語；周全 ¶*bat-/pat-*~ 全都認識

¶*kiâ^n*-~ [行~] "走透透," 即走遍。

thau-thau-á [偷偷仔] (副) 偷偷儿地。

thàu-thâu-thàu-bóe/*-bé*/*-bé* [透頭透尾] (形) 有始有終 (副) 徹頭徹尾。 「thâu-chiū^n-á。

thâu-the (< Sin) [頭胎] (名) 仝; ≃

thau-the̍h/*-thoe̍h* [偷 the̍h] (動) **1.** 偷(拿) ¶~ *mi̍h-/mn̍gh-kiā^n* [~物件] 偷東西 **2.** 偷竊 ¶*sì-kè khì* ~ [四界去~] 到處偷竊。

thàu-thi^n-chhù [透天厝] (名) KENG: 平房或同屬一個主人的樓房。

thàu-thi^n-·ê [透天·ê] (名) 仝上 (形) (房子)有上條所述的特點。

thau-thia^n [偷听] (動) 竊聽。

thâu+ thiàn (< log Chi) [頭痛] (動) 仝 ¶*Kóng-tio̍h ·i, góa tiō* ~. [講著伊我就~.] 提到他我就頭痛 (形) 傷腦筋; *cf* thâu tōa。

thàu-tiong-tàu [透中晝] (副) 當著中午的時候; ≃ thàu-tàu。

thâu-tn̍g-kheh [頭返客] (名) (動) (女性)婚後第一次回娘家。

thau-tō͘ (< log Chi) [偷渡] (動) 仝。

thâu+ tōa [頭大] (動) 傷腦筋 ¶*thè goán* ~ [替 goán~] 替我們傷腦筋 (形) 大傷腦筋; *cf* thâu thiàn^n。

thàu-tóe ⇒ thàu-té。 「≃ tú-á。

thâu-tú-á‖*tha-* [頭 tú 仔] (名) 剛才;

the[1]‖*the͘* (< Sin) [胎] (名) 仝 ¶*làu-*~ 流產 (量) 生育次數。

the[2] (< ab *the-chhù*, q.v.) (量) 梯次。

the[3]‖*the͘* (< Sin) [推] (動) 推托; 推諉 ¶~ *kóng: bô sî-kan, m̄ ka chò/chòe* [~講無時間, m̄ ka 做] 借口沒時間, 不肯給他做 「乾二淨。

△ ~ *kà lī-lī-lī* [~到離離離] 推得一

the[4] [撐] ⇒ the^{n1}。 「議案等)。

thê‖*the̍h* (< log Chi) [提] (動) 提(出

thé‖*thóe* (< log Chi) [體] (名) 體裁; 樣式; ≃ su-tài-lù ¶*chhiâ-*~*-jī* [斜~字] 仝。

thè[1]‖*thòe*‖*thè͘* (< Sin) [替] (動) 替代 ¶*bô lâng thang* ~ [無人 thang~] 無人可以替代 (介) 代為 ¶~ *goán thâu tōa* [~goán 頭大] 替我們傷腦筋。

thè[2]‖*thòe*‖*thè͘* (< Sin) [退] (動) **1.** 後退; ≃ tò-thè **2.** 退還 **3.** 取銷 ¶~-*hun* [~婚] 仝 **4.** 減退 ¶*Tōa-chúi* ~ *·a.* [大水~矣.] 洪水退了。 「母。

thē‖*the̍h* (< Sin) [蝑] (名) CHIAH: 水

thê-àn‖*the̍h-* (< log Nip) [提案] (名) KIĀ^n, Ê: 仝 (動) 仝。

thè-āu (< log Sin) [退後] (動) 仝。

thé-bīn/*-biān* (< log Sin) [體面] (名) (形) 仝。

thê-chá (< log Chi) [提早] (動) 仝 ¶~ *thè-/thòe-hiu* [~退休] 仝。

thé-chè‖*thóe-* (< log Nip < sem Sin) [體制] (名) Ê: 仝。

thé-chek (< log Nip) [體積] (名) 仝。

thé-chhau (< log Nip) [體操] (名) 仝。 「Chi) [提醒] (動) 仝。

thê-chhé^n/*-chhí^n*/*-séng* (< col log

thê-chhiàng/*-chhiòng* (< log Nip [提唱]) [提倡] (動) 仝。

the-chhù (< log Chi) [梯次] (量) 仝。

thê-chhut‖*the̍h-* (< log Nip) [提出]

thè-chî^n [退錢] (動) 退款。 ⌊(動) 仝。

thé-chit (< log Nip) [體質] (名) 仝。

thè-chit (< log Sin) [退職] (動) 仝。

thè-chúi [退水] (動) **1.** 大水退去 **2.** (ant *im-chúi*) 退潮; ≃ thè-lâu。

thê-gī‖*the̍h-* (< log Nip) [提議] (名) Ê: 仝 (動) 仝。

thé-giām (< log Nip) [體驗] (名) 仝 ¶*chhin-sin ê* ~ [親身 ê~] 親身的體

thè-ha̍k ⇒ thè-o̍h。 ⌊驗 (動) 仝。

thé-hē (< log Nip) [體系] (名) Ê: 仝 ¶*chèng-tī* ~ [政治~] 仝。

thè-hé ⇒ thè-hóe。

thé-hêng (< log Nip [體型]) [體形]

T

名全。

thè-hêng [退還] 動全。

thè-hiu‖*thòe-* (< log Chi) [退休] 動
◇ ~ -*kim* (< log Chi) [~金] PIT:
全。

thè-hòa (< log Nip) [退化] 動全。

thé-hoa̍t (< log Nip) [體罰] 名全。

thé-hōe (< log Sin) [體會] 動全。

thè-hôe (< log Sin) [退回] 動全。

thè-hóe/-hé/-hé [退火] 動 消除火
氣。

thè-ī̄ⁿ [退院] 動 出院；≃ chhut-ī̄ⁿ。

thé-io̍k (< log Nip) [體育] 名全
◇ ~ -*koán* (< log Nip) [~館] KENG,
Ê: 全
◇ ~ -*tiûⁿ* (< log Chi) [~場] Ê: 全。

thè-jia̍t/-gia̍t/-lia̍t (< log Sin) [退
熱] 動 退燒。

thé-keh (< log Nip) [體格] 名全。

thê-khí‖*thê̍h-* (< log Sin) [提起] 動
△ ~ *kong-sò* [~公訴] 全。

thê-khoán-khá/-khah (< log Chi)
[提款卡] 名 TIUⁿ: 全。

thê-khoán-ki (< log Chi) [提款機]
名 TÂI: 全。

thê-kióng/-kiòng/-kiong‖*thê̍h-*
(< log Nip) [提供] 動全。

thê-koân/-koâiⁿ‖*thê̍h-* (< log Chi
+ tr) [提koân] 動 提高。

thé-la̍t/-le̍k (< col log Nip) [體力]
名全。

thè-lâu (ant *tīⁿ-lâu*) [退流] 動 退
潮。

thé-le̍k ⇒ thé-la̍t。

thé-lêng chhek-giām (< log Chi)
[體能測驗] 名全。

the-lí-iá-khih (< Nip *teriyaki*) 名
(日本料理:) "照燒," 即醬油烤肉。

thé-liāng/-liōng (< log Sin) [體諒]
動全。

thê-miâ (< log Chi) [提名] 動全。

thè-nà (< Nip *tenā* < En *tenor* <
Lat) 名 Ê: 男高音。

thè-ngó͘ (< log Sin) [退伍] 動全
◇ ~ *kun-jîn/-gîn/-lîn* (< log Chi)
[~軍人] Ê: 全；≃ thè-ngó͘ peng-á
◇ ~ *peng-á* [~兵仔] Ê: 退伍軍人；
≃ thè-ngó͘ kun-jîn。

the-ní-suh (< Nip *tenisu* < En *ten-
nis*) 名 網球。

thè-ōaⁿ‖*thòe-* [替換] 動 **1.** 更換 ¶~
ê săⁿ-khò͘ [~ê săⁿ褲] 更換用的衣
服 **2.** 輪替；≃ kau-thè ¶*sio-*~ [相
~] 輪替。　　　　　　　　[動全。

thè-o̍h/-ha̍k (< col log Nip) [退學]

thè-pâng (< log Chi) [退房] 動 **1.** 取
銷向旅館等預訂房間的租約 **2.** (繳
費) 離開投宿的房間並交還鑰匙；≃
chhek-(k)áu。

thè-peng¹ (< log Sin) [退兵] 動全。

thè-peng² [退冰] 動 解凍。

thè-phiò (< log Chi) [退票] 動全。

thè-pó [退保] 動全。　　　　[動全。

thè-pō͘ (< log Nip < sem Sin) [退步]

thè-pù/-puh (< Nip *tēpu* < En *tape*)
名 **1.** KHÛN, TIÂU, TÈ: 膠帶 **2.** KHÛN,
TIÂU: 錄音帶；錄影帶。

thè-sek (< log Sin) [退色] 動 褪色。

thè-se̍k (< log Nip) [退席] 動全
△ ~ *khòng-gī* [~抗議] 全。

thê-seng (< log Chi) [提升] 動全。

the-sî (< log Sin) [推辭] 動全。

thè-sí-kúi (< log Chi) [替死鬼] 名
Ê: 全。　　　　　　　　　[Ê: 全。

thè-sin‖*thòe-* (< log Sin) [替身] 名

thè-sio (< log Sin) [退燒] 動全。

thè-tāi-e̍k/-ia̍h (< log Chi) [替代
役] 名 替代兵役的其他勞役。

thé-tāng (< log Nip) [體重] 名全
¶*pōng* ~ [磅~] 量體重。　　[卪童。

thè-tâng [退僮] 動 附身的鬼神離開

thé-thiap (< log Sin) [體貼] 動全
¶*sio-/saⁿ-*~ [相~] (互相) 體諒 形
全。　　　　　　　[¶*bô* ~ [無~] 不成體統。

thé-thóng (< log Sin) [體統] ⓐ 全

thè-tiûⁿ (< log) [退場] ⓥ 全。

thè-tò-tńg [退tò返] (< [退倒轉]) ⓥ **1.** 倒退, 自動 **2.** 退回, 他動。

thè-ūi (< log Nip < sem Sin) [退位] ⓥ 遜位。 「～ [量～] 全。

thé-un (< log Nip) [體溫] ⓐ 全 ¶*niû*

the˙ ⇒ the[1,3]。

thè˙... ⇒ thè[1,2]...。

theⁿ |[1]‖*the*(< Sin) [撐] ⓥ**1.** (用竿子) 抵 (住河底使船前進) ¶*～-chûn* [～船] 全 **2.** 斜著仰臥 ¶*～ tī theⁿ-í khùn* [～tī撐椅睏] 躺在躺椅上睡。

theⁿ[2] [撐] ⓥ (把手掌穿進布偶中) 頂著玩弄或表演 ¶*～ pò-tē-hì ang-á* [～布袋戲尪仔] 玩弄 "布袋戲" 布偶或表演 "布袋戲"。

thèⁿ |‖*thìⁿ* (< Sin [撐]) ⓥ **1.** 撐 (住使不掉下) ¶*Hiah tāng ê lâu-pang, chit ki thiāu-á ～-bē-tiâu.* [Hiah重ê樓枋, 一枝柱仔～bē-tiâu.] 那麼重的樓板, 一根柱子撐不住 ¶*tōa-kó ～ tòa pak-tó* [大鼓～tòa腹肚] 肚子頂著大鼓 **2.** 挺; ≃ thāiⁿ[2] ¶*pak-tó mài ～-chhut--lâi* [腹肚mài～出來] 別挺著肚皮。

theⁿ-í ‖*the*- [撐椅] ⓐ CHIAH: 躺椅。

thèⁿ-koân ‖*thìⁿ-koân/-koâiⁿ* (< [□懸]) ⓥ (用棍子等) 支高。

thèⁿ-thúi ‖*thìⁿ*- [thèⁿ腿] ⓥ 腿 (因一時運動或工作過度而) 痠痛。

theh | [裼] ⓕ [x] 無遮掩; 赤裸 ¶*kā saⁿ-á-khò pak kà ～-～* [kā衫仔褲剝到～～] 把衣服脫光光。

the̍h[1]‖*thoe̍h*‖*khe̍h* ⓥ **1.** 拿 ¶*～-lâi hō͘ góa khòaⁿ* [～來hō͘我看] 拿 (來) 給我看 **2.** 人工墮胎 ¶*Gín-á m̄-hó ～-tiāu.* [Gín仔m̄好～掉.] 不要把孩子拿掉
　△ *～ gín-á* [～gín仔] 人工墮胎。

the̍h[2]‖*thoe̍h* (< back < dia tone *thê-*

àn, etc < thê [提]) ⓥ 提 (出議案等)。　　　　　　　 「等)。

the̍h-àn ⇒ thê-àn。

the̍h-chhut ⇒ thê-chhut。

the̍h-gī ⇒ thê-gī。

the̍h-khí ⇒ thê-khí。

the̍h-kiong ⇒ thê-kiong。

the̍h-koân ⇒ thê-koân。

the̍h-phe/-*phoe* [the̍h批] ⓥ **1.** 取信; 拿信 **2.** 送信
　◇ *～--ê* [～-ê] Ê: 郵差。

théik |-sì‖*thék-*‖*thák-* (< En *taxi*) ⓐ TÂI: 計程車; ≃ kè-thêng-chhia。

thek |-bo̍k-gia̍p ⇒ thiok-bo̍k-gia̍p。

thék-sì ⇒ théik-sì。

thěm |-pú-lah ⇒ thiǎn-pú-lah[1,2]。

thêng |[1] (< Sin) [停] ⓥ **1.** 不繼續 ¶*～! Ùi thâu--a lâi.* [～! Ùi頭·a來.] 停!重來 ¶*～-kang* [～工] 全 **2.** 中止 ¶*～ ·chit··sî-·á chiah koh kiâⁿ* [～一時仔才koh行] 停一會儿再繼續走 **3.** 靜止; ≃ tiām[3] ¶*Hong ～ ·a.* [風～矣.] 風停了 ¶*Pió-á ～--khì.* [錶仔～去.] 錶停了 **4.** 停 (住); 煞 (住); ≃ tòng[1] **5.** (車輛) 停靠 **6.** (車輛) 停放; ≃ pha[6]。

thêng[2] ⓥ 挺 (起); ≃ thāiⁿ[2] ¶*heng-khám-á ～--khí--lâi* [胸坎仔～起來]

thēng ⇒ thīn[2]。 「挺胸 ⓕ 挺直。

thêng-chhia[1] (< log Sin) [停車] ⓥ 停靠車輛 ¶*Chhiáⁿ ～; góa boeh/beh lo̍h-chhia.* [請～, 我欲落車.] 請停車, 我要下車。

thêng-chhia[2] (< sem log Nip) [停車] ⓥ 停放 (車輛); cf pha-chhia
　◇ *～-tiûⁿ* (< sem log Nip) [～場]
　◇ *～-ūi* [～位] Ê, ŪI: 車位。 「Ê: 全

thêng-chiàn (< log) [停戰] ⓥ 全。

thêng-chit (< log Nip) [停職] ⓥ 全。

thêng-chúi [停水] ⓥ 全。

thèng-é (< *thèng-hó*, q.v.)。

thêng-ha̍k ⇒ thêng-o̍h。

thèng-hāu (< log Sin [聽候]) [thèng候] 動 等(候)。

thêng-hé/-hé ⇒ thêng-hôe。

thèng-hó (> thèng-é) [thèng好] 連 得以;俾便;≃ thang-hó。

thêng-hôe/-hé/-hé (< log Chi < tr En cease-fire) [停火] 動 停止互相射擊;cf thêng-chiàn。

thêng-kang (< log Sin) [停工] 動 1.工作不再繼續 2.工作暫停;≃ hioh-kang。 「仝。

thêng-khan (< log Sin) [停刊] 動

thêng-khò (< log Sin) [停課] 動全。

thêng-khò-chām (< log Chi) [停靠站] 名 Ê:全。 「權] 動全。

thêng-khoân/-koân (< log Chi) [停

thêng-o̍h/-ha̍k (< col log Nip) [停學] 動全。

thêng-pún (< log Nip) [謄本] 名 HŪN:全;≃ chhau-pún ¶hō͘-che̍k ~ [戶籍~]全。

thêng-sái [停駛] 動全。

thêng-tiān (< log Nip) [停電] 動全;≃ sit-tiān。

thêng-tō͘ (< log Nip) [程度] 名 Ê: 1.道德、知識、能力等的水平 ¶I ~ bô-kàu. [伊~無夠.]他程度不夠 2.事物發展所達到的狀況 ¶í-keng kàu tih-boeh/-beh chiàn--khí--lâi ê ~ [已經到tih-boeh戰起來ê~]已經到快要打起仗來的程度。

thî (< Sin) [啼] 動 1.(鳥類)發出長的聲音,例如公雞司晨 2.哭;≃ háu; ≃ khàu¹。

thí 動 1.展開(摺起來的東西,例如雨傘、扇子) ¶~ hō͘-sòaⁿ [~雨傘]撐開雨傘 2.張(眼) ¶ba̍k-chiu ~ tōa-tōa lúi [目睭~大大蕊]張大眼睛 3.(小心)撕(下粘住的東西);≃ lì ¶~ iû-phiò [~郵票]撕(下)郵票。

thì (< Sin) [剃] 動全 ¶~ thâu-mo͘/-mn̂g [~頭毛] a.剃髮 b.理髮。

thí-bi¹ 名 電視;⇒ thí-vi。

thí-bi²/thí-bí (< En TB < ab NLat tuberculosis) 名 肺結核。

thì chhùi-chhiu [剃嘴鬚] 動 1.刮掉 ◇ ~-to [~刀] KI:刮鬍刀 「鬍鬚 2.(< tr Chi [刮鬍子]) 喻 責罵。

thî-ke||thī-||thī-/khī-koe (< hyp + pop thī-ke) [thî雞] 名 CHIAH: 雉雞。

thí-khui [thí開] 動 張開 ¶ba̍k-chiu(-phôe/-phê) ~ [目睭(皮)~]張開眼睛 ¶~ hō͘-sòaⁿ [~雨傘]打開雨傘。

thì-kng [剃光] 動 理光(頭)。

thī-koe ⇒ thî-ke。

thí-sió/-siot (< En T-shirt) 名 NIÁ: T恤。 「髮 2.(< sem)理髮

thì-thâu (< log Sin) [剃頭] 動 1.剃 ◇ ~ sai-hū [~sai父] (< [剃頭師父]) Ê:理髮師 ◇ ~-tiàm [~店] KENG:理髮廳 ◇ ~-to [~刀] KI:剃刀 3. 喻 應付 ¶Chit ê lâng pháiⁿ ~. [這個人歹~.]這個人真難纏。

thi-thí-thúh-thúh||ti-tí-tùh-tùh 動 1.(說話)不連貫;結結巴巴 2.吞吐其辭。 「名 TÂI:電視。

thí-vi/-bi (< En TV < ab television)

thiⁿ¹ (< Sin) [天] 名 1.天空;≃ thiⁿ-téng ¶peh-chiūⁿ ~ q.v. 「下來 △ ~ pang--lo̍h--lâi [~崩落來] 天塌 2.上蒼;≃ thiⁿ-téng ¶m̄-kiaⁿ ~, m̄-kiaⁿ tē/tōe q.v. △ ~-ni ê Pē [~裡ê父]天上的父 3.天色 ¶~ àm ·a. [~暗矣.]天黑了 △ ~ khui [~開]放晴 △ ~ kng [~光]天亮 4.天候 ¶hó-~ [好~]晴天;天氣好 ¶lo̍h-hō͘-·~ [落雨~]下雨天 5.時節 ¶Saⁿ-goe̍h-~ [三月~]三月裡。

thiⁿ² (< Sin) [添] 動 1.添加 ¶ke ~ chi̍t óaⁿ pn̄g [加~一碗飯]加一碗

飯 **2.** 填寫; ≃ thiam。

thì^n ⇒ thè^n。

thī^n [動] 縫(衣物) ¶~ *liú-á* [~鈕仔]釘鈕扣。 「增加燃料。

thi^n-hóe/*-hé*/*-hé* [添火] [動] 在火中

thi^n-ì (< log Sin) [天意] [名] 仝。

thì^n-koân ⇒ thè^n-koân。

thi^n-kha-ē [天腳下] [名] 天底下。

thi^n-khì (< log Sin) [天氣] [名] 仝。

thí^n-kng-chái (< *thi^n* + *kng* + *chá-khí*) [thí^{n}光chái] (< [天光早起]) [名] 早上天亮時 ¶*keh-*~ q.v.

Thi^n-kong [天公] [名] Ê: 天老爺 ¶*pài* ~ [拜~]祭天 「長眼睛;眾神默默
△ ~ *bô bak-chiu* [~無目睭]老天不
△ ~ *ū bak-chiu* [~有目睭] 老天有
◇ ~*-peh-·a* [~伯·a] Ê: 天老爺 ⌊眼

thī^n-óa (v *thī^n*) [動] 縫合。

Thi^n-pē (< log) [天父] [名] 仝。

thi^n-pi^n hái-kak [天邊海角] [名] 天涯海角。 「[名] Ê: 仝。

thi^n-sài‖*thian*- (< log Sin) [天使]

thi^n-sek^1 [天色] [名] (表示時間或天氣的)天的顏色。

thi^n-sek^2 [天色] [名] 天藍色。 「仝

thi^n-tē/*-tōe* (< log Sin) [天地] [名]
△ ~ *péng-péng-·kòe* [~péng-péng過]天翻地覆
◇ ~*-bóe/-bé* [~尾]世界末日(到了),意指沒有天理人情。

thi^n-téng [天頂] [名] **1.** 上蒼 ¶~ *ê sîn-bêng* [~ê神明]天上的神 **2.** 天空 ¶~ *bô hûn* [~無雲]天上無雲。 「仝。

thi^n-thang (< log Sin) [天窗] [名] Ê:

thì^n-thúi ⇒ thè^n-thúi。

thi^n-tōe ⇒ thi^n-tē。

thia^n ^{1} (< Sin) [廳] [名] **1.** 廳堂 ¶*chêng-*~ [前~]客廳 ¶~*-·e* 廳堂上 ¶~*-·ni* do. **2.** 以「廳」命名的屋子的單位 ¶*sa^n pâng, nn̄g* ~ [三房兩~]三房二廳 **3.** 行政機關單位名 ¶*lông-lîm-*~ [農林~]仝。

thia^n ^{2} (< Sin) [听] [動] **1.** 聽取 ¶*Góa kóng hō͘ lín* ~. [我講hō͘ lín~.]我說給你們聽 **2.** 聽覺器官有反應 ¶~*-bô* [~無] **a.** 聽不見 **b.** 聽不懂 ¶~*-·tioh* [~著]聽見
△ ~ *kà chhàu-sng* [~听到臭酸]聽厭了
3. 聽從 ¶*kóng-lóng-bē-*~ [講攏bē~]說了都不聽 ¶~ *bēng-lēng* [~命令]仝。

thià^n ^{1} (< sem *thià^{n2}*) [疼] [動] 疼愛; ≃ thià^n-thàng ¶~ *pē-bó/-bú* [~父母]愛父母。

thià^n ^{2} (< Sin) [痛] [動] 疼痛 ¶*thâu-khak teh* ~ [頭殼teh~]正在頭痛 [形] 疼痛 ¶*bong-tioh ē* ~ [摸著會~]輕輕碰了就痛。 「不懂。

thia^n-bô [听無] [動] **1.** 聽不到; **2.** 聽

thia^n-chhùi [听嘴] [動] [形] 聽話; 順從。

thia^n-chín-khì (< log Nip) [听診器] [動] KI, Ê: 仝。 「仝。

thia^n-chiòng (< log) [听眾] [名] Ê:

thia^n-í^n (< *thia^n-kì^n* < Sin) [听見] [動] 仝; ≃ thia^n-tioh ¶*lóng bô* ~ *sia^n* [攏無~聲]什麼聲音也聽不見
◇ ~*-kóng* (< SEY) [~講]據說。

thia^n-iú (< ab *thia^n-chiòng pêng-iú*) [听友] [名] Ê, ŪI: 聽眾朋友。

thia^n-jip-hī^n/*-hī*‖*-gip*-|*-lip*- [入耳] [動] 聽進去 ¶*thia^n-bē-jip-hī^n* [聽bē入耳]聽不進去。

thià^n-khang [痛khang] (< [痛空]) [名] (動物體上的)傷口 ¶*khap-tioh* ~ [磕著~]觸到痛處
△ ~ *bô bak-chiu* [~無目睭]傷口常常會不小心觸痛。

thia^n-khò (< log Chi) [听課] [動] 仝。

thia^n-kì^n (> *thia^n-í^n*, q.v.)。

thia^n-kóng (< tr + log Chi + ab *thia^n-í^n-kóng*) [听講] [動] 聽說。

thià^n-miā-miā [疼命命] [形] 很疼愛;

T

cf thiàⁿ-tiuh-tiuh. 　[thiaⁿ-chhùi.

thiaⁿ-ōe (< log Sin) [听話] 動 仝; ≃

thiàⁿ-sioh [疼惜] 動 珍惜 　　「命。
△ ～ sèⁿ-/siⁿ-miā [～性命] 愛惜生

thiàⁿ-tiuh-tiuh [痛 tiuh-tiuh] 形
1. 很痛 2. (對事物)很捨不得; cf
thiàⁿ-miā-miā. 　　　　　「懂。

thiaⁿ-ū [听有] 動 1. 聽得到 2. 聽得

thiah (< Sin) [拆] 動 1. 把整體弄
散 ¶chhù ～-tiāu, têng khí [厝～掉
重起] 把房子拆掉重建 ¶hō͘ sai ～-
khì chiah [hō͘ 獅～去吃] 被獅子撕裂
吃了 ¶～-sòaⁿ lâng ê ka-têng [～散
人ê家庭] 拆散人家的家庭 2. 撕(破)
¶khǎ-tián ～-～ phòa [khǎ-tián ～～
破] 把窗簾布扯破了 3. 撕(下); ≃
lì ¶kā hái-pò ～-·loh-·lâi [kā 海報～
落來] 把海報撕下來 4. 買(票) ¶～
chhia-toaⁿ [～車單] 買車票 5. 取
(處方箋); 抓(藥) ¶～ chit thiap ioh-
á [～一帖藥仔] 抓一帖藥。

thiah-khui (< Sin) [拆開] 動 仝。

thiah-lī [拆離] 動 拆散。

thiah-lih [拆裂] 動 撕裂。

thiah-phòa [拆破] 動 1. 撕破
△ ～ bīn [～面] 撕破臉
2. 拆穿。

thiah-sòaⁿ (< log Sin) [拆散] 動
仝¶Chiàn-sî chit ke-hóe-hé khih ～-
·khì. [戰時一家火乞～去.] 戰時家庭
被拆散了。

thiam¹‖thiⁿ (< log Sin) [添] 動
添加¶～-iû-hiuⁿ q.v.

thiam²‖thiⁿ (< ana hom Chi [填])
[添] 動 填寫。

thiám 形 1. 疲勞; ≃ lán²; ≃ siān
2. 高程度; 厲害; 嚴重¶khi-hū lâng
chin ～ [欺負人真～] 欺人太甚¶hō͘
phah kà chin ～ [hō͘ phah到真～] 被
他打得很厲害¶pēⁿ-/pīⁿ kà chin ～
[病到真～] 病得很嚴重¶iâⁿ kà ～-

～-～ [贏到～～～] 大贏。

thiām 動 1. (置水中)使沈沒¶～-hái
[～海] 使沈入海底 2. 投(入取不回
來的資本); ≃ thām。 　　　　「粧。

thiam-chng (< log Sin) [添粧] 動 燦

thiam-hiuⁿ (< log Sin) [添香] 動
1. (贈奠儀)增加香火¶chia-·ê hō͘ lí
～ [chia-·ê hō͘你～] 這些奠儀請收下
2. 贈奠儀; cf thiam¹ iû-hiuⁿ ¶bē-
tàng khì kā i liam-hiuⁿ, mā ài kā i
～ [bē-tàng去kā伊拈香, mā愛kā伊
～] 不能去給他拈香, 至少也得送個
奠儀。 　　　「廟字); cf thiam-hiuⁿ。

thiam-iû-hiuⁿ [添油香] 動 奉獻(給

thiám-phīⁿ-phēⁿ 形 很疲倦。

thiám-thâu [thiám頭] 形 1. 很累
2. (事情)嚴重而傷腦筋。

thian 形 1. 遊手好閑, 不負責任; 不
正經 2. 昏聵; 瘋顛; ≃ khiàn-thian;
≃ thian-thoh。

thián‖tián (< Sin [展]) [搌] 動 張
(開); 攤(開); ≃ thí ¶～ hō͘-sòaⁿ [～
雨傘] 張開雨傘¶～-khui q.v.

thian-bûn-tâi (< log Nip) [天文台]
名 Ê: 仝。 　　　　　　　「仝。

thian-chai (< log Sin) [天災] 名 PÁI:

thian-châi (< log Sin) [天才] 名 Ê:
仝 形 1. 天份高 2. 表示諷刺或責備
人弄巧成拙。 　　　　　　「仝。

thian-chin (< log Chi) [天真] 形

Thian-chú-kàu (< log Sin) [天主教]
名 仝。 　　　　　　「CHIAH: 仝。

thian-gô (< log Sin) [天鵝] 名

thian-hā (< log Sin) [天下] 名 1. 世
界; 天底下; ≃ thiⁿ-(kha-)ē 2. 統治
權¶Chiú--ka ê ～ [蔣家ê～] 蔣家
的天下。

thian-hô (< log Sin) [天河] 名 TIÂU:
銀河; ≃ gîn-/gûn-hô; ≃ hô-khe。

thian-hoa/-hoe (< log Sin) [天花]
名 仝。

thian-hoa-pán (< log Sin) [天花板]

名 TÈ: 全 ; ≃ thian-hoa-pang; ≃ thiăn-jió; ≃ thian-pông。

thian- hoa- pang (< log Sin + tr) [天花枋] 名 TÈ: 天花板 ; ≃ thiăn-jió; ≃ thian-pông。

thian-hūn (< log Nip < sem Sin [天分]) [天份] 名 全。

thia - jiân - ·ê‖-giân-‖-liân- (< log Sin [天然] + TW ê) [天然·ê] 形 天然的。

thian-káu-jiát/-giát/-liát (< tr En *dengue fever*) [天狗熱] 名 登革熱。

thián-khui [捵開] (< [展開]) 動 張開 (摺起的東西), 例如地圖 ¶tē-tô͘ ~ lâi khòaⁿ [地圖～來看] 打開地圖看。

thian-kiô (< log Chi < tr; *cf* En *sky-bridge*) [天橋] 名 TIÂU: 全。

thian-kok‖thiⁿ- (< log Sin) [天國] 名 全 ¶khì ~ [去～] 上天堂。

thian-ông (< sem log Sin) [天王] 名 Ê: 力量或權勢無敵的人。

Thian- ông- chheⁿ/- chhiⁿ (< log) [天王星] 名 LIÁP: 行星第七。

thian-pêng (< log Sin) [天平] 名 KI: 一種衡器名。

thian-pông [天pông] 名 **1.** TÈ: 天花板 ; ≃ thiăn-jió **2.** Ê: (汽車的)頂棚 **3.** Ê: 閣樓 ; ≃ thian-pông-téng。

thiăn- pú- lah[1]/- lá‖thĕm- (< Nip *tempura* < Port *tempero*) 名 TÈ: 天麩羅, 即裹麵粉炸的食物。

thiăn- pú- lah[2]/- lá‖thĕm- (< sem *thiăn-pú-lah[1]*) 名 "甜不辣," 即摻有油炸食品如炸魚漿、油豆腐等的水煮食物 ; ≃ o͘-lián。 「全。

thian - sèng (< log Sin) [天性] 名

thián-sit [捵翼] (< [展翼]) 動 張開翅膀。 「全 ; ≃ ǎn-thé-nah。

thian-sòaⁿ (< log Chi) [天線] 名 KI: 全 ; ≃ ǎn-thé-nah。

thian-su/-sṳ (< log Sin) [天師] 名

Ê: 全 ¶Tiuⁿ ~ [張～]全。

thian-teng (< sem log Sin) [天燈] 名 LIÁP, PHA: 祭天用燈 ¶pàng ~ [放～]使上述的燈升空。 「偏。

thian-thian-á [thian-thian仔] 副 偏

thiàn-tò/-tò͘/-to͘h (< Nip *tento*; *cf* En/Neth *tent*) 名 Ê: 帳篷。

thian-tông (< log Sin) [天堂] 名 全 ; ≃ thian-kok ¶chiūⁿ ~ [上～]全。

thiap[1] (< Sin) [帖] 量 計算藥方的單位 ¶chit ~ ióh-á [一～藥仔] 一服

thiap[2] 量 計算榻榻米的單位。 「藥。

thiap[3] (< Sin) [貼] 動 **1.** 補貼 ; 補助 ¶In lāu-pē chit kò-goéh ~ i nn̄g bān kho͘. [In老父一箇月～伊兩萬箍.] 他爸爸一個月補貼他兩萬元 **2.** 墊 (高) ; ≃ kóe[2] ¶Hit ki toh-á-kha ~ ho͘ chāi. [Hit枝桌仔腳～ho͘在.] 把那個桌腳墊穩 **3.** 依附 (別人的伙食) 「的伙食 (團)。 △ ~ lâng chiáh [～人吃] 加入別人

thiáp (< Sin) [疊] 動 堆疊 ; 垛 ¶~ chhâ [～柴] 堆柴火。

thiap-á [帖仔] 名 TIUⁿ: (紅白)帖子 ¶pàng chit chheng tiuⁿ ~ [放一千張～]下一千張帖子。

thiap-koân/-koâiⁿ [貼koân] (< [貼懸]) 動 支高 ; 墊高。

thiat (< Sin) [撤] 動 淘汰 ¶kong-si ~ chin chē/chōe lâng [公司～真chē人]公司解雇了許多人。

thiat-chit (< log Chi) [撤職] 動 全。

thiat-chu (< log Chi) [撤資] 動 全。

thiat-hák‖tiat-‖tiát- (< log Nip < tr Hel *philosophia*) [哲學] 名 全 ◇ ~-ka (< log Chi) [～家] Ê: 全。

thiat-kun (< log Chi) [撤軍] 動 全。

thiat-siau (< log Chi) [撤銷] 動 全。

thiat-té/-tóe (< log Sin) [徹底] 形 全 ; ≃ tah-té; ≃ thàu-bóe ¶chò-/chòe-liáu bô-kàu ~ [做了無夠～]

做得不夠徹底 (副) 全; ≃ thàu-té ¶~ *sit-bāng* [～失望] 徹底絕望。

thiat-thè/-*thòe* (< log) [撤退] (動) 全; ≃ thè-cháu。

thiat-tóe ⇒ thiat-té。

[**thiâu**] (< Chi *tʻiao²*) (動) 調整。

thiàu (< Sin) [跳] (動) **1.** 上下跳躍 ¶*mài tòa bîn-chhṅg-téng* ~ [mài tòa 眠床頂～]別在床上跳 **2.** 暴跳; ≃ tiô(-thiàu) ¶*khì kà peh-khí-lâi* ~ [氣到 peh 起來～]氣得跳起來 **3.** 跳越 ¶~ *chhiûⁿ-á* [～牆仔]跳牆 ¶~ *kòe*/-*kè kau* [～過溝]跳過河 ¶~ *saⁿ chōa, bô thak* [～三 chōa 無讀]跳過三行沒讀 **4.** 跳(下/入);跳(下/入以自殺) ¶~ *kó͘-chéⁿ* [～鼓井]投井 **5.** 從…跳下/…跳出 ¶~ *hóe-*/*hé-chhia* [～火車]跳出火車 **6. B.** (入境後或過境時)逃脫以非法居留 ¶~-*chûn* [～船] q.v. ¶~-*ki* [～機] q.v. **7.** 反彈 ¶*Kiû* ~-*tò-tńg-·lâi.* [球～tò返來.]球彈了回來 ¶*Tiān-ko* ~-·*khí-·lâi ·a.* [電鍋～起來矣.]電鍋(的電開關)跳起來了 **8.** 跳(舞) **9.** 跳動 ¶*Sim+* ~ *chin kín.* [心～真緊.]心臟跳得很快 **10.** (心)悸; ≃ chhéng² ¶*Kek-tōng kà sim-koaⁿ phok-phok-*~. [激動到心肝 phok-phok～.]激動得心直跳。

thiāu¹ [柱] (名) [*á*] KI:柱子 ¶*chioh-*~ [石～]全 ¶*îⁿ-*~ [圓～] **a.** (數學的)圓柱 **b.** [*á*]圓柱子。

thiāu² [桃] (量) 計算宗族的單位。

thiāu³ (數) 萬億; ⇒ tiāu³。

thiāu-á [柱仔] (名) KI:柱子。

thiāu-á-chí [thiāu仔籽] (名) LIAP:粉刺;青春豆。 「椿腳。

thiāu-á-kha [柱仔腳] (名) Ê: (選舉的)

thiàu-bú (< log Sin) [跳舞] (動) 全。

thiau-chiàn (< log Nip < sem Sin) [挑戰] (名) 全 (動) 全; ≃ thó-chiàn。

thiàu-chúi¹ (< log Chi) [跳水] (名) 跳水運動 (動) 跳水(運動)。 「(自殺)。

thiàu-chúi² (< log Sin) [跳水] 投水

thiàu-chûn (< log Chi) [跳船] (動) **1.** 跳離船外 **2.** 乘船到他國非法居留; ≃ thau-cháu-chûn。

thiàu-hái [跳海] (動) 投海(自殺)。

thiau-ì(-kò͘)‖*tiau-* [thiau意(故)] (形) (副) 故意; ≃ thiau-kò͘-ì。

thiau-kang‖*thiâu-*‖*tiau-*‖*tiâu-* [thiau工] (形) 故意; ≃ thiau-ì-kò͘; ≃ thiau-tî ¶*I* ~ ·*ê.* [伊～·ê]他是故意的 (副) **1.** 特地 ¶*Che góa* ~ *kā lí lâu ·ê.* [Che我～kā你留·ê.]這是我特地留給你的 **2.** 故意; ≃ thiau-tî。

thiàu-kau [跳溝] (動) 投河(自殺)。

thiàu-keh-á [跳格仔] (動) (遊戲:)跳房子。

thiàu-ki¹ (< log Chi) [跳機] (動) 機器開關(因防危險而自動)跳開。

thiàu-ki² (< log Chi) [跳機] (動) 搭飛機到他國非法居留。

thiàu-kî (< log Chi) [跳棋] (名) PÔAⁿ, LIAP: 全 ¶*î* ~ 玩跳棋。

thiàu-kip (< log Sin) [跳級] (動) 全。

thiàu-ko (< pop log Chi; *cf* Nip [高跳]) [跳篙] (名) (動) 跳高。

thiau-kò͘-ì‖*thiâu-*‖*tiau-*‖*tiâu-* [thiau故意] (形) (副) 故意; ≃ thiau-ì; ≃ thiau-tî。

thiau-lân‖*tiau-* (< log Sin [刁難]) [thiau難] (動) 全; ≃ tiau¹。 「全。

thiàu-lân (< log Chi) [跳欄] (名) (動)

thiàu-lâu [跳樓] (動) 墮樓(自殺)。

thiàu-oán (< log Chi) [跳遠] (名) (動) 全。

thiàu-pan (< log Chi) [跳班] (動) 全。

thiàu-pán (< log Chi) [跳板] (名) TÈ: (體操等用)跳板。

thiàu-phiò (< log Chi < tr En *bounce*) [跳票] (動) **1.** (支票)不能兌現; ≃ put-tō **2.** 無法如期實現

3. 無法遵守競選時的諾言。

thiàu-seng (< log Chi) [跳升] 働全。

thiàu-sòaⁿ (< log Chi) [跳傘] 働全。

thiàu-soh(-á) [跳索(仔)] 働 跳繩。

thiàu-tâng [跳僮] 働 跳乩; (乩童)起
舞; cf khí-tâng。

thiàu-thiàu-pán (< *khiàu-khiàu-pán
< log Chi) [跳跳板] ⑧ 蹺蹺板; ≃
sì-sò; ≃ khī-khòk-pán。

thiau-tî‖thiàu-‖tiau-‖tiâu- 圈 働
故意; ≃ thiau-kò·-ì; ≃ tiau-kang。

thih (< Sin) [鐵] ⑧ **1.** TÈ: 一種金屬
名 **2.** 鐵質 ¶Góa, hoeh/huih khiàm
~. [我血欠~.]我的血液缺鐵質 圈
鐵製的。

thih 働 **1.** 口吃地說話 **2.** 支吾; ≃
thủh/thuh ¶~ kui-po·, ~-bē-chhut-
·lâi [~ kui 晡, ~ bē 出來] 支吾了老
半天說不出所以然 **3.** 吹噓。

thih-á [鐵仔] ⑧ TÈ: **1.** 零星的鐵 **2.** 廢
鐵 **3.** 鐵。

thih-bé [鐵馬] ⑧ TÂI: 腳踏車
◇ ~-leng [~奶] TIÂU: 腳踏車輪胎
◇ ~-lián 腳踏車的輪子

thih-bé-tê/-tôe [鐵馬蹄] ⑧ Ê, TÈ:
馬蹄鐵。

thih-chhiū (< log Sin) [鐵樹] ⑧
CHÂNG: 蘇鐵。   「球。

thih-chí [鐵籽] ⑧ LIÀP: (田賽的)鉛

thih-chit (< log Chi) [鐵質] ⑧全。

thih-gû [鐵牛] ⑧ TÂI, CHIAH: 耕耘
機。   「鐵裝成的外殼

thih-kah (< log Chi) [鐵甲] ⑧ 用鋼
◇ ~-chhia [~車] TÂI: 裝甲車。

thih-khak-chûn [鐵殼船] ⑧ TÂI,
CHIAH: 全。   「正確; "不信邪"。

thih-khí [鐵齒] 圈 堅持自己說的為

thih-khì sî-tāi (< log Nip) [鐵器時
代] ⑧全。

thih-ki-á [鐵枝仔] ⑧ KI: **1.** 鐵條
2. 鐵軌

◇ ~-lō· [~路] TIÂU: 火車道; ≃ thih-
lō·。

thih-kin/-kun/-kin (< log Nip) [鐵
筋] ⑧ TIÂU, KI: 鋼筋; 鐵條
◇ ~ khōng-ku-lí (< log Nip [鋼筋コ
ンクリート] + Nip konkuriito) 鋼
筋水泥。

thih-kiô [鐵橋] ⑧ TIÂU: 全。

thih-kńg-mn̂g [鐵捲門] ⑧ Ê: 全; ≃
siat-tah。   「TIÂU: 鐵管。

thih-kóng [鐵kóng] (< [鐵管]) ⑧

thih-kūi (< log Sin) [鐵櫃] ⑧ [á]

thih-kun ⇒ thih-kin。   「Ê: 全。

thih-lâng [鐵人] ⑧ Ê: 鐵漢。

thih-liān-á (< log Sin + á) [鐵鍊仔]
⑧ TIÂU: 鐵鍊。

thih-lō· (< log Sin < Nip) [鐵路] ⑧
TIÂU: 全; cf thih-ki-á-lō·

thih-mn̂g‖-mûi [鐵門] ⑧ Ê: 防盜性
的金屬板或金屬條門戶。

thih-pang [鐵枋] ⑧ TÈ, PHìⁿ: 鐵板。

thih-piáⁿ (< tr + log Chi < tr; cf En
discus) [鐵餅] ⑧ TÈ: (田賽的)鐵
餅。

thih-pn̄g-óaⁿ [鐵飯碗] ⑧ Ê: 不容易
失去的職業, 例如公家機構的中下等
職位。   「鐵絲; ≃ iân-sòaⁿ

thih-sòaⁿ (< log Sin) [鐵線] ⑧ TIÂU:
◇ ~-bāng-á [~網仔] NIÁ: 鐵絲網。

thih-teng-á [鐵釘仔] ⑧ KI: 全。

thih-thang [鐵窗] ⑧ Ê: 防盜性的金
屬條窗戶。

thih-thih-kiò [thih-thih 叫] 働 **1.** 口
吃地說話; 結結巴巴 **2.** 自誇; 吹噓。

thih-thûi [鐵鎚] ⑧ [á] KI: **1.** 全 **2.** 鐵
杵。

thím (< En team) ⑧ Ê: 團隊; 組織
¶In kāng chit ê ~. [In 全一個~.]
他們屬於同一個團隊(/車行/幫派
等)。   「等)。

thìm ⇒ tòm²。

thìm-thâu ⇒ tòm-thâu。

thîn (動) 斟;(從容器的嘴)倒(出) ¶~ *chiú* [~酒]倒酒 ¶~ *tê* [~茶]倒茶。

thīn¹ (動) **1.** 匹配 ¶*Goán cha-bó͘-kiáⁿ ~ in kiáⁿ, lí siūⁿ án-chóaⁿ?* [Goán 查某 kiáⁿ~ in kiáⁿ, 你想按怎?]我女兒配他兒子如何? **2.** 匹敵 ¶*m̄-káⁿ ~ ·i* [m̄ 敢~伊]不敢和他匹敵。

thīn²‖*thēng* (動) "挺," 即支持/撐腰 ¶*I ~ in bó͘; in lāu-bú/-bó chin khì.* [伊~ in 某, in 老母真氣.]他站在他太太那一邊,他媽媽很生氣 ¶*Lí nā chhut-lâi soán, góa it-tēng ~ ·lí.* [你若出來選,我一定~你.]如果你出來選,我一定挺你。

thio (< Sin) [挑] (動) (用薄片水平地)剷(起) ¶~ *ng-á* [~秧仔]剷(秧田的)秧苗(以備插在水田裡)。

thio-chhiú-pêng‖*thiu-* [挑手 pêng] (名) ê: 漢字第64部首偏旁提手儿。

thiok **-bȯk-gia̍p**‖*thek-* (< log Chi < met Nip [牧畜業]) [畜牧業] (名) 全。

thiòng (< Sin [暢]) (動) 遊蕩玩樂 (形) 暢快。

thíp ‖*thi̍p* (< En tip) (名) 小費。

thit **-thô**‖*chhit-* (動) **1.** 遊玩 ¶*khì Ji̍t-pún ~* [去日本~]到日本去玩 ◇ ~ *gín-á* [~gín仔] ê: 遊手好閑的年輕人 ◇ ~ *ìn-á* [~印仔] LIA̍P: 非正式的 [印章 ◇ ~*-lâng* [~人] ê: 遊手好閒、吃喝玩樂的人 ◇ ~*-mi̍h-á* [~物仔] ê: 玩具 ◇ ~*-phōaⁿ* [~伴] ê: 玩伴 **2.** 做著好玩儿 ¶*me iâm chia̍h-~* [me 鹽吃~]抓把鹽吃著好玩儿。

thiu (< Sin) [抽] (動) **1.** 拔;抽(出) ¶~*-tio̍h thâu-chiáng* [~著頭獎]抽中頭獎 **2.** 撤退;撤(軍) **3.** (> *liu¹*)

拈(鬮) ¶~ *khau-á* [~鬮仔]拈鬮 **4.** 抽(取一部分); cf *khioh¹* ¶*thàn ê chîⁿ ài hō͘ i ~* [趁 ê 錢愛 hō͘伊抽]所賺的錢得讓他抽成 ¶~ *lō͘-sòe/-sè* [~路稅]索取過路費 **5.** 抽痛; ≃ *thiu-thiàⁿ* **6.** 長(嫩葉);(樹枝等因生長而)拉(長);長(高) ¶*Goán kiáⁿ chòe-kīn ~-chı̍t-ē soah lò-sia̍k-sia̍k.* [Goán kiáⁿ 最近抽一下煞 lò-sia̍k-sia̍k.]我兒子最近一下子長得很高。

thiu-cha (< log Chi) [抽查] (動) 全。

thiu-chhiam (< log Sin) [抽籤] (動) **1.** 抽(問卜的)籤儿 **2.** (< log Nip < sem) 抽作有記號的籤儿(以決定人選、次序等); ≃ *thiu/liu/liam khau-á* **3.** (< log Chi < sem) 選任何作有記號的東西(以決定人選、次序等),例如摸彩、選以長短決定運氣的線條。

thiu-chhiāng ⇒ thiu-siāng。

thiu-chhiú-pêng (< *thio-chhiú-pêng*, q.v.)。

thiu-chúi bé-tháng (< log Chi) [抽水馬桶] (名) ê: 全; ≃ chhiong-chúi piān-só͘。

thiu-chúi-ki (< log Chi) [抽水機] (名) TÂI, LIA̍P: 全; ≃ phòng-phù。

thiú-hòa (< ana hom Chi [丑] < log Chi [醜化] < tr En uglify) [丑化] (動) 醜化。 [(動) 全。

thiu-hoeh/-huih (< log Chi) [抽血]

thiu-hong-ki [抽風機] (名) TÂI, ê: 全。

thiu-huih ⇒ thiu-hoeh。 [ê: 全。

thiu-iû-ian-ki [抽油煙機] (名) TÂI,

thiu-kiám (< log Chi) [抽檢] (動) 全。

thiú-lip (< En tulip) (名) CHÂNG, LÚI:

thiu-sè/-sè̀ ⇒ thiu-sòe。 [鬱金香。

thiu-siāng/-siōng/-chhiāng (< log Nip) [抽象] (形) 全 [全。 ◇ ~ *-ōe* (< log Nip) [~畫] TIUⁿ:

thiu-sòe/-sè̀/-sè (< log Sin) [抽稅]

(動) 全; ≃ khioh-sòe。

thiu-thè/-_thòe_ [抽退] (動) 退；走上退路；"下台" ¶_lâu āu-pō·, thang ~_ [留後步 thang ~] 留後退之路。

thng (< Sin) [湯] (名) **1.** 加很多水的食品 ¶_tàk tǹg chiàh saⁿ óaⁿ pn̄g, lim sì óaⁿ ~_ [逐頓吃三碗飯，lim 四碗湯～] 每餐吃三碗飯，喝四碗湯 ¶_hî-oân-~_ [魚丸～] 全 ¶_lèk-tāu-~_ [綠豆～] 全 **2.** 上述食品的水分部分 ¶_Liáp ko·-liáu-liáu, chhun ~._ [粒 ko·了了，chhun ~.] 湯裡的東西都撈光了，只剩湯 **3.** 物體(流出)的汁 ¶_Chit liàp iū-á bô ~._ [這粒柚仔無～.] 這顆柚子汁不多 **4.** (ant _ko_ ²) (女性的)淫水。

thn̂g (< Sin) [糖] (名) KAK, LIÁP: **1.** 甘蔗等提煉的有高度甜味的碳水化合物 ¶_bèh-gê-~_ [麥芽～] 全 ¶_pô·-tô-~_ [葡萄～] 全 **2.** 用大量的糖製出的蜜餞 ¶_iū-á-~_ [柚仔～] 柚子皮加糖製成的半透明食品 ¶_tang-koe-~_ [冬瓜～] 全。

thǹg¹ (< Sin) [燙] (動) **1.** (放進開水中短暫地)燙(青菜等)；_cf_ sàh **2.** (用開水)沖或盪滌 ¶_Óaⁿ sé-/sóe-hó, iōng kún-chúi koh ~ ·chit ·piàn._ [碗洗好用滾水 koh ～一遍.] 碗洗好之後用開水再沖一遍 **3.** 燙(痛/傷) ¶_hō· kún-chúi ~··tiòh_ [hō·滾水～著] 被開水燙了。

thǹg²‖_thùi_ ⁿ (< Sin) [褪] (動) **1.** 脫 (衣褲鞋襪) **2.** 蛻 ¶_Thò·-á teh ~-mo/-mn̂g._ [兔仔 teh～毛.] 兔子正在換毛 ¶_Siâm ~-khak ·a._ [蟬～殼矣.] 蟬脫殼了。

thn̄g¹‖_thūi_ ⁿ (< Sin [碭]) (名) 釉；≃ hûi-thn̄g ¶_lâm-~_ [淋～] 上釉。

thn̄g² (動) (把煮過的食物)加熱。

thn̂g-á [糖仔] (名) LIÁP: 糖果
◇ ~-_piáⁿ_ [～餅] 糖果糕餅等甜點。

thǹg-bak-theh (< _thǹg-pak-theh,_

q.v.)。   「全；≃ sâk-khá-lín。

thn̂g-cheng (< log Sin) [糖精] (名)

thn̂g-chhang [糖蔥] (名) 龍鬚糖，即糖漿加空氣後變白色不透明的糖。

thǹg-chhiah-kha [褪赤腳] (動) 打赤腳。   「[糖廠] (名) KENG: 全。

thn̂g-chhiáng/-_chhiú_ ⁿ (< log Chi)

thn̂g-hun (< log Nip) [糖分] (名) 全。

thn̂g-hún (< tr En _powdered sugar_) [糖粉] (名) 粉末狀的糖。

thn̂g-jiō-pēⁿ|-_giō-_‖_thn̂g-jiō-pīⁿ_|-_liō-_ (< log Nip) [糖尿病] (名) 全。

thǹg-khak [褪殼] (動) (蟲、蛇等)蛻皮。

thǹg-khò·-lān [褪褲 lān] (粗) (動) 光著下體。   「下體。

thn̂g-ko [糖膏] (名) 糖漿。

thǹg-pak-theh|-_bak-_ [褪剝裼] (動) **1.** 脫光(衣服) **2.** 打赤膊。

thǹg-saⁿ-thǹg-khò· [褪衫褪褲] (動) 脫下衣褲。   「調羹

thng-sî (< log Sin) [湯匙] (名) [_á_] KI:
◇ ~-_á-chhài_ [～仔菜] CHÂNG: 青剛菜；≃ chheng-kang-á-chhài
(量) 計算調羹容量的單位。

thn̂g-sng [糖霜] (名) KAK, LIÁP: 冰糖。

thng-thâu [湯頭] (名) 湯及其口味。

thǹg··tiòh [燙著] (動) 燙傷。

tho (動) (鴨、鵝等扁嘴鳥類) 啄。

thó (< Sin) [討] (動) **1.** 要；索取 ¶_Tàk hāng lóng thang kā i ~._ [Tàk 項攏 thang kā 伊～.] 樣樣都可以向他要
△ ~ _kiù-peng_ [～救兵] 求救
△ ~ _kong-lô_ [～功勞] 邀功；≃
2. 招惹 ¶_~-soe_ q.v.   └chhéng-kong
△ ~ _mâ-hoân_ [～麻煩] 自找麻煩

thò (< Sin) [套] (量) **1.** 計算成套事物的單位；≃ cho·² ¶_chit ~ nn̂g-thé_ [一～軟體] 全 **2.** 計算成套衣服的單位；≃ su⁴ **3.** 計算言行方式的單位 ¶_Lí mài kah/kap góa lâi chit ~._ [你 mài kah 我來 chit ～.] 你

別跟我來這一套¶*chit ~ kóng-hoat* [一~講法]一套說法 (動) 1. 緊密地罩住¶*Chin chē/chōe Jı̍t-pún-chheh iōng chheh-khak ~··tī-·leh.* [真chē日本冊用冊殼~tī-·le.]很多日本書用書套套著

△ ~ *kong-sek* [~公式]全

2. 襯¶*kā goân-kó ~ tòa ē-kha biô* [kā原稿~tòa下腳描]把原稿襯在下面臨摹 3. 練習，使一致¶*Kim-kong-tóng ~-hó-sè teh phiàn ·lâng.* [金光黨~好勢teh騙人.]金光黨串通好來騙人。

△ ~ *kháu-keng* [~口供]串供。

thô-á [桃仔] (名) CHÂNG, LIA̍P: 桃子。

thó-boeh/-*beh/-beh* [討欲] (動) 要求¶*~ tâng-chê khì* [~同齊去]要求一起去。

thó-chè [討債] (動) (形) 暴殄天物。

thò-chîⁿ [套錢] (名) [*á*] TÈ: 墊圈。

thó-chia̍h [討吃] (動) 1. 覓食 2. 行乞。

Thó-fò/-*fè*‖*Thó-fò/-fè* (< En *TOEFL*) (名) PÁI: 英文托福考試。

thó-hái [討海] (動) 海上捕魚
◇ ~··*ê* (海上作業的) 漁民。

thó-hî/-*hî̂* [討魚] (動) 捕魚。

thó-hìⁿ-sak (動) 丟棄; ≃ hìⁿ-sak; ≃ (thó-)hiat-ka̍k; ≃ thó-ka̍k。

thò-hia̍p‖*thó-* (< log Nip) [妥協] (動) 全。

thó-hiat-ka̍k (動) 丟棄; ≃ (thó-)hìⁿ-sak; ≃ hiat-ka̍k; ≃ thó-ka̍k。

Thô-hn̂g (< ab *Thô-á-hn̂g*) [桃園] (名) 縣市名。

thó-hō͘ (< Hkh < tr Hak *thó-pún*) [討hō͘] (動) 給; ≃ hō͘³; ≃ hēng ¶*Góa chit pún chheh ~ ·lí.* [我chit本冊~你.]我這本書送給你。

thó-ià (< log Chi) [討厭] (動) 全; ≃ gê⁴; ≃ chheh² (形) 全; ≃ gín-··lâng。

thó-ka̍k [討ka̍k] (動) 丟棄; ≃ thó-hìⁿ-sak; ≃ thó-hiat-ka̍k。

thó khè-hiaⁿ|-*khòe-* [討契兄] (動) 偷男人; 偷漢子。

tho-lák-khuh|-*lá-*‖*thơ-* (< Nip *torakku* < En *truck*) (名) TÂI: 卡車。

tho-làng-khù‖*thơ-* (< Nip *toranku* < En *trunk*) (名) KHA: 行李箱。

thò-lí [套裡] (動) 托上裡儿。

thó-lūn (< log Nip) [討論] (動) 全。

tho-má-toh‖*kha-*‖*thơ-má-toh/-tơh* (< Nip *tomato* < En *tomato*) (名) CHÂNG, LIA̍P: 番茄。

thó-miā [討命] (動) (被殺害者的陰魂) 要求償還性命。　　[KENG: 全。

thò-pâng (< log Chi) [套房] (名)

thô-sek (< log Nip) [桃色] (名) 粉紅色; ≃ thô-á-sek; ≃ hún-âng-á
◇ ~ *sin-bûn* (< log) [~新聞] TIÂU: 緋聞。

thó-siàu [討賬] (< [討數]) (動) 討債。

thó-soe [討衰] (動) (自) 討沒趣儿; (自己) 招來霉運。

thó-thàn [討趁] (動) 討生活¶*boeh/beh chia̍h, m̄ ~* [欲吃m̄~]好吃懶做。

thò-tiâu (< log Chi + tr) [套tiâu] (動) 套牢¶*poa̍h kó͘-phiò, khih ~ gō͘-pah bān* [poa̍h股票乞~五百萬]玩股票，五百萬被套牢。

thò-tòng (< log Sin) [妥當] (形) 全。

thô͘ (< Sin [塗]) (名) 1. OÂN: 泥土 2. 地¶*tâi tī ~··ni* 埋在地裡 (動) (事情) 一敗塗地¶*lóng ~··khì* [攏~去] (事情) 全毀 (形) 1. 無藝術修養¶*Kok-ka Hì-kèk-īⁿ kah Kok-ka Im-ga̍k-thiaⁿ ê sek ū-kàu ~.* [國家戲劇院kah國家音樂廳ê色有夠~.]國家戲劇院和國家音樂廳的顏色真土 2. [x] (事情) 敗壞¶*~-~-~* q.v.

thó͘·¹ (< Sin) [吐] (動) 1. (因過長而) 伸出; ≃ thóng¹ ¶*Lāi-té-saⁿ ~-·chhut-·lâi.* [內底衫~出來.]裡面的衣服露出來 2. 突出／露出 (穀穗、舌頭、龜頭等)

△ ~ *chhùi-chih* [～嘴舌] 咋舌

△ ~ *lān-sui* **a.** (人長成後或勃起時) 龜頭伸出包皮外 **b.** (獸類勃起時) 陰莖伸出包皮外

3. (ant *suh*) 吐出 ¶~ *chit ê tōa-khùi* [～一個大氣] 長歎一聲 **4.** 超 (出, 有餘數); ≃ *thóng*[1] ¶*chit-pah khah* ~ [一百較～] 一百有餘。

thó·[2] (< Sin) [土] 圏 不加修飾; 鄙俗 ¶*Chit ê lâng chin* ~. [Chit 個人真～.] 這個人很戇直。

thò·[1] (< Sin) [兔] 图 CHIAH: 十二生肖第四; *cf* thò·-á。

thò·[2] (< Sin [吐]) 動 **1.** 從體內 (經口腔) 排出 ¶*niû-á* ~ *si* [娘仔～絲] 蠶吐絲 **2.** 嘔吐; ≃ *thò·-sái* **3.** 暴 (眼) 圏 突出的樣子 ¶*bák-chiu* ~-~ [目睭～～] 暴眼。

thò·-á [兔仔] 图 CHIAH: 兔子
◇ ~-*kiáⁿ* CHIAH: 小兔子。

thô·-ang-á [thô·尪仔] (< [塗□□]) 图 SIAN/SIN: 泥偶; 泥人儿。

thô·-bê/-*bê* ⇒ thô·-moâi。　　　「表。

thô·-bīn [thô·面] (< [塗面]) 图 地

thô·-bók (< log Nip < Sin) [土木] 图 土木工作　　　　「[～工程] 全
◇ ~ *kang-têng*/-*thêng* (< log Chi)

Thó·-chheⁿ/-*chhiⁿ* (< log) [土星] 图 LIÁP: 行星第六。

thô·-chhiah (< [塗刺]) 图 KI: 大鏟子。

thô·-chhiâng [thô·牸] (< [塗□]) 图 KI: 挖地面窄洞的工具名。

thô·-chhoah-lâu (v *chhoah-lâu*) [thô·-chhoah流] (< [塗□流]) 图 泥石流; ≃ thô·-chhióh-lâu。

thó·-chih [吐舌] 動 伸出舌頭; 咋舌; ≃ thó·[1(2)] chhùi-chih。

thô·-chhióh-lâu/-*liû* (< tr + log Chi [土石流] < [泥石流]) [thô·石流] (< [塗石流]) 图 土石流; ≃ thô·-chhoah-lâu。

thô·-chúi [thô·水] (< [塗水]) 图 泥水工作 ¶*chò-*/*chòe-*~ [做～] 從事泥水工; 當泥水匠
◇ ~-*sai* ê: 泥水匠
◇ ~ *sai-hū* [～sai父] do.

Thó·-fò/-*fè* ⇒ Thó·-fò。

thò·-hoeh/-*huih* (< log Sin) [吐血] 動 全。　「全 形 (< sem) 不講理。

thó·-húi (< log Sin) [土匪] 图 [á] ê:

thò·-huih ⇒ thò·-hoeh。

thô·-hún [thô·粉] (< [塗粉]) 图 **1.** 泥土的粉末; ≃ thô·-soa-hún **2.** 灰塵; ≃ thô·-soa-hún-á; ≃ eng-ia。

thô·-kat (< log Sin [土墼] + tr) 图 TÈ: 土坯, 即不經窯燒的泥磚
◇ ~-*chhù* [～厝] KENG: 泥房子。

thó·-ke/-*koe* (ant *chhī-liāu-ke*) [土雞] 图 [á] CHIAH: 全。

thô·-kha [thô·腳] (< [塗骹]) 图 **1.** 地上; 地板 ¶*khùn tī* ~ [睏 tī～] 睡在地上 **2.** 地下; ≃ thô·-té/-tóe ¶*tâi tī* ~ 埋在地下。　　　「洞 **2.** 地上的洞。

thô·-khang (< [塗空]) 图 ê: **1.** 泥的

thó·-khùi (< Sin) [吐气] 動 **1.** (ant *suh-khùi*) 吐氣 **2.** 歎息; ≃ thó·-tōa-

thô·-koe ⇒ thô·-ke。　　　　「khùi。

tho·-lá-khuh/-*kuh*|-*lák-* ⇒ tho·-lák-khuh。　　「戇直的人; 粗人。

thó·-lâng [土人] 图 ê: 不拘禮貌的人;

thô·-làng-khù ⇒ tho·-làng-khù。

thó·-lī-kong (< thó·-tī-kong < log Sin [土地] '社神' + TW *kong*) [土 lī 公] (< [土地公]) 图 ê, SIAN: 福德正神, 即土地的守護神
◇ ~-*á* [～仔] ê: 墳旁的小土堆, 代表守護神的神位。

thô·-liu [thô·鰡] (< [塗鰡]) 图 BÓE: 泥鰍; ≃ hô·-liu。

tho·-má-to·h/-*toh* ⇒ tho-má-toh。

thô·-moâi/-*môe*/-*bê*/-*bê* [thô·糜] (< [塗糜]) 图 KÔ·, CHHOP: 泥漿。

thó·-ōe [土話] 图 KÙ: 粗俗戇直的話。

thó-pà-ông [土霸王] (名) Ê: 仝。

thó-pau-á (< log Chi + tr) [土包仔] (名) Ê: 土包子。

thô-phang [thô 蜂] (< [塗蜂]) (名) CHIAH: 蜾蠃的一種，在泥裡產卵。

thô-phè [thô 帕] (< [塗帕]) (名) Ê, TÈ: (罩在車輪上的)擋泥裝置。

thò-sái [吐屎] (動) 嘔吐；≃ thò²。

thó-sán [土產] (名) 仝。 「鯰魚。

thô-sat [thô 虱] (< [塗□]) (名) BÓE:

thô-sek [thô 色] (< [塗色]) (名) 褐色。

thó-siūⁿ [土想] (動) 隨便想想 ¶~ niâ 隨便想想而已 (別人不必認真)
△ ~ mā chai [~mā 知] 不必經過大腦也應該知道。 「泥沙。

thô-soa [thô 沙] (< [塗沙]) (名) LIÁP:

thò-soa [吐沙] (動) (貝類在清水中) 排出泥沙。

thô-soa-hún [thô 沙粉] (< [塗沙粉]) (名) [á] LIÁP: 細沙；灰塵。

thô-tāu [thô 豆] (< [塗豆]) (名) CHÂNG, NGEH, LIÁP: 落花生
◇ ~-chiùⁿ (< tr Chi < tr En peanut butter) [~醬] 花生醬
◇ ~-hu 花生粉 「米
◇ ~-jîn/-gîn/-lîn [~仁] LIÁP: 花生
◇ ~-khak [~殼] TÈ, LIÁP: 花生殼
◇ ~-láu [~荖] TÈ: 一種炸粢巴裹花生粉的甜食
◇ ~-mô͘h [~膜] TÈ: 花生米的皮
◇ ~-thn̂g [~糖] TÈ: 花生糖。

thó-tē/-tōe (< log Nip < Sin) [土地] (名) TÈ: 仝。

thô͘-thô͘(-thô͘) (v thô͘) (形) (事情) 一塌糊塗；(事情) 慘兮兮。 「LIÁP: 煤。

thô͘-thòaⁿ [thô͘ 炭] (< [塗炭]) (名)

thô-thuh/-thoh/-thut [thô 魠] (< [塗魠]) (名) BÓE: 鰆魚。

thó-tī-kong ⇒ thó-lī-kong。

thó-tit [土直] (形) 戇直。

thó-tōa-khùi [吐大气] (動) 1. 深深吐氣 2. 歎息；長歎；≃ chhoán-tōa-khùi。

thó-tōe ⇒ thó-tē。

thô-ún [thô 蚓] (< [塗蚓]) (名) BÓE: 蚯蚓；≃ tō-ín/-ún/-kín/-kún。

☐ **thoa** (< Sin) [拖] (量) 堆，即表示事物多，與 tōa [大] 連用 ¶chit-tōa ~ [一大~] 一大堆 (話、事情)；一大群 (跟班等) (動) 1. 拉著著地的東西使動 ¶kā sí·ê ti ~-khì piⁿ·a [kā 死ê豬 ~去邊·a] 把死的豬拖到一邊去 ¶lāu gû ~ phòa chhia [老牛~破車] 老牛拉破車 2. 硬叫人家移動、前往等 ¶hō͘ pêng-iú ~-khì chham-ka [hō͘朋友~去參加] 被朋友拉去參加 ¶hông ~-khì chò-/chòe-peng [hông~去做兵] 被抓去當兵 3. (不必要地) 取用 (以致增加收拾的負擔) ¶Saⁿ chit niá chhēng lah-sap, chiah koh ōaⁿ chit niá, mài chò chit pái ~ hiah chē niá. [衫一領 chhēng 垃圾, chiah koh 換一領, mài 做一擺~hiah chē 領.] 衣服一件穿髒了再換一件，不要同時拿出那麼多件 (這件也穿，那件也穿) 4. 拖延 ¶tāi-chì ~ kàu taⁿ, iáu m̄ tín-tāng [代誌~到taⁿ, 天 m̄振動] 事情拖到現在還不肯動。

thoa¹ (< Sin [汰]) (動) (用清水) 滌蕩 ¶chhùi ~-~ ·le. [嘴~~·le] 嗽嗽口 ¶tê-khơ ~ khah chheng-khì ·le [茶篦~較清氣·le] 把肥皂沖乾淨些 ¶~ saⁿ [~衫] 把 (洗好的) 衣服漂乾淨。

thoa² (動) 1. 陶冶；見習；習得 (語言) ¶Tòa Bí-kok, Tâi-gí ~-khah-hó, tòa Tâi-oân, Tâi-gí tian-tò ~-bē-hó. [Tòa 美國台語~較好, tòa 台灣台語顛tò~bē好.] 住在美國台語可以學得比較好，住在台灣台語反而學不好
△ ~ seng-lí [~生理] 學做生意
2. 栽培；教導；帶 ¶hō͘ lâng ~-pháiⁿ-·khì [hō͘人~歹去] 被別人帶壞了 ¶~

sai-á [～sai仔] 教徒弟。

thoa-á-ê/*-ôe* [拖仔鞋] ② SIANG, KHA: 拖鞋; ≃ chhián-thoa; ≃ ê-/ôe-thoa; ≃ su-lít-pah。

thoa-bôa [拖磨] ⑩ 操勞; 勞碌。

thoa-chhia [拖車] ⑩ 拉 (人力) 車。

thōa-chhùi [thōa嘴] ⑩ 嗽口; ≃ lôk-chhùi。   [延性命。

thoa-lāu-miā [拖老命] ⑩ (老人) 苟

thoa-lūi (< log Sin) [拖累] ⑩ 連累; ≃ khan-thoa; ≃ tài-soe。   「lù-á。

thoa-pò͘ [拖布] ② KI: 拖把; ≃ pò͘-

thoa-soa [拖沙] ⑩ (行事) 拖延。

thoa-thô͘ [拖thô͘] (< [拖塗]) ⑩ (衣物) 拖地。

[thoaⁿ] [攤] ⑧ 1. 分開的一部分 ¶*Tāi-chì chò kúi-ā ～ chò.* [代誌做幾ā～做.] 事情分好幾次做 (完) 2. 筆, 即計算生意上交易次數的單位 ¶*thàn ·i ·chit ·～* [趁伊一～] 賺他一筆 ⑩ 攤 (還) ¶*Khiàm ê chîⁿ chò kúi-ā pái ～.* [欠ê錢做幾ā擺～.] 所欠的錢分好幾次攤還。

thóaⁿ (< Sin [剷]) ⑩ 1. (用鋤頭) 剷 (平) ¶*～ chhân-hōaⁿ* [～田岸] 用鋤頭削田埂 ¶*～-pêⁿ/-pîⁿ* [～平] 剷平 2. (用鋤頭) 切斷 (草的莖葉) ¶*～-chháu* [～草] (用鋤頭) 剷平泥土以除草。

thòaⁿ¹ [炭] ② 1. 碳水化合物燃燒未成灰的物質 ¶*hóe-/hé-～* [火～] 木炭 2. 煤 ¶*～-khòng* [～礦] 煤礦。

thòaⁿ² [淡] ⑩ 1. 擴散; 蔓延 2. 繁殖。

thoaⁿ-hêng (< log Sin) [攤還] ⑩ 全。

thoaⁿ-hoàn (< log Chi) [攤販] ② ê: 全。

[thoah] ¹ (< sem Sin) [屜] ② 抽屜 ¶*bīn-téng ～* [面頂～] 上層的抽屜 ¶*tiong-～* [中～] 中間的 (那個) 抽屜 ¶*kūi-～* [櫃～] do. ⑧ 計算抽屜的單位 ⑩ 推或拉 (抽屜、有軌道的門

窗等) ¶*～ jiák-khuh* 拉拉鍊。

thoah² ⑩ 挨 (過危險或困境); 脫離 (危險或困境) ¶*Chit khoán pēⁿ ～-bē-kòe jī-cháp-sì tiám-cheng.* [Chit款病～bē過24點鐘.] 這種病挨不了二十四小時 ¶*sió-seng-lí bóng ～* [小生lí罔～] 做個小生意, 得過且過。

thoah-á [屜仔] ② ê: 抽屜。

thoah-pang [屜枋] ② TÈ: 洗衣板。

thoah-thang [屜窗] ⑩ 斜視, 即兩眼的視線不平行 ¶*bák-chiu ～* [目睭～] 鬥雞眼。

[thoân] ¹ (< Sin) [團] ② ê: 1. 為某種目的而組成的人群 ¶*chơ chit ê ～* [組一個～] 全 ¶*lí-/lú-hêng-～* [旅行～] 全 ¶*lùt-su-～* [律師～] 全 2. 軍事單位 ⑧ 有組織的人群。

thoân²‖*thn̂g*‖*thûiⁿ* (< Sin) [傳] 1. 傳 (給後人); ≃ phá-suh ¶*kā Tâi-oân bûn-hòa ～ hō͘ āu-tāi* [kā台灣文化～hō͘後代] 把台灣文化傳給後代 2. 傳 (後代)。

thoân³ (< Sin) [傳] ⑩ 1. 傳遞; 傳 (消息); ≃ phá-suh ¶*Siau-sit chin kín tiō ～ kà chin chē/chōe lâng chai.* [消息真緊就～到真chē人知.] 消息很快傳開了 2. 傳喚 ¶*～ chèng-jîn* [～證人] 全 3. 電傳; ≃ fá-khûh-suh/fák-si̍h。

thoân-chin (< log Chi < tr En *fac-simile*) [傳真] ② ⑩ 全; ≃ fá-khûh-suh/fák-si̍h   「≃ fá-khûh-suh。
◇ *～-ki* (< log Chi) [～機] TÂI: 全;

thoân-goân ⇒ thoân-oân。

thoân-îⁿ/*-oân*‖*thoàn-îⁿ* (< col log Sin) [團圓] ⑩ 全。

thoân-jiám/*-giám*/*-liám* (< log Nip) [傳染] ⑩ 全; ≃ òe¹   「全。
◇ *～-pēⁿ*/*-pīⁿ* (< log Nip) [～病]

thoân-kàu (< log Sin) [傳教] ⑩ 全
◇ *～-su* [～師] ê: 傳教士。

thoân-kiat (< log Nip < sem Sin) [團

結] 働 全。

thoân-lēng-peng (< log Chi; cf Nip [傳令]'傳令員') [傳令兵] 名 ê: 全。

thoàn-liān (< log Sin) [鍛煉] 働 全。

thoân-oân/-goân (< log Nip) [團員] 名 ê: 全。　　　　[TIUⁿ: 全。

thoân-phiò (< log Nip) [傳票] 名

thoân-pò/-pò· (< log Nip < Sin) [傳播] 働 全　　　　　[媒體]全。
◇ ～ bôe-/môe-/mûi-thé (< log) [～

thoân-sêng (< log Chi) [傳承] 働 全。　　　　　　　　[ê: 全。

thoân-soat (< log Nip) [傳說] 名

thoân-tát (< log Sin) [傳達] 働 全。

thoân-thé (< log Nip; ant kò·-jîn) [團體] 名 ê: 全　　　　[全。
◇ ～-phiò (< log Chi) [～票] TIUⁿ:

thoân-thóng (< log Nip) [傳統] 名 ê: 全。　　　　　　[全。

thoân-tiúⁿ (< log Nip) [團長] 名 ê:

thoân-toaⁿ (< log Sin) [傳單] 名 TIUⁿ: 全; ≃ soan-thoân-toaⁿ。

thoân-tūi (< log Chi; cf Nip [團體精神]) [團隊] 名 ê: 全
◇ ～ cheng-sîn (< log Chi < Nip [團體精神]) [～精神] 全。

thoat -chiat (< log Chi) [脫節] 働 全 ¶kah siā-hōe ～ [kah 社會～]跟社會脫節。　　　　　　　[全。

thoat-chōe (< log Chi) [脫罪] 働

thoat-i-bú (< log Chi < tr; cf En strip tease) [脫衣舞] 名 全; ≃ su-tó-líp-puh。

thoat-lî/-lī (< log Sin) [脫離] 働 全 ¶～ pē-kiáⁿ koan-hē [～父 kiáⁿ 關係]脫離父子關係。

thoat-sán [脫產] 働 全。

thoat-tūi [脫隊] 働 全。

thòe ... ⇒ thè¹,²...。

thoêh ⇒ theêh¹,²。

thok ¹‖thak 働 剔(牙) ¶～ chhùi-khí [～嘴齒]剔牙。

thok² (< Sin) [托] 働 用棍子的末端點 ¶～ koái-á [～枴仔]托著拐杖。

thók‖thǒk 象 拐杖等末端著地聲。

thok-bāng (< log Sin) [託夢] 働 全。

thók-bút (< log) [讀物] 名 全。

thók-chiá (< log Nip) [讀者] 名 ê: 全。　　　　[所] 名 KENG: 托兒所。

thok-jî-só·|-gî-|-lî- (< log Nip) [託兒

thok-khoan (< log Chi) [拓寬] 働 全; ≃ hùn-khoah。

thok-koán (< log Chi) [託管] 働 全 ¶iû Liân-hàp-kok ～ [由聯合國 ～]全。　　　　　　　　[全。

thók-pún (< log Nip) [讀本] 名 PÚN:

thok-sió/-sió´ (< En talk show) 名 TIÛⁿ: 脫口秀。

thom ⇒ tom。

thōm‖thōng 働 (慢條斯理地)做 ¶khoaⁿ-khoaⁿ ～ [寬寬～]老牛拉破車似的慢慢做。

thong ¹ [通] 宜 整個 ¶～-Tâi-oân bô-lâng phēng i chiàh khah lāu. [～台灣無人 phēng 伊吃較老.]全台灣沒有人比他長壽。

thong² (< Sin) [通] 名 B. 熟知的人 ¶Bí-kok-～ [美國～]全 働 1. 通(往); ≃ thàng 2. 暢通 ¶Lō· bē ～. [路 bē ～.]路不通 3. 通曉 ¶Pak-au, Eng-gí ē ～. [北歐英語會～.]在北歐英語行得通 4. 使暢通 ¶～ piān-só· [～便所]疏通抽水馬桶 5. 串通 ¶～ Húi [～匪]串通匪幫 ¶～ Tiong-kok [～中國]串通中國 形 1. 通順,例如文章 2. 便利; 有好處 ¶Lí ê kiàn-gī bô ～. [你的建議無～.]你的建議並不是好點子。

thong³ 働 最; ⇒ thōng³。

thong⁴ 象 1. 水聲 2. 鼓聲。

thóng¹ [統] 働 餘 ¶nn̄g-chheng～

lâng [2000～人]二千多人 ⓐ 突
(出); ≃ thó[1] ¶*Chhiú-ńg sió-khóa
～-chhut-·lâi khah hó-khòa[n].* [手ńg
小可～出來較好看.]袖子露出一點
點比較好看。

thóng[2] ⓐ 啄 ¶*Thâng hō͘ chiáu-á ～-
khí chiàh.* [虫 hō͘鳥仔～去吃.]蟲
子被鳥吃了 ¶*Chit chiah chiáu-á ē
kâng ～.* [Chit隻鳥仔會kâng～.]這
隻鳥咬人。

thóng[3] (< sem ab *thóng-it*, q.v.)
[統] ⓐ 併吞 ¶*Kóng "thóng-it," sī
boeh/beh kâng ～ ah-sī hông ～?*
[講 "統一,"是欲 kâng ～或是 hông
～?]談「統一」是要併吞別人還是
被併吞?

thōng[1] ⓛ 疊 ¶*chit ～ gîn-/gûn-phiò*
[一～銀票]一疊鈔票 ⓐ 疊(扁平的
東西,如紙、鈔票、書、輔幣)。

thōng[2] ⓐ 慢條斯理地做; ⇒ thôm。

thōng[3] ‖*thong* ⓐ 最; ≃ siāng[6]。

thong-chhia (< log Chi) [通車] ⓐ

thong-chhip ⇒ thong-chip。 ⌊全。

thóng-chiàn (< log Chi) [統戰] ⓐ
統一戰線,為中國對台灣的政治作
戰法則 ⓐ **1.**統一戰線對付敵人
2.(中國對台灣)進行上述作戰。

thong-chip/-chhip (< ana hom Chi
[集] < log Chi) [通緝] ⓐ 全
◇ ～-hoān (< log Chi) [～犯] ê: 全
◇ ～-lēng (< log Chi) [～令] ê: 全。

thong-ėk (< log Nip) [通譯] ⓐ ê: 全
ⓐ 全。

thong-hàk (< log Nip) [通學] ⓐ 全
◇ ～-seng (< log Nip) [～生] ê: 全。

thong-hâng (< log Nip) [通航] ⓐ
全。

thong-hêng-chèng (< log Chi) [通
行證] ⓐ TIU[n]: 全。 ⌊全。

thong- hun (< log Chi) [通婚] ⓐ

thong-iōng (< log Sin) [通用] ⓐ ⓕ
全。

thóng-it (< log Chi) [統一] ⓐ 全
ⓐ 全 ¶～ *pān-lí* [～辦理]全。

thong-iû (< log Chi) [通郵] ⓐ 全。

thong-kan (< log Sin) [通姦] ⓐ 全。

thong-kè ⇒ thong-kòe。

thóng-kè (< log Nip) [統計] ⓐ 統計
學簡稱 ⓐ 全
◇ ～-hàk (< log Nip) [～學]全。

thong-khîn/-khûn (< log Nip) [通
勤] ⓐ (從住家往返)上下班(不住
宿舍)。

thòng-khó͘ (< log Sin) [痛苦] ⓐ ⓕ

thong-khûn ⇒ thong-khîn。 ⌊全。

thong-kòe/-kè/-kè (< log Nip) [通
過] ⓐ 全; ≃ phá-suh。

thong-lâng [通人] ⓐ 所有的人 ¶～
chai [～知]眾所周知;任人都知道。

thóng-phài (< log Chi) [統派] ⓐ
PHÀI, ê: **1.**主張統一者 **2.**主張台
灣應該被中國兼併者。 ⌊件往來。

thong-phe/-phoe [通批] ⓐ 通信;信

thong-siang/-siong (< log Sin) [通
商] ⓐ 進行貿易。

thong-sim-hún (< log Chi < tr En
macaroni < It maccaroni) [通心
粉] ⓐ LIÀP: 全; ≃ thong-sim-mī。

thong-sìn-siā (< log Nip [通信社])
[通訊社] ⓐ ê, KENG: 全。

thong-siók (< log Nip) [通俗] ⓕ 全。

thong-siong ⇒ thong-siang。

thong-sú (< log Chi) [通史] ⓐ 全。

thong-ti (< log Sin) [通知] ⓐ ê,
HŪN, TIU[n]:通知書 ⓐ 全。

thóng-tī (< log Nip < Sin) [統治]
ⓐ 全 ¶*sit-bîn ～* [殖民～]全。
◇ ～-chiá (< log Nip) [～者] ê: 全
◇ ～-khoân/-koân (< log Nip) [～
權]全。 ⌊ⓐ TIU[n]:全。

thong-ti-toa[n] (< log Chi) [通知單]

thû ⓐ 延宕;浪費(時間) ¶*Mài án-
ne ～.* 別磨蹭 ¶～ *sî-kan* [～時間]延

宕;磨蹭 ¶~ *siuⁿ kú* [~siuⁿ久]浪費太多時間 (形) [x]遲遲沒有進展的樣子。

|thuh| (< Sin [托]) (動) **1.** 拄(杖); ≃ thok; ≃ thèⁿ ¶~ *kóai-á* [~柺仔]拄杖 **2.** (用棍子等)支撐; ≃ thèⁿ; ≃ tú² ¶~ *chhùi-ē-táu* [~嘴下斗]托下巴 **3.** 用末端向前推,例如撞球 **4.** 用末端向上推; ≃ thèⁿ ¶*kā thiⁿ-thang ~-khui* [kā天窗~開]把天窗推開 **5.** 用末端推使脫落,例如用竿子採水果; ≃ thà **6.** 鏟; ≃ chhiah¹ ¶~-*seh* [~雪]鏟雪 ¶~ *tiáⁿ-phí* [~鼎phí]鏟掉鍋巴 **7.** (排除困難,慢慢)推進,例如逐字認以讀完句子、文章等 ¶*khang-khòe khoaⁿ-khoaⁿ ~-·khì* [khang-khòe khoaⁿ-khoaⁿ~去]工作慢慢做,慢慢進展 **8.** 捅; ≃ túh ¶*kā chóa-mn̂g ~-phòa-·khì* [kā紙門~破去]戳破了紙門 **9.** 揭發 ¶~ *i ê khang* [~伊的khang]揭發他的祕密 **10.** 剔(牙); ≃ thok¹ **11.** (用舌頭)推(出口中的食物) **12.** 支吾; ≃ thih⁽²⁾。

thúh‖*thuh* ⇒ thih⁽²⁾。 「小鏟子。

thuh-á (v *thuh*⁽⁶⁾) [thuh仔] (名) KI:

thuh-chhàu (v *thuh*⁹) [thuh臭] (動) "吐槽," 即揭瘡疤。

thuh-chiúⁿ (動) (形) 禿頭。

thuh-phòa (v *thuh*⁽⁸⁾) [thuh破] (動) **1.** 戳破;揭穿 **2.** 分析。 「雪。

thuh-seh (v *thuh*⁽⁶⁾) [thuh雪] (動) 鏟

|thui| ¹ (< Sin [梯]) (名) KI: 梯子。

thui² (< log Chi) [推] (動) **1.** 推(出成果); ≃ sak ¶~-*chhut sin sán-phín* [~出新產品]全 **2.** 推論 ¶~-*chhut kiat-lūn* [~出結論]全 **3.** 推舉; ≃ hû¹; ≃ sak ¶~ *i chò/chòe tāi-piáu* [~伊做代表]推他當代表。

thui³ [推] (動) **1.** (用藥物等使勁)搓 ¶~ *làh* [~蠟]打蠟 **2.** (圖) 揍 ¶*khiàm* ~ [欠~] "欠揍"。

thui⁴ (圖) (動) 大吃。

thûi¹ (動) (形) 變不尖; ⇒ hûi²。

thûi² (形) 魯鈍。

thúi (< Sin) [腿] (名) KI: 全。

thùi‖*lùi* (< Sin [替]) (動) 替換。

thui‖*tūi* (< Sin [墜]) (動) **1.** (斜坡上的重物附著不住而)滑落 ¶*Kiā siuⁿ chhu, chiòh-thâu tit-tit ~-·lòh-·lâi.* [崎siuⁿ chhu,石頭直直~落來.]斜坡太陡,石頭一直滾下來 **2.** 下垂 ¶*kóe-chí seⁿ chin chē, oe ~-~ lòh-·lâi* [果子生真chē,椏~~落來]水果生得很多,樹枝都垂了下來 **3.** (繫在繩索的一端)使下墜 ¶~-*chhut-khì siⁿ-gōa, thau-cháu* [~出去城外偷走]吊出城外脫逃。

thûi-á [槌仔] (名) KI: 錘子。

thui-chhek‖*chhui-* (< log Sin) [推測] (動) 全; ≃ ioh。

thui-chiàn‖*chhui-* (< log Nip < Sin) [推薦] (動) 全。 「形) (名) Ê: 全。

thui-hêng¹‖*the-* (< col log Chi) [梯

thui-hêng² (< log Chi) [推行] (動) 全; ≃ sak。 「≃ ián-tó。

thui-hoan (< log Chi) [推翻] (動) 全;

thui-kóng‖*chhui-* (< log Chi) [推廣] (動) 全。

thui-sak (v *thui*²) [推sak] (動) **1.** 推動; ≃ sak ¶~ *kong-bîn tâu-phiò* [~公民投票]推動公民投票 **2.** 推卸; ≃ the³ ¶~ *chek-jīm* [~責任]推卸責任 **3.** 推舉; ≃ thui², q.v.

thui-siau‖*chhui-* (< log Chi) [推銷] (動) 全 「Ê: 全。
◇ ~-*oân/-goân* (< log Chi) [~員]

thui-tōng (< log Chi) [推動] (動) 全; ≃ sak; ≃ thui-sak。

|thùiⁿ| ... ⇒ thn̂g²...。

thūiⁿ ⇒ thn̄g¹。

|thun| (< Sin) [吞] (動) **1.** 吞嚥 **2.** 侵

吞。

thún 働 蹧;魯莽地踐踏 ¶*chhài-hn̂g-á khih-hō͘ gín-á ~-~ hāi-·khì* [菜園仔乞hō͘ gín仔~~害去] 菜園子叫孩子給蹧壞了。

thūn 働 1. 填(窟窿) ¶*kā thô͘ ~-lòh-khì khut-á-té* [kā thô͘~落去堀仔底] 往坑裡填土 ¶*~ chhùi-khí* [~嘴齒] 填補牙齒 2. 投(入資本)。

thún-tàh [thún 踏] 働 1. 魯莽地踐踏 2. 蹂躪。

| thut | 働 使脫落;⇒ lut。

thùt 働 (著力的末端)滑開脫落 ¶*Kùn-á thè͘n-bô-tit, khih ~-·khì.* [棍仔thè͘n無直,乞~去.] 棍子沒垂直頂著,滑了。

thut-chhê/-*chhē*/-*chhôe* [thut 箠] 働 "凸槌," 即出紕漏。

thùt-khū (< Sin [脫臼]) [thùt 臼] 働 脫臼;≃ thùt-lûn; ≃ lut-khū。

thùt-lûn [thùt 輪] 働 仝上。

thùt-phòa‖*tùt*- (< ana Chi asp < log Nip) [突破] 働 仝。

| ti | ¹‖*tu*‖*ti*- (< Sin) [豬] 图 CHIAH: 仝。

ti² 象 蜂鳴器、哨子、汽笛等的聲音。

ti³ 戲 胳肢時手指頭接觸對方的同時所發出的語詞 ¶*Bū— ~!* 胳肢的整個過程所發的語音。

tî¹‖*tû*‖*tî* (< Sin) [除] 働 除外。

tî²‖*tû*‖*tî* (< log Sin) [除] 働 用一個數把另一個數分成若干等分 ¶*chàp ~ gō͘* [十~五] 十除以五。

tí‖*tú* (< Sin) [抵] 働 抵償 ¶*iōng chhù khì ~* [用厝去~] 拿房子抵償。

tì¹ (< Sin) [蒂] 图 LIÀP: 仝。

tì² (< Sin) [戴] 働 仝 ¶*~ bō-á* [~帽仔] 戴帽子。

tì³ (< log Sin) [致] 働 仝 ¶*Chiàh-hun ài ~ hì-gâm.* [吃菸愛~肺癌.] 抽煙容易罹患肺癌。

tī¹‖*tū*‖*tī* (< Sin) [箸] 图 SIANG, KHA: 筷子。

tī² (< Sin) [治] 働 1. 鎮壓 ¶*~ iau-koài* [~妖怪] 降妖 2. 治療 ¶*Chit chióng ioh-á ~ hì-gâm.* [Chit種藥仔~肺癌.] 這種藥可治肺癌。

tī³‖*tě* 働 在,大體上用於已存在的現象; cf tòa³ ¶*Góa ~ chia.* [我~chia.] 我在這兒 介 在,大體上用於已存在的現象; cf tòa³ ¶*Góa chē ~ chia.* [我坐~chia.] 我坐在這兒 ¶*Góa ~ chia chē.* [我~chia坐.] 我在這兒坐著。

ti-á‖*tu*-‖*ti*- [豬仔] 图 CHIAH: 豬
△ *~ phah-sí chiah kóng-kè* [~phah死才講價] 造成不利對方的事實來予取予求
◇ *~-kiáⁿ* [~仔kiáⁿ] 小豬。

tí-ah‖*té*- (< log Chi) [抵押] 图 債務的保證 働 以財物做為債務的保證。

tī-an (< log Nip) [治安] 图 仝。

ti-bah‖*tu*-‖*ti*- [豬肉] 图 TÈ: 仝。

ti-bó/-*bú*‖*tu*-/*ti*-*bú* [豬母] 图 CHIAH: 母豬。

tí-chè‖*té*- (< log Sin) [抵制] 働 仝。

tî-chèk‖*tû*-‖*tî*- (< log Sin) [除籍] 働 仝。

ti-chhài‖*tu*-‖*ti*- [豬菜] 图 1. 豬草;豬溮 2. 地瓜葉; ≃ han-chî-hio̍h。

tī-chhng (< log Sin) [痔瘡] 图 仝。

ti-chih‖*tu*-‖*ti*- [豬舌] 图 Ê, TÈ: 豬舌頭。 「料餵豬的槽。

ti-chô‖*tu*-‖*ti*- [豬槽] 图 Ê: 放豬飼

tì-chok‖*tù*-‖*ti*- (< log Nip < Sin) [著作] 图 Ê, PHIⁿ, PÚN, PŌ: 仝
◇ *~-khoân*/-*koân* (< log Nip) [~權] 仝。

tī-é/-*eh* (< *tī-teh*, q.v.)。 [權] 仝。

tî-hō‖*tû*-‖*tî*- (< log Nip) [除號] 图 Ê: 仝。

tî-hō͘‖*tû*-‖*tî*- (< log Chi) [除戶] 働 從戶口中除名。

tî-hoat‖*tû-*‖*tî-* (< log) [除法] 名
　全。　　　　　　[名] TÈ, KAK: 全

ti-hoeh/*-huih*‖*tu-/tî-huih* [豬血]
　◊ ~-*kóe/-ké* [～粿] TÈ: "豬血糕,"
　　即一種用豬血調味的糯米食品
　◊ ~-*thng* [～湯] 全。　　　　[全。

tî-hui‖*tû-*‖*tî-* (< log Sin) [除非] 副

tì-hūi (< log Sin) [智慧] 名 全
　◊ ~ *châi-sán* (< log Chi < tr En
　　intellectual property) [～財產] 全
　◊ ~-*châi-sán-khoân/-koân* (< log
　　Chi < tr En *intellectual property
　　rights*) [～財產權] 全。

ti-huih ⇒ ti-hoeh。

tì-ìm [致蔭] 動 庇蔭。

ti-iû‖*tu-*‖*tî-* [豬油] 名 全。

tì-kak [智覺] 名 知覺 動 察覺。

tì-kàu [致到] 動 致使。

ti-káu cheng-se^n‖*tu-/tî-...-si^n*
　[豬狗精牲] 名 沒人性的人。

ti-kha‖*tu-*‖*tî-* [豬腳] 名 KI, TÈ: 全
　◊ ~ *chhe^n-á* [～chhe^n仔] KI: TÈ: 豬
　　蹄子; (豬) 爪尖儿。

tî-khí/*-khì*‖*tû-*‖*tî-* [除起] 介 除了。

tî-khì[1]‖*tû-khì/-khù*‖*tî-khì* (< log
　Sin) [除去] 動 除掉; 去除。

tî-khì[2] 介 除了; ⇒ tî-khí。

tì-khò (< log Chi < tr En *think tank*)
　[智庫] 名 Ê: 全。

tí-khòng ⇒ té-khòng。

ti-ko‖*tu-*‖*tî-* [豬哥] 名 CHIAH: 1. 種
　豬　2. 好色之徒
　◊ ~-*sîn* [～神] 色迷迷。

ti-koa^n‖*tu-*‖*tî-* (< Sin) [豬肝] 名
　HÙ, IÁP, TÈ: 全
　◊ ~-*sek* [～色] 紅褐色。　　[公豬

ti-kong‖*tu-*‖*tî-* [豬公] 名 CHIAH: 大
　◊ ~-*gê* [～牙] KI: a. 野豬等的牙
　　b. 獠牙。

tī-lāng/*-lang* [箸 lāng] (< [箸籠])
　名 KHA, Ê: 1. 裝筷子的籠子或筒子

2. 西式碗籃附帶的筒子, 裝刀叉等
　用。

tī-leh (< *tī-teh*, q.v.)。

tí-lí-li 象 某些警報器連續的聲音, 例
　如電動小鬧鐘。　　　　　　[鈴

tí-lí-lin 象 連續的小鈴聲, 例如腳踏車

tî- liâu‖*tû-*‖*tî-* (< log Chi) [除了]
　介 全; ≃ tî-/tû-khí。

tī-liâu (< log Nip) [治療] 動 全。

tí-lin 象 小鈴聲一響, 例如電鈴。

tì-lông-thoân (< log Chi < tr En
　think tank) [智囊團] 名 Ê: 全; ≃
　tì-khò̀。　　　　　[全; ≃ liàm-miâ。

tî-miâ‖*tû-*‖*tî-* (< log Sin) [除名] 動

tì-miâ-tō̇ (< log Nip) [知名度] 名
　全 ¶*bô* ~ [無～] 不出名。

ti-pâi‖*tu-*‖*tî-* (< log Chi < *à la* [牛
　排]) [豬排] 名 TÈ: 全。　　　[知識

tì-sek (< log Nip < Sin) [智識] 名
　◊ ~ *hūn-chú* (< log Nip [知識分
　　子]) [～份子] Ê: 知識分子。

tī-sî [tī時] 代 何時; ≃ t(i)ang-sî。

tí-siau (< log Chi) [抵銷] 動 全; ≃
　tùi-tú/-tí; ≃ tú-khí。

tì-sû/*-sṳ̂* (< log Chi) [致辭] 動 全。

tī-tang-sî/*-tiang-* [tī-tang時] 代 何
　時; ≃ t(i)ang-sî; ≃ tī-sî。

tī-teh /*-leh*‖*tū-* 尾 表示持續的狀
　態, 固定輕聲變調 ¶*I chē-·*~. [伊坐
　～.] 他坐著 動 存在, 第二音節固定
　輕聲變調或隨前變調 ¶*bô tī-·teh* [無
　～] a. 不在　b. 歿 ¶*chò-hóe tī-·teh*
　[做伙～] 同在; 共存 ¶*I iáu tī-·teh.*
　[伊夭～.] a. 他還在(那儿) b. 他還
　活著 ¶*Chî^n-pau-á iáu tī-·teh, chî^n
　bô-·khì.* [錢包仔夭～, 錢無去.] 錢包
　還在, 錢不見了 輔 (> *tī-é > tě*[2]) 表
　示進行中; ≃ teh[4] ¶*Sū-giàp* ~ *hoat-
　tián.* [事業～發展.] 事業正在發展
　介 (> *tī-é > tě*[2]) 在於; ≃ tī[3]。

tî-thâu‖*tû-*‖*tî-* (< log Sin) [鋤頭]
　名 KI: 全。

ti-thâu-chhóe/*-chhé*‖*tu-...-chhé*‖

ti͘-…-chhé͘ [豬頭髓] [名] Ê: 豬腦。

tî-thâu-pè^{n} ‖ *tû-* / *tî͘-…-pì^{n}* [鋤頭柄] [名] KI: 鋤頭的把儿。

ti-thâu-pêng [豬頭pêng] [名] 腮腺炎; ≃ ti-thâu-pûi。

ti-thâu-phôe/*-phê* ‖ *tu-…-phê* ‖ *ti͘-…-phê͘* [豬頭皮] [名] TÈ: 豬頭肉, 即豬耳、豬鼻子等帶皮及軟骨的部位做的菜餚。

ti-ti/*-tĭ* (< Chi $ti^4 ti^0$) [名] Ê: 弟弟。

ti-tí-tiȧk-tiȧk (< *tī-tiăk*) [動] 連續發出輕脆的撞擊聲, 例如撥算盤子儿或折指頭關節。

ti-tí-tȯk-tȯk^{1} (< *tī-tŏk*) [動] 連續發出撞擊聲, 例如時鐘齒輪轉動時。

ti-tí-tȯk-tȯk^{2}/*-tȯp-tȯp* (< *tī-tŏk*) [動] 連續發出滴水聲 [形] 水一直滴的樣子。

ti-tí-tu̇h-tu̇h ⇒ thi-thí-thu̇h-thu̇h。

tī-tiăk [象] 輕脆的撞擊聲, 例如撥算盤子儿或折指頭關節。

ti-tiâu ‖ *tu-* ‖ *ti͘-* [豬椆] [名] Ê, KENG: 豬圈。

tî-tiāu ‖ *tû-* ‖ *tî͘-* [除掉] [動] 除去。

tî-tò (< log Chi; *cf* Nip [遲刻]) [遲到] [動] 仝; ≃ òa^{n}-kàu。

ti-tō͘ ‖ *tu-* ‖ *ti͘-* (< Sin) [豬肚] [名] Ê: 仝。

tī-tŏk^{1} [象] **1.** 輕脆的微小敲擊聲, 例如叩門; ≃ khī-khŏk **2.** 時鐘齒輪轉動的聲音。

tī-tŏk^{2} [象] 滴水聲; ⇒ tī-tŏp。

tī-tŏp/*-tŏk* ‖ *tih-* [象] 滴水聲。

ti-tu (< Sin) [蜘蛛] [名] CHIAH: 仝
◇ *~-bāng* (< Sin) [~網] Ê: 仝
◇ *~-si* [~絲] TIÂU: 仝。

ti͘ … ⇒ ti^{1}…。

tî͘ … ⇒ tî^{1,2}…。

tī͘ … ⇒ tī^{1}…。

tî͘-thâu ⇒ tî-thâu。

ti^{n} (< Sin) [甜] [名] **1.** 甜味; 甜頭 ¶*tam-tiȯh ~* [tam 著~] 嘗到甜頭 **2.** 甜食 ¶*chiȧh ~ phòe kiâm* [吃~配鹹] 鹹的和甜的一起吃 [形] **1.** 像糖、蜜等的味道 **2.** 鮮, 例如味精或新鮮的菜、肉等的味道 **3.** 令人窩心的感覺, 例如知道情人的愛 **4.** (人) 甜美可愛或體貼, 例如小孩。

tî^{n} (< Sin) [纏] [動] **1.** 纏繞 ¶*Sòa^{n}-khui-·khì ê soh-á ka ~-~-·khí-·lâi.* [散開去ê索仔ka~~起來.] 把散開了的繩子繞好 **2.** 羈絆 ¶*Káu ê kha hō͘ soh-á ~-tiâu-·leh.* [狗ê腳hō͘索仔~tiâu·leh.] 狗的腳被繩子絆住了 ¶*hō͘ bó͘-kiá^{n} ~-tiâu-·leh* 被妻兒羈絆著 **3.** 糾纏 ¶*Mài kā góa ~!* [Mài kā 我~!] 別纏著我!

tì^{n} ⇒ tè^{n}。

tī^{n} ^{1} [動] 握; 捏; ⇒ tē^{n}。

tī^{n} ^{2} [動] 盈滿 ¶*ėk-tháng ê chúi ~ ·a.* [浴桶ê水~矣.] 浴缸的水滿了 [形] 滿滿的 ¶*kā au-á thîn kà ~-~-~* [kā 甌仔thîn到~~~] 把杯子斟得滿滿的。

ti^{n}-bī [甜味] [名] Ê: 仝。

ti^{n}-but-but [甜but-but] [形] (味道) 很甜, 令人口感不舒服或發膩。

tì^{n}-chhi^{n} ⇒ tè^{n}-chhe^{n}。

tì^{n}-gōng ⇒ tè^{n}-gōng。

ti^{n}-kóe/*-ké*/*-ké͘* [甜粿] [名] SÑG, KAK, TÈ: 粘糕。

tì^{n}-lȧt ⇒ tè^{n}-lȧt。

tī^{n}-lâu (ant *thè-lâu*) [tī^{n}流] [動] 漲潮 [形] 滿潮。

tī^{n}-lâu-lâu [tī^{n}流流] [形] (液體) 盈滿橫溢的樣子。

tī^{n}-móa-móa [tī^{n}滿滿] [形] 盈滿。

tì^{n}-sái ⇒ tè^{n}-sái。

tì^{n}-siáu ⇒ tè^{n}-siáu。

ti^{n}-tāu (< log Chi) [甜豆] [名] CHÂNG, NGEH, LIȦP: 仝。

ti^{n}-tê [甜茶] [名] AU: 訂婚時准新娘或結婚後新娘招待來賓的茶。

ti^{n}-thng [甜湯] [名] 傳統的宴席最後的甜食。

tiâ^{n} (< Sin [庭]) [埕] [名] Ê: **1.** 場子 ¶*iâm-~* [鹽~] 鹽田 ¶*mn̂g-kháu-~* [門口~] 大門外的場子 ¶*tiū-~* [稻

T

~]曬穀子的場子 **2.** 庭院。

tiá^n (< Sin) [鼎] (名) KHÁU, Ê: **1.** 炒鍋 **2.** 鍋子。

tià^n [碇] (名) KI: 錨 ¶*khí-*~ [起~] 起錨 ¶*pha-*~ [拋~] 下錨。

tiā^{n1} (< Sin [定]) (動) **1.** 靜止 ¶~-·*khì* [~去] 停掉了 ¶*Hong* ~-·*lo̍h*-·*lâi* ·*a.* [風~落來矣.] 風平靜下來了 ¶*Sim* ~-·*lo̍h*-·*lâi* ·*a.* [心~落來矣.] 心平靜下來了 **2.** 訂(貨); ≃ tēng^2 (形) 平靜; 安定 ¶*sim-sîn bē/bōe* ~ [心神 bē~] 心神不定。

tiā^{n2} (副) 經常; ≃ tiā^n-tiā^n ¶*Kāng-khoán mi̍h-kiā^n m̄-hó* ~ *chia̍h: ē ùi.* [仝款物件 m̄ 好~吃: 會畏.] 相同的東西不要常吃, 會吃膩的。

tiā^n-á [埕仔] (名) Ê: (小) 場子。

tiā^n-ài (v *ài*^{1}) [tiā^{n}愛] (副) 傾向於; 常常 ¶~ *phòa-pē^n* [~破病] 常害病。

tiā^n-kim (< log Sin) [tiā^{n}金] (名) PIT: 定金; ≃ tiā^n-chî^n。

tiá^n-kòa [鼎蓋] (名) Ê: 鍋蓋。

tiā^n-leh < *tiā^n-teh*, q.v.)。

tiá^n-phí [鼎庀] (名) TÈ: (粘鍋的) 鍋巴; *cf* pn̄g-phí。

tiā^n-teh/-*teh* (< *tiā^{n2}* + *teh*^{4}) (副) 經常, 表示到現在為止仍然如此 ¶*Che góa* ~ *chia̍h.* [Che 我~吃.] 這個我常吃。

tiā^n-tiā^{n1} (v *tiā^{n1}*) (形) 毫無動靜。

tiā^n-tiā^{n2} ‖ *chhiā^n-chhiā^n* (v *tiā^{n2}*) (副) 經常。

tiā^n-tio̍h [tiā^{n}著] (< [定著]) (動) 敲定 ¶*Tāi-chì í-keng* ~ ·*a.* [代誌已經~矣.] 事情已經敲定了 (形) 不浮躁 ¶*Khah* ~ ·*le, mài án-ne peh-khí-peh-lo̍h!* [較~·le, mài án-ne peh 起 peh 落!] 安靜些, 別這麼爬上爬下的! (副) 必定; ≃ tek-khak。

tiā^n-ūi ‖ *tēng-* (< col log Chi [定位]) [tiā^{n}位] (名) 訂位。

tiah (< Sin) [摘] (動) **1.** 摘(枝、葉、花、果); ≃ bán **2.** 摘錄。

tiah-iàu (< log Nip) [摘要] (名) PHI^n, TŌA^n, Ê: 仝。

tiak ^{1} ‖ *tia̍k* ‖ *tak* (動) (用手指頭背後) 彈 ¶~ *chu-á* [~珠仔] 彈彈珠(玩) ¶~ *si-koe* [~西瓜] 彈西瓜(以挑選)。

tiak^2 (動) **1.** 撥動、扭動、按(有彈簧的開關) ¶*kā tiān-hóe* ~-*to̍h* [kā 電火~to̍h] 開燈 **2.** 折(指頭關節, 使發出 "tiǎk"/"tiák" 的聲音)

△ ~ *chéng-/chńg-thâu-á* [~指頭仔] 折指頭關節, 使出聲; ≃ áu chéng-thâu-á。

tia̍k^1 (象) ⇒ tiák/tiǎk (動) 鐘錶的機件移動發出聲音, 表示還走著 ¶*Sî-cheng iáu teh* ~. [時鐘 iáu teh~.] 鐘還走著。

tia̍k^2 (動) (用手指頭背後) 彈; ⇒ tiak^1。

tiák ‖ *tiǎk* ‖ *tia̍k* (象) **1.** 折關節一下聲 **2.** 枝子、棍子一下子折斷聲 **3.** 珠子碰擊一下聲, 例如撥算盤子儿 **4.** 鐘錶機件移動一格的聲音 **5.** 鎖、安全帶等扣上的聲音 **6.** 撥動、扭動、按有彈簧的開關的聲音。

tiak-hoa (動) 撥動(有彈簧的開關) 使斷電或熄火。

tiak-to̍h (< [□著]) (動) 撥動(有彈簧的開關) 使通電或著火。

tiam ^{1} (< Sin) [砧] (名) TÈ: 砧板 (動) 硌; (壓鈍的東西而) 刺痛 ¶*Ê lāi-té ū chi̍t lia̍p chio̍h-thâu-á, kha* ~ *káh.* [鞋內底有一粒石頭仔, 腳~káh.] 鞋裡有一顆小石子儿, 硌得腳好疼 ¶~-*tio̍h ba̍k-chiu* [~著目睭] 異物跑進眼睛裡而刺痛 (形) 擠壓鈍的東西覺得刺痛 ¶*ba̍k-chiu* ~-~ [目睭~~] 眼睛裡有異物而不舒服 ¶*ê/ôe* ~-~ [鞋~~] 鞋裡有異物使腳覺得刺痛。

tiam^2 (介) 在於; ⇒ tiàm^3。

tiám^1 (< log Nip) [點] (尾) 表示一定的(抽象) 處所 ¶*chhut-hoat-*~ [出發

~]全¶*koan-~* [觀～]全。

tiám² (< Sin) [點] ⓐ **1.** (< log Nip < sem) 數學上沒有長度、寬度、厚度的位置 **2.** 小的痕跡或形體,例如斑點 **3.** (< log Nip < sem) 分數; ≃ tiám-sò· ¶*khioh-*~ 扣分 ⓠ **1.** 計算小的痕跡或形體的單位 **2.** 計算要點的單位 **3.** 點數 **4.** 六十分鐘;鐘點 ¶*chhit* ~ *jī-gō· hun* [七～二五分] 七點二十五分 **5.** 表示少量; ≃ tiám-á ⓥ **1.** 稍微碰一下;指明 ¶~*-chhut hit kiāⁿ tāi-chì ê tiōng-iàu-sèng* [～出 hit 件代誌 ê 重要性] 點出那件事的重要性 **2.** 選定 ¶~ *chit tiâu koa* [～一條歌] 點一首歌 ¶~ *saⁿ hāng chhài* [～三項菜] 點三樣菜 **3.** 一一核對;點數 ¶~*-khòaⁿ sit-chong kúi ê lâng* [～看失蹤幾個人] 點看失蹤了幾個人 **4.** 使滴上或滴入 ¶~ *bàk-chiu-ióh-á* [～目睭藥仔] 點眼藥 **5.** 使(在小面積上)沾上
△ ~ *ian-chi* [～胭脂] 塗口紅
△ ~ *iû, chò/chòe kì-hō* [～油做記號] 記上一筆,例如記上黑名單。

tiám³ (< Sin) [點] ⓥ **1.** 使燃燒 ¶~ *làh-chek* [～蠟燭] 全 **2.** 使電路通路 ¶*La-jí-oh* ~*-bē-tòh.* 收音機電路不通。

tiàm¹ (< Sin) [店] ⓐ **1.** [*á*] KENG, KHÁM: 鋪子 **2.** B. 別有營利目的的機構 ¶*hàk-*~ [學～] 全。

tiàm² ⓥ **1.** 居住; ≃ khiā; ≃ tòa³ ¶*Góa* ~ *tī Tâi-pak.* [我～tī 台北.] 我住在台北 **2.** 住宿; ≃ tòa³ ¶*Eng-àm* ~*··leh ·la.* [Eng 暗～·leh 啦.] 今晚住在這儿吧 **3.** 躲 ¶*Chit keng chhù ū* ~ *chhàt-á.* [Chit 間厝有～賊仔.] 這個房子有小偷(躲著)。

tiàm³ ‖ *tiam* ‖ *tàm* ‖ *tam* ⓟ 在; ≃ tī; ≃ tòa³ ¶*Chhiáⁿ* ~ *chia chē.* [請～chia 坐.] 請坐在這儿。

tiām¹ (< Sin) [墊] ⓥ 全; ≃ thiap ¶~ *ho· chāi* [～ho· 在] 墊穩。

tiām² [墊] ⓥ **1.** 點種種子使發芽,例如豆仔 **2.** 埋枝子使生根,例如甘薯的藤; *cf* chhah¹ **3.** 種幼苗使扎根 ¶~ *chhài-chai* [～菜栽] (移植)種菜苗。

tiām³ (< Sin [恬]) ⓥ (聲音或動作)靜止 ¶*Chhia tòng-bē-*~. [車擋 bē～.] 車子停不下來 ⓗ 安靜 ¶*Chia chin* ~. [Chia 真～.] 這儿很安靜 ¶*I chin* ~. [伊真～.] 他很安靜,不大說話或(小孩)不爭吵 ¶*Chhiáⁿ khah* ~ *·le!* [請較～·le!] 請安靜! ¶*kek* ~*-*~ [激～～] 故意不做聲。

tiàm-á [店仔] ⓐ KENG, KHÁM: 鋪子。

tiām-á [墊仔] ⓐ TÈ: 墊子。

tiàm-bīn (< log Sin) [店面] ⓐ 全; ≃ tiàm-kháu。

tiám-cheng (< log Sin < cl + nom) [點鐘] ⓠ 全 ¶*chit* ~ *kú* [一～久] 一小時(之久)。

tiám-chhài (< log Chi) [點菜] ⓥ

tiám-chhiùⁿ [點唱] ⓥ 全。 [全。

tiām-chih-chih/-*chiuh-chiuh*/-*chuh-chuh*/-*chut-chut* ⓗ **1.** 沈寂 **2.** 靜默。

tiàm-goân ⇒ tiàm-oân。

tiám-hé ⇒ tiám-hóe。

tiàm-hō [店號] ⓐ ê: 店鋪的名稱。

tiám-hoa (ant *tiám-tòh*) [點 hoa] ⓥ 熄(火/電)。 [ⓥ 全。

tiám-hóe/-*hé*/-*hé* (< Sin) [點火]

tiám-jī/-*gī*/-*lī* (< log Nip) [點字] ⓐ JĪ: 全; ≃ phòng-jī ⓥ 全。

tiàm-kháu [店口] ⓐ 店面。

tiām-·khì [tiām 去] ⓥ **1.** 變安靜;停止發聲 ¶*Lí kâ* ~! [你 kâ～!] **a.** 你給我閉嘴! **b.** 不准哭! **2.** 靜止不動; *cf* tiāⁿ¹ ¶*sî-cheng* ~ [時鐘～] 時鐘停了 ¶*sim-chōng* ~ [心臟～] 心跳停止了 **3.** (事)不疾而終 ¶*tāi-chì* *kóng-kóng-·le soah* ~ [代誌講講·le 煞~] (要做的)事情說一說就不了了之了。 「tiám-tȯh。

tiám-kng [點光] ⓥ 點(燈)使亮；*cf*

tiám-ló [點ló] ⓝ 一種點選的遊戲，邊念邊點，每音節點一下，最後點到的中選，念的歌謠的一個版本為 "Tiám-ló tiám tin-tang, khòaⁿ chiâ khò·-té phòa chi̍t khang." ⓥ 用上述方法決定。

tiám-miâ (< log Sin) [點名] ⓥ 全。

tiàm-miâ [店名] ⓝ Ê: 全；≃ tiàm-hō·。

tiám-miâ-phō· (< log Sin) [點名簿] ⓝ PÚN: 全。 「ⓝ Ê: 全。

tiàm-oân/-*goân* (< log Nip) [店員] ⓝ 全。

tiám-sim (< log Sin) [點心] ⓝ 全。

tiám-teng (< log Sin) [點燈] ⓥ 開燈。「保護店鋪的門窗的)店門板。

tiàm-thang [店窗] ⓝ TÈ: (打烊後

tiàm-thâu (< log Sin) [店頭] 1. [*á*] KENG, KHÁM: 鋪子；≃ tiàm¹(-*á*) 2. 店面¶~ *chng kà chin súi* [~裝kà很súi] 店面弄得很漂亮。

tiàm-thâu-ke [店頭家] ⓝ Ê: 店主。

tiām-tiām (v *tiām*³) ⓥ 別吵！ⓕ 不做聲；沈默
△ ~-~ *chiȧh saⁿ óaⁿ-kong pòaⁿ* [~吃三碗公半] (在他人忙於談論、爭吵等時)靜靜地取得許多好處或長足發展
ⓐ 安靜地；*cf* tiām-tiām-á ¶*tiàm hia* ~ *khiā* [tiàm hia~企] **a.** 不聲不響地站在那儿 **b.** 好好站在那儿！

tiām-tiām-á (< *tiām-tiām*) ⓐ 不聲不響地；悄悄地¶~ *chò/chòe, mài hông chai* [~做，mài hông知] 不聲不響地做，別讓人家知道¶~ *kā i kóng* [~kā伊講] 悄悄地告訴他。

tiàm-tiúⁿ [店長] ⓝ Ê: 店鋪(通常指分店)的負責人。

tiám-tȯh (ant *tiám-hoa*) [點tȯh] (<

[點著]) ⓥ 點著(火); 開(燈、電視、收音機等); *cf* tiám-kng。

| tián | (< Sin) [展] ⓥ **1.** 張(開)；攤開；≃ thián **2.** (< sem) 展現¶~ *kang-hu* [~功夫] 顯身手 **3.** (< sem) 炫耀。

tiān (< ab log Nip [電氣]) [電] ⓝ 全 ⓥ (< sem) **1.** 觸電¶~··*tiȯh* [~著] do. **2.** 電擊¶~ *hî-á* [~魚仔] 電魚 **3.** 電鍍；≃ mék-kih **4.** ⓘ 揍 **5.** ⓘ 懲罰 「慘
△ ~ *kà kǐm-kim* [~到金金] 整得好 **6.** 燙(頭髮)
△ ~ *thâu-mo·* [~頭毛] 燙髮。

tiān-ap (< log Nip) [電壓] ⓝ 全。

tiān-cheng [電鐘] ⓝ Ê, LIȦP: 全。

tiān-cheng-thé (< log Chi) [電晶體] ⓝ LIȦP: 全。 「全。

tiān-chhia (< log Nip) [電車] ⓝ TÂI:

tiān-chú (< log Nip < tr En *electron*) [電子] ⓝ 全。

tiān-chu-á [電珠仔] ⓝ LIȦP: **1.** 小電燈泡 **2.** 電燈泡。

tiān-chú-cheng [電子鐘] ⓝ Ê, LIȦP: 電動時鐘；≃ tiān-cheng。

tiān-chú-chhia [電子車] ⓝ TÂI: 有電子琴伴奏、表演脫衣舞的車輛。

tiān-chú-khîm [電子琴] ⓝ TÂI: 全。

tiān-chú-ko [電子鍋] ⓝ Ê, LIȦP: 電磁鍋。

tiān-chú-lô· [電子爐] ⓝ Ê: 電磁爐。

tiān-chú tóng-àn [電子檔案] ⓝ Ê: 電子檔。

tiān-goân (< log Nip) [電源] ⓝ 全。

tiān-hé.../-*hé*... ⇒ tiān-hóe...。

tián-hêng (< log Nip) [典型] ⓝ ⓕ 全。

tiān-hóe/-*hé*/-*hé* [電火] ⓝ **1.** 電¶*khan* ~ [牽~] 裝電路；架設電線 **2.** LIȦP, PHA, KI: 電燈。

tiān-hōe (< log Sin) [電匯] ⓥ 全。

tiān-hóe-chu-á|-*hé*- [電火珠仔] ⓐ
LIȦP: **1.** 小燈泡; ≃ tiān-chu-á **2.** 仝
下。

tiān-hóe-kiû-á|-*hé*- [電火球仔] ⓐ
LIȦP: 電燈泡; ≃ tiān-kiû-á, q.v.

tiān-hóe-phȯk-á|-*hé*- [電火 phȯk-á]
ⓐ 仝上。

tiān-hóe-sòaⁿ|-*hé*- [電火線] ⓐ
TIÂU: (輸電的)電線; *cf* tiān-sòaⁿ。

tiān-hóe-thâu|-*hé*- [電火頭] ⓐ Ê:
燈頭。 「ⓐ KI: 電線桿。

tiān-hóe-thiāu-á|-*hé*- [電火柱仔]

tiān-hong [電風] ⓐ **1.** KI: 電風扇;
≃ tiān-sìⁿ **2.** 電風扇吹出的風; ≃
tiān-sìⁿ-hong。

tián-hong-sîn [展風神] ⓥ 炫耀。

tiān-hún (< log Nip) [澱粉] ⓐ 仝。

tiān-iáⁿ (< log Chi) [電影] ⓐ CHHUT,
KI, PHÌⁿ: 仝 「仝。
◇ ~-īⁿ (< log Chi) [~院] KENG:

tiān-khì (< log Nip) [電氣] ⓐ 仝
◇ ~-hâng [~行] KENG: 仝。

tiān-ki (< log Nip) [電機] ⓐ 電機工
程簡稱 「程] 仝。
◇ ~ kang-têng (< log Chi) [~工

tiān-kiû-á (< log Nip + *á*) [電球
仔] ⓐ LIȦP: 電燈泡; ≃ tiān-hóe-
kiû-á; ≃ tiān-(hóe-)chu-á; ≃ tiān-
hóe-phȯk-á。 「Ê, LIȦP: 仝。

tiān-ko/-*oe* (< log Chi) [電鍋] ⓐ

tiān-kong [電光] ⓐ X光; ≃ é-khûh-
sûh-kong ¶*chiò* ~ [照~]照X光。

tián-lám (< log Nip) [展覽] ⓐ Ê,
PÁI: 仝 ⓥ 仝。 「仝。

tiān-lám (< log Nip) [電纜] ⓐ TIÂU:

tián-lám-hōe (< log Nip) [展覽會]
ⓐ Ê, PÁI: 仝。

tiān-lȧt ⇒ tiān-lȧk。

tián-lé (< log) [典禮] ⓐ Ê, PÁI: 仝。

tiān-lȧk/-*lȧt* (< log Nip) [電力] ⓐ
仝。

tiān-lêng (< log Nip) [電鈴] ⓐ LIȦP,

Ê: 仝 ¶*jih/chhih* ~ 按電鈴。

tiān-liân-chhia (< log Chi) [電聯車]
ⓐ TÂI: 仝。

tiān-liâu (< log Chi < tr En *elec-
trotherapy*) [電療] ⓐ PÁI: 仝 ⓥ
仝。 「KÁNG: 仝。

tiān-liû (< log Nip) [電流] ⓐ CHÚN,

tiān-lô͘ (< log Nip) [電爐] ⓐ LIȦP,
Ê: 仝。 「仝

tiān-náu (< log Chi) [電腦] ⓐ TÂI:
◇ ~-hòa (< log Chi < tr En *com-
puterize*) [~化] 仝 「CHIAH: 仝。
◇ ~-toh (< log Chi) [~桌] [*á*] TÈ,

tiān-ōe (< log Nip) [電話] ⓐ KI,
THONG: 仝 ¶*ká* ~ [絞~]打電話 ¶*khà*
~ do. ¶*khan* ~ [牽~]裝置電話(線
路) ¶*kóng* ~ [講~]在電話上談話
¶*phah* ~ 打電話 ¶*tn̂g-tô͘* ~ [長途
~]仝 「仝
◇ ~-phō͘ (< log Chi) [~簿] [*á*] PÚN:
◇ ~-sòaⁿ (< log Nip) [~線] TIÂU:
仝 「CHO, Ê: 仝。
◇ ~-têng (< log Chi) [~亭] KENG,

tiān-peng-siuⁿ [電冰箱] ⓐ TÂI: 仝;
≃ peng-siuⁿ。

tiān-pho (< log Nip) [電波] ⓐ 仝。

tiān-pió (< log Chi) [電錶] ⓐ Ê,
LIȦP: 仝; *cf* mè-tà ¶*kì* ~ [記~]登
錄電表上的度數。

tián-pó [展寶] ⓥ 咋唬;誇耀。

tiān-pò (< log Nip) [電報] ⓐ TIUⁿ,
THONG: 仝。

tiān-sī (< log Chi < tr En *television*,
à la [電話] — *tele...*) [電視] ⓐ
TÂI: 仝
◇ ~-ki (< log Chi) [~機] TÂI: 仝
◇ ~-kiȯk/-*kȯk* (< log Chi) [~劇]
CHHUT: 仝 「KENG: 仝。
◇ ~-tâi (< log Chi) [~台] TÂI, Ê,

tiān-sìⁿ (< log Nip) [電扇] ⓐ KI: 電
風扇
◇ ~-hong [~風] 電風扇吹出的風;

$\simeq$ tiān-hong。

tiān-sìn-kiȯk/-*kȯk* (< log Nip) [電信局] 图 KENG: 仝。

tiān-sòaⁿ (< log Nip) [電線] 图 TIÂU: 仝; *cf* tiān-hóe-sòaⁿ。

tiān-tâi (< log Chi) [電台] 图 TÂI, Ê, KENG: 仝。

tiān-teng (< log Nip) [電燈] 图 KI, PHA, LIȦP: 仝; $\simeq$ tiān-hóe。

tiān-thah [電塔] 图 ê: 支撐高壓電線的鐵塔。 「[電毯] 图 NIÁ: 仝。

tiān-thán (< tr En *electric blanket*)

tiān-thâu-mo͘-tiàm [電頭毛店] 图 KENG: 女理髮廳。

tiān-thiāu (< log Nip + tr) [電柱] 图 KI: 電線桿; $\simeq$ tiān-hóe-thiāu。

tiān-thui (< log Chi) [電梯] 图 TÂI: 仝。

tiān-ti (< Chi *tien³ ti¹* < log Nip [點滴] < tr En *drip* < ab *an intravenous drip*) 图 KI: 點滴 (注射); $\simeq$ tōa-tâng。

tiān-tî (< log Nip) [電池] 图 LIȦP: 仝; $\simeq$ bȧt-té-lih ¶*ta* $\sim$ 乾電池 ¶*tâm* $\sim$ 濕電池。

tiān-·tiȯh [電著] 働 觸電。

tian-tò (< log Sin) [顛倒] (< [顛倒]) 働 顛倒; $\simeq$ tò-péng ¶*mê-jit* $\sim$ [暝日$\sim$] 日夜顛倒 ¶$\sim$·*kòe*·*lâi* [$\sim$過來] 顛倒過來 圈 顛倒 ¶*khǹg* $\sim$ 倒著放 働 1.腳在上,頭在下 ¶$\sim$-*tiàu* [$\sim$吊] 倒吊 2.逆向 ¶*Ū-tang-sî-á pò-chóa ài* $\sim$ *thȧk.* [有 tang 時仔報紙愛$\sim$讀.] 有時報紙必須倒過來讀 3.反而 ¶*sin*·*ê* $\sim$ *bē-iōng*·*tit* [新·ê $\sim$ bē 用得] 新的反而不能用。

tian-tò-pêng [顛倒□]) 图 顛倒的方位 圈 方位顛倒,例如前後、左右、上下、正反或首尾相反; *cf*. tian-tò-thâu。

tian-tò-péng [顛倒反]) 働 顛倒 (了/過來);翻覆。

tian-tò-thâu [顛倒頭] (< [顛倒頭]) 图 兩頭顛倒的方向 圈 逆向;兩頭顛倒 ¶*khǹg* $\sim$ 倒著放 働 逆向;兩頭顛倒著 ¶$\sim$ *sǹg* [$\sim$算] 倒著數。

tian-tò-tiàu [顛倒吊] (< [顛倒吊]) 働 倒吊。 「tiān-kim; $\simeq$ mék-kih。

tiān-tō͘ (< log Nip) [電鍍] 働 仝; $\simeq$

tiān-tōng-á [電動仔] 图 Ê, TÂI: 電動玩具。 「KENG: 電動玩具店。

tiān-tōng-keng [電動間] 图 [*á*]

tián-ui [展威] 働 展現威風的樣子。

tiang 象 清脆的撞擊聲,例如高頻率的時鐘報時 働 撥絃 (使發出上述聲音)。

tiàng¹‖*tiòng*‖*tiùⁿ* (< Sin) [漲] 働 (水位) 增高 ¶*kau-chúi* $\sim$·*khí*·*lâi* [溝水$\sim$起來] 河水漲起來。

tiàng²‖*tiòng* (< Sin) [脹] 働 1.膨脹; $\simeq$ phòng; *cf* tiùⁿ² ¶*Bȯk-jí chìm-chúi ē* $\sim$·*khí*·*lâi.* [木耳浸水會$\sim$起來.] 木耳泡水會脹起來 2.撐;蟲脹; $\Rightarrow$ tiùⁿ²。

tiang-sî $\Rightarrow$ tang-sî。

tiȧp 働 抽打 (以懲罰)。

tiat -*hȧk*‖*tiȧt*- $\Rightarrow$ thiat-hȧk。

tiȧt-sī/-*sū*/-*sī* (< log Nip) [秩序] 图 仝。

tiau¹ [刁] 働 刁難; $\simeq$ tiau-kó͘-tóng。

tiau²‖*tiau*ⁿ 働 (拉下一端) 使彎曲 ¶*Kā nāi-chi-oe* $\sim$·*lȯh*·*lâi, khah hó bán.* [Kā 荔枝椏$\sim$落來較好挽.] 把荔枝的枝子拉下來比較方便摘。

tiâu¹ (< Sin) [朝] 图 B. 朝代 ¶*Tiong-kok Chheng*-$\sim$ [中國清$\sim$] 仝。

tiâu² (< Sin) [條] 蟲 1.計算長條狀東西的單位,例如繩子、道路、河川 2.計算條文、(問題的) 題目、歌曲、事件的單位 3.十包 (香煙)。

tiâu³ [椆] 图 B. 關牲畜的棚子 ¶*ke*-

/*koe*-～ [雞～]雞舍¶*ti*-～ [豬～]豬圈 [量] 計算以棚子為容量單位的語詞¶*chi̍t* ～ *ti-á* [一～豬仔]一豬圈的豬。

tiâu^{4} (< Sin [著]) [動] **1.** 附(住); 卡(住); 套牢; 羈留; 上癮; 固定¶*khih hông liâm*-～-·*leh* [乞 hông 黏 ～ ·leh] 被人纏住¶*Chiú lim chē/chōe, soah* ～-·*leh* [酒 lim chē, 煞～ ·leh] 酒喝多了, 上癮了¶*Săn-tá Khu-lò͘-sù* ～ *tòa ian-tâng-·e.* [Săn-tá Khu-lò͘-sù ～ tòa 煙筒 ·e.] 聖誕老公公卡在煙囪裡¶*Hui-hêng-ki bē-tàng poe, soah* ～ *tòa ki-tiû^{n}.* [飛行機 bē-tàng 飛, 煞～ tòa 機場.] 飛機不能飛, 結果被困在機場 **2.** (考/選)上¶*khó*-～ *tāi-ha̍k* [考～大學] 考上大學¶*tah*-～-·*leh* [搭～ ·leh] 黏貼住。

tiáu [形] [x] (說話)尾音拉高的樣子。

tiàu^{1} (< Sin) [召] [動] 傳喚¶～ *i lâi mn̄g* [～伊來問] 叫他來問話¶～ *chèng-jîn* [～證人] 傳證人。

tiàu^{2} [吊] [動] 使(體內的膿、毒物)出來¶*kā lia̍p-á* ～ *ho͘ sòa^{n}* [kā 粒仔～ ho͘ 散] 使疙瘩消腫。

tiàu^{3} [動] (用望遠鏡)看(使影像靠近)¶*iōng tiàu-kiàn^{n}* ～-*óa-lâi khòa^{n}* [用 tiàu 鏡～óa 來看] 用望遠鏡(使影像靠近來)看。

tiàu^{4} (< log Sin) [調] [動] 調動¶～-*khì lēng-gōa chi̍t ê pō͘-mn̂g* [～去另外一個部門] 調到另外一個部門去。

tiàu^{5} (< Sin) [吊] [動] **1.** 懸掛¶*Piah-téng* ～ *chi̍t tiu^{n} tô͘.* [壁頂～一張圖.] 牆上掛著一幅畫¶～ *kok-kî* [～國旗] 懸掛國旗 **2.** 吊(死) [形] [x] 向上提的樣子¶*ba̍k-chiu* ～-～ [目睭～～] 白眼向上翻著的樣子。

tiāu^{1} (< Sin) [掉] [尾] 使脫離、消失¶*O͘-hûn kā ji̍t-thâu cha̍h*-～. [烏雲 kā 日頭閘～.] 黑雲遮住太陽¶*Chit jī thâi*-～. [Chit 字 thâi ～.] 這個字槓掉¶*Gín-á m̄-hó the̍h*-～. [Gín 仔 m̄ 好 the̍h ～.] 胎兒不要拿掉。

tiāu^{2} (< log Sin) [調] [名] Ê: **1.** 曲調 **2.** 聲調; ≃ sia^{n}-tiāu ¶*Tē-káu* ～ *pún-lâi bô tiāu-hō.* [第九～本來無調號] 仝 **3.** 調調¶*kāng-khoán* ～ [仝款～] 同樣的調調。

tiāu^{3}‖*thiāu* (< log Sin) [兆] [數] 萬億。

tiâu-á [條仔] [名] **1. B.** 條狀物¶*pò͘*-～ [布～] 布條 **2.** Ê, TIU^{n}: 字條; ≃ chóa-tiâu-á **3.** Ê: (繫上的)標籤; ≃ khan-á; ≃ liau-/liâu-á。

tiau-cha‖*tiâu*- (< log Nip) [調查] [動] 仝

◇ ～-*goân* ⇒ ～-oân

◇ ～-*kio̍k*/-*ke̍k* (< log Chi) [～局] 仝

◇ ～-*oân*/-*goân* (< log Nip) [～員] Ê: 仝。

tiau-chhí/-*chhú*/-*chhí* (< log Sin) [貂鼠] [名] CHIAH: 貂; ≃ gîn-chhí/gûn-chhú

◇ ～-*phôe* [～皮] NIÁ: 貂皮。

tiàu-chhia^{1} [吊車] [名] TÂI: 起重機。

tiàu-chhia^{2} [吊車] [名] TÂI: 拖吊用車輛 [動] 拖吊(車輛)。

tiàu-chhia-bóe/-*bé*/-*bé* [吊車尾] [俚] [動] 以最後一名被錄取。

tiàu-chhn̂g [吊床] [名] Ê, TÉNG: 吊鋪。

tiau-chhú ⇒ tiau-chhí。

tiau-chiat‖*tiâu*- (< log Nip) [調節] [動] 仝。

tiàu-chi̍p (< log Sin) [召集] [動] 仝

◇ ～-*jîn*/-*gîn*/-*lîn* (< log Chi) [～人] Ê: 仝。

tiàu-chit (< log Chi) [調職] [動] 仝。

tiāu-hō (< log Chi) [調號] [名] Ê: 仝。

tiau-hōe (< log Nip) [朝會] [名] PÁI: 仝。

tiau-ì (-kò͘) ⇒ thiau-ì (-kò͘)。

tiâu-iak/-*iok* (< log Sin < Nip) [條約] [名] Ê, TIÂU: 仝。

tiau-iáng/-*ióng* (< log Chi) [調養] [動] 仝。

tiau-kái (< log Chi) [調解] [動] 仝。

tiau-kang‖*tiâu*- ⇒ thiau-kang。

T

tiàu-khai/-*khui* (< log Chi) [召開]
　働 全¶～ *hōe-gī* [～會議] 全。

tiau-khek (< log Sin) [雕刻] 名 Ê,
　CHŌ: 全 働 全。

tiàu-khò (< log Chi) [調課] 働 全。

tiàu-khui¹ [召開] ⇒ tiàu-khai。

tiàu-khui²‖*tiâu*- (< log Chi) [調開]
　働 全¶*kā sî-kan* ～ [kā 時間～] 把時
　間調開。

tiâu-kiāⁿ (< log Nip) [條件] 名 ê: 全。

tiàu-kiàⁿ [tiàu 鏡] 名 KI: 望遠鏡。

tiàu-kiô (< log Sin) [吊橋] 名 TIÂU,
　ê: 全。

tiau-kò·-ì‖*tiâu*- ⇒ thiau-kò·-ì。

tiau-kó·-tóng [雕古董] 働 刁難(使
　多費神); ≃ tiau¹。

tiàu-koân-kè|-*koâiⁿ*- [吊 koân 價]
　(< [吊懸價]) 働 哄抬價錢; ≃ tiùⁿ-
　koân-kè。　　　　　　 「住 3. 固定 4. 上癮。

tiâu-·leh (v *tiâu⁴*) 働 1. 粘住 2. 卡

tiâu-liû (< log Nip < tr; cf En *tide/*
　trend, Fr *vogue*) [潮流] 名 趨向。

tiâu-pài (< log Sin) [朝拜] 働 全¶*khì*
　Pak-kiaⁿ ～ *Tiong-kok tōa-koaⁿ* [去
　北京～中國大官] 到北京去朝拜中國
　大官。　　　　　　　　　 「動軍隊。

tiâu-peng (< log Sin) [調兵] 働 調

tiâu-sèng (< log Chi) [朝聖] 働 全
　¶*khì Mék-kà* ～ [去 Mék-kà～] 到麥
　加去朝聖。

tiàu-siau (< log Sin) [吊銷] 働 全。

Tiau-sián‖*Tiâu*- (< log Sin < Cor)
　[朝鮮] 名 東北亞國名,即北韓
　◇ ～ *Pòaⁿ*-/*Pòàn-tó/-tó* (< log
　Nip) [～半島] 全。　　　 「全。

tiâu-sin‖*tiâu*- (< log Chi) [調薪] 働

tiâu-tāi/-*tē* (< lit log Sin) [朝代] 名

tiàu-tāu [吊脰] 働 上吊。　 「ê: 全。

tiâu-têng (< log Sin) [朝廷] 名 ê:
　全。

tiàu-teng (< log Chi) [吊燈] 名 ê,

KI, PHA: 全。

tiāu-thâu (< log Sin) [兆頭] 名 朕

tiau-tî‖*tiâu*- ⇒ thiau-tî。　　 「兆。

tiàu-tiáⁿ [吊鼎] 働 斷炊。

tiâu-tiâu (v *tiâu⁴*) 圖 緊緊的分不
　開,當補語; cf. *sí-sí²* ¶*kiap-*～ 緊
　緊地粘住¶*môh-*～ 緊緊地抱住。

tiâu-tiàu [吊吊] 圖 向上提的樣子,例
　如褲腿太短,動一動就露出腳踝
　¶*bàk-chiu* ～ [目睭～] 白眼向上翻
　著的樣子。

tiâu-tit [條直] 圖 1. (人)正直;守規
　矩 2. (事情)有著落;上軌道 3. 妥當
　¶*Mài khì, khah* ～. [Mài 去較～.]別
　去的好。

tiàu-tōa-tâng [吊大筒] 働 打點滴。

tiàu-tōng (< log Sin) [調動] 働 全。

tiàu-tû [吊櫥] 名 ê: 掛櫥。

| tiauⁿ | (< *tiau²*, q.v.)。

| tiǎuh |‖*tiǎuh*ⁿ 象 (樹枝等)一下子
　折斷聲。

| tiǎuhⁿ | ⇒ tiǎuh。

| tih |¹ 尾 表示方式; ⇒ teh¹。

tih² (< Sin) [滴] 量 働 全¶*chúi-tō-*
　thâu teh ～ [水道頭 teh～]水龍頭滴
　水¶～ *hō·* [～雨]雨水滴下來。

tih³ 働 略加捉弄、欺負、挑釁,即用
　輕打、搶玩具等方式逗弄以使(尤
　其小孩)不樂或哭泣; ≃ kāng¹。

tih⁴ 働 表示進行中; ⇒ teh⁴。

tih-á [碟仔] 名 ê, TÈ: 小碟子。

tih-boeh/-*beh* ⇒ teh-boeh。

| tim |‖*tīm* 働 放容器內置熱水中(使
　熱)或置冷水中(使涼) ¶*Ū-ê chiú*
　～*-sio khah hó-chiàh.* [有 ê 酒～燒
　較好吃.]有些酒熱一熱比較好喝。

tîm‖*tiâm* (< Sin) [沈] 働 下沈。

tìm¹ 働 (拿在手中稍微上下動以)掂
　(重量) ¶～*-khòaⁿ chit liàp chiòh-*
　thâu ū gōa/jōa tāng [～看這粒石

頭有 gōa 重] 掂掂看這石頭有多重。

tìm² ⓜ 點 (頭); ⇒ tòm² 。

tìm³ ⓜ **1.** 投擲; 扔; ≃ kiat; ≃ tàn ¶~ *chiòh-thâu* [~石頭] 丟石頭 **2.** 丟棄; ≃ tàn 。

tīm-oe/*-e*/*-e·* [tīm 堝] ⓐ Ê: (隔水) 燉食物用的鍋子。

tīm-pó· [tīm 補] ⓜ (隔水) 燉藥膳補。

tìm-thâu ⇒ tòm-thâu 。

⎡tin⎤ ⓜ **1.** 下垂 ¶*chhêng-á-kin/-kun* ~·*·lòh··lâi* [榕仔根~落來] 榕樹的氣根垂下來 **2.** 液體下垂後墜落 ¶*chhùi-nōa teh-boeh/-beh* ~·*·lòh·lâi·a* [嘴 nōa teh-boeh~落來矣] 垂涎且快滴下來了。

tîn (< Sin) [藤] ⓐ **1.** CHÂNG: 一種白藤屬的植物 **2.** TIÂU: 該植物的莖 **3.** TIÂU: 藤子 ¶*chhài-koe-*~ [菜瓜~] 絲瓜的蔓。

tìn¹ [鎮] ⓐ Ê: 行政單位。

tìn² [鎮] ⓜ **1.** 占 (空間) ¶*Siám-khah-khui·le, mài* ~ *tòa lō·*··*e!* [閃較開·le, mài~tòa 路·e!] 讓開點, 別擋著路 **2.** 占 (比例); ≃ chiàm ¶*Gō· ê kiâu-bū úi-oân, in tau* ~ *san ê.* [五個僑務委員, in 兜~三個。] 五個僑務委員, 他家占了三個。

tīn (< Sin) [陣] ⓐ **1.** 隊形 ¶*pâi-*~ [排~] 擺陣勢 ¶*sai-*~ [獅~] 舞獅的團體或隊伍 **2.** B. 群 ¶*gû-*~ [牛~] 牛群 **3.** 人群 ¶*tòe-/tè-bô-tiòh* ~ [tòe 無著~] 沒跟上大家 ⓠ **1.** 群 ¶*Chit chūn hong chhoe-/chhe-sòan chit* ~ *phang.* [一 chūn 風吹散一~蜂。] 一陣風吹散一群蜂 **2.** 計算戰鬥次數的單位 ¶*chiàn chit* ~ *ngē-táu ·ê* [戰一~硬 táu ·ê] 打一場硬仗。

tîn-á [藤仔] ⓐ CHÂNG, TIÂU: 藤子。

tîn-chêng (< log Sin) [陳情] ⓜ 仝。

tìn-chēng-che (< log Nip) [鎮靜劑] ⓐ THIAP, LIÀP: 仝。

tîn-chêng-si/*-su* (< log Nip) [陳情書] ⓜ HŪN, TIUn: 仝。

tîn-í (< Sin) [藤椅] ⓐ CHIAH: 仝。

tīn-iân (< log Sin) [陣營] ⓐ Ê: 仝。

tīn-iông (< log Nip) [陣容] ⓐ Ê: 仝。

tin-kiû ⇒ teng-kiû。 ⎡KENG: 仝。

tìn-kong-só· (< log Chi) [鎮公所] ⓐ

tìn-kùi (< log Chi) [珍貴] ⓕ 仝; ≃ pó-kùi。

tìn-lō· [鎮路] ⓜ 阻礙通道。

tin-peng-chè ⇒ teng-peng-chè。

tìn-pō-chhia ⇒ tìn-pòk-chhia。

tìn-pō kèng-chhat ⇒ tìn-pòk kèng-chhat。

tìn-pòk-chhia|*-pō-* (< ana [爆] < log Chi) [鎮 pòk 車] ⓐ TÂI: 鎮暴車。

tìn-pòk kèng-chhat|*-pō...*|*...kéng-* (< ana [爆] < log Chi) [鎮 pòk 警察] ⓐ Ê, TÎN: 鎮暴警察。

tin-sioh (< log Sin) [珍惜] ⓜ 仝; ≃ pó-sioh。

tīn-sòan (< log Chi < tr; *cf* Nip [戰線], En *front*) [陣線] ⓐ TIÂU: 仝。

tín-tang ⓢ 鐘聲。

tín-tāng [tín 動] (< [振動]) ⓜ 動彈 ¶*Khiā··leh, mài* ~. [企 ·leh, mài ~.] 站著不要 (亂) 動 ¶*mài ka* ~·*·tiòh* [mài ka~著] 不要動到他; 別碰他 ¶*mài sóa-*~ [mài 徙~] **a.** 不要移動他 **b.** 你不要移動。

tin-tang-kiò [tin-tang 叫] ⓜ 叮叮噹噹地響, 例如敲鐘或鈴鐺響; ≃ tin-tín-tang-tang; *cf.* tin-tiang-kiò。

tìn-tè [鎮 tè] ⓜ 佔地方, 妨礙活動。

tīn-tē/*-tōe* (< log Nip) [陣地] ⓐ Ê: 仝。

tīn-thiàn (< log Chi) [陣痛] ⓐ 仝; ≃ chò-/chòe-chūn-thiàn; ≃ chhui-chūn。

tin-thiap (< log Sin) [津貼] ⓐ HĀNG, PIT: 仝 ⓜ 仝。

tín-tiang ⓢ 叮噹的聲響, 例如彈琴

聲。

tin-tiang-kiò [tin-tiang 叫] 働 叮叮
噹噹地響,例如彈琴; ≃ tin-tín-
tiang-tiang; cf tin-tang-kiò。

tîn-tiâu (< log Sin) [藤條] 图 TIÂU,
KI: 取直成棍狀的藤。

tin-tín-tang-tang (v tín-tang) 働 叮
叮噹噹地響,例如鈴鐺響; cf tin-tín-
tiang-tiang 彤 許多繫在繩線上的小
東西綁在一起互相碰來碰去的樣子;
≃ tin-tín-tong-tong, q.v.。

tin-tín-tiang-tiang (v tín-tiang) 働
叮叮噹噹地響,例如彈琴; cf tin-tín-
tang-tang。

tin-tín-tom-tom 働 液體灑入池子發
出細小的聲音,例如小便。

tin-tín-tong-tong ‖ thin-thín-
thong-thong 働 叮叮咚咚地響 彤
1. 許多繫在繩線上的小東西綁在一
起互相碰來碰去的樣子; ≃ tin-tín-
tang-tang **2.** 許多東西綁在一起掛
起來的樣子 ¶tiàu kà ~ [吊 kà~] 掛
得琳瑯滿目。

tìn-tiúⁿ (< log Nip) [鎮長] 图 Ê: 全。

tín-tong 象 不清脆的金屬撞擊聲,例
如拖在車後的鐵罐子聲。

tín-tōng 象 一種如撞鐘的電鈴聲聲。

tīn-tōng-hàiⁿ/-hìⁿ (< tōng-tōng-
hàiⁿ, q.v.)。　　　　　[妨礙行動。

tìn-ūi [鎮位] 働 佔地方,減少空間或

tiô 働 **1.** 跳;雀躍;(撒嬌或不耐煩
時)不停地跺腳 **2.** 顛簸 ¶Chhia ~-
káh. [車~káh.] 車子顛得厲害 彤
顛 ¶Chhia chin ~. [車真~.] 車子顛
得厲害。　　　　　　　　[指釣魚。

tiò¹ (< Sin) [釣] 働 (用鉤子)誘捕,尤

tiò² [釣] 働 暫時固定,例如用針別
住、用線隨便訂一訂 ¶kā phòng-se
~ tiàm chhiú-ńg, tòa-hà [kā 膨紗~
tòa 手 ńg 帶孝] 把毛線縫在袖子上帶
孝。

tiō (< *chiō < chiū² < Sin; > tō

> tòh³) [就] 連 **1.** 於是 ¶khòaⁿ
lâng cháu, ~ tòe/tè lâng cháu [看
人走,~tòe 人走] 見別人離出,也跟
著離去 **2.** 表示滿足條件 ¶Lí nā bô
thau-thèh ~ hó. [你若無偷 thèh~
好.] 如果你沒偷拿,那就沒事兒了
¶ū-iáⁿ ~ ū-iáⁿ, bô-iáⁿ ~ bô-iáⁿ
[有影~有影,無影~無影] 真就是
真,假就是假,不亂說 **3.** 連結重複的
同一語詞,表示無所謂或別無選擇
¶Gō͘ bān ~ gō͘ bān, thèh··khì! [五
萬~五萬,thèh 去!] 五萬就五萬,拿
去吧! ¶Sí ~ sí, kiaⁿ sahⁿ? [死~
死,驚啥?] 死就死,怕什麼?

tiò-á [釣仔] 图 **1.** 釣具; ≃ hî-tiò-á
2. KI: 釣鉤儿; ≃ tiò-kau。

tiō-chún(-kóng) ‖ to- (v chún⁵) [就
準(講)] 連 即便;就算 ¶~(-kóng)
tú-tiòh khùn-lân, mā ài chhùi-khí-
kin kā··leh. [~(講)tú 著困難,mā
愛嘴齒根咬·leh.] 即使遇到困難,也
要咬緊牙關。

tiò-hî (< Sin) [釣魚] 働 全
◇ ~-ang [~翁] CHIAH: 魚狗。

tiò-kau (< Sin) [釣鉤] 图 [á] KI, Ê:
釣鉤儿。　　　　　　　　[竿儿。

tiò-koaⁿ (< Sin) [釣竿] 图 KI: 釣

tiō-sī ‖ tiòh-‖ tō-‖ tòh- (< log Sin; v
tiō) [就是] 働 **1.** 即;便是; ≃ chiū-
sī ¶Góa ~ A-hōng-î. [我~阿鳳姨.]
我就是阿鳳阿姨 　　[(也)就是...
△ ~ kóng... (v kóng⁴) [~講...]
2. 表示沒有別的可能 ¶Gû ~ gû! [牛
~牛!] 本性難移 ¶kôaⁿ ~ kôaⁿ [寒
~寒] 確是冷 **3.** 盡是 ¶ke-/koe-á-lō͘,
lâng ~ lâng [街仔路人~人] 街上到
處都是人。

tiò-sòaⁿ [釣線] 图 TIÂU: 釣絲。

·tiòh [著] 働 表示出乎意表的情
況,與 chiah '這麼' 或 hiah '那麼'
連用,固定輕聲變調 ¶chiah kín ~
[chiah 緊~] (怎麼) 這麼快 ¶thàk-

chheh thàk kà hiah-nī choan-sim ~ [讀冊讀到hiah-nī專心~] (怎麼)讀書讀得那麼專心呐。

tioh‖*tiùh* (動) **1.** (捏住末端)拉 ¶~ *i ê san, kiò i hó kiân ·a* [~伊ê衫叫伊好行矣]拉他的衣服,叫他走了 **2.** 拉(平/直) ¶*chhn̂g-kin* ~ *hơ chhun* [床巾~hơ chhun]把床單拉平。

tio̍h¹ (< Sin) [著] (尾) **1.** 表示不意發生 ¶*chhàk-·~* [鑿~]扎傷 ¶*chhàk-~ teng-á* [鑿~釘仔]被釘子扎了 ¶*kôan-~* [寒~]著涼 **2.** 表示有結果 ¶*lóng bô hioh-/heh n-khùn-~* [攏無歇睏~]一點儿也沒(得)休息 ¶*tio̍h-~ thâu-chiáng* [著~頭獎]中了頭獎 ¶*ū khòan-·~* [有看~] **a.** 看到 **b.** 看得到 ¶*bô khòan-·~ lâng* [無看~人]不見蹤影 (動) **1.** 到,表示有結果 ¶*khòan-bô-~* [看無~] (想看卻)看不到或沒看到 ¶*thâi-ū-~* [刣有~] **a.** 殺到 **b.** 為被害者之一 **2.** 上/中,即表示經過一定手續而有某種資格; ≃ *tiûn⁴* ¶*khó-·~* [考~]考上;考中 ¶*khó-~ tāi-ha̍k* [考~大學]考上大學 ¶*khó-ū-~* [考有~]考上;考中 ¶*soán-bô-~* [選無~]沒選上 **3.** 命中 ¶~(*-tio̍h*) *thâu-chiáng* [~(著)頭獎]中了頭獎 ¶~(*-tio̍h*) *chhèng-chí* [~銃籽]中彈 **4.** 輪到 ¶~(*-tio̍h*) *lí ·a.* [~你矣.]輪到你了 **5.** 遭遇 ¶~*-chha̍t-thau* q.v. ¶~*-hóe-sio* q.v. **6.** 罹患 ¶~(*-tio̍h*) *hì-gâm* [~肺癌]患肺癌 ¶~*-pēn/-pīn* [~病]染上某病 ¶~*-thâng* q.v. (形) **1.** 對;正確 ¶*Án-ne* ~ *·bơ?* [Án-ne~否?]這樣對嗎? ¶~*, án-ne* ~*.* 對,這樣對 ¶~ *keng* [~間] (所要找、進去等的)屋子正確(沒誤以為別一間) ¶~ *pêng* (前後、左右、首尾兩端、正反面)方向正確 ¶~ *thâu* [~頭] (首尾)方向正確 ¶~ *ūi*

[~位]位置或坐位正確 **2.** 對勁 ¶*sek khòan·-khí-·lâi bô-sán* ~ [色看起來無啥~]顏色看起來不大對 (動) 表示反應 ¶*chia̍h-*~ *phoh-phoh* [吃~粕粕]吃起來不潤滑,渣滓似的 ¶*khòan-* ~ *chin siūn-khì* [看~真受氣]看了很生氣 ¶*siūn-*~ *chin siang-sim* [想~真傷心]想起來好傷心。

tio̍h² [著] (動) 必須; ≃ (tio̍h-)ài² ¶*Pān sán tāi-chì lóng* ~ *chîn.* [辦啥代誌攏~錢.]辦任何事都須要錢 (輔) 必須; ≃ (tio̍h-)ài¹。

tio̍h³ (< *tiō*, q.v.) (副) 就。

tio̍h-ài‖*tio̍h-* (< aux + aux) [著愛] (輔) 必須;需要; ≃ tio̍h²; ≃ ài² ¶*Kin-ná-ji̍t sàng-·chhut-·khì,* ~ *tán gōa/jōa/lōa kú?* [今旦日送出去,~等 gōa 久?]今天送出去,要等多久? ¶*Góa* ~ *hơ· lí gōa chē chîn?* [我~hơ你 gōa chē錢?]我該你多少錢?

tio̍h-che [著 che] (< [著災]) (動) (家畜、家禽等)染上瘟疫。 「偷。

tio̍h-chha̍t-thau [著賊偷] (動) 遭小

tio̍h-chhen-kian [著青驚] (動) 吃(了一)驚。

tio̍h-chhèng [著銃] (動) 被槍砲擊中。

tioh-chhun (動) 拉(衣物)使不皺褶或不捲曲; cf tioh-pên ¶*kā chhn̂g-kin* ~ [kā床巾~]把床單拉平。

tio̍h- chiáng/- chióng/- chiún [著獎] (動) 中獎。

tio̍h-gâm [著癌] (動) 患癌症。

tio̍h-hóe-sio|*-hé-*|*-hé-* [著火燒] (動) 失火。

tio̍h-iau [著妖] (動) 被邪靈附身。

tio̍h-ka-chha̍k (動) 嗆(了)。

tio̍h-ka-sàu [著咳嗽] (動) (嗆了而)咳嗽; cf tio̍h-ka-chha̍k。

tio̍h-kian [著驚] (動) 害怕;吃驚 ¶*hehn-*~ [嚇~]驚嚇,他動。

tio̍h-kip (< log Sin) [著急] (動) 發急 ◇ ~*-tio̍h-miā* [~著命] do.

tioh-pê^{n}/*-pî^{n}* [tioh 平] [動] 拉(衣物)使平; *cf* tioh-chhun ¶*kā chhn̂g-kin* ~ [kā床巾~]把床單拉平。
tio̍h-pē^{n}/*-pī^{n}* [著病] [動] 患病。
tioh-pî^{n} ⇒ tioh-pê^{n}。
tio̍h-pī^{n} ⇒ tio̍h-pē^{n}。
tio̍h-pio [著鏢] [動] **1.** 被飛鏢擊中 **2.** [俚] 染上性病。
tio̍h-sî [著時] [動] 合時 [形] 正是時候。
tio̍h-sī (< *tiō-sī*, q.v.)。
tio̍h-siang/*-siong* [著傷] [動] 受傷。
tio̍h-soa [著痧] [動] 中暑等引起頭痛等不適的症狀。
tio̍h-tak [著tak] (<[著觸]) [動] **1.**(踢到障礙物而)跌倒或差點跌倒
◇ ~*-tê/-tôe* [~蹄] do.
2. 做錯; (人生)失足。
tio̍h-téng [著等] [動] 入選; (比賽)榜上有名。
tio̍h-thâng [著虫] [動] 遭蟲害。
tiong[1] (< Sin) [中] [尾] 正 ... 當中 ¶*kóng-ōe-*~ [講話~]仝 [形] 上下之間的; 大小之間的 ¶*Góa chhēng* ~-*·ê.* [我chhēng~·ê.]我穿中號的。
Tiong[2] (< log Chi) [中] [名] **1.** 中國簡稱 **2.** 中國話簡稱 **3.** 中文簡稱。
tiong[3] (< log Sin) [忠] [形] 仝。
tiông (< Sin [長]) [動] **1.** 獲(淨利) ¶*Chhun-·ê lóng* ~-*·ê.* [Chhun-·ê攏~·ê.]剩下的都是多得的 **2.** 剩餘; *cf* tióng。
tióng (< Sin [長]) [動] 多出; *cf* tiông ¶*chî^{n} ū* ~ [錢有~]錢有餘額。
tiòng[1]/*tèng* (< log Sin) [中] [動] 命中 ¶~*-tio̍h i ê kè* [~著伊ê計] 中了他的計。
tiòng[2] [漲] ⇒ tiàng[1]。
tiòng[3] [脹] ⇒ tiàng[2]。
tiōng (< log Sin) [重] [動] 注重; ≃ tùi-tiōng ¶*Ū-lâng khah* ~ *chia̍h; ū-lâng khah* ~ *chhēng.* [有人較~吃,有人較~chhēng.]有的人注重吃,有的人注重穿。
tiǒng (< contr *tiong-ng*, q.v.)。
Tiong-a (< log Chi) [中亞] [名] 仝。
Tiong-bí(-chiu) (< log Chi) [中美(洲)] [名] 中美洲。
Tiong-bûn (< log Chi) [中文] [名] 仝
◇ ~*-sû* [~詞] 由中文漢字轉讀的語詞, 例如 *bûn-hiàn* [文獻]、*jîn-châi* [人才]、*tō-lí* [道理]。
tiong-chái^{n} (< Sin) [中指] [名] KI, CHÁI^{n}: 仝。
Tiong-chhiu (< log Sin) [中秋] [名] 仝
◇ ~*-cheh/-choeh/-chiat* (< log Chi) [~節]仝
◇ ~*-goe̍h/-ge̍h/-gė̍h* (< log Sin) [~月] LIȦP: 仝
◇ ~*-mê/-mî^{n}* [~暝]中秋夜
◇ ~*-piá^{n}* [~餅] TÈ: 中秋月餅。
tiong-chiàng/*-chiòng* (< log Nip) [中將] [名] Ê: 仝。
Tiong-goân-hòa [中原化] [名] 被中國中原語言、文化所取代而同化。
tiong-hā kai-chân (< log) [中下階層] [名] **1.** (< tr En *lower middle class*) Ê: 中等階級中較低的 **2.** 中等階級與下等階級。
tiong-hā kai-kip [中下階級] [名] 仝上。
tiong-ha̍k/*-o̍h* (< log Nip) [中學] [名] KENG: 仝
◇ ~*-seng* (< log Nip) [~生] Ê: 仝。
tiong-hāu/*-kàu* (< log Chi) [中校] [名] Ê: 仝。
tiong-hêng (< log Nip) [中型] [形] 仝。
tiong-hō [中號] [名] 尺寸不大不小者。
tiong-hō͘ (< log Sin) [忠厚] [形] 仝。
Tiong-hoa Bîn-kok | *-hôa* ... (< log Sin) [中華民國] [名] **1.** 中國朝代名 (1911–1949) **2.** 台灣朝代名 (1949–)。
tiông-ho̍k‖*têng-* (< log Sin) [重複] [動] 仝。
tiòng-hong (< log Sin) [中風] [名] [動] 仝。

Tiong-hui (< log Chi) [中非] [名] 非洲中部。 「≃ hàn-i

tiong-i (< log Chi) [中醫] [名] Ê: 仝;
◇ *~-su* (< log Chi) [~師] 仝。

tiong-iang/*-iong*/*-eng* (< log) [中央] [名] 機關團體的核心 ¶*tóng-~* [黨~] 仝 [形] 核心的
◇ ~ *chèng-hú* (< log) [~政府] 仝。

Tiong-iang Soa^{n}-me̍h/*-iong...*/*-eng...* (< log) [中央山脈] [名] 仝。

tiōng-iàu (< log Nip) [重要] [形] 仝
◇ *~-sèng* (< log Nip) [~性] 仝。

tiong-io̍h (< log Chi) [中藥] [名] 仝; ≃ hàn-io̍h-á。

tiong-iong... ⇒ tiong-iang...。「仝。

tiōng-iōng (< log Sin) [重用] [動]

tiong-kan (< log Sin) [中間] [名] 裡頭; 居中的時空位置; ≃ lāi-té ¶*hit ~* 其中 [形] **1.** 居中的 「間人
◇ *~-chiá* (< log Chi) [~者] Ê: 中
2. 不偏向任何極端的
◇ ~ *lō͘-sòa^{n}* (< log Chi) [~路線] TIÂU: 仝 「Ê: 仝。
◇ ~ *soán-bîn* (< log Chi) [~選民]

tiòng-kè (< log Sin) [中計] [動] 仝 ¶*tiòng tio̍h i ê kè* [中著伊ê計] 中了他的計。

tiong-kî (< log Nip) [中期] [名] 仝。

tiong-kip (< log Nip) [中級] [形] 仝 ¶~ *hong-thai* [~風颱] 中級颱風
◇ *~-pan* (< log Chi) [~班] PAN: 仝。 「仝。

tiong-kó͘-chhia [中古車] [名] TÂI:

Tiong-kok (< log Sin) [中國] [名] 東亞國名; ≃ Chi-ná
◇ *~-á* [~仔] Ê: 老中; 中國人
◇ *~-gí*/*-gú* (< log Nip) [~語] KÙ: 仝
◇ *~-hòa* (< tr En *sinicize*) [~化]
◇ *~-lâng* [~人] Ê: 仝 ⌊仝
◇ *~-ōe* [~話] KÙ: 北京話; 華語
◇ *~-phài* (ant *Tâi-oân-phài*) [~派] Ê, PHÀI: (在台灣卻)不以台灣為重而以中國為重的派系
◇ *~-siâ^{n}* (< log Chi < tr En *China Town*) [~城] Ê: 各國大城市中的中國人聚落 「親中國的政黨。
◇ *~-tóng* [~黨] Ê, TÓNG: (台灣的)

Tiong-lâm-bí(-chiu) (< log Chi; *cf* Nip [中南米]) [中南美(洲)] [名] 仝。

tiong-lâm-pō͘ [中南部] [名] 仝。

Tiong-lâm Pòa^{n}-tó/*-tó͘* ‖*...Pòan-* (< log Chi) [中南半島] [名] 仝。

tiong-lâng (< log Sin) [中人] [名] Ê: 仲介; ≃ khan-kau-á; ≃ bu-lò-kà
◇ *~-chî^{n}* [~錢] PIT: 仲介的報酬。

tiong-liân (< log Sin) [中年] [名] 仝
◇ *~-lâng* (< log Chi) [~人] Ê: 仝。

tiong-li̍p (< log Nip) [中立] [名] [動] [形] 仝 「Ê: 仝。
◇ *~-kok* (< log Nip) [~國] KOK,

tiong-ng (< log Sin; > *tiŏng*) [中央] [名] **1.** 中間點 ¶*Chhân ê ~ chi̍t keng chhù.* [田ê~一間厝.] 田的中央有個房子 ¶*chià^{n}-~* [正~] 仝 **2.** (< sem) 中間 ¶*Chhiá^{n} lí chē ~.* [請你坐~.] 請你坐中間 ¶*hông ûi tòa ~* [hông圍tòa~] 被圍在中間。

tiong-pak-pō͘ [中北部] [名] 仝。

tiong-pan (< log Chi) [中班] [名] PAN: (幼稚園)中級班。

tiong-phi^{n} siáu-soat |*...sió-* (< log Nip) [中篇小說] [名] PHI^{n}, PÚN: 仝。

tiong-pō͘ (< log Nip) [中部] [名] 仝。

tiong-pôa^{n} [中盤] [名] **1.** Ê: 中盤商 **2.** 中盤生意 [形] 中盤生意的。

tiong-sán kai-kip (< log Nip; *cf* En *middle class*) [中產階級] [名] Ê: 仝。

tiong-se-pō͘ (< log Chi < tr En *Mid-west*; *cf* Nip do.) [中西部] [名] 仝。

tiong-sèng (< log Nip) [中性] [名] [形] 仝。

tiong-seng-tāi (< log Chi) [中生代] 名 TĀI: 中年的一代。

tiong-sêng-tō͘ (< log Chi) [忠誠度] 名 全¶tùi ka-tī/-kī chȯk-gí ê ~ [對家己族語ê～] 對自己族語的忠誠度。

tiōng-sī (< log Nip) [重視] 動 全。

tiòng-siang/-siong (< log Nip) [中傷] 動 全。

tiong-siāng kai-chân | -siōng... (< log) [中上階層] 名 **1.** (< tr En *upper middle class*) Ê: 中等階級中較高的 **2.** 中等階級與上等階級。

tiong-siāng kai-kip [中上階級] 名 全上。

tiong-sim[1] (< log Chi < tr En *center*) [中心] 名 活動的集中處; ≃ siàn-tà ¶hȧk-seng ~ [學生～] 全 ¶hùn-liān ~ [訓練～] 全。

tiong-sim[2] (< log Nip) [中心] 名 正中央 形 核心的; 主要的
◇ ~ su-siáng/-sióng (< log Nip) [～思想] Ê: 全
◇ ~-tiám (< log Nip) [～點] TIÁM, ê: 物體表面或內部的中點。

tiong-sió khì-giȧp (< log Nip) [中小企業] 名 全。

tiòng-siong ⇒ tiòng-siang。

tiong-siōng kai-chân ⇒ tiong-siāng kai-chân。 ⌐kai-kip。

tiong-siōng kai-kip ⇒ tiong-siāng kai-kip

tiong-sòaⁿ (< log Chi) [中線] 名 TIÂU: 全; ≃ tiong-sûn[2]。 ⌐Ê: 全。

tiong-sū/-sṳ̄ (< log Chi) [中士] 名

tiong-sûn[1] (< log Sin) [中旬] 名 月十一至二十日。

tiong-sûn[2] [中sûn] 名 TIÂU: 中線; 平均分界的線條; ≃ tiong-sòaⁿ。

Tiong-tang [中東] (< log Nip < tr; *cf* En *Middle East*) 名 亞洲的西部, 尤指阿拉伯半島地區。

tiong-tàu [中晝] 名 中午¶chiàⁿ-~

[正～] 正午¶khùn-~ [睏～] 午睡 ¶thàu-~ [透～] 不顧中午 (應該午休或避開太陽) 的時候
◇ ~-pn̄g [～飯] TǸG: 午飯
◇ ~-sî [～時] 中午時分
◇ ~-tǹg [～頓] TǸG: 午餐。

tiong-téng (< log Sin) [中等] 名 形 全¶~ siu-jip [～收入] 全。

tiong-tiám (< log Nip) [中點] 名 Ê, TIÁM: 線上離兩端相等處。 ⌐全。

tiōng-tiám (< log Nip) [重點] 名 Ê:

tiong-tiong--a [中中·a] 形 中等; 不很好, 也不很壞。

tiòng-tȯk (< log) [中毒] 動 全。

tiong-tūi (< log Nip < Sin) [中隊] 名 Ê, TŪI: 全。 ⌐全。

tiong-ùi (< log Nip) [中尉] 名 Ê:

tit[1] (> chit; > lih > lì; > lih > eh > è) (< Sin) [得] 尾 表示可能性¶ē-/ōe-chiȧh-·~ [會吃～] **a.** 可食性的 **b.** 准許吃¶ē-/ōe-kì-·~ [會記～] 記得¶bē-/bōe-kì-·~ [bē記～] 忘記 ¶bē-/bōe-kì-·~ ·khì [bē記～·去] 忘記了¶bē-/bōe-kì-~ khì [bē記～去] 忘了去。 ⌐·tiȯh [～著] 得到。

tit[2] (< Sin) [得] 動 獲得; 取得¶~-

tit[3]‖*lih* (< Sin) [得] 動 表示引起結果; *cf* tiȯh[1] ¶chiȧh-~ chin hó-chiȧh [吃～真好吃] 吃起來很好吃。

tit[1] (< Sin) [直] 動 **1.** 變直 **2.** 挺直 形 **1.** 不彎曲 **2. B.** 得了; 可以; 妥當¶Án-ne kám ē-~? [Án-ne kám 會 ～?] 這樣可以嗎? (我懷疑!) ¶hông sió-khóa kóng-·chit-·ē tiō bē-~ ·a [hông 小可講一下就bē～矣] 不容別人稍微批評 **3.** 乾脆; 省事¶mài khì khah ~ [mài去較～] (還是) 不去的好 副 **1.** 不拐彎地; ≃ it-tit; ≃ tȧt-tȧt ¶~ kiâⁿ. [～行.] (打這儿) 一直的走 **2.** 不停地; ≃ it-tȧt; ≃ tȧt-tȧt ¶~ kóng bô thêng [～講無停] 說個不停。

tit-á [姪仔] (名) ê: 姪兒。

tit-chiap (< log Nip) [直接] (形) (副) 全 ¶*bô keng-kòe liân-tiú^n, ∼ khì chhōe iâ^n-tiú^n* [無經過連長，∼去 chhōe 營長] 沒經過連長，直接去找 營長。

tit-chōa [直 chōa] (名) 1.(劃在平面上 的) 直線; ≃ tit-sûn 2.(ant *hoâi^n-/hûi^n-chōa*) (劃在平面上的) 垂 線。

tit-hâng (< log Nip) [直航] (動) 全。

tit-jit (< log Sin) [值日] (動) 全; ≃ tiòh-jit。

tit-kak (< log Nip) [直角] (名) ê: 全。

tit-kàu (< log Chi + tr) [直到] (動) 直達; ≃ tit-thàng (介) 到了 (某時或 某地); ≃ (it-tit) kàu³/kà³。

tit-keng/-kèng (< log Nip) [直徑] (名) TIÂU: 全。

tit-lâng-thià^n [得人疼] (形) 逗長輩喜

tit-liu-liu [直溜溜] (形) 很直。 ⌊歡。

tit-liû-tiān (< log Nip [直流] + [電] < tr; cf En *direct current*; cf Nip ant [交流電氣]; ant *kau-liû-tiān*) [直流電] (名) 全。 ⌊長; ≃ tit-lō͘-só͘。

tit-lōng-sōng [直 lōng-sōng] (形) 直而

tit-pan (< log Chi) [值班] (動) 全。

tit-phiò-lùt (< log) [得票率] (名) 全。

tit-poe/-pe/-pe· (< log Chi) [直飛] (動) 全 ¶*ùi/tùi Niú-iok ∼ Tâi-pak* [ùi 紐約∼台北] 從紐約直飛台北。

tit-seng¹ (< log Chi) [值星] (動) 全 ¶*∼ pan-tiú^n* [∼班長] 全。

tit-seng² (< log Chi) [直升] (動) 不經 過某些限制而升級 ¶*∼ tāi-hàk* [∼ 大學] 全。

tit-seng-ki (< log Chi) [直升機] (名) TÂI: 全。 ⌊全。

tit-sòa^n (< log Nip) [直線] (名) TIÂU:

tit-tàt-chhia (< log Chi) [直達車] (名) TÂI, CHŌA, PANG: 全。

tit-thàu [直透] (動) 直通; 直達。

tit-tiòh [得著] (動) 得到 ¶*∼ chèng-khoân* [∼政權] 得到政權 △ ∼ *kiù* [∼救] 得救。

tit-tit¹ (v *tit²*) [直直] (形) 筆直 ¶*chhiú chhun-∼* [手伸∼] 手伸直 (副) 1.不 拐彎地; 一直 ¶*ùi chia ∼ khì* [ùi chia ∼去] 打這兒一直的走 2.不停地 ¶*ka-tī chit ê ∼ kóng* [家己一個∼ 講] 自己一個人不停地說。

tit-tit² [直直] (副) 乾脆, 表示判斷得 失, 不變調; ≃ kui-khì; ≃ in-sìn ¶*∼ mài khì* [∼ mài 去] 乾脆不要去。

tit-tn̂g (< log Nip) [直腸] (名) TIÂU: 全。

tiû-**á-pò͘** [綢仔布] (名) TÈ: 絲綢料 子。

tiū-á [稻仔] (< [秫□]) (名) CHÂNG: 稻 子 ¶*koah ∼* [割∼] 割稻 ¶*pò͘ ∼* [播 ∼] 插秧; 種稻 ◇ ∼-*bóe/-bé* [∼尾] (成熟的) 稻 穗; ≃ tiū-bóe/-bé ¶*koah (lâng) ∼-bóe/-bé* q.v. ◇ ∼-*sūi* [∼穗] 稻穗。

tiū-chháu [稻草] (< [秫草]) (名) KI, PÉ, CHÂNG: 全; ≃ tiū-kó。

tiū-pī (< log Sin) [籌備] (動) 全。

tiū-tî/-tû/-tî̂ ‖ *tiû^n-tû* (< log Sin) [躊躇] (動) 全。 ⌊場。

tiū-tiâ^n [稻埕] (< [秫庭]) (名) ê: 曬穀

tiu-tiu/*tiû-tiû* (副) 1.頻繁地; ≃ chiàp-chiàp ¶*lâng ∼-lâi* [人∼來] 門庭若 市 2.不停地; 一直的 ¶*tùi chhân-bóe ∼-khì, lóng bô oàt-thâu* [對田尾∼ 去, 攏無越頭] 向田的盡頭一直走, 沒

tiū-tû ⇒ tiū-tî。 ⌊有回頭看。

tiu^{n}¹ (< Sin) [張] (量) 計算紙、書 信、圖畫、犁、桌子等的單位。

tiu^{n}² [張] (動) 賭氣 ¶*teh ∼, m̄ chiàh pn̄g.* [teh ∼, m̄ 吃飯] 賭氣著, 不肯

吃飯。　　　　　　　　　　　［單位。

tiûⁿ (< Sin) [場] 量 計算演出次數的

tiúⁿ (< log) [長] 名 B. 單位首長 ¶*chhī-~* [市～] 全 ¶*hāu-~* [校～] 全。

tiùⁿ¹ 動 水位增高；⇒ tiàng¹。

tiùⁿ² ‖*tiàng* (< Sin) [脹] 動 撐；蟲脹 ¶*pak-tó· ~-~* [腹肚～～] (吃多了)肚子脹脹的。

tiuⁿ (< Sin) [丈] 名 B. 1. (< sem) 父親；≃ a-tiūⁿ 2. 某些親人的丈夫 ¶*î-~* [姨～] 全 ¶*ko·-~* [姑～] 全。

tiûⁿ-bīn (< log Nip) [場面] 名 Ê: 全。

tiûⁿ-háp (< log Nip) [場合] 名 Ê: 全。

tiùⁿ-hō (< log Chi) [帳號] 名 Ê: 全；≃ kháu-chō。

tiùⁿ-koân-kè|*-koâiⁿ-* [漲 koân 價] 動 哄抬價錢；≃ tiàu-koân-kè。

tiūⁿ-kong [丈公] 名 Ê: 父母輩的姑丈或姨父。　　　　　　　　［父。

tiūⁿ-lâng (< log Sin) [丈人] 名 Ê: 岳

tiùⁿ-leng/*-lin*/*-ni* [脹奶] 動 奶水充滿乳房；*cf* chéng-leng。

tiú·ⁿ-ló ‖*tiáng-*‖*tióng-* (< log Sin) [長老] 名 Ê: 全。　　　　［Ê: 岳母。

tiūⁿ-ḿ (< log Sin [丈母]) [丈姆] 名

tiùⁿ-ni ⇒ tiùⁿ-leng。

tiûⁿ-só· (< log Nip) [場所] 名 Ê: 全 ¶*kong-kiōng ~* [公共～] 全。

tiûⁿ-tē/*-tōe* (< log Chi) [場地] 名 Ê: 全。

tiuh 動 1. 抽搐；≃ kiuh 2. 抽(痛) 3. 拉；⇒ tioh。

tiúh 動 抽痛(一下)的情況。

tiuh-thiàⁿ [tiuh 痛] 動 抽痛。

tiuh-tiuh-thiàⁿ [tiuh-tiuh 痛] 動 針儿針儿地疼。

tng¹ (< 當) 動 (在對象經過的地方)守候以捕捉、碰面等；伺(機) ¶*~ chhàt-á* [～賊仔]等著捉賊 ¶*~ niáu-chhí* [～老鼠]設陷阱捉老鼠。

tng² (< Sin) [當] 介 面對；當著 ¶*~ tāi-ke ê bīn-chêng kóng··chit··ē* [～大家ê面前講一下]當著大家談一談 動 表示正當某個時候；≃ tng-tang ¶*hit-chūn góa ~ siàu-liân* [hit-chūn 我～少年]那時我正年輕。

tn̂g (< Sin) [長] 名 全 ¶*Chit keng pâng-keng ~ ū lȧk bí.* [Chit 間房～有六米.]這屋子直裡有六米 形 兩端之間的距離大 ¶*chhiú chhun-~-~* [手伸～～]伸長著手。

tn̂g¹ ‖*túiⁿ* (< Sin) [轉] 動 1. 自轉；≃ gô² 2. 繞；≃ sėh 3. 周轉 ¶*(chîⁿ) ~-bē-kòe* [(錢)～bē 過]周轉不靈 4. 轉換 ¶*~ chheⁿ-*/*chhiⁿ-teng ·a* [～青燈矣]變綠燈了 ¶*~ lâm-hong* [～南風]風轉向北吹 5. 應變；動腦筋 ¶*chit-sî thâu-khak ~-bē-kòe-·lâi* [一時頭殼～bē 過來]一時腦筋轉不過來 6. (舌頭)顫動 ¶*chhùi-chih bē/bōe ~* [嘴舌bē～]不會嘟嚕；發不出顫音 ¶*~ chhùi-chih* q.v. 7. 轉變 ¶*bīn ~ chheⁿ/chhiⁿ* [面～青]臉色變鐵青 ¶*~-siūⁿ-khì* q.v.

tn̂g² ‖*túiⁿ* ‖*tn̄g* (< Sin 轉) [返] 動 返回 ¶*~ kàu chhù* [～到厝]回到家 ¶*~-khì chhù··ni* [～去厝·ni] 回家去。

tǹg¹ ‖*tùiⁿ* (< Sin) [頓] 名 (< sem) B. (三)餐 ¶*àm-~* [暗～]晚餐 ¶*chái-~* 早餐 ¶*tiong-tàu~* [中晝～]午餐 量 餐 ¶*chit jit chiȧh saⁿ ~ (pn̄g)* [一日吃三～(飯)]一天吃三餐。

tǹg² ‖*tùiⁿ* (< Sin) [頓] 動 1. (鈍物)撞擊平面,例如捶胸、跺腳、一屁股坐下、粗魯地放下重物、捶桌子 2. 蓋(章)

△ *~ ìn-á* [～印仔]蓋章

3. (在選票上)圈選 ¶*~ hō· ·i* [～hō·伊]投他一票 4. (平穩地)放 ¶*Tê-pân-á ~ tī hang-lô·-téng.* [茶瓶仔～tī 烘爐頂.]茶壺放在火爐上 5. 放置在火上(一會儿) ¶*Chúi ka ~ hơ*

sio. [水 ka～hoˊ 燒.] 把水放在火上熱一熱。

tǹg³ (< Sin) [當] ⑩ 典當。

tǹg⁴ (< log Chi < Chi *tang⁴* < sem En *down*) [當] ⑩ **1.** (成績) 不及格；(成績) 打不及格 ¶*kā i* ～-*tiāu* [kā 伊～掉] 把他當掉 **2.** (電腦等) 當機；≃ tàng-chi ¶*Tiān-náu koh* ～-*tiāu··khì ·a.* [電腦 koh～掉去矣.] 電腦又當機了。

tňg¹ (< Sin) [丈] ⑪ 十尺。

tňg² ‖ *tūiⁿ* (< Sin) [斷] ⑩ **1.** 折斷；≃ chih² ¶*siak-chit-ē* ～ *chit ki chhiú* [摔一下～一枝手] 跌了一交，斷了一隻手 **2.** 斷絕 ¶～-*chúi* q.v. ¶～*kiáⁿ-sun* [～kiáⁿ孫] 絕嗣。

tňg³ (< Sin) [盪] ⑩ **1.** 盪滌 **2.** 沖 (一下)，尤指洗去肥皂。　　　[tú²。

tňg⁴ ⑩ 遇 (見)；≃ gū；≃ pōng⁴；≃

tňg⁵ (< dia *tíg²*...) ⑩ 返回，只當謂語 ¶～··*khì* [～去] 回去 ¶～··*lâi* [～來] 回來。

tňg-á [腸仔] ⑧ TIÂU: 腸子 ¶*pak-tóˊ*～ [腹肚～] (體內的) 腸子　　　[炎 ◇ ～-*iām* (< log Nip + *á*) [～炎] 腸 ◇ ～ *pēⁿ-/pīⁿ-tȯk* [～病毒] 腸病毒 ◇ ～-*tȯˊ* [～肚] 腸子等內臟。

tňg-ām-lȯk (< log Chi + tr) [長領鹿] ⑧ CHIAH: 長頸鹿；≃ kî-lîn-lȯk。

tňg-bé ⇒ tňg-bóe。

tňg-bé-chhiⁿ ⇒ tňg-bóe-chheⁿ。

tng-beh/-beh ⇒ tng-boeh。

tňg-bīn (< log Sin) [當面] ⑪ 全 ¶～ *ka kóng* [～ka 講] 當面告訴他。

tňg-bóe/-bé/-bé [斷尾] ⑩ 全。

tňg-bóe-chheⁿ/-bé-chhiⁿ [長尾星] ⑧ LIȦP: 彗星。

tng-boeh/-beh/-beh (< adv +aux) [當欲] ⑩ 正要。「斷臍帶並結紮。

tňg-châi [斷臍] ⑩ (給新生嬰兒) 切

tňg-chân ‖ *toān-* (< col log Nip) [斷層] ⑧ Ê: 全 ¶*Tâi-oân bûn-hòa hoat-seng*～. [台灣文化發生～.] 全 ⑩ 全 ◇ ～ *sàu-biâu* (< log Chi < Nip [斷層寫真/斷層撮影] < ab tr En *computerized axial tomography scan*) [～掃描] 全 ¶*tiān-náu*～ *sàu-biâu* [電腦～掃描] 全。

tňg-chéng [斷種] ⑩ 絕種。

tňg-chhiò(-bīn) [返笑(面)] (< [轉笑(面)]) ⑩ 轉 (悲/怒) 為喜。

tňg-chhùi-chȯh [轉嘴舌] ⑩ 嘟嚕；發顫音。

tňg-chiam (< log Nip) [長針] ⑧ KI: (鐘錶的) 分針。　「貫穿手掌兩端。

tňg-chiúⁿ [斷掌] ⑲ 通關手，即掌紋

tňg-chò-kòeh | -*chòe-* [斷做 kòeh] ⑩ 斷成兩截；≃ tňg-kòeh。

tňg-chúi (< log Nip) [斷水] ⑩ 全。

tňg-hòe-siū | -*hè-* | -*hè-* [長歲壽] ⑲ 長壽；≃ tňg-miā。⌊形] ⑧ Ê: 全。

tňg-hong-hêng (< log Nip) [長方

tňg-kang (< Sin) [長工] ⑧ [*á*] Ê: 全。

tńg-khì (< log Sin [轉去]) [返去] ⑩ **1.** 回去 ¶*Lí kín tńg··khì.* [你緊～.] 你快點儿回去 ¶～ *goán chhù* [～ goán 厝] 回我家去 ¶*hông kóan-··~/-tńg··khì* [hông 趕～] 被趕回去 △ ～ *chiȧh ka-tī/-kī* [～吃家己] 被 **2.** ⑬ 去世。　　　　　[解雇

tňg-khòˊ [長褲] ⑧ NIÁ: 全。

tňg-khùi (< log Sin) [斷气] ⑩ 全。

tňg-kî (< log Nip) [長期] ⑲ 全 ¶～ *ê hùn-liān* [～ ê 訓練] 長期的訓練 ⑪ 全 ¶～ *chham-ī/-ú* [～參與] 全。

tňg-ko [長篙] ⑲ **1.** 呈長形；≃ tňg-ti **2.** 橢圓 ◇ ～-*hêng* [～形] Ê: 橢圓形；≃ îⁿ- ◇ ～-*îⁿ* [～圓] do.　　⌊nňg-hêng

tňg-kòeh [斷 kòeh] ⑩ 斷成兩截；≃ tňg-chò-kòeh。

tňg-kóng-bȯeh/-bȯh [長 kóng 襪]

(名) KHA, SIANG: 長襪子。

tn̂g-kóng-ê/-ôe [長 kóng 鞋] (名) KHA, SIANG: 靴。　　　　[(副) 全。

tn̂g-kú í-lâi (< log Chi) [長久以來]

tn̂g-lâi (< log Sin [轉來]) [返來] (動) 回來 ¶Lí kín tńg-lâi. [你緊〜.] 你快點兒回來 ¶Lí ~ chhù-·e. [你〜厝chhù-·e.] 你回(家裡)來 ¶hông kóaⁿ-·〜/kóaⁿ-tńg-·lâi [hông 趕〜] 被趕了回來。

tńg-lâi-khì [返來去] (< [轉來去]) (動) (咱們/我)回去 ¶Góe boeh/beh tńg-·lâi-·khì ·a. [我欲〜矣.] 我要回去了 ¶Lán ~ chhù-·e. [咱〜厝·e.] 咱們回家去。　　　[穩而] 一屁股坐下。

tng-lap-chē [頓lap坐] (動) (因站不 tng-leh (< tng-teh, q.v.)。　[(動) 全。

tn̄g-leng/-lin/-ni (< Sin) [斷奶]

tn̂g-liâu [長liâu] (名) NIÁ: 長衫, 例如

tn̂g-lin ⇒ tn̄g-leng。　 ⌞長袍、旗袍。

tn̂g-liu-liu [長溜溜] (形) 很長。

tn̂g-lò-lò/-lò-sò [長lò-lò] (形) 很長, 貶意 ¶chı̍t chōa lō· ~ [一chōa路〜] 路途遙遠。

tn̄g-lō· [斷路] (動) 斷絕來往; 絕交。

tn̂g-lòng-sòng [長lòng-sòng] (形) (物體)非常的長, 貶意。　　　 [siū。

tn̂g-miā [長命] (形) 長壽; ≃ tn̂g-hòe-

tn̄g-náu-kin/-kun/-kirn [斷腦筋] (動) 1. 中風 2. 腦溢血。

tn̄g-ni ⇒ tn̄g-leng。

tn̂g-nî-chhài [長年菜] (名) CHÂNG: 過年的蔬菜, 多指芥菜。

tn̂g-phiⁿ siáu-soat | ... sió- (< log Nip) [長篇小說] (名) PHIⁿ, PÚN, PŌ·: 全。

tn̂g-phòng-í [長膨椅] (名) CHIAH, TIÂU: 沙發; ≃ só·/só·-fà。 [臉兒。

tńg-siuⁿ-khì|-siū- [轉受氣] (動) 繃了

Tn̂g-soaⁿ [唐山] (名) 中國國外華裔及華僑對中國的稱呼 ¶〜 kòe/kè Tâi-oân [〜過台灣] 從中國渡海到台灣

◇ ~-kong [〜公] ê: 從中國移民過來的男祖先。　　　　 [的女祖先。

◇ ~-má [〜媽] ê: 從中國移民過來

tn̂g-tāu-á [長豆仔] (名) CHÂNG, NGEH, LIA̍P: 豇豆; ≃ chhài-tāu。

tn̂g-té/-té (< log Sin) [長短] (名) 1. 長與短 2. B. 是非; 閒話 ¶kóng lâng ê ~ [講人ê〜] 說人家的是非 (形) 長短不一 ¶~ kha¹ [〜腳] 腳一長一短 ¶~ kha² (成雙的東西)一長一短, 例如筷子; ≃ tn̂g-té-chhiam。

tn̂g-té-á|-té- [長短仔] (副) 有時多, 有時少, 慢慢兒地 ¶Khiàm ê chîⁿ, góa ē/ōe ~ hêng ·lí. [欠ê錢我會〜還你.] 所欠的錢我會攤還給你。

tn̂g-té-chhiam‖-té- [長短籤] (< [長□籤]) (形) 長短不一。

tng-teh/-leh (動) 正在...中。

tn̄g-thâu [斷頭] (動) 沒收(付不起貸款的房屋、汽車等)。

tn̂g-ti/-tu [長ti] (形) 呈長形, 例如長方形、橢圓形; ≃ tn̂g-ko

◇ ~-hêng [〜形] ê: 長方形/橢圓形, 尤指前者。　　　　 [îⁿ。

◇ ~-îⁿ [〜圓] ê: 橢圓; ≃ tn̂g-ko-

tng-tiàm [當店] (名) KENG: 當鋪。

tn̄g-tiān [斷電] (動) 全。

tn̄g-tio̍h [tn̄g著] (動) 遇到(人) ¶tı̍ lō·-·ni tn̄g-·tio̍h [tı̍路·ni〜] 在路上相遇。

tn̂g-tô· (< log Chi) [長途] (名)(形) 全。

tn̂g-tō· (< log Chi) [長度] (名) 全。

tn̂g-tô· tiān-ōe (< log Chi) [長途電話] (名) THONG: 全。

tn̂g-tu ⇒ tn̂g-ti。

to¹ (< Sin) [刀] (名) KI: 切割工具

△ ~ tun, hiâm bah jūn [〜鈍嫌肉韌] 找借口掩飾自己的拙劣; ≃ bē-hiáu sái-chûn, hiâm khe oan

(量) 計算殺傷次數的單位 ¶phut chı̍t

to² (代) 哪兒; ⇒ ta². [〜 砍了一刀。

to³ (動) 就是(... 啊), 表明事實 ¶chim-

chiok ka khòaⁿ, he ∼ *i ê chhiú-kin-á* [斟酌 ka 看，he ∼伊ê手巾仔] 仔細看，那就是她的手絹儿啊 (動) 1. 辯解表示原因；*cf.* iah-to ¶*Góa* ∼ *bē-/bōe-hiáu; mñg ·góa bô-hāu.* [我∼bē 曉，問我無效.] 我不會嘛，問我沒有用 ¶*Góa* ∼ *boeh/beh khì; lí ná ē kâng kóng góa boăi khì?* [我∼欲去，你哪會 kâng 講我 boăi 去?] 我 (是) 要去的，你怎麼跟別人說我不去? ¶*Góa* ∼ *chún-pī iáu-bōe hó, lí kâ kóaⁿ boeh chhòng sàⁿ?* [我∼準備天未好，你 kâ 趕欲創啥?] 我還沒準備好哇，你趕什麼趕?

△ ∼ *bô-teh/-leh* [∼無 teh] 又不是...; ≃ bô-teh, q.v.

2. 表示發現相反；≃ to-ā ¶*pún-lâi siūⁿ boeh/beh séng-sū,* ∼ *bô-siūⁿ-tiòh soah tian-tò khah hùi-khì* [本來想欲省事，∼無想著煞顛 tò 較費氣] 本想省事，沒想到倒費事了 3. 表示不同 ¶*Lí kóng lí ē kôaⁿ, goán* ∼ *bē.* [你講你會寒，goán ∼ bē.] 你說你覺得冷，我並不覺得啊 (助) 表示已然的事實，否定對話人 ¶*Sí* ∼ *sí ·a; khàu tiō ē oàh-·khí-·lâi ·hioⁿ?* [死∼死矣，哭就會活起來·hioⁿ?] 死了就是死了，難道哭就會復活嗎?

to⁴ (< Sin [都]) (副) 1. 皆；≃ lóng; ≃ mā ¶*ta̍k-hāng* ∼ *bat/pat* [ta̍k 項∼ bat] 樣樣都懂 2. (連.../再...) 也；≃ mā ¶*chhām nōa-·ê* ∼ *boeh/beh* [chhām 爛 ê∼欲] 連爛的都要。

tô¹ (名) (量) 1. 計算團聚的水果的單位；≃ pha¹ 2. 計算血塊的單位；≃ oân² 。 [∼ [無 tè ∼] 無處可逃。

tô² (< Sin) [逃] (動) 全；≃ cháu ¶*bô-tè*

tó¹ ‖*tó* (< Sin) [島] (名) LIĀP: 全。

tó² ‖*tò* ‖*toh* ‖*tòh* (代) 哪儿；⇒ tà¹。

tó³ ‖*tóe* (指) 哪 (一)；⇒ tá。

tó⁴ (< Sin) [倒] (動) 1. 原來豎立的變成橫的 ¶*chheⁿ-á-châng* ∼*-·lòh-·lâi*

[青仔欉∼落來] 檳榔樹倒了下來 2. 躺 ¶∼*-·leh bô khùn mā hó* [∼·leh 無眠 mā 好] 躺著沒睡著也好 3. 傾斜 ¶*Hit ê thah khi-khi, ti̍t-ti̍t* ∼*-·khì.* [Hit 個塔 khi-khi，直直∼去.] 那座塔斜斜的，還一直傾斜下去 4. 支撐不住 ¶*chhù* ∼*-·khì* [厝∼去] 房子倒了 ¶*seng-lí* ∼*-·khì* [生 lí ∼去] 生意倒閉 5. (倒閉) 使債主要不到錢 ¶*kā lâng* ∼ [kā 人∼] 倒閉而使債主要不到錢 ¶∼ *lâng ê chîⁿ* [∼人ê錢] do.

tò¹ (代) 哪儿；⇒ tà¹。

tò² (< Sin [倒]) (動) 1. 傾倒到另一容器 ¶*Sio-chúi* ∼ *chit khaⁿ, léng-chúi* ∼ *hit khaⁿ.* [燒水∼ chit khaⁿ，冷水∼ hit khaⁿ.] 熱水倒在這一鍋，冷水倒在那一鍋 2. 傾倒以摒棄；≃ piàn² ¶∼ *pùn-sò* 倒垃圾

tò³ (< Sin [倒]) (動) 返回；≃ tńg² ¶*Kín khì, kín* ∼*-·lâi!* [緊去緊∼來!] 快去快回! (形) 1. 相反；≃ tian-tò ¶∼*-bīn* q.v. ¶∼*-thâu* q.v. 2. 左 ¶∼*-chhiú* q.v. ¶∼*-pêng* q.v. (副) 1. 反方向；≃ tian-tò ¶∼*-péng* q.v. ¶∼*-tiàu* q.v. ¶∼*-tńg* q.v. 2. 向某方向 ¶*áu* ∼*-chhut-·khì* [拗∼出去] 向外摺 (出去) ¶*áu* ∼*-chhut-·lâi* [拗∼出來] 向外摺 (出來) ¶*áu* ∼*-ji̍p-·khì* [拗∼入去] 向裡面摺 (進去) 3. 反而；≃ tian-tò ¶∼ *hāi* [∼害] 反而更糟糕 ¶∼ *liáu* [∼了] 反盈為虧。

tò⁴ (< *tòa³*, q.v.) (介) 在於。

tō (< *tiō*, q.v.)。

to-á [刀仔] (名) KI: 刀子。

to-ā [都 ā] (副) 1. 表示發現相反；≃ to²(2), q.v. 2. 表示平常沒想到的事實 ¶*I* ∼ *peh-cha̍p hòe ·a.* [伊∼八十歲矣.] 他都八十歲了 3. 表示退一步 ¶*Lí iáu boeh kóng sahⁿ, góa* ∼ *boeh thiaⁿ khòaⁿ-bāi ·le.* [你夭欲講啥，我∼欲听看覓哦.] 你還有什麼要說的，我倒想聽聽。

to-á-hûn [刀仔痕] ⓐ JIAH, CHŌA: 刀
痕。

to-bé/-bé́ ⇒ to-bóe。

tò-bīn (ant chià{n}-bīn) [tò面] (<[倒
面]) ⓐ **1.** 反面；背面 **2.** 左面。

to-bóe/-bé́/-bé́ [刀尾] ⓐ 刀鋒。

tô-bông (< log Chi) [逃亡] ⓿ 全；≃
cháu-lō̄。

tò-chhiú (ant chià{n}-chhiú) [tò手] (<
[倒手]) ⓐ KI: 左手
◊ ～-koái{n}(-á) [～拐(仔)] ê: 左撇
◊ ～-pêng 左邊。

to-chhùi [刀嘴] ⓐ 刀口；≃ to-mê。

tô-chiáu/-niáu (< col log Sin) [駝
鳥] ⓐ CHIAH: 全
◊ ～ chèng-chhek (< log Chi) [～政
策] 全。

to-chióh [刀石] ⓐ TÈ, LIÁP: 磨刀
石。

tó-chit ⇒ tá-chit。

tō-·ê [導·ê] ⓕ ⓐ ê: 導師。

tō-gí siā-hōe|-gú...|-gí́... (< log Chi
< tr En *multilingual society*) [多
語社會]ⓐ ê: 全。「義上」ⓥ 全。

tō-gī-siāng/-siōng (< log Nip) [道
義上] 全。

to-goân (< log Nip) [多元] ⓕ 全
◊ ～ bûn-hòa (< log Chi) [～文
化] 全
◊ ～-hòa (< log Nip) [～化] 全。

tó-hiàng/-hiòng (< log Chi) [倒向]
⓿ 向...傾斜；向...靠攏¶Tâi-oân ū-
lâng ～ Tiong-kok. [台灣有人～中
國.] 全。

tô-hoān (< log Sin) [逃犯] ⓐ ê: 全；
≃ cháu-hoān。　　　　「≃ tò-péng。

tò-hoán [tò反] (<[倒反]) ⓕ 相反；

tó-hōe-á [倒會仔] ⓐ "倒會," 即收
取 "hōe-á" 的錢後捲逃或無法償付
其他參與者。　　　　「⓿ 全。

tō-ián (< log Chi) [導演] ⓐ ê: 全

tō-iû (< log Chi) [導遊] ⓐ ê: 全；≃
gái-lò ⓿ 全。

tō-iú [道友] ⓐ ê: 同道。

tō-jîn/-gîn/-lîn (< log Sin) [道人]

ⓐ ê: 全。

Tō-kàu (< log Sin) [道教] ⓐ 全。

tò-kha (ant chià{n}-kha) [tò腳] (<[倒
腳]) ⓐ KI: 左腳。

tò-kheng [刀 kheng] 刀背儿。

tò-khì¹ (> tòe¹) [tò去] (<[倒去]
⓿ 回去；≃ túg-khì。

tò-khì² [tò去] (<[倒去]) ⓿ 反方
向...過去；≃ tò-kòe ¶Góa ka sak-
～, lí koh ka sak-tò-lâi. [我 ka sak
～, 你 koh ka sak tò 來.] 我把它推過
去, 你(怎麼)又把它推回來。

tō-khiam/-khiám (< ana Chi tone
< log Chi) [道歉] ⓿ 全；≃ hōe-m̄-
tióh。

tó-khiàu-khiàu [倒翹翹] ⓿ 倒了。

tò-kiu (<[倒□]) ⓿ **1.** 縮小 **2.** 畏縮。

tò-kòe/-kè/-kè̍ [tò過] (<[倒過])
⓿ 反方向...過去；≃ tò-khì, q.v.

tó-koh (< log Nip) [倒閣] ⓿ **1.** 對
(執政的)內閣加以否定；≃ péng
lāi-koh **2.** (< sem) ⓕ 倒閉。

to-kok kong-si (< log Chi < tr En
multinational corporation) [多國
公司]ⓐ 全。　　　「túg-lâi, q.v.

tò-lâi¹ [tò來] (<[倒來]) ⓿ 回來；≃

tò-lâi² [tò來] (<[倒來]) ⓿ 反方
向...過來¶Góa ka sak-tò-khì, lí koh
ka sak-～. [我 ka sak tò 去, 你 koh ka
sak ～.] 我把它推過去, 你(怎麼)又
把它推回來。

tō-lí (< log Sin) [道理] ⓐ ê: 全。

To-lú-kuh (< *Truku*) ⓐ **1.** CHOK: 德
魯固(太魯閣)族 **2.** ê: 德魯固族人
3. KÙ: 德魯固語。

to-mê/-mî [刀鋩] ⓐ 刀刃。

tò-oat (ant chià{n}-oat) ⓿ 左轉。

to-pè{n}/-pì{n} (< Sin) [刀柄] ⓐ KI: 刀
把儿。

tó-pê{n}/-pî{n} [倒平] ⓿ 躺平。

to-pêng [刀 pêng] ⓐ ê: 漢字第18部
首刀字變形；≃ to-·jī-pêng。

tô-peng (< log Sin) [逃兵] ㉑ ê: 全。

tò-pêng (ant *chià*ⁿ*-pêng*) ㉑ 左邊。

tò-péng/*-pái*ⁿ (< [倒反]) ⓥ **1.** 顛倒過來 **2.** 翻過反面 ㉕ 成相反; ≃ tò-hoán。

tô-phiah (< log Sin + tr) [逃僻] ⓥ **1.** 逃避 **2.** (< sem) 避開責任; ≃ cháu-siám。

tō-pì-chhiû/*-chhiô* (< Chi *to³ pi⁴-ch'iu²*) ㉑ 躲避球。

to-pìⁿ ⇒ to-pèⁿ。

tó-pîⁿ ⇒ tó-pêⁿ。 「桑,"即爸爸。

tò-sàng‖*tò-* (< Nip *tōsan*) ㉑ ê: "多

tō-sī (< *tiō-sī*, q.v.)。

to-siā (< log Sin) [多謝] ⓥ 謝謝 ¶~ *lí lâi.* [~你來.] 謝謝光臨 ¶~*!* 謝謝!

tò-siàu-liân [tò 少年] (< [倒少年]) ⓥ 反老還童。 「鞘] ㉑ KI: 全。

to-siò/*-siù*/*-siù*ⁿ (< log Sin) [刀

to-sò· (< log Nip; ant *chió-sò·*) [多數] ㉑ 全 ¶*chiàm* ~ [佔~]全
◇ ~-*koat* (< log Nip) [~決]全
◇ ~-*tóng* (< log Nip) [~黨] TÓNG, ê: 全。 「㉑ LIÀP: 全; ≃ tó¹。

tó-sū‖*tó·-* (< log Nip < Sin) [島嶼]

tō-su (< log Nip) [導師] ㉑ ê: 全。

tō-sū (< log Sin) [道士] ㉑ ê: 全; ≃ sai-kong。 「tó-tiàm。

tó-tàⁿ [倒擔] ⓥ (生意等)失敗; *cf*

tō-tek (< log Sin) [道德] ㉑ 全。

tò-thâu [tò 頭] (< [倒頭]) ㉑ 相反的另一頭,例如裝卸的零件、乾電池 ¶*M̄-tiòh thâu, ~ chiah tiòh.* [M̄ 著頭,~才著.] 錯了,另一頭才對。

tò-thâu-chai [tò 頭栽] ⓥ 倒栽蔥(跌下來)。

tò-thè/*-thòe* (< Sin [倒退]) [tò 退] ⓥ **1.** 退後 ¶~ *nn̄g pō·* [~兩步]退後兩步 **2.** 退步; ≃ tò-thōe ⓥ 倒著;向背後(移動)

◇ ~-*lu* **a.** 退後;倒著走 **b.** 倒車; ≃ bák-khuh **c.** 退步。

tò-thiap/*-thap* (< log Sin) [tò 貼] ⓥ 倒貼。

tò-thōe/*-thē* ⓥ (體力、腦力、成績)退步 ¶*lāu-*~ [老~]老糊塗。

tó-tiàm [倒店] ⓥ 倒閉; *cf* tó-tàⁿ。

tò-tiàu [tò 吊] (< [倒吊]) ⓥ **1.** 倒掛 **2.** 囲 "感冒,"即產生反感 ¶*kóng-tiòh ·i, góa tiō* ~ [講著伊我就~]提到他我就一肚子火。

to-tiòh [都著] ㉕ 正是如此。

tō-tiòh‖*tòh-* (< *tiō tiòh* < *chiū tiòh*) [tō 著] (< [就著]) ⓥ 就是了 ¶*khiā-sàng nn̄g ê lâng* ~ [企算兩個人~]算兩個人就是了。

tò-tńg/*-túi*ⁿ [tò 返] (< [倒轉]) ⓥ 返回 ¶~*-khì chhù··e* [~去厝·e]回家去 ¶~*-khì* [~去]回(家)去 ¶*cháu-*~*-khì* [走~去] (跑)回去 ¶*phah-*~ 還擊;還手 ¶*piàn-*~ [變~]變回 ¶*siu-*~*-khì* [收~去]收回。

tò-tōaⁿ [tò 彈] (< [倒彈]) ⓥ 反彈。

tó-ūi (> *toe/tóe*); ⇒ tá-ūi。

tô· (< Sin) [圖] ㉑ **1.** (< sem) TIUⁿ, PAK: 圖畫 **2.** TIUⁿ: 圖表;設計圖。

tó·¹ (< Sin) [堵] ㉓ 計算牆壁的單位。

tó·² [島] ⇒ tó¹。

tó·³ (< Sin) [賭] ⓥ 賭(運氣)。

tò·¹ ⓥ **1.** 湮,即墨水等液體因毛細作用而擴散 ¶*Chit ki pit ē/ōe ~.* [Chit 枝筆會~.]這枝筆會湮 ¶*Chit tiuⁿ chóa ē/ōe ~.* [Chit 張紙會~.]這張紙會湮 **2.** 傳染; ≃ òe¹。

tò·²‖*thò·* ⓥ **1.** 揚; ≃ tò-ìn **2.** 套在上面描繪; ≃ biô。

tō·¹ (< log Nip) [度] ㉓ 程度 ¶*kiâng-/kiông-*~ [強~]全 ㉓ **1.** 照一定計量標準劃分的單位 ¶*pak-hūi jī-saⁿ* ~ *pòa*ⁿ [北緯23~半]全 **2.** 維;次元 ¶*saⁿ* ~ *khong-kan* [三~空間]全。

tō·² (< Sin) [肚] 图 **1.** ê:胃¶gû-~ [牛
~] 仝 **2.** 內臟，尤指消化器官¶hî-á,
~ bē-kì-tit chheng [魚仔，～bē記得
清]魚忘了清除內臟。

tō·³ (< Sin) [渡] 動 度過¶koh ~-
kòe/-kè chit jit ·a [koh～過一日
·a]又度過一天了。

tô-àn (< log Nip) [圖案] 图 ê:仝。

tō·-châi (< Sin) [肚臍] 图 LIÁP:仝。

tō·-chè [度晬] 图 周歲¶chò/chòe ~
[做～]慶祝幼兒滿周歲 動 滿周歲。

to·-chhī (< log Nip < Sin) [都市] 图
ê:仝 「的人
◇ ~ gín-á [～gín仔] ê:在城市長大
◇ ~ kè-oèh/-ōe [～計劃] 仝。

tō·-chiam [度針] 图 KI:溫度計，尤指
量體溫用的。

tō·-chiáu (< log Nip < Sin [度鳥])
[渡鳥] 图 CHIAH:候鳥。

tō·-chûn (< log Sin) [渡船] 图 TÂI,
CHIAH:仝
◇ ~-thâu [～頭] ê:渡口。

to·-háp (< log Nip) [都合] 图 (合適
的)時間、場合、形勢、情況等。

tô-hêng (< log Nip) [圖形] 图 ê:仝
¶ki-/kí-hô ~ [幾何～]仝。

to·-hōe-khu (< log Chi) [都會區]
图 ê:仝。

tō·-ín/-ún/-kín/-kún [杜蚓] 图
BÓE:蚯蚓;≃ thô·-ún。

tō·-ká (< log Chi) [度假] 動 仝
◇ ~-chhoan (< log Chi < tr En
resort) [～村] ê:仝。

tô-kái (< log Nip) [圖解] 图 TIUⁿ,
ê:仝 動 仝。 「仝。

tô-kàm (< log Nip) [圖鑑] 图 PÚN:

tō·-kâu [杜猴] 图 CHIAH:大蟋蟀。

tō·-kè/-kè ⇒ tō·-kòe。

tō·-kín ⇒ tō·-ín。

tō·-koai (< [□蛙]) 图 [á] CHIAH, BÓE:
蝌蚪;≃ ām-koai-á。

tō·-koan (< log Sin) [杜鵑] 图

1. CHIAH: 布穀鳥; ≃ tāu-á-chiáu
2. CHÂNG, LÚI: 杜鵑花簡稱。

tō·-kòe/-kè/-kè (< log Sin) [渡過]
動 度過¶~ lân-koan [～難關]度過
「難關

tō·-kún ⇒ tō·-ín。

tō·-liāng/-liōng (< log Sin) [度量]
图 仝¶ū ~ [有～]度量大。

to·-lôk-tok 象 連續的硬的敲擊聲。

tó·-lóm-tom 象 連續的輕脆的水聲。

to·-long-tōng 象 連續的中頻的鼓
聲。 「聲。

tó·-lóng-tong 象 連續的高頻的鼓

tō·-lōng-tòng 象 連續的低頻的鼓
聲。 「大響聲，加重語氣。

tó·-·m‖tó·- (< tòm) 象 重物入水的巨

tō·-peh-á [杜伯仔] 图 CHIAH:螻蛄。

tô-phìⁿ (< log Chi) [圖片] 图 TIUⁿ:
仝。 「仝。

tô-pió (< log Nip) [圖表] 图 TIUⁿ:

tō·-saⁿ-tǹg [渡三頓] 動 餬口; ≃ tō·-
tò·-sàng ⇒ tò·-sàng。 「chiáh

tô-sat (< log Nip < sem Sin) [屠殺]
图 PÁI:仝¶tōa-~ q.v. 動 仝。

tô-si-koán|-su-|-chu-|-chi- (< log
Nip) [圖書館] 图 ê:仝。

tō·-sò· (< log Chi) [度數] 图 仝。

tô-su-koán ⇒ tô-si-koán。

tô-tē (< log Sin) [徒弟] 图 [á] ê:仝;
≃ sai-á¹; ≃ håk-seng。 「仝。

tô-teng (< log Chi) [圖釘] 图 KI:

tō·-tēng 图 CHIAH:蜥蜴。

tō·-ún ⇒ tō·-ín。

| to·ⁿ | 象 對方電話忙線時的嘟聲。

| tòa |¹ (< Sin) [帶] 图 **B.** TIÂU:帶
子; ≃ tòa-á¶khò·-~ [褲～]仝¶liòk-
/lèk-/lók-im-~ [錄音～]仝。

tòa² (< Sin) [帶] 動 **1.** 攜帶(物品);
≃ chah **2.** 攜帶(人獸);引領;率領;
≃ chhōa¹。

tòa³ 動 **1.** (長期)居住; ≃ khiā; ≃
tiàm²¶Góa ~ Tâi-pak. [我～台北.]

我住在台北 **2.** (暫) 住;投宿; ≃ tiàm² ¶*tī Tâi-pak* ~ *chit lé-pài* [tī 台北～一禮拜] 在台北住一個星期 **3.** 受僱於;在⋯就職 ¶*I* ~ *lông-hōe.* [伊～農會.] 他在農會上班 ⑰ **1.** 在,有關已然的事實; ≃ tī³; ≃ tiàm³ ¶*Góa* ~ *chia tán chin kú ·a.* [我～chia 等真久矣.] 我在這儿等了很久了 ¶*Lí chǎng* ~ *chia tán ·hio*? [你 chǎng ～ chia 等·hio?] 你昨天在這儿等嗎? **2.** 在,有關未然的事實; ≃ tiàm³ ¶*Lín* ~ *chia tán!* [Lín ～ chia 等!] 你們在這儿等! ¶*Goán* ~ *chia tán ·hio*? [Goán ～ chia 等·hio?] (你要) 我們在這儿等嗎? **3.** 在,承動詞; ≃ leh³; ≃ tě; ≃ tī³; ≃ tiàm³ ¶*Lín chē* ~ *chia tán!* [Lín 坐～ chia 等!] 你們坐在這儿等!

tōa¹ (< Sin) [大] ⑭ 表示廣大、偉大; *cf* tāi¹ ¶~-*tâi-pak* [～台北] 全 ¶~-*tiong-kok chú-gī* [～中國主義] 全 ⊕ 表示大量 ¶*chhut-*~-*jit* [出～日] 出大太陽 ¶*hoat-*~-*châi* [發～財] 全 ¶*pàng-*~-*sái* [放～屎] 拉了大量的大便 働 **1.** 發育;長大 ¶~-*kàu saⁿ kin tiō ē-thâi-·tit* [～到三斤就會 thâi 得] 長到三斤重就可以宰殺了 **2.** 成長 ¶*tī Tiong-kok seⁿ/siⁿ, tī Tâi-oân* ~ [tī 中國生, tī 台灣～] 生於中國,長於台灣 **3.** 比⋯年紀大 ¶*Góa* ~ *lí nn̄g hòe; lí pí góa khah sè-hàn.* [我～你兩歲,你比我較細漢.] 我大你兩歲,你比我小 ⑯ **1.** 巨大,通常接單位詞 ¶*chit kok* ~ *kok, nn̄g kok sè/sòe kok* [一國～國,兩國細國] 一個大國,兩個小國 ¶~-*chiah káu* [～隻狗] 大狗 △ ~-*liàp kōaⁿ, sè-liàp kōaⁿ* [～粒汗細粒汗] 全是汗 △ ~-*óaⁿ koh móa-/boán-kîⁿ* [～碗 koh 滿墘] 物美價廉 **2.** 出生排行第一 ¶*Che goán* ~ *·ê.* 這是我家老大 ¶~ *cha-bó·-kiáⁿ* [～查某 kiáⁿ] 長女 ¶~-*ko·* [～姑] 父親的大姊 ¶~-*só* [～嫂] 長兄的妻 ⑳ 很;大為;大量地; ≃ chin(-chiâⁿ); ≃ chiâⁿ ¶~ *thâi ·chı̍t-·khùn* [～thâi 一睏] 大大廝殺一陣子。

tōa² (< Sin) [舵] ⑧ [á] KI: 全; ≃ chûn-tōa ¶*hōaⁿ-*~ 掌舵。

tǒa (< tōa-á, q.v.)。

tōa...-á-kiáⁿ [大...仔 kiáⁿ] ⑯ 小,嵌量詞 ¶*chiah tōa-ê-á-kiáⁿ* [chiah 大個仔 kiáⁿ] 這麼小一個 ¶*hiah tōa-siaⁿ-á-kiáⁿ* [hiah 大聲仔 kiáⁿ] 那麼小的聲音。

tōa...sè.../...sòe... [大...細...] ⑯ 大大小小的... ¶*tōa-chiah-sè-chiah* [大隻細隻] 大大小小的 (動物、桌椅等) ¶*tōa-hàn-sè-hàn* [大漢細漢] **a.** 大大小小的 (孩子) **b.** 高高矮矮的 (人) **c.** 老幼。

tòa-á [帶仔] ⑧ TIÂU: 帶子。

tōa-á (> tǒa) [大仔] ⑯ 相當大,接單位詞; ≃ tōa-tōa; ≃ tǒng ¶*thâu-khak* ~-*ê* [頭殼一個] 腦袋相當大。

tōa-ām-kún-kin [大頷頸筋] ⑯ 脖子粗,指嚷、爭執、爭辯時。

tōa-āu-·jit/-·gı̍t/-·lı̍t (< SEY) [大後日] ⑧ 大後天。 「兩年。

tōa-āu-nî/-·nî [大後年] ⑧ 明年後。

tōa-bák [大目] ⑯ 眼睛大;大眼睛的 △ ~ *sin-niû bô khòaⁿ-tiòh chàu* [～新娘無看著灶] 明明在眼前,卻找不到或不小心沒看到。 「大衣。

tōa-báng (< sem Sin) [大蟒] ⑧ NIÁ:

tōa-bé ⇒ tōa-bóe。

tōa-bē/-bōe [大賣] 働 批發 ◇ ~-*kè* [～價] 批發價; ≃ koah-kè ◇ ~-*tiûⁿ* [～場] ê: 全。

tōa-bèh (< log Sin) [大麥] ⑧ CHÂNG, SŪI, LIÀP: 全。

tōa-bó· [大某] ⑧ ê: 大老婆 ◇ ~ *sè-/sòe-î* [～細姨] 妻妾。

tōa-bóe/-bé/-bé [大尾] 形 1.(單位
為「尾」的動物)大
△ ～ lô·-môa [～鱸鰻]大流氓
2.(芭長以至)強壯，不順服 ¶taⁿ ～
·a, m̄-thiaⁿ-ōe ·a [今～矣，m̄ 听話
矣]如今坐大了，不服從了。

tōa-bōe ⇒ tōa-bē。

tōa-châng [大欉] 形 1.(草木)高大，
當定語或謂語 2.(人)高大，只當謂
語；≃ tōa-chhâi。

tōa-ché/-chí (< Sin) [大姊] 名 Ê:
1.排行最高的姊姊 2.姊姊。

tōa-chhȧt (< log Sin) [大賊] 名 Ê:大
◇ ～-kó· do.　　　　　　　　[盜。

tōa-chhùi [大嘴] 名 Ê, KI:大嘴巴。

tōa-chhut [大出] 動 (應時)盛產。

tōa-chí ⇒ tōa-ché。

tōa-chì-khì [大志氣] 名 Ê:壯志；雄心
形 雄心萬丈。

tōa-chí-thâu-á [大姊頭仔] 名 Ê:女
性首領；女強人。

tōa-chiȧh (ant sió-chiȧh) [大吃] (<
[大食]) 形 食量大。

tōa-chiȧh-kiâm [大吃鹹] (< [大食
鹹]) 形 口味很重，吃很鹹。

tōa-chih [大舌] 形 口吃。　　　　[天。

tōa-chȯh-·jit [大 chȯh 日] 名 大前

tōa-chôa (< log Sin) [大蛇] 名 BÓE:

tōa-chū-nî ⇒ tōa-chûn-·nî。　　　[全。

tōa-chú-tōa-ì [大主大意] 動 擅做主
張 形 (性格、行為)擅自做主張。

tōa-chúi (< log Sin) [大水] 名 PÁI:洪
水；水災 ¶chò/chòe ～ [做～]鬧水災
◇ ～ káu-hiā [～káu蟻] CHIAH: 飛
蟻。　　　　　　　　　　[CHIAH:全。

tōa-chûn (< log Sin) [大船] 名 TÂI,

tōa-chûn-·nî/-chûn-nî/-chū-nî
[大 chûn 年] 名 大前年。

tōa-·ê [大·ê] 囲 名 Ê: 1.長兄 2.老
兄 3.老大哥。

tōa-ē (< adj + cl) [大下] 形 用力大
¶phah chit ē, chin ～ [phah 一下真

～]狠狠打了一下。

tōa-éng [大湧] 名 LIȦP, ÉNG:大浪。

tōa-goȧh/-gėh/-gȯ̤h [大月] 名 生
意等旺盛的月份。

tòa-hà (< log Sin) [帶孝] 動 全。

tōa-hái (< log Sin) [大海] 名 全
△ ～ bong chiam [～摸針]海底撈
針。

tōa-hàn [大漢] 動 (人)長大 ¶bē/bōe
～ 長不大 ¶gâu ～ 長得快 形 1.(體
形)大 ¶～ lâng [～人]大漢 2.(小孩
年紀)大 ¶～-·ê ài chiàu-kò· sè-/sòe-
hàn-·ê [～·ê愛照顧細漢·ê]大的要照
顧小的 3.(個子)高；≃ koân²。

tōa-hȧp-chhiùⁿ (< log Chi) [大合
唱] 名 全。

tōa-hêng (< log Nip) [大型] 形 全。

tōa-hiaⁿ [大兄] 名 Ê: 1.長兄 2.哥
哥；≃ hiaⁿ-ko。

tōa-hō [大號] 名 尺寸之大者。

tōa-hó-giȧh [大好額] 形 很富有
◇ ～-lâng [～人] Ê:鉅富。　　[全。

tōa-hō· (< log Sin) [大雨] 名 CHŪN:

tōa-hoȧh [大 hoȧh] 形 1.大踏步的
樣子 ¶I kiâⁿ-lō· chin ～. [伊行路真
～.]他走路總是大踏步地走 2.腳步
寬 ¶Lò-kha-·ê kiâⁿ-lō· khah ～. [Lò
行路較～.]高個子走起路來腳步較
寬 副 大踏步地 ¶～ kiâⁿ [～行]大
踏步(走)。　　　　　　[名 Ê:全。

tōa-hoat-koaⁿ (< log Nip) [大法官]

tōa-hong (< log Sin) [大風] 名 CHŪN:

tōa-hù-ong (< log Chi) [大富翁] 名
Ê:全；≃ tōa-hó-giȧh-lâng。　　[全。

tōa-hùt ⇒ tōa-pùt。　[≃ tōa-báng。

tōa-i (< log Chi) [大衣] 名 NIÁ:全；

tòa-īⁿ [tòa院] 動 (病人)住院。

tōa-iâ (< sem Sin) [大爺] 名 Ê:大老
爺，貶意。　　　　　　　[PAN:全。

tōa-iā-pan (< log Chi) [大夜班] 名

tōa-ka-têng (< log Chi) [大家庭]

(名) Ê: 全。

tōa-kau [大溝] (名) TIÂU: 大河。

tōa-ke-á (< log Sin + *á*) [大家仔] (名) Ê: 婆婆；丈夫的母親；≃ ta-ke。

tōa-kha-pô [大腳婆] (名) Ê: 大腳丫的人 (形) 大腳丫。

tōa-khang-sè-lih|-*sòe*- [大 khang 細裂] (< [大空細裂]) (形) 渾身是傷。

tōa-kho· [大箍] (形) **1.** 塊頭大 **2.** 胖大 ◊ ~-*pûi* [~肥] **a.** 胖大 **b.** 胖子。

tōa-khū-bó ⇒ tōa-pū-bó。

tōa-khùi [大气] (名) 沈重的呼吸 ¶*chhoán* (*chit ê*) ~ [喘 (一個)~] **a.** 喘 (一口氣) **b.** 歎息 (一聲) ¶*suh* (*chit ê*) ~ [suh (一個)~] 深深吸 (一口) 氣 ¶*thó* (*chit ê*) ~ [吐 (一個)~] 長歎 (一聲)。

tōa-kiáⁿ [大 kiáⁿ] (名) Ê: 長子。

tōa-kiaⁿ-sió-koài (< log Chi) [大驚小怪] (名) 全。

tōa-kīm-chhùi [大妗嘴] (動) 說不吉利的話 (形) 烏鴉嘴，即說話不吉利。

tōa-kiô (< log) [大橋] (名) TIÂU: 全 ¶*Sai-lê* ~ [西螺~] 全。　　「尊稱。

tōa-ko (< log Sin) [大哥] (名) Ê: 老兄。

tōa-kò (< log Chi) [大過] (名) Ê: 全 ¶*kì* ~ [記~] 全。　　　　　　「Ê: 全。

tōa-kó· (< log Sin) [大鼓] (名) LIÁP,

tōa-koaⁿ (< log Sin) [大官] (名) Ê: 全 ◊ ~-*hó·* [~虎] Ê: **a.** 作威作福的大官 **b.** 大官，貶意。

tōa-kong (< log Chi) [大功] (名) Ê: 全 ¶*kì* ~ [記~] 全。

tōa-kóng-siā [大 kóng 射] (名) KI: 吊點滴用的藥瓶；≃ tōa-ki-siā；≃ tōa-tâng ¶*chù* ~ [注~] 打點滴。

tōa-kū-bó ⇒ tōa-pū-bó。　「在上的人

tōa-kúi [大鬼] (名) Ê: 帶頭的人；地位 △ ~ *bô hó iūⁿ* [~無好樣] 上梁不正，做壞榜樣。

tōa-kui-bô· (< log Nip) [大規模] (形) (副) 全 ¶~ *chìn-kong* [~進攻] 全。

tōa-lâm-jîn chú-gī|-*gîn* ...|-*lîn* ... (< log Chi < tr En *male chauvinism*) [大男人主義] (名) 全。

tōa-lâng [大人] (名) Ê: 成人 ◊ ~-*gín-á* [~gín 仔] 老少。

tōa-lâng-kheh [大人客] (名) Ê: **1.** 貴賓；≃ ví-ái-phi **2.** 難得請來的客人。

tōa-lâng-tōa-chéng [大人大種] (形) 已經是成人了 (常用於指責行為、情緒像個孩子的成人)。

tōa-lát (< log Sin) [大力] (名) (使) 勁 ¶*chhut* ~ [出~] 使勁；用力 (形) 力氣大 ¶*siuⁿ* ~ 用力過猛 (副) 使勁 ¶*mài hiah* ~ 別用那麼大勁。

tōa-lâu (< log Chi) [大樓] (名) TÒNG, KENG: 全 ¶*hêng-chèng* ~ [行政~] 全。

tōa-liāng/- *liōng*‖*tāi*- (< col log Sin) [大量] (副) (< log Nip < sem) 全 ¶~ *chhut-hoeh* [~出血] 全。

tōa-liáp [大粒] (形) **1.** (人) 塊頭大 **2.** (喻) 地位高或重要；有名氣；≃ tōa-pái ¶*Hit ê kàu-siū chin* ~. [Hit 個教授真~.] 那個教授很有名氣。

tōa-liōng ⇒ tōa-liāng。　「道；馬路

tōa-lō· (< log Sin) [大路] (名) TIÂU: 大 ◊ ~-*chhiū-á* [~樹仔] CHÂNG, CHÓA: 行道樹。　　　「全 (動) 全。

tōa-loān (< log Sin) [大亂] (名) PÁI:

tōa-ḿ [大姆] (名) Ê: **1.** 父親的最大的嫂嫂 **2.** 丈夫的嫂嫂 **3.** 同輩或晚輩男性姻親的嫂嫂。　　　　「錯。

tōa-ḿ-tióh [大 ḿ 著] (名) Ê: 罪過；大

tōa-mī [大麵] (名) UT, TIÂU: 麵條。

tōa-miâ [大名] (名) 全 ¶*kùi-sèⁿ* ~ [貴姓~] 尊姓大名。　　「(名) Ê, SÌⁿ: 全。

tōa-mn̂g/- *mûi* (< log Sin) [大門]

tōa-oan-siû [大冤仇] (< [大冤讎]) (名) Ê: 深仇。

tōa-nâ-âu-khang [大嚨喉 khang] (< [大嚨喉空]) (形) 大嗓。

tōa-náu (< log Nip) [大腦] ㉝ ê:
全。

tōa-ōaⁿ (< log Sin) [大旱] ㉝ PÁI: 旱
災¶chò/chòe ~ [做~]鬧旱災。

tōa-ōe [大話] ㉝ KÙ:吹噓的話。

Tōa-pà-chiam-soaⁿ [大霸尖山] ㉝
新竹、苗栗間山岳名。

tōa-pâi [大牌] ㉟ 1.地位高或重要；
有名氣；≃ tōa-liàp; ≃ tōa-sian ¶~
kàu-siū [~教授] 全 2.架子大；≃
tōa-sian。

tōa-pak-tó͘ [大腹肚] ㉕ 懷孕而看得
出來；cf ū-sin; cf ū gín-á。

tōa-pak-tó͘-tháng-á [大腹肚桶仔]
㉝ BÓE: 大肚魚，為一種極小的淡
水魚；≃ tōa-pak-tó͘-á; ≃ tōa-tō͘-hî-
á。

tōa-pan (< log Chi) [大班] ㉝ PAN:
(幼稚園)高級班。

tōa-pān [大扮] ㉟ (樣子、態度)大 「方。

tōa-peh [大伯] ㉝ ê: 1.父親的最大
的哥哥 2.丈夫的哥哥 3.同輩或晚
輩男性姻親的哥哥。

tòa-peng (< log Sin) [帶兵] ㉕ 全。

tōa-phàu (< log Sin) [大砲] ㉝ KI,
KÓNG, MÑG:全。

tōa-phiāng [大phiāng] ㉟ (人)高
大；≃ tōa-chhāi。

tōa-piáⁿ¹ [大餅] ㉝ TÈ, ÁP:傳統式
的喜餅；cf tà-pîng。

tōa-piáⁿ² (< log Chi) [大餅] ㉝ TÈ:
好處¶pun chit tè chèng-tī ~ [分一
tè 政治~]分一塊政治大餅。

tōa-piàⁿ-sàu [大摒掃] ㉝ PÁI:大掃
除 ㉕ 大掃除。

tōa-pn̄g-tiàm (< log Chi) [大飯店]
㉝ KENG: 高級旅館。

tōa-pō͘-bó/-bú ⇒ tōa-pū-bó。

tōa-pō͘-hūn‖tāi- (< col log Nip [大
部分]) [大部份] ㉝ 大部分；大
半兒。

tōa-pôaⁿ [大盤] ㉝ 1.ê: 大盤商 2.TÙ:

大盤生意 ㉟ 大盤生意的。

tōa-pū-bó|-kū-‖-khū-‖-pō͘-bó/-bú
[大pū拇] ㉝ KI:大拇指；≃ tōa-pū-
ong, q.v.

tōa-pū-ong [大pū-ong] [大pū翁]
㉝ KI: 大拇指；≃ tōa-pū-bó; ≃ tōa-
kū-bó; ≃ tōa-thâu-bó; ≃ tōa-kong-
bú; ≃ tōa-chéng-thâu-bó。

tōa-pún-iâⁿ‖tāi (< log Nip) [大本
營] ㉝ 全。　　［SIAN:巨大的佛像。

tōa-pu̍t/-hu̍t (< col log) [大佛] ㉝

tōa-sè/-sòe [大細] ㉝ 1.大的與小
的¶gín-á-~ [gín仔~]所有的孩子
2.尺寸 ㉟ 大小不同¶sim-koaⁿ ~
pêng [心肝~pêng]偏心
◇ ~-ba̍k [~目]偏心；待人雙重標準
◇ ~-siaⁿ [~聲] a. 大喊大叫 b. 爭
吵；≃ tōa-siaⁿ-sè-siaⁿ
◇ ~-siân (< [大細腎]) ㉑ 連襟；≃
~-tiūⁿ, q.v.
◇ ~-sim [~心] 偏心　　［mn̂g-·ê。
◇ ~-tiūⁿ [~丈] ê: 連襟；≃ tâng-

tōa-seh (< log Sin) [大雪] ㉝ 全。

Tōa-seh-soaⁿ [大雪山] ㉝ 苗栗、台
中間山岳名。

tōa-siá (< log Sin) [大寫] ㉝ JĪ: 1. 不
能塗改的數字，例如「壹貳參肆」而
非「一二三四」 2. (< sem)接近原
始楷書的拉丁字母，例如「ABC」㉕
用上述大寫文字書寫。

tōa-sià‖tāi- (< col log Nip < Sin)
[大赦] ㉝ PÁI: 全 ㉕ 全。

tōa-siaⁿ (< log Sin) [大聲] ㉟ 1.聲
音大¶mài hiah ~ 聲音別那麼大
◇ ~-sè-siaⁿ [~細聲] a. 大喊大叫
b. 爭吵；≃ tōa-sè-siaⁿ
2.響亮¶hoah chit siaⁿ chin ~ [喝
一聲真~]高聲喊了一下 ㉑ 高聲
¶~ khàu [~哭]嚎啕大哭。

tōa-sian [大仙] ㉟ 1.(人)地位高或
重要；(人)有名氣；≃ tōa-liàp 2.架
子大¶Hit ê kàu-siū chin ~, m̄ kà

tāi-it Eng-bûn. [Hit個教授真～, m̄教大一英文.] 那個教授好大牌,不肯教大一英文。

tōa-sim-khùi [大心气] [形] **1.** 上氣不接下氣 **2.** 呼吸急促 **3.** 慷慨激昂。

tōa-sim-khoa^{n} [大心肝] [名] 野心 [形] **1.** 野心大 **2.** 貪心。

tōa-soa^{n} (< log Sin) [大山] [名] LIȦP, CHŌ: 崇山峻嶺。

tōa-sòe ⇒ tōa-sè。

tōa-sun [大孫] [名] Ê: 長孫。

tōa-tá^{n} (< log Sin) [大膽] [形] **1.** 不恐懼; ≃ hó-tá^{n} **2.** 敢做可能錯誤的冒險; 膽敢冒犯

△ ～ *ê ká-siat* (< log Chi + tr) [～ê假設] 大膽的假設。

tōa-thâi [大thâi] [動] **1.** 火拼; 大戰; 激戰 **2.** 屠殺。

tōa-thâu-bó/-*bú* [大頭拇] [名] KI: 大拇指; ≃ tōa-pū-ong/-bó。

tōa-thâu-bóe-sut [大頭尾sut] [形] 一端大, 一端小。

tōa-thâu-bú ⇒ tōa-thâu-bó。

tōa-thâu-chiam (< log Chi) [大頭針] [名] KI: 仝; ≃ chu-á-chiam; ≃ pín-chiam。

tōa-thâu-pē^{n}/-*pī^{n}* [大頭病] [名] 喜歡居高位、當大老的毛病。

tōa-thê-khîm (< log Chi) [大提琴] [名] KI: 仝; ≃ chhé-lò/-lò͘。

tōa-thia^{n} (< log Sin) [大廳] [名] Ê, KENG: **1.** (家中的) 廳堂 **2.** (大建築物的) 門廳; ≃ ló-/ló͘-bih。

tōa-thúi (< log Sin) [大腿] [名] KI: 仝。

Tōa-tiong-kok chú-gī‖*Tāi-* [大中國主義] [名] 仝。

tōa-tn̂g (< Sin) [大腸] [名] TIÂU: 仝

△ ～ *kò sió-tn̂g* [～告小腸] 飢腸轆轆

◇ ～*-khún* (< log Nip) [～菌] 仝

◇ ～*-kiàn* (< log Chi) [～鏡] KI: 仝。

tōa-to (< log Sin) [大刀] [名] KI: 仝。

tōa-to-sò͘‖*tāi-* (< col log Nip) [大多數] [名] 仝。

tōa-to͘-hōe (< log Nip) [大都會] [名] Ê: 仝。

Tōa-tō͘-khe/-*khoe* [大肚溪] [名] TIÂU: 台中、彰化間河川名。

tōa-tô͘-sat (< log Chi) [大屠殺] [名] PÁI: 仝 ¶*Jī-jī-pat* ～ [二二八～] 仝 (1947)。

Tōa-tō͘-soa^{n} [大度山] (< [大肚山]) [名] 台中盆地西側山名。

tōa-tōa‖*tŏa-* [大大] [形] 大, 接名詞或單位詞 ¶～ *ē ka phah--lo̍h--khì* [～下ka phah落去] 用力打下去 ¶～ *la̍t ka kòng--lo̍h--khì* [～力ka摃落去] 用力摃下去

◇ ～*-pān* [～扮] 大大方方; 大模大樣

[副] (< log Chi) 大為 ¶～ *hoan-gêng* [～歡迎] 仝。

tōa-tōa-sè-sè/-*sòe-sòe* [大大細細] [名] [形] 大大小小。

tōa-tōng-me̍h‖*tāi-* (< col log Nip) [大動脈] [名] TIÂU: 仝。

tòa-tūi (< log Sin) [帶隊] [動] 仝。

tōa-tūi (< log Nip < Sin) [大隊] [名] Ê, TŪI: 仝。

tōa-ūi [大位] [名] 上座 ¶*chē* ～ [坐～] 坐上座。

[**toa^{n}**] ^{1} (< Sin) [單] [首] 單一的; *cf* tan^{1} ¶～*-gí/-gú chèng-chhek* [～語政策] 仝 ¶～*-siu^{n}-si* [～相思] 單戀 [形] 單數的 ¶～*-ia̍h* [～頁] 單數頁 ¶～*-ji̍t/-gi̍t/-li̍t* [～日] 仝。

toa^{n2} (< Sin) [單] [名] [*á*] TIU^{n}: 單子; 條子 ¶*khui chi̍t tiu^{n}* ～ [開一張～] 開一張單子。

tôa^{n} (< Sin) [彈] [動] 彈 (有絃的琴); *cf* ji̍h ¶～ *gi-tá* 彈吉他 ¶～ *phi-á-no͘h* 彈鋼琴。

tōa^{n1} (< Sin) [段] [量] **1.** 片段 ¶*chi̍t* ～ *lō͘* [一～路] 一程 **2.** (< log Nip < sem) (武術、棋藝等的) 等級。

tōa^{n2} (< Sin) [彈] [動] **1.** 扣住一個指頭然後使掙開以觸及 (他物); ≃ tiak ¶～ *si-koe* [～西瓜] 仝 **2.** 因彈性而射出或折射 ¶ *tò-*～ 反彈 **3.** [俚] 射擊; 對 ... 開槍 **4.** [俚] 擊 (中) ¶*hō͘*

chhèng-chí ~‑*tiȯh* [hō 銃籽彈著] 被
子彈擊中 **5.** 囲 信口開河；≃ chòa[n 2]
¶*chhàu-~* [臭～]亂蓋；胡亂說 ¶*loān*
~ [亂～] do.

toa[n]-á [單仔] (名) TIU[n]: 單子；條子。

toa[n]-bīn (ant *siang-bīn*) [單面] (形)
只有一面可用的，例如某些刀片或特
別的紙等。　　　　　　　[têng。

toa[n]-chhin ka-têng ⇒ tan-chhin ka-

toa[n] - chōa (ant *óng-hôe*) [單 chōa]
(名) CHŌA: 單程。

tôa[n]-khîm (< log Sin) [彈琴] (動) 仝。

tōa[n]-lȯh (< log) [段落] (名) Ê: 仝；≃
khám-chām。

toa[n]-sin ‖*tan-* (< col log Sin) [單身]
(形) 未婚；*cf* tȯk-sin ¶*I iáu* ~. [伊夭
～.]他還單身
◇ ~ *kùi-chȯk* (< log Chi < tr Nip
[獨身貴族]) [～貴族] 仝。

toa[n]-siu[n]-si [單相思] (名) (動) 單戀。

toa[n]-sò· ⇒ tan-sò·[1,2]。

toāi[n] (象) 彈簧等繃緊而有彈性的物
體被撞擊或被撥弄所發出的聲音，例
如撥琴聲 (擬) 有彈性的物體撞擊的
樣子，例如球碰到頭。

toān (傳) (名) Ê: 傳記；故事 ¶*Chúi-
hó·[n]-~* [水滸～] 中國舊小說名。

toān-choȧt (< log) [斷絕] (動) 仝
¶*kau-thong* ~ [交通～]仝 ¶~ *pang-
kau* [～邦交]仝。

toān-kau (< log Nip) [斷交] (動) 仝。

toān-kì (< log Sin) [傳記] (名) PHI[n],
Ê: 仝。

toàn-tēng (< log Nip) [斷定] (動) 仝。

toe (< contr *tó-ūi*) ⇒ tá-ūi。

tôe ⇒ tê[2]。

tóe[1] [底] ⇒ té[1]。

tóe[2] [貯] ⇒ té[2]。

tóe[3] ‖*toeh* (< contr *tó-ūi*) (代) 哪儿；
⇒ tá-ūi。

tóe[4] (指) 哪 (一)；≃ tó[3]/tá, q.v.。

tòe[1] (< contr *tò-khì*[1], q.v.) (動) 回去。

tòe[2] ‖*toeh* (< contr *tó*[2]/*tò*[1] + *khì*[2])
(代) 哪儿去 ¶*Lí cháu* ~? [你走～?]
你跑哪儿去了？

tòe[3] ‖*tè* ‖*tè·* (動) **1.** 跟隨「尾」人云亦云
△ ~ *lâng (ê) chhùi-bóe* [～人(ê)嘴
△ ~ *lâng cháu* [～人走] **a.** 跟人離
去；被拐走 **b.** (女性)私奔
△ ~ *liû-hêng* [～流行] 趕時髦
2. 追隨；服侍 ¶*I* ~ *Láu-chiú[n]‑‑ê* ~
jī-chȧp-gōa nî. [伊～老蔣‑ê～二
十外年.] 他追隨老蔣二十多年 ¶*~-
goȧh-lāi*, q.v. **3.** 盯梢 ¶ *hō kèng-
chhat* ~ [hō 警察～] 被警察跟蹤
4. 模仿　　　　　　　　　　[家
△ ~ *lâng ê iū[n]* [～人ê樣] 模仿人
5. 參與 ¶*~-hōe-á* q.v. **6.** 追求(異性)
△ ~ *cha-bó·* [～查某] 與女性來往以
　　　　　　　　　　　　[追求。

tōe[1] [第] ⇒ tē[1]。

tōe[2] [地] ⇒ tē[2]。

tòe...tiȯh ‖*tè...* ‖*tè·...* [tòe... 著] (動)
跟...上 ¶*tòe lâng bē-tiȯh* [tòe 人 bē
著] 跟不上人家 ¶*tòe bô-tiȯh tīn* [tòe
無著陣] 沒跟上隊伍；落後。

tôe-bȧk ⇒ tê-bȧk。

tōe-bīn ⇒ tē-bīn。

tôe-bȯk ⇒ tê-bȧk。

tōe-chí ⇒ tē-chí。

tōe-chit ⇒ tē-chit。

tōe-chú ⇒ tē-chú[1]。

tōe-gȧk/-gȅk ⇒ tē-gȧk。

tòe-goȧh-lāi | *tè-goȧh-* | *tè·-goȧh-*
[tòe 月內] (< [□月裡]) (動) 幫人坐
　　　　　　　　　　　　　　[月子。

tōe-hêng ⇒ tē-hêng。

tōe-hng ⇒ tē-hng。

tòe-hōe-á ‖*tè-hōe-* [tòe 會仔] (動) 搭
會，即加入民間借貸互助的合會。

tôe-iân ⇒ tê-iân。

tōe-kè ⇒ tē-kè。

tōe-khu ⇒ tē-khu。

tōe-ki ⇒ tē-ki。

tōe-kiû ⇒ tē-kiû。

tōe-lí ⇒ tē-lí[1,2]。

tōe-lûi ⇒ tē-lûi。

tōe-miâ ⇒ tē-miâ。

tóe-pâi ⇒ té-pâi。

tōe-pán ⇒ tē-pán。

tōe-pêng-sòa^n ⇒ tē-pêng-sòa^n。

tōe-phê ⇒ tē-phôe。

tóe-phì^n ⇒ té-phì^n。

tōe-pō͘ ⇒ tē-pō͘。

tōe-pôa^n ⇒ tē-pôa^n。

tōe-sè ⇒ tē-sè。

tōe-sim ⇒ tē-sim。

tóe-sòa^n ⇒ té-sòa^n。

tōe-sòa^n ⇒ tē-sòa^n。

tōe$^+$ tāng‖tōe-tāng ⇒ tē$^+$ tāng。

tōe-thán ⇒ tē-thán。

tōe-thâu-chôa ⇒ tē-thâu-chôa。

tōe-tiám ⇒ tē-tiám。

tòe-tiâu-tiâu‖tè-‖tè- (v tiâu-tiâu) 働 (人家) 走到哪儿，跟到哪儿。

tòe-tiòh-tīn‖tè-‖tè- [tòe 著陣] 働 跟上(隊伍/人群)¶tòe-bô-tiòh-tīn [tòe 無著陣]落後。

Tōe-tiong-hái ⇒ Tē-tiong-hái。

tōe-tô͘ ⇒ tē-tô͘。

tōe-ūi ⇒ tē-ūi。

toeh |1 ㈹ 哪儿; ⇒ tóe^3。

toeh^2 ㈹ 哪儿去; ⇒ tòe^2。

toh |1 (< Sin) [桌] ㈎ 1. B. [á] TÈ, CHIAH, TIU^n: 桌子; ≃ toh-á ¶î^n-~ [圓~]全¶sì-kak-~ [四角~]方桌 2. TÈ: 宴席¶chhiá^n chàp tè ~ [請十 tè~]開了十席請客¶sin-niû-~ [新娘~]喜宴 ㈌ 宴席一桌。

toh^2‖tòh ㈹ 哪儿; ⇒ tà^1。

tòh^1 (< toh^2 + tó^2) ㈹ 哪儿; ⇒ tà^1。

tòh^2 (< Sin [著]) 働 1. 起火燃燒 ¶Tâm chhâ hiâ^n-bē-~. [Tâm 柴燃 bē~.]濕的柴薪燒不起來 2. 燃燒 著¶Jiàt-chúi-lô͘ ê hóe/hé bô teh ~.

[熱水爐ê火無 teh~.]熱水爐沒有火 3. (電器用品)通電，例如電燈亮起或收音機可收訊息¶Bô chhah-tiān, boeh-thái ē ~? [無插電欲 thái 會 ~?]沒插上插頭怎麼亮得起來？

tòh^3 (< tō < tiō, q.v.) 働 就; 於是。

toh-á [桌仔] ㈎ TÈ, CHIAH, TIU^n: 桌子; cf toh^1

◇ ~-kha [~腳] a. 桌腿儿 b. 桌子底下; ≃ toh-kha^{1,2} 「的橫木桿。

◇ ~-koai^n [~杆] KI: 固定桌腿儿

tòh-ài (< tiòh-ài, q.v.)。

tòh-hóe/-hé/-hé [tòh 火] (< Sin [著火]) 働 1. 著火 2. 發怒; 光火。

toh-kak [桌角] ㈎ ê: 桌子的犄角。

toh-kám [桌 kám] ㈎ ê: 覆蓋桌上食物、擋開蒼蠅等蟲子的罩子; ≃ toh-khàm。

toh-kha^1 [桌腳] ㈎ KI: 桌腿儿; ≃ toh-á-kha。 「á-kha。

toh-kha^2 [桌腳] ㈎ 桌子底下; ≃ toh-

toh-khàm [桌 khàm] ㈎ ê: 覆蓋桌上食物、擋開蒼蠅等蟲子的罩子; ≃ toh-kám。 「桌布。

toh-kin/-kun/-ki^n [桌巾] ㈎ TIÂU:

toh-pò͘ [桌布] ㈎ TÈ: 揩布; 抹布。

tòh-sī (< tō-sī < tiō-sī, q.v.)。

toh-téng [桌頂] ㈎ 1. 桌面¶chhit ~ [拭~](飯前飯後)擦桌子 2. (< tr Chi < tr En (lay the cards) on the table) 桌面儿上，即大家看得到的地方¶kā būn-tê pâi-khí-lâi ~ [kā 問題排起來~]把問題擺到桌面儿上來。

tòh-tiòh (< tō-tiòh, q.v.)。

tok |1‖teh (< Sin) [啄] 働 全。

tok^2 (< Sin) [琢] 働 用尖的器物撞擊 ¶~ chúi-chi^n ìn-á [~水晶印仔]琢水晶圖章。

tok^3 [剁] (< Sin [斵]) 働 在砧上斬; cf chàm^2 ¶~ bah-oân [~肉丸]剁肉做丸子¶~ chéng-thâu-á [~指頭仔]斬掉指頭。

tok⁴ 圏 (鼻子) 高而尖。

tȯk¹ (< Sin) [毒] 图 **1.** 毒物 **2.** 毒性 働 中毒 ¶*Chiȧh-m̄-tiȯh ko͘, ē/ōe ~ -·sí.* [吃m̄著菇會～死.] 吃錯蕈類會中毒而死 圏 **1.** 具毒性 **2** 惡毒。

tȯk² 象 輕脆的微小碰撞或敲擊聲,例如叩門、以手指關節敲桌子或時鐘齒輪轉動的聲音。

tȯk³ 象 滴水聲 働 滴水;⇒ tȯp。

tȯk¹/*tŏk* 象 響亮的碰撞或敲擊聲,例如叩門、以手指關節敲桌子或時鐘齒輪轉動; *cf* khȯk/khók/khŏk 擬 掉落的樣子 ¶*khòaⁿ kóe-/ké-chí ~, ~, ~, tit-tit lak-·lȯh-·lâi* [看果子～ ～～直直 lak 落來] 看著水果一顆顆掉下來。 [tȯp。

tók² 象 滴水聲 擬 水滴下的樣子;⇒

tŏk¹ 象 撞或敲擊聲 擬 掉落下的樣子;⇒ tȯk。 [tȯp。

tŏk² 象 滴水聲 擬 水滴下的樣子;⇒

tȯk-bȯk-chiáu (< log Chi) [啄木鳥] 图 CHIAH: 全;≃ tȯk-chhiū-chiáu。

tȯk-bȯk-kiô (< log Sin) [獨木橋] 图 TIÂU: 全。

tȯk-chàu (< log Chi) [獨奏] 働 全。

tȯk-chhâi (< log Nip) [獨裁] 圏 全。

tȯk-chhiùⁿ (< log Nip) [獨唱] 图 全; ≃ só-lò 働 全;≃ chhiùⁿ só-lò。

tȯk-chôa (< log Sin) [毒蛇] 图 BÓE: 全。 [图 Ê: 全;≃ chı̍t-bȧk-á。

tȯk-gán-liông (< log Chi) [獨眼龍]

tȯk-iȯh (< log Sin) [毒藥] 图 全 ¶*hē ~ [下～] 下毒。

tȯk-khì (< log Sin) [毒氣] 图 全。

tok-ku ⇒ tuh-ku。 [全

tȯk-lı̍p (< log Nip) [獨立] 图 働 圏 ◇ *~-kok* (< log Nip) [～國] KOK, Ê: 獨立國家。 [全。

tȯk-liû (< log Sin) [毒瘤] 图 LIȦP:

tȯk-phài [獨派] 图 PHÀI, Ê: 主張獨

tok-phīⁿ [tok 鼻] 圏 高鼻梁 ∟立者。 ◇ *~-á* [～仔] Ê: "大鼻子," 即鼻梁高的人,常指白種人; *cf* a-tok-á。

tȯk-phín (< log Chi) [毒品] 图 HĀNG: 全。 [未婚; *cf* toaⁿ-sin

tȯk-sin (< log Nip) [獨身] 圏 單身; ◇ *~-á* [～仔] Ê: 單身漢 ◇ *~ chú-gī* (< log) [～主義] 全。

tȯk-sò͘ (< log Nip) [毒素] 图 全。

tok-tn̄g [剉斷] (< [斷斷]) 働 砍斷。

tȯk-tȯk [獨獨] 副 唯獨;≃ kan-na。

[tom] ‖*thom* 象 液體灑入池子的細小聲音,例如小便。

tòm¹ ‖*tàm* 働 累累下垂 ¶*Nāi-chi-oe ~-·lȯh-·lâi.* [荔枝椏～落來.] 荔枝的枝椏 (因載重而) 下垂。

tòm² ‖*tàm* ‖*tìm* ‖*thìm* 働 點 (頭) ¶*lō͘-·ni tn̄g-·tiȯh, thâu-khak ~ ·chı̍t-·ē* [路·ni tn̄g 著,頭殼～一下] 路上相遇,點一點頭。

tòm-thâu‖*tàm-*‖*tìm-*‖*thìm-* [tòm 頭] 働 點頭 (示敬或認可) ¶*Goán teh tán i ~.* [Goán teh 等伊～.] 我們正等著他批准。

[tong] ¹ [鼕] 象 高頻率的鼓聲。

tong² 擬 輕盈地著地、跳下、掉落或跌下的樣子,例如武俠跳上房頂。

tóng (< Sin) [黨] 图 **1.** Ê: 結社等常聚在一起的一群人 ¶*kiat kui ~* [結 kui ～] 結成一夥 ¶*sí ~* [死～] 全 **2.** (< log Nip < sem) Ê: 政黨 ¶*Góa bô ~; lí sím-mih ~?* [我無～,你甚麼～?] 我不屬於任何黨派,你屬於什麼黨? **3.** 特指中國國民黨 △ *~-hòa kàu-iȯk* [～化教育] 全 量 計算黨派的單位 ¶*nn̄g ~ tōa tóng, saⁿ ~ sió tóng* [兩～大黨,三～小黨] 兩個大黨,三個小黨。

tòng¹ (< Sin) [擋] (< sem) [á] Ê, KI: 煞車;≃ tòng-á ¶*Chit tâi thih-bé bô ~.* [Chit 台鐵馬無～.] 這輛腳踏車沒有煞車 働 **1.** 耐 (住);抵擋 ¶*Lí ē-tàng koh ~ gōa/jōa kú?* [你會 tàng koh～gōa 久?] 你還能挺

多久？ **2.**阻止¶~ *i mài kóng* [~
伊 mài 講]阻止使他不能發言 **3.**煞
(住)¶*Chhia ~-bē-tiām.* [車~ bē-
tiām.]車子煞不住 (形)耐(久)¶*Chit
tâi thih-bé bô ~.* [Chit 台鐵馬無
~.]這輛腳踏車不經用。

tòng² (< Sin) [棟] (量) 全。

tòng³ (< Nip *ton* < En *ton*) (量) 噸，即
2240磅的重量；≃ **tùn**。

tòng⁴ (象) 低頻率的鼓聲。

tōng¹ (< Sin) [洞] (名) Ê: 全；≃ **khang**
(量) 計算高爾夫球的洞的單位。

tōng² (< Sin) [撞] (動) **1.**碰撞；≃
cheng²；≃ **chông**；≃ **lòng** ¶*Chhia
~-tiòh lâng.* [車~著人.]車子撞到
人 **2.**用末端撞¶*~-kiû* [~球]打
撞球 **3.**(用鈍器)捅(入/破)；≃
túh ¶*Chóa-mn̂g hông ~ chit khang.*
[紙門 hông ~一 khang.]紙門被戳一
個洞 **4.**硬塞食物進入口腔及食道
5. (圍) 吃。

tōng³ (動) **1.**慢條斯理地做；拖延(時
間)；⇒ **thōm 2.**花費(時間)；≃
liáu³ ¶*Chit khoán khang-khòe ~ sî-
kan.* [Chit 款 khang-khòe ~時間.]

tǒng¹ (象) 小鑼聲。└這種工作很費時。

tǒng² (擬) 掉下又彈起或跳下又彈起的
樣子，例如彈性大的球跳動或青蛙跳
躍前進。

tǒng³ (*cf* Hak *tong*) (形) 非常大¶~ *ê*
[~個]非常大一個 (副) 非常(大)¶~
tōa-sia^n [~大聲]聲音很大。

Tong-a ⇒ **Tang-a**。

tong-á [tong 仔] (副) 大概是 ... 吧；≃
ká^n² ¶*khòa^n--khí--lâi lí ~ bē-hiáu
·le!* [看起來你~ bē 曉咧!]看來你不
會吧?

tòng-á [擋仔] (名) Ê, KI: 煞車。

tóng-àn‖*tòng-* (< log Chi) [檔案]
(名) Ê: 全。

◊ ~-*kūi* (< log Chi) [~櫃] Ê: 全。

tòng-bē-tiâu|-*bōe-* [擋 bē-tiâu] (動)

1.停不下來；≃ **tòng-bē-tiām 2.**忍
不住¶*kôa^n kà ~* [寒到~]冷得受
不了¶~, *soah khí-chhoh* [~煞起
chhoh]忍不住咒罵起來。

tōng-bút (< log Nip) [動物] (名) 全
◊ ~-*hàk* (< log Nip) [~學] 全
◊ ~-*hn̂g* (< log Nip) [~園] Ê: 全。

tóng-chèk/-*chip* (< log Nip) [黨籍]
(名) 全。 └全

tông-chêng (< log Nip) [同情] (動)
◊ ~-*phiò* (< log Nip) [~票] TIU^n:
全
◊ ~-*sim* (< log Nip) [~心] 全。

**tong-chho·/-*chhe*/-*chhoe*‖*tng-
chhe*/-*chhoe*** (< log Sin) [當初]
(名) 全。

tông-chì (< log Sin) [同志] (名) ŪI,

tóng-chip ⇒ **tóng-chèk**。 └Ê: 全。

tòng-chò/-*chòe* (< log Chi) [當做]
(動) 當成。

tōng-chok (< log Sin) [動作] (名) 全
◊ ~-*phì^n* (< log Chi) [~片] PHÌ^n:
武打的影片。 └(名) Ê: 全。

tông-chú-kun (< log Chi) [童子軍]

tông-ê [同·ê] (名) Ê:同姓的人¶*in ~*
跟他同姓的那個人 (形) 同姓¶*In nn̄g
ê ~.* [In 兩個~.]他們兩人同姓。

tōng-gī (< log Nip) [動議] (名) Ê: 全
¶*lîm-sî ~* [臨時~]全 (動) 全。

tóng-gōa [黨外] (名) **1.**本政黨之外
2.(< sem)非中國國民黨
◊ ~ *oàh-tōng* [~活動]台灣反對陣
營在民進黨建黨之前的政治活動
◊ ~ *sî-tāi* [~時代]台灣在民進黨
建黨之前的反對運動時代。

tóng-goân ⇒ **tóng-oân**。

tōng-goân ⇒ **tōng-oân**。

tòng-gōng [tòng 戇] (形) 傻;愚笨。

tông-hàk/-*òh*‖*tâng-òh* (< log Sin)
[同學] (名) Ê: 全
◊ ~-*hōe* (< log Chi) [~會] Ê: 全。

tōng-hiàng/-*hiòng* (< log Nip) [動

向] 名 全。 「[同鄉會] 名 ê: 全。

tông-hiang-hōe|-hiong- (< log Sin)

tōng-hiòng ⇒ tōng-hiàng。

tông-hiong-hōe ⇒ tông-hiang-hōe。

tông-hòa (< log Nip) [同化] 名 動
全。

tóng-hòa kàu-io̍k (< log. Chi.) [黨
化教育] 名全。　　　　「全。

tóng-hui (< log Chi) [黨徽] 名 ê:

tóng-hùi (< log Nip) [黨費] 名全。

tông-ì (< log Nip) [同意] 動 贊成
◇ ~-si/-su (< log) [~書] HUN,
TIUⁿ: 全。　　　「名 TIÂU, SIÚ: 全。

tông-iâu (< log Nip < Sin) [童謠]

tong-jiân/-giân/-liân (< log Sin)
[當然] 形 副 全。 「CHIAH: 黨棍。

tóng-ka-choa̍h [黨屹choa̍h] 名 ê,

tông-kám (< log Nip) [同感] 形 有
同感¶Góa kah i ~. [我kah伊~.]我
和他同感。　　　　　　　「全。

tóng-kang (< log Chi) [黨工] 名 ê:

tóng-khò͘ (< log Chi) [黨庫] 名全。

tong-khoān-phài|-koân- (< log Chi)
[當權派] 動 全。　　　「動 全。

tông-ki/-ku/-ki (< log Nip) [同居]

tóng-kî (< log Chi) [黨旗] 名 KI:

tōng-ki (< log Nip) [動機] 名全。

tòng-kiat (< log Nip < tr; cf En
freeze) [凍結] 動 全¶~ chûn-khoán
[~存款] 全。

tōng-kiû (< log Nip) [撞球] 名 LIA̍P,
TIÚⁿ: 全 動 全; ≃ lòng-kiû。「全。

tóng-koa (< log Chi) [黨歌] 名 TIÂU:

tong-koân-phài ⇒ tong-khoān-phài。

tóng-kok (< log Chi) [黨國] 名 (中
國國民黨當政時期, 國民黨即是中華
民國, 中華民國即是國民黨的) 黨或
國¶~ bô hun [~無分] 黨國不分。

tóng-kong (< log Nip) [黨綱] 名 ê:

tông-ku ⇒ tông-ki。　　　　　「全。

tong-kui (< log Sin) [當歸] 名 TÈ,

◇ ~-ah [~鴨] 全。　　「PHIⁿ: 藥材名

tóng-kun (< log Chi) [黨軍] 名 政黨
所支配的軍隊。

tóng-kùn (< log Chi) [黨棍] 名 ê:
≃ tóng-ka-choa̍h。

tōng-liân-chhia (< pop to̍k-liân-
chhia [獨輦車]) [動lián車] 名 TÂI:
腳踏車; ≃ thih-bé。

tōng-loān (< log Nip) [動亂] 名 PÁI:
全¶hoat-seng ~ [發生~]全。

tōng-me̍h (< log Nip) [動脈] 名
TIÂU: 全¶tōa-~ [大~]全　　「全。
△ ~ ngē-hòa (< log Nip) [~硬化]

tóng-oân/-goân (< log Nip) [黨員]
名 ê: 全。　　　　　　　「[動 全。

tōng-oân/-goân (< log Nip) [動員]

tông-ōe (< log Nip) [童話] 名 ê: 全。

tông-o̍h‖tâng- ⇒ tông-ha̍k。

tông-pau (< log Chi < sem Nip <
sem Sin) [同胞] 名 ê: 中國人對被
統治者、受災難者、以及希望能籠
絡者的稱呼台譯。　　　　「全。

tóng-phài (< log Nip) [黨派] 名 ê:

tōng-phòa [tōng破] (< [撞破]) 動
戳破。

tóng-pō͘ (< log Chi) [黨部] 名全。

tóng-sán (< log Chi) [黨產] 名 政黨
的財產, 特指中國國民黨來台非法取
得者。

tōng-sán (< log Nip) [動產] 名全。

tông-sèng-loân (< log Chi; cf Nip
[同性愛] <tr En homosexual/homo-
sexuality) [同性戀] 名 動 全。

tông-sî (< log Chi) [同時] 副 全; ≃
kāng sî-chūn。　　　　「名 全。

tōng-si̍t-bu̍t (< log Nip) [動植物]

tòng-soán (< log Nip) [當選] 動 全。

tông-sū (< log Sin) [同事] 名 ê: 全。

tōng-sû (< log Nip) [動詞] 名 ê: 全。

tong-sū-chiá (< log Nip) [當事者]
名 ê: 當事人。

tòng-thâu [擋頭] 名 1.(生物的)耐

力 **2.**(物品)耐用的程度。

tóng-thoân (< log)〔黨團〕(名) ê:全。

tòng-tiām〔擋 tiām〕(動)停止;止步;剎住。

tong-tiûⁿ (< log Chi)〔當場〕(副)仝。

tóng-tong (v *tǒng³*) (形)非常大¶~ *ê* [~個]非常大一個。

tōng-tōng-hàiⁿ/-*hìⁿ*‖*tīn-* (動) **1.**(吊著)晃來晃去 **2.**(圍)(人事或職業)沒有著落。

[tóp]‖*tàp*‖*tòk* (象)滴水聲 (動) **1.**滴水出聲 **2.**滴(水)。

tóp‖*táp*‖*tók* (象)短暫的滴水聲 (擬)水滴下的樣子¶*khòaⁿ soaⁿ-tōng gōa-khau, chúi* ~*··chit··ē,* ~*··chit··ē, tih··lòh··lâi* [看山洞外口水~一下,~一下,滴落來]看著山洞外頭水一滴滴掉下來。

tǒp‖*tǒk* (象)略延長的滴水聲 (擬)水下垂後滴下的樣子。

tóp-tóp-tih‖*tàp-tàp-* [tóp-tóp 滴] (動)滴個不停,例如漏水。

tóp-tóp-tin (v *tǒp*) (動)因附著不住而一直滴,例如口水或未擦乾的手上的水。

tóp-tóp-tiuh-tiuh‖*tàp-tàp-tih-tih* (形)零零星星;瑣碎¶~ *ê tāi-chì chin chē/chōe* [~ê代誌真chē]雜七雜八的事情很多 (副)涓滴濛流地¶*Khang-khòe* ~ *ná chò··khì.* [Khang-khòe ~ná做去.]事情一點儿一點儿慢慢儿做下去。

[tu]¹〔豬〕⇒ ti¹。

tu² (象)喇叭聲;汽笛聲 (動)發上述聲音¶*Chúi-lê teh* ~. [水螺 teh ~.]汽笛響著。

tu³ (動) **1.**抵擋;對抗¶*kah i* ~ [kah他~]跟他對抗 **2.**推(使動);≃ lu⁴;≃ sak ¶*Í-á ka* ~ *khah khì ·le.* [椅仔 ka~較去 ·le.]把椅子推過去一點儿¶~ *i chò/chòe thâu-chêng* [~伊做頭前]推他到最前面 **3.**推(進

/向前); ≃ lu⁴ ¶*kā chhia* ~*-jip-khì chhia-khò·* [kā車~入去車庫]把車子開進車庫 **4.**推諉;推讓;≃ lu ¶*khang-khòe lóng* ~*-* ~ *hō· pàt-lâng chò* [Khang-khòe攏~~ hō·別人做]工作都推給別人做 **5.**噘(嘴)¶*chhùi-á* ~*-* ~ [嘴仔~~]噘著嘴。

tû¹ (< Sin)〔櫥〕(名) [*á*] ê: **1.**櫥櫃¶*óaⁿ-* ~ [碗~]放餐具的櫃子 **2.**關鳥獸的籠子¶*hún-chiáu-* ~ [粉鳥~] 〔鴿籠〕。

tû²〔除〕⇒ tî¹,²。

tú¹ (動)抵償;⇒ tí。

tú² (< Sin [抵]) (動) **1.**頂(住)¶*iōng kùn-á kā mĥg* ~*·leh* [用棍仔 kā門~·leh]拿棍仔頂住門(使無法打開) **2.**頂(到);碰到¶*Bîn-chhĥg* ~*-tiòh piah ·a.* [眠床~著壁矣.]床(已經)碰到牆壁了 **3.**遇(見); ≃ gū; ≃ tĥg⁴ ¶*tī lō··ni sio-* ~ [tī路·ni相~]在路上相遇
△ (*taⁿ*) ~*-tiòh ·a* [(taⁿ)~著矣]事已如此(將計就計); cf tú-tiòh-á **4.**抵擋 **5.**頂(嘴); ≃ túh ¶*iōng ōe ka* ~ [用話 ka~]拿話頂他。

tú³ (副) **1.**才剛,即表示時間上的巧合,前後正好一樣或只差一點點; ≃ tú-chiah ¶*Góa* ~ *boeh/beh khì niâ.* [我~欲去 niâ.]我正要去¶*Góa* ~ *khì niâ.* [我~去 niâ.]我剛去過 **2.**剛巧,即表示事物上的巧合; ≃ tú-(á-)hó ¶*He lí bô-ài, góa* ~ *khiàm-iōng.* [He你無愛,我~欠用.]那個你不要,剛好我需要 **3.**表示勉強達到某種程度¶*Góa khiā tòa chia,* ~ *khòaⁿ-ē-tiòh niâ.* [我企 tòa chia,~看會著 niâ.]我站在這儿,剛剛看得到(但看不很清楚)。

tù¹ (< Sin [注]) (名)賭注¶*hē gōa/jōa chē/chōe* ~ [下 gōa chē~]下多少賭注 (量)筆(錢),常用於做生意或賭博的本錢。

tù² (動) **1.**(水)流不動¶*Chúi* ~ *tī khut-*

á-té. [水～tī 堀仔底.] 水積在窟窿裡 **2.** (食物) 不消化 ¶*chia̍h-pá ut-·leh, khih ～-·leh.* [吃飽 ut-·leh, 乞～·leh.] 吃過飯就彎著身子 (扒在桌上工作), 結果肚子脹脹的 **3.** (因思路不通而) 停頓 [形] 有不消化的感覺 ¶*pak-tó͘ ～-～* [腹肚～～] 肚子脹脹的。

tū^{1} [名] 筷子; ⇒ tī^{1}。

tū^{2} [動] 泡 (在液體中浸漬、溺斃或使溺斃) ¶～ *niáu-chhí/-chhú* [～老鼠] (把籠子連逮到的老鼠一起放在水中) 使老鼠溺斃 ¶～*-sí* [～死] 溺斃。

tu-á ⇒ ti-á。

tû-á [櫥仔] [名] Ê: **1.** 櫥櫃 **2.** 關鳥獸的籠子。

tú-á [tú 仔] [名] 剛才; ≃ tú-chiah; ≃ thâu-tú-á ¶～ *lí kóng sah^{n}?* [～你講啥?] 剛才你說什麼? [副] 才剛; ≃ tú^{3}, q.v.

tú-á-chiah [副] 才剛; ≃ tú^{3}, q.v.

tú-á-hó [tú 仔好] [形] 不過也無不及 ¶～, *tiō hó* [～就好] 剛好就可以了 [副] 剛好; ≃ tú^{3}, q.v.

tu-bah ⇒ ti-bah。

tù-bē-tiâu|*-bōe-* [動] 吃不消; 撐不住; ≃ bē-/bōe-kham-·tit。

tu-bú ⇒ ti-bó。

tû-che̍k ⇒ tî-che̍k。

tu-chhài ⇒ ti-chhài。

tú-chiah/*-chiah^{n}* [名] 剛才; ≃ tú-á, q.v. [副] 才剛; ≃ tú^{3}, q.v.

tu-chi̍h ⇒ ti-chi̍h。

tu-chô ⇒ ti-chô。

tù-chok ⇒ tì-chok。

tû-hō ⇒ tî-hō。

tú-hó [tú 好] [形] **1.** 適中; ⇒ tú-á-hó **2.** 巧合 ¶*Ná ē/ōe chiah ～, pē-á-kiá^{n} khó-tiâu kāng hē!* [哪會 chiah～, 父仔 kiá^{n} 考 tiâu 仝系!] 哪有這麼巧的, 父子倆考上同一系! ¶*bô-～* [無～] 不巧 ¶*m̄-～ do.* [副] 剛好; ≃ tú^{3}, q.v.

tû-hō͘ ⇒ tî-hō͘。

tû-hoat ⇒ tî-hoat。

tû-hui ⇒ tî-hui。

tu-huih ⇒ ti-hoeh。

tu-iû ⇒ ti-iû。

tu-káu cheng-si^{n} ⇒ ti-káu cheng-se^{n}。

tu-kha ⇒ ti-kha。

tû-khí ⇒ tî-khí。

tû-khì ⇒ tî-khì。

tú-khí [tú 起] (< [抵起]) [動] 互相抵銷, 誰也不欠誰。

tu-ko ⇒ ti-ko。

tu-koa^{n} ⇒ ti-koa^{n}。

tu-kong ⇒ ti-kong。

tū-lān‖*tu̍h-* [粗] [動] "賭爛," 即覺得很不高興或感到厭惡。

tû-liáu ⇒ tî-liáu。

tû-miâ ⇒ tî-miâ。

tu-pâi ⇒ ti-pâi。

tû-pâng (< log Sin) [廚房] [名] **1.** KENG: 軍隊、學校等團體的炊事所在; *cf* chàu-kha **2.** 炊事單位。

tú-siàu [tú 賬] (< [抵數]) [動] 抵債。

tû-su (< log Chi) [廚師] [名] Ê: 仝; ≃ chóng-phò͘ (-sai)。

tû-thâu ⇒ tî-thâu。

tu-thâu-chhé ⇒ ti-thâu-chhóe。

tu-thâu-pì^{n} ⇒ tî-thâu-pè^{n}。

tu-thâu-phê ⇒ ti-thâu-phôe。

tu-tiâu ⇒ ti-tiâu。

tû-tiāu ⇒ tî-tiāu。

tú-tio̍h-á (> *tú-·tio̍h-·á*) [tú 著仔] (< [抵著□]) [副] 偶爾; *cf* tú^{2}-·tio̍h ·a ¶*bô tiā^{n} chia̍h, ～ chia̍h ·chi̍t ·pái niâ* [無 tiā^{n} 吃, ～吃一擺 niâ] 不常吃, 偶爾吃一吃罷了。

tu-tō͘ ⇒ ti-tō͘。

tú-tú(-á) [副] 剛剛; ⇒ tú^{3}。

[tu̍h] [動] **1.** 捅 ¶*iōng chéng-/chńg-thâu-á ～-phòa chóa-mn̂g* [用指頭仔～破紙門] 用手指頭捅破紙門 **2.** (用刀子等銳器) 刺 **3.** 點醒 **4.** 頂嘴; 反駁; ≃ tú^{2}。

tuh-ka-chē/*-chōe* [動] 打瞌睡; ≃ tuh-bîn; ≃ tuh-/tok-ku。

tuh-ku‖*tok-* [tuh 龜] [動] 仝上。

T

túh-lān ⇒ tū-lān。

túh-phòa [túh 破] 動 戳破。

tui⁴¹ (< Sin) [堆] 名 B. 堆積在一起的東西 ¶soa-á-~ [沙～] 成堆的沙 量 1. 計算堆積在一起的東西的單位 ¶kā saⁿ tui kui ~ [kā 衫堆 kui～] 把衣服堆成一堆 2. 計算聚集在一起的人的單位 ¶chit ~ lâng [一～人] 一群人 動 使成堆 ¶kā saⁿ ~ kui tui [kā 衫～kui 堆] 把衣服堆成一堆。

tui² (< Sin) [追] 動 1. 追逐；追求；cf jiok ¶Chhat-á tī thâu-chêng; ~! [賊仔 tī 頭前, ～!] 小偷就在前面, 追啊! 2. 追討；≃ chhui²。

tui³ 介 向；從；⇒ tùi²。

tûi (< Sin) [搥] 動 全 ¶~ sim-koaⁿ [～心肝] 搥胸(頓足)。

tùi¹ (< Sin) [對] 量 成雙的一雙 ¶chit ~ chhiú-chí [一～手 chí] (男女戴的) 一雙戒指 動 1. 對(準／上) ¶Nn̄g tiâu sûn ài ~ hoʰ chiàⁿ. [兩條 sûn 愛～hoʰ 正.] 兩條線要對正 2. 核對 ¶~-khòaⁿ ū lauh-kau ·boʰ [～看有 lauh 鉤否] 對對看有沒有遺漏的(字句等) 3. 校正；使準確；cf kà² ¶~ sî-kan [～時間] 全 形 1. 對準 ¶pâi bô-~ [排無～] 排歪了 2. [x] 正確 ¶kóng kà ~-~-~ [講到～～～] 言中。

tùi² ‖ tui [對] 介 1. 向(某方向) ¶Góa ê chheh ~ tá/tó khì [我 ê 冊～tá 去?] 我的書哪儿去了？ ¶poe/pe ~ hit-pêng khì [飛～hit-pêng 去] 飛向那邊去 2. 衝著 ¶~ chhiū-á kóng-ōe [～樹仔講話] 對著樹說話 3. 對於 ¶I ~ góa bô hoaⁿ-hí. [伊～我無歡喜.] 他對我不高興 ¶Che sī góa ~ i ê khòaⁿ-hoat. [Che 是我～伊 ê 看法.] 這是我對他的看法 4. 把；將；≃ kā² ¶chit-ē ~ hit téng bō-á liù-khí-lâi khòaⁿ... [一下～hit 頂帽仔 liù 起來看...] 把那帽子脫下來一看...

5. 從；打從；⇒ ùi²。

tūi¹ (< Sin) [隊] 名 B. 全 ¶thàm-hiám-~ [探險～] 全 量 計算排整齊的人群的單位, 例如軍隊；cf tīn。

tūi² [墜] ⇒ thūi。

tùi-áu [對拗] 動 (把東西)對折。

tùi-bīn (< log Sin) [對面] 名 1. 對面的地方 ¶Góa tòa in ~. [我 tòa in ～.] 我住在他(們)家對面 2. 對門儿的鄰居 ¶Che thèh khì hōʰ ~. [Che thèh 去 hōʰ～.] 把這個拿去給對門儿的鄰居 動 面對面 ¶sio-~ [相～] (面)相對。

tui-cha (< log Chi) [追查] 動 全。

tùi-chhek (< log Nip < sem Sin) [對策] 名 ê: 全。   「鬥。

tùi-chhiâng [對牚] 動 卯(上)；對抗；

tùi-chhiong [對衝] 動 1. 衝突；相剋 2. 不應面對面卻面對面, 例如路衝。

tùi-chhiú (< log Sin) [對手] 名 ê: 全。   「對質。

tùi-chí (< Mand [對質]) [對指] 動

tùi-chiáng/-chióng/-chiúⁿ (< log Chi) [對獎] 動 全。

tùi-chiat (< log Chi) [對折] 名 五折 ¶phah ~ 打對折。

tùi-chiàu/-chiò (< log Nip) [對照] 動 全 ¶Tâi-Tiong ~ [台中～] 台華對照；台漢對照   「全。
◇ ~-pió (< log Chi) [～表] TIUⁿ:

tùi-chióng/-chiúⁿ ⇒ tùi-chiáng。

tùi-èng (< log Nip) [對應] 動 全。

tūi-goân ⇒ tūi-oân。

tūi-hêng (< log Nip) [隊形] 名 ê: 全。

tùi-hō (< log Chi) [對號] 動 全。

tùi-hōaⁿ (< log Nip < Sin) [對岸] 名 全。

tùi-hoán [對反] 名 相反 ¶Thian-tông ê ~ sī tē-gàk/-gèk. [天堂 ê～是地獄.] 與天堂相反的是地獄 動 相反；≃ sio-tùi-hoán, q.v.

tùi-hong (< log Chi) [對方] 名 全。

tùi-hù (< log Chi) [對付] 動 全。

tui-ka (< log Nip) [追加] 動 全¶~
ī-/ū-soàn [～預算] 全。

tùi-kak (< log Nip) [對角] 名 全; ≃
chhoàh-kak
◇ ~-sòaⁿ (< log Nip) [～線] TIÂU:
動 全; ≃ khiā-táⁿ-kak。 ⌐全

tùi-khòng (< log Nip) [對抗] 動 全。

tui-kiû (< log Nip < sem Sin) [追求]
動 全。

tùi-kóng-ki [對講機] 名 Ê, TÂI: 全。

tùi-lâu (< log Chi < Nip) [對流] 動
全¶Mn̂g kah thang-á phah-khui, hō͘
khong-khì ~ [門 kah 窗仔 phah 開,
hō͘ 空氣～] 把門窗打開讓空氣對流
¶sio-~ [相～] do. ⌐HÙ: 全。

tùi-liân (< log Sin) [對聯] 名 TÙI,

tùi-li̍p (< log Nip) [對立] 動 全。

tùi-mn̂g (< Sin) [對門] 動 對門儿。

tūi-ngó͘ (< log Sin) [隊伍] 名 Ê: 全。

tùi-nî [對年] 名 周年忌日¶chò/chòe
~ [做～] 紀念逝世一周年 量 周年
動 滿一周年。

tūi-oân/-goân (< log Nip) [隊員]
名 Ê: 全。 ⌐全

tùi-ōe (< log Nip < Sin) [對話] 動

tùi-pòaⁿ (< log Sin) [對半] 數 (<
sem) 一半¶thàn ~ [趁～] 賺五成 動
△ ~ áu [～拗] 打對折 (摺疊)⌐平均
△ ~ pun (< log Sin) [～分] 平分
(成兩份)。

tùi-put-khí (< log Chi) [對不起] 動
全¶I ~ in thài-thài. [伊～in 太
太.] 他對不起他太太 形 全; ≃ sit-lé
¶chin ~ [真～] 很抱歉。

tùi-siàng/-chhiàng/-siòng/-siòng
(< log Nip) [對象] 名 Ê: 全。

tùi-siàu (< log Sin + tr) [對賬] (<
[對數]) 動 對帳; ≃ hōe-siàu。

tùi-siōng/-siòng ⇒ tùi-siàng。

tui-sò͘-khoân/-koân (< log) [追訴
權] 名 全。

tui-su lé-pài [追思禮拜] 名 Ê: 全。

tùi-te̍k [對敵] 名 Ê: 敵手 動 敵擋 形
敵對
△ ~ ê kok-ka [～ê 國家] 敵對的國家。

tùi-thāi (< log Sin) [對待] 動 全。

tūi-thai (< log) [墜胎] 動 墮胎; ≃
thẻh gín-á。 ⌐thâu kàu-bóe。

tùi-thâu kàu-bóe /-bé /-bé ⇒ ùi-

tùi-tiàu (< log Sin) [對調] 動 全。

tùi-tiong [對中] 名 正中央¶kā hoe-
kan khǹg tòa toh-á ~ [kā 花矸 khǹg
tòa 桌仔～] 把花瓶放在桌子上正
中央 形 對準中央¶chóa chih-bô-
~ [紙摺無～] 紙沒折好, 折線兩邊
大小不同 動 從中央¶~ ka phòa-
·lòh-·khì [～ka 破落去] 對準中央劈
下去。

tūi-tiúⁿ (< log Sin) [隊長] 名 Ê: 全。

tūi-tō ⇒ sūi-tō。 ⌐Ê: 全。

tui-tō-hōe (< log Nip) [追悼會] 名

túiⁿ ... ⇒ tńg[1,2] ...。

tùiⁿ... ⇒ tn̂g[1,2] ...。

tūiⁿ... ⇒ tn̄g[2] ...。

tun[1] [墩] 名 B. 小丘或類似的堆積
物¶chháu-~ [草～] 草堆; 草垛 量
計算小丘或類似的堆積物的單位。

tun[2] (< Sin) [鈍] 形 (切割工具) 不
利。

tûn (< Sin) [唇] 名 Ê: 開口處邊緣
¶Óaⁿ-bō-á bô ~. [碗帽仔無～] 瓜
皮帽沒有帽沿儿。

tún (< Sin [蓋]) 動 1. 堆積¶Toh-téng
~ kà kui-ê chheh. [桌頂～到 kui 個
冊.] 桌上堆滿了書 2. 蓋 (貨)。

tùn (< log Chi < Nip < En ton) [噸]
量 重量單位; ≃ tòng[3]。 ⌐bān-tūn。

tūn (< Sin) [鈍] 形 (動作) 遲鈍; ≃

tút -jiân/-giân/-liân ‖ thu̍t- (< log
Sin) [突然] 形 全¶tāi-chì siuⁿ-kòe

~ [代誌 siuⁿ 過~] 事情太突然了。

tút-phòa ⇒ thút-phòa。

U

u̲¹ 圗 凹痕；⇒ o¹。

u² 㒩 狼嚎等聲。

u³ 働 1.蹲（在角落或牆下） 2.（將就地）居住或滯留；≃ ku⁴ ¶tī kang-tiûⁿ ~ jī-cha̍p nî [tī 工場~20年] 在工廠待了二十年。

u⁴ (< ab tham-u) [污] 囲 働 侵吞 ¶Chîⁿ khih-hoⁿ ~·khì. [錢乞 hoⁿ~去.] 錢被他（們）侵吞了。

ù (< Sin) 働 1.烙 ¶Gû-á kā gû ~ kì-hō. [牛仔 kā 牛~記號.] 牛仔給牛烙上記號 2.貼在不同溫度的表面上 ¶Hoat-sio, iōng peng ~ hia̍h-thâu. [發燒用冰~額頭.] 發燒時用冰敷額頭 ¶sio bīn ~ lâng léng kha-chhng q.v.

ū (< Sin) [有] 働 1.擁有；具有（某特性） ¶I ~ saⁿ keng chhù. [伊~三間厝.] 他有三棟房子 ¶~... bô... q.v.
△ ~ gín-á (·a) [有 gín 仔（矣）] 有身孕（了）；≃ ū-sin；cf tōa pak-tó
△ ~ liāng/liōng, chiah ū hok [~量才有福] 有容乃大
△ ~ ·nn̄g-·pō·-·chhit-·á [~兩步七仔] "有兩把刷子"，即有兩下子
△ ~ tam-tng [~擔當] 有擔待
2.表示存在 ¶~ chit ê lâng boeh/beh chhōe ·lí. [~一個人欲 chhōe 你.] 有一個人找你 3.表示發生 ¶~ chit pái/kái/mái, i bô lâi [~一擺伊無來] 有一次他沒來 ¶~ chit ji̍t, i bô lâi chhōe/chhē ·góa [~一日伊來 chhōe 我] 有一天，他來找我 ¶~ chi ji̍t, i ē lâi chhōe ·góa [~一日伊會來 chhōe 我] 有一天，他會來找我

△ ~ chit ji̍t... [~一日...] 總有一天；（將來）會有那麼一天 ¶~ chit ji̍t lí ē/ōe hoán-hóe. [~一日你會反悔.] 有一天你會後悔
4. B.表示一部分 ¶~--ê q.v. ¶~-lâng [~人] q.v. 働 1.有得；≃ ū-thang
△ ~ chia̍h, koh ū lia̍h [~吃 koh ~掠] 有得吃，還有得兜著走
2.表示完成 ¶Góa ~ kā i kóng ·a. [我~kā 伊講矣.] 我告訴他了 3.表示存在 ¶Lí ~ boeh/beh kah goán tâng-chê kiâⁿ ·bo? [你~欲 kah goán 同齊行否?] 你想不想跟我們一道走？ ¶Góa ~ siūⁿ-boeh pài-thok lí chit hāng tāi-chì. [我~想欲拜託你一項代誌.] 我想拜託你一件事 ¶Góa ~ chah chîⁿ. [我~chah 錢] 我帶錢了；我（身上）有錢 圀 1.有錢；有積蓄 ¶taⁿ khah ~ ·a, ē-tàng hō͘ gín-á khì liû-ha̍k ·a. [Taⁿ 較~矣，會 tàng hō͘ gín 仔去留學矣.] 現在有點錢了，可以讓小孩留學了 2.表示達到目的，當補語 ¶Cheng-sîn hó, chò-khah-~ khang-khòe. [精神好做較~khang-khòe.] 精神好的時候工作效率高些 ¶chhōe-/chhē-~ 找得到 3.表示感官無法感覺或理解，當補語 ¶Lí kóng-·ê góa lóng thiaⁿ-~. [你講·ê 我攏听~.] 你說的我都（聽得）懂 ¶khòaⁿ-~ q.v. 働 表示某特點的存在 ¶Hia ~ hn̄g ·bo? [Hia~遠否?] 那儿遠嗎？ ¶A: I ~ súi ·bo? B: ~ ò, chin súi. [A:伊~súi 否? B:~ò, 真 súi.] 甲：她漂亮嗎？乙：漂亮，很漂亮。

ū... bô [有...無...] 働 只有...沒有...
△ ū hó, bô bái [有好無 bái] 只有好處，沒有壞處 [歸
△ ū lō͘, bô chhù [有路無厝] 無家可
△ ū thâu, bô bóe/bé [有頭無尾] 只

有前頭,沒有後頭;有始無終

△ ～ *thiaⁿ-tiòh siaⁿ, bô khòaⁿ-tiòh iáⁿ* [有～著聲,無看著影] 只聞其聲,不見其形

△ *ū Tn̂g-soaⁿ-kong, bô Tn̂g-soaⁿ-má* [有唐山公有唐山媽] 古代從中國移民台灣的只有男性。

ū-bī [有味] 圈 1.(事本身)有趣 2.(對某事覺得)有興趣。

ū-chhek ⇒ **ī-chhek**。

ū-chhun [有chhun] 働 1.有餘 2.形容程度高 ¶*bat/pat kà* ～ *(·khì)* q.v. ¶*sam-pat kà* ～ *(·khì)* [三八到～(去)] 真"三八"。　　　 [*giàh; ≃ pù*

ū-chîⁿ (< Sin) [有錢] 圈 富有; ≃ hó-◇ ～-*lâng* (< Sin) [～人] ê: 全。

ū-chōe (< log Nip) [有罪] 圈 全。

ū-·ê (< *ū-ê*; > *ū-ē*, q.v.) 代 有些人、事、物。

ū-ê [有ê] 働 有的 ¶～ *lâng m̄ chò khang-khòe, ǹg-bāng siā-hōe kā in chhī.* [～人m̄做khang-khòe,ǹg望社會kā in飼.]有的人不願意工作,指望社會養他們。

ū-ē (< *ū-ê...*) 代 有些人、事、物; ≃ ū-·ê ¶～ *boeh/beh hō· ·lí* [～欲hō·你] 有的是要給你的 ¶～ *kè-oèh, ～ chip-hêng* [～計劃,～執行] 有的(人)計劃,有的(人)執行。

ū-·ê bô-·ê [有·ê無·ê] 图 "有的沒有的,"即令人厭煩的廢話。

ū-êng [有閑] 働 有空 ¶～ *chiah lâi chē.* [～才來坐.]有空到我家坐坐。

ū-ēng ⇒ **ū-iōng**。

ū-giàh [有額] 圈 份量夠(不致一下子　　　　　　　　　　　　[就消耗完)。

ū-giân ⇒ **ī-giân**。

ū-hàh [有hàh] (< [有合]) 圈 合適。

ū-hāi (< log Chi) [有害] 圈 全。

ū-hān ‖*iú-* (< col log Chi) [有限] 圈 不多; cf iú-hān² ¶*só· chai ·ê* ～ [所知·ê～]所知有限。

ū-hàu ‖*iú-* [有孝] 圈 孝順。

ū-hāu ‖*iú-* (< col log Sin) [有效] 圈 有效力;有效果;很靈。

ū-hoat-·tit/-·chit/-·lih/-·eh [有法得] 圈 有能力; ≃ ē-hoat-·tit ¶*khah jūn góa mā pō·~* [較韌我mā哺～](肉)再老硬我也咬得動。

ū-hoat-tō· [有法度] 圈 1.有辦法 2.能勝任 働 能; ...得來; ≃ ē-/ōe-tàng ¶*khah jūn góa mā · pō·* [較韌我mā～哺](肉)再老硬我也咬得動。

ū-hông ⇒ **ī-hông**。

ū-ì-sù [有意思] 働 有意(願)。

ū-iáⁿ [有影] 圈 1.真的 ¶*I kóng-·ê·.* [伊講·ê.]他說的不假 ¶～ *·ne* (事實)是真的呢,沒騙你

△ (*ká*) ～ *lè!* 反 才不是(真的)呢!

2.表示言行太過份 ¶*ū-iáⁿ chin ~!* [有影真～!]真是太過份了! 働 1.真的;事實上 ¶*I ～ ū kóng.* [伊～ū講.]真的他是說了 2.果真 ¶*I ～ khì ka tâu.* [伊～去ka投.]他果真去告狀 3.真是,表示不以為然 ¶～ *chin bô-iáⁿ* [～真無影]真是距離事實非常遠了 ¶～ *chin ū-iáⁿ!* [～真有影!]真是太過份了!

ū-iân [有緣] (< log Sin) 働 圈 全。

ū-iok ⇒ **ī-iak**。　　　 [全; ≃ ū-lō·-iōng。

ū-iōng/-ēng (< log Sin) [有用] 圈

ū—ít (< *ǔit*, q.v.)。

ù-jiám/-giám/-liám ‖*u-* (< log Nip) [污染] 图 全 ¶*khong-khì* ～ [空氣～] 全 圈 全; ≃ bak lah-sap。

ū-kám ⇒ **ī-kám**。　　　 [*siâng/-siāng*。

ū-kāng/-kâng [有仝] 圈 相同; ≃ sio-

ū-kàu [有夠] 圈 足夠 ¶*lâng-sò·* ～ [人數～] 人數夠 ¶*chiàh-~* [吃～]吃夠(了) ¶～ *làt* [～力] 有足夠的力氣; cf ū-kàu-làt 働 1.足夠;滿足要求 ¶*Án-ne* ～ *chē/chōe ·bô?* [Án-ne ～chē否?]這樣夠多嗎? ¶～ *chiàh* [～吃]夠吃 2."有夠";真 ¶*Lí chit ê gín-á* ～ *pháiⁿ!* [你chit個gín仔～

歹!]你這孩子真夠壞! ¶～ *tio̍h* [～著](做得)非常對; *cf* ū-kàu-tio̍h。

ū-kàu-keh (< log Chi + tr) [有夠格] [形] 夠格。

ū-kàu-khòa^n [有夠看] [形] **1.** 夠看;夠體面 **2.** [反] "有夠看," 即慘不忍睹。

ū-kàu-la̍t [有夠力] [形] "有夠力," 即有足夠的影響力。

ū-kàu-tio̍h [有夠著] [形] 划算;妥當。

ū-khì bô-hôe [有去無回] [動] 仝。

ū-khoán [有款] [形] 不逾越規矩; ≃ hó-khoán ¶*Khah ～ ·le!* [較～·le!]別放肆! **2.** 有氣派 **3.** [反] 放肆; ≃ bô-khoán ¶*Siu^n-kòe/-kè ～-·khì!* [Siu^{n}過～去!]太放肆了!

ū-kò ⇒ ī-kò。

ū-lâng [有人] [代] 有的人;有些人 ¶～ *teh siá-jī, ～ khòa^n-chheh* [～teh寫字,～teh看冊]有人在寫字,有人在看書 [動] 有任何人 ¶*Chia put-koán-sî lóng ～ thia^n tiān-ōe.* [Chia不管時攏～听電話.]這ㄦ隨時都有人接聽電話。

ū-lâng-iân [有人緣] [形] **1.** 人緣好 **2.** (人)討人喜歡

ū-la̍t (< log Sin) [有力] [形] **1.** 力氣大 **2.** (做某事時)有勁ㄦ ¶*kóng-ōe chin ～* [講話真～]說話有力氣 **3.** 舉足輕重;一言九鼎 ¶～ *ê chèng-kì/-kù* [～ê證據]有力證據。

ū-lé (< log) [有禮] [形] 有禮貌。

ū-lí (< log) [有理] [形] 仝。

ū-liāu¹ [預料] ⇒ ī-liāu。

ū-liāu² [有料] [形] 有實料。

ū-lō͘ [有路] [形] 有足夠的空間;容得下; ≃ ē-lo̍h ¶*Chia iáu ～, ē-sái poa^n kóa kòe-·lâi.* [Chia iáu～,會使搬寡過來.]這ㄦ還有空間,可以搬些過來 ¶*Chia iáu khǹg-～ ·bo͘?* [Chia iáu khǹg～否?]這ㄦ還放得進去嗎?

ū-lō͘-iōng/-ēng [有路用] [形] 有用。

ū-lō͘-lâi [有路來] [形] 能達成目的 ¶*kah i kóng chin ～* [kah伊講真～]跟他談得很順暢;跟他很談得來。

u-lóng (< Nip *udon*) [名] 烏龍麵。

ū-miâ (< log Sin) [有名] [形] 仝。

ú-mô͘-kiû‖*í-* (< log Chi) [羽毛球] [名] LIA̍P, TIÛ^n: 仝。

ū-nāi [有耐] [形] 耐。

ū-pān¹ [動] 有心理準備; ⇒ ī-pān。

ū-pān² [有扮] [形] 有個模樣;有架勢。

ū-pī kun-koa^n ⇒ ī-pī kun-koa^n。

ū-pò ⇒ ī-pò。

ū-sài ⇒ ī-sài。

ū-sán-kî ⇒ ī-sán-kî。

ū-sè (< log Chi) [有勢] [形] 有權勢。

ū-sî-á (< log Sin + *á*) [有時仔] [副] 有時候; ≃ ū-tang-sî-á。

ū-sî-chūn [有時chūn] [副] 仝上。

ū-siau [有銷] [副] 銷路好。

ū-sim (< log Sin) [有心] [動] 仝 ¶～ *boeh/beh kái, m̄-kò ì-chì bô-kàu* [～欲改, m̄過意志無夠]有心要改,不過意志不堅 [形] 對事關心。

ū-sin (< log Sin) [有身] [動] (人)懷孕; ≃ ū gín-á; *cf* tōa-pak-tó͘。

u-sio [u燒] [動] 蹲著(聚在一起或靠近熱源以)取暖; ≃ ku-sio; *cf* kheh-sio。

ù-sio [ù燒] [動] 熱敷。

ū-si̍p ⇒ ī-si̍p。

ū-sǹg¹ [預算] ⇒ ī-sǹg。

ū-sǹg² [有算] [動] 算數ㄦ。

ū-soàn ⇒ ī-sǹg。

û-su-kûn (< *ûi-su-kûn*, q.v.)。

ū-tàng [有tàng] [輔] (有地方)可以;有得; ≃ ū-tè; ≃ ū-thang ¶*Che tá-ūi ～ bé?* [Che tá位～買?]這東西那ㄦ可以買得到?

ū-tang-sî-á [有tang時仔] [副] 有時候。

û-tē ⇒ î-tē。

ū-tè [有tè] (< [有地]) [輔] (有地方)可以; ≃ ū-tàng ¶*Khui chi̍t ê jî-tông lo̍k-hn̂g, hō͘ gín-á ～ sńg.* [開一個兒童樂園, hō͘ gín仔～sńg.]開闢一個兒童樂園,讓孩子有地方玩ㄦ。

ū-tēng ⇒ ī-tēng。

ū-thang [有 thang] (< [有通]) (輔) 有
　得; cf ū-thong ¶~ chiah, ~ chhēng
　[～吃～chhēng] 有得吃, 有得穿。

ū-thâu-ū-bé/-bé ⇒ ū-thâu-ū-bóe。

ū-thâu-ū-bīn (< log Chi + tr) [有頭
　有面] (形) 有頭有臉。

ū-thâu-ū-bóe/-bé/-bé [有頭有尾]
　(形) 有始有終。　　　「**2.** (話) 有道理。

ū-thong [有通] (形) **1.** 可以行得通

ú-tiū (< log Sin) [宇宙] (名) Ê: 全。

ū-tȯk (< log Nip) [有毒] (形) 全。

ū-tòng [有擋] (形) 有耐力; 耐用。

ǔ--ù¹ (歎) 表示 "好險"。　　　　「服。

ǔ--ù² (歎) 表示對突然的刺激覺得很舒

úh ‖ ǔh (象) 呃逆聲。

ǔh¹ (象) 呃逆聲; ≃ úh。

ǔh² (< En oops) (歎) 差點儿出事或已
　出事時, 表示輕度的驚異或懊惱, 例
　如差點儿相撞、發現寫錯等。

uh-á (名) 呃逆 ¶khọ·~ [呼～] 呃逆
　¶phah-~ do.

ui¹ (< Sin [衣]) (名) Ê: 胎衣; 胎盤; ≃
　gín-á-ui。

ui² (動) **1.** 鑽; ≃ chhng ¶iōng chhng-á~
　chit khang [用鑽仔～一 khang] 用
　鑽子鑽個洞 **2.** 注射; ≃ chiam¹; ≃
　chù² ¶~ tȯk-iȯh [～毒藥] 注射毒品
　3. 挖; ≃ óe¹。

ui³ (動) 磨損 ¶Lâu-thui-gám tȧh kà ~-
　·khì. [樓梯 gám 踏到～去] 梯級 (踏
　久) 已經磨凹了 ¶Chhng-á ~-·khì. [鑽
　仔～去。] 錐子鈍了　(形) (尖端) 鈍, 例
　　　　　　　　　　　　　　　　「如錐子。

ui⁴ (介) 從; 打從; ⇒ ùi²。

ûi (< Sin) [圍] (動) 全。

ùi¹ (< sem Sin) [畏] (動) 膩; 倒胃口
　¶Pûi··ê chiah siuⁿ chē, ē ~. [肥
　·ê 吃 siuⁿ chē 會～.] 肥肉吃太多會膩
　(形) (身體不適) 有欲嘔的感覺。

ùi² ‖ ui ‖ tùi ‖ tui (介) 從; 打從 ¶Che
　tú ~ peng-siuⁿ thȧh··chhut··lâi ·ê.
　[Che tú ～冰箱 thȧh 出來·ê.] 這是剛

從冰箱拿出來的　¶Lí ~ tá lâi ·ê?
[你～tá 來·ê?] 你打哪儿來的?　¶~
kin-nî khí [～今年起] 從今年開始
△ ~ thâu kàu bóe/-bé [～頭到尾] 從
　　　　　　　　　　　　「頭到尾。

ūi¹ (< Sin) [胃] (名) Ê: 全
△ ~ hā-sûi (< log Nip) [～下垂] 全
△ ~ hōe-/hūi-/khùi-iâng (< log
　Nip) [～潰瘍] 全
△ ~ chhut-hoeh/-huih (< log Nip)
　[～出血] 全。

ūi² (< Sin) [位] (名) Ê: **1.** 位子　¶~
hông chiàm··khì [～hông 佔去] 位
子被別人占了　**2.** 地方; 處所 ¶bô ~
thang khǹg [無～thang khǹg] 沒地
方放　**3.** (< log Nip tr; cf En place)
(數學上的) 進位 ¶bān-~-sò· [萬～
數] 全 ¶gō·-~-sò· [五～數] 全　(量)
1. 計算位子的單位 ¶Chia ū nn̄g
~ bô-lâng chē. [Chia 有兩～無人
坐.] 這儿有兩個位子沒人坐 ¶nn̄g ~
hó ūi [兩～好位] 兩個好位子　**2.** 禮
貌上計算人的單位 ¶Chit ~ sin-seⁿ
kùi-sèⁿ? [這～先生貴姓?] 全。

ūi³ [畫] ⇒ ōe²。

ūi⁴ (< Sin) [為] (動) **1.** 為了某個體或
群體的權益而做 ¶Ài ~ tȧk-ke, m̄-
hó kan-na ~ ka-tī. [愛～tȧk 家, m̄
好 kan-na～家已.] 要為大家, 不要只
為自己　**2.** 保護 ¶Lâng teh phah lín
kiáⁿ, kín khì ka ~. [人 teh phah
lín kiáⁿ, 緊去 ka～.] 有人在打你兒
子, 快去保護他　**3.** 偏袒 ¶Ná ē-/ōe-
sái-tit kan-na ~ ka-tī ê lâng? [哪
會使得 kan-na～家已 ê 人?] 怎麼可
以偏袒自己人?　(介) 全 ¶~ lí-siáng
phah-piàⁿ [～理想 phah 拚] 為理想
　　　　　　　　　　　　　「而努力。

ūi-bīn ⇒ ōe-bīn。

ùi-būn ⇒ ùi-mn̄g。

ûi-chhî ⇒ î-chhî。

ûi-chí (< log Chi) [為止] (動) 全 ¶tùi
chia kàu hia ~ [對 chia 到 hia～] 從
這儿到那儿為止 ¶Kàu kin-ná-jit ~,

bô-boeh/-beh koh sú-iōng. [到今旦日～無欲 koh 使用.] 到今天為止不再使用。

ûi-chiang kiàn-tiȯk‖-chiong... (< log Chi) [違章建築] 图 TÒNG, KENG: 全。   「主] 動 全。

ûi-chú (< log Chi < vb + nom) [為

ūi-chong ⇒ ōe-chong。

ūi-ȯk (< log Nip) [胃液] 图 全。

ūi-gâm (< log Nip) [胃癌] 图 全。

ui-giâm (< log Sin) [威嚴] 图 全。

úi-goân ⇒ úi-oân。

ûi-hām (< log Nip) [遺憾] 图 全。

ui-hiȧp (< log Chi) [威脅] 图 動 全。

ûi-hoán (< log Chi) [違反] 動 全。

ûi-hoat (< log Nip < Sin) [違法] 動 全。

ui-hong (< log Sin) [威風] 图 全。

ūi-iām (< log Nip) [胃炎] 图 全。

ûi-it (< log Nip) [唯一] 图 全
△ ~ *sí-hêng* (< log) [～死刑] 全。

úi-jīm/-gīm/-līm (< log Nip < Sin) [委任] 動 全。

ūi-ka ⇒ ōe-ka。

ūi-kháu (< log Nip) [胃口] 图 Ê: 全。

ui-khoân sî-tāi‖-koân... (< log Chi) [威權時代] 图 Ê: 全。

ui-khoân thóng-tī‖-koân... (< log Chi) [威權統治] 图 全。

úi-khut (< log Chi) [委屈] 图 全。

ûi-kî (< log Sin) [圍棋] 图 PÔAⁿ: 全。

ūi-kiàⁿ (< log Nip < tr; *cf* En *gastroscope*) [胃鏡] 图 KI: 全。

úi-kiàn (< En *weekend*) 图 Ê: 週末。

ûi-kin/-kun (< log Chi) [圍巾] 图 TIÂU: 全; ≃ âm-moa。

ùi-kôaⁿ [畏寒] 動 (病人) 覺得冷; ≃

ui-koân... ⇒ ui-khoân...。   「ùi-lèng。

ûi-kun ⇒ ûi-kin。

ûi-kûn (< log Chi) [圍裙] 图 全; ≃

e-pú-lóng, q.v.   「擾 圐 全。

ûi-lân (< log Sin) [為難] 動 使人困

ui-lȯk (< log Nip < sem Sin) [威力] 图 全。   「全。

ùi-lô (< log Nip < Sin) [慰勞] 動

ûi-lô· (< sem Sin) [圍爐] 動 團圓吃

ūi-lông ⇒ ōe-lông。   ∟年夜飯。

ùi-mn̄g/-būn (< col log Nip) [慰問]
◇ ~*-kim* [～金] PIT: 全。   「動 全

ūi-o·-chhat-pȯh ⇒ ōe-o·-chhat-pȯh。

ûi-óa [圍 óa] (< [圍倚]) 動 圍攏。

úi-oân/-goân (< log Nip) [委員] 图 Ê: 全
◇ ~*-hōe* (< log Nip) [～會] Ê: 全。

ûi-pio [圍標] 動 全。

ūi-pò ⇒ ōe-pò。

ūi-poah ⇒ oȧh-poah。

ûi-pōe/-pòe (< log Nip < Sin) [違背] 動 全。   「mí。

ūi-sáⁿ-mí 代 副 為什麼; ⇒ ūi-siáⁿ-

ûi-sán‖î- (< log Nip < Sin) [遺產] 图 全。   「全。

ūi-sán/-sóaⁿ (< log Nip) [胃散] 图

ûi-sán-sòe/-sè/-sè‖î- (< log Chi < ab Nip [遺產相續稅]) [遺產稅] 图

ûi-si ⇒ ûi-su。   ∟全。

úi-sī-kì (< En *whisky*) 图 KOÀN, KAN: 威士忌酒。

ūi-siáⁿ-mí/-mì/-mih‖-sáⁿ-‖-sím- [為啥 mí] 代 副 為什麼; ≃ sī-án-chóaⁿ。

ūi-sím-mí [為甚麼] ⇒ ūi-siáⁿ-mí。

ûi-sin-kûn [圍身裙] 图 NIÁⁿ: (裝飾用) 圍裙; ≃ e-pú-lóng; *cf* ûi-su-

ūi-siōng/-siòng ⇒ ōe-siāng。 ∟kûn。

ûi-siu (< log Chi) [維修] 動 全。

ūi-sng/-suiⁿ (< log Nip) [胃酸] 图
△ ~ *kòe-/kè-to* [～過多] 全。 ∟全

ûi-su/-si/-sṳ‖î- (< log Sin) [遺書] 图 HÛN, TIUⁿ: 全。

ûi-su-kûn‖û- [圍 su 裙] (< [圍軀裙])

(名) NIÁⁿ: 圍裙; ≃ e-pú-lóng, q.v.

úi-tāi/-tōa (< log Nip) [偉大] (形) 仝。

ūi⁺ thiàⁿ [胃痛] (動) 仝¶teh ~ 胃正在
痛著。　　　　　　　　　　　　[仝。

ûi-thoân‖î- (< log Nip) [遺傳] (動)

úi-thok (< log Nip) [委託] (動) 仝
◇ ~-si/-su (< log Chi) [~書] HÛN,

ūi-tián ⇒ ōe-tián。　　　　　[TIUⁿ: 仝。

ūi-tiòh [為著] (介) 為了¶~ bó·-kiáⁿ,
hiàn-chhut sèⁿ-miāⁿ [~某kiáⁿ, 獻
出性命] 為了妻兒, 獻出生命。　[腸

ūi-tn̂g (< log Nip) [胃腸] (名) 1. 胃與
◇ ~-iām (< log Nip) [~炎] 仝
2. 腸胃, 尤指胃; 消化器官¶kò· ~ [顧
~] 健胃¶~ bô-hó [~無好] 消化系

úi-tō· ⇒ hūi-tō·。　　　　　[統不好。

ūi-tô· ⇒ ōe-tô·。

úi-tōa ⇒ úi-tāi。

uiⁿ ⇒ ng¹。

ûiⁿ... ⇒ n̂g¹...。

úiⁿ ⇒ n̂g^{1,5}。

uih ... ⇒ oeh...。

úih ⇒ oèh¹。

uih-á ⇒ oeh-á。

úih-poah ⇒ oèh-poah。

ŭit (< ab ŭit-siò; > ū—ít) (歎) 用力
而未完成動作的叫聲, 常用於鼓勵幼
兒爬起來、站起來等等, 但成人掙扎
著起身時也用; cf ĭt。

ŭit-siò/-siò·‖ĭt-‖ŭt-chhiòng (< Nip
yoisho; > ĭt-siò) (擬) 用力掙扎終於
起身的樣子¶~, peh-··khí-··lâi·a [~,
peh 起來矣] 掙扎著爬起來了 (歎)
1. 用力掙扎起身到終於爬起來全程
發出的聲音, 用力時說 "ŭit," 完成或
間歇時接著說 "siò" 以舒解 2. (園) 配
合小孩掙扎起身直到終於爬起來的
用語。
◇ ~-··kài (> ŭt-/ĭt-tò-··kài) do.

ŭit-tò-··kài‖-tō·-‖ĭt- (< ŭit-siò-··kài,
q.v.)。

un¹ (動) 1. (站不住而) 蹲 (下) ¶pak-
tó· hông cheng-chit-ē ~-··lòh-··khì
[腹肚 hông 春一下~落去] 肚子被
捅了一下, 蹲了下去 2. (蛇、貓等
動物) 盤據, 例如休息或睡眠時;
(動物) 蹲踞 3. (隨便) 躺¶ū bîn-
chhn̂g m̄ khùn, ~ tòa phòng-í [有
眠床m̄睏, ~tòa膨椅] 有床不睡睡沙
發 4. 泡, 即不健康地居留很常的時
間¶~ tī kiáu-keng [~tī kiáu間] 泡
在賭場。　　　[有點儿溫暖, 當謂語。]

un² (< Sin) [溫] (形) [x] (液體或食物)

ûn¹ (名) 輪流的順序¶tiòh lí ê ~ [著你
ê~] 該你了 (動) 輪; ≃ lûn。

ûn² (量) 輩; 世代; ;≃ iân³。

ún¹ [允] ⇒ ín¹。

ún² (動) 追熟 (水果) ¶~ âng-khī [~
紅柿] 追熟柿子¶~ kin-chio [~芎
蕉] 追熟香蕉。

ún³ (< Sin) [穩] (形) 穩當; 保險; ≃ ún-
tàng ¶mài jiá ·i khah ~ [mài惹伊較
~] 別惹他的好 (動) 必定; ≃ pau; ≃
pau-ún; ≃ ún-tàng ¶Chit tiâu i ~
bē-/bōe-hiáu. [Chit條伊~bē曉.] 這
一題他一定不會。

ùn (< Sin) (動) 沾 (糖、鹽、醬油、口
水等) ¶Sǹg chîⁿ ~ chhùi-nōa, bô
ōe-seng. [算錢~嘴nōa, 無衛生.] 沾
著口水算錢不衛生。

ūn¹ (< log Sin) [韻] (名) ê: 詩韻。

ūn² (< log Sin) [運] (名) ê: 運道。

ūn³ (< log Sin) [運] (動) 搬運。

ūn⁴ (動) 1. 醞釀¶Chit tiûⁿ chiàn-
cheng í-keng ~ chin kú ·a. [Chit
場戰爭已經~真久矣.] 這場戰爭醞
釀已久 2. 化 (膿) ¶Liàp-á teh ~.
[粒仔 teh ~.] 疙瘩正在化膿 3. (慢
慢) 燒。

ûn-a ⇒ oân-a。　　　　　[慢) 燒。

ûn-á¹/-ná [ûn仔] (副) 慢慢儿地; ≃
khoaⁿ-á ¶~ kiâⁿ [~行] 慢慢儿地
走。

ûn-á² [ûn仔] (副) 仍然; 也; ⇒ oân-a。

ûn-ā ⇒ oân-a。

ùn-á [塭仔] (名) 養魚池; ≃ hî-ùn。

ûn - á - sī (v *ûn - á*) [ûn仔是] (副) 慢
慢ㄦ。

un-chêng ⇒ in-chêng。　　　 ⌐慢ㄦ。

ūn-chhau-chhia (< log Chi) [運鈔
車] (名) TÂI: 仝。

ùn-chiàng (< Nip *unchan*) (名) Ê:
"運將," 即台灣人對駕駛員的暱稱
(按:在日本為不禮貌的稱呼)。

un-chôaⁿ (< log Nip < Sin) [溫泉]
(名) 1. Ê: 天然熱水池 ¶*sé/sóe* ~ [洗
~] 仝 2. KÁNG: 熱湧泉。

ūn-chok (< log Chi) [運作] (動) 仝。

ūn-hô (< log Nip) [運河] (名) TIÂU:
仝。

ūn-hùi (< log Sin) [運費] (名) 仝。

un-jîn/-*lîn* ⇒ in-jîn。

ūn-khì (< log Sin) [運氣] (名) 仝。

ún-ku [ún疴] (動) (形) 駝背
　◇ ~-*-ê* Ê: 駝子
　◇ ~-*kiô* [~橋] TIÂU: 拱橋。

ûn-liâu-á (< *ûn-á* + *liâu-á²*) [ûn-
liâu仔] (副) 1. 慢慢ㄦ; ≃ liâu-liâu-
á; ≃ ûn-ûn-á 2. 小心地; ≃ ûn-ûn-á;
≃ hó-lé-á。

un-loán (< log Sin) [溫暖] (形) 令人
心裡感受舒服的 ¶~ ê ka-têng [~ê
家庭] 溫暖的家庭。

un-oàn ⇒ in-oàn。　　　 ⌐KENG: 仝

un-sek/-*sit* (< log Nip) [溫室] (名)
　◇ ~ *hāu-èng* (< log Chi < tr En
　greenhouse effect) [~效應] 仝。

ún-sèng ⇒ ín-sèng。

un-sip (< log Sin) [溫習] (動) 仝。

un-sit ⇒ un-sek。　　　 ⌐(動) 仝。

ūn-su (< log Nip < Sin) [運輸] (名)

un-su-ká (< log Chi) [溫書假] (名)
PÁI, JİT: 仝。

ún-su-khoân ⇒ ín-su-khoân。

ūn-su-ki (< log Chi) [運輸機] (名)

TÂI: 仝。

ún-su-koân ⇒ ín-su-khoân。

un-sûn [溫馴] (形) 柔順; 馴良; (性情)
溫和。

un-tài (< log Nip) [溫帶] (名) Ê: 仝。

ún-tak-tak [穩tak-tak] (形) 很穩當;
萬無一失。

ún-tàng (< log Sin) [穩當] (形) 仝 (副)
必定; ≃ pau; ≃ ún³; ≃ pau-ún。

ún-tēng (< log Chi) [穩定] (形) 仝。

un-tō͘ (< log Nip) [溫度] (名) 仝
　◇ ~-*chiam* [~針] KI: 溫度計 ⌐仝。
　◇ ~-*kè* (< log Nip) [~計] Ê, KI:

ūn-tōng¹ (< log Nip) [運動] (名) (為達
致政治、文化等目的的) 活動 ¶*bîn-
chú* ~ [民主~] 仝 ¶*khoân-pó* ~ [環
保~] 仝 (動) (為達致政治、文化等
目的而) 激活動。　　　 ⌐活動

ūn-tōng² (< log Nip) [運動] (名) 體育
　◇ ~ *boèh-/bèh-á* [~襪仔] SIANG,
　　KHA: 運動襪
　◇ ~-*ê/-óe* [~鞋] SIANG, KHA: 仝
　◇ ~-*hōe* (< log Nip) [~會] PÁI: 仝
　◇ ~-*khò͘* [~褲] NIÁ: 仝
　◇ ~-*ôe* ⇒ ~-*ê*。
　◇ ~-*saⁿ* [~衫] NIÁ, SU: 體育服裝
　◇ ~ *sîn-keng* [~神經] TIÂU: 運動的
　　性向 ¶*Lí* ~ *sîn-keng chin hó.* [你
　　~神經真好.] 你很靈活, 擅長體育
　　活動　　　　　　 ⌐Ê: 運動場
　◇ ~-*tiâⁿ* (< log Nip + tr) [~埕]
　　(動) 做體育運動。

ûn-ûn-á (< *ûn-á*, q.v.)。

ut¹ (量) 計算折起的麵條、掛麵、粉
絲的單位。

ut² (< Sin) [熨] (動) 1. 加熱使變彎或
變直 ¶~ *hơ chhun* (把它) 燙平 ¶~
ne-óng (工人) 安裝霓虹燈 ¶~ *saⁿ*
[~衫] 燙衣服 ¶~ *tek-í* [~竹椅] 製
造竹椅子 ¶~ *thâu-mơ/-mn̂g* [~頭

毛] 捲頭髮;燙頭髮 **2.** 燙(金字、銀
字、圖形)。

ut³ 働 **1.** (坐著)屈身 ¶*Chē pān-kong-
toh-á ê lâng chiàh-pá tiō ~··leh.*
[坐辦公桌仔ê人吃飽就~··leh.] (上
班)坐在辦公桌前工作的人吃過飯就
屈身坐著(繼續工作) **2.** 發(豆芽)
3. 埋沒(優點、人才)。

ŭt-chiòng (< *ŭit-siò*, q.v.)。

ut-chut [鬱悴] 彤 鬱悶;抑鬱
◇ ~*-pēⁿ/-pīⁿ* [~病] 抑鬱症。

ut-saⁿ [熨衫] 働 燙衣服。

ut-táu (< log Sin) [熨斗] 图 KI:全。

V

ví-ái-phi‖*vúi-*‖*búi-* (< En *VIP* <
acr *very important person*) 图 Ê:要
人;貴賓。

ví-é-siˑh/-suh‖*vúi-*‖*búi-* (< En *vs.*
< acr Lat *versus*) 働 對 ¶*lèk-kun ~
nâ-kun* [綠軍~藍軍] 綠軍對藍軍。

vúi-ái-phi ⇒ ví-ái-phi。

vúi-é-siˑh/-suh ⇒ ví-é-siˑh。

國家圖書館出版品預行編目資料

TJ 台語白話小詞典 / 張裕宏編. -- 初版 --
台南市：亞細亞國際傳播，2009.09
　面；　公分
ISBN 978-986-85418-1-8（平裝）

1. 臺語　2. 詞典
803.33　　　　　　　　　　98017115

Tâi-gí Pe̍h-ōe Sió Sû-tián
TJ台語白話小詞典
TJ's Dictionary of Non-literary Taiwanese

編　　者／張裕宏

出　　版／亞細亞國際傳播社
　　　　　統一編號：10732638
　　　　　TEL：06-2349881
　　　　　FAX：06-2094659
　　　　　70145 台南市育樂街 179 號 2 樓
　　　　　e-mail: asian.atsiu@gmail.com
　　　　　http://www.atsiu.com
　　　　　劃撥帳號：31572187
　　　　　戶　　名：亞細亞國際傳播社

封面設計／陳玉珍

出版日期／公元 2009 年 9 月　初版　第 1 刷

定　　價／新台幣 480 元

ISBN 978-986-85418-1-8

Printed in Taiwan